不毛之地

(上)

〔日〕山崎丰子 著 刘小俊 译

青岛出版社
QINGDAO PUBLISHING HOUSE

图书在版编目（CIP）数据

不毛之地／（日）山崎丰子著；刘小俊译．—青岛：青岛出版社，2014.7
ISBN 978-7-5552-0901-0

Ⅰ．①不… Ⅱ．①山… ②刘… Ⅲ．①长篇小说–日本–现代 Ⅳ．①I313.45

中国版本图书馆CIP数据核字（2014）第140494号

FUMO CHITAI Volume 1~5 by Toyoko Yamasaki

Copyright © YAMASAKI TOYOKO Copyright Management Association 1976–1978
All rights reserved.

Original Japanese edition published by SHINCHOSHA Publishing Co., Ltd.

This Simplified Chinese language edition is published by arrangement with SHINCHOSHA Publishing Co., Ltd., Tokyo in care of Tuttle-Mori Agency, Inc., Tokyo through Bardon-Chinese Media Agency, Taipei.

山东省版权局著作权合同登记号 图字：15-2013-170号

书　　　名	不毛之地
著　　　者	［日］山崎丰子
译　　　者	刘小俊
主　　　编	魏大海
出版发行	青岛出版社
社　　　址	青岛市海尔路182号（266061）
总部网址	http://www.qdpub.com
邮购电话	0532-68068091
策　　　划	杨成舜
责任编辑	霍芳芳
封面设计	今亮后声
照　　　排	青岛佳文文化传播有限公司
印　　　刷	青岛双星华信印刷有限公司
出版日期	2021年1月第2版 2021年1月第2次印刷
开　　　本	大32开（890mm×1240mm）
印　　　张	51.875
字　　　数	1250千
印　　　数	1-5000
书　　　号	ISBN 978-7-5552-0901-0
定　　　价	199.00元

编校印装质量、盗版监督服务电话　4006532017　0532-68068638
本书建议陈列类别：日本·畅销·文学

山崎丰子和她的作品（代译序）

　　山崎丰子原名杉本丰子，日本当代著名女性作家，1924年11月3日生于大阪，殁于2013年9月29日，享年88岁。山崎丰子是一位注重写实的批判现实主义作家，创作的题材、主题永远来自真实的事件或社会现实问题。日本称之为"社会派"，也有论者称她为"日本的巴尔扎克"。山崎丰子也是一位颇具传奇色彩的作家。1944年，山崎丰子毕业于旧制京都女子专门学校国文学科（现京都女子大学）。毕业后就职于每日新闻社的大阪总部调查部，1945年调至报社学艺部，在时任学艺部副部长的井上靖麾下任职，作为新闻记者受到了采访、调查与写作训练。报社任职期间，她开始边工作边写小说。1957年发表处女作《暖帘》，主人公是父子两代商人。翌年刊出《花暖帘》，描写一个女老板经营曲艺场的故事，获1958年度第39届直木文学奖。同期重要作品尚有《少爷》（1959）、《女人的勋章》（1960）、《女系家族》（1962—1963）、《花纹》（1962—1964）等。初期作品，多描写大阪船场附近的风土人情。1963年，她开始在《星期天每日》连载长篇小说《白色巨塔》，引起文坛轰动。山崎小说的首要特征在于典型意义下特定人物的塑造以及特定场景、特定行业中极端的现实性或真实性描写。中国文学界对山崎丰子并不陌生。"文革"结束后不久，国内就上映了据其小说改编的电影译制片《浮华世家》。

此次一并翻译、出版的山崎名作除《白色巨塔》外,还有《浮华世家》和销量超过650万册的《不毛之地》。

长篇小说《白色巨塔》因探讨医患关系的尖锐内容而引起高度关注。为了创作这样一部典型化力作,山崎丰子身体力行,到大阪大学医学部做了长期深入、细致、艰苦的考察调研。作品中的人物给读者以强烈的感染力和冲击力,这与作者的创作理念、写作态度乃至前期做功有着密切的关联。主人公财前五郎是国立浪速大学附属医院第一外科的副教授,他在食道、胃部的吻合手术方面技高一筹,在手术刀的运用上甚至超越了首席主任医师东教授,还备受注目地频频露脸于医学刊物。财前五郎为此成为东教授之后继任教授的最佳人选。然而东教授讨厌财前那种锋芒毕露的性格,打算阻止其升任教授。财前五郎和他的岳父财前又一自然不想放过难得的升职机会。财前五郎早年失怙,有过贫穷生活的痛切经历,靠人资助上了大学医学部,成为妇产科营业医生财前又一的养子女婿后,才有了日后的地位。财前又一为了帮助女婿,不惜动用自己的各类关系网——医师会长岩田、岩田大学同窗鹈饲医学部长等,总之做足了台下功夫。东教授那边也有种种水下运作——试图将自己的东都大学校友、时任金泽大学教授的菊川调至浪速大学。结果,鹈饲与财前的政治结盟手腕略高一筹,财前以微弱票差成功当选。故事到此并未完结。相对于追逐声名、自信满满的财前,同期学友内科副教授里见修二是个学究型人物,他欣赏财前的实力,同时对财前的做法持批判态度。财前在出游前接手了里见科室转来的一个患者佐佐木庸平,为之做了贲门癌手术,不料日后酿成了重大医疗事故。里见曾一再提醒,过度自信的财前却置若罔闻。财前忽略了手术之后的肺部转移,事故发生后受到了责任追究——医生的处置不当或不力造成了患者的死亡。愤怒的家属将不负责任的财前告上法庭,通过民事诉讼追究其法律责任。财前竭力否认误诊且向证人施压,企图封杀不利于己的证词,而证人里见却不昧良心做了符合事实的陈述。最后,初审胜诉的财前还是被迫离开了大学。

在《白色巨塔》第五卷卷末,尾崎秀树①为山崎丰子写了简短的"解说"词。解说词提到,山崎丰子昭和三十三年因《花暖帘》荣获第39届直木文学大奖时曾有如下一段感怀:

> 我无法也无意创作那种枝繁叶茂的盆栽小说。我喜欢造林,在秃山上一棵一棵地植树,是谓"植林小说"或"造林小说"。我的创作素材永远是大阪的天空、河流和大阪的人。对我而言,在生我养我的风土中观察、凝视人类,乃是最为切实的把握方法。

这段陈述显然发自肺腑,将山崎自身的资质禀赋、文学理念和创作方法揭示得淋漓尽致。从处女作《暖帘》到获奖作《花暖帘》,从《少爷》《女系家族》到《白色巨塔》《白色巨塔续篇》,山崎有她一以贯之的创作方向或风格,其社会性视野逐渐转化为明确的创作意识且大大扩展了素材的领域。尾崎秀树认为,通过《伪装集团》《浮华世家》和《不毛之地》等鸿篇巨制的创作和发表,山崎丰子最终确立了女性作家中甚为罕见的"社会派"小说家地位。尾崎秀树也强调了著名作家井上靖对山崎丰子无可忽视的启蒙式影响。他认为,《白色巨塔》在山崎丰子的文学世界中乃一分水岭,至此她跨入了一

---

① 尾崎秀树:日本文学评论家、作家,曾任日本笔会会长。20世纪90年代初率团访华,在北京的中国社会科学院举行了有关大众文学的国际研讨会。

个新的纪元。《白色巨塔》以大学医院为舞台，触及的原本应为白衣天使的世界。医生本是神圣职业，面对的是人类生命。然而现实中或在山崎丰子笔下，却显现为一个世俗的、被凡世欲望玷污的肮脏的世界。

《浮华世家》最初连载于《周刊新潮》(1970年3月至1972年10月)，1973年新潮社出版全三卷，1980年刊出文库本，2003年又推出新版本。一般人很难触及这部长篇小说表现的领域。小说同样与现实保持着近乎同一的对应关系。——对应的人物、现实关系令人惊异。比如作品中的阪神银行正是现实中的神户银行，现为三井住友银行；财阀万俵家乃是神户的冈崎财阀（山崎本人予以否认）；帝国制铁是所谓的八幡制铁，现为新日铁住金；大同银行是协和银行，现为理索纳银行。这些金融企业机构的关系乃至变化一般人弄不懂，而且一般人也没必要弄懂金融机构乃至相关权力机构的内部机微。山崎丰子基于自己的文学理念创作此等涉及专业领域或题材的作品，她自然躲不过去，她必须了解那些机构的内外关联，诸如国家政策如何影响金融业界的存续等，她也必须了解机构内外人与人的关系。山崎丰子得心应手。作品的时代背景是日本经济高速成长期，主要关注权力结构中的非正当交易、特殊的人际关系与人性。有观点认为，《浮华世家》为之后的日本经济敲响了警钟。作品涉及的专业领域是银行与大企业，比之《白色巨塔》的医学领域相对易解，加之故事中的人物善恶分明，因此不及《白色巨塔》寓意深刻。但以《浮华世家》为代表的山崎小说最大的魅力在于大潮一般的"虚构"展现的人间戏剧，源自现实又超越现实。一般认为山崎的小说排斥虚构。但是小说不可能完全地排斥虚构。山崎言及《浮华世家》时则说，这部作品的创作过程充满艰辛，作品的舞台是银行，基本的故事脉络却不是大银行吞并小银行而是蛇吞象般的小吞大。《浮华世家》发表至今已有三十余年，日本的银行状况发生了很大变化，银行业界由规制严厉的时代转化为当今规制宽松的时代。说到底，这部小说并非单纯的经济小说，而是以根源性的人间血脉为背景，同时描写了以亲子葛藤关系为基础的人间戏剧。小说开篇点明了小说的背景、氛围和人物特征——万俵家晚餐时说法语或说英语，然而万俵家既非外交世家亦非外贸世家，就像万俵这个姓氏所表示的，万俵家祖上是大地主，在姬路播磨平原有十个米仓。第一次世界大战爆发时，万俵家第十三代传人、万俵大介的父亲万俵敬介在神户创建万俵船舶与万俵铁工两家企业。在船舶业发展到顶峰时，万俵敬介保留下万俵铁工而将万俵船舶的所有船只卖出，用赚来的"第一桶金"创立了万俵银行。

万俵银行逐步吞并了周边的若干农村小银行。1934年前后已为今日的阪神银行打下了牢固的基础。万俵敬介创建的万俵财团包括万俵铁工、万俵不动产、万俵仓库在内。万俵大介继承先父事业，成为阪神银行行长，并将阪神银行从一家普通的地方银行发展为当今日本的第十大城市银行。当年的万俵铁工，早已更名为阪神特种钢公司，发展为一家拥有现代化专业设备的特种钢制造企业。

说到以亲子葛藤关系为基础的人间戏剧，毫无疑问，作家山崎丰子深谙人物典型性、特殊性对于小说的凝聚作用。华丽的家族对财界、政界皆有影响。铁平是万俵家的长子，"阪神特种钢铁公司"的专务。父亲万俵大介则是阪神银行董事长，他为实现自己的野心不断地政治联姻，让自己的子女、亲属与政界要人结婚，据说这是万俵家历代的传统。万俵家的地位在关西财界首屈一指。然而大介却心怀怨恨，疑神疑鬼地认为铁平不是自己的儿子而是妻子与父亲乱伦所生。铁平计划建设炼钢高炉，大介的阪神银行却以种种理由不予贷款。虽在大同银行贷款成功,但铁平经营的阪神特种钢公司终因业绩不佳和高炉建设事故,致使银行的资金链发生了断裂。父亲大介见死不救,还想利用阪神特种钢公司的贷款或资金危机,兼并三云任董事长的大同银行。贷款给阪神特种钢公司的大同银行,最终亦因经营恶化陷入危机且被万俵大介如愿以偿地收购。"小吞大的兼并"计划终获成功。父亲利用自己实现了收购计划,铁平心知肚明却无可奈何。万俵财阀在阪神(大阪和神户)地区盘根错节,拥有强大的势力。作为万俵财阀权力顶峰人物的万俵大介本有能力帮助儿子铁平脱离危机,但他为自己心中莫须有的怨恨和贪欲,不惜将儿子置于死地。

万俵家主要成员构成如下:户主万俵大介·妻宁子、长子铁平·妻早苗、次子银平、长女一子·丈夫美马中、次女二子以及家庭教师兼管家高须相子(实乃大介的情人)。万俵铁平当然是这部长篇小说中最重要的人物,他是一个好男人,性格单纯,对工作、对家庭认真负责,夫妻恩爱。在小说中人心莫测、泥沼一般阴谋四伏的世界中,在银行兼并、政财界大佬钩心斗角及华丽家族的爱恨交织中,处于核心位置的正是户主大介围绕长子铁平出生秘密的父子间的骨肉相争。有趣的是,唯有铁平一家给人以平和或平民化的感觉,仿佛生活在别样的世界中。作品中的许多描写精细入微——如妻(宁子)妾(相子)对立,二子与一之濑四四彦的恋爱,玩世不恭的银平的生存方式以及美马中的野心等。《浮华世家》中的特殊人物配置别出心裁,高须相子不仅画龙点睛地将万俵大介这个主要人物的典型性格勾画得淋漓尽致,也盘活了家庭内外的整个棋局——相子与宁子的矛盾、相子与铁平的对立乃至铁平与父亲大介间的尖锐对立等等,当然相子的最后结局略呈悲凉。

小说中关于相子这个人物的如下描写形象而贴切。

> 建立万俵家强势联姻关系的功劳，不在于大介的正妻宁子，而是大介情人高须相子努力的结果……宁子高贵典雅，出身名门，娘家是公卿贵族嵯峨子爵。相子平民出身但才华卓越，巾帼不让须眉。她四十有余，丰满的身材加上雕塑般的五官——其美貌令万俵家的女儿们自愧弗如。
>
> 当晚与大介同床的不是宁子而是相子。外人看来或不可思议，但对于万俵大介，这是他十几年来的生活方式，没有丝毫的别扭不自然。

简短的一段描写，挑明了高须相子的地位和重要性。

铁平在雪原中开枪自杀了。铁平的自杀极尽壮烈，用James Purdey的枪口抵住下颚，用右脚拇指扣动扳机，当场死亡。万俵大介此时了解的残酷事实却是——铁平的血型不是A型，而是B型。毫无疑问铁平正是万俵大介的亲生儿子！万俵大介精神恍惚地走向覆盖着白布的铁平遗体，掀开白布，亲手为铁平拭去咽喉处惨不忍睹的血迹。这样悲剧性的结局颇具表现力，《浮华世家》打动了众多读者。

最后，初次翻译出版的《不毛之地》也是一部长达百万余字的皇皇巨著。小说的基本脉络如下：曾任大本营参谋的原陆军中佐壹岐正，战前赴伪满洲处理停战事宜，被苏军俘虏后扣押十一年。这期间，他忍受着难以想象的饥饿，在天寒地冻的西伯利亚做苦役，昭和三十一年（1956年）终于回到了日本。近畿商事的社长大门一三看重壹岐正的这段经历，邀请他到公司工作。壹岐正也决心在新的领域里，开始自己作为公司雇员的第二人生。于是，地狱般拘押生活的伤痕未愈，他又投入到新的"商战"中。近畿商事公司在综合商社中实力雄厚,围绕总预算超一万亿日元的二次防①主力战机选定,几家大商社展开了血腥厮杀。壹岐正四下奔走的目的是想选定最优秀的战机。但实际上那场商战的背后,却有着种种见不得人的明争暗斗——政界与防卫厅的利害关系错综复杂,壹岐正则在那种"黑色的商战"中展示了杰出的才能。当然也付出很大的代价。壹岐正在第二次战斗机商战中获得了胜利,并抓住中东战争期间的商机,为公司带来巨大利益。然而,此时壹岐正又提出改换公司的经营方针。首先,他力倡与经营不善的千代田汽车公司加深业务关系。此间,美国汽车业巨头福克公司社长突然访日,虎视眈眈地窥视着日本的市场。面对这样的挑战,壹岐正以近畿商事美国公司社长身份,推进着千代田汽车公司与福克公司的合作关系谈判。另一方面,他又为国际经济战过度严酷的现实而苦恼。在与福克公司虚虚实实的谈判背景下,壹岐正着眼于资源匮乏的日本的将来,在摸索确保原油供给的方法或手段。他派遣心腹部下飞往伊朗和利比亚,克服文化和商业习惯的差异,探究油田开发的可能性。此间与福克公司的谈判、交涉也到了最后的阶段,在此背景下展开了意想不到的故事情节——对手东京商事一直私下里做功,残酷的商战在继续。壹岐正最终升任近畿公司的专务,成为公司的第三号人物。他认定油田开发是自己作为公司雇员的最后一项工作,不顾公司内部的反对,押赌注盘定了伊朗的一个矿区。他顶住政界、官界逆风,终于在采掘权的竞标中中标。然而,灼热的大地却丝毫没有喷油的征兆……小说的背景舞台是两处"不毛之地"——西伯利亚和中东。小说描写了彷徨于"不毛之地"的一个日本人的奋斗历程。

《不毛之地》创作于1973年6月至1978年8月,历时五年,连

---

① 二次防:第二次防卫力整备计划,20世纪60年代的日本自卫队军备计划。

载于《每日周刊》,当时是山崎丰子最长也最难写的一部作品。两个"不毛之地"——一个是白色不毛之地西伯利亚,另一处是关乎石油开发的红色不毛之地中东。为创作这部小说,山崎丰子同样做了非常细致的前期调研,她去了西伯利亚,也去了伊朗的石油地带。在这部鸿篇巨制的卷尾"解说"词中,权田万治认为《不毛之地》在山崎丰子富于社会性的诸多长篇中是最优秀的一部。作为创作的基础,这部作品的调查取材是非常彻底的,山崎丰子最大限度地活用了自己别具一格的小说创作手法,创造了一个充满现实感的世界。

《不毛之地》一方面塑造了一个有血有肉的典型人物壹岐正,刻画了人物紧密关联于20世纪特定历史的生命历程,同时也向读者揭示了一个残酷的现实,支撑战后日本繁荣的国际商战同样是一个污秽不堪的世界——"不毛之地"。小说中描写的综合商社雇员的生活状态,毋宁说承载了经济大国日本的成长历程,作品从各个角度描写了特定的人物类型。主人公壹岐正是旧军人和战俘,始终背负着"死"的阴影,尽管他在有关飞机的商战中获得了胜利,尽管他曾升任美国近畿商事分社长,尽管他也当上了总部的专务和副社长,但他的内心深处永远无法拒绝一个伴随着死亡的时代阴影——不毛、荒凉的西伯利亚俘房收容所。

1999年,《不落的太阳》再度创下近650万册的惊人销量!该作揭露了航空业界鲜为人知的隐秘。令人肃然起敬的是近年已届耄耋之年的"才女作家"笔耕不辍,创作中的批判锋芒不减当年,一直到垂暮之年,山崎丰子都在思考备受关注的各类社会问题。2009年睽违已久推出的新作《命运之人》,以冲绳归还和日美密约为背景,描写或展现了媒体人对真相的追求以及对于社会正义的坚持,晚年力作同样引发社会各界的热烈讨论,作品热卖突破百万,持续高居日本最权威杂志《达文西》与日贩畅销排行榜前十名,并荣获前述第63届"每日出版文化奖"特别大奖。通过这部作品,山崎丰子再次展现了超人的观察力和预知力。前日本官员2009年底法庭做证,承认确实存在所谓"冲绳密约"。

山崎丰子去世后,留下的长篇遗作是《约束之海》。此作的时代背景是冷战结束的1989年,主人公是一对父子——父亲是参加过珍珠港海战的旧海军士官,儿子则是海上自卫队队员二等海尉花卷朔太郎。遗作追问的仍是"战争与和平"的主题。这部未完遗作已正式出版,大为畅销。日本有评论称:"遗作体现了'小说鬼才'山崎丰子'壮绝的作家魂'。"

魏大海
2014年春于枚方穗谷关西外国语大学

(本文作者魏大海,著名翻译家,现任中国日本文学研究会常务副会长。)

目 录

山崎丰子和她的作品（代译序） / 001

第一章 相　识 / 1
第二章 毁　灭 / 11
第三章 社长办公室 / 37
第四章 西伯利亚 / 47
第五章 命　运 / 87
第六章 浊　流 / 129
第七章 战　犯 / 166
第八章 天　涯 / 197
第九章 起　点 / 219
第十章 祖　国 / 227
第十一章 新起点 / 253
第十二章 春　雷 / 300
第十三章 美　国 / 358
第十四章 风　云 / 417
第十五章 双　翼 / 471

第十六章　怪　鸟 / 519

第十七章　新　生 / 574

第十八章　苏伊士运河 / 627

第十九章　烈　雾 / 666

第二十章　波　纹 / 699

第二十一章　月　光 / 757

第二十二章　纽　约 / 818

第二十三章　试　跑 / 858

第二十四章　火　焰 / 918

第二十五章　黎明前的黑暗 / 1000

第二十六章　印沙安拉 / 1071

第二十七章　三把手 / 1123

第二十八章　热　砂 / 1180

第二十九章　那　天 / 1228

第三十章　赌定伊朗 / 1315

第三十一章　无油兆 / 1440

第三十二章　天　声 / 1517

终章　北极光 / 1578

后记 / 1631

译后记 / 1633

第一章 相 识

社长办公室的窗外映出大阪城的雄姿。俯瞰下方，丝带般的堂岛川从眼前流淌而过。

早晨，近畿商事社长大门一三走进办公室，第一件事就是坐在窗边的办公桌前，眺望大阪城。在冬日清冽的阳光照耀下，天守阁的瓦顶和砌着灰浆的白色墙壁高耸云天，清晰可见。对于大门一三来说，城堡是霸主之邸，使他联想到战斗，点燃他作为贸易商的斗志。片刻之后，他把目光投向近畿商事海外分店网显示图，这张图占据了社长办公室的一整面墙壁。

用铜板制成的世界地图上亮着红色和蓝色的小灯，红灯是世界各地的海外分店，蓝灯是营业所，纬度的左右侧显示出当地时间。当东半球进入梦乡的时候，在西半球各地，一百五十名被派往当地的员工或正在面对电传奋战，或正乘坐飞机飞翔在天空。想到这些，大门的眼中充满了激情和活力。

大门一三，五十六岁。他身高一米六七，体重七十五公斤，腰围三尺，红润的脸上架着一副金丝边眼镜，粗壮的手腕上戴着爱彼牌[①]手表。这一切使他显得健壮威武，看上去远比实际年龄年轻得多。

[①] AUDEMARS PIGUET。世界著名三大制表品牌之一。

桌子上早已堆放好了需要社长审批的文件和必看的各类报告。大门首先拿起国际市场行情表，上面写满了用美元和英镑标出的海外各商品交易所一天的开盘价和收盘价，有纽约的棉花、芝加哥的小麦、悉尼的羊毛、新加坡的橡胶、伦敦的白糖等等。大门每天无论多忙，都要翻阅主要国际商品的市场走向。

大门一三的嘴角往下一撇，露出极不满意的表情。他把厚实的手伸向对讲机，命令秘书："叫一下羊毛部的色川部长。我很忙，让他电话上说就行。"

"社长，我是色川。"电话里马上传来一个紧张的声音。

"澳大利亚的羊毛涨得很猛呢！什么原因？"

大门用大阪话劈头问道，情急的时候他总是一口大阪方言。直到半个月前，羊毛的价格还稳定在每镑六十便士左右，前些天逐渐突破七十便士，今天转眼便上涨到八十四便士。

羊毛部部长色川干练利落地汇报道："业界的看法不一，有人认为是随着时装潮流的变化，欧洲和美国市场对羊毛的需求量激增；也有人认为是由于澳大利亚的昆士兰一带发生了干旱，牧草枯黄，大批羊只死亡的缘故。我们还没有查出真正的原因。但是，我们羊毛部已经在二十天前注意到了这一异常的价格变动，和悉尼分店保持着密切的联系，一直在收集信息，连日买进，到本周三我们已经购买了可提供到明年三月份的期货。"

"今后的走势？"

"我们认为这个价格不会超过九十便士，现在卖出大约有三成的利润。所以，我们计划现在卖出，确保利润，然后储备资金……"

色川以活跃在一线的部长应有的敏捷思维，不仅紧紧把握住了目前的利润，而且还考虑到了今后的对策。

"No！这个价格一定会涨到两百便士。那之前，你就尽管闭着眼买进！"

"两百便士？可是我们还没有充分的根据判断……"

"没有什么可是！昆士兰的牧草干枯了，它南边的新南威尔士地区也极可能遇到干旱。到时候，澳大利亚的羊毛就会卖空。买进！直到价格涨到两百便士。"

大门一三无视羊毛部部长的犹豫，武断地说完，啪的一声挂了电话。

大门一三有极强的自信说这样的话。

近畿商事虽然现在已经是一个有三十九亿资产、三千名员工的综合性商社，高居日本十大商社的前列，但最初它只是一个船场①的纺织品批发店。即使在昭和三十三年（1958年）的今天，它所经营的商品当中纤维仍占百分之六十。

大正十一年（1922年），大门一三从大阪高等商业学校毕业后入职近畿商事，不久便被提拔为北京分店经理，在中国大陆东奔西跑，采购棉花。从此，他与身经百战的纺织品经销商、厂家打交道，经受了挑战身心极限的激烈的商战洗礼，与两年前突然去世的前社长一起为今天这个大商社奠定了基础。他之所以能在就任社长不到两年的时间里在公司上下建立起绝对权威，正是基于他对市场卓越敏锐的洞察力和坚定果敢的性格。

尽管自信十足，但大门仍有他的担忧。随着战争结束而解体的旧财阀系统的商社最近开始整合，正在逐渐恢复曾经的财阀商社的元气。近畿商事要想与之抗衡，就必须有新的举措。因为，如果仍循规蹈矩，无论如何紧盯各营业部，给他们下达多大的指标，力度仍显不足。目前，近畿商事缺乏的是足以与旧财阀商社抗衡的组织系统，他们急需能够从大局考虑、带动全公司的有组织能力的人才。

---

① 位于大阪的批发店聚集的地区。

秘书抱着一摞文件走进办公室。

"社长,今天十一点有棉业俱乐部的会议,请您在这之前审批这些文件。"

快到年末了,大门可谓是忙上加忙,常常把文件带回家处理。

"嗯,我尽快处理。"

大门点点头,看了一眼堆放在办公桌上的文件,最上面的一份是有关给防卫厅交货的文件,货品是战斗机。大门突然想起一件事,问道:"那个壹岐正的面试是定在今天吗?"

"是。定在十点半,还有四五十分钟。"

"行,我知道了。"

大门点点头,摘下金丝边眼镜,专心致志看文件。他紧盯着文件,以极快的速度批阅。

他很快审批完毕:批准七项,驳回三项,退回两项。他把文件交给秘书,然后从抽屉里拿出今天面试的壹岐正的简历。

现住址:大阪市住吉区北岛町四五 市营大和川住宅四九〇号

籍　贯:山形县饱海郡游佐町蕨岗杉泽
　　　　大正元年十一月二十一日出生

经　历:大正十五年四月　　东京陆军幼年学校入学
　　　　昭和八年七月　　　陆军士官学校毕业
　　　　同年十月　　　　　陆军步兵少尉
　　　　昭和十四年十一月　陆军大学毕业
　　　　同年同月　　　　　第五师团参谋
　　　　昭和十五年六月　　第五军参谋(满洲东部)
　　　　昭和十六年十月　　大本营陆军部作战科参谋

昭和十九年二月　　　关东军参谋
　　昭和二十年三月　　　陆军中佐
　　同年四月　　　　　　大本营陆军部作战科参谋
　　同年八月　　　　　　战争结束时被派往关东军
　　　　　　　　　　　　任大本营特使并被拘留
　　　　　　　　　　　　于苏联境内
　　昭和三十一年十二月　恢复自由,回国至今
　职　业：无业

　　这份简历可谓是一份军历。大门把目光投向别处,片刻后又低头看照片。照片上是一个四十六岁的男人,穿着极不合身的西装。他的脸庞仿佛述说着残酷的羁押生活,两颊干瘪,眼睛下陷,但宽大的额头下一双略带忧郁的眼睛却透着清澈晶莹。十一年苦难的羁押生活唯独没有夺去他眼中的这种光芒。

　　大门放下照片,打开简历中附加的一封写给他的私人信件。信是用毛笔写在日本宣纸上的,文字简洁。

　　恳请之仪
　　其一,恳请对鄙人进行面试、考核之后,免于不被录用之屈辱。
　　其二,鄙人被羁押于西伯利亚十一年,其间被剥夺自由。因此,恳请勿限制本人的言行自由。
　　其三,算盘、簿记一概不会,商业知识皆无,且性格不适合做商业工作,恳请谅解。

　　大门的嘴角露出一丝苦笑。为了聘用此人,半年来,虽然大门几次三番派人去请,但都被礼貌地回绝了。与大门相反,近畿商事的干部们对聘用一个原大本营参谋持怀疑态度。

他们认为,战后一段时期,有些企业的确刻意招募旧军部的指挥官或参谋级别的人物,巧妙地利用他们的人脉关系。但是,战后已经过了十三年了,像近畿商事这样一个地道的大阪商社,没有必要偏偏去聘请一个从西伯利亚回来的旧军人。但是,大门看重的并不是旧军人的人脉关系,而是觉得他们的作战能力和组织能力有极大的诱惑力。虽然他不知道这些旧军人的能量在民营企业能够得到多大程度的发挥,但他们曾经是国家倾全力培养的人才,换算成现在的货币价值,一个参谋级别的人相当于花费了数千万的国家经费。因此,大门认为从这些人中选用优秀的人才是最合理也是效率最高的方法。至于是否可用,面试测评后再决定也不迟。

派人请了三次,壹岐正才终于交了简历,答应面试,但同时也附上了三条"恳请之仪"。

大门对这个人物充满了好奇。壹岐先发制人,提出了面试、考核之后,免于不被录用之屈辱的要求。无论这是出自他的傲慢不逊,还是由于他看问题一贯如此严峻,大门开始期待他的到来。如此期待见到一个人,这在大门还是头一次。

壹岐正穿戴整齐,关上只有六叠①和四叠半两个房间及厨房的狭小住处的房门。这座坐落于大阪大和川河堤南面的市营住宅有三百多家住户,虽然建筑简朴,但楼前各家栽种的小树嫩绿鲜活,滋润着人们的心田。壹岐锁上门,把钥匙放进自制的信箱里,出了门。

正在晾衣服的左邻右舍的主妇们齐刷刷地把目光投向壹岐。对

---

① 六张榻榻米大的房间。一张榻榻米约一点六平方米。

此,壹岐最近已经习以为常,他向主妇们以目致意,众目睽睽下向南海电车的住之江车站走去。

两年前,壹岐乘最后一艘回日本的船到达舞鹤,取道回到了妻儿居住的大阪,至今仍是无业游民。除了原大本营参谋的头衔以外,他没有任何工作经历,至今没有工作,现在只有靠在大阪府民生部服务课①工作的妻子一个人的收入维持生活。以往,每天早晨送走妻子、上高中的女儿和上初中的儿子,打扫完房间,买好一天所需的日常用品后,壹岐就为旧部下们的就业问题四处奔波、求情。今天,他第一次为了自己的工作前往近畿商事。

上午九点多,电车里乘客不多,壹岐找了个座位坐下,心情有些沉重。在内心深处,他还没有决定是否去近畿商事工作。因为碍于近畿商事的再三邀请,大门社长又不断亲自派人登门拜访,壹岐觉得实在不好再断然拒绝,所以第三次来人走后,他便向近畿商事投送了简历,并附上一封表明自己态度的信。但他仍感到不安。由于长期被羁押在西伯利亚,他有十一年的空白,他不知道自己能否适应日新月异的民营企业,特别是贸易公司的工作。

而且,当今社会对旧军人仍存在着根深蒂固的偏见,为什么毫不相识的大门一三却要请自己到他的公司?如果是想利用自己曾是大本营参谋这个背景的话,那他就打错了算盘。一年前,东京的防卫厅曾力邀壹岐出山,但被他以不想为了生计从事军务为名而断然拒绝了。

他如此强烈地希望彻底摆脱旧军部参谋这个身份。对于壹岐来说,他为曾经作为大本营作战参谋参与大东亚战争②而深感内疚,而这种内疚是他人永远无法理解的。

---

① 日本公司、政府等的下属部门。在局、部以下,股以上。
② 日本对第二次世界大战时参战远东和太平洋战场的战争总称,涵盖东亚、南洋的日中战争和太平洋战争。

壹岐在难波车站换乘公共汽车。即将迎来战后第十四个新年的岁末街头欣欣向荣,人们行色匆匆,物资丰富,看不到战争带来的创伤。但是,壹岐和他周围的人至今仍未摆脱战败后的艰辛。他把手伸进大衣口袋,触摸到里面的一个信封。那是壹岐帮助找到工作的一个旧部下寄来的现金挂号信,里面还有一封信,上面写着:"中佐阁下,区区几文,请和您的家人吃一顿牛肉火锅吧。""这家伙!"壹岐脑海中浮现出部下的身影,脸上露出亲切的微笑。

壹岐在堺筋的高丽桥下车,迎面看到十字路口边近畿商事新建的大楼。

壹岐推开大楼的玻璃扇大门,见里面人来人往,个个衣着体面,一时有些不知所措。

他在问询处通报姓名后,马上有人带他到七楼的秘书办公室,并很快把他请进了社长办公室。

社长办公室的门被打开了,大门一三坐在窗边的大办公桌前,目不转睛地直视着壹岐正。壹岐也用安然清澈的目光看着大门。片刻沉默后,办公室里响起了大门响亮的声音。

"壹岐君,你的见解很独到啊!"大门边说边给壹岐让座。壹岐略显羞愧地答道:"冒昧了,我是一个粗鲁之人。"

"哪里,很了不起!十一年西伯利亚的羁押生活,尝尽了辛酸,可是你没有丧失骨气。你回国有两年了,为什么没有去工作?"

"这两年,一是为了帮一起坐兴安号回来的部下们找工作,二是为了让自己衰弱的身体得到恢复。"

"但是整整两年,你都甘于过失业的生活,是不是因为你心里还有期待,有你自己心目中的第二次人生?"大门问道,似乎想证明自己的判断没有错。

"那倒没有——只不过,我不想再走错第二次的人生道路。不,是绝对不能错。所以就……"壹岐少言寡语地回答道。

"那,你下决心来我们公司了?你提出的三个条件我可是都答应哟!"

"本人诚惶诚恐。但是,坦率地说,我还在犹豫。"

看到壹岐踌躇的样子,大门把身体向前一探,目光里充满热情,透着强悍,说:"你是担心自己不会做生意却要进一个贸易公司,也怕以前的头衔会被生意场利用。那我就明确地告诉你,我所期待的只是希望你能来本公司,充分发挥你作为原大本营作战参谋所具备的作战能力和组织能力。"

"但是,军队和民营企业在根本上是不同的。"

"有什么不同?我倒认为从根本上讲,军队和商社是一样的。用我的话说,不客气地讲军队做的是无本生意,用一张一钱五厘的明信片招募士兵;而商社,说老实话也就是只用人和电话在运作。两个都是不花什么本钱,仅凭人和大脑决定胜负的买卖。在这点上,它们是很相似的。"说完,大门放开嗓门,哈哈哈地发出了豪爽的笑声。

壹岐从大门的笑声中感受到了他与自己曾经跟随的作战司令相同的刚强果断的性格。

壹岐深知自己的秉性,他只能与指挥官型的人共事,这让他感到这次和大门的相识是某种命运的安排。

"怎么样,能请你来吗?"

壹岐陷入瞬间的沉思,然后说了句"请多关照",郑重地行了一礼。这个礼行出了旧军人的威仪。大门的脸上绽放出灿烂的笑容。

"我的愿望终于实现了!噢,对了,你在西伯利亚是被关在哪儿?"

"好几个地方,哈巴罗夫斯克[①]、泰舍特和马加丹北部的拉佐等地。"

[①] 其原名为伯力。曾为中国领土,1860 年被俄罗斯割占。下同。

大门在地图上追逐着壹岐说的那些地名。

"十一年,真漫长啊!在这期间最痛苦的是什么?饥饿?"

"不,不是饥饿,是单人牢房的孤独。"

"单人牢房?这么说,除了战俘营,你还被投进了监狱?"

"我被判服二十五年苦役,罪名是战犯。"

"因为你是大本营参谋?"

"在那边的罪名是资本主义帮凶罪。"

"哦?对于资本主义国家的人,他们适用的是资本主义帮凶罪?"

虽然大门表现出了极大的兴趣,但壹岐却感到一阵撕心裂肺的疼痛,他刚刚开始治愈的心中的伤疤像被锋利的手术刀划开一样。西伯利亚十一年的羁押生活是地狱般的生活,在那里他看到了作为人类不应该看到的事,做了作为人类不该做的事。他多么想早一天把这一切从心中抹去。但是,大门的话让他的伤口重新裂开,鲜血淋漓。

突然,透过玻璃窗传来一阵轰鸣声。壹岐抬眼望去,一架客机正从天空飞过。但这轰鸣声在他听来分明是轰炸机的轰隆声,这声音一下子把他拉回到了十三年前。

第二章 毁 灭

播放玉音广播①的昭和二十年（1945年）八月十五日黄昏，位于东京市谷的大本营，陆军中佐壹岐正听到阿南陆相②自杀的消息，呆立不动。

对于刚听到终战诏书、茫然自失的官兵们来说，"今晓阿南陆相自刃"的消息无疑又是一个沉重的打击。虽然阿南陆相十四日在宫内防空洞中召开的最后一次御前会议上依然反对无条件投降，坚决主张"本土决战后和平论"，但是，当天皇最终做出终战圣断时，他便毫不犹豫地服从圣旨，并于拂晓时分留下一纸"以一死谢大罪"的遗书，剖腹自杀。阿南陆相的辞世方式震撼着大本营作战参谋壹岐正的心。

下士官传令："中佐阁下，参谋总长有请！"

壹岐正回过神来，向参谋总长室走去。参谋总长室和作战室都在二楼，在作战室斜对面靠里的房间。

壹岐推开紧闭的房门，看到梅津参谋总长坐在正对面的办公桌前。梅津端正的脸庞上写满了苦恼，面容憔悴。他曾和阿南陆相一起坚持主张"决战后和平"，直到最后。因此，阿南陆相的自杀对他

---

① 玉音指天皇的声音。
② 陆军大臣阿南惟几。

的冲击无疑超乎壹岐他们的想象。

壹岐站到桌前,参谋总长平静地直视着壹岐,向他下达了命令:"我命令你完成一项重要任务。明早,你飞往新京①,向关东军司令部传达圣旨已下。"

战败带来的又一个残酷的现实摆在壹岐面前。玉音广播后,大本营不断收到来自各地司令部的电报、电话,询问决定终战的经过以及其可信性。特别是驻扎在满洲的七十万关东军将士,他们表示即使听到了玉音广播播放的圣旨,也仍难以立刻服从。而且,苏联参战本在意料之中,他们将孤注一掷,全军玉碎,以死中求活。

梅津参谋总长继续说:"用电报电话已经无法说服和安抚关东军。你要去那里直接告诉他们确实有圣旨,并且要把它当作大本营的命令传达下去。你在四个月前还是关东军的参谋,现在你作为大本营特使,同时作为关东军的原同僚,一定能够说服他们。"

四个月前,壹岐作为本土决战的作战要员被从关东军调回大本营参谋总部。但是,正因为如此,壹岐没有马上回答梅津参谋总长。此时他想到的是,关东军七十万官兵为对苏作战倾尽心血,在被削减了兵力和弹药用于补充东南亚兵力后,他们的决心仍毫不动摇。七天前,与突然攻入满洲的苏军交战,现在正在战斗。壹岐表情严肃地说:"我随时准备全力以赴完成任务。但我认为,关东军中很多人认为天皇的玉音广播是针对普通国民的,而对军队而言,只要大本营没有下达命令,他们就不必投降。因此,我请求携带停战命令书去,否则,终将无法说服关东军。"

梅津参谋总长沉默了。

今天傍晚,菲律宾方面来电说只要没有接到大本营的命令,他们

---

① 指我国长春,伪满洲国的首都。1932 年长春被定为伪满洲国首都并更名为"新京"。

就不会停止作战。按常规,起草命令书由作战参谋起草,参谋总长修改后定稿。但是,没有一个参谋愿意执笔起草这份命令书。

"你去起草投降命令书!"

壹岐心中一紧。他曾经是日美开战命令书的起草者之一。但是,现在,在迎来战败的时刻,他却又被命令执笔起草投降命令。对于一个作战参谋来说,这是一个非常残酷的命令。

突然,门被猛地推开,一个情绪激动的参谋走进办公室,报告道:"参谋总长,刚接到关东军司令部的电话,他们再次违抗命令,说苏军展开猛烈攻击,事至如此,他们无法服从无条件投降的决定!"

参谋总长命令道:"刻不容缓!壹岐,你马上起草命令书!明天早晨带着命令书从立川机场出发去新京。同时与苏军、英美军取得联系,通知他们此次前往新京的目的,要求保证飞行安全。完成任务后,一定要回来复命!"

壹岐立正,复述命令,走出参谋总长室。

壹岐来到走廊,向弥漫着汽油味的窗户下面望去。夜幕即将降临,院子里燃烧着几团火,人影晃动,吼声不绝。军人们正把机密文件、密码本等堆积起来,点燃并烧毁。

"帝国陆军要无条件投降吗?"

"我在士官学校没有学过如何战败!"

院子里响彻着既像怒吼又像恸哭的喊声。火光照亮了官兵们扭曲的面孔,他们的军装被汗水湿透。三十三岁的壹岐不由得产生了冲动,他想冲进他们中间,大声恸哭。但是,他必须马上起草停战命令。他转身快步返回作战室。

作战室里灯光通明,空无一人,静悄悄的。文件柜、文件库以至所有抽屉都被粗暴地打开,里面的文件散落一地,无处落脚,一片狼藉,令人难以置信的是直到昨天这里还是指挥统帅帝国陆军四百五十万将士的参谋总部。壹岐整理好零乱的桌子，坐在桌前。

他从抽屉里拿出稿纸，打开砚台盒盖。壹岐总是用毛笔写命令书，甚至电报稿也用毛笔。虽然没有必须用毛笔写的规定，但每每想到自己的一字一句都关系到前线将士的士气，关系到每个人的生命，他便无法用钢笔下笔。

窗外的骚动并没有随着黑夜的到来平息，反而时时刻刻在扩大。壹岐默默地研磨，让自己把精力集中在起草停战命令书上。然而，自从十四岁走进陆军幼年学校，壹岐一路走来，陆军士官学校、陆军大学，他接受的是不败的军队教育，他从未想象过有朝一日自己将起草一份投降命令书。

不知道过了多长时间，壹岐终于勉强让自己平静下来，开始起草停止作战行动的命令。

第二天早晨五点，壹岐带着一名曹长，乘坐司令部的侦察机从朝雾蒙蒙的立川机场出发了。放在他膝上的军用公文包里有梅津参谋总长下达给关东军总司令的停战命令书，上面写道：

> 大本营的意图在于执行诏书之宗旨，故立即停止作战行动。大本营全权委任关东军司令部与苏军进行停战交涉。

今天早晨出发时梅津参谋总长的话再次从壹岐心头掠过，参谋总长再三命令他一定要回来复命。这不仅意味着作为停战特使他有复命的义务，同时也在告诫他不要草率行动，不要放弃自己的生命。但是，此刻壹岐心中想的却是选择在哪里结束自己生命。他的心情是落寞、虚无的，他的心正在向着死亡疾走。现在，唯一阻止这颗心的是作为大本营参谋向关东军传达大本营命令的职责。

五个小时后,飞机在朝鲜的京城机场加油,然后继续飞往满洲国的新京。

壹岐从飞机场进入新京市内。夏日的太阳闪着耀眼的光芒,街道两旁的法国梧桐郁郁葱葱。店铺和居民家家房门紧闭,马路上奔跑着逃往乡下的满人的马车和小推车。留在当地的日本人也在往卡车上搬东西,城市里一片混乱。壹岐乘坐的汽车穿行在人流的夹缝中。

车开到一个南北走向、六十米宽的坡道,前面是一望无际、仿佛通向云端的宽广的大同大街。这条大街上也挤满汽车、马车、小推车,拥挤不堪。壹岐看到一对母子,只带着一些随身用品,在人流中步履维艰。他突然想起了在东京的妻儿。自从八月九日最高战争指导会议召开以来,壹岐就一直住在市谷的宿舍里,没有回过位于杉并高园寺的家。昨晚他彻夜起草停战命令,整理行装,今早便从立川出发,无暇与妻子联系。不过,不联系可以减少妻子不必要的担心。而且,壹岐相信,即使自己选择了不归路,他的妻子也一定能将两个孩子抚养成人,坚强地活下去。

载着部队的无盖列车在铁道上飞奔,那是不肯停战的关东军在往边境线运送兵力,以防御苏军的进攻。但是,壹岐知道这些士兵没有携带足够的弹药。为了支援极其惨烈的东南亚战线,关东军早在两年前就开始向东南亚输送兵力和弹药,曾经强悍的关东军早已是徒有虚名。

汽车驶过西公园附近,眼前出现了一个人字形山墙的四层建筑,那就是关东军总司令部,是四个月前壹岐从事军务的地方。守卫总司令部大门的哨兵举枪行礼,迎接大本营参谋壹岐。

最后的幕僚会议在作战室举行,总司令山田大将、总参谋长秦中将以及二十六名参谋将通过公议,决定关东军的命运。苏军已经突破边境,正怒涛般挺进。晚一刻做出决定都将导致数千名官兵失去性命。与会的幕僚们个个神情紧张。

壹岐传达了大本营的停战命令,一个年轻的参谋马上站起来质问道:"坚决不能服从!就在八日,大本营为了摧毁苏联的非分野心,刚刚下达了开始新的全面作战的命令。才五天就要无条件投降吗?而且,为什么没有涉及关键的问题,即我国维护国体的问题?诏书说'朕于兹得以维持国体',有什么可以证明无条件投降后联合国将信守其诺言,有凭证吗?"

壹岐无言以对。这是在十四日的御前会议上同样被反复讨论的问题,而停战是由天皇的圣断所决定的。另一个参谋也用激烈的语调说:"如果国家体制被破坏,民族将无法存续!这种时刻,我们必须彻底抗争,成为维护国体的基石!"

"我们只有不顾胜负,战斗到最后的一兵一卒,才会以此点燃国民心中重建国家的星火。"

其他参谋也纷纷发表强硬的论调。年轻的参谋们断言,他们已经难以服从哪怕是来自大本营的命令。壹岐将目光投向坐在对面的山田司令官。司令官身穿军装,腰身挺得笔直,纹丝不动。但是,在决定关东军命运的这个时刻,他的内心深处定然是汹涌澎湃,正在痛苦挣扎。关东军首屈一指的苏联通秦参谋长的双眼周围也出现了两片暗淡的阴影。

秦参谋长制止住情绪激昂的年轻参谋们,说:"我要问壹岐中佐。我听说陆军直到最后都没有放弃本土决战的意志,这个计划为什么破灭了?你是作为本土决战的要员被召回大本营的,你一定能够冷静地理解事态,给我们一个解释。"

壹岐抬起头，平视前方，回答道："我们本土决战作战班在七月末做出判断，预测美军登陆地点将在南九州的宫崎海岸、有明湾、萨摩半岛西部以及南海岸的三个正面。关东最后决战将在相模湾、九十九里滨和鹿岛滩的三个正面进行。而且，我们也调整好了兵团配置。但是，随着空袭日渐激烈，军需物资的生产下降，燃料不足，储存都已见底。因此，我们只有采取一兵一车必碎的特攻战法。但是，在十四日的御前会议上，天皇表示使国民陷于涂炭之苦非朕所欲，因而没有御准本土决战。"

听了壹岐对内地情况的说明后，面对超乎想象的严峻现实，幕僚们像被当头泼了一盆凉水，沉默了。但是，仍有两三个参谋满面通红，勃然大怒。

"内地是内地！你还是一个四个月前和我们七十万关东军官兵同生死的军人吗？你竟然能恬不知耻地来到这里传达停战命令！不知羞耻！"

"对！我们坚守满①苏国境十余年，之所以坚决执行大本营'确保平静'的命令，忍受苏军的挑衅，为的是满洲国的未来。可是，你却要我们不交一战，面对在满的一百五十万百姓坐视不救，还要接受当俘虏的屈辱！这种家伙，我砍了你！"

其他参谋也激动地站起身，会场上杀气腾腾。

秦参谋长大声喝道："安静！违背圣旨还谈何国体？遵从天皇的意志，立即停止作战行动才是臣子的本分。如果有谁坚持主张战斗，要采取行动的话，先斩了我的头再去！"

一直闭目不语，静听争论的山田司令官这时也开口了："我赞成参谋长的意见。圣断已下，违抗圣旨我们就成了私人军队。我不想

---

① 指伪满洲国，下同。

指挥私人军队！事已至此,我们只有奉行圣旨。无论是进是退,效忠的路只有一条。"

做出这个决断后,山田司令官的眼中闪现出亮晶晶的东西。全场肃然,年轻的参谋们泪如泉涌,幕僚中传出压抑不住的哭声。

秦参谋长静静地接着司令官的话说：

"诸君！有着二十六年历史的关东军解散了,以后我们将不会再相聚一堂,感谢诸君多年来的辛劳。来,让我们喝了这杯诀别酒！"

桌上摆上了日本酒和酒杯,杯中倒满了酒。二十六名幕僚寂然无声,他们喝干诀别酒,一个又一个地离去。

不知什么时候,房间里只剩下秦参谋长和壹岐两人。

"壹岐,辛苦了！你马上返回去复命：关东军遵从圣旨,服从大本营的停战命令。"

"恕不能从命。我将用电话向大本营报告情况,并从现在开始接受关东军司令部的指挥。"

壹岐决心已定。

"你说什么？你是大本营的参谋！"

"是的。但是,就在四个月前,我还作为关东军的作战参谋,与以参谋长为首的同僚们共事一年有余,共同进行对苏战略工作。我要与关东军共命运！"

"你这是违抗命令！你有复命的义务。难道你不理解命令你回去复命的梅津参谋总长的心情吗？作为关东军的总参谋长,我不能把你纳入我的指挥之下。回去！"

秦参谋长下达命令后转身离去。壹岐看了一下表,下午三点,他抵达司令部已经两个小时了。从新京飞回东京需要九个小时,他必须马上赶往机场。

壹岐心乱如麻,走出作战室,催促随行的曹长赶快上车。街道上更加混乱，当他们穿过拥挤杂乱的街道，到达机场附近的时候，壹岐的视线不由得停在空中。他发现从阴云密布的东北方向上空出现的飞机有些异常。从机头的角度判断，这架飞机明显是试图降落在新京的军用机场，但却在不停地摇摆盘旋。而且，这不是一架普通的军用飞机，是内地航空士官学校学员使用的、俗称红蜻蜓的陆军九三式训练机。壹岐感到不解，他让车加快速度，往机场赶。

消防车和救护车已经在跑道附近待命，等候飞行异常的飞机降落。

壹岐推开地勤人员，问一个正在用望远镜观察飞机的航空技术少尉："这是哪儿的训练机？航空士官学校的学员不是早就接到回国的命令了吗？"

少尉看到壹岐带着参谋肩章，举手敬礼，回答道："是丰冈航空士官学校五十九期学员的训练机，上个月来这里进行训练，苏联参战后他们就接到了回国的命令。但是，因为他们飞行技术还不熟练，有几架飞机在途中迷路，掉了队。无线电联系说，这架飞机经由京城返回内地的途中，在吉林被苏军飞机射中，拼着全力才终于飞到这里，正在准备迫降。"

"什么部位被击中了？"

"左翼前端。"

少尉话音未落，低空盘旋的训练机像遇到一阵强风一样，左右摇摆着勉强在跑道上着陆。消防车、救护车立即开过去，壹岐也从车上跳了下来。训练机左翼前端被削掉一块，机体上弹痕累累。一个满脸是血的二十岁上下的学员从里面爬出来，一下子晕了过去。

"能救活吗？"

壹岐问军医。军医一边指挥卫生兵迅速止血，一边回答："是头顶部皮下贯穿伤和小腿部贯穿伤。只要止住血，应该没问题。我们马上送他去陆军医院。"

"不，用我坐的司令部侦察机把他送回去。你给他好好包扎一下。"

随行的曹长吃惊地插话道："中佐阁下，司令部侦察机除了驾驶员以外，只能坐两个人……"

"我留在新京，用电话向大本营复命。为了以防万一，曹长，你回去替我再次复命！"

曹长脸色大变："那是违反军纪的！"

壹岐摇摇头，制止住他，说："这个士官学校的学员已经接到了回国的命令，他是在返回途中出的事故，用司令部侦察机送他回去不算违反军纪。苏军已经逼近海拉尔，你马上出发！"

壹岐命人把受伤昏迷的学员抬进司令部侦察机，催促曹长马上出发。

此时此刻，把返回日本的飞机座位让给他人，无异于让出生还的机会。但是，看着在跑道上滑行、起飞，在暮色中远去的飞机身影，壹岐对自己说，我没有做错，我是一个不应该活在这个世界上的人。

八月十八日，哈尔滨机场乌云密布，雷声隆隆，阴森可怖。

两天前，壹岐正作为大本营特使向关东军总司令部传达了停战命令后，请求纳入关东军总司令部指挥之下。现在，为了与苏军进行停战交涉，他在秦总参谋长带领下，与情报参谋野原少将、政务参谋大前大佐、作战参谋川岛中佐、宫川哈尔滨总领事一同等待苏联飞机的降落。

决定奉旨行事的关东军司令部于昨天十七日对各部队下达了命令，立即停止作战行动，向苏军缴械。同时，通过哈尔滨的苏联领事馆开始停战交涉。

今天早晨，哈尔滨的苏联特务机构通报说，远东军总司令华西列夫斯基元帅同意接受停战协议,并要求日军使团今天下午在机场等候。

下午四点十分,数架苏联飞机从东面飞来,在机场上空大幅度盘旋,似乎在侦察地面日军是否处于攻击态势。接着响起一阵雷鸣般的轰隆声,十几架飞机形成一个编队向这边飞来。即使作为前来迎接签署停战协议的日军使团的飞机,这个编队也过于庞大隆重。壹岐不由得绷紧神经,看了一眼秦参谋长。秦参谋长神情紧张,跟旁边的情报参谋交换意见后注视着飞机编队的动向。

十几架飞机一着陆,苏联士兵便一拥而出。他们驱走日本士兵,一个接一个地占领了机场跑道、飞机库、修理厂等重地。同时,持枪的苏军将飞机场里的日军士兵和满蒙航空公司的职员集中押到机场一角,壹岐他们这些日军使团则被死死盯在候机室里。

十几分钟后,哈尔滨机场被占领了。从一架飞机里走出一队苏军军官,来到日军使团面前。一个身穿深绿色军装、挂着各色勋章的军官用尖厉的声音说:"我是莎拉波夫少将,秦参谋长在哪里?"

得到回答后,莎拉波夫少将点点头,接着环视了一下随行的参谋,特意问道:"大本营参谋壹岐中佐也来了吗?"

"来了!"莎拉波夫少将把冰冷的目光投向壹岐,壹岐感到后脊梁一阵发凉。苏方通过在哈尔滨的特务机构向日军提出要求,特别指名大本营参谋壹岐要加入日军使团。关东军司令部担心此事涉及大本营,答复他们说壹岐已经返回日本。但是,苏方却强调"我们已经截获电文,知道壹岐参谋通过电话复命后已经纳入关东军的指挥之下"。

秦参谋长通过宫川总领事翻译,提出尽快与苏联远东军总司令部签署停战协议的要求。莎拉波夫少将耸了耸肩,说:"你们与总司令华西列夫斯基元帅的会面改为明天,十九日。所以,我们希望在此地接收关东军军官名单以及哈尔滨各守备部队的花名册。"

莎拉波夫少将单方面通告完之后,与苏军一行人坐上从关东军征用的汽车,命日军使团跟在他们后面,向苏联领事馆驶去。

翌日上午七时,秦参谋长一行在苏军的监视下,从哈尔滨机场出发了。

当飞机飞过牡丹江上空的时候,脚下的惨景吸引了壹岐的目光。铁桥被炸,民居被烧,丘陵上随处是被炮弹轰炸后形成的褐色坑洼,远处绥芬河方向升起一股巨大的黑烟。看样子,前线还没有接到停战命令。

飞机穿越国境,降落在一片原野中的跑道上。跑道没有铺修过,从其位于国境附近的山里推测,这里应该是扎里科沃的秘密机场。壹岐走下飞机,还没来得及观察周围就被催促着登上吉普,被带进了一个木头房子。这是一个匆忙搭建起的房子,粗糙的木头地板上虽然没有铺地毯,但却铺着毛毯,显示出苏军对日军使团的敬意。但是,这里显然不是和华西列夫斯基元帅会见的地点。

门被敲开,一行人紧张地看着来人。进来的是负责接待的苏军军官,他说了声你们大概还没有吃早饭,就指挥士兵端来在战场上难以想象的奢侈丰盛的食品,鱼子、三文鱼和白面包等,还打开了香槟。接待官对目瞪口呆的壹岐他们说:"请不要客气,尽情享用吧!午饭如果有什么要求,也可以告诉我。"

野原少将说:"谢谢好意,我们想尽早见到华西列夫斯基元帅。我们什么时候能会面?"

"我只负责接待,不知道贵方和华西列夫斯基元帅会见的时间。各位军官喜欢吃俄罗斯菜吗?"

接待官避重就轻,壹岐忍不住提出强烈的抗议:"我们在问会面的时间,如果你不知道,就请马上去问司令部!"

接待官极不情愿地点点头,出去了。但是,好几个小时过去了,却不见回音。一行人再次通过宫川总领事去催促,第三次的时候终于来了一个军官,通知他们会面的时间,并要求日方只能去两个人,参谋长和大本营参谋壹岐。

　　秦参谋长马上拒绝,提出要求:"我是参谋长,要进行详细的说明,至少需要三个参谋同行。而且,既然是正式会谈,就需要有翻译。所以,我要求宫川哈尔滨总领事也和我们同行。"

　　由于秦参谋长态度坚决,半个小时后他的要求得到了许可。

　　壹岐等人坐上吉普,前往总司令部。群山起伏的白桦林树木稀疏,里面有几间和刚才一样的木头房子。一条极具规模的路通向总司令部,途中设有关卡,有哨兵严格把守,令人疑惑他们何时修建了这条路。但是,令壹岐等人最为吃惊的还是完善的防空设施。道路、建筑物上都罩着大规模的防护网,上面还覆盖着树枝,隐蔽得非常严密。这样的防空设施,难怪壹岐在关东军时,情报部虽秘密派侦察机拍摄航空照片,却没有发现远东军总司令部的位置。

　　日军使团一行走进用油漆涂成绿色的总司令部,被带到正面的一个三十多平方米的房间里。房间里除了挂着苏维埃共和国的国旗以外,只摆放着简陋的桌椅,尚未具备远东军总司令部应有的气派。从这简陋的总司令部也能感到苏联的狡猾,他们看到日本即将投降,便突然撕毁《日苏中立条约》①参战并策划夺取满洲。

　　壹岐等人怀着懊悔的心情等待华西列夫斯基元帅的出现。

　　下午三点半,总司令华西列夫斯基元帅走了进来,随行的除了贝加尔方面军马利诺夫斯基元帅、沿海州方面军司令梅列茨科夫元帅

---

① 指第二次世界大战期间,苏联与日本于1941年4月13日签订的在战争中相互保证中立的条约。

外，还有远东空军司令和太平洋舰队司令。秦参谋长、壹岐等日军使节一行摘下军帽行礼。

双方各坐在谈判桌的一边，相互凝视对方。房间里弥漫着紧张的气氛，令人窒息。双方是隔着满苏国境对峙十余年的对手，这十几年来他们都在动员全部力量，极尽战略战术，以备有一天开战。但是，现在他们未交一战，一方即作为胜利者，另一方作为战败者在这里会面。

突然，窗外远处传来拉奏俄罗斯民谣的手风琴声，是一首从战场上凯旋的苏联战士们哼唱的歌曲。或许是想起了关东军七十万将士，秦参谋长的脸上笼罩上了阴影，但他马上重新振作精神，开口道："根据大日本天皇的命令，关东军决定停止与苏军作战。我们希望能尽早完成使命。"

华西列夫斯基元帅在桌子上打开地图，直截了当地指明关东军投降的集合地点，其他元帅也不时插几句话。壹岐趁宫川总领事给苏方翻译之际，再次观察苏联的将帅们。

壹岐在情报部的资料里看到过，华西列夫斯基元帅生于一八九五年，在这次世界大战中，他作为斯大林的总参谋长担任一千万苏联红军的作战指挥，是一位智勇双全、极负盛誉的将军。马利诺夫斯基元帅曾与德军作战，是位战果累累的骁勇武将。梅列茨科夫元帅作为苏芬战争的司令官英名威震。但是，在座的几位元帅中，真正具有将帅之气的仍属华西列夫斯基元帅一人。马利诺夫斯基元帅相貌端正，脸上流露出蔑视败军的冷酷无情。梅列茨科夫元帅不停地晃动着矮小的身体，只要日方的回答稍不及时，哪怕是枝节小事，便破口大骂。而且，除了五十岁的华西列夫斯基元帅以外，其他四十多岁的元帅都是速成将军。想到自己是作为败军的使节来向他们求和的，壹岐心中愈加不是滋味。

经过壹岐等参谋的说明,双方协商好了投降细节。华西列夫斯基元帅宣布:"日军部队与将官一同进行有秩序的投降,最初几天士兵的口粮问题由日军解决,各部队带着粮食投降。此外,在苏军到达之前,日军司令部负责维持新京及近郊的秩序。"

秦参谋长在表示同意后,态度坚定地提出三个条件:"请允许我提出日军的三个要求。一、虽然战败,但是我们希望日军的名誉能够得到尊重。日本自古以来就有武士道的传统,所以,请务必允许佩剑。二、采取万全措施,以期保护在华日侨的安全以及让他们尽早返回日本。三、我们希望扣留日军官兵的地点是在住处、被服、粮食可以得到确保的满洲国,并希望严格遵守《日内瓦公约》中有关国际俘虏待遇的条约。"

华西列夫斯基元帅和身边的将军们商谈片刻后,痛快地答应了第一个要求:"允许日本军人佩戴军衔及佩剑,允许将官携同副官。并且,我保证,同为军人,苏联军队将对日本军官及士兵采取有节有序的态度。"他接着说道,"其次,在华日本平民的保护及尽早返回日本一事,从人道主义上讲,我国也将尽最大努力。但是,最后一条,在满洲关押日本官兵这一要求我们不能接受。日军在解除武装后将被暂时关押在苏联境内,直到苏军全部占领满洲。"

华西列夫斯基元帅没有提及履行《日内瓦公约》一事。秦参谋长通过宫川总领事翻译,再次提出遵守《日内瓦公约》的要求,但是没有得到答复。华西列夫斯基元帅是个极具天赋的优秀军人,但回避了有关《国际法》规定的俘虏待遇的问题。这里面有壹岐他们无法理解的国民性和国家体制上的问题。秦参谋长难以掩饰心中的焦虑,再次提出要求:"关于扣留期间的伙食问题,日本人素以大米为主食,没有大米便难以维持体力。请予以考虑。"

话音刚落,梅列茨科夫元帅便从一旁插话,断然拒绝:"不可能！"他矮小的身体内膨胀着怒气。华西列夫斯基元帅回答道:"协议的宗旨是每天的主食为三百克黑面包和三百克大米。"身为战败者,日军无法再提更多的要求。

"那么,请你们理解,每天三百克黑面包和三百克大米的主食是维持体力所需的最低限度的定量。"秦参谋长反复强调,最后说,"请给予我们必要的交通及通信手段,以将苏联远东军总司令部的命令紧急通知到日军各部队。"

华西列夫斯基元帅同意了这个要求,会谈就此结束。

以秦参谋长为首的一行正欲离开,华西列夫斯基元帅出其不意地问道:"刚才给几位提供的宿舍,还满意吗?"一行人对刚才受到的款待表达谢意之后,华西列夫斯基元帅又说,"因为你们乘坐的飞机去了萨哈林,所以,请你们在宿舍暂时逗留。"

壹岐等人大感意外,面面相觑。

"请给我们安排其他飞机。"

"非常遗憾,现在苏军飞机都已飞往满洲国了。"

秦参谋长加强语气,说道:"那就请在苏军的监视下,让哈尔滨机场的日军飞机来接我们。"

"那是我这个总司令决定的事情。"华西列夫斯基元帅驳回秦参谋长的请求。秦参谋长脸色大变,他看穿了华西列夫斯基元帅的企图。华西列夫斯基元帅还不能相信关东军会全面投降,因此,在关东军完成全面投降之前,他要扣押人质。

秦参谋长态度坚定地说:"为了迅速圆满地实施双方签订的协议,我们现在必须马上返回,刻不容缓。我们晚回去一刻,双方军队就会增加一刻的损失,这样只能增加无谓的牺牲。"

"那么,就请你们返回后马上派代表过来。"

这是在公然索要人质。

"好,我们回去后马上派人来!"

得到这一答复后,华西列夫斯基元帅的表情终于开始缓和,命令部下准备飞机。

一行人走出会见室,沿着来时的白桦林中的道路向机场走去。暮色开始降临,白桦树浮着微弱的白光。在刚刚接受投降条件的壹岐心中,那白色与丧衣的颜色无异。

壹岐他们来到机场,跑道上停着一架侦察机。他们被告知飞机还没有检修完毕,让他们在办公室稍等片刻。每个人都心急如焚,他们必须在天黑前出发。但是,他们看到检修飞机的苏联士兵动作极其缓慢,似乎是在有意拖延起飞时间。

晚上八点五分,飞机终于起飞了。大家都松了一口气,现在只有一路飞往新京了。想到回到司令部后必须马上与各方面军联络,壹岐恨不能在飞机里奔跑。

飞机飞到吉林上空时,突然划过一道闪电,紧接着雷声隆隆,飞机穿入乌云层中。大雨敲打着机体,飞机上下摇摆着继续飞行。迟迟不到新京。机窗因大雨的缘故蒙上了一层薄雾,外面漆黑一团,视力失去作用。壹岐感到一阵不安,担心飞机迷失方向。从飞行时间上推断,这架飞机目前处于极不正常的飞行状态。

苏军军官似乎也有些担心,几次站起来去驾驶室观望,然后把宫川叫过去,用亢奋的声音向他说着什么。宫川总领事脸色苍白地翻译道:"由于雷雨,能见度极差,飞机的燃料正在逐渐耗尽。"

机内气氛紧张不安。虽然壹岐心中闪过一个念头,希望就此与飞机一同坠落身亡,但是,想到关东军七十万官兵的命运,他站起身来,把手伸向驾驶舱门。苏联军官张开手臂阻止他,壹岐不顾一切地推开对方,进了驾驶室。

壹岐不顾苏军飞行员吃惊的目光,坐在了副驾驶席上。在担任关东军作战参谋期间,壹岐把满洲的地形、一山一水都清晰地印在自己的脑海里。他仔细观察着脚下的地形,发现飞机已经飞越了满铁连京线。壹岐的专长是德语,但也能说一些简单的俄语。他用俄语对飞行员说:"左旋,找到河流!"只要找到松花江,就能发现飞行目标。机头大幅度调转了方向。

"江!是松花江!看!"

飞行员指着下面大声说。雨停了,地面上有水面的反射。但仔细看便发现那不是江,而是湖泊。新京西南部的丘陵地带有人造湖泊。

"那是湖。往北,寻找铁路!"

为了寻找通往新京的铁路,飞机降低了高度。闪着黑黝黝光亮的松花江出现在视线里,等间隔距离排开的一颗颗小灯泅然一片。

"沿着下面这条铁道线往南飞行,就能到达新京机场。"

飞行员听从壹岐的指令,进一步降低了飞行高度。

十分钟后,新京飞机场导航塔上的灯光出现在一片黑暗之中。但是,机场一片黑暗,根本看不到跑道。虽然机上的燃料已快耗尽,但是壹岐仍命令飞行员在机场上空盘旋。两周,三周,地面终于觉察到了这架请求着陆的飞机,点燃了机场上的枯草。在熊熊火光中,跑道出现了。

"准备着陆!"

在壹岐的大声呼喊中飞行员满头大汗,努力操纵操纵杆,将飞机降落在跑道上。机体剧烈颠簸,飞机着陆了。

壹岐汗如泉涌,呆呆地看着燃烧的枯草。

苏军军官的车停在关东军司令部的大门前,他们是来要求带走秦参谋长的代理人的。扎里科沃的远东军总司令部要求副参谋长竹村少将代替秦参谋长前往。但是,竹村副参谋长由于连日连夜向前线传达停战命令,劳累过度,引起胃溃疡,刚刚吐过血。大家担心他无法只身前往扎里科沃,便与来人交涉,希望换其他人去。但苏联军官认为这是逃避人质的口实,坚持要求带走竹村副参谋长。

司令部的十几名参谋、工作人员在门口列队,为竹村少将送行。

"副参谋长,请多保重!"壹岐百感交集,不知该说什么。

"不用担心,所幸我的俄语没有问题。司令官和参谋长就交给你们了。"竹村副参谋长像往常一样用淡淡的口气向大家告别。他的眼光中充满坚定,他已做好了一切准备。

竹村副参谋长乘坐的汽车出发了。壹岐坐立不安,他来到地下室的通信室,向东京大本营汇报了签订停战协议后苏军的动态和竹村副参谋长被当作人质带走的情况。就在这期间,十几名通信兵仍在向前线的各师团、旅团、大队传达停战命令,忙得大汗淋漓。但是,蜿蜒三千里的战线过于漫长,苏军远东军总司令部的命令似乎也未彻底传达到前线战场,各地仍有战斗行为继续,时时刻刻都有悲壮的消息传来。

珲春守备部队来电:"连队长在说服部下'承诏必谨'[①],指挥停战,解除武装之后自刃。"之后,这支部队便断绝了联系。

这位连队长大概是在向不肯投降的部下们谆谆阐明奉守圣旨之道,说服他们之后,才剖腹自杀的。他的这种先殉道而后自绝的行为深深震撼着壹岐。

这时又传来了信号。不停地敲打着收报机的通信兵脸色大变,他递过电文,大声喊道:"参谋阁下,掖河重炮大队来电。"

[①] 天皇诏命必谨听,绝对服从之意。

实难忍,一弹未发即投降。我队一百一十三名队员誓与大炮同命运,将引爆自绝。

壹岐看了一眼电文,马上命令道:"立刻联络他们,发报、打电话,动用一切通信手段,一定要联系上他们!"

几名通信兵分别扑向发报机和电话,不停地呼叫。壹岐祈祷着、等待着回答。掖河重炮大队渡濑大队长是他在士官学校的同期学员。

"电话通了!是大队长阁下本人。"

壹岐一把夺过话筒放到耳边,呼叫道:"是渡濑吗?我是壹岐!不要操之过急!停战是圣旨,放弃你的念头!"

伴随着杂音,话筒里传来一个厚重的声音:"是壹岐吗?原来你在新京?"

"我是带着大本营的停战命令来的,没有回去,现在纳入关东军的指挥之下。昨天我们和苏军签订了停战协议,现在正尽全力做善后工作。你现在要忍难忍之忍,和你的部下一起投降!"

渡濑大队长在电话那头沉默不语。

"渡濑,无论如何你先放弃自杀的念头!等让你的部下们投降之后,再做打算也不迟。"

"不,队员们与大炮同命运的决心不可动摇。我的一百一十三名队员们已经分别乘坐十二辆牵引车形成一个圆阵,拉开了导火索。壹岐,已经没有时间了,再见了!"

"渡濑!等等!你等等!"

"我先走了!剩下的拜托你了!"

渡濑的声音很平静,是决心已定的人特有的声音。壹岐继续呼叫,但电话那头已经没有人回答,只传来刺啦啦的杂音。渡濑一定是扔下话筒走了。轰!轰!轰!突然,话筒里传来一阵震耳欲聋的轰鸣声,撞击着壹岐的鼓膜。紧接着噗的一声,信号音断了。那一定是全体队员引爆所有大炮那一瞬间的轰鸣声。话筒从壹岐手中滑落。被一条导火线连在一起的一百一十三名官兵的生命,就这样随着一声巨响和冲天的火光灰飞烟灭。

没有成功说服渡濑,壹岐感到浑身的力气像被抽空了一样,无比虚弱。周围的通信官兵也都围过来,个个面色苍白。壹岐默默地站起来,走出通信室。

壹岐不自觉地向他四个月前曾任职的作战室走去。

已经失去机能的作战室门窗紧闭,笼罩着一股逼人的热气。壹岐站在房间中央的沙盘前。四张榻榻米大的沙盘上是大满洲国的地图,上面插满了显示敌军和友军态势的红、蓝两色标志。表示苏军的红色标志已经突破满苏国境,而迎击的关东军各师团、混合旅团、装甲车队则退往满洲国内。壹岐曾在这里全神贯注地注意敌我动向,为战略战术绞尽脑汁。但现在看来,这是一张多么徒然的作战地图。曾经拥有帝国陆军三分之一的战斗力、拥有足以与世界各强国的陆军匹敌、拥有强大兵力的强悍的关东军业已不复存在。这场战败的责任当然应归结于军部首脑,归结于壹岐他们这些大本营的参谋。就在刚才,壹岐亲耳听到了好友引爆自杀的巨响,他无法忍受自己还活在世上这一事实。

壹岐站在作战地图前一动不动。从上陆军幼年学校开始,壹岐受的就是在国家利益面前个人生命轻如鸿毛的教育,他时刻都做好了死的准备。虽然妻子和两个年幼的孩子的身影从壹岐脑海中掠过,但对此刻的壹岐来说,一个军人应有的生死观的分量超过了妻儿的重要。

壹岐把手伸向别在腰间的手枪,检查弹夹。渡濑对日军的胜利深信不疑,他与"实难忍,一弹未发即投降"的一百一十三名部下一同完成了壮烈的自绝。但是,壹岐不同。作为大本营参谋,他了解直至停战之间陆、海两军的对立,对政府之间的交易也了如指掌。而且,他还作为败军使团的一员向苏军求和。因此,他决定走向死亡的心中充满了耻辱和悔恨。

壹岐擦掉额头上的汗水,把枪对准自己的太阳穴。就在这时,门被猛地推开,一个神色紧张的下士官闯进来。他对壹岐的异常毫无觉察。"参谋阁下!原来您在这里。刚才,苏军发来命令,要我们交出司令部。"

关东军已经向进驻新京的苏联军队提供了司令部对面的军人会馆,现在他们又要求交出司令部,简直令人难以置信。

"什么?司令官阁下和参谋长阁下怎么说?"

"不知道。苏军来了一卡车部队,已经闯进来了!"

壹岐无暇顾及自己的生死,迅速把手枪插回枪套,向司令官室跑去。苏军士兵包围了司令官室,形势紧迫,一触即发。山田司令官说:"这么说,你们无论如何要接收司令部了?"

"是的,请你们马上撤离,迁移到海军武官府。如违抗,我们将以武力占领此地。"苏联军官斩钉截铁地说。

经过一阵漫长沉闷的沉默之后,山田司令官默默地从椅子上站起来。以秦参谋长为首的各参谋也无奈地一个个离去。

一小时后,关东军司令部将所剩无几的物品搬上司令部仅存的一辆卡车,司令官、参谋长及参谋们一同坐上卡车,士兵们跟在后面步行,前往海军武官府。

出了大门,回首望去,十四年来镇守北方的关东军总司令部城郭式建筑的屋顶直耸阴云密布的夏日云霄。正面人字形白色山墙上的金色菊花徽章已经被剥下,留下一个白色的印记述说着城池的陷落。

在苏军监视下,卡车缓缓开动。所有的人,从司令官、参谋长到下士官和士兵都不住地回头张望。这是名副其实的交出城池,每个人的脸上都流淌着止不住的泪水。壹岐为自己未能赴黄泉的命运悔恨得咬牙切齿。

关东军总司令部搬迁至海军武官府已过去一个星期。

这里位于原司令部以北两公里处,对面是西广场。搬迁实属有名无实,司令部被剥夺了所有的指挥统帅权,实际上处于软禁状态。司令部所属武器只有门卫哨兵持有的十几杆步枪和军官们佩戴的手枪、军刀。与外部的联络部门只允许配备一台无线电发报机。

对于壹岐来说,移至海军武官府的这些天无异于被投入监狱。

"壹岐,看,又有苏军进来了!"秦参谋长看着窗外,愤愤地说。

壹岐向外望去,只见一队苏联士兵黑压压地从新京车站方向走来。他们手持步枪,身上沾满汗水和尘土,军装肮脏不堪,唯有枪是崭新的。由于长途行军,苏军士兵疲惫不堪,他们或用手捧起路边水洼里的水喝,或用小刀撬开罐头用手抓着往嘴里塞。

壹岐把目光从苏军队伍上移开。苏联的地面部队源源不断开进新京市内,他们借战胜国的余勇不停地掠夺、施暴。特别是酒后,苏联士兵更加狂暴,使留在当地的日本人的生活陷入悲惨的深渊。前来司令部请求援救的满洲政府工作人员、避难者络绎不绝。然而,身陷软禁的壹岐他们却束手无策,只能请求苏军当局加强对士兵的管理,尽早让日本人返回内地。但是,苏军对他们的请求置之不理。逃到西广场上来的满蒙开拓团的人们身无一物,甚至连内衣都被抢去。他们模样怪异,身披麻袋片,只露出脸和双手,三天未进一粒米,只能喝水充饥,情形十分悲惨。

壹岐说:"参谋长,不久就会进入严冬,这样下去留在这里的平民会被饿死、冻死。我们应该向大本营汇报惨状,请求中央部门设法打开局面。"

得到秦参谋长的同意后,壹岐马上来到通信室,亲自发报:

> 留在新京的难民,连仅有的随身物品均被苏军掠夺,已过数日,甚至出现无食物可用者。取暖所需煤炭,即使有劳力可用,却不被允许运送。且衣物被褥住宅皆被征用或掠夺。入冬后恐出现饿死、冻死者,实堪忧虑。我方虽已向苏军首脑追究,但对方不予理睬,唯有拒绝之回答。请求国家务必尽全力使国民得以及时返回内地……

从那天起壹岐就不断地向大本营申述惨状,大本营也再三向苏军提出希望留在当地的日本人尽早返回日本的要求,但都被拒绝了。

九月五日,一个佩戴少将军衔的苏联军官来到海军武官会馆,通报道:"我是代表新京驻军司令官科瓦廖夫大将来的,我要见山田司令官和秦参谋长。"

在极不寻常的气氛中,在壹岐等参谋的随同下,山田司令官和秦参谋长出现在接见室。苏军少将用殷勤但却不容置疑的高压口吻说道:"科瓦廖夫大将有令,命留在新京的所有关东军官兵前往原总司令部集合。我是来迎接山田司令官和秦参谋长的,请跟我走吧!"

在场的人凭直觉意识到总司令部被解除武装的时刻到了。他们早就做好了思想准备,各自带着预先准备好的随身物品,离开了海军武官会馆。

一行人来到原关东军总司令部大院时,分散在新京市内的大约一千名官兵和司令部的五十名官兵已经列队站好。

山田司令官和秦参谋长一行人一下车,官兵们立即向左右退开,中间让出一条道。壹岐痛切地感到官兵们正在紧张地关注着他们的一举一动。他紧闭双唇,走到站在院子中央的科瓦廖夫司令官面前。

科瓦廖夫司令官挺着肥胖的身体说:"奉苏联远东军总司令官华西列夫斯基元帅的命令,现在开始解除关东军的武装,并将山田司令官、秦参谋长以及在新京的官兵移送外地。"

山田司令官紧盯着科瓦廖夫毅然决然地说:"关东军官兵的武装由总司令我来解除!"说罢,他登上讲台,环视台下的官兵,片刻后说出了发自肺腑的离别之言,"诸君!长期以来你们辛苦了!武运不佳,停战无可挽回,今天,我们落到了被解除武装的地步。但是,这次解除武装是天皇的命令,所以我们并不是接受活着做阶下囚的屈辱。战争的责任由我这个总司令官来负!诸君回到故乡,要用在军队时忠诚于国家的真诚去孝敬你们的父母!"

官兵中间传出号哭声。山田司令官也难以抑制感情的冲动,话语已是哽咽。最后,他命令道:"既然解除武装,我们就要拿出日本军人的样子,井然有序地进行!"

但是,没有一个人交出手中的枪。直到昨天,官兵们还在日夜不息地擦拭枪支,因为那是天皇赐予的枪剑,是比生命还重要的。而且,绝不活着做俘虏的帝国陆军训诫至今仍占据着他们的心田。

科瓦廖夫感觉到站满院子的官兵中间正酝酿着一种危险的气氛,便大声用俄语命令道:"放下枪!"苏联士兵也把自动步枪枪口对准关东军官兵,进行威胁。

山田司令官下达命令:"现在谁在这里挑起事端就是违抗圣旨,立刻放下枪,架成三角形!"

官兵们的脸被屈辱扭曲着,他们悔恨地咬紧嘴唇,三人一组把枪架好,离开。

夏日灼热的太阳当头高照,地面上留下架好的步枪和手无寸铁的官兵们的影子。关东军司令部毁灭了。

部队解除武装之后，山田司令官、秦参谋长以及二十六名幕僚被带进了原司令部内。

"现在解除各位官员、参谋的武装。根据华西列夫斯基元帅的指示，允许你们佩戴军刀。请交出你们的手枪！"

科瓦廖夫肥胖的脸上流露出胜利者残忍的喜悦。山田司令官首先掏出自己的手枪，放到桌子上。须臾秦参谋长交出手枪，接着参谋们依次掏出手枪。房间里寂静无声，只有往桌子上放枪的声音，一个又一个地响起。

壹岐也摘下手枪，他肝肠寸断。对于军人来说，这是最屈辱的时刻。他领悟到绝不能进行战争，如果进行战争，就只能胜不能败。

被解除武装后，山田司令官、秦参谋长以及二十六名幕僚被带到了新京机场。

山田司令官一行乘坐的飞机没有被告知目的地。当天他们在哈尔滨住了一宿之后又继续北上。根据飞机的飞行航线，每个人都判断得出他们是被送往西伯利亚。

从哈尔滨起飞后，整整两个小时都可以眺望到中苏国境线上的黑龙江，它像一条油黑的带子自西向东流淌。壹岐一动不动，凝视着黑龙江。

飞机飞越国境，进入苏联境内。

第三章　社长办公室

近畿商事社长办公室的门打开了,大门一三响亮有力的声音把壹岐从关东军毁灭的回忆中唤醒。

"哎呀,对不起!让你久等了!会议延长了时间……"

刚才,大门社长说要去开公司高层会议,让壹岐在办公室等他。壹岐把身体深深埋在社长办公室的沙发里,等待会议结束。因为他完全沉浸在关东军毁灭的回忆中,竟不知道等了多长时间。大门一三红润的脸上绽放着笑容,在壹岐对面的沙发上坐下,点上烟说:"刚才那么短时间就结束这次会面,我觉得实在太可惜了。所以,才强人所难,让你留下来。"

"你在西伯利亚被判处二十五年苦役的重刑,真是难以想象你是怎么熬过来的。"

壹岐的眼前重新降下一块黑色的帷幕,紧接着关东军毁灭的回忆,西伯利亚的羁押生活又浮现在他的眼前。

"我有一个原则,不和任何人谈论和提起在西伯利亚的经历。"

壹岐是昭和三十一年(1956年)十二月返回日本的,刚两年。因此,对他来说,西伯利亚的悲惨生活至今仿佛仍然是鲜血淋淋的现实。

"失礼了!我这个人有个毛病,什么事情都喜欢刨根问底。"大门苦笑着说。

这时,通话机响了,话筒里传来秘书急切的声音:"社长,雅加达分店店长来电话,是打给常务的。但是,一丸常务去非洲出差了,他们把电话转到了这里。"

大门"嗯"了一声,从桌子上的三部电话中拿起其中一部的话筒。

"我是大门。什么?印度尼西亚内阁会议已经内定纤维纺织品国际招标了?里面确实有十万捆棉纱吗?嗯,这个情报是从哪里来的?"

大门表情严肃,握着话筒的粗壮的手腕显然非常用力。

"好。如果是直接从经济大臣旺同那里得到的消息,应该很可靠。"

旺同经济大臣是近畿商事的后援,这个情报有很高的可信性。问题是雅加达分店店长是通过什么途径,在什么时间得知这个消息的。

"这是昨天的内阁会议上决定的?嗯,嗯。你是当天晚上在旺同公馆召开的酒会上得知这个消息,然后马上打电话来的?"大门的表情越来越兴奋,他滑向手表时针的目光如电光般明亮。雅加达、大阪之间的国际电话最快需要九个小时,减去两个小时的时差,说明雅加达分店店长在深夜掌握机密情报后便马上申请打国际电话。结合今天早盘的市场价格还没有出现任何变化这点来考虑,可以断定近畿商事是国内最早得知这一消息的公司。

"干得好!我马上通知有关部门大量买进。"

大门右手啪的一声放下话筒,同时用左手抓起另一部电话,直接要通棉纱部部长,用极快的速度传达完雅加达分店店长传递的消息后说:"对,别的公司都还没有注意到这一点。今天早盘的价格是一百九十九日元,看来会涨到二百五十日元。不过,这可是尼西亚,你一定要在绝密的前提下速战速决。"大门像打机关枪一样一口气指示完。

昭和三十三（1958年）年国内的棉纱市场生产过剩，停留在低谷状态。纺织公司情况窘迫，虽然他们一再缩短工作时间，以期恢复国内市场需求，但效果不佳，所以只有依靠出口打开局面。因此，印度尼西亚这十万捆前所未有的国际招标，就成了活跃市场、提高价格的绝好材料。大门像鲸鱼喷水般"呼"地长长出了一口气，把目光投向一直默默坐在沙发上的壹岐。这时响起了敲门声，一个瘦小的男人毫不客气地推门进来。他看了一眼壹岐，小声说："我知道你在会客。不过，我去大友银行，还是顺便进来了。"

"鬼头你搞突然袭击，我没什么话说。来，坐吧！"

大门让来人坐到办公桌前的椅子上，自己坐在一把转椅上。壹岐正要起身回避，大门拦住他："不必回避。这是中京纺织的鬼头，我们关系亲密，你不必介意。"

中京纺织生产的棉纱占全国产量的一半，鬼头不仅是中京纺织的老板，而且还是名声在外的期货交易高手。

鬼头一坐下便问："今天怎么样？"

"不怎么样。"大门答道。

"虽然最近一直下跌，我就一直买进，但是被套住的可能性很大。我想听听你怎么看。"

"我准备买进。"

此言一出，鬼头细细的眼睛一下子亮了起来。

"你凭的是什么？"

"印度尼西亚大概有十万捆的生意。"

"噢？这可是个好消息！那，马上动作，今天，怎么样？"

"好啊，一万捆吧！"

"行，那我走了！"

两人用极快的节奏你一句我一句地对答。办完该办的事，鬼头也不久留,马上离开了办公室。大门重新坐到壹岐前面,轻描淡写地说:"真是个不速之客。不过,来得正好。一笔八亿日元的生意做成了。"

大门一三和中京纺织老板鬼头刚才的谈话,在壹岐听起来宛若世外之音,不知所云。但是,两个人在短短的几分钟里,只用几句简短的对话就完成了一笔八亿日元的巨额交易,相当于近畿商事资本金的五分之一。其精彩或者说老练令壹岐惊讶不已。

"壹岐,你好像很吃惊啊!没有听懂刚才的话吧?"

大门发出咯咯的笑声,说:"我来解释一下,也好给你今后做个参考。首先,鬼头一进来就问我怎么样。他问的不是我的健康,也不是催问我给他办的事情怎么样了,而是问今天上午的行情怎么样。所以我回答他不怎么样。然后,鬼头又说他最近一直在下跌的时候买进,这个意思就是说因为他一直低价买进,不卖出,有可能砸在手里,算得上有风险。说实话,当时我有点犹豫,要不要告诉他我们掌握的印度尼西亚的消息。不过,因为现在我们需要争分夺秒地为买进棉纱做准备,所以我还是告诉了他。作为答谢,鬼头就把他手上的五万捆中的一万捆以低价转让给我。就这么简单。我掌握的这个情报很宝贵,我之所以还是向鬼头亮了底牌,也就是因为我们两个人关系不一般,可以说是肝胆相照。"

大门和鬼头二人关系的确不一般,他们有时因为对市场的看法不同,各自站在买方或卖方的立场上殊死搏斗数月;有时又结成统一战线,买卖全国棉纱的总生产量。

可是,壹岐连大门的解释也没有听懂。他觉得商社和自己是完全不同性质的两个世界,不是自己可以发挥才智的地方。他端正坐姿,说道:"我刚才说今后请您关照,可是,现在我想还是请允许我辞退您这里的工作吧。听了您刚才的话,我觉得像我这样一个只有军人经历的人无法胜任您这里的工作。"

大门哈哈笑着说："壹岐,你退却了？可以理解。听了我和鬼头的话,别说是军人出身的你,就是业界人士也会胆怯的。壹岐,你先看看那座大阪城。"

壹岐顺着大门手指的方向望去。在冬日清冽的阳光下,大阪城的五重天守阁瓦顶和砌着灰浆的白色墙壁高耸云天。大门俯瞰大阪城的眼中闪烁着精明强悍的光芒。

"我每天一进办公室,做的第一件事就是眺望大阪城。要想夺取城池就必须打胜仗。我每天看着大阪城,心里想的只有胜利。壹岐,你当参谋的时候,每天想的不也是胜利吗？也就是说,我是把心血倾注在商业战略上,而你是把心血倾注在军事战略上。从这点来讲,你我不是都一样吗？"大门的话里充满激情和斗志。

"但是,商业战略和军事战略是性质完全不同的东西。商业战略是利益至上,对于只懂军事的我来说,它太遥远了。"

听了壹岐的话,大门把身体往前一探,说："你不能认为它是利益至上的。商社的经济战略关系到日本国家的经济复兴。极端地讲,如果你把士兵换成商品考虑的话,作为战略,经济战略和军事战略有什么不同呢？在敌人面前,军事战斗只有进或退,没有中间的路可走。商社的工作也同样没有第三条路,只有买或卖。我们绞尽脑汁,拼尽全力为的就是如何准确迅速地做出判断,并且马上诉诸行动。目的只有一个,那就是胜利。这些不都和军事战略一样吗？还是说,像壹岐你这样的人,居然也因为在西伯利亚被羁押了十一年而得了羁押后遗症吗？"大门的语气中多了一些责问。他的声音充满自信,像一个叱咤风云、指挥千军的司令官,坚定有力。

壹岐感到胸中涌起一股久违的浪涛,汹涌澎湃。但是,他刚刚亲眼看见大门和中京纺织老板鬼头之间名副其实的一对一的激烈商战,那个瞬间深深印在他的脑海里,使他难以下定决心。

"壹岐,你还要犹豫到什么时候？如果你觉得战争失败,你负疚的话,那就应该为了日本的经济发展,把你用军事战略练就的头脑用于经济战略。好了,我等着你来上班！"大门用不容置疑的口吻说完,不等壹岐回答就走出办公室,去赴下一个约见。

壹岐在南海电车住之江车站下车后没有马上回家,而是进了站前街的市场。为外出工作的妻子和上学的孩子们买菜,是无业游民壹岐的日常工作。

壹岐来到经常光顾的、位于市场中间位置的菜市场,掏出今天早晨妻子交给他的纸条,上面写着今天晚饭的材料：油豆腐两块、鬼芋块一块、白萝卜一根、葱一把。因为一家四口靠妻子一个人的工资度日,所以晚饭总是很简单。

买完东西,壹岐用报纸包好,沿着大和川的堤坝往家走。大和川在冬日的阳光下缓缓流淌,河面宽阔。虽然今天答应了大门社长的邀请,但是,如果可能的话,壹岐很想像这河水一样,再度过一段无拘无束、悠悠然然的时光。这是此刻他心中最真实的想法。但是,每天早晨,妻子去大阪府民生部服务课上班,孩子们上学走后,壹岐打扫完房间,白天除了帮助以前的部下们找工作,就是在家看看书或者看看报纸。到了傍晚,再给妻子做好做晚饭的准备工作。这样的现实生活容不得壹岐有如此的奢望。

大和川市营住宅的房子很简朴,只有六叠和四叠半两个房间加厨房。壹岐从自制邮箱里掏出放在里面的钥匙,打开关不严实的房门。一进门的四叠半的房间里并排摆着两张用苹果箱做成的桌子,上面贴着包装纸。那是上高中的女儿和上初中的儿子学习用的桌子,两人的桌子中间摆着壹岐军人时代的照片。照片上是一个带着参谋肩章、手扶军刀的陆军中佐。或许他在西伯利亚的十一年里,孩子们就是看着这张照片,把照片中的父亲当作精神支柱挺过来的。但等壹岐真正回到家的时候,孩子们看到的父亲是个穿着寒酸的复员服,面容消瘦,牙齿脱落,面容苍老的男人。看着和照片上似是而非的父亲,女儿直子还能掩饰自己的感情,而儿子诚则摇着头说:"你不是我爸爸!"壹岐想抱他,他竟吓得直往后躲。壹岐在家里安顿下来很长时间以后,诚都不肯跟他亲近。诚现在也已经是初中生了,虽然也经常跟壹岐撒娇,可是女儿直子跟父亲更亲近一些。

壹岐脱下大衣,换上旧裤子和毛衣,把陶炉端到厨房外面,开始生炉子。他先点着旧报纸,把蜂窝煤放到上面,然后用团扇扇。炉子光冒烟,却不着。生不着炉子,妻子回来以后就不能马上开始做饭。

壹岐终于把炉子生着的时候,传来了女儿和儿子的声音。

"爸爸,我们回来了!"

"你俩今天一起回来的。冷不冷?正好爸爸刚生着火。"壹岐把炉子搬进家里。两个孩子马上围过来,在炉子上烤手取暖。上高中的直子暖和过来以后就马上去洗菜,准备母亲回来后做晚饭。壹岐看着女儿忙碌的身影,眼神中充满了为女儿的成长感到喜悦的父亲的慈祥。

不一会儿妻子佳子回来了。她穿着一件耐脏朴素的大衣,带着自己编织的围巾,手里提着手提包和市场里的购物袋。

"妈妈!你回来了!"

孩子们把妈妈迎进家,家里立刻变得明亮温暖起来。壹岐也用关爱的眼神看着下班回来的妻子。佳子手脚麻利地系上围裙,去了厨房。

"你今天面试的情况怎么样?"佳子担心地问。

"噢,大门社长当时就决定录用我了。"

"哎呀,那可太好了!近畿商事在关西可是老字号的名门商社啊!"

"这倒可能没错。首先大门社长的人品和见识都非常过人。"

"那你就没什么可犹豫的了。"佳子似乎终于松了一口气。

"不过,我还是觉得商社不适合我,那毕竟是一个金钱利益的社会……"壹岐仍有些踌躇不定地说。看到妻子和女儿脸上流露出不安,他又做出一副开朗的笑脸,催促道:"工作的事情待会儿再说,先做饭吧!"

吃完晚饭,壹岐把有点儿感冒的诚留在家里,带着女儿直子去澡堂洗澡。澡堂离家有十分钟的路程。在西伯利亚的时候,因为壹岐十天只能用桶里的两杯热水擦一次身体,所以去热水充足的澡堂,把身体浸泡在宽敞的浴池里是他的一大乐趣。来到澡堂门前,他和女儿像往常一样约好三十分钟后在门口见面,然后各自进了男女浴室。壹岐身高一米七五,体重五十公斤,脱了衣服以后显得瘦骨嶙峋。壹岐把身体舒服地靠在浴池边上,闭上眼。一股睡意袭来。想到大概是因为今天接受了大门前后两个小时的面试,有点累了,壹岐又开始为自己这个年纪才进入一个完全不了解的社会感到惶恐不安。

壹岐看了一眼收款台上的表,担心直子在外面等他,便匆匆穿上裤子和毛衣,趿拉着拖鞋来到门外,可直子还没有出来。壹岐苦笑着想,到底是女孩子,花时间。他在澡堂门口卖章鱼丸的小摊上给诚买了十个章鱼丸,又怕凉了,就塞到毛衣里保温。

"爸爸,我洗头发,所以出来晚了。"留着娃娃头的直子跑过来说,头发还湿漉漉的。

"不马上把头发擦干,会感冒的。"壹岐用自己的毛巾给女儿擦着头发说。直子有一头乌亮的浓发,很像她母亲。

"我们快回去吧,要不妈妈就来晚了。"

父女俩沿着昏暗的路往家走。直子停下脚步说:"爸爸,我有件事请求你。"

"怎么还这么正式？说吧，什么事？"

"爸爸，刚才我看见你还在犹豫要不要去近畿商事，我求你了，你就去公司工作吧。就是不要去防卫厅。"

壹岐回来后，防卫厅曾多次邀请他去。一年前还专门派了一个一佐①级别的人亲自从东京来大阪请壹岐。

"你怎么突然求爸爸这样的事？"

"妈妈这十几年这么辛苦，不就是因为爸爸是军人吗？所以，除了不当军人，你做什么我都没意见。"

直子还是高中生，她自然还没有复杂的反军意识。壹岐深切地感受到她的话完全是出于对母亲的质朴情感。

"我知道了。你放心，爸爸就去普通的公司工作。"壹岐回答道。以前，任何时候他都是以军人的身份判断事情。今天，他第一次以一个父亲的身份决定一件事。

那天晚上，壹岐躺在妻子身边，感谢自己在西伯利亚的十一年里妻子所付出的一切。

"以前让你吃了那么多苦，现在终于可以不用让你出去工作了。"

"你真的决定去近畿商事工作了？你是不是在勉强自己？……"

"不是。说实话，我确实想了很多，也犹豫过。不过，我已经决定了。"

妻子好像放下了心，说："是吗？难为你下这样的决心。本来，对你来说，防卫厅的工作驾轻就熟，我也大体上做好了思想准备。现在好了，我放心了。"

"不过，我要是去了防卫厅，你经济上可以宽裕一点儿。"

"不，我们一家四口能在一起安安稳稳地过日子，比经济上宽裕

---

① 一等陆佐或一等海佐、一等空佐的简称。是佐官中最高的一个级别。

更让我高兴。你被关押了十一年,这十一年我不知道你是死是活,每天都像在受酷刑折磨一样。"佳子在壹岐回来后,第一次向丈夫吐露了心声。说完这些话,没过多久她便睡着了。

壹岐却久久不能入睡。两年来,壹岐一直在努力忘却。可是,大门今天的发问,让刚刚开始治愈的西伯利亚带给他的可怕的创伤再次被撕裂,鲜血直流。暗无天日、人间地狱般的西伯利亚羁押生活又被唤回壹岐的心中,可谓历历在目。

第四章 西伯利亚

西伯利亚的秋天非常短暂,刚进入十月,就已经有了寒意。

关东军司令部山田司令官以及壹岐等二十六名幕僚作为俘虏被关押在哈巴罗夫斯克近郊距黑龙江不远的地方。前几天还绿油油的白桦树梢悄然发黄,大地刚披上一层金黄,转眼树叶便片片飘落,裸露出广漠的大地。

看守所设在苏军江上舰队军官训练所,虽然简陋,但单人房间、食堂等设施齐全。房屋四周有一处宽二百米、长一千米的地带,被指定为散步区,周围有哨兵把守。集中营的内务以及其他事务都交由日军自治。

刚被送进这里的时候,因为分配房间、整理行李、打扫忙乱了一阵。现在,一个月过去了,苏军还没有来审问,也没有提出任何要求。时光一天天流失过去。

一天,所长说附近的集体农庄因为缺乏劳动力,马铃薯收不上来,希望有人去帮忙。虽然《国际法》禁止劳役战俘,但壹岐他们还是决定每天去帮助收几小时马铃薯,权且当作是一种锻炼。

在所长的带领下,壹岐他们步行四十分钟左右,来到一片广阔的马铃薯地。农户用铁丝网围起的自留地里庄稼长势很好,而集体耕种的土地则杂草丛生。壹岐脸上露出苦笑,心想难怪集体农庄的产量上不去。集体农庄的干部们欢天喜地地欢迎壹岐他们的到来,答应把收获的四分之一的马铃薯分给他们,并且手把手地教这些笨手笨脚的军人挖土豆。

除了山田司令官等将军以外,其他二十多个人按照安排,每三人一小组,其中一个人用两手拔藤蔓,一个人刨出埋在土里的马铃薯,另外一个人把刨出的马铃薯运到集体农庄干部那里,换取一个牌子。因为缺少农具,仅有几把铁锹和锄头,所以壹岐他们几个年轻参谋只能用木头片挖。西伯利亚的土地黑红坚硬,而且有很多牛虻,干活的时候人们只好用毛巾包住脸和脖子。天气虽然已经有了寒意,但是在一垄一公里长的马铃薯地里不停地往前挖,壹岐还是出了一身汗。他默默地挖着土豆,想起了故乡的村庄。

壹岐的家乡在山形县游佐町杉泽,鸟海山的脚下。现在,鸟海山的山顶大概已经披上了初雪。年少的壹岐在农村的孩子里属于身体虚弱的,这个叫正的孩子从小就喜欢看书,小学校长的父亲希望他能子承父业,将来成为一个教育工作者。但是,出了名的固执的祖父却认为健康比学业更重要,他一年四季逼着壹岐用冷水擦澡。就这样,到了四五年级的时候,壹岐变得强壮起来,下学以后也不回家,而是在山野里到处乱跑。即使在积雪有一两米厚的冬天,他也会跑到山上去追野兔,让祖父都开始为他提心吊胆。上小学六年级的那年秋天,山形连队来鸟海山麓进行秋季演习。壹岐看到威风凛凛的连队旗手高举着白底红日、带着紫色流苏的队旗,看到步兵、骑兵和炮兵的联合演习,被他们的勇猛深深吸引,于是他报考了东京陆军幼年学校。十四岁的春天,他走进了这所学校的大门。

在陆军幼年学校的三年时间里,壹岐接受的更多的是外语教育和情操教育,而不是军事训练。壹岐从德语、俄语、法语、汉语中选修了德语,还跟上野音乐学校的教官学习在老家从来没有摸过的钢琴。

进入陆军士官学校以后,壹岐正式接受了成为一个军人的教育。除了学习军事学以外,上完两年预科之后,他还被派到连队,分别当了三个月的上等兵和三个月的军曹①。在这期间,从擦枪到做饭、洗衣,他体验了部队的一切日常生活。进入本科后,主要学习转为军事学。毕业后他成了一名见习士官,戴的是曹长肩章,佩的却是将校的军刀。就这样,作为军人中的精英,壹岐迈出了第一步。

壹岐在山形连队担任一段时间陆军少尉后,昭和十二年(1937年),也就是他二十五岁任中尉的时候,所属连队长推荐他报考了陆军大学。在从一千名考生中只录取五十人的激烈竞争中,壹岐脱颖而出,被陆军大学录取。在陆军大学他接受了完全彻底的、成为一名参谋的教育。他学习的主要内容是调动师团以上兵力的高级战略和战争史。学员们没有教科书,教官每天上课时出一道题,五十人的班分成四个组,各自讨论并寻求答案,相互竞争。所以,他们常常讨论到深夜十二点、凌晨一点。在这里壹岐学会了作为一个参谋能够怎样在任何情况下冷静地控制感情,怎样将不可能变为可能。

壹岐以首席的成绩从陆军大学毕业。他至今都不能忘记有幸接受恩赐的军刀,并在御前进行演讲的荣耀所带来的激动。

正因为有这样的经历,虽说是奉旨行事,但壹岐仍难以忍受现状——成为苏军的俘虏,军装上沾满泥土,弯着腰挖马铃薯。

"壹岐,你在想什么呢?你看,你在那儿发呆,我们这垄没往前走多少。"壹岐的同乡、报道参谋谷川大佐喊道。谷川在教育总监部任职过很长时间,很会关心照顾人,壹岐心里有什么事儿也愿意找他聊。

"谷川大佐,我们就这样在这儿挖马铃薯吗?留在满洲的日本侨

---

① 军曹是日本独有的对中士级别士官的称呼。

民那么悲惨,被解除武装的七十万官兵也被关押在恶劣的环境下,而我们却在这里挖马铃薯,我心里能不难受吗?"壹岐的眼中流露出痛苦。

谷川大佐深深地看了一眼壹岐,说:"现在说这些还有什么用?你就是冲到斯大林面前质问他也无济于事。倒是你,你本来的任务就是传达完圣旨后回大本营复命。现在,在国家主权所不及的范围内,被解除武装、毫无抵抗能力的关东军官兵有多么悲惨,将来的命运又会如何,把这些情况报告给日本国民不是你的新的任务吗?"

壹岐沉默了。一个月前,他们被从新京押送到哈巴罗夫斯克,在机场分乘几辆吉普在哈巴罗夫斯克最热闹的街道示众时的屈辱情景历历在目。

"我的确有些放纵自己的个人感情,应该反省。但是,作为军人蒙受这样的屈辱……"

谷川大佐打断壹岐的话,心平气和地说:"你还是年轻,有些多愁善感。你应该把个人的懊悔和难堪与日本整个国家所遭受的耻辱做比较。现在活下去不是我们个人的愿望,而是作为一个'国家的人'所接受的最高命令。如果作为一个曾经的关东军参谋和大本营参谋,你感到对国家和军队陷入如此绝境有责任的话,那么,见证关东军官兵的命运,直到最后的一兵一卒才是你履行职责的道路。唉,干了这么多没干惯的活儿,口渴了。壹岐,你去要点儿水来吧!"

壹岐找到集体农庄的干部,说:"水!水!"农庄干部说,这一带水质不好,就给了他一筐西红柿。西红柿虽然还没有熟透,但水分充足,咬一口酸酸的汁液滋润着喉咙。壹岐他们贪婪地吃着,这是他们到苏联后第一次吃到新鲜蔬菜。

秋日天短,当他们挖完马铃薯的时候,田野尽头的地平线上火红的太阳已经开始落下。

壹岐他们拿着分得的马铃薯和西红柿往回走。壹岐走在最后，看着谷川大佐的背影。谷川就像走在自己家乡的田垄上一样，完全是一副村夫子的模样。壹岐耳边又想起谷川刚才说的话，"即便是蒙受耻辱，现在活下去也是一个'国家的人'的责任"。这句话让壹岐终于摆脱了战败以来一直困扰着他的为什么自己还活着的自责和耻辱感。

早晚突然变得冷起来，如果不把玻璃窗糊严实，房间里就冰冷难耐。壹岐他们找来报纸，裁成细条，抹上用面包熬成的糨糊，把双重玻璃窗上的缝隙一个个糊上。壹岐在糊一个朝北的阴冷房间的玻璃窗时，突然，他的手停住了。他看到两层玻璃中间有一个已经僵死的夏天的苍蝇。他心里很不是滋味，不知道这些报纸被撕下来的时候，他们将处于什么状态，是否还活着。这时，一辆吉普车开了进来，竹村副参谋长和苏联军官一起下车来。

壹岐大感意外，他边大声喊着"副参谋长！您没事，太好了！"边跑了过去。

秦参谋长也看到了这一幕，他走过来说："竹村，你还好吧？让你受苦了！"参谋长的眼睛湿润了。

"没什么，他们是把我当客人接待的。"

竹村副参谋长憔悴的脸上露出他惯有的爽朗的笑容，讲述了他在扎里科沃的人质生活。在远东军总司令部，竹村副参谋长没有受到审问，行动也没有受到限制。但是，两周后，他被移送到伏罗希洛夫格勒①的看守所，在那里见到了第一方面军司令官喜田大将、第五军司令官清水中将以及东线的官兵们。山田司令官问道："原来是

---

① 1958—1970 年称卢甘斯克州。1989 年复称为卢甘斯克州。

这样。入苏以来一直没有各方面军将官们的消息,我一直很担心。他们都还好吗?"

"各位将军都还好。但是,奉天方面的后宫大将和他的部下受到苏军的欺骗,以为要在新京召开有关停战的重要会议,结果被带上火车,直接送到了苏联。所以,他们没有带任何物品,现在快到严寒季节了,他们的处境令人同情。"

向司令官汇报这些情况的竹村副参谋长身上穿的也是夏装。

"在伏罗希洛夫格勒的将军们还委托我转告你们,请秦参谋长向苏军提出要求,让关东军官兵早日返回日本,特别是要取道满洲返回。"

秦参谋长听后说:"这种要求提了也是枉然。自从我们停止作战行为以后,苏军无视国际惯例,宣布关东军所有官兵全部成为俘虏。从这点上考虑,我估计他们不会轻易让我们走。而且,从苏联的运输能力上讲,早日返回日本,现在看来也是根本不可能的。"

秦参谋长不愧为关东军首屈一指的苏联通,他冷静地分析预测了事态。年轻的参谋们沉不住气了,说:"您的想法是不是太消极了?这时候我们应该回应在伏罗希洛夫格勒的将军们的意见,态度强硬地向苏军提出要求!"

壹岐提出了不同意见:"我觉得秦参谋长的判断很正确。前几天,他们以调查简历为名,让我们每人填了一份调查表,上面有一项是日军对美战略战术。从这点上可以判断,和德国、日本打过仗的苏联的下一个假想敌是美国。所以,也可以看出苏联是想把关东军七十万官兵当作人质,作为美苏占领日本策略当中的一个筹码。我也认为让我们尽早返回日本的可能性不大。"

那天以后,幕僚们分成两派,对有关回国的问题讨论了很久。一派主张要求早日回国,另一派主张静观其变。但是,随着时间一天天过去,主张要求早日回国派的希望破灭了。天气越来越冷,有一天终于下雪了。

因为看守所原本是江上舰队的夏季训练基地,所以,没有任何取暖设备,光靠用报纸糊住窗户自然挡不住严寒。壹岐他们只有昼夜穿着大衣御寒。秦参谋长再三向苏军提出配备取暖设备的要求,但苏军只是一味地答复"快了",而没有行动。人们很担心,这样下去,再过半个月说不定会被冻死。

就在这样的日子里,一件突如其来的事降临在壹岐身上。

那天,壹岐躺下两个多小时,刚刚忘记严寒终于睡着的时候,房门被一声不响地打开了,一束手电光射进漆黑一团的房间。来者是带着两个士兵的苏联军官。

"壹岐在不在?马上出来!其他人不要动!"

壹岐问道:"深更半夜的,有什么事?"

来人命令道:"我的任务就是带你走。你马上收拾行装!"

谷川大佐迅速往壹岐的行李里塞进一套针织内衣和一双袜子,刚要说话,被苏联军官严厉制止住:"别说话!"

外面是零下二十摄氏度的西伯利亚的夜晚。看到停在门前、投下一道黑影的汽车,壹岐停住了脚步。那是一辆他从来没有见过的没有窗户的黑色汽车。

"快点儿上去!"苏联军官打开车门催促道。

壹岐紧盯着对方的眼睛问:"这么晚了,你要把我带到哪里去?告诉我去哪儿?"

"不知道。"

苏军军官显然在撒谎。两个士兵从左右两侧用自动步枪抵住壹岐,把他押进车里。

车里有一盏小灯泡,两边各有一排木椅。壹岐在木椅上坐下,两个士兵也上了车,关上车门。

车刚开动的时候壹岐还能辨别方向,但是十分钟后,他就完全迷失了方向。壹岐在猜测会发生什么事情,也许会就此被流放到西伯利亚腹地,也许会被枪毙。他的脑海里掠过情报参谋的身影,一个月前他也是突然被带走,此后便杳无音信。

突然,车停了,壹岐被勒令下车。下了车,壹岐看到一座沙俄时代的建筑,他判断自己被带到了哈巴罗夫斯克市内。但是,眼前的这座建筑物上没有任何标志,使他无从判断自己被带到了什么地方。

进了大楼,壹岐被带进紧靠大门的一个房间。房间的墙上挂着斯大林和贝利亚的巨幅肖像。斯大林身穿佩戴金丝绶带和勋章的元帅服,目光中有股睥睨仰视他的人的威慑力。贝利亚穿着立领西服,光滑的圆脸上架着一副眼镜,薄薄的嘴唇。壹岐终于明白,这里是哈巴罗夫斯克的内务部,也就是秘密警察。

"过来!"

押送壹岐的士兵招手叫他过去。壹岐跟在士兵后面,虽然已是深夜,但他看到仍有很多下级军官在这里忙碌。楼道两侧有一间间审讯室,壹岐被推进其中一间。

房间窄长,大约有十五平方米。正面墙上有一个上了粗重的铁格栅的双层窗户,门周围贴了好几层厚厚的布,大概是为了隔音。

壹岐不由得往窗边走,这时身后的门被推开了,一个体格健壮的军官和一个穿着西装的男人走了进来。军官重重地坐在一张很结实的桌子前面,穿西装的男人用阴险的目光从头到脚打量完壹岐之后也坐到军官旁边,指着桌子前面的一张木椅说:"我是日语翻译,你可以坐下。"

壹岐坐下,把军刀紧贴在腰际。苏联军官目不转睛地看着壹岐的举动和态度,自己也特意摆出一副架子,开口说道:"我是内务部哈巴罗夫斯克内务总局审讯官约瑟夫少校。深夜请你到这里来,辛苦你了。为了弄清日军在这次世界大战中所犯下的罪行,现在我开始审讯。对于无条件投降的日本来说,已经不存在任何秘密,所以,你应该坦白以前对苏联犯下的罪行。如果有不实之处,或隐瞒事实,你将受到法律的制裁。你要想好了!"

少校用威胁的口吻说完这番训示之后,穿西装的翻译用蹩脚的日语把他的话翻译给壹岐。这时壹岐才终于明白自己为什么被带到这里。

"先讲一下你的简历。"

壹岐重复了一遍前几天给从莫斯科来的调查团写的简历内容——出生地、出生年月日,陆军幼年学校、士官学校、大学,大本营参谋、关东军参谋,再次就任大本营参谋。

"从你的简历上看,你年仅三十三岁就当上了中佐,跟同龄的日本军官比较起来,你的提升是破格的。你是地位很高的贵族出身,还是有皇室血统?"

四十岁左右的约瑟夫少校毫不掩饰对壹岐出身的极大兴趣。普鲁士时代的德国军官都是贵族出身,因此,他以为日本也是一样。

"我父亲是地方上的一个教育工作者,我没有你说的高贵血统。"壹岐否认道。

"不可能!我这里有关东军司令部所有参谋的履历书,这么年轻就当上中佐的除了你没有第二个。你一定是在编造出身。"少校十分肯定地说。事实上,在陆军大学的同窗里壹岐的确是晋升很快的一个。

壹岐苦笑着说:"我没有编造,也没有隐瞒。我真的就是地方上一个教育工作者的次子。"

审讯官很明显非常失望。虽然这是一个要消灭阶级的国家,但是少校却对阶级显示出异乎寻常的兴趣,这倒与他哈巴罗夫斯克地方审讯官的身份很吻合。

"那我问下一个问题,你详细叙述一下大本营的组织结构。"

壹岐尽可能简单地回答道:"大本营是战时体制,分大本营陆军部和大本营海军部两大部。陆军部由总务、第一部、第二部、第三部、第四部组成。第一部的主要任务是作战,第二部的主要任务是情报,第三部是铁路、船舶,第四部是编制。除此之外,还有通信、兵站等科室。"

"你在第一部担任作战任务,作战计划是在什么指挥系统下制订的?"

"陆军部的作战计划是在参谋总长,海军部的作战计划是在军令部总长的指挥下起草制订的。"

话音刚落,约瑟夫少校啪地一拍桌子,大声叱呵道:"大本营的最高指挥部不是天皇吗?你为什么要隐瞒?"

"大本营的确设在大元帅天皇之下。但是,比如在陆军部,第一部制订的作战计划的确是由参谋总长上奏天皇裁定,但制订作战计划本身完全是在参谋总长的指挥下进行的。所以,认为天皇是最高指挥这种看法是错误的。我希望你知道,贵国的斯大林元帅和日本的天皇,两者的地位是完全不同的。"

虽然壹岐努力让自己用平静的口吻解释,但是,蹩脚的翻译无法使约瑟夫少校准确地理解壹岐的答辩。约瑟夫少校满面通红,一掌击在桌子上。长相寒酸瘦弱的翻译慌忙把身体探到壹岐前面,开导他:"现在不是追究你自己的责任,你就适当附和一下少校的问话。再这么犟下去,只能对你不利。"

"好了,别说了!你这是有意回避我的问题,争取时间。如果你不老实交代,我们也有我们的考虑,你好好记住这句话!现在,你把日美开战的经过、日本的战略详细写下来。"

约瑟夫少校威胁完之后,扔给壹岐一沓粗糙的稿纸。莫斯科的调查团同样问过与苏联无关的日美开战经过。壹岐尽量避开日期、地名、数字、人名等可能被当作证据的具体内容,写了两页,交给审讯官。

"荒唐!"审讯官再次发怒,"你写的这份供词里,除了连小孩都知道的情况以外,就是一派胡言,简直是废纸!你是在侮辱我们内务部吗?"

"我没有一点儿侮辱你们的意思,我只是写了我知道的情况。"说完后,壹岐紧闭双唇,一言不发。审讯官咆哮、怒骂,当知道这一切没有效果后,改变了审讯内容:"下面我问你对苏作战计划,你参与了没有?"

"在调往关东军任参谋以前,我在大本营主要参与东南亚的作战计划,没有参与任何对苏作战计划。"

"但是,你一定知道大本营有对苏作战计划书。"

"是的。但是,这个作战计划完全是假设日苏发生战争时的作战方案,根本没有诉诸执行。"

"你又在胡言乱语!在苏德战争期间,大本营对关东军下达过什么命令?说!"

本以为只不过是哈巴罗夫斯克的一个区区地方审讯官,但约瑟夫少校的审问越来越尖锐激烈。正如约瑟夫少校追究的那样,苏德开战后,大本营对关东军下达了向苏满边境集结兵力的命令,意在牵制苏军对德国的兵力。但是,壹岐不能承认这一事实。

"大本营没有制订过这样的计划。"

"那么,关东军向苏满边境集结兵力,威胁苏军后方,是关东军的独断专行吗?"

壹岐语塞了,双腋下渗出细汗。

"不。正像少校指出的那样,有段时期我军在满洲的兵力的确有所增加,但那是为了对英美作战,利用满洲作为通道,向东南亚输送兵力。"

本以为可以巧妙地蒙混过去,但是约瑟夫少校一脚踢开椅子,用憎恶的口吻说:"你说的都是谎言!日本与德国进行勾结,企图侵略全世界是显而易见的事实。到现在,你在精神上还一点儿都没有投降。我给你一个晚上,今晚你好好儿考虑考虑!"

立刻,押送壹岐的两名士兵出现了,他们架起壹岐的双臂,把他带出审讯室。

黑色的无窗汽车停在一道高高的砖墙下。壹岐透过黑暗定睛望去,看到砖墙后面是一道黑色的铁丝网。

壹岐马上凭直觉意识到这里是监狱。他还是第一次看到苏联的监狱,砖墙里面是一排排兵营一样的房子,阴森森的。

壹岐被押送的军官带进大门,进了最里面的一间屋子。一个带着中尉军衔的军官通知壹岐:"我是监狱长,你被哈巴罗夫斯克监狱收监了。"

壹岐气愤地逼问:"把军事俘虏关进监狱是违法的!你们这样做是违反我们和苏联远东军总司令签署的协议的!"

监狱长若无其事地说:"苏军和日军签署了什么协议,跟我没关系。我们是按内务部内务总局的命令行事。有什么不满明天跟审讯官说去!"说完,监狱长命令看守搜身。

虽然都是苏联军官,但是,在昨天以前接触的苏军军官身上,壹岐多少还能感受到一些同为军人的精神。而内务部的这些军官们身上丝毫没有这样的精神,他们是彻头彻尾的警察官僚。

看守把壹岐带到检疫室,命令他摘下军刀和手表,脱下衣服。

壹岐脱下军装,看守把军装里外外翻了个遍,检查得非常仔细。检查完后,一个医生模样的人进来,命令壹岐:"全部脱光!"

"我只脱上半身。"

听到壹岐拒绝,医生再次冷漠地命令他"脱光"。看守动手去解壹岐的皮带,壹岐一把推开他的手,自己脱掉了身上所有的衣服。医生拿听诊器在壹岐胸部轻轻按了两下,然后突然用手托住壹岐的下巴,让他张大嘴,检查他的牙齿和喉咙,又检查耳朵。最后,他让壹岐趴下,把手伸进他的肛门,检查里面是否藏着自杀用的氰化钾胶囊。检查完之后,医生命令壹岐去洗澡。壹岐被带到一个裸露着水泥墙的浴室,浴室只有三四平方米,两三个喷头。看守拿来毛巾和一块半个火柴盒大的肥皂,然后不容分说地用一把推子剃去壹岐的头发和腋下、阴部的毛发,告诉壹岐是为了防止生虱子。一种难以言状的屈辱使壹岐浑身发抖。但是,在这样的一个深夜,在异国的监狱里,他一个人就是再愤怒、再怨天也无济于事。壹岐紧咬牙关,强压着愤怒和委屈。洗完澡,壹岐在更衣室看到自己被消过毒的衣服,却不见军刀和手表。他大声喊道:"我的军刀和手表呢?"

"在你出狱前由我们保管,这是监狱的规定。特别是军刀,那是武器,服刑人员是不准带武器进监房的。"看守冷笑着说,命令壹岐快点儿穿上衣服,然后把他从地下室带到一楼。

穿过院子,走过昏暗漫长的楼道,壹岐站在一扇不大的铁门前。咯吱一声,门被打开了。

壹岐被带进去,里面是一间四平方米左右的单人牢房。房间里只有一张铁床、一块毛毯和两个五升酒桶大小的木桶。看守告诉他,一个桶是盛饮用水的,另一个是小便用的。

壹岐说:"我要大便。"

看守露出不耐烦的表情,让壹岐跟他走。厕所是一个比四斗酒桶还低的大木桶,上面搭着两块木板,人就坐在上面方便。壹岐大便完问看守要纸,看守奇怪地看着他。

"给我纸!"

看守摇摇头说:"没有!"他们似乎不理解为什么大便完要用纸。壹岐没办法,只好撕下一块裤脚。大便完回到牢房,看守环视了一遍牢房,然后砰的一声关上门走了。

那是一种碾碎人的心房把它拖入地狱的声音。壹岐感到一阵悚然,他再次环视自己的牢房。沉重的铁门上有个直径三厘米左右的监视孔,正好在眼睛的高度,上面有一层很厚的玻璃。在灯光的反射下,监视孔像只假眼一样闪着光亮。侧耳倾听,听不到一丝声响。壹岐觉得,一个人如果被长期单独关在这里肯定会发疯的。但是,他不能就此屈服。壹岐对自己说,我曾经参与过关系到日本四百五十万陆军官兵性命的作战计划,我必须用那份冷静和缜密,用我坚韧不拔的精神挺过这一关。

壹岐终于让自己平静下来,在角落里的铁床上躺下。床很小,刚能容下身体,两条胳膊就只能耷拉在外边。再往上看,墙上的臭虫正排着队向他爬来。由于瘙痒和寒冷,这一夜壹岐几乎没睡。

整个晚上壹岐只迷糊了一两个小时,早晨六点他就被叫醒了。看守命令他把房内的小便桶拿到厕所倒掉,然后用饮水桶简单洗了一把脸。早晨七点,看守把一天六百克的黑面包、九克白糖和半碗白开水从小窗里递进来。中午壹岐领到大约两碗的麦粥和一些卷心菜汤。菜汤是用腌制的快要腐烂的卷心菜做的,一股酸臭味,让人难以下咽。

终于熬到下午,看守打开沉重的铁门。

"走!"

壹岐走出牢房,被带到昨晚见过的监狱长办公室。

"现在要押送你走。"监狱长把壹岐的物品和手表放在桌子上说。

"我的军刀呢?还给我!"

"军刀不能还给你,因为你是因战犯的罪行被拘留的。"

"我们和华西列夫斯基元帅签署的协议是允许日本军官佩刀的。无论如何我要求把军刀还给我。"壹岐用自己知道不多的俄语拼命抗争。军刀是他以首席成绩从陆军大学毕业时,承蒙天皇恩赐的,是他军人节操的结晶。

"作为监狱长,你没有权力没收我的军刀。这是违法的!"壹岐提出强烈抗议,但没人理睬他,他被强行拉出了办公室。

门外停着一辆押送车,壹岐做好了再次被送到内务总局受讯的思想准备。但是,车开了很长时间仍没有停下来。壹岐开始感到不安,他想看一下外面,但是车上没有车窗。

押送车外传来沉闷的震动声,壹岐判断自己坐的车正沿着铁路前行。

车停了,车门被打开。壹岐的眼前出现了几条铁路,停着好几辆客车、货车。这里应该是西伯利亚铁路的主要车站哈巴罗夫斯克车站。车站内的线路上散落着垃圾,站务员训斥着毫无顾忌地在铁道上穿行的人们。整个车站秩序混乱,一片嘈杂。

壹岐在押送兵的催促下穿过铁道,走向一辆停在专用线上的列车。走近后壹岐看到很多服装各异的人,他们背着肮脏的包裹,排成一条长队,两边有手持自动步枪的士兵把守。壹岐意识到这辆闷罐车是运送囚徒的专用列车。

难道这就是苏联的做法吗?他们不遵守停战协议,把一名战俘突然投进监狱。审讯时没有得到满意的答案,便把他当作囚犯送往西伯利亚的腹地。壹岐感到无比愤怒和悔恨,他的脑海里浮现出山田司令官、秦参谋长和司令部参谋们的身影,直到前天壹岐还和他们在一起同生共死。

走进押送列车车厢,壹岐不由得倒吸一口气。铁皮车厢的一侧是通道,另一侧是一排用铁格栅隔开的牢房。车窗在通道一边,牢房里光线昏暗,只能隐约看到两侧有三层木板铺。每个牢房里关押着六到七名囚犯,有俄罗斯人、乌克兰人、蒙古人、朝鲜人,他们大声谩骂、喊叫着,那铁格子就像动物园运送动物的笼子。

壹岐从这些牢房前面经过,被关进了一个单人牢房。整个车厢只有他受到这样的特殊待遇,牢房前还设有专人把守。壹岐隔着铁窗格子问:"带我去哪里?"

"不知道!"

士兵待理不理地摇摇头。押送兵们的会话断断续续、隐隐约约地传进壹岐的耳朵里,"日本兵""审讯"。从这些词汇里他猜测自己将被送到某秘密警察处,接受更严厉的审讯。

列车从哈巴罗夫斯克车站出发了,不久传来长时间的跨过铁桥的巨大声响。壹岐站起来,隔着铁格子透过对面的窗户向外望去,只见列车正在穿越被冰雪封冻的阿木尔河。

列车像忘记时间一样地慢慢爬行。窗外的景色一成不变,银白色的大地一望无际。昨天晚上突如其来的审讯,接着被投入狱令壹岐疲惫不堪。五六个小时后,他裹着大衣,躺在木板铺上睡着了。

列车每天都在向西奔跑。外面被白雪覆盖的大地映入眼中,无边无际,仿佛列车停滞不前。壹岐整日看着窗外,到了晚上就倒在木板铺上迷糊一阵。这些天来,他做的唯一一件像人做的事情就是拿出随身带的文库本①,在上面记下日期。

随着时间一天天过去,车厢里的囚犯也在渐渐增多。本来六七个人一个的铁格子里,现在关进了十二三个人,车厢里愈加骚乱起来。一个铁格子里只有六张狭窄的木板铺,关进那么多人,上中铺睡

---

① 日本书籍版本的一种规格,10.5cm×14.8cm。比一般书籍小,便于携带。

满人之后,就得有八九个人挤在下面的两个铺位上。为了公平起见,规定囚犯们每两小时换一次铺位。但是,关押的囚犯除了民族不同以外,杀人、盗窃等刑事犯和政治犯混在一起,因此,为争抢座位争吵的事情不断发生。其中还有人利用暴力抢占最好的铺位,车厢里争抢食物的喊叫声也不绝于耳。

囚犯们是在上车前领到好几天的干粮,一些黑面包和咸鱼。提前吃完的人就去抢新上来的囚犯的干粮,骚动此起彼伏。再加上不能随时上厕所,就更加增大了骚动的程度。

囚犯们每天的大小便由专人负责,按顺序带去上厕所。为了防止逃跑,厕所门大开,囚犯们只能在自动步枪的枪口下大小便。开始的一两天一天能上三四趟厕所,但随着囚犯人数的增加,次数越来越少。有时候只能早晨和中午轮到上厕所,晚上就没有机会了。

从哈巴罗夫斯克车站出发以后,列车有时候整日奔跑,有时候又在专用线上停留一整天。一周后的一个下午,列车进了站,壹岐判断这里应该是赤塔车站。透过微弱的阳光,可以看到车站附近工厂的烟囱里冒着浓烟。车站附近有很多民居,人们穿着厚厚的大衣来来往往。列车在雪原上奔跑了一个星期,现在终于看到了有人居住、工作、生活的城市。

车站里停着好几辆押送囚犯的列车,每列车都有数名押送兵把守,情景非同寻常。壹岐以前就听说过,苏联内务部的军队里有一支专门押送囚犯的队伍,但并不了解其真实情况。现在,当他自己作为囚犯被押送的时候,他明白了,押送部队的任务就是负责运送囚犯的警戒工作。当时,苏联有三千五百万包括外国人在内的囚犯,这些囚犯被迫充当相当于全苏联一半的劳动力。因此,押送囚犯的部队是一支苏联特有的军队。

"走!走!"

押送兵正在把新囚犯押进火车里。壹岐朝那边看了一眼,不由得怀疑起自己的眼睛来。越过像蜗牛一样排成一队的囚犯,铁道那边有一个陪着夫人的苏军军官。军官夫人把一件手绘和服外罩当短大衣披在身上,那一定是她丈夫从满洲给她带回来的礼物。想到为此有位日本妇女遭到了掠夺,想到那个妇女的痛惜,壹岐感到心像被刀割一般。三十三岁的壹岐心中不由得升起对妻子的思念。

壹岐佩戴着天皇恩赐的军刀从陆军大学毕业后,年仅二十七岁便当上了大尉。壹岐一度返回山形连队后,各色人等都为这位前途无量的年轻人拿来相亲的照片。但壹岐因军务繁忙,无暇考虑结婚的事情。一天,连队长把他叫去,说要把壹岐的同乡滨田大将的女儿介绍给他。看到壹岐有点儿犹豫,连队长就自作主张地说:"你先见一面再说。就在敝舍相亲吧!"出现在相亲席上的滨田大将的小姐轮廓清晰,容貌美丽,性格开朗。但是,她在话语间总是提到父亲滨田大将,流露出希望壹岐将来也能成为大将的期待。这一点让壹岐感到不那么如意。首先,小姐似乎把自己的婚姻当作飞黄腾达的手段,这令壹岐心中不快。其次,壹岐以前从未考虑过自己喜欢什么样的人,寻找伴侣时有什么要求。但是,通过这次相亲,他突然知道自己要什么了。军人为了国家随时都可能献出生命,所以他希望找一个有坚定信念的女性。在失去丈夫的时候,她能够将子女抚养成人,在丈夫飞黄腾达的时候,她能够不看重丈夫的地位,同时她又不能是山内一丰[①]夫人式的女中豪杰。壹岐希望自己未来的妻子是一个能够让枯燥的军人家庭充满柔情和情趣的女人。也许,没有一开始就十全十美、完全符合自己要求的女人,但是,结婚以后夫妻可以交流

[①] 1545—1605,日本战国时期至江户时代的武将。

感情,相互了解。壹岐想明白这一点以后,一位小姐的身影便浮现在他的眼前。那是他上陆军大学时曾经爱慕过的一位教官的女儿,她是最受学生喜爱的坂野大佐的独生女。在去过几次教官家以后,清纯美丽的小姐打动了壹岐的心。虽然除了问候以外,他没有和她交谈过,但是,陆大毕业后壹岐仍不能从心中抹去她的身影。于是,壹岐婉言拒绝了滨田大将的女儿,大胆地给坂野教官写了一封信,向他的女儿求婚。

坂野教官收到学生的求婚信,虽然感到惊讶,但也掩饰不住内心的喜悦。他马上回了一封信:"本人自不必说,小生我也求之不得。"收到回信,壹岐利用休假前往东京荻洼,拜访了教官一家。教官简朴的会客厅里插着一支白梅,坂野佳子上来献茶。她清纯美丽中透着一股像白梅一般的顽强。第二天,壹岐就向连队长提交了结婚申请。不久,壹岐接到陆军大臣的结婚许可书。紧接着,他请连队长做媒人,举行了一场只有双方家人、亲朋好友参加的简朴的婚礼。

壹岐的父亲打算在他服役的地方买块地,给他们盖栋房子。可是,壹岐说他是个军人,随时准备献出生命,不需要房子。而且,住在自己私人的房子里又有何颜面面对战友们。

父亲又说要把买房子的钱用壹岐妻子的名义存在银行,但同样被佳子拒绝了。佳子说:"爸爸,我是军人的妻子,我只靠国家的俸禄生活。"壹岐的父亲非常高兴,认为佳子的人品令人钦佩。

当时,壹岐是陆军大尉,每月工资七十日元,生活不能说富裕。但是,在甘于清贫的军人家庭里长大的妻子从来没有抱怨过。即便壹岐经常和同僚、部下们出去喝酒,使生活更加拮据,她也毫无怨言。

正是因为有这样一个妻子,壹岐才能放心地把家交给她,一心把精力放在军务上。就连生育这种对女人来说最大的事情,妻子也没让壹岐操心过。生女儿直子和儿子诚的时候,她都是到快临盆的时候悄悄回娘家去生产的。

后来,壹岐担任大本营参谋这个中枢机关的要职,根本无暇顾及家庭。妻子独自用心照顾两个孩子,教育他们成长为健康、正直的人。有一次,直子闹着要一个昂贵的洋娃娃,妻子教育她说:"你这么任性,将来怎么当像爸爸那样优秀的军人的妻子?"这句话深深印在壹岐的心里。壹岐在停战四个月前突然被从关东军司令部调回大本营时,一接到命令他便马上乘飞机回内地赴任。那时候,被留下来的妻子只用了一个星期的时间就收拾好家具行李,一个人带着孩子来到了壹岐身边。

轰隆一声列车从赤塔车站出发了。此刻,妻子根本无法想象自己正在运送囚犯的火车上,被送往西伯利亚的腹地。她一定在天天等待着丈夫完成大本营特使的任务后返回家园。但是,无论自己现在处境如何,像他这样家人留在内地的军人仍是幸福的。山田司令官、秦参谋长、竹村副参谋长以及关东军参谋们的家属,在苏联参战后,虽然从新京乘避难列车踏上了归国的旅途,但之后却杳无音信,他们的安危令人担忧。尽管如此,无论是秦参谋长还是竹村副参谋长,他们从未提起过家人。虽说对军人来说离别是常事,但是,在苏军攻入满洲的情况下,他们如何能斩断对妻儿的挂念。和他们比起来,壹岐是幸运的。而且,他坚信为了孩子妻子什么苦都能吃,但绝不会做不知廉耻的事。这种对妻子的信赖拯救了壹岐的心灵。

列车在无尽的雪原上昼夜兼程。

第九天早晨,壹岐发现窗外似乎变亮堂了。他向外望去,只见列车正在一个冰封的大湖边上缓缓爬行。湖面结着一层厚厚的冰,乍一看分不出是湖还是雪原。但是,结冰的湖面在朝阳的照耀下,反射出白色的光亮。朝阳的光辉非常短暂,一到下午,天边便堆起了铅灰色的乌云。湖岸附近出现了山峦,火车开始穿过一个个隧道。壹岐知道这就是贝加尔湖。

火车沿着贝加尔湖走了一天,第二天早晨才终于驶过贝加尔湖,开进了伊尔库茨克车站。这是座古老的城市,有着欧式建筑,从落着积雪的树梢之间可以看到教会高耸的尖顶。

火车停下来,又上来一批囚犯。车厢内臭气熏天,令人窒息。最初六七人一间的牢房,在赤塔变成了十二三个人,现在膨胀到二十个。一直单独关押壹岐的牢房也被打开,关进来三个男人。

其中两个是体格结实的中年俄罗斯人。另外一个看不出是日本人还是蒙古人,也看不出年龄。他疲惫不堪,已经十一月份了,却连大衣都没有,还穿着夏天的衣服。脚上的鞋也早没了鞋带,后跟被踩平,变成了拖鞋。壹岐目不转睛地看着他,那个人低声却清晰地问道:"您是关东军军官吗?"

是日本人。

"是。你是……"

"我是满洲电信电话公司分室的。"

"满洲电信电话公司的职员为什么……"壹岐说不出话来。

"我是在奉天①车站准备上避难火车的时候被抓的。他们说我监听苏联电台,专门从事谍报活动。他们在奉天把我押上货车,坐了十天火车后,又把我关进了赤塔监狱。我说我从来没做过谍报活动,他们说我不老实交代,又把我关进了伊尔库茨克监狱。我就这样像皮球一样被踢来踢去。"说完那人咳嗽起来,他的身体似乎受到了很大摧残。

---

① 沈阳市的旧称。1932年3月,在日本的扶植下伪满洲国成立,沈阳再次被更名为奉天,直到1945年抗战全面胜利,重新使用沈阳作为市名,沿用至今。

"你的衣服……"壹岐同情地看着满洲电信电话公司职员褴褛的衣衫和憔悴的面容,他消瘦的脸上闪着一双知性的眼睛。

"这都是关东军司令部造成的,因为你们在战败时没有制订送还留在满洲的平民的计划;因为你们没有诚意,让军队家属优先避难,把老百姓放在后面。"满洲电信电话公司职员由于愤怒,浑身颤抖。他接着说,"不知道我的妻子和女儿是不是到了安全地带。一想到她们或许有万一,我简直无法活下去……"他哽咽了,深陷的双眼中流出两行热泪。

壹岐无言以对。他告诉那个人,自己当时虽然在国内,但是知道一些情况。"我不是替军方辩解,实情是这样的。苏联入侵的时候,关东军司令部首先考虑到的是让在满洲的日本平民避难,并于八月十三日、十四日发出紧急指令,要求国人乘坐满洲铁路准备的火车回国。但是,人们拒绝了,说那里是他们的家,他们不可能在那么短的时间里整理好家具财产。司令部无奈,但却认为不能浪费了满铁准备的火车。于是司令部向部队和军属下达了一道命令,命令他们只带上随身物品,马上到车站集合,出发。"

壹岐把在司令部了解到的情况如实地告诉了满洲电信电话公司的职员。看到壹岐态度真挚诚恳,职员相信了他的话。沉默片刻,他又说道:"问句非常失礼的话,对苏作战是关东军最主要的任务,可是,事先为什么没有估计到苏联会撕毁《日苏中立条约》而参战呢?"

事实上,大本营也意识到苏联有可能撕毁《日苏中立条约》,但一是由于条约在撕毁后一年内仍有效,二是认为刚和德军打完仗的苏军没有能力在撕毁条约的同时向满苏国境派兵,他们至少要到十一月份才能调集好部队、弹药和粮草。可没想到美国投下原子弹,这一意外事件加速了苏军的参战。然而,时至今日,这些都只能是败军之辩。所以,壹岐什么也没说。

满洲电信电话公司的职员继续说道："关东军司令部为什么轻信苏军会遵守停战协议？"

壹岐说："最大的原因是由于德军投降，我们基本上无法获得欧洲的情报。日本和苏联的关系与英、美、荷的不同，我们没有积极与苏作战。而且，苏联参战后仅一个星期日军就停战了。所以，我们以为苏联不会对日军和日本平民采取粗暴的行动。"自己是一个军人，哪怕被送到西伯利亚的腹地或者被处以极刑都甘愿认命。但是，眼前这个人仅仅因为偶然收到苏军的电波，就被在苏联监狱里踢皮球——壹岐觉得自己无法面对这个衣衫褴褛、疲惫不堪的满洲电信电话公司职员，也对他们的暴虐行径感到无比愤怒。不仅是战俘，苏联对待非战斗人员竟然同样不履行遣返回国的诺言，不仅把他们关押在苏联境内，还把他们等同于盗窃、杀人的囚犯对待。

第三天早晨，押送兵命令满洲电信电话公司职员准备在泰舍特下车。身无一物的满洲电信电话公司职员沉默地缩着肩膀。壹岐脱下自己的大衣披在他的肩上。他惊讶地看着壹岐，推辞道："在这严冬的西伯利亚没有大衣怎么行？您去的地方比我还要远……"

壹岐摇摇头说："我是军人，抗得住。你一定要活下去。你是非战斗人员，只要活着就一定能回到日本。"

火车到站后，壹岐把身穿大衣的满洲电信电话公司职员推出牢房，向他告别。壹岐坐的囚犯列车调换线路，继续向泰舍特的纵深方向驶去。

壹岐在泰舍特以北六十公里处的一个车站被勒令下车。这是一个不在主干线上的小站。壹岐和从同一辆车上下来的十几名囚犯被移交给已经等候在站台上的士兵。火车补充好燃料和水后继续向前驶去，囚犯们踏着漫过膝盖的雪离开车站，徒步前行。

被栅栏围起来的车站里,人走光了,停在车站前的雪橇和马车也消失了,雪中只剩下壹岐和押送兵。押送兵告诉壹岐,他们要等雪橇,然后就把下巴埋在竖起的大衣领子里,蹲到房檐下。壹岐把大衣给了满洲电信电话公司的职员,刺骨的严寒穿透棉军装,冻得他瑟瑟发抖。

一个小时过去了。壹岐已经坐了十四天火车,疲劳加上寒冷使他的神志有些恍惚。也许自己会被一个人扔在这西伯利亚的腹地,像前天在贝加尔湖畔看到的倒下的白桦树一样,变成一堆白骨。他身心衰竭,觉得眼前荒凉的雪原仿佛是地狱的尽头。

车站前面终于出现了一辆两匹马拉的雪橇。来接壹岐的军官看到他这么年轻,惊讶地问道:"你就是日军壹岐中佐?"得到肯定的答复后,来人说:"我是尼古拉中尉,上雪橇!"

"去哪里?"

尼古拉中尉没有回答。壹岐又问了一遍。

"不远。"

尼古拉中尉让壹岐坐上雪橇,命令出发。

雪橇在雪中唯一的一条路上奔跑。无边无际的雪原因为连续不断的暴风雪,形成了一道道梁,像一座座沙丘。针叶树屹立在雪原中,枝叶像钢针般坚硬。

雪橇来到一座小山丘前时,飘飘洒洒的雪花越来越大,风呼啸着从山上袭来。凛冽的寒风像刀子一样划在没有穿大衣的壹岐身上,他的耳朵和四肢渐渐开始麻木。他再也无法让自己暴露在暴风雪中,只能钻进铺在座位上的干草里。

暴风雪仿佛要卷走一层地面,雪橇在风雪中艰难地向前行走。穿过几座山间小村落,又走了数公里后,白茫茫的远处隐约出现了一座瞭望台。雪中的路就是通往那里的。瞭望台越来越近,壹岐终于看清楚瞭望台下有两道铁丝网和高墙。原来那不是瞭望台,是设在高墙四角的岗楼,上面有持枪的士兵把守。壹岐的直觉告诉他,这里是集中营。

雪橇在用圆木做成的结实的大门前停下。门柱上挂着斧头和镰刀图案的苏联国徽,门边站着身穿长棉大衣的哨兵。

雪橇进了大门,停下。壹岐掸掉身上的干草,整理好军装,下了车。四周悄无一人,五百米见方的院子里有十几栋木板房,低矮的屋顶和狭小的窗户框上积满冰雪。虽然看不清屋子里面,但是壹岐看得出那只是些勉强御寒的简陋房屋。

"这里是集中营吗?"壹岐问。

尼古拉中尉第一次正面回答道:"是的,这里是泰舍特第十一集中营。我们要立刻对你进行检查并关押你。"

尼古拉中尉把壹岐带进大门旁边的一个房间,命令他脱掉衣服,然后仔细检查有无可以帮助逃跑或自杀的金属物品和药物。检查完之后,他命令壹岐交出随身携带的物品。壹岐的携带物品只有内衣、洗漱用具,还有离开关东军司令部时随手从楼道的书架上拿的两本文库本、《复活》上下册。尼古拉中尉把目光停留在壹岐插在军装口袋的钢笔上,说:"我听说你是日军的重要人物,我们不希望你这样的人物带着钢笔。交给我保管!"

尼古拉中尉没了钢笔,结束检查之后说:"现在我要告诉你在集中营应该遵守的纪律。第一,你被关押在第三栋。第二,绝对不要靠近集中营的铁丝网。在没有得到允许的情况下,靠近距铁丝网两米以内,哨兵将不予警告,立刻开枪射击。第三,夜间上厕所时需要得到看守的许可。第四,十天洗一次澡。第五,军官不需要出工,但是,必须参加日常生活中的劳动。第六,早六点起床,晚十点就寝,以号声为准。"说完,他命令士兵把壹岐带走。

夜幕已经降临,木板屋的小窗户里透出微弱的亮光。壹岐迈着沉重的脚步走在雪地里。突然,屋子里传出的说话声让他不由得停住了脚步。那是真真切切的日语。

"进去!"

房子有两道门。士兵打开房门,一股湿臭的气味扑鼻而来。透过昏暗的光线可以看见房间里摆着双层大通铺,穿着军装的日军军官一个挨一个地挤在一起。壹岐不知所措,默默地站在那里。通铺上的军官们也用惊讶的目光看着被单独送到这里来的壹岐。一时谁都无话,保持着复杂的沉默。终于,门边铺位上的一个军官站了起来。接着,十几个人马上围过来,七嘴八舌地问:

"你是被单独带到这里的?"

"你是哪个部队的?"

他们个个面容消瘦,脸色如土。壹岐不知道该从哪里说起。这时,一个满脸胡子的军官制止住大家,问壹岐:"我是驻扎在掖河地区的第五军坦克大队大队长寺田少佐,日军战俘队长。你是哪个部队的?"

壹岐的军刀和代表军衔的肩章在哈巴罗夫斯克的监狱都被没收了,但他还是如实地回答道:"我是大本营参谋壹岐中佐。"

一屋子人更加震惊:"大本营参谋为什么会被关押在西伯利亚?"

壹岐讲述了他被带到这里的经过,讲述了山田总司令以及被关押在伏罗希洛夫格勒收容所的各军司令官的情况。寺田少佐哽咽着说:"原来我们第五军清水司令官阁下平安无事。我们在穆棱被解除武装后,指挥系统同时被切割得四分五裂,没有上级的任何消息。我们一直很担心他,没想到在这里听到了他的消息……"

壹岐问:"关押在这里的都是哪个部队的,一共有多少人?"

"这个集中营里关押的大部分是穆棱、掖河激战区的步兵和炮兵。我们直到八月十九日才得知已经停战的消息,十九日停止了作战行为,被解除武装。后来被集中到敦化,编成一千人的集中营,坐了二十七天火车,被押送到这里。"说到这儿,寺田少佐紧咬嘴唇,说不下去了。

"从敦化坐了二十七天……"

联想到苏军毫不顾忌地用押送囚犯的火车运送军事俘虏的做法,壹岐哑口无言。这时,一直没有说话的其他军官像决了堤的洪水一样,开始愤怒地诉说苏军在押解过程中的惨无人道的行径。

我们部队被解除武装后,先是被集中到敦化。八月二十三日开始步行,目的地是一百五十公里以外的吉林。我们在尘土飞扬的路上,在酷暑中不分昼夜地行军。苏联士兵用枪逼着我们,不停地"走,走"地叫着。有多少次,我们都觉得自己不行了。官兵们一路上不断地扔掉背包里的行装,渐渐只剩下干粮和毛毯。最后,连毛毯也被撕成两半,就这半块毛毯也在痛苦难耐中被扔掉。一路上官兵们扔掉行李,又捡起前面的人扔掉的东西,终于走到了吉林。在吉林,我们在野外住了一个月以后,被押上了火车。当时,苏联军官在我们面前发表送别演说:"按照停战协议,你们将踏上返回日本的旅程,请你们遵守纪律,听从苏军的指挥,出发吧!"其实这是他们演的一场戏,为的是让一直使他们心怀恐惧的武士——关东军的官兵们老老实实地坐上火车。心眼实诚的日军官兵高高兴兴地上了火车,大家深信不疑,我们将绕道哈尔滨前往符拉迪沃斯托克[①],然后在

[①] 清朝时为中国领土,1860 年 11 月 14 日《中俄北京条约》将包括海参崴在内的乌苏里江以东地域割让给俄罗斯,俄罗斯将其命名为符拉迪沃斯托克。现为俄罗斯远东最重要的城市。下同。

那里换乘船返回日本。

但是,火车跨过松花江,日夜兼程地向西、再向西行驶。当火车通过前往符拉迪沃斯托克的最后一个岔道口赤塔的时候,此前因为坚信能够回到日本,所以不管多么艰难都能挺过来的旅途一下子变成了失去希望的悲惨之旅。

火车其实就是一列十四吨的货车,关着四十个人,车上连躺的地方都没有。我们自己搜罗了一些木头片,搭起了简单的双层铺,并用汽油桶做了一个炉子,放在货车中间,每到停车的时候就下去捡一些树枝回来烧。寒气从车厢的缝隙里嗖嗖地往里灌,我们把内衣和毛毯撕成条,堵住缝隙,但仍然抵挡不住冰冷的寒气。我们被寒冷和饥饿折磨得痛苦不堪。虽然苏军从关东军的粮草库装了很多粮食,但是都被军官贪污了。我们每天只能领到一些肮脏的高粱米粥。拉肚子的人越来越多,有的甚至因为便血不止,连动弹的力气都没有了。而且,过了伊尔库茨克以后,虱子开始大量繁殖,出现了可怕的斑疹伤寒。发烧的病人被隔离到后面的车厢里,他们绝大多数都没有回来。我们无从知道死了多少人,更不知道他们的尸体是被怎么处理的。

说到这里,日军军官们沉默了。漫长的、绝望的沉默。壹岐的眼前浮现出官兵们惨不忍睹的身影。在炎天之下酷暑当中,路途遥遥,官兵们像蚂蚁一样爬行。虽明知道严冬就在前面,但他们仍无奈地把毛毯撕成两半,扔掉一半以减轻身上的负重。他们扔了又捡,最后终于搭上火车。在车上他们又备受西伯利亚的严寒和饥饿的折磨,有的人因此而无谓地死去,并且被残忍地丢弃。而与此同时,自己这些司令部的参谋们被用飞机送往哈巴罗夫斯克,在那里无所作为。

想到这些,壹岐羞愧难当。

寺田少佐收拾出自己旁边的铺位,对壹岐说:"您一定累了。明天早晨六点起床号一吹,再累也必须得起床,您早点休息吧。"

壹岐倒在铺位上,马上失去了思考的能力,像被拖入泥潭一样昏睡过去。

早晨六点,随着起床号声,壹岐在泰舍特第十一集中营的俘虏生活开始了。

西伯利亚的早晨天还没亮,外面漆黑一团。三百多平方米的营房里,只有一个用罐头盒做成的煤油灯,二百五十个人在昏暗中蠕动。房间里一共有四排双层通铺,中间两排,两边各一排。壹岐的铺位在靠墙的下铺。他刚起身穿好衣服,门就被打开了。负责伙食值日的日军军官用扁担挑着两个大桶进来。

"拿着饭盒集合!"

话音刚落,拿着饭盒的军官们从上铺、下铺跳下来,争先恐后地围住饭桶。桶里冒着白色的热气,里面是高粱米粥。

"又是粥。"

人群中虽然有不满的声音,但是,领粥的时候,每个人都用近乎下作的目光紧盯着自己的饭盒。

"哎,给我的少了!"

"你的粥才稠呢。哎,好好儿搅一搅!"

值日的人在七嘴八舌中只好从这个饭盒里舀出一点给那个添上,又从那个饭盒里舀出一点儿匀给这个。折腾来折腾去,粥很快就凉了。就这样,仍有人你的稠我的稀地争执不休,每个人都露出饥饿的目光。壹岐因为刚来,拿着寺田少佐给他找来当饭盒的罐头盒,不知所措。但是,他昨晚就滴水未进,实在难耐饥饿,便凑上前伸出罐头盒。这时,桶里只剩下一点儿稀汤,壹岐分得半罐头盒。因为没有勺子,所以壹岐只能像喝米汤一样就着罐头盒吸。

"今天您先用我的,明天我想办法给你弄个饭盒和勺子。"寺田少佐说,"军官这里还算好的,士兵那边更不像话。有人提出来,说饭盒有铝的和耐酸铝的,分量不一样,就用木棍和石头做成秤,称饭盒的重量。分面包的时候,也要用自己做的尺子量,搞得值日的人分饭的时候手都发抖,最后都没人敢值日了。更有甚者,有人还埋伏在门外,等值日的人担着饭桶过来时用勺子去桶里偷。

寺田少佐满是胡楂的脸上露出苦笑。尽管他语气平淡,但是曾经同生死的战友们现在却要用秤来分配一碗粥,这让壹岐感受到在饥饿面前人是多么脆弱。

饭后,二百五十名军官中有一半人要去干活,砍取暖用的柴火。他们穿上大衣正准备出发时,苏联兵进来说,今天要给不去干活的人体检,命令他们去医务室集合。

壹岐和寺田少佐一起走出了营房。

虽然已经八点多了,但太阳还没有升起,铅灰的浓云垂在天幕。灰暗天空下的集中营,一排排简陋的营房被两层铁丝网紧紧围住,阴森凄惨。因为周围都是森林,集中营里也生长着一些西伯利亚松和白桦树林。这些树木是这里唯一给人带来些许生气的景象。

壹岐看到另一条路上走过一队穿着德军军装的人影,令他简直不相信自己的眼睛。这队人似乎已经被关押了很久,他们的面容比日本兵更干枯,补丁摞补丁的军装遮不住骨瘦如柴的身体。

壹岐问:"这里还关押着德军?"

寺田少佐点点头:"对。这里的日军俘房最多,还有几百名德军和匈牙利的俘房。我们被关押在不同的区域,很少有来往。但是,他们毕竟是曾经的同盟国,对我们很友好。我们刚到这里的时候,他们叫我们'战友',告诉我们很多生活上需要注意的地方。"寺田少佐嘴里呼出的气形成一股股白雾,接着说,"你看见松树林对面的那几间营房了吧?前面的那间就是我们要去的医务室,那边是厨房和洗衣室。虽然我不忍心让中佐阁下您去当炊事值日、去砍柴火,可是,我们当中有些是战争快结束的时候在当地征的军官,他们的年纪都不小了。所以,体检完,休息几天之后,您得干这些活儿。"

"当然,我也是这么打算的。"壹岐边向医务室走边答道。

一丝不挂的日本官兵排成一排站在医务室里。一个留着两撇红胡子的军医既不用听诊器也不把脉,而是让每个人在他眼前转一圈,他伸手捏一下屁股,然后分别诊断出"一级""二级""三级"。一级、二级的人适合重体力劳动,三级的人适合轻体力劳动,四级的人属于营养不良。这个军医只捏一下屁股,每个人的体检连一分钟都用不了,和判断牲口的好坏没什么区别。日本官兵中虽然有不少人瘦骨嶙峋,腹部因为营养不良而鼓起,但是,他们仍被诊断为三级轻体力劳动者。壹岐实在不忍看这一队赤身裸体的人。

寺田少佐看透了壹岐心思,对他说:"这就跟给征用的马分等级一样,捏一下屁股就知道好坏。他们的做法就是把大部分人说成二级,列入可以干重活的队列里。其实,哪有什么二级,有三级就不错了。唉,我先去干活了。"

寺田走了以后,壹岐跟站在他前面的一个五十岁左右的军官一样脱光衣服,站在军医面前。军医通过做记录的翻译问:"你是新来的?"壹岐回答:"是。"然后他又问:"从哪里来的?"

"哈巴罗夫斯克的将官看守所。"

"哦?哈巴罗夫斯克的将官看守所?看来你吃得很不错嘛。"军医露出下作的笑容说。在哈巴罗夫斯克的将官看守所时的确能吃到面包、菜汤和咸鱼,虽然同样吃不饱,但和这里的伙食比较起来,算是很奢侈的了。

"的确不错,肉很肥。"他让壹岐转过身去,捏住他的屁股,像检查有没有弹性一样,用长满红毛的指头啪啪地弹了几下,然后像给牛、马肉定等级似的说:"一级,明天开始重体力劳动。"

壹岐感到一种强烈的屈辱感。虽然他告诫自己这就是战俘生活的现实,但心灵上仍然受了强烈的冲击。

上午八点,壹岐作为劳动队的一员站在了集中营大门口的队列里。太阳还没有升起来,天才蒙蒙亮,壹岐踏着雪,和其他人一起等待点名。寒气透过大衣像针一样扎在他身上。

"一、二、三……"

劳动队呈五列纵队,苏联军官每点五个人,哨兵就打开大门让这些人出去。每班五人,十个班五十人成一小队。每点够一小队人之后,哨兵就带着这支小队向前走几米,把他们交给卫兵。如果哪个班里有人走得过快或跟不上队,哨兵就方寸大乱,大叫"立定!",然后重新"一、二、三……"地再数一遍。于是,前面的官兵很快就会变成雪人,露在棉帽外面的鼻子几乎被冻掉。

站在最前面的队长寺田少佐传令:"往后传,五个人五个人地挽起胳膊,这些家伙不会数数!"后面的人一齐挽起了胳膊。

"好!"

哨兵终于数好人数,把队伍交给了卫兵。卫兵在大门外再次清点人数,确定一个不少以后才出发。

壹岐踩着坚硬的冰雪和大家一起往向伐木场。他几次险些滑倒,每次都是寺田少佐伸出手拉他一把。对于过着战俘生活、身体虚弱的日军官兵们来说,三公里的雪地走得非常艰难。一个本来是预备役的老军官拖着疲惫的双腿,走得稍慢了一点儿,卫兵就用枪顶着他,破口大骂。见他快站不住了,就把狗牵过来恐吓他。

队伍里有的官兵实在看不下去了,就过来制止。

"住手!他的身体很虚弱。"

只有十七八岁的少年兵脸上露出胜利者的不屑,大声喊道:"什么?你们是俘虏,没有资格说话!"

路越走越窄,越走越陡,一队人精疲力竭地爬上山丘,看到一片原始森林。红松、白桦、冷杉等参天大树遮住了天际。森林里除了偶尔有雪从树梢上落下来的声音以外,寂静无声。身临其境,仿佛被围困在无声的死亡世界。壹岐他们沿着林区小路走到采伐场,只被允许休息了三十分钟,就开始伐木。他们两人一组,一人一边,拉开伐木锯,锯倒高二十米、直径为一米的大树。壹岐和寺田少佐一组。

寺田戴着棉帽,只露出一张胡子拉碴的脸,对壹岐说:"伐木是件很危险的活儿,稍不注意就会被压死或者砸断腰,你一定要留神。我先用斧子在树上砍一道口子,等会儿再拉锯。你先在旁边看看,休息一下。"

"这伐木工干的活也不是你的专长。我生长在山形的鸟海山麓,看也看会了……"

壹岐拿起斧头砍下去,一下,两下。可是,他腰使不上劲儿,斧头根本砍不进去。

寺田少佐说:"人们常说萨哈林的伐木工都怕西伯利亚的森林。我一开始也不行,干了一个月,现在已经习惯了。而且,如果这个口子砍不好的话,树会往预想不到的方向倒,造成事故。"他清除掉红松树根周围的雪,抡起斧头向粗大的树干上砍去。树皮在斧头下噼噼啪啪地裂开、剥落,最后树干上被砍出一道口子。寺田少佐长长地呼了口气,说:"来,我们一块儿锯吧!"说完他绕到树的另一边,拿起长长的伐木锯和壹岐面对面地拉起来。

伐木锯发出刺啦刺啦的响声。壹岐拉了三四十分钟就感觉到呼吸急促,戴着棉手套的双手和双臂开始发麻。寺田少佐吐着热气,胡楂上结着冰碴,用力地拉着大锯。远处传来其他组拉锯的声音。在这广袤的西伯利亚原始森林里,即使有五百人的伐木队在这里砍伐,周围也看不到人影,只能听到斧头和拉锯的声音在回荡。

壹岐和寺田少佐花了三个小时才锯到粗壮树干的一半。突然,树发出嘎吱嘎吱的响声,寺田少佐说:"快了,再往那边锯一点儿就赶紧离开。"又锯了一会儿,寺田少佐拔出锯子,大喊一声:"快跑!"两人迅速离开大树,跑出去十多米。大树失去重心,发出噼噼啪啪的声响开始倾斜,倾斜的速度越来越快,一路上压断周围大树的树枝,终于在一声巨响中轰然倒下。隆!隆!隆!那一瞬间仿佛重炮齐放,巨大的轰鸣声响彻原始森林,树倒之处升起一股雪烟。壹岐看到四五十厘米粗的树枝被震得四处乱飞,那情景与他在老家看到的伐木无法相提并论。这时,他终于明白寺田说的有人被树枝砸断腰,甚至有人被树压死是真的。

"现在该砍树枝了。"寺田少佐骑在倒下的大树上,用锯子锯掉粗的树枝,细树枝则用斧头砍。壹岐也学着他的样子清理树枝。刚才还照射在林间的一丝阳光没了踪迹,气氛开始骤然下降,壹岐被冻得手脚发痛,眼泪直流。

到砍第二棵树的时候,寒冷和饥饿让壹岐几乎无法坚持。午休的时候,他顾不得身份和面子,急忙凑近篝火,一边取暖一边啃带来的黑面包。寺田少佐他们把雪放进一只铁桶里架在篝火上烧开,解下挂在腰上的空罐头盒,放进一块火柴盒大小的白糖冲开,然后就着面包喝下去。寺田少佐认真地告诉壹岐:"这样能暖身子,而且也能有饱腹感,虽然一会儿就又饿了。"壹岐也喝了几口糖开水,顿时觉得身上热乎乎的,又生出些力气来。

突然,有人大声叫道:"参谋阁下,这不是壹岐参谋阁下吗?我是勤务兵丸长!"

壹岐没有料到这场重逢,他惊奇地问:"丸长!你在这儿?"丸长是壹岐在关东军当参谋时的勤务兵。他本来有一张方方正正的大脸,现在却成了尖下巴,一双像大象一样细长温和的眼睛也凹陷下去,完全变了样。丸长不顾其他军官在场,一下子坐到壹岐面前,急切地说:"昨天晚上,我们营房里也传说有个大本营参谋被送进来了,我还不相信。可是,因为心里又惦念着,所以,今天我就跟看守的士兵编了个谎话,专门来了。您不是在内地吗,怎么会在这里呢?"

壹岐简短地回答道:"我是被大本营派来传达命令的。因为我最后还是想和关东军共命运,所以就留了下来。"

"您的夫人和孩子都平安无事吗?"

"应该没事儿。"壹岐这样回答,心想妻子和孩子们现在应该疏散在自己的老家山形。

"丸长,你家里怎么样?"

"参谋阁下,实话跟您说,我本来满心欢喜,以为仗打完了,可以回去和老婆孩子团聚了。可是做梦也没想到被弄到西伯利亚来伐木。我老婆一个人,现在可能正拿着推子辛苦操劳……不,说不定她以为我已经战死,又跟了别的男人……"

壹岐以前听人说过丸长的老婆在大阪开了一家理发店,人很能干,也很漂亮,就劝说道:"你这是自寻烦恼。我老婆还经常夸你太太,说她踏实能干,她一定能守着理发店和孩子,等你回到他们身边。"

"真的吗?我老婆虽然不能跟您夫人比,不过,也是个要强的人。"丸长喜形于色,一兴奋就忘了自己说的是满口大阪话,"要真是这样,能不能请参谋阁下跟集中营请求一下,让我给我老婆发封信?"

壹岐点点头,说:"按照《国际法》是允许战俘通信的。可是,苏联现在连我们的名单都没有整理出来,各方面都跟不上。不过,迫于世界舆论,他们早晚会允许战俘通信的。"

"早晚?太让人受不了了!壹岐参谋阁下,您是有恩赐军刀的人,别人做不到的您一定能做到。"丸长非常认真地说,看到壹岐脸上露出苦笑,他又双手合十,恳求道,"我不怕您笑话我没出息。从明天开始,我还像给您当勤务兵的时候那样,给您理发、洗衣服。我什么都干,请您一定想想办法,让我给我老婆发封信!"壹岐忍俊不禁。丸长快急哭了,抗议道:"您笑什么?人家这么诚恳地求您,您太过分了!"

壹岐拍着丸长的肩膀安慰道:"好,好,我去请求他们尽快让俘房通信!你再等等,别哭了。"

丸长眨着细长的眼睛笑了。壹岐的脸上也露出了微笑,自从被关押以来,他第一次感受到了一股人间的温暖。

壹岐迎来了战俘生涯中的第一个新年。苏联元月一日也是假日,不出工。所以从年底开始,集中营里就有人想尽各种办法,偷偷准备过元旦用的点缀和食物。

壹岐所在的营房也在大门两侧装饰上用冷杉做的门松①。元旦早晨六点一起床,二百五十名军官就穿好军装,来到门外,面向东方列队。依然笼罩在夜幕中的西伯利亚天空上闪烁着满天冰霜般的繁星,壹岐他们在这里迎来了一个苍茫的新年。

面朝东方,每个人都难以抑制内心的激动。国家战败,身为俘房,他们生活在异国的土地上,他们祈祷祖国的重建,祈祷早日回到家乡。突然,不知谁唱起了日本国歌,歌声凄恻地回荡在西伯利亚的天空。

---

① 一种用松竹做成的庆祝元旦用的装饰。

回到营房,壹岐他们把比平时稠一些的粥和盐鲱鱼子当作年饭,吃得很香甜。吃过饭,有人拿出用白桦木自制的将棋①盘和棋子,爱好者们围在一起下棋。

这时,被关在同一个集中营的德军少校和一个年轻的中尉走进营房,说:"新年好!各位日本军官!"平时他们从来没有进过日军战俘的营房,今天为了庆贺新年,他们似乎喝了酒,面黄肌瘦的脸上浮着潮红。壹岐见过这两个人,上前和两人握手,问候他们:"新年好!你们看上去很高兴啊!"

年龄和壹岐相仿、毕业于德国陆军大学的少校知道壹岐会说德语,就对着他一个人说:"我们听说日本的元旦相当于我们的圣诞节,就代表我们的军官来向你们表示祝贺。这是我们德国军官送给日本军官的礼物。"

德国少校拿出一瓶伏特加,日本军官顿时眼睛一亮。壹岐问道:"这是非常珍贵的礼物。可是,你们怎么会有这种东西?"

年轻的德国中尉稍显得意地说:"很简单。一星期以前,我们在把砍伐的木材运往离这儿五公里的河道停船场的时候,贱卖给管运输的苏联军官一卡车。"

日军俘房里顶多有几个眼明手快的人在伐木的时候捡些碎木头,偷偷藏在雪橇里拿回来,修营房用。他们从来没想到过倒卖整卡车的木材。

壹岐表示佩服:"就算负责运输的军官有心买木材,可是你们能逃过那么严格的监视,也真够不简单的。"

"集中营的苏军没有不吃贿赂这一套的。集中营营长是个预备军官,原来是学校的老师。这个人看上去很善良,可是却明目张胆地贪

---

① 日本象棋。

污俘虏的口粮、被服等供应物资,是个极荒唐的人。在这里不和他同流合污的只有政治部委员、党员尼古拉中尉。不过,他对这一切也是睁一只眼闭一只眼,也没有把营长及其下属的胡作非为报告给党。"

听到尼古拉这个名字,壹岐马上想起他就是去车站接自己的那个人,心里不由得感到奇怪。虽然进来以后他还没有见过尼古拉,但是壹岐不明白身为集中营政治部委员、党员的尼古拉为什么要专门去车站接自己。

两个德军军官毫不顾忌壹岐的感受,越说越热烈。年轻的中尉说:"他们为什么在物资问题上违法乱纪?就是因为苏德战争让他们的国家和国民都很疲惫。我们德国如果认真研究苏联的气象情况,准备好充足的御寒物资再和苏联作战,是绝不会败给他们的。希特勒在整个大局上没有犯战略性的错误,但是却重蹈了拿破仑兵败俄罗斯'严冬将军'的覆辙。在这点上,他是应该受到指责的。"

少校也借着几分酒意说:"我们现在虽然沦为俘虏,可是,世界形势无时无刻不在发生变化。我们回到祖国德国的那一天一定会来到!那时候我要再次入伍,把苏联打得体无完肤。只要国民有信念,战争就一定能够胜利。所以,各位,请你们好好记住我的相貌和名字,将来我就是超越希特勒的大元帅,统帅德国军队!"这位少校虽然已经当了三年俘虏,但是仍然没有失去"我是德国人"的强烈的民族意识。而日本官兵被送进苏联仅几个月就像丧家犬一般摇着尾巴,心如死灰。

元旦过后,壹岐又亲眼看见了一件事,让他再次深深体会到德国人的民族性。

那天,三十五岁以下、身体强壮的官兵们被带到比平时伐木还要远五六公里的地方修路。原始森林里被砍伐出一条四十米宽的路,中间用土垫起来,壹岐意识到这是在修铁路。他当关东军参谋的时候就已经得到情报,苏联计划修一条自贝加尔湖西岸泰舍特至阿穆尔的巴姆铁路①。

下午四点,干完一天重活儿,壹岐他们正准备上来接他们的卡车。负责看守的军官用肉麻的声音说,就剩下一点儿树墩子了,让壹岐他们今天把这个活儿干完。班长寺田回答说不可能。苏联军官便威胁道:"那我就让你们在这儿待到明天,你们就不怕吃不上饭,甚至冻死吗?"被他这么一说,大家觉得再干三四十分钟就完了,便回去接着干活。这时,从德国人干活的地方传来吵闹声。

"走!走!德国法西斯分子!"

"住口!无能的俄国佬!"

看守和德国人之间发生了激烈的骂战,负责看守的苏联军官急忙向那边跑去。德国官兵排着队从雪路的那边朝回集中营的卡车走过来。

"站住!再不站住开枪了!"六名看守的士兵举起自动步枪。但是,德国人的队伍没有停下来,他们径直走到了卡车旁边。苏联军官指着手持锯子的日本人说:"就剩下一点儿活了,你们为什么不干?日本人已经答应干了!"

元旦来壹岐他们的军官营房贺岁的那位德军少校以德国人的方式拒绝道:"日本人是日本人,我们认为没有必要加班加点干活儿。"

苏联军官发疯似的瞪着眼睛,情绪激昂地喊道:"在苏联怠工是要枪毙的!全体注意,每五人一组,向前一步走!"

六十名德国人按照口令重新列队,每五人一组,向前一步。虽然他们一言不发,但是脸上露出不屑的嘲笑,仿佛在说你开枪试试,看你会有什么下场!

---

① 西伯利亚铁路,俄文缩写为巴姆。

一阵可怕、漫长的沉默。德国官兵依然一动不动,日本官兵紧张地关注着事态的发展。

突然,传来一阵脚步声,尼古拉中尉不知什么时候站在了德军官兵面前。他说:"现在气温急剧下降,剩下的活儿明天再干。今天的劳动不能算完成,而是中止。"

德军官兵一副理所当然的样子,撇下正在加班的日本官兵一个个上了卡车。

一个操着清晰易懂、语速缓慢、句子简短的俄语的人对壹岐耳语道:"壹岐先生,你好像对德国人的反抗很感兴趣。"壹岐吃了一惊,回过头看到一张苍白的脸,是尼古拉中尉,他正用一双褐色的眼睛盯着壹岐。

壹岐答道:"不是对他们感兴趣,而是被他们震撼了。我在想,这大概就是被送往西伯利亚的途中失去半数,在三年的集中营生活中失去十万以上的同胞,但仍不失民族自豪感和坚强的德意志精神吧!"

"原来如此,这就是你的思想吗?集中营的劳动对于你这个大本营参谋来说是不是太重了?"

这是个奇怪的问题。壹岐说:"不仅是我,所有的俘虏每天都在缩短生命。"

"这可不行啊!干活儿的时候一定要注意。"尼古拉中尉说完走了。壹岐觉得这句话意味深长,他反复琢磨着这句话的意思,再次感到尼古拉中尉是个可怕的人物。

第五章 命 运

西伯利亚冰封雪冻的漫长阴暗的冬天过去了。

四月,温暖的阳光照耀大地,冰雪融化,树木返青,俘虏们的心中也充满了返回祖国的期待。然而,现实是残酷的。他们的劳动量越来越大,从去年开始准备的巴姆铁路修建工程也正式开工了。

俘虏营苏军营长毫不掩饰地说:"苏联政府用庞大的经费养活你们这些战俘,在冬季严寒季节你们的劳动成效不显著。现在春天来了,天气暖和了,你们必须完成劳动任务,偿还苏联做出的巨大牺牲。"他给每个人下达了比伐木的时候还要重的劳动指标,并且宣布一个人完不成当天的任务,所有的人都不能回营房。

作业地点离一个月前和德国人一起干活儿的地方不远。壹岐的任务是运土,他被这个活儿搞得筋疲力尽。他必须使出浑身力气抡起镐头刨下去才能掘开带有沙砾的坚硬的土地,挖出土,然后把土装到一种叫塔奇卡的独轮车上,运到路基上。用塔奇卡运土不仅需要掌握平衡,而且要在用木板搭成的专用道上走,所以非常消耗体力。身体本来就虚弱,几个来回下来,壹岐便觉得喘不上气来,双腿发软。运第十趟的时候,一不留神,塔奇卡从木板上翻了下来,一车土全撒了。壹岐恨自己没有足够的体力,今天又要落在后面,害得大家不能按时收工。他急忙去扶塔奇卡。

"参谋阁下,我来!"丸长上等兵跑过来把塔奇卡推到木板上,又把撒到外面的土装上车。

"谢谢你!"壹岐喘着粗气说。

"参谋阁下,这哪是您干的活儿啊!我干完我的,就过来帮您。"

丸长满是尘土的脸上绽放出笑容,说完就走了。壹岐小心翼翼地保持着塔奇卡的平衡,把这车土运到路基上。为了夺回刚才损失的时间,他马上返回挖土的地方,抡起镐头。这时,一辆吉普开过来,有人喊壹岐的名字。壹岐抬头一看,是尼古拉中尉。

"壹岐先生,停止作业,请上车。"

尼古拉中尉面色平静但却用命令的口吻说。壹岐问去哪里,他没有回答,一把抓住壹岐的胳膊,把他带上车。吉普上已经放好了壹岐的物品,他就这样在一千多名日本官兵的作业现场被人不知鬼不觉地带走了。

之后的十三天里接二连三地发生的事情大出壹岐所料。

本来壹岐已经做好了思想准备,以为自己会被带到比泰舍特更远的西伯利亚腹地,或许还会被枪决。可是,他没想到自己又回到了哈巴罗夫斯克。

半年过去了,如今哈巴罗夫斯克的白桦树已经披上新绿,古色古香的红砖建筑和教堂高耸于湛蓝的天空。壹岐从两侧车窗交替地往外看,试图观察一下留在哈巴罗夫斯克的日本官兵的情况。但也许因为汽车行驶在市区的缘故,他没有找到任何线索。

吉普从壹岐曾来过的内务部哈巴罗夫斯克内务总局前经过,向郊外驶去。车沿着乌苏里江往南开了一小时左右,进了位于一个小山丘上的面朝乌苏里江的别墅区,在一座别墅前停下。

这座建在白桦林中的别墅外观陈旧,推开门,浓郁的沙俄帝国时代的气息扑面而来。宽敞的走廊,一楼正中是一间大厅,天花板上吊着璀璨的吊灯。整个别墅寂静无声,看不到人影。

壹岐被反锁进二楼的一个房间。房间里有床和椅子,窗户上的百叶窗紧闭,还拉着窗帘,看不到外面。壹岐一屁股坐在床上。从泰舍特的集中营到哈巴罗夫斯克郊外的别墅,这个变化实在太大了,它到底意味着什么?这里仿佛有一双眼睛藏在壹岐无法想象的钢铁帷幕后面,闪烁着异样的目光。走廊里传来脚步声,门被打开了,一个戴着大尉肩章的军官带着翻译走进来。

"你在这里好好休息一下。除了你以外,这里还有两名日本将军,吃过晚饭后,带你去见他们。"大尉说完简单地搜了一下身,转身出去了。

午饭和晚饭都是由士兵送到房间里来的。壹岐吃到了在监狱和集中营里从未见过的白面包、黄油,喝上了蔬菜汤。壹岐百思不得其解,到底发生了什么?如此优待的伙食,悄无声息的别墅,别墅里的另外两名日本将军。他们是谁?山田司令官、秦参谋长以及其他关东军的几位将军的名字和脸庞依次出现在壹岐的脑海中。但是,壹岐连自己被带到这里来的目都捉摸不透,当然无从推测另外两名日本将官是谁。

吃过晚饭,在混沌中不停琢磨思考的壹岐感到疲惫不堪,迷迷糊糊地睡着了。刚睡着门就被推开,刚才那个大尉进来,指着一楼的大厅说:"现在,你可以去见另外两位将官。"

壹岐走下楼梯,听到楼下传来说话的声音,是他熟悉的竹村副参谋长的声音!壹岐冲下楼梯,竹村少将看到他惊讶地说:"壹岐,原来是你?……"少将为如此的邂逅哽咽了,他接着说,"大陆铁道司令官秋津中将阁下也在这里。"

身材细高的秋津中将从沙发上站起来,目光安然地看着壹岐,关心地说："壹岐，你看上去很疲劳。"壹岐立正，注视着秋津中将。关心他的秋津中将自己更是有些让人认不出来，原本一头乌黑的头发已经变白，脸颊消瘦，颧骨突出。见到两位将军，壹岐心中的疑惑更加深了一层。自己只是个区区中佐，为什么会和关东军将官中的铁道权威、大陆铁道司令官秋津中将，关东军副参谋长竹村少将一起被关在这里？

虽然已经五月，但这天晚上很冷。大厅里壁炉火光融融，沙发高贵舒适。这一切对于踡踣在泰舍特集中营大通铺上的壹岐来说宛若梦境一般，他站在那里，有些茫然。

"你的军装这么脏，袖口也磨破了，你被带到哪里去了？"听到竹村少将发问，壹岐详细地诉说了在泰舍特集中营的生活。

"我们也听到一些传言，原来官兵们真的被拉去修铁路了。"两位将军闭上眼睛，沉默不语。

壹岐问："秦参谋长怎么样？"

竹村少将点燃一根配给的香烟说："参谋长阁下在你被带走的第三天被带到哈巴罗夫斯克内务总局，还被投进了监狱。后来，他四次入狱，身心疲惫加上营养不良使他上下楼梯都很困难。半个月前苏军说送他住院，把他带走之后就再也没有消息了。有人说他被送到莫斯科去了。"

"他一个人吗？"

"可能是。包括山田司令官在内，我们也连日受到审讯，整天被从内务部带到监狱，又被从监狱带到内务部。苏联方面这么急于审讯，看来他们很快就会有所动作。"

"您说他们很快就会有行动？他们为什么只把我们三个人集中到这里来？"壹岐一直被关在泰舍特，因此无法对目前的情况做出判断。

"这个我和秋津中将也不清楚。我们一个星期前被从哈巴罗夫斯克将官集中营带到这里,到现在他们还没有审讯过一次,也没有提任何要求。不过,在提出对他们自己有利的非分要求之前,先把对方当客人款待,是他们惯用的手段。"

停战协议刚一签署,竹村少将就代替秦参谋长作为人质只身前往扎里科沃苏联远东军总司令部,后来又被送到伏罗希洛夫收容所,对苏军的各种手段有着亲身的经历。听到竹村少将这么说,沉默寡言的秋津少将看着壁炉里熊熊燃烧的火焰,只说了一句话:"现在发生任何事情都不奇怪。"

果然不出竹村少将所料,第二天他们三人被分批带到内务部哈巴罗夫斯克总局。由于三人的级别、职务不同,审讯人员针对三个人提的问题也不尽相同,但归根结底只有两点上:一是在决定日本最高国策时,天皇、政府和大本营三者之间哪一个起决定性作用;二是日本对苏战略中始终存在着具有侵略意图的攻击性策略。

负责审讯壹岐的仍是半年前的约瑟夫少校,只要壹岐的回答不能让他满意,他就变化各种手法和形式不断地逼问下去。有时候为了同一个问题,他会从半夜一直审到天亮。天亮后只让壹岐休息三四个小时,然后又接着一直审到下午。这种方式简直就是没有暴力的合法刑讯,一个月下来壹岐觉得自己的精神即将崩溃,甚至有被洗脑的危险。他之所以还能勉强保持理智,是因为他看到比自己年纪大得多、在肉体上要承担更多痛苦的秋津中将和竹村少将虽然面色憔悴,但仍顽强地承受着审讯带来的痛苦。

一个月过去了。一天下午,壹岐像往常一样被带到哈巴罗夫斯克内务总局二层的审讯室。约瑟夫少校脸上挂着罕见的笑容,把一份俄文文件交给穿西服的翻译,对壹岐说:"这是你来这里后接受审讯中的口供笔录,我让翻译念给你听,听完以后你签个字。"

壹岐说:"如果要签字的话,我希望不是念给我听,而是把翻译成日语的文章拿给我看。"

约瑟夫少校说:"如果你的供词属实,那么,用日语念和用日语看有什么区别?"他拒绝了壹岐的要求,命令翻译开始念。

翻译念到有关对苏作战的内容,壹岐发现苏军为了获取对自己有利的证据,单纯强调了日军的侵略意图。他愤然指出:"我的回答是昭和十六、十七年(1941、1942年)是进攻策略,但昭和十八、十九年(1943、1944年)以后就转入了防守策略。"

"为了公正起见,你的供词内容主要涉及你在大本营参谋本部作战课任职期间所了解的情况,至于昭和十八年(1943年)以后的作战计划由其他将官的口供来补充。"约瑟夫少校辩解完之后,催促壹岐签字。

此后的第五天,秋津中将、竹村少将和壹岐被一起带到内务总局,约瑟夫少校向他们提出出乎所有人意料的要求。约瑟夫少校说目前远东国际军事法庭正在东京开庭审判,他要求三人作为苏联方面的证人出庭作证。

这个要求对心灵上的冲击与昭和二十年(1945年)八月十五日的停战圣断相比,有过之而无不及。他们将被当作苏联方面的证人推上军事法庭,而那是自己曾经的上级、自己的祖国接受审判的法庭。对于三人来说,这是莫大的耻辱。三人当即严词拒绝。约瑟夫少校说这是苏联内务部的命令,对三人的态度置之不理。

那天晚上壹岐一夜没睡。身为俘虏,拒绝出庭作证几乎是不可能的。他只有两种选择,或是自行了断性命,或是在法庭上提供对日本有利的证词。在二者选其一的抉择中,天空渐渐发白。壹岐的脑海中浮现出自己曾企图自杀的情景——向关东军司令部传达圣旨后,他走进空无一人的作战室,用手枪对准了自己的头部。但是,现在他手上既没有手枪也没有军刀,更不能允许自己一死了事。自己死了,就会有下一个人被置于同样的处境下直面死亡。壹岐听到隔壁竹村少将的房间里也有动静,心想竹村少将一定和他一样彻夜未眠。

壹岐他们坚持拒绝出庭作证。一个月后的一天晚上,约瑟夫上校又来到软禁三人的别墅,对他们说:"莫斯科有指示,如果你们仍然拒绝在远东国际军事法庭上提供与你们口供相同的证词,那么我们就认定口供不实,你们必须重新接受审讯。"

这是彻头彻尾的威胁。壹岐他们面面相觑,一言不发。片刻后秋津中将说:"你是说我们只有出庭作证了?"

"是的。如果你们坚持不肯出庭,那我们只有让正在住院治疗的秦参谋长出庭。"约瑟夫巧妙地把三人逼上了绝路。

秋津中将叮问道:"既然你把话说得这么明白,又是命令,身为俘虏,我们别无选择。但是,除了我们签字的口供内容以外,苏联不得强迫我们提供任何证词。你同意吗?"

"我答应你们,不提其他任何要求。"

"那好,我们只有出庭作证了。"

听到这句话,约瑟夫像捕捉到一头猎物,薄薄的嘴唇上露出满足的微笑,然后疾步离去。壹岐无法相信约瑟夫的承诺,他向秋津中将提出,他们三人应该联名写一份请愿书,再次申明除签名的口供内容外不提供任何证词,并要求得到苏联方面信守诺言的保证。

"不,我们各自坚持这个主张就足够了。如果实在难如你我之意,一死了之也罢。"秋津中将用淡淡的口气说,"事情已经定下来了,出发前他们是不是能让我们在这别墅前面的乌苏里江里钓钓鱼啊!"

秋津中将的脸上露出平静的微笑。但是,壹岐感到那笑容里蕴含着深深的凄凉。

第三天早晨,壹岐突然被叫醒。看到淡淡的阳光透过百叶窗照进屋来,天已经亮了。他起身下床,一个卫兵进来递给他一套戴陆军中佐肩章的新日军军装,说:"穿上这个,出发!"

不知道他们是什么时候准备的这套军装,大概是从关东军的被服仓库里掠夺来的大量物资里的一套。

壹岐来到走廊,看到秋津中将和竹村少将也同样穿着新军装。三人被带上了车。

天还没有大亮。汽车在晨曦中全速行驶,很快就到了飞机场。这里是哈巴罗夫斯克飞机场,是壹岐他们从新京被带到苏联时下飞机的地方。

三人下了车,看到约瑟夫少校带着军医、翻译和三名士兵等在那里。一辆美国援助的水陆两用PBY卡特琳娜水上飞机停在跑道上,已经发动了引擎。

秋津中将走到螺旋桨下,一向温和的表情变得异常严峻,他问:"是坐这架飞机去东京吗?"

约瑟夫少校回答道:"是的,直接飞往东京。"

飞机在戒备森严中起飞,向东京飞去。

俯瞰脚下,那里是苏联沿海州的海岸线和大海。朝阳透过机窗射进来,壹岐专心地追逐着阳光。作为作战参谋,他曾经整日观察地图,他可以凭借从机窗射进来的阳光的角度判断飞行方向。

阳光从左边机窗的前方射进来,这说明飞机正由哈巴罗夫斯克向东南方向飞行。如果按每小时三百公里的飞行速度计算的话,五小时后这架飞机就可以到达日本。壹岐闭上眼睛。再过五个小时,他将作为俘虏被带回日本,而且还要作为苏联方面的证人站在远东国际军事法庭上作证。时间分分秒秒地过去,飞机离日本越来越近,壹岐在脑海中描绘着自己站在法庭上的屈辱身影。他看了一眼秋津中将和竹村少将,两位将官的心情似乎也和他一样,他们面色沉痛,双臂交叉在胸前,沉默不语。

不知过了多长时间,壹岐不经意地朝机窗下望去,只见眼前是一片蓝色绸缎般的日本海,海面上浮着一个绿色的大岛,白色的波浪拍打着海岸线。那应该是佐渡岛。

"是佐渡岛吧!"竹村少将轻声说。飞机的西南方可以看到新潟的海岸线,那的的确确是佐渡岛。终于回到祖国了!壹岐把脸紧贴在机窗上,凝视着下方,仿佛听到了日本海的浪涛声。壹岐抑制着激动的心情,目不转睛看着下方。

飞机在佐渡岛上空盘旋了几圈之后才进入新潟上空。壹岐看到了平缓连绵的山峰、流淌的河流、山间的村落和农田。"国破山河在",壹岐感到一阵心痛,两位将官也流下了眼泪。

飞机终于降落在羽田机场。舱门被打开,约瑟夫少校和三个苏联军官走下舷梯,秋津中将、竹村少将、壹岐依次跟在后面。壹岐踏上舷梯,迎面看到对面机场大楼上飘扬的星条旗,他强烈地感受到美军"占领日本"的真实感,他不由得停住了脚步。

一辆美军吉普飞速驶来,猛一刹车,几个MP[①]跳下吉普围住壹岐他们,约瑟夫少校等苏联军官也做好了应对的准备。一个美军宪兵军官气势汹汹地说:"我们约定好在佐渡岛上空由美军飞机给你们导航,然后飞往羽田机场。你们为什么不按照约定办?"

约瑟夫少校通过翻译冷冷地解释道:"由于强西风影响,我们提前到达了佐渡上空。我们在佐渡上空盘旋,等待时机。但是,由于没有看到美军飞机,我们只好单独在羽田机场着陆。理由就是这些,请你们谅解。"

壹岐他们刚到羽田,就看到了美苏争执的一幕。

---

① 宪兵,英文military policeman,简称MP,军事警察。主要负责维持军队纪律,保障军队命令的执行,组织军事法庭等。

苏军的吉普载着壹岐他们沿着京滨国道一路向东京市中心驶去。透过车窗,壹岐看到大森海岸的海面上浮着点点小渔船,宛若一幅画面。再看国道两旁,满目皆是被烧毁的废墟,大火后的建筑裸露着生锈的钢筋框架。吉普车开过品川,离市中心越来越近,车窗外仍然是化作一片焦土的废墟。战后的第一个夏天虽然已经接近尾声,但是,这里看不到任何重建家园的迹象。废墟上是临时搭建的简易住房,行人们看上去脚步乏力,衣装破旧。男的穿着洗得发白的衬衫或者复员服,女的则是劳动裤或者极其简朴的衣衫。

"没想到,真没想到情况这么糟糕。"秋津中将痛苦地说道。他和壹岐不同,他长期驻扎在满洲,直到战败的那一天。他一直不在内地,没有亲眼见到过战争带来的惨状。因此,眼前的情景使他受到很大冲击。车越往市中心开,车窗外的情景愈加悲惨,到处是坍塌的建筑。对于即将站在追究战争责任的远东国际军事法庭证人席上的壹岐他们来说,经过这样惨不忍睹的被烧焦的废墟,就如同被拖向地狱的底层一般。

吉普车经过日比谷公园,停在丸之内的一座颇有特色的红砖建筑前面。这里是三菱会馆,门口插着苏联国旗,有哨兵把守。壹岐他们从吉普上下来,被带上了三楼。虽然楼里好像有人,但每个房间的门都紧闭着。三人被带到楼道尽头一个悄无人息的地方,分别被带进两个房间。秋津中将单独一个房间,壹岐和竹村少将两人一个房间。壹岐和竹村少将的房间有三十多平方米,以前是办公室,现在放着床和椅子,改成了起居室。

约瑟夫少校大概是因为终于完成了押送任务,松了一口气,脸上的表情第一次有所缓和。"这里是苏联驻日代表团分处,三楼都是和远东国际军事法庭有关的人员,你们也住这里。你们什么时候出庭现在还不知道,日期定下来以后,苏联代表团的有关人员会来通知你们。"约瑟夫让壹岐他们今天好好休息,交代完以后就走了。

晚饭的时候,有人进来说让壹岐和竹村少将去秋津中将的房间一起吃,他们把二人带到了斜对面的秋津中将的房间里。这是他们回国后的第一顿晚饭,虽然还是俄罗斯菜,但是里面有新鲜的、水灵灵的日本蔬菜。竹村少将面带生就的一副爽朗表情,用刀叉享用着晚餐。秋津中将几乎没吃,也许是因为旅途劳顿,他的脸色很不好。

壹岐关切地问道:"您是不是哪儿不舒服?"

"不。是日本的受害状况超乎出我的想象。最后……虽然决定打这场战争的确实是政治家们,但是战败的责任在军人。这让我感到很内疚……"秋津中将停顿了一下,又说,"今天晚上早点儿休息吧,你们也累了。这段时间都挺辛苦的。"说完,就离开了餐桌。

壹岐和竹村少将回到自己的房间。少将大概是坐飞机疲劳了,一进门就躺到了床上。壹岐睡不着,他躺下又起来,透过百叶窗看着外面。他看到东京街头的灯火和来来往往的人影,想到在这同一个日本的天空下,自己的妻儿今晚也在一盏灯下相依为命,三十四岁的壹岐心痛欲裂,四肢发麻。壹岐很想跟竹村少将聊几句,他突然想到战争结束的时候关东军副参谋长竹村的家属还在新京,在苏军的惨烈进攻下他们至今安危未卜,也不知道是否已经返回日本。可是,竹村少将从未提起过他的家属。和少将相比,壹岐感到作为一个军人自己是多么稚嫩,多么不成熟。他强迫自己平静下来。

那天晚上,壹岐做了一个梦。在梦里他和家人在一起。

壹岐的家在杉并高圆寺,不大的院子里开着菖蒲花。这天是儿子诚的第一个端午节[①],父亲特意从乡下赶来庆

[①] 在日本端午节是祈求男孩子健康成长的节日,家里要装饰甲胄,升鲤鱼旗。

祝。家里摆放着装饰用的甲胄,甲胄前供放着天皇恩赐的军刀。酒后微醺的父亲把还是婴儿的孙子放在腿上,对他说:"你长大了也要成为像你父亲那样优秀的军人,从天子手上接过恩赐的军刀。"看到爷爷那么溺爱孙子,老大直子不服气地说:"爷爷,我本来也想让自己是个男孩子的!"她取下摆在架子上的甲胄扣在头上,摆出一副武士娃娃的样子。母亲佳子训斥道:"你一个女孩子,像什么样子……"直子听了母亲的话,反而开始戴着甲胄在屋子里跑来跑去。壹岐也说她:"直子,你要听妈妈的话。"没想到,直子更来劲了,竟朝院子里跑去。这时,甲胄上的红绦子断了,啪的一声甲胄掉在了院子里的石头上。佳子脸色大变:"哎呀,甲胄的绦子……"壹岐笑着说:"没关系,断了再接上不就行了。"佳子说:"不是有句谚语说'得胜后将绦子系'嘛!这甲胄的绦子是系着胜利的。"佳子捡起掉在石头上的甲胄,想把绦子接上。可是,接了好几次都没接上。绦子每断开一次,佳子白净的脸上就笼罩上一层悲哀,不安地扭动身体。壹岐接过甲胄试图自己接上,接了好几次,但绦子总是砰的一声绷断。不一会儿,红色的绦子就像血一样洒了一地。

"是不是你……"妻子含着泪水悲戚地看着壹岐。壹岐一把拉过妻子,佳子把头深深埋在他的怀里。

壹岐一下子醒了,原来是个梦,可他的身体上分明还残留着妻子的体温。壹岐看了看窗外,天还没亮,竹村少将睡得正酣,他便又睡了过去。

早晨醒来,壹岐为凌晨时分和妻子在梦中云雨一番感到脸红。他洗了脸,正准备和竹村少将一起去秋津中将的房间吃早饭,卫兵端来早饭说:"你们不能出去,就在这个房间吃早饭!"

"为什么? 昨天不是说每顿饭都要在秋津中将的房间里吃的吗?"壹岐觉得有些蹊跷,便执意往外走。

士兵突然用粗暴的口气说:"站住! 不许离开房间!"

他猛地关上门,气势汹汹的样子非同一般。竹村少将和壹岐对视了一下,侧耳静听外面的动静。斜对面秋津中将的房间好像有人慌慌张张地进进出出,两人顿时绷紧了神经,他们以为在出庭作证的问题上出现了意想不到的麻烦。楼道里传来英语、俄语混杂的亢奋的说话声,急促的开门声和杂乱的脚步声,却听不到秋津中将的声音。过了一会儿,楼道里变得安静了。竹村少将敲门叫来卫兵,要求见约瑟夫少校。约瑟夫少校很快出现在竹村少将和壹岐面前。

"我们为什么不能去秋津阁下的房间?"

"秋津将军今天早晨因心脏病突发死亡。"

"死亡? 秋津阁下……"

竹村少将和壹岐为这突如其来的噩耗震惊得说不出话来。

"我们要求看一下遗体。"

"按照规定,我不能接受你们的请求。"

壹岐也追问道:"你说死因是心脏病突发,但是阁下从在哈巴罗夫斯克的时候到昨天晚上一直都很健康,很难想象他会突然得心脏病。是否有其他死因?"

约瑟夫坚持说是心脏病突发,但壹岐怀疑秋津中将是自杀。他想起在哈巴罗夫斯克的时候秋津中将说过的一句话。当时他提出三人应该联名写一份请愿书,表明决不提供超出签字的口供内容的任何证词。秋津中将听后平静地说,我们各自坚持这个主张就足够了,如果实在难如你我之意,一死了之也罢。现在想起来,壹岐觉得那时候秋津中将很可能就已经独自下了自杀的决心,因为对他来说站在前辈、同僚被审判的法庭证人席上是件极不荣誉的事情。再加上来到东京后，亲眼看见了被烧成废墟的东京街头的惨状，强烈的责任感使中将终于完成了自杀计划。

竹村少将和壹岐再三请求："哪怕就一眼也好，让我们跟阁下的遗体告个别。"

约瑟夫回答："非常遗憾，遗体被运往美军解剖，已经不在这里了。"

壹岐感到大脑一片空白，竹村少将的眼中充满了愤怒。直到昨天他们还和秋津中将同生死共命运，现在中将去世了，他们竟然无法与遗体告别，也不知道真正的死因。即使身为阶下囚，这个事实也未免过于残酷。壹岐勉强支撑着才没让自己倒下。

下午，美军军官带着翻译和宪兵来到竹村少将和壹岐的房间，详细询问了秋津中将最近的情况，并且仔细检查了两人的物品。他们明显是在翻找有无毒药或利刃之类的东西。壹岐从搜身的宪兵"没有发现氰化钾"的话中判断秋津中将是服氰化钾自杀的。

当天，壹岐他们就被从三菱会馆转移到了一所苏联接管的私人住宅。

壹岐他们被转移到位于纪尾井町的住宅，秋津中将的死在他们心中投下了深深的阴影。

苏联方面为了防止秋津中将事件的重演，态度突变，开始对壹岐他们照顾有加，让他们住进了二楼一个朝南的房间。这个房间正对着近一千平方米的院子，宽敞明亮。他们还被允许在院子里散步。当然，他们的周围时刻闪烁着便衣警惕的目光。

不知为何，出庭作证一拖再拖，壹岐他们整日无所事事。等待出庭的这段时间很痛苦。一步之遥的院墙外是祖国自由的天空，外面传来同胞们的说笑声和脚步声。而墙内却是被剥夺了自由的囚徒生活,这里比被羁押在遥远的西伯利亚更折磨人。壹岐不知道自己会被囚禁多久,也看不到出路。三十四岁的壹岐每天感到心乱如麻,竭力克制着几近狂乱的心。

一个月过去了。一天早晨,很少露面的约瑟夫来到壹岐他们的房间,说要给他们做西服。问及理由,回答是现在没有人还穿着旧日本军装出庭作证。他拿出不知从哪里弄来的廉价藏青色咔叽和做衬衫用的粉红色富士绸,让日本裁缝给壹岐他们量尺寸。壹岐他们提出穿带颜色的衬衫不合适,可是哈巴罗夫斯克的乡巴佬约瑟夫少校却自作聪明地坚持说没问题。壹岐他们只好作罢。

西服做好了。几天后,苏方安排苏联首席检察官高隆斯基和同盟国检查团检察长、美国的季南检察官分别来见壹岐他们。与高隆斯基会面时没有任何问题,但是到面见季南检察官的时候,苏联方面一下子紧张起来。约瑟夫少校用从未有过的谦和态度反复要求:"请你们慎重选择要对季南说的话。"他显然是害怕暴露自己逼供的事实。而壹岐和竹村丝毫没有祈求季南怜悯的想法。

和季南检察官的会面安排在楼下的会客厅里。除了季南检察官、他带来的翻译和两个书记员以外,苏联代表团的军官和约瑟夫也在场。季南检察官并不像日本报纸宣传的那样冷峻激烈,而给人一种普普通通的法学专家的印象。他用美国式的事务性方式提问。

"你们在苏联境内是什么样的待遇?"

"是普通的待遇。"

"普通的待遇是什么样的待遇?"

"我们受到了一般俘虏的待遇。"

"关于秋津中将的自杀,你们有什么看法?"

竹村中将端正姿势回答道:"从哈巴罗夫斯克出发之前我就和秋津阁下朝夕相处,四个月,我竟然从来没想过他会自杀。这说明阁下是在悄然做好思想准备的情况下自杀的。"

竹村中将语气肃然，就连季南检察官也怔了一下。

"已故秋津中将去世前签字的供词以及你们两人的供词都是基于事实的吗？"

"除去日语与俄语在语感上的微妙差别，内容是我们陈述的内容。"

"那么，我问一个问题，以备参考。关于天皇没有拒绝权这一点，你们怎么认为？"

在场的苏联代表团军官打断回答，说："我认为今天这种场合不适合问这个问题。"

连壹岐他们都能看出来，季南检察官的这个问题是为了配合美军的占领政策，避免追究天皇的战争责任。而苏联方面则试图将战争责任归咎于天皇，将天皇送上法庭。在这点上，美苏的意见显然是对立的。

这次会面之后，苏联方面对壹岐他们更加照顾。苏方试图通过在生活上的款待让壹岐他们提供对自己有利的证词，而且越来越露骨地表现出这个意图。

一天约瑟夫少校鬼鬼祟祟地走进壹岐他们的房间，像要透露一个秘密似的故作亲昵地说："你们到日本也有一个多月了，一定时刻都在想念你们的家人。所以，我打算设法让你们见见家人。"

壹岐还在犹豫如何回答，竹村少将却当即回绝道："非常感谢你的好意。我的家人停战的时候都在满洲。我有四个孩子，最大的十五岁，他们和我的妻子可能都已经死在回国的路上了。所以，你不必费心了。"

听了这话，壹岐抑制住内心深处对妻儿的思念，也拒绝道："难得你有这番好意。不过，我从大本营到了关东军以后，也和我的家人断了联系,不知道他们现在在哪里,不用费心了。"

约瑟夫脸上露出淡淡的笑容,说:"你们不必这么客气。我们会通过我们惊人的努力和情报网替你们找到家人的。"他露出一副用亲情作诱饵钓大鱼的嘴脸。

壹岐和竹村副参谋长出庭的日期定下来了。这天,苏方高隆斯基检察官亲自来到两人在纪尾井町的住处,通知他们四天后,也就是九月十八日出庭作证。

高隆斯基检察官刚走,客厅里还弥漫着一股刺鼻的苏联烟草的气味。壹岐走出客厅,来到露台上。

仲秋时节的天空湛蓝清澈,万里无云。明亮的阳光下,一个小点儿在壹岐眼前一闪而过,停在他身旁的南天竹上。那是一只红蜻蜓。它薄薄的羽翼闪着银色的光亮,纤细的红色胴体鲜艳夺目。壹岐屏住呼吸,注视着停在自己眼前休息的红蜻蜓,心中生出几分羡慕。现在,他虽然身在日本境内,但被关在与外界一墙之隔的外国领地里,一筹莫展。对于壹岐来说,目前的处境比在西伯利亚做苦役更让他痛苦难耐。

壹岐觉得后面有人,他以为是竹村少将,回头一看,是约瑟夫少校。约瑟夫穿着一件肥大的西服,富士绸衬衫,一副庸俗土气的俄罗斯人打扮。约瑟夫走近壹岐,在他耳边低语道:"壹岐先生,告诉你一个好消息。通过我们值得骄傲的情报网和我们的努力,你的家人终于有下落了!"

"我家人的下落?他们在哪里?"壹岐不禁问道。前天,约瑟夫还告诉他,在他供词上填写的籍贯和现住址两处都没有找到他的家人,令他十分担心。

约瑟夫乘机说:"我没猜错,你内心还是很想知道你妻儿的消息,非常想见他们的。那你就不要拒绝我们的好意了。"

"不,我不想见他们。不过我想知道他们现在在哪里?"

"大阪。你的妻子和两个孩子现在在大阪的住之江。"

大阪的住之江?壹岐第一次听到这个地名。他一直以为妻子在他的老家山形,她为什么到了大阪的住之江?如果是大阪,她应该住在帝冢山的坂野大佐也就是她自己的娘家。是不是坂野大佐去世了?是不是他的家在这场战争灾难中毁灭,身为旧军人,他们无处可去,此刻,正徘徊在战后混乱的街头?如果真是这样,妻子佳子一个女人怎么去养活两个孩子?想到这些,壹岐心神不安。

约瑟夫仿佛看透了壹岐的心思,说:"壹岐先生,你是想见你的妻子和孩子的,对吧?"

壹岐无法回答约瑟夫的问题。他想见,发狂般地想见自己的妻儿。壹岐现在是苏联的俘虏,也曾跨过生死线,而妻儿也在战后的混乱中活了下来。现在不见,出庭后他很可能被带回苏联,也许就再也见不到他们了。但是,如果现在相见,人们势必会认为他是受了苏联的恩惠才出庭作证的。而且,被关押在苏联的关东军官兵至今不能和家人通信,更无法知道家人的消息。这种时候,他怎么能一个人去见自己的妻子儿女?

壹岐说:"我不想见他们。但是,我想知道他们为什么住在大阪的住之江。"

约瑟夫说:"你见到他们后自己问吧。"他想在壹岐心中挖一个陷阱。

壹岐斩钉截铁地说:"如果是这样的话,你就不用费心了。以后请你不要再提起我的家人。"

约瑟夫仍不死心,继续说道:"壹岐先生,你现在逞强,将来会后悔。你好好儿考虑考虑,如果你想见他们就告诉我,我马上把他们从大阪接来。"

吃晚饭的时候,壹岐把白天发生的事情告诉了竹村少将,并问起他家人的情况。竹村少将用一贯爽朗的口气说:"他们一直在设法问出我家人的下落。其实,我的家人可能还在满洲,没有回来。一个女人带着四个孩子,最大的才十五岁,无法平安回来,这很正常。"

竹村少将似乎已经绝望了。对壹岐要不要见他的家人,少将没有发表意见。但是,少将的家人现在下落不明,生死未卜,壹岐更觉得无法独自去见自己的妻儿。

三天后,因为第二天要在远东国际军事法庭上出庭,壹岐一大早就把自己关在房间里,整理证词内容。突然,有人敲门,约瑟夫推门进来。

"壹岐先生,有人要见你。"

"又是高隆斯基检察官吗?"

约瑟夫闪烁着一双褐色的眼睛说:"是你的夫人和孩子们。我们把他们从大阪接来了,现在就在楼下,你去见见吧。"说完约瑟夫就冲楼下喊壹岐妻子的名字。

壹岐不由自主地从椅子上站起来,朝门口走了两步。猛然间,他清醒过来,停住脚步,冲约瑟夫大声说道:"我不见!你马上把我的妻子和孩子送回大阪,以后不许你再随便去找他们!"壹岐的脸因为痛苦和愤怒而扭曲。

约瑟夫劝道:"为什么?他们从大阪花了一个晚上才到这里。你听,你不是能听见他们说话的声音吗?"

"住口!把他们送回去!"壹岐用手捂住耳朵,使劲往外推约瑟夫。就连约瑟夫也被他的气势压倒,只好退出房间,下楼。

壹岐聚精会神地听着楼下的动静,希望能感受到妻儿的存在。女儿直子六岁,儿子诚才三岁。虽然诚还小,被妈妈牵着小手,懵懵懵懵不知道发生了什么,但是,女儿直子应该能甩开母亲的手,喊着"爸爸,你在哪里?"到处找爸爸了。此时,壹岐多想张开双臂紧紧抱住直子、诚还有妻子啊!他一边拼命控制住自己,不让自己冲到楼下,一边侧耳倾听楼下的动静。他听见客厅那边传来约瑟夫的说话声和开门、关门的声音,却没有听到妻子的声音。孩子们也许被这种异样的气氛吓坏了,竟然也悄无声息,甚至连一点儿哭声都没有。壹岐想,身为军人的女儿,又嫁给了军人,妻子一定推测丈夫不愿意让妻儿看到自己做囚徒的样子,正在安抚孩子们。

楼道里传来卫兵的脚步声。卫兵打开门,把一个用彩色印花纸叠的新娘子交给壹岐,说:"壹岐先生,你的妻子和孩子要回去了。这是你的孩子送给你的礼物。"壹岐不由自主地接过礼物,捧在手心,然后贴在脸上。

门外传来汽车发动机的声音。壹岐把脸紧紧贴在玻璃窗上,透过树杈他看到正往大门外走的妻子的背影。她穿着一件深色的简朴的和服,一手拉着一个孩子。很长时间没见,六岁的直子和三岁的诚都长高了,他们的衣服有些显小,露出细小的胳膊和腿,这刺痛了壹岐的双眼。

车门啪的一声关上,载着妻儿的车从壹岐的视线中消失了。

寂静重新笼罩着纪尾井町的住处,壹岐终于泪如泉涌,他把彩纸叠的新娘子紧紧攥在手里,忍不住放声痛哭。

上午八点,壹岐和竹村少将乘坐的车到达设在市谷台的原大本营内的远东国际军事法庭。

大门口有头戴白色钢盔的MP严密把守。车开到门口时,MP大喊一声"停",经过认真检查,确定车上每个人都与审判有关之后才放行。

汽车沿着芒草波浪翻滚的堤坝驶过一段缓缓的弯道坡路,来到一块平地上。曾经的大本营出现在眼前,壹岐心中充满苦涩。这里曾经是陆军士官学校,战争期间是大本营,现在成了审判日本战犯的军事法庭。从这个法庭选址中,壹岐体会到同盟国警戒日本人的意图。

车停在大门口,原大本营厚重的玻璃门被打开,苏联代表团的军官已经守候在那里。壹岐他们被带到二楼的证人等候室。这里以前是会议室,左右两边分别是参谋总长办公室和作战室。壹岐曾无数次出入这里,他熟悉这里的一切,包括桌子上的每一个刮痕。

约瑟夫少校和苏联代表团的工作人员正在紧张地进行联络工作。壹岐向院子里望去,同盟国的有关人员、MP在院子里走来走去,俨然是这里的主人。他闭上眼睛,心中十分凄凉,眼前浮现出玉音广播的那个晚上的情景。就在这里,军官们发疯般地把机密文件搬到院子里,浇上汽油点燃,整夜里火光冲天。在回忆的火光中,梅津参谋总长憔悴的面容出现在壹岐的脑海里。梅津参谋总长如今作为甲级战犯被推上了被告席。出庭作证的时间一点点接近,壹岐愈加感到如坐针毡。

壹岐心乱如麻,问竹村少将:"竹村阁下,同盟国能站在公正的立场上听取我们的证词吗?"

"很难说。在十天前开始的日苏关系的审理当中,高隆斯基检察官是从明治三十七年的日俄战争开始陈述的。这终究是一场借法律之名,按照胜者制裁手下败将的逻辑进行的审判。我们最好做好这个思想准备。"竹村少将用一贯的淡淡的口吻说。

这时约瑟夫推门进来,说:"开庭了。法庭先传唤壹岐中佐。"

壹岐和竹村少将对视了一下,让自己镇定下来,说:"我去了。"

壹岐被等候在楼道里的MP带往法庭。

远东国际军事法庭上灯光明亮，插着十一个原告国的国旗。以审判长韦伯为首的七十余名法庭工作人员坐在台上，黑压压一片。

这里原来是大本营的讲堂，约三百平方米的法庭东侧是审判员席，正中是公诉人席，接着依次是发言台、翻译席和证人席。西侧的台上是被告席，被告席下方是辩护人席。被告席上坐着东条英机、板垣征四郎、东乡茂德、木户幸一等除精神错乱的大川周明和死于肺结核的松冈洋右以外的二十六名一级战犯嫌疑人。

壹岐正进入法庭的时候，审判长韦伯和苏联公诉人之间正进行着一场气氛紧张的对话。但是，壹岐一出现，法庭程序马上转入听取证词阶段。

法庭突然间变得鸦雀无声。壹岐被MP带到证人席上，此时他的心情仿佛是登上了断头台。以审判长韦伯为首的身穿黑色法官服的审判员，季南检察长率领的公诉人以清濑律师为中心的辩护团以及旁听席、新闻记者席——法庭上所有人的目光都集中到了开庭以来最年轻的证人，而且是被羁押在西伯利亚的壹岐身上。壹岐置身于军事法庭森严的气氛中，甚至没有看见曾经的上司们就座的被告席在哪里。他强迫自己站正姿势，戴上同声翻译的耳机。

审判长韦伯用字正腔圆的英式英语平静地宣布："根据本法庭规则，证人宣誓。"耳机里传来同声翻译的日语，壹岐按照事前练习过的样子举起右手："我向法庭宣誓，我将遵从良心，如实提供我所知道的事实真相，不隐瞒任何事实。"

苏联公诉人方面担任询问的是罗森布里特检察官。

"你的姓名？"

"壹岐正。"

"年龄？"

"三十四岁。"

"投降前的职务?"

"大本营陆军部第一部参谋,陆军中佐。"

壹岐逐一回答问题,像吞下一口口苦水。

"一九四一年十月到一九四四年二月,你是在陆军部第一部任职吗?"

"是的。"

"你现在是苏军的俘虏吗?"

"是的。"

"这是检方持有的你的日文供词,这上面的签名是你亲笔所签吗?"罗森布里特向壹岐展示了供词。

"是的。"

"供词内容都属实吗?"

"属实。"

壹岐回答得十分简洁,他对罗森布里特检察官自信十足的态度颇为反感。

罗森布里特举着长达五页的证词说:"审判长,作为证据,本检察官要求向法庭提供证人的供词。"得到审判长韦伯的同意后,罗森布里特又趁势提出要求,"如果法庭没有异议,我想在此宣读一下供词全文。"

韦伯审判长说:"在本法庭上宣读供词全文需要占用时间,可否只宣读与本庭有关的内容?"

罗森布里特再次请求道:"这个供词的所有内容都与本庭有关,而且很重要。所以,请允许我宣读全文。"接着,他开始念壹岐的供词。

> 本人是原日本陆军中佐壹岐正。于昭和十五年(1940年)六月成为第五军(满洲东部)参谋,次年,昭和十六年

（1941年）十月被任命为参谋本部第一部（作战部）部员，直到昭和十九年(1944年)二月调离此部，出任关东军参谋。昭和二十年（1945年）四月重新调回参谋本部第一部。现就我所知事实，就我在上述期间所执行的任务内容做如下证词：

一、在参谋本部任职期间我担任总务工作，包括保管机密文件及烧毁超过保管时间的文件。作战计划的保管时间通常是两年。在烧毁文件时，我都要先过目，记住文件的概要。在昭和十六年春天烧毁的昭和十四年度作战计划书中有对苏作战计划书。该计划书中有如下内容：如果日苏发生战争，日本统帅部的主要战略方针是将主力集中到满洲东部，对远东苏联采取攻势。

二、昭和十六年十月我被任命为参谋本部第一部第二课（作战课）部员之后，从事与调配兵力有关的工作，后期还参与起草作战计划，并亲自起草过一部分作战计划。因此，我得以了解昭和十六年度和十七年度对苏作战计划的内容。

昭和十六年度的计划书中有如下内容：如果日苏发生战争，关东军计划将一部分主要兵力集中到布拉戈维申斯克、古比雪夫方向，将另一部分兵力集中到海拉尔附近，并将预备部队集中到哈尔滨。计划在战争第一阶段占领伏罗希洛夫、符拉迪沃斯托克、伊曼的周边地区，第二阶段占领北萨哈林、黑龙江流域的尼古拉耶夫斯克、阿穆尔共青城[①]。

[①] 该城位于黑龙江（阿穆尔河）下游，原为中国领土，在1858年被俄罗斯占领。

罗森布里特检察官用厚重的声音一字不落地念着壹岐的供词。在被扣押于西伯利亚，在身心都达到极限的情况下，壹岐接受审讯时仍注意了三点：一不要对国家不利，二不要对前辈、同僚及部下不利，三不要对自己不利。在保障这三点的基础上，他尽可能地陈述了事实。因为，如果轻率地编造事实，供词与其他人的口供有出入，苏联方面的审讯就会无休止地进行下去，有时甚至会让别人背上罪名。

昭和十七年度的作战计划与其他年度相同，是攻势作战计划，主要方针是突然开始行动。本计划将约三十个师团的兵力集中到满洲，将主力部队放在满洲东部，将一部分兵力放在孙吴、海拉尔周边地区。昭和十八年度的对苏作战计划沿袭了以上昭和十七年度的作战计划。

至于是否对苏开战，我不得而知。作为参谋本部第一部部员，我只知道有关作战计划等军事方面的情况，不了解政策方面的情况。

罗森布里特检察官念完壹岐的供词全文后回到座位上。

法庭上响起了韦伯审判长的声音："辩护人现在可以向证人提问。"

壹岐把目光投向辩护席，那一瞬间他不由得屏住了呼吸。他看到了辩护席上方的被告席中央的东条英机。东条英机笔直地、纹丝不动地坐在被告席上，他的旁边是原海军省军务局长冈中将。壹岐还看到了默然直视前方的梅津参谋总长的身影。

壹岐的耳机里传来日语同声翻译的声音："现在允许清濑辩护人向证人提问。"

法庭的灯光更亮了，庭上出现了一阵骚动。日本辩护团副团长、东条英机的主任辩护律师清濑一郎从辩护席上站了起来。

壹岐看着清濑律师，感到心被深深刺痛了。清濑律师花白的头发干枯凌乱，穿着一件皱皱巴巴的深蓝色西服和一双士兵穿的旧军鞋。他曾经是日本法律界举足轻重的人物，现在却落得如此惨状。难道这不是战败后的日本的象征吗？

韦伯审判长催促道："清濑辩护人，请开始提问！"

清濑律师用老练淡然的表情看着壹岐，首先就政府和大本营的战争责任提出询问："在刚才念到的供词第五页中有这样一段话，'是否对苏开战，我不得而知。作为参谋本部第一部部员，我只知道有关作战计划等军事方面的情况，不了解政策方面的情况'。这也就是说，无论政府是否有与某国开战的意图，按照常规，每年都要制订年度作战计划。是这样吗？"

壹岐迅速捕捉着清濑律师的意图，回答道："我不了解政府与统帅部之间的关系，这是个最高端的问题。但是，参谋本部每年确实都要制订作战计划。"

"我换一种提问方式。你在供词中提到你参与了制订作战计划，你是在内阁也就是政府的授意下制订作战计划的吗？是，还是不是？"

"我们在执行有关作战计划任务时，都是按照上级命令执行的，与内阁没有直接关系。"

"也就是说，针对某国制订作战计划这一事实不能成为政府也就是内阁对某国具有战争意图的证据。"

清濑律师试图通过作战参谋壹岐之口证明参谋本部虽然有对苏作战计划，但这并不意味着政府有对苏进行战争的意图。这时，韦伯审判长制止道："清濑辩护人，你的提问超出了证人供词的范围。而且，以证人的职务来看，他没有资格做这个证。"

清濑律师沉思片刻，接着问道："证人就昭和十六、十七年度的作战计划提供了证词。那么，昭和十九年度和二十年度是否重新制订了关东军的作战计划？"清濑律师的这个问题直指被苏联单方面删除的供词中有关这两个年度的内容。

"昭和十九年度和二十年度也制订了作战计划。"

"你是否可以概括一下其内容？"

"昭和十九年度和二十年度的作战计划采取的是防守性战略。"

"你刚才说是防守性战略。我是否可以这样解释,采取进攻性战略也并不意味着一定要侵略别国的领土。对吗？"

清濑律师年迈之躯中沸腾着在审判中捍卫日本的信念。但是,苏联检方也毫不示弱,高隆斯基检察官以压倒清濑律师的气势站起高大的身躯,说："本公诉人提出异议,证人没有足够的资格回答这个问题。"

韦伯审判长点点头,问清濑律师："清濑辩护人,你有什么正当的理由必须问证人这个问题？"

清濑律师毫不退缩地回答道："刚才证人的回答是防守性战略。我认为只有了解防守性战略和进攻性战略的区别,才能使证词内容明确。因此,本辩护人提请证人回答。"

韦伯审判长准许了清濑律师的请求。

"现在得到法庭许可,请你就进攻性战略说明一下。"清濑律师再次要求壹岐回答问题。

虽然在高隆斯基检察官犀利的目光注视下,壹岐一瞬间感到口齿僵硬,但他仍毫不畏惧地回答道："战略上的进攻和防守只是单纯的作战策略问题。战略上的进攻是否意味着侵略这个问题超出了作战计划的范畴,是关系到战争目的的问题。"

"另外,你在供词中说,昭和十六年以后向满洲增派了兵力。那么,此后有无将兵力派到其他地方因而减少兵力的事实？"

昭和十六年向满洲增加兵力指的是为举行"关特演"即关东军

特别演习增加的三十万兵力,这是在德国对苏发动进攻之后不久进行的一场攻击苏联后方的演习。"关特演"正是苏联检方死死咬住不放,要彻底弹劾日本军阀准备发动对苏侵略战争的最大焦点。当时的陆军大臣是东条大将,关东军总司令官是梅津大将。虽然日本增加兵力是事实,但是随着德国的战败,"关特演"的意图轻而易举地土崩瓦解了。通过强调这一点从而证明日本对苏发动侵略不是事实。壹岐意识到这才是清濑律师的意图。

壹岐回答道:"昭和十八年以后,昭和十六年夏天增加的兵力有相当数量被派往对美作战中。"

听了壹岐的回答,清濑律师满意地点了一下头,结束了提问:"我的提问完了。"

壹岐深深吸了一口气。想到自己说的每一句话每一个字都至关重要,他紧张得浑身僵硬。

因为清濑律师之后还有其他辩护人提问,所以壹岐没有从证人席上下来。他抬起双眼,心中盼望着早一些解脱。他的视线正好与坐在遥遥相隔的被告席上的梅津参谋总长的视线相遇。昭和二十年八月十五日傍晚,壹岐作为向关东军传达停战圣旨的大本营特使被派往新京,梅津参谋总长正是派他执行这个任务的直接上司,同时也是要求他在传达圣旨后必须回来复命,以此告诫他不能在满洲自杀的人。现在,自己作为苏方的证人被推上了证人席,此刻,梅津参谋总长想对自己说些什么呢?壹岐用全神贯注的神情注视着梅津参谋总长的眼睛。这时,一个少壮派美国律师在辩护席上和清濑律师商量了一阵后提出请求:"作为梅津被告的辩护人,我请求提问。"

韦伯审判长同意了他的请求:"辩护人布莱克尼,你可以开始提问。"

辩护团中除了日本律师以外,还有一些由同盟国选任的辩护人,这些辩护人都是美国律师。这一点壹岐也是知道的。

布莱克尼律师向壹岐这边探出高大的身躯,马上开始了提问。

"请说一下你在押的情况。"

布莱克尼律师开门见山地询问西伯利亚拘留的情况,以高隆斯基为首的苏联检察官阵营的表情立刻变得严峻起来。

"去年九月上旬,我随山田总司令官、秦总参谋长被关押在哈巴罗夫斯克的军官集中营。其后分别在泰舍特的第十一集中营和哈巴罗夫斯克郊外的别墅度过。"

"有关你供词的审讯是在哪里进行的?"

"是在内务部哈巴罗夫斯克总局的大楼里进行的。"

"你是否有过被投入狱的经历?"

"有过。"

"是以什么理由,被关在哪里的监狱?"

"我不清楚是什么理由。但是,我被告知我的回答里有虚假成分,需要好好思考,并被关进了哈巴罗夫斯克监狱。"

"你真的提供了虚假的证词吗?"

"没有,我说的都是事实。"

"那么,被投入狱是否影响到了你的证词?"

布莱克尼律师试图推翻供词的可信性。

这时,高隆斯基检察官提出异议:"审判长,这个问题大大超出了供词的内容范围,请求驳回!"

韦伯审判长点点头,问道:"辩护人,还有必要再继续询问有关西伯利亚拘留期间的问题吗?"

布莱克尼律师态度坚定地说:"只要回答刚才这个问题就足够了。证人,请回答!"

虽然壹岐有些踌躇,但他还是明确地回答道:"我的供词与被投入狱没有关系。无论受到何种对待我都要如实陈述事实,这是我的真实情感。"

布莱克尼律师举着手中的英文供词说:"你在参谋本部第一部参与了作战计划的制订,是吗?"

"是的。"

"所有的作战计划都是在参谋本部制订,还是要接受外部的帮助或者建议?"布莱克尼律师再次问到清濑律师已经问过的问题。

"我认为就制订作战计划而言,没有来自参谋本部以外的任何干预。"

"那也就是说,有关制订对苏作战计划一事,关东军司令官没有干预这项计划的制订?"

布莱克尼律师的目的在于为当时任关东军司令官的梅津大将的战争责任辩护。

"是的。在对苏作战计划上,参谋本部和关东军的关系是,关东军总司令官根据参谋总长下达的命令制订自己的作战计划。"

在这个问题上如果稍有闪失,壹岐的证词即便能够开脱当时任关东军司令官的梅津大将的责任,却很可能成为追究已故杉山元帅,甚至是大元帅也就是天皇责任的把柄。因此,壹岐在回答这个问题时格外慎重。

"你在供词中说,昭和十七年(1942年)的对苏作战计划是攻势作战计划。这是不是可以理解为这些计划是依据'攻击才是最大的防御'这一格言制订的?"

"攻击是最好的防御手段,这是战术原则。"

"那么在这些作战计划中,比如对苏作战计划中,有没有在特定的时间将计划付诸行动的条文?"

"没有,没有从几月几日开始作战的具体日期。"

"反过来说,有没有在没有大本营命令的情况下不得执行作战计划的条文?"

"在我的记忆中作战计划里没有这样的条文。但是,作战计划绝对不是前线司令官在没有命令的情况下可以实施的。"

"那么,追溯到昭和十四年(1939年)的对苏作战计划,这个计划实施了吗?"

苏联方面利用昭和十四年的诺门坎事件猛烈谴责日本,而布莱克尼律师试图通过这个问题对其进行反驳。

"没有实施。"

"昭和十五年(1940年)的作战计划最终也没有付诸实施吗?"

布莱克尼律师采用逻辑性极强的反证法,用一个个事实说话,以证明每年度的作战计划只不过是纸上谈兵,并未付诸实施。壹岐从中感受到了一个优秀的法律专家的才华。

壹岐回答道:"参谋本部制订的对苏作战计划是应对日苏爆发全面战争时的作战计划。由于直至昭和二十年日苏都没有发生战争,因此,在苏军放弃中立条约的昭和二十年八月八日之前没有付诸实施。"

布莱克尼律师的提问似乎大获成功,他点点头,然后非常尖锐地向核心部分发问:"我再问一个问题。你在参与制订每年的对苏作战计划时,依据什么资料判断苏联的国力和兵力?"

"有关苏联的国力、军事力量和作战能力等问题由参谋本部第二部即情报部负责研究,我不了解详细情况。"

"但是,参谋本部第一部即作战部在制订作战计划时,要考虑到情报部提供的苏联的国力等情况,不是吗?"

"是要考虑的。"

"在作战部期间你是如何估算苏联远东军和关东军双方的兵力的?"

布莱克尼律师的意图在于证明日苏双方军事力量悬殊这一事实。这时，高隆斯基检察官站起来说："韦伯审判长！这个问题完全超出提问范围，检方提出异议。"

韦伯审判长与左右两边的法官商议后说："证人参与的作战计划是怎样判断苏联兵力，又是怎样以此为基础制订作战计划的，这种程度的问题可以提问。"

布莱克尼律师催促壹岐回答问题。

"准确的数字我记不清了。我记得昭和十七年参谋本部预计的苏军在远东的兵力是地面部队在二十五个师团左右。"

"同一年度关东军的兵力是多少？"

"我记得当时在关东军司令官指挥下的兵力是在满洲的十五个师团。"

"在此之后，关东军和苏联远东军的兵力对比也大致维持了这个水平。我可以这样认为吗？"

"我们在比较对方和我方兵力的时候，要详细分析各方面的因素，比如空中兵力、地面兵力、彼此后方后勤供应能力、地形等，这是战术原则。因此，我现在无法确切地说出彼此总兵力的对比情况。"

"那么，你在参谋本部任职期间，日军的兵力在情报部推算的苏军兵力之下，这是事实吧？"

虽然布莱克尼律师大有一举获得有利证词之势，但是，身为原大本营参谋，在壹岐所掌握的情报中，有些是无论在任何情况下都不允许在公开场合透露的国家机密。为了争取时间，壹岐反问道："您要问的是兵员数吗？"

"是的。兵员是总兵力中的一项，无论什么方法都可以，请你比较一下你能够想起来的总兵力。"

壹岐浑身冒汗，仍无法回答布莱克尼律师的问题。

"现在,以我的记忆无法明确回答这个问题。"

布莱克尼律师似乎看出了壹岐的心思,没有继续追问:"我的提问完了。"

布莱克尼律师回到辩护席上。辩护方没有人再要求提问。

韦伯审判长宣布:"证人壹岐退庭!"

"审判长!"同盟国检察团检察长季南检察官突然站起来说道。

"季南首席检察官,请讲!"

壹岐曾在纪尾井町的住处见过季南检察长,那时对他的印象是一个普普通通的法律专家。但是,此时他像变了一个人,以睥睨的目光看着审判长说:"我代表检察团向法庭提出一个请求。证人目前被苏联羁押并在其控制之下,我们请求在日本国内暂时保持这种状况。因为,在苏联国内进行的另外一场审判还需要证人,苏联当局旨在本法庭审理结束后,立刻将证人送回苏联国内。"

壹岐简直不敢相信自己的耳朵,苏联国内还有一场审判需要自己?到底是一场什么审判?

"审判长!"

正当壹岐感到一阵战栗的时候,清濑辩护人站起来,提出请求:"我们请求,如果本辩护方需要壹岐证人作证时,能够随时传唤他到本法庭。"

韦伯审判长痛快地答应了这一请求:"如果辩护方需要传唤证人,本法庭随时签发传票。"

但是,对于壹岐来说,即使是作为辩护方的证人,站在胜利者审判的法庭上同样也是痛苦难耐的。

韦伯审判长宣布:"允许壹岐证人退庭。"

壹岐走下证人席,被 MP 带出法庭。他回到等候室,竹村少将好像一直在等他回来,上前跟他说了句什么。但是,一走下证人席便感到精神恍惚的壹岐没有听见。

竹村少将迈着沉着的脚步从壹岐面前经过，向法庭走去。

当天晚上，壹岐他们在纪尾井町的住处灯火通明，从来没有过的热闹。

竹村少将和壹岐上庭作了证，约瑟夫少校一颗悬着的心放下了。他以庆祝完成任务为名，晚饭后开始喝酒，肆意喧笑。

二楼壹岐他们的房间却气氛沉闷，悄无声息。壹岐像平日一样在竹村少将的房间里和少将一起吃晚饭。被推上证人席时的屈辱和对自己的厌恶堵在他的嗓子眼，使他无法下咽。竹村少将在出庭作证之前几乎从未流露过任何感情，今天走下证人席，从市谷台的军事法庭回到住处后，他一直一言不发，把自己关在屋子里。吃饭的时候，也只喝了几口汤，吃了一点面包，没有动一筷子菜。

楼下的欢声更高了。约瑟夫少校和着节拍，踩着舞点，发出嗵嗵的响声，用他得意的男高音欢快地唱着俄罗斯民歌。

为了从耳边驱走楼下的喧笑声，壹岐对竹村少将说："您要是不舒服的话，我让他们把饭菜撤了吧？"

竹村少将从椅背上直起腰来，说："不用了，等他们来收拾吧！壹岐，今天在法庭上，他们要求你提供供词以外的证词没有？"这是竹村少将第一次谈到公审。

"没有。其实，我在出庭之前也最担心这件事，好在提问没有超出供词的范围。竹村阁下，您呢？"

"我也没有。我倒是预先想好了对策，知道如果苏联检方不守信用，强迫我提供对日本不利的证词我该怎么办。不过，不管怎么说，这是一场由十一国进行的国际审判，而且美苏的对立超出我们的想象。所以，大概苏联也无法一味地独断专行。"

壹岐想起在哈巴罗夫斯克的时候，他曾提议为了保证不被强迫提供供词以外的证词，三人联名提交一份请愿书，要求苏联方面以书面形式确保这一点。当时，已故秋津中将表示，如果苏联不守信用，还可以以一死相争。竹村少将也说到时候自然有办法。原来，竹村少将也早已抱定了必死的决心。想到这些，壹岐深为自己的幼稚感到羞愧。

"那，辩护方的提问怎么样？他们对我的提问主要聚焦在参谋本部每年度制订作战计划并不等于日本政府有进行战争的意图这点上。阁下您曾经做过对苏情报方面的工作，在回答这方面的问题时，一定费了一番苦心。"

竹村少将在任关东军副参谋长之前曾任陆军情报部俄罗斯课课长。

"苏联在情报方面死死抓住了两点。一是在任俄罗斯课长期间，我把搜集到的情报交给了当时德国驻日大使馆的武官。另一点是在搜集苏联情报时，我利用了日本驻苏大使馆的武官。他们指认这是违反《日苏中立条约》的间谍、阴谋行为。但是，在至今的战争史上，盟国之间交换情报是国际上共通的做法，即使十一个原告国现在也仍然有这种行为。而且，搜集并向本国参谋本部报告有关所在国军事方面的情报是大使馆武官本来的职责，不仅是日本，其他国家的武官也一样。辩护方的提问切中这个要害，从而证明苏联指认的事实都是国际惯例。所以，对辩护方的提问我一概回答'是的''是的'。结果，惹得高隆斯基检察官用他那双阴沉的大眼睛狠狠地盯着我。"

说完，竹村少将的眼角露出一些得意的笑纹。每次被高隆斯基盯着看的时候，壹岐总是感到面部僵硬，非常紧张。所以，他从心底佩服竹村少将。壹岐又问道："辩护方清濑博士没有向阁下提问吗？"

"问了，他问的主要是对苏关系方面的问题。说起清濑律师，前几天我还偶然在日本报纸上看到他的消息,说他在鞠町的事务所在空袭中被炸,现在孤身一人,和附近的人们一起住在一所被烧毁的学校的宿舍里。他就是从那儿上军事法庭作辩护的。他虽然年老体衰,但是仍然凛然面对同盟国的法官们,实在令人钦佩。战败后他仍然怀有一种作为国家一员的使命感,并为这个使命感而行动。看到这些日本人,我很受鞭策。"

"我也很受感动。不过,我本来以为清濑博士在提问时会敏锐地指出供词中的偏颇之处,还会要求我们提供有关苏军不正当行为的证词。但是,他只点到为止,并不彻底追究。倒是美国律师布雷尼克比清濑博士更犀利。我有点不能接受……"

壹岐把萦绕在心头的疑问说了出来。

"那是因为清濑博士在为我们着想。"竹村少将说,"我开始也没有注意到,直到回答完有关'关特演'的问题以后,我才从他的提问方法中体会到这一点。清濑博士是考虑到我们还被苏联扣押着,如果让我们提供对苏联不利的起决定性作用的证词,当我们被再次押送回西伯利亚时会产生不良后果。因为他怕我们万一受到报复,所以才没有穷追猛打。"

壹岐终于释怀了。其实,他一直在考虑,作为苏联方面的证人出庭作证,如果提供对苏联不利的证词,他会受到什么样的处置。他的内心一直因此感到不安。他没想到清濑博士在进行辩护方提问时早已考虑到这一点,这使壹岐在回到日本后第一次感受到了祖国的心。

竹村少将的心情似乎也和壹岐一样,他沉默了一阵后,忍着心中的愤怒,凄恻地说:"壹岐,站在证人席上的那种心情实在是难以用语言表达啊!在战败被解除武装的时候,在集中营的时候,虽然我已经尝够了屈辱,可以说几乎已经习以为常,但是,当看到自己以前的长官,而且是亲自重用过自己的长官成排地坐在被告席上,心里真难受。在古代民族间的战争中,胜利者对待战败者的办法是杀掉将领,让他们的士兵当奴隶,女人当妾,凭着本能对他们为所欲为。相比之下,在依法审判之下,对毫无还击之力的战败者进行凌辱,这种现代人的伪善更加罪恶深重!"

壹岐问:"那些被告席上的被定为一级战犯的长官们会被判什么刑?"

竹村少将用像铅一样沉重的声音说:"绞刑,或者是终身监禁。"

两人都不再说话了。

突然,楼梯上传来粗重的脚步声,一身酒气、满脸通红的约瑟夫少校推门进来。他走到餐桌边,满嘴喷着酒气,口齿不清地说:"上庭作证都完了,你们怎么这么不高兴?刚才苏联代表部传来指示,说送你们回去的日期可能延长几天。不过,要你们做好随时动身的准备。"

竹村和壹岐不由得交换了一下目光。

"你们是不是担心回到西伯利亚后,你们的同胞会以为你们出卖了祖国。没关系,只要你们按照我们说的去做,我们会保护你们的!不用担心!"

约瑟夫以他内务部官僚的思维方式诠释重新离开日本给壹岐他们带来的打击,并且用亲昵的语气劝他们。见壹岐和竹村不理会自己,约瑟夫把带来的日本酒放到桌子上:"这是你们留在日本为数不多的夜晚了,所以,我给你们拿来了酒。来,痛痛快快喝几杯,忘掉担心的事情,早点儿睡!"说完约瑟夫出了竹村少将的房间。

"阁下,我回自己房间去了。"壹岐向竹村少将行了一个礼,回到自己的房间。他拿起桌子上用彩纸做的新娘。昨天,当约瑟夫把妻子和直子、诚带来的时候,因为考虑到在出庭作证前见妻子孩子就是受惠于苏联方面,也因为想到被关押在西伯利亚的同胞们,他无颜与亲人相见,所以壹岐没有出现在妻子和孩子们面前。现在想想,他之所以没见妻儿,还因为当时他满脑子想的只有一件事,那就是出庭作证。今天,结束出庭作证,一想到自己将要被再次送回西伯利亚,壹岐就发疯般地想见妻儿,哪怕是一瞬间,看他们一眼也好。他甚至有种冲动,恨不得砸碎玻璃窗,从这里逃跑出去。那天晚上,壹岐一边为自己的儿女情长感到羞愧,一边想着妻子儿女,五脏俱焚,痛苦难耐。

一周后的一天早晨,外面刮着大风,雨点打在玻璃窗上。壹岐换上被带到日本来时穿的军装,做好了随时出发的准备。

其实,也没有什么可准备的,壹岐只有一些洗漱用品和内衣。虽然约瑟夫少校要把在日本做的西装送给壹岐,但是被他拒绝了。壹岐再也不想碰那套给苏联当证人时穿过的与工作服无异的西装。他说不要西装,不过想把在日本看过的报纸带回苏联。约瑟夫却说这违反苏联内务部的规定,没有允许。壹岐再次拿起报纸,他想也许这是最后一次看日本报纸了。

报纸头版头条刊登着"公职资格审查委员会发表审查经过"的新闻。新闻报道说在接受审查的共七千九百四十五名中有八百九十九名不适合做公职人员,但"解除公职令"的名单中不包括议员和职业军人,并且明确写道,职业军人不得担任任何公职。这条新闻让壹岐痛切地感受到职业军人在战后日本的处境。

这时,传来了敲门声。壹岐站起身来,心想终于要出发了。但是,便衣卫兵没有通知他出发,而是叫他马上到楼下去。壹岐和竹村少将一起来到客厅,看见约瑟夫少校和翻译并排坐在那里,对面还坐着一位身穿黑色丧服的五十多岁的妇女。

两人正感到诧异,约瑟夫开口说话了:"因为秋津将军的遗孀提出想见你们,询问一下故人生前最后的日子里的情况,所以,我们特意安排了这次会面。"

壹岐感到一阵心痛,竹村少将也大为动容。秋津中将死后,他们二人都把伤痛深深埋在心里,谁也没有提过这件事。两人默默地向夫人行礼,秋津中将的遗孀也深深向壹岐和竹村少将鞠了一躬。他们曾听说夫人是在昭和十九年,也就是秋津中将就任大陆铁道司令官的那年带着女儿回到内地的。

夫人风雨中来访,雨水打湿了她的头发。虽然她面容憔悴,眼泪也已经哭干,但仍不失一名军人妻子的坚强。她一字一顿地说:"秋津在世的时候多蒙两位关照,谢谢你们。他的七七法事已经做完,今天又见到了二位,我想这也是亡夫在天之灵的安排。"

竹村少将问道:"您怎么知道我们在这儿?"

"上个月,苏联代表部突然送来亡夫的死亡通知书,并且让我去领取骨灰。我本以为他是在西伯利亚关押期间病故的。但是,苏联方面说他是在被从苏联带回日本后的第二天自杀的。还说他们解剖了尸体并且已经火化。我听说亡夫不是一个人回来的,就向苏联方面打听同行者的姓名,他们没有告诉我。但是,我丈夫选择了自杀这种不同寻常的死亡,无论如何,哪怕就一句话,我也想知道他生前最后的情况。所以,我几次三番去找苏联代表部,今天才终于有机会见到二位。"夫人的语气平静,但是并排放在膝盖上的苍白的双手却因为悲伤而不停地颤抖。

"原来是这样。我们今天下午就要被带回苏联了,真应该说是中将阁下的亡灵让我们见到了您。"竹村少将说完闭上了眼睛。

"作为一名军人,我丈夫临终前是什么样的状况?"

"中将故去的前一天晚上,我们在中将的房间里一起吃了晚饭。中将没有任何异常的举动,还担心我们路上疲劳,关心地让我们早点休息。如果当时我多留意一些,可能事情也不至于此。我感到非常惭愧。"

"这是哪里的话。代表部的人说我丈夫是服氰化钾自杀的,看来真是这样……他们说解剖的法医是这么说的。"

"我丈夫是从哪里弄到的氰化钾？"

"这个我也不清楚。可能是停战以后在满洲跟军医要的。苏联禁止携带药物，在看守所的时候就反复搜过身，甚至连衣服缝都检查了。不知道阁下是怎么逃过严格的检查的。不过，从这点也能看出阁下早已做好了自绝的准备。"

秋津中将的遗孀颤抖着肩膀，眼泪从细长清秀的眼里流了出来。壹岐感到胸中涌起一股激浪。虽然他不知道秋津中将的供词涉及哪些问题，但是他可以判断秋津中将为在法庭上相见的前辈、同僚，为国家殚精竭虑，经过深思熟虑后早就选好了自杀的地点和时间。作为三个人中职位和军衔最高的长官，秋津中将之所以没有在哈巴罗夫斯克自杀，而是选择作为苏联方面的证人被带回日本后自杀，是为了对胜利者的审判提出抗议。现在回想起来，苏联方面在法庭上没有要求壹岐他们提供供词以外的证词，很可能是因为秋津中将的自杀产生了作用。想到这些，看着身穿丧服，将双手放在膝盖上强忍悲痛的秋津夫人，壹岐感到深深的自责和内疚，他甚至觉得自己活着站在中将遗孀面前是一种罪恶。

约瑟夫过来打断三人，说："会面时间是三十分钟，时间到了。"

中将的遗孀看着竹村少将和壹岐急切地问："有没有我丈夫的遗物？"

壹岐说："中将自杀的前一天晚上没有任何征兆，中将住的又是单间。我们连中将的遗容都没能看上一眼……"

竹村少将突然想起了什么，他摸摸身上，从军装的上衣口袋里掏出一盒在哈巴罗夫斯克时发给将官的苏联香烟，说："夫人，有了！这是阁下故去的前一天晚上给我的，他说是他抽剩下的，如果我不嫌弃就收起来。因为放在军装口袋里,所以我一直没有想起来抽。阁下那么喜欢抽烟,却把只抽了一支的一盒香烟送给我。现在想起来,阁下一定是把它当作遗物留给我的。"

竹村少将把烟放到桌子上。中将的遗孀像见到丈夫一样,一动不动地看着那盒烟。她好像忘记了有人在场,伸手拿起烟盒,捧在掌心,像保护丈夫的体温一样用白手帕包起来,放进袖兜里。

"已经超过十分钟了。"

约瑟夫再次催促,夫人恋恋不舍地站起身来。

"竹村先生,您的家人平安回来了吗?"

"还没有,他们一直下落不明。"

"您的夫人一定能带着孩子们活着回来的,因为她是您的夫人。"秋津中将的遗孀坚信不疑地说,"为了家人,你们一定要珍惜生命!"

夫人行了最后一礼。竹村少将和壹岐把她送到门口,目送着她在雨中离去。夫人踉跄地走在通向大门的石头路上,她回过头来,再次向壹岐他们鞠了一躬,走出了大门。

下午,风雨仍没有停下来。壹岐他们被告知出发延期。可是,下午五点多,风刚小了一点儿,苏联方面就匆匆忙忙地让壹岐他们从羽田出发了,似乎很担心他们被当作辩护方证人传上法庭。

机窗外已是一片夜色。从哈巴罗夫斯克回来时清晰地映入眼帘的海岸山川此刻消失在黑暗中,只有祖国的点点灯火闪烁不定。来时秋津中将坐过的座位孤零零地呈现在眼前,中将的自杀就像刚刚发生一样剧烈地刺痛着壹岐的心脏。作为苏联方面的证人站在远东国际军事法庭上,只要壹岐活着,这一残酷的事实就会永远留在他的心里,挥之不去。

黑暗中壹岐看到一缕灯光,那是驶向能登海面的渔船上的渔火。

渔火也很快消失在黑暗当中。难道这就是和祖国的诀别,和妻子儿女永远的分离吗?壹岐将脸紧紧地贴在机窗上。

飞机增加了飞行高度,越过日本海向哈巴罗夫斯克飞去。

第六章 浊 流

昭和二十三年（1948年）四月，壹岐在哈巴罗夫斯克迎来了第三个春天。

前年秋天，壹岐正作为证人被带到日本，后来又被送回苏联，和竹村少将一起被关在哈巴罗夫斯克郊外的别墅。一年半的时间里他没有走出过这所别墅一步。壹岐和竹村少将之所以被关在这里，是因为他们有可能被再次传唤，上远东国际军事法庭作证。在这里，一天二十四小时生活在监控当中，无所事事，三十五岁的壹岐难以忍受这种俘囚生活。

一天，在壹岐毫不知情的情况下，竹村少将被移送到了其他地方。壹岐紧张地等待着自己的命运。几天后的一个下午，在卫兵"拿上东西！"的催促声中壹岐登上吉普，离开了别墅。

冰雪融化，阿穆尔河浊流滔滔。吉普越过阿穆尔河上的铁桥，驶入哈巴罗夫斯克市区。壹岐瞪大双眼看着车窗外。

一年半过去了，哈巴罗夫斯克的街头出现了一些新建的楼房，路上行人的穿着也比以前光鲜了不少，因苏德战争耗尽国力的苏联以超乎想象的速度呈现出复兴的迹象。壹岐为此感到吃惊，痛感一年半与世隔绝的生活所带来的空白，同时也惦念着关东军七十万官兵的状况。

吉普穿过市区，向东南行驶了大约十公里，最后停在一座架着铁丝网、四角设有岗楼的集中营门前。壹岐被移交给集中营，接受所持物品检查。

集中营的军官指着壹岐的身后说："你的营房和劳动作业内容，来接你的那个人会告诉你。"壹岐转身一看，见一个矮胖的日本兵不知道什么时候站在了他的身后，正死死盯着他。

"安田！这是壹岐，你带他去办一下手续。"

苏联军官命令道。那个叫安田的士兵露出一副卑躬屈膝的嘴脸说："我马上带他去总部。感谢苏联的庇护！"

安田叫壹岐跟他走，一出门就用一双贼溜溜的眼睛肆无忌惮地从头到脚打量着壹岐。壹岐感到颇为不快，问："你到底是……"

"你怎么能用你称呼我？我是民主委员安田藤吉郎。你先跟我到总部去！"安田一改卑躬屈膝的嘴脸态度蛮横地说。

长期被不正当拘留的日本兵为什么会说出"感谢苏联的庇护"这样大错特错、阿谀奉承的话？一个士兵为什么对身为军官的自己用命令的口气说话？在这个集中营"民主委员"是什么样的地位？新来伊始，壹岐就陷入深深的疑虑之中。

战俘们都出工了，集中营里看不到一个人影。用铁丝网围起来的近一万平方米的营地里有六七栋营房，还有医务室、伙房、仓库等附属设施。壹岐估计这里关着七八百名俘虏。

壹岐跟着安田走进一栋挂着"民主总部"牌子的办公营房。营房里有人活动，但靠近门口的办公室里空无一人。壹岐走进办公室，马上注意到这里异样的气氛。他环视四壁，办公室正中央的墙上挂着列宁和斯大林的肖像，左右墙上贴满了用红笔写的标语。

世界和平的坚强磐石 苏联万岁！

生产劳动竞赛夺标 迎接五一到来!
打倒天皇制! 建设民主日本!
天皇是帝国主义大厦的守门人!

最令壹岐震惊的是一张漫画。上面画着天皇,旁边是一条挎着军刀,戴着军衔,摇头摆尾的狗。这是在说天皇是帝国主义大厦的守门人,军官是天皇的看门狗吗?壹岐感到无比愤怒。

这时,安田从外面回到办公室,坐在炉子旁边的办公桌前,用眼睛示意壹岐坐在办公桌前的椅子上,说:"你别一直呆站着,坐下!"

壹岐坐下,脸上露出抑制不住的愤怒。

"本来来这里的人都要先报一下姓名、军衔、战败时的职务、来苏后的经历。可是你特殊,有关你的材料已经转过来了。壹岐正,原陆军中佐。开战时任大本营作战参谋,后调任关东军司令部任作战主任,战败前再次被调回大本营,成为本土决战作战计划的要员。你可是名副其实的日本军部的重要人物啊。"

安田藏在镜片后面的眼睛不停地在档案和壹岐的脸之间滑动。看到壹岐默然不作回答,安田突然提高嗓门大声说:"你还真以为自己了不起啊!"

壹岐再也无法忍受对方的无礼,锐利的目光箭一样射向安田。虽然安田脸上露出一丝胆怯,但马上暧昧地一笑,掩饰了过去。"我听集中营政治部的军官说,你还没听说过我们的民主运动。因为不知道,所以你才盛气凌人。你先记住了,统治这个集中营的早已经不是旧日本军的指挥官,而是我们这些民主委员。不光是这个集中营,在所有的日本集中营里,刚来苏联时的旧军队体制已经被打倒,无论是在生活上还是在劳动上,在各方面人人平等、民主。现在,旧日本军俘虏在伟大的苏联和斯大林同志的关怀下,享受着劳动带来的快乐。"

安田藤吉郎陶醉在自己的话语中,用演讲似的语调给壹岐介绍集中营的情况。他的一字一句都让壹岐感到惊愕不已。因为在别墅的时候,苏联军官曾让壹岐看过两三次一种四开的小报《日本新闻》,上面写的都是些虚幻的东西,所以,当时壹岐不相信那是日本人自己办的报纸,一直以为是苏联人的宣传。但是,现在,在这里,虚幻变成了现实。壹岐意识到自己被抛到了另外一个世界里。

安田似乎嗅到了什么,满脸得意地揶揄壹岐:"你好像非常吃惊,脸都变得煞白了。就你这样还真能去弹劾天皇和东条?"

这句话让壹岐警觉起来:"你这是什么意思?"

"这有什么!我们什么都知道,你用不着藏着掖着,搞不好反倒对你自己不利。"

"你到底想说什么?这个问题事关重大,你不要卑鄙地在那儿绕弯子,有话明说!"壹岐很反感安田的态度,他在拿别人的困惑寻开心。

安田藤吉郎自以为是,得意扬扬地说:"你一个原大本营参谋这么偷偷摸摸、遮遮掩掩的,那我就告诉你。前年秋天,在日本举行的远东国际军事法庭上,你和原关东军副参谋长为苏联出庭作证,列举、声讨了陆军首脑部门和关东军首脑部门的罪状。这件事在巴哈洛夫斯克可是尽人皆知的!"

纯属无稽之谈!壹岐愤怒地说:"不许信口雌黄!的确,我是被带上了远东国际军事法庭,但是,事实完全不像你说的那样……"

安田根本不想听壹岐的解释,他挥挥手,说:"你的事《日本新闻》都有报道。即便你当时的证词不是发自你的内心,只是为了应付差事,那现在也用不着解释。不管你壹岐的过去怎样,只要你愿意,我们民主委员随时都可以把你当作一个克服了军国主义思想的模范同志,欢迎你,对待你。"安田把矮胖的身体往壹岐前面一探,规劝道,

"怎么样？你考虑考虑？"

壹岐再也无法忍受被这个品行卑鄙的人小看，他猛地站起来。安田一看，马上改变了态度。"你干什么？我们不是要你马上回答。你听到外面的歌声了吗？"安田打开窗户，用带有威胁又满是自信的语气说，"劳动队回来了。你从这儿好好观察一下，看他们到底发生了什么样的变化！"

壹岐听到远处传来从嗓子里吼出的歌声，那歌声由远而近。

《国际歌》的歌声划破暮色，越来越响亮。壹岐定睛向集中营的铁丝网外望去，立刻被眼前的情景惊呆了。只见劳动了一天的日军俘虏每五人一队，举着红旗，列队归来。

营门打开了，《国际歌》的歌声更加响亮，红旗在暮色中宛如火焰一般舞动。队伍停下来，点名完毕后，二百名左右的俘虏蜂拥至民主总部前的广场上，围成一个圆圈，席地而坐。暮色深沉，坐在冰冷的地面上的俘虏们一个个像蜗牛一样蜷曲着身体。一个年轻士兵站到圆圈中央，大声喊道："现在做今天的劳动总结。消极怠工的人出来！"

没有一个人走出来，围成一圈的人寂静无声。

"有的人有做自我批评的机会却不好好利用，那我们就让他接受群众的批判！有谁知道今天在劳动中偷懒的人？"

他的话好像一个信号，话音刚落就有五六个人争相举手，说出姓名。

站在中间的士兵用更大的声音说："好！被点名最多的人，出来！"

一个五十多岁、瘦骨嶙峋的人被推到圆圈中央。

身体强壮的士兵冲着那个年龄可以做自己父亲的人吼道："你的姓名、原来的职务？"

"原关东军第七九九四部队部队长、陆军大佐香川恒久。"

"原来是原部队长。大反动派!"年轻士兵恶狠狠地说。他指手画脚,颇具煽动性地说:"同志们!这个反动派香川在刚到苏联的时候,利用他是俘虏营房室长的地位,以士兵们疲惫不堪为借口,拒绝苏联交给的劳动任务,毫不在乎地把负担强加给其他营房。他是一个彻头彻尾的反动派!现在,我们要彻底批判他!"

"同意!"二百人同声呼应。几个带着"青年行动队"袖章的年轻人怒目而视,一个接一个地发言:

"反动派香川在劳动中笑,不严肃,没有认真为我们工人农民的国家苏联劳动,应该减掉他百分之二十的劳动业绩!"

"同意!"

"这个家伙在劳动时间上了三次厕所,这是故意拖延苏联的建设计划,是消极怠工,减掉百分之二十的劳动业绩!"

"还有,反动派香川敌视我们为提高劳动业绩而粉身碎骨的青年行动队,对我们进行挑衅,减掉百分之十的劳动业绩。共计应该减百分之五十!"

看到第一轮批判差不多了,领头的年轻士兵逼迫道:"现在为了迎接五一,我们的劳动指标要翻倍。在这个时候,在这向国家建设迈进的时候,反动派香川却偷懒怠工,这是彻头彻尾的反革命行为,必须进行自我批判!"

香川大佐始终紧闭双唇,看着远方,默默忍耐着。

"你为什么不说话?你没长嘴还是觉得我们可笑?"领头的年轻人为自己的话亢奋起来,怒不可遏地推了一把香川大佐。瘦弱的香川大佐被推得一踉跄,终于开口了:"因为我拉肚子,所以在劳动时间上了三次厕所……"

"什么?你这个杀人犯!你当部队长的时候杀了多少士兵?

你还有脸活着,为自己辩解?像你这样的反动派,我们要让你劳动死!"领头的举起拳头,他身边的士兵也大声喊道:

"这个帝国主义的爪牙,不能让他活着回日本!"

"让他变成白桦树的肥料!"

二百名俘虏一起站起来,挽起胳膊,冲着被围在中间的香川大佐喊叫着,转起圈来。圈越来越小,转圈的速度也越来越快,香川大佐瘦弱的身体被推来搡去。这简直就是一伙失去理性、充满疯狂、杀气腾腾的人。

壹岐站在民主总部的窗前目睹了眼前的一切,感到不寒而栗。在短短的一两年时间里,苏联已经成功地给日军洗了脑。

民主委员安田藤吉郎观察着壹岐的反应,问:"壹岐,你第一次看到清洗游行,感想如何?"

"清洗游行?这不是游行,是动用私刑!"

"这算不上什么私刑。对更顽固的反动派,我们要紧紧围住,几个人把他抛向空中,然后让他摔到地上,给他好好醒脑。前几天,原关东军报道部参谋,一个叫谷川的法西斯分子还让我们抛空清洗游行了一回,断了两根肋骨。"安田露出牙龈,咯咯地笑着说。

安田的话是为了威胁壹岐。但是,壹岐没想到会从他的嘴里听到谷川大佐的名字,不由得心胆俱寒。自从两年半前在乌苏里江畔的将官集中营和谷川大佐分别以来,壹岐再也没有见过他。谁知已经年过五十的谷川大佐被从将官集中营送到这个充满疯狂和杀气的普通集中营,还被摔断了两根肋骨。刚被带到苏联的时候,壹岐受不了被俘的打击,为曾经肩负战争任务的自己还活在世上而感到羞愧。那时候,正是谷川大佐严厉地告诫他:"不管发生什么事情都要活下去,活着成为历史的见证人才是我们的使命!"

"谷川大佐现在还在这里吗？"

"因为像他那样直到战争结束前一刻还进行虚假报道,不光欺骗士兵,还欺骗老百姓的家伙是要在西伯利亚所有的集中营里接受群众批判的,所以,我们把他弄到共青城的森林集中营去了。壹岐,明天你就得开始干活了,带你去营房吧！"

外面的人结束了批斗,一个个走进总部。安田在其中一个年轻士兵的耳边说了几句话,然后让他把壹岐带到离总部只有一步之遥的第三营房。

壹岐一走进营房,二百名俘虏的气味扑鼻而来,臭气熏天。壹岐在指定的下铺坐下,顿时觉得臭味更重。他跟左边的人打招呼："我是壹岐,多关照！"那人一副懦弱的样子,不知所措地说了句"啊,我叫细野",就避开了壹岐的目光。壹岐又跟右边的人打招呼,那个人高高举着一本《苏联共产党简史》,假装没听见。壹岐又看了看对面,人人都装作没看见,没人理会他。但是,当壹岐开始整理少得可怜的东西的时候,人们的目光一齐投向他。冰冷的气氛令壹岐感到身上发冷,他在只能容下身体的铺位上躺下,把配给的破烂不堪的毛毯裹在身上。

熄灯时间到了,营房里的煤油灯灭了。壹岐睡不着,他的神经因为今天亲眼所见的难以想象的事实而处于兴奋状态,置身于同胞当中却被当作异邦人看待的落寞更是雪上加霜。壹岐不知道谷川大佐是怎样在这样一个异乎寻常的环境里保持军人节操,坚持到一个月前的。不过,从被摔断肋骨这件事上可以推测出几分。此时,壹岐格外想念谷川大佐,惦念他的安危。

突然,有人悄悄靠近过来,压低嗓门叫着壹岐的名字："壹岐。"壹岐大吃一惊,抬起身,看到一个黑影在冲他招手。

"谁？"壹岐屏住呼吸问。

黑影一边观察睡在壹岐两边的人的动静，一边在壹岐耳边说："我是水岛，总司令部的……"

"是水岛少佐？"壹岐借着透进来的月光看着眼前的这张脸。水岛是关东军司令部的情报参谋，在八月十六日召开的最后一次幕僚会议上他是主张彻底抗争的主战派，当时只有二十八岁，是最年轻的参谋。那个曾经容貌秀丽的俊美青年如今双眼窝下陷，两颊消瘦，与之前判若两人。如果他不说自己是谁，壹岐根本认不出他来。

壹岐不由得要坐起来，水岛制止他："不要起来，民主小组有人监视。你到厕所去，神森中佐也在那里。"说完就悄悄地离开了。

壹岐等过了一会儿才起身离开铺位，出了营房。外面的气温降到零下十几度，壹岐在夜幕中吐着白气，向一百米开外的厕所走去。寒冷像锥子一样刺痛他。

走到五十米左右的时候，厕所里出来两个人影，向壹岐做了一个手势，拐进一条小巷。壹岐追了上去。两个人影在集中营的仓库前停了下来。仓库似乎没有上锁，两人悄无声息地打开门，闪了进去。

壹岐也跟了进去。壹岐刚一进去，水岛少佐就马上轻手轻脚地关上门。仓库里堆放着草料，神森中佐站在那里。神森中佐比壹岐大一岁，他们两人在陆军士官学校和陆军大学都是同期。停战时神森中佐是第三军的作战参谋。和水岛少佐一样，虽然神森中佐也很消瘦，但是他那浓密的眉毛和透着精悍的目光与从前一样。

"神森，原来你平安无事……"这意想不到的重逢勾起壹岐的许多回忆，他急步走上前去。神森却纹丝不动，沉默地审视了壹岐一眼，然后用责问的口气说："你小子这一两年都在哪里？"

壹岐身上的军装虽然也有些破旧，但是和神森他们穿的乌黑油亮、领口和袖口都已经磨破的军装比起来，一看便知这两年里他没有干过活。而且，他的气色也远比神森他们好。如果是一位高龄的将军级军官还可以理解,但像壹岐这样年轻的中佐没有劳动,这本身就是受苏联庇护的证据。这一年多来壹岐虽然也失去了自由,但他仍怀着歉疚的心情给神森和水岛讲述了自己和竹村副参谋长在阿穆尔河北岸的别墅里度过的一年半。

"原来是这样……这么说从某种意义上讲你比我们还痛苦。"嘴上虽然这样说,但比别人更加刚直清廉的神森却仍用严厉的目光看着壹岐,似乎无法原谅他。壹岐承受着神森的责难,问:"今天下午我听那个叫安田的民主委员说,一个月前谷川大佐还在这个集中营,是真的吗?"

神森点点头,说:"因为他是关东军报道部参谋,所以被民主小组看作是眼中钉,一天二十四小时欺辱他。就连吃饭的时候都不放过,说什么你还要吃斯大林的饭。谷川大佐既不迎合他们也不受他们的诱惑,用不抵抗来抵抗,保持着操守……"

"我听说他在清洗游行中摔断肋骨,后来被移送到了其他地方。以他那样的身体状况不知道现在情况怎么样。"

神森胸中的愤怒一下子爆发出来:"要是我们在的话,绝不会让那些家伙干那种事的。当时我和水岛都被送到惩罚班,在山里的采石场干活。我们回来知道情况后马上去医务室看他。他那么坚强的一个人,疼得满头大汗,跟我们说胸部疼。三天后,我们干完活回来没有见到他,说是被移送到其他集中营了。"

这时,外面突然传来脚步声。巡逻卫兵咔咔的皮靴声离仓库越来越近。壹岐顿时紧张起来。神森和水岛把他拉进草料堆里,三人屏住呼吸。卫兵的脚步声在仓库门前停下,门被打开了。卫兵在门口用灯往里照了一圈,没有进来,走了。

三人松了一口气,交换了一下目光。神森僵硬的表情也变得柔和了。壹岐盘腿坐在草料上,说:"才只有一两年,苏联为什么就能完全把日军洗脑了呢？"

神森懊悔地咬着嘴唇，一口气说道："因为他们有一流的策略。刚到苏联的第一年这里还保持着旧日军的秩序，军官有军官待遇，集中营的战俘代表、室长也都是军官。因为，那时候这种秩序有利于对付那些脑筋还没有转过弯的士兵。过了一段时间，苏联给各集中营派了政治军官，向饥饿和疲惫到极点的士兵们宣传，让他们认为指挥这场错误战争的是军官们，煽动他们的批判和反军情绪。这就是现在日军俘虏当中的西伯利亚民主运动的开端。"

水岛以他情报参谋的本色给壹岐梳理了一下情况："西伯利亚民主运动的最初阶段是一个苏联政治军官作后盾的'友人会'的组织化。他们先让士兵们组织各种爱好者协会，比如短歌、俳句等，后来开始出墙报，墙报上逐渐出现了批判旧军队的文章。第二个阶段，他们组织俘虏中的旧党员，创刊了四开小报《日本新闻》。《日本新闻》上都是打倒天皇制和宣传共产主义的一边倒的文章，开始的时候没有人认真看。可是，时间长了，人们渴望看到日文，渴望了解新闻。在这种环境下，他们反反复复地让人们看《日本新闻》，渐渐地人们就觉得那上面写的都是真的。于是，士兵们和苏联政治军官联手，组织了民主委员会，把持了集中营。"

"我今天看见的安田藤吉郎是个什么人？"

"那家伙，名如其人，就是个名副其实的给苏联'拾鞋'的家伙①，善于投机。刚到苏联的时候，他像勤务兵一样照顾、巴结室长香川大佐，得到军官伙食的好处。可是，士兵当中刚一出现对军官的批判，他就最先投靠了苏联，向政治军官告密，说香川大佐多么多么反动。香川大佐因此被撤掉了室长，而安田则进了培养积极分子的哈

---

① 丰臣秀吉曾取名木下藤吉郎，在给织田信长当家臣期间，为织田信长拿草履时先在自己怀里暖过以后再拿给织田信长穿，以此博得欢心。

巴罗夫斯克党校。他只接受了三个月的速成培训,回来后就以民主主义者自居,挨个批斗军官。他就是这样爬上民主委员的位置的。"

壹岐的脑海里浮现出安田藤吉郎的面孔。他虽然身材矮胖,一眼看上去相貌平庸,但是笑起来透着几分狡诈,生气的时候眼睛里流露出恐吓。

"该回去了,不然就让他们发现了。"水岛站起来说。三人虽然谁都没有手表,但估计时间已经过去了三十分钟左右。神森慢吞吞地站起来,架着肩膀,很不信任地对壹岐说:"壹岐,我告诉你,在这种情况下,你怎么活是你的自由。可是,你要是背叛了我们,我饶不了你!"

听了神森的话壹岐脸色大变:"你好无礼!你到底是什么意思?"

神森愤愤地说:"你说什么!你小子在远东国际军事法庭上为苏联出庭作证,提供了苏联'御用证人'该提供的证词。简直就是一个让人瞧不起的家伙!"

神森的话比今天傍晚安田说他是远东国际军事法庭上的英雄时更让壹岐受到强烈的刺激,他不由得挥起拳头:"神森,连你小子也……"

水岛拉住壹岐说:"壹岐,等一下!我们在《日本新闻》上看到了这样的报道,上面还说,出庭前在苏联的好意安排下,你见到了你的家人。"

壹岐马上否认:"虽然我的家人的确来看过我,可是我没见!"

神森和水岛都不说话,显然他们很怀疑壹岐的话。作为苏联的证人被带到飘扬着星条旗、曾经的上司作为战犯接受审判的日本时的那种屈辱,为了保持一个日本人和一个军人的操守而斩断骨肉之情的那种痛苦,从某种意义讲,壹岐经历的痛苦无异于命丧黄泉。虽然壹岐心里也清楚,除了竹村少将和自己以外没有人能理解他的心情,但是,此刻他第一次明白了自己的处境:一面是套近乎的民主委员,一面是投来怀疑目光的同僚们。

早晨六点钟,起床的钟声响了。咣、咣、咣,铁锤敲在一节断裂的铁轨上,响彻集中营的上空。俘虏们从各自的铺位上爬起来。

昨晚虽然壹岐一夜未眠,但是,现在为了不落到其他人后面,他也急急忙忙起来。"早上好!"壹岐跟左边的细野打招呼,细野垂下一双懦弱的眼睛,也说了声"早晨好"。右边的人大概是急着上厕所去了,已经不见踪影。

"喂!那个原大佐,别磨磨蹭蹭的,还做你的部队长梦呢!为了让我们工人农民的国家苏联更加强大,现在一分钟都不能浪费。"

突然,对面的铺位上传来粗暴的叫骂声。原来是昨天遭到批斗的香川大佐又在挨骂。香川大佐可能在昨天的清洗游行中受了伤,两腿直挺挺的不能弯,正在费力地往外爬。旁边的一个中年士兵看不过去,刚要伸手去扶,就听有人说:"你有时间照顾反动派,不如去背《苏联共产党简史》。你都背会了?"

中年士兵像干了坏事一样,马上做自我批评:"不,不是……我错了,我不应该帮反动派。"

俘虏每二十人一个班。早上点名完以后,利用排队吃早饭的时间,各班开起了学习会,练习唱革命歌曲。八点,出工的钟声一响,全营房俘虏排成五列接受苏联卫兵点名。之后,出发的命令刚一下,队伍里就传出此起彼伏的口号声。

"为了苏联,加油!"

"用四年完成五年计划!"

年轻的积极分子们挥舞着红旗,扯着嗓子高喊,其他人也跟着振臂高呼。劳动的队伍出发了。壹岐走在队伍中间,痛切地感到在被切断与祖国的联系、国家心没有寄托的情况下，民族精神是多么脆弱。缺乏自主和独立性，使人们轻易地随波逐流，强迫别人，又被别人强迫，在无力抵抗的情况下顺应西伯利亚民主主义。

劳动工地在距集中营五公里的哈巴罗夫斯克市区附近，是个把丘陵地带推平，修建工人住宅的建筑工地，大约有一万平方米。那里有四栋用砖砌的楼，已经盖到了两三层。工地上堆满了美国的援助物资，从德国缴获的搅拌机和卡车发出巨大的轰鸣声，八百名俘虏在那里像蚂蚁一样劳作。

壹岐被分配在第三栋楼的工地，任务是往三层运砖。他和另外一个人两人一组，把每块两公斤重的砖头装进一种叫纳西鲁卡的类似担架的运输工具，抬着运往三楼，每次二十块。虽然戴着厚厚的线手套，但是五个来回下来，壹岐的手掌就被砖头的重量压得生疼。和壹岐搭伴儿的是睡在他旁边的细野。在营房里，迫于积极分子们的淫威，细野总是躲着壹岐的目光。到一起干活壹岐才知道他其实是一个内心善良的人。壹岐发现负责装车的积极分子把砖扔到纳西鲁卡上之后，细野总是把砖往后堆。细野身体瘦小，虽然壹岐几次拒绝了他的好意，但是，细野假装没听见，仍然把砖堆放到自己那一头。

运了十趟以后，壹岐的搭档换成了香川大佐。壹岐看着香川大佐，他已经年过五十，强制劳动损害了他的健康，他双眼发黄、浑浊，嗓子里发出呼哧呼哧的声音。看到香川大佐，壹岐就像看到与他年龄相仿的在清洗游行中摔断肋骨、被送到别处的谷川大佐。

壹岐学着细野的做法把砖堆到后面，说："我年轻，我抬后面。"

壹岐往返于狭窄的踏板，一趟趟把砖送到三楼。一个多小时过去了，也没有休息一下。他的手套破了，血渗了出来。

虽然香川大佐只剩下皮包骨的胸脯剧烈起伏着，但他仍对壹岐说："壹岐君，你还不行，还是我到后面吧。"

"不,我只是还没有习惯,不过,我有体力,没问题。"壹岐打起精神说。他刚把手放到纳西鲁卡上,就听有人恶狠狠地喊:

"老东西和新来的,磨蹭什么!"

"你们要是敢偷懒,就把你们从这儿推下去!"

在这里干活的俘虏,负责运砖的、砌砖的、和水泥的,每个人都有严格的劳动指标。民主委员和积极分子们不停地检查和记录每个人的劳动情况。

运了几十趟以后,壹岐才奇怪地发现他和香川大佐的纳西鲁卡与那些带着"青年行动队"袖章的积极分子们的大小不一样。

"香川,为什么那些年轻家伙们的纳西鲁卡比我们的小?"壹岐问道。

香川万念俱灰、见怪不怪地说:"我们用的是反动派专用纳西鲁卡,所以比他们的大。"

突然,背后有人说:"你对第一天参加劳动、沉浸在劳动喜悦中的壹岐同志说这种话,打击他的劳动积极性!你这是什么意思?"

两人回头一看,见民主委员安田正不怀好意地看着香川大佐。一个脸上写满忠诚的积极分子凑过来,安田命令他和壹岐搭档。壹岐心中极为反感,就直截了当地说:"安田,我并没有沉浸在劳动的快乐中,反而不理解为什么日本人要给苏联干这样的重体力劳动。"

安田露出牙花子,笑着说:"你现在还能讲出道道,是因为你的日子一直过得不错,你还没有真正挨过饿。等你和其他人一样,饿得能把砖头看成面包的时候,你就不会对我这个民主委员说这种话了。"

今天早晨壹岐只喝了一碗稀粥,现在他的胃抽搐着,正忍受着饥饿的折磨。

干了两个小时活儿,终于响起了休息的钟声。休息时间是十五分钟。壹岐在人群中寻找着水岛和神森。他来到南边的太阳地里,看到数百名俘虏挤在一起,正在缝补手套或者查看手上的伤。壹岐没有看见水岛和神森,只好坐下。坐下后他才发现坐在旁边的是细野,细野正熟练地缝补手套。

"细野君,刚才谢谢你!"壹岐说。

细野不好意思地挠挠头,指着壹岐磨破的沾着血的手套说:"我这儿还有线,我给你补一下……"

壹岐说:"这上面有血,还是我自己来吧。你把针和线借我用一下就行了。"壹岐接过用钢丝磨成的针和从绑腿上拆下来的线,一边笨手笨脚地缝补手套,一边问:"香川在哪儿?"他想起香川大佐的手套也破得很厉害。细野默默地用眼睛向脚手架的方向示意了一下。壹岐顺着细野的目光望去,只见尽管是休息时间,香川却抬着纳西鲁卡的后面,像被前面的积极分子拽着一样,还在运砖。虽然离得很远,但是还是能看出来香川大佐已经疲惫不堪,他脚步蹒跚,随时都有可能从踏板上掉下来。壹岐还看到离香川大佐十几米远的后面还有一组人在任劳任怨地运砖,等他看清那两个人的时候,不由得怔住了——原来是神森和水岛。

壹岐忍不住问细野:"为什么香川和神森他们还在……"

细野的回答声小得像蚊子叫:"因为他们是反……反动派。"

结束了劳动回到集中营,壹岐觉得浑身像散了架一样,疲劳和饥饿让他几乎站不住。

点过名后,壹岐以为终于解放了,可以回营房了,没想到他们班的班长却让二十个班员就地坐下。班长环视了一下班员们,说:"同志们!现在我们开个反省会,看看我们今天是不是毫无保留地为苏联的建设工作了一天。"

在从工地往回走的五公里的路上,他们班就已经进行了所谓的行进式讨论,题目是日本的义务教育,结论是斯大林领导下的苏联教育是最前进的,天皇制下的日本教育加强了剥削形态。这还不够,现在又要开反省会。壹岐简直受不了了。但是,不少人因为害怕被扣上反动派的帽子,恐惧饥饿而一个接一个地发言,决心为了苏联要更加努力劳动,提高生产率。

反省会终于要结束了,班长最后说道:"为了迎接从明天开始的营房之间的劳动竞赛,我们全班要团结一致!"

壹岐他们班吃饭的时间到了,班员们争先恐后地往食堂跑去。

食堂前面已经排起了一条长龙,民主委员和积极分子在门口发饭票。伙食根据当天完成劳动指标的情况分一号到四号共四种。饭票是一个小木牌,上面分别写着一、二、三、四的号码。完成百分之八十以下的人是一号伙食,只能领到二百五十克面包;完成百分之八十一到百分之百的人是二号伙食,三百克面包;完成百分之一百零一到百分之一百二十五的人是三号伙食,三百五十克面包;完成百分之一百二十六以上的人是四号伙食,四百五十克面包。汤的量和稠稀也根据伙食级别不同而有所不同。这时候壹岐才终于明白班员们为什么那么在乎达标情况。一个八百人的集中营,他的粮食供应是有定量的,所以,这种分配方法看上去似乎是多劳多得,实际上是弱肉强食。

壹岐站在领饭票的队列里,下作地盘算着自己能领到几号伙食:自己上午干的虽然是运砖的重活,但是下午搅拌水泥,这个活相对轻一点儿,所以,大概领不到好伙食。

眼尖的民主委员安田一眼看见壹岐,马上说:"哎,你是四号伙食。"他递过来一张四号伙食的饭票。壹岐立刻想到这有可能是民主派的人在拉拢他,他必须拒绝。虽然这种自控力让他伸不出手,但是,他最终没有战胜快要让他晕厥的饥饿,接过了饭票。安田藤吉郎的脸上露出一丝笑容。

壹岐来到打饭口,接着排队。隔着六七个人,他看见香川大佐正在交饭票。

"反动派也能领到一号伙食。给你!"炊事员像打发野狗一样,粗暴地扔给香川大佐一小块面包和一个盛着汤的铝饭盒。饭盒里的汤洒了出来。

香川大佐忍无可忍地说:"你干什么?把洒了的汤给我添上!"
炊事员哼哼地笑了两声,叫道:"谁让你笨手笨脚的?下一个!"
香川大佐站着不动,说:"虽然我每天实际上都完成百分之百以上的劳动指标,可是,只能领到最低的一号伙食。至少你应该给足量。"

站在后面的那些在民主委员那里有头有脸的青年行动队员们七嘴八舌地骂道:

"你不是不喜欢斯大林吗?斯大林给你的汤少了一点,你还有什么不满意的?"

"对!老东西,躲开!躲开!"

香川大佐已经忘记羞耻,顾不得面子:"你们说什么都没关系。可是,如果连最低量的一号伙食都吃不上的话,我就连铁锹都拿不动,往铺位上爬的力气都没有。求你了,给我添上吧!"

"简直就是个叫花子!你那么想吃,就给人家下跪,求人家给你一勺。"

"不如你在这儿转三圈,高呼斯大林万岁!那我就把我的分给你一口。"

那些拿着四号伙食饭票的积极分子们吵嚷着,说出的话不堪入耳。周围没有一个人出来制止。排在后面的人等急了,开始叫骂。香川大佐无奈,只好端着只剩下一半的汤和面包离开了打饭口。

壹岐领到四号伙食的面包和里面有鳕鱼片的汤,他马上转身寻找香川大佐。可是,几百个人混杂在一起,一时根本找不到。

"壹岐,这儿!"

壹岐顺着声音望去,见水岛坐在不远处的一张桌子前叫他。坐在那儿的几个军官挤了挤,给他让出一个座位。壹岐一坐下,好几双眼睛齐刷刷地盯在他的四号伙食上。壹岐发现水岛他们的面包显然比他的小一圈,汤也是清汤寡水,里面没什么东西。虽然水岛他们一整天都在运砖,而且还没有休息时间,却得不到四号伙食。壹岐为自己从安田手里接过四号饭票而感到羞愧难当。水岛他们用怀疑和羡慕的眼神看着壹岐的四号伙食,周围的气氛因为食物而变得有些紧张。

为了打破尴尬的气氛,壹岐问水岛:"神森已经吃完饭了?"

"没有,他被关禁闭了。"

"关禁闭?为什么?"

"他刚才去找民主委员谈判,说明天开始的营房之间的劳动竞赛会更加消耗俘虏的体力,还会出现生命危险,要求停止竞赛。有人马上向苏联政治军官告了密,政治军官说他蓄意怠工,关了他的禁闭。"

在有着坚强信念的神森面前,壹岐深深感到相形见绌。

水岛用坚定平静的口气说:"壹岐,在这种环境下有三种活法。一种是像神森那样,把旧军人的信念坚持到底。另一种是像以安田藤吉郎为首的那伙民主委员一样,把自己的灵魂都出卖给苏联。还有一种就是既不能坚持信念又没有胆量出卖灵魂,为了有一天能回到祖国而任人摆布,干活,吃饭,不在乎是红色还是粉红色,先做出一副被赤化的样子,这是大部分俘虏的活法。如果说这是日本人的国民性,也确实是。苏联人正是抓住了这个要害。"

"哇!"突然,食堂中央传来叫嚷声,立刻围起了一圈人。壹岐隐约看见有人蜷曲在地上,再定睛一看,是香川大佐。他被摁趴在地上,脖子上还挂着一个写着"反动派"的牌子。三四个年轻积极分子摁着香川大佐苍老的躯体,一个人拿着一张明信片在他眼前晃来晃去地说:"想要吗?想要就学声狗叫,不叫就不给你。"

那是香川大佐的家书。虽然香川大佐扭着脖子,拼命地想站起来,但他被人死死摁住。一个人把明信片举到他嘴边,说:"香川狗,叫一声。你汪一声我就让你叼住它。"

香川大佐向前探着身体,发出悲切的声音:"那是我等了好几年的第一封家信,给我!"

"给你看。来,你汪地叫一声,用嘴把它叼上。"

积极分子肆意嘲弄。壹岐忍无可忍,猛地站起来,大声指责道:"你才是狗!够了!"

积极分子一下子露出胆怯,壹岐趁机一把夺过明信片。

"你干什么!"积极分子扑上去抓住壹岐的胸襟。

壹岐指着在人群后面袖手旁观的安田藤吉郎说:"我只不过做了一件人事。你要不满意,找民主委员说去!"

"什么?你敢侮辱我们民主委员?让大众批斗他!"

"批斗他!"

积极分子们群情激奋,团团围住壹岐。壹岐虽然心里有些害怕,但仍然态度强硬地反击道:"好,随你们便!不过,我要把今天的经过用书面形式提交给集中营营长和哈巴罗夫斯克内务总局。"壹岐曾经从哈巴罗夫斯克内务总局的约瑟夫少校嘴里得知,在有着严格的责任体系的苏联,干部们都非常害怕有人直接向上级反映情况。壹岐说这个话的时候多半有点儿豁出去的意思,没想到积极分子们一下子安静了,偷偷观察安田的脸色。安田也一脸惶恐。

壹岐扶起趴在地上、身上印着泥脚印的香川大佐,摘下他脖子上

"反动派"的牌子,把家信交到他因为干活变得非常粗糙的手里。

从那天起,不管壹岐愿意不愿意,他都被打上了"极反动派"的烙印。

仅仅一个月的时间壹岐就变得面目全非,憔悴不堪。从他身上的军装就能看出他每天的劳动强度,袖子和膝盖处都磨破了,上面沾满汗渍和污垢。

积极分子们几乎一整天都紧盯着壹岐不放。早晨,出发升红旗的时候,他们要站在壹岐面前,监视他,看他有没有向红旗行注目礼并且高唱革命歌曲。如果没有唱,立刻开批判会,全体不得出发,直到他开口唱为止。在去工地的路上,如果壹岐不参加行进式讨论会,他们就让队伍停下来,让每个人认清壹岐"极反动派"的嘴脸。

以前壹岐干的是用水把水泥和石子搅拌起来的活儿,现在他被派去运砖。楼已经盖到四层,踏板铺得很高,很陡,已经无法用纳西鲁卡,只能每个人背一个筐子往上背砖。

每当砖厂运砖的汽车开到工地的时候,集中营红胡子劳动队长就大声命令:"日本人,赶快集合!"

"为了苏联,今天我们也要加油干!"

带着青年行动队袖章的积极分子们便应声跳上卡车,往每个人背上的筐子里装砖。壹岐站在第三辆卡车前,给他装砖的是睡在他旁边铺位上的细野。瘦小的细野不停地眨巴着眼睛,一块一块地往壹岐的筐子里装砖。虽然他按定量装了十五块,但是壹岐知道他装的里面有破损的砖块。装完以后,他还偷偷地托起沉重地压在壹岐身上的筐子,帮他站好。壹岐默默地用眼睛向他表示感谢。壹岐不能跟细野说话,因为那样会让细野也被当作反动分子挨批斗。壹岐背着砖,沿着踏板一步一步往上爬。他前面是香川大佐,香川大佐手脚并用支撑着老弱的躯体向上爬。背着砖默默往上爬的人排成一列，就像一队勤勤恳恳的蚂蚁。

终于爬到了四楼。民主委员安田站在记录指标的班长旁边冷冷地盯着壹岐。壹岐并不理会安田，他默默地解开绳子，卸下筐，把砖搬出来摆好，然后又下楼回到卡车前面。卡车上换成了戴着青年行动队袖章的积极分子。他大声说："来了，原大本营参谋阁下出场了！我们拿出革命斗志来！"

积极分子粗暴地把超过定量的砖块扔进壹岐的筐子里。壹岐感到脊梁骨都快被压断了，身体不由得往前倾。他用双腿用力支撑着身体，说："你们按定量装！"

卡车上传来反驳声："什么？你这个反动派还有不满？"

壹岐义正词严地说："不是不满，是正当要求。"

卡车上的积极分子大声说："同志们！到现在还有一个高高在上的原大本营参谋，这难道不是我们集中营的耻辱吗？"

五六个青年行动队员跑过来，七嘴八舌地嚷道："给他开批斗会！"

"把他拖到卡车上！"

壹岐被推上了卡车。

一个积极分子情绪激昂地说："同志们！这就是法西斯东条的忠实走狗——大本营参谋的嘴脸，是拿我们士兵当炮灰的家伙。"

这时，传来民主委员安田的声音："同志们！今天我们有义务彻底批判反动派壹岐！"

"对！赞成！"

人人振臂高呼，呼喊声震耳欲聋。壹岐感到今天的批斗会里吵闹、掺杂着不同寻常的兴奋。

"反动派，报上你的军衔、姓名！"

壹岐默然不语。

"你没有耳朵吗?"

"回答问题!你害怕了?"

"这家伙,还以为自己是大本营参谋呢!"

"这次要让他好好进行自我批判!"

"让他在这儿再说一遍在远东国际军事法庭上的证词!"

"把他拽下来,好好教训他!"

叫骂声此起彼伏,汇成一股巨大的声浪,壹岐无法听清他们在说什么。在哄吵和怒吼声中,壹岐的头开始嗡嗡作响。

安田在下面说:"细野,你去!"

细野被推上卡车,站在壹岐面前。他脸色苍白,浑身发抖。就是他经常避开积极分子的耳目,偷偷帮助壹岐。

"怎么了?你也和反动派是一伙的?"

听到这句话,细野哆嗦着嘴唇,闭上眼,鼓起勇气喊道:"反动派,你……还以为你在大……大本营呢!"

一个积极分子大声叫好:"好!好!接着说!"

细野的目光和壹岐的碰到一起,他马上低下头,在积极分子们的催促下,又喊道:"你,还不懂只物辩证法①吗?"

哗的一声下面人群中发出一阵哄笑。不知道是谁戏弄小学都没毕业的细野,教给他"只物辩证法"。

民主委员安田马上见缝插针:"好!你就教教他什么是'只物辩证法'。"

细野更加紧张,他使出浑身的力气,结结巴巴地说:"壹……壹岐,只……只物辩证法就是入乡随俗。这……这里是苏联,不是日本。你必须马上做自……自我批判。"

---

① 在日语中"唯"和"只"有时发音相同。

"哇！"下面传来欢呼声。壹岐看到细野的脸因为强忍着哭泣而变形，嘴角流着涎水，裤裆也湿透了。虽然他紧张得尿了裤子，但是，下面临时聚集起来参加批斗的人没有人觉察。面对安田那样的家伙，壹岐可以对抗到底，不给他丝毫机会。但是，面对怯懦、弱势的细野，壹岐心头涌起了怜悯之情。他对细野说了句连自己都感到意外的话："细野君，你的话我懂了。"

下面的人群一时惊呆了，没有马上反应过来，一下子变得鸦雀无声。但紧接着，响起了更大的欢呼声。积极分子们狂叫着："大本营参谋进行自我批判了！"人群里爆发出嘲弄和哄笑声。

"细野二等兵让反动派壹岐无条件投降了！"

"好！好！细野干得好！"

"现在宣布，细野二等兵，今天，就在现在彻底击垮了大本营参谋壹岐正！"

"参谋就是专横、鲁莽、野蛮！"

"还有傻瓜蛋、小气鬼、花花肠子！"

积极分子们愈发意气风发，叫嚷着："就是因为这种废物当参谋，所以才战败了。我们要好好收拾他！"

几个身强力壮的年轻积极分子扑向壹岐，把他从卡车上拽下来。壹岐摔倒在地，不容他往起站，一只只脚就踢了过来。

"日本人！现在是劳动时间，你们想偷懒吗？"红胡子劳动队长怒火冲天地跑过来，挥舞着手中的棍棒。在苏联，怠工是要受到严惩的。

"解散！改成二十四小时群众斗争！"

积极分子们四处散去，看热闹的人也慌慌忙忙地消失在工地上。壹岐被积极分子们踩在脚下，浑身沾满泥土。他擦着从鼻子里流出的血，吃力地站起来，他看见民主委员安田藤吉郎正冲着他冷笑。

下午五点，干完一天的活儿，回到营房后，积极分子马上命令：

"反动派壹岐！从现在开始，我们进行二十四小时群众斗争。你现在去打扫厕所。"

所谓二十四小时群众斗争就是劳动完回到营房后，还要打扫、洗衣服、干杂活，得不到片刻的休息。

"我已经完成了今天的劳动指标。"

"反动派的劳动指标就是只要活着就得干活儿。"积极分子大声说。他看见壹岐对面铺位上的香川大佐，就说："老东西，你去教这个家伙怎么打扫厕所！"说完，不容分说地把打扫用具塞给壹岐和香川大佐。

俘虏们在营房外面挖了一个很深的大坑，上面架上木板，权当厕所。每天早晚，木板上就蹲起一溜人。在零下十二三度的气温里，这样的厕所自然会结冻。冻在一起的粪便像座小山一样堆在那里。壹岐用十字镐刨开粪便，端出去扔掉。白天干了一天活早已经筋疲力尽，再加上饥饿，每举起一次镐头都让壹岐眼前一阵发黑。终于挖到一半的时候，突然，扑哧一声粪便溅了出来，恶臭扑鼻而来。原来粪堆下面还没有结冻。壹岐差一点吐出来。香川大佐熟练地换上木勺，像淘大粪的一样，一勺一勺地把粪便舀到大桶里。

"香川，是我连累了你，对不起！"壹岐在熏天的臭气里向香川大佐道歉。

香川大佐却为壹岐担心："这有什么，反正我也是那些疯狗嘴里的肉。倒是你，壹岐君，安田看你的眼神和你刚来的时候不一样了，你要小心。在这里，反动派的烙印和死亡是连在一起的。有人就是在二十四小时群众斗争中自杀或者发疯的。"

虽然第二天是星期天，但是，壹岐、香川还有神森、水岛等十几名被打上反革命烙印的人却得不到休息，他们被命令在集中营内劳动。

他们的任务是整修集中营四周带刺铁丝网内侧的禁区地带。这是一道两米宽的地带,上面铺着沙子,只要走进去就会留下脚印,是为了防止战俘们逃跑。如果有人不经许可跨入一步,岗楼上站岗的士兵就会开枪射杀。

壹岐默默地用扫帚扫着沙地,他发现捆铁丝网的木头柱子根部开着一朵小小的蒲公英。他的目光马上被这朵小花吸引了。正看着,就听有人叫他:"壹岐!"

壹岐回头一看,是第五营房的神森。神森手里也拿着一把扫帚,虽然显得笨手笨脚的,但是目光却很锐利。

"听说昨天开批斗会的时候你做了自我批判?"

壹岐默默地点点头。

"你为什么不坚持?像我一样,不管被关多少次禁闭,都要对抗到底。"刚直的神森气愤地说。

壹岐想起二等兵细野说的"只物主义",就说:"他们的批斗完全失去了理智,和他们对抗又能怎么样?时间长了,他们也许会变得清醒一些。所以,现在最好的办法就是不跟他们斗,保存体力,防止精神受损,这才是有现实性的对策。"

"现实性?就是说那样做合理,是吧?你总是这样,说好听点儿是灵活,说不好听点儿就是机关算尽,是个妥协、狡猾的家伙!我讨厌你这点。"

"可是,神森,在这里我们不能唯我独尊。因为一个人的坚持可能牵连到别人,让其他人吃苦。我们必须考虑到这一点。"

"我知道。正因为如此,开始我还搬出国际公约,坚决主张军官不劳动。可是,当我知道按照苏联的做法,如果我不干活,别人就得替我干,给我挣饭吃的时候,为了我那份饭,我开始干活了。这就够了,没有必要做什么自我批判,向他们妥协。"

"不是妥协。我做的一切都不是为了自己,而是因为时刻考虑到七十万关东军俘虏的未来。"

"那就更应该显示出军人坚韧的气节。"

壹岐语气坚定地劝说道:"神森,现在有比军人气节更重要的事情。在这种日本人互相告密、自相残杀的情况下,我们应该集中力量,最大限度地防止有人成为牺牲品。"

壹岐的话像是火上浇油,神森的火气更大了:"我以后不跟你说话了!胆小鬼!"

这时,壹岐觉得背后有奇怪的动静,回头一看,香川大佐倒在地上,大口喘着气。

壹岐大吃一惊,叫道:"不好了,快把他抬到医务室!"

香川呼吸急促,却摇摇头说:"去也没用,被民主委员控制的军医是不会给反动派看病的。"

神森说:"那我就去把他拽来。"

香川害怕地说:"不要!要是他们知道我不能干活了,就会像对待跑不动的军马一样,给我注射,杀死我。"

神森向医务室跑去。壹岐把香川挪到仓库旁边的背阴处等军医来,可是军医迟迟不来。

"水,水……"

"水?我马上去拿,你在这儿别动,等着我。"

壹岐马上跑到一百米以外的饮水处去打水,等他端着一罐水回来的时候,香川不见了。壹岐急忙四下寻找,当他看到香川的身影时不由得大声叫起来:"香川!危险!"

香川正在往刚扫过的禁区里走,他摇摇晃晃的,像梦游一般。如果他接近禁区,岗楼上的哨兵就会把他当作逃犯开枪射击。情急之下,壹岐一边追一边大声喊:"危险!站住!"

香川回过头来，笑着说："他们在叫我，叫我呢。我的家人……"然后，突然奔跑起来。由于极度的疲劳困顿，香川大佐神经错乱了。岗楼上的士兵把枪对准了他。

"香川，站住！卫兵，不要开枪！"

壹岐大叫着，附近的人也都跑过来试图阻止香川大佐。哒！哒！哒！岗楼上射出一串子弹，香川的身体像泄了气的皮球一样，转了一圈，应声倒在沙地上。岗楼上的卫兵端着枪下来，日本兵们也都跑了过来。

壹岐逼问卫兵："我叫你不要开枪，你为什么还开枪？"

"因为他要逃跑！"

"不对！他是因为有病，神经错乱了，不是想逃跑！"

卫兵指着躺在壹岐他们刚刚扫过的沙地上，鲜血流了一地的香川大佐，对赶来的警备军官说："可是，他跨入了禁区，这就是他逃跑的证据。"

警备军官扬扬下巴说："行了，这家伙是逃犯，把他的尸体处理一下。"军官叫来一辆马车。壹岐的心中充满愤怒，香川大佐穿着破烂不堪的旧日本陆军军装，就这样像猫狗一样被轻而易举地射杀了。

壹岐强烈地抗议道："等等！香川大佐不是逃犯，卫兵无视我不要开枪的手势，射杀战俘，违背了国际公约。我们日军俘虏是不会就此罢休的！"

这时，民主委员安田插进来说："你这话没有道理。这个集中营已经由日本人自治，所有的事情都应该由民主委员总部来判断和处理。至于今天这件事，香川平时的言行就表明他早有逃跑的企图。把尸体交给苏联方面。"

"香川大佐疲劳过度，直至发疯，不都是你们民主委员逼的吗？难道你就不认为至少应该由我们来挖个坟墓，埋葬他吗？"

安田若无其事地说:"尸体由苏方处理,这是规定,我们必须服从。"他动手帮卫兵把香川的遗体搬上马车。闻讯聚集来的数百名俘虏没有一个人出来阻止。

壹岐一把推开安田:"你还是人吗?香川大佐的遗体应该由我们来埋葬!"他冲到马车前面,卫兵的枪口对准了壹岐他们。香川大佐的遗体被装进麻袋,扔上马车,运走了。

那年夏末,壹岐所在的十一集中营流传着回归日本的小道消息。

从春天开始,哈巴罗夫斯克车站每天都停着装满日军俘虏的货车,散落在哈巴罗夫斯克地区的各集中营俘虏的转移也日渐频繁。最近,营房里传出消息说离这里三公里远的第十集中营的俘虏在哈巴罗夫斯克车站坐上了回日本的火车。现在,这里的每个人心里都充满了期待,坚信下一拨就该轮到他们第十一集中营回国了。

俘虏们已经度过了近三年的拘留生活,身心极度疲惫。对他们而言,年内返回日本是能否活着踏上祖国土地的一个界线。如果年内不能返回日本,那就意味着还要在西伯利亚度过一个零下几十度的冬天。严寒的恐怖早已渗透到俘虏们的骨髓里,再过一个同样的严冬无异于死亡的恐怖。

壹岐干完活,蹲在营房前面的草丛里等着吃饭。虽然已经晚上七点多了,但在西伯利亚的白夜里,天色依旧发白。远方,俘虏营铁丝网外面的草原上隐约可见两座驼峰似的连在一起的小山,半透明的乳白色天幕挂在平缓的山脊上。

已经很久没有想起的故乡的身影浮现在壹岐的脑海中。故乡就在被称作出羽富士的美丽的鸟海山脚下,现在正是苹果红了的时候,年迈的双亲一定在急切地等待着自己的归来。但是,即使像传闻说的那样,这个集中营将要接到回日本的命令,壹岐也不觉得自己能和其他俘虏一样被准许回到日本。他不知道自己还要被关押多久,现在心存侥幸只能动摇忍耐下去的自信心。

"哎,'反动派',开饭了!"

最近,同营房的年轻的原军官们也开始满不在乎地这么叫壹岐。民主委员们用回日本作诱饵,进一步强化民主运动,使日本俘虏彻底陷入无边的疯狂之中。民主委员在工地以感谢苏联的庇护为名展开超负荷的劳动竞赛,回到营房又说为了有朝一日回到日本后成为能战斗的革命战士,要求俘虏们学马列,向民主委员表忠诚。他们让人们相信,只有这样才能被列入归国者的名单。

在这种情况下,壹岐甚至被同一个营房的人们所孤立。睡在他旁边、以前经常照顾他的细野自从那次迫不得已批判壹岐之后,好像很害怕他,最终换了营房。现在,壹岐连一个可以互相安慰的人都没有。

壹岐来到食堂。今天和往常不一样,人们没有排成一队领饭票,而是围成一团。食堂门口站着十几个积极分子,阵容强大。壹岐不知道发生了什么事情,当走近食堂门口时不觉停住了脚步。

食堂门口蹭鞋的垫子不见了,换成了一块刻着皇室象征的菊花徽章的木板。积极分子们在木板两边拉起绳子,对来食堂的每一个人说:"从这上面踩过去!不踩就领不到饭票,也不能回国。"也不知道是谁的手艺,厚厚的木板上生动地刻着一朵十六个花瓣的菊花。

迎合积极分子的士兵抬起沾满泥土的脚,狠狠踩在木板上,嘴里还说着:"原来是饭桶阿天的家徽,算个屁!"菊花徽章上顿时沾满了泥土。

"好!下一个!"

在积极分子的催促下,很多原来的军官也应声附和,模仿前面士兵的样子,双脚踩在木板上。

"好!及格!下一个!"

一个中年士兵脸色苍白地迈出一步,在木板前却抬不起脚。

"怎么了,你害怕天皇吗?我们可是被一张一钱五厘的红纸①拉出来的,你还踩不下去?"

"不,我……"

"你什么?天皇和我们一样,都是人!"

中年士兵像受到很大刺激,紧紧闭上眼睛。终于,他虽然下定决心,向木板踩下去,但是,他脚下无力,没有站稳。

"没踩好!使劲踩,往上面吐唾沫!"一个积极分子叫骂道。

中年士兵颤抖着嘴唇,脸也扭曲了。

积极分子威胁道:"你做不到,是不是?你这种家伙拿不到回日本的车票,只能当白桦树的肥料!"

中年士兵脸色更加苍白,哆嗦着瘦弱的身体,朝菊花徽章吐了一口唾沫。

壹岐不由得转过脸去。这分明是践踏天皇画像的行为,与德川时代对付地下基督教徒的"蹋画"②手段一样。践踏象征着天皇的菊花徽章的人可以得到更多的食物,可以拿到回到日本的车票。否则将被切断返回祖国的道路,课以更加繁重的劳役,挨饿受冻。难道西伯利亚民主中非人性的东西使日本人的心灵变得如此荒诞吗?

轮到壹岐了。

"大本营参谋阁下驾到!"

积极分子们像早就守候在那里一样大声喊道。已经升为副民主委员长的安田藤吉郎晃动着矮胖的身体嘲笑道:"壹岐,没什么可犹豫的吧。咬咬牙一脚下去,像你这样的大反动派,我们也不是不可以

---

① 一钱五厘是当时明信片的价格。一钱五厘的红纸指邮寄的应征通知书。

② 德川幕府(1603—1867)时代作为禁止基督教的手段之一,元月4日至8日在长崎等地让人们践踏刻有圣母玛利亚和基督画像的木板,以证明不是基督徒。

让你回国的。"

壹岐紧盯着安田卑鄙下流的嘴脸，按捺着心中的愤怒说："马上把御徽章撤掉！难道你不觉得这是日本民族的耻辱吗？"

"民族的耻辱？现在我们的祖国只有一个，那就是苏联。回日本是向敌人的阵地冲锋。不敢踩菊花徽章的胆小鬼回到日本能干什么？"安田情绪激昂地说。分明是他自己为回国而兴奋不已。

"壹岐，踩天皇的徽章！不踩，今天就连一号伙食也不给你。"

为了生存下去，壹岐需要最低限度的伙食。但是，即使饿死，他也无法践踏菊花徽章。菊花徽章是他立志报考陆军幼年学校以来二十多年人生的结晶。

壹岐突然弯下腰，用早已磨破的军装袖口擦掉菊花徽章上的泥脚印。正当他要搬动那块徽章木板的时候，有人从背后向他扑来。他想闪身躲开，可是好几个人从背后把他摁倒在木板上。壹岐越是挣扎背上的人就摁得越紧。在剧烈的疼痛和昏厥中他听到安田嘲讽的声音："壹岐你终于踩了，这下你完蛋了。"紧接着人们发出浪涛般的喊声：

"我们让他踩了！大本营参谋踩天皇了！"

"大反动派把菊花徽章坐在屁股底下了！"

壹岐心中狂暴的愤怒一下子爆发出来。积极分子们因为兴奋手上松了劲，壹岐趁机挣脱他们站起身来："你这个卑鄙小人！"他喊叫着冲向安田，揪住他的领口，一把将他掀翻在食堂的地上。血从安田的嘴和鼻子里流出来，恐怖扭曲了他的脸。壹岐发疯般地把安田拖起来，再次扔到地上。晃动着瘦弱身躯扑向安田的壹岐身上带着一股阴森森的杀气，积极分子们吓得直往后退。壹岐对着已经毫无反抗能力的安田大打出手，最后用双手卡住了他的脖子。

"壹岐，住手！你想杀了他？"

壹岐头上传来一个声音,有人从两边抓住他的胳膊,用力把他拽开。原来是神森和水岛。壹岐这才清醒过来,看着满脸是血、一动不动的安田。神森迅速扳过安田的脸,查看了一下他的眼睛,说:"还好,没有死。"他催促壹岐,"壹岐,赶快回营房去,这里交给我们处理。"

水岛也说:"壹岐,快……"

神森和水岛正往食堂外面推壹岐的时候,外面传来急促的脚步声。几个端着自动步枪的卫兵和政治军官赶来,事态已经无法收拾。

政治军官瞥了一眼现场,阴沉着脸命令卫兵:"这个法西斯分子!关禁闭!"

壹岐立即被押到了禁闭室。

禁闭室在集中营的最北端,里面阴暗、潮湿、冰冷。

壹岐有生以来第一次被关禁闭。身为军人,他从未被关过禁闭,也没有关过别人的禁闭。在当少尉、中尉的时候,作为教官壹岐虽然负责训练众多的士兵,并且有赏罚的权限,但他没有关过一个士兵的禁闭。所以,他从未见识过禁闭室是什么样子。正因为如此,壹岐怀着一种异样的心情打量着这间结实的小木板房。禁闭室只有一个送饭兼监视用的小窗,里面连干草都没有铺。寒气和潮气一股股涌上来,人连坐都坐不住。壹岐一会儿站起来,一会儿坐下,不停地搓着手脚取暖,才勉强让身上有点儿热气。但是,时间一长,他的手脚便开始发麻,饥饿难耐。

到了晚上,寒冷和饥饿愈加强烈。迟迟没有人来送饭。本来俘虏的伙食就很差,从来没有吃饱过,在寒冷的禁闭室里少吃一顿饭,很可能造成被冻死的结果。壹岐大声喊卫兵,可是,没有人回答。他喊了几次后,发觉隔着一个房间的禁闭室那边有动静。壹岐把耳朵贴在木板上,听见那边有人在动。壹岐用嘴对着木板喊了一声:

"喂！"

那边传来一个年轻的、有教养的声音："您是谁？"

壹岐说："我是第三营房的壹岐正，你是谁？"

没有人回答。壹岐再次大声说道："我是第三营房的，你是哪个营房的？"

那边突然没了动静。

"喂！我是得罪了民主委员被关禁闭的，你也是吗？"

那边的人压低声音说："我不是。外面说不定有卫兵，请不要用那么大声音跟我说话，会给我带来麻烦的。"说完，那边的人就再也不吭声了。显然他是害怕和被打上极反动派烙印的壹岐说话。一个被关在苏联集中营这个大牢狱中、现在又被关进禁闭室的人，在重重枷锁中仍然惧怕民主委员的耳目，敛声屏息，不敢和同样来自日本的人搭话。壹岐从这个人身上看到了被压制了人性的人们悲惨的缩影。但是，因为被关进禁闭室，壹岐从连日来无休止的西伯利亚民主运动中解放出来，心灵上得到了一丝安慰。

壹岐躺在地板上，辗转反侧，无法入眠。到了深夜，卫兵送来一块黑面包和水。凉水流进肚子里，刺痛着早已冰冷的身体。尽管如此，这仍是十几个小时以来壹岐第一次得到的水和食物。

第二天，那边禁闭室里的人被放出去了。壹岐还在里面忍受着寒冷和饥饿。集中营的广场上传来群众斗争的呼喊声：

"不让反动派回去！"

"登陆天皇岛！"

"斯大林元帅万岁！"

狂叫之后响起了高唱革命歌曲的声音。回国在即，眼前正是紧要关头，这种活动被不断重复着。因为一心想回国，所以几乎所有的人都追随民主运动，其中不乏主动配合积极分子，为争取到回国的机会而出卖自己同伴的人。为了早日回国,日本人出卖日本人,把同胞推向死亡的事实是西伯利亚战俘的一段屈辱的历史,这段历史终将被记录下来。

被关禁闭的第三天,壹岐仍只能得到一点儿黑面包和水。寒冷使他浑身发抖。为了不消耗体力,壹岐只好躺在地板上。深夜,突然传来一阵急促的钟声,是平时搞突然袭击检查所持物品或发现逃跑者时紧急集合的钟声。壹岐把耳朵贴在木板墙的缝隙上,听外面的动静。他听见很多人聚集到集中营的广场上,有人用俄语大声说着什么,紧接着哗地响起了一片欢呼声。

"万岁!回国了!"

"回国了!"

广场上响起了《国际歌》的歌声。那是充满感谢和祈求的歌声。感谢能够回到祖国,祈求自己不要被从归国者名单上除名。

壹岐怀着复杂的心情离开木板墙。虽然他衷心希望全体俘虏都能够回到祖国,但是,想到那些没有等到这一天而被冻死、饿死的人,想到像香川大佐那样精神错乱、死于非命的人,壹岐心中充满悲哀。

突然,禁闭室的门上传来嗵嗵的响声。应该不是卫兵,因为壹岐没有听到重重的脚步声。外面也没有刮大风。壹岐凑近小窗口,正要往外看,外面的人轻声说:"壹岐,我是水岛。"水岛是趁着人们狂喜混乱的当口跑来的。

壹岐警觉地观察着四周,也压低声音问道:"他们不会发现你吗?你怎么来了?"

"回国名单上没有我,我很可能要被送到更远的地方去。所以,我来和您道个别。"

"神森也和你一起去?"

"不,神森今天被带走了,不知道被带到了哪里。"

壹岐深有感触地说:"是吗。不过,不管到哪里,神森都会坚持到底的。水岛,我们也一定要活着回到祖国去!"

"壹岐,多保重……"水岛从小窗上递进来一些面包和白糖,那是他从自己的定量里匀出来的。

壹岐把东西推回去,说:"我关在禁闭室里,又不干活。你要干重活,你留着吧。"

"不,请您收下吧。我们就要分别了。"水岛的话里包含着今生今世的离别。虽然他们彼此都说要活着回到祖国,但他们心里清楚也许从此两人再也无法相见。壹岐默默地接过面包和白糖,虽然他想说些什么,但各种思绪交织在一起,无法用语言表达。水岛也一样,他百感交集地看着壹岐,最后一声道别:"多保重!"然后匆匆离去。

第二天,集中营里充斥着疯狂地高唱革命歌曲的声音和群众斗争的呼喊声。人们在医务室前排队接受回国体检时都在不停地讨论,在整理行装时还不忘高吼国际歌。那声音一直传到被关禁闭的壹岐的耳朵里。整个集中营就像一个狂人集团。这样的情景一直持续到第五天,他们企盼已久的回国的日子终于来了。

这天,早晨完成了早升红旗、敬礼,三呼斯大林万岁、苏联万岁的仪式之后,俘虏们高唱着《国际歌》,成五列纵队走出了集中营的大门。壹岐在禁闭室里看着这一幕。虽然天上下着雨,雨水打湿了身穿苏联配给的立领棉衣、背着行囊的归国者们,但是,他们阔步走出大门的背影充满跃动的生机和活力,仿佛艳阳高照。从哈巴罗夫斯克到纳霍德卡后,他们就能看到等候在那里、飘扬着太阳旗的客船。那是从祖国来接他们回去的船。壹岐不由得紧紧握住小窗的窗框,在难耐的思乡之情中目送着归国者的行列。看着归国者们渐渐远去的身影，壹岐暗自对自己说，不看到七十万关东军官兵最后的一兵一卒回国，自己是不能离开这里的。

第七章 战 犯

壹岐被从禁闭室放了出来。

雨停了,秋天的阳光从云缝里射出来,照在壹岐身上。在阴冷的禁闭室里关了五天,潮气侵蚀了壹岐的身体,这缕阳光让他感到十分舒畅。走掉一大半人的集中营像一座废墟,鸦雀无声,留在泥泞中的几百个归国者的脚印撕裂着无法离去的壹岐的心。

"拿着东西,出发!"警备军官把壹岐的东西扔给他,命令他往大门外走。等候在那里的不是吉普车,而是一辆没有窗户的囚车。

大约一个小时以后,壹岐被带到了哈巴罗夫斯克市内一座被称作"白监狱"的监狱里。三年前,因为远东国际军事法庭取证而被投入监狱时壹岐就知道哈巴罗夫斯克有红、白监狱。"红监狱"里关押的是未被判决的一般罪犯和包括政治犯在内的已被判决的罪犯,而"白监狱"则关押尚未判决的政治犯。但是,他无从判断自己为何会被再次投入监狱。

搜完身,壹岐跟着看守穿过长长的迷宫般的走廊,来到一扇铁门前。铁门被打开了,里面是一排监房。壹岐被关进第十九间监房。狭窄的监房里关着四五个人,有俄罗斯人、德国人、波兰人。其中最年轻的一个俄罗斯人问壹岐:"现在关东军都陆续回日本了,你为什么被关进来?"

"不知道。集中营的日本人回国的第二天，我突然被一辆囚车带到了这里。"

"那就是说战争期间你是谍报机关的。关在这里的日本人大部分都是特务机关的，要不就是宪兵、警察或者外交人员。"

俄罗斯人的话让壹岐明白了一个道理。在集中营的时候，曾经在谍报、特务、外交机关工作过的人被称为"前职者"，动辄遭到西伯利亚民主运动的激烈批斗，原来这一切都是为了配合以报复为目的的苏联的意图。

壹岐打着手势用不太熟练的俄语说："我不是谍报人员，是作战参谋。不过，对苏联来说，可能和谍报人员属于同一类人。各位都是因为什么罪名被关在这里的？"

一个年长的德国人一直摆出一副不屑的态度，听了壹岐的话，他突然面带亲切，凑近壹岐说："阁下是作战参谋？斯大林格勒战役之前我也是德军总参谋部的中校参谋，而且和日本驻德国大使大岛先生很熟。"当听说大岛在远东国际军事法庭上被判定为一级战犯后，德国人愤怒地表示，纽伦堡审判也是战胜国单方面的审判。

"但是，"俄罗斯人插进来说，"你们二位是被曾经交战的敌国审判入狱的，而我却是受到自己国家的制裁被判入狱。我曾经将生命置之度外，为国而战。我是苏联红军中尉，是忠诚的共产党员，在这次大战中与德军英勇作战。在列宁格勒战役的激烈战斗中我被俘虏，进了德军的集中营。战争结束后我被放了出来，在法国、意大利工作生活。后来，他们说，国家要把你们当作祖国保卫战的英雄迎接回来，给你们荣誉和好的待遇，而且你们的家人也在等着你们回来。我相信了他们的话，没想到回来后却被当成德国特务、卖国贼，以背叛国家罪被判入狱。我有一个朋友，是国营农场的职工，就因为把收回来的土豆在自己院子里放了一晚，便有人告密。他因此以侵吞国家财产，也就是反革命罪被捕，成了政治犯，被送进赤塔的劳教所。难怪人家说我们国家有三千五百万之多的囚犯。"

听着俄罗斯人充满怨愤的话，壹岐脑海中浮现出人满为患的运送囚徒列车的拥挤场面，不觉点了点头。坐在对面的波兰人挠着花白的头发说："这么说，这个国家人口的五分之一是囚犯了。囚徒是国家建设最廉价、最忠实的劳动者，这是沙俄帝国时代以来的传统。可革命后，'滥造囚徒政策'波及了外国人，真让人感到愤怒。"

"你是什么罪名？"壹岐问。

"我本来是华沙政府的一名官员，在一次政府会议上发表了批判苏联的言论。第二天在回家的路上被突然出现的GPU①绑架上汽车。战后，全波兰掀起了反苏的浪潮，人们盼望着早日摆脱苏联的统治。虽然身处自己的国家，人们却时刻笼罩在苏联恐怖的阴影下，一听到门铃声就心惊肉跳，生怕GPU出现在家门口。那种生活真是悲惨，令人窒息。"波兰人深深叹了口气，不再说话了。

"即便如此，你们还有祖国。"一个五十多岁的白俄罗斯人打破沉默，忧伤地说，"我虽然还没有被判决，但终将逃不过强制劳教的命运。你们刑期满后还有可以回去的祖国，而我们白俄罗斯人成了永远的流浪民。如果有祖国，我还能期待和在哈尔滨失散的家人团聚。但是，流浪民是不可能与家人重逢的。"

白俄罗斯人的话让壹岐心中感到一股钻心的疼痛。在哈尔滨的白俄罗斯人的悲惨命运与日本的战败不无关系。

第二天，白俄罗斯人被看守叫走，再也没有回来。一个月后，波兰人也被带走了。直到第二年的昭和二十四年（1949年）三月的一个深夜，壹岐才被传唤。

---

① 国家政治保安局（1934年废止）。

壹岐在监狱的院子里再次坐上囚车,被带到哈巴罗夫斯克内务部。内务部办公楼大厅悬挂着斯大林和贝利亚的肖像,虽然已经是深夜,但壹岐仍能感觉到这里有很多人还在忙碌。

壹岐被从大厅侧面的楼梯带上楼,走进一个在楼道里隔出来的办公室。一个军官验明他的身份之后,把他带进了审讯室。主审的军官坐在审讯室正面的桌子前,旁边是身穿西服的翻译,其情景与三年前为在远东军事法庭上作证而接受审讯时如出一辙。不同的是,这次壹岐不知道自己为何要接受审讯。

翻译指着椅子示意壹岐坐下。壹岐坐下后,戴着司法大尉肩章的审讯官用深邃锐利的目光紧盯着壹岐宣布:"我是预审官夏诺夫。苏维埃联盟以战犯嫌疑逮捕你,即日起开始审讯。"

壹岐惊呆了。他知道一级战犯接受远东国际军事法庭的审判,二级、三级战犯则由各国当地政府进行审判。但他万万没有想到,单方撕毁《日苏中立条约》发起进攻的苏联,在将几乎没有反击的日军拘留三四年之后,竟然还要以战犯的罪名加以审讯。

"你要老老实实接受审讯,如实回答问题,争取苏维埃联盟的宽大处理。如果编造谎言,你将永远无法踏上日本的土地。"夏诺夫大尉一开始就摆出了一副高压态度。深夜提审也是为了在心理上给壹岐造成压力。

"首先问你有关情报部俄罗斯课的情况。在你任大本营参谋的一九四一年到一九四四年之间,谁是当时俄罗斯课的课长?"

壹岐冷冷地答道:"我属作战部,不了解情报部的情况。"

"那么,我问你一个我们都很感兴趣的问题。你虽然身为作战参谋,却在一九四三年潜入我国进行情报活动,这又是为何?"

壹岐顿时哑口无言。他的确在昭和十八年(1943年)带着密令来过苏联。当时正值苏联与德国苦战期间,苏联的指挥部虽然还留在莫斯科，但大使馆撤到了伏尔加河畔的古比雪夫。壹岐那次来苏联的目的正是为了前往在古比雪夫的日本大使馆。没想到连这次秘密行动都被他们掌握了。

壹岐态度坚决地回答道："我的确在一九四三年五月到八月期间造访过贵国，但那次是为了向移至古比雪夫的日本大使馆武官室传达本国有关人事方面的通知，其目的并不是为了从事你所说的情报活动。"

"这么说，你当时所持护照上的身份自然应该是参谋本部陆军少佐壹岐正了？可是，我国外交部没有这个人物的出入国记录。我想听听你的解释。"夏诺夫目露凶光，步步紧逼。看到壹岐回答不上来，他又把一张贴着照片的入国证件举到壹岐眼前，问："你认识这个外交官吗？"

证件上的照片是留着头发、身穿西装的三十一岁时的壹岐正，身份证一栏里写着外务省秘书高原弘。壹岐无奈，只得承认："是我……"

夏诺夫把身体往前一倾，说："你是一个军人，留光头。为了伪装成外交官，必须用几个月的时间先把头发留起来。也就是说，你是经过周密策划，带着重大的谍报任务潜入我国的。你当时的任务是什么？你要详细交代。"

"刚才我已经说过了，我的任务是把本国对日本大使馆武官室的人事变动的意见准确传达给他们，仅此而已。至于为什么化装成外交官，是因为当时正值苏德交战，为了避免以军人身份来贵国有可能招致的不必要的误解，所以才用了外务省工作人员的身份。这在日本叫作外交信使。作为国际惯例，包括贵国在内的各国都认可这种做法。"

壹岐态度一变，令咄咄逼人的夏诺夫一时无语。

按照国际惯例,外交官前往某个国家,通过海关时是免检的。所以,他们不失为一个携带秘密文件的绝好手段。但是,战时除了有许多军事机密文件、密码册等需传送外,还需要有人实地考察对方国家的军事力量和军事策略,收集情报。这些都必须军人亲自出马,而不是外交官。因此,各国常任命持有外交官身份的军人作为外交信使前往某国。

壹岐被任命为外交信使的主要目的是为了侦察苏德战争的战况、苏联在苏满边境的兵力以及苏联是否参加盟军作战的动向。

审讯室墙上的钟表指针指向凌晨两点。夏诺夫虽然一时哑口,但他绝不是一个就此善罢甘休的预审官。

"在这里不讲什么国际惯例!当时,你是一个人来的还是有同伴?"

"我是和参谋本部的上司一起来的。"壹岐心想,既然对方已经掌握情况,不如索性如实回答。

"你是通过哪条路线进入古比雪夫的?"

"我从符拉迪沃斯托克进入哈巴罗夫斯克,然后沿西伯利亚铁路坐火车到古比雪夫。"

"你的车厢里有没有白俄罗斯乘客?"

"记不清了,可能有从途经车站上车的白俄罗斯人。"

"你好好儿想想,是不是有个白俄罗斯人在伊尔库茨克上了你乘坐的车厢,把有关西伯利亚铁路运送的苏联兵力的情报交给了你?"

事实上,日军的确曾利用白俄罗斯人收集有关苏德的情报,壹岐在火车上也接触过白俄罗斯人,但他不能承认这一切。

"完全没有的事。我和同车厢的人除了谈论风景以外,没有说过其他事情。"

"这不正是在收集苏联秘密军事设施的情报吗?尽管伪装得很

好,但是你们的言行还是引起了同车厢乘客的怀疑,并报告了内务部。报告说,你和你的同伴每十二小时换班,不停地观察西伯利亚铁路过往的列车,并且详细地记录了那些运载部队、武器的列车的行进时间、目的地和数量。"夏诺夫直逼核心。

外交信使之所以两人一组就是为了能够二十四小时进行观察。但是,因为夏诺夫已经明确表示不承认外交信使这一国际惯例,所以,壹岐只能坚持否认到底。他反驳道:"在贵国,和同伴说说话、看看车窗外,就成了收集情报吗?你说的那些事情我都不知道。"

夏诺夫打断壹岐,接着问:"在古比雪夫日本驻苏大使馆你都见了谁,转交了什么文件?"

时针已经指过凌晨三点,但夏诺夫一刻也不让壹岐休息。壹岐彻夜被迫坐在坚硬的椅子上,伴随着肉体的痛苦,他的意识也渐渐开始有些模糊。

"我在日本驻苏大使馆见到了东大使和牛场参赞,林武官和五味武官辅佐也在场。携带的文件是外务大臣给大使的亲笔信和密码册。"

"外务大臣亲笔信的内容?"

为了以防不测,虽然外务省向壹岐口述了亲笔信内容,但壹岐摇摇头说:"写给大使的亲笔信内容,我们是无从得知的。"

"你又想说谎!告诉你,我们已经掌握了证据和证人。"

"那就请带来证人,拿出证据。"

壹岐深知对方得寸进尺的习性,咬紧牙关,不后退一步。夏诺夫神情急躁,不耐烦地在纸上写了些什么后说:"这是今天审讯的笔录,翻译念给你听以后,你在上面签字。"

听完翻译念的笔录,壹岐瞠目结舌。担任外交信使的壹岐被写成了间谍。他当即表示拒绝签字:"我不会在这种一派胡言的笔录上签字的!"

夏诺夫的恶气终于爆发了："你要无视长达四个小时的审讯结果,不在上面签字?你知道这样做的后果吗?"看到壹岐决心已定,他又说,"今后的时间还长着呢。我给你一段反省的时间,你好好儿考虑考虑。"说完,他叫来卫兵,把壹岐带出去。

囚车载着壹岐,在暴风雪中沿着昏暗的道路摇摇晃晃地回到白监狱。壹岐没有被带回原来的牢房,而是被关进了一间单人牢房。

壹岐已经在单人牢房里度过了一个月。

虽然这是一间四面环壁的阴冷牢房,但有一个供采光的小窗。小窗很高,靠近天花板,壹岐虽然无法透过它看到外面,但是,白天能感受到从那里射进来的阳光。壹岐觉得小窗上有动静,抬头一看,见一只麻雀停在窗框上。这只麻雀让单人牢房里的壹岐第一次感到心中一亮,他目不转睛地看着麻雀的一举一动。

麻雀飞快地用尖尖的嘴啄着翅膀和胸前,又抬起小小的爪子挠头部,发出嚓嚓的声音。麻雀可爱的动作让壹岐想到了自己的孩子,他刚往上探了一下身子,那只麻雀扑棱一声飞走了。

一股难以言状的寂寞涌上壹岐心头。他重新面对灰色的墙壁,忍受着心中的寂寞。他举起双拳捶打着墙壁,发泄心中无法排泄的孤独。墙上留着那些曾经在这个牢房里痛苦呻吟的囚徒们写的话,字字充满痛苦和怨恨。虽然囚徒们在被关进这里之前,接受过严格的检查,被搜去了所有锋利的物品和金属类物品,但是他们仍用钉子和玻璃碎片在墙上刻上了无数的话语。

这是怎样的命运作祟!
饥饿 恐惧 命运 囚徒
母亲!

要杀就来吧!

我活着。

一九四九年四月 森川武

诅咒、仇恨、痛苦,壹岐能看懂的有限的字里行间里铭刻着被置身于极度绝望中的人们的呐喊,而每一句话都是有着相同命运的壹岐心中的呐喊。墙壁高处有一行隐约可见的俄文,那行字吸引了壹岐的目光:

世界上没有神的存在!

壹岐仿佛听到了在这间牢房里高喊世上没有神的凄惨的声音。但是,在这样悲惨的境地里,人没有精神依托难道还能够活下去吗?正是因为信奉神,写下这句话的人才在难以忍受的地狱般的痛苦中寻求神的存在,呼唤神的心灵,用这句话向神发出呼救。

阳光渐渐从小窗口消失,吊在顶棚上的灯泡亮了。这盏灯不是为了给囚徒照明,而是为了让看守监视他们。它彻夜长明,一直亮到第二天阳光重新照进牢房的时候。

突然,咣当一声,牢房的门被打开了。壮得像狗熊一样的看守探进头来,命令道:"出来!"

"从今晚开始又要审讯了?"

看守点点头。

"我还没有吃晚饭。能不能让我吃了晚饭的粥再去?"考虑到要彻夜接受长时间的审讯,壹岐请求道。

虽然看守的脸上露出了同情,但仍催促道:"今天的晚饭不能按时开,不能满足你的要求。接你的车已经来了。"

壹岐走出牢房,跟着看守穿过长长的弯曲的走廊,来到通往大门的笔直、昏暗的楼道里。两个看守架着一个几乎不能行走的人从对面走过来,这个人刚在内务部接受完严酷的审讯。审讯令他虚弱不堪,似乎已经神志不清,头无力地垂在胸前。带壹岐的看守慌忙大叫,示意不要让两个囚犯碰面。因为楼道里没有拐弯处,两个看守就让那人贴住墙,把他的脸死死按在墙上。壹岐从这种不同寻常的气氛中判断出那个人一定也是日本人。

"往前走,目光朝前看!你要是往旁边看一眼,明天就得进地下室的禁闭室!"

看守一把抓住壹岐的手臂,拉着他快步往前走。壹岐离那个人的距离越来越近,他好像也是关东军的军官。当经过他身边时,壹岐毅然停住了脚步。一直无力地垂着头的那个人也把被按在墙上的脸使劲扭向壹岐这边,两个人的视线碰到了一起。壹岐看着眼前这张憔悴不堪的面孔,发现他远比自己年轻,目光中充满坚定和悲壮。他的脸上还留着少年般的稚嫩,一定是刚穿上军官服就被派往关东军,不久便被俘。"坚持!"壹岐用目光发出无声的鼓励。就在看守拽着壹岐往前走的那一刻,背后突然传来疾呼声:"机动旅团陆军少尉堀敏夫,死刑!"

壹岐猛地回头,看到两个看守正用手捂住堀的嘴,粗暴地往前拖他。壹岐感到心中一阵绞痛,他被推搡着往前走了二三十米,又听到堀拼命喊出的声音:"陆军少尉堀敏夫,死刑。请转告我在福冈的父母!"壹岐不知道他是真的被判了死刑,还是因为恐惧陷入了精神错乱。

"堀少尉,明白!你要坚持到最后!我是……"壹岐正要说出自己名字的时候,看守一把捂住他的嘴。两个日本人的距离就这样离得越来越远,终于,壹岐被押上了囚车。

哈巴罗夫斯克内务部的晚上灯火通明。壹岐走进审讯室，预审官夏诺夫早已等候在那里。他面带冷笑地问道："好久不见。怎么样，你的体力恢复了没有？"

"如您所见。"面容消瘦憔悴的壹岐回答道。

夏诺夫趁机亮出诱饵："那是因为你太顽固。既然你已经无法逃脱战犯的罪名，不如老老实实地配合我们。如果你配合我们，午饭我们给你吃小灶，有白面包和奶酪，还可以随时给你烟抽。"

"谢谢你的好意，不必了。贵国单方撕毁《日苏中立条约》，发动进攻，最终还要把我们当作战犯审讯。对这种做法我不能接受。而且我也难以认同贵官这种为达目的不择手段的审讯方法。倒是我要请你今后的审问从早晨开始，到监狱的熄灯时间时就结束。"

壹岐的话令夏诺夫大为恼火，他发出恐吓："放肆！如果你顽固不化，就送你去马加丹！"

马加丹是让苏联穷凶极恶的歹徒都不寒而栗的最北部的流放地。看到壹岐沉默不语，夏诺夫以为自己的恐吓产生了效果，便开始审问。

"你在大本营参谋本部参与了作战计划的制订，你承认吗？"

"承认。"

"你担任的开战作战计划是什么？"

"进攻新加坡和马尼拉的作战计划。"

"你的话太抽象，不明确。作战计划的目的是什么？往什么地点派多少兵力？为了实施作战计划，部队是什么时候开始行动的？你要把这些情况都具体交代清楚。"夏诺夫把两手放在椅子扶手上，一项一项慢条斯理地问道。

参与参谋本部制订日美开战作战计划时壹岐只有二十九岁。他与其他十几名作战要员一起为制订计划倾注了大量心血。壹岐在脑子里整理了一下半公开的作战计划框架,开口回答:"有关日美开战的第一战,大本营制订的作战计划是继海军袭击珍珠湾后陆军进攻新加坡和马尼拉。兵力部署为进攻新加坡的是第二十五军十五万人,进攻马尼拉的是第十四军十万人。从形势紧迫的十一月中旬开始,从日本内地和日军在中国的各驻地调集的运送船队集结在海南岛、澎湖列岛沿岸待命,等待日美双方政府的谈判结果。如果是和,船队马上撤离;如果是战,日军则将在袭击珍珠港一小时乃至两小时后登陆马来半岛,并且还要在两小时后开始登陆吕宋岛。以上就是大本营作战计划的概要。"

"要想把二十多万兵力秘密运送到东南亚,需要及早做好周密的计划。这个计划是什么时候开始做的?"显然,夏诺夫想以此作为日本早有侵略意图的证据。

壹岐巧妙地回答:"日美关系开始恶化的六月份。"

"不可能!一定在更早以前就开始准备了。"

壹岐反驳道:"的确,参谋本部的任务是随时做好一切准备,在国家做出任何军事方面的决策后马上做出反应。所以,每个年度都要制订书面计划,并根据形势加以修改。但是,并不只是日本,任何一个国家的军部都是如此。"

夏诺夫不甘心就此作罢,接着问:"现在,我问你有关日本的对苏作战计划。按照你刚才所说的,日军参谋本部每年自然也要制订对苏作战计划了?"

"是的。"

"交代一九三一年'九一八'事变之后到一九四五年之间每年的作战计划。"

"我是从一九四一年开始任职于参谋总部的,与之前的对苏作战计划毫无关系。而且，我多数担任对美作战，只在被调到关东军的前一年参与了对苏作战计划，所以，我只能告诉你这个年度的作战计划。"接着壹岐讲述了苏满过境的防御作战计划。

夏诺夫细细的两眼闪着光，不时打断壹岐，询问一些问题。最后，他让壹岐休息片刻，自己忙着写了一阵后，从从容容地说："按照《苏维埃社会主义共和国联盟刑法》第五十八条，你在大本营参与作战计划的罪行为资本主义帮凶罪。今天的审讯到此结束，在上面签名！"说完，他把审讯笔录甩到壹岐面前。

"我不接受！我是日本人，为资本主义国家日本的国防做事，你却要把苏联的国家法律适用在我身上，实属荒唐无稽。这是违反《国际法》的！"

壹岐坚定的态度激怒了夏诺夫，他怒气冲冲地喊道："战败者没有什么接受不接受，也没有《国际法》可言。对错善恶由苏联决定！"

夏诺夫荒唐的言论令壹岐张口结舌。见壹岐不说话，夏诺夫自以为他默认了，接着说："现在我问下一个问题。一九四四年你从大本营参谋本部调到关东军司令部以后，关东军组建了机动旅团。你承认这一事实吗？"

凭直觉壹岐虽然感到这是一个很难应付的问题，但他还是努力让自己平静下来，回答说："承认。"

"是你提议组建机动旅团的？"

"不是我一个人，但是我参与了组建计划的策划工作。"

"组建这支部队的目的是什么？"夏诺夫眼中露出毒蛇般的目光。

"潜入敌人背后，切断交通线，夜袭指挥部、炮兵以及破坏仓库等军用设施。"

"部队的据点在哪里？"

"满洲的吉林。"

"兵力及旅团长、参谋的姓名。"

壹岐紧张得浑身冒汗。担任外交信使、作为大本营参谋参与制订大东亚战争的作战计划这些问题,无论夏诺夫把笔录写成什么样子,都只关系到自己一个人的罪状,不会波及关东军的其他官兵。但是,有关机动旅团的问题,如果回答不好,大有牵连机动旅团所有官兵的危险。

"即使你不说,我们也已经掌握了机动旅团旅团长和连队长的姓名。而且,我们还知道机动旅团有五千人,是一支特种部队。你参与策划组建了这支旅团,当然也承认这一点了?"

壹岐断然否认道:"组建机动旅团的目的刚才我已经说过了,它绝不是一支特种部队。"

"我们甚至知道,你任关东军司令部作战主任的时候,曾向这个机动旅团下达过特殊行动的命令。你老老实实承认!"

"在你们单方面做出独断之前,请你们正确了解机动旅团的主体。首先,机动旅团是正规部队,穿军装,完全作为军队的一员行动。即使他们的行动范围在敌后,使用的武器以炸药和燃烧剂为主,但是,他们的行动均为作战行动。"

"潜入敌人背后进行特殊行动,这和特种部队有什么区别?完全一样!"夏诺夫加重语气,妄下结论。

壹岐毫不示弱:"不,不一样!《国际法》所指的特殊行动是由非军人或穿便装的军人执行的行动,而身穿军装的正规部队的行动纯属作战行动。"

夏诺夫拿起一本厚厚的法律书籍,完全否定了壹岐的话:"根据《苏联刑法》第五十八条,所谓特殊行动指'利用炸药或燃烧剂破坏、烧毁国家设施、交通线和指挥部等',与是否穿军装没有任何关系。"

"不管苏联的法律如何界定,因为我是一名日本军人,是以战犯嫌疑被拘捕的,所以,应该按照《国际法》进行审理。依照《国际法》,关东军机动旅团没有任何特种部队的嫌疑。"壹岐拼死抵抗。

"闭嘴！你这是对我们苏联法律的侮辱！"

为了不再激怒夏诺夫,壹岐努力用平静的语气说:"我丝毫没有侮辱贵国法律的意思。我已经表示过多次,你们根本不考虑战犯这一特殊情况,而是把我等同于你们本国国民,或把我的所作所为视为在贵国主权之下的行为,进而用你们本国的法律对我加以制裁。我只是不同意这种做法。请你理解。"

没想到他的话反而更加激怒了夏诺夫:"你这个死不悔改的法西斯分子！我给你时间,让你好好儿清醒清醒。"他叫来卫兵,大喊大叫地命令了一通。

双层窗户外面虽然仍漆黑一片,但墙上钟表的指针已经指到清晨五点。彻夜接受审讯的壹岐早已疲惫不堪。他吃力地从椅子上站起来,卫兵粗暴地把他带出审讯室,没有往楼梯方向去,而是顺着楼道一直往里走。

楼道昏暗的尽头两侧摆着几个像衣柜一样的长方形木箱。卫兵打开其中一个,壹岐以为他要让自己换衣服,没想到卫兵命令道:"进去！"

壹岐被推进了高两米,宽五六十厘米的木箱里。

壹岐被关在只能直立的木箱里已经好几个小时了。

被关进二三十分钟后,由于刚接受完整夜的审讯,壹岐的腰和腿开始剧烈疼痛,虽然他忍不住想大声喊叫,但实际上,他早已连喊叫的力气都没有了。他靠在木板上,意识渐渐模糊,不知什么时候,他竟站着昏睡过去。

背部剧烈的疼痛让壹岐睁开了眼睛,他微微扭动了一下身体。

被关进来的时候是凌晨五点,外边还漆黑一团。现在,透过木板上的缝隙,微弱的光亮射进木箱里来。

壹岐清醒过来,一股人体腐臭的气味令他作呕。木箱顶端有个通气孔,但是多年来这个木箱里不知关过多少人,那股气味早已经渗透进木板里。

除了恶心,尿意也向他袭来。虽然他用麻木的双脚使劲跺地板,用拳头敲打木箱的门,但是,没有人理会他,外面寂静无声。难道我就这样被关在这里死掉吗?壹岐拼尽全力,用手拍、用脚踢门。

终于,外面传来了声音:"安静!你要干什么?"

"我要上厕所!"壹岐冲着通气孔大声说。

外面的脚步声渐渐远去。过了一会儿又传来脚步声,咣当一声门被打开了。

一走出木箱,壹岐便感到天旋地转,腿脚不听指挥,一下子瘫坐在地。

"起来!"卫兵在壹岐腰上踢了一脚。看到壹岐毫无血色的面色,卫兵似乎吓了一跳,伸手扶起壹岐,把他带到厕所。

小便完,壹岐才觉得终于起死回生,可以伸展四肢的厕所成了一片难得的自由天地。

下午,壹岐又开始接受审讯。他一走进审讯室,夏诺夫就隔着桌子轻蔑地问:"怎么样,想通了没有?"

被关在木箱里的时候,想到最坏的结果,壹岐曾不寒而栗。现在,当他明白那不过是一种合法的"刑讯"后,不觉怒火万丈。

"对于战犯,你也想通过刑讯逼供得到你想要的供词吗?"

夏诺夫若无其事地说:"在苏联不存在刑讯逼供。你刚才进的是从审查的需要出发设置的临时隔离等候所。我不是只审你一个人,这期间自然会出现让你等候的情况。"接着他又诱劝道,"如果你不想等候,何不老老实实配合我?"

壹岐直视着夏诺夫,重复了昨晚以来一直的主张。

"是吗?那就只好再让你等等了。"夏诺夫说,言外之意又要把壹岐关进木箱。

虽然壹岐再也难以忍受那种像是全身被捆绑住的痛苦滋味,但是,想到许多遭受同样涂炭之苦、受到审讯的机动旅团相关的其他人,他宁愿把那个木箱当作自己的棺材。他说:"不管你把我关进衣柜里多少次,我都不会改变我的主张。"

夏诺夫死死盯着壹岐看了一会儿后恶狠狠地说:"哼,好大的口气!那我就看看你能撑几天。"说完,他提前结束了审讯。

从此后,壹岐每次接受夏诺夫审讯前都要被关进木箱。随着次数的增多,他对"关木箱"的承受度也从开始的两个小时渐渐地成了三四个小时。但因为只能保持直立的姿势,壹岐浑身青紫,全身麻木,难以忍受的疼痛令他不由得想发出声声惨叫。每当这个阶段过去之后,他的意识便陷入模糊之中。唯一可以得救的是到了晚上壹岐可以回到牢房,躺下睡觉。可是,时间长了,神经痛越来越强烈,半夜一旦被疼醒,他便再也无法入睡。

衣柜式刑讯持续了七天。这天,壹岐被从白监狱带出来,直接进了木箱。疼痛使壹岐直冒冷汗,他默默地忍耐着。突然,幻觉出现了,他的眼前变成了一片火海。苏军攻入新京,留在那里的日本人变作一个个火团惊恐逃生。一个披头散发、怀抱孩子的母亲发疯般地向他伸出求救的手。他越想伸手救她,火势就越大。烈焰中,那个母亲因怨恨而变形的脸庞向他袭来……

"日本人,不许叫!"

外面传来大声的叱呵声。壹岐从幻觉中醒来,回到现实,浑身都被冷汗湿透了。

"出来！接受审讯！"

看守打开门，架起壹岐，把他带到审讯室。

夏诺夫预审官看着意识模糊的壹岐，嘴角露出一丝冷笑，问："知道我是谁吗？现在我让翻译念口供笔录，你好好听着！"

笔录完全无视壹岐的主张，把关东军机动旅团定为特种部队。

夏诺夫递过笔来，说："在上面签名！只要你签了名，一切就都结束了。"

壹岐断然拒绝道："不！我不能在你的文章上签字。不管你说多少次，机动旅团不是特种部队，是名副其实的作战部队。"

自信的微笑从夏诺夫脸上消失了，他暴跳如雷，破口大骂。他像机关枪一样骂出的话，壹岐一句也没有听懂。

翻译似乎看不过去，劝说道："壹岐，签名吧！我国大文豪高尔基有句话，不是人战胜命运，而是命运战胜人。"

看到壹岐仍沉默不语，夏诺夫十分不解地问："你到底对谁这么忠诚？是机动旅团的官兵，关东军，还是日本国？"

"我忠诚你所说的一切。"

"可是，你一个人这么顽固又有什么用？你看看这个。"夏诺夫把一张明信片举到壹岐面前。

那是妻子的来信。按照规定，明信片是用汉字和片假名写的，那字迹的确出自妻子之手。壹岐接过信，抑制着内心的激动，一字一句贪婪地读着。

看到昭和二十三年（1948年）十二月九日的来信，我终于知道了你的消息，放下了一直悬着的心。直子已经上小学，成绩很好。诚也很快就要上小学了。令人悲伤的是，一直盼望你回来的山形的父亲因感冒引起肺炎，于前年二月三日离世。万望你打起精神，不要过于悲伤。孩子们把你的照片摆在桌子上，幼小的他们为自己的父亲感到自豪。我们等待着你平安回来的那一天。

壹岐的双眼蒙上了泪花。去年六月，在哈巴罗夫斯克第十一俘房营时，他曾通过俘房通信要求如实告知家人的情况。这封信就是那时的回信。从日期上看，内务部将妻子的明信片扣留了已有半年之多。下达停战诏书的第二天早晨，自己顾不得说声再见就飞往新京，并在那里被拘留。年老的父亲有多么担心自己，他又是带着怎样的遗憾离开了人世。想到这些，壹岐愧疚万分。而孩子们的健康成长又给他带来无比的喜悦。

三年前，作为远东国际军事法庭苏方证人被带回东京的时候，壹岐拒绝与苏联安排前来宿舍探望他的妻儿会面，只隔着二楼的窗户看到孩子们长高了却很清瘦的身影。孩子们的身影深深印在壹岐脑海里，无法抹去。现在，他还时常一身冷汗地从梦中惊醒，梦里他无法让营养失调的孩子们得到应有的食物，眼睁睁地看着他们走向死亡。此时，妻子的信让壹岐忘记了机动旅团，忘记了严刑拷问，思绪飞向发育成长的直子和诚。

耳边传来夏诺夫轻柔的声音："你的家人是如此盼望你回去。来，签字吧！"他把笔塞给壹岐。壹岐的心不由得有些动摇。夏诺夫看出了这一点，不失时机地问："你的两个孩子都正值可爱的年龄吧？男孩子是不是长得很像你？"

壹岐咬紧嘴唇，一言不发。他怕一开口眼泪便会夺目而出。

"听政治部最近去过日本的人说，很多日军阵亡者的遗孀、断了音信的官兵们的妻子迫于生计都改嫁了。说不定等你回到家的时候，你的两个孩子已经有了新父亲。我的孩子和你的差不多大，作为父亲,我劝你不要让这样的悲剧发生……"

当夏诺夫抛开预审官的身份,用恳切的语气说出这段话时,壹岐胸中波涛澎湃。他坚信那样的事情不会发生,同时又因为害怕失去家庭而感到深深的不安。但是,即使现在按夏诺夫说的在笔录上签了字,苏联也不会释放自己,不会让自己回到祖国。不仅如此,他们还会最大限度地利用组建机动旅团时任作战主任的自己的口供,让更多的同胞陷入地狱般的痛苦之中。想到这些,壹岐不禁为夏诺夫狡猾的审讯手段感到不寒而栗。

壹岐一言不发地把笔还给夏诺夫。瞬间,夏诺夫的态度骤变。他威胁道:"你的孩子一定会为有你这样一个法西斯分子的父亲感到羞耻的!因为,日本也终将成为一个社会主义国家。"

壹岐不再理睬夏诺夫,无论他说什么。妻子在信中写道,孩子们把自己的照片摆在桌子上,引以为自豪。妻子说的照片一定是自己那张挎着军刀、佩戴参谋肩章的陆军中佐的照片。孩子们在为那张照片上的父亲感到自豪,这成了壹岐的精神支柱,支撑着他赌上性命也决不改变自己的口供。

夏诺夫猛地站起来,丢下一句话:"你这种家伙已经没有任何酌情减罪的余地,你最好现在就做好心理准备!"

从第二天开始,壹岐好像被遗忘在牢房里一样,再也没有被夏诺夫提审过。壹岐被木箱式刑讯折磨得极度衰弱,在没有提审的日子里,他的体力得以一点点恢复。但是,两个多月过去了,还是没有一丝动静。壹岐心中开始感到不安,他甚至想象所有的日本俘虏都回国了,只剩下他在这里。

以前,透过高高的小窗射进来的淡淡光亮给壹岐带来安慰,而现在连微弱的阳光都会引起他的不安。他甚至不再想孩子们,越来越多的时候整天抱着头踯躅在牢房里。

到了连续出现白夜的九月初,时隔四个月壹岐被再次招到哈巴罗夫斯克内务部,在那里接受了军事审判。那一天是昭和二十四年(1949年)九月九日。

法庭正面的墙上悬挂着斯大林和贝利亚的照片,照片左右挂着红旗。法庭中央宽大的桌子前坐着以佩戴司法少校肩章的审判长为首的四名法官,还有翻译和书记员各一名。这是一场没有辩护人、没有公诉人参加的非公开审判。

壹岐被看守带入法庭,坐在正中间的司法少校审判长宣布开庭。在问明壹岐的国籍、姓名、军衔之后直接进入宣读判决的程序。

根据检方提起的公诉书,现宣判如下:

一、日军陆军中佐壹岐正于一九四三年隐瞒其任职于参谋本部的军人身份,以外务省秘书的身份潜入我国古比雪夫,触犯了《苏维埃社会主义共和国联盟刑法》第五十八条第九款,判处被告反苏间谍罪。

二、被告在一九四〇年十二月到一九四四年二月的三年多时间里,担任参谋本部作战参谋,参与了大东亚战争作战计划的制订。依据《苏维埃社会主义共和国联盟刑法》第五十八条第四款,判处被告资本主义帮凶罪。

三、被告于一九四四年,作为关东军司令部作战参谋,参与机动旅团的组建策划,并下达过作战命令。依据《苏维埃社会主义共和国联盟刑法》第五十八条第九款,判处被告反苏间谍罪。

综合以上罪状,判处战犯壹岐正二十五年徒刑。被告所犯的罪行本已够上死刑,但苏维埃同盟基于人道主义废除了死刑。因此,以二十五年徒刑代之。

审判长庄严地宣读了判决书,翻译将内容翻译给壹岐。这分明是毫无道理可言的一面之词!审判长问壹岐:"如果对以上的判决有异议,被告可以上诉。被告,你上诉吗?"这样的法庭竟然也准许上诉!

壹岐提出:"虽然我知道有协议规定战犯在所在国接受审判,但是,我不接受无条件地适用所在国法律的这种做法,比如:我是资本主义国家的军人,我为我的国家尽忠效力,为什么要依照贵国的法律被判处为资本主义帮凶罪?我请求以《国际法》和战犯这一特殊情况为前提,对我重新进行审理。"

审判长冷冷地说:"本法庭依据新的国际公约对战犯进行审判,只是你不知道这一情况而已。"

壹岐半信半疑地要求道:"那么,请宣读新的国际公约的条文。"

"本法庭认为没有必要在这里说明这些。法庭同意你不上诉的要求,退庭。"

审判长武断地宣布审判结束。壹岐站在原地,紧盯着墙上的斯大林像,心中充满愤怒。仅用十五分钟就处以一个人二十五年徒刑,不要说在一个文明的国度,就是在世界上任何一个国家都没有如此无理的愚弄人的审判。二十五年!为了这二十五年壹岐要被奴役到六十二岁。壹岐在心中呐喊:在西伯利亚,我能活过二十五年吗?即便能活下来,也是形同行尸走肉,为苏联做苦力。与其这样,还不如被枪毙!

哈巴罗夫斯克车站因为一群女犯的出现而变得喧嚣嘈杂。女犯们排成五列从男犯身边经过,已经过去的就有一千多人。她们的服装各异,有的穿着破旧的棉劳动服,有的则身穿家人送来的鲜艳的上衣或裙子,手挽着一大堆行李。女犯们的队伍只要稍一停顿,等在路边的男犯们便抑制不住兴奋,两眼发光,喊出一串串下流的话:

"哎!美人儿,过来!"

"穿粉裙子的小姐,要是能看见下面就更美了!"

女犯们不但不感到脸红羞涩,反倒扭动腰肢,做出勾引男人的姿态,尖声大叫:"你先拿出你的来看看!"

"对!只说不干的窝囊废!"

甚至有的女犯被男人们的目光激起了欲望,撩开裙子,露出白花花的大腿。虽然光天化日之下男女纵欲挑逗的这一幕让壹岐等日本战犯们目瞪口呆,但是,人群中那些与家人道别、恸哭不止的女犯们更多地吸引了他们的目光。

"妈妈!妈妈!"

一个七八岁的男孩从壹岐身边跑过。

一个身穿破旧大衣的女犯冲出队伍,大喊:"伊万!"

男孩气喘吁吁地递过一个包袱,说:"妈妈!我给你送披肩来了,是奶奶织的。"

女犯紧紧抱住孩子,说:"伊万,你要好好儿的!十年以后,妈妈一出来就去找你,你和奶奶等着妈妈回来。"

还只有七八岁的男孩紧紧依偎在妈妈怀里哭喊着:"妈妈,你别走!爸爸也判了二十年刑,我怎么办?奶奶死了,我就成了一个人了。"

"伊万,不要这么说,妈妈会伤心的。伊万!"女犯抱着男孩痛哭不止。

自己也被判处二十五年徒刑的壹岐看着这一幕,抑制不住内心的愤怒,浑身发抖。到底犯了什么罪,孩子的父亲被判二十年刑,母亲要去服十年的苦役?人类世界怎能有这样的事情发生?

"快走！"卫兵大声喊道。

女犯的队伍又开始蠕动,男孩死死抓住妈妈的胳膊："妈妈,不要走！"

卫兵一把拉开男孩。男孩亲手披在母亲肩上的绿色披肩被拽了下来,滑掉在地上。顷刻间一群女犯围上来,哄抢地上的披肩。男孩的母亲披头散发,趴在地上,发出哀叫,无数只手从四面八方向她伸过去。

突然,女犯中传来一声尖叫："把披肩还给孩子的妈妈！谁要不还,我饶不了她！"

女犯们一起住了手。壹岐循声望去,只见一个身穿大红丝绸上衣,脖子上围着围巾的女犯头目模样的女人站在那里。壹岐吃惊地发现,她身上的衣服料子竟然是日本女人做和服里子用的红绸,不知是从哪里弄来的。穿红上衣的头目一发话,连卫兵都敢顶撞的女犯们不情愿地把绿披肩还给了男孩的母亲。虽然那个女人穿着妖艳,涂着血盆大嘴,但让壹岐心中感到一阵清爽。

运送囚犯的列车从哈巴罗夫斯克出发,向北驶去。这列火车有十五节铁皮车厢,大部分都被女犯占了,男犯挤在其中的两节车厢里。车厢用铁格栅隔成几格,每个格子里关二十人。

壹岐他们十个日本战犯的格子里,除了他们以外,还有七个俄罗斯人、一个蒙古人、一个乌克兰人和一个亚美尼亚人。那些有着杀人犯和强盗嘴脸的俄罗斯人在这里肆无忌惮地行使特权。他们强占三层床铺中的下铺,还不时打壹岐他们的东西的主意。稍一反抗,他们就眼露凶光,用俄语骂出最肮脏的话："操你妈！"

即使被盯上,壹岐他们也已经没有什么好偷的东西了。所以,大家都懒得生气,选择睁一只眼闭一只眼。胆大的还巧妙地和那帮家伙套近乎,有时候还能要来几支香烟,分给大家。

十个日本人都是在苏联的军事法庭被处以二十、二十五年徒刑的情报人员或原满洲国法务部官员。壹岐是在去年九月被判刑后和这几个日本人关在一起的。他们被关在红监狱的一个牢房里,那个在哈巴罗夫斯克监狱过道遇上壹岐,拼命大喊"机动旅团陆军少尉堀敏夫,请转告我在福冈的父母"的年轻少尉也在其中。这些日本人,虽然职务、军衔不同,但都按苏联国内法律被判为"资本主义帮凶罪"或"间谍罪"。

列车缓慢地向前爬行。途中几次进入支线,走走停停,经过沿海继续向北行驶。车窗外闪过一片片大雪覆盖的密林地带。经过共青城后,列车改变方向,向东行驶,第四天下午到达苏维埃港。

苏维埃港是一个中转站,把从西伯利亚各地坐火车集中到这里的囚犯用船送往最北的流放地马加丹。

四月的阳光照在列车吐出的囚犯们的队列上。经过长期的监狱生活,加上长时间痛苦的旅途折磨,壹岐他们个个身体虚弱。他们经受不住太阳的照射,口干舌燥,不顾一切地捧起路边带有泥土的积雪,往嘴里塞。

壹岐跟着队伍走出市街,气喘吁吁地爬过一道山坡,眼前出现了一座巨大的囚犯城。这里的营房比壹岐曾经待过的哈巴罗夫斯克的大得多,而且一座连一座,岗楼林立。当走进第五收容所的那一刻起,壹岐他们便清醒地认识到,他们虽然是战犯,但在这里与那些凶恶的刑事犯和政治犯没有任何区别,都是流放之徒。

收容所里一座座用圆木盖成的营房和广场交错相连。这里就像一个民族展示场,院子里形形色色的种族的人们或成群结队地晃动,或躺在地上,或用扑克赌博。想到要在这个囚犯的大熔炉里等待北洋冰化后被送往马加丹,本已不再思考前途的壹岐突然感到不安起来。

第二天早晨,壹岐走出营房,看到男人们正聚集在铁丝网附近,呆呆地看着对面。壹岐也走过去。刚走近铁丝网,他便吃惊地停住了脚步。

女犯营房的房檐下和仓库墙根分别躺着二三十个女犯,她们裹着破布或毛毯挤成一团。她们身上落着白花花的霜,像一座白色的小山。

旁边一个人问:"怎么了?她们死了?"

"没有,睡着了。"

"怎么在外面……"

"因为营房里住不下。女人比男人残忍,男人们互相挤一挤,就都住进去了。"

这时,一个卫兵走过去,用枪托捅着女犯们像白色小山一样隆起的屁股和腰,喊道:"起来!蠢猪们,要睡到什么时候!"

"干什么!一大早就捅人的敏感部位。"

"这个下流阳痿货!"

女犯们一边用下流的语言回击卫兵,一边起来晾被霜打湿的毛毯、衣物。

这时,另一边传来尖叫声:"什么?你别在这儿找碴儿。"一个胖女人冲着一个瘦小的女人破口大骂。

瘦小的女人正是在哈巴罗夫斯克车站哭喊"妈妈,不要走"的那个男孩的母亲。她恳求着:"求求你,还给我吧!那是我儿子给我送来的。"

"哼,在这儿,哭是没有用的。世界上又不是只有一个绿披肩。"说完,胖女人抓起披肩,回了营房。

被抢走披肩的女人放声大哭,周围的女犯竟无人理睬她。她们旁若无人地脱下裙子、上衣,搭在能照见阳光的栅栏上晾晒。有的甚至在男人们众目睽睽之下,脱得只剩下内衣,手拿镜子化妆,甚是妖冶。

这个流放中转站和一般收容所不同,在这里不用干活。这就更让日本战犯们为自己的今后感到沉重、不安,他们不停地议论着有关今后的话题。

最年轻的堀担心地问道:"听说从去年秋天以来,已经有六七万囚犯被送到这里来。不知道被用船送到马加丹以后,我们会被发配到哪里做苦役?"

精通俄语的原满洲国官员说:"综合俄罗斯人的议论,以流入北冰洋的科雷马河为中心,有一片浩瀚的地下资源地带,那里有不少铀矿和金矿。听俄罗斯人讲,那些被送到铀矿的囚犯受到污染,不出几个月就会死掉。"

他的话令所有的人面色苍白。壹岐制止道:"不要想这些了,想也没用。"现在,他终于明白,集结在这里的囚徒们动辄成群结伙大打出手,甚至发展到杀人,那是因为他们不知道明天什么样的命运在等着自己,以至于自暴自弃。

一到晚上,男犯们或收买或威胁卫兵,偷偷摸摸到女犯的营房,隔着铁丝网求欢。女犯们被流放到这里,早已绝望,她们像抓住救星一样,隔着铁丝网与素不相识的男人私通。

"瓦西里,我是安娜。昨天,是你告诉头儿想见我的吗?"

"是我。一到这儿,我就看上你了。停电的时候,我就翻过这道铁丝网,去见你。"

"真的?这可是你说的,你要是和别的女人好了,我就杀了你!"

"不会的,你快让我看看。"

在男犯的恳求声中,女人转过身猛地撩起裙子。一束探照灯从岗楼射过来,耀眼的灯光下,阴茎在刺着文身的屁股上发出白光。口哨声从男犯们的嘴里呼啸而出,一时间群情兴奋,大有冲破铁丝网的气势。就在这时,哒!哒!哒!岗楼上的枪响了。囚犯们发出哀号,争先恐后地四处逃窜。而有一个女犯却满不在乎地站在铁丝网边,没有离开。

虽然她披了一件大衣,但壹岐还是认出这个身穿红上衣的丰满女子正是在哈巴罗夫斯克车站看到的那个女犯头目。

"噢?你好像也不害怕他们开枪。你是日本的武士吗?"

"是的。倒是你,一个女人,勇气不小。你是政治犯?"壹岐反问道。

女人撇了一下涂着浓艳口红的嘴,满不在乎又带着几分怨气说:"没那么高雅。我是在女犯集中营出生,在国立孤儿院长大的。在孤儿院,他们告诉我们,我们都是斯大林的孩子。我在那里只学会一点,那就是要想活下去,只有去偷。所以,我逃出孤儿院后成了偷抢、卖春的惯犯,被判了十五年徒刑。"

映在探照灯光中的女人的脸庞看上去还年轻,只有二十六七岁的样子。

"你父母呢?"

"我爸爸就是个笨蛋,听说在党的肃反运动中被枪毙了。我妈妈和我姐姐被送进集中营,早就没了音讯。我是在娘胎里就被送进集中营的。不过,我现在可是女犯的头儿。"她敞开上衣,露出雪白的胸脯上的男女交欢的文身。

壹岐惊恐地问:"你们为什么要刺这样的东西?"

"一旦成了女犯,我们就不能再像正常的女人那样活下去。为了这个,他们给刺的。对了,这里还有一个日本女人,你等着,我给你叫去。"说完,她转身走了。

壹岐不相信这里有日本女人,他以为一定是长相和日本人相似的朝鲜人或蒙古人。

"我给你带来了。"刚才那个女犯回来说。

眼前是一个瘦弱的女人,身上的衣服已经破烂不堪。她用朦胧的目光看着壹岐。

壹岐大声问道:"你是日本人吗?"

女人点点头,用虚弱的声音回答说:"是,我是日本人。"

壹岐惊呆了。他没有想到,在被送往最北流放地的数千数万的人群里,竟然还有日本女人!

"你叫什么名字?原来在哪里?"

"在奉天,我丈夫是军队的文职人员……"女人欲言又止,慌忙住口,"啊,不,我已经……"她突然把双手藏到背后。

一瞬间,她手腕上的文身映入壹岐的眼帘。壹岐还看到她脖子后面也有一片发黑的地方。可能她全身都被刺上了文身。面对这样一个悲惨的女性,壹岐说不出话来。

四月中旬,冬天封冻北冰洋的冰雪消融,可以航海了。苏联开始用船往马加丹运送犯人。

十个日本人当中,壹岐等五名将乘第一批船被送往马加丹。虽然他们不知道这批人员是怎么分配的,但是在哈巴罗夫斯克的牢房里共同度过岁月的十个人,无论是走的还是留下的,都为彼此无法再相见的命运神思黯淡,用简短的话语相互道别。

"我也想和您一起走……"年轻的堀无法掩饰心中的不安,带着哭腔说。

想到他才只有二十一岁,就遇上了战败,要在北部的流放地度过大好的青春岁月,壹岐心中充满怜悯。

"不要泄气,祖国绝不会对我们见死不救的!"壹岐留下这句鼓励大家的话,汇入了七千人的囚犯行列里。

通往港口的坡道上挤满了排成五列的囚犯。清澈的蓝色港湾里停泊着好几艘大货轮。当走进港口,得知运送七千人的只有两艘四千吨的破旧货船时,囚犯中间发生了骚动。但是,在警卫队的严防中,他们无法反抗。壹岐随队列走上甲板,手持棍棒的卫兵像驱赶牲畜一样把他们赶进船舱。

苏维埃港虽然已经解冻,但水温仍在零度以下,冰冷彻骨。囚犯们的气息在船舱周围的铁板上结成冰,白花花一片。几千个囚犯挤在装着木材的最底层,为了在只铺着一层木板的地上找到一块稍微舒适的地方,身体强壮的刑事犯凭力气说话,赶走前面已经选好地方的人。被赶走的人转身又去抢更弱的人的地方,一时间暴力和哀叫声充斥船舱。

原满洲国官员立花说:"我们再不赶快就连坐的地方也没有了。这儿还空着,虽然离便桶近,先坐下再说吧。"由于气象条件不好,这艘船要走十天才能到达目的地,必须先找一块地方坐下。壹岐他们赶紧在便桶边儿上坐下,稍稍松了一口气。

由于间宫海峡北部海水浅,过不去,这艘船将从萨哈林南端迂回,由宗谷海峡向鄂霍次克海北上。壹岐他们虽然在心中期待到时候能够看到祖国的岛屿,向祖国说声再见,但是,每天只有发饭的时候才能登上甲板,其余时间都被关在船舱里,壹岐他们的愿望是无法实现的。

壹岐他们五个日本人像芋虫一样相互依偎在船舱的一个狭小的角落。三千五百人的体温和污秽物的恶臭,加上船体摇晃,立花他们开始晕船。壹岐照顾着他们,想给他们弄口水喝。但是,船舱里挤满人,连个下脚的地方都没有,根本无法走到楼梯口,只能等到发饭的时候。天快亮的时候,船终于不再那么摇晃,壹岐他们也终于轮到上船以后第一次发饭。

走上甲板,十几个小时以来第一次呼吸到的新鲜空气让壹岐他们倍感清爽。被晕船折磨得有气无力的立花他们也宛如获得重生一般,大口呼吸着新鲜空气,站在排队领饭的队列里。

虽说是饭,其实就是一碗粥,但就这样,盛粥用的粗碗还没有了。发饭的人叫他们用帽子盛粥,壹岐不由得缩起了手。但是,他终究敌不过饥饿,摘下满是污垢的帽子盛粥。

壹岐没有马上喝下那碗粥,他犹豫片刻,才闭着眼把粥吞下去。身边的俄罗斯人伸出舌头,把沾在帽檐上的粥舔得干干净净。这简直就是奴隶在船上悲惨的一幕。壹岐不忍再看,把头扭了过去。他看到浓淡不一的墨色云端有一缕微弱的光芒。

是日出。从太阳的位置判断,船正在向东行驶。这里正是宗谷海峡。壹岐他们屏住呼吸,凝视着远方。终于,他们的眼前出现了岛屿绰约的身姿。那是北海道,千真万确。

"日本!"

壹岐他们用颤抖的声音喊出这个名字。他们几个人中,除了壹岐之外,其他人还是上满洲前线之后第一次看到祖国。那片土地是他们被拘留之后,诅咒残酷命运时唯一的精神支柱。壹岐眼中也含着泪花,目不转睛地看着那片土地。突然,他产生了想跳进大海的冲动。

只要游过眼前这片海,那里就有祖国,有妻子儿女……但是,跳进这冰冷的海水里,便必死无疑。

壹岐他们在心中放声恸哭,向祖国告别。

第八章 天 涯

壹岐被判处二十五年强制劳动,来到西伯利亚最北的拉佐囚犯集中营已经一年半了。

拉佐位于鄂霍次克海北岸马加丹的西北方,北纬六十五度的位置上,是一个被称为"囚犯坟墓"的流放地。一年之中,有九个月是冬天。冬天这里每天只有几小时微弱的日照,冰雾笼罩,由于冰雪切断运输道路,使这里成为陆地上的孤岛。进入六月份以后,冰雪才渐渐融化,露出无尽的岩石山。山上没有树木,没有庄稼,只有一些顽强的小草。山下只有一片不大的地表,往北便是永久的冻土地带。

拉佐囚犯集中营是这个最北部的流放地集中营里的一所。矿山附近的集中营,一排排营房像一个个火柴盒,从外面看,只能看到岩石山和煤矸石山,没有一丝生气。

壹岐身穿露出棉花的囚服,背上贴着OH5-32037的囚犯编号。仅仅一年半的时间,他就被折磨得形容凄惨:瘦得只剩下皮包骨,头发和牙齿脱落,令人难以相信他才三十九岁。数十米的井下作业分两班倒,每班十二小时。一旦下井,十二个小时连续作业,吃不上喝不上。拉佐铁矿宛若一座人间地狱。

咣!咣!咣!起床的钟声响了。十月下旬的早晨六点,天还漆黑一片。营房里只有一盏五度的电灯泡,装着两层铁栅栏的窗户上结满冰碴,顶棚和墙壁的缝隙处挂着冰柱。

今天的气温也在零下四十摄氏度左右。在集中营的时候,气温下降到零下三十摄氏度就可以停止作业。但是,在这最北部的囚犯集中营,只要气温在零下六十摄氏度以上,只要没有暴风雪肆虐使人无法睁眼,就得出去干活。

壹岐睁开眼,诅咒清晨的来临。除了营房里的头儿以外,其他人用木头制成的简单的双层床上没有床垫,没有毛毯。偶尔发一次,床垫也会被囚犯们拿去卖,毛毯则被剪成一条一条的,充当干活时御寒用的"裹脚布"。因此,营房里几乎所有的囚犯都是头枕防寒靴,裹着大衣和衣而睡。为了防止逃跑,门被反锁着,直到早晨卫兵打开门,他们连排泄的自由都没有。

外边传来门锁的响声,身强力壮的卫兵进来,挥舞着棍棒,大喊:"起床!没听见钟声吗?"棍棒无情地落在还没起床的人身上。卫兵之所以不带枪进来,是为了防止被那些穷凶极恶的强盗杀人犯抢去。

囚犯们起床后,到食堂领取四百五十克的黑面包,喝下漂着几片腐烂卷心菜叶的发酸的菜汤,便匆匆忙忙做出发前的准备。他们在睡觉时也不离身的大衣上再套一件驯鹿皮大衣,用绳子把腰间扎紧。为了不让头暴露在严寒之中,除了戴上防寒帽以外,他们还要用布条裹住头和脸,只剩下一双眼睛在外边。然后,他们戴上棉手套,用毛毯做的"裹脚布"把脚裹好,最后穿上毡靴,到大门前的广场上集合。他们个个把手背到身后,接受出发前的点名。

"亚历山大。"

被叫到名字的囚犯必须报出自己的父称、姓、生年、罪名、刑期和编号:"伊瓦诺维奇·多布隆夫斯基,一九〇九年生。第五十八条第九款（间谍罪），二十年强制重劳动。OH5-21195。"

点日本人名时,他们不是喊名字,而是喊姓。

"壹岐。"

"正,一九二九年生。第五十八条第四款（资本主义帮凶罪）、第九款,二十五年强制重劳动。OH5-32027。"

壹岐双手背后站在五列队伍中。囚犯编号完全抹杀人性,把人推进败北和绝望的深渊。背上刚被贴上编号、被用编号点名的时候,壹岐的心灵虽然受到极大打击,但现在他已经习惯了一切,也不得不接受一切。点完名,囚犯们被交给大门外的警备队。

"我宣布：一、行进中不许讲话。二、行进中把手背到后面,不许扰乱队列。三、对于扰乱队列者视为企图逃跑,开枪警告。"警备队长重复完每早的训话,用凶狠的目光扫了一遍囚犯,问,"明白了吗？"

"明白！"

站在队列前排的囚徒不得不回答完之后,队列出发了。

昏暗的天空上无声地飘下细雪。身上裹着各式破布的囚犯们在手持武器的卫兵和军犬的监督下,像被铁链拴起来的牲口一样步履维艰地向前行进。

壹岐走在队列中间,难以相信自己竟然能活到今天。刚到这儿的前半年,他在地上作业,清理、分选矿石。自从一年前被派到井下作业以后,他明显感到自己的身体开始急剧衰弱,难以言状的倦怠感和关节痛终日折磨着他。由于长期见不到阳光,他的皮肤变得苍白干燥,牙龈出血,牙齿一颗一颗脱落,很像是维生素C缺乏病的症状。但是,在这个连一片新鲜蔬菜叶也吃不到的西伯利亚腹地,虽明知身体受损的原因,但也无能为力。

步行四公里,囚犯的队列终于走进了用带刺的铁丝网围起的矿区大门。这时,他们的身上早已落满白雪,身体像掉进冰窟窿一样失去了知觉。但是,他们没有休息取暖的权利,必须立刻拿起洋镐、铁锹等工具,分班下井作业。拉佐矿山有两千人分两班倒,二十四小时不停作业。

壹岐所在班的班长见班员们都拿上了工具,便一言不发地率先走进一个新坑道。事先没有任何说明,可能是换了一个新的采矿区。班长是个刑事犯,独眼,手腕上刺着一条狼,由此得一美名——"独眼狼",谁都怕他。独眼狼虽然性格凶猛,但有当头目应有的侠义之气,连其他班的班长对他都另眼相看。

班员们跟在独眼狼后面,往竖井下走。下井用的通道十分危险,黑暗的洞里只有一个用松木打进两边岩石做的梯子,下起来非常吃力,特别是对身体十分衰弱的壹岐来说。他只能把矿灯和镐头挂在梯子的横木上,一个台阶一个台阶地往下挪。加上做梯子的囚犯为了完成指标,只顾进度,不顾安全,所以壹岐就更无法加快速度。

突然,壹岐发现自己掉队了。他听囚犯们说,在地形复杂、宛如迷宫一般的井下一旦走失,如果随便走动,便再也无法回到地面,也不会被人发现。壹岐站在摇摇欲坠的梯子上,用矿灯往下照。微弱的灯光只能照见他脚下,井下仍是漆黑一片。他侧耳倾听,上下都听不到任何动静。虽然"绝望的深渊"这句话掠过脑海,但他丝毫不感到害怕。在这种非人的囚徒生活中,他早已丧失了对人生的希望和留恋。

"哎!日本人,在不在那里?"下面传来独眼狼的叫声。

"我正在下梯子,等我一会儿!"壹岐又开始一阶一阶地往下爬。他终于爬下梯子,因为爬得太快,双腿不停地发抖。

独眼狼用可怕的眼神看着他,骂道:"你在梯子上睡着了?比女人还事儿多!"说完,一拳打在壹岐脸上。

壹岐被打翻在地,大声抗议:"女人?我只不过因为身体虚弱,晚了一步,你就叫我女人。不许你对日本军官这样无礼!"

独眼狼用浑浊的声音怒骂道:"浑蛋!有人发现你不见了,大家都在担心你走丢。少废话,赶快跟我走!因为你一个人耽误了开工,我们完成任务的指标都要下降。笨蛋!"

壹岐从地上站起来说:"对不起!添麻烦了,对不起……"

"这地狱里不需要什么对不起。"独眼狼冷冷地说,一把夺过壹岐手中的镐头,径自快步向前走去。

来到新的采矿区,壹岐看到囚犯们正蹲在地上等他。这个班除了有十四个俄罗斯人外,还有乌克兰人、亚美尼亚人、吉尔吉斯人、波兰人、朝鲜人和中国人等。但是,他们的脸上都蒙着一层黑灰,肤色一律发紫,分不出彼此。

独眼狼看着大家,用手电指着班员们的背后说:"大伙儿听好了!这里面有五个小坑道,每个坑道都已经爆破过了。我们三十个人里,二十五个人进入坑道,用矿车把矿石运到现在这个地方。剩下的五个人留在这里,把矿石运到七百米远的出口。"他的声音在井下嗡嗡作响。

壹岐的眼睛适应了黑暗,这才看清坑道里铺着轨道,在灯光下发出冷冷的光。

"现在开始分工。"独眼狼分配好工作和生产指标,人们便马上开始干活。

壹岐和其他三个人被分到第四坑道。三个人中一个是原新闻记者、匈牙利的政治犯,一个是十九岁的俄罗斯少年,他出生在女犯集中营,特长是小偷小摸和像烧焦的橡皮鞋底的灰文身。还有一个是蒙受贪污国有财产的冤罪被投入狱,在赤塔集中营卷入囚犯间的争斗,成了真正杀人犯的原内务部官员。指标是每人装满五台载一吨重的矿车。

壹岐他们开始默默地干活。他们先用镐头刨下矿石,然后再用铁锹装上矿车。每一挥锹便扬起一片滚滚沙尘,直扑人的眼睛和喉咙。这里的矿石比煤炭硬,发出微弱的光泽。没人告诉他们这是什么,囚犯们也不想知道这是什么。因为,知道了搞不好会被扣上某种嫌疑,进而被加刑。壹岐以前在地面干过活,知道这些矿石最终会被加工成芝麻大小的黑亮颗粒,用飞机运走。所以,他怀疑这是铀矿。

壹岐虽然使出浑身力气装车,但是,他每装一锹就得停下来喘口气,调整呼吸。所以,其他三个人用两个半小时就能装满一车,而他只能装六成。而且,他的速度越来越慢,到最后,他连拿铁锹的力气都没有了,只能双手抱起矿石,一块一块地往车上扔。

壹岐用了三个小时才装满一车。他使劲推动矿车,他的骨头在咯咯作响,五脏仿佛拧成了麻花。他虽然很想请求别人帮助,但是,在囚犯集中营有个约定俗成的规矩,那就是不求人。

五十厘米,一米,壹岐的矿车一点点往前挪动。正在挥舞镐头的原匈牙利记者看在眼里:"走了!红胡子!"他喊着斯大林的绰号伸手推了一把矿车。矿车有了动力,开始往前进。

"谢谢!"壹岐道了谢,把车推到五百米开外的中转点。一个大汉轻松地接过矿车,"哇"的一声怪叫,矿车一下子加快速度,顺着轨道向下滑行。这真是壹岐无法企及的用力气说话的世界。

壹岐从独眼狼那里领到第二辆矿车,回到第四坑道,像蚂蚁一样一刻不停地干着活。但是,他的进度却和不时休息一下的其他三个人越拉越大。他有些着急,咬紧牙关抱起一块很大的矿石,正准备往矿车上扔的时候,突然觉得嘴里有股热流。他把嘴里的东西吐到手里一看,是一颗沾着污血的牙齿。壹岐把掉下来的牙齿举到矿灯前,只见牙已经腐烂了一半,根部变得异常纤细。

刚才就扔下铁锹,嘴里哼着歌的俄罗斯少年老气横秋地说:"哎,日本人,别那么拼命,反正我们今后还长着呢。"

原内务部官员又跟少年唠叨起了老一套:"你倒是想得开,那是因为你以为人的生活原本就是这样的。你还在女犯集中营尿床的时候,我就在为保卫祖国而战的号召下,上前线和德军拼死作战了。可是,到头来却被冤枉……"

少年打断他的话,说:"老头子的牢骚已经听腻了。我饿了,唉,这矿石看起来好像黑面包啊!"

正说着,传来了脚步声,是独眼狼来检查了。三人一起站起来,拿起铁锹。

独眼狼用发亮的独眼盯着三人,说:"你们又在偷懒!不完成任务,肚子饿了也没饭吃。"

十二小时的劳动终于结束了。当壹岐他们爬出坑道时,已是满天繁星。

借着星光,壹岐快步向工具间走去。他要去找一个同在拉佐矿山的日本人。工具间附近有点点矿灯在晃动,夜班作业的人们已经到了。壹岐在这些人里找到了寺田少佐。他们在泰舍特第十一集中营相遇,曾一起伐木、一起铺铁路。现在,寺田和壹岐一样,也被判了二十五年苦役。

寺田正在工具间前等着壹岐。虽然曾经强健的身体早已变得瘦弱不堪,但寺田却常把一句话挂在嘴边:"拉佐就我们两个日本人,我们代表着日本。"即使被投进这人间地狱般的囚徒生活中,他也没有放弃自己的信念,是一个意志坚韧的军人。

壹岐挥挥手,寺田问候道:"您还好吗?"

壹岐上早班出工的时候,寺田就睡在他的床上。但是,除了换班的这一点时间以外,他们根本没有机会见面和交谈。

"就是你看到的这样。你这么长时间一直上夜班,能撑得住吗?"

寺田笑着说:"我和你不一样,五大三粗的。"他看着壹岐的嘴,问道:"又掉了一颗牙?"

"嗯,稍微用了点儿力就……"

"可不能小看维生素C缺乏病,搞不好会要命的。还是早点儿让他们给看看吧。"说这话的寺田也掉了几颗牙,像个小老头。

壹岐点点头,说:"找机会看吧。"

寺田凝视着壹岐的眼睛,说了声"再见",转身消失在下井的人群中。壹岐目送着他的背影。虽然只有短短几分钟的会面,但想到彼此不知有没有明天的命运,壹岐把每次相见都当作今生今世的别离。他怀着这种心情和寺田交谈,目送他下井。

西伯利亚北部冬天的早晨冰雾弥漫,一片黑暗。壹岐在棉衣上套上驯鹿皮大衣,踉跄着向医务室走去。今天无论如何要让医生看看,拿到病假条,或者转到干轻活儿的地方。不然,他真的撑不下去了。

刚走出营房五十米左右,一束耀眼的探照灯光突然打在壹岐身上。这是监视行动可疑的人的警戒灯。因为天色还早,集中营的通道上还没有人影,岗楼上的卫兵可能怀疑壹岐想逃跑。壹岐被强烈的灯光刺得睁不开眼,站在那里一动不动。他脱下帽子,挥舞着双手,示意卫兵不要开枪。探照灯光往后退了几米,壹岐这才继续往前走。探照灯一直跟在他后面。这里冰雪封冻了一切,拉佐已是陆地上的孤岛。从这儿逃出去就意味着死亡,谁还企图逃跑?

虽然离门诊时间还有一个小时,医务室门前已经排了二十七八个人。他们蜷曲在房檐下,坐在木板上等候。因为按规定,一天只有二十个人能拿到病假条,所以,这里已经有七八个人没有希望了。壹岐很沮丧。从去年十月份开始,他的维生素C缺乏病急剧恶化,就连每天去矿山的四公里路都有些坚持不下来。但直到今天他才下决心来就诊,是因为为了看病,必须长时间在严寒中排队,等待医务室开门。即使能看上病,也不一定能开上病假条。而且,在他排队看病的时候,他的早餐肯定会被别人吃掉,而他只能饿着肚子干十二个小时的活儿。因此,看病本身对囚犯们来说就是一件需要冒生命危险的事情。

七点半,医务室的门终于开了,膨胀到五十人的长队开始蠕动。每个囚犯都紧盯着自己前面那个人。

"萨夫罗夫斯基,OH5-2799。"

囚犯们一个个被叫进医务室,一分钟左右就出来了。他们有的脸上露出获救的表情,有的则精神恍惚,步履蹒跚。他们的表情告诉人们谁开上了病假条,谁没有。壹岐紧张地等待着里面的人叫自己的名字。

"壹岐正,OH5-32037。"

里面传来用编号喊壹岐的声音。壹岐走进医务室,看到一排浑身赤裸的囚犯站在那里,他们个个骨瘦如柴,站在那里不像是一排人,更像是一排骸骨。壹岐也脱了衣服,一个给医生当助手的朝鲜囚犯给他量了体温。壹岐站在老朽的俄罗斯医生面前。医生用一个像木头小喇叭一样的听诊器在他瘦骨嶙峋的胸部按了两下,毫无表情地说:"没有异常。"

"可是,最近我的牙齿掉得很厉害,而且,胳膊上还出现了这样的斑点。我觉得是维生素C缺乏病已经发展到一定程度了。"壹岐伸过手臂,让医生看他右胳膊关节内侧一个紫色的圆形斑点。向医生说明症状与和囚犯聊天儿不同,要想让对方明白,还是有很大的语言障碍的。

"……掉牙是因为年龄的关系。"因为前面那句话用的是医学术语,壹岐没有听懂,困惑地站在原地。

"下一个。"

医生开始叫下一个人。壹岐不甘心就这样回去,他再次强烈要求道:"我才三十九岁,还不到掉牙的年龄。我胳膊上的斑点就是维生素 C 缺乏病的症状。我现在只剩下勉强走路的力气了。请你给我看看吧。"

医生不耐烦地说:"想偷懒的人都这么说。对于你们这些囚犯,我只相信那些发三十八度五以上高烧的人。你要想治病,就好好儿干活儿。活儿干好了,就能多吃,多吃就不生病。"

壹岐觉得医生没听懂他的话,正暗自着急,站在后面的亚美尼亚人一把推开壹岐,站到了医生前面。

壹岐被推进了失望的深渊,他带着灰暗的心情走出医务室。

囚犯们已经在大门前集合,开始点名了。壹岐空腹拖着冰冷的身体站到队列里。今天,去往矿区的四公里路比任何时候都漫长、艰辛。路上结着厚厚的冰,稍一不留神就会滑倒。壹岐几次险些跌倒,多亏周围的人扶着他,他才能凭毅力继续往前走。但是,慢慢地他开始掉队,等走到三公里左右的时候,他已经和自己的班拉开了一百米左右的距离,周围变成了其他营房不熟悉的面孔。囚犯们出于同病相怜,错开位置,仍保持队形,不让卫兵发现。

壹岐再也坚持不住了。他眼前突然一黑,踉跄两三步,摔倒在地。军犬狼狗马上发出咆哮声,扑了过来,卫兵也把枪口对准壹岐。壹岐已经没有力气躲避军犬和枪口,就在他等待死亡的那一刻,队列里传出声音:"日本人,快起来!"有人抓住他的衣领,把他拖进队列里。紧接着,马上有两个人架起他往前走。狼狗竖着毛不停地狂吠,卫兵也挥舞着枪,大声喊叫:"把 OH5-32037 拉出来!"囚犯们置若罔闻,默默地往前走。

壹岐在黑暗的坑道里，使出浑身力气装矿车。刚才同伴们好心让他休息了一会儿，虽然他觉得稍微有了一些力气，但仍远远无法完成指标。看着眼前堆积的矿石，他两眼发黑，恨不得扔掉手中的铁锹。但是，他必须完成至少百分之五十的指标，否则，连菜汤也喝不上。

壹岐不停地挥动着镐头和铁锹，快倒下的时候，他就大喊妻子和孩子们的名字。如果妻子和孩子看到他现在这个样子，一定会掩面痛哭。但是，现在唯一支撑壹岐的就是对妻儿的骨肉之情，虽然也许他再也见不到他们了。

花了四个小时，壹岐终于把第一车矿石推到了中转地。独眼狼班长担心地问："壹岐，你能行吗？"见壹岐不说话，他又问，"你为什么没有开上病假条？"

"医生好像没听懂我说什么……"

"哼，谁知道。那个老家伙，没有好处不开病假条，是出了名的。我去和工头交涉一下，让你去洗衣房干活，那儿轻松一些。"独眼狼展示了他在其他囚犯面前深藏不露的关心。

在囚犯们干的活儿里，厨房是最有甜头的，其次就是洗衣房。但是，壹岐无法忍受给别人洗脏衣服的屈辱。他含含糊糊地说："难得你为我着想，可是，洗衣服的活儿……"

"怎么，你不满意？"

"不，我非常感谢你的好意，但怎么说我也是个日本军官……"

"噢，原来军官是不能洗衣服的，你还真有点儿意思。那我就给你在上面找个不丢脸的活儿吧！"独眼狼的脸立刻阴转晴，拍着胸脯夸下海口。

壹岐觉得有救了。他推着空车往坑道里走，想到了寺田：和白天的十二个小时相比，晚上的十二个小时更伤害身体，寺田最近看上去比自己还要虚弱。我怎么能扔下寺田一个人去干轻松的活儿？但不在同一个班的两个日本人同时调到地上作业又是不可能的事情。那我就只能在这坑道里干到死为止吗？……

终于熬过十二个小时。壹岐顺着梯子爬上地面，马上去找寺田。寺田像往常一样在工具间前面等着壹岐，他干裂的脸上浮着一层像盐一样发白的东西，神色恍惚。

壹岐走到他面前，打招呼："寺田，我上来了。"

寺田用无力呆滞的目光看着壹岐："壹岐……"

"你不舒服？是不是发烧了？"

"我没事。壹岐，我不是劝你去医务室看看吗，你没去？"

壹岐简单地说了一下去医务室的经过，不由得丧气地说："所以，我就空着肚子干了十二小时的活儿。我还以为今天会倒在坑里。"

寺田毫无生气的眼睛轻轻动了一下，有气无力地说："原来是这样。因为你今天上来得晚，我担心你会出事。这下，我放心了。再见！"

壹岐心中掠过一丝不祥的预感，他对寺田说："寺田，我倒是看你情况很不好。先别考虑那么多，今天先休息了再说。"

寺田喘息着说："就算今天休息了，明天也得干。明天的明天，还有下一个明天都得干……"他迈开像戴着脚镣一样沉重的步伐向坑道口走去。

用圆木搭个十字形架，在上面垫上木板做成双层床，就成了囚犯们睡觉的地方——"飞行床"。壹岐躺在飞行床上，被臭虫咬得无法入睡。人一躺下，臭虫就像闻到血腥味一样，不是噼噼啪啪从顶棚上掉下来，就是从木头缝、床板里钻出来。睡在壹岐旁边的俄罗斯人像往常一样睡得很沉，但壹岐难耐奇痒，坐起身来。已经吸足血、鼓得像小豆大小的臭虫向床板四处逃散，而更多的则见缝插针，形成黑红色的队列，向壹岐的身体爬来。来苏联以后，壹岐就一直被臭虫所困扰,刚被送到拉佐来的时候,他一晚上捉了四五百只臭虫。现在,他没那股余力了,顶多隔着囚服把背上的捻死。如果脱掉衣服,更强烈的人体气味就会吸引来更多的臭虫。无论你如何瘦骨嶙峋,贫血到什么程度,拉佐的臭虫不吸干最后一滴血是不会善罢甘休的。

终于,壹岐入睡了。

不知过了多长时间,突然有人使劲摇晃他,说:"日本人,起来!"壹岐睁开睡眼,卫兵说:"你的朋友受伤了,想见你。你赶快去医务室!"

壹岐一骨碌爬起来,问:"寺田受伤了?危险吗?"

卫兵压低声音说:"不知道,是医务室的助手求我,我才来叫你的。"出了营房,他让壹岐装成病人跟在他后面,到了医务室门前便消失了。

壹岐急忙走进医务室,见现在同为因犯、原来是外科医生的朝鲜助手一边摘下满是血迹的橡皮手套,一边从里面的屋子里出来。

壹岐迎上前去,问:"谢谢你通知我。寺田伤得怎么样?"

助手没有回答壹岐的问题,用静静的目光看着壹岐说:"你进去看看吧,他非常想见你。幸好今天那个老家伙不在,我才买通卫兵,让他去叫你。"他指了一下诊室,示意壹岐进去。都是东亚人,他理解同情壹岐他们。壹岐道了谢,轻轻推开诊室的门。

寺田右手缠着绷带,躺在床上。壹岐疾步上前,问道:"寺田,你怎么样?"

寺田微微睁开凹下去的双眼,说:"你来了。"

壹岐放下心来,问:"你怎么伤着的?只有右手……"

寺田虚弱地笑了笑,说:"壹岐,不是受伤……是我自己把手指头砍下来的。"

"什么?你自己砍断自己的手指?"壹岐不敢相信自己的耳朵。

"是的……我实在受不了了,我只想逃避井下的重活。这个念头占据了我的整个脑海,于是,我就砍下了自己的手指。"说完寺田再也抑制不住,放声恸哭。

壹岐站在病床前,不知该怎么劝说寺田,自己也流下了眼泪。从苦役中解脱出来,这不仅是寺田,也是壹岐和在拉佐矿山服苦役的所有囚犯的呐喊。

寺田停止哭泣,断断续续地给壹岐讲了他砍下手指的经过。

"因为我不想让你担心,所以一直没告诉你。其实,我从几个月前就一直发着三十八九度的高烧,每天都晕晕沉沉的。今天傍晚,我牺牲睡眠时间去医务室排队看病。可是,因为有人为了病假条,把烧热的砖头夹在胳肢窝里被发现,取消了门诊。所以,后面的人一律被赶去上夜班。在工具间前面见到你的时候,我还重新告诫自己一定要坚持下去。跟你告别以后,我却有种预感,觉得今天就是自己的死期,今晚我会死在坑道里。可是,另外一个念头又马上闪现出来,我不能就这样穿着破烂的囚服,背着囚犯编号变成西伯利亚的一堆泥土。就是成了残废,我也要活下去,回到家人等待我归来的祖国去。我无法控制自己,我觉得从井下夜间作业解脱出来,逃脱死亡的唯一出路……只有把自己的手指砍下来,变成不能再干重活的残废。所以,我又返回工具间,悄悄偷了一把斧头,藏在大衣里,下了井。但是,一步步往坑道深处走的时候,我又开始感到自责,曾经为国捐躯的军人怎么能干出这种自残的事情?我砍掉手指的决心动摇了,并且随手扔掉了斧头。可是,开始干活以后,因为高烧神志开始模糊不清,我看见我的妻子和三个孩子正在向我招手……于是,眼前的岩盘变成了一个个砍手指用的平台。我趁周围的人都推着矿车离开的时候,就像着了魔似的找到扔斧子的地方,脱下右手的手套,把手放到岩盘上,一狠心砍了下去。血啪的一下子溅了出来,我的右手转眼就只剩下一根大拇指了。在剧烈的疼痛中,我想这下我可以活下去了,接着就昏了过去……"

说到这儿，寺田沉默了。片刻后，他自嘲地说："你笑话我吧，我是一个只会说大话的人。你刚到泰舍特战俘集中营的时候，我还担心你连伐木的斧头都不会用，以后怎么办。没想到，我倒先……"

"在这样的地狱里，这样的生活里，再过十天，不，五天，我可能也会像你一样砍下自己的手指。"壹岐抑制不住心中的愤怒，激动地说。不变成残废就活不下去，世界上哪里还有这样的地方？壹岐自己今天早晨也因为排队看病，没吃上早饭，饿着肚子去上工，路上掉队，险些被军犬咬死，被枪打死。

冻着冰碴的双层窗户外面无声地下起了雪。这是封冻所有生命的无情的雪。

第三天，壹岐出工的时候，寺田被带走了，不知道去了哪里。囚犯们说，故意自残，企图逃避劳动的人将被处以怠工罪，送到更北的集中营，终身强制劳动。

在这西伯利亚的流放地，壹岐失去了可以用日语交流的伙伴，只能一个人默默地活下去。

寺田被从拉佐矿山带走已经好几个月了，如果日本没有改年号的话，现在应该是昭和二十八年（1953年）。

七月份，冰雪融化，越过春天，拉佐一下子迎来了夏天。冬天只露出两三个小时的太阳除了晚上的一两个小时外，整日挂在天上，分不出昼夜。一望无际的褐色岩石上也点缀上了绿色的小草。

壹岐在独眼狼班长的安排下从井下调到了地上选矿。每天收工后，他都要在集中营里走一圈，找能吃的青草。拉佐不能生长农作物，没有任何蔬菜。所以，夏天的青草就成了宝贵的维生素来源。这里的野草大多像草坪的草一样坚硬，带尖儿。壹岐从里面挑出可以吃的草,摘下来,拿回去煮了吃。

这天,壹岐正准备去摘草,突然看见几个囚犯从食堂里跑出来,大声喊叫着往壹岐他们营房跑去。开始他还以为又有人打架,可是他听到了"乌拉!乌拉!"的欢呼声。不一会儿,囚犯们一群一群地冲出营房。

人们互相大声问:"怎么了?"

一个快要撕破喉咙的声音回答:"乌拉!胡子死了!"

人们半信半疑,一个原莫斯科大学的化学教授兴奋地说:"昨天到达飞机场的飞机里有一张登着国葬照片的报纸,那个家伙三月份死了!"

"乌拉!"

"乌拉!"

聚集在一起的囚犯们发出震耳欲聋的欢呼声。

"得救了!二十五年苦役,见鬼去吧!"

"又能回到人世了!"

人们欣喜若狂,相互拥抱,跳起了舞蹈。壹岐在狂欢的人群中被推来搡去,但他脑子里却有一个固执的声音:斯大林真的死了吗?即便是死了,只要贝利亚还统治着内务部,我就不可能获得解放。

和壹岐睡上下铺的白俄罗斯人亚历山大激动得满面通红,他摇晃着壹岐的肩膀,说:"壹岐,你不高兴吗?"

"可是,集中营为什么不告诉我们这个消息?"

"肯定是害怕我们怠工或者造反,不敢告诉我们。他们的态度就是证据,看到我们这么闹他们也不敢管,只是拼命否定,说莫斯科还没有来联系,报纸上的报道不可信。可是你要知道,那可是《真理报》啊!"

"可是,贝利亚还在。"

"那种人,斯大林一死他就会被接班人肃清的,说不定已经被肃清了。像你们这些外国战犯,肯定最先被放回去,回到祖国。"

亚历山大像表示祝贺一样,握着壹岐的手更用力了。自从被流放到拉佐的那时起,壹岐就丢掉了回到祖国的希望。正因为如此,这意想不到的喜悦渗透到他的心田,使他热血澎湃。

"亚历山大,你们政治犯是不是也会马上提出申诉,要求撤销判决?"

亚历山大只因为出身白俄罗斯,就背上了反政府的罪名。

"当然,我们政治犯今天晚上就会联合起来,提出我们的主张。但是,就算万幸中命中注定我被释放,我也不像你,没有可以回去的祖国。"亚历山大留下一抹凄凉的微笑,从壹岐身边走开了。

第二天,囚犯们明显地开始怠工,集中营方面也袖手旁观。到了第十天,全体集合,集中营营长宣布了斯大林死亡的消息。脖子又粗又短的营长用沉重的语气说:"伟大的斯大林元帅于一九五三年三月五日结束了他光辉的一生。我们哀悼他的逝世,默哀一分钟。"

营长率先向台上镶着黑框的斯大林像低头默哀,军官们也纷纷效仿。但是,囚犯们不管这一套,他们交头接耳,议论着大赦,有人甚至还叼着香烟。人们各自怀抱着或减刑或回到家乡的梦想,等着默哀完以后宣布大赦。

集中营营长像演戏似的夸张地默哀之后,大声清了一下嗓子宣布:"斯大林元帅与世长辞,接班人马林科夫同志缅怀他的高尚品德,发布了大赦令。注意听!"

乱作一团的囚犯们停止了交头接耳,会场上鸦雀无声。

然而,大赦令的内容令人难以置信,这次大赦只限于被判处三年以下的刑事犯和五年以下的政治犯。在场的人都不敢相信自己的耳朵,一时间出现了奇妙的沉默。接着,场上掀起一片骂声和诅咒声。

"他妈的,这是什么大赦令!这个地狱里哪有三年、五年以下的人!"

"又在欺骗,克里姆林宫那些阴险的家伙!"

集中营营长匆忙念完无一人可获特赦的大赦令,接着又宣布,依照新的国家法律,外籍犯人从即日起将被移送到与本国囚犯不同的集中营。说完,就在手持自动步枪的卫兵保护下慌慌张张地离开了会场。

壹岐没完全听明白营长的话,茫然地站在乱作一团的人群中。亚历山大挤到他跟前,催促道:"壹岐,快回去做动身的准备!"

因为事情来得太突然,壹岐手足无措:"准备?我一无所有。还有,移送是什么意思?"

"当然是以回国为前提的移送了。如今,马林科夫不能像以前那样不顾国际形势了。"

回到营房,亚历山大说这个集中营里就壹岐一个日本人,怕军官点名的时候他听漏了,要陪在他身边。然后就一刻也不离开壹岐。

下午,政治军官点了德国人、匈牙利人、波兰人的姓名,让他们去大门前的广场集合。叫了好几次人,始终没有叫到壹岐。亚历山大着急了,去找政治军官询问,但无功而返。第一批被移送的囚犯在俄罗斯囚犯们祝福的掌声中离开了集中营。

已经进出好几次的政治军官点了留下的唯一一个法国人的名字,让他马上去广场。这下,营房里除了俄国人以外,就剩下三个朝鲜人和壹岐他们四个外国人了。亚历山大跑到政治军官身边,问道:"这里还有三个朝鲜人和一个日本军官没有被叫到,名单上有没有他们的名字?"

军官看了一眼名单说:"朝鲜人这次不在移送之列,这个集中营没有日本人。这次移送人员就我叫到的这些。"

听了军官的话,壹岐大惊失色。他大声喊道:"我是日本人!是作为战犯被关进来的。"

政治军官看着壹岐,问:"囚犯编号和姓名?"

壹岐大声回答道："OH5-32037,壹岐正,日本人。"

军官也很吃惊,又从头检查了一遍名单,最后还是摇摇头,说："名单上没有日本人。"

亚历山大和其他囚犯围过来,七嘴八舌地说："怎么会有这样的事儿?他是日军中佐,你回办公室再好好查查!"

军官被囚犯们气势汹汹的样子所压倒,带着壹岐去办公室。

就在他们去办公室的路上,满载外国囚犯的第三辆、第四辆卡车不断驶出集中营的大门。壹岐快要发疯了。

在办公室里,军官又查了一遍按国籍排列的名单,上面仍没有日本国籍的人。壹岐焦躁不堪地说:"我是日本人,不光我们营房,全作业班的人都知道。你再查一下囚犯卡片。"

政治军官开始查卡片。突然,他细细的眼睛一亮,抓住壹岐的衣领大声训斥道:"为了离开这里,你在撒谎!你明明是朝鲜人!"

壹岐甩开他的手,大声说:"你说什么?我是日本军官。你让我看看卡片!"

壹岐看了一眼卡片,在他的囚犯编号、姓名、刑期下面的国籍一栏里的的确确写着"朝鲜"二字。

"怎么样,你还想硬说自己是日本人吗?"

"我是日本人!上面写错了!"

"你想侮辱我们集中营!你说卡片上写错了,你是日本人,你拿什么来证明?"军官挥舞着双臂大声说。

这是一个毫无道理的疏忽!但是,在与日本隔着千山万水的西伯利亚腹地,仅被赋予囚犯编号的壹岐如何证明自己的国籍?失去自己国家的国籍就如同被夺去了性命。壹岐失魂落魄,茫然无助地僵立在那里。

失去日本国籍，变成朝鲜人的壹岐虽然多次向集中营提出抗议，并向集中营营长提交了调查国籍的请愿书，但却石沉大海。了解壹岐的独眼狼、亚历山大以及朝鲜人都很同情他，朝鲜人还明确表示壹岐不是他们的同胞。但是，已经写错的国籍再也没有被改过来。

悲惨的日子一天天过去。九月中旬，刚下了一场霜，拉佐的冬天就又来临了。因为作业时间的变化，壹岐从选矿站重新回到井下作业。

马林科夫掌权以来，以前那种奴隶般的残酷劳动多少有了一些改善，从原来十二小时连轴转改成了三班倒，每班八小时。但是，这些对壹岐来说都没有意义了。在地下数十米的坑道里装运矿石，壹岐的心里没有一丝光明，比黑暗的坑道还黑。他的心早已被冰封雪冻。

饥饿、沉重的劳动已经不再让壹岐感到痛苦，他现在唯一考虑的是如何能早一点儿离开人世。

来检查的独眼狼说："壹岐，别那么拼命干，身体会垮掉的。"

"没事儿！"壹岐答道。他知道自己是为了死才一刻也不停地干活的。

"别胡闹！你身后好像就有死神跟着，连我都觉得瘆得慌。我理解你的心情，可是人只要活着，总会有好事儿的。"独眼狼给壹岐打完气又嘱咐道，"待会儿上面的坑道要搞爆破，应该没什么危险。如果有危险的话，马上去中转地。听见了没有？"

独眼狼走了以后，壹岐又开始默默地装车、运矿石，名副其实地拼命干活。

当他运完第三车，把矿灯挂在矿车上，挥舞着铁锹装第四车的时候，听见远处传来轰隆、轰隆的声音。壹岐想大概是独眼狼说的爆破开始了，并没太在意，又接着装车。这时，又传来轰隆隆的地鸣声。几分钟后，坑道开始颤动。当壹岐意识到那阵轰鸣声不像是炸药爆开矿石的声音时，周围的岩盘开始咔咔作响，发出恐怖的响声。他不由得停住手中的铁锹。

难道是上面坑道爆破的冲击波造成了塌方？壹岐的脑海里刚闪过这个念头，整个坑道开始晃动，他被狠狠地掀倒在地。紧接着一声巨响，坑道陷入一片漆黑。

"快跑！塌方了！"

"会被砸死的！快到安全地带！"

伴随着岩石迸裂的声音，惊叫声四起，人们争相逃命。

壹岐的腰被掉下来的石头重重砸了一下，疼得站不起来。他刚往前爬了一两米，就觉得地摇晃得更厉害了，周围岩石的龟裂声也越来越大。

恐惧中壹岐突然冒出一个念头，要死就在现在。他拿定主意，忍着剧痛坐起来。他本来想盘腿坐好，但是觉得小腿很疼，用手一摸，裤腿上黏黏糊糊的，好像出了很多血。

壹岐闭上眼睛。黑暗中坑道还在摇晃，他耳边断断续续传来囚犯们逃命时的喊叫声。

"壹岐！快跑！"

不远处有人在喊他的名字，是独眼狼。壹岐没有答应，仍然闭着眼睛。他跟前的一块岩石发出巨大的声音落了下来，壹岐感到一股巨大的力量压在身上，疼痛使他失去了知觉。

一阵冰冷彻骨的空气使壹岐清醒过来。他刚一睁眼，就不由得发出痛苦的呻吟。他被疼痛包围着，稍一动剧痛就向他袭来。

壹岐再次睁开眼睛的时候，满目苍穹。他躺在户外。在浑浊的意识里他移动着视线，看到自己周围躺满了浑身是血、不断呻吟的人，就像刚刚结束了一场白刃战。但他还没搞清楚自己的处境。

"壹岐，你醒了！"一个亮点在壹岐眼前闪现，是独眼狼，"壹岐，你得救了！刚把你拖出来的时候,你都快没气儿了,可是你就是左腿骨折。你真是奇迹般地捡了条命啊！你的伤口还在流血,不要动。"独眼狼哽咽了。

壹岐这才知道自己被从塌方的坑道里救出来了。顿时,刚才还不很清晰的疼痛一下子剧烈起来,让他忍不住想大叫。

又没死成。在剧烈的疼痛中,壹岐诅咒自己的命运：带着朝鲜国籍,无法回到日本,只能永远作为西伯利亚的囚犯活下去。

这时,暮色苍茫的天空一角射出一道白光,紧接着北极圈方向的天空上又出现了一道红光。瞬间,赤、白、橙、黄、蓝、粉、紫七种颜色形成一个巨大光带,慢慢展开。是北极光。它将北极的天空染成七彩的北极光渲染开来,壮丽无比,宛若一块七彩的大帷幕,在浩瀚的天空中摇曳。七彩的光芒里有个声音震撼着壹岐,那是谷川大佐说过的话,"活着成为历史的见证人"。此时,壹岐感到这就是上天的声音。他仿佛回应这个声音一般看着天空发誓,不管有怎样残酷的命运等待着他,他都要活着回到祖国去。

晨光透过木板套窗照进来。壹岐从西伯利亚的回忆中醒来,轻轻打开套窗。天空发白,那白色就像拉佐的白夜。妻子和孩子们还在酣睡,远处传来送牛奶的声音。壹岐的思绪飞向两个月后自己即将开始的第二个人生。

第九章 起 点

"再见!"

壹岐在妻子的送别声中走出家门。从西伯利亚回国后的第三年,昭和三十四年(1959年)二月,他迎来了去近畿商事工作的第一个早晨。

"爸爸今天就开始工作了。"孩子们也很高兴。但是,在南海电车住之江站到大阪站的电车里,壹岐的心里仍然沉甸甸的。十四岁踏进陆军幼年学校到现在,四十六岁了,除了军队自己并不了解社会,真的能胜任商社的工作吗?壹岐在陆军士官学校、陆军大学一直接受军人不谈钱的教育,和同学们去喝酒,均摊费用的时候也绝不用"日元"这样的货币名称,而是说"米"。因此,进入商社这样一个最计较金钱的社会就成了一个苦恼,留在他心底。

推开近畿商事的大门,壹岐按照吩咐走进三楼的人事部。年轻职员们一起把惊讶的目光投向他。在他们眼里,这个身穿陈旧稀松的西服,手提包着饭盒的包袱皮的中年男人出现在这里实在是太奇怪了。壹岐跟靠近门口的一个女职员说要见人事部部长,对方回答说部长正在会客,让他等一下。这间办公室窗明几净,锃亮的地板上摆着一排排办公桌,正在埋头工作的几乎都是二十多岁的男女职员。里面有几个看上去像课长模样的人也不过三十五六岁。这个房间的氛围,还有在这里工作的人,和壹岐仿佛完全是不同世界的事和人。

壹岐走进部长办公室。戴着无边眼镜、干瘦的人事部部长看见壹岐,面露惊讶,目光停留在他身上。四十六岁的人,脸颊却塌了下去,面色干枯发黄,十分苍老,看得出他在西伯利亚受了很多苦。他身上的衣服不但旧而且极不合身,手里包着饭盒的包袱皮也有着归国者特有的简朴。人事部部长始终不明白社长为什么偏偏要聘用一个在社会上遭冷眼的旧职业军人,他把这个疑惑写在脸上,问壹岐:"你的职务是社长办公室合同制职员。你有没有什么希望做的工作?"

"没有。您知道,除了在军队的经历,我没任何经验。"壹岐谦逊地说。

"是,商务方面的工作你肯定不行。你可以利用你在西伯利亚的经历,去搞苏联贸易调查规划之类的工作?"

"不。正因为我曾经被羁押在西伯利亚,所以我不想做这方面的工作。"

人事部部长不说话了,因为他从来没有录用过没有任何专长的中年人。他拿起桌子上的任命书,用事务性的口吻说:"你的基本工资是三万三千日元,加上补助四万五千日元。按你这个年龄来讲可能少了点,不过,暂时先这样吧。"

在西伯利亚待了十一年的壹岐不了解货币价值,不知道四万五千日元是高还是低,他更想知道的是自己能做什么工作。

"我被分配到哪个部门?"

"你只能先闲着了。"人事部部长态度冷淡地回答道。

这时,部长办公桌上的电话响了。人事部部长拿起电话,说了一两句话,马上用毕恭毕敬的口吻说:"是,明白!现在刚办完手续……"他放下话筒,对壹岐说:"这儿的手续办完了。社长办公室来电话,让你去一趟,你去吧。"

壹岐上了七楼,来到高管办公室传达室。社长秘书马上快步走过来,对他说:"社长正在和棉纱部长谈话,您进去吧!社长很少有空儿。"

社长办公室的门敞开着,地毯上铺着一张长四米左右、宽七八十厘米的图表。大门一三叉开双腿站在图表边上,他对面是棉纱部长。大门注意到壹岐,看了他一眼,什么也没说。如果可能的话,壹岐很想知道大门叉开双腿正在看的是什么图表,他在想什么。壹岐低头行了一个礼,权且当作得到允许,走进办公室。

摆在大门面前的是昭和三十年(1955年)以后的市场行情分析表,红线代表价格上涨,蓝线代表下跌。大门的目光追逐着像有生命一样流动向上的红线,问:"刚才的消息准确吗?"

金子部长十分有把握地回答:"是的。我们从今天来日本的美国大棉花经销商安德森公司那里得到消息,通过和日本政府接触,他们认为日本很快就会实现原棉的自由进口。我本人也认为通产省正在等待时机成熟。"

"但是,从这张图表上看,行市还不成熟,虽然有可能形成大行市。"大门若有所思地说。在大门看来,一旦解除原棉进口限制,实现自由化,外国原棉势必会大批涌入日本,使纺织品成本下降,进而给国内市场带来变化。但另一方面,实际情况是目前原棉绝对量不足,从国内的供需关系上看,即使实施原棉自由进口的政策,棉纱的行情仍会很好。这两种想法在他脑子里交错闪过。他又问道:"原棉产地的价格变化如何?"

"墨西哥来的电传说昨天不到三十美分。"

"嗯,是吗?"

大门依然站着不动,紧盯着眼前的图表,神情紧张,就像一个军队司令官正在做出进攻还是撤退的决断。壹岐的脑海里浮现出大本营参谋总部四米见方的沙盘。他们在制订作战计划的时候也将敌我阵营分成红蓝两色,全盘考虑敌军的动态,在移动红子的同时考虑如何配置蓝子。眼下,大门必须着眼大局,当机立断,做出进与退的决定,然后付诸实施。这一点的确和壹岐他们制订作战计划有异曲同工之处。

"以我的直觉,价格还要上涨,继续买进!"办公室里回响着大门洪亮的声音。从年初开始他们公司就在不断买进棉花,而现在仅仅用了几分钟,大门又做出了继续买进的决断。两个月前壹岐来面试时曾偶然看到过交易的一幕,因此他大致可以推测出如果这个决定错了,那将会给公司带来多么巨大的损失。

大门点上一支烟,美美地吸了一口,问:"金子君,我听说你戒烟了?"

金子部长不好意思地说:"您也听说了?戒了烟,在行情方面的直觉要灵一些。"

大门像安慰金子似的说:"我当棉纱部长的时候也戒过烟戒过酒,喝得迷迷糊糊的,肯定影响第二天的判断力。不过,你不要太勉强。"

金子棉纱部长感动地点点头,正要走出社长办公室,突然看见壹岐,立刻满脸惊讶。

大门说:"来,我来给你介绍一下。这就是我跟你们说的原大本营参谋、曾经被羁押在西伯利亚的壹岐正君。"

金子肃然地说:"您辛苦了!我也是从东南亚的莱特湾战役中生还的。"

莱特湾战役是日军饱尝败仗滋味的一场战役,壹岐满怀歉疚,向金子深深鞠了一躬。

大门一改去年年末面试壹岐时的态度,以一个社长对合同制职员的口吻说:"壹岐君,市场行情是个变化无穷的怪物,之前不知有几个棉纱部长没把握好,得了神经衰弱,败下阵来。这个,你慢慢会明白。先说说现在,你想干点儿什么?"

壹岐也端正姿态,认真地说:"请原谅我提一个个人要求,我想在学习有关商社知识的同时去大阪府立图书馆。"

"去图书馆?商社方面的资料不用去图书馆,我们公司的调研部就有。"

"不,我是想去看我在西伯利亚这十一年的报纸缩印版,补上那段空白。"

大门惊讶地反问道:"你要每天去看这十一年间的报纸?当然可以,说好了要让你自由学习的嘛。"他转身对金子说:"找个人带他去公司各处看看,办公桌放在纤维部。"

"纤维部?"金子看着壹岐,显然认为他和那里格格不入。

"我们公司是从纤维生意起步的,让他感受一下那里的气氛理所当然。"说完大门就向会客室走去。

出了社长办公室,壹岐跟着金子去楼下的纤维部,他觉得金子为人很好。现在社会上对职业军人很冷漠,特别是那些被征入伍的平民甚至抱有强烈的反感,而金子部长刚才却对他说了一句"您辛苦了"。从西伯利亚回来后,壹岐还是第一次听到有人这样对他说。

刚到二楼纤维部的门前,壹岐就感到一股热火朝天的气氛扑面而来。办公室里堆放着各种布料的样品,人们或匆忙地穿梭在办公桌间,或坐在桌前埋头工作。电话铃声不断,头上裹着围巾的印度人和美国客商的英语混杂在职员们的大阪话里传进他的耳朵。

金子部长走到摆放着样品的展台前,拿起一块深红色布料给壹岐看,说:"壹岐,纤维部的工作要先从辨别布料开始。你看这是什么料子?"

壹岐非常认真地说:"是丝绸。"

"不,是尼龙。"他又拿起一块男人用的灰色布料,问,"那,你再看这是什么料子?"

"是毛料吗?"

"不,是腈纶。"金子部长借题发挥,接着告诉壹岐,"随着世界人口的增长,光靠棉、羊毛、丝这些天然纤维已经无法满足需求。现在已经到了合成纤维的时代,如何操作合成纤维左右着销售业绩。那些批发商、织布坊、厂家以前只做过天然纤维的生意,所以我们必须改变他们的思想,同时还要开拓国内外的合成纤维销售渠道。这是以纤维为例的商社工作性质。"

金子突然说了一通纤维让壹岐感到很困惑,一下子没有明白他所说的商社机能。金子看出了这一点,说:"没关系,以后通过日常工作慢慢会明白的。你的桌子就放到那儿吧。"

金子手指的位置虽然在办公室中间,但在一根大柱子后面,对于想静悄悄地坐在那里的壹岐来说,再合适不过了。

到公司上班的第一天结束了。壹岐回到家,习惯性地去信箱里拿钥匙。"爸爸,你回来了!"诚打开玻璃窗跟他打招呼。

"回来了!从今天开始你们要等我回家了。"壹岐向从厨房出来的妻子佳子和女儿直子露出微笑。想到昨天自己还在为外出工作的妻子和上学的孩子们生炉子、打扫,等他们回来,壹岐心里一阵轻松。

"你累了吧?来,快换上衣服。"佳子走到壹岐身边,手脚麻利地帮他脱下外套,换上自己织的开衫毛衣,直子往餐桌上摆碗筷。这虽然是一套只有两间半房子的市营住宅,但是,花瓶里插着水仙,摆上餐桌的鱼虽小但却是鲷鱼,空气里洋溢着家人为壹岐重新走入社会感到喜悦的气氛。

吃饭的时候,直子用女孩子的好奇问道:"爸爸,你在公司里干什么？"

"还没定呢，爸爸现在对公司的事情还一无所知。"

诚担心地说："爸爸，你不喜欢这个工作也别干了，要不，妈妈又得出去工作。"

壹岐教训儿子："阿诚，你一个男孩子，神经不能太脆弱。男孩子，必须有男子汉的气概。"嘴上虽然这么说，但他心里再次感到，自己在西伯利亚被羁押十一年，妻子和孩子等了他十一年，他们度过了和自己同样苦难的岁月。现在，他有工作了，妻子可以不用再去大阪府厅上班。看得出有妈妈系着白围裙待在家里，孩子们特别高兴。

壹岐突然伸手摸了摸女儿的上衣袖口，问："这是什么料子？"

"是毛料。都旧了，可是我喜欢这个花色。"

"那，裙子呢？"

"是腈纶混纺的。"

壹岐凑近仔细看着说："噢，这就是毛和腈纶的混纺料子？"

妻子惊讶地问道："你今天是怎么了？"

壹岐说："今天我参观了公司，第一个去的是纤维部，人家给我看了很多布料。我以为是丝绸的原来是尼龙，以为是毛料的是腈纶混纺，所以……"

妻子停下手中的筷子，说："你看布料？你从来没接触过这些东西，一定……"

妻子说不下去了，偷偷地擦眼泪。壹岐想起他决定到近畿商事工作时妻子对他说的话"我知道防卫厅的工作对你来说是驾轻就熟的，也做好了思想准备，难为你下这个决心"，便笑着说："看你说的。这可是一家热切希望我去的公司。我算什么呀，一个军人。现在要做别的工作，当然要从零开始了。以前让你吃了不少苦，我也不知道现在这个公司给的工资够不够用，你再忍忍吧。"

妻子反而替壹岐着想，说："家里的事你不用操心。倒是你，以后每天要去上班了，该买套西服。"

"不用，我又不讲究穿戴。而且，十一年里我过惯了没衣服换的生活，我还嫌换着麻烦呢！"壹岐说得一家人都笑了。

吃完饭，壹岐在用纸箱糊的小桌前坐下。昭和三十一年（1956年）十二月他和谷川大佐坐最后一艘从苏联归国的船一同返回祖国，现在他要给谷川大佐写一封信，告诉他自己找到工作的消息。壹岐端端正正跪坐好，拿过笔砚，开始写信。

敬启
　　寒冬时节，但祝健康无恙。回国后，两年来我一直失业，现有一家公司愿聘用我，思量再三，决定在近畿商事开始新的人生。去年年末，我原来的部下都已重新就业，这是我做出这一决定的原因之一。此外，也是出于对妻子的关爱。我赤条条拖着虚弱的身体回来，是她在一直支撑着我。
　　想到还有许多从西伯利亚归来的人至今没有工作，挣扎在病苦之中，于心不安。但我仍想在此向仁兄报告就业的消息。

写到这儿，壹岐放下手中的毛笔，过去的辛酸痛苦又涌上心头。三年前，他在西伯利亚流放地的拉佐铁矿遇到塌方，九死一生。后来，又从马加丹辗转到哈巴罗夫斯克，在那里与谷川大佐相遇，最终回到了日本。面对长达十一年的苏联的非人待遇，一千零五十名日本战犯决死抗争，开辟出一条通往祖国的回归之路。想起那次的哈巴罗夫斯克事件，壹岐激动不已。

第十章 祖 国

昭和三十年十月中旬,无论是对于那些把生命留在异国他乡的人还是仍活着当战犯的人来说,都已经流淌过了十个漫长的春秋。

这里是哈巴罗夫斯克郊外的大型混凝土厂建筑工地,为了防止逃跑,也为了和外界隔绝,工地周围建起了高墙。高墙里像往常一样,这一天也有二百五十名日本囚犯在劳动。

阴沉的天空下,二十米高的起重机晃动着长臂,日本囚犯分成挖土方、砌预制板、砌砖、做窗框等班,干着从小工到石匠、木匠、泥瓦匠等所有工种的活儿。经过长达十年的强制劳动,体弱多病的人不断增加,而十年一成不变的劳动指标加剧了日本人的体力下降。一个星期前刚做过一次体力等级检查,又有几十名病弱者升为一级,被赶到工地干活。

壹岐负责砌砖,一天的指标是砌七百块。他左手拿转,右手用抹子抹水泥,放好砖,用抹子咚咚敲两下,接着拿下一块砖。这两年他已经掌握了砌砖的技术,熟练程度不亚于专业的泥瓦匠。他已经四十三岁,长期的重体力劳动和营养不良使他比实际年龄老了十岁。和所有度过漫长囚禁岁月的人一样,他脸色青灰,脸上刻上了一道道阴郁的皱纹。

但是,和两年前在最北部的流放地拉佐的地狱般的生活相比,在这里可以和同胞一起干活,可以用日语交谈,这让壹岐感到无比喜悦。在拉佐矿山,自从寺田少佐因砍下自己的手指成了残废,不知被带到哪里以后,壹岐就成了那里唯一一个日本人。而且,国籍也莫名其妙地从日本变成朝鲜,使他陷入失去祖国的绝望之中。来到哈巴罗夫斯克后,那段日子还常常折磨着壹岐。如果不是因为那场塌方事故受伤被送进马加丹的医院,并且由医生认定是日本人的话,他恐怕永远无法改变至死都在北纬六十五度的拉佐矿山当苦力的命运。从马加丹的医院被转送到哈巴罗夫斯克,在日本人集中营壹岐又见到了原关东军报道部的大谷大佐、神森、水岛,还有勤务兵丸长他们。当时隔八九年再次与他们相遇时,自被羁押以来壹岐第一次感受到了活着的喜悦。

壹岐默默地砌着砖,一旁原机动旅团的堀敏夫比他还熟练地操着抹子。堀突然问道:"壹岐,你说我们有一天真的能回日本吗?"

二十一岁的少尉堀敏夫被派到关东军机动旅团仅仅一个月,日本就战败了。他是被关押在哈巴罗夫斯克第一集中营的一千零五十名日军俘虏当中最年轻的一个。最年轻现在也已经三十一岁了。或许是因为在羁押生活中度过了大好青春的缘故,堀虽然很瘦弱,但是那双眼睛还保留着少尉时的纯真无垢。

壹岐又拿起一块砖,鼓励他说:"能。现在日苏双方停止了交涉,日本政府暂时无能为力,但总有一天我们会回去的。"

"前几天,我父母通过俘虏通信给我回信了。我父亲已经六十四岁,妈妈也六十了。他们在信上说特别想在有生之年再见到我。我也很想他们。"

壹岐想起在哈巴罗夫斯克监狱接受战犯嫌疑审讯时的情景。深夜,一个被看守拖着迎面过来的日本军官,和他擦肩而过的时候,不顾一切地甩开看守,声嘶力竭地喊着"机动旅团陆军少尉堀敏夫,死刑！请转告我在福冈的父母！"

"你父母见到你活得好好儿的，一定会更长寿的。"

"回去了先赶快找个老婆！堀长得这么标致，想找他的还不一大堆呀？"丸长在旁边开起了玩笑。

堀的脸一下子红了。在营房的大通铺上，如果有谁议论女人，堀总是以二十一岁少尉的纯真羞得满脸通红，也不好意思跟集中营小卖部的俄罗斯姑娘说话。但是，对年长的人，无论是谁，他都像对待父亲一样尊敬他们，帮助他们。

壹岐还剩一点儿就完成上午的指标了。他看了一眼年过六十的原满洲国官员立花。立花的高压都有二百了，还被赶到工地来干活。他身体直打晃，再加上视力衰弱，砌出的墙歪歪斜斜。

壹岐招呼道："立花，一会儿我们帮你干，你休息一下吧！"

丸长也说："你这砌得不行啊！让那个猴子看见了，非骂你不可。"

丸长说的猴子是指苏联军官托普钦中尉，他满脸红胡子，活像一只猴子。他给日本俘虏定下难以完成的指标，企图在这里做出成绩往上爬。在日本人眼里，他如同蛇蝎般令人厌恶。

立花说："砌不好也得砌，我不尽量干点儿，负担就都落到你们肩上了。"说完又接着砌。

这时，传来一阵粗暴的军靴声，托普钦走过来，破口大骂："老家伙，你砌的这是什么？！"

立花站着，一声不吭。

"你故意把墙砌成这样，想让工厂倒塌啊？返工！"说完，托普钦使出蛮劲，猛地踹塌了立花辛辛苦苦砌起来的墙。

壹岐按捺住心头的怒火，说："托普钦中尉，你这样把它踹塌，重新砌要花时间，会耽误工期，最后不好交差的不还是你吗？"

"耽误多少你们就多干多少。返工！"托普钦扔下这句话，到别处检查去了。

"这个不是人的猴子!"丸长骂道。

堀在一旁开始替立花清理散落的砖头。

阴霾的天空下起了带冰点儿的雨,气温开始急剧下降。因为还要帮立花干完他的活儿,壹岐他们压低囚帽,搓着冻僵的双手,加快了速度。与西伯利亚民主运动猖獗的时候不同,现在,日本人的心紧紧地连在一起,大家照顾体谅老弱多病的同胞,希望每个人都能活着回到日本。

壹岐他们忙着给坍塌的墙垒地基,立花等上了年纪的人捡来一些碎木片,生了一堆篝火取暖。他们正要用汽油桶烧开水,准备吃饭喝水的时候,托普钦再次出现了。他向围着篝火、刚刚喘了口气的人们挥舞着手中棍棒,训斥道:"你们又在偷懒!灭了火,干活!"

丸长比画着说:"太过分了!这么冷,你还要让有高血压的老人干活?"

托普钦歪着一张猴脸,把矛头对准丸长:"你想跟我作对!报上姓名,我让集中营营长给你加十年刑!"

丸长忙不迭地一个劲道歉:"哎呀,天哪!对不起,是我错了。"

托普钦的气焰于是更加嚣张,他向立花他们几个老人抡着棍棒,咒骂道:"你们这些老家伙,总是不干活,还挺傲慢。你们这些饭桶还想拿苏联的国有财产烤火,没门儿!"说着他一脚踢翻汽油桶,用棍棒一阵乱舞,弄灭了篝火。

堀一直默默不语,和壹岐一起帮立花干活。这时,他停下手里的活儿,站到托普钦面前,义正词严地责问道:"他们都是体弱多病的人,本来就不能出工,连坐敞篷卡车往返工地都困难。他们为什么不能点一堆火,稍微取一下暖?虽然是囚徒,但是,我们是军事俘虏,你们的做法是完全无视《国际法》的!"

"对战犯哪有什么《国际法》我要让你们日本战犯干到死!"托普钦吐了一口唾沫,转身正要走,堀大喊一声:"站住!你这个没有人性的家伙!"便猛扑上去。他的手里不知什么时候拿了一把斧头。

托普钦挣脱开堀,刚往前踉跄几步,背上就中了一斧头。托普钦哇的一声惨叫,鲜血一下子喷出来,他躺到地上。事情发生在一瞬间,溅了一身血的堀呆若木鸡。突然,他醒过神来,手里拿着斧头拔腿就跑。

"堀!你去哪儿?"壹岐在后面追。

堀回过头来,用血红的眼睛看着壹岐,一边跑一边喊:"壹岐,求求你!让我走吧!"

壹岐紧追不舍:"别干傻事!堀!"

堀哀求道:"你就让我去死吧!"

"壹岐不由得停住了脚步。砍杀了苏联军官,被苏联抓住必被枪毙无疑,如此倒不如自我了断自己的生命。这个念头掠过壹岐心头,但他仍紧追在堀后面,大喊:"堀!站住!"

丸长还有在其他作业班听说出事的神森、水岛等也都跑过来。可是,他们追不上年轻的堀。

堀跑到工地一角的起重机前,用惊人的速度爬上铁塔,转眼站到了起重机吊臂顶端的铁架上。他看着下面聚集过来的人群,用颤抖的声音说:"各位,今天,我要做一件日本人应该做的事,我要作为日本人堂堂地死。请大家作为日本人堂堂地活着,回到祖国!虽然我今天的行为是建立在正确的信念之上的,但是,如果我连累了大家,请你们原谅我!"说完,他摘下系在腰间的毛巾,用斧头割破左手腕,用自己的鲜血做成一面太阳旗,挂在起重机吊臂上。

这时,他发现壹岐他们正在往上爬,就关上了通向铁架的门。或许因为他知道外面的人无法救出自己了,堀用平静的口吻说:"各位,请听我在这个世界上唱的最后一首歌。"他立正站好,放声唱道:

跨过大海

葬身海底

越过高山

横尸遍野

为天皇……

堀面对死亡唱出的朗朗歌声响彻天空。唱完这首歌,他将从甲板上一跃而下,结束自己的生命。虽然壹岐拼命爬上去,和神森、水岛、丸长合力推门,但门却纹丝不动。

壹岐大声喊:"堀!不要!你父母还等着你回去呢!"

堀的歌声停顿了一下,接着又唱起来。堀投入全身心唱的歌曲已接近尾声,起重机下面的二百五十名日本人仿佛身体正在被碾碎的战栗中,在堀撕裂肺腑的歌声中伫立仰望着他。

为天皇捐躯

视死如归……

歌声高低有致,响亮地传向四方。渐渐地,堀的声音嘶哑,开始哽咽。地上的人们也呜咽不止。

终于,歌声停止了,大地一片寂静。堀从容地走到铁架前端,翻身一跃而下。

堀的身体从二十米高处落下,重重砸在地面上。茫然若失的人们跑过去,拼命喊叫着,想唤醒堀。但是,堀已经绝命。

发现事态的卫兵跑过来,用枪口对准日本人:"把杀害苏联军官的凶手交出来!"

二百五十名日本人守护在堀的遗体前："他已经死了！他的尸体由我们来埋葬！"

暴跳如雷的警备队长大声说："不行！马上把他交出来！"

没能救下起重机上的堀，眼睁睁地看着他跳下，壹岐、神森他们心如刀绞，悲愤交加。壹岐说："这不是一起单纯的杀人事件！是托普钦中尉有错，他逼着老弱病残出来干活，而且……"

警备队长打断他的话，咆哮道："事件的缘由由当局调查，我们警备队的任务就是逮捕凶手。把尸体交出来！"

这时，担架抬着浑身是血的托普钦从壹岐他们身边经过。担架上的托普钦大声呻吟着，晃动着双臂。

神森说："托普钦没有死，他没有生命危险！"

"住口！不把尸体交出来，我就毙了你们！"警备队长把手放到扳机上，枪口对准眼前的神森和壹岐。

神森不顾一切地向前一步，说："敢开你就开！你枪杀日军俘虏，是要被送进集中营的！"

警备队长被镇住了，顿时，二百五十名日本人喊出了悲愤的呼声："不能让堀白死！"

"对！我们要继承堀的遗志，他们不改善非人道的待遇，我们就不出工！"

人们用木板抬起堀的遗体，一起走出混凝土工厂的建筑工地。

哈巴罗夫斯克的夕阳落在山岗背后，西边天空出现一片晚霞。一队囚犯抬着一口用木板做的棺材向日本人墓地走去。垂着头，默默地走上山岗的这队人虽然仅有七个人，但他们身穿黑色囚服的身影在余晖中形成像剪纸般的黑色剪影，那剪影里饱含着又将在异国埋葬一同胞的悲伤。

抬棺的队列在一块平地上停下来。余晖照在几百个用西伯利亚松做成的墓碑上。这里是日本人的墓地，墓碑上的番号和姓名多半已被雨雪冲刷掉，坟头塌陷，落满枯叶，一片荒凉。

"快点儿！"持枪跟在后面的苏联卫兵催促着久久伫立的日本人。壹岐和水岛在前，神森和丸长在后，四人抬着棺材，还有几个堀的生前好友手拿十字镐和铁锹来为他送行。身体摇摇晃晃，随时都有可能倒下的立花跟在最后。

壹岐他们找了一块墓碑不太稠密的地方，开始挖坟。冷秋季节，虽然土还没有冻结，但是红土很硬，必须使出浑身的力气才能挖动。不到十分钟，虽然人们个个汗流浃背，但没有一个人停下来休息。

坟挖好了，立花一下子瘫坐在坟旁。

"堀，我们一定继承你的遗志！"神森说。

壹岐不知道该说些什么话和堀道别。堀没有作为一个二十一岁的学生出征的少尉逝去，却在监狱和集中营里度过了十年人生最美好的岁月，带着一颗纯真无垢的心，为了残留在苏联的被羁押的人们献出生命，化作西伯利亚的一抔泥土。真是太让人痛心了。

他们埋好棺材，添上土，堆起坟头，插上墓碑，献上野花，双手合十。黄昏降临，山谷间传来寒风的呼叫声。一缕耀眼的红色光芒从西边天际的乌云中射出，在地平线上投下一条红色光带。

当天晚上，堀事件传到了从工地各处回来的哈巴罗夫斯克第一集中营的每个人的耳朵里，他们做出决议，决定全体拒绝出工。对此，集中营当局威胁说要减少百分之三十的伙食定量，企图用饥饿这根皮鞭抽打从来没有吃饱过的囚徒。日本人愤怒的火焰更加高涨，深夜，四十多名各营房室长、班长再次聚集在食堂。

神森环视着大家说："有消息说明天上午哈巴罗夫斯克内务部囚

犯管理课课长要来,他们一定是来搞瓦解的。我认为应该把这次和他们的交锋当作与苏联方面进行的一次正式交涉,你们觉得怎么样?"

哈巴罗夫斯克内务部囚犯管理课课长多尔基中校老奸巨猾,三个月前朝鲜人集中营发生罢工,就是他用了仅仅两天时间就让朝鲜人阵营土崩瓦解。壹岐心想该来的终于来了,他说:"我同意神森的意见。为此,我们应该事先选出代表,掌握交涉的主动权。"

第三营房的室长大场提议道:"的确,如果在交涉时各自乱发言,一定不会有成效,我们需要一个核心人物。我们的斗争才刚刚开始,为了今后的运动,我们在这儿选个团长吧!"

大家都同意他的提议。考虑到四十五岁以上的人体力上吃不消,大家提出五个候选人,最终选举在壹岐和神森之间进行。

第五营房的室长水岛说:"既然这样,就不用表决了,你们俩商量着定吧!壹岐、神森,你们两个无论谁当代表我们都信任你们,跟着你们干。"

其他人也都点点头。

壹岐毅然接受使命:"团长由我来当。堀君和我是一个作业班的,现在回想起来,我和他也算有很深的缘分。"

"不!"神森从中阻止,"团长由我来担任!"

众人困惑地看着他们两个人。

神森说:"诸位!请一定让我来当这个团长。壹岐的心情我很理解,但是,我是第一集中营的日方代表,而且,我父母都已经过世,妻子孩子也在从满洲撤退的路上死了。要说这是不幸也算是福,因为我现在是六无斋之身①,在这世上没任何可留恋的。"他简短的话

---

① 日本江户时代思想家林子平(1738—1793)号六无斋主人,出自他所作的和歌:无双亲健在,无妻子又无儿女,无金钱在手,无著作留在世间,也无死之念头。

语里充满坚强和勇敢。

在苏联拒绝出工被看作是怠工,将被加上叛逆的罪名。当团长就意味着必须做好牺牲生命的准备。各室长、班长不知该如何表达自己的心情,默默无语。没有父母妻儿的六无斋之身,神森的话震撼着壹岐。直到今天,神森从来没有谈起过家人的死。壹岐被他坚韧的精神深深打动,也从他的话语中感受到他对自己的关怀。神森用这句话告诉他:壹岐,你的妻子孩子还在祖国等着你回去!

"可是,神森……"

神森打断壹岐,用坚定的目光看着他说:"团长由我当,但我希望你当副团长,替我掌舵。如果我发生万一,由你接任团长。"

在场的人都郑重地点头,表示同意。

第二天上午八点,哈巴罗夫斯克内务部囚犯管理课课长多尔基中校来到集中营,全体室长被叫到集中营营长办公室。

办公室墙上的斯大林像换成了布尔加宁和赫鲁晓夫的肖像,多尔基中校坐在那里,一脸傲慢和不屑,集中营营长和政治部军官也在场。多尔基正是不把囚犯当人看的总头。他用轻蔑的目光看着进来的日本人,劈头用威胁的口吻说道:"虽然我不知道你们的要求是什么,但是,囚犯必须劳动。你们这样集体旷工是触犯苏联法律的。马上出工! 有什么要求可以用合法手段提出。"

日本人推选的翻译、原满洲国俄罗斯课课长阿倍把他的话翻译给大家。团长神森用激烈的口吻说:"我们当然也不认为这样拒绝出工的行为是合法的。但是,昨天发生在混凝土厂建筑工地的堀事件并不是一个单纯的日本人加害苏联现场督导的突发事件。如果堀不那么做,我或者其他人总有一天也会忍无可忍,做出同样的事情。我们已经被逼到了如此地步!"

多尔基马上回驳道："你们是囚犯,我们是官员。像昨天那样对官员行凶的囚犯罪当处以极刑。而且,你们作为囚犯提出那样的要求本身就相当于犯罪。"

室长们愤然作色。这时,壹岐发言了："多尔基中校,作为囚犯管理课课长,连你都没有诚意,我们感到很遗憾。今天,我们希望你能好好听听,挺过十多年羁押生活的日本人为什么要这么做,集中营当局是怎么管理的,还有我们的要求到底是什么。"他用锐利的目光直视着多尔基,继续说道,"我们全体日本人之所以这么做,最大的原因在于第三建筑工地现场督导托普钦强迫体弱多病者干重活。一周前的体验,虽然医生诊断出有八十人不能进行户外作业,但是,托普钦却把他们当中的六十五个人赶到工地上干活。这种强迫病人出工的情况早就有了,我们曾多次向集中营营长提出改善的要求,但是,他们却置若罔闻。今年以来已经有五名病人因为被强迫劳动而死亡。这样下去,不仅是病弱的人,就连现在还勉强维持着健康、能干活儿的人也会有生命危险。因此,我们向当局提出以下维持生存所必需的最低限度的要求。"

一、有关健康管董事项

1. 高烧三十八度以上者、高压在一百八十以上者、神经痛和痔疮患者免于户外作业。

2. 五十一岁至五十五岁者免于户外作业,五十六岁以上的高龄者免于室内作业。

3. 从人道主义出发改善医务室的工作,除医生外其他人员不得干涉开病假条事宜。

二、尽快让重症患者、高龄者回国。

"以上是我们维持生命所需要的最低要求。因此,这个要求一天得不到满足,我们全体就一天不出工。"

壹岐宣读的要求是多尔基来之前大家商议好的,是每一个日本人发自内心深处的声音。

多尔基中校、集中营营长和政治部军官阴沉着脸听完翻译,多尔基啪的一拍桌子大叫:"这是暴动!是针对苏联的反动暴动!"他厉声对被他的话惊呆的日本人说,"光你们是不可能举行这样的暴动的,一定有人在幕后搅浑水,操纵你们。你们不要被人迷惑,停止违抗,马上出工!今天的旷工我可以不处罚你们。"

神森粗黑的眉毛往上一挑,说:"我们背后没有任何人操纵,我们也没有被任何人迷惑。我们只是听说你这位囚犯管理课课长要来,才集中大家的意见,诚心诚意地向你请愿。请你收回暴动这个词!"

多尔基脸涨得通红,诘问道:"你是谁?叫什么?"

"神森刚,是被大家选出来交涉的代表。"

"旁边的那个!"

"壹岐正,是副团长。"

多尔基恶狠狠地说:"原来是你们两个煽动暴动,你们是主谋!"他突然命令,"现在全体点名,马上让所有日本人到广场集合!"

壹岐他们不约而同地交换了一下眼色,他们识破了多尔基的企图。他让全体日本人到广场集合,然后把神森为首的在场的室长们全部带走。集中营有二百名警备兵,如果壹岐他们轻举妄动,不仅正中多尔基的圈套,还可能造成愤怒的日本人与卫兵发生的正面冲突,导致数百名日本人被杀伤的后果。

神森质问多尔基:"为什么现在全体集合?请你说明一下。"

多尔基厚颜无耻地说:"当然是为了出工。"

紧要关头神森向前逼近一步,说:"我们已经说过,不接受刚才我们提出的要求决不出工！多尔基中校,你应该积极查明我们拒绝作业的根本原因,比如：你知道集中营独立核算制度给我们日本人造成了多大的压迫和痛苦吗？"

苏联的集中营一切管理费用都是用囚徒劳动所得维持的。因此,囚徒们不仅用劳动所得支付他们自己的伙食费、被服费,还承担着集中营的各种设备、医务室、医药、住院费等各项费用的支出。不仅如此,这里的一千零五十名日本人加上中国人和朝鲜人共三千名囚犯还负担着多达二百八十名苏联官员及警备兵所需的一部分费用。因此,住院患者、老年人、病人少的集中营收入自然高,对待囚徒也相对好一些。但是,情况相反的集中营则医疗条件和伙食都很恶劣,进而造成更多的体弱多病者。集中营方面则因为财政状况恶化,便强迫体弱多病的人去工地干活。

神森接着说："多尔基中校,在独立核算制度下,我们日本人集中营和其他苏联人集中营的根本区别在哪里,你知道吗？根本区别就在于,其他苏联人集中营不断地有人员变动,有劳动力的新陈代谢。所以,现在的收入和十年前没什么变化。相反,我们日本人的集中营没有任何新生的劳动力。十年前,我们的平均年龄是三十二点六岁,现在是四十二点六岁。但是,我们干的仍然是和十年前一样的苦活重活。所以,无论我们如何拼命干,都不可能获得和从前同样的效益。"

曾经主管财务的第六营房室长松原马上接着说："而且,集中营方面还要从支付给日本人的报酬里扣除四百五十六卢布用于集中营的支出,所以实际到手的只有七十卢布。我们对四百五十六卢布这个数额有所怀疑,前几天要求集中营营长给一个解释。这就是他的解释。"松原把一张记满数字的纸放到桌子上。

伙食费：二百六十卢布

被服费：五十卢布

床及其他用品磨损费：二十卢布

文化费：十卢布

搬运费（食品、木炭等）：十六卢布

洗浴费：二十五卢布

厕所卫生费：十五卢布

税金：三十卢布

人员费：十五卢布

燃煤水电费：十五卢布

共计四百五十卢布

"首先，伙食费比市场高出许多。其次，我们的被服基本上都是卫兵的旧衣物，两年才能领到一次新的。床及其他用品磨损费就不用说了。虽然这里面有文化费一项，但我们从来没有领到过一本书、一份报纸。搬运、厕所卫生，这些都由我们自己做。还有税金，世界上哪有征收囚犯税金的国家？简直可笑至极。所以这个'经费扣除'是彻头彻尾的不正当盘剥。"

松原摆出证据用数字说话，就连多尔基中校也无法反驳，哑口无言。

壹岐总结说："事态发展到今天这个地步，苏联政府有必要在对待我们的问题上进行大的改革。我们希望你能向莫斯科汇报，得到莫斯科的指示，从根本上解决问题。"

多尔基目光一闪，说："这么说，你们今天的行动是想早一天回日本的'促进归国运动'，是为了使中断的日苏谈判重新恢复的侧面战术。"

"不!"壹岐斩钉截铁地否定道,"就像一开始说的那样,我们是要求用人道主义精神对待病人,在我们自己回国的问题上没有提出任何要求。我们的要求正是为了能够等到日苏谈判成功、获得自由并回到祖国的那一天。我们提出的是维持生命的最低限度的要求。"

事实上,壹岐他们没有把日苏谈判过程中遇到的暗礁——领土问题当作早日回国的筹码,而是大家一致认为为了国家和民族,他们可以忍受迟迟回不到祖国的痛苦。

多尔基猛地站起来,说:"没必要再和你们谈了!"说完,在卫兵的保护下昂着头走了。

事态一直处于胶着状态。过了元旦,背着集中营偷偷储存的食物快见底了。这天,战俘营宣布了惩罚命令:伙食标准降为四百克黑面包、五十克杂粮、五百克蔬菜(腌菜)。此外禁止听苏联广播、禁止看报纸、禁止集会。各室长又聚集在食堂,因高血压住进医务室的谷川大佐也参加了会议。

团长神森怒火万丈,义愤填膺地说:"他们的意图很明显。现在斗争进入第四个月,我们内部团结开始松散,加上我们的粮食也快要见底。他们瞅准这个时机宣布惩罚命令,是想一举瓦解我们。他们小看我们,以为日本人本来就是怕硬的民族。"

第五营房的水岛满脸疑惑地说:"可是,这个命令是集中营下的,还是莫斯科的指令?"

第三营房的大场交叉起双臂,说:"哈巴罗夫斯克方面真的会把我们拒绝出工的情况汇报给莫斯科吗?就算真的汇报了,也很可能会像多尔基歪曲的那样,把我们的行动说成是为了促使日苏恢复谈判的怠工行为。而且,我觉得我们买通卫兵寄出去的写给苏联最高议会主席和红十字会会长的请愿书也被中途截获了。不然的话,斗争进行了四个月,莫斯科方面为什么还不派人来调查情况?这说不通啊!你说呢,壹岐?"

"我也觉得这次的惩罚命令不是来自莫斯科,我们的请愿运动被哈巴罗夫斯克扼杀了。所以,正面回应这次惩罚命令对我们不利。"

神森也把两个胳膊交叉在胸前,问:"那,壹岐,你说我们该怎么办?"

"首先我们拖延和集中营方面交涉的时间,等待日苏恢复谈判。"

一个室长担心地说:"可问题是这种状况要持续多久。"

"恢复谈判的时期很可能在二月或者三月。因为,我们所在的这个第一集中营负责的混凝土厂房和公寓建设停滞不前,不能按期完工,哈巴罗夫斯克的官员一定要向上面汇报理由。这个期限应该就在二三月份。如果莫斯科得知实际情况后仍不恢复谈判,我们的待遇也就没有希望得到大幅度的改善。"说到这儿,壹岐停顿了一下后继续说,"但是,在我们的凝聚力出现松懈之前,我们必须有所行动。我看,我们就来个敲山震虎,想办法尽早引起莫斯科内务部对我们的重视。"

神森长长地叹了口气,说:"嗯,引起莫斯科要员的重视。可是,本着不抵抗这一基本路线,有这个可能吗?"

"有,那就是表明集体绝食!"谷川用平静的声音说。大家一齐把目光投向他,"我们这一千零五十人是上了俘虏名单的。一千零五十人举行集体绝食将在国际上成为一个人道上的问题,莫斯科方面是不能坐视不管的。"

第六营房室长松原提出疑虑:"一天两天还可以,如果长期绝食的话,我们原本要'活着回到祖国'的这个斗争不是就没有意义了吗?"

"所以我说'表明'嘛!我们现在就开始再次储存食物,然后在不被发现的情况下,少量吃一些东西,只要能维持体能的就行。"

神森说:"可是,吃了东西就要排泄。你有什么办法……"

谷川一本正经地说:"现在这么冷,大小便马上就冻住了。用麻袋装起来放到天花板的隔层上,完了扔了就行了。"

大家不由得露出苦笑,点头称是。集体绝食,这是真正的不抵抗的、消极的积极战术。

大家马上分头投入准备工作。

炊事班的人买通集中营的伙食管理员,把被没收的从日本寄来的慰问品偷偷从仓库里偷出来,藏在天花板的隔层。其他人也各自把领到的黑面包在壁炉上烤成面包干,藏到大通铺的草垫子里。正在住院的三百几十名病人和老年人则被集中编为两个营房,定为"不进行绝食营房"。每天,进入绝食的准备工作都在扎扎实实地进行着。

一到晚上,各室长就聚集到团总部,反复讨论写给莫斯科的请愿书内容。壹岐和原满洲国外交部俄罗斯课课长阿倍一起起草写给苏联最高苏维埃主席团主席伏罗希洛夫的请愿书草案。

请愿书

尊敬的伏罗希洛夫阁下:

哈巴罗夫斯克第一集中营的一千零五十名日本战俘自去年十二月二十六日以来,采取拒绝出工的方法开展向苏联政府的请愿运动。为何采取如此行动的原因,我们已再三以请愿书的形式阐明,想必您已经得到有关报告。虽然自本事件发生以来直至今天,我们没有得到任何来自中央的答复,但我们仍坚信阁下必将采取公正的办法来解决问题。然而,去年一月十日,集中营方面向我们宣布了惩罚命令。在此,我们别无他法,不得已决定集体绝食,以期用我们的生命换取阁下对此事件的正确处理。

一九五六年一月十五日

经过细致的准备,一月十九日,壹岐他们向集中营递交了绝食宣言书。为了不让战俘营的人员进入营房,他们反锁好门,用桌子和椅子堵住门,筑起防护墙,进入了绝食斗争。

很快集中营营长就带着卫兵开始向日本人喊话:"诸位!希望你们马上停止集体绝食!七百人集体绝食,这在苏联历史上是从未有过的事。我们已经做好了重新和诸位会谈的准备,希望进行集体绝食的各营房把门打开!"

每个人心里都清楚,如果此时打开门走出去,事情就会以苏联方式被一点点化为乌有。

因此,各营房都保持绝对沉默,等待下文。

但是,第二天、第三天,集中营营长和政治部军官的喊话里仍没有任何解决问题的具体内容。

一个星期过去了。

集中营方面想尽一切办法,甚至拉拢。参加绝食的人每天只蘸着开水吃四片干面包,润润嗓子。随着体力逐渐衰弱,不但没有人喊饿,当听到中国人送来的情报说莫斯科的全权代表近日将来集中营的消息后,有的人还进入了真正的绝食,每天只喝一点儿水。

绝食第十天的凌晨,没脱鞋就睡着的壹岐突然被摇醒了。在天花板的隔层上放哨,从在墙上挖的洞观察外面情况的人说:"壹岐,集中营外面有异常动静!"

壹岐一跃而起,爬上天花板隔层,从洞里往外看。只见雪光中近两千名士兵和数台坦克以及消防车正朝集中营开来。

"快起来,他们要搞武装镇压!"

"把门窗堵好!把能用的东西全用上!"

从梦中惊醒的日本人顾不上穿衣服,迅速用草垫子、毛毯、枕头等加固防护墙。坦克和消防车在集中营前停下,装有扩音器的卡车驶入集中营,在广场上停下。扩音器里传出用日语宣读的告示。

告日本人 你们已经被两千兵力包围。无论有何理由,你们忘记自己的战犯身份,无视苏联法律,犯下了重大错误。苏联内务部副部长米哈伊洛夫中将命令,马上停止抵抗,在户外列队集合!给你们十分钟时间。

苏联的态度出乎意料。被冰雪封冻的窗外天还没有亮,漆黑一片。探照灯从岗楼射出,灯光中军官指挥士兵形成包围队形向各营房包抄过来。虽然坦克的履带发出轰鸣声,似乎要闯进营房,但是,没有一个营房打开门,也没有一个人走出去。

扩音器又响起来:"最后一次劝告你们!我们代表苏联最高机关劝告你们,现在还来得及,马上到户外列队集合!如果照办,你们就不会有任何伤亡。这是最后一次劝告!"

但是,每个日本人心意已决,毫不动摇。突然,营房的门被用锤子砸开,苏联士兵一拥而入,门口的防护墙转眼被毁。日本人举起手中的木片应战,但三四个苏联士兵喊叫着冲向一个日本人,漆黑的营房里顿时响起一片用棍棒殴打、用脚踢、把人在地上拖来拖去的声音,哀鸣和吼叫声响成一片。

扩音器里再次发出警告:"消防车开始喷水!不停止抵抗走出营房的人全部冻死!"

声音还没有落地,探照灯就一下子对准各营房,冰冷的水柱从消防水龙管里汹涌而出。

在零下二三十摄氏度的严寒中,凉水浇在身上,人顷刻间就会冻成冰棍,难逃一死。

"哇,好冷!会被冻死的!"

"壹岐!救命啊!我坚持不住了!"

壹岐听到丸长的喊叫声。苏联士兵揪起一个个被冻僵的日本人扔到院子里,赶到卡车上。而壹岐却被几个苏联士兵押送到一队持自动步枪的士兵中间。壹岐看到以神森为首的各室长、班长也和自己在一起。

苏军的暴虐行径持续了几十分钟。

早晨五点,大地仍在黑暗之中,寒冷刺骨。

哀鸣和吼叫声消失了,集中营内寂静无声。坦克像从战场上凯旋般消失在黑暗中,消防车也开走了。集中营里只剩下三百多名住院患者和没有绝食的老弱多病者。团长神森和壹岐等四十二名各营房室长、班长以煽动绝食为名被押往集中营管理总部,他们在机关枪枪口的威逼下咬紧着牙关。

采取夜袭这种卑劣手段的内务部副部长米哈伊洛夫中将以镇压抗议活动著称。去年六月,中亚卡拉干达的囚犯集中营发生大规模暴动。那次,当局也是在凌晨出动多辆坦克,压毁路障,就连全裸着手挽手组成人墙的女囚们也被无情地卷入坦克车的履带下。其惨绝人寰的镇压手段震骇了西伯利亚所有的集中营。

"神森,到办公室来!"

神森被几个卫兵押走了,他再也没有回来。天空发亮的时候,肥胖的米哈伊洛夫中将在几名随员的陪同下出现了。他让壹岐他们列队站在自己面前,用嘶哑的声音说:"我是内务部副部长米哈洛伊夫中将,我已经和你们的代表谈过话,了解到事情的原委。现在,我想听听你们有什么要求。但是,只限一个人发言。"

壹岐向前一步走出队列,问道:"阁下为什么分别会见我们和作为全体日本人代表的团长?请首先告诉我们阁下的意图。"壹岐为孤身一人被带走的神森的安全担忧。

米哈伊洛夫说:"我认为你们和组织罢工的团长不同。我想知道罢工的主谋的说法在多大程度上和你们日本人的真实想法是一致的。"

壹岐承担起责任,说:"罢工的主谋这种看法是错误的。这次事件中没有主谋,也没有策划者。我们只是把他选为代表,通过他把被长期羁押的日本人的心声转达给你们。刚才阁下说只允许一个人发言,那就由我来说吧。"

"好!你想说什么?"

"在事情发展到这种地步之前,我们曾多次给莫斯科中央政府、苏联红十字会写过请愿书,但为何阁下连一次都不会见我们,就突然动用武力来镇压?"

米哈伊洛夫叫部下拿过来一块沾满泥土、已被撕破的标语牌,举到壹岐面前。标语牌上写着"俄罗斯人不得入内"。米哈伊洛夫用是可忍,孰不可忍的语气说:"这就是为什么!因为日本人在苏联领土上私设日本租界。"

"私设租界?我们根本不是那个意思。只要阁下看一下我们的绝食宣言就会明白,我们并不是拒绝所有的俄罗斯人入内,而是写给那些不以人道主义对待我们的集中营工作人员看的。"

仿佛吸尽囚犯的血才养肥自己的米哈伊洛夫中将肥胖的脸上怒气腾腾,他恶狠狠地盯着壹岐说:"但是,日本人今天的行为极大地侮辱了我们苏维埃联盟,给我们脸上抹了黑。你们表面上宣布绝食,实际上却藏匿了大量食物,没有真正绝食。"

壹岐毫不畏缩,断然反驳道:"我们自从宣布绝食以后没有从集中营领取任何食物,从这个意义上,我们的绝食可以算作正式绝食。但是,问题的本质不在于采取什么形式上,而在于我们通过集体绝食这一手段要达到的终极目的,那就是'活着回到祖国'。因此,我认为绝食期间在可能范围内维持体能是无可厚非的。而且,我们之所以采取绝食这种手段,是因为虽然我们曾多次向现场官员提出改善待遇的要求,但从未得到答复。因此,我们才决定利用最后的手段引起苏联中央决策人物的重视,以期给予公正的评判。然而,阁下却没有听取我们的主张,只听信现场官员的一面之词,对我们进行了武力镇压。对此,我们深感遗憾。请问阁下以及内务部的官员看到过我们的请愿书吗?"

"看过。"米哈洛伊夫做出一副事关重大的样子,问,"但是,日本人写的请愿书都具有外交文书的性质。这些请愿书到底是谁写的?"

壹岐直视着米哈伊洛夫的眼睛说:"我们只是写了我们的真实想法,从来没有意识到是否成为外交文书。谁都能把事实写出来。"

中将浑浊的双眼里射出两道冷光,用盛气凌人的口吻问道:"你还有其他要求吗?"

壹岐说:"没有。"接着他又问道,"今天的事件当中有没有日本人受伤?"

"没有。"

"请给留在集中营的没有参加绝食的病患和老年人提供足够的保护。"

"嗯!"

"另外,请阁下认真阅读一下我们写的材料,以便很好地了解哈巴罗夫斯克日本人集中营的情况,把握这次事件的本质,使我们的要求得到实现。"

米哈伊洛夫痛快地点点头说:"好!我看一下你们写的材料,你们的要求能满足的就满足。"

从那天起壹岐被投进了哈巴罗夫斯克白监狱的单人牢房。他以煽动日本人进行反抗活动,扰乱集中营秩序的罪名被判处监禁一年。团长神森和其他室长、班长甚至翻译都被处以同样的徒刑。他们在集中营度过漫长的岁月之后又被投入了监狱。唯一给他们带来希望的是日苏恢复了谈判。坚持到那一天——壹岐他们心中只有一个念头,等待着那一天的到来。

昭和三十一年十二月十八日早晨,暴风雪狂呼大作。满载最后一批归国者的卡车马上就要从哈巴罗夫斯克第一集中营出发了。

以营长、政治部军官为首的集中营全体工作人员、警备兵站在大门口,为分乘十台卡车的六百九十八名日本人送行。他们与平时判若旁人,脸上挂着微笑,向卡车上的人挥手道别。

壹岐他们头戴新发的帽子,身穿崭新的黑棉袄,怀着复杂的心情,表面上露出笑容,不断重复着"再见"。一月十九日,为了保护自己生命的哈巴罗夫斯克事件被武力镇压以后,长期中断的遣返日本人的工作得以恢复。在壹岐和神森等被投入狱期间,哈巴罗夫斯克第一集中营一千零五十名日本人中约半数的人被渐次送回国。十月十九日,日苏谈判达成协议,羁押在莫斯科周边地区、巴姆铁路沿线和科雷马的日本人也被集中到哈巴罗夫斯克。

壹岐坐在第三辆卡车的最后面,看着忍受了十一年零四个月羁押生活的人们,寺田也在他们中间。寺田在拉佐矿山被迫连续两年上十二个小时的夜班,为了逃脱地狱般的苦役他砍下了自己的手指,却被送到更遥远的冻土地带。所幸的是他总算捡了一条命。

"日本人,再见!"

寒风中传来年轻姑娘的声音,是集中营小卖部的姑娘们。她们在飞扬的大雪中跺着脚,不断挥动着手臂。

"谢谢!再见!"车上的日本人也使劲挥手道别。

卡车的发动机声轰鸣,车队在风雪中出发了。卡车穿过繁华街道,壹岐看到雪中耸立着一排排红砖建筑的现代化公寓和公共设施。哈巴罗夫斯克的城市规模与他刚到这里的时候已不可同日而语。但是,这里最威严的建筑共产党党校以及市立医院、广场、道路几乎都是十一年来由数十万日本俘虏和囚犯建设起来的,这里的一砖一瓦,道路上铺的每一块石头里渗透着日本人的血和汗,甚至是生命。壹岐的脑海里浮现出堀年轻的身影。在混凝土厂的建设工地他为了保护病弱的老人,与苏联军官争执,砍伤对方,最后唱着"跨过大海"从容地结束了自己的生命。壹岐耳边又响起了堀撕裂人肺腑的歌声。

到达哈巴罗夫斯克车站,壹岐和一同坐卡车来的人上了一辆停在专用线上的火车。

"壹岐!这不是壹岐吗?"

前面车厢的车窗里传来一个熟悉的声音。壹岐在误以为是苏联高级军官乘坐的一等车厢的车窗口看到了秦总参谋长和竹村副参谋长的脸庞。突如其来的相遇让壹岐不敢相信自己的眼睛,他一时还以为自己看到是两幅镶在窗框上的肖像。他听说由于秦参谋长是陆军中首屈一指的苏联通,因此被关进莫斯科近郊最严酷的监狱里,他是被羁押在西伯利亚七十万官兵中受到最残酷对待的一个。如今,他昔日的仪表雄风已荡然无存。竹村副参谋长的体格仿佛也小了一圈。

壹岐跑到车窗下:"您二位平安无事,太好了!"他哽咽了,说不出话来。

"你们在哈巴罗夫斯克受苦了！我在莫斯科听说了,你们能站起来反抗,很了不起！"

"但是,我们失去了一个有为的青年。详细情况上了船再跟二位汇报。"壹岐行了一个礼,跳上已经开动的火车。

火车第二天到达纳霍德卡。这里的空气中弥漫着海潮味,眼前是宽阔的大海,做梦都能见到的兴安号就停泊在岸边。港湾还没有解冻,船的甲板和船舷上结了一层冰,但飘扬在船尾的太阳旗鲜艳夺目。

"万岁！"

突然,欢呼声四起,人们放声痛哭。

祖国——十一年来没有一天忘记祖国。在孤独的监狱里,在没有其他日本人的集中营里,壹岐思念祖国,思念亲人,不知道往肚子里吞了多少泪水。现在,他尽情地流着眼泪,目不转睛地看着在寒风中飘扬的太阳旗。

上船的时间到了。重症患者被用担架抬进船舱,那些靠在朋友的肩头才勉强支撑着没有倒下的病弱者一听念到自己的名字,竟像神灵附体一般,推开朋友独自登上船去。这是人类不可思议的生命力,是对生的世界的无限向往。

神森被喊到了,壹岐也被喊到了。他迈着坚实的脚步一步一步登上船。

翌日清晨,兴安号静静地破冰启航。冰封雪冻的白茫茫的大地渐渐远去,飘着流冰的海面发出海鸣声。那声音宛如怀揣着回到祖国的梦想却葬身于西伯利亚旷野的战友们的呼声。

当船驶出苏联海域时,全船人起立,怀着百感交集的心情为永远留在西伯利亚的人们默哀。

十一年悲惨的羁押生活在每个人心中历历在目,不堪回首的往事浮现在人们的脑海里。壹岐闭上眼睛,企盼有一天能将长眠于西伯利亚的战友们的遗骨亲手送回日本,否则悲惨死去的他们的灵魂将永远无法得到安宁。

海水渐渐变蓝,寒风也不再那么刺骨。毫无疑问,船驶进了日本海域。

第十一章　新起点

壹岐挤在上班高峰的人群中,在堺筋高丽桥下了公共汽车。他在近畿商事的职务是社长办公室合同制职员,但被分配到纤维部,今天是第一天正式上班。

马路两边的人行道上是匆匆奔向各自公司的人流,壹岐汇入人流往近畿商事走。突然间他产生了一种错觉,好像走在西伯利亚集中营出工的队列里。然而,二月里的阳光明媚,眼前晃动的是拥有艳丽身姿的年轻女性和衣着潇洒的男性,与身穿黑色棉衣的囚徒队列完全是两个世界。回国两年了,长达十一年的羁押生活的阴影一刻也没有离开壹岐。

高丽桥十字路口往北一百米左右矗立着近畿商事大楼。壹岐走进大楼的时候,挂在正面墙上的大钟指针正好指向八点半。壹岐松了一口气。离上班时间还有半个小时,他从电梯旁边的台阶上慢慢往二楼纤维部走去。

走进占据整个二楼的纤维部,壹岐惊呆了。本以为办公室还没有人,没想到大部分人已经来上班了。有的人正抱着昨晚收到的厚厚一沓电传或电报转发给各课室,有的正一边翻看着电报一边打电话洽谈业务。壹岐顶多只比那些女职员早到一步。

壹岐在窗户前面一字排开的部长办公桌里寻找金子棉纱部长的

位置,他看见金子脱掉西装上衣,正在翻阅业界新闻。隔着一个桌子是纤维贸易部长的办公桌,他正在为什么事训斥壹岐所属的纤维出口课课长山本。壹岐走到柱子后面自己的办公桌前坐下,两个年轻职员的对话传到他耳朵里。

他们两个穿着被汗水弄皱的衬衫,腰里还系着擦汗用的毛巾。其中一个说:"看,山本课长被部长训得够狠的。"

另一个个子稍高一点儿的缩着脖子说:"是不是我们算错了?昨天晚上算了四次,最后才对上数据……"

"真希望部长能高抬一次贵手。快到期末了,每天的商品结构都越来越复杂,我都熬了三个晚上了。特别是昨天,算了四次,折腾到早晨四点才总算对上数据。好不容易能到楼下值班室去睡一会儿了,去了一看,里面已经睡满了人。想在壁橱里眯一会儿,那里面也被人占了。没办法只好又上来,找了一块样品布料当毛毯裹在身上,在接待室的沙发上睡了一会儿。你看,我都感冒了。"

"你一直睡到刚才,还算不错。今天轮到我值日打扫,我七点就起来一次,把桌子都擦了,又倒了烟灰缸和垃圾桶。搞得我头都疼。不过,等四月份新人进来就好了,就不用再值日了。"

从两个人的会话当中壹岐知道八点半以前大部分男职员就已经来到公司,开始工作了。

突然,壹岐觉得有什么东西从他头上一掠而过,紧接着响起了山本课长的声音:"喂!你们什么时候才能用好算盘。还整天说什么学英语、法语的,先去算盘私塾把算盘学好再说!"

被上司训斥了一顿的山本把厚厚的账簿从壹岐头上扔给两个年轻手下,自己拿起话筒,飞快地拨了一个号码:"是大阪纺吗?转二七六。"他用脖子夹住话筒,从手里的一沓电报里抽出几张,用殷勤的声音说:"喂,是衣笠部长吗?我是近畿商事的山本。承蒙您一向关照。今天早晨怎么样？什么？已经有七家公司找您要货？您可别吓唬我。我们刚收到刚果发来的电报，有个大订单。不，不止这些。原色大花棉布二十万码，而且要得很急。现在还有十五分钟才到九点，请您务必把我们排在第一个，我现在马上就派人赶过去。另外，还有中国香港、南非的买卖。拜托了！"他用极快的速度一口气说完，啪的一挂电话，马上叫了声："石原！"

然后把采购表交给一个留着GI头①的二十五六岁的年轻人，说："你马上去大阪纺的衣笠部长那儿。已经有七家公司排队要货了，你一定要在九点以前赶到那儿，第一个坐在衣笠部长面前！"

"现在已经八点四十八分了，能赶上吗？"石原嘴上这么说着，手已经抓起了上衣。

"你赶快去，还能赶得上。要是排在前面的其他公司的人找碴，你就说早来了，在厕所蹲坑来着。去非洲的船是十天后出发，电报上说要尽快，所以无论如何要把货装上这艘船。"

课长话音未落，石原就冲出了办公室。

八点五十，女职员们也陆续来到办公室，办公室里更加繁忙起来。把样品装进书包往外走的人，和来日本的商家用壹岐听不懂的语言定谈判时间的人，拿着付款单左右穿梭的人，宽敞的办公室里人们纵横交叉地来来往往，电话铃声不断，打字机噼噼啪啪响个不停。壹岐孤单单一个人置身在这种热火朝天的气氛之外。

九点，他用包袱皮包好笔记本，准备去大门社长批准他去的图书馆。他走到金子部长的办公桌前，金子部长正准备九点半开始的期货交易。他好像刚想起壹岐似的说："没顾上你，对不起！"

"哪里的话！大家都这么忙，我要去图书馆了。"

---

① 一种只留下头顶部分头发的发型，是美国士兵常见的发型。

"图书馆？噢，对。要看十一年的报纸，这可不是别人能做到的。"金子佩服地说。

"哪里。刚来公司，实在不好意思。这段时间每天上午九点到中午我就去图书馆。"

说完，壹岐行了一个礼，走出公司。

壹岐沿着堂岛川步行到中之岛的大阪府立图书馆，进了一楼最里面的报章杂志阅览室。

阅览室里只有一个学生，静悄悄的。壹岐在尽里面的一张桌子前坐下，看着摆满报纸缩印版的书架。他之所以想用报纸填补十一年的空白，是因为觉得读那些带有历史学家、评论家们主观意见的著作，不如了解那段时间发生的事情，自己进行咀嚼分析。但是，他不可能看完十一年里所有的报纸内容，只能有选择地看一些。所幸被羁押期间他能看到苏联和东德的报纸，虽然是片面的报道，但大致能了解到一般的国际形势。所以，壹岐决定把重点放在日本国内的变化上，看看日本走到今天到底经过了一个怎样的过程。

壹岐把几个重点在脑子里整理了一下，归纳成五项，写在笔记本上。

一、我国国家体制在战败后的变化
二、新宪法的实质
三、新的义务教育的实质
四、国家预算每年的变化
五、战败后原军人的生活状态

壹岐从书架上取下《每朝新闻》昭和二十年下半年的缩印本。

似乎很少有人看这本书,崭新的书上落了一层灰尘。壹岐掏出手帕,擦干净被弄脏的手,然后拿着缩印本回到桌前,翻开书页。

壹岐首先把目光停留在一张照片和相关的报道上——昭和二十年九月二日,天皇颁布投降诏书,日本签署投降书仪式在停靠在东京湾的美国军舰密苏里号上举行。

作为同盟国代表,以盟军最高司令麦克阿瑟为首,中国、英国、苏联、澳大利亚、加拿大、法国、荷兰、新西兰各国代表列席参加。帝国方面重光外相代表政府、梅津参谋总长代表统帅部参加。签字仪式在庄严的气氛中进行。

壹岐在照片上找到了梅津参谋总长的身影,他站在正在签字的重光外相身后,虽然身穿佩戴参谋肩章的军装,但没有佩戴军刀。壹岐的双眼不由得被泪水模糊了。

这是同盟国开始占领日本的一天。翌日东久迩宫首相在帝国议会阐述战争经过,表明困难局势下政府的立场,同时提出面对战败全体国民应当集体忏悔。在这页报纸的右下角有一则广告:

急告 招募女性特殊职员 包吃包住高薪 可预支工资
东京银座 特殊慰安设施协会

这个广告是战败国的一个污点。壹岐马上翻到下一页,仿佛要把这个污点从眼前擦掉。他的目光落在九月九日麦克阿瑟元帅有关日本管理方针的正式声明上。

一、盟军最高司令在必要情况下向日本政府发出指示,指示由日本政府执行。原则上美国驻军作为确保指示得以实行的机构进行行动。

二、对于日本的现有经济,仅在关系到同盟国国民利益的范围内加以管制。

三、驻军的主要目的之一是在根绝日本军国主义以及军国主义式的国家主义,同时鼓励自由主义倾向。言论、新闻、宗教及集会等仅在为维护驻军军事安全所需情况下加以限制。

三天后的报纸上刊登了麦克阿瑟元帅发表"日本因战败沦为四等国"的言论的报道。

仅仅从签署投降书后十天内发生的事情当中,壹岐就看到了被战败的激流冲刷向前的日本。

壹岐把要点记在笔记本上,看了一下表。不知不觉已经到中午了。虽然在读缩印本之前他就把想了解的内容整理并归纳为五项,但看起来阅读报纸缩印本所需的时间大大超出他的预期。因为说好了只能每天上午来图书馆,壹岐急忙收拾好东西,离开图书馆。

回到近畿商事,正好是午休时间,办公室空无一人。壹岐打开自己带来的饭盒,正吃着,他面前的一部电话响了。壹岐不熟悉业务,正犹豫该不该接,电话铃声停了。壹岐松了一口气,接着拿起筷子吃饭。这时,电话又响了。壹岐一咬牙拿起话筒。

"谢谢!佐藤,拜托了!"话筒里传来语速飞快的大阪话。

壹岐还不知道纤维部的人都姓甚名谁,只好说:"现在他不在,等一会儿我查一下……"

"查?查什么?不都是你们公司的人吗?跟你这种迷迷糊糊的人没法儿说话,换个人接电话,女的也行。"

"现在是午休时间,没有其他人在。等一会儿,我让了解情况的人给您回电话。"

"又是查又是了解情况的,真让人受不了!我这是有急事才打电话的。你现在把我说的话记下来,完了让他们给我回电话。前几天说的……"对方用极快的速度开始说。

"请等一下!我还……"

"有什么可还的?我说的又不是英语,是日本话!你记下来就行了!"对方一口气说完事情,最后说,"就这些,你告诉佐藤。我是丸荣纤维的田中,你是谁?"

"我叫壹岐。您刚才的电话内容……"还没等壹岐把话说完,对方就啪的一声挂了电话。

壹岐一点儿都没听明白电话内容。他虽然作了笔记:"前几天委托的二月十日……TANAOROSHI①……仓库账簿……请用汇票。"短短的几句话里尽是壹岐不熟悉的词,他拿着写着电话内容的纸条就像拿着一个烫手的山芋。听对方的口气似乎是件紧急而且很重要的事,壹岐十分后悔,自己什么都不懂,为什么要接这个电话。可是既然接了,就得把话转给那个叫伊藤的人。

壹岐收拾好饭盒。这时,早晨赶去大阪纺织的石原回来了。壹岐马上跟他说了电话的事。

石原说:"我听不明白,你说清楚点儿!"

"到底是什么意思我也不清楚。对方就说二月十号要从货架上取什么货,所以要汇票什么的。然后就是让佐藤马上回个电话。"壹岐以为看上去精明勤快的石原会帮助自己推断电话的内容,就含含

---

① 意为盘点。"TANA"(汉字作"棚")有架子的意思,"OROSI"(汉字作"卸")则有卸、批发等意。因此,壹岐在给石原转达电话内容时把"盘点"理解为"从货架上取货"。

糊糊地说。

石原一脸狐疑地问:"佐藤出差去了。真的有这么一个奇怪的电话?"

"不管内容怎样,确实有过电话。"壹岐回答,心里觉得自己很没用。

"你刚才说从货架上取什么货。可是,打电话的人是不是说的是TANAOROSHI?"

"是啊!所以……"壹岐有些不高兴地说,心想所以我不是说从货架上取货嘛。

没想到石原更不高兴地说:"壹岐,生意上的事你真的是一点儿都不懂。以后请你不要接电话,耽误事。"说完,就去接待一个似乎有事求的中年客户,用不太热情的态度说了声"请"就开始谈生意。

房间中央的行情表上开始显示午盘的价格,办公室重新变得嘈杂起来。看到周围的人都忙得不亦乐乎,虽然壹岐也想帮着做点什么,但是,想到刚才那个电话,他觉得至少应该先熟悉那些听起来跟密码一样的商业用语。他努力地听销售人员和客户之间热烈的对话,但真的一点儿也听不懂。他想找个人问一下,看看周围,连那些女职员都忙得不可开交。虽然壹岐能感觉到的就是大量的商品正在被用很大的金额买卖,但是,无论他多么仔细地观察,办公室里只有各种做样本的布头,而没有商品。这些买卖到底是通过什么方法和途径做成的,壹岐百思不得其解。

一个小时以后,石原送走几拨客人,从壹岐跟前走过。壹岐忙问他刚才电话的事:"刚才那个电话又打过来了吗?"

"噢,刚打到我这儿。对方很生气,说刚才接电话的那个家伙是什么人。"

"是吗,对不起!"壹岐这才放下一颗心。

石原打量着壹岐问:"我没有冒犯你的意思啊,你当军人以前是干什么的?"

"我从一开始就立志当军人,除了军队,什么也没干过。"

年轻的石原似乎很难理解,问:"那你的最终学历是?"

"陆军大学。"

"什么?还有这种大学?你的专业呢?"

壹岐被问得哑口无言。就像壹岐不懂纤维部的业务一样,战后成长起来的青年也完全不能够理解壹岐的人生。壹岐心里很不是滋味,沉默不语。石原根本不顾及他的心情,接着说:"真不明白,为什么偏偏把一个旧军人派到需要千锤百炼的纤维部来。首先,商业用语你就一点儿都不懂。刚才的TANAOROSHI是什么意思你明白了吗?"

"没……"

"听你刚才说的,好像你以为就是哪儿有个货架,然后把货从货架上卸下来或者把货放上去。其实,TANAOROSI是指在三月份和九月份的决算期对仓库里的货物进行清点。"

石原紧盯着壹岐说:"像你这种军人出身的人就应该去防卫厅。你这把年纪跑到一个连话都听不懂的商社来,真是太难为自己,太悲惨了!"说完,撇下壹岐走了。

壹岐以四十六岁的年龄在一个未知的世界开启了第二人生,而且是关系到一家人生计的人生。因此,石原的话给了壹岐当头一棒,让他心里真的觉得很悲惨。

吃完晚饭,女儿直子端起去澡堂用的脸盆,对壹岐说:"爸爸,我们去洗澡吧!"

"好！阿诚，一起去吧！"壹岐想叫儿子一起去。

诚说："傍晚的时候我和隔壁的叔叔一起去了。"说完便继续埋头读手里的少年杂志。

壹岐回来已经两年了，但诚始终和他亲近不起来。回国的时候，妻子带着两个孩子去舞鹤接他，看着面容憔悴、牙齿脱落、身穿黑棉袄的壹岐，诚大喊："这不是爸爸！"壹岐想去抱他，他竟吓得直往后躲。在诚的眼里，十一年来天天面对的父亲是照片上那个戴着参谋肩章、佩着军刀的陆军中佐，想象中的父亲和现实中的爸爸相差得实在太远，他幼小的心灵受到了打击。壹岐刚回来的时候以为过一段时间自然就好了，没想到直到现在诚都不能像直子那样亲近他，壹岐心里感到很失落。

壹岐和直子从市营住宅区走到大和川边，沿着堤坝往公共浴室走。冰冷的夜风无情地吹在两人身上，戴着毛线围巾的直子不由得依偎在壹岐身边，说："等爸爸在公司挣了钱，我们先应该攒钱在家修个浴室。"

"浴室？好！爸爸给你修一个！"壹岐知道最近越来越多的邻居开始在家修浴室。

直子摇晃着父亲的胳膊，兴奋地问："那什么时候开始修？"

壹岐被问住了。他不知道修一间浴室需要多少钱，也不知道靠他的工资什么时候才能修得起。他说："爸爸也不太清楚。我和你妈妈商量商量，尽量早点儿修。"

"妈妈一定会特别高兴的。这么长时间，妈妈可辛苦了。没到大阪府政府上班之前，妈妈在家里干过手工活，也在外面打过工，吃了不少苦……所以，爸爸你要让她过上好日子，让她快乐。"

壹岐点点头。他回国后，妻子对十一年来的艰辛只是轻描淡写地一带而过。女儿的话让壹岐重新想到这些年来妻子所受的苦。

壹岐和直子在澡堂前面像往常一样约好半小时后碰面,然后各自进了男女浴室。父女俩洗完澡回到家,看见小火炉上的茶壶正呼呼地冒着热气。壹岐在炉子前坐下,妻子佳子递过一杯热茶。

"你今天在公司怎么样?"

虽然壹岐想起白天自己连个电话都不会接,被年轻职员抢白的事儿,不由得心里难过,但他若无其事地说:"唉,反正什么都是从头开始嘛。哎,这个茶挺好喝的。"他想借此把话岔开。

佳子用探询的目光看着壹岐说:"可是,你回来的时候我看你好像心情不太好,觉得你可能在公司遇到了什么事儿了。你呀,从来都是这样,不管有多大的事儿都不告诉我。"佳子说到这儿不再往下说了,但壹岐知道她是在嗔怪自己。十几年前,玉音广播的当天晚上他只用电话跟妻子说了一声"现在有任务,马上出发",就去了新京,一去就是十一年。

壹岐深情地说:"你不是也不想让我知道这十一年来你受的苦吗?刚才直子还跟我说呢,说妈妈吃了不少苦,让我在家修个浴室,让你过上舒服日子。"

战败那年的八月份,佳子虽然带着两个孩子回到壹岐的老家山形县鸟海山麓,但仅在半年时间里公婆就相继去世。公婆去世后,壹岐的哥哥当了家。佳子怕住在大伯子家里让人说闲话,就回到了大阪帝冢山的娘家。但是,佳子家不仅父亲是陆军大学教官,兄弟们也都是军人,这个军人之家的生活随着战败一下子陷入困境,他们只得变卖帝冢山的房子,搬到了河内长野的乡下。幸好佳子抽签抽中了大阪市营住宅,就带着两个孩子留了下来,靠在家做裁缝活儿养活一家人。后来,光靠做裁缝实在活不下去了,她又到车站前面的商店里打工。

后来在陆军士官学校和陆军大学都和壹岐同期的川又伊左雄的

帮助下才找到了大阪府政府民生服务课的工作。川又伊左雄也是从前线回来的,他从东南亚前线回来后进了防卫厅。

对照自己在公司的处境,壹岐深有感触地说:"你生在军人之家,又当了军人的妻子,不了解社会,真是让你苦上加苦啊。"

"是啊,能坚持到今天也是因为没有放弃你一定能回来的希望。"说着佳子低下头,眼里充满了泪水。

壹岐心里感到揪心的疼痛,他说:"佳子……你真是太不容易了!"

佳子掩饰住自己的情绪说:"看我,因为你平安回来,现在又有了工作,我紧绷的神经一下子放松了,所以就变得娇气起来。你不在的时候,我可是只有恨自己的时候才哭的。"她从橱柜上拿起一个白信封递给壹岐,说,"秋津中将的家人来信了。"

秋津中将在战争结束的翌年秋天,作为远东军事法庭苏联方面的证人,和壹岐、竹村少将一同被从哈巴罗夫斯克带到东京,在到达东京的当天晚上服氰化钾自杀了。

信封上的发信人地址和姓名是京都市左京区樱木町秋津千里。壹岐脑海中浮现出将军遗孀出现在苏联代表团宿舍时的情景,她身穿黑色丧服的悲伤身影历历在目。壹岐打开信封,信中写道:

冒昧致信,多有打扰,请原谅。我是已故秋津纪武的女儿。壹岐先生经历了十一年的西伯利亚羁押生活后终于回到日本,衷心为您感到高兴。我曾经听母亲说,父亲去世前您和竹村先生在他身边。我母亲也已经于前年离开人世。今冒昧致信是因为前些天我去东京时拜访了竹村先生。竹村先生说下个星期天有事要来京都,顺便到我家来给亡父上香。他说好久没有见到您,希望我能请您也来相聚。如果您能来,亡父在九泉之下定然也感到欢欣。一个未曾谋面的人突然给您写这样一封信,失礼之处万望看在亡父的情分上海涵。

您经历了十一年的艰辛,身体受损,万望多保重!

秋津千里

身穿丧服,黑色的衣领里露出洁白的皮肤,满脸悲伤地低着头在雨中离去的秋津遗孀的身影和这个未曾谋面的秋津千里重叠在一起,浮现在壹岐的脑海里。

第二天上午,壹岐仍到图书馆翻阅报纸缩印版,不到一点的时候回到公司。一进大门就听后面有人叫他:"壹岐,你刚回来?"

壹岐回头一看是留着GI头的石原慎二。他也招呼道:"你这是从哪里回来?"

石原看了一眼手中的文件袋,说:"神户海关那边出了点问题,我磕头捣蒜地求了人家一通。我们商社在士农工商里是最底层的'商字号',被官厅压得死死的。"他一边快步上楼梯,一边接着说,"跟我们比起来,你多好啊!每天一大早就可以去图书馆。我们进公司的第一年,每天七点就得来公司打扫。第二年要用自行车驮着布匹给批发商送货,追货款,干的都是以前学徒干的活,弄得我都不好意思跟大学同学说。"

石原嘴上虽然这么说,但他的口气里没有半点儿觉得苦和累的意思。壹岐很吃惊,他没有想到士农工商里的"商字号""学徒"这样的字眼会从石原嘴里蹦出来,因为近畿商事的大楼在高楼林立的高丽桥附近也是最具现代化的。于是,他愈加疑惑,自己任职的公司到底是什么样的公司。

壹岐坐到自己的座位上,问石原:"要想了解公司的业务、规模,像我这样的外行看些什么资料比较好懂。"

石原歪着头想了一下,说:"公司里有给新员工准备的业务说明书。不过,我现在手头只有有价证券报告书,你先看一下这个吧。"他从抽屉里拿出报告书递给壹岐,就急急忙忙找课长去了。

壹岐还是第一次看到有价证券报告书。他翻开报告书,先看公司设立目的。

1. 海外物资进口及销售业

2. 批发业及代理业

3. 度量衡及卫生用品的进出口及销售业

4. 汽车销售及修理业

5. 意外保险代理业

6. 房地产销售、租赁及其中介及物业管理业

……

壹岐越看越不明白公司成立的目的到底是什么。接着他又看业务内容,公司经营的主要商品一览表让他更加惊讶不已,从棉花、羊毛到棉纱、合成纤维、纤维附属产品乃至白糖、畜牧产品等真是五花八门。不过,就这些商品而言,壹岐还能想象到它们被买卖的感觉,但他实在无法想象一览表中的直升机、飞机、电机等是通过什么途径、如何被买卖的。

当壹岐的目光落在海外事务所一览表上时,他不由得兴奋起来。近畿商事在纽约等美国的主要城市,南美、欧洲的主要城市及澳大利亚、非洲、中东、东南亚等五十一个城市设有分公司,派有二百六十名

驻当地的员工。以前壹岐都是从军事角度看外国,现在看到近畿商事以世界各国的五十一个城市为大本营,在世界范围内开展贸易,他心中一亮,心想公司的平台这么大,将来一定有自己的用武之地。

但他心中希望的火花瞬间熄灭了。接下来的财务诸表上写满了日元、美元、英镑、马克、法郎的字样和一串串数字,他甚至连其中各个项目意味着什么都看不懂。他绝望了,心想不请教别人,就是想破脑袋他也看不懂。他抬起头,正好看见石原回来了,就说:"对不起,我想问你一个问题。"

石原点上一支烟,不耐烦地说:"你恐怕连流动资产和固定资产的意思都搞不懂,让我怎么回答你的问题呢?"

壹岐恳切地说:"当然,你具体的一项一项给我讲我现在确实听不懂,你就选一个能了解公司经营业务方面的内容给我解释一下吧。"

"这个问题还真难。那就从利润报表看起吧。"石原叼着烟,熟练地替壹岐翻到那一页,上面有几项壹岐也大致明白的数据,比如营业额、成本、利润等。壹岐看着好几位数的数字,不觉得念出了声:"噢,原来近畿商事这半年的总营业额是两亿一千二百七十一万九千七百三十一日元,那支出呢……"

石原在一旁无可奈何地叹口气说:"所以呀,壹岐,教你实在太费时间了。那个数字是以千为单位的。"

"以千为单位?这么说总营业额是两千一百二十七亿?"壹岐惊呆了。最近报纸正在大张旗鼓地报道明年度国家原始预算第一次登上一万五千亿元台阶的新闻。虽然壹岐对货币的真正价值还没有什么概念,但这个天文数字给壹岐留下了强烈的印象。因此,他难以置信一家民营企业的总营业额竟然直逼国家原始预算的七分之一。

壹岐做了一个深呼吸,问石原:"人们常说的东证一部①的上市大公司,它们的营业额都像我们公司这样占国家预算的几成吗?"

"不,也就是商社。"石原吞云吐雾,见怪不怪地说,"壹岐,你用不着吓那么一大跳。要光看营业额,我们比日本银行还有钱,你要看这儿。这一季的纯利润是八亿二千八百六十五万三千,仅仅是总营业额的百分之零点三八。"

"哦?纯利润只有百分之零点三八?"壹岐疑惑不解地说。

"是啊,这中间有好多环节,也就是所谓的商社职能吧。哎,我没时间给您当家庭教师,您自己慢慢看吧。"说完,他又急急忙忙离开了办公桌。

壹岐把这个利润和战前大公司的一般纯利润做了一个比较,总感觉这个数字少了一位数。如果是百分之三点八还好理解,这么大的一个公司,雇用这么多的员工,它的纯利润才是百分之零点三八,壹岐觉得太不可思议了。

正琢磨着,一个女职员过来说:"壹岐,一丸常务②请你去一趟。"一丸常务负责公司的纤维部门,壹岐听说他一个月前去欧洲和非洲出差了。壹岐走到一字排开的部长办公桌中间最大的那张办公桌前,皮肤晒得黝黑、身材高大的一丸常务对壹岐说:"你的事儿我听大门社长说了。把你这样的人放到纤维部来,你自己为难,我们更不好办。不过,既然已经决定了,也就只好这样了。我听说你每天上午去图书馆看报纸,你知道苏丹有多少人口吗?"

一丸问得突然,壹岐老老实实地说:"不知道。"

"我刚从欧洲和非洲回来,非洲的人口增长速度非常快。三年前我去加纳的时候还是三百五十万,今年就成了四百三十万,三年里增

---

① 东京证券交易所第一部,相当于日本重权股,东证二部为中小企业。
② 相当于执行董事。后文中出现的专务是更高一级的级别。

长了八十万。日本驻加纳大使说,加纳现在还没有完善人口调查体系,这个数字不可信。可是,我在加纳碰到在西部非洲有很强实力的法国AFC公司巴黎总部的副总裁,我们一起吃饭的时候他告诉我,非洲的人口增长率非常高,特别是苏丹,将来会成为你们公司的一个很大的市场。我一听这话就马上飞到了苏丹。我在距离加纳坐螺旋桨飞机不到一个小时的地方看到的居然也尽是一丝不挂的人。我了解了一下那儿的人口,说是有三四百万。如果让这些一丝不挂的每个男人穿上一条短裤,让每个女人有条裙子,那该需要多少布匹啊?想想都让人兴奋。"一丸一口气说到这儿,看见壹岐目瞪口呆地站在那里,又问,"壹岐,你知道那里为什么人口猛增吗?"

"不知道。"

"因为那儿没有电,人们的乐趣只有关门造人。另外,国家渐渐独立自主,卫生管理水平不断提高,婴儿的成活率也提高了。对我们商社来说,再没有比人口增长有魅力的事情了。"

"哈哈哈哈。"一丸毫无顾忌地发出一串豪爽的笑声。接着,他又说,"你有什么要求,现在就告诉我,不然明天我又要去东京了。"

壹岐犹豫了一下,说:"其实这两天我虽然在学商业用语,看有价证券报告书,但仍无法了解公司的业务内容。所以,我想实地学习一下。为了了解纤维部的商品业务流程,我想先亲自到现场,依次看一下进口的原棉是如何变成棉纱、织成布,然后通过什么流通手段送到批发商那里的。或者了解一下出口的物流渠道也可以。您能不能给我提供方便?"

"每个环节都走一遍,我倒不觉得这种方法能了解商社的运作机制。不过,做总比什么都不做强,那就去吧。我给你找个年轻人带你去,好好努力!听上去你好像没有自信,其实我本人也是一个人生规划乱了套的人。我学生时代的理想是当一名外交官,为此还专门选了法语专业,结果考外交官没考上。但是,人是适应性很强的动物,我干上了商社,了解了它,从此觉得这个工作实在是太有意思了,欲罢不能啊!"这时,电话铃响了。一丸拿起话筒,立刻转化了角色。

壹岐回到自己座位上,非洲的话题固然让他始料不及,但一丸常务的最后一句话带给他的震撼更大。壹岐根本无法想象军人出身的自己能成功转型成一个商社职员。这不仅因为他没有一点儿基础知识,而且还在于个人的资质。

壹岐去了京都。前一天晚上下的雪还没有融化,薄薄地积了一层。

他在市营电车樱木町车站下车后,按照秋津千里告诉他的那样往北走。这里是一片由来已久的安静的居民区,屋顶和树篱上的雪在阳光的照射下变成一滴滴水珠。走了大约五分钟,壹岐来到一条两旁樱花树成荫的水渠边,跨过一座小石桥,在一个巷子深处找到了一处门口写着"秋津"的房子。这是一座占地面积八十坪,建筑面积只有三十坪左右的平房。

壹岐按响门铃,一个用人模样的老妇人出来开门。

"我是壹岐。"

"恭候多时了!这么远的路,您快请进!"

壹岐跟着女佣走进门,看见进门处整齐地摆放着一双男人的鞋,他知道竹村少将已经来了。

壹岐和竹村少将同坐最后一艘船从西伯利亚回到日本,在舞鹤分手后就没有再见过面。两个在西伯利亚被羁押了十一年的人,分别住在东京和大阪,他们没有足够的经济实力和时间相见。

里面传来声音。"欢迎光临寒舍。今天路不好走,难为您了。"一个身穿深红色和服,盘着长发的年轻女子出来迎接壹岐,"我是秋津的女儿。冒昧给您写了那封信,没想到您真的来了。"说完,俯身行礼。她有着浓密的睫毛,象牙般洁白的皮肤和椭圆形的脸型很像秋津夫人,但五官端正的容貌显然继承了秋津中将的遗传。

壹岐抱歉地说:"虽然我就住在大阪,但却不知道将军的家人住在京都,没能来灵前上香,请原谅。"

"哪里,大为失礼。请,竹村先生都等急了。"

千里拉开面朝庭院的客厅的隔扇门,竹村正坐在矮桌前焦急地等着壹岐。看到壹岐,生性开朗的竹村爽朗地说:"壹岐,好久不见!你气色看起来不错,太好了! 先到灵前去吧。"

房间里摆着一个佛龛,供着长明灯。壹岐跪坐在佛龛前,献上一炷香。一缕轻烟升起,静静地萦绕在已故秋津中将的牌位上。壹岐双手合十,心中难以平静。在长达十一年的羁押生活中,他最不愿意想起的就是昭和二十一年九月作为苏联方面证人被带上远东国际军事法庭的经历。当时,他和原大陆铁道司令官秋津中将、关东军副参谋长竹村少将一起被软禁在哈巴罗夫斯克郊区的别墅里,虽然他们始终坚持拒绝作为证人出庭,但最后仍将被带到东京的时候,秋津中将用淡淡的口吻说:"既然事已至此,我们只有各自坚持自己的主张,如果实在难如你我之意,一死了之也罢。"后来,在出庭前他果真服氰化钾自杀了。

壹岐凝视着秋津中将的牌位,想到虽然在中将离世的前一天他们还共命运,但他却没有被允许向遗体道声别,壹岐百感交集,对着牌位久久合十祈祷。

默默在壹岐身后陪着他的千里用微微颤抖的声音说:"您如此的真诚,父亲在天有灵,一定感到很高兴。谢谢您!"她光洁的额头下的一双大眼睛里满含热泪。

壹岐可以想见秋津中将的死给他的家人带来了多么大的痛苦。他无言以对,默默地行了一个礼,在竹村对面坐下,说:"没想到我们回国后第一次见面竟是在秋津中将的牌位前,这大概也是命运的安排。"

竹村已经六十二岁,看上去回国后他的身体仍没有得到恢复。他点点头,像是对自己说道:"是啊,这下多少可以平复一下心情了。"看见千里端来点心,他又用轻快的声音说:"千里,谢谢你找来了壹岐君。如果没有这次机会,恐怕再过几年我们都见不着面。"

千里的脸上第一次露出笑容,说:"哪里的话。今天最后陪伴在父亲身边的二位能来,我非常高兴。上次去东京的时候去研究所拜访竹村先生,真是去对了。"

壹岐问:"研究所?竹村现在在研究所工作?"

竹村爽快地说:"我一年前去了中苏问题研究所。像我这种没什么能耐的人,在现在的日本也就只能干些资讯方面的工作。"他端起千里沏的抹茶,很享受地喝了一口。

中苏问题研究所是一个聚集了以前陆军中屈指可数的中国通、苏联通成立起来的机构。

竹村曾经当过对苏联情报参谋,他去那里工作可以说是顺理成章,开启了属于他自己的新的人生道路。

竹村关心地问:"壹岐君,你现在怎么样?我听说你回来后一直为旧部下的工作问题奔走,现在还没有找到工作?"

与竹村不同,虽然壹岐的第二次人生道路并不是他自己理想中的,也因此他尝到了辛酸,但他仍故作轻松地说:"托您的福,去年年底我所有的部下都找到了工作,我自己也在半个月前进了近畿商事。"说完,为了掩饰他端起茶碗。

"这我就放心了。听说你一直没有工作,我很担心。我知道你心里还有很多想法,但是,十一年来家人受了那么苦,你回来以后还让他们为你做出牺牲,总不是一件值得夸奖的事情。"竹村半开玩笑似的说,话语中饱满着对壹岐妻子的亲切关怀。

千里趁着两个人说话的间隙轻轻地撤下空茶碗。竹村说："千里，说是来给你父亲上香，结果我却光顾和壹岐君说话，让你受冷落了。"

虽然千里的一双眼睛告诉人们她是一个性格坚强的人，但此刻蒙上了一层忧伤，她说："哪里，听着您和壹岐先生的话，我心想如果父亲在世的话大概也是这么跟你们聊天儿。不过，说心里话，我很羡慕你们的家人。"

这时壹岐才注意到这所房子空荡荡、静悄悄的，壹岐问："你母亲去世后你还有什么家人？"

"就剩下我哥哥和我。我哥哥落发为僧，所以现在就我一个人。"

虽然千里的哥哥出家为僧一定有很深刻的原因，但一个二十多岁的年轻女子独自生活在这所房子里，这件事更让壹岐感到惊讶。

竹村回忆起两年前的事情，说："我刚回国的时候，身体非常虚弱，在家躺了三个月。就在我刚能下床的那天你来到我家，说想了解一些你父亲去世前的情况。我当时真没有想到你会来。不用你介绍，我一看见你就知道你是秋津中将的女儿。"

千里用一双明亮的眼睛看着佛龛说："虽然母亲曾多次给我讲过从二位那里了解到的父亲临终前的情景，但是，因为父亲自杀时我还是学生，光听母亲讲我觉得还不够，所以无论如何想自己亲自证实一下。"她告诉壹岐，从昭和二十一年开始，十年时间里每次公布西伯利亚归国者名单她都要查找竹村和壹岐的名字，直到在最后一批归国者名单里找到他们。她又查住址，但只查到了竹村家的。于是，她估算好时间，选竹村大致已经安定下来的时间去拜访了他。

壹岐被千里的执着深深打动，说："原来是这样，十年……"虽然他本来想说你一直不能接受父亲的自杀，一定很痛苦，但他没能说出口。

这时，好像有人来了。女佣轻轻打开隔扇门说："西阵的老爷来了,怎么办?"还没等千里说话,一个白发所剩无几,连光秃秃的脑袋都透着红润的身穿和服的男人已经走了进来。

千里责怪道:"您怎么也不打声招呼就来了。"然后向满脸困惑的竹村和壹岐介绍说,"这是我叔父秋津纪次。这二位是我父亲生前曾受到关照的竹村先生和壹岐先生。"

身穿铁灰色结城绸①和服的秋津纪次一听马上端正坐姿,深深地行了一个礼,说:"我这可真是太造次了。听说我哥哥纪武在临终前承蒙二位在身边关照,非常感谢。谢谢!"

秋津纪次的相貌、言谈举止都与秋津中将相去甚远,竹村和壹岐不由得面面相觑。秋津纪次似乎看出了两人的心思,说:"我和我哥哥不一样,是做西阵锦缎买卖的②。本来秋津家族代代都是西阵锦缎的纺织商,按说应该由我哥哥继承家业。可是,我哥哥立志要当军人,所以就由我这个次子继承了家业。"说完秋津纪次无奈地摇摇头,好像他哥哥是个怪人。

竹村苦笑着说:"我还是第一次听说,以中将的风度我还以为他出身于军人家庭呢。"

"我哥哥说整天织女人的和服、腰带不是男人一生的事业,从小就不愿意继承家业。唉,真是有其父必有其女,我这个侄女也是个怪人。都二十七了也不嫁人,又不来家里帮我打理生意,一个女人家成天捏泥巴,真让人操心啊!"秋津纪次看着千里,叹了口气。

千里的一双大眼睛锐利地射向叔父,说:"你怎么能把我热爱的陶艺说成是捏泥巴?叔叔,你太过分了!"

壹岐说:"陶艺?一个女孩子做陶艺,很少见啊!"

---

① 以日本茨城县、栃木县为主要产地的高级丝绸,现被指定为重要非物质文化遗产。
② 也直译为"西阵织"。为日本国宝级的传统工艺品,在纺织界享誉盛名地位崇高,以多品种少量生产方式为特色。因其出产于日本京都的西阵地区而得名。

秋津纪次以为终于找到了知己,忙说:"您也这么觉得?就是嘛,当个茶道老师、画个日本画什么的还说得过去,偏偏要去捏泥巴。"他指着端着茶碗的千里的手说,"您看看这双手。"

千里把双手伸到叔父面前,说:"我的手怎么了?"

"哼,今天是有客人你才弄得这么干净,平时你看看,指甲里手背上都是泥巴,不知道的人还以为你是个女泥瓦小工呢。你虽然不是我的女儿,可是现在我哥哥嫂子都不在了,我就是你父亲,真是替你操心啊!您二位也好好说说她。"秋津纪次非常认真地请求壹岐和竹村,看得出他是真的把千里当成亲生女儿疼爱的。

千里不客气地打断叔父的话,说:"叔叔,你要再在客人面前说这些话,我可真生气了!"

为了躲避侄女投过来的矛头,秋津纪次对竹村和壹岐说:"跟来上香的二位说这种话实在是欠妥,不过,好不容易来一次京都,就让我带二位出去转一转。就去祗园町①吧?"

竹村说:"谢谢你的好意!不过,傍晚我约了人,是工作关系。"

秋津纪次再次邀请道:"那就去其他地方看看。您二位上了香,我哥哥的在天之灵已经十分满足了。"

竹村看着壹岐说:"二十年前,我去过京都北部大原的三千院,那里的雪中庭院非常美,我印象很深。我想去那儿看看,你说呢?"

看见壹岐也表示同意,秋津纪次兴奋地说:"赏三千院的雪景,二位可真是风流雅士啊!走吧,车在外面等着呢。看完三千院回来,再找个地方喝酒赏雪。"然后又吩咐千里也一起去。

汽车沿着高野川行驶在蜿蜒的若狭街道上。京都市内只积了薄

---

① 京都最有名的艺伎街区。

薄的一层雪,但进入大原以后,雪越来越深,以清流和红叶遐迩闻名的洛北风景名胜地宛若一幅幽玄的水墨画。

很快汽车来到比睿山脚下,在三千院参拜道前停下。

"我们得从这儿走上去。这里很冷,别感冒了。"因为车里开足了暖气,秋津纪次一下车马上打了个哆嗦,拉紧大衣领子说。千里也把脸深深埋在粉红色的披肩里。但是,对于竹村和壹岐来说,这点儿冷根本算不上什么。

三千院在一段缓缓的石头台阶尽头。被称作御殿门的山门耸立在高处,山门周围是宛若城堡般的石垣。它虽然是座寺院的山门,却有着城门一般的壮观和威严。壹岐仰望着山门,心想难怪竹村喜欢这个寺院,这儿的确符合他的喜好。

秋津纪次显然经常带人到这里来,快走到山门的时候,他停下来,熟练地介绍道:"这一带在藤原时代①是寻求净土的人们遁世,也就是念佛的圣地,有很多天台宗的著名寺院,比如胜林院、来迎院、寂光院。天台宗给这些寺院封了一个山号,总称鱼山。鱼山的总寺院就是这座三千院。"

听了秋津的介绍,壹岐四下望去,见附近果然是寺院相连,在雪中呈现出一种寂静的美。

几个人走进山门,来到静悄悄的僧房前,请求允许参观。过了一会儿,一个年轻僧人出来说带他们进去参观。

"不用了。我来过好多次,知道怎么走,你就让我们随便看吧。"秋津纪次说着从怀里掏出一个信封,递给小和尚,"这是参观费。"然后,丢下目瞪口呆的小和尚,踩着擦得锃亮的廊下地板,自顾自地往里走去。

---

① 指平安时代(794—1192)中后期藤原氏摄政时期。

穿过三曲四折的长廊,走进正殿,眼前立刻出现了白雪皑皑的庭院。壹岐不觉眼前一亮,停住了脚步。只见墨绿色的杉树苔藓上落着白雪,树叶已经凋零的枫树枝上开出点点冰花。绘有三千佛壁画的极乐院披着白雪,端庄安详地坐落在院子中央。

很少表露感情的竹村看着庭院,感慨万千地说:"一点儿都没有变。这可真是年年岁岁花相似,岁岁年年人不同啊!"

壹岐也在心里独自感叹:的确,这些年来在我们身上发生了太多的事情。自己是第一次来三千院,不知道二十年后,当自己像竹村一样再次造访这里的时候,是否能够作为商社的一员,把今天选择的第二次人生道路走到底。想到这儿,壹岐竟感到有些不安。

秋津纪次说:"竹村先生,你还记得极乐院的大佛吗?"

"记得,那种优雅的美很能代表藤原时代的思想,是任何时候看了都让人赏心悦目的。今天能看上吗?"

"能!每天都开放。我们过去拜一拜?"

"一定。"竹村点点头说。

秋津弯腰拿起放在正殿台阶上的木屐,摆到竹村和壹岐跟前。秋津千里一直一言不发,默默地眺望着比睿山。壹岐他们都走开了,她还站在那里不动。

"你怎么了?"壹岐问。

千里猛地回过神来,说:"我哥哥就在那座比睿山上。想到今天他也在那里苦修行,我就⋯⋯"千里说不下去了。

"你哥哥出家以前是⋯⋯"

"也是军人。战争结束后他从吕宋回来,重新上了大学。可是,刚上到一半就突然出家了。他已经在山上修行了十年,从来不下山,不到俗界来。"

壹岐听着,心情沉重。他的心灵受到了冲击,原来军人也可以用这种方式开始自己的第二次人生道路。

千里目不转睛地看着壹岐说："您也看到了，我叔叔是那样一个人。虽然他很生我哥哥的气，说他软弱，但我一直觉得我哥哥很坚强。可是，今天见到竹村先生和你以后，我开始搞不明白，到底什么是坚强，什么是软弱。"

第二天，京都晴空万里。屋顶上的雪融化了，在清冽的朝阳下闪着点点光亮。

秋津千里身穿褐色毛衣、西装裤。她对着镜子梳理好长发，扎在脑后，涂上口红。无须过多的装扮，千里便一下子变得十分引人注目。

今天老用人阿金不在，家里静悄悄的。平时，阿金不在的时候，千里还会感到寂寞。但是，今天不同，没有阿金喋喋不休，千里可以静静地回忆昨天的情景。三千院美丽的雪景，亡父的友人竹村和壹岐面对美景发出的感叹。她想起父亲留下的青瓷香炉，想起已经很久没有焚香，于是决定焚炷香。

香炉放在里间的壁龛上，是件非常漂亮的青瓷器，浮着深水般的光泽。这个香炉是父亲在关东军第三军司令部供职时买的。当时他说，凭一个军人的财力虽然买不起宋瓷坛，但买个香炉还是可以的。他把这个香炉放在官舍的壁龛上，在繁忙的工作之余，总爱端坐在壁龛前观赏它。千里和哥哥清辉也知道，玩什么都可以，就是不能动这个香炉一根指头，这是父亲严令禁止的。战争结束的前一年，父亲就任大陆铁道司令官。不知为什么，这时父亲要母亲和千里回国，并且把香炉托付给她们俩，嘱咐她们要好好保管。千里记得，在她和母亲回国的前一天晚上，很久没有焚香的父亲在这个香炉里点上了最后剩下的一点儿香。

战后，千里投奔了京都的叔父，在叔父的帮助下找到了这所房子。刚搬进来的第一天,千里就把香炉摆到了壁龛上。她常常对着香炉思念自杀的父亲,慢慢地她对陶瓷产生了强烈的兴趣。从女子大学文学院毕业后,她不顾叔父、叔母的反对,进了五条坂的一家陶瓷工房拜师学艺。

香炉里飘出的青烟渐渐熄灭,千里看了一下表,已经九点多了。她急忙起身,关好门窗,出了家门。

千里去的叶赖山陶瓷工房在五条坂,从樱木町坐电车去大约要二十分钟。从外面看工房只是一个不太宽敞的普通民居,但进去后连着五六个房间竖着排成一排,最里面的一间是工房。千里轻轻推开工房的门。

工房有三十多平方米,隔成两间,一间是木地板,一间是泥地。木地板上放着三台拉坯机,千里的老师叶赖山正在最里面的机前默默工作。在别人眼里老师生性孤僻,虽然制作了很多优秀作品,也非常有名,但坚持不当艺术院会员。但是,在千里看来,老师之所以这样做是因为他不图名利,不求荣华。因为在老师身上她看到了一种坚持追求的难能可贵的精神,所以,虽然拜师已经五年,但每次来她都像第一次走进这里一样紧张。老师旁边是十三岁就拜师,二十年来一直辅佐老师的佐久间。他也是一个固执但纯朴的人。

千里来到第三个拉坯机前,开始修前天开始制作的一个抹茶茶碗的碗底。她把茶碗倒扣在拉坯机上,刚拿起刮刀,就听见少言寡语的叶赖山说:"你那个根本不行。"

千里一怔。因为她已经很久没有满意的作品了,最近刚刚觉得有点起色,所以,老师的话让她很受打击。她说:"老师,我……"

叶赖山打断千里的话,白发覆盖的额头下一双眼睛露出严厉的目光。他看着千里说:"你什么都别想,用'无心'好好看看那只碗!"

千里取下套在拉坯机上的茶碗,放在窗边的一个台子上,目不转睛地看着它,觉得茶碗的整个造型正是自己想要的。她说:"可是,我觉得造型基本上没问题。"

"不。"叶赖山一字一顿地说,"茶碗和茶壶不一样,不需要什么高难的技术。所以,如果想以造型取胜,这个想法越强烈,体现在茶碗上的人的卑劣性就越强,就会越偏离茶道'无'的精神。制作茶碗只需要用心,其他都是多余的。还有,那个茶碗的陶土根本没有拉开,让造型压垮了。"说完,又面对拉坯机,专心致志地工作起来。

老师的话字字千斤,深深打动了千里的心。她马上从材料架上重新取下一块陶土,开始练土。为了防止陶土龟裂,虽然工房里保持了适当的温度,但是陶土仍像冰块一样刺骨。千里不时用热水暖一下手,专心致志地揉着陶土。俗话说练土三年,练土是陶艺的基础,也是一个对女人来说非常吃力的活儿。千里在进入叶赖山门下的前三年,除了练土,就是打扫,到了第四年老师才终于点头,让她通过了是否可以成为一名陶艺家的第一关,并允许她在师兄回家后用他的拉坯机。在这几年里千里还承受了老师认为女人搞不了陶艺的偏见,执着地求教于老师,终于得到老师的认可,有了自己的拉坯机。她花了五年时间才能够开始制作盘子、壶之类的简单的作品。

揉完第一遍,千里用热水暖了暖手,接着开始揉第二遍。她像划橹一样晃动着腿和腰一口气揉了两百多次。很快她白净的脸上浮起红润,额头上挂满汗珠。揉好后,她把陶土放在拉坯机上,双手沾上温水,打开开关,用两只手掌紧紧抱住陶土,轻轻往上拉,拉成一个圆锥形。然后,伸出左手拇指,顶着右手的食指和拇指,把拇指插进陶土的中心。开始的时候,由于不熟练,陶土在千里手里不是摊成一团,就是歪歪斜斜。但今天的千里已经能够自如地控制手中的陶土,随着拉坯机的转动制作出各种造型。

一个抹茶茶碗终于成型了。千里用刮刀修整好内侧,用鞣革擦干净碗边,再将外侧修得光滑均匀,直到满意为止。她正准备下机的时候,老师又说话了:"你把这个跟刚才那个比较一下。要在展览会上展示作品是需要一定准备工作的。"

"什么?我去参展?"

"对。本来你刚来的时候,我以为陶艺对你来说就是大小姐的一个消遣,可现在我不这么想了。离秋天的新人展还有足够的时间,从今天开始你就要朝着这个目标面对拉坯机。你做什么都行,茶碗、壶都可以。"

千里心中充满喜悦。虽然五年一晃而过,但在这五年里她不知道有多少次想到过放弃。而现在她终于可以在东京上野美术馆举行的一年一度的陶艺新人展上展出自己的作品了。想起昨天叔父在竹村和壹岐面前叹息她"就像一个女泥瓦小工"的话,千里的脸上绽放出了微笑。

上午九点三十五分,大阪三品商品交易所[①]二十号棉纱交易开盘。壹岐跟着带他来参观的石原走进交易所,看见四十多家经纪公司的代表争先恐后地冲着交易员挥动着手臂,做出各种手势。交易员看着众多晃动不停的手臂,随即大声报出交易额:"大松卖出十枚[②],日吉卖出五十枚,浪花卖出二十枚。"除了喊声,不时还有啪的惊木拍案的声音响彻交易所。壹岐看不懂那些手势,对交易员的话也是一窍不通。他问石原:"这到底是在干什么?"

石原摸着GI头说:"我刚才不是告诉你了嘛!大阪的棉纱交易都是在这个交易所进行的,而这些交易又是通过在通产大臣那里注册的经纪公司来进行。比如我们近畿商事,一到开盘的时候,金子棉

---

① 最初设立于1894年。三品指棉纱、棉花、棉布。

② 一枚=两捆。

纱部长就一手拿一部电话,一个耳朵听卖出价一个耳朵听买进价进行交易。电话的那头就是我们公司委托的经纪公司或者是在这个现场的经纪公司的代表。经纪人通过戴在他头上的耳机和话筒把时刻变化的价格传递给他们公司或者金子部长,然后得到买或卖的指示,再用手势告诉交易员。当然除了我们以外,经纪公司还会接受丸藤商事或者五井物产等其他公司甚至是个人的委托,代替他们进行交易。"

"噢,我明白了。"壹岐看着忽而站起来挥动手臂的经纪人们问,"那,我们公司的经纪人在哪儿?"

"你看中间那儿,有个白白净净、像柴犬①一样机灵的人,他就是我们公司主要委托的大松经纪公司代表。除了大松,我们也用日吉和浪花等几家公司。"

"为什么要用那么多经纪公司?"

"因为只用一家,我们公司的买卖动态就会完全暴露给人家。金子棉纱部长的做法就是分散,即使大量买进的时候也不光找大松一家,而是同时让几家经纪公司代理。有时候买进以后还故意卖出,不断地调整买卖额,直到终盘。因为如果不这样,就吃不到什么甜头。"

壹岐点点头,表示听明白了。从军事战略上讲,金子部长的做法就是佯攻。壹岐的脑海里此时出现了一幅他曾看到的场景——大门社长面对行情表和金子部长商讨战略。

二十号棉纱交易终盘,在三十号棉纱交易开盘之前,代表四十家经纪公司的近六十名经纪人有的进了休息室,有的忙着给公司打电话,而那个被石原评价为像柴犬一样机灵的大松商店的代表却快步朝这边走来。

---

① 一种短毛立耳卷尾的日本种小犬。

"石原先生,谢谢对我们公司的惠顾。艾森豪威尔发表的对外物资援助的讲话起了作用,今天上午的行情不错。"

"那就是说,美国棉花丰收造成棉花价格下跌的一个星期前的不利因素消失了。"

"对,可以这么说。""柴犬"点点头。

两人正聊着,三十号棉纱交易开盘的钟声响了,"柴犬"急忙返回工作岗位。

壹岐惊讶地问:"不光是棉花的丰收、歉收,连美国总统的发言都会影响到棉纱市场?"

"那当然!这就和股市一样,大到全世界的气候、政治、战争、中央银行指导利率的增减,小到持有大量商品的公司社长因为癌症活不了几天的小道消息,总之世界上发生的所有事情都会很敏感地影响到三品交易市场。"

石原刚说完,交易所突然出现了一阵寂静,接着啪的一声惊木声响,三十号棉纱的交易开盘了。交易所立刻沸腾起来。

"大松卖出十枚!丸山买进二十枚!大岛买进五十枚!"

交易员的声音越来越兴奋,价格也不断上涨。经纪人举起的手掌朝自己表示买进,朝交易员表示卖出。一、二、三的数量用手指表示,手掌斜着向下晃动一下表示十枚单位,两下表示百枚单位。

突然,"柴犬""呀"的大叫一声挥动手臂,就在同时啪的一声响,本月交割的三十号棉纱交易结束,终盘价格是一百八十五日元。接下来将进行的是三个月、四个月和半年的期货交易。

石原说:"昨天一天三十号棉纱的成交额是一千一百枚,这样推算下来,光今天上午就成交了二百五十枚、七千四百万的买卖。"

经纪人们在壹岐眼前忙碌着。在这里只赚当月的钱人们嫌不够,还要做六个月之后的生意。看着眼前的情景,壹岐觉得他们做的是非常可怕的投机。

石原领着壹岐出了交易所,来到附近船场的批发一条街丼池筋。这里堆满布料的批发店鳞次栉比,满载布匹的三轮摩托、自行车穿梭其中繁忙地往来。壹岐好奇地在一家店面前停住脚步,马上便有一个年轻店员迎上来兜揽生意。他打开一卷料子说:"老板,咱这儿可以打折。您看,这是澳大利亚上好的羊毛织成的高级毛料,非常挺括。"说着他拿起一个算盘,啪啪拨了两下,避开别人的目光,举到壹岐面前:"这个价怎么样?"

壹岐看不懂算盘显示的价格,站在那里不知所措。店员见状,又看到壹岐一身寒酸的行头,便又拨了两下算盘珠子,说:"我看您像是远道来的,就再给您便宜一点儿,这个价怎么样?这可是跳楼价儿了。"

"不行!"石原突然冒出一句,从壹岐身后伸出手啪的拨了一下算盘珠子,说,"这还差不多。"

"您这也太狠了!"

店员知道自己遇上了行家,便和里面一个掌柜模样的人用暗语商量了几句后,然后回来重新拨弄了一下算盘,信心十足地说:"那好,我们取个中间价,成交了吧!"

"一码一百八十日元?不行!不要!"石原说完拉着壹岐就走。

壹岐红着脸说:"我们本来就没打算买,这合适吗?"

石原被壹岐的话逗笑了,说:"壹岐,你这个人,这么大年纪了什么都不懂。你在这儿被人家宰了,还怎么当商社职员?"

壹岐跟在石原后面边走边问:"昨天你带我去看的那些纺纱厂、纺织厂、印染厂,他们的布料价格是怎么定的?"

"决定布料价格的因素有很多,不好一概而论。比如原棉的价格在原产地已经受国际商品交易市场的影响。不过,我要给你讲这些,你这个外行会越听越糊涂,这么着吧,我讲点儿好懂的。首先,我们公司把原棉卖给纺纱厂,然后买他们生产出的线,再把买来的线卖给纺织厂,然后再买他们生产出的布,再把买来的布交给印染厂,然后再买他们染好的布料。

在这个生产过程中,每个环节我们抽百分之五的手续费。"

"那就是说,这跟扔皮球一样,每扔一次吃一次回扣。真够黑的。"

石原停住脚步,不满地瞪着壹岐说:"话不能这么说!的确像你说的那样,商社每抛一次皮球都要吃回扣。可是,我们也养活了形形色色的人。就拿你昨天参观的印染厂来说吧,不光是印染厂,连给那个印染厂提供原料、燃料甚至生产卷布用的纸筒的厂家都靠我们获取贷款,靠我们吃饭。一会儿我们要去神户参观码头,看装船的过程。出口货物需要开 L/C①,而开 L/C 就要给银行交手续费。所以说,我们还养着银行。壹岐,你了解的还只是一些表面现象。"石原进公司不到四年,生性好强,言谈话语间充满对自己工作的自豪感。他非常不解地问:"壹岐,你到底是什么人?年度中间能进我们公司当社长办公室专属特聘职员,不仅能上班时间去图书馆,而且公司还让我们带着你到处参观。"

"我也没什么特别的,就是前几天一丸常务问我有没有什么要求,因为我想了解一下商社的运营,所以就提出来想实地看一下物流的过程。"

"能提出自己的要求,那也不是一般身份啊!不像我们一进公司就被不停地使唤,哪有人带着去参观神户港。"石原流露出几分嫉妒,向大阪车站走去。

下午一点半左右壹岐和石原来到神户第二码头。走在排满码头

---

① Letter of Credit 的缩写,信用证。

的临海仓库前,呼吸着久违的带有海潮气味的空气,看着眼前的大海,壹岐感到心胸都开阔放松了。

虽然激浪拍打着岸边,但停泊在远处湛蓝海面上的几艘大型货船却岿然不动。壹岐感到这里与曾经熟悉的军港没有不同,别有一番诗意。这几天,壹岐跟着石原参观了纺纱、纺织、印染等工厂,又见了第一道、第二道批发商,最后剩下的就是参观出口货物的装船过程。

壹岐正陶醉在大海的美景中,突然身后传来一声怒吼:"别在那儿傻站着,躲开!"原来头上扎着毛巾的搬运工正从旁边的仓库往外搬运货物。壹岐急忙让开路。

石原提醒他说:"壹岐,这儿的搬运工都很粗野,挡了他们的路没准儿会被推进海里的。"

石原把壹岐带到"山下仓库"前,说:"这里就是我们公司存放货物的仓库。但是,在码头上如果不通过'乙中',货物是根本无法装上船的。"

"什么是'乙中'?"

"简单地说就是代理从仓库管理到装船的所有业务的代理商。比如我们公司的货物从厂家运到神户后先放进仓库,由计量公司计量好货物的数量后拿着 S/O[①] 到航运公司订舱,同时向海关提交通关的相关报表。另外,装船的当天要安排栈桥,找搬运工等等,这些都由'乙中'替我们一手打理。"

"那近畿商事船运课的人干什么?"

"他们的工作是如何快速、正确地制作商品出口所需的各种报表和文件,从 L/C、E/L、货物清单、装船命令到向海关提交的出口许可

---

① Shipping order 的缩写,可以理解为装运通知书、装运指示、订舱确认书。

申请书都由他们负责。为了应对意想不到的情况,装船的当天他们还要来码头进行监督。"石原用手指着海的方向说,"你看,停泊在港内的那艘东丸不是正在装船吗?那是今天晚上开往苏丹港的船,上面要装我们公司出口的八百吨人造丝、七百吨棉花,共一千五百吨的货物。就是为了赶上这艘船,这段时间我每天跑纺织厂,又是说好话,又是催逼,还先拿掉了人家其他公司定好的货,这才总算没耽误。"石原一反常态,沉静地说。

虽然石原有些瞧不起人,骄傲自大,但是壹岐能够感受到他对自己的工作能力有强烈的自信和自豪。

突然,仓库里慌慌张张地跑出来一个人,是船运课的职员。他说:"石原,原来你也来了?这下麻烦大了!"

"怎么了,这么慌慌张张的?"

"今天装船的一千五百吨货里,富山纺织厂的一百五十吨还没有到。打电话去问,说是早就应该到了。我问清楚车牌号码,和乙中的人分头给运输公司的各个分店打电话,最后才弄清车在铃鹿岭遇上大雪,耽误了时间。"

"什么?那能赶上吗?"

"因为我让司机亲自接了电话,司机说差不多能赶上,所以,我现在得马上去海关,求他们货一到就立刻让我们通关。"

"我去找乙中的人交涉一下,让船等等我们。"

石原迅速找到正在一百米开外指挥搬运工运货的乙中的现场督导,向他说明了货物还没运到的情况。"一百五十吨,就是六百个箱子……"肤色黝黑、体格健硕的现场督导看着手里的搬运记录,想了一下说,"看来你是无论如何要把这批货装上船了,我服了你这股劲头了。行!我让搬运工做好准备,货一到马上装船。另外,也让船上的搬运工等着。"

一个小时过去了,过了三点半卡车还没到。货船发出通告说不能再等了,要马上关闭舱门。在仓库里焦急等待的船运课职员、石原、乙中的现场督导面面相觑,壹岐也跟着着急。

船运课职员站起来,孤注一掷地说:"现在只有一个办法,就是上船请求他们推迟启航时间。石原,我上船去交涉,卡车来了以后就拜托你了。"

乙中的人说:"你还得办理海关手续,你留在这儿,我们去!"说完,他率先走出仓库,上了汽艇。石原和壹岐也跟着跳了上去。汽艇全速行驶,寒风和冰冷的水沫拍打着汽艇上的人们。汽艇紧贴着东丸停下,乙中的人冲着甲板理直气壮地喊道:"我有话要说,把梯子放下来!"

甲板上的人极不情愿地放下舷梯,乙中的人身手矫健地爬上甲板。接着,石原死死抓住在寒风中摇摆不定的绳索做成的梯子,一阶一阶往上爬。壹岐在下面看见他的腿直哆嗦。壹岐最后一个登上甲板的时候,乙中的人已经和负责船上搬运的工头大声吵起来了。

"我一个大男人这么求你,你都不答应?"

"当然不能答应!你们已经比说好的时间晚了一个小时,我不能再让船上的弟兄们干等下去了!"工头也毫不示弱地回应。

一旁的东丸一级航海士也一脸为难地插嘴道:"这艘船必须在二十号达到香港,否则会影响到那边的装卸。所以,无论如何我们必须在五点钟启航。"

乙中的人大声叱呵道:"你们还是不是男人!卡车司机为了赶上这艘船,现在正在阪神国道上拼命赶路呢!"

工头愣了一下,说了声"好吧",答应留下二十个搬运工。壹岐他们在甲板上紧盯着仓库的方向,翘首以盼。四点过去了,仍不见动静。快到四点半的时候,他们终于看见三艘机帆船开足马力向这边驶来。

"来了！来了！机帆船来了！"

石原兴奋地跳起来，大声欢呼。等在船上的搬运工马上投入工作状态。机帆船停靠在东丸旁边，起重机伸出长长的臂膀，抓起写有"PORT SUDAN""MADE IN JAPAN"字样的木箱放到第四舱口，搬运工们迅速把货物搬进舱内。

一百五十吨、六百个木箱的货物终于全部被搬进了船舱。满头大汗的搬运工们刚从舱里出来，咣的一声巨响，舱门就关闭了。紧接着响起了准备开船的锣声，搬运工们陆续下船，壹岐他们也重新上了汽艇。"呜"的一声，货船启航的汽笛声响彻天空。

回到岸上，壹岐他们目送从夕阳照耀下的港湾静静启航远去的东丸。这艘货船将经由中国香港、新加坡，通过苏黎世运河，经过一个月的航程后达到苏丹港。海面上闪着美丽的波光，东丸很快从神户港的红色灯塔和白色灯塔之间穿过，驶出港口。看着渐渐远去的货轮，壹岐仿佛感到眼前的世界变得开阔了。

石原目送着远去的东丸，说："壹岐，战败的日本变得一贫如洗。为了重振国力，我们商社人必须拼命赚取外汇。"

第二天快下班的时候，壹岐在纤维部角落里的质检课桌前，手拿放大镜，正在认真听棉纱部长金子的讲解说明。

"你看，一英寸见方上经向有一百三十根纱，纬向有七十根纱，所以叫二百根规格府绸。"

壹岐点点头，他凑到放大镜前一根一根地数，发现横竖加起来果然有两百根纱线。壹岐抬起头，金子部长从一卷四十号棉纱里抽出一根线，举到他眼前说："也就是说，一英寸见方里织进多少根这样的线决定着布料的质量和用途。不光是棉纱，还有羊毛、合成纤维，你要做到用手一摸就知道他们的规格、质量,才能做纤维生意。"

"那需要多长时间才能做到这点?"

"三四年吧。这得单枪匹马带着样本闯海外市场,经历几次失败以后,在实践中慢慢摸索出经验来。"金子部长说完回到自己的办公椅上。

壹岐深深叹了口气,他没想到光学会识别布料就得花三四年的时间。这时,他听见有人叫他,回头一看是石原。石原说:"壹岐,我们课要开课会,你也来听听吧,能学到一些东西。"

壹岐听说过近畿商事的会议都是在结束日常业务以后才开。他急忙返回纤维出口课,看见十二三个课员已经围坐在刚才还在谈生意的会客用的茶几周围。沙发不够用,不少人坐在就近搬过来的办公椅上。他们的平均年龄只有二十七八岁,虽然只是一个旁听者,但四十六岁的壹岐在他们中间仍显得格外扎眼。

山本课长看人到齐了,就宣布开会。"我们先从客户反馈的意见说起。"他拿出一块变了色的布料给大家看,"肯尼亚内罗毕商会说去年我们出口的一批尼龙变色了,提出索赔。这是他们退回来的料子,大家看看,橘黄色变成了土黄色。伊藤君,厂家怎么说?"

壹岐想起自己上班第一天曾替出差的伊藤接过一个电话,结果出了大丑的事情。他想听听伊藤怎么解释。

"我接到消息后马上找到大阪化纤,质问他们为什么给我们这样的布料,让我们的信用扫地,叫他们好好调查原因。而且,还有其他商社也不约而同地向他们反映了同样的情况。后来查明原因,是因为尼龙经不住强烈的日晒,特别是鲜艳的颜色,比如粉红、翠绿和黄色等很容易变色。厂家说,他们将尽快改善品质,妥善解决问题。"

"我没问你这个!问题是内罗毕商会现在要对六万码尼龙提出索赔。我问你,售价是多少?"

"一码四十美分。"

"估计得赔五六成。"

"这怎么行！折百分之四十左右的价,别说赚了,就连运费都不够。那我们就亏大了,能不能跟内罗毕商会好好谈判……"

"课长,化纤的产品,为了扩大未来的市场,现在我们只有忍痛接受对方的要求。合成纤维迟早会成为抢手货。你去好好儿跟厂家谈谈,让他们也明白这一点。"

伊藤信服地点点头。尼龙问世之前,各类化纤产品通过日本很多小商家源源不断地涌入非洲市场。这些商家为了竞争,不择手段,一遇到客户投诉就是出"走为上计"这一招。通过这些天的参观学习和石原的传帮带,连壹岐也知道这种状况绝不会长期持续下去。

"下面分析一下中东市场的需求。"课长把视线投向一个晒得黝黑的职员,说:"兵头君,谈谈你对当地市场进行调查后的看法。"

兵头三十四五岁,一副老练持重的样子。他跟一丸常务一起去中东考察,比常务晚回来一周,刚回来。听到课长问他,他直截了当地回答:"中东市场不那么火。"

"不火？现在日本市场上中东的买卖可是正在不断擦出火花。你不远万里跑到中东,是睡午觉去了？"

兵头毫不介意课长的话,继续说:"去中东之前,我从亚丁、贝鲁特商人那里得到的信息也是说因为快到去麦加朝圣的时候了,谈生意的越来越多,所以今年中东市场也会很火。可是这些人都是投机商人,所以,到了当地以后,我没有先找他们,而是去亚丁、麦加、吉达等地的市场看了看。结果,我发现虽然正值朝圣期,但各地的销售情况都不是很好。虽然亚丁的投机商们说有两百万码到三百万码的市场,可是,依我看有一半就不错了。"

副课长对兵头的话表示怀疑,他插进来说:"可是,丸藤商社、五井物产等各大商社,包括厂家都在说有不少亚丁那边的客商,而且已经谈成的买卖。你说的这些在日本从来没听说过。"

兵头仍然面不改色地说:"丸藤也好,五井也好,因为他们的人从来没有去过比亚丁更偏远的地方,所以他们只是听信了亚丁的投机商的话。等着瞧吧,那些卖出货的商社、厂家,肯定会有一部分货款收不回来。那些人,一遇到麻烦就搬出真主,说是真主的旨意。货款一拖再拖好几年,直到卖完为止。"

上个月刚从阿尔及尔办事处调回来的一个职员点点头,说:"我在阿尔及尔的时候就遇到过这样的事情,现在还有呆账呢。你要是跟他们说,结不了账先付利息也行,他们就会一本正经地告诉你,利息是违背古兰经教义的。那边的生意真的不好做。"

课长打断对方的话:"忆苦思甜的事儿喝酒的时候再说。"接着又问兵头,"兵头君,你那么自信地断定中东的生意不多,你真的有把握?"

兵头用手掌摩挲着一张沧桑的脸,说:"有把握。阿拉伯的生意火不起来的最大原因是因为去麦加朝圣的人没有往年多,消费也比往年少。生意人都异口同声地说今年买卖不好。我还化装成回教徒,混进朝圣的队伍调查原因。结果发现,因为羊的传染病不断蔓延,家畜损失了不少,再加上农作物也歉收,所以现在阿拉伯人都没钱花。比如,往年朝圣必经之地的旅店总是爆满,可是今年却空空的,很多人都住帐篷。而且,看他们在市场上也很少花钱。"

"兵头,你真的化装成回教徒混进了他们朝圣的队伍?你就不怕被他们发现?"石原瞪大眼睛,惊奇地问,其他人脸上也露出了惊愕。

兵头面不改色地说:"这有什么好吃惊的。我本来就长得黑,再加上晒成了这副德行,把回教的长袍往身上一套,只露出一双眼睛和长满胡子的嘴,谁能认出来。最麻烦的是念古兰经。我把开头的部分背下来,一直重复那段。"

兵头的话让山本课长也瞠目结舌。大家的惊愕激起了壹岐的好奇心,他问石原,如果被发现不是回教徒会怎么样。石原非常认真地说会被当场处以私刑。到现在阿拉伯还有把人的胳膊、腿砍下来挂在广场上的刑罚。壹岐想,即便石原的话有些许夸张,那个叫兵头的职员无疑是冒着生命危险闯进朝圣者行列的。

课长抱着肩膀沉默了一阵以后,最后做出决断:"好,明白了!最近各公司都因为看好阿拉伯市场,不断买进合成纤维,但明天一早我们公司就卖出。"

壹岐知道近畿商事纤维部采取独立核算的制度,课长官虽小,却也是一城之主,在肩负重大责任的同时也被赋予相当大的权限。

接着,课长又提出新的议题:"非洲、中东、东南亚的市场我们就按原定计划办。可是,如果不开拓新的市场,我们就无法在合成纤维的竞争中取胜。大家都谈谈,有什么好的想法。"

兵头说:"我们可以考虑一下美国市场。"

课长摇摇头说:"兵头君,美国可是合成纤维和尼龙的大本营。日本的合成纤维质量上还存在着问题,而且还有美国关税这道屏障,我们怎么能够打进美国市场?这太不现实了。"

"当然,这不是一两天的事情。美国的产业化结构越来越高,纤维生产是劳动密集型产业,现在他们支撑这一产业的劳动力越来越少。也就是说,在不远的将来,他们不得不从国外进口合成纤维。到时候,日本很可能成为美国纤维的供应站。"

兵头的话给壹岐留下了深刻的印象。虽然他担任的是中东方面的销售,但是却能展望美国市场,说出日本将成为美国的供应站这样的话。壹岐不由得仔细观察坐在斜对面的兵头。

会议结束了。大家把椅子放回原处,各自忙各自的去了。壹岐整理好自己的桌子,准备下班回家。这时兵头走过来,自报家门:"打扰您一下。我是壹岐您的学弟,是陆军士官学校第五十七期学员。我叫兵头信一良。"

壹岐没想到会在这里碰到自己的学弟:"哦?你是第五十七期的?"

大阪车站地下街的一个酒馆,壹岐和兵头正在喝酒。

兵头端起酒壶说:"壹岐,为了我们今后的交往,我敬您一杯。"

"谢谢!"壹岐端起酒杯,让兵头给他斟上,和兵头一起干了。

壹岐酒量不大,但兵头喝起来非常豪放。

壹岐重新打量着兵头,说:"真没想到你竟然是我的学弟。"

兵头看上去远比三十五岁阅历丰富,老成持重。他慢慢喝着酒,说:"我们公司,我这个年龄的有不少是陆军士官学校或者海军士官学校出身的。"他看了一眼吧台里面煮在热锅里的糕点,跟已经混熟的老板娘要了几样。

壹岐说:"是这样?听你刚才在会上的发言,你不仅混进朝圣的队伍调查市场,还着眼于合成纤维的王国美国的市场。我觉得你完全是一个精明强干的外贸人员。我记得你们第五十七期是提前毕业上前线的。"

"是的。整个陆军幼年学校、陆军士官学校期间,我的人生目标就是早日上战场,为祖国战斗。虽然我这样说对您很不礼貌,但我确实绝对不想当什么陆军大学毕业的参谋。"兵头说着笑了一下,"不过,我从中东出差回来,听说我们纤维部来了一个原大本营参谋,还是挺吃惊的。"

这时,老板娘端过来兵头要的第二壶酒,边给两人斟酒边说:"刚才你还没来的时候,五井物产的杉来了,说是来大阪出差。他一直念叨你,说阿信今天怎么不来。"

"噢,他来了? 见了我他还不是那老一套,骂我们关西的商社唯利是图,贪得无厌,没一句好话。"

老板娘笑着说:"对,还是老样子。不过,我知道你们是好朋友。"说完,就去招呼其他客人了。

兵头苦笑着说:"我从战场上回来以后,进了东京大学,杉是我的同学。我们一见面就争吵。不过,说实话,现在一度解体、成为睡狮的财阀系统的商社经过整合,渐渐恢复了元气,对我们造成了威胁。"

壹岐问:"你为什么没有进财阀系统的商社?"

"像我这种从陆军幼年学校开始就被灌输为国家献身的精神的人,对财阀有很强的厌恶。不过,话又说回来了,因为战败,国家全面放弃了战争,军队被否定,我们失去了活下去的目标。没有比我们更惨的人了。我的朋友们,有的因为愤怒和苦闷自杀,有的自暴自弃。比我早一期的人里面,还有一个在吕宋岛烧了军旗,回来就当了和尚的。"

壹岐的酒一下子被惊醒了。他想起去已故秋津中将家给中将上香,并前往三千院,中将的女儿千里在三千院对他说过的话。

"那个人是不是叫秋津清辉?"

"是。秋津给同期的朋友留下一封短信,说'有问题需要思考,将上比睿山。深谢各位的友情',从此就没有下过山。您认识他?"

壹岐简短地回答道:"我只知道名字,没见过。在西伯利亚时我和他父亲曾被关在一起。他父亲是已故秋津中将。"

"不过,不管战败的挫折感有多强,我还有很强的使命感,觉得国家还在,而且处于极其贫困的状态,我应该为国家做些什么。我思考了很多,终于明白日本需要发展经济,特别是贸易,所以就进了近畿商事。"兵头情绪饱满地说。壹岐为他的气魄所动,静静地倾听着。

"但是,进公司的第一天我就失望了。"

"哦?为什么?不是你自己选择的公司吗?"

"我胸怀大志进了公司,可发现几乎所有的上司都观念陈旧,安于传统的生意经,没有人能从大局考虑问题。我记得刚进公司不久,有一天午休的时候我在看柏格森的书,正好部长从我身边经过。他看了一眼书皮,教训我说,这哲学书能填饱肚子吗?有这闲工夫不如练练算盘!这就是我们公司管理层的平均水平。"

"这么说,你虽然厌恶财阀,但是觉得从体制上讲,近畿商事应该像五井、五菱那样?"

兵头情绪激昂地说:"不!我觉得商社就是仅靠办公桌和电话,以收集最新最有力的信息生存的。而且商社应该有时刻在刀刃上行走,随时会丧命的危机感,这种意识才是商社发展最重要的因素。依附于某个特定的企业集团,什么都不干就把钱赚了,这本身就是在否定商社的存在。在这个时期,像您这样眼界开阔、能全面看问题的人到我们公司来,对我们来说是一个精神支柱。"他的话语里充满对壹岐的敬重和信任。

壹岐大声说:"别开玩笑了!我刚进公司半个月,就已经知道自己是多么不适合在商社干。我觉得自己真是很悲惨。"面对生气勃勃的兵头,壹岐不由得说出了泄气的话。

"我相信您这样的人是不会真心说泄气话的。我倒觉得对于曾经参与制订大东亚战争作战计划的壹岐您来说,现在舞台变小了,委屈您了。壹岐先生,今天晚上我高兴,咱们唱首歌吧!"

"好!我进公司以来,还是第一次喝得这么高兴!"说完,壹岐合着放声高唱的兵头的歌声,也唱了起来。

晚上九点半,大和川市营住宅的一角,小路两边全部是同样格局、同样大小的房子,而且,家家屋子里都传出收音机的声音。喝得酩酊大醉的时候,很有可能走错家门。壹岐看到一些人家自建的白铁皮屋顶的浴室,听到里面传来的流水声,想起自己曾答应过直子,要在家里修一间浴室。

壹岐推开家门,里面传来丸长的声音:"您回来了!"丸长好像正在等他,迎出来,仍然像过去当勤务兵那样小心地替壹岐脱下大衣,直子也过来接过父亲的围巾,说:"爸爸,丸长叔叔今天给我剪头发了。"

"我看看!嗯,变漂亮了。阿诚也让叔叔给剃头了?"

诚嗯了一声,自顾自地调收音机的台。

"您今晚看上去很高兴,喝了不少吧?"

"嗯。我进公司以后还是第一次这么高兴,喝了不少。来,你也喝两口。"壹岐冲佳子喊道,"哎,拿酒来!"

丸长慌忙摆摆手,说:"今天太晚了,我得早点回去,要是影响了明天的工作,我那个漂亮能干的老婆饶不了我。再说,从西伯利亚回来以后好不容易有了一个儿子,我特别喜欢看他睡着的样子。"丸长一双小眼睛喜得成了一条缝,他接着说,"真没想到参谋阁下您进了商社,而且还是大阪最会赚钱的近畿商事。"

"所以,你是担心我干不下去,来刺探情况的?"

"哪儿的话!我一个剃头的,就是想替您担心也不知道该怎么办。今晚我来是……"

佳子接过话来说:"他爸,丸长今天是给神森提亲来的。"

"噢,我以前跟你说过的神森。"

从西伯利亚回来已经两年了,可是神森还没有娶老婆。壹岐为这事儿操了不少心,可最关键的神森本人进了防卫厅以后仍不改变无双亲,无妻子,无子女,要做六无斋的态度,根本不理会壹岐他们的关心。不过,去年春天壹岐还是硬让他见了佳子的同学,一个中学教师,但两个人没有谈成。于是,壹岐就托接触的人多又了解神森性格的丸长给神森找对象。

丸长说:"那次哈巴罗夫斯克事件的时候,我们决定拒绝出工,神森说在苏联怠工是叛逆罪,搞不好会搭上性命,说自己双亲已经去世,老婆孩子在满洲没了,是无六斋之身,自告奋勇地当了团长。我特别感动,到现在都忘不了。要不是那时候起来反抗,我们哪能回来,早就成了白桦树的肥料了。所以,虽说谷川他们在东京那边也在留心这件事儿,可是,为了报答神森,我一直在努力给他找对象。"

"找到合适的了?"

丸长细小的眼睛闪烁着兴奋,说:"有了!以前人家一听说是从西伯利亚回来的就不愿意,再加上被关在那边十一年,人家觉得身体肯定不行了,就更不愿意了。可是,这回有人找上门来了!"

"哦?什么样的人?"

"前天,我们商店一条街上的药店老板到我那儿去理发,闲聊的时候说起西伯利亚,我说到哈巴罗夫斯克事件的时候,那人顾不得正在刮胡子,一下子站起来说:'哎,你一定要让那个叫神森的娶了我妹妹。'我一下子没反应过来,那人又说:'你发什么愣,我马上把我妹妹的照片和介绍拿过来,你赶紧去帮我提亲。'"丸长唾沫星子乱飞,一口气讲完经过。

佳子把照片和介绍放到茶几上,说:"他爸,这位也在满洲生活过,她丈夫是在当地应征入伍,后来去世的。她自己一个人带着两个孩子,在撤回国的途中大孩子也死了。现在她带着初中二年级的孩子住在经营药店的哥哥家里。"

相亲照其实就是一张普通的生活照,上面是本人和她女儿。那女人三十七八岁的样子,虽然脸庞丰满,但眼角却挂着些许忧郁。

"您觉得怎么样?为了保险起见,今天白天我还专门去了一趟药店,跟本人说了几句话。人很实在,话也不多。大概是因为往回撤的时候吃了不少苏联兵的苦,她明确地说职业无所谓,只要是在西伯利亚吃过苦,愿意接受孩子的人就行。"

三个人同时沉默了。因为他们知道从满洲撤回回国途中一些妇女受到苏联兵的凌辱,所以连很年轻的姑娘,只要一说是从满洲回来的,就没人愿意要。

壹岐用沉重的语气说:"即便是被苏联兵凌辱了,只要是了解当时满洲情况的人,对这些女人也只会同情,不会怪她们。但在日本国内大概还是不行。"

佳子说:"这点神森一定能够理解,因为他就是在同样的情况下失去妻子和孩子的。"

壹岐点点头,他的眼前浮现出两年前从纳霍德卡出发回到舞鹤时亲眼看到的人间悲剧。

和他一起回来的一个人一下船就到处找妻子的身影,最后他终于发现了孩子,问:"你妈妈呢?"孩子一声不吭地低下了头。他又问:"怎么了?你妈妈病了?"两个孩子默默地摇摇头说:"走了。""走了?去哪儿了?""去嫁人了。"两个孩子一说完,哇的一声抱住骨瘦如柴的父亲大哭起来。还有一个人,听说自己做梦都想的新婚妻子成了自己亲弟弟的老婆的时候,当场失声痛哭。被长期关押在西伯利亚十一年的人,有四分之一都失去了正常的家庭。现在想起这些,壹岐感到神森的婚事的确没那么容易。

第十二章 春 雷

大阪新町,一家名叫金春的艺伎酒馆门前,几个艳丽的艺伎正在送客。

近畿商事社长大门一三和专程从东京赶来的东京分社的里井常务一起送走银行的客人,又回到包间。两名艺伎一左一右陪着他,给他斟上酒,说:"社长,再好好儿喝两口吧!"刚送走难侍候的银行的客人,大门也想放松一下,就说:"好,痛痛快快喝几杯!"他一连喝了几杯。大门身高一米六七,体重七十五公斤,红润的脸上架着一副金丝边眼镜,粗壮的手腕上戴着爱彼牌名表,精力充沛,根本看不出已经有五十七岁。紧贴在大门身边,盘着日本发髻的艺伎摆上大酒盅,说:"老爷,来,干一杯!"

"染叶,为什么要干呢?"

"招待了银行的人以后,需要调解一下心情,最好的办法就是干一大杯。来,我陪您喝。"叫染叶的艺伎给大门斟满酒,自己也扬起雪白的脖子干了一杯。

这时,近畿商事东京分社社长里井常务也回到包间。他一身潇洒,西装笔挺,丝毫没有刚喝一场酒的样子。他在大门社长对面坐下说:"我刚才给东京打了一个电话,让您久等了。那件事……"

近畿商事东京分社的主打业务并不是纤维,里井常务看了一眼艺伎,欲言又止。老板娘重新给二人要了一壶酒,巧妙地支走了两个艺伎:"你们去大堂看看有没有事情。"

屋里只剩下大门和里井二人。大门一扫脸上的醉意,换上一副精悍的表情问:"你说的那件事,是不是挖防卫厅航空幕僚调查课长的事儿?"

里井压低声音说:"是的,但好像已经定好要去五菱商事。我和航空幕僚防卫部长私交颇深,刚才就是给他家里打的电话。他讲的基本证实了这个事实。"

大门一听满脸怒色地说:"又被五菱挖走了!第二次防卫力量装备计划的预算总额大概是多少?"

"超过一万亿。其中的拳头装备是雷达和战斗机。最近,丸藤商事和东京商事的活动很频繁,目的也很明确,力量也比上次增加了三到五成。"里井强调说,"所以,我们公司要想加强航空部本部,当务之急是找到更有影响力的任务。"

防卫厅五年一度制订防卫计划之时,是各商社、厂家的竞争达到炽热化之际。因为军火生意不同于修建道路、桥梁和建筑,是一个有延续性的生意。如果拿下战斗机的生意,那就意味着不光是战斗机本身,还有至少持续三年的包括飞机的维修零件及其他维修用品在内的生意可做。而且,以此为轴心公司的业务还会拓展到武器以外。所以,各大商社都在想尽办法搜集有关防卫厅最近防卫计划及新一代装备的消息。这些消息将成为公司判断向防卫厅推销何种飞机及武器的重要参考资料。而问题的关键就是把位于防卫厅中枢的"原军官服族"挖到自己公司里来,由他们来收集情报。

大门金丝边眼镜后面的双眼目光炯炯,他把玩着手里的空酒盅,说:"拿下防卫厅的这单生意是我去年就发的最高指令。既然我把这个任务全权交给了你这个曾经的前线部队长,你就可以按你的想法去做。可是,要把更大的人物弄到我们公司来,必须能和防卫厅的主流派说上话才行。"

现在的航空部长是纤维机械出身,他特聘了一个原海军少将,又通过这个人的关系招了五个佐官和尉官级的原军官服族。但是,由于他们没有主流派的关系,所以在每次商战中都落后一步。

里井常务抓住机会,把单薄的身体靠近大门,说:"所以说,社长,我以前就跟您说过,我想把两个月前进我们公司的壹岐君调到航空部来。把一个原大本营参谋放到纤维部,这不是浪费人才嘛。"

在公司的决策人物里,与纤维部无关的里井虽然在大门面前不好表现得太露骨,但他内心很看不起纤维部,认为他们就是一个"学徒掌柜村"。

"可是,里井君,我把壹岐君招进我们公司不是为了防卫厅的生意,是为了加强我们的组织力量,和旧财阀系统的商社抗衡。当时,壹岐君担心他过去的身份被生意利用,我答应过他不会有那种事。"

里井不可思议地问道:"大门社长,您这样的人怎么也优柔寡断?不管您以前说过什么话,现在公司需要这个人,而且是您亲自下达了争取第二次防卫力量装备计划这一商机的最高指令。可您为什么还要坚持您说过的话呢?"

大门从从容容地把腿一盘,说:"我刚才已经说过了,我看中的不是壹岐君旧军人的身份和他的关系网。用现在的货币价值算的话,他是国家花了几千万培养出来的参谋,有策划能力和组织才能。我们公司现在正处于转型期,需要这样的人才。我是为了这个才招他进来的。所以,虽然防卫厅的这笔生意很大,但是,为了赶上旧财阀系统的商社,我想把他用在刀刃上。"

虽然里井被说得哑口无言,但他并没有就此善罢甘休,他沉默了一会儿,说:"那就先把他借调到航空部当合同制职员,等第二次防卫力量装备计划中的战斗机机型定下来以后再把他还给您。"

"不管是特聘还是正式职员,只要用在对付防卫厅上就是个'脏活儿',搞砸了就得离开公司。我好不容易发现的人才,因为这个丢了,太不划算。"

"原来您有这样的考虑,那就让他在航空部暗中指挥对防卫厅的工作。我给您讲一下壹岐君和航空幕僚中枢部人员的关系。他和空将补[①]防卫部长川又是陆大的同期学员。航空幕僚长原田虽然岁数比他大,但当年在大本营号称海军有原田,陆军有壹岐,两人关系非同一般。还有其他有大小职位的人,说起来几乎都和壹岐君多少有点儿关系。"里井似乎对壹岐的人际关系早已了如指掌,他接着说,"让壹岐君过来,成为我们插入防卫厅主流官员当中的楔子,加强我们公司航空部的力量。这样一来,我们的竞争力就会超过丸藤商事和东京商事,也不用再干瞪眼地看着五菱商事拿好处。我一定考虑好万全之策,不让壹岐君出面参加任何饭局。总之,您一定要把壹岐君借给我!"

里井坚持自己的主张,就连波澜不惊的大门也被他的气魄所动,说:"好,那今天你就先见见他,看看合适不合适再说。我觉得他不会朝你说的方向做。正好,我让他八点半来这儿。"

不一会儿,壹岐出现了。他身穿旧西服,怀抱包袱皮,和富丽华贵的艺伎酒馆的气氛极不相称。

大门说:"壹岐君,今晚让你来,是想让你见见从东京来的常务。让你久等了。"

壹岐在末座坐下,露出平静的笑容说:"哪里,我今天又去图书馆了,所以也没等。"

[①] 相当于少将。

大门介绍说："里井君，这位是壹岐君。里井常务是东京分社社长，代替我主管非纤维部门的工作。"

壹岐郑重其事地问候了里井。里井用审视的目光看着他说："由于工作关系，我经常去防卫厅，那儿的很多人都认识你。前天我还见到你在陆大的同学川又空将补，他让我转告你，你去东京的时候请你吃饭。"

听到久违的朋友的名字，壹岐感到很亲切。他说："是吗？我被关押在西伯利亚的时候，是川又给我太太找的工作，他还经常让滋贺老家的人给我太太和孩子送大米。让我真正感受到了朋友的深厚情谊。"

里井露出笑容，进一步说："川又先生在人才济济的防卫厅里也是位出色的人物，而且很有胆识。你没有去防卫厅，他觉得很遗憾，说我们公司是挖人才公司，我都不知道该说什么好。回到日本后，你见过原田航空幕僚长吗？"

"回国以后我只见过他一次。他每年都给我写贺年片，说些鼓励的话。"

里井点点头，看了一眼大门社长，给他使了一个眼色，表示对"看"的结果非常满意。

大门明白里井的意思，说："好了，别说这些了。既然我特意叫壹岐过来了，咱们就玩儿个痛快！"说完，他拍了一下手，以染叶为首的四五个艺伎应声进来，包间里一下子变得花团锦簇。

坐到壹岐旁边的艺伎用狐疑的眼光看着他，端起酒壶说："谢谢光临！喝一杯吧。"壹岐笨拙地端起酒杯，染叶依偎过来，说，"我陪您喝一杯。"其他艺伎也都举过酒杯来，脂粉气息扑鼻而来，壹岐变得更加局促。

大门见状说："染叶，跳一曲吧。"他冲壹岐举起酒杯，说，"壹岐君,你四十多岁才第一次进民营企业,肯定有很多别人不知道的苦恼。来,今天晚上就给你好好浇浇愁。"

弹三弦的和伴唱的都来了,染叶舞起了"鹭娘",包间里的气氛更加热烈起来。壹岐欣赏着艺伎娇艳的舞姿,根本不知道自己为什么被叫到这里来。

壹岐和里井走后,包间里就剩下大门和染叶。染叶生着一张圆圆的脸,双眼皮,大眼睛。她抽着好看的鼻子,噘着嘴说:"老爷,好久不见啊!"

"别生那么大的气。最近特别忙,去澳大利亚出了两个星期差。"

"您这工作真好,总有借口。说是去海外没在日本,谁知道是不是去东京拈花惹草了呢。"

"我倒是想。可惜,大商社的社长没有船场的小店主们那么有出息,一个染叶就够我受的了。"

"真的吗?你要去拈花惹草,我可饶不了你!"染叶似乎终于放下了心,脸上露出笑容。

她是一个自己打出招牌的艺伎,是大门的御用艺伎。

女佣隔着隔扇门说:"水烧好了,请入浴吧。"然后,拉开门,递进来准备好的浴衣。

大门走进走廊尽头的浴室。很快染叶也只穿着一件衬裙跟进来,替大门脱光身上的衣服。

大门把身体泡在浴盆里,摸着染叶雪白丰腴的腰说:"所谓凝脂说的就是你这样的皮肤,摸上去很有弹性。"

染叶怕痒似的扭动着身体说:"我是在烟花巷里长大的,从小大人就教我怎么保养皮肤。用装了糠的绸袋擦身体,开脸的小剃刀也一定要用新町的。"

大门从浴盆里出来,染叶麻利地给他搓了背,然后让大门转过来,仔细地为他擦洗身体。在雾气缭绕的浴室里,大门没有一点儿刚才的精悍,他舒服地闭着眼睛任染叶摆布。大门每天的时间被切割成每十五分钟一块,他与人会面,在电话上交谈,参加各种例会。就是去国外出差,在飞机里他还要看和各国商家谈判的内容计划、讲演稿。对他来说,每个月和染叶的几次相会是很好的放松和休息。

从浴室出来,大门走进一个面对中庭的房间。中庭里点点灯笼映照出点缀在庭院里的石头,房间里已经铺好了锦缎被褥,朱红色的小几上预备着啤酒。

"洗得还舒服吧?请喝啤酒。"

染叶已经卸去浓妆,摘下盘日本发髻用的假发,脸上是一抹睡前的淡妆,散发出二十七岁女人少有的妖冶妩媚。

大门喝着啤酒,说:"你身上的性感倒有几分熟女的味道。"

"是啊,我们母女两代都是艺伎,我身上的艺伎基因很强。而且,出场陪客人是我生活的意义。老爷您不来的时候我到各处出场,连这里的老板娘都说我何必那么辛苦。可是,我看重的不是钱,是因为我喜欢。"

"你这个女人是天生的艺伎。"

五年前大门在金春遇到了染叶。战后,毫无艺能的艺伎越来越多,但是染叶不仅舞跳得出色,还很会调动宴会的气氛。听说大门是近畿商事的社长,被誉为"期货之神",她就特别注意和服上的花样。有一次,大门突然来到金春,恰巧染叶穿了一身有网状图案的和服,她便不肯接待大门,说:"今天我穿着网状图案的和服,和老板的生意犯冲,感谢您的惠顾,但我请求不要让我接待您。"大门看上了她这一点,便每月出十万日元让她成了自己的御用艺伎。大门如果不挪用公款或中饱私囊,就无法替染叶赎身,把她包养起来。而且,以大门喜欢热闹的性格,与其把她包养起来,不如在艺伎酒馆里跟她见见面,欣赏欣赏她艺伎打扮的美艳身姿。

"老爷,您知道知事的茶叶罐的笑话吗?"

"茶叶罐?"

染叶扑哧笑了,说:"那位知事看起来道貌岸然的,其实特别喜欢干那事儿。只要是有年轻艺伎在场的宴会,他必然中途出去干一番。可是,因为是从宴席间抽身出来,他只能和相好的年轻艺伎在其他房间里匆匆忙忙地办事。所以,他就让人准备好一个茶叶罐,干那事儿的时候让艺伎把梳日本发髻用的假发套在茶叶罐上,一晃就了事。"

"所以就得了一个茶叶罐的外号?真有意思!"大门想象着一贯严肃的知事那"一晃"时的表情,大笑起来。

染叶不知道为什么问起了壹岐,她目光微醉地问:"老爷叫来的那个壹岐先生,真的是军人出身?"

"怎么,你这就看上他了?"

"说什么呢?我不喜欢军人。"

"为什么?打仗的时候你才十二三岁,又不知道军人是什么样子,有什么喜欢不喜欢的?"

"可是,我听我妈妈说,那时候她出场的时候,军人们总是耀武扬威的,老把国家和忠君爱国挂在嘴边。他们大花军火公司的钱,连和艺伎睡觉的枕头钱都要掏别人的腰包,而且,还野蛮无礼。"

"噢,军人里面确实也有那样的人,但壹岐君和他们正好相反。不过,他太不晓风月场上的事情,将来也不好办,得让他学会和女人周旋。染叶,这件事就交给你了,你给安排一下。"

染叶哼了一声,说:"哎呀,好恶心。艺伎一靠近就坐立不安的假正经的中年男人,真可怕。"说完还故意打了个激灵。

"你这个家伙嘴真损,那才有意思呢。"大门放下啤酒杯,说,"嘴虽损点儿,可是一进被窝就变得跟小猫一样。"大门敞开睡衣,掀开被子躺下。染叶也脱掉衬裙,露出赤裸的身体。

上午,图书馆的读者寥寥无几,壹岐坐在早已熟悉的书桌前,正在看《朝日新闻》的缩印版。

每天早晨先去公司报到,然后就来图书馆,这样的工作规律已经持续了两个月。但是,壹岐并没能按最初的计划填补上留在西伯利亚的十一年空白。其中最大的障碍是因为缩印版的字太小,看半个小时,眼睛就会酸痛难忍。但是,壹岐仍给自己定下了指标,两天看完一个月的报纸,包括晚报。

昭和二十二年五月四日。这天的报纸几乎都是有关前一天实施的新宪法的报道。

向民主主义的大道进发　　天皇成为"象征"

昨日五月三日,新的《日本国宪法》实施,日本开始向民主主义的大道迈进。为了祝福新生的民主日本,上午九点三十分在东京皇宫外的广场上举行了纪念仪式,天皇列席。

麦克阿瑟元帅致信吉田首相,对实施新宪法表示祝贺。吉田首相发表讲话,强调说为了实现新宪法的理想,需要不断地努力。社会党片山党首以及共产党的野坂参三也参加了仪式。在去年举行的公布新宪法的仪式上共产党无一人参加。

这篇报道后面是一些热烈的赞美文章,说实施新宪法是战败后的日本的生存之路,是日本作为和平国家复兴的基础。

从西伯利亚回到日本半年以后,身体稍微得到一些恢复,他就在名古屋的旧书店买了一本《六法全书》。他第一次打开新宪法,特别关心的内容是有关天皇地位及国民主权的第一条和放弃战争、不承认军备及交战权的第九条。

通过十一年的西伯利亚羁押生活,壹岐以亲身经历悟出一个道理,如果没有战胜的把握就绝对不应进行战争,军人的道德就是在战争中取胜。因此,他赞成放弃战争。第二次世界大战之后,许多国家的宪法都提出了放弃战争的论调。比如,法兰西共和国宪法序言中写道:"法兰西共和国不以征服为目的发动战争,不对任何国民的自由行使武力。"意大利也是同样。

但是,世界上没有一个国家表明不持有军备。比如苏联宪法就规定有兵役法,从事苏联的军事工作是"苏维埃联邦市民的光荣义务"。即使是永远的中立国瑞士,其宪法也规定"每个瑞士人都有服兵役的义务"。

虽然放弃战争是人们的理想,但那毕竟只是理想。现实是严峻的,在国家与国家间的关系问题上,最后起决定性作用的还是力量的较量。而日本却连本国的防卫都要对占领国言听计从,这种民族的软弱让壹岐大为愤恨。

他怀着复杂的心情看着天皇出席人们三呼万岁的新宪法实施庆典的有关报道,眼睛开始感到酸痛。于是,他把视线投向窗外的堂岛川。堂岛川的河水缓慢地流淌着,河面上有拖着木材筏的机船逆流而上。岸边的柳树、梧桐树发出了新芽,在温暖的春日阳光的照耀下舒展着嫩绿的新叶。

看着窗外的春日景色,壹岐想起了昨天晚上的事情。昨晚,大门社长把他叫到新町的艺伎酒馆。社长很关心他,说"你四十多岁才第一次进民营企业,肯定有很多别人不知道的苦恼"。当时在场的除了他和社长只有东京分社社长里井常务。虽然是第一次见面,里井常务却和他谈起了陆军士官学校和陆军大学时代的好朋友的情况,而且这些人现在都在防卫厅供职。起先,虽然壹岐心存戒备,以为里井想利用他的这些关系,但里井最终只谈了一些家长里短,然后就和大门社长一起抱着艺伎尽情玩乐,根本不顾及在一旁手足无措的壹岐。

壹岐二十五岁以后投身于战局紧迫的大本营军务,三十多岁到四十岁中期的大好时光被丢在了西伯利亚。昨晚他陶醉在艺伎们的脂粉气当中,虽然抚摸在他身上的雪白的手掌使他亢奋不已,但他仍不能放纵自己。十点多他准备回家的时候,社长还挽留他,说:"有这么多艺伎陪着,何不再玩玩儿?"正好里井常务也要走,他便跟着出来。里井说:"我要坐十点四十分的银河号回东京。车先把我送到东京,然后再送你回家。"壹岐便跟他一起上了等在门外的轿车。到了大阪站,里井顾不上多说,便匆忙进了站。

壹岐把视线从堂岛川收回来,重新看着桌子上缩印版里有关新宪法的报道。宪法一方面否定一切战斗力,一方面又对自卫队的解释显得力不从心。

壹岐早已知道,新宪法实施七年以后,以朝鲜战争为契机,日本政府重新考虑了本国的防卫问题,组建了自卫队。自卫队的任务是抵御外来武力攻击,并可以拥有武器。若如此,无论规模大小,自卫队实际上已成为日本的战斗力。从壹岐这样的旧军人的立场上看,在自卫队成立的那一刻,宪法就应该被修改。实际上,壹岐听说德国虽然战败后在同盟国军的占领下一度放弃了一切军备,但随着社会主义阵营的威胁越来越大,他们修改了宪法《德意志联邦共和国基本法》,开始持有军备。如果说逻辑性强的德国人和日本人的国民性有所不同,两国所处的国际间的紧张关系的地理位置也有所不同,那么,壹岐无一反驳。但他仍想不通,为什么日本不能正视已经产生的自卫队,而要把它当作一个私生子对待?他曾在市营住宅的自治会上提出过这个看法,结果遭到大家一致的强烈责难:"你还在做过去的梦!难道还想把我们送到战场上吗?"

壹岐看了一下表,已经过了正午。他合上缩印版,觉得应该更深入地了解一下人们拒绝的"军备"问题。自卫队被国民所憎恶,见不得天日,却又要加强战斗力。他想起那些在自卫队工作的朋友们,不知道他们是怀着什么样的心情投入工作的。昨天晚上里井常务提到的朋友里,与壹岐关系最密切的是空将补、防卫部长川又。此刻,他的脑海里浮现出川又的身影。虽然川又是壹岐陆军士官学校和陆军大学的同学,但他和壹岐不同,成为军人并不是他从小的志向,而是出于经济原因,不得已放弃上一高、考东京大学的机会,进入陆军士官学校的。他宁愿放弃上东京大学的机会而拒绝同乡望族的资助,不是因为他洁身自好,不愿意接受别人的援助,而是出于不想被恩情所束缚的豪放性情。和壹岐一同在参谋本部当作战参谋的时候,他不属于正统派,而擅长出其不意的战术。昭和十五、十六年的时候,他曾认真构想让美国和苏联作战的计划。由于大本营认为他的想法太出格,所以把他派到了东南亚总司令部任参谋。

川又还是一个特别重情义、乐于助人的人。壹岐被羁押在西伯利亚期间,是他关照着壹岐的妻儿。壹岐回来后,他为壹岐的生还倍感高兴,让老家的人从滋贺县送来大米,表示祝贺,还邀壹岐去防卫厅工作。壹岐听说围绕着购买武器一事,一度曾有川又不好的传言。昨天晚上,里井常务又表现出和他很熟悉,让壹岐心里有些犯嘀咕。

社长办公室窗外,大阪城的五重顶在明亮的春光中闪耀着耀眼的银光。

虽然昨晚在艺伎酒馆放纵了一夜,但大门一三毫无倦意,精神饱满。上午他开了两个会,下午又见了两批客人。对于大门来说,和女人睡过觉的第二天,就洗尽积淀体内的残渣,气色格外红润,浑身上下透出一股活力。

大门叼着雪茄,目不转睛地眺望着大阪城,正在考虑等会儿壹岐来了该怎么跟他说。

昨晚,东京分社社长里井常务为了加强近畿商事在防卫厅方面的力量,恳切地提出把壹岐借调到航空部。大门必须妥善处理这件事。但是,壹岐来公司是他派人去请的。而且,虽然他口头上没有明确表示将不利用壹岐过去的身份做生意,但也算是默许了壹岐这一要求。

正因为如此,虽然里井的要求符合企业的需要,但大门仍很难对壹岐张这个口。更何况昨晚壹岐拒绝了他安排的女人,坚持早早回家,更显示出他的洁身自好。想到这些,就连老谋深算的大门也想不出好的措辞。

大门从转椅上站起来,在宽敞的办公室里踱来踱去。最后,他停在挂在墙上的世界地图前。铜板制成的地图上用红灯标出海外分店,蓝灯标出海外办事处。经度左右则显示出当地时间,当东半球的职员们忙着处理业务时,地球另一边的西半球的职员们正在酣睡。

大门的目光无意间停在地图的西半球上。突然,他想到了什么,马上按下和秘书室的通话键,急促地说:"让壹岐君过来一下。现在!马上!"

不一会儿壹岐出现在社长办公室。

"昨天晚上弄得太晚了。"

"没有,很高兴陪您。"壹岐站得笔直,等待大门交代工作。

大门本来想用昨天晚上的事情先缓解一下气氛,但似乎没有效果。他说:"也没什么事情。壹岐君,你战前去外国当过驻外武官没有?"

"没有。很遗憾,该派我们去当驻外武官的时候,正赶上'九一八'事变,日中战局扩大,我只去过中国和东南亚。"

"是吗?那就更好了。壹岐君,想不想去美国看看?"

壹岐没想到大门会问他这个问题,不由得反问道:"美国?我?"

"对!"大门指着地图上的美洲大陆说,"去美国的各主要城市转一圈。"

壹岐坦率地回答道:"这虽然是个很好的机会,但是,我现在连商社的'商'字都还没有弄懂。我想再学习一段之后再去,这样效率会好一些,我也多少能为公司出点儿力。"

"这话不对,商社的事情不是一时半会儿能捉摸透的。而且,美国是日本最大的贸易国。对你来说,去那儿亲眼看看,更有助于你了解日本在对外贸易上的地位。这次出差,你就当我的随员,权且当了拎包的,跟着我就行了。"

"可是,现在我连拎包都拎不好。首先,我不太会说……"

大门打断壹岐:"你想说你学的是德语,英语读写还行,但不会说。是不是?放心吧!海外分店会英语的一抓一大把,而且我也会说,语言上的事情你不用担心。"

"可是,我刚进公司不久,又才疏学浅……"说到这儿,壹岐突然觉得大门急着让他美国出差有些蹊跷,不知道他的真实用意何在,便目不转睛地看着大门。

大门避开壹岐的视线,吐了一口烟,不经意地说:"你这个人,干什么事情都要一个合理的解释。这么说吧,这次你跟我出差本身就是学习。回来的时候,我们还计划去夏威夷,到时候,你可以去珍珠港看看。"

珍珠港再一次触动了壹岐。看他还在犹豫,大门用极快的语速做出决定:"行了,等会儿你就去秘书课,问问他们去美国需要办什么证明,然后到庶务课告诉他们,他们会替你办好一切手续。另外,准备出国的费用,现在看来主要是添置一些衣服,需要多少跟我说。旅行箱嘛,我那儿有多余的,你拿去用就行了!叫你来,就为这件事儿。"说完,他把转椅往后一转,不再说话。

壹岐对着大门的背影行了一个礼,退出办公室。壹岐走后,大门慢慢转过来,拿起电话,要通东京分社社长里井,他首先问候了坐末班车回东京的里井:"昨晚辛苦了!航空幕僚的FX①考察团去美国的日程还没搞到手吗?嗯,原田空幕长在六月以前肯定要去洛杉矶,观看试飞,没错吧?好!不过,这些人是各商社的抢手货,你可要提前安排好。还有,这次我要带壹岐君去,让他当我的跟班。什么?有那个时间不如让他早点儿到东京分社去?我知道,我有我的打算。"说完,他咔的一声挂了电话。一个有关壹岐的设想正在大门脑中形成。

壹岐出了社长办公室,没有坐电梯,而是一步步地向二楼的纤维部走。他一边下楼,一边考虑大门社长的出差计划。昨晚他突然被叫到艺伎酒馆,在那儿见到了东京分社社长,闲谈中谈起了在防卫厅工作的昔日的学长和朋友,还有今天的出差命令。壹岐觉得这些看起来毫不相干的事情,是被一根主线串起来的。只是,他还不知道那根主线是什么。

"壹岐,你怎么了?"

---

① 新主力战斗机。

后面传来声音。壹岐回头一看,是兵头信一良。他手里拿着文件,正不慌不忙地下楼。

他身上有种他这个年龄的人少见的悠然。

"正好碰上你,我正想问你件事儿呢。"

"您说,什么事儿?"

壹岐面带困惑地说:"刚才,社长叫我去,说让我去美国出差。"

"这是好事儿呀!到底是壹岐,受的是VIP待遇。社长到底是社长,有头脑。让您这样一个人在纤维部闲晃,我还正为您感到屈才呢!办出国手续的时候,有什么需要我帮忙的,您尽管说。"兵头像自己要去美国一样高兴地说,"壹岐,我要到钢铁部了。"

"钢铁部?那前几天你提出的打开美国合成纤维市场的提案怎么办?"

"那件事就交给石原君了。你别看他那副样子,他可是号称近畿商事的石原慎太郎,工作很有魄力。因为钢铁部在东京,所以我等于是调到东京分社。不过,我会和石原君保持联系的。"

"东京分社"让壹岐突然想起昨晚里井常务的潇洒身影,他问兵头:"里井是个有什么阅历的人?"

兵头笑了一下说:"您已经见过他了。像您亲眼所见的那样,虽然他外表上是个儒雅的绅士,但实际上能力极强,我们公司的航空部是他一手搞起来的。而且,他还是国防产业的专家,是个大忙人,有时候连他的秘书都不知道他在哪儿。"

兵头无意间说出的"国防产业专家"让壹岐心中一动。异常忙碌的东京分社社长,没有任何目的,为什么会出现在只是一介合同制职员的自己面前,花时间和自己聊家常?这难道不是很不自然吗?壹岐心里留下了一丝疑惑。

星期天,孩子们都出去玩了。壹岐和佳子在家打扫房间,准备给神森相亲用。

市营住宅自己门前的院子只有巴掌大。佳子修剪好院子里的花草,剪下一束花,放在打扫干净的家中最大的房间里。房间里一下子有了几分相亲的气氛。但是,正午时分过了,神森还没有出现。

佳子担心地说:"怎么还不来?神森是不是找不到咱们家?"

"不会的,他又不是第一次来。"壹岐虽然嘴上这么说,其实心里也没有底。从西伯利亚回来以后,他和神森只见过两面。一次是刚回来一个月左右的时候,谷川原大佐提议大家组织一个互助组织,取名朔风会。壹岐为这件事去东京,见到了神森和水岛等人。

第二次是供职于防卫厅的神森来壹岐家,邀请他一同进防卫厅工作。

"他爸,神森来了!"

外面传来妻子的声音。壹岐应声来到门口,只见在春田温暖的阳光里,神森迈着行军的步伐朝他走来。

神森在门口擦掉额头上的汗,边脱鞋边说:"又走错了。这里的房子每家都一模一样。"

"您还没吃饭吧?我做了寿司,您吃点儿吧!"

"我在难波车站吃过了,喝杯茶吧。"

神森似乎很渴,他盘腿坐下,一口喝干佳子端来的茶,说:"怎么样,壹岐,当商社一年级学生的感想如何?怎么偏偏是你进了商社?东京那边的人,包括谷川在内,大家都觉得特别意外。特别是对于那些进了防卫厅的人,这简直就是晴天霹雳。特别是川又,他比我更希望你到防卫厅。他特别遗憾,说搞不懂你到底是怎么想的。"

"正在蹒跚学步。我倒是担心川又,听说他将来有希望当上空幕长,肩负航空自卫队的重任。他那个性格,大大咧咧的,以后遇事应该慎重一些。你把这个话转告给他。"

听壹岐这么说,神森闪着锐利的目光说:"那家伙已经堕落了!我听到一些不好的传言,说他身在空将补、防卫部长的要职上,却整天和一帮无聊的商社的人混在一起。"

川又、神森、壹岐曾被誉为陆军大学第五十二期三杰。后来,川又供职于南方军总司令部,昭和二十二年从新加坡战俘营回国后进了防卫厅的前身警察预备队,现在已经晋升为空将补。而前年才到战争史室工作的神森只是一个二佐。

"虽说我们是同期,但现在川又和我的级别差得不是一点儿半点儿,而且职务也不一样。我不了解他的具体工作内容,再说,他也根本听不进别人的话。"说完,神森沉默了。

壹岐苦笑着说:"神森,你今天是来相亲的。这个话题太不合时宜了。"

这时,门口传来丸长的声音:"我是丸长,我来了!"

壹岐的妻子马上起身迎出去:"正等着你呢,快请进!"

身穿唯一一套西装的丸长跟着佳子走进房间,他身后是一个身穿和服的女子。那女子脸庞丰满,态度谦和。一进房间,看到桌子上的空茶杯,丸长就说:"我去添点儿热茶来。"说完,撤下茶杯,熟门熟路地从厨房端来新茶杯和茶壶,还顺便把佳子准备好的点心也摆上桌。

看着丸长忙碌的身影,神森责怪道:"壹岐,你这个家伙现在还把丸长当勤务兵使唤啊?"

没等壹岐开口,丸长慌忙摆摆手说:"没有,没有,是我自己要干的。我就喜欢端茶倒水。在家也是,客人不多的时候,我就把理发的事儿交给媳妇,自己到厨房忙活。不光沏茶,我还做饭,给儿子换尿布,这是我的爱好。神森,人家正在享受快乐,您就别说这种话了。

我今天是给您说一门好亲事……"丸长手舞足蹈,滔滔不绝地说到这儿才想起正事,"对了,我今天是陪人家来相亲的,不好意思!"说完,他马上跪坐好,换上一本正经的面孔说,"今天良辰吉日,风和日丽。本人不才,且介绍二位认识。这位是小田药店老板的妹妹小田君代女士。这位是防卫厅战争史室的神森刚先生。"

一番寒暄后,小田君代谦恭地微微低着头,用关西话说:"初次见面,请您多多关照!"

神森用一贯生硬的口气说:"哪里,彼此。我是神森。"

壹岐替神森补充道:"听丸长说,你丈夫在满洲去世,你带着两个孩子往回撤,在途中又失去了大孩子。如果不是亲身经历过的人,是不会理解当时的悲惨处境的。你一个女子,能带着孩子回来,真不容易。"

小田君代用低而沉静的声音说:"只能说我的运气好。"短短的一句话,是经历了生死磨难的人说出的,是只有有过同样经历的人才能听懂的话。

神森想起了同样是在满洲死去的妻儿,不由得闭上了眼睛。他睁开眼,直截了当地问起了介绍信上没有提到的问题:"昭和二十二年回来以后,这些年你是怎么过的?"

"我带着小女儿总算活着回来的时候,她才半岁,瘦得可怜。我带着她回了亡夫的老家,大分县的乡下。当时我身体很虚弱,再加上在大阪长大的我不会农活,所以就……没办法,我只好带着孩子回到大阪,寄住在我哥哥家里。"

丸长一旁插话道:"她原来那个婆家是户农民,人很不怎么样。他们嫌君代不会拿锄头,不会挑粪,就骂她懒虫、饭桶。就这样,她还忍耐了三年。后来,是她哥哥实在看不下去,才硬把她接回大阪的。"

"从那以后我就在我哥哥的药店帮忙,一心一意照顾孩子。"

神森问:"今天怎么没把孩子带来?"

小田君代羞涩地说:"我本来是想带她来的。可是,我哥哥说不能带着孩子相亲,所以……"

神森点点头,明确地说:"我没有房子,没有积蓄。现在住的是国家的宿舍,拿的是国家的工资,也没有任何存款。所以,我对我将来的妻子只有一句话,就是做好吃苦的准备。"

"吃苦的准备,我早就做好了。"小田君代似乎对神森很有好感,她表情坚定地回答道。

相亲结束,丸长和小田君代走了。虽然神森也赶着回东京,起身告辞,但绝口不谈相亲的结果。

他们都走后,佳子担心地说:"是不是因为有孩子,神森不太满意。"

壹岐也放心不下,但他说:"倒不一定是因为孩子。"

"前些天你们去秋津中将家的时候,见到了他的女儿。我听你说,她虽然是个女孩子,可是挺独立,挺能干的。神森是不是喜欢这样的人呢?"

这倒是壹岐从未想到的组合。

在摆满华丽的锦缎和服腰带的店里,秋津千里正在等叔父纪次回来。

叔父家在京都今出川大宫,自古以来是锦缎商家密集的地方。叔父是"秋津彦"商号的第三代主人。虽然城市里的建筑渐渐走上了现代化,但"秋津彦"依然保持着原样。"秋津彦"不仅在自己的作坊里拥有三十台织布机,而且在别的厂家也有五十台机器,在西阵织锦业里也是数得着的商家。

千里一边等叔父,一边环视着店内。外间的店面里摆着各色丝线,红、黄、金、银、绿,色彩绚丽。里间的店面里摆着各色和服腰带,叔父就和中间商在这里谈生意。最里面的一间屋子里,十几人或记账或整理货物,正在忙碌着。侧耳倾听,就能听到院子后面的作坊里传出的织布机声。这一切使千里怀疑这里真的是军人出身的父亲的家。

身穿墨绿色丝绸和服的叔母撩开门帘从里面出来,说:"千里,你怎么在这儿等他呢?快进来,我给你沏杯好茶。"

叔母微微侧着脸,只要往那儿一站,就给人留下京都女人特有的温柔的印象。

千里撩了一下垂在肩上的长发,拿起手提包,说:"叔叔是不是还得一会儿才能回来?要是太晚的话,我就先走了。"

"马上就会来。你别那么着急,进里面等他吧。"

叔母把千里让进客厅。她和叔父有三个儿子,都已经结婚,现在只有将来继承家业的大儿子夫妇住在家里。叔母和儿媳妇不合,她把千里当自己的亲生女儿一样疼爱。

千里透过落地窗看着外面的庭院。院子里摆着石灯笼,还有一个小水池。地上的苔藓在春日的阳光里闪着翠绿的光。千里不由得眯起眼睛,想到马上要去比睿山看望十年没有相见的哥哥,千里的心不由得紧紧提了起来。

自从进山以后,无论是母亲临终还是给母亲下葬,哥哥都没有下山。而且,一直拒绝千里去看望他。但是,昨天哥哥突然来信说:"进山十年,终于完成了千日绕峰行的修行。但要理解天台宗的教义,仍需继续修行。原谅我十年来拒绝见家人、朋友的自私行为。"

千里知道天台宗的修行很严格,很艰苦。当母亲因患肾病临终的时候,哥哥没有赶到病床前。虽然千里暗自期盼哥哥可以出现在母亲的葬礼上,把丧主的位置留着等他来,但是,他最终没有出现。在葬礼上,千里在诵经声中回想母亲的一生,丈夫死于非命,本以为会给她养老送终的唯一的儿子上了比睿山。虽然在弥留之际只盼着见上儿子一面,但最终也未能如愿。她觉得母亲实在是太不幸,太可怜了。她咬着牙关在心里想,在做人方面已迷失道路的哥哥,如何能寻找到佛道。

叔母静子端来点心和玉露茶,说:"千里,在想什么呢?今天可是去见哥哥的高兴的日子啊!你们多少年没见面了。"

这时,外面传来声音。不一会儿叔父纪次走进客厅,在千里对面坐下,兴致勃勃地说:"抱歉,我回来晚了!有时候这生意太好了也麻烦。"最近,服装市场上和服走红,批发商不断来订货,叔父忙着到厂家催货。

千里看了一下表,说:"叔叔,我和我哥哥见面的时间是一点,而且只有两个小时,我得赶快走了。您有什么要跟他说的吗?"昨天晚上,千里打电话告诉叔父哥哥来信的事儿,并告诉他今天要去比睿山。叔父在电话上用从未有过的严厉的口气让千里去之前一定来他家一趟。

纪次一口喝干茶,说:"你告诉清辉,以前的事情叔叔不计较。既然千日绕峰行已经做完了,就下山来,在家附近当个寺庙的住持。只要他愿意,我竭尽全力帮助他。其实,今天早晨我就去见了菩提寺上面的真性寺的寺主,跟他商量这件事儿。"

千里眼睛一亮。因为母亲的葬礼,叔父非常生气,说"清辉不再是我侄儿",从此绝口不提哥哥。没想到他竟然会为了哥哥去找秋津家族代代关照的菩提寺寺主商量。

"那,寺主怎么说?"

"因为都是天台宗,寺主一直很关心清辉。听说他已经完成了需要花费七年的千日绕峰行修行,寺主很感动。听寺主说,在以修行艰苦著称的天台宗里,能真正修完千日绕峰行的僧侣并不多。如果清辉有那份心的话,一定是一个相当规格的寺庙的住持。我真希望他能下山来,让我们放心。"

叔父的话语里充满了殷切的希望。千里何尝不是这样。如果哥哥肯下山来,哪怕还和现在一样过各不相干的生活,她也会觉得有了依靠。

"咱们家也有些做袈裟绸料的生意。每次看到那些东西,我就在心里骂你哥哥不是个东西。可是现在,不知道怎么了,我很心疼他。你们的父亲死得那么惨,要是不能让你们幸福,我怎么能对得起我那地底下的哥哥啊!"叔父说着哽咽起来。

千里感受到叔父心灵深处的情感,眼睛湿润了。"对不起,叔叔,让你替我们担心了……我走了。"说完,起身准备走。

叔父叮咛道:"路上小心点。还有,像前些天来给你父亲上香的竹村先生和壹岐先生,他们在西伯利亚被羁押了十一年,回来后,虽然处境并不好,但仍默默地工作着。你要把他们的事情告诉清辉,告诉他世界上还有这样的人。"然后,他叫来店里的车,送千里去京阪电车的三条站。

通往比睿山的缆车上,透过树林和春雾,碧绿的琵琶湖呈现出美丽的扇形,映入千里的眼帘。

千里坐了四十分钟的电车,经由滨大津到了缆车站下面的坂本。而从山脚下坐缆车到山上根本中堂只需要几分钟。缆车里的乘客寥寥无几,除了千里还有三个僧人和一个住在山上的老人。虽然已经是四月下旬,但是山里的寒气仍穿透玻璃窗渗进来。千里用风衣紧紧裹住身体,但她的脸却因为兴奋而发烫。

千里在终点站下了缆车,问一起坐缆车上来的一个僧人去护摩堂怎么走。比睿山分成三大区域——以根本中堂为中心的东塔,以释迦堂为中心的西塔和横川。僧人告诉她,护摩堂在东塔的无动寺谷。

山里没有巴士,也没有出租车,寂静的山路上毫无人迹,连行脚的修行僧都看不到,只有两旁的参天古树陪伴着千里。千里走在哥哥走过的路上,想起两个月前她陪竹村和壹岐雪中探访三千院时的情景。当她对在自己身边的壹岐谈起哥哥的时候,她看到壹岐清澈的目光里瞬间流露出震惊,之后迈出的每一步似乎都在承受着某种磨难。壹岐的身影至今鲜明地印在她的脑海里。

千里顺着山路往下走了二十分钟左右,终于看到了寺院群的屋顶。护摩堂后面有一个不大的庙宇,千里推开柴门:"对不起!有人吗?"庙的拉门打开着,一个身穿白色僧衣的高大僧人静静地站在那里。千里一下子怔住了,那正是遁入佛门后她第一次见到的哥哥。

秋津清辉凝视着十年未见的妹妹。他离开家上比睿山时,妹妹还是高中生。如今,妹妹出落得像父亲,五官端正,轮廓分明的脸上透出动人的美丽,周身散发着光彩站在已剃发为僧、法名叫作大泉院贤澄的自己面前。

"你来了。进来吧!"清辉脸上露出沉静的微笑,招呼妹妹进屋。

"对不起,我没打声招呼就来了。昨天收到哥哥的信,我实在按捺不住想马上见到你的心情,就按你信封上写的地址查到正殿明王堂的电话,了解到这个时间来不会打扰你修行,就赶来了。"

千里走进哥哥的庵室。房间只有一个,四叠半大小,有厨房和厕所。房间里只有一张简陋的桌子,桌子旁堆着很多书,窗边晾着僧衣。

窗户下面是悬崖绝壁,茂密的树林间萦绕着春雾。这所自传教大师①开山以来已有一千二百年历史的天台宗圣地,充满了修行地特有的庄严、严峻的气氛。

清辉在小桌前和千里面对面坐下,向妹妹道歉:"我这个哥哥出了家,让你一个人受苦了。"去年母亲去世,留下妹妹一个人独自生活。清辉虽然进了戒律十分严格的佛门,但想到妹妹一个女人承受着生活的艰难,他心中充满愧疚和自责。

千里从哥哥短短的一句话里感受到他对自己的深切关爱。她真诚地说:"哪里。倒是我,不知道哥哥在修千日绕峰行,因为你不来参加妈妈的葬礼而怨恨你,还给你写了那样的信。"

她重新凝视着清辉,说:"哥哥,你真的变了。清瘦了许多,颧骨出来了,下巴也尖了。可是,看上去反倒比以前平和。"

其实,清辉和千里长得很像,额头、眼睛以及轮廓分明的脸庞都很像。只不过,或许是性格不同的缘故,千里的脸上有种女人少见的凛然,而清辉似乎总在苦思冥想,散发着忧郁的气质。但是,经过长达七年的绕峰行修行,清辉的脸庞黑而消瘦,目光却柔和沉静,而且闪烁着以前所没有的力量。

清辉默默地往茶壶里倒上开水,问道:"叔叔也为我操了不少心。他已经六十多了,身体还好吧?"

"叔叔身体很好,而且生意兴隆。不过……"千里不客气地说,"叔叔说上比睿山可以,但为什么不告诉他一声。我的心情也和叔叔一样。"

"我知道。可是,当时我无论如何也说不出口。"清辉把平静的视线投向外面明媚的春光,似乎在寻找当年决定上比睿山时的那个年轻的自己。

---

① 日本天台宗祖师最澄的谥号。

清辉曾和父亲一样一心追求军人的理性,但日本的战败断送了他这样的人生。

昭和十九年,他从士官学校毕业后作为少尉被派往吕宋岛的时候,日军虽然已是节节败退,行将败北,但他仍被派到死守林加延湾的旭兵团七十一连队,担任连队旗手。不久,他的上司一个个倒下,年仅二十一岁的清辉当上了中队长,不得不担当起指挥二百名部下的重任。但是,在与登陆的美军的交战中,二百名部下死亡过半。他率部撤退到密林中后又损失了四十多名。即便如此,他仍坚信日本一定不会战败,发誓要用胜利祭奠部下的灵魂。然而,突如其来的投降宣言让他感到茫然若失。为了不让队旗落到敌人手里,在解除武装的前夜,他亲手烧毁了军旗。比清辉还小一岁的旗手掏出手榴弹以死相逼。印有旭日大奖章的军旗早已千疮百孔,唯有从紫色的流苏上勉强能辨认出那是一面军旗。清辉从旗手手中夺过军旗,放在三支步枪支起来的支架上,咬紧牙关浇上汽油,点燃。看着被火焰包围,渐渐成为灰烬的军旗,连队长、参谋、旗手还有清辉放声恸哭。从那天起,清辉一直在想在自己的指挥下失去生命的部下。胜利才死得其所,战败了,一百四十三名部下的死便毫无意义。

昭和二十年年底,清辉回到日本,在没有解决内心矛盾的情况下上了京都大学。之后,被羁押在西伯利亚的父亲作为远东国际军事法庭苏联方面的证人被带到东京,当晚服氰化钾自杀。当听到这个消息的时候,父亲的死让他重新想起那些死得毫无意义的部下,在强烈的负疚感之下,他决意上比睿山修行。但是,当时一家人在叔父的资助下过着艰难的生活,面对殷切希望自己早日成家立业的母亲,他没有勇气说出自己的想法,只能不辞而别。在没有任何人引荐的情况下,他投奔了以苦修行著称的无动寺谷之长慈照大法师。

"哥哥,你腿上的伤……"千里注意到哥哥左脚腕上有一道十厘米长的伤疤。

清辉清澈的目光里露出一丝苦笑,说:"这个?这是我进比睿山后被允许绕峰行的第一年弄的。那年梅雨季节的时候,我一脚踩滑,从悬崖上摔下去。幸好在下面二十米的地方挂在一棵树上才没有摔得粉身碎骨。虽然捡了一条命,却伤得不轻。那时候,虽然我是抱着坚强的信念进山的,但是一个人走在风雨中或者深夜的黑暗中时,心里还是挺害怕的。"

清辉回忆了这些年来艰苦的修行。进山的第一年称作"加行",从拜三千佛开始,要修一百八十天的常行三昧、常坐三昧,修行完之后才能被允许千日绕峰行。绕峰行的第一年到第三年,每天早晨两点从无动寺谷出发,从只有修行者走过的山路由东塔的根本中堂到西塔,经由横川下到坂本,再由坂本上山回到无动寺谷。每绕一圈大约三十公里。连着走一百天为一次,每年三次。第三年和第四年则是各二百天。五年修完七百天行之后,紧接着从第二天开始进入九天断食、断水、不眠、不卧的修行。从第六年开始,绕峰行的距离增加到大约六十公里,最后的一百天缩短至原来的大约三十公里,以完成身心的修炼。

修行者头戴斗笠,身穿白衣,腿缠绑腿,脚履草鞋,手持提灯。每年的绕峰行从三月下旬开始。此时的比睿山还很寒冷,修行者赤脚走在铺满白霜的山路上,露在草鞋外面的脚趾很快就会冻僵,不慎碰到石头上指甲还会剥落。如果遇上雨天,草鞋勒进肉里,双脚血肉模糊。清辉的脚底板上因此有了道道伤痕。但是,这还不是最苦的。经过灌木丛生的山路时,即使天空晴朗,夜露也会打湿衣衫。那种湿漉漉的感觉与和睡魔的搏斗是在修行当中最让清辉感到痛苦的。特别是第八百零一天到第九百天的这一百天时间里,每天要走八十公里，一天只能睡几个小时。这时候，睡魔是最折磨人的。有时候，清辉走着走着会觉得马上就要被睡魔掳去。这时候，他就让自己想起曾看到的抱着树睡着的年轻修行者的丑态，鞭挞自己决不能把这样的丑态暴露在别人眼前，并且用绕峰行的根本目的鞭策自己。行走并不是绕峰行的目的。天地之间不仅是人类，连鸟兽石木乃至一切皆体现着至尊的佛。从这一思想出发，膜拜世界上的一切才是绕峰行的真髓。

但是，在千日绕峰行中清辉也有过动摇，那就是听到母亲病笃的消息的时候。在绕峰行的修行当中，别说是亲人过世，就是本人因为危及生命的病情而下山的话，从那一刻起，之前的修行便功亏一篑，返回山上后必须从头开始。因此，立志千日绕峰行即意味着将生死置之度外。只有拥有这种意志的人才能修得圆满，才有资格在僧衣袖子上佩戴紫带。

虽然清辉如愿以偿成了五年出不了一个的成就千日绕峰行修行的人，但他仍未能摆脱人的烦恼，为自己道行的匪浅感到羞愧。

千里一直不知道该怎么开口把叔父的话转告给哥哥，听完哥哥的回忆，她终于说："哥哥，叔叔让我捎话给你。他说你修完绕峰行之后，希望你能下山当一个寺庙的住持。他还说，他一定尽全力帮助你。"

清辉平静却坚定地说："难得叔叔有这份心，我很感谢他。这么多年来我让他还有你替我担了那么多心，我很过意不去。可是，今后我要修长达十二年的闭山修行，还要完成现在刚刚开始的有关日本天台宗菩萨道的研究。"

千里知道哥哥将用一生走完他选择的这条路。她仰望着他，点了点头。

清辉端正坐姿，郑重其事地说："千里，哥哥今天有件事儿要托付给你。爸爸在关东军司令部任职的时候曾写过一部有关卢沟桥事变的回忆录，现在在我这里。我升入士官学校本科的那年，爸爸从满洲回陆军省出差，这本书稿就是那次我们见面的时候他交给我的。我当时就看了，里面详细记载了卢沟桥事变的背后和策略，里面的内容在当时根本无法公之于众。我知道这部手稿很珍贵，所以，在去东南亚前线的时候就交给妈妈保管。回来后又从妈妈那里要过来，进比睿山的时候我随身只带了这部手稿上来。最近，一个偶然的机会，我听说防卫厅战史室正在搜集当时的资料。虽然我把这部手稿视作父亲的遗物，这么多年来一直带在身边，可是我觉得如果它能发挥作用，还是应该交给防卫厅的人，让他们看看。"清辉从桌子后面拿出一个褪了色的纸袋，放到千里面前。

千里拿起父亲留下的手稿。已经发黄的稿纸上写满刚劲有力的字迹。她说："正好今年二月份竹村先生和壹岐先生来过家里。壹岐先生家在大阪，我可以把手稿交给他，请他转交给战争史室。"

清辉感到很安慰地说："能把它交给父亲临终前见过的最后的人，也是一种缘分。就这样办吧。你大老远跑来不容易，可是，到了我去拜访座主的时间了。我送你出去吧。"

千里用包袱皮小心地包好父亲的手稿，抱在胸前，站起身来。

壹岐像往常一样上午去大阪府立图书馆阅读报纸缩印版，下午回到近畿商事。他走进二楼的纤维部，就见石原一脸坏笑地看着他。

"壹岐，人家都等不及了。有个尤物找你。"

"尤物？找我？"

石原说："你可真会装。壹岐，还真不能小看你。一个特别特别漂亮的女的正在公司对面的北滨会馆玫瑰餐厅等你呢。是我给她推荐的那儿。课长那儿我替你打掩护,你快去吧!"

石原自以为自己什么都知道,可是壹岐却越听越糊涂:"你说的到底是谁啊?"

"你可真行,还装!是京都一个叫秋津的年轻美女。"

"噢,那我认识。麻烦你了!"

壹岐来到公司北边的北滨会馆,上了五楼的玫瑰餐厅。这是一家环境幽静的餐厅,四月份开新职员欢迎会的时候他来过一次。

一点多,餐厅大半的位置空着,里面很安静。壹岐环视了一圈,看见一个靠窗户的座位上坐着一个穿绿色套装的女子。但他没有认出来那就是秋津千里。上次去她家的时候,她穿着一身和服,挽着头发。现在,却长发披肩,脖子上扎着围巾,青春亮丽。

千里看见壹岐,忙站起来说:"突然来打搅您,失礼了。"

"哪里,让你久等了。没想到你会来。"

千里面前摆着一杯饭后喝的咖啡,她说:"我本来以为中午休息时间来不会影响您的工作,可您正好不在。我就按纤维部那位先生的指点,来这里一边吃饭一边等您。"

壹岐也要了一杯咖啡,问道:"有什么急事吗?"

"也不是什么急事。今天这附近的三越百货店有中国陶瓷展,我来看展览,顺便想请您看一下我父亲的遗稿。"千里打开紫色的包袱皮,把一个褪了色的文件袋放到桌子上。

"遗稿?有秋津中将亲笔写的遗稿?"壹岐感慨万千地凝视着文件袋。

"因为我哥哥终于完成了七年的修行,所以昨天我去看望了他。这是十年来我们第一次见面。我们聊了很多,我告诉他您和竹村先生曾来过家里给父亲上香的事。他听了以后说,他保存着父亲的遗稿,如果这部遗稿能对防卫厅战史室有所帮助,他希望他们看一看,并且把遗稿交给了我。我想请您帮忙和防卫厅联系一下。"

千里的话让壹岐深深体会到他们兄妹想把死于非命的父亲的足迹留在世上的心情。"就请交给我吧。幸好我的知己好友在战史室工作,我马上给他写封信,把遗稿给他寄过去。因为很多有关人员已经亡故,很难搜集到这次战争开战之前的资料,他正发愁呢。他一定会非常高兴的。"壹岐仔细地封好文件袋,接着问道,"你哥哥完成了那么苦的天台宗的修行,现在怎么样?"他想起两个月前,在三千院白雪皑皑的庭院听到清辉出家时心灵上受到的冲击。

千里说:"虽然因为苦修行他变得非常消瘦,但是,眼睛却很平和,目光里透着从前没有过的力量。说句不礼貌的话,他的眼神有和您的眼神相同的地方。十一年西伯利亚的羁押生活和进入佛门后十年的修行,两者也许不能相提并论,但是,我从你们两个人身上感受到了经历过超越极限的人所共有的克己和沉静。"

壹岐默默地点点头。他想起在大阪站地下街和陆军士官学校毕业的兵头信一喝酒时兵头说过的话:"听人说你哥哥是从吕宋岛回来的,听到宣布投降后烧了军旗。"

千里说:"我哥哥烧军旗的事儿我还是第一次听说。他从来不跟我谈战争的事情。"千里看着已经凉了的咖啡,心想秋津清辉不跟自己的亲妹妹谈起这些事情,一定是因为他以此为耻。这一点很像父亲,父亲也从来不容许自己心里有半点龌龊。

壹岐也沉默不语,看着桌子上装有已故秋津中将遗稿的文件袋。

千里想调解一下沉闷的气氛,就神采飞扬地说:"我终于要在新人陶艺展上展出作品了!"

壹岐露出笑容,说:"太好了!不过,你那位西阵的叔叔一定非常反对你。他可是一心希望你不要再当女泥瓦匠,早点成家。"

"所以我不告诉他。我叔叔以为我很快就会放弃自己的梦想,结婚成家。可是,我不打算急着结婚。"

"那又是为什么?"

千里说:"因为捏泥巴很开心啊!揉陶土,在转动的陶轮上塑形,你一旦体会了那种感觉就再也不想失去它。"她的脸上露出陶醉的表情。这时,她突然发现餐厅里已经变得空空荡荡的,忙说:"对不起,耽误了您这么长时间。您什么时候来京都,一定到我家里来。"

"啊?噢。"

"我很想问您一些父亲生前的事情,您一定要来!"

千里的口气出乎意料地蛮横,连她自己都感到意外,顿时满面娇羞。壹岐看着他,眼前一阵晕眩。

在北滨会馆门口和千里道别后,壹岐匆忙回到公司。

纤维部依旧是电话铃声不断,人声嘈杂,热火朝天。壹岐回到自己的座位上,把千里交给他的手稿装进最近刚买的仿真皮的公文包里,开始工作。

他打开笔记本,上面记满了石原慎二传授给他的商品名称、客户名单、票据种类等等。但也许因为他实在不是做生意的料,至今他仍然搞不懂这些东西。公司怎么能让我这种人去美国出差?壹岐越想越觉得有些蹊跷。

三点十五分开盘的三品交易市场开始交易了。棉纱部长座位旁边的那块挂满标价签的黑板周围这些天格外热闹。壹岐看见不停打电话的石原终于点上了一支烟,便问他:"期货交易市场最近好像很红火,我们公司是买进还是卖出呢?"

石原一脸无奈地说:"这次是投机运作买卖大比拼。你倒好,这时候还问这样的问题。我们公司买进,素有期货之神的名古屋中京纺织的鬼头社长卖出。现在到了关键时刻,可以称得上是关原之战①。"石原把大致的情况和经过给壹岐讲了一遍。

去年年底,近畿商事得到消息称市场将需要大批棉纱。于是,公司巧妙地利用中介商开始秘密买进棉纱,主要是三十号棉纱。今年年初,纺织制造业宣布在四六期间(四、五、六月)缩短百分之十五的工作时间后,投机商们看好上涨的行情开始买进。近畿商事在买进量达到预定数额的七成后,停止之前的秘密做法,开始大张旗鼓地买进。当初只有七十日元的三十号棉纱已经涨到了二百三十日元后,公司仍故意买进,抬高价格。就在市场达到顶点的时候,期货之神中京纺织的社长鬼头勘助突如其来地阻挡在近畿商事面前,迎头大量卖出。于是,棉纱期货市场出现了买卖相争的轰轰烈烈的场面。

说到这儿,石原斜着眼睛看着棉纱部的价格签,说:"就按每个交割月买一万捆算,现在差不多已经买了四万捆。按一捆十万日元算,一万捆十亿,四万捆就是四十亿。而且,上午的交易市场价格一下子涨了十五日元,从二百三十涨到了二百四十五。所以,以金子部长为首的棉纱部的那些家伙兴奋得不得了。"石原虽然是出口课的职员,不参与棉纱交易,但他嘴上虽然这么说,其实他自己也显得非常兴奋。

壹岐认真地说:"既然涨到这么高,那我们公司应该清盘了吧?金子部长借给我的期货交易的书里说'山有多高,谷有多深''切忌贪婪',还说放手的时机很重要。"

石原更加兴奋地说:"话是这么说,不过,这么大的投机运作是不可能照本宣科的。今后谁胜谁负,那可是浴血奋战。也就是因为这个,才把它比喻成关原之战的嘛!"

---

① 日本历史上为建立德川幕府奠定基础的关键一战。

壹岐把视线投向棉纱部长金子。他像往常一样手拿两只话筒,指挥着买与卖。他的电话指令通过中介公司下达到三品交易所,四十家中介公司的雇员在那里激烈竞争,成交买卖。两个月前壹岐参观交易所的时候,目睹了在不到十分钟的时间里就成交了七千万日元买卖的情景。他觉得金子部长在一秒钟内必须做出判断的那种高度紧张和决断力,如果用战争比喻的话,就像是在拼刺刀。

石原说:"壹岐,看!三十号棉纱交易开始了。"

只见金子部长手里的话筒变成了三个。他左手一个,右手两个发出了指令。就在同时,他脸色大变,周围的人也骚动起来。再看价格签,价格一下子降了十日元,从二百四十五降到了二百三十五。

石原不由得站起来,担心地说:"怎么回事?不会是让中京纺织把价格拉下来了吧?"

金子部长很快恢复了平静,指挥完下一个四十号棉纱的买卖后,放下话筒,说:"去把中介的大松叫来!我到社长那儿去一下。"

金子走出纤维部,壹岐觉得他的步履失去了以往的沉着冷静。

大门一三转动着皮椅听金子汇报情况。

"交易刚一开始二百四十五日元当月交割的货就猛地被卖出两百枚,价格一下子就跌了十日元。我们不断买进,才好不容易把当月交割的价格提升到二百四十。但是,因为中京纺织发疯般地卖出,五、六月交割的价格实在无法提上去。所以,我想应该和社长重新商讨一下,就先没有动作。"金子一口气讲完交易过程。

"噢,我本来以为差不多可以收场了。可是现在看来,他是要跟我们拼到底了。"大门的金丝边眼镜一闪,眼前浮现出了鬼头勘助的身影。他虽然身材瘦小,却有一副胆大妄为的面孔。

中京纺织在纺织行业是前十名里的佼佼者,销售量居全行业首

333

位,年销售额为二百五十亿。对它的所有者鬼头勘助的个人资产说法不一,有说五百亿,也有说六百亿。和其他炒期货的人相比,鬼头有得天独厚的优势。因为他有纺织厂,期货市场涨价,他的产品也涨价,所以,他赚的是双倍。在期货上赚钱,产品上还赚钱。但在期货交易上,他生性是用卖出对抗买方的冒险家,眼看自己要被压倒的时候,他会把利益置之度外,为了面子也要不惜一切代价决一胜负。因此,如果与他联手,他可以成为可靠的友军。但如果与他为敌,以他雄厚的资金和拥有工厂的强势,他便是巨大的威胁。偏巧大门一三生性倔强好强,不甘屈服。所以,这十几年来两人每每展开买卖大战,在业界被称为"龙虎之争",早已闻名。

大门把椅子转到正面,看着墙上的铜版世界地图,眼睛里燃烧着斗志。他思考了一阵后问金子:"我们公司到这个月为止买了四万捆,你觉得中京纺织现在还有多少现货?"

"估计在五千到一万捆之间。"

大门下达了不肯示弱的指示:"按一捆十万算,那就是说再拿出十亿的资金就可以把他手里的货都买了。已经到这个地步了,我们就来个他卖多少我们买多少。如果跌个十块八块我们就表现得畏畏缩缩,鬼头那家伙一定会乐得脸上开花。"

金子部长措辞慎重地说出了反对意见:"可是,社长,看这种跌法,很可能不止鬼头社长在卖出,一定还有其他商家。"

"这很有可能。你马上通过各种关系查清楚都是什么人在卖,他们手里有多少货。我现在要去参加关西经济联合会的例会和羊毛协会的会议,晚上参加完两个宴会以后回家。你得到情报后,别管我在哪儿,马上跟我联系!"大门一三站起来,他的表情俨然像一名野战军的司令官。

大门一三的豪宅位于凤川靠山的高级住宅区，是一所优雅的茶室式建筑。占地面积一千六百平方米，建筑面积四百三十平方米。六年前大门当上常务的时候，从他的家乡和歌山运来了十二三卡车木材，营建了这所全部用扁柏木修建的豪华住宅。

大门一三在自家门前下了车，司机按响厚重的扁柏木大门门上的门铃。一个年轻的女佣打开大门，他妻子藤子也迎出来说："回来了！辛苦了！"

藤子向司机道了谢。她皮肤白净，鹅蛋脸，丹凤眼。或许是因为戴着一副扁翘形的眼镜，给人一种傲慢的印象。

"丽子还没睡？"大门走过通往家门的笔直的路，一进家门，第一句话就问起最小的女儿。

"我也不知道。这都十一点多了，您这段时间每天晚上真是精力充沛啊！"面对每晚深夜才回家的丈夫，藤子口气里充满讽刺的意味。她知道丈夫在外面有女人。大门一言不发地走进起居间，藤子一边帮他换衣服一边接着唠叨："女儿到了谈婚论嫁的年龄，你可别和年轻的艺伎传出什么绯闻。拜托您了！"

大门不耐烦地说："怎么？我刚到家你就醋意大发？你也一把年纪了，还那么老吃醋。我从前就这样，你又不是不知道。她们能让我精力充沛地工作。你差不多点儿啊！"

藤子反驳道："吃醋？我早就没那个心思了。我是说让你注意点儿，别影响了女儿的婚事。你这个人……"

正说着门被轻轻打开了，小女儿丽子披着一件红色的睡袍走了进来。她圆圆脸，一双大眼睛里闪动着调皮，说："妈妈，您都年过五十了，还吃醋，多丢人啊！我的婚事和爸爸在外面有女人没有关系。而且，女人们喜欢爸爸总比讨厌他强吧。"

藤子瞪起眼睛训斥女儿："你怎么能说这种话！一个没有出嫁的

女孩子,应该洁身自好。说什么被人喜欢的好,都受你爸爸的影响。"

"哎呀,妈妈,你干吗那么较真! 就因为你老是叨叨个不停,爸爸才想在外面放松一下。我哥哥和姐姐他们也是这么说的。"

听到丽子搬出都已经结婚的两个哥哥和姐姐,一向娇惯孩子的大门脸上露出了笑容。

大门的长子任职于日本制药,二儿子进了五菱商事,在曼谷分店工作。大女儿惠子和法国人结了婚,现在住在瑞士。要按藤子的说法,二儿子去曼谷,大女儿嫁给法国人全是做父亲的大门从小对孩子们放任自流的恶果。所以,她就特别希望小女儿也能和在东京工作的大儿子一样,不要离开日本。为此,她现在正在积极地给丽子张罗良缘。

大门从丽子手里接过本该是妻子送上的茶,喝了一口。他突然想起金子应该跟他联系过,就问:"我回来以前,公司的人给我打过电话没有?"

藤子说:"没有,没有人来过电话。"

丽子一听就嚷嚷起来:"爸爸,今晚有人要打国际长途来? 我的卧室正好在爸爸的上面,半夜两三点的电话铃声和爸爸的大嗓门吵得我睡不好!"

"是吗? 也是,一个在地球这头,一个在那头打电话嘛。不过,放心,今晚不是国际长途。"

丽子用当代青年特有的想法说:"爸爸,你为什么要那么拼命地工作呢? 公司又不是你自己的,公司赚再多的钱也不是你的。"

"因为我讨厌赔钱啊! 我觉得做买卖赔钱就是犯罪。我要跑遍全世界,试试看靠一个人的力量到底能赚多少钱。我要赚到天边去! 哈! 哈! 哈!"大门大笑起来。不过,他说的却也是他一直以来的真心话。

丽子上了二楼，起居间里就剩下大门、藤子两个人。藤子转过身来对着大门说："你难道不是个凡人？整天工作起来比谁都不知疲倦，玩女人也比别人强。你被派到国外工作的时候，家里的事一概不管不问，可是到头来还能抓住孩子们的心。你到底是什么样的人啊？"

"也就是一般人。只不过工作的时候认真工作，和喜欢的女人在一起放松自己，回到家有时间就和孩子们玩一会儿。再单纯、再原始、再简单不过了。你倒好，老是抓住那些事不放，胡思乱想。我爱找女人玩，结婚的时候你就知道。现在还唠叨不停，这就是你的不是了。"说完，大门喝了一大口水解酒。

大门一三出生在和歌山县的新宫，家里是山林主。他是家里的第三个儿子。但他不甘心当一辈子乡巴佬，大正十一年（1922年）从大阪高等商业学校毕业后，他进了近畿商事。没过多久，他就被破例提拔为北京分店店长。接着年仅二十七岁又被任命为法属印度支那西贡分店店长。也是在那一年，趁回总公司汇报工作的机会，他在父亲的劝说下和大阪毛呢批发商的女儿藤子相了亲。他虽然不太喜欢藤子有点儿上吊的眼角，但藤子毕业于神户女院，说一口流利的英语，在当时的女性中是佼佼者。再加上当时还健在的父母看中了藤子，所以他当下就做了决定。虽然那次回国只有一个月的时间，但在返回印度尼西亚的前五天他还是举行了婚礼。两个月后，新娘也追随他到了印度尼西亚。妻子到西贡的那天，他事先接到电报，虽然知道妻子乘坐的船什么时候到港，但当天为了争取得到印度支那政府允许大量进口日本纤维产品的许可，大门招待政府贸易部门的官员，在夜总会玩了一个通宵。因此，他新婚不久便失去了妻子的信赖。大概这件事对藤子刺激很大，后来她每每拿这件事压大门。而且，她爱嫉妒的天性随着年龄的增长越来越强烈，在性格上与豪放纵情的大门更加格格不入。另一方面，老家的两个哥哥疼爱弟弟，从山林的收入里拿出一部分给他,除了工资以外,他还有足够的钱可以挥霍。所以,虽然公司并不是他自己的,他只是职业经理人社长,但他没有像其他同样身份的社长们那样拿着公司的钱偷偷摸摸地玩,而是公私分明,用自己的钱光明正大地玩。

"今天晚上在宴会上喝多了,不洗澡了。睡觉。"

藤子听大门这么说,一声不吭地替他打开卧室的门。为了方便接听深夜打来的国内、国际的紧急电话,床头上放着两部电话。大门关了灯,刚躺下,电话铃就响了。大门马上想到是金子打来的。他拿起电话,里面果然传来金子的声音。

"社长,对不起!打搅你休息了。我得到消息,说中京纺织正在大量增产,而且还会继续抛售。"

"什么?在这么短的时间里增产?这个消息确切吗?明天早晨以前一定要把情况搞清楚!"大门向金子发出命令。

五月,阳光明媚的一天,金子部长眺望窗外从林立的高楼间露出的晴朗的天空,平静地喝着女职员为他斟上的热茶。表面上看,一切如常,但他的大脑正在紧张地思考即将结束的这次三十号棉纱买卖大战的最后战术。

上个月底,他甩掉了那些跟风卖出的小鱼小蟹。五月六号长假一结束,他一改之前行情上涨时卖出以获取利益,下跌时再买进的战术,开始一味买进,直到把价格抬到突破战后第二高价的二百七十日元。这个高价能否保持到七天后的二十八号最后交易日,并逼迫中京纺织的鬼头社长大量卖出,决定着从今年年初开始的这场买卖大战的胜负。

金子棉纱部长放下茶杯,掏出午饭后忘记吃的胃药,比平时往嘴里多放了三粒,用茶把药粒送进肚子里。昭和六年(1931年)金子从高等商业学校毕业后就进了近畿商事,一直在期货部门工作,可谓是老手中的老手。期货部门和其他部门不同,他的决策不是在会议上商定的,而是必须在几秒钟甚至一秒钟内做出成千成亿交易的买卖判断。因此,对身心的消耗超乎想象。当上棉纱部长之后,为了不影响判断力,虽然金子戒了烟酒,但慢性胃炎带来的疼痛仍然折磨着他。他面色灰黑,身体消瘦,是典型的期货部门工作人员的面貌。

"部长,谢谢您借给我这么长时间。"听到有人说话,金子抬头一看,见壹岐正规规矩矩地把两本书放到他桌子上。一个月前,壹岐问他有没有外行也能看懂的有关期货的书籍,金子就把手头的一本入门书和一本期货高手列传借给了他。

"你太客气了。壹岐,我真佩服你的这种学习精神。无论遇到什么事情,都要弄懂弄通,这是陆军士官学校和陆军大学的教育方针吗?"看到壹岐不耻下问,向比自己年轻许多的职员们请教各种问题,金子觉得这并非是每一个人都能做到的。

"您这么说,我都无地自容了。虽然我自以为学了不少,但在实际运用中往往令我汗颜。上个月二十号,看到三十号棉纱已经涨到二百四十五的时候,我对石原说,既然价格这么高,我们公司应该卖出。结果,被他笑话了一顿,说操纵市场的人看价格涨了就卖,也没有人会买,结果只能是自己把价格拉下来。"说到这儿,壹岐发现周围的职员开始准备下一轮的交易,就向金子部长告辞,回到自己的座位上。

三点十五分,金子部长手拿两只电话听筒开始指挥二十号棉纱交易。交易十分顺利,很快完成了直到十月份的期货交易。十分钟后,将是关键的三十号棉纱交易。战术已经制订,和公司的五家中介公司也都已经沟通妥当。这次,要在即将终盘的时候买进三百枚。最近五六天的平均交易量是五百枚,有四十三家中介公司介入。近畿商事要买其中的三百枚,对卖方的中京纺织来说无疑是猛烈的炮火攻击。

金子再次拿起了两只话筒,一只通向主力机关的大松商店的经纪人,一只的另一头是第二主力浪花商店的经纪人。"现场的情况怎么样?"金子问。

"尾张的动向有点让人担心。"话筒里传来具有柴犬般敏锐嗅觉的年轻经纪人的声音。尾张是中京纺织的主力机关。

金子不由得把嘴靠近话筒,问:"什么动向?"

"具体我也说不上来,就是凭直觉,觉得他们可能不好对付。"

这时,话筒里传来交易开始前三分钟的铃声。金子迅速对对方说:"好!为了搞清楚尾张的动向,当月交割的交易一开始我们就买进,你看看他们的反应。"接着他又对着接通浪花商店经纪人的话筒说:"我得到消息说尾张可能有动作,你们按原定方针,一切不变。"话音刚落,三十号棉纱交易开始了。

话筒里一传来二百七十日元的报价声,金子马上先发制人,命令大松:"卖出五十枚!"然后又告诉浪花买进一百枚后,便静静地通过话筒听交易现场的情况,"大松卖出五十枚,弘买进十枚,大岛卖出五枚,日吉买进二十枚,浪花买进一百枚,高井买进二十枚……"

尽管近畿商事开初小试,卖出一部分,但买进的势头仍不减退,价格一路上涨到二百七十三日元。原来所谓尾张有所行动是虚惊一场。就在金子刚松了口气的瞬间,"丸山卖出三十枚,都卖出十枚,尾张卖出二百枚……"大量的卖出宛如雪崩一般汹涌而来,价格以十钱为单位不断下跌,最终当月交割的最终价格跌至二百六十五日元。

接着在六月份交割的交易中,买方几乎只有近畿商事一家。"尾张卖出五十枚,五木卖出一百枚……"各经纪人接到中京纺织的指令,不断卖出。听着话筒里传来的不断卖出的喊声,金子毫不踌躇地指示大松和浪花不断死守买进价格,不让它跌破二百六十的大关。买进的数量已经达到了事先与大门社长商议好的两倍。但,此刻,他已被逼入绝境,不得不继续买进。

四月份的最后交易日上,近畿商事已经买进了相当数量的三十号棉纱。虽然金子认为本月卖出的大部分人都是卖空,但月末如果真有这么多现货涌进近畿商事,那这真是一场令人恐怖的攻防战。

所幸,面对近畿商事胆大妄为的买进行为,除了中京纺织以外,其他人都望而却步,六月份交割的价格最终为二百六十二日元,比本月交割跌了三日元。但是,接下来的七月到十月交割的交易价格呈现出一百九十到一百八十的势态,显示出这次投机买卖大战的炽热化。

三十号棉纱之后是四十号棉纱的交易,四十号交易结束后,金子部长长长地吐了一口气。今天是躲过了中京纺织的攻击,但如果接下来的两三天他们仍如此大肆卖出的话,为了保住价格,近畿商事将需要新的资金。

金子本想马上请示大门社长,但大门坐下午三点的飞机去福冈出差,在晚上之前无法和他取得联系。金子给大松商店打了一个电话,让他们的专务村越马上来公司一趟。

金子放下电话不到十分钟,大松商店专务村越微微驼着背出现在他的办公桌前。他之所以能这么快就赶到,原因之一是因为大松商店就在近畿商事附近。但更重要的是重要的客户一声召唤,就必须争分夺秒赶到,这已经成了经纪人们的习性。

金子用眼睛示意了一下,村越便悄悄地溜进会客室。两人面对面坐定,村越兴奋地说:"刚才的终盘可以说是最近少有的景气啊!"

金子不动声色地问:"你估计这个月末有多少枚将流入我们公

司？"大松商店代理着近畿商事棉纱交易中一半以上的业务,在五个中介公司中是最值得信赖的。特别是村越专务和金子可以说是心心相印。

"嗯,其他四家的看法你都问过了？"

"对,这两天我分别找他们来问了一下情况。看起来五千枚当中,实际上能拿出来的只有两千五百枚,其余的两千五百枚都是卖空。"

村越滴溜溜地转着眼睛,说:"从上个月开始,市场上就开始缺货,大部分卖家是卖空。所以,可以这么判断。"如果这个判断的确准确,在最后交割的时候如近畿商事提出要现货,那些在交易市场上不断卖出的商家为了兑现,就不得不高价买进。如此一来,近畿商事就可按照预定计划获利匪浅。"不过,"村越接着说,"今天中京纺织卖出的方法有些异常。如果他们真的有现货,最少估计也有三千枚。我觉得你们还是筹集好资金比较安全。中京纺织到底是不是卖空,我马上去查一下。"说完,村越点头致意,悄然离开了会议室。

看着村越离去的背影,金子想自己也必须马上给关系良好的纺织厂、织布作坊打电话,试探一下中京纺织的动向,做好一切准备,打赢最后一仗。顿时,他感到精神抖擞。

五月二十八号是大阪三品交易所的最后交易日。在三十号棉纱投机买卖大战的指挥中心,近畿商事棉纱部部长金子以及十名部下早晨七点半就赶到公司,准备迎接九点十五分开盘。

公司负责纤维业务的一丸常务一上班,金子就走到他位于纤维部正中的宽大的办公桌前,汇报今天交易的方针策略。一丸常务晃动着黝黑严肃的面孔半信半疑地问:"也就是说,我们公司买进一万捆,卖出的总数是八千捆,其中大约五千捆是中京纺织,其余三千捆是其他纺织厂家、商社的。四五天前的预测是中京纺织大约卖出三千捆,现在是五千捆。中京纺织的三十号棉纱月生产量是一万捆,他们会把整整一半的五千捆抛向我们?这个消息确切吗?"

由于连日来召开作战会议,一开就开到深夜,金子眼圈发黑,但他温和的脸上却燃烧着平素少有的斗志。他说:"十有八九是这样的。五千捆这个数字是我结合各中介公司提供的消息,和大松的村越专务认真研究的结果。为了慎重起见,我本人还给泉州、北陆的织布厂家打了电话,了解他们从中京纺织的进货情况。不出所料,各厂家订的货都晚到了半个月到一个月左右。有的厂家甚至说中京纺织提出因为没有三十号棉纱,只能提供四十号的,让他们大伤脑筋。"

一丸盯着天花板说:"哦?中京纺织停止供货也要和我们打买卖战?看来鬼头社长这回是动了真格的了。那,中京纺织以外的三千捆主要是哪些家?"

"丸藤商事、帝国纺织、东洋棉纱,泉州织布厂的北波男,北滨丸田商店的丸田栓太郎,这些家一共占三分之二,剩下的三分之一是一些小厂家和一些散户。"

正说着,市场行情表前面一阵骚动,大门社长亲自来了。大门戴着金丝边眼镜的脸上精神焕发,向对他行注目礼的职员们点头致意。大门径直走到一丸和金子面前,大声问:"今天的行情怎么样?"当上社长以后,大门异常繁忙,很少到纤维部来。今天长达五个月的与中京纺织的投机买卖大战就要结束,他是来不动声色地激励金子的。

一丸常务站起来说:"我刚听金子君介绍了情况。鬼头的持仓数目可观啊!"

大门自信十足地说:"都停止给厂家供货了,这说明鬼头勘助手上货快见底了。"他问金子:"那些趴在鬼头身上的印头鱼们动态如何?"

所谓印头鱼是指那些以投机为目的,跟着大户或买或卖,以获取利益的个人期货投机商。金子回答道："仍在高价卖出,不必过多担心。"金子的脑海中浮现出以极其雄厚的资金猛烈反扑的鬼头勘助的身影,接着说,"不过,虽然我自信对中京纺织以及丸藤商事、东洋棉纱等固定持仓的判断没有错,但是流动的持仓数量很难准确判断。所以,如果能在现在一千捆的预备资金上再加五百或一千捆,可能更保险一些。"

直至今天的前五个月里,金子时常瞅准时机卖出,巧妙地获取了利益。然而,由于每月买进的数目比平常翻了一番,投入的资金已经达到了五十亿。虽说这笔钱是社长特批的,但数目过大,就连一千捆的预备资金财务部都极不情愿出。但是,此时的金子心中燃烧着斗志,决意要在这场罕见的投机操作中取胜。

大门社长没有马上回答,而是用一双锐利的目光盯着金子看了一阵,最后大声说:"好,就再加一千捆的预备资金!我去和财务上说。"

"可是,社长,这有些……"通盘管理纤维部门的一丸常务显然难以同意这种做法。

"没问题!交易市场能有现在这种局面全靠金子君的力量,他的判断应该没有错。金子君,大胆干,但不要过于牵强。"说完,他迈着大步刚要离开,又停住了脚步。他看见壹岐坐在出口课的办公桌前,正认真地看着他和一丸、金子对话的一幕。

两人之间有一段距离,大门不顾周围还有很多职员,大声问道:"今天没有去图书馆?"壹岐也不由得大声回答道:"没有,今天……"说着看了一眼市场行情表。大门猜出了壹岐的心思,脸上露出高兴的笑容,大步走出纤维部。

九点一刻,当天的第一轮交易开始了。金子部长面带自信地拿起话筒,他的部下们也都各就各位。最后交易日的第一轮交易持仓、卖空的都有,这一轮交易决定五月当月交割的期货价格。而第二轮进行的是现货买卖,进行五月份交割的总决算。因此,第一轮无论是买方还是卖方,都在紧张地观察对方的动态。一种大战前的寂静笼罩着纤维部。

金子按照预先设计好的方案指挥着在交易所现场的大松的经纪人。经纪人通过话筒传递过来的中京纺织的动态令人不可思议地平静。只五六分钟,三十号棉纱与预测的价格分毫不差,以二百七十三日元的价格停板。一切都在预料之中,金子感受到了胜利的喜悦。他的部下们也都为两个小时后即将来临的巨大胜利而兴奋得双颊潮红。

十一点,第二轮交易终于即将开盘。金子给这五个月以来充当自己的手脚和影子,四处奔走搜集信息的大松商店村越专务打了一个电话。

"我是金子,情况怎么样?"

"一些投机者看好这个机会可能会有所动作,问题不大。"

"好,那就这样。"

金子放下话筒,提了一下皮带,拿起连着交易所的两个话筒。啪的一声,话筒里传来三十号棉纱交易的开板声。与此同时,经纪人们的喧嚣声不绝于耳,与刚才的情形截然不同。预测市场紧缺的商家和个人投资者都想现在买下棉纱,这样的人越多,价格就越往上涨。而卖出一方不得不卖出眼看着上涨的棉纱,卖空的人又由不得转而买进。

金子的心脏剧烈地跳动着。他把耳朵紧贴在话筒上,将里面传来的买进数目死死印在脑子里。

"大松买进八百九十枚,浪花买进七百枚,尾张卖出五百二十枚,九木卖出四百八十五枚,日吉买进三百枚……"

仅仅一两分钟内,买卖双方就激烈地交战起来。

"丸山卖出二百枚,都卖出三百六十七枚,时甚卖出一百零五枚,山中卖出八十九枚,共荣卖出五十七枚,辰巳卖出二十一枚……"

金子简直不敢相信自己的耳朵,瞬时间交易所里的四十三家中介公司开始一齐卖出。金子因激动而剧烈跳动的心脏仿佛瞬间停止了跳动,他浑身冰凉。

"陵木卖出五十七枚,大林卖出七十一枚,东卖出四十五枚,佐贯卖出一百零五枚,尾张卖出二百十枚……"

话筒里传来的全是卖出的声音。一开始买进的商家一看势头不好,都转向卖出。金子的双腿和拿着话筒的手开始不停地颤抖。

"金……金子部长!"大松商店年轻的经纪人被突如其来的事态搞得惊恐失措,用变了调的声音在电话里呼喊金子。

金子的喉咙像被烫伤一样发干,一句话也说不出来,手抖得更厉害了。四十三家中介公司开始争先恐后地抛出,不仅是大卖家,就连手上有棉纱的小织布作坊都跟着卖出。这意味着近畿商事的对手已不单单是中京纺织,而是全国的纺织生产厂家和商社。金子痛苦地等待交易所传来的卖出和买进的数量差。

"数量差一千五百七十五枚。"

金子不由得发出了呻吟。他预测近畿商事买进一万捆即五千枚,将有八千捆,也就是四千枚卖出。然而,现在卖出的数量达到了七千枚。

"买进价二百七十三日元。"虽然报价员提高了声音,但没有一个人喊出买,通过话筒金子可以想见现场冰冷的场面。在这种情况下,如果近畿商事不买进,价格就会暴跌到深谷。金子失去了往常沉着镇定的判断力,不知道是该现在买,还是等价格再跌一些之后买。

"买进价二百七十二日元九十钱、八十钱、七十钱、六十钱、五十钱……"

虽然报价员以十钱为单位报出买进价,但仍没人喊出"买"的声音,报价员继续用极快的速度报出不断下跌的买价。报价声像恶魔的声音一样侵袭着金子。一秒钟对他来说有十分钟、二十分钟那么长。金子紧握话筒的手指间渗出汗来。

"买进价二百五十二日元三十钱、二十钱、十钱,二百五十一日元……"

已经容不得半点犹豫了。金子仿佛正在冲下悬崖,他一闭眼,对在交易所的大松商店的经纪人发出了"买"的指令。几乎就在同时,啪的一声传来停板声,这场大逆转的买卖成立了。

惨败。金子浑身无力,垂下了头。副店长、职员们也都茫然失色。纤维部变得像在真空里一样安静。一丸常务满脸悲壮地走到金子面前,说:"四十号的交易让副店长来。"说完叫过来副店长,让他顶替金子。

交割日将有超过一千五百枚的棉纱涌进近畿商事,而且是以跌价二十日元的价钱买进的。这个消息很快传遍了全国的商家,下午的交易当中,卖出的势头更加汹涌。这场长达五个月的操纵期货市场的投机买卖大战就这样失败了,近畿商事受到了从未有过的重创。

公司职员食堂,虽然已经过了十二点半,但是仍有很多职员陆续来到食堂排队吃饭。食堂里碗碟碰撞的声音、吸面条的声音、刀叉相撞的声音和说话声交织在一起,宛如一个巨大的消化器官,充满活力。

壹岐一个人坐在中间位置的桌子上,边吃着咖喱饭,边听旁边的职员们议论一周前惨遭失败的投资大战。

一个进公司五六年的年轻职员说:"上个星期那个买卖,我们公司可算是赔了血本了。"

另一个有点儿幸灾乐祸地说："听说赔了五个亿。我们公司半年的纯利润大概是十个亿,一个部一下子就赔进去一半,金子部长的位置怕是保不住了!怪可怜的,好不容易熬到下届董事候补的第一人选,这下全完了。"

"负责纤维部门的一丸常务恐怕也要降薪。大概会减多少呢？"

公司里最让人们感兴趣的就是人事变动,杂货部的年轻职员们一边吃着饭,一边热烈地议论着。

"其实,保不住位置,减薪,这些都不算什么。留得青山在,不怕没柴烧嘛。听说,六七年前,当时的生丝部长就是因为在操作投机买卖的时候赔了将近三亿,当时的三亿啊！结果,那个人的身体垮了,得了神经衰弱,离开了公司。"

"噢。这么说在同一个公司,拿着相同的工资,被安排到棉纱、生丝、毛线那些光鲜的部门也不是什么好事。还不如我们,出口些橡胶草鞋什么的,虽然没人关注,倒也安稳。"

旁边的人发出了笑声,但壹岐听后心中一惊。

为了便于繁忙的部长们在吃午饭的时候也能迅速接听外部打来的电话,拥挤的食堂一角有几张专门为部长以上级别的人准备的饭桌。十几个部长坐在一起用餐,只有金子部长孤单单地坐在最边上。他看起来没有食欲,只吃了一两口饭,就放下筷子,陷入沉思。仅仅一周,他就好像完全变了一个人一样。在与中京纺织的买卖大战惨败后,金子只让副店长代替了他一天半。第三天,他就又开始手拿两只话筒,必须把涌进近畿商事的棉纱在现货市场上抛出去。他疲惫至极,满脸倦容,令人不忍多看他一眼。

正在议论金子的那些年轻职员突然不说话了。他们发现金子部长就坐在不远的地方,便缩手缩脚地走了。壹岐没有走,他仍看着金子。金子又拿起筷子,吃了两三口,喝了一口汤,然后站起来,迈着疲惫的脚步离开了食堂。

壹岐也站起来,跟在金子后面出了食堂。金子没有坐电梯,也没有回二楼的纤维部,而是迈着沉重的脚步,一步步地往楼上爬。壹岐默默地跟在他后面。

金子没注意到身后的壹岐,他上了七楼,又开始摇摇晃晃地爬上通往楼顶的楼梯。

楼顶上,年轻的职员们或在打排球,或三五成群地快乐地聊着天儿。金子向楼顶的一角走去,那有一个水塔,挡住了人们的视线。金子一动不动地站在那里,呆呆地看着露在高楼大厦之间的地面。虽然他坚信胜利无疑,但最终尝到了失败的痛苦。他的背影告诉人们他崩溃了。

壹岐在金子身后默默地站了一会儿,终于开口叫道:"金子部长!"

金子吃了一惊,回头看见壹岐,说:"是你呀,壹岐……"

壹岐故作不经意地问:"这些天你累了吧?"

"是啊,很累。我被打了个体无完肤。"

"但是,你可谓是作战勇猛。"

虽然是商战,但这几个月来金子精神上的紧张程度和体力上的消耗不亚于进行了一场真正的战斗。而此刻,站在六月明媚的阳光下,金子完全丧失了力量和自信,仿佛初夏的一阵风就能把他吹倒。

壹岐接着说:"金子部长,常言说,胜败乃兵家常事。"

金子轻轻点了点头。"来,抽支烟。"一次偶然的机会,壹岐在社长办公室听说为了工作金子戒掉了最喜欢的香烟。现在,为了缓解他的精神压力,壹岐还是把烟盒递到他眼前。金子毫不犹豫地从烟盒里抽出一支,放到嘴上。壹岐给他点着。

金子很享受地抽了一口,说:"真香啊!我有一年没抽烟了。壹岐,你有几个孩子?"

"两个。老大是女儿,上高中。老二是男孩儿,正在上初中。"

"我入伍的时间比较长,所以,都五十岁了,老大才上高中。我有三个孩子,最起码大儿子能大学毕业就好了。"

此时,金子的辞职信就装在他的上衣口袋里。

"金子部长,你不会是……"

金子扭头看着壹岐,表情复杂地说:"壹岐,企业的职员是必须为企业赚钱的。可是我却赔了钱,而且还是五亿。"

面对呻吟般的金子,壹岐无言以对。他觉得这种时候金子可能更想一个人待一会儿,就告辞道:"那,我先走了。"

壹岐回到纤维部自己的办公桌前,看到桌子上放着一张字条:"社长有急事,回来后请速到秘书课。"壹岐不知道有什么紧急的事,马上返身向秘书课走去。

公司高层办公区的楼道里铺着厚厚的地毯,寂静无声。壹岐刚刚在楼顶和身心俱伤的金子部长谈过话,而这里似乎一切都没有发生。因此,这种寂静让壹岐感到有些无情。

壹岐敲门后推开社长办公室的门。茶几上烟灰缸里的烟头还冒着烟,显然是有客人刚离开。

大门一三看着壹岐,劈头很不高兴地责问道:"你去哪儿了?不是说只能上午去图书馆吗?"

壹岐很吃惊,虽然他不明白大门为什么一反常态,但很快他从大门一脸的倦容和焦躁的表情上找到了答案。在刚刚过去的投机大战中,是他与金子部长保持着密切的联系并指挥金子,作为经营者他有推卸不了的责任。再加上败在号称期货天才的中京纺织社长鬼头勘助手下的懊悔让他心如火焚,坐卧不安。

壹岐没有提金子的事,只回答道:"我离开了一下办公室,来晚了。"

"给你办去美国的签证可费了事了。"

"是吗?"

大门更加不高兴地说:"什么叫'是吗',你能不能改一改你这种军人腔调!你能不能猜到美国为什么不愿意给你签证?"看壹岐一脸茫然,大门又说,"是因为他们怀疑你虽然看上去是纯粹的日本人,但实际上很可能在西伯利亚被洗脑,成了苏联的走狗。你自己觉得呢?"

大门用锐利的目光盯着壹岐,不放过他任何的表情变化。壹岐没有生气,反而感到很可笑,觉得没有必要回答这个问题。大门的表情马上缓和下来,说:"当然,我也是相信你的。可是,你的签证通过正常渠道根本批不下来。东京来电话说是里井常务通过纽约分店店长联系到驻美领事,请领事和美国国务院日本司疏通以后才批下来的。里井常务为这件事费了不少心。"

壹岐没想到自己身为旧军人办美国签证这么难,即使曾被长期羁押在西伯利亚。这件事让他切身感受到美苏之间的冷战有多么激烈。社长费这么多周折也要带自己去美国,这是为什么?他直截了当地向大门提出了自己的疑惑:"社长,您执意要让我和您一起去美国,一定有什么非常重要的事情。"

大门不客气地说:"猜对了!作为商社的一员,不了解美国,怎么做买卖?"他点上一支烟,问,"壹岐君,我知道你一直在观察这次投机大战。现在我们公司惨败了,你有什么想法?"

壹岐没想到大门会问他这个问题,虽然很困惑,但他还是回答道:"我不懂投机运作的原理,所以我最关心的是,事已至此,公司将怎么处理当事人。当然,我也知道军队和民营企业在赏罚制度上是不同的。"

"到底是不一样,能抓住问题的关键。人才就是财产,在这点上军队和商社有相似的地方。赏罚决定着对人才的利用。但是,军队和民营企业各自的人才在价格上不同,所以,暂且不说赏,在罚上面自然不可能一样。"

"人才的价格?"

"对!因为军队用一钱五厘的明信片就能招上来人,所以失败了可以命令他剖腹自杀,可以撤职降级,只要不断补充兵员就行。企业是用有限的资金利用人才,除了发工资还要发家属补助津贴,不赚钱就办不下去。要是出了一两次错就开除,那用人效率就太差了,也影响其他人的工作情绪。"

"那,金子部长怎么处理?"壹岐问出了自己关心的问题。

"大概金子已经写好了辞职信,不过,我不打算接受。想用一纸辞职信了结,这种做法太不负责任了。赔了多少就要赚回来多少。对于金子来说,今后这五个月可能像地狱一样。他必须每天听着话筒里传来的一路暴跌的价格,拼着命把货脱手。可是,当处理完这件事,等到他重新开始给公司赚钱的时候,我一定提议让他当公司的董事。企业是不允许玉碎的!"

大门的话掷地有声。"企业不允许玉碎"这句话重重地撞击在壹岐心上。

出了社长办公室,壹岐先到出国手续课拿上表格,然后回到办公室,向石原请教怎么填表。填完以后,石原说:"壹岐,要是你第一次出国的话,我给你列个表,告诉你需要带什么东西去。"他飞快地写出了一串物品,从上衣到内裤无所不有。他把单子交给壹岐,说:"最重要的是药。如果你有经常服用或者需要服用的药,一定要带上。在美国,没有医生的处方人家不卖给你药。还有,眼镜。你看文件的时候要戴的眼镜,带两副去。因为,买眼镜也必须经过医生检查视力才行。"他突然压低声音说,"虽说每天有二十五美元的出差费,可是刨去吃喝也剩不下多少。像壹岐你这样不会算钱的人,一下子就用光了。你可要精打细算,不然好不容易去趟美国,连一场脱衣舞也看不上。"

"什么?脱衣舞?"

"对啊!日本还没有呢。听前一段时间从纽约回来的家伙说,去纽约的红灯区可以看上脱衣舞,全裸的。"石原得意地在壹岐耳边念叨着,壹岐红了脸,"你这人可真有意思,都一大把年纪了,还脸红。倒弄得我心里觉得怪怪的。"说完石原一脸无奈地回到自己座位上。

壹岐把视线投向棉纱部长的办公桌。面容消瘦、疲惫不堪的金子手握两只话筒,正在应对市场交易。

去美国的前一天,壹岐察看了一下妻子给他准备的行李。挪开桌子和小橱柜,打开的旅行箱几乎占据了整个六叠大的房间。

直子拿来两个盒子,说:"爸爸,我给你拿来两个盒子,这样你好整理东西。你告诉我哪些需要,哪些不需要。我把不需要的放到左边的箱子里,需要的放到右边。"

"这个主意好。你从旅行箱里拿出一件衬衣和一套内衣放到左边的箱子里,把你身后的那两本书放到右边的箱子里。"壹岐边说边把维生素和胃药放进书包里。

正在厨房做晚饭的佳子擦着手走过来,说:"你怎么把衬衣和内衣拿出来了?"

"不需要带这么多。我当军人那会儿,不是没有带过这么多东西吗?"

在战争年代,无论是伪装成外交官身份前往苏联传递情报,还是去东南亚视察前线,壹岐从来都是轻装前往。所以,他觉得出趟差要带两套西服、五件衬衣、三套内衣、五条领带实在是太繁杂了。

"你现在是作为商社职员去美国出差,而且是大门社长的随员,不穿得体面点儿,有失礼貌。你们公司的人写的表里面就是这么说的。"

正说着,房门被打开了,门口传来一个沙哑的声音:"哎,是我。"

"是外公!"直子兴奋得两眼发光,跑到门口。佳子也迎上前。战后,佳子的父亲从东京搬回大阪的帝冢山,后来又移居到河内长野的乡下。壹岐奇怪岳父为什么这么晚了还要赶来。他站起来,六十七岁的岳父坂野乡之走进房间来。

老人虽穿着旧西服,但头戴黑色贝雷帽,脸上浮着慈祥的笑容。他环视着房间,说:"正君,正忙着呢?"

"对不起!我这儿太小,东西乱七八糟的,您没碰着脚吧?"老人不仅是壹岐的岳父,还是他陆军大学时代的教官,因此,壹岐的口气里除了亲切还加了一分尊敬。

"你看,我身体好着呢。我听佳子说你要去美国出差,今天到大阪来,就顺便过来看看。这钱不多,你拿着。"老人从上衣口袋里掏出一个红包。

"爸,这怎么行!我这次是公司派去出差,没什么用钱的地方。"

岳父虽然现在蛰居在老家河内长野,当公民馆馆长,但在三十多岁时也曾任驻英大使馆武官。他说:"不管是去哪里,到国外,多一分钱总比少一分好。你们公司虽然有海外分店,可你没什么熟人。不要因为一些小事没了面子。"壹岐人到中年,第一次去美国出差。老人为他想得很周到。

"谢谢您的厚意,那我就收下了。"壹岐看了一眼端过茶来的佳子,说:"我这次要走三个星期,家里万一有什么事情,拜托您照顾一下。"

"放心吧,十一年我都过来了,没事儿的。"为了不让孩子们听见,佳子小声说,"我倒是担心你。听说美国对从西伯利亚回来的人特别警惕,我怕你在那儿会出什么事,真想让你别去了。"

壹岐想起大门社长告诉他有关他的签证的事情,心里也掠过一丝不安。但他安慰佳子道:"我又不是一个人去,是社长的随员,不会发生任何事情的。我最担心的是语言问题,我会不会成为社长的累赘。"

坂野乡之点点头,附和着壹岐的话说:"我听说我们战前用的英语美国人听不太懂。而且没有相当程度的英语会话能力,只能听懂美国人说的一半。看来你回来以后我们有趣闻听了。"

听了父亲的话,佳子似乎不再担心。她说:"爸爸,我们好长时间没一起吃饭了。在这儿吃饭吧,孩子们也会很高兴的。"说完就要回厨房做晚饭。

坂野乡之拿起贝雷帽,站起来说:"不了,今天晚上公民馆有个会,我得马上回去。"

刚从外面玩回来的诚看见外公要走,失望地说:"外公,你这就要走啊?"

坂野笑眯眯地说:"我还会来的。"他在门口穿好鞋,对要送他到车站的直子和诚说:"你们的爸爸明天要去美国,我有话跟他说,你们下次再送我吧。"

坂野和壹岐并肩走在两旁全是市营住宅的街道上。街道沿着大和川,借着余晖的微亮可以看见宽阔的河流和河中间的小洲。坂野虽然年事已高,但腰板笔直。壹岐陪在岳父身边走着,看着戴着贝雷帽的岳父,不禁暗自感叹时光的流失。

昭和十二年(1937年),壹岐通过严格的考试上了陆军大学。当时担任他们五十二期学员教官的坂野乡之刚到陆军大学赴任不久,中佐军衔,是通晓古今东西战争史的权威。特别是他的日俄战争战略战术讲义,有血有肉,生动形象,水平极高,让壹岐他们这些未来的将帅们听得热血沸腾。

陆军大学没有考试,而是首先由教官出题目,学员把各自的见解和研究结果写成论文交给教官。然后,教官让见解不同的学员进行辩论。最后由教官进行评价和解答。解答完之后再出下一个题目。经过三年这样的教育,不仅使学员们具有各自的信念,还培养了他们的表达能力和说服他人的能力。有些教官忘记了陆军大学的这一基本教学方针,反感那些与自己持不同见解的学员。而坂野一向都是公正的,对于解答优秀的人,他毫不忌讳地承认对方想到了自己没想到的,表现出大度和宽容。他的这种态度激发了学员们更加高涨的学习热情,学员们经常跑到他家里去讨论各种问题。

一到星期天,坂野乡之家就成了学员们辩论的场所。那些只有星期天才能从宿舍里解放出来的学员们到这里来的目的除了学习,还有一个,那就是冲着教官的独生女佳子。除了端茶上点心,佳子很少出现在学员们聚集的客厅里。每次在廊下或者大门口碰到佳子,壹岐也和其他学员一样脸红心跳。

坂野乡之公平对待每一个学员,并没有对壹岐另眼相待。但是,在天皇亲临的毕业典礼上,以首席成绩毕业的壹岐做了御前讲演。作为辅导这个讲演的教官,坂野和壹岐之间的师生关系因此也更深了一层。后来,壹岐没有选择山形的连队长介绍的、看中他大有前途的滨田大将的女儿,而是选择了恩师的女儿做自己的妻子。

快走到第二十六号国道边上的时候,坂野停住脚步,说:"听说防卫厅的原田胜君正式决定竞选参议院议员,你知道不知道?"

壹岐也不由得停住脚步说:"我早就听说他要竞选议员,可是不知道他已经做了正式决定。"

原田曾被誉为海军参谋中的明星,壹岐参加过以他为中心的袭击珍珠港的作战计划会议。他思维缜密,有胆有识,令壹岐肃然起敬。那位曾经的原田参谋现在身居防卫厅航空幕僚监部幕僚长的要职。

"爸,您是怎么知道这件事情的?"壹岐问。

"我是军人抚恤金联盟大阪支部的委员,上面要求我们尽快组织支援他的机构。原田君是个优秀的人物,也很有威望,一定能组织起一个强有力的后援机构。"坂野意味深长地看着女婿说,"我不说马上,我想问你,你有没有将来从政的想法,当然是为国家尽力的政治。"

壹岐知道岳父对他没有去防卫厅并无多大意见,而对他偏偏选择了商社感到不满。他不知道该怎么回答老人,默默地看着大和川上的铁桥。

坂野语重心长地说:"虽然你们两个年龄不同,但也是曾经被誉为海军有原田、陆军有壹岐的好对手。你现在进了商社,回到家还要捻起女儿的衣服分辨是什么料子做的。听到这些我心里就不是滋味。佳子受了十一年的苦,现在只求家庭幸福,并不希望你当政治家。但是,我希望你找回以前的自己,好好考虑一下。"

岳父似乎在把他的梦想寄托在自己身上。想到岳父是希望自己在远离妻子和孩子的美国认真思考他的建议,壹岐便愈发觉得这次美国之旅很沉重。

第十三章 美 国

直航前往纽约的西北航空公司一三八次航班按时起飞,途中飞行正常,预计两个小时后,纽约时间晚上十点五十五分将正点到达纽约国际机场。

用完飞机上的晚餐,空姐推着车给乘客提供饮料服务。她在壹岐他们的座位前停下来,微笑着为他们递上红茶。社长大门一三坐在头等舱,随行的海外事业部长与谢野、社长秘书柳和壹岐三人并排坐在一起。坐在通道一侧的柳喝着咖啡,关心地问坐在中间的壹岐:"壹岐,累了吧?"

壹岐面带倦色,说:"可能还是有点儿紧张。我和你们不一样,不太习惯。"

海外事业部长与谢野环视了一下机舱,遗憾地说:"有空座位的话,可以把座椅扶手扳上去,躺一会儿。可去纽约的直航只有西北航空,所以总是坐得挺满的。"

与谢野自己并没有打算休息的意思。吃完饭,空姐刚收走餐具,他就马上收起小桌板,从座位下面的书包里掏出大门社长将要在纽约会见的客户名单和在招待会上发言的草稿,用红圆珠笔在上面涂涂改改。而秘书柳则起身去头等舱找社长去了。

为了不妨碍与谢野工作,壹岐把座椅后背往后调了一下,靠在上面静静观察用旺盛的精力投入工作的与谢野。周围的乘客都裹着毛毯开始休息,只有与谢野头顶的小灯亮着,红圆珠笔在他手中不停地动着。

海外事业部长统筹总管公司在世界各地的分店和事务所。社长到国外出差时,还要按照日程为其安排,整理谈判提纲,并随同与社长出行,全程辅佐社长。这次社长到美国是为了建立统管美国各分店的美国总部,强化以纽约为中心的扩大贸易的机构,并召开北美分店店长会议。作为海外事业部长,这次纽约之行对与谢野本人也很重要,他也有很多工作要做。从羽田机场上飞机到现在,与谢野只休息了四五个小时,大部分之间都在阅读和修改文件,旁人都不好意思打搅他。壹岐不明白他瘦小的身体里哪来的那么多精力。

柳已经往头等舱跑了好几次了。这次回来他对壹岐说:"壹岐,社长叫你去一下。"

壹岐脱下拖鞋,换上皮鞋,去头等舱找大门。头等舱的座位有一半空着,大门一个人舒舒服服地坐在两人一排的座椅上,正在品尝白兰地。他后排的座位上有一对美国老夫妻正在熟睡。壹岐小声问:"社长,您找我有事儿?"

大门让壹岐坐到他旁边的座位上,说:"没什么事儿,知道你累,让你过来喝杯白兰地。"他叫来空姐,给壹岐要了一杯白兰地。

大门毫无倦色,跟在公司里一样精神抖擞。他看着壹岐说:"怎么样,这DC-8喷气式飞机和你们那个时代的战斗机,坐起来有什么不同?"

壹岐用双手暖着酒杯里的白兰地,说:"噪音比我想象中要小得多,而且很稳,不过……"

他喝了一口白兰地,把后半句话吞了回去。这是壹岐从西伯利亚回国后第一次坐飞机。飞机让他想起了自己作为苏联方面在远东国际军事法庭上的证人被带回日本,又被送回西伯利亚的经历,一时百感交集。他克制住自己,故作高兴地说:"纽约,真想早点儿看到她!"

大门笑了,说:"你现在说这种话了,开始的时候那么不愿意来。战前,我也到过国外,在中国和东南亚跑了好多地方。可是,七年前我当常务的时候第一次到纽约,那真是很激动。"

"是吗?您的第一印象是什么?"

"我首先想到的是,日本为什么要和这样一个强大、富有的国家打仗。要拿我的算盘珠子算的话,那根本就对不上数。"大门喝了一口白兰地,接着说,"不过,壹岐君,你一定有你的看法和观点。这次不是让你来学做生意的,是想让你到处走走,随便看看,开阔一下眼界。我已经跟与谢野君说了,让他满足你的一切要求。"

"多谢您的好意,我一定照办!"壹岐喝干杯中的白兰地,向大门行了一个礼,回到自己座位上。

与谢野部长还在看文件,柳正在抄写他修改好的草稿。示意系好安全带的指示灯亮了,两人收好文件。飞机开始下降,纽约城市里璀璨的灯火映入眼帘。前方出现了一排排蓝色的指示灯,紧接着壹岐感觉到机体着陆时的震动,飞机在号称全球最大的纽约艾德威尔德机场着陆了。壹岐从未见过这么大的机场,他惊奇地看着停在跑道上的一排排大型客机。

"壹岐,到了!"

壹岐回头一看,与谢野已经梳理好了凌乱的头发,纹丝不乱,穿上上衣站了起来。柳已经不在座位上,去头等舱找大门了。壹岐急忙拿起自己的书包,下了舷梯,跟在与谢野后面往前走。与谢野边快步往前走边说:"社长是个急性子,行动稍微缓慢就要挨批。"两人在海关追上大门,办完手续,让搬运工推着行李走进机场大厅。

大厅里六七个纽约分店的职员早就等候在那里迎接大门。

"社长,欢迎您来纽约!"

"辛苦你们了!正冈君,你干得不错嘛!"大门心情极好地慰问纽约分店店长。

高个子,长着一对招风耳的正冈受宠若惊,诚惶诚恐地说:"我只是不断努力,尽一些微薄之力而已。请这边来,我已经让车停在外边了,马上就能出发。"他显然很了解大门的习性。

正冈在前面引路。出了大厅往前走了十米左右,有三辆豪华轿车停在那里。大门和海外事业部长上了第一辆凯迪拉克。壹岐和柳上了第二辆车,他好奇地看着窗外。夜幕中,高速公路像大河一样宽阔,一辆辆气派的轿车飞驶而过。道路设施的完善和汽车的数量大大超出壹岐的想象。汽车前方出现了一片宛若森林般的高楼群,灯火辉煌。在曼哈顿的高楼大厦中,一百二十层的摩天大楼鹤立鸡群。

壹岐在华尔道夫酒店典雅舒适的单人房间里度过了纽约的第一个晚上,他睡得很香。第二天早晨吃过早饭,他走下大理石楼梯准备去纽约分店。这家豪华酒店的大厅有着浓厚的欧洲风情,壹岐刚要伸手推门,身穿金丝缎制服的门童已经恭恭敬敬地为他打开了大门。

在饭店门口壹岐碰上了社长秘书柳。柳说:"壹岐,没能照顾上你,真对不起。今天一大早就有两个公司的客人来拜访大门社长,我刚把他们送走。这个酒店是世界上最豪华的饭店之一,很多国家元首和名流都在这里下榻。这个饭店有个传统,就是把住在酒店的最高规格 VIP 的国家的国旗挂在饭店前面的旗杆上。你看,现在挂的是埃塞俄比亚的国旗。我听门童说,埃塞俄比亚国王现在住在这儿。"

壹岐回头看着国旗说:"这个传统好,我现在打算去纽约分店看看。"

"那你路上小心点儿。我也要陪社长出去,不在饭店。我们公司的晚宴六点开始,你在这之前回来就行。"说完柳急急忙忙地进了饭店。

壹岐顺着酒店前面的公园大道往西,来到第五大道。街道两侧林立的高楼挡住了阳光,身穿深色西服的人们行色匆匆地穿行在只能照到一半阳光的大道上。街角的排气孔里不时传出地铁发出的巨响,人行道和汽车道之间的浅沟里散乱着纸屑和烟头,警车鸣着紧促的警笛声驶过。纽约的街道上气氛险恶。壹岐大为不解,为什么酒店里面和外面如此不同。

纽约分店在第五大道五十号,一个旧二十层楼的第八层。壹岐和各不同种族的人们一起上了电梯,亲身感受到种族大熔炉的纽约特色。上了八楼,壹岐推开右侧的一扇门,迎面看到墙上挂着近畿商事的社徽,前台的桌子上插着菊花,一个年轻的金发美女端正地坐在桌前。

壹岐一下子紧张起来,好像到了别的公司,用自己都觉得蹩脚的英语说:"我是壹岐,我想找一下海部先生。"

前台小姐微笑着问道:"请问您贵姓?"

壹岐没听懂后半句,一脸茫然。于是,前台小姐又慢慢地说了一遍,壹岐才终于明白对方是在问他叫什么名字。壹岐又说了一遍自己的名字。

"您和海部先生预约了吗?"

"是的。"

前台小姐把壹岐带到办公室门前。壹岐推开玻璃门,一千多平方米的办公大厅里按部门摆着一张张办公桌,大约有一百名员工正在工作。日本人都在紧张地忙碌着,而在当地录用的美国人或边嚼着口香糖边大声打电话,或敲打着打字机。壹岐惊奇地发现办公大厅的角落里堆放着从日本运过来的橡胶拖鞋和自行车的样品。他先到摆放着布料样品的纤维部办公区,做了自我介绍。

一个职员怀疑地打量着壹岐问:"你真的是大阪总部纤维部的人?你到这儿来有什么事儿?我们没接到通知啊!"

"我是来找农产品部的海部要的。"

"你是纤维部的,要找农产品部的海部?"那个人指着里面的一张办公桌说,"那边,离这儿二十米左右的地方,那个正在敲打字机的就是海部。现在正好是交易的时间,你等他一会儿吧!"

壹岐走到海部要的办公区,对他旁边的一个美国女职员说明来意,然后悄悄地坐在椅子上,静静观摩海部工作。海部三十二三岁,他脖子里夹着话筒,一边看着墙上的屏幕上映出的"SB N 240 1/8"的符号和数字,双手还一边不停地敲打着打字机。壹岐虽然不太懂,但他知道海部此时正战斗在小麦、大豆、玉米等农产品国际期货市场上。壹岐之所以来找他,是因为有纽约分店店长的推荐。分店店长说海部是从大阪总部的纤维部来的,虽然年轻但工作很出色,壹岐要想了解纽约分店的工作情况和日本职员的生活情况,找他最合适。

一个年轻的美国人从壹岐身边经过,把一张电传放到海部的办公桌上。海部看了一眼电传,又看了一下屏幕,用英语飞快地说:"你再给伦敦发个电传,让他们在两分钟之内决定后给我答复。"

二十分钟之后,海部的工作似乎告了一个段落。他伸了一个懒腰,点上烟,转过身来。海部白皙的脸上架着一副眼镜,给人一种爱摆架子的印象。可是,当他看到壹岐后却马上站起来,开朗爽快地说:"您就是壹岐吧?让您久等了!"

壹岐也急忙起身,规规矩矩、极有礼貌地说:"您这么忙,打搅了。是正冈分店店长让我来找您的。"

壹岐如此客气的态度让海部有些不知所措,他说:"噢。兵头信一良也从东京给我发了电传,让我关照您。我和兵头是同一年进的公司,在企划调查部一起工作过。他还在电传里用他的方式把您介绍了一番。"海部的脸上流露出亲热,似乎他早就认识壹岐。

"是吗?兵头君给你发了电传。"兵头已经从纤维部出口课调到了东京分社的钢铁部。壹岐脑海中闪现出他的脸庞,心中充满对他的感激。他问海部:"我在纤维部知道期货市场的工作非常辛苦。那个屏幕上面显示的 SB N 240 1/8、C U 205 3/8 这些符号和数字是什么意思?"

"那是芝加哥农产品现在的市场行情表。打头的 SB、C 表示大豆和玉米,后面的 N 和 U 分别代表七月和九月,最后的数字是以美分为单位的各月的价格。"

"是这样。你的工作也很辛苦啊!"

海部摘下眼镜,边擦边苦笑着说:"每天都是这样,我已经习惯了。不过,我这儿做的是三国间贸易,有时差,没一个很棒的身体还真抗不住。这不,今天早晨四点我就被伦敦来的国际长途吵醒了。"

"三国间贸易?这是什么意思?"壹岐问起这个他没听说过的名词。

"这个嘛,说是多国间贸易可能更好懂一些。以前我们都是日本对美国的进出口贸易,而以纽约为据点,对日本以外的 A 国和 B 国之间的产品进行进出口,这就是三国间贸易,比如:我每天的工作就是把美国的小麦、大豆出口到东南亚和欧洲,当然也有日本。价格是由芝加哥农产品交易市场定的,可是贸易商们在伦敦。所以,每天晚上我回到家以后还得跟伦敦联系,按芝加哥的价格订货:'几月往哪个国家出口多少吨大豆,明天给我答复。'一般老客户在第二天上午八点我上班以前就能把电传发到公司,给我答复。这样,芝加哥交易所一开盘我就可以看着屏幕上自动显示的价格表买或卖。如果当前市场价格和前一天相比变化较大的话,我就得一边跟伦敦保持联系一边进行买卖。"

"原来是这样。刚才我看见你让那个年轻的美国人给伦敦发电传,让他们在两分钟内给你答复。既然是那么紧急的事情,你为什么不打电话呢?"

"白天电话不好用。纽约和伦敦之间的电传是专线,一直连着,发电传和打电话一样快。而且,在传达数字上用电传比打电话更准确。"海部看了一下表,说,"还有一个经纪人要打电话来,我先失陪一下。快该吃午饭了,您就在这儿吃外买怎么样?等一会儿他们就送来了。"

"哦?美国也有外卖。好,那我就在这儿和你一起吃。"与豪华酒店里礼仪烦琐的晚餐和早餐相比,壹岐更想尝尝美国的外卖。

不一会儿,一个黑人男孩儿提着一个长方形的大盒子走进办公室,盒子里有热狗、三明治和盛在纸杯里的汤。办公室里的日本人、美国人,还有女打字员纷纷向他购买午餐。海部也大声要了两份三明治和汤。他有滋有味地吃着三明治对壹岐说:"美国人特别爱吃这种金枪鱼三明治,所以有大量的日本金枪鱼罐头出口到美国。怎么样,味道不错吧?"

"很好吃。这个汤也不错。"壹岐好奇地打量着盛着热汤的纸杯。这时候经纪人的电话打过来了。

"你好,杰克……我想我……"

海部笑着在电话里谈起生意。他的英语非常流利,而且说得很快,壹岐几乎听不懂。不过,他大致能判断出海部是在从对方报出的货船名单里选择运送一万五千吨大豆的货船。海部只用了三四分钟就解决了问题,然后把船名、出发日期、出发港口和运费价格用电传传给伦敦,得到了对方的同意。屏幕下方的传送带发出咔咔的声音,海部走过去看上面的内容。

壹岐问："这是什么？"

"是新闻服务公司送来的电传，上面有全世界的各种消息。看来，今天没有什么可以影响到交易市场的新闻事件，这下我可以放心地出去了。"说完，海部戴上领带，穿好衣服。

海部开着福特汽车，呼吸着车窗外的新鲜空气，对壹岐说："您来得正是时候，现在是纽约最好的季节。到了七八月，这儿和日本一样热。壹岐，我们现在是在第五大道上。第五大道和公园大道是曼哈顿的主干道，这里有帝国大厦、洛克菲勒中心、大都会博物馆、古根海姆博物馆等，可以说是美国文化和繁荣的象征。不过，我一开始一点儿都不喜欢纽约。我先是从大阪的纤维部被派到英国常驻的，在那里习惯了欧洲人的礼貌，比如：身体稍微有些接触都会互相说声对不起。到了纽约以后，在街上被人撞一下，我会马上说声对不起，可是，对方却连理都不理我。我就回头看对方，心想这人真不懂礼貌。这一回头，就又被另外一个人又撞一下，又不道歉。所以，纽约给我留下了不讲礼貌和繁忙的不好的印象。不过，现在我倒觉得在纽约的这种快节奏和公事公办的风气里，工作起来反倒轻松。"

壹岐边听着海部开朗的话语，边透过汽车的挡风玻璃眺望着第五大道。大道两边的楼房因为不能向两边发展，只好往高处发展。结果让壹岐产生了错觉，以为人和车都掉进了高楼铸成的深谷，正在谷底穿行。

车一路往南开，渐渐的楼不再那么高了，过往的行人里也少了身穿深色西服的白人白领，多了一些衣着随便的人。特别是有不少黑人和波多黎各人，显出了市中心的嘈杂。

海部开着车在第五大道绕了一圈以后，把车停在时代广场一角的停车场,说:"我们现在要去的地方有很多和我们公司有生意往来的公司。"

百老汇这个地名壹岐也听说过。这里电影院、剧场和娱乐场所鳞次栉比。路边有三四个人组成的乐队正在演奏爵士乐。而另一边,正在装卸卡车的司机们则挥舞着刺有文身的胳膊,互相大声谩骂。

走在前面的海部回过头来,告诉壹岐:"百老汇的这一带是纤维产品批发商云集的地方,有点儿像大阪的丼池筋。每天我们纤维部总有一两个人在这儿跑客户。"他指着批发商店面说,"我们进去看看吧。"

这家店面在一座又脏又旧的楼房一层,有一个小得可怜的橱窗,里面挂着样品。壹岐看到的几家批发商店面都只有三十多平方米,四五个店员,店面里堆满布料样品。海部推开这家名叫诺克斯贸易公司的门。里面桌子前面坐着一个长着鹰钩鼻子的男人,他身穿花哨的毛衣,身体靠在椅背上,往后仰着。一个小个子日本人正在给他看各种布料的样品。

海部装着看样品,小声对壹岐说:"壹岐,那个人是我们公司纤维销售丝川。长着鹰钩鼻子的是这里的老板。这犹太商人太精明了,和人家比起来,大阪的那些商人们根本就不算什么。你看着吧。"

"诺克斯先生,我们公司的乔其纱是最便宜的。您如果买的话,我们可以优惠。"

"你可真能纠缠。你买吧,我便宜点儿,这话我听了三个星期了,耳朵都起茧子了。我们不用从日本买,在美国国内买就可以了。"

"你就试一试嘛!我们的商品一定会让你满意的。"

"哦?那你说的优惠是什么优惠?"

"一码本来是八十九美分,我可以给去掉零头,一码八十美分。另外,我们还给你负担印染费。"

"其他的优惠呢？人家藤丸商社的人说，如果我买他们的货，一年内布料上的花样属于我的专利。"

"一年？哪有这种优惠？"

"这我管不着！总之，就是这些条件，再加上如果不能按时装船，必须用飞机运货。如果你能答应这些条件，我就买。"

"这也……太……如果我答应的话，你买多少？"

"三千码。"

"才三千码……好，成交吧！"丝川用像蚊子叫一样可怜的声音说。

鹰钩鼻子老板的脸上露出得意的笑容，说："行了，还有日本推销员等着呢，你把那把椅子让出来吧！"说着用手指了一下海部和壹岐。

丝川回头一看，不由得叫了出来："海部！你都看见了，让人家狠狠宰了一顿。"他收起样品，装进一个大皮箱里，右手提着皮箱，左手拿着书包，和海部一起走出批发公司。

海部替他拿着书包，介绍说："壹岐，这是纤维部的丝川。纤维部的人每天都这样一家一家地跑客户。"

丝川提着皮箱，疲惫不堪地说："我那留在日本的新婚老婆到处炫耀，说丈夫常驻纽约。哪里知道我在这儿整天一家一家敲人家的门，而且都是些零散的批发商。腿都快跑断了。你们是开车来的吧？我还得跑几家客户，就坐出租走了。"

双手提着行李的丝川瘦小的身体消失在纽约的人流中。

海部和壹岐上了车，去曼哈顿南部的华尔街。海部一边熟练灵活地转动着方向盘一边对壹岐说："纤维部的人就这么辛苦，最后成交的也都是些数额不大的买卖。所以，他们老挨分店店长的训，说他们拖了纽约分店的后腿。其实，我和兵头的想法一样，今后，美国的产业结构越来越高度化,像纤维这种劳动密集型的产业以后一定会出现劳动力不足的问题。在不远的将来,美国的纤维基地一定是日本。所以,我们现在打的是前哨战,即使利润不大,也应该把生意接下来。"

华尔街才真正处于高楼大厦的峡谷里。道路两旁林立着花旗银行、摩根大通银行、纽约联邦储备银行、美国证券交易所等。这些高楼遮住了天空,挡住了阳光。然而,穿行在没有阳光的道路上的人们却挽起衬衣袖子,行色匆匆。这里充满了世界金融中心的活力。

海部说:"我们纽约分店为了节税,前年按照纽约州法申请变为当地的公司法人。这条街上的花旗银行、大通曼哈顿银行是我们公司筹集资金的地方,公司财务没少往这儿跑。大门社长、我们分店店长、海外事业部部长他们现在说不定就在这里哪家银行的会客室里。所以,这里和日本要在纽约筹集资金的商社有着不可分割的关系。"

壹岐看着路两边各金融机构的大楼,突然觉得它们好像有生命一样面带表情。当他走到一座教堂前面的时候,感到眼前一亮,不由得停住了脚步。他的眼前是三一教堂。整个华尔街只有这里能看到天空,纽约六月的天空闪耀着初夏的光芒。海部也停下脚步,和壹岐一同仰望着天空。

两人继续往前走,一辆卡车飞速驶过,卡车后面写着一行白色的大字:"Kick down! Khrushchev."① 上个月在苏联境内发生了苏联击落美国侦察机的事件,使一度缓和的冷战关系更加紧张。这条标语让壹岐深切认识到了这一事实。

华尔道夫酒店二楼宴会厅,水晶吊灯发出璀璨的光芒。近畿商

---

① 打倒赫鲁晓夫!

事正在举行发布美国总部成立消息的酒会。大门社长、被提升为美国总部总经理的正冈站在宴会厅门口,与每一位应邀前来参加酒会的客人握手致意。

来宾中半数以上是从事纺织品或杂货商品贸易的犹太商人。其余的有花旗银行、化学银行等金融界人士,杜邦、伯林顿等纺织品厂家,大型农产品贸易公司大陆谷物的代表,甚至还有拉克希德①、比奇这样的飞机制造业的来宾。这些超级嘉宾的到场使大门难掩喜悦之情。

酒会从六点开始,七点多钟的时候宴会厅里已经聚集了三百多人。因为是公司业务酒会,客人们都没有带夫人,服装还是在公司穿的西装,只把领带换成了白色的。

壹岐也在白天穿的深灰色西装里面系了一条白色领带,跟在海部要后面四处和人打招呼。他是第一次参加这样的酒会,他对这里的一切感到新鲜好奇。白天,他在街上没有看到几个日本人,但是,他发现酒会上有很多日本人。他问海部:"海部,来这儿的日本人都是纽约分店的职员吗?"

海部端着酒杯,因为酒精作用脸微微发红。他环视了一下会场,说:"当然,我们纽约分店的所有员工,包括在本地招聘的美国人今天都来了。一是为了接待来宾,二也是当个托。因为,举办酒会的单位当然是觉得人越多越热闹了。"说到这儿,他扑哧笑了一下,接着说,"开个玩笑。来这儿的日本人都是精英中的精英。里面有五菱、五井、丸藤等商社的我们的同行,也有日本银行、东京银行、日本贸易振兴机构、总领事馆、钢铁厂、电力公司等地方的人。"海部一边给壹岐介绍,一边还不停地用眼睛和微笑向熟人示意。

---

① 作者在此暗指的是洛克希德(Lockheed)公司。

大门社长开始致辞。他站在麦克风前,手拿发言稿,面色红润地环视了一下来宾,然后用英语致辞:"各位来宾,今晚承蒙如此多的嘉宾到场,我感到非常荣幸。此次,本公司成立了美国纽约总部,由正冈纽约分店店长担任总经理。今后,日美间的贸易会有更进一步的发展。近畿商事希望能进一步扩大市场,为两国间贸易尽我们之所能。当然,为此,我们首先要遵守美国的法律,在美国国家利益的基础上开展业务。请各位多加指教和提携!"

大门的致辞结束后,宴会厅里响起一阵热烈的掌声。接着,正冈总经理站到了麦克风前。无论是他身上的深色西服还是锃亮的尖头皮鞋,正冈浑身上下散发着美国风度。

"各位来宾,衷心感谢各位的到来!我无法用语言表达此时我所感到的荣幸之情。我就任纽约分店店长以来,特别注重的是学习美国最先进的经营方法,并把它积极运用到纽约分店的日常工作中。为此,我要求自己要像一个真正的美国市民一样投入工作,同时也要求全体员工做到这一点……"

正冈额头上渗出汗珠,热情洋溢地表达自己的衷心。在场的人不由得被他吸引了。

海部在壹岐耳边小声说:"壹岐,正冈总经理挺棒的吧?当初大门社长一上任就把他从悉尼分店店长提拔为纽约分店店长。当时,不光是北美的分店店长们,连常驻欧洲的那些人都对他又嫉妒又羡慕,公开表示不满,说什么澳大利亚的乡绅怎么能当得了纽约分店店长。可是,到纽约以后,只一个月他就脱掉了身上的一身土气,成了现在这样子。他真的很了不起。"

"正冈总经理在此之前就是纽约分店店长,也可以算是近畿商事美国分社的社长。他现在成了总经理,这和原来有什么不同?"

"就像今天白天我跟你说的,虽然我们现在已经是纽约当地的公司法人,可那是为了享受税务方面的优惠,实际上仍然只是日本总部在纽约的一个点,没有自主经营权,连招个人都得请示总部。实行总经理制是为了给纽约分店自主经营的权限,比如一百万美元以内的生意不用请示社长,总经理自己就可以决定等等。"

海部从服务生端过来的盘子里拿起一杯白兰地,走到宴会厅中央摆着丰盛晚餐的桌子旁,把往后退缩的壹岐介绍给收音机、电视机进口公司的总经理。对方很友好地问壹岐的职务。

壹岐回答说是社长办公室合同制职员,然后又告诉对方自己是今年二月才进公司的,在贸易方面还是一个新人。

对方大概从壹岐的年龄上判断他是被从其他公司挖过来的,就问他以前在哪个公司工作。

壹岐一时不知道怎么回答,正在犹豫,海部插进来说:"他在二战中是参谋本部非常有能力的参谋。"

"是陆军,还是海军?"

"陆军。"

"军衔是什么?"

海部回答不上来这个问题,问壹岐:"壹岐,陆军中佐英语叫什么来着?"

壹岐无奈地回答道:"Lieutenant colonel."

一直在旁边的直升机厂商也颇感兴趣地凑了过来。这时,海部终于觉察到壹岐有些不自在,应付了几句又走过来交谈的机械厂商,把壹岐带到一个角落问道:"壹岐,你为什么不愿意说呢?美国和日本不一样,高级军人退役以后也是很受尊敬的,所以……"话还没说完,海部突然眼珠子一动,说,"对不起,失陪一下。有传闻说苏联要向美国购买农产品。正好美国四大农产品商之一的大陆谷物的营业负责人在这儿,这可是打探消息的绝好机会。"

"打探消息？在这样的酒会上？"

"当然了！喝酒、聊天这些社交性的东西都是表面上的,对我们这些商社人来说,酒会是搜集信息的最好的地方。"说完,他精神抖擞地游走在人群中。

剩下壹岐一个人,他环视了一下宴会厅。酒会进入了高潮,宾主手里都端着酒杯,高声欢笑,相互交谈,品尝美食。他在人群中看到了大门满意的笑脸和正冈总经理潮红的脸庞。壹岐置身于纽约的心脏,在白兰地带来的微醺中,为自己现在所处的环境感慨万千。这是一个直到昨天他都从未想象过的全新的环境。

壮丽的克莱斯勒大厦高耸在初夏的天空下,金色的圆顶闪烁着光芒。近畿商事纽约分店的会议室可以近距离地眺望到它的雄姿。这里,正在召开北美分店店长会议。这是一年一度的分店店长会议,而且今年随着总经理责任制的实施,公司要强化组织机构,大门社长亲临会议。北美的六个分店和两个事务所的主管人员神情紧张地围坐在U字形的会议桌前。各分店店长、所长的随行人员也都准备好了各种资料、文件,确保万无一失。

壹岐被允许旁听,和负责记录的年轻员工并排坐在会议桌对面的桌子前。U字形会议桌中央坐着大门社长,他的左右分别是与谢野海外事业部长和正冈总经理兼纽约分店店长。两侧依次是纽约分店副店长和海部要等三名部门负责人以及分别从旧金山、洛杉矶、芝加哥、波士顿、达拉斯的六个分店和波特兰、西雅图的两个事务所前来参加会议的人员。

身穿做工精细的条纹西服,袖口露出白金袖扣的正冈总经理站起来宣布会议开始:"现在开始举行北美分店店长会议。今年也和往年一样,没有一位分店店长或所长缺席。大家能够精神饱满地聚集一堂,是一件无比高兴的事。但是,随着总经理责任制的实施,总部对我们北美各分店寄予了更大的期望。我希望大家不要忘记我们是从三千名员工中选拔出来的海外常驻人员,不要辜负总部对我们的期望。今年,社长亲自前来参加我们的会议,我们应该抓住这个机会,畅所欲言,各分店之间相互交流情况,拿出今后的经营策略来。"

开场白结束后,正冈开始总结去年度北美各分店的销售情况:"去年度北美的总销售额是一亿九千五百美元,比上一年度增长了百分之十七。各分店的销售额分别是,纽约一亿四千万、洛杉矶两千万、旧金山一千九百万、达拉斯八百万、芝加哥七百万。从商品销售额上看,遗憾的是主要商品纤维、钢铁、机械、农产品等没有多大变化,上一年度零销售额的汽车、微电子产品有了一些出口额。这两个是很有市场前景的商品,今后我们要加大这方面的销售力度。"

正冈非常了解大门不喜欢抽象的汇报,而是严格要求具体数据。因此,他列出了一系列详尽的数字。看到大门社长不停地点头,正冈紧张的表情松弛下来。"下面,请各分店店长汇报一下经营情况和今后的经营方针。就从洛杉矶分店开始吧。"

被点到名的洛杉矶分店店长系着花哨的领带,体格健壮,脸庞被西海岸强烈的阳光晒得黝黑。他用传遍会议室每个角落的声音开始朗声做汇报。壹岐一边听他报出的一串串数字,一边从拿到的资料里看洛杉矶分公司经营的进出口商品清单。从清单上看,他们从日本输入到美国的两大主要商品是胶合板和钢铁,此外还有一些纺织品、金枪鱼和橘子罐头等。从美国输出到日本的有飞机和其零部件、直升机、碎铁和石油。

洛杉矶分店店长像大机关枪一样快言快语地报出一串数字以后,说:"和东海岸的纽约、芝加哥相比,洛杉矶还属于未被开发的'伟大的乡村',这是洛杉矶的特色。所以,只要努力就有很大的发展空间。我们分店目前的情况是输入远远大于输出,今后我们打算加大往日本输出的力度。但是,我们是在一个商业习惯与日本不同的国家经商,而且西海岸的坏账、呆账比其他地区多,这成了一个很棘手的问题。这是因为在西海岸发展的很多人由于在东海岸混不下去了,就想到西海岸来赌一把,所以,西部的经济发展虽然迅猛,但商业资本薄弱,一旦稍不景气就会发生连环倒闭的现象,有的公司老板甚至消失得无踪无影。特别是钢铁产业,这种情况尤其多。因此,我们必须致力于防治坏账、呆账的发生。鉴于这种情况,我们希望能给我们派一个法务工作人员。我们的基本方针是大力发展业务。洛杉矶的人口正在以每月一万人的速度不断增长,正在成为西海岸的经济中心。而我们分店在融资方面有美国银行等美国的银行做后盾,除去坏账、呆账这个棘手的问题,情况很好。"

旧金山分店先于洛杉矶分店成立,而现在洛杉矶分店的业绩和规模却凌驾于旧金山分店之上。洛杉矶分店店长的一番话里显然有这种自负,他在向人们显示"洛杉矶分店在这里"。他宣扬了自己旺盛的开拓精神,博得大门金丝边眼镜下面赞赏的目光。

"下面由旧金山分店店长发言。"正冈总经理说道。

因为被洛杉矶分店店长话中有话地饯了一通,旧金山分店店长虽然面色稍有不悦,但他不愧为被称作美国的欧洲的旧金山分店店长,衣着优雅得体,左手无名指上戴着结婚戒指。旧金山分店店长开始汇报。壹岐从资料里看到他们分店的进出口商品和洛杉矶并无大异。

"旧金山分店的情况和刚才洛杉矶分店介绍的基本相同。我们今后的基本方针仍然是积极扩大业务范围。旧金山是西部具有历史的城市,因为西部半数以上的公司的总部都设在旧金山,所以,我很多时候忙于对外交涉。而且,由于旧金山是美国西部的大门,从日本来的客户都要到这里来。接待这些客户又要花去时间和费用。所以,在这里我恳请增加预算,并增加一名副店长和若干名年轻员工。"

旧金山分店店长不动声色地回击了高调的洛杉矶分店店长,提出增加预算和人员的要求。正冈总经理对接待客户所需的具体经费和人员数目进行了提问,并表示将向总部提出要求,今后尽量减少这方面的接待工作。接着,他请芝加哥分店店长发言。

芝加哥分店店长是去年从总部提拔上来的,今年三十八岁,是公司最年轻的分店店长。

"我到芝加哥任职以后,首先感到吃惊的是我们公司在这里没有优势。芝加哥以北、加拿大是旧财阀系统的五菱商事、五井物产和大友商事这三家的地盘。他们从战前就掌握着商业权,我们根本无法和他们正面抗衡。虽然芝加哥分店以前的方针是一步一步逐渐打破他们的垄断,但是,我认为我们不应该固守在商业权上和他们争夺,而应该在和他们三家不同的领域里寻找新的出路。所以,我们分店的方针是把重点放在底特律周边的汽车零部件工厂和芝加哥周边的电子产品生产厂家,分别向他们出售铁板和收音机、电视机零部件。为此,我们申请增加员工,降低佣金率。"

芝加哥分店店长年轻气盛,理直气壮地提出要求。

每个分店都提出要求增加员工和预算,大门有些坐不住了。他看了一眼芝加哥分店店长,问:"芝加哥分店现在有多少人?"

"总部派来的有四个人,在当地录用了三个,一共七人。"

"一年七百万的销售额,七个员工绝不算少。公司派你们来美国是花了很大成本的,你应该考虑的是如何有效利用现在的人力资源。"

"社长,很抱歉,我不是想反驳您。但是,首先要有人才能开展工作,扩大经营。光凭现在这几个人只能维持现状,没有精力扩大业务。我个人的想法是在旧财阀系统商社插手之前,巩固现阶段我们公司独自的市场领域。"

芝加哥分店店长毕竟年轻,不想察言观色,唯唯诺诺,而是坚持自己的主张。

海外事业部长与谢野出面制止他:"你的要求我们回国后认真研究之后和人事部、机械部商量一下,尽量满足你的要求。"

接着西雅图、波特兰的分店店长依次汇报情况,强调了仅靠一两个日本派来的常驻职员支撑局面的困境。最后一个发言的是达拉斯分店店长。达拉斯分店主要经营棉花,虽然分店店长晒得比洛杉矶分店店长还黑,但无精打采的,汇报时的语气也很弱。连壹岐都听出来这是因为他有大量的外账没有收回来。

达拉斯分店店长的发言啰啰唆唆,不得要领。大门终于忍不住打断他的发言,说:"你的汇报净是为自己辩解,造成这种情况的原因到底是什么,一点儿都没讲清楚。你把事实经过从头讲一遍!重讲!"

会议上所有人的目光一下子集中在达拉斯分店店长身上。他黝黑的脸上渗出了汗珠,一时不知该说什么。片刻后,他开始从头讲事情的经过。从他的发言中,壹岐大致推测出发生了什么。

日本每年从世界各地进口大约二百三十万袋原棉,其中一百万袋是美国产的。由于达拉斯分店营业状况一直不佳,分店店长就想到把一直以来从经纪人手里买的原棉的一部分换成直接从农民手里购买。他借助洛杉矶方面的金融关系筹集到资金,向一个大棉花专业户购买青苗。第一年他成功地实现了购买一万袋的计划。第二年,也就是去年度,他以一袋三十美元的价格收购了五万袋原棉青苗,并支付了百分之八十的定金。没想到,去年发生了霜灾,原棉质量不符合标准,分店因此蒙受了巨大损失。虽然他与棉花专业户交涉,试图拿回百分之五十的定金,但对方却以天灾为由,拒不交付,成了五百万美元的坏账。

达拉斯分店店长低着头，支支吾吾地说："原因在于天灾，属于不可抗拒的因素，不是哪个人的错……作为我个人，为了防止这种情况发生，虽然事先分析过政府气象局和民营天气预报公司的资料，是确信没有问题以后才做的决定，但是……"

"什么叫天灾？什么叫不可抗拒的因素？不管气象预测如何，无论在任何情况下，签合同之前都要考虑到万一，这是商社人最基本的常识。才开始一两年的业务，你就如此操之过急，这根本就是错的！"

"是。可是，这是和总部研究之后做出的决定，并不是我个人的独断。"

大门大声喝道："辩解对生意没有任何帮助。我问你，今后你打算怎么办？"

达拉斯分店店长更加猥琐，偷偷观察着大门的脸色，说："对不起，今年和去年不同，棉花收成看好，可以给我们带来利润。另外，我计划多方面发展，开发一些新的销售产品。我有信心消除累积赤字，让分店扭亏为盈。"

"新的销售产品？光利息就是一大笔钱，你还想干什么？而且，今年的天气现在看起来对棉花生长有利，后半年呢？说不定变坏呢？从你的业绩看，你觉得你能扭亏为盈吗？"

在分店店长会议上遭到社长如此训斥无异于被打上无能的烙印。虽然达拉斯分店店长固然有他的理由，但这里只看结果。壹岐深切感受到在商社数字能够置人于死地。

各分店汇报结束后，大门社长环视了一下会场，面色严峻地说："刚才听了各位的汇报以后，我深深感到，战后十四年，近畿商事能发展到现在这个规模，与在海外工作的各位的努力是分不开的。你们克服了很多困难，在这里我对各位表示感谢！但是，跟其他商社在海外的力量比起来,如果说五菱商事、五井商事各为十,丸藤商社为五的话,我们公司只有三。明年,美国将进入黄金一九六〇,经济将更加繁荣发展。并且,美国政府有意推进日美贸易,对日本来说,今后的十年也是关键的十年。我们必须抓住这个机会,使我们公司的对美贸易有一个飞跃性的发展。我们在美国实行总经理责任制,加强北美机构的目的也正在于此。所以,我希望你们今后抛弃依赖总部的想法,在独立自主的方针下积极努力。美国搞好了,我们在其他国家的分店必然也会得到发展。"

大门在鞭策在座的各位分店店长的同时,也对他们寄予了厚望。各分店店长也都暗自下决心,不辜负社长的期望。壹岐能感受到他们炽热燃烧的斗志。

分店店长会议结束后,当天晚上,壹岐跟海部一起回到他的公寓。海部的公寓在皇后区一座公寓楼的五层,附近都是十五六层的公寓楼。

海部的妻子做了日本菜招待壹岐。壹岐坐在五十平方米的客厅一角的餐桌前,吃了一口鸡蛋豆腐,说:"突然上门打搅,真是不好意思。还劳驾你太太做了这么多菜。"

开完会后,虽然大门叫壹岐一起去和分店店长们吃晚饭,但他拒绝了。他提出想了解一下海外常驻职员的生活,如果方便的话,想去海部家看看。

海部说:"壹岐,您来得突然,我们也没有准备,没什么可招待的。您这么高兴,倒让我觉得有些诚惶诚恐。因为您说想了解海外常驻职员的生活,所以,我还叫了今天我们在百老汇碰到的丝川君。他在接待一个日本来的客户,办完事就过来。"

海部年轻的妻子用活泼的声音说:"我本来想做美国式饭菜。

可我丈夫说美国菜算不上菜,家里有什么就做什么,但一定要做日本菜。没想到还合您的口味,太好了!因为海部很少这么早回来吃晚饭,所以,孩子也很高兴。"

海部上小学一年级的儿子一直躲在阳台上,蹲在花盆前头也不回。

海部隔着玻璃叫儿子:"茂,进来!今天从日本来的伯伯也和我们一起吃饭。你来听他讲日本的故事。"

壹岐和海部走进家门的时候,男孩儿只露了一下面,就跑到阳台上,一个人蹲在花盆前一动不动。

海部不好意思地说:"他认生。"

"是不是在外面语言上有障碍?"

"语言倒没问题,他在学校学的英语比我太太好。不过……"

海部的妻子在一旁说:"你啊,儿子没有语言障碍,也不是认生,是自闭症。这儿没有日本学校,孩子只能上普通的美国小学。在学校其他孩子欺负他,骂他小日本①、黄鬼,回到家爸爸晚上十一二点才回来。这个公寓里的美国家庭,孩子们的爸爸很早就回家,他们和孩子一起洗车,一起冲淋浴,一家人团团圆圆地围着饭桌一边吃饭,一边说笑。哪像日本商社人的家庭,根本就没有团圆。孩子在外面受欺负,回到家里又不说话,不得自闭症才奇怪呢。"

海部责怪道:"你别老自闭症自闭症的,就是认生也真让你说成自闭症了。"

虽然海部的妻子不满地说:"他真的是自闭症。前几天我去参加PTA②的会,他的老师就是这么说的。在这儿,PTA的会一般都得父母一起去参加,可是你一次也没有去过。前段时间做抽样调查,正

---

① 对日本人带有侮辱性的称呼。
② Parents Teacher Association, 直译为家长和教师协会。

好轮到我们家。市政府官员根本无法相信你每周工作六七十个小时,他们甚至怀疑你们公司的工作性质。"

虽然海部的妻子似乎积攒了不少怨气,但壹岐却很同情海部。他晚上回到家要面对满腹牢骚的妻子和自闭症的儿子,白天还要紧张地工作,壹岐担心他会被累倒。

"对不起,壹岐,让您听这些无聊的话。在国外,因为语言不同,一天二十四小时都很紧张,再加上没有一个可以说话、商量的人,我太太有些慢性焦虑。"

听丈夫这么说,海部的妻子也急忙道歉:"真是,您看我,这么没有礼貌。兵头特意关照我们,让我们好好招待您,我反倒对您说这些话。真是不好意思。"接着又马上快活地说,"您要不要尝尝我做的酱汤。"

"好啊,我还想喝两碗呢!"

壹岐话音刚落,门铃响了。

"是丝川来了。"海部的妻子去开门。

"啊,酱汤的香味。海部太太,也让我喝一碗吧。"丝川边说边走了进来。

"送走客户了?"

"送是送走了,可差点儿没要了我的命。"

"差点儿要了命?怎么了?"

"先让我喝了这碗酱汤再说。"

丝川站着一口气喝完酱汤,说了句"总算又回过来了",然后向壹岐点了点头,疲惫不堪地坐下来,说:"今天真够倒霉的。白天跑了一天客户,快下班的时候才回到公司。头儿又让我陪一个从日本来的机械公司的高管。他坐晚上七点十分的飞机,飞机上有晚餐。可是,他说想吃中国菜,我就带他去了中国城。因为我听说他是个不经常出差的人,就提前把他送到机场。本来以为时间挺充足的,可谁想到,刚办完登机手续,他突然说把假牙忘在中国餐馆了。"

"啊?假牙怎么会忘了?"

"吃完饭,他去洗手间漱口的时候取下假牙,后来就落到那儿了。没办法,谁让人家是'A'客呢。我一看表,离起飞时间还有一个小时,就开着车返回去取。幸好假牙还在。不过,假牙是拿上了,我急急忙忙往回赶的时候,在机场前面差点儿和对面的一辆汽车正面相撞。这个意外出的,险些要了我的命。"

壹岐一边请海部太太替他盛第二碗饭,一边问:"'A'客是什么意思?"

丝川终于缓过劲来,解释说:"是接待的规格。我们公司把接待规格分为A、B、C、D四种。D是只去接机,然后送到饭店就拜拜。C是接飞机,送饭店加吃饭。B是除了这些还有看脱衣舞、色情电影等晚上的活动。A是全程陪同,也就是二十四小时服务。"

海部放下筷子,叹了口气说:"工作多辛苦我都能忍,就是不愿意去陪那些莫名其妙的客户。商社在海外的分店被戏称为'日本交通公社',实际上何止是'交通公社'。虽然我们把他们当作重要客户,尽全力接待他们,可这些人回去到处散布商社的人在国外过得很奢侈。我们想,既然会带来这样的误解,就不要接待他们了。可这样一来又招来骂声,说我们把接待费装进了自己的口袋。而且,越是说这种话的人,越要让你给他找女人。真让人受不了。"

海部的妻子端上来自己腌制的卷心菜,说:"要是夫人也一起来的话,陪夫人的工作就落到我们这些家属头上。陪她们买东西、吃饭不说,还得帮她们拎包。刚开始不习惯,我觉得特别屈辱。"

壹岐想起今天在分店店长会议上,旧金山分店店长曾提出增加接待费用和人手的要求。

丝川说:"海部太太,我特别理解你。不过,接待也算是工作。你要这么想,该忍的也就忍了。可是,要让分店的上司当仆人使唤了,那才没救呢!我在旧金山分店的时候,那个整天摆出绅士模样的分店店长一到星期天就客客气气地请我去他家,不是让我带着他家孩子去动物园,就是给他家的狗舍刷油漆。真叫个气人!"

壹岐不相信会有这种事,不由得笑了。

"这不是笑话,是真事儿。在海外分店,很多时候这些低级的事情会影响到上司对你工作的评价。"

海部点点头,说:"是啊,虽然不是光靠巴解上司就能出人头地,但是,在一个庞大的组织机构里,如果你一旦得罪了掌握人事权的上司,成了他的眼中钉,那不管怎么努力都会适得其反。因为的确有这样不公平的现象,所以,海外常驻职员的人事考核应该由总部认真进行。"

"哎呀!光顾聊天,已经过了五分钟了。我还得去机场接一个九点二十一分从巴黎到达的客户。"丝川慌忙从椅子上站起来说。

"这又是哪儿的客户?"

"新日本纺织的化纤部长。今天晚上恐怕又得在中国城陪人家吃顿中国菜。想想我都倒胃口。不过,我们能接受美国纺织品商人不断的压价,也是因为日本厂家看好美国这个未来的市场,愿意和我们一起分担目前的损失。海部太太,谢谢你的酱汤!"说完,丝川就匆匆忙忙离开了。

吃完饭,海部的妻子撤下碗筷,去厨房洗碗。海部把壹岐让到茶几边的沙发上,请他喝白兰地。他看见儿子茂正在那儿玩组装游戏,就叫他:"茂,原来你在这儿。来,到爸爸这儿来!"

孩子看了他一眼,没动。壹岐也叫他,可他毫无反应。海部忧心忡忡地说:"海外常驻职员家庭里最头疼的就是孩子的问题。我在伦敦的时候没带家属,到纽约一年以后就把老婆孩子接来了。兵头信一良这几年一直在中东和东南亚各地辗转,考虑到孩子的教育问题,他一直没有把家属带在身边。结果,好不容易调回日本了,他儿子也已经上小学了。他儿子不但不亲近他,而且还嫌他抢走了自己一直独占的母爱,让他大伤脑筋。后来,儿子终于习惯了他的存在,他高高兴兴地开车带儿子出去兜风。不曾想路上有辆自行车猛地窜出来,他儿子大叫一声'叔叔,危险!',兵头说,那一刻他就像自己被汽车猛地撞了一下,打击太大了。兵头那么豪放的一个人,也因为儿子的一句话伤心不已。"

这话就像在说壹岐自己,他脑海里掠过儿子的身影。从西伯利亚回来已经三年了,儿子诚至今仍跟他很疏远。所以,他知道被儿子喊成"叔叔"的那一刻,兵头心里有多么震惊和失望。

看看时间不早了,壹岐准备告辞。他最后对海部说:"海部,像我这样的人肯定当不了海外常驻职员。可是,你觉得我能干得了商社的工作吗?"

海部一脸困惑地说:"壹岐,你不需要和我们干一样的活儿。兵头在信里说,壹岐有别人取代不了的作用。"

"怎么可能?除了军队和西伯利亚,我什么都不知道。我能干什么?"

"这可能正是这次让您来出差的目的。"

海部明确的回答深深印在了壹岐的心中。

海部开车送壹岐回到酒店已经是十点多了。壹岐明天要去华盛顿,觉得今晚应该去跟大门社长道个别。他去服务台问大门在不在房间,服务生告诉他大门还没有回来。

壹岐决定明天早晨再去道别。他回到九层自己的房间里,洗了澡,换上睡衣,仰面躺在床上。来纽约才一天,壹岐就去了纽约分店、参加公司举办的酒会、旁听分店店长会议、去海部家吃饭,马不停蹄地了解海外分店的情况和海外常驻职员的生活。这是一天以来壹岐第一次一个人独处。虽然他很疲劳,但头脑却很清晰,睡不着。他打开收音机,立即传来一阵热闹的爵士乐声。他马上关掉收音机,关了灯。窗外的光亮透过窗帘微微照进来。壹岐起身走到窗前。饭店周围一片黑暗,大厦里灯光熄灭了。弯弯的月亮挂在林立的高楼顶上,发出幽幽的蓝光。俯瞰下面的商业地带,白天嘈杂的人流和汽车不见了,只剩下一座座高楼,像墓地般寂静。壹岐站在窗边,把自己置身于这种寂静之中。过了一会儿,他回到床上,打开台灯,翻看当天《纽约邮报》。他的眼睛不由自主地停在一行标题上。

以日本防卫厅空幕幕僚长原田胜为团长的考察团一行访问美国国防部,与美国国防部长协商有关加强日本防卫能力的问题。

《纽约邮报》用很小的篇幅报道了此事。壹岐感到很意外,原田考察团一行竟然如此巧合地和自己在同一时间访问美国。离开日本的前一天晚上,岳父跟他说的那番话又在他耳边响起。

"哇!太好了,爸爸从美国来信了!"

直子下学回家,从门口的信箱里拿出一封航空信,高兴地叫了起来。她顾不得脱下还在滴水的雨衣就跑进了家里。壹岐到美国出差十二天了。日本已经进入梅雨季节,整日阴雨连绵。

佳子正在给直子裁剪连衣裙。她把布料往一边拢了一下,说:"直子,先把雨衣脱了,滴得到处都是水。你爸爸又来信了?我没注意到。

这次是从哪儿写来的？"

"是华盛顿。你快念念吧！"直子把信递给母亲。信封上贴着一张艾森豪威尔总统头像的邮票。

佳子没有马上打开信封，她凝视着信封上丈夫的笔迹。片刻后，才开始静静地念丈夫的来信。

佳子、直子、诚：

你们都好吧？你们看到这封信的时候已经是六月下旬了，可是爸爸来到美国才第四天。前几天我在明信片里已经写了，在纽约，分店的人们对我很关照。我一点儿都不觉得累，身体也很好，你们放心吧！今天，我一个人从纽约来到华盛顿，这封信是在华盛顿纪念碑附近的酒店里写的。华盛顿是世界政治、军事中心，也是爸爸军人时代就想参观的城市。直子和诚也知道，华盛顿是在美国第一任总统乔治·华盛顿时代建造的有规划的城市。这座城市各个地方的道路以广场为中心，呈放射状延伸。这里的楼房很多是十层左右、厚重建筑的政府机构，和以摩天楼为象征的纽约形成鲜明的对比。让我感到意外的是，作为当今世界政治、外交、经济的心脏，这座城市竟然如此安静，毫不张扬。比如，白宫，虽然我们经常可以在照片和纪录片里看到，可实际上，白宫并不大。看到白宫的时候我特别吃惊，甚至隔着铁栅栏问卫兵，这里真的是白宫吗？

听到这儿，直子扑哧一声笑了。"爸爸真是的，能问出这么没有礼貌的问题。"

"那是因为你爸爸知道白宫是什么地方，在那里做出的决定对世界有多大的影响,所以,他才感到特别意外。"说完,佳子接着往下念。

  白宫给我留下的印象最深,其次是阿林顿国家公墓。这里整个山坡都是绿色的草坪,有几万、几十万在战争中丧生的战士长眠在这里。我站在一排排同样大小的白色墓碑前,一对衣衫破旧的老夫妻走近我,突然对我破口大骂。开始我不知道他们为什么对我如此无理,就怒目盯着他们。可是,当我听到'Bloody Jap!'①这句话时,我明白了,他们是战死者的家属。我不由得收敛了自己的怒气,同时也很震惊。嗜血成性的小日本,这是多么充满偏见和憎恶的称呼。通过这件事,我痛彻地体会到,日本应该努力让世界了解自己。明天我返回纽约,然后去底特律和洛杉矶。日本现在已经是梅雨季节,你们都要注意身体。

佳子刚念完信,外面传出开门的声音。直子冲着门口喊:"阿诚!爸爸来信了!"
"不是阿诚,是我!"门口传来坂野乡之的声音。
"爸,您来了!怎么也不说一声。"
"我到大阪府厅有事儿,顺便过来看看。他爸爸还好吧?"
"挺好的,我们刚收到他从华盛顿寄来的航空信。"
坂野乡之接过佳子递过来的毛巾,一边擦被雨淋湿的裤子,一边说:"哦?从华盛顿来的信。让我也看看。"
直子把信递给外公,说:"外公,今天下雨,您就住下吧!"
看见外公笑眯眯地点了点头,直子急忙去赶作业,等会儿好和外

---

① 嗜血成性的小日本!对日本人的蔑称。

公玩儿。

坂野乡之看完壹岐的信，意犹未尽地问正在给他倒红茶的佳子："从华盛顿就来了这一封信？"

"对。您有其他事情让他给您写信了吗？"

"那倒没有。"坂野乡之喝了一口红茶，说，"防卫厅的原田胜君正式决定参加参议员竞选。因为我是军人抚恤金联盟的干事，所以军人抚恤联盟河内长野地区的原田胜后援会会长就由我担任。以后，我怕是忙了。"他目不转睛地看着女儿说，"正君去美国以前我和他谈过。我想问问你，正君要在商社度过他的第二次人生，你真的高兴？"

"您怎么现在还问这个？"

"我觉得像正君这样的人，当一个商社职员太可惜了。你希望正君安安稳稳地度过后半生，虽然这个我理解，可是，如果你这种想法拖了在第二次人生道路上迈开脚步的正君的后腿，那是不行的。"

"可是，他自己想进入政界吗？我从来没听他谈过这方面的想法。"佳子瞪大一双酷似父亲的清澈的大眼睛说。

一个是把自己的梦想寄托在女婿身上的岳父，一个是不愿失去现在的幸福家庭生活的妻子。父女俩之间产生了矛盾。

坂野乡之突然想起自己今天来这里的目的，说："对了，我今天来不是为了跟你说这个的。正君说公司让他跟社长去美国出差是为了让他扩大眼界。我怀疑他们公司是为了出售战斗机才让他去的。你听他说过什么没有？"

"他没提起过这件事。"佳子惊讶地反问道，"您为什么把他去美国出差和出售战斗机联系在一起？"

"昨天我参加后援会的碰头会时听说，以原田为团长的考察团正在访问美国。空幕防卫部长川又君也是考察团的一员。他们在返回日本时要先去洛杉矶,和在那里待命的航空自卫队飞行员汇合,然后在美军基地进行下次计划购买的战斗机候选机型的试飞。因为从正君的行程上看,那个时候他也正好到洛杉矶,所以,我觉得有点儿蹊跷。"

佳子一下子紧张起来。三年前实施第一次防卫力量整备计划时,各商社为了争夺向防卫厅出售战斗机的主动权,展开了激烈的竞争。防卫厅的一个一佐为此事自杀身亡。她用颤抖的声音说:"要是壹岐被卷进这件事……"

从芝加哥起飞的飞机下午一点四十分到达洛杉矶机场。洛杉矶分店店长带领分店店长代理等三名员工早已等候在那里。一看到大门社长,分店店长就跑上前去,说:"社长,您辛苦了!对不起,当地的日文报纸一再要求刊登社长来访的报道。您的行程和其他内容我已经告诉他们了,现在就请您配合一下,让他们照张相。"

分店店长做了一个手势,一个身穿鲜艳上衣的日裔摄影师对着大门咔咔一通照。

"社长,这边请。行李已经放到车上了。"

"哦?行李已经放到车上了?"

无论是在机场安排日文报纸的摄影记者照相,还是如此迅速地就把行李放到了车上,大门对洛杉矶分店店长周到的安排非常满意。他心情大好地上了冷气开得很足的白色凯迪拉克。大门社长和与谢野外海部长坐在后面的座位上,分店店长和壹岐坐在前面。汽车很快就上了高速公路。加州初夏的太阳灿烂明媚,没有一丝云彩的天空湛蓝明亮。继纽约、华盛顿、底特律、芝加哥这些美国东部城市之后来到洛杉矶,壹岐感到这里的太阳和天空是如此明亮耀眼。

洛杉矶分店店长虽然个子不高,但很壮实。他扭过身体,恭敬中带着佩服说："社长,您在底特律和芝加哥怎么样？您的行程每天都用电传传到分店。看行程安排,您根本没有时间休息。"

"嗯。底特律汽车制造业的发展速度真是惊人,一年的生产量是七百万到八百万台,令我们日本人难以想象。"

"是这样。洛杉矶这边就像我在分店店长会议上谈到的那样,飞机制造业和宇宙电子产业的发展引人注目。我打算请您视察一下这方面的情况。更重要的是,洛杉矶分店全体员工听说社长要来,都很激动,大家都在等候着您亲临分店指导工作。"

洛杉矶分店店长工作出色,处事圆滑,在车里也不忘记迎合社长,说些大门爱听的话。车开到酒店,洛杉矶分店的一个职员已经办完入住手续。大门一下车,洛杉矶分店店长没有让门童拿行李,而是亲自拿着大门的行李,把他送到房间。

大门夸奖道："洛杉矶分店的员工们办事都很周到嘛！"

分店店长更加圆滑、周到地说："能得到社长的肯定,受宠若惊。您先洗个澡,休息一会儿。我看时间差不多的时候,再来接您。"

"不用了。你在大厅等我半个小时,我冲个澡下来,咱们就去分店。"

大门冲完澡,只简单地换上干净的内衣和衬衣,就下楼了。

近畿商事洛杉矶分店位于洛杉矶西六街一座二十层高楼的第十五层,共有十名日本派来的常驻职员和十五名当地员工。办公大厅的一角隔出一个房间,是分店店长办公室。

分店店长恭恭敬敬地打开门,说："社长,这儿不太宽敞。您请进！"

分店店长办公室正面墙上挂着大门社长的标准照,下面的花瓶里还插着菊花。

"哦？洛杉矶也有菊花？"

"这是我妻子为了迎接社长特意准备的,也是我们洛杉矶分店全体员工的一片心意。"

大门非常满意地点点头,说:"那就马上和大家见见面,我讲几句话。"

　　大门讲完话以后,马上和分店店长、与谢野海外事业部长、社长秘书柳一同去拜访分店的法律顾问、在当地的日本金融界和政府机构的办事处以及美籍日本人协会等。壹岐被安排自由参观,由一个名叫塙的年轻职员陪同。

　　塙身穿蓝色西服,戴着浅色墨镜,看上去像是美籍日本人。但他性情忧郁,不敢正视壹岐。而且,说话声音很小。他打开车门,请壹岐坐进去,用平平的音调问:"您想去哪里?"

　　"我第一次来,也不知道该去哪些地方看看。我听说这里的航空、宇宙电子制造业很发达,我想去参观一下工厂。"

　　"你的行程里有视察飞机的安排,但是在三四天以后。现在三点,已经不早了,我们就随便转转吧。"

　　壹岐对市内观光不感兴趣,倒很想和这个看上去有些虚无缥缈的二十七八岁的年轻人好好聊聊。

　　"那我们去看一下加州的绿地和大海吧。我们先经过好莱坞大道到比弗利,然后去太平洋边上的圣莫尼卡海湾。"塙显然已经给无数人当过这样的向导,口气里多少有些不耐烦。他驱车向西驶去。

　　沿途具有南国风情的凤凰树枝叶茂盛,白色的墙壁配上人们晒黑的皮肤,颇有些西班牙风情。在大街上行驶了十分钟左右之后,塙放慢速度说:"这里就是著名的电影圣地好莱坞。你知道人行道上的那些手印是什么吗?"

　　人行道?手印?壹岐找了半天没找着。

　　"那是历届奥斯卡获奖者的手印。每年奥斯卡的颁奖典礼都在左边的那个中国剧场举行。壹岐先生,您喜欢哪个女影星?"

　　"我不常看电影。现在喜欢英格丽·褒曼。"

"褒曼？她的手印就在前面。"

看见壹岐露出羞涩的笑容，堺第一次呵呵地笑了。他把车停在路边，打开车门。虽然壹岐好奇地下了车，但他觉得看一个女人的手印很无趣，看了一眼便马上回到车里。堺沿着山边的路加快行驶速度。路两边每座豪宅周围都是高大的树木，只能隐隐约约望见极尽奢华的现代建筑的轮廓。堺告诉壹岐，很多电影明星、歌手、有钱的医生和律师住在这里。壹岐点点头，表示可以理解。

堺开着车在比弗利转了一圈以后，上了高速公路。三十分钟后，波光粼粼的圣莫尼卡海湾出现在眼前。壹岐打开车窗，宝石般湛蓝的海水映入眼帘，海潮的气味扑面而来。

壹岐提议："堺君，我们在这儿休息一会儿吧！"

汽车驶过海岸边的服务区和游乐场，开进沙滩边的一片无人的松树林。壹岐和堺下了车，并排坐在白色沙滩上。壹岐听着久违了的涛声，堺戴着墨镜默默地注视着大海。

"你在这儿待了很长时间了？"

"说长不长，说短也不算短。我本来在旧金山分店，后来因为女人的事儿没处理好，被贬到了墨西哥国境边上一个只有我一个人的事务所。"堺的口气干巴巴的，像是说一个和他毫不相干的人。壹岐不知道该说什么好。堺又接着说："对方是个很有教养的美国女人。我们同居了将近一年以后，我提出结婚，结果人家说不会跟一个黄种人结婚……这件事对我刺激很大，我开始自暴自弃，工作也受到影响。在公司里，我成了一个和白种女人纠缠不清的人，一些心怀嫉妒的人还到处恶语中伤。再后来，我就被调到了单独事务所。"

"单独事务所？"

堺露出自嘲的苦笑，说："就是在没有日本人的偏远地区租一间廉价旅店的房间，把廉价的布料和杂货卖给墨西哥人和黑人。事务所就一个人,所以是单独事务所。我在那个边境地区待了两年,没看见一个日本人,当然也没有机会说日语。有时候,我想家想得快发疯了,就跑到沙漠里,冲着被夕阳映红的地平线大声喊每一个我所知道的人的名字,唱日本歌,大喊,大叫。可是,回答我的只有远处传来的墨西哥狼的嘶叫。幸亏有一个偶然的机会让我回到了洛杉矶。要不,我在那里再待一年,现在怕是进了精神病院了。"

墙的声音冷冰冰的。壹岐看到了一个现实,在近畿商事,既有像纽约的海部那样放眼全球,用电传把地球两边连在一起的光鲜亮丽的商社人;也有像墙这样因为女人的问题身败名裂,被发配到边远的沙漠,性格被扭曲的常驻职员。这一对比深深印在他的脑海里。

黑夜的沙漠中突然出现了一座不夜城,那就是拉斯维加斯。

霓虹灯像潮水般流淌在整座城市,道路两旁酒店的名字充满拉斯维加斯气息——百万富翁、维纳斯等等。一个霓虹灯制成牛仔旁边鲜红的电光板上显示出一行字:下注,起价一百万美元。

今天早晨,壹岐随大门一行坐乘飞机从洛杉矶飞到达拉斯,坐塞斯纳飞机视察了得克萨斯的棉花地以后,又返回洛杉矶。然后,由洛杉矶分店当向导来到拉斯维加斯。一行人终于从连日来繁忙的工作中解放出来,在星尘赌场度假大酒店办完入住手续后,马上迫不及待地来到一楼的赌场,玩起了轮盘赌。

璀璨的水晶吊灯下,一排排轮盘周围挤满了身穿燕尾服、晚礼服的绅士淑女和着装休闲的观光客。

大门坐在中间的一个轮盘前,用他在棉纱市场上拼搏的豪迈劲头下赌注。与谢野海外事业部长、社长秘书柳、洛杉矶分店店长也在同一轮盘前,不停地把现金换成筹码,在那里时喜时忧。

壹岐没玩儿过,站在柳后面看热闹。

柳叫壹岐：“壹岐，您也来试试，中了你能赚三十六倍呢！”

"那我就试一试。"壹岐坐在柳旁边刚空出来的位置上，想起来今天是六月二十六号，就在六和二十六上各押了一枚一美元的筹码。赌客们都押好筹码后，身穿深红色燕尾服的庄家转起了轮盘。白色的小球在轮盘里骨碌碌地转，二十个赌客一起站起身来，紧紧盯着小球。小球掉进了大门押的二十八里，庄家用一根T形的杆子把赌注的三十六倍的筹码轻轻地推到大门面前。

大门满面笑容，对坐在轮盘对面的壹岐他们说："今天运气不错！"

柳看着大门，在壹岐耳朵边上小声说："朝鲜战争结束以后，虽然有段时间经济不景气，可是，社长却在棉纱期货市场上大赚了一把。他刚才压的数字就是那个值得纪念的一天的日期。"壹岐觉得这种赌法符合大门的性格。

轮盘又转了起来。在轮盘间歇的时候，招待小姐送来了酒和香烟。大门喝着威士忌，加大了赌注。而壹岐押的六枚一美元的筹码转眼就消失了。

大门大声对分店店长和壹岐他们说："差不多了，该去看晚餐表演会。"他从五百美元里拿出百分之十的小费扔给庄家，站了起来。

他们走到表演厅，一个领班模样的人马上迎上来，把他们带到预定好的最前排的座位上。表演已经开始，身穿亮闪闪服装的姑娘们一字排开，正在表演华丽的舞蹈。

洛杉矶分店店长说："社长，今天晚上表演的是巴黎著名的舞蹈队，最适合您调节心情。"

"确实很养眼。洋女人的身材就是好。"大门毫不掩饰地色眯眯地看着台上的姑娘们说。

晚餐的第一道菜是色拉。到红葡萄酒和牛排上桌的时候，舞台上只剩下聚光灯，舞蹈也变得颇为煽情。大门没有欣赏舞蹈，而是紧盯着裸露在超短蝙蝠衫下面女人的大腿。

一个小时的晚餐结束后,台上只剩下乐队演奏。分店店长异常关切地说:"社长,您一定累了。该休息了。"

这话似乎正中下怀,大门站起来说:"壹岐君,今天去看得克萨斯的棉花地,你也累了,早点儿回房间休息吧!"

"是。不过,我还想听分店店长介绍一下洛杉矶的情况。"

分店店长打断壹岐的话:"那我明天给您介绍。您也累了,明天还有工作,今天还是早点休息吧。"那口气不容壹岐多说一句。

壹岐和大门一起坐电梯上了六楼,大门冲壹岐神秘地笑了一下,走进自己的房间。

壹岐回到房间,去浴室洗澡。大理石的梳妆台,镜子前摆着法国香水和男女护肤品,地板是花里胡哨的瓷砖。壹岐洗完澡,换上睡衣。嘀,嘀,有人敲门。壹岐以为是柳,马上裹上浴袍去开门。开门一看,门口站着一个披着银丝披肩的女子。

壹岐吃了一惊,赶紧报出自己的房间号码。那女人冲他挤了一下眼睛,溜进了房间。一进房间她就把披肩扔到床上。壹岐这才明白,她是个高级妓女。

"我不需要你。"

"我知道,可是我有你的预约。"

女人噘起厚厚的嘴唇,露出媚笑,麻利地脱掉裙子和丝袜。她虽然看着年轻,裸露出的身体却有不少脂肪。看着眼前的女人,壹岐终于明白刚才大门为什么要让自己早点休息,其他人又为什么帮着社长劝说他。原来是为了这个!但是,大门暂且不论,为什么只单单给自己叫了女人?看着女人一丝不挂的丰满的身体,壹岐虽然有了生理上的冲动,但是,他感到颇为不快。如果大门给他叫女人是为了达到某种目的,那也太小看他壹岐了。虽然跟大门接触得越深,壹岐愈发被他独特的胆识和器量所吸引,但是,直到这次目的暧昧的随行结束之前,对大门他没有产生完全的信赖。

在拉斯维加斯度完假回到洛杉矶,星期一早晨,墙开车带壹岐去参观飞机制造厂家拉克希德公司。

拉克希德公司是一家以生产战斗机为主的美国最大的飞机制造厂家。总部和生产零部件的工厂在洛杉矶以北四十公里的伯班克,组装厂还在往北七十公里的荒漠地带的帕姆代尔。

墙在高速公路上把车开得飞快。他对壹岐说:"今天您参观的是F-104,是我们公司倾力向第二次防卫力整备计划推销的FX。您一定有不少关于防卫厅选定机型的消息吧?"

"哪里。我虽然是社长办公室的合同制职员,但是在纤维部。而且,日本的哪个商社代理美国的哪家公司将向防卫厅推销什么机型,对这些我一无所知。"壹岐把身体往前探了一下,问,"除了我们公司力荐的拉克希德的F-104,还有什么候补机型?"

墙阴郁的脸上露出干巴巴的笑容,说:"您不知道?这可太让我感到意外了!现阶段,除了我们公司代理的F-104以外,还有东京商事代理的格兰特公司的F-11、丸藤商事代理的萨斯罗普①的F-5、五井商事代理的昆巴的F-106。日本国内暂且不说,各商社洛杉矶分店的竞争早就炽热化。各商社分管这块儿的高层也不断从日本飞过来。"

"这么说,大门社长这次来美国的目的不光是为了美国总经理责任制的事情,也有这方面的原因。"壹岐心里涌起一个疑团,如果真是这样,大门为什么很少谈起战斗机,而且也不去飞机生产厂家参

---

① 这里暗指诺斯罗普(northrop)公司。

观。他疑惑地问:"社长为什么不亲自参观飞机制造公司呢?"

"社长有社长的打算吧。我搞不清高高在上的大人物的心思,也没兴趣。"墙冷冷地说完,一按喇叭,以飞快的速度超过前面的车。"Burbank 3"①的路牌在眼前一晃而过。

很快,高速公路边上出现了拉克希德的工厂。墙打转方向盘,下了高速公路,把车停在一座四四方方的三层楼前面。这里就是拉克希德公司总部办公楼。墙向前台说明来意,几分钟后,一个四十岁左右的高个子男人迎出来,亲热地和墙打招呼:"你好,墙!"

墙给壹岐介绍:"这位是克林斯先生,是工程师。本来参观工厂都是由公关部的人陪同、解说,克林斯先生是破例为您做向导。"

克林斯开着吉普带壹岐和墙去参观制造机翼的车间。这间厂房周围围着高墙,有保安保守,看起来是个机要的部门。高大的厂房里,厚厚的铝板,与电子、无线电有关的零部件排列井然。工人们身穿长裤和短袖衬衫,默默地工作着。厂房里不时传出削磨金属时发出的尖利噪音,淹没了克林斯讲解的声音。

壹岐看了一眼颇似火箭的尖头椭圆形部件,问道:"这是 F-104 的机头吗?"

克林斯点点头,充满骄傲和自信地说:"F-104 具有速度快、加速快、上升快的特点,可以说是战斗机中的杰作。它的机身由一米七五长、呈弹头形状的躯干部分和只有海豹爪子那么大的主翼组成,打破了飞机的传统概念。作为 F-104 设计制造团队的一员,我为能够生产出这样的飞机感到骄傲。等一会儿我们可以在组装车间看到完整的飞机。"

旁边两个工人正在往零件装橡胶套,克林斯让他们停下来,指着

---

① 距离伯班克 3 迈。

零件介绍说："这就是主翼。"

闪闪发亮的梯形机翼只有两米左右。尽管 F-104 是高速战斗机，但是它的机体全长也有十八米，两米的主翼未免太小了。壹岐甚至怀疑他看到的是尾翼。

克里斯让壹岐靠近主翼，问："这个主翼不仅非常小巧，而且很薄。你看有多厚？"

壹岐把脸凑近机翼，不由得往后缩了一下脖子。主翼薄如剃刀，似乎能把脸划伤。

墙在一旁说："大约 0.5 毫米？"

"不，最前端的厚度只有 0.25 毫米到 0.13 毫米。所以，为了保护主翼，避免发生危险，才要套上橡胶套。"

"这么薄的机翼，是怎么生产的？"壹岐问。他虽然没有专业知识，但他知道以往飞机的主翼都是先有框架再在上面包上铝版。而 F-104 的主翼虽也有框架，但框架和外层是一体的。

克林斯点点头，非常认可壹岐的疑问。他指着发出金属摩擦声的方向，回答道："这种主翼是按照设计图，直接车出来的。"

壹岐很吃惊。更让他感到震惊的是，机翼还要经过电解溶液的防腐处理。厂房的一角有一个用玻璃隔开的区域，里面有电子设备和电解槽。车出来的机翼就在这里进行防腐处理。

"这道工序是我们公司最绝密的地方，除了日本防卫厅的视察团和近畿商事的负责人以外，谢绝所有人参观。请您记住这一点。"克林斯工程师强调这一点以后，说，"除此之外，F-104 还有很多值得骄傲的最先进的技术部本。有关这些情况，我们到帕姆代尔边看组装好的飞机边解释更好懂一些。直升机已经准备好了，我们现在就走吧！"

直升机起飞以后，坐在后排的墙小声对壹岐说："我和拉克希德公司打交道有半年了,今天还是第一次看到主翼的生产流程。而且,每次去帕姆代尔都要在还没有路的荒漠里开两个半小时的车。壹岐,您可是 VIP 待遇啊!"

壹岐顺着塙手指的方向向下望去,伯班克的绿树和房屋转瞬即逝,脚下已是一片红色的荒漠。一望无际的岩石山,偶然能看到的点点绿色是仙人球,白色的斑点是岩盐。虽然同在加利福尼亚州境内,但距离洛杉矶六七十公里的地方就已经是延伸在内华达山脉脚下的荒漠地带。北美大陆变化多端的地理环境超乎壹岐的想象,使他感到气势宏大。

直升机飞越两座山,来到一个盆地的上空。盆地的跑道上停着一架架飞机。

塙说:"壹岐,那儿就是他们的工厂。因为生产出的飞机需要试飞,所以他们有自己的飞机跑道。"

直升机降落在跑道上。

帕姆代尔的工厂有组装、喷漆、润饰三个车间。从空中看,在占地二百五十英亩的广阔的厂区里,三个车间就像一间间营房。但到陆地上一看,它们高大无比。一架飞机正从润饰车间徐徐驶出。

克林斯介绍说:"那是喷气式运输机,军用和民用都很受欢迎。而且,总统专机也是这个机型。"

克林斯大步走在前面,带壹岐他们去组装车间。一进车间,壹岐不由得停住了脚步。眼前是长十八米、直径只有两米的酷似火箭的 F-104。主翼在距机头十二米左右的地方。F-104 颠覆了壹岐对飞机的认识。它就像是一只巨大的怪鸟。

壹岐通过塙的翻译问克林斯:"刚才在伯班克的工厂里我已经听了你的介绍。可是,我还是不明白,为什么会生产这种形状和构造的战斗机。"

"看到F-104的人,特别是飞行员都会问到相同的问题。有的人还很认真地问,这么奇妙的飞机能飞吗?但是,因为这种设计是为了以高于2马赫的速度发挥最大的战斗力,所以,它的机翼采用了超薄的直线形。除了高速性能外,构造简单、体积轻也是我们的设计的目的。"

"2马赫?以这个速度可以飞行的高度是多少?"

"大约九千到一万两千米。"

"到这个高度所需时间?"

"上升两分半,加速在四分以内。"

如此说来,当雷达发现有国籍不明的飞机侵犯领空时,虽然这种战斗机最适合迎击,但是,壹岐仍然怀疑这个小小的主翼能让飞机在空中盘旋。

"克林斯先生,决定飞机盘旋性能的应该是机翼。机翼越长盘旋性能越好。日本以前的隼和零战都是按这个原理设计的。"

克林斯摇摇头,充满热情地给壹岐解释:"但是,在超音速的领域里这些都没关系。关键是有多大的剩余推力。超音速的理论不是一两句就能解释清楚的。简单地说就是剩余推力越大飞机的运动性能就越好。超音速战斗中的运动性能不是在空中翻跟头,也不是旋转三百六十度,而是能以多快的速度调整机头的方向和态势,追上敌机。"

壹岐还是没听明白。当翻译的塙说:"美国空军的爱德华基地就在这附近,日本航空自卫队的飞行员三天前就在那儿进行F-104的试飞。我们过去看看吧,和您同期的川又空将补也在。"

"什么?川又?"

壹岐为如此的巧合大感意外。

爱德华空军基地在距帕姆代尔六十公里的荒漠地带。放眼望去，没有山，没有谷，没有河，只有灼热太阳照射下的红土地。基地没有围墙，只有一个卫兵把守的大门。无人的荒漠就是一个巨大的飞机场，上面停着五十架战斗机、侦察机和训练机，晃动着身穿灰色飞行服的飞行员和绿色制服的维修技师的身影。

给壹岐他们当向导的年轻中尉说："日本航空自卫队的飞行员们来美军的飞行学院留学，接受课程和技能训练。他们克服语言上的障碍，和从西德、荷兰、意大利、比利时等欧洲国家来的学员一起学习。他们都很优秀。这次考察团里的四名飞行员都在美军航空学院留过学。看，试飞中心的那几个人就是。"

壹岐顺着中尉手指的试飞中心指挥塔的方向望去，日本自卫队飞行员正在维修技师的帮助下登上拉克希德生产的F-104战斗机。壹岐和塙停住脚步，看着F-104火箭般的机体向跑道滑行。坐在银色的最新战斗机驾驶舱里的日本飞行员个子不高，挡风玻璃遮住了他们的身姿。但是，想到在这荒漠地带的美军基地，美国最先进的战斗机将由日本航空自卫队的飞行员试飞，壹岐有种莫名的感慨。

试飞中心的指挥塔里，四名管制员坐在各自的岗位上，后面站着日本航空自卫队、空幕考察团的七名成员和几名美国空军军官。虽然考察团团长原田胜不在场，但壹岐看到了在陆军士官学校和陆军大学均与他同期的川又伊左雄。

两人的视线相遇，川又的目光虽停留在壹岐脸上，但只一瞬间，他就把锐利的目光重新投向跑道。壹岐站在考察团成员身后，也默默注视着跑道。

"起飞！"

随着管制员的一声令下，F-104的轰鸣声震撼着指挥塔。紧接着一道蓝光，F-104发出怪鸟般的鸣叫，垂直上升，划破长空，转眼不见了踪影。

话筒里不断传来飞行员紧张的声音:"五千米,零点六马赫;一万米,零点七马赫。"

大约两分半钟以后,飞机已经上升到一万两千米的高度。

"四万米,零点九马赫,开始加速……一马赫……一点二马赫……一点四马赫……一点六马赫……一点八马赫……二马赫。"

飞行员兴奋的声音刚落,指挥塔里就响起一片欢呼声。壹岐也按捺不住想振臂高呼的心情,仰望着万里无云的天空。

"现在开始快速上升。"

一万三千五百、一万五千、一万五千五百,飞机的飞行高度不断上升。同时由于燃料消耗严重,速度开始慢慢下降。当上升到一万八千米高度的时候,飞行员开始慢慢降低飞行高度。很快,话筒里传来飞行员报告下降到指挥塔上空六千米高度的声音,接着又传来报告下降到一千五百米高度的声音。

很快,机场前方二十公里处出现了一个闪光的亮点,仅三十秒后F-104就出现在人们视线中。飞机的身影越来越大,最后在距指挥塔两公里的跑道上着陆。着陆的瞬间飞机尾部张开一个巨大的降落伞,牵制飞机的滑行速度。飞机进入滑行道后,降落伞脱落,F-104平稳地停在指挥塔的正前方。

地勤人员打开机舱,飞行员摘下氧气罩和头盔,立即乘车向指挥塔驶来。飞行员身穿灰色飞行服、褐色皮夹克,脚蹬高腰皮靴,他三十五六岁年轻的脸上还留着氧气罩的痕迹。他向川又空将补敬礼,问道:"试飞的结果如何?"

川又回答道:"非常好!只用了两分半钟就上升到了一万两千米的高度。加速到超二马赫也只用了两分三十二秒。其他具体数据开始时再听取详细汇报。"

飞行员终于从高度紧张中解脱出来,长长呼出一口气。他的脸上流露出圆满完成艰巨任务后的满足。飞行员再次敬礼,转身离开指挥塔。壹岐看见他的裤子湿透了,不知道是汗水还是尿。那湿透的裤子诉说着他在一万八千米高空和超音速中的紧张和疲劳。壹岐感到军人时代的血液又在他胸中沸腾。

"壹岐,好久不见啊!"川又走过来,威严的脸上露出久别重逢后的喜悦,拍着壹岐的肩膀说,"我们有十四年,不对,我到南方军司令部任职以后我们就没见过面。我们已经有十八年没见面了!"壹岐从西伯利亚回来以后,一直住在大阪,没有机会和川又见面。眼前的川又身穿空将补的制服,肩上闪烁着两颗金星,威风凛凛,与同岁的壹岐大不相同。

壹岐也感慨万千地说:"真没想到在这儿碰到你。真是奇遇啊!"

"你这个家伙,是为了观摩 F-104 从日本来的吧?"川又还向从前一样称呼壹岐。

"不是,人家说既然进了商社就应该到海外见识一下。所以,我就跟着我们社长一起来了。我们先去了纽约,然后到各城市的分店看了看。今天是来参观拉克希德的工厂的。正好听说日本航空自卫队在这个基地进行 F-104 的试飞,就来了。"

川又一脸狐疑地看了一眼壹岐身后的塙说:"你不知道我来?"然后又说,"今天的试飞也结束了。我们去军官俱乐部喝杯啤酒吧!"

塙知趣地说:"我去找中尉谈谈,您慢慢用。"说完先走了。

军官俱乐部在基地的一角,里面有酒吧。酒吧里除了美国军官以外,还有西德、意大利、荷兰等国的军官。虽然国籍不同,但川又经过时,坐在旁边的没有他军衔高的军官都要起立,敬礼。军纪严明程度超过战前的日本军队。

川又和壹岐在窗边的座位上面对面坐下。从这里看不到飞机,窗外是荒凉的荒漠,偶尔有杂草团被风吹得在红土地上打滚。这里空气干燥,壹岐的嗓子干得冒烟。他一口气喝干杯中的啤酒,发自肺腑地说:"真是太久没见面了!这么多年,你没少替我照顾我家,谢了!"壹岐说起他在西伯利亚期间川又对他家的照顾,他回来后川又邀请他去防卫厅却被他谢绝等事情。

川又还像从前一样毫不介意这些,反倒很关心地说:"哪里,我也没做什么。倒是你,受苦了。现在身体怎么样?"

"刚回来的时候特别不好。当了两年无业游民,有时间修养,现在还行。家里也都挺好的。你怎么样?"

"还是没有孩子。我老婆嘛,还是老样子。"川又抿嘴笑了。

当年,因为川又结婚的对象是艺伎,陆军省迟迟不批准他结婚。他们同居了两年以后,器重川又的连队长搭桥,艺伎当了一个商人的养女,这才得以勉强正式结婚。当时,壹岐他们同期的学员没少为他操心,替他四处奔走。

川又当学员的时候就性格豪放、磊落、直率,也因此对人没有防备。壹岐听到的有关他当空幕防卫部长时不好的传言也和这种性格有关。但是,壹岐觉得眼前的川又一点儿都没有变,他应该是继原田之后的未来的空幕长。

"刚才怎么没有看到原田空幕长?"

"每次试飞他都一定在场,今天是因为接到帕克兰空军中将的联系,去基地司令部了。"

"原田空幕长现在还亲自试乘飞机吗?"

原田当年曾以海军航空大佐的绰号闻名。

"对,也是因为我们这次是要选定新一代战机的机型。我们考察团半个月前就来到这儿,对预选的各航空公司生产的战斗机——

F-104、F-11、F-5、F-106各进行十小时试飞。"

"这次选定FX的标准是什么?"

"有很多细节,大致上讲有五点。第一,要有1.6马赫以上的速度。这是为了和一九六〇年以后的苏联战斗机抗衡。第二,能够上升到一万八千米的高度进行战斗。第三,能够在三分钟以内上升到一万二千米的高度。第四,可飞行距离为往返二百海里以上。第五,地面滑行距离在七百米之内。拉克希德公司的F-104虽然可以在三分钟内达到2马赫的速度,但缺点是需要较长的跑道。在这点上格兰特公司的F-11占优势,因为它是海军航空母舰舰载战斗机,可以从航空母舰甲板上起飞,不需要较长的跑道,但它的缺点是要达到2马赫的速度需要十分钟以上。唉,各有长短吧。"说完,川又喝干了第二杯啤酒。

门外走进来四名身穿日本航空自卫队制服的军官,他们在吧台落座。其中一个是壹岐刚才在指挥塔见到的飞行员。

川又回头一看,马上招呼道:"哎,小泉君!正好,你过来一下。"

佩戴二佐肩章的小泉走到壹岐他们桌前,敬了一个礼,坐下。川又先给小泉介绍壹岐,说是他在陆军士官学校和陆军大学的同期,然后说:"你作为驾驶F-104的飞行员,给我的朋友讲讲它的性能。"

小泉洗了澡,一身清爽打扮。他说:"因为驾驶席在机体的前端,开始的时候觉得不太好开。可是,试飞过几次以后,我觉得它的性能实在是太好了。首先,它在三分钟之内就可以上升到一万两千米的高度,令人难以置信。目前日本最出色的战斗机F-86要上升到同样高度需要十七分钟。飞到一万五千米的高度的时候,我看到了湛蓝天空上闪烁的星星。这些都是我在这次试飞当中第一次体验到的。"

"哦?看见星星在闪烁?"壹岐惊奇地问。

"不过,因为几乎是垂直上升,而且速度极快,所以转入水平飞行之前必须先旋转一周,否则无法在准确的高度进行水平飞行。这点比较难掌握。"

"以我这个外行的眼光看,总觉得 F-104 缺乏安全性。有没有坠落的危险?"

"的确有这种危险。因为,低空飞行的时候,如果引擎停止工作,没有时间重新启动,只能坠落,所以,F-104 有些不吉利的绰号,比如:寡妇制造机、空中棺材。这大概是因为西德空军准备用它低空飞行,进行地面轰炸的缘故。其实,F-104 最适合迎击。一旦雷达扫描到敌机的影子,它就能马上飞到一定高度迎战。"

这时,日本考察团的成员走过来通知会议要开始了。

川又说:"要开会了。我们要分析试飞的各种数据,还要跟西德、意大利、荷兰等派遣部队做出的报告进行比较。"

"那好,回了日本以后我们再找机会好好聊聊。"

"明天晚上我们不是要在洛杉矶见面吗?大门社长邀请我的时候说你也去。好,走了!"川又匆匆忙忙地走了。

壹岐心中感到非常愤怒。原来一切都是在来美国之前设计好的,包括他和川又在洛杉矶会面。他此次蒙在迷雾当中、暧昧不清的出差目的现在终于真相大白了。

洛杉矶比弗利,一家名为"帝王"的日本料理店里传出优雅的古琴声。壹岐和大门社长正在一个包间里等待川又伊左雄的到来。

试飞期间川又一直住在爱德华空军基地的军官宿舍。为了不引起人注意,他是以出席美籍日本人协会的晚会为由来洛杉矶,并抽空前来赴约的。

美籍日本人女招待身穿别别扭扭的和服送来日本茶。大门一边喝着茶,一边若无其事地说:"壹岐君,你在爱德华基地碰到川又空将补,真是奇缘呀!你们有多少年没见面了?"

几个月前就设计好了一切,可大门到现在还在演戏。壹岐不快地说:"社长或者分管机械的里井常务恐怕早就调查过了。在近畿商事向防卫厅推销拉克希德公司的战斗机F-104这个问题上,我是一个局外人,不打算插一句嘴。如果社长想让我给您介绍川又,我愿意效劳。但是,请您以后不要再用这样绕圈子的手段。"虽然语句谨慎有礼,但壹岐明确表达了自己的看法。

瞬时间,笑容从大门脸上消失了。"哦?我还是第一次见你这么说话,让我这个从不知道害怕的人心里咯噔了一下。"大门马上笑着说,巧妙地避开了壹岐的话锋。

壹岐没有就此罢休。他直视着大门说:"在川又来之前,有句话我必须说清楚。如果您是为了向防卫厅出售拉克希德的F-104战斗机这件事让我来这里的,那么,给您和川又引荐后我马上告退。"壹岐强调,当初大门请他到近畿商事时曾答应他,不利用他以前在军队的地位做生意。

大门劝说道:"我知道,我理解你的心情,可你这时候说出这种硬邦邦的话,说明你太不懂人情世故了。要知道,这次防卫厅要买二百五十架甚至三百架战斗机。每架三四亿,这可是超过千亿的空中大战啊!我们公司机械部门没有底子,必须抓住这次商机,大步往前迈进一步。如果成功了,算上零部件,这个生意起码十年有的做。而且,这个生意还可以给我们带来重工业和机械方面的生意。这些都是我们公司以前没有接触过的,能给我们公司带来很大利益。好了,这儿就交给我了。"

但是,壹岐仍不肯退让。两人之间气氛十分紧张。正在这时,川又伊左雄出现了。他今天脱掉制服,穿着一身潇洒的西服,对两个人说:"久等了!在晚会上碰到了日本领事馆领事,一时脱不开身。"

大门端正姿势,自我介绍道:"谢谢光临!我是大门一三。本来应该在东京招待您,但多有不便。"

"贵公司的里井常务跟我提起过您。请多关照。"川又的寒暄既简短又意味深长。

大门请川又上座。川又面相挺凶的脸上堆满笑容,说:"今天我到这里来是因为十八年之后巧遇壹岐,是来重温旧情的。理当坐在壹岐旁边。考虑到万一,川又找了一个无懈可击的借口,坐到壹岐旁边。

壹岐苦笑着说:"在防卫厅,见个商社的人,传出去就是那么大的事儿?"

川又摇摇头说:"你还别这么说,你们也一样。你们招待我这个考察团的一员喝酒,让人知道了那就是大问题!你不知道,日本的媒体给我们这些防卫厅的人贴上了'战争侵略者'的标签,你们有关人员则是'死亡商人'。每次制订防卫计划的时候,他们都要大加宣传一阵子,说是浪费国民用血汗换来的国税。"

身穿和服的女招待端上来事先订好的酒和日本料理。确定女招待走了以后,大门才给川又斟上酒,直奔主题:"目前,在预选的四个机型里您认为哪种有可能留到最后?"

"昆巴的 F-106 性能最好,有世界上最先进的电脑装备的半自动迎击机,飞行能力也很好。用汽车打比方的话,具有凯迪拉克的豪华。但是,一架要二百万甚至二百三十万美元,首先从价格上它就会被排除在外。其次是萨斯罗普的 F-5。萨斯罗普主要生产向中国台湾地区、韩国等同盟国提供军事援助用的轻型战斗机。F-5 在四个机型当中是价格最便宜的,也最轻便,对日本来说很有魅力。但是,我们视察工厂的时候,F-5 还只有模型。试飞的时候用的是与F-5 性能相近的、改良后的 S-156。美国的空军和海军目前都没有选用这个机型,而且最主要的是现在还没有成品。所以,自然也会被淘汰。"

"这么说,最后剩下的只有拉克希德和格兰特了。昨天,壹岐君在爱德华基地听说拉克希德的试飞成绩很不错。"大门的口气好像壹岐早就是这个项目的负责人。

壹岐正要打断大门,川又笑着制止住壹岐说:"大门社长,您也知道,不是我们考察团认为最好的机型就一定能是日本未来的战斗机,决定权在国防会议。国防会议是冠冕堂皇的叫法,实际上就是由首相、副首相、大藏大臣、经济企划厅长官、外务大臣、防卫厅长官,再加上通产大臣这些政治家们决定的。从现在的情况看,最后很有可能决定购买格兰特公司的战斗机。"

大门伸向鲒鱼的手停在空中。他极力抑制着内心的波动,没有说话。

包间一时静悄悄的,从扩音器里传来的古琴声与此时的气氛极不和谐。过了一会儿,大门恢复了平静,拿起筷子,说:"格兰特?还是第一次听说。这是什么时候决定的?"

"还没到最后做决定的时候。不过,在我们考察团出国之前召开的国防会议上,突然做出一个近似于内定的决定。据说,通产省重工业局局长和防卫厅内部部局装备局长已经要求五菱重工提交有关格兰特战斗机的生产计划。"

"这可有点儿奇怪。我听说格兰特的F-11只提供了两架试飞用的战斗机,而且,美国空军也没有采用这种战斗机。是谁替他们说话?"

"不是别人,是首相。"

川又的一句话让大门脸色大变。川又喝了一口酒,说:"美国军用飞机制造业目前受到来自研制导弹行业的威胁,很不景气,裁员十万人。其中，格兰特公司由于没有进行导弹的研制和开发，受到的打击尤其大。所以，他们把这次向日本出售战斗机当作改善经营状况的绝好机会。我们刚着手制订第二次防卫力整备计划的时候，他们就通过商社送来大量资料，想方设法和我们接触，招待我们。计划上报以后，他们的公关重点转移到政界，可谓是不遗余力，不择手段。首相非常信赖的原海军大将、参议院议员野添最近还受到美国海军的邀请访问了夏威夷，在夏威夷空军基地迎宾馆住了一个月。"

壹岐对川又的话产生了浓厚的兴趣。野添大将在开战前夕曾是驻美大使，壹岐也认识他。

走廊对面的包间里传来大叫好吃的声音，是一帮美国人来品尝新奇的日本料理。壹岐一边观察着外面的动静，一边问川又："从野添大将的经历来看，受美国海军邀请访问美国并不奇怪。这件事和购买战斗机有什么联系？"

川又不动筷子，只是不停地喝酒。他说："野添大将是海军出身，对格兰特的飞机十分了解。他认为，F-11在飞行半径、跑道距离、多用途性和安全性等各项性能方面都比拉克希德强。就在他访问夏威夷期间，首相的第一亲信、在国防会议有巨大影响力的三岛干事长不顾正值国会期间，也访问了夏威夷。他来夏威夷公开的目的是为了治疗哮喘病，还煞有介事地带着夫人，说是充当护士。你想想，就算夏威夷的气候对治疗哮喘病有利，可是坐十个小时的飞机来，只治疗十天，在这期间还飞了一趟洛杉矶，哪有这样的哮喘病人？而且，这一连串的举动——野添大将受邀访美、三岛干事长来美国治病都是格兰特日本代理店东京商事安排的。"

大门皱着眉头说："东京商事战前主要经营轮船和机械，现在飞机成了他们的强项，在商社中号称飞机王。能发展到今天这一步，得益于他们为了达到目的可以不择手段。这次,肯定也给首相派赞助了相当数额的政治资金。"他的目光在金丝边眼镜后面一闪,问川又,"可是,首相派为什么在考察团出发之前一定要内定购买格兰特的战斗机呢?这里面有什么隐情?"

"现在各方面都推测国会明年年初很可能解散。说白了,他们这么做就是为了筹集选举资金。"

"选举资金?他们也跟我们关西地区的工商界要过三次。"

"光靠工商界的赞助,首相派怕是应付不了这次选举。据可靠消息,他们和格兰特公司达成了协议,购买一架飞机可获得一千万日元的赞助。三岛干事长来美国的真正目的就是在夏威夷或者洛杉矶和格兰特公司协商预付款的事情。其他事情也就算了,可身为一国首相,竟然为了选举,为了派系斗争决定购买哪家战斗机,这也太腐败,太没有国家观念了!"川又越说越气愤,最后,不客气地问壹岐,"壹岐,我听说你小子说绝对不参与任何和FX有关的事情。你知道这些肮脏的内幕以后,还是君子不近险地,不愿意参与吗?"

壹岐反驳道:"话不能这么说。这和我不想参与购买飞机的信条是两码事。如果真的为了国防想选购最好的战斗机的话,你们防卫厅的人就应该努力,而不是逼问我这种莫名其妙的问题!"

"问题就在这儿!你也知道,历任防卫厅长官的职位都被自由党主流派的元老占据,完全操纵在首相手里。而且,自卫队是从警察预备队、保安队组建的,主流人物都是从警察厅过来的。他们缺乏以忧国之情认真思考国家大事的态度。防卫厅官房长贝冢就是其中的典型。他原来是内务省官员,也是从警察预备队过来的元老级防卫官僚,权力极大,甚至有'贝冢天皇'的绰号。他利用手中的权力无所不为,令人发指。上边是这种情况,陆、海、空各自卫队的幕僚长自然也都是些受贝冢欣赏的人,他们形成了一种幕僚统治。"说到这儿,川又看了一眼参谋出身的壹岐,揶揄道,"剩下的不用我说你小子也明白。"然后,他接着说,"幕僚表面上虽然地位还不及部队长,但是他们有按照自己的想法指挥部队的欲望。为了达到这个目的,他们需要借助上边的权力。所以,他们格外关注顶头上司和政治家的意图。随着贝冢不断滥用职权,航空自卫队里那些有骨气的部队指挥官纷纷被贬到地方部队,取而代之的是迎合贝冢的人,并且建立起了关系网。即便是原田幕僚长,如果贝冢天皇提出购买格兰特的战斗机,也不一定能坚持自己的意见。"

"不许无礼!原田大将是个品格高尚的人!"

"可是,原田大将明年就退官了。现在人们都在传说他退官以后要竞选下届参议院议员,他不能得罪政治家。你小子如果还留着一股为国家而干的气概,就当我的联系人,帮助我实现购买拉克希德战斗机的想法。纯粹从军事角度看,选择拉克希德是正确的。正在选定新一代战机的法国、西德、意大利、加拿大等 NATO[①] 各国也都内定了拉克希德。如果只有日本购买格兰特,日本的战斗机成为政治家利益的牺牲品,那日本就会成为全世界的笑柄。"

川又充满激情的话语震撼着壹岐,他的决心有些动摇。大门坐在一旁,把一切都看在眼里。

洛杉矶分店店长夫妇和几名分店员工前来机场,为乘坐西北航空飞往旧金山的大门送行。分店店长说:"社长,我让柳君带了一些您喜欢的哈瓦那雪茄。"大门轻轻点点头。分店店长更加殷勤地说,"我太太还给您的夫人和小姐选择了礼物,希望她们会喜欢。"

大门扭头向分店店长太太道谢:"谢谢,我太太和女儿一定会很

[①] North Atlantic Treaty Organization 的缩写,北大西洋公约组织。

高兴的！"

看到社长十分满意,分店店长松了一口气,黝黑的脸上浮起一片红潮。分店店长把大门送到安检口,说:"社长,您多保重！您的飞机起飞以后,我再给旧金山分店打个电话。"

"好,这些天辛苦你了。"大门叮嘱道,"壹岐君的事情你好好安排一下。"

壹岐将在这儿和大门分头行动,一个人去夏威夷。

"虽然夏威夷没有我们公司的事务所,但是,我已经通过洛杉矶美籍日本人协会和夏威夷的协会联系过了,一切都安排好了。您出发后半个小时,壹岐先生就动身。"

"好,这下我就放心了。"

大门走到在送行队伍后面的壹岐面前,用淡淡的口吻对他说:"昨天晚上那顿饭上,有些话你大概不爱听。不过,对公司来说事关重大,你好好想想。在夏威夷就你一个人,你可以养精蓄锐。老像在拉斯韦加斯那样,可是当不了商社人的噢。"说完,大门拍了拍壹岐的肩膀,和与谢野海外事业部长等人一起进了安检口。

大门一走,来送行的一帮人也都匆忙离开,只有塙四郎留下来送壹岐。他替壹岐办好登记手续,把登机牌递给壹岐说:"壹岐先生,很想再见到你。"总是阴沉忧郁、从不流露感情的塙终于衷心地说出了依依惜别的话。

壹岐也说:"是啊,虽然我以后可能很少有机会出国,但希望我们能再见。也期待你在工作上有所成就。"

这时,候机大厅里传来经由檀香山前往东京的飞机就要起飞的广播。塙摘掉了墨镜,一双清秀的眼睛注视着壹岐,向他点点头,默默地挥手道别。

下午六点半,飞机到达檀香山机场。壹岐一到威基基海滩边上的饭店,就收到美籍日本人协会会长的晚宴请柬。壹岐非常疲劳,便很礼貌地谢绝了邀请。吃完晚饭,他往床上一倒,马上进入了梦乡。

第二天早晨,不到五点壹岐就醒了。因为昨晚睡得也香,所以他感到浑身轻松。他起身打开窗帘,眼前是蓝色的大海。海浪静静地拍打着黎明时分的威基基海岸。

昭和十六年(1941年)十二月八日,日本战机袭击珍珠港,从而拉开了日美的战幕。而此刻正是第一攻击队的一百八十三架飞机从航空母舰上起飞,向珍珠港飞来的时间。

壹岐之所以专程来到夏威夷,当然是为了亲眼看一看珍珠港。美籍日本人协会也已经在他的行程里为他安排了这一项。但是,此刻,壹岐按捺不住内心的冲动,他换好衣服,急匆匆地走出饭店,上了一辆出租车,让司机带他去珍珠港。

司机操着不熟练的日语惊讶地说:"珍珠港?你要想看被日军击沉的亚利桑那号,现在还太早,到那儿的游船还没有营业。"

壹岐说:"我不想坐游船,我是想到一个可以看到珍珠港全貌的地方。"

"日本人都想去看珍珠港,而美国人却是记住珍珠港事件。"

出租车向檀香山机场驶去,经过海军基地,来到军用高尔夫球场附近的一个小山岗上。壹岐下了出租车,站在山岗上,珍珠港尽收眼底。珍珠湾湾口处细如鹤颈,港湾却很开阔。清晨的大海笼罩在薄雾中,海浪轻轻拍打着停泊在港湾的五六艘军舰。风平浪静的海面上,漂浮着一个飘扬着星条旗的白色建筑,那里的海底埋葬着被击沉的亚利桑那号。沉没海底的军舰里至今还有没有被打捞上来的美国官兵的遗体。壹岐低下头,为死难者默哀。

壹岐抬起头,环视着四周,背后是连绵的怀厄奈山脉。十八年前,壹岐任大本营作战参谋并兼任海军参谋。这正是当时他日夜在脑海中描绘过无数遍的地形。

袭击珍珠港是以山本五十六海军大将为首的海军司令部倾全力制订的、极其大胆的偷袭计划。以海军精锐组成的联合舰队在南云中将的指挥下,封锁所有无线电联系,秘密从濑户内海启航,十一月二十二日集结于择捉岛附近的海面,取北线航道东进。之所以取北线航道,一是为了避开驻扎在夏威夷的美军太平洋舰队的侦察机,二是因为这条航线上很少有外国商船。

十二月八日凌晨,东京时间三点二十五分,日军投下了袭击珍珠港的第一颗炸弹。一个小时后,陆军成功登陆马来半岛。壹岐是参与登陆作战计划的最年轻的参谋。这一作战计划包含难度很大的战略战术问题。运送山下奉文中将所率的第二十五军十五万官兵的运输船队必须避开敌人海空两路的侦察,在海南岛附近海面集结,并一举突破至马来半岛的长达一千公里的狭长海路,攻克新加坡要塞。因此,需要与海军协作,让广阔的太平洋像一个齿轮一样转起来。为此,壹岐一个多月没有回家,在大本营日夜绞尽脑汁,耗尽心血。那年十一月底,为了拿一些换洗的内衣,他回了一趟家。一回家他便蒙头大睡,从傍晚一直睡到第二天早晨。但是,他人回到了家,心却还在大本营。醒来后,佳子问他:"昨晚你一直在说梦话,不停地念叨十二月八号,十二月八号。十二月八号有什么事儿?"情急下他脱口谎称:"十二月八号开始军装要凭票领了。"

不知不觉中太阳升起来了。碧蓝的大海波光粼粼,停泊在海面的军舰上升起的星条旗在海风中飘扬。回想起来,壹岐觉得那时候可能是他人生中最充实的一段时间。但是,他还只有四十六岁,今后还想干一番投入整个身心的事业。虽然选择现在的职业并不是他的初衷,但在美国的近三个星期他看到商社这个舞台之大远远超出他的想象,令他震惊。他开始觉得作为一名商社人走完今后的人生道路是他的宿命。

第十四章 风 云

近畿商事东京分社航空事业部有一种独特的气氛。

和公司的其他营业部门不同,这里很安静。没有响个不停的电话铃声,也没有不时登门的客户。近四十名职员中有不少是从防卫厅或航空公司挖过来的中老年人。办公室的一角呈列着各种飞机、直升机的模型,文件柜里整齐地摆放着禁止带出的文件夹。

壹岐正从美国回来后就被调到东京分社的航空事业部,已经三个月了。虽然壹岐的身份仍是合同制职员,但实际上是航空事业部副店长,在靠近部长的地方拥有一个独立的办公空间。他的办公桌上除了摆列整齐的自卫队年鉴、第二次防卫力整备计划概况、防卫厅干部名单和五六本各国的航空杂志以外,没有其他东西。办公桌的抽屉里也没有一件多余的东西。让一切都井然有序,办事不拖拉,这是壹岐军人时代养成的习惯。

电话铃响了。壹岐拿起话筒,里面传来秘书的声音:"这里是分社长办公室。里井常务请您到他办公室去一下。"

"好,我马上过去!"

近畿商事东京分社在京桥三条,面朝昭和大道,是一座旧式的六层建筑。虽然走廊和电梯入口处设计得很宽敞,但光线昏暗,不够实用。

里井常务是分社长同时兼管机械部门,他的办公室在六层东南角上的一个稍显明亮的房间。壹岐敲门进去,见和他一起去美国出差的与谢野海外事业部长坐在里井的办公桌前。一看到壹岐,与谢野就热情地打招呼:"壹岐,好久不见!都在一个公司,部门不同见面的机会就不多。怎么样?在东京习惯了吗?"

"还好,托您的福!"壹岐简短地回答道。

去美国出差的时候,尽管与谢野一直和壹岐在一起,但在大门社长的授意下,直到到了洛杉矶,他都没有跟壹岐提过有关飞机的一个字。为此,他觉得有点内疚,因此就更加热情地说:"那太好了!里井常务说您在这儿干得很出色。"然后,他对里井常务说:"那件事就按您说的办,我再和那边的分店商量一下。"说完事情,他就走了。

壹岐在里井常务对面坐下。里井常务对服装极其讲究,任何时候都穿得十分潇洒。他从登喜路的香烟盒里掏出一支烟,叼在嘴上,等着壹岐像其他部下那样马上为他点烟。但壹岐没有意识到,而是问:"您找我有什么事?"

里井看了一眼壹岐,心想真是个没有眼力的家伙。他自己点上烟,吸了一口,问:"你见空幕的川又防卫部长没有?"

"我们每个月见一次。"

"才一个月一次?川又部长是选定新一代战机的空幕中枢部门的人物,你为什么不积极地和他联络?你们两个在陆军士官学校和陆军大学都是同期,不是好朋友吗?"里井毫不掩饰地搬出壹岐过往的经历,责备道。

壹岐略显不悦地说:"没什么事情却老去见他,没有意义。也不是我喜欢的方式。"

"你进公司都快八个月了,还改不了这种古板的腔调。这样是不行的。今年六月,原田考察团在洛杉矶经过对试飞的综合评价,已经得出结论,认为在四个候选机型中拉克希德的F-104最适合作新一代战机。但是,现在防卫厅内部部局和政府仍有人主张选择格兰特的F-11。这是为什么?这些你不会没有去了解吧?"

"这方面的情况我当然从川又那里听到一些。因为作为防卫部长,川又不能容忍选定新一代战机沦为政治斗争的工具,所以,他一再向防卫厅内部部局的官房长陈述自己的意见。原田空幕长也基于对试飞的综合评价,虽然一有机会就向防卫厅长官阐述拉克希德战斗机的优势,但是,由于自卫队的原则是文官统制①,因此自卫队官员一再荐言拉克希德公司的言论被当作是越权行为,遭到封杀。虽然原田考察团报告是从纯粹的防卫立场出发的,但也因为内部部局的政治策略被否定。这是我了解到的实情。"壹岐平静地解释道。在与川又的接触中,他了解到在防卫厅内部自卫队官员的发言权很弱。他觉得这是一个矛盾。

里井抽着烟,沉默了片刻以后说:"我已经和大门社长商量过了,我们觉得再这样袖手旁观下去,新一代战机很可能就是格兰特公司的了。所以,我们决定请大川一郎先生出面扭转局面。明天,我要去日比谷的事务所拜访大川先生。大门社长的意思是让你也一起去,认识一下大川先生。你心里有个准备。"

大川一郎是自由党总务会长,历任农林大臣和通产大臣,在总裁选举中也是起决定性作用的人物。他与大门一样,同样性格豪放。两人惺惺相惜,大门一直在定期为他筹集政治资金捐款。去年年初,出售新一代战机商机争夺战开始之后,大门又通过本公司在海外的分店网,把从拉克希德公司筹到的钱汇到了大川一郎的账户上。

壹岐不同意里井的话,说:"我去见了大川先生,也起不到任何

---

① 军人以外者(专职人员)拥有有关国防的最高指挥权。

作用。"

里井没有理会,只是说:"没关系,你什么都不用说,只跟着我一起去就行了。"

从分社长办公室出来,回到四楼的航空事业部,坐在办公桌前,壹岐心情沉重。航空事业部除了他以外,还有五个是从防卫厅内部部局和空幕退下来或是挖过来的人。壹岐没有觉得他们这些人在工作中起到了什么重要的作用。

个子不高但很健壮的航空事业部部长松本走过来,递给壹岐一个电话号码,说:"壹岐君,我今天要去神户出差,有什么紧急情况给我打电话。"

"明白,如果您的行程有变化也通知我一声。"

部长用客气的口吻说:"当然。因为有消息说近期要召开决定未来主力战斗机的国防会议,所以,我这趟差出得也是提心吊胆。"说完,就匆匆忙忙地走了。

松本部长之所以对壹岐态度恭敬并不只是因为他是纤维机械部出身,对航空事业部涉猎还不深,而是因为近畿商事在第一次防卫力整备计划的商机争夺战中惨败,现在公司上下对原大本营参谋壹岐正寄予厚望,希望借助他的人际关系抓住这次出售拉克希德战斗机的商机。

壹岐转过转椅,看着昭和大道上川流不息的车流,回想起自己成为航空事业部合同制职员的经过。

尽管壹岐一直坚持不利用自己军人时代的身份和关系参与公司任何与防卫厅有关的工作,但从美国回来后,他改变了自己的意愿。这并不是因为大门社长的强人所难,也不是碍于好友川又伊左雄的请求,而是因为他觉得既然已经选择了做商社人,那么这就是一条无法绕开的道路。他之所以产生这种想法则是因为通过川又，他了解到了原田空幕长的苦恼。

以原田空幕长为团长的考察团在美国爱德华空军基地分别试乘了由四名飞行员驾驶的四家航空公司战斗机的试飞，总时间超过一百个小时。之后，一行人又在旧金山郊外的汉密尔顿基地视察了各机型在战斗机部队实际使用的情况。八月中旬考察团回到日本。但是，考察团成员在羽田机场只与家人团聚了几个小时，就被自卫队的飞机送往青森县三泽的驻日美军基地。在那里，他们用了两个星期的时间，完成了字数可观的考察报告，并提交给山城防卫厅长官。通常防卫厅长官收到报告后马上召开会议，根据调查报告制订选定机型的方案，并送交最终决议机关即政府的国防会议审议。但这次不知道为什么，防卫厅迟迟不拿出方案，原田考察团的报告被防卫厅内部部局压下了。

明年三月即将退官的原田空幕长曾对川又说，参与制订第二次防卫力整备计划是他为空幕最后一次效力。当从川又那里听到这件事情时，壹岐感到他的心隐隐作痛。在爱德华基地，他亲眼看到三十多岁的现役飞行员在超音速战斗机的试飞中因失禁而湿透的裤子。而原田空幕长已经五十四岁，试乘给他身体造成的负担可想而知。如果没有奉献精神，他又如何勇于挑战在几万米高空、速度为2马赫的长达数小时的飞行？

壹岐认为，从战败后的国情来讲，虽然制定自卫队文官统制的原则是无法避免的，但是，原田调查团回国之后，各家报纸都大肆宣传格兰特公司F-11的优良性能，夸大拉克希德公司F-104的危险性。壹岐不知道报社是从哪里得到的这些消息，但这促使他向大门社长提出了调到东京的航空事业部工作的请求。大门社长终于看到了他在美国竭尽全力改变壹岐的成果，欣喜万分，虽然他当即决定给壹岐航空事业部副店长的职务,但是,壹岐以"我有我的想法"为由谢绝了,要求仍以合同制职员的身份赴任。

壹岐在烟灰缸里摁灭抽剩的烟头,听见有人叫他。抬头一看,见小出宏驼着背站在面前。

"对不起,我没听见,什么事儿?"

小出是两年前进公司的,来之前是防卫厅空幕调查课的班长。

"您要是正在考虑问题,我就等会儿再来。"

"没有,坐吧。"壹岐示意他坐在办公桌前的椅子上。

小出坐下来,看了看周围,说:"我听说昨天晚上空幕装备部的人包下一个叫白公馆的青山的酒吧,所有人在那儿狂欢了一夜。"

"所以?"壹岐对这些事情不感兴趣,催促道。

自己费尽心机搞到的消息被壹岐的一句"所以"打断,小出似乎很不满:"所以?您说得简单,在现在这种情况下,这难道不是一件大事吗?首先,以我自身的经历,靠防卫厅的那点儿工资是不可能包下青山的酒吧,喝一个通宵的。"

"你是说有哪家商社或者厂家招待他们?"

"是啊!昨天晚上去喝酒的人里有一个我以前的部下,经常给我提供一些消息。据他说,昨天一下班,经常去他们那儿的东京商事的人就跟他们说,他知道一个酒吧,只要交一千日元的会费酒就可以随便喝,不限量。问他们去不去。他们一连几天都加班,正想找个地方喝几杯,再加上东京商事的人大大方方地邀请他们,态度很坦荡。要是对方鬼鬼祟祟的,他们也会起戒心。所以,在场的每个人就拿着一千日元跟他去了。当时,他们喝得很高兴,还喝了从来没有喝过的苏格兰特产的威士忌。到了第二天,他们一想,昨天晚上酒吧里除了他们以外,没有其他顾客,而且,那儿根本不是一千日元就能管喝够的地方。于是,他们这才知道自己上了当。"

小出气愤地说。但从他絮絮叨叨、不乏羡慕之意的话语中,壹岐看得出他自己也曾受过近畿商事同样的招待。壹岐重新审视着小出。小出加入航空自卫队是因为有去美国留学的诱惑。他如愿以偿地从美国留学回来以后,当上了空幕防卫部调查课的班长。在任职期间,他攀上近畿商事,利用其职务之便向商事泄露机密情报。事情败露,受到调查的时候,他辞职加入了近畿商事。为此,小出对给了他一条生路的里井常务感激不尽。他迫不及待地想证明自己。他要在以前的同僚和部下还在防卫厅期间,利用他们的关系,为近畿商事做出一番大事来。

小出的眼睛怯懦地避开壹岐的视线,问:"壹岐,我脸上……"

"噢,没什么。你说的东京商事的航空事业部,实际上是谁在操纵?是部长鲛岛,还是他上面的人物?"

"是鲛岛部长本人。极端地讲,东京商事今天能成为飞机买卖中的老大,全靠鲛岛的能力。他就像他的名字里的鲛一样,一旦咬住诱饵,决不松口。是一个怪物!"

壹岐颇感兴趣地问道:"哦?怪物?"

"当然,从另一个角度讲,也可以说是商界的精英。为了销售成功,那真是名副其实的奋不顾身。才四十四岁,就已经制造了很多传奇。里井常务和松本部长没有跟您讲起过他的事情吗?"

"名字倒是经常提起,不过没细说过。正好今天是个机会,你就给我好好讲讲吧。"

听壹岐这么说,小出眉飞色舞地讲了起来:"昭和二十八、二十九年(1953、1954年),那时候鲛岛还是东京商事纽约分店的常驻职员,担任飞机销售。当时和现在不一样,因为自卫队刚组建不久,在国内得不到任何内部消息,所以,各商社就在国外寻找机会。一有防卫厅的人去美国出差,各商社就在纽约积极活动,想方设法打探防卫厅未来的防卫构想,购买飞机计划等等。防卫厅的人即便是秘密从日本出发,消息也会不胫相传。他们到达纽约机场的时候,各商社职员早已像热海温泉拉客的一样等候在那里,对他们展开争夺大战。甚至发生了防卫厅官员崭新的西装袖子被撕下来这样令人啼笑皆非的事情。但是,鲛岛从来不跟他们抢人,而是趁别人你拉我拽的时候,把防卫厅官员的行李放到自己车上,锁好。然后,冲乱哄哄的人群大喊:'各位!你们的行李在这里。'这时候,官员们就会不由自主地跟他走。而且,他已经预先退掉了防卫厅订的饭店。他把防卫厅的人带到自己预订的酒店里,不给其他商社和他们接触的任何机会。从防卫厅官员方面讲,他们英语都不好,又不熟悉地理环境,再加上出差费少得可怜,连出租车钱都付不起,只有依靠在当地的商社分店。这样一来,只要鲛岛一开口,防卫厅官员就会自己提出想购买什么,买卖就成了。鲛岛就是用这种手段不断获取有关国防方面的信息,一点点加深和美国飞机制造商的关系。"

壹岐听了,半是好笑,半是佩服。他想起大门社长在洛杉矶说的话,"东京商事为了达到目的,不择手段"。

小出把身体往前一探,说:"所以,纤维机械部出身的我们部长根本不是人家的对手。现在,既然壹岐来了,我们就甘愿做你的左膀右臂,把局面扭转过来。其实,我们是希望能让您当部长,起码也是个副店长。"趁部长不在之际,对壹岐阿谀奉承了一番之后小出才离开。

看着小出离开的身影,壹岐心里涌起一股苦涩。他之所以谢绝大门社长提供的副店长职位,是不想用吃喝或花费金钱的惯常手段扭转现在的局面。他要用更高度的战略战术让花落拉克希德。为此,合同制职员这个轻微的身份更有利于运筹帷幄。而且,即使最终失败,成为丑闻也可避免让近畿商事背上罪名。

五点半下班以后,壹岐去了久违的银座。调到航空事业部以后,有了职务津贴,他想给妻子买点儿东西。因为,以前他让妻子吃了太多的苦。

十月末的银座,各商家的橱窗里已经摆上了色彩各异的冬装。壹岐想了半天,决定给妻子买条暖和的披肩。他走进一家和服用品店,站在展台前挑选。一个女店员走过来帮他参谋。

"您是要给夫人买披肩吗?您夫人喜欢什么颜色?"

"什么颜色?这个我也说不好。"

佳子的衣服都在战火中烧毁了,现在没有一件好衣服。不过,壹岐印象中她一直喜欢穿紫色调的和服。

"好像是紫色的居多。"

店员从展台上拿起一条披肩,说:"那,您看这个浅紫色的马海呢的怎么样?"

壹岐摸了摸,手感很柔软,就说:"好吧,就要这条。"

买好披肩,走出商店。壹岐脑海中浮现出妻子惊喜的脸庞,来东京以后心里第一次感到平和。

壹岐坐地铁到涩谷,然后换乘东横线,在东京都立大学下车后匆匆忙忙往家赶。从车站到他现在住的地方步行要十分钟。这所房子是钢铁事业部部长的,他被派往国外任分店店长,房子空着。壹岐就接受建议住了进来。

家离站前商店街不远,在一条安静的住宅街上,家家门前亮着灯。这里和大阪大和川的市营住宅不同,走过家家户户听不到里面厨房里传出的流水声和孩子们的嬉笑声,只有点点灯火透过院墙或花木墙照射出来。这里一个被花木围起来的二层房屋就是壹岐一家在东京的新居。占地面积二百三十平方米,室内面积一百平方米。

虽然和壹岐战前在东京的房子比是小了一点儿,但是和大阪只有两间房的市营住宅相比,这里就已经相当宽敞了。

壹岐一打开家门,佳子就迎上来,说:"你回来了!今天晚上我们吃水煮豆腐。"

壹岐什么也没说,把手里的纸包递给佳子。

"买东西了?给直子的还是给阿诚的?"

"给你的!披肩。"

佳子惊讶地说:"不用给我买东西,我不是跟你说过了嘛!"

"我知道你会这么说,所以才没有跟你说就买回来了。"

壹岐从上衣口袋里掏出工资袋交给佳子,走进客厅。他的一对儿女,高中生直子和初中生诚正在往院子里的储藏室里搬旧桌子。现在,他们有了各自的房间,也有了各自的新书桌。直子眼尖,一眼看见妈妈手里的东西,在院子里喊:"妈妈,你拿的是什么?"

"吃晚饭再给你看,你们快点儿收拾好,过来吃饭了!"

姐弟二人齐心合力,很快收拾好储藏间,进屋吃饭。

直子说:"哎呀,这是银座的和服装饰店的包装纸!我可以打开吗?"说着动手打开纸包,"好漂亮,妈妈戴上肯定好看。"她把披肩披到妈妈身上,又说,"这么好的披肩,妈妈得买好和服和它搭配。"

"哪有那个闲钱,我们得先把家具慢慢买齐了。"佳子心情愉快地说。她规划着来之不易的祥和的家庭生活,十分享受。

水煮豆腐端上来了,砂锅在小煤气炉上冒着热气。直子给父亲的小碟子里放上调料,信心十足地说:"爸爸,东京的高中还是挺难的。不过,我一定好好努力,考上茶水女子大学。因为我是爸爸的女儿嘛!"

"不过,女孩子,上个短期大学,然后早点嫁人可能更幸福。"壹岐看着诚说,"倒是男孩子应该去上大学。阿诚,你现在就应该好好学习了!"

"大学毕业以后,干什么呢?"

儿子的话对壹岐是一个不小的刺激。他在诚这么大的时候已经立志成为一名军人,考进陆军幼年学校,开始走自己的道路了。

佳子看出壹岐的心思,安慰道:"现在和以前不一样,学校的教育方针和内容都变了。再说,阿诚还在上初中。"

吃完饭,壹岐进了里面的一个屋子。他现在终于有了一个饭后可以独自待一会儿的房间。每天睡觉以前,壹岐都要在这儿看看书,或者整理一下公司的文件。

壹岐打开丘吉尔的《第二次世界大战回忆录》,不经意间目光停留在桌子上的烟灰缸上。这是京都的秋津千里亲手做的,送给他,所谓他去给父亲上香的回礼。壹岐不由得把烟灰缸把玩在手里,欣赏它的造型和色泽。他突然想起来二十天前秋津千里曾经寄来过一张请柬,邀请他去观赏在上野美术馆举行的新人陶艺展。他从抽屉里拿出请柬,请柬上印着参展并获奖者的名单。秋津千里的名字也在其中。请柬上还有一行秋津千里的亲笔字:如能承蒙光临,将万分喜悦。

因为展览是在上野美术馆,壹岐一开始就打算去的。因为忙,一拖再拖,一直没时间去。他看了看请柬,明天是最后一天。明天他要和里井常务一起去拜访大川一郎,不一定有时间去。但是,想到千里对陶艺的执着追求,他很想去给她捧捧场。

自由党总务会长大川一郎的事务所在日比谷日活饭店的二层。为了不让络绎不绝的来访者相互碰面,他租了三个房间。壹岐和里井常务在指定时间来到事务所。由于近畿商事常年向大川捐献政治资金,秘书对他们两人的态度很客气:"对不起,现在水产业的人正在里面,不过,他们很快就走。我递张条子进去。"说完,就进里屋去了。

几分钟后,传来有人离开的声音,里井和壹岐被请进大川一郎的办公室。

用会议室改修而成的宽敞的办公室里铺着驼色地毯,宽大的办公桌上堆满文件和信件。大川一郎坐在办公桌前,端起桌子上的水瓶给自己倒了一杯水,一口气喝干。然后,抬起个性极强的眼睛看着两位来客。

里井一改在公司里的做派,深深地鞠了一躬,用谦卑的口气说:"大川先生,在您百忙中打扰您,十分过意不去。今天虽然大门没有来,但他叮嘱我一定向您问好,感谢您一直以来对我们的关照。"

大川一郎结实的身体深深陷在黑色的真皮沙发里,一扬下巴颏,问:"这是谁?"

"对不起,给您介绍晚了。这是最近刚到我们公司航空事业部的壹岐正,曾被长期羁押在西伯利亚,回来后很长时间没能回归社会。他曾经是陆军中佐,大本营的作战参谋。"

里井津津乐道地历数了壹岐在军队的经历,他虽然希望引起大川的注意,但大川对这些毫无兴趣,而是说:"从西伯利亚回来的?我当农林大臣的时候,正好日苏恢复谈判,我没少花费功夫和赫鲁晓夫、米高扬交涉,要求他们立刻让关押在西伯利亚的日本人回国。"

壹岐向大川行注目礼,并向他道谢:"鄙人知道。我还听说哈巴罗夫斯克事件时,日本红十字会也倾力相助。我衷心地向您表示感谢。"

里井在一旁说:"大川先生,有关新一代战机的问题,我听说原田考察团回国之后,政治家中仍有很强的势力主张购买格兰特公司的F-11。各位国防会议成员的内阁大臣们的真实想法是什么?"

谈话进入了主题。总务会长虽然不是国防会议成员,但是,国防会议上的议题以及防卫厅、大藏省、通产省等相关部门提交的资料都要报告到以干事长、政调会长和总务会长组成的党三巨头会上。而且,通过从本派系当选的通产大臣,大川也可以获得有关购买新一代战机的详细情报。

大川似乎对这件事情没多大劲头,他跷起二郎腿说:"原田考察团是回来了,可也没什么新的报告出来。我的想法没变,虽然想助你们一臂之力,推销拉克希德的F-104,可是,客观情况不乐观啊!"

里井保持着谦恭的姿势,向前倾斜着身体说:"大川先生,您说中要害了。原田考察团回国以后,直接去了三泽基地,在那里完成了关于四种机型试飞的报告书。但是,这个报告书被防卫厅内部部局压下来了。"

"被内部部局压下来了?这么说,有不利于格兰特的试飞分析数据?"

里井极有说服力地说:"您明察秋毫。空幕的自卫队官员一开始就认为四个机型中拉克希德的F-104最适合作新一代战机,原田考察团在实地进行考察后果然得出了相同的结论。"

大川马上问:"你们搞到那份报告了?"

"没有。就像我刚才说的,这份报告被压了下来,被一再掩盖,我们并没有亲眼看见。不过,考察团在爱德华基地考察试飞的时候,我们派这位壹岐君去美国,他亲口向飞行员询问了试飞的感想。飞行员都感叹说拉克希德战斗机的性能是出类拔萃的。而且,我们国家需要的战斗机不是能打仗的,而是在万一受到侵略时能随时在空中迎击的战斗机。所以,最重要的是速度和上升力。原田考察团成员之一的川又防卫部长也说,搭载两枚导弹的飞行速度,格兰特F-11是1.9马赫,而拉克希德F-104是2.3马赫。川又空将补他们在爱德华基地的时候,碰巧西德空军参谋长一行也去那里进行试飞。他们让两个飞行员分别驾驶F-11和F-104同时起飞,进行比较。结果,参谋长大叹拉克希德F-104是惊人的战斗机。"里井着重强调了拉克希德F-104的优势。

大川一直不作声地听着。里井说完后,他用关节粗大的手敲打着沙发扶手,说:"好!要想让拉克希德卷土重来,最简单的办法就是让防卫厅内部部局压下来的报告书曝光,用它动摇首相派。"

"您说得很对。问题是如何才能让报告书曝光?"

"什么问题不问题的,在国会上传唤防卫厅长官山城和内部部局的人,让他们交出报告书就是了。"

里井听言进一步煽动道:"原来如此。那我再跟您透露一个消息,拉克希德F-104系列经过实战考验,一再改良,被称为迄今为止有人驾驶战斗机的最后杰作。而F-11是格兰特第一次尝试制造的超音速喷气式战斗机,目前只有两架试验机。也就是说,它还只不过是一种虚幻的战斗机。"

大川看着壹岐确认道:"格兰特的确只有两架试验机吗?"

壹岐回答:"在爱德华空军基地美国空军军官也是这么说的。的确如此。"

大川用嘶哑的声音说:"好,这下我明白了!"他马上拿起电话:"叫中田章次君接电话。"

中田章次是众议院决算委员会委员长,是大川一郎派系的议员。

电话铃声响了。大川拿起话筒,瞪着眼睛看着天花板说:"我是大川。下次决算委员会什么时候开?什么,那么晚?刺激一下在野党,想办法让会早点开。……不是,是在FX问题上我掌握了切断首相、干事长的竞选资金渠道的材料。嗯,嗯。在原田考察团去美国之前召开的国防会议上,首相主张购买格兰特的F-11,而且这件事基本上已经内定了,对不对?可是,目前F-11还从来没有在哪国的上空上飞行过,根本就是个幽灵。对,但那是两架试验机,原田考察团就是用它们试飞的。总之,F-11从来没有实际飞行过。首相和干事长坚持要购买的就是这种幽灵战斗机。对,他们是要在真相大白之前把事情搞定。"

大川滔滔不绝、很有把握地说了一番,边点头边听了一会儿,提高声调说:"你说得对!首相不是用自己的钱,也不是用防卫厅的钱,而是要用国税去买这种幽灵战斗机!那可是老百姓缴纳的血汗钱。只要向在野党透露一点儿风声,他们就会强烈要求提前召开会议。嗯,后天我们在大川会见。在这之前,你要尽量查清'格兰特—他们的代理商东京商事—五菱重工—首相派'这条资金链的来龙去脉。"说完,咔的一声把电话挂了。

里井的眼角渗出一丝得意的笑意。壹岐把目光从大川身上移开,心中涌起一股莫名的凄凉。

秋津千里在空荡荡的展厅里独自观赏着自己和其他参展人员的作品。在为期一周的展览中,她虽然已经这样看过无数次展品,但每看一次都有新的收获。开始觉得很好的作品再看时觉得太过夸张,而在那些不起眼的作品上又能慢慢品出味道来。

陶艺与时下流行的抽象派绘画、雕刻不同,没有耀眼的光环,相关组织也刚成立不久,再加上是新人展,因此来看展览的顶多是一些参展人员的亲朋好友和同行。展厅里终日空空荡荡。

千里的长发束在脑后,身穿玫瑰红和黑色相间的格子套裙,一个一个地仔细观赏作品。她的高跟鞋踩在地板上发出咔咔的响声,在空无一人的展厅里回响。她在一个益子陶[①]盘前停下脚步。这是一

[①] 栃木县芳贺郡益子町周边出产的陶器。

件百看不厌的作品,充满大气和力量感。作品的主人也是一位女性。她和千里是本次十名获奖人员中仅有的两名女性,也是新人奖有史以来首次获奖的女性。

展厅里进来一群美术学校的学生。千里离开展台,走到面向公园的玻璃窗旁边。公园里的树木树叶已经开始发黄,空旷无人,只有远处晃动的旅游团的人影。千里呆呆地望着窗外的秋日,心想壹岐正他会来吗?虽然她知道平日壹岐要上班,本以为周六或周日他会来,就一直等他,但,他最终没有出现在展厅里。千里安慰自己,也许他来的时候自己正好不在。可是这种安慰却填不满她的心。

千里看了一下表,已经过了十二点半了。她拿起手提包,准备离开。就在正要往出口走的时候,她瞪大了眼睛,壹岐正站在她的作品前观赏。千里顿时觉得两颊发烫。她走到壹岐身边,深深地鞠了一躬,说:"好久不见!谢谢您专程来看展览。"

壹岐露出亲切的笑容,说:"祝贺你!收到请柬后本来打算早点来的,结果到了最后一天才来。"他又把目光投向千里的作品。那只陶壶虽然造型平凡,但色泽高雅,让人联想到梅雨季节的京都苔寺布满绿色苔藓的院落。

壹岐说:"这个颜色就像梅雨季节雨过天晴之后的苔寺的院落。"

"您能这么说,我真是太高兴了。创作这个作品的时候,我的老师叶赖山先生告诉我,青色是最难掌握的颜色,在中国把青瓷中的杰作叫作'天青'。也就是说能烧出像清澈的天空一样的颜色是最高境界。我知道自己根本做不到这一点。但是,我期望着能把自己喜爱的苔寺的苔藓的颜色表现出来。"

千里用热情的目光注视着读懂了自己的壹岐。壹岐也看着千里说:"你第一次参展就获了奖,真不简单。我听说要掌握陶艺技术需要长期的修炼,而且很难。像千里你这么年轻就获奖的恐怕没有几个吧?"

这次展览虽然名为新人展,但实际上参展的都是一些有十年以上经验的三四十岁的陶艺家,二十多岁就获奖的人,无论男女都是凤毛麟角。因此,京都陶艺界的同行、评审委员们以及美术记者都对千里的才能大加赞赏。但是,最让千里感到高兴和鼓舞的,除了老师以外就是壹岐的夸奖。

千里说:"我是幸运的。叶先生开始不肯收我这个女徒弟,是我自己硬闯到他门下的。现在,我终于觉得可以对得起老师了。不过,我这还只是刚刚开始。"她的这番话也像是说给自己听的。

壹岐点点头,说:"不光是你的老师,为你成了女泥瓦匠而叹息的你的叔父也一定很高兴。"

听到壹岐提起自己的叔父,千里酷似父亲的脸上露出调皮的笑容,说:"可是,我叔叔一听到我获奖的事,很生气地闯到叶先生的工作室,说老师不守信。"

"哦?为什么?"

"当初,我叔叔虽然勉强同意我去叶先生门下,但他私底下找到叶先生,跟叶先生说不要让我参加任何评选活动。他说,这样我就会慢慢放弃陶艺这个梦想。"千里面红耳赤地给壹岐讲了叔父责难叶先生的经过。

壹岐听后苦笑了一下,说:"原来是这样。我也有个女儿,现在正拼命学习,准备考大学。我倒是希望她只上个短期大学,早点儿有个好的婚姻。所以,我能理解你叔叔的心情。我本来应该请你吃顿饭,祝贺你。不过,今天我还有事儿,就告辞了。"

千里说:"我也正准备走呢。"

千里和壹岐一起走出美术馆。壹岐仰望着晴朗的天空,问:"在比睿山修行的你哥哥还好吗?"

千里和壹岐并排边走边说:"挺好的。他现在正在修十二年的闭山修行,连我父亲第十三个忌日的法事都没有下山。前段时间我给他写信,告诉他我获奖的消息,还告诉您已经把父亲的遗稿转交给了防卫厅战史室。知道这个消息后,我哥哥一定特别高兴,竟然写信给我,让我向您转达谢意。我哥哥一向非常克己,从来不写信的。"

"是吗?太好了!"

壹岐不再说话了。千里看着他,觉得从上次把父亲的手稿交给他到现在,虽然只有短短的一段时间,但他变了。

"壹岐先生,您变了。"

"变了?什么地方?"

"西装笔挺,变得像个商社人了。"

"商社人"这个词让壹岐突然停住了脚步,脸上露出复杂的表情。千里看在眼里,担心他并不喜欢商社这份工作。

千里小心翼翼地问:"您在公司有什么不愉快吗?"

"哎!你们两个!"一个身穿破烂夹克,酒气熏天的男人突然大叫着冲他们晃晃悠悠地走过来。千里本能地把身体靠近壹岐。醉汉吐着酒气说:"这一对儿,你们要去哪儿啊?告诉我!"

千里把脸扭到一边。醉汉口吐污言秽语:"哼,装得挺高贵。还不是要到哪儿去快活一番!"

"不许无礼!"壹岐护着千里继续往前走,醉汉在后面含混不清地冲他们喊:"什么叫无礼?你以为我就愿意大白天喝得烂醉吗?要是没有这场战争,我也是个大商铺的老板。一张纸让我当了兵,回家以后,发现房子被烧了,老婆也被烧死了,我该怎么办?以前是战犯的家伙现在当上了首相,这是什么世道!"

壹岐默默无语地往前走。千里气愤地说:"战争结束都十四年了,还把一切都推到战争身上。壹岐先生也在西伯利亚被关了十一年,我父亲以那种方式担负了军人的责任,我哥哥也经过思考出家为僧,坚持苦修行。这个人怎么这样？！"

壹岐心情沉重地说:"没办法,战争的责任在于战败者。"

"那,壹岐先生是不是也因为以前是军人,在公司里受排挤呢？"

"所幸我还没有。"壹岐想到正是因为自己曾经的经历才被公司重用,缄默不语。

走出上野公园,壹岐恢复了惯有的平静,说:"以后再来东京的时候一定跟我联系。对了,你送我的烟灰缸,我一直在很小心地用。"

千里瞪大眼睛,兴奋地说:"您能喜欢,我很高兴！"

十一月的一天,壹岐开完航空事业部的会,回到家已经晚上八点多了。

他在自己的房间里换上宽袖棉袍,往衣架上挂西装的时候,耳边突然想起千里说他西装笔挺的话。这时传来门铃声,好像有人来了。不一会儿,佳子满脸疑惑地进来,递过来一张名片,小声说:"《每朝新闻》政治部的记者来了。你认识？"

名片上写着"每朝新闻政治部记者 田原秀雄"。壹岐从来没见过这个人,不知道他为什么这么晚来家里。

"他说有什么事了没有？"

"说有些事情想问你。我告诉他,你感冒,已经休息了。你要不要见他？"

丈夫调到东京分社的航空事业部,从事的又是跟防卫厅有关的工作,因此佳子变得小心翼翼。虽然壹岐一时也难以判断,但觉得既然人家已经到家里来了,也不好断然拒绝,就说:"还是见见吧,你把他让到客厅。"

壹岐套上外套,来到客厅。客厅里空空荡荡,只有一套原来住户留下的沙发和茶几。一个三十五六岁的高大记者双手插在上衣口袋里,站在客厅中间。看见壹岐进来,寒暄道:"对不起,这么晚突然来打扰您。"

从他的一双三白眼里壹岐看出这是一个不好对付的人。

"我是壹岐。您有什么急事吗?"

"倒不是什么急事,只是对你很感兴趣。如果你今天特别不舒服,那我改天再来。"嘴上虽然这么说,但记者显然没有关心壹岐身体的意思,反而用一双三白眼死死盯着他。

壹岐不动声色地说:"没什么大碍。请坐吧。"

两人坐定,佳子端来红茶。田原记者说:"我是驻防卫厅记者俱乐部的记者,目前正在就有关选定新一代战机的问题进行采访。壹岐先生,你是什么时候到近畿商事航空事业部的?"

"今天七月一号,时间还很短。"

"七月一号正式下的调令。其实你在这之前就已经进入公司,开始从事这方面的工作了。"

壹岐明确地否定道:"不,七月一号之前我在纤维部工作。"

田原记者夸张地歪着头说:"这就奇怪了,如果像你说的那样,七月份以前在纤维部工作,为什么六月份会在加利福尼亚州的爱德华基地和原田考察团相遇?"

"那是我随大门社长去美国出差,去参观我们公司代理的拉克希德公司的工厂。当时,碰巧日本空幕的考察团正在附近的爱德华基地进行试飞,就去看了一下。这和新一代战机有什么关系吗?"

"不知道,我觉得也许多少有点儿,才想问问你的。"田原露出诡秘的笑容,说,"防卫厅记者俱乐部的记者可以看到很多怪异的文件。最近我看到的怪异文件上频繁出现近畿商事壹岐正这个名字。恕我不敬,因为你既不是分管这方面的常务,也不是航空事业部部长,只是一介小小的合同制职员,所以,我就对你产生了兴趣。对不起,我调查了你的过去,发现你的经历同样让人特别感兴趣。看起来,文件中提到的旧军人团伙的阴谋之说并不是空穴来风。你和空幕的川又防卫部长在陆军士官学校和陆军大学都是同期学员,我没说错吧?"

"是的。你说的旧军人团伙的阴谋是怎么回事?"

田原没有回答壹岐的问题,而是继续说:"你曾经和原田空幕长一起在大本营参与过对美作战计划的制订。"

"虽然是一起,但原田空幕长是海军,而且资格比我老得多。"

"这我知道。不过,你们两个可是被称作海军有原田、陆军有壹岐的关系。你从西伯利亚回来以后没有进防卫厅,难道不是为了在商社发挥你的作用,使拉克希德的战斗机成为日本的新一代战机吗?"田原显然是在套壹岐的话。

一向沉稳的壹岐再也按捺不住,生气地说:"真是妄加猜测!太过分了!当初我进近畿商事的时候,根本不知道公司是拉克希德的代理商。首先,如果像你推测的那样,那我一开始就应该被分到航空事业部。其次,有关新一代战机的问题,早在一年半以前就已经成为一个悬案。"

"这不正是你们当参谋的专长吗?深谋远虑。在这一年半多的时间里,防卫厅为了选定机型三次派考察团去美国考察。美国各公司纷纷兜售自己的产品,最后选定了四个候选机型。原田考察团最后一次去美国,经过试飞,又从四个当中挑选出两个——格兰特和拉克希德。到了这个阶段,为了最后取胜,一直隐藏在背后的你才终于露面,调到了航空事业部。而且,你在大阪的时候,你和川又防卫部长的联系人不是你们公司的里井常务,而是和你一起从西伯利亚回来的神森二佐。他那时候不是经常到你家里去吗?"田原记者自以为击中要害，一双三白眼里露出得意之色。

从西伯利亚回来后，神森进了防卫厅战史室，的确来过壹岐家两次。一次是来劝说壹岐去防卫厅工作，一次是来相亲。但壹岐觉得没必要把这些告诉第一次见面的记者。没想到，记者竟然打听到神森去过他家。他觉得不可思议，也觉得不寒而栗。

"神森二佐是我的好朋友，他到我家完全出于私人原因。到底是什么人如此调查我个人的生活？"

田原半开玩笑半认真地说："那还不是因为如果旧军队的高级参谋们秘密联手，发挥超越旧军部的力量的话，就算自卫队有文民统治的原则，对防卫厅内部部局的官员们来说也是极大的威胁。所以，被称为'贝冢天皇'的贝冢官房长为了除掉陆、海、空幕中碍眼的旧军高级军官，不遗余力，充分发挥了他作为原内务官员的手腕。你当时在大阪的家，恐怕也经常有公安调查厅的人和警察便衣在附近为你'巡逻'。"

壹岐面带不屑一听的表情，不动声色地笑着打探道："这么说，新一代战机已经基本内定为格兰特了？"

田原记者没有理会这个问题，而是问："我听说川又先生不久要从空幕的防卫部长职务上调任西部航空方面队司令官，你知道吗？"

壹岐不由得反问道："什么？川又要去西空？"

田原看出壹岐对此事一无所知，很失望。他说："我对国防会议不感兴趣，倒很想知道有关川又先生调动的事儿。有什么消息请你告诉我。时间不早了，告辞了。"

壹岐把田原记者送到门口，终于明白他今天是为川又来的。川又一直被认为是下届空幕长的不二人选。如果田原记者说的没错，川又将被调任西部航空方面队的话，那就意味着新一代战机已经内定为格兰特，贝冢官房长亲手把格兰特派的人安插进了空幕。

小出宏简直不敢相信自己的耳朵。壹岐让他去防卫厅打探一下人事变动,川又空将补是否将被左迁。壹岐说:"昨天晚上我已经给川又家里打过电话,他出差去了。他夫人说,因为他从来不说去哪儿出差,所以,不知道他现在在哪儿。"

小出点点头。他曾经是空幕调查课的一员,对川又豪放磊落的性格也有所了解。令他惊奇的是,虽然壹岐从来没有去过防卫厅,也没有看到他有什么动作,但是,他却能在第一时间得到空幕人事变动的消息,并且把这次人事变动和新一代战机的选定联系起来,立即行动。小出非常佩服他的敏锐。

"尽快跟我联系。"

"明白,我马上就去!"

小出看了一下墙上的表,九点半。

位于柏町的防卫厅原来是引发"二·二六"事件[①]的旧陆军步兵第一连队的营房。空旷的大院里有座白色的六层大楼,颜色已经发黑。里面依次是后勤部、空幕、海幕、陆幕的办公区域。它的后侧面是防卫厅内部部局的办公楼,里面包括防卫厅长官、次官以及防卫局、装备局、人事教育局等所谓文职人员的办公区域。

小出走过两年前曾经工作过的白色大楼,心里有些犹豫。如今,作为近畿商事负责防卫厅的专员,虽然他可以轻松地和身穿制服的原同僚们交谈,但是,他现在要去的是内部部局,要见的是防卫局的计划官栎桥。

计划官负责撰写每五年一次的防卫力整备计划,并不直接参与

[①] 发生在昭和十一年(1936年)2月26日到2月29日。是由日本陆军皇道派的青年军官发动的一场兵变。

新一代战机的选定工作,只是在选定后做预算并和大藏省取得联系。小出约见栎桥,对方不会有太大的顾虑。而且,小出任空幕调查课班长的时候,栎桥是内部部局防卫局的调查课长,两个人有过工作上的往来。因此,要想打探有关川又人事变动的消息,栎桥比较好说话。但是,现在围绕着新一代战机的选定问题,流言蜚语不断。出于谨慎,小出没有直接去内部部局,而是走进咖啡厅,打算用公用电话先给栎桥打个电话。他正要投币,突然听见有人叫他。回头一看,是他以前的部下。这个人现在是装备课的班长。

小出客气地打招呼:"好久不见!你还是那么有精神。"

"小出先生不是也很好吗!摇身一变当上了商社人,真让人羡慕啊!"

班长掏出烟来,叼到嘴上。小出马上从口袋里掏出打火机,一边给他点火一边小声说:"有时间我们一起去喝酒。"说完就往外走。

小出走出小卖部,看见一辆黑色豪华轿车驶进大院。门卫和周围身穿制服的人都举手敬礼。小出往车里看了一眼,坐在里面的正是贝冢官房长。他把身体埋在车座里,对举手敬礼的人视而不见。才五十三岁就已经谢顶,镜片下的一双眼睛闪着警察特有的猜疑和冷酷的光。他自恃是警察预备队以来的元老级防卫官员,加上与生俱来的权力欲,容不得有人反对他。有谁对他提出异议,马上就会被贬到地方部队。他把心腹安插在自己身边,垄断了防卫厅。

虽然有正义感的人反感他,憎恶他,给他冠以"冰箱""毒蛇"的称号,但他仍能凌驾于防卫厅副店长,有时甚至是防卫厅长官之上,是因为他把防卫厅和首相派的利益绑在了一起。

小出憎恶地看着贝冢的轿车驶向内部部局大楼。他走出防卫厅大门,走进六本木十字路口附近的一家咖啡店,用店里的公用电话给栎桥打电话。

小出很自然地约栎桥出来喝咖啡："我刚才想在咖啡厅给你打电话,结果碰上了装备课的班长。我在老地方,如果你现在有空儿,就出来喝杯咖啡吧。这儿的咖啡很香!"

酷爱咖啡的栎桥说:"我正想去喝杯咖啡,提提神呢!我把手头这点儿事儿处理完就去。"

和在白色大楼里办公的人不同,不穿制服的文职人员在工作时间经常找借口外出。

十分钟后,身穿灰色西装,打着素色领带的栎桥推门进来。他要了一杯咖啡,说:"你不是叫我出来喝咖啡的吧?"

小出露出苦笑,说:"我有点儿事情想问问。拜托了!"

"你这没头没脑的,说的是什么?"栎桥眨着睡眼惺忪的眼睛,装糊涂。

小出看了看周围,确定没有别人以后才问:"川又要被调到西部航空方面的事儿是真的吗?"

"不知道。不过,他那么跟贝冢天皇对着干,也难说。"虽然栎桥嘴上说不知道,但他的表情告诉小出这是真的。

"这么说,明年一月的定期人事变动会给川又提一级,升为空将。然后左迁,让他离开中央。明升暗降。"

"是左迁还是右迁我不知道。反正,拉克希德派的川又离开空幕是时间问题。我们课的人都这么看。"

"那原田推荐拉克希德的报告书就空中分解了?"

"不知道。"

"我听说川又出差不在,你知道他去哪儿了吗?"

"北空。"

北空指驻扎在三泽的北部航空方面队。栎桥不紧不慢地品尝着咖啡。

"有关新一代战机的下次厅议会什么时候开？"

栎桥默不作答。看样子厅议会上用的文件已经整理出来了。

小出凑过去说："栎桥，看在我们过去的情谊上，你让我看看那些文件。"

栎桥拿起桌上的账单，说："真是不巧，我既不需要钱盖房子，老婆也不嫌我的工资低。好了，我走了。"

"请你喝杯咖啡总没什么吧！"

"现在是人人自危啊！"

栎桥走后，小出也出了咖啡店。他没有马上回公司，而是在六本木十字路口前面左拐，在一座七层公寓前观察了一下周围，然后消失在里面。他坐电梯上了七楼。虽然楼道里像往常一样，见不到人影，但是，小出仍低着头，避免和人碰面。他走到最里面的一个房门前，打开门锁。

这是一套三室一厅的公寓，地上铺着地毯。虽然房间里没有一点儿生活气息，除了一张办公桌和一套沙发、茶几以外，没有别的家具，但是，房间里有一台高级复印机，还有一个吧台，玻璃架上摆满了高级洋酒。阳台正对着防卫厅，透过宽大的玻璃窗，防卫厅大院尽收眼底。这里是近畿商事根据里井常务的指示设的一个办公点，用于针对防卫厅的工作。他们在这里收集重要情报，整理文件，在二三十分钟内复印机密文件。

小出拿起办公桌上的电话，拨通三泽北方航空方面队司令部副官室的电话。副官知道司令官的日程安排，并且，经常接听国会议员的电话，负责和外部联络。

小出以国会议员秘书的口吻说："喂，请找一下川又空幕防卫部长。噢，你只要告诉他东京的五木找他就行了。"

"防卫部长正在视察飞行训练。"

"那请你转告他,视察完之后尽快给五木回电话。"

五木是壹岐的代号。让川又给壹岐打电话,远比壹岐给川又打电话安全。小出躺在长沙发上,回想在这套公寓里曾经发生在自己身上的事。空幕调查课虽然表面上与防卫没有多大关系,但实际上工作范围很广,涉及收集国外情报以及国内的反间谍调查。在调查课当班长期间,就是在这间屋子里,小出把利用职务之便从防卫局、装备局了解到的防卫计划的部分内容透露给近畿商事。喜欢喝酒的他在这里喝酒取乐,看黄片。也是在这个沙发上,他还和应召女郎翻云覆雨。他因此越陷越深,终于因涉嫌泄露机密受到调查,导致他辞职。

进入近畿商事时,收留他的里井常务跟他说的第一句话是:"你虽然不在防卫厅干了,但你还要靠防卫厅吃饭。从今天开始,看到你以前的同事包括部下要抽烟的时候,你必须马上给他们点火。如果做不到这一点,你就当不了这个防卫厅专员。"小出照办了。他不光给以前的同事、部下点烟,还把他们带到这里,像调酒师一样为他们服务,甚至给他们找应召女郎。这一切都是出于焦虑,担心拿不到有用的情报被公司抛弃。相反,那个叫壹岐正的人,虽只是个合同制职员,却看不出他有任何危机感。不知道公司答应过他什么。他是怎么看我的,小出想。他从来不出头露面,总是躲在办公室里安静地思考。虽然壹岐表面平静温和,但心里很可能瞧不起他。

小出起身拿起电话:"喂,我是小出。川又空将补在三泽北部航空方面队。我已经联系了,过一会儿他会给您打电话。对,他在那儿视察。现在可能在机场。您还有其他事情吗?"

"没有了。"

"那我就再在这儿待一会儿。我以前的部下要告诉我有关CX[①]

---

① 新型运输机。

的消息,我在这儿等他。"

壹岐不动声色地放下电话,好像没有听到任何消息。不远处,一个年轻职员正在和民营航空公司通话:"明白!要一个油压器。你说什么?对,这样很危险。好,我马上安排,在二十四小时之内把零件送到羽田机场。"

年轻人放下电话跑到电传室,回来后对着打字机一顿猛敲,赶写通关材料。航空公司在羽田机场有备用零件仓库。有意想不到的零件发生故障,影响到飞行时,他们会马上和代理商联系,定购AOCP①。商社接到订单后立即用电传通知海外分店,从厂家买到零件,空运到日本,并通过海关检查后交给航空公司。这一切必须在二十四小时内完成。

壹岐办公桌上的直通电话响了。壹岐是合同制职员,他的直通电话号码极少人知道。壹岐拿起话筒,里面传来川又的声音:"什么事?找到我出差的地方。"

"急事!是关于你的人事问题,有消息说要把你调到西部。"

"哪儿来的消息?"

"《每朝新闻》的记者说的。"

"这是内部部局的家伙们常用的手段,利用报社记者放出风声,打'媒体调令'的牌。不去理睬他们!他们动不了我,动了我会有什么结果,他们最清楚。"川又不屑地说,接着又问,"那件事怎么还没有动静?要抓紧!"

"那件事"是指在众议院决算委员会上传唤山城防卫厅长官和防卫厅内部部局贝冢官房长,促使他们公布原田调查团的报告。

---

① 紧急零件。

"里井常务现在正在大川一郎先生那里商量这件事情,有消息后我通知你。"

"明白!"川又干脆利落地挂了电话。

大川一郎提出的决算委员会至今没有任何召开的迹象,壹岐怀着焦急的心情等待里井常务回来。

里井常务一回到公司,马上把壹岐叫到办公室。壹岐像往常一样腰板笔挺地走进里井办公室。他在里井办公桌前坐下,问:"大川先生那里怎么样?"

"没有上次那么有劲头。"

"这么说,大川派议员中田章次担任委员长的众议员决算委员会还没有召开的迹象?"

"对。大川先生说这个问题涉及《日美安全保障条约》,和在野党的交涉不顺利。他的态度变得很含糊,很奇怪。"里井摘掉眼镜,面带倦色地说道。

"的确很奇怪。大川先生上次自己也说,只要是有关 FX 的问题,在野党一定会抓住不放。可是,他现在对在国会上追究这个问题突然变得这么消极,您觉得是出于什么原因?"

"有两个可能。一是大川为了多得好处,故意调我们和拉克希德的胃口。这可是一笔一千亿的大买卖。另外一个就是有可能出现了新情况,让他放弃了努力。只要能掌握决算委员会委员长中田章次的动向,就能判断出是哪种可能。我已经给议员会馆打过电话,试探过。说听说中田先生正在调查有关格兰特的资金链的问题,我们公司有没有能够帮上忙的地方。对方以忙为借口,不肯见我。"

中田章次闻名政界内外,不是因为其热衷于政治活动,而是因为他对利益有着动物般灵敏的嗅觉。他一方面以正义的化身出现在国会上，言辞激烈地追究不正当行为，一方面狡猾地在背后和被追究者做交易，获取巨大利益。"

壹岐沉默片刻后说："中田章次变得这么消极，恐怕不是为了调我们的胃口，是因为出现了新情况，使得大川派束手无策。"

"你也这么认为？或许大川从格兰特那里也得到了好处，被首相派抓住了把柄。一旦作为总务会长被国会传唤，他必陷入绝境。"

"看来，围绕着FX已经形成了一个庞大的网。昨天晚上，一个叫田原的记者突然找到我家，说有消息称川又防卫部长将被调任西部航空方面队司令官，向我证实这件事的真伪。川又现在正在三泽基地出差，我秘密和他取得了联系，向他证实这件事。可他不当回事，说是内部部局在捣乱。如果他调动的事是真的……"壹岐没有说下去，显得忧心忡忡。

"空幕内部已经出现排挤拉克希德派的迹象了？"里井毅然决然地说，"既然这样，我就在调令发布之前，再去见一次大川先生。带着大川先生提出的条件飞到洛杉矶，直接找拉克希德的布朗总裁谈。"

"到了这个阶段，再去把希望寄托在大川先生身上，继续做大川派的工作，是不是有点儿太乐观了？既然您特意去和拉克希德总裁谈判，不如这之前在现在首相派上下点儿功夫。"壹岐虽然语气平静，但充满坚定。

里井没有马上回答。过了一会儿，他说："壹岐君，搞定政治家没你说的那么简单。五菱商事、五井物业他们明治时代开始就和政界的主流有来往，我们公司没有这方面的资源。现在去找人家，顶多是让人家几句话打发掉，还赔上一笔钱。而且，我们一直就大川先生这一条线，如果让他知道我们和首相派有联系，跟我们翻脸，那问题就大了。这个判断实在难啊！"

"现实,除了打开现在的局面,我们别无选择。我和首相的心腹、国防会议成员久松经济企划厅长官多少认识一些。要不我去试试?"

里井不解地问:"你和久松?你们是什么关系?"

"战败当时,久松是内阁书记官长。由于这个关系,我们认识的。我试试看吧!"壹岐不多做解释,有几分把握地说。

至今为止,壹岐从不抛头露面,现在又不肯多说一句。他到底在想什么?想干什么?里井不由得心中生畏。

今天早晨下了今年的第一场霜。时隔十五年,壹岐再次到世田谷野泽,登门拜访久松经济企划厅长官。

久松宅的大门颇有武士气派,极符合长州人的性格。壹岐站在门前,看着挂在门柱上、写着"久松清藏"四个字的木牌,百感交集。经过风吹日晒,虽然木牌上的字已经有些模糊,但仍是战败时任内阁首相大臣的铃木贯一郎亲笔挥毫,为内阁书记官长久松写下的四个字,还是那个壹岐熟悉的木牌。

壹岐按响门铃。一个寄宿生模样的人出来,壹岐向他说明来意。

"您是壹岐先生。先生吩咐正房要接待山口县选区来的上访者和报社记者,请这边来。"寄宿生低声说道。他打开前院的一扇栅栏,把壹岐带到茶室。

茶室的炉子上坐着铁壶,呼呼地冒着热气,壁龛上挂着写有"一日一生"的挂轴。寄宿生请壹岐在主客席上就座,说了声"请稍等片刻"就退下去了。

壹岐端坐在主客席上。十几年过去了,如今久松高居内阁成员,虽然日理万机,却很爽快地愿意为壹岐挤出时间。壹岐十分感激他这份仍未改变的情谊。

壹岐和久松彼此成为知遇的时候,久松还没有当上政治家,任大藏省主计局局长。当时正值战局对日本不利,以近卫文磨为首的和平派主张尽早结束战争,秘密进行推翻东条内阁的倒阁活动。大本营内部也还是出现主战派和和平派微妙的对立。当时,虽然壹岐还只是一个年仅三十多岁的参谋,但是,看到同盟国德国的退败,结合开战不到两年日本的国力即走向衰退的状况,他也认为应该在蒙受毁灭性的打击,被迫无条件投降之前,尽早结束战争。由于当时所处的环境和地位,壹岐没有把这个想法告诉别人。昭和十九年(1944年)元旦,他随上司前往和平派重臣的私邸送贺年片,在那里遇到了重臣的女婿、大藏省主计局局长久松。久松比壹岐大八岁。一个是年轻有为、掌管国家预算的官员,一个是在参谋本部参与制订大东亚战争作战计划的参谋,久松和壹岐两人意外地极其投缘,不知不觉中两人开始私底下讨论尽早结束战争的问题。昭和二十年(1945年)四月,久松就任可谓是终战内阁的铃木内阁书记官长。结束战争比开战要艰难得多,久松需要借助大本营壹岐他们的力量。在天皇决定结束战争的前一个月,两人没有一天不见面。

身穿开衫毛衣的久松清藏走进茶室,在壹岐对面坐下。久松虽已经两鬓斑白,但清秀的眼睛、高高的鼻梁,一张端正的脸庞还像从前一样。

"久违了!"

壹岐端正坐姿,深深地行了一礼。一股热流涌上心头。久松也是感慨万千,他清秀的眼睛里溢满旧时的情谊,发自内心地为壹岐感到高兴:"你在西伯利亚受苦了。当时,我被剥夺公职,没能在促使在押人员回国的问题上尽力。你能活着回来,真是太好了!"

中年女佣端着一个铁锅进来,放在炉子上。久松看着铁锅说:"一大早突然来了两拨客人,我还没吃早饭呢。我就不客气了,在这边吃边谈。我现在还是每天早晨喝粥。怎么样,来一碗?十几年没一起喝粥了。"

"这可真让人怀念啊！就让我陪你一起喝吧。"

从前，为了避开宪兵，壹岐老是趁久松家门前没有宪兵的大早晨跑到他家，两人一边喝着热乎乎的粥，一边商讨和平策略。

女佣在壹岐和主人面前各摆上一个黑色的托盘，在碗里盛好粥，轻轻地退下。

久松喝着粥，似乎是不经意地提到壹岐想聊的话题："壹岐君，FX已经决定了。"

壹岐不由得停住筷子，问："你的意思是拉克希德没有一点儿希望了？"

"怕是没有。格兰特的资金已经流进首相那儿了。"久松不动声色地说。他给自己盛了一碗，呼呼地吹着，"壹岐君，因为美国的企业认为日本政府和拉美的政府水平相当，根本没把政府决议放在眼里，他们把国防会议看作是一场先斩后奏的仪式，所以，他们彻彻底底地包围了首相和他的心腹，乃至幕后的人。"久松不满地说。

壹岐把碗放到托盘上，直截了当地问："格兰特给了首相派多少回扣？"

久松沉默了一会儿，没有直接回答壹岐的问题："党的财政总管是三岛干事长，数额我不太清楚。不过，有一点是肯定的，明年年初要举行选举，需要大量的活动经费。"

壹岐继续追问道："自由党公认的候选人每人需要多少活动经费？"

"这次最少一千万，平均两千万。国内工商界的赞助费大约有十亿，可这远远不够。三岛干事长把相当于这个数目两位以上的资金来源押在格兰特这个筹码上。说不定已经索取了一架战斗机的回扣。"久松棱角分明的嘴角露出一丝微笑，表情很微妙。

格兰特的一架战斗机是三亿六七千万。壹岐在洛杉矶遇到川又的时候听说，三岛干事长以治疗哮喘为借口去了夏威夷。也就是说，空幕考察团的飞行员们冒着生命危险进行试飞的时候，他们已经在和格兰特公司讨价还价。这件事不单单是推测，而是事实。"

壹岐抑制住内心的愤怒，尽量保持冷静。他往前凑了凑，问："我明白了。您怎么看待这个问题？原田考察团的报告结果是在四个候选机型中，拉克希德的性能最优越。您知道吗？"

"我听说了。不过，无论这种战斗机有多先进、性能有多好，无论飞行员们如何为它感到兴奋，在即将修改《日美安全保障条约》的这个时期，采用何种刺激国民情感的战斗机，我个人觉得是不可取的。"

壹岐追问道："我不明白您为什么有这样的想法。应该优先考虑驾驶战斗机的飞行员的意见，不是吗？如果飞行员的生命安全得不到保障，如何能获得国民的理解？"

久松把托盘推到一边，说："壹岐君，你说的安全性不正是拉克希德最大的问题吗？因为现在正在使用的南美国公司的F38被挪揄成'肥皂战斗机'，经常坠落，成了在野党攻击自卫队的绝好材料，所以，这次采用的新一代战机首先要保证安全性，性能其次。第二个要考虑的是基地的条件问题。拉克希德的F-104需要较长的跑道，除了千岁和小牧的航空自卫队以外，其他地方的自卫队要想使用这种战斗机，必须延长六百米的跑道。扩建基地又是一件刺激国民感情的事情。"

壹岐反驳道："但是，原田考察团试飞的结果表明这些担忧是没有必要的。而且，说格兰特的安全性好，但目前他们仅有两架试验机。靠什么数据能说明它比拉克希德的安全呢？"

久松目光一闪："什么？只有两架试验机。我还是第一次听说。这消息确切吗？"

"当然,您可以去向山城防卫厅长官证实。"

"有关拉克希德和格兰特的问题都由山城君和国防会议的事务长说明。其他人都忙于各自的职责,没有时间进行调查。"

壹岐自然而然地把话题引到大川上:"大川一郎总务会长是什么意见?大川先生很清楚拉克希德F-104的优势,他难道没有反驳山城防卫厅长官的说明吗?"

"我明白了。大川一郎试图在决算委员会上传唤山城长官和贝冢官房长原来是有你们公司旁敲侧击。不过,那是因为没能从格兰特派那儿分得多少羹,心怀不满,并不是真心想推荐拉克希德。何况,他怎么可能引火烧身呢?"久松轻蔑地笑着说。

"是吗?松久长官,我可以给您送一份拉克希德F-104和格兰特F-11的性能对比资料。请您在百忙中抽空过过目。"此时,虽然资料就在壹岐的口袋里,但他不想显得过于强人所难,就殷勤地问道。

"今天你就把资料送到我的事务所来。不过,即使你说的都是事实,但是,资金也已经从格兰特流到首相派。怎么办?既然你们在最后阶段抱佛脚,总不会没有考虑对策吧?"曾经的知己突然摆出一副政客的面孔。

壹岐也没有退缩,问:"格兰特把钱汇到了哪里的银行?瑞士?香港?"

"日本的外汇管理法很严格,他们一定有多种不同的、复杂的渠道。"

壹岐目不转睛地看着久松,说:"能不能这样?他们通过其中之一的渠道在国内兑换日元时,让大藏省出面审查,敲山震虎,使他们无法动用其他渠道的资金。另外,有关明年一月十号的防卫厅人事变动,能否请您去游说一下贝冢官房长?当然,我们会尽早安排拉克希德公司拜见首相。"

久松一言不发，相貌端正的脸面朝壹岐，一双眼睛直视着他。茶室里陷入一阵可怕的沉默。片刻之后，久松把目光转向壁龛，用锐利的目光看着挂轴上的字，说："我明白你的意思。可是，要想说动贝冢不是件容易的事情。虽然他的口碑不好，但他毕竟是组建防卫厅的功臣。这四五年来通过购买武器，他和五菱重工、岛播重工，乃至日本经济团体联合会的防卫生产委员都有千丝万缕的联系。"

按久松的说法，只要贝冢官房长背后有经济团体联合会支持，川又的人事变动就是不可改变的。

壹岐进一步追问："但是，贝冢官房长不可能改变自己，客观地评价拉克希德的F-104。久松长官，如果国防会议在您重新考虑拉克希德之前召开，你会怎样？"

久松抱着双臂思考片刻，说："是啊，因为现在正是各方面协商明年度预算的最后阶段，也是防卫厅为购买新一代战机大幅度增加预算在主计局受到质疑的时候，所以，可以利用这个问题牵制山城防卫厅长官和贝冢官房长。与此同时，做三岛干事长和大川一郎君的工作。除此之外，没有别的办法。"

"明白！那我今天就把资料送到您的事务所。"壹岐坐着给久松深深地鞠了一躬。

从前，为了商讨结束战争的和平大计，他曾无数次来到这里。今天，来这里为拉克希德游说，虽然是为了自己的信念而来，但壹岐心中如打翻了五味瓶，很不是滋味。

"对不起，让您等这么久。"

佳子给神森端来一盘饭后的橘子，看了一眼墙上的表。已经九点多了，丈夫连个电话都没有。

神森很久没来壹岐家了。听佳子这么说，他反倒觉得过意不去。

"壹岐太太,这得怨我。事先没打招呼,来了还和孩子们一起吃了晚饭。你别这么客气。"

直子和诚吃完饭就上楼学习去了。佳子说:"您也别客气,如果住得近一点儿,到了星期天我们都想请您来吃晚饭的。"

一起从西伯利亚回来的人,以前是单身或和妻儿死别的人绝大部分都已经成家。但三年了,神森还是孑然一身,住在鹭宫互助会的公寓里。或许他仍忘不了在撤退途中惨死的妻子儿女,对别人介绍的对象一概不感兴趣,只称作六无斋轻松,没有负担。但是,他父母早逝,又没有兄弟姐妹,他的身体在西伯利亚期间遭到摧残,却没有一个温暖的家供他恢复健康。今年六月,他终于病倒,因急性肝炎住进了自卫队中央医院。

"您的身体现在怎么样?脸色还不太好。出院以后,是不是没注意休息?"

"挺好的,多亏被送进了医院。那时候,谷川他们一起从西伯利亚回来的人没少帮忙。你们也为我的事情操了不少心。"

"哪儿的话!神森先生,你还是应该早点儿成个家。上次丸长介绍的小田药店老板的妹妹,小田女士,您不喜欢?"佳子又提起了神森在她家相过亲的那个女人,"丸长说,人家就看中你了,至今还等着你呢。小田女士是从满洲回来的,吃过苦,一定能理解你,好好照顾你。"

"其实,我住院的时候,小田女士的哥哥还送来不少慰问品。都是包含真情实意的家人才送的东西,不过……"

"不过什么?我跟您说实话,我们搬家的时候,丸长来帮忙。他说,出院后一个人生活比住院更糟糕,让我们为了您自己好好儿劝劝你。搬过来以后,他还接二连三地写明信片,不停地催。"

神森说:"这家伙天生一个勤务兵的命,一个壹岐还不够,还要来管我的闲事。"

神森虽然嘴上骂丸长,但佳子了解他,知道他多半是因为不好意思。

"丸长说,哈巴罗夫斯克事件的时候,如果没有神森您冒着生命危险当团长,出面和苏联方面交涉,就没有他们回到日本的今天。所以,神森您不幸福,老天都不会答应他们。他是在心里替你着急呢!您对小田女士的什么地方不满意?"

"也没什么不满意,就是孩子……和我一起回来的那帮人里,不少人现在都有十三四岁正是反抗期的孩子。因为有十一年的空白,他们和父亲之间或多或少都有隔阂,很伤脑筋。亲生的儿女,时间长了问题总会解决。可是,别人的就不一样了。小田女士有个上初二的女儿,如果这孩子不喜欢我,那她就太可怜了。一生都不幸。"

神森为人刚直,在情感上又细腻柔软。听他这么说,佳子一时不知道该说什么好。她想到自己家的情况,儿子诚到现在都和丈夫有隔阂,让她夹在中间左右为难。

门外传来汽车的声音,佳子急忙迎出去。出去一看,不是壹岐,是邻居回来了。

佳子回到客厅。神森看了一眼表,已经九点半了。他说:"那家伙每天都有车把他送回来?"

"也不是每天,最近回来得比较晚。不光回来得晚,今天早晨六点多就出去了。他在公司到底做什么工作?"佳子对丈夫最近的变化有些担心。

"壹岐太太,你真的不知道他在公司干什么?"

佳子吞吞吐吐地说:"他说他暂时担任有关防卫厅这块儿的工作,不过只是应用一些军事知识,让我不要担心。可是,以前他从来不谈工作上的事情……"

"我今天晚上来就是因为他工作上的事,想来找他谈谈。"

"这么说……"佳子心头涌起一阵莫名的不安。

高级料理店"锦"位于筑地,周外用黑色的高墙围起。除了偶尔有一辆外国高级轿车出入,大门外静悄悄的,就像融化在夜幕中。但是,只要走进大门,绕过一排黄杨,里面就是另一个世界。脂粉的香气伴随着三弦和娇声一直飘到精致的店门口。

东京商事航空事业部部长鲛岛辰三在走廊的电话间里接了一个部下打来的电话,正要返回招待防卫厅贝冢官房长的席间,突然停住了脚步。刚才的电话是从公司打来的。洛杉矶分店发来电报称"近畿商事里井常务在洛杉矶,似有秘密行动。须注意",正好鲛岛在招待贝冢,就马上把这个消息告诉了他。听完汇报后,鲛岛当即向部下发出指示,并觉得应该立刻把这个消息透露给贝冢。可是,无论关系多深,鲛岛都不能完全信任一个官员。现在他觉得应该试探一下贝冢。他扭过四四方方的黑脸膛,看着正在宴请贝冢的包间。

国家制订第一次防卫力整备计划的时候,鲛岛年仅三十八岁。面对竞争对手——五菱商事、五井物产、丸藤商事、近畿商事各大商社的航空事业部部长,他把精明强干发挥得淋漓尽致,让在商社中综合实力居五六位的东京商事航空事业部成为飞机销售业的龙头老大。同行们称他姓里的"鲛"不是"海中怪兽",而是"空中怪兽"。这次在出售新一代战机的问题上,他仍是先下手为强,早已布好了向防卫厅和政界推销格兰特 F-11 的阵势。

鲛岛身材高大,日式包间的门楣较低,他低着头打开隔扇门,大声道歉:"官房长,实在是失敬!没想到他们会因为一些小事把电话打到这儿来。"

现在还没有叫艺伎,房间里就剩下贝冢一个人。虽然只有五六分钟,但他知道贝冢一定很不高兴。贝冢把肥胖的身体靠在椅背上,正在自斟自饮。酒虽然不烈,他已经面带酒色。果然,他一点都不掩饰自己的不满,皱着眉头说:"是你求着我让我给你挤出一点时间,又硬把车派来,我才抽时间来的。我很忙!"

鲛岛夸张地说:"对不起!对不起!我再次向您道歉。您别生气,来,我敬您一杯!"鲛岛恭恭敬敬地给贝冢斟上酒,身体探到摆满菜肴的桌子上,问,"刚才说的,防卫厅的机型选定方案已经出台,就放在官房长办公室的文件柜里。这是真的吗?"

贝冢端着酒杯,用内务官僚出身的人特有的阴险的目光看着鲛岛,傲慢地问:"你想看看内容?"

鲛岛用一双往上挑的细眼睛看着贝冢,说:"不用看我也确信,机型选定一栏里除了格兰特的F-11,不可能是别的机型。"他的脸上浮起意味深长的笑容,把身体从桌子上移开,重新坐好,说,"既然防卫厅的议案已经出来了,为什么迟迟不召开国防会议?我觉得有些奇怪。"

贝冢脸上的傲慢一下子变成了苦涩,说:"唉,这件事……实话告诉你吧,我已经封住了大川总务会长和中田章次的嘴,他们不再提要求公开原田报告的事情了。本来以为可以尽早召开国防会议,正式决定机型。没想到,今天佐渡大藏大臣在有关明年度预算的记者招待会上却提到一个出人意料的问题。"

"哦?出人意料的问题?"

"他说,在今天的例行内阁会议上,首相提出明年度要把治山治水当作一项工程。他本人认为伊势湾台风灾难发生后,为了安定民心,应当优先考虑防灾、抗灾对策。因此,从财政方面看,有必要重新慎重考虑第二次防卫力整备计划。他本人认为应当首先努力全面实现第一次防卫力整备计划。我们的想法是尽早把新一代战机的机型定下来,从明年度开始切入国家预算。他这番话等于给我们泼了一盆凉水。"

鲛岛的眼睛吊得更高了:"为什么现在说这样的话?佐桥大藏大臣私下不是早就同意定格兰特吗?"

"没错,佐桥大藏大臣本来是五井物产代理的昆巴派。为了让他点头,我们还特意下了一番功夫。谁想到,现在他却说出这样的话,不知道他到底想要干什么!"

"他借首相提出的治山治水的方针放出信号,表示对把第二次防卫力整备计划纳入明年度预算存有异议。的确是来者不善啊!官房长,您不觉得这背后可能是拉克希德作怪吗?我们公司洛杉矶分店发来电传,说近畿商事的里井常务现在正在洛杉矶。"

贝冢至今改不了当警察的习性,一听这话立刻满脸怒气地审问道:"这么重要的事情为什么不早说?里井什么时候去的洛杉矶?"

鲛岛确定他真的不知道这件事,才说:"对不起,是我疏忽了,我也是刚听说。刚才我们公司打来的电话里顺便提到这份电传,电传上特意说明是秘密行动。我已经指示洛杉矶分店,通过格兰特的关系网弄清他这次去洛杉矶的目的。"接着,他又担心地说,"官房长,山城防卫厅长官答应请首相抽出时间,紧急召开国防会议。还是原来那个数额,没问题吗?"

贝冢舔着厚厚的嘴唇,疑心重重地看着鲛岛,说:"你是说我被山城长官骗了?"

"不敢!您哪儿能上当受骗呢?防卫厅目前面临《日美安全保障条约》和第二次防卫力整备计划双重难关。山城先生虽说是长官,但没有您的帮助,他不可能渡过这个难关。如果有变,哪怕是一点儿征兆,他也一定会马上和您商量的。现在,没有任何动静,说明是我们过虑了。佐桥大藏大臣的话也许仅仅是向媒体作自我宣传。"鲛岛信心十足地说。他了解贝冢，心里清楚他越是显得胜券在握，贝冢就愈加怀疑。

果然，贝冢等不及了："我现在就问问山城长官。"他焦躁地命令道，"拿电话！"

鲛岛急忙把话筒递给贝冢，自己熟练地拨打山城义诠在新日本饭店事务所的电话号码。

贝冢用居高临下、训斥的口气对接电话的秘书说："我是贝冢。长官呢？别管那么多，我现在要马上和他联系。去哪儿了？嗯，鹤中，然后是金田中，哪儿的会？什么？哪儿的都有？你还没到用这种口气跟我说话的时候！"

鲛岛啪的一下压断电话，开始拨打池坂鹤中的电话号码。但是，在鹤中和金田中都没有找到山城长官。最后，往他家里打电话，还是没找到。

贝冢粗暴地把电话一扔，说："今天真不顺！"

虽然鲛岛也是心烦意乱，但他故作快活地说："您别这么说，在联系上长官之前，您先好好儿休息休息。我今天叫了福丸过来。"

鲛岛击了两下掌。一群艺伎应声而入，围在贝冢身边。

一个年轻的艺伎歪着盘着日式发髻的头，装出一副生气的样子，娇嗔道："您真坏！光给阿香姐姐倒酒，不理人家！"

贝冢一扫刚才猜疑和焦躁，娇宠地说："别生那么大气。你是新来的？"

"是。我叫小斑，以后还请您多关照噢！"

酷爱年轻艺伎的贝冢脸上笑开了花："好！好！以后我来这儿的时候一定点名要你。"贝冢忘记自己是被商社招待的身份，大方地点头答应着，用手在小斑结实的屁股上摸来摸去。小斑显然被吩咐过，尽管面带不悦，却没有躲开。

鲛岛对贝冢的好色了如指掌,他笑着奉承道:"官房长,您可真有女人缘儿。哪儿像我,根本没人理,都是我这个奇怪的姓不招人待见。所以,我也想明白了,不追求女人,追求金钱。在进棺材以前,看看自己到底能赚多少钱。"

年长的艺伎打趣道:"哎呀,这不就是《金色夜叉》里的贯一嘛!一定是在多愁善感的青春时代受到了爱情的折磨。"

"贯一?过时了!过时了!我可是当代的明星,商社人!我坐着飞机满世界飞,何止是地球的另一边,我要把钱赚到天边去。"

"哎!钱鲛!就你能说!不用你在这儿表演,快叫福丸来!"

贝冢话音刚落,走廊里就传来"福丸来了!"的声音。一个头发花白、身穿茶绿色和服的专门在宴会席间插科打诨的男人溜了进来。他深知"贝冢天皇"的威名,膝行向前,凑近贝冢:"您红光满面,身体健康。请先赏小人一杯酒喝。"

贝冢心情极佳,给了福丸一杯酒:"光听鲛岛在这儿胡扯,没一点儿情趣。我就等着福丸专利的表演呢!"他嘴上说着"情趣",脸上却写满淫靡二字。

福丸用扇子敲了一下自己花白的头,说:"您太过奖了。可悲的是福丸的助兴表演得不到文部省的认可,未成年人禁止观看。那我就先来一段。"他把一只脚上的白布袜换成蓝色的,一个胳膊套上女人穿的黑和服。于是,他一半变成了黑衣白袜的风流女人,另一半是绿衣蓝袜的男人。

上年纪的艺伎弹着三弦唱了起来:

握手说再见
走出两三步
停住回头望

是难与你别

　　福丸和着歌声的节拍,用左半身的男人抱住右半身的女人,做出把往后退缩的女人往卧室里拉的动作。男女的肩膀和腿交替出现,且退且近,一点点往休息间里退。

　　　互相细打量
　　　脸对脸
　　　眼对眼
　　　说不出话来
　　　满面泪花流

　　席间只剩下三弦声。男人拉开隔扇门,女人紧紧抓住门框不肯进去,袖口露出妖冶的红里子。男女的袖口纠缠在一起,慢慢往下滑,越来越低。最后,隔扇门只留下一条缝,里面传来女人的呻吟声。接着,门缝里伸出一只女人的脚,又伸出一只男人的脚。虽然女人的脚不停地挣扎,试图逃走,但渐渐地穿白布袜的脚像一条蛇一样缠在穿绿布袜的脚上,门缝里传出急促的喘息声和女人强忍的哭泣声。福丸用声音和脚活灵活现地再现了男女交欢的情形,比实景更震撼、更猥亵。

　　贝冢目不转睛地看着两只脚,吞了一口唾沫。连他身边的艺伎都看得兴奋不已。

　　两只搏斗的脚分开了,筋疲力尽。交欢后男人满足地抽起香烟,一缕轻烟从门缝里流淌出来。

　　贝冢嘶哑着嗓子要水喝:"水!水!"

　　艺伎会心地递上一杯凉水。贝冢咕嘟咕嘟一口气喝干,正把手往年轻艺伎和服下摆里伸的时候,老板娘轻手轻脚地进来,犹犹豫豫地小声对鲛岛说:"有官房长的电话。"

"哪儿来的?"

"山城长官的秘书。"

鲛岛吩咐老板娘:"正等他的电话呢。不能接到这儿来,转到电话间去。"然后,他对还在为福丸的脚艺表演亢奋的贝冢耳语了一句。

贝冢如从梦中惊醒,急忙起身出了包间。

鲛岛留在包间,夸奖福丸身怀绝技,和他喝着酒,聊着闲话。过了一会儿,他感觉贝冢回来了,马上起身离开座位。他打开休息间的隔扇门,看见贝冢阴沉着脸坐在里面。

鲛岛反手拉上门,问:"和山城长官联系上了?"

贝冢怒气冲冲地说:"决定机型的问题要延期,而且时间不短。"

"这到底是为什么?"

"大藏省银行局对京滨银行进行了机动调查。从彻底清查外汇这一点上看,他们一定是在调查G资金。不会是你用的那个乔治·井上那儿出了问题吧?"

鲛岛顿时脸色大变。所谓G资金是指以购买格兰特战斗机为前提,格兰特给首相派提供的选举资金的一部分。今年夏天,三岛干事长和格兰特副总裁在夏威夷会面,秘密商定了回扣金额。之后,格兰特支付了三亿六千万的首付款。为了掩人耳目,东京商事以虚报出口价格等手段,从中作了不少手脚,费了许多周折。他们先通过L/C进行正当的出口贸易,然后在美国以虚假价格进行交易,并通过洛杉矶分店把超出的一百万美元汇往瑞士银行。因为在美国往国外汇款没有日本那样严格的审查,而瑞士银行又从来不公布客户姓名。为了进一步掩盖这一百万美元的来源,东京商事又利用瑞士的经纪人把这笔钱汇到香港的地下银行。从香港往日本汇款有两个渠道:一是在日本桥设立了一个空头公司，开设银行账户，把六十万美元打在这个账户上；二是用汇票把剩下的四十万美元汇给在日本的外国游客。虽然在日本兑换外汇很难，但在日本的外国游客把外汇汇票兑换成日元时，只需出示护照号码，写明住宿饭店名称即可，无须办理其他手续。鲛岛把他们公司远东分店的美籍日本人乔治·井上伪装成游客，每隔十天从香港给他寄一张两万美元的汇票。他用这种方法轻而易举地把美元兑换成日元，并把钱汇到三岛干事长的银行账户上。

鲛岛之所以选择京滨银行兑换外汇，是因为东京商事和京滨银行关系匪浅。不过，为了尽快把美元兑换成日元，他同时也选择了其他银行。没想到本该最安全的京滨银行受到大藏省银行局的机动调查，一定是有人告密。

鲛岛懊丧地说："官房长，一定是和拉克希德有关的人向大藏省告密，银行局才调查京滨银行的。刚才您说的佐桥大藏大臣在记者招待会上的发言，会不会跟这件事情有关？"

贝冢气急败坏地说："如果你那边没出问题，那就只有这一个可能。看来是近畿商事搞的鬼？"

"肯定是。这就不难解释里井常务为什么现在去洛杉矶。"鲛岛的小眼睛里露出狰狞的目光。

女职员端来茶，把四份报纸放在壹岐的办公桌上。
"谢谢！今天来得早啊！"壹岐看了一眼表说。
公司的女职员往常都是快到九点的时候才来上班。
化着淡妆，清爽干净的女职员说："最近这段时间，我们航空部的人早出晚归，忙得不可开交。我们女职员也不想让公司输给五井物产和东京商事。早点来，给大家倒杯茶，也算是出份力。"说完，又忙着给别人倒茶去了。

壹岐喝了口热茶,打开报纸,目光落在一条新闻上。

第二次防卫力整备计划似搁浅,大藏省提出异议

昨天下午,大藏省对防卫厅提交的第二次防卫力整备计划提出异议,强烈要求暂缓决定,并召开国防会议进行审议。防卫厅目前向大藏省要求二千三百十九亿日元作为第二次防卫力整备计划第一年度经费,并希望在年内审核通过。执政党内部也有人认为,由于涉及《日美安保条约》,如优先通过如此巨额的防卫计划预算,势必会刺激在野党,从政治上讲可谓下策。因此,应当慎重考虑。第二次防卫力整备计划出现搁浅的迹象。

壹岐早晨在家看的报纸也和这份报纸一样,用同样的论调报道了大藏省提出的异议和执政党内慎重派的言论。一般人看来,现在之所以出现这种论调是因为时期尚早,但对于格兰特派和拉克希德派的人来说,却没有那么简单。年内不能正式通过预算意味着格兰特派的后退,拉克希德派的前进。

壹岐拜访久松经济企划厅长官的私邸之后,情况急转直下。他一直冷静地观察着事态的发展。昨天下午,他从久松经济企划厅长官那里得知,东京商事和格兰特公司里应外合,大钻外汇管理法的空子,让Ｇ资金流入三岛干事长的账户上。现在,这一事实已经被发现,并且查出东京商事将一笔外汇用汇票寄给一个叫乔治·井上的外国人,而这个人实际上是东京商事远东分店的职员。目前,对其他资金的来源渠道也正在调查之中。Ｇ资金正在变成一笔死钱。

办公桌上的电话响了。壹岐拿起电话,接线员告诉他是里井常务从洛杉矶打来的。洛杉矶时间现在是下午四点半。

"喂,壹岐君,我是里井!大藏省方面情况怎么样?"

为了让里井听清自己的声音,壹岐一反常态,大声说道:"前天佐桥大臣发表讲话以后,接着主计局也提出疑问。现在,各大报纸都在报道第二次防卫力整备计划触礁搁浅。防卫厅已经不可能在年内选定机型了。"

"京滨银行方面呢?"

"银行局正在秘密进行调查。"

"这边的动向……不好掌握……恐怕是……"话筒里传来杂音,里井的声音变得断断续续。

"我让小出君办的这件事,他办事非常谨慎。而且,是 H 先生[①]亲自授意银行局检查科课长调查这件事情的。"

"好!L方[②]已经说定……总裁到日本……你转告松本君。具体事宜再联系。"

松本航空事业部部长觉察到是里井打来的国际长途,看见壹岐放下电话,便马上走到他旁边。壹岐终于松了一口气,说:"里井常务让我转告您,拉克希德总裁已经决定来日本。今天下午他还会来电话。"

松本部长脸上露出喜悦,兴奋地说:"太好了!"

壹岐发现小出正在偷偷观察这边,便示意他过来。

松本部长问招之即来的小出:"刚才里井常务打电话来了。你保证他们查不出匿名信的来源?"

小出微微笑着说:"您放心!笔迹和指纹、声纹、唾液不同,很难识别鉴定。而且,我在调查课的时候受过这方面的特殊训练。"

是小出调查出东京商事主要通过京滨银行兑换外汇,有违反外

---

① 久松长官。
② 指拉克希德公司。

汇管理法的嫌疑,并且给有关部门写了匿名信。

松本九点半要开部长会。他看了一眼表,说:"今天有航空工业协会的联欢会,不去会起怀疑。壹岐君,你和我一起去吧!"

"我不太适应那种场合……"壹岐一向拒绝邀请。

松本打断他,说:"已经有很多人在议论你的名字,你也该在这种场合露个面了。就这么定了。"说完,急匆匆赶去开会。

中午,航空工业协会的联欢会在工业俱乐部举行。各商社航空事业部部长、飞机和电子设备生产厂家的相关高官、部长齐聚一堂。在一年一度的联欢会上,平日里的竞争对手们闭口不谈生意,谈笑风生,聊些不管痛痒的闲话。会场上气氛融融。

这是壹岐第一次参加同行的聚会。因为是中午聚会,菜肴很简单。人们喝着洋酒或啤酒,吃着西式小吃、三明治,谈论政府的经济政策,谈论越来越热的国外旅游热和随之而来的大型飞机的需求。没有人提起今天早晨报纸报道的有关大藏省对第二次防卫力整备计划提出异议的话题。五井物产、东京商事、丸藤商事、近畿商事四家代理出售战斗机的公司代表,各怀心计,彼此尽量不看对方。偶尔四目相遇,眼里瞬间闪出火花。

五井物产的常务喝了一口啤酒,说:"不能光考虑价格,飞机要的不是数量,是质量。"

五井物产代理的昆巴F-106虽然性能优良,但因为过于昂贵,第一轮就被淘汰出局。常务的口气里掺杂着懊恼和嫉妒。

五菱商事航空事业部部长没有跟他计较,颇有风度地笑笑说:"现在和战前不一样了,卖的是飞机,肯定会招致混战。大家各显神通,你们也可以大战一番嘛!"

无论新一代战机的销售商机最后花落谁家,在日本进行特许生产的都是五菱重工。同为一个集团公司的五菱商事不用抢破头也能捞到赚钱的机会。因此,五菱商事航空事业部部长说话底气十足,还夹杂着对关西地区的棉纺商家的揶揄挖苦。在场的松本部长脸上露出不快,马上走开了。

松本看到三崎航空的一个部长。三崎航空是飞机制造厂家,和拉克希德公司有技术合作。由于最近形势对近畿商事有利,松本连日来在各种场合和他交谈过。但是,他还是走上前去客客气气地打招呼:"今年承蒙关照,多谢了!明年还请多多关照!"

三崎航空的部长也郑重其事地说:"哪里,彼此彼此!"他表面上虽然很平淡,但他的目光告诉松本,他内心充满野心。如果新一代战机最后选定拉克希德,他们公司就极有可能取代五菱重工,成为国内生产的主要厂家。

壹岐跟在松本部长后面,虽然没有人理会他,但他感觉到有许多目光注视着他。上次去他家的《每朝新闻》记者原田曾经说过,围绕选定新一代战机的问题,有一伙旧军人正在暗中活跃。现在,他知道自己已经成为人们眼中好奇的对象。

松本部长在会场转了一圈,在壹岐耳边小声说:"壹岐君,这气氛不大好,我们走吧!"

两人正要走,嘈杂的会场突然安静下来。只见一个大个子趾高气扬地出现在门口。他皮肤黑,宽脸,小眼睛炯炯有神。壹岐直觉到他就是鲛岛。

"对不起!对不起!诸位,我来晚了。"

鲛岛大声对全场说。人们不约而同地背过身去,似乎很害怕他过来打招呼。松本催促壹岐赶快走,鲛岛迅速挡住两人的去路。

鲛岛丝毫没有表现出心中冲天的怒火,笑容满面:"好久不见!你们公司总是财路亨通,令人羡慕啊!怎么,里井常务没来?"

久松部长若无其事地说:"他得了流感,不方便来这种场合。"

鲛岛故意大声说:"这么糟?今天早晨我们公司有人刚从美国出差回来。我听他说,两天前他在洛杉矶看到里井常务英姿飒爽地走在大街上。莫非洛杉矶现在正流行感冒?"

全场人的耳朵顿时都竖了起来。

久松当即否定:"你开什么玩笑,里井常务这几天一直生病,在家休养。怎么会在洛杉矶?"

"哦?这么说洛杉矶大街上的是个和里井常务长得一模一样的人,连身上的风衣都是他爱穿的巴宝莉,颜色都一样。这可太稀奇了!"鲛岛毫不客气,当场戳穿近畿商事的谎言。他看了一眼壹岐,用不容拒绝的口气说:"这位就是贵公司航空事业部的新面孔?给我介绍一下吧!"

久松不得已,只得介绍道:"这是壹岐正君,刚到航空事业部时间还不长。请多关照!"

壹岐站得端端正正,问候比自己小两三岁的鲛岛:"初次见面,今后请多关照!"

鲛岛瞥了一眼壹岐递过来的名片,说:"噢,你就是壹岐正?在旧军队的高级军官中你也是响当当的人物。怎么才是个合同制职员?为了避免不快,我们彼此公平竞争吧!哈!哈!哈!"鲛岛狂笑着走了。

壹岐瞬间从他的眼神里捕捉到挑衅的凶光。他让自己保持平静,牢牢记住鲛岛的那张脸和凶猛的性格。

从工业俱乐部出来,久松部长直接回公司,壹岐去了日比谷公园。

公园里大部分树木的树叶都掉光了,露出形状各异的树枝,仿佛在张开双臂拥抱天空。松柏的深绿色在明亮的阳光下十分耀眼。这是一个小阳春的天气,整天待在高楼里的壹岐感到心旷神怡。

壹岐已经很久没来这个公园了。他穿过公园,疾步向朔风会走去。朔风会在日比谷公园附近的一家中国餐馆的二楼,是由西伯利亚羁留归国人员组成的协会。壹岐今天是去交会费。虽然会费本来可以邮寄,但他想去看看担任会长兼事务员的原大佐谷川。从西伯利亚回来后,他们一个在大阪一个在东京,每年只能见一两次面。壹岐调到东京来以后,本以为可以经常见面,可是,最终他们只见过一面,而且还是在他刚到东京来的时候。每次想起被关押在西伯利亚期间的遭遇,谷川大佐总是出现在壹岐的脑海里。"活着成为历史的证人。"谷川大佐的这句话支撑着壹岐,让他忍受了种种屈辱和痛苦,让他度过了与死无异的十一个漫长春秋。有句话说得好:"一言可救人,也可杀人。"正是谷川大佐的一句话救了壹岐。

壹岐经过日比谷公园前面,看见一个人坐在石头墙旁边的长椅上,不由得停住了脚步。那个人的背影太像谷川大佐了。那个人身穿破旧的西服,在温暖的阳光里缩着背,剃着光头的脑袋无力地垂在胸前。壹岐走进一看,果然是谷川。他正要打招呼,又把话吞了回去。他看见谷川打开放在膝盖上的报纸包,拿出一瓶牛奶和一个面包,慢慢吃起来。这就是他的午饭!谷川坚持认为,那些长眠在西伯利亚的遗骨一天不回到日本,离真正的归国就差一步。他以促使早日接收遗骨、救济遗属和互助为目的组织了朔风会。由于朔风会靠仅有的一点儿会费维持,所以,他从不领取报酬。他详细调查记录了遗属的家庭情况,逢年过节寄去问候和鼓励,每到忌日为死者送上祈祷。他还亲自到全国各地,探望遗属和卧病在床的会员,激励他们。壹岐曾劝他去找工作:"凭你当过参谋的智慧和超人的外语能力,六十出头也不难找到工作。"但谷川严肃地拒绝了,"我的第二次生命来之不易,我要为别人多做一些事情。"

壹岐一阵心酸，叫道："谷川会长！"

谷川吃惊地回头，看见是壹岐，就说："是壹岐君。怎么这个时间到这儿来了？"

"我倒想问您呢！会长，您怎么在这儿吃午饭？"

"二楼上的那个事务所夹在高楼大厦中间，整天见不到阳光。天气好的时候，我就到外面来吃午饭。"

"可你这样坐在长椅上，喝凉牛奶，啃冷面包，会受寒的。我担心你的身体受不了。"

"没事儿。坐在这儿，我就会想起从前盼望回国的日日夜夜，想起那些没等到这一天的战友们。在哈巴罗夫斯克为了我们以死抗争的堀君，前几天他父母还从福冈来看我。他父母身体不错。一想到他，我耳边就会响起'跨过大海'的歌声。"谷川指了一下长椅说，"你也来坐。"

壹岐和谷川并排坐下。谷川递给他一片面包："吃一块？"

壹岐接过面包，放进嘴里。和刚才吃的那些西式小吃、三明治比起来，这块面包实在是太寒酸了。

"你工作怎么样？适应了没有？"

"还好，没什么大问题。"

谷川发自内心地说："那太好了！现在伊尔库茨克、泰舍特一带已经刮起暴风雪，有零下三十多摄氏度了吧。有人说在西伯利亚葬送了十一年的时光，也有人提出要求战时赔偿。想想那些在西伯利亚悲惨死去的人们，能活着回来就是幸福。而且应该为那些最终没能回到祖国的人们加倍地活着。"

谷川感慨万千，壹岐心里也重新充满被他遗忘的生还后的喜悦。他感到在自己身上存在着两个世界：一个是开启他第二次人生道路的商社人的世界，另一个是和在西伯利亚生死与共的朔风会成员在一起的世界。

壹岐递给谷川一个信封,里面装着会费和微薄的捐款。

谷川珍重地把钱放进袖口已经磨破的大衣口袋里,说:"壹岐君,谢谢你!有的会员连一个月一百日元的会费都交不起,你这笔钱能帮上大忙!"

第十五章 双 翼

陆海空幕僚所在的六层办公楼正对着防卫厅的大门。

川又空将补任部长的空幕防卫部在六楼。防卫课、运用课、调查一课、二课,设备课五个课室依次在楼道两侧排开。楼道最里面是作战室和调查作业室。防卫部办公室之所以在最顶层,是因为它是空幕的中枢机构。外部人员被允许到这里来的只有大藏省的有关主计官。

川又写好申请预算所需的补充文件,起身准备像往常一样去察看各课室的时候,作战室打来紧急电话:"有情况!"川又急忙向作战室走去。

作战室的窗户上拉着黑窗帘,昏暗的房间有一个巨大的塑料板,塑料板上方的荧光灯照出上面的中苏大陆、朝鲜半岛和日本列岛地图。

运用课长木村一佐比川又先到一步,听到门响,回过头来。

川又走到木村一佐旁边,看着塑料板上的地图,问:"情况怎么样?"

地图上红色箭头正从苏联沿海州方向向北海道的咽喉渡岛半岛逼近,黄色箭头正从北海道中央上空迎击而上。原来是雷达探测到国籍不明的飞机,距离其最近的千岁基地紧急出动了 F-86F 战斗机。

木村的目光随着红色箭头移动着说："虽然还没有确定,但从飞行路线上看,很可能是从尼古拉耶夫斯克起飞的 TU-16。他们的目的是侦查奥尻的雷达。"

果如木村所料,红色箭头直指距渡岛半岛十五公里的奥尻岛。机影有两架。从千岁基地紧急起飞的 F-86F 也有两架,正在修正飞行航线,向红色箭头逼近。箭头是在塑料板背后的通信兵画上去的。北海道当别雷达基地的情报由东京府中的航空总队转送到这里,通信兵通过耳机一边接听一边将通报的情况用箭头在塑料板上标出来。

昏暗的作战室里寂静无声,只有塑料板上的红、黄两个箭头在不停地移动。两个箭头之间的距离不断缩小。空中与陆、海不同,战斗机是以分秒为单位突然出现在彼此的视线之内,炮口相对。即使没有攻击的意图,如飞行员因操作失误导致开炮,后果将不堪设想。一向豪爽的川又此刻也绷紧了神经。

在距奥尻岛五十米的上空国际不明的两架飞机被确认为苏联的 TU-16。红黄两箭头仍在缩短距离。

木村紧张地请示川又："部长,今天他们的挑衅与往常不同。要不要向幕僚长汇报？"

这时,第一个红色箭头突然向左一摆,变换了方向。川又和木村同时松了口气。

川又说："今天他们不会再来了。这一两个月以来,我们紧急出动战斗机的次数增加了不少。"

木村一佐仍紧盯着塑料板,说："这种情况是在新一代战机的问题公开后发生的。苏联现在一定感到很紧张。我们有了新一代战机以后,除了苏联,还会有其他国籍不明的飞机出现在日本周边,形势会更加急迫。"

航空自卫队在全国有二十四个雷达基地。一旦发现不明飞机进入距本土大约二百公里的防空识别区域,五到十分钟之内,二十四小时待命的战斗机就会从最近的基地紧急出动,向不明飞机发出警告,不要侵犯日本的领空。但是,情况复杂。有时日本战斗机紧急起飞后,不明飞机早已逃之夭夭。更有甚者,苏联米格战斗机组成编队,在日本防空识别区域边上进行演习。飞入识别区域的飞机一般都是一两架,目的是为了侦察日本的防空能力。

塑料板上的红色箭头向沿海方向移动,黄色箭头也转向千岁基地。木村一佐终于从紧张中解脱出来,问川又:"部长,真的要到明年以后才能选定 FX 吗?"

"这属于政策决定事项,我们无法估计。怎么,有什么问题吗?"

"也不是什么新情况,只是有点儿担心。F-86F 在美国是快报废的战斗机,速度较慢。往往是雷达发现不明飞机,紧急出动以后,对方最新式的高速战斗机早已不见踪影。最近紧急出动的次数增多,而确认不明飞机的概率却在下降。因此,有些飞行员难免焦躁,进行危险飞行。"

木村一佐两年前是北部航空方面队的一名指挥员,虽然在空幕里不算是最优秀的,但是,很多像他这样从地方部队上来的人,用不了一年就都带上了幕僚气。而他却仍然时刻为第一线的飞行员,为在离岛的坑道里监视雷达的官兵着想。

通信兵在隔音玻璃里的通信室向这边招手。木村一佐推门进去,通信兵告诉他内局官房长给川又部长打来电话。木村让他把电话接到作战室。

川又拿起电话,说:"喂,我是川又!"

话筒里传来秘书的声音:"是川又部长吗?劳驾,马上到官房长办公室来一下。"这个秘书是跟随贝冢从警察厅过来的,说话口气很大。

"马上？有什么事儿？"

"贝冢官房长叫你。请马上过来！"

川又咂了一下嘴,心想不就是个愣头青吗？但既然是官房长找他,从组织制度上讲,他不得不去。

防卫厅内部部局所在的崭新办公大楼附近静悄悄的。川又走进楼里,发现楼道里也看不到人影。川又上了二楼,走进贝冢官房长的办公室。秘书迎上来,用眼睛示意他去里间的办公室。川又故意重重地敲了两下门。

宽敞的办公室里,贝冢正坐在宽大的办公桌前,往文件上盖章。他肥胖的身体和一双仿佛能看穿人心的眼睛让到访者感到有种威慑力。他自己最清楚这一点。川又站到办公桌前,贝冢迟迟不抬起那颗光秃秃的脑袋。

川又冷冷地说:"您现在盖章忙的话,我还有工作,先走了。"

"这是交给山城长官的请示报告,你等等！"说完,贝冢继续慢慢看文件。川又心想,这份请示报告是陆海空中某幕僚监部送上来的,内部部局的局长们没有有关武器的专门知识,他们只不过是在上面加一些数字而已。他却在这儿装腔作势地认真批阅,没有任何意义。川又心里很不痛快,又想起壹岐说过的话,如果能让贝冢下台就好了。

防卫厅成立的时间不长,内部部局的人都是从其他省、厅抽调过来的,其中七成是旧内务省警察出身。内部部局的重要职位——副店长、官房长历来都由旧内务官僚担任。而且,从大藏省、通产省派到会计局、装备局工作的人,但求在任期间无过,两三年后平平安安回到本职工作单位,缺乏工作热情。加之历代防卫厅长官因在国会、记者招待会上出言不慎招致被解职,平均在任期只有九个月,因此,人事、财政等实权实际上掌握在防卫厅元老贝冢官房长手里。

贝冢在请示报告上盖完章,摘下金丝边眼镜,厚嘴唇上露出一丝笑意,问:"川又君,你最近是不是越来越精神?"

这句话问得奇怪。川又不客气地说:"就您看到的这样。有什么事情?"

"所以我在问你最近身体怎么样?"

"身心都非常健康,足以胜任国防工作。"川又的这句话是对从未认真考虑过国防的贝冢最大的讽刺。

"那就好。"贝冢权且把川又的话当耳旁风,直截了当地告诉他,"明年的定期人事变动决定调你去西部航空方面队任司令官,过段时间原田幕僚长正式下调令。"

川又问道:"明年的人事变动,您现在就告诉我,这里面有什么特殊原因吗?"

贝冢靠在椅子上,说:"你做了不少贡献,要晋升为空将。这么好的事情,我想早点儿告诉你。四十七岁就当上空将,很可能招人嫉妒。不过,没关系,有我给你顶着呢!"听口气似乎川又应该对他感恩戴德。

川又感到血直往上涌。十一月份他去三泽北部航空方面队出差的时候,接到壹岐的电话,说听《每朝新闻》记者说他要被调到西部航空方面队任司令官,问他是不是真的。当时,他没有当回事儿,以为是贝冢为了在新一代战机问题上牵制自己放的烟幕弹。但现在看来,那时候贝冢的确已经有预谋。

川又用一双清澈透明的眼睛盯着贝冢问:"把我发配到西空的理由是什么?"

"发配?不要用这种轻蔑地方部队的语言!让你去西空,是因为那里正好需要人。"

川又冷冷地说："是吗？我听说西空的司令官明年三月才到退役年龄。为什么等不到他退役，非要在定期人事变动的当口派我去？真让人费解。"

"我不知道你到底在怀疑什么，现在的司令官家在东京，让他在九州待到三月份，退役后的工作怎么办？这么做是出于关心，让他早点儿回东京。不是每个人都和你一样，没有孩子，没有负担。人人家里都有困难。我要说的就是这些，你也还有工作，就这样吧！"贝冢试图打发走怒火万丈的川又。

但川又态度坚定地说："在新一代战机机型没有决定之前，我是不会离开空幕的。作为参与制订第二次防卫力整备计划的防卫部长，我必须等到国防会议正式决定机型，并确立以此为基础的武器体系之后才能离开，这是我的任务。"

贝冢浮着一丝笑意的眼睛里立刻露出蛇一般阴险的目光，说："川又君，你们空幕这些穿制服的人的任务就是去美国进行试飞，回来后写好调查报告，提交给内部部局，仅此而已。你如果拒绝去西空赴任，我也不拦着你。不过，明年一月十号以后，空幕防卫部长由现在的装备部长担任，已经在内部下了指示。你看着办吧！"

一方面现在的职务已经决定由别人担任，另一方面又拒绝执行调任的命令，摆在川又面前的就只有一条路——辞职。川又气愤得浑身发抖。

"你把自卫队当什么了？你知道第一线的身穿制服的自卫官们现在正在干什么吗？你叫我来的时候，千岁基地紧急出动战机，我正在关注那里的情况。北海道现在是暴风雪天气，零下二十摄氏度，风速十三米。在这么恶劣的环境下，一旦发现可疑飞机，仍要紧急出动飞机。飞行员们在冒着生命危险起飞。下达命令的指挥员同样清楚，战机紧急出动以后，即使能查明可疑飞机的身份，我们的飞行员很可能也无法生还。也有可能飞行距离过长,燃料不够,飞行员只能选择跳伞。即便能安全着陆,也免不了被冻死在雪原或冰川。你知道指挥员下达命令的时候心里有多痛苦吗?"

川又控制着自己激动的心情。虽然他现在已经离开第一线的指挥岗位,但是,在曾经的大战中,作为南方军司令部的参谋,有无数士兵在他起草的命令下失去了生命。这像一块沉重的石头压在他心底,永远无法搬掉。他看了一眼面无表情的贝冢,下定提交辞职书的决心,接着说:"你们对第一线人员的疾苦毫不关心,一心只想着明哲保身,飞黄腾达。你们利用人事变动,把对自己不利的人排挤出防卫厅,就像移动一粒棋子那么简单。你们滥用职权,和政治家相互勾结,一味地追求利益和权力。造成防卫厅今天腐败透顶的元凶不是别人,正是贝冢,你!我既然已经下了辞职的决心,决不会退缩一步的!"说完,川又头也不回地离开了贝冢的办公室。

送走在日美军司令部的哈德森大校,原田空幕幕僚长对正在整理办公桌的女职员说:"给我倒杯水来。"

"您的胃又疼了?"

"不要紧。和哈德森大校喝咖啡,一杯是下不来的,过后总有点儿麻烦。"原田棱角分明的脸上勉强露出一丝笑容。哈德森大校是格兰特F-11的支持者,他问新一代战机的机型为什么迟迟定不下来,原因在哪里,空幕为什么对这种事态袖手旁观,足足逼问了原田两个小时。原田用一个"忍"字和他周旋,胃慢慢开始像针扎的一样疼。

围绕着选定机型的问题,到了召开国防会议的最后关头,大藏省突然横插一杠,说应该推迟二次防第一年度的预算计划。自从明年度预算被大幅度削减的可能性越来越大以后,驻日美军有关人员、政治家、制造厂家、商社乃至著名的右翼人物、来路不明的中间商纷纷找上门来,各种有形无形的压力一起向原田袭来。在退役之前,他感到空幕长这个职务带来不可承受的重压。

屏风那边的电话铃响了。女职员过来说:"幕僚长,是山城长官办公室来的电话。长官准备去国会,请您现在马上去一趟。"

"长官?好,我马上去。"原田站起来。他身材修长,在过往的战争中不仅是海军的名参谋,而且还有空中雄鹰的称号。他虽然没有川又那样豪放的性格,却有足智多谋的沉着冷静。

原田走进内部部局办公楼山城长官的办公室。办公室里铺着厚厚的地毯,墙上挂着国旗和长官旗。贝冢官房长也在,正坐在沙发上和山城长官小声交谈着什么。看见原田进来,两人都不说话了。

"让你们久等了。"

原田在山城长官对面的沙发上坐下。贝冢阴沉地看了他一眼,说:"刚才我已经给川又君下达了内部指示,明年一月的定期人事变动他将荣升为西空司令官。你心里要有个数。"

原田满脸惊讶,随即表示反对:"无论从见识、能力还是从人品上讲,我认为川又空将补都是接替我的最好人选。为什么要把他调到西空?"

贝冢官房长一句话堵住了原田的追问:"人事问题请交给内部部局全权处理。这个决定也是考虑到多方面因素的。"

山城长官把瘦小的身体往前探了一下,说:"我把你叫来,是想问你一件事儿。听说你和近畿商事的壹岐正很熟。"

"认识。现在是敏感时期,为了避免误会,我必须说明一下,我们两人虽然是故交,但一直没有见面。"

原田说的是事实。虽然在支持拉克希德的问题上,他和壹岐立场一致,但出于参谋时代养成的习惯,两人都通过川又联系,避免直接见面。

"你和他见没见面无所谓,听说这个人和国防委员会的某个成员关系很密切,这个人是谁?"

虽然原田马上想到了久松经济企划厅长官,但他说:"我只听说近畿商事和大川一郎先生有关系。您说的我还是第一次听说。"

贝冢的脸上露出明显的怀疑。山城问:"你参加选举的准备工作做得怎么样了?你是首相派推荐的重要候选人,一定不能让人抓住任何把柄。"

"这一点我一直铭记在心。我一向洁身自好,不会让支持我的人们丢脸。"

"你可是自卫队的明星。三岛干事长对你的选举活动也非常重视。新一代战机机型正式决定后,要开记者招待会。现在已经决定在这个记者招待会上宣布你参加竞选的消息。到时候还要让新一代战机在记者面前亮相。你站在新一代战机前面的照片将是最好的竞选宣传照片。怎么样,这个方案不错吧?哈哈哈!"山城长官愉快地说,发出爽朗的笑声。

但是,原田听出了山城的话外音。如果他和近畿商事的壹岐联手暗中支持拉克希德,三岛干事长就会毫不犹豫地放弃他。如果他跟随支持格兰特,那么,就会得到上述的待遇。原田陷入两难之中。贝冢用一双冷酷的眼睛紧紧盯着他。

晚上八点四十分,近畿商事里井常务乘坐的泛美航空公司的客机降落在东京羽田机场。

因为是秘密出差,公司只派了小出一个人去接他。里井只带了一个旅行箱,一出海关就坐进了汽车。

小出坐在助手席上,扭过身去对坐在后面的里井说:"常务,这次出差这么紧急,又不能走漏风声,您真是辛苦了!"

里井出差在外五天时间，此刻一脸倦容。他点点头，说："你也干得不错。"

"您过奖了，那还不是因为您出差以前指示我切断G资金。不过，因为我对商社的财务、会计这块儿还不是很熟，所以费了很大力气。"小出的话一半是表功，一半是阿谀奉承。

"不愧是空幕调查课出身的人，佩服。情况有没有什么变化？"

"川又防卫部长今天给壹岐先生打来电话，说贝冢官房长告诉他，要调他去西部航空方面部队任司令官。"

"是这样？这是他们对G资金成为死钱的第一个报复。"

里井再次感受到国防产业竞争的激烈程度。为了出售各自代理的战斗机，各商社利用种种渠道拉拢政治家、防卫官僚、自卫队官员，不惜一切手段压制对手。竞争之所以如此激烈，是因为尽管这些年来防卫预算屡屡成为舆论批评的对象，但预算额仍在不断增长，二次防的预算已经超过一万亿。军备一旦扩大便不可能缩小，三次防、四次防的预算必将会成倍增长。因此，无论是战斗机还是通信设备，只要抓住一个产品，随着产品的不断改良，将会带来未来的一系列商机。即使只有百分之二的佣金，但由于数额巨大，一旦本公司代理的战斗机被采纳的话，将会带来切实的、长期的利润。而且，战斗机上的电子工业技术还将应用到民用上，客户也会随之增加。国防产业给公司带来的好处可谓相当可观。因此，各商社使出浑身解数，不惜花费巨额经费，在争夺新一代战机的销售大战中大打出手。打败了，公司将背上赤字。可以说这是一场背水之战。

汽车开进市中心。

里井问："社长已经来东京了？"

"来了，今天中午到的。晚上参加完宴请之后回酒店。"

大门社长每次来东京都住在大仓酒店十层的一〇七七号房间。

对于小出这样的人来说,社长高不可攀,甚至连面都极少见到。他心中有个小小的期待,希望今天能见到社长。

汽车停在大仓酒店门前。小出抢在司机前面下了车,拿上里井的行李,走进酒店大厅。说好了壹岐在大厅里等他们,可他看不到壹岐的人影。

里井和小出正要上电梯,壹岐从书店方向走过来,迎接里井:"您回来了。大厅里太显眼,我一直在这儿等你。"

"辛苦了。社长呢?"

"刚办了入住手续,现在大概正在洗澡。"

小出讨好地说:"那么,常务,您先喝一杯,消除一下疲劳吧。"

"对不起,社长让您一回来马上上去见他。"

正要往酒吧走的里井闻言立刻说:"好,我们现在就去!"

里井快步走进电梯。小出也急忙拿着行李跟在后面,正要上电梯,壹岐伸手接过行李说:"我来拿吧。"小出愣了一下。电梯把表情复杂的小出关在外面,上了十楼。

敲开一○七七号套间的门,东京的社长秘书请两人进去,自己走出了房间。大门穿着浴衣从卧室里走出来,说:"里井君,辛苦你了!"

五天来,里井几乎没有睡觉,虽早已经昏昏沉沉,但看到精神饱满的大门,他马上忘记疲劳,说:"我这就向您汇报。"

里井坐在沙发上,刚打开文件包,大门突然劈头斥责道:"我得先说一句。里井君,你去洛杉矶的事儿东京商事怎么知道的?鲛岛在航空工业协会的联欢会上把这件事捅了出去,搞得人人皆知。我们的秘密计划全成了泡影。"

里井低下头,抱歉地说:"是我的疏忽。为了不让人发现,在洛杉矶我住饭店用的是假名,外出也都是坐车,没走一步路。本来以为不会被人发现,可是,那天我的牙疼,就到离饭店三百米左右的诊所看牙。没想到,就这几步路正好被人看见了。"

大门听了解释,一下子消了气,说:"嗯,牙疼不是病,疼起来要人命啊!交涉得怎么样?"

"首先,到洛杉矶的第二天我就见了拉克希德的总裁和分管海外销售的副总裁。我给他们详细讲解了目前对格兰特有利的情况,他们很震惊。因为,他们知道原田考察团对拉克希德F-104的评价很好。而且,他们在东京的远东部总经理的汇报也让他们很乐观。他们当即表示要解除远东部总经理的职务。下面是拉克希德总裁来日的日程问题。他们认为利用圣诞节休假期间来日本最安全,现在正在做准备。"

"不错,记者们也不会想到美国企业的总裁会在圣诞节期间来日本谈生意。那价格呢?"大门直逼要害。

"现在G资金已经流入首相派的腰包。要想让首相派回过头来支持拉克希德,首先需要超过G资金的经费。但这还不够,首相派还需要一个正当理由。这个正当理由就是低价格。虽然我花了三天时间说服他们降低价格,但拉克希德方面坚持每架飞机的价格不可能低于一百万美元。最后,他们提议只有通过削减飞机上的设备,比如惯性导航设备、红外线探测器等降低价格。"

"能降到多少?"

"八十五万美元。"

"再削减一些设备不是能更便宜吗?"

"这个……我刚才说的惯性导航设备是进入敌人领空时必需的设备。红外线探测器是低空对敌作战需要的设备。日本自卫队拥有战斗机的目的是迎击敌机,所以,没有这两个还说得过去。其他的设备都是必不可少的。"说完,里井叹了一口气,好像又想起了和拉克希德公司艰难的交涉过程。

一直在旁一言不发的壹岐这时也一字一顿,慎重地说:"我也同意里井常务的意见。如果只考虑价格降低飞机性能,将来一定会出问题。我认为,我们应该重新整理资料,从价格和性能两方面说明拉克希德的优越性。这些资料不仅要送交国防会议,还应该送给在野党人士。问题是怎么整理出一举击败格兰特的资料。最保险的办法是把格兰特的最终报价表弄到手,交给拉克希德,让他们重新考虑报价,等总裁来日本的时候把报价表带来。"

"有道理!先在案头上下功夫,定下拉克希德再说。设备以后还可以随时增加。壹岐君,没想到你还是个了不起的生意人嘛!"大门满心欢喜地说。

大门夸奖的话却像苛责自己的尖刀一样扎在壹岐心头。

这天虽然是工作日,但小出上午就没有在公司,而是到了公司在六本木公寓里的"分室"。站在面朝防卫厅大院的落地窗前,看着眼前熟悉的一切,回想那天在饭店他被拒绝在社长房间门外。不仅如此,事后壹岐也没有向他透露任何谈话内容。想到这些,小出心中大为不满。壹岐进公司比自己晚,虽然还只是一介合同制职员,却能堂而皇之地参加社长和常务的密谈。这还不算,在小出看来,抛头露面、冒险的事情都让他做,壹岐则躲在背后运筹帷幄。这让他对壹岐产生了反感。就拿发现并曝光G资金这件事来说,危险的事情全由他承担。他在这个房间里和防卫厅的人密会,索取情报,而壹岐一次都没有来过这里。

嘟嘟,嘟嘟,嘟嘟。突然传来有节奏的敲门声。一定是小出原来的部下防卫部装备课计划班班长芦田国雄来了。小出从防盗孔上往外看了一眼,确认是芦田后才把门打开。芦田一进门就把耳朵贴在门上,紧张地说:"好像有人跟踪我。"

小出笑着安慰他："你多疑了,哪有那么严重!"

"最近我老在路上和车站碰见同一个人。贝冢官房长是警察出身,说不定他已经怀疑我,派警务队的人跟踪我呢!"

警务队是调查取缔防卫厅内部犯罪和泄露机密的组织,相当于军事警察。

"你想得太多了。你今天带出来文件的时候,有人注意你吗?"

"那倒是没有。我是把它当作调查资料,光明正大地从调查作业室的文件柜里拿到办公室的。我假装给资料分类,趁人不注意把它夹到杂志里。然后,拿着这本杂志出来吃午饭。所以,应该没问题。"

"那你还有什么好担心的?"

芦田这才终于放下心来,把夹在腋下的杂志放到桌子上,说:"就是这个。"

这是一份格兰特 F-11 的设计说明书和报价表。文件第一页的右上方有一个零密字,右上角标着 3/10 的数字,说明这份是防卫厅内部共印有十份相同文件中的第三份。

小出不由自主地用过去同事时的口吻说:"这个数字不大,是川又防卫部长的?"

"对,你复印的时候不要把那个数字复印上。不然,有个万一,人家马上就会查出是从哪儿泄露的。"

"放心吧,我知道。我现在复印,你吃饭吧!还有酒,随便喝。"小出指着预先准备好的便当和酒柜,对芦田说。

设计说明书不需要,小出从报价表开始复印。

三百架飞机生产价格报价表

   机体   425000 美元

引擎推动系统	313000 美元
电子设备	117000 美元
武器装备	36700 美元
技术改良经费	53300 美元
飞机单价	945000 美元
三百架总价格	283500000 美元
工具等经费	8800000 美元
运输费单价	971000 美元
运输费总价格	291300000 美元
辅助器材（15%）	43695000 美元
三百架战斗机总价格	334995000 美元
每架总价格	1116650 美元

接着,小出又复印了电子设备、武器装备等详细内容,共达二百项的价格。此外,还有机体以外的设备、备用零件、辅助器材等的具体数据。有了如此详尽的数据,拉克希德不难制定出对自己有利的价格表。

"小出,快点儿！时间长了有危险,这你最清楚。"

"对不起,最后两张！"

小出急急忙忙复印完最后两页,把文件整理好,交给芦田,说："谢谢,我欠你一个人情。"

芦田看了一下表,十二点五十。确定还有一点儿时间以后,他说："我到现在还住在防卫厅的宿舍里。三个孩子,老大才上高中,以后的日子不好过啊！"

自卫官的退役年龄分别是,佐官级五十岁,空将补五十五岁,空将五十八岁。芦田是二佐,今年四十八岁,还有两年就该退役了。

"这件事就交给我这个老同事了,不会让你吃亏的。"

公司答应芦田退役后可以到近畿商事或下面的子公司工作。

"我当然相信你的话。不过,我再提个要求。我在玉川看上一套房子,价钱挺合适,只要先付七十五万日元的首付,剩下的我可以按揭。"芦田满怀期待。

"首付?可现在这个时期太敏感,过些时候再说吧!慢慢来才不会让人抓住把柄。这件事就交给我了。"小出给芦田吃了定心丸后接着说,"今天晚上去赤坂的夜总会花马车,我好好谢谢你。"

芦田把机密文件夹在杂志里,急匆匆地走了。

赤坂的夜总会花马车里,小出和芦田已经喝得酩酊大醉。芦田晃动着高大的身体说:"哎,这么贵的地方,你能喝得起?"

小出发泄着胸中的郁闷,大声说:"没问题!今晚咱们也像大人物那样,大把大把地花回钱!"

陪酒小姐见小出出手大方,就靠过来,撒着娇说:"哎呀,看您这么高兴,一定有什么好事吧?说来我们听听。"

小出醉眼惺忪地说:"哪有什么好事儿!不管是在公司还是在政府部门,没本事的人总是在那些精英VIP手下混,坐冷板凳。哎,是不是?"

小出拍了一下芦田的肩膀。芦田迷迷糊糊地点点头。

"您可真谦虚,能在高级夜总会喝酒,还说坐冷板凳!"陪酒小姐发出献媚的笑声。她们以为这两个人是公司课长或部长级别的人物,借工作之名来这里挥霍。

小出搂着小姐的肩膀,把平日里的不满一股脑儿发泄出来:"我这么大吃大喝也是一个小喽啰。我只有吃喝是部长级的,剩下的都是小喽啰!"

芦田不满地说："哎,你差不多点儿!刚才还说要给我开感谢大会呢!"

小出突然哭了起来："对不起!对不起!别和我计较。"

"哎呀,刚才还是愤青,现在一下子变成小可怜了。来,再喝几杯,高兴起来吧!"小姐们为了提成,纷纷替小出点名贵的酒。

夜总会的一角,一个男人一边招待客户,一边冷眼观察着这边。他就是东京商事航空事业部部长鲛岛。他叫过来一个认识的女招待,问:"那边那个叫了四五个小姐,胡吃海喝,哭哭啼啼的人,是不是近畿商事的?"

已经不算年轻的小姐点点头。

"噢,和他一起来的人呢?"

"好像是防卫厅的。"

鲛岛一把拉过小姐,往她袒露的怀里塞了一张万元大钞,说:"你去那边,好好给他们服务服务,听听他们说什么。"他还不忘叮咛一句,"把他的发票抄一份。"

十点多,鲛岛辰三离开了夜总会。鲛岛家在赤坂离宫附近的一所十层的公寓里。公寓周围绿树成荫,在繁华的东京闹中取静。一到晚上,周围的树丛一片漆黑,公寓各个房间里透出的灯光显得更加耀眼。

这所公寓里七〇三号鲛岛家的灯总是亮到最后。鲛岛坐电梯上了七楼,刚走到自家房门前,就听见里面有狗叫。那是四年前他从纽约带回来的宠物狗玛丽在迎接他。他刚要开门,门从里面打开了,他妻子美知子穿着睡袍站在门口。

"晚上好!亲爱的!"

"这都有几个星期没听见你说晚上好了。今天回来这么早,不是哪儿不舒服了吧？"四十一岁的美知子仍然很漂亮。她话中带刺地讽刺每天半夜才回家的丈夫。

玛丽扑到鲛岛身上，亲热地舔着他满是酒气的脸。

"我好着呢！今天是忙中偷闲吧。那些每天七八点就回家的商社人，哪有一个有出息的？"

"这么说，像小老鼠一样从早忙到晚的人才是商社人的榜样了？"

"没错，就为这个我才找到这所公寓，从田园调布搬过来的。这儿多好！到一桥的公司十五分钟，到防卫厅十分钟，到国会五分钟，到自由党本部也只要五分钟。"

"托您的福，我和孩子每天十二点以前都睡不了觉。我为什么偏偏要和商社人结婚？"这句话已经成了美知子的口头禅。

美知子是外交官的女儿。昭和十六年（1941年）鲛岛在东京商事伦敦分店负责采购船舶。当时各国已经看到世界不稳定的局势，不肯把船出售给日本。公司总部不断从日本发来购买船只的指示，伦敦的日本驻英大使馆也以政府要求为名日夜督促购买船只。那时候鲛岛还没有结婚，他只身飞往中立国挪威，和船主们深入交流，终于成功地购买到了货船。鲛岛的想法很简单。改造一条船并不难，货船一经改造就能成为军用运输船。他的这个办法果真奏效。就是在这期间，他认识了大使的小女儿美知子，并向她求了婚。在往返于伦敦和挪威的繁忙的工作中，他坚持每天一封信，一共写了一百二十五封英文情书，通过巨大的努力才终于娶到美知子。

"你要是饿了，厨房有饭。"说完美知子转身回了卧室。

鲛岛住的是一套四室一厅的房子。他走进宽敞的厨房兼餐厅，爱犬玛丽也跟了进来。

"欢迎你，玛丽。这个家里只有你理解我。来，给你吃点什么吧！"

鲛岛打开大冰箱,拿出一片火腿给了玛丽。自己从冷冻箱里拿出一份奶酪通心粉,放进烤箱里热了一下,吃起来。这种生活和在美国的时候没什么两样。美知子分别在瑞士和伦敦度过了高中和大学时代,加上和他一起在纽约生活的几年时间,美知子在国外生活了十几年。她的生活习惯更像外国人,为丈夫准备的夜宵都是不用自己再亲自动手的西餐。这时候,鲛岛其实更想吃一碗爽口的茶泡饭。可他现在只能吃奶酪通心粉,陪他的是爱犬玛丽。鲛岛心里多少有些不快。

起居间里传来十七岁的儿子打电话的声音:"啊,不!别这么说。我防守后卫。什么?到时候再说?别说这么无情的话呀!你保证你一定来,你不来我没办法打。"

儿子好像是在给女朋友打电话。从他用日语这点上看对方不是外国人,是日本女孩儿。鲛岛的儿子是在纽约上的小学,因为母亲操着一口流利的英语,所以在家也很少用日语。回国后,他无法在普通的日本学校上学,美知子要把他送到美国学校读书。鲛岛考虑到独生子将来的生活,虽然开始坚决反对,但后来又想,既然儿子的日语不好,不如干脆把他培养成一个国际型的人才。让他上美国学校,然后再去美国读大学,这也不失为一个好的选择。所以,最终同意了妻子的意见。

"好的。晚安,再见!"

儿子放下电话。鲛岛走进起居间。

"爸爸,您回来了!"

"伦敦,现在都是十点多了,还往女朋友家里打电话,不影响人家休息啊?"

鲛岛夫妇是在伦敦结的婚。为了纪念他们取"伦敦"这两个汉字给儿子起了名,念TOMOATU。他们还打算以各自出生地的地名为接下来的孩子取名。可是,最终他们只有伦敦这一个儿子。

"爸爸,你都听见了?她正在复习,准备期末考试,睡得很晚。"

伦敦身上看不到一点儿美貌的母亲的基因,长得极像父亲。一张皮肤浅黑的脸上长着一双鲨鱼一样的小眼睛。他穿着花哨的毛衣,说话一副大人腔。

"她是谁?"

"壹岐直子小姐。她和那些疯女孩儿不一样,又漂亮又温柔,特别好。"

"壹岐?这名字很少见。"

"嗯。她爸爸以前是日本军队的军官。下星期天她来看我的橄榄球比赛。完了以后,我们一起去她家,听他爸爸讲珍珠港。"

或许因为在美国没有学习到有关日本的知识,伦敦对日本历史有着异乎寻常的兴趣。

"要想了解珍珠港事件,你看书就行了。那个壹岐直子的爸爸是不是在近畿商事工作?"

"是啊,是你们竞争对手公司里的人。"

鲛岛大声训斥道:"伦敦!壹岐直子的爸爸就是一个小法西斯,根本不是什么了不起的人物。你将来是要去哈佛、麻省理工大上大学的人,不能跟这种旧职业军人的女儿交往!"

鲛岛挖空心思,费尽周折才终于使自己代理的格兰特有了希望。可是,就在国防会议即将做出决定之前,那个叫壹岐的旧军人出现了。由于他的出现,鲛岛陷入了绝境。一想到这些,虽说是孩子们的事儿,但他实在无法容忍自己的独生子和壹岐的女儿交往,还要去她家里玩儿。

伦敦满不在乎地说:"爸爸,你那么激动干吗?我的女朋友和你有什么关系?"

这时,电话铃响了。伦敦拿起电话,用英语回答了两句,把话筒交给鲛岛:"爸爸,洛杉矶来的电话。"

鲛岛马上把电话转到自己房间里:"喂!我是鲛岛。"

电话里传来洛杉矶分店飞机销售专员的声音:"喂!特大新闻!刚才拉克希德的F-104在爱德华空军基地坠毁了!"

"什么? F-104坠毁了?消息确切吗?谁驾驶的?"

"是被誉为空军试飞名将的隆奇罗大校。美国空军还没有公布这条消息,不过,不管美军安全飞行调查结果如何,这对拉克希德来说都是一个致命的打击。"

"好!你现在马上去爱德华基地,搜集一下美国空军在试飞中记录的有关F-104的不利数据,越详细越好。"

放下电话,鲛岛就像捕捉到了猎物,小眼睛里闪着狰狞的光。他的眼前浮现出近畿商事里井常务和壹岐的身影。就连今天晚上在夜总会花马车看到的一幕也成了一幅滑稽的漫画。

航空事业部的人都走了。壹岐一个人坐在办公桌前,闷闷不乐地抽着烟。快下班的时候,小出从六本木的分室回来,把格兰特F-11报价表的复印件交给壹岐,说"要去慰劳搞到这份绝密文件的人",就又走了。虽然获取这份机密文件是壹岐的主意,但他迟迟不愿打开看里面的内容。

壹岐渐渐开始厌恶自己现在的这份工作。只因偶然在爱德华基地目睹了原田考察团试飞的情景,坚信拉克希德F-104才是日本需要的新一代战机,他接受了航空事业部合同制职员这个工作岗位。但是,围绕着一千亿巨款的商战远比他想象的激烈,充满火药味。不知不觉中,他陷入了泥潭,不可自拔。从西伯利亚回国后,为了不再选择错误的人生道路,他度过了两年的失业生活。难道这就是自己的第二次人生吗?壹岐问自己,他觉得心中有种难言的荒凉。

已经晚上九点多了。同一楼层的机械设备出口部和运输机械部留下加班的人也都走得差不多了。空调关了,一半的灯也灭了,办公室里有点儿冷。留在这里没有要做的,可又不想马上回家。壹岐把小出拿来的机密文件锁进文件柜里,无精打采地走进电梯。

"壹岐,好久不见。"

电梯里有人和他打招呼,是钢铁部的兵头信一良。壹岐在大阪总部纤维部的时候,兵头在纤维部出口课。他比壹岐先调到东京。两人虽然在同一个公司,但因为部门不同,平时很少见面。

"啊,好久不见!兵头君,怎么,现在才回?"

"对。今天准备招待的客户感冒了,我正好抽出时间来把积压的工作处理一下。最近饭局太多了。您怎么好像没精神?"兵头看着壹岐问。

下了电梯,走出公司大门。一阵寒风吹来,兵头缩着脖子说:"关东的风真刺骨。"他猜出了壹岐的心思,于是说,"壹岐,我们好久没有一起喝酒了。怎么样,去喝一杯?"兵头虽然才三十五岁,但老成持重,任何时候都是一副泰然自若的样子。而且,目光远大,是个难得的人才。

两人上了兵头叫的一辆出租车,在西银座下车后,兵头领着壹岐进了一家夜总会。夜总会里灯光昏暗,铺着厚厚的红地毯。典雅的沙发上已经坐满了客人。由于是会员制,这里没有那么嘈杂。一个客人坐在钢琴前正乘兴弹奏着法国小曲。

壹岐和兵头在吧台前坐下。一个头发剪得短短的,长着一双像波斯猫一样大眼睛的年轻女人坐到兵头旁边,甜腻腻地说:"哎呀,阿兵,欢迎光临!"

兵头用热毛巾擦着脸说:"别阿兵阿兵的叫得那么亲热。我有名有姓,叫兵头信一良。叫我兵头!"

女人一点儿都不在乎:"对人还是那么冷淡!来这儿招待客户?"

"今晚我不是陪客户,是陪我的师兄来的。这儿不是女人和小孩儿待的地方,到那边去!"

兵头不客气地说。

女人毫不示弱地说:"这是我妈妈和我开的店,轮不着你阿兵在这指手画脚。就你这个野蛮的武士样,我还不愿意奉陪呢!"她伶牙俐齿地抢白了一番以后,又转向壹岐,用老板娘女儿的口吻说,"我叫红子,您慢用。"说完走了。

"这里老板娘的丈夫原来也是军人。"兵头喝了口酒,问起拉克希德F-104,"L作战计划成功了?"

壹岐面色阴郁地说:"正在朝那个方向努力,还不能放松。我现在倒觉得成什么样都无所谓了。"

"看样子,壹岐您也终于多少蹚了一点儿生意这摊浑水了。"

"何止是一点儿,是整个身体都泡进去了。可是,都到这种程度了,我还只是出些主意,实际操作的都是其他职员。我自己倒没有染指。"壹岐想起小出不时投向他的怨恨的目光。

"壹岐在航空事业部到底做些什么工作,我只能通过报纸、杂志猜想,无法知道真实情况。不过,只要基本理念没有错,其他的没有必要去在意。您的工作关系到日本的国防,不是普通的商战。"

壹岐自嘲地说:"我之所以决定去航空事业部也是因为有这个想法。但是,为了战胜对手,我不得不做一些连对你都不能说的、违反道义的事情。社长还夸我是个不错的生意人。"

"哦?在生意上要求那么苛刻的社长竟然这样夸您?要是我,一定会为这句话举杯庆祝的,可您却闷闷不乐。看来,这生意上的浑水您蹚得还远远不够。拿钢铁生意来说,商业权至今和战前一样,掌握在五井物产、五菱商事、大友商事、东京商事四家商社手里。像我们公司、丸藤商事这样靠纤维起家的商社只能捡人家的残羹剩饭。但是，为了发展公司的钢铁业务，即便是残羹剩饭也得吃。这不，前天为了请帝国制铁的采购部长和课长打高尔夫球，我一大早就背着他们的球杆，到车站排队买特快车票。"兵头喝了一大口酒，像是要把屈辱吞进肚子里，"而且，我以前也跟您说过，做钢铁生意的人都很看重人情，应酬不断，每天晚上都少不了饭局。在饭局上，你不光要喝酒，有时候还得扮演小丑的角色。否则，人家就说你不好说话，不跟你做生意。要让我说，您现在还能为道义、道德这样高尚的问题苦恼，真是太奢侈了！我也是上过陆军士官学校的人，也是曾经一心想早日上前线，为国捐躯的人啊！"兵头向壹岐吐露了心中的苦恼。

两人曾经为国家怀揣着同样的使命感，战败以后，经过十四年的岁月，两人又在为近畿商事承受着同样的痛苦和烦恼。壹岐和兵头喝着酒，觉得心里的孤独和空虚减轻了些许。

不觉已经十点多了。

"我打个电话。"壹岐拿过吧台上的电话，拨通家里的电话。电话占线。他又拨了一次，电话里传来妻子困惑和责备的声音："你在哪儿呢？松本部长刚挂了电话，他打了三次电话找你。"

"松本部长？他有急事？"

"好像是。他说今天没有宴会，往六本木的公寓里打过电话，你也不在。六本木的公寓是怎么回事儿？"

壹岐打断妻子的追问，说："我现在正和兵头君喝酒呢。我在这儿给部长打电话。"

壹岐拨通松本部长家的电话："我是壹岐。一直没有在家。"

"洛杉矶来电话，说美军著名试飞员隆奇罗大校驾驶的改良型F-104在试飞中坠毁，隆奇罗当场死亡。"

"什么？是什么原因？"

松本不安地说:"现在还不知道。我们正准备大力宣传拉克希德的性能和安全性都超过格兰特,现在出了这样的事故,怎么办?"

"我现在是在外面给您打电话。我马上回公司,到公司后再给您打电话。"

虽然壹岐尽量让自己冷静下来,但他受到了巨大的冲击。他仿佛看到酷似一只怪鸟的拉克希德 F-104 冒着黑烟,从高空坠落。

从东京商事六楼的航空事业部部长席上可以眺望到皇宫。鲛岛辰三很喜欢这座半年前为纪念公司创立五十周年而建的超现代化大楼。他梦想着终有一天他将坐进十二层的社长办公室,将平和门到皇宫深处的景色尽收眼底。到时候,他要让现在在商社中居第六位的东京商事一跃到三四位。而在一千亿的新一代战机这场空战中取得全面胜利,是实现这一野心的最佳捷径。

为了提高士气,汇集了公司四十个精英的航空事业部里,每个人的办公桌上都摆着一架格兰特 F-11 战斗机的模型。这是鲛岛给部下制定的任务。为了让这四十个模型在日本的天空上飞翔,这两年来,鲛岛呕心沥血,废寝忘食,攻克着防卫厅这个堡垒。

"部长,我回来了。"手提公文包,被加州的太阳晒得黝黑的常驻职员出现在鲛岛办公桌前。

"噢,辛苦了!进去说吧!"鲛岛对刚从洛杉矶飞回来的常驻职员说,没有寒暄问候,好像他是从大阪出差回来的。

两人一进部长会客室,鲛岛就迫不及待地问:"情况怎么样?"

五天前,得到拉克希德 F-104 在试飞中坠毁的消息以后,鲛岛立即指示在洛杉矶的常驻职员马上收集美军有关 F-104 的缺陷记录。深得鲛岛信任的常驻职员情绪饱满地说:"多亏出事当天我正好在爱德华基地,才及时得到情报。那天我正和试飞格兰特的飞行员在军官俱乐部喝酒,突然看到消防车和救护车开过来,接着听见有人说拉克希德F-104发生了紧急情况。我和格兰特的人坐上吉普紧紧跟在后面,只见机体瞬间坠落在跑道外两公里的地方,并且起了火。机体的后半部分还勉强保持了原型像海豹爪子一样形状奇怪的机翼,以上的部分成了碎片,隆奇罗大校当场死亡。这是现场的照片。"

照片上坠毁的飞机冒着黑烟和火焰,机体碎片散落在沙漠上。

"这张照片很有用!事故原因呢?"

"美国空军飞行安全监察部门正在调查,还需要一段时间才能公布事故原因。不过,据管制塔的人说,飞机是在三千多米的高度发生紧急情况的。飞行员呼叫说,引擎停止工作,准备滑翔降落。因为飞机是在一百五十米上空突然坠毁的,所以,目前事故原因有可能是隆奇罗大校操作失误这种看法占上风。"

"那就太没意思了!你从空军管制官那儿收买的拉克希德F-104空军试飞记录呢,给我看看。"

常驻职员马上把美国空军试飞记录复印件递过去。因为鲛岛说可以不惜一切代价,所以,他花了一万美元才得到这份材料。但这个钱花得绝不冤枉,这份绝密文件让鲛岛都感到不寒而栗。

文件的第一页是拉克希德F-104试飞总论,第二项是用美国空军的规定格式记录的事故统计。

拥有机数	290架
事故统计	82架
死亡事故	37名
脱险	59名

鲛岛发挥他一目十行的特长,看着术语成堆的资料,小眼越来越

亮。中间几次电话铃响,他都没接,随后干脆把电话线拔了。鲛岛的目光停在某个分类的"备考"一栏。

"哎,调转机头时,安全阀突然启动,失去目标。这是什么意思?"

"噢,这个意思是说在超音速飞行时,机头呈十二三度角变换方向时,安全阀自动启动,从而失去追击目标。这是一个需要注意的缺陷。拉克希德公司一直在隐瞒这一点。最近才终于搞清楚,这一点和引擎停止工作时的下降率是 F-104 的最大缺陷。"

"哦?失去追击目标?这对于战斗机来说岂不是致命的缺陷?你干得不错!我马上去找社长,你等我一会儿。"说完,鲛岛敏捷地移动着一米八几的高大身材,朝十二层的社长办公室走去。

鲛岛毫不理会秘书们的注目礼,径直走到社长办公室门前,正要敲门,社长秘书出来了。

"您来得正好。布宜诺斯艾利斯的客人刚走。"

望月社长手里夹着雪茄从隔壁会客室走出来。他看着鲛岛温和地说:"这段时间没看见你。新一代战机进行得顺利吗?"

望月社长温文尔雅,看上去不像一个商人,倒更像一位外交官。他毕业于牛津大学,语言能力超群,为人温和持重。作为商社人,虽然不少人怀疑他的能力,但是,在派系斗争极其激烈的东京商事,"人和"是最重要的。因此,他凭借着性格和人格魅力一年前当上了社长。

社长办公室布置得很温馨。鲛岛看着摆在办公室里的常驻职员从世界各地寄来的圣诞卡,不禁在心里发出冷笑。但他一点都没有表现出来心中的不齿,而是说:"社长,你还记得几天前外电报道的 F-104 坠落事故吗?"

"好像 UPI[①] 发过一篇这样的报道。"

[①] 合众国际社。

"因为发生了这个事故,我指示洛杉矶的常驻职员调查拉克希德的F-104,结果,他弄到了美国空军的机密文件。现在拿到公司来了。"鲛岛把大致情况说明了一下。然后,接着说,"这是一张王牌,可以彻底击败拉克希德。我想把这次弄到手的事故现场照片交给社民党的议员,让他们在国会上提及这个问题,一举拿下新一代战机。"

望月社长温和的脸上露出困惑的表情,说:"这个,有没有更稳妥一点儿的办法?"

"也不是没有。可是,现在到了最后关头,我们不得不重力出击。"鲛岛心想,你一个凭无能当上社长的人,怎么能理解这场一千亿日元的空间战?

这时传声器里有人通报,防卫厅贝冢官房长的秘书官给鲛岛打来电话。

鲛岛说:"社长,对不起!这个电话来得正好,请允许我在这里接。"他拿起话筒,"让您久等了,我是鲛岛。"

秘书官压低声音说:"官房长让我转告你,刚才《每朝新闻》的田原记者来采访拉克希德F-104坠毁事故。官方长告诉他这方面的情报商社可能比防卫厅掌握得更快。你们在洛杉矶那边情报收集得怎么样?"

"刚才常驻职员刚拿回来重要资料。田原记者确实会到我们公司来吗?"

"官房长的话说得很巧妙。"

"明白!请把我们的谢意转告给官房长。"鲛岛这句话也是故意说给望月社长听的。他放下电话,对望月说:"社长,贝冢官房长那边来联系说,报社现在开始关注这件事情了,建议我们充分利用媒体。"

一向小心谨慎的望月社长松了一口气。鲛岛的小眼睛里马上露出笑意,奉承道:"社长,还是您高瞻远瞩。这种办法可以不欠社民党的人情,也不需要花钱,只要让报社去写就行了。而且,效果还好。"

"哎!壹岐君!"

一向时髦潇洒的里井常务今天显得有些狼狈。

"常务,空幕的川又君刚打来电话,说《每朝新闻》的事儿。"

里井看了一眼走廊对面的会客室兼会议室,说:"所以你的电话老要不通?"

壹岐跟里井走进简陋的会议室,说:"川又来电话说,《每朝新闻》记者田原就拉克希德F-104坠毁事件采访了他和试乘过F-104的原田空幕长。田原问了一些牵制购买拉克希德F-104的问题,比如:事故的原因是什么,像隆奇罗大校这样鼎鼎有名的飞行员都出了事故,日本飞行员的技术水平能够驾驭F-104吗?而且,他还掌握了连原田调查团都无从知道的美国空军飞行记录。"

里井在会议室里来回踱着步,听壹岐说了川又的电话内容后,焦躁地说:"刚才我接到小出君的电话,说他和松本部长在九段会馆和客户谈完生意,准备回公司的时候,被田原堵在门口。田原拿出拉克希德F-104的缺陷报告数据,质问他们为什么要代理这样的战斗机。小出君假装上厕所,跑出来给我打了电话。田原搞这样的突然袭击,到底想写些什么?松本君笨嘴拙舌的,根本不是报社记者的对手。"

"田原记者不来采访您吗?"

"小出君在电话里说,他们不能让自己说的话被当作公司的立场报道出去,可是又没办法打发记者来找我,不知道该怎么办。不过,报社要写有关我们公司的报道,肯定要来采访我这个分管常务。我们做了那么多努力,现在终于到了最后阶段。如果这时候有什么负面报道,后果不堪设想。唉,看来是格兰特或者东京商事的鲛岛把美国空军的情报搞到手的。"

"看样子是。如果记者不来采访您,我就去一趟《每朝新闻》社,您看怎么样?"

"什么?你去报社?开什么玩笑!"里井当即表示反对,"人们常把现在的报社和战时的大本营相提并论,说明现在报社的力量有多强大。如果万事清白还好……自己找上门去,那简直是发疯!"见松本部长和小出迟迟不回来,里井更加烦躁不堪,"他到底还想写什么报道?外电已经报道过了……我给社长打个电话,实在不行,也只好请你去一趟。你做好思想准备。"

壹岐胸有成竹地说:"明白!幸好我只是一个合同制职员,以我的身份去报社不会给公司带来太大的不利。而且,以前田原记者为川又君调动的事情来过我家,希望我有这方面的消息以后告诉他。他也有求于我。"

下午六点,壹岐来到位于有乐町的《每朝新闻》社。因为大门社长做出判断,认为凭壹岐合同制职员的身份,不会使事态恶化。而且他相信壹岐能打探出记者的真实意图。事实上,今天被堵在九段会馆门口的松本部长和小出被搞得措手不及,完全被田原记者牵着鼻子走。

田原接到壹岐想见他的电话时感到非常吃惊,他让壹岐六点多到报社的咖啡厅来。壹岐找了一个靠里的位置坐下来,一边抽烟,一边等田原。他的脑海里浮现出田原颇有个性的脸庞,回味着他不一般的能量。这个田原能在第一时间掌握川又调动的消息,并将这一消息和新一代战机联系起来。正想着,身穿褐色灯芯绒西装上衣的田原已经坐在了壹岐对面。

"让你久等了。什么事情劳你亲自到我们报社来?"田原的三白眼里带着神秘的笑,问道。

壹岐直截了当地说："你今天就拉克希德F-104坠毁一事采访了我们公司的松本部长。我想请问,你打算写什么样的报道？"

田原要一杯咖啡,说："原来近畿商事航空事业部背后的部长还是你壹岐！"田原发出几声干笑,问,"你怎么看这次隆奇罗大校在试飞中坠落的事故？"

"在美国空军没有正式公布事故原因之前,除了深感遗憾之外,我没有任何其他看法。"

田原骨碌碌地转着三白眼问："哦？没有看法？这次事故非同一般。被誉为飞行员名将的隆奇罗大校驾驶的F-104坠毁了,但凡有常识的人都会想到是不是因为F-104在性能上有重大缺陷。你们这些商社的人,是不是把国家的新一代战机和罐头、收音机看得一样,只要能卖出去就行？"

壹岐心想原来他对商社有这种看法。他尽量不去刺激田原,平静地说道："这和这次事故是两回事儿。无论是客机还是战斗机,只要在天上飞,就有危险。即便采取最万全的安全措施,也无法保证飞机绝对不坠落。比如这次事故,很可能是因为一只鸟撞上了飞机,被卷进引擎,引发了事故。也可能是因为飞行员操作失误。再技术高超的飞行员也不是神,也会失误。所以,因为坠毁的飞机是飞行员名将驾驶的,就马上把这次事故和拉克希德F-104有安全隐患联系在一起,未免过于急躁。因此,我认为真正原因只有等美国空军正式公布。"

"有道理。不过,现实当中你说的例子都很少见。"田原步步紧逼,"有关拉克希德F-104的安全隐患问题,经过改良后至今仍有人担忧。在超音速追击敌机的情况下,调转机头时安全阀自动启动,操纵杆失灵,致使失去目标。作为战斗机,这难道还不是致命的缺陷吗？"

"相反,这不正说明拉克希德的安全性能好吗？也就是说,在调头时安全阀自动启动,通过短时间失去目标优先保障飞机的安全。当然,我也不是说拉克希德F-104是完美无缺的战斗机。随着日新月异的航空技术的发展,它还会被进一步开发,拥有能优良的性能。但我认为,现阶段推荐F-104是正确的选择。而且,在选定一国主力战斗机的问题上,防卫厅必须做出正确的选择。"

田原啪的一声放下咖啡杯,问道:"你这是对仅有两架试验机的格兰特F-11的批判?"

"你是报社驻防卫厅记者俱乐部的负责人,这个就交给你判断了。"壹岐淡淡地说,"对了,前些天你曾经夜访寒舍,询问空幕防卫部长川又空将补调动的事情。后来你有没有听到什么新消息?"

"这么说,还是要调动?"

"对。我听说贝冢官房长已经下达了内部指示,明年一月十号调川又任西部航空方面队司令官。"

"哦?到司空?也就是说,这是对拉克希德派的讨伐?那川又是去西空呢,还是退下来去近畿商事?"

"川又绝对不会当生意人,这是他的信念。不过,对不公正的人事调动,他也不会唯唯诺诺地服从。"

田原不由得把身体往前探了探,饶有兴趣地问:"这话是什么意思?"

"这个你最好去问川又,我已经是上了商社这条船的人了。防卫厅要培养出十年、二十年后的真正的防卫官僚,虽然现在是需要不断摸索,但私权和商权竟然左右人事变动,这种现状很令人担忧!"

壹岐话音刚落,田原的三白眼前已经出现了独家报道的大标题:"防卫厅围绕FX的离奇人事变动 新一代战机选定格兰特"。

看到川又的调动引起了田原的足够兴趣,壹岐说:"时间不早了,我该走了。再见!"

壹岐点点头,起身往外走。身后传来田原极有力的声音:"壹岐,你的话很有分量,我很感兴趣。拉克希德战斗机坠毁的报道我还是要写的!"

六本木的公寓里黑着灯。壹岐在黑暗中坐在沙发上,透过薄纱窗帘用疲劳的目光投向防卫厅大院。

晚上九点多,内部部局和陆海空幕的办公楼漆黑一片。原为旧陆军步兵第一连队营房的偌大的院子里,随处有警戒灯,在寒冷的夜幕里闪着白光。围绕第二次防卫力整备计划总额近一万亿的预算,厂家、商家、政治家、来路不明的出卖情报的人等,百鬼夜行,展开了一场恶战。看着寂静无声的防卫厅大院,壹岐竟产生了一种错觉,觉得这场恶战根本不存在。但事实上,他此刻置身于航空事业部的"分室",正是为了在这场恶战中成功出售拉克希德战斗机。

房间里没有其他人。壹岐见过田原,得知他通过某种手段得到美国空军有关拉克希德 F-104 的试飞记录,并打算以此为证据大肆渲染拉克希德 F-104 的缺陷后,马上去了久松经济企划长官位于平河町的事务所。因为,合众国际社报道了美国飞行员名将隆奇罗大校驾驶 F-104 机毁人亡的消息。如果田原的报道在日总部会引起轰动,格兰特的 F-11 目前仅有两架试验机并几乎没有飞行记录的事实就会被冲淡,拉克希德 F-104 便很难被选定为新一代战机。甚至在野党有可能在国会上追究这个问题。

因为事先没有约好,壹岐没能马上和久松经济企划厅长官取得联系。在这期间,他和里井常务取得联系,建议公司想办法直接跟《每朝新闻》社交涉,阻止田原发稿。结果只是让他重新认识到,关西地区的商社在报社面前束手无策。虽然大门社长主张请中央经济界的权威人士出面,给报社施加压力,但是壹岐没有马上表示支持。

考虑到报社最薄弱的地方,凭他在大本营的经验,他知道来自政府的压力最有效。

近畿商事通过资金建立起关系的自由党总务会长大川一郎虽然也是记者出身,但是《每朝新闻》竞争对手报社的记者,在这件事上起不到任何作用。所以,能够依靠的只有壹岐刚刚建立起来的久松清藏这个关系。到了傍晚,壹岐终于和久松联系上,和他商量对策。在久松的授意下,壹岐和里井常务一起跑了几个政治家的事务所,虽然阻止发稿的事情终于有了眉目,但交换条件对于身为旧军人的壹岐来说无论如何是不该做的事情。一想到交换条件,壹岐就想喝得酩酊大醉。如果酩酊大醉可以让他忘记自己是谁的话。

窗外的黑暗不知什么时候变得雪白。壹岐眨了眨眼睛,刚才零零星星飘落的雪花此时变成了暴风雪,被狂风裹挟着纷乱而至。被黑暗包围的防卫厅在飞雪中呈现出模糊的轮廓。大院一角,破旧的原步兵第一连队营房在白茫茫的大地上投下苍茫的影子。昭和十一年(1936年)二月二十六日拂晓,因不满陆军上层的腐败而奋起的年轻军官们就是从这个营房出发,踏着白雪分别走向首相官邸和陆军教育总监私宅。闭上眼睛,壹岐仿佛听到了和自己年龄相仿的年轻军官们坚定的军靴脚步声和枪声。

咔嚓,身后响了一下。壹岐一下子回过神来,在黑暗中定睛一看,房锁被打开了。他不由得直起身来。门被轻轻地推开了,一个黑影出现在门口,伸手按下了电灯开关。

"啊,壹岐先生!"

没等壹岐开口,小出喊了起来。看样子他被吓得不轻。小出身后站着一个身材强壮的男人,身边还依偎着一个花里胡哨的女人,一看便知是干什么的。

小出毫不掩饰地看了一眼里面的沙发床,说:"因为没开灯,没想到您在这里。这么晚了,您怎么一个人在这儿?"

壹岐对眼前这个没见过的男人心存戒备,简短地回答道:"我在这儿等个电话。"

"您早说的话,我就不会来了。这位是空幕装备课的芦田。"为了掩饰带应召女郎来这里的尴尬,小出介绍道。

壹岐对满脸酒气的芦田说:"初次见面,难得你来这里一趟,真是不好意思。小出君,给芦田找个能好好休息的酒店。"

小出凑过来说:"这个您放心。您在等谁的电话?"

壹岐没有回答小出,而是催促道:"今晚我要住在这儿。赶快去给客人找个地方,不然对人家不礼貌。"

小出讨了个没趣,带着芦田和女人走了。

小出走后不久,电话铃响了。

"喂,我是壹岐。《每朝新闻》的稿子怎么样了?九分把握……停发。当然,日报最终发稿时间是凌晨两点。在这之前,我都在这里等候消息。长官,非常感谢您的关照。"

电话是久松清藏亲自打来的。壹岐怀着终于得救的心情向久松表示感谢。

晚上十点,《每朝新闻》编辑部灯火通明。社会部和政治部的记者们正在以飞快的速度写新闻稿。他们身旁,编辑在指手画脚,还有人在电话上大声重复着对方的话,整个编辑部气氛紧张忙乱。

田原记者趴在政治部的桌子上,奋力挥动着手中的铅笔。他不时舔一下笔尖,这是他写重大独家报道时的习惯。这两天来,他一直避开别的报社的耳目,进行秘密采访。他从东京商事那里得到 F-104 坠毁现场的照片和美国空军的机密文件,请航空评论家做了点评,现在正在写特别报道——"FX 何去何从"。每次写重要稿件的时候,田原都很兴奋,紧握笔杆子的手上渗出细汗。突然,有人拍了一下他的肩膀。回头一看,是政治部部长。

"您等一下,马上就完。"

部长看着稿子说:"不用写了。"

"不用……"田原好像撞见了鬼。

"你过来一下,我有话跟你说。"

部长走到窗边。田原看了一眼墙上的挂钟,确定离截稿还有一段时间以后才走到部长旁边,不满地说:"快截稿了,这时候您找我有什么事?"

"那篇稿子用不着赶了,这个了……"部长两手食指交叉,做了一个稿子被枪毙的手势。

虽然田原已经猜到报社一定是受到相当大的压力,但他故意不解地问:"哦?这就奇怪了。为什么?"

有着二十年政治部记者经验的部长苦着脸说:"你冲我嚷嚷也没有用,是上面的意思。"

"上面是谁?编辑局局长?"

见田原大有要去找局长的势头,部长说:"你别急,是更高层的人。你也知道,我们报社正打算收购护国寺印刷厂的那块国有土地,是跟这件事有关的人。"

《每朝新闻》每天要用高速公路运送日报,所以他们向关东财务局提出申请,希望国家能够转让护国寺附近高速公路沿线的国有土地。想要那块地的还有十多家,其中包括农业协会、全日本战争遗属会等。为了力排竞争对手,不仅驻大藏省记者俱乐部的记者们动用了一切关系,而且连副社长也频频拜见大藏大臣。

"那件事和我的稿子有什么关系?"

"实话跟你说吧,刚才大藏大臣亲自给副社长打电话,说前几天大藏大臣刚发表谈话,在新一代战机的问题上表明了慎重的态度。国防会议也因此延期。在这个当口,希望我们不要再追究这件事情。作为条件,他可以以新闻报道优先的理由,挤掉已有八分把握的全日本战争遗属会,让我们社拿到那块地。"

"后台是不是总务会长大川一郎?"

"不是,我让驻大藏省记者俱乐部的负责人了解过。到底是谁,我们一点儿都没有线索。"

"都已经有八分把握的全日本战争遗属会那么容易就让步了?这里面有什么原委?"

"不知道,但这件事已经是铁板钉钉了,你就别再追究了。"

田原沉默了。他抱着肩膀想,知道他要写有关FX报道的只有东京商事、近畿商事和航空评论家H。这篇报道对东京商事是有利的,航空评论家没有理由也没有能力阻止发稿。那么,这件事只有可能是一个人干的,那就是今天下午特意来找他的壹岐。可是,关西那个靠卖棉纱起家的小掌柜商社不可能有这么高的战术,让大藏大臣出面替他们说话。那又是谁请动了大藏大臣?一个个政治家的面孔在田原脑海里闪现而过。佐桥大臣最初是站在昆巴一边的。昆巴因价格过高被淘汰以后,他又转向支持格兰特。现在,佐桥大臣竟然要求撤掉对拉克希德不利的报道,这只能说明最近拉克希德的势力正在政界不断渗透扩大。正因为如此,田原就更想写一篇独家报道。

他逼问道:"部长,那您觉得呢?"

其他记者觉察到问题的重大性,都偷偷地往这边瞟。部长不想把事情闹大,他看着白雪纷飞的窗外说:"这你应该知道。我也是记者,也不想跟你说这番话。可是,高速公路边上的印刷工厂对我们社来说至关重要。你再写多少报道,如果不能及时印刷,不在最快时间把报纸发出去,不是也没用吗?"

田原毫不退缩:"这么说,不管我写出怎样惊心动魄的独家报道,都不给登了?"

"嗯,对。"部长尴尬地说。

"您要这么说,我也没办法。但是,我作为新闻记者的精神和灵魂不会丢!"田原一把抓起自己桌子上的照片和稿子,气愤地走出编辑局。

田原边往资料室走边想,让报社撤销稿件的手段有多种,从这次他们抓住报社最薄弱的政府环节,在收购国有土地这件事做文章上来看,操纵这件事情的一定是个老谋深算的高手,而且是知道《每朝新闻》社正在和农业协会、全日本战争遗属会等竞争土地内幕的人。田原走进资料室,打开全国各团体的资料,抽出"全日本战争遗属会"的卡片,名誉会长久松清藏的名字赫然入目。久松清藏曾任大藏省主计局局长,战争结束时是铃木内阁的内阁书记官长。战后曾一度被解除公职。昭和二十八年(1953年)他首次当选为众议院议员,现任经济企划厅长官,是国防会议成员。田原灵敏的嗅觉一动。

"田原,在找什么资料?快截稿了,肯定很急吧?"身后传来资料室主任的声音。

"你值夜班啊?正好,你这个活资料库一定知道。"田原问,"战争结束的时候,内阁书记官长久松和大本营的参谋是不是关系密切?"

主任点点光秃秃的脑袋,说:"当时,久松书记官长除了起草御前会议的草案,还做了大量准备工作。和大本营的参谋有来往很正常。"

田原终于看清了事情的来龙去脉。原大本营参谋壹岐深知报社在政府面前软弱的特点,求助于故交久松清藏。久松找到大藏官僚时代的先辈同僚佐桥大藏大臣,偶然得知《每朝新闻》社也有意购买那块国有土地,便表示由他提出申请的、已经有八分把握的全日本战争遗属协会可以退出竞争。由此产生的损失由近畿商事补偿。原来是这道方程式！田原的双眼里喷射出愤怒的火焰。

这个王八蛋！表面上和善可亲，满口冠冕堂皇的话，说什么为日本国防担忧，背后却用这么高明的手段阻止发稿。而且，作为一名旧军人，竟然不惜牺牲建设全日本战争遗属会馆用地，简直是军人的败类！新闻记者的精神和灵魂岂能被这种家伙抹杀？田原手里紧紧攥着照片和稿件，陷入沉思。

第二天早晨，壹岐像往常一样来到公司，端端正正地坐在办公桌前。但因为昨晚没睡好，他的头昏昏沉沉的，一直到下午都没有清醒过来。

昨天晚上，壹岐在航空事业部六本木公寓的分室紧张地等待阻止发稿的消息。时间一点点磨损着他的神经。直到凌晨两点，得到确切消息后，他才在沙发床上躺下。

"壹岐君，太好了！"陪客户吃完午饭回来的松本部长重复着今天已经说过好几遍的话，"多亏了你呀！"

"哪儿的话！"

"哎呀！哎呀！常务就不用说了，听说大门社长也很高兴。如果这次是鲛岛耍的花招，那他现在还不知道瞪着一双鲨鱼一样的小眼睛，气成什么样了！真痛快！哈！哈！哈！"松本学着鲛岛发出怪笑。壹岐也不由得被他逗笑了。

小出喘着粗气，慌慌张张地走进办公室。他脸色苍白，把一份报纸放到壹岐桌子上。冒着黑烟的F-104的大照片和"FX何去何从——拉克希德F-104留下疑问"的标题顿时映入壹岐的眼帘。是《东都新闻》晚报社会版的头条新闻。壹岐惊呆了。

小出仍然脸色苍白地说："这是防卫厅得到的今天《东都新闻》晚报的样报，是装备课的芦田二佐给我的。"

松本部长哆嗦着嘴唇问："壹岐君,这……这是怎么回事？"

"不知道。"壹岐答道。《每朝新闻》记者田原和东京商事鲛岛辰三的脸出现在他眼前,重叠在一起。

部长席上的电话响了。小出拿起话筒,面部一下子僵硬起来。"《日本新闻》社会部？是,我是航空事业部的。部长现在不在,去大阪出差了。好,我和他联系……知道了。"小出放下电话说,"不好了,其他报社已经开始行动了！"

电话铃又响了。"《周刊东京》,找部长？"接电话的职员不了解情况,不慌不忙地说。松本急忙摆手。"噢,部长不在,出去了。"

小出似乎还对昨晚的事情耿耿于怀。他翻着白眼,阴沉地问："电话会一个接一个打来。壹岐,怎么办？"

壹岐无法回答。他无从判断到底发生了什么,为什么会这样。

原来被撤销稿件的《每朝新闻》记者田原不甘就此罢休,把照片和稿件交给了他认为可以信赖的、同为防卫厅记者俱乐部成员的《东都新闻》的记者。

十二月二十号,拉克希德总裁带着主管技术的副总裁和公关部长突然来到日本。他们从近畿商事得知《东都新闻》大肆报道了F-104坠毁的消息,其他报社和杂志社也正在行动的情况后,迅速做出反应,向日本的媒体提出进行事故说明的要求。总裁一行这次来日本就是为了召开记者招待会。

拉克希德远东分店的职员到羽田机场迎接总裁。一行人一下飞机就坐上车,径直开往帝国饭店。他们的车后,有辆车一直不远不近地跟在后面,里面坐着近畿商事的里井常务、松本航空事业部部长和壹岐。为了避免让人感到记者招待会有商社色彩,他们三人悄然在机场迎接总裁一行后,便不再公开露面。

车开到有乐町。拉克希德总裁一行的车直接开进了帝国饭店,近畿商事的车则绕道别处。

记者招待会于十一点在帝国饭店四层樱花厅举行,七十多名记者、摄影师到场。招待会由拉克希德公关部长主持,他曾经是CBC电视主持人,应付这种场面得心应手。他沉着地站在麦克风前,一旁是担任翻译的拉克希德远东公关中心的日本职员。

"亲爱的日本新闻界的朋友们,今天见到大家,我们感到很荣幸。拉克希德公司是一九一五年由拉克希德父子创办的有历史传统的公司。现在总部设在加利福尼亚州伯班克,是为国防事业和人类发展在飞机、导弹、宇宙开发等领域不断进行研究、开发和生产的美国最大的公司之一。公司包括在海外的员工共有约九万人,营业额在全美企业中排第三十名,平均每天达七百万美元。下面请总裁布朗先生代表拉克希德公司问候大家!"

布朗总裁站起身来。他头发斑白,有着美国西部男人特有的强健体魄。在闪闪的镁光灯中,他开口说道:"非常感谢能有这个机会见到各位,并和各位进行有意义的交流。前不久,日本某家报纸过度夸张地报道了发生在爱德华基地的拉克希德F-104坠毁事件。报道声称拉克希德F-104在性能上有重大缺陷,对此,我们深表遗憾。所以,今天我来到这里,给大家一个公正的说明和解释。"

布朗总裁用美国式的率直直截了当地说。他环视着在场的记者们,翻译刚把他的话翻译完,他马上接着说:"现在我就说明一下事故情况。驾驶员隆奇罗大校向管制塔报告,飞机在三千多米上空发生紧急状态,引擎停止工作,要求滑翔降落。但在距跑道两公里的一百五十米上空坠毁。据美国空军飞行安全部门调查,隆奇罗大校在滑翔之前忘记打开应急发电机,致使驾驶控制系统断电,造成飞机坠毁。也就是说,事故原因是由于驾驶员的操作失误。"

担任主持的公关部长及时把用英日文两种语言写的资料发给记者,说:"我们带来了美国空军飞行安全部门截至昨天发表的调查结果。"

记者席上一阵骚动,人们争相传阅资料。坐在最前排的《每朝新闻》记者田原率先举手提问,表示了怀疑:"既然是美国空军的调查报告,为什么不由空军,而是由民间企业发布呢?"

公关部长镇定地回答:"这是由于美日两国对战斗机坠毁事故的认识有所不同。在美国,军用飞机和民用飞机不同,既然有作战行为,就免不了有坠毁的危险。这种意识已经渗透到一般市民当中,因此战斗机坠毁并不是重大新闻。"

《东都新闻》的记者接着问道:"但是,美国空军飞行员名将隆奇罗大校驾驶的拉克希德F-104坠毁这一事件,在日本是重大新闻。因为拉克希德战斗机是日本新一代战机候选机型之一。"

布朗总裁说道:"飞行员名将之所以成为名将,是因为他们掌握了高超的驾驶技术,可以战胜常人无法战胜的困难。在这点上,飞行员名将永远不会死的。但是,有不少飞行员名将都是因为基本的操作失误而丧生,这也是事实。这也可以说是飞行员名将的宿命。隆奇罗大校正是背负着自己的宿命失去生命的。"布朗总裁充满悲伤地向记者们诉说。

《每朝新闻》记者田原的一双三白眼炯炯有神,他继续追问道:"美国空军的资料显示,拉克希德F-104有一个致命的弱点,那就是在超音速飞行过程中,调转机头时,安全阀自动启动,致使战斗机失去目标。请您就这点给予说明。"

分管技术的米尔副总裁回答这个问题。他瘦骨嶙峋,稳重沉静,是典型的技术型人才。"在超音速飞行中,只盯着敌机进行战斗是非常危险的。因为,飞行员极有可能只注意敌机而忽视自身机体的平衡和速度。在超出人力所能控制的情况下,假使发生因调转机头飞机失速的失误,安全阀也会自动启动。虽然一瞬间失去目标,但能控制失速,保障飞行员的生命安全。安全阀可以说是保护生命的安全阀,是我们公司值得骄傲的独家技术。"

记者们不停地做着笔记,有人要求说明得更详细一些。米尔副总裁拿出早已准备好的图解表,做了进一步详尽的技术说明。

《日本新闻》的一位资深记者提出问题:"但是,西德购买的F-104经常出事故,被揶揄为'寡妇制造机'。对这一点,您如何解释?"

"那不是因为F-104性能不好,而是由于其他种种原因。比如恶劣的天气状况、飞行员的失误等等。"

记者紧追不舍:"请你说得再明确一些!"

布朗总裁半开玩笑地说:"西德是我们公司重要的客户,剩下的就交给各位去想象吧!"

记者席上的提问开始活跃起来。

"请问,你们打算如何改良出口日本的战斗机?"

"因为在美国和西德,F-104是用于对地面攻击的,所以需要惯性导航装置。而日本用于空中迎击,因此,不必安装惯性导航装置,投弹装置也可简化。另一方面,要强化应对全天候迎击的雷达装置。"

"价格是多少?"

"这是企业机密,请向防卫厅询问此事。"

"布朗社长有没有拜访防卫厅和首相官邸的计划。"

"如果选定拉克希德,我一定前去拜访。"

布朗总裁机智幽默的回答引来记者席上的一片笑声。公关部长借机巧妙地宣布记者招待会结束:"提问就到这里。我们为各位准备了简单的午餐和饮料,请大家享用。我们可以在轻松的气氛中继续交流。"

记者席后面的隔板门被打开,一场自助餐式的宴会会场已经布置停当。除了记者,拉克希德还邀请了商社和厂家参加宴会。到场的商家很少。记者们端着餐盘,喝着啤酒、威士忌,谈论着与防卫有关的话题。拉克希德远东分店总动员,全体职员到场招待客人。布朗总裁满面笑容地和记者们握手。

作为拉克希德的出口代理商,近畿商事航空事业部也派几个人到场参加宴会。他们尽量避免引起人们的注意。其中,壹岐始终在默默观察布朗总裁。他很佩服布朗总裁应对媒体的能力,不愧为美国大企业的领军人物。

"哼,要招待拉克希德公司的人,不能来。小出也太不够意思了。"

在赤坂的夜总会花马车里,空幕装备课计划班长芦田国雄一口喝干杯中酒,小出刚才打的电话让他气不打一处来。在他看来,拉克希德总裁再了不起,也不过是来摆平日本记者的。他越想越生气,又把杯里的稀释威士忌一口喝干。

已经和芦田混熟的小姐过来说:"您今晚喝得真痛快。要不,来杯不兑水的吧!"

"好,要两杯!你也陪我喝一杯。"

酒端上来了。芦田把手放到小姐薄裙下的丰满的大腿上,被欲望驱使着,满嘴喷着酒气说:"今晚这儿关门以后,我们去吃寿司?"他想趁小出不在的时候尝尝赤坂高级夜总会坐台小姐的滋味。

"对不起,我妈从老家来了,今晚我得早点儿回去。"

"什么妈,怕是秃了头的干爹吧。你还不是看不起我这个拿人家钱喝酒的、挣不了大钱的公务员!"芦田开始胡搅蛮缠。

一直在不远处观察芦田的年纪稍大的小姐这时走到这边来。她就是鲛岛曾经关照,让她注意小出和芦田的那个女招待。她抛着媚眼说:"欢迎光临!您眼睛里总是只有年轻漂亮的女孩儿,也请我喝一杯呀！"

芦田抬起醉眼惺忪的脸："噢？想喝什么就要，我刚被这个靓妹给甩了！"

年轻小姐为难地说："芦田先生，您怎么这么说？今天真的是我妈来了！"

"原来您叫芦田。是律师？"

被人当成律师，芦田的情绪一下子好起来。他兴奋地对年轻小姐说："去把我存的公文包拿过来！"

一个坐在吧台前独自喝酒，暗中观察芦田的男人，把锐利的目光投向小姐拿来的黑色公文包。早已喝醉的芦田做梦也没有想到，在这灯红酒绿的夜晚竟然有人在监视自己。他用已经不听使唤的手打开公文包，里面是证券。

在年轻小姐眼里证券变成了现金："啊！这全都是证券？"

芦田拿起一叠证券，咔咔地翻着，炫耀着，说："对！你看看上面的名字，全是我的！"

"哎呀，这么多！有五千股吧？"

"五千股？翻倍，一万股！炒得好的话，我可以让你有家自己的店！"为了博得美人的欢心，也因为第一次拥有时值七十多万的股票，芦田兴奋得声音都变调了。

上年纪的小姐惊讶地问："一万股？是哪儿的股？"

芦田把半开的公文包全部打开，小姐羡慕地说："啊呀，是近畿商事的。这可是优良股啊！"

在吧台把这一幕全都看在眼里的神秘男人这时站起身来，假装上厕所，经过芦田身边时，一双眼睛紧盯着证券。芦田一回头，男人马上转过脸去。芦田愣了一下，觉得好像在哪儿见过这个人，但一时想不起来。他乘着酒兴，继续炫耀他的股票。

"你在干什么?"背后传来质问的声音。

"是你呀!小出,把我一个人扔到这儿!"芦田不高兴地说。

"美国生意场上的大人物没我想象的那么花。"趁小姐去要酒的当口,小出苦着脸提醒道,"你怎么在这儿展示这东西?让对手看到了怎么办?"

芦田心中一惊,环视了一圈,没找到刚才那个盯着股票的男人。

"小出,刚才有个可疑的家伙,好像是我经常在地铁里和车站碰到的那个人。他看见我皮包里的股票,就悄悄地走了。"

"什么?我今天给你的证券?"小出说不出话来。

芦田一再说想在今年年内买房子。虽然小出试图说服他,在两年内买房子可能露出马脚,让他再等等,可芦田坚持要在FX商战结束之前拿到好处费。小出只得和里井常务商量,给了他相当于七十万的公司股票。没想到他竟然喝醉酒,在酒吧里炫耀这些股票,还被身份不明的人发现了。小出惊出一身冷汗。

"走了!"

小出一手拽起芦田,一手拿上他的公文包,急匆匆走出夜总会。芦田的酒早已经被吓醒,在刺骨的寒风里哆嗦着身体,惊慌失措地说:"看来我还是被警务队盯上了。这下可糟了!怎么办呢?"

"还没那么肯定。我们还是跟壹岐说一声吧,以防万一。"

虽然小出极不情愿,但这种时候能够冷静地做出判断,想出对策的不是里井常务,也不是松本部长,而是壹岐。小出和芦田坐进一辆出租车,向壹岐家驶去。

壹岐泡完澡,穿上棉袍,喝着妻子给他沏的茶,说:"明天还得早起,我先睡了。明天六点二十叫我。"他收起刊登着拉克希德总裁记者招待会报道的晚报,站起来。

"这么早就睡了？拉克希德总裁什么时候回去？"

壹岐含糊其词地说："还不清楚。"

事实上，明天早晨六点半，拉克希德总裁布朗将在里井常务单独陪同下，拜访平南台的首相私邸，把美国总统写有"希望早日选定新一代战机"的信件交给首相。然后，直接去羽田机场，坐八点四十分的航班飞回美国。壹岐听说，所谓"希望早日选定新一代战机"即"希望选定拉克希德"之意。同时还含蓄地提到，如果日本国防会议正式决定选用拉克希德 F-104 为新一代战机，一直困扰着日本的钢铁出口定额限制将得到缓解，出口美国的汽车定额也将被取消。

"最近我回来得晚，你也累了，早点儿休息吧！"

佳子过来帮丈夫换上睡衣，担心地问："现在这项工作什么时候结束？"

"快完了。放心吧！"

"话是这么说，可最近你不去外地出差也经常不回家，我能不担心吗？"

正说着，门铃响了。

"这么晚了，是谁啊？"

"要是记者，就说我还没回家。"

佳子点点头，走出卧室。不一会儿又返回来说："是你们公司的小出。还带着一个人，说有急事。"

壹岐套上刚脱掉的棉袍，急忙走到门口，见小出和在六本木的公寓见过面的芦田站在那里。小出神色紧张地说："壹岐，实在对不起，这么晚来打搅您。"接着他把今晚在夜总会发生的事从头至尾告诉壹岐。

壹岐一言不发地听他把话说完，问一身酒气的芦田："到底是不是警务队的人，你自己不清楚吗？"

"两个月前我就总觉得好像有人跟踪我。我把空幕的所有警务官在脑子里过了一遍,确信跟我的人不是他们当中的一个。不过,我现在担心是不是上面派了其他部队的警务官。"

"以前有过其他部队的警务员跟踪你们的人的情况吗?"

"好像也不是绝对没有。"

壹岐问道:"你们从赤坂的夜总会到我家,这一路上没人跟踪你们吧?"

小出和芦田同时心中一惊,面面相觑。

(未完待续)

不毛之地

（中）

[日] 山崎丰子 著　刘小俊 译

青岛出版社

第十六章 怪 鸟

电视机里传来七点的报时声,新闻播报开始了。芦田国雄家热闹起来,厨房里飘出阵阵酱汤的香味。芦田住在自卫官宿舍,两间房,加上厨房、浴室、厕所,总面积四十二平方米。这对一个五口之家来说未免太狭窄了。最近,芦田常常在妻儿面前夸口,说要买所房子,从这儿搬出去。妻子孩子相信了他的话,高高兴兴地盼着那天早日到来。

"他爸,你干什么呢?我给你盛上饭了!"厨房里传来妻子的声音。

芦田正抱着装有一万股证券的公文包,在里间的壁橱前摸摸索索。

上中学的女儿过来说:"爸爸,你找什么呢?不赶快吃饭,您上班要迟到了!"

芦田让女儿别管他,先去吃饭。想起今天起床的时候,妻子正在厨房往米柜里倒元旦吃的糯米,他灵机一动,心想藏到那里面肯定发现不了。他把书包里的证券装进一个塑料袋里,趁食欲旺盛的孩子们只顾吃饭的时候,悄悄地把塑料袋塞进米柜,再在上面盖上米。然后,若无其事坐到电视机前的小桌前,端起饭碗。豪华的电视机和简朴的宿舍极不相称。这个在邻居中处于领先地位的电视机是他跟近畿商事要的。

"有人吗?"门口有人问。

妻子急忙去开门,回来说:"是入间自卫队的,好像是你的部下。"

"谁呀?一大早的。"

芦田急急忙忙就着酱汤把饭吞进肚子里,到门口一看,是两个穿西装的男人。他看了一眼手里拿着大衣的年轻人,马上僵住了。那正是昨晚在花马车俱乐部炫耀股票时从他身边经过的神秘男子。

来人看着发呆的芦田,亮出身份证说:"你是芦田国雄吧?我是这个。"

入间基地警务分遣队 一等空尉 尾崎省二

芦田第一个反应是想从后门逃出去。警务官早有提防,一个箭步逼近芦田,说:"我们有些事情要问你,请你跟我们走一趟。"

"问……问什么?我什么也……"

"你就跟我们走一趟。我们不会为难你家人的。"来人往屋里看了一眼,压低声音说。言外之意,如果不跟他们走,对芦田绝没好处。芦田的心怦怦直跳,他回到房间,简单准备了一下,对正忙着照顾孩子们的妻子说:"入间基地有点儿急事,我得马上去一趟。"

芦田跟着来人走出宿舍区,看到广场的电话亭旁边停着一辆警务队的蓝色吉普。

一个小时后,上午八点半,芦田被带进位于埼玉县丰冈的入间基地。这里是航空自卫队的基地,机场周围有一片关东平原上的杂树林。警务队的蓝色吉普驶过大门正面的钢筋混凝土建造的司令部大楼,在后面一座破旧的木楼前停下来。警务分遣队队长办公室和讯问室就在这里面。

警务队负责调查自卫官的违法行为,监视他们的行动,同时也是司法警察,拥有逮捕的权力。陆海空各幕僚监部设有中央警务队,地方基地设有分遣队。警务队被自卫队队员们视为秘密警察,人人避之不及。

走在咯吱作响的楼道里,芦田不知道自己为什么被带到这里来,心中更加觉得惶恐。

芦田走进大约八平方米的询问室。询问室里没有窗户,除了门就是白色的墙壁。尾崎警务分遣队队长坐到芦田对面,身穿制服、担任书记的一曹坐在旁边的一张小桌前,打开记录本。

三十五六岁就当上一等空尉的尾崎分队长面色白净,看上去温文尔雅。但他的眼珠子很少转动,让人感到阴沉可怖。他说道:"虽然我对你的调查已经结束了,但是,为了慎重起见,还是要问你一些问题。希望你如实回答我,不然后果自负。这点你要想清楚了!"

芦田不由得生气地说:"我先问你,我是空幕装备课的,你们为什么把我带到这里来?我要和我的上司联系!"因为对方虽然是警务官,但仅仅是个一尉,自卫官官衔在芦田之下,所以,芦田表现得很强硬。

"虽然本该由空幕中央警务队的人跟踪、调查你,但因为你能认出他们,所以中央警务队队长把这个任务交给了我。因此,你没有必要和你的上司联系。"尾崎冷冷地回绝了芦田的要求,开始核实姓名。

芦田一脸怒气地说:"总之,先让我和空幕联系。否则,我不回答任何问题。"

尾崎警务官从口袋里掏出警察证,微笑着说:"芦田,不要忘了刚才我们到你家时对你的照顾!我们是请你来协助调查的,如果你不说,我们也不强迫你。我们已经掌握了确凿证据,虽然今天可以让你回去,但是我们会马上向东京地方检察厅提请批发逮捕令。明天再到你家的时候,我们就得给戴上手铐了。你看这样行吗?"

"什……什么？我没做什么亏心的事，你们怀疑我什么？先讲清楚。"芦田一下子软了下来。

尾崎根本不打算回答芦田的问题，直截了当地问道："昨晚八点到九点，你在赤坂的夜总会花马车找小姐陪你喝酒，付账的时候花了多少钱？"

芦田没想到尾崎突然问到付账的问题。每次去喝酒都是小出签字，一杯威士忌多少钱，小姐的点名费是多少他根本不知道。第一个问题上他就被问得哑口无言。

"回答不上来？是不是因为不是你付的钱。"

"我想起来了。昨天晚上我喝醉了，记得不太清楚。好像我要走的时候，碰到一个朋友，他替我付的款。"

"你的那个朋友是不是近畿商事的小出宏？"

"是……但是，他两年前还在空幕调查课工作，我们也就是以前的同事关系。"芦田无意识中开始对比他年轻、官衔在他之下的尾崎用起了敬语。

"之前你也和小出在那家夜总会喝过酒。那次也是小出付的钱吗？"

"可能是。"芦田无奈地点点头。

"我来把我调查的结果告诉你，供你参考。这个月你一共去过花马车三次，消费了十二万五千二百三十八日元。你的月收入税后是六万五千零九十日元。也就是说，你三个晚上就喝光了两个月的工资。当然，发票上写的是近畿商事航空事业部的名字。这点我想你不会不知道吧？"他用一动不动的眼珠盯着芦田，追问道，"而且，昨天晚上你获得了近畿商事一万股的股票，时价七十五万。请问，你买股票的资金是哪里来的？"

芦田告诉自己，只要藏在米柜里的证券不被发现，他们就没有证据。他装腔作势地说:"什么近畿商事的股票?我根本不知道。是谁在造谣?"

"你只要回答我的问题就行了。哪儿来的资金?"

"我不知道的事情,没办法回答你。"

"那你就好好想想,七十五万日元的资金是从哪儿来的?"

无论芦田如何否认,尾崎仍紧抓着这个问题不放,一遍又一遍地重复着同一个问题。芦田渐渐地有些撑不住了,虽然他试图躲开警务队长的目光,但四面白色的墙壁又向他压来。终于他失去控制,大声喊道:"别问了!你那么想知道,去问近畿商事好了!"

"这么说,那些股票是近畿商事送给你的?现在那些证券在哪里?是在你家,还是在你们坐出租车去的近畿商事航空事业部合同制职员壹岐正的家?"

还是被跟踪了。芦田沉默了很长时间,最后故意装出一副毅然决然的样子说:"事实上他们确实送给过我股票,但是,我说我不能无功受禄,拒绝了。小出君说这是公司的决定,既然你不要,我们就去找壹岐先生商量一下。我们坐出租车到了壹岐先生家,我一张不少地都给他了。"

"是吗?取得搜查令之后,我们要对你家进行搜查。那些证券不会从你家米柜里被搜出来吧?"

芦田脸色大变。连家人都不知道的事情他们居然知道得一清二楚,说明自己在家里的一举一动都被他们密切监视了。

"你们连嫌疑人家里都要偷看!这已经超出了调查的范围,是践踏人权!"

"别这么激动,你这样有损空幕精英的形象。"尾崎用下巴点了一下芦田的手,说,"我只不过看见你的指甲夹缝里大米的粉末,猜测的而已。"他毫无表情的眼睛微微动了一下,接着说,"如果你不想让我们去你家搜查,现在就把你泄露给近畿商事的机密文件一件不少地按顺序交代。我们还知道你带淫猥的应召女郎去近畿商事在六本木租的公寓,我们甚至掌握了你不同凡响的性嗜好。"

芦田感到羞愧难当。在一次次和应召女的性交中,他渐渐地开始追求刺激。他已经无法继续抵赖下去了。他浑身发抖,开始交代:"对不起!一开始我并不是有意要泄露机密的。我看见其他人多多少少都给商社或者厂家透露消息,就……我没想到有这么严重。"

在制订第二次防卫力整备计划之前,首先由空幕装备课搜集、整理资料,探讨日本防卫今后的策略,并针对敌对国的军事力量,对日本所需的兵力数量、兵力部署等进行战略分析。商社最希望得到的是通过对大量资料和数据的分析、经过反复推敲制定的最终报告。商社可以从报告中得知购买战斗机和装备的数量、年度、考察团成员以及考察团出发的时间等等,从而制定合理可行的人员配置和销售目标。

"除了这些以外,最近,你还把格兰特的价格表交给了近畿商事。"尾崎一边提着茶壶倒茶,一边不容辩解地说。

"……是……不过,报价表不算是防卫机密,并不是重要文件……"

"即便不是重要文件,自卫官泄露机密也是触犯国家公务员法的。而且,那个价格表后面还有二百种之多的武器装备表。武器装备被指定为防卫机密。你泄露这些机密,是你一个人干的,还是上司指使你干的?"

芦田已经筋疲力尽。

"我……是那个……小出君……"

"如果是受上司指使,你的罪名性质就完全不同了。"

尾崎为什么如此在上司的问题上做文章?芦田突然想到,也许警务队真正要抓的不是自己,而是敢于和以贝冢官房长为首的内部部局作对的川又防卫部长。如若不然,他们已经掌握了足够的证据,完全可以直接把自己抓起来。他仿佛看到了一棵救命稻草,死死抓住。他抬起头,求救般地看着尾崎,说:"你说得对,川又部长让我给近畿商事提供方便的。"

当然,虽然芦田不会因此免于逮捕,但调查报告书里明确写进了川又伊左雄的名字。

晚上九点多,近畿商事六本木分室紧拉着窗帘。航空事业部的五名职员一言不发地忙碌着,像在演一出哑剧。他们正在小出的指挥下,蹑手蹑脚、悄悄地搬运复印机和办公用的桌椅,布置房间。他们有的拆开组装办公桌,有的把色情录像带和照片装进袋子里,有的往墙上贴画、把花瓶摆放到茶几上。

这是在公司商量好的。今天早晨,小出接到芦田国雄妻子的电话,说芦田被警务队逮捕以后,马上找到公司的法律顾问,和里井常务、松本部长、壹岐商量对策。他们一致认为当务之急是销毁在六本木公寓从芦田手里拿到防卫厅机密文件并复印的证据。

办公桌终于拆开了。一个职员到一楼找管理员。按计划,管理员带这个职员去看四楼的空房子时,其他职员把复印机搬上电梯,运出去。

电梯旁边的数字显示电梯在四楼停下来了。接着,电梯上来后,几个人把蒙起来的复印机抬上电梯。下到一楼,他们经过管理员室把复印机搬到外面。早已等候在拐角处的面包车迅速倒到公寓门口,几个人把复印机搬上车,其中一人坐进车里,车悄然开走了。

小出和剩下的人又悄悄回到公寓,把拆开的办公桌和椅子搬上一个小卡车拉走,然后开始打扫房间。他们用吸尘器清扫地毯,用硬刷子刷去办公桌和复印机留下的印记,用肥皂清除掉感光液的污点。然后把沙发、茶几搬到房间中央,铺上华丽的台布,又在吧台的酒架上摆上捷克的玻璃杯。于是,原来的办公室变成了一个豪华的接待室。

小出等人终于松了一口气,在沙发上坐下来休息。这时,有人敲门,原来是壹岐。

小出心中一惊,低声问:"出什么事了?"

壹岐用一贯平静的表情说:"没什么,我来看看。不错,大变样了!"

小出看房间已经全都收拾好了,就让其他几个人先走,自己和壹岐留下来。他关心地问道:"川又防卫部长那里有没有芦田的消息?"

"还没有。芦田君是什么样的性格?"

"工作上认真、有能力,但性格软弱,胆小怕事。"

"这么说,我们也得做好思想准备了。"

"所以,我希望公司能让我马上去美国出差。壹岐先生,您常说FX的专员最好准备三样东西,以防万一。注射器、护照和签证。这些我都准备好了,明天就能走。"

"小出君,你的心情我很理解。现在公司也正在研究这个问题。"

小出焦急地说:"研究?现在最大的问题不就是时间吗?壹岐先生,接受警察审问的时候,应该注意些什么?"

"因为要想自圆其说,必须每个环节都做到无懈可击,这不大可能,所以,最好保持沉默。能不能把沉默坚持到最后,那就看个人的意志了。"

"可是,我和您不一样,没接受过战犯审讯,不知道能不能坚持……"

"小出君,有我们呢,你要坚强起来!走吧!我们早点儿离开这儿吧!"

走到门口,壹岐突然站住,问:"垃圾桶、浴室里没有芦田留下的东西吧?"他的声音冰冷冷的,和刚才那个鼓励小出的壹岐判若两人。

小出心中掠过一丝怨气,原来壹岐来这里不是为了鼓励自己,而是为了说这句话的。

第二天早晨,小出比往常起得早。他自己去信箱里拿来当天的日报,看到两份报纸上都没有登芦田国雄被捕的消息,才松了一口气,开始吃早饭。昨天整理、布置好六本木的公寓后,小出已经做好了被当局传唤的思想准备。

小出的妻子边泡红茶边为难地说:"我家里来电话,说你昨天搬过去的复印机特别大。我爸妈说可以在他们那儿放几天,不过,让你早点儿搬走。"

"昨天晚上不是已经说了嘛,在他们那儿放一段时间,而且不要告诉任何人。你再跟他们说说。"

女儿们起来了。小出站起来,听着孩子们嬉闹的声音,开始换衣服,准备上班。这时,门铃响了。他妻子用围裙擦着手走过去开门。小出听到门口有人说:"我们是警视厅的,你丈夫在家吗?"他一下子愣住了,虽然惊慌失措,但为了不让孩子们觉察到,他顾不上穿西服,只穿着衬衫走到门口。

两个便衣警察站在门口,其中一个说:"你是小出宏吗?我们是警视厅搜查二课的。请您跟我们走一趟,协助我们的调查。"口气虽然很客气,但眼睛里流露出的分明是押送嫌疑人的眼神。

小出说:"明白了。我去穿件衣服,请你们不要惊动孩子。"考虑到今晚很可能要在拘留所过夜,小出让妻子拿来内衣后穿在身上,又穿了两双袜子。

小女儿探过头来,说:"爸爸,今天不冷。"

"嗯,爸爸今天有点儿感冒。快去吃饭吧,要迟到了!"小出打发走女儿,穿上外套,悄悄走到门口。

"他爸……"身后传来妻子带哭腔的声音。

"别担心,我很快就回来。"

"可是……"

小出咬紧牙关,被两个便衣夹在中间,头也不回地出了家门。隔壁的门哗啦一声打开了,没有发现异样的邻居热情地打招呼:"早上好!"小出扭曲着面部,勉强打了一个招呼。走到离他家不远的十字路口,他被带上一辆停在那里的车。

警视厅设在地下的审讯室里只有一个面朝楼道的小窗户。小出在这间审讯室里从早晨到现在,一直在接受审讯。头上的电灯泡开着。坐在小出对面的五十来岁的部长刑警和三十七八岁的警部补① 各点上一支烟。部长也给了小出一支,说:"我再问一遍。你和芦田就是过去的同事,经常一起喝喝酒、吃吃饭,没有更密切的关系?股票的事情你也不知道?"

小出点点头。

年轻的警部补沉不住气了,大声说:"从早晨审到现在,十个小时,这就是你的回答?"

部长示意他冷静,目不转睛地看着小出,耐心地劝说道:"你也累了吧?早饭、午饭都没吃,晚饭不知道要到什么时候,肚子肯定也饿了。谁都一样,开始都不说,可到最后还是得交代。你别固执了,也不要碍于情面,早说了早回家,好让你家里人放心嘛!"

---

① 日本警察(官)的职级之一。在巡查部长之上,警部之下。

警部补逼问道:"问了多少次了,你在六本木的公寓到底和芦田干了些什么?全部交代出来!"

"我已经说过了,就是作为出入防卫厅的商社一般招待。在房间里喝喝酒,打打麻将。那套公寓其实和公司的宿舍差不多。"

"招待室里为什么要放复印机?"

"没有复印机。"

"哦?没有复印机,你怎么能复印芦田交给你的格兰特价格表和二百种武器装备表这种机密文件?"

"我不是已经说了吗,我没见过什么机密文件。"

小出感到浑身无力。这样的问题已经重复过不知多少遍,他也不知否认了多少遍。

部长仍然耐心地开导:"芦田已经交代,他让你在六本木的公寓里复印了机密文件。你如果继续恶意否认,对你没有好处。"

小出仍不承认:"没做的事情就是没做。芦田是不是把我们和其他商社弄错了?"

警部补一声怒吼,啪地把头上的灯对准小出的脸。小出感到眼底被烫伤一样,不由得闭上了眼睛。

"别装睡,睁开眼!好好想想你和芦田到底干了些什么。芦田已经全部交代,要被移交给地方检察厅了。"

小出明显动摇了。警部补乘势追问道:"复印机藏到哪里了?"

虽然小出已经快瘫倒在地,但他仍坚持说:"没有的东西我怎么能交出来?首先,我根本没有从芦田那里得到过机密文件,更没有复印过。当然,我在公司负责跑防卫厅,经常出入防卫厅。除了芦田,我还见过很多人。从交谈中我是试图判断出防卫厅需要什么商品。但是,我也曾经在防卫厅工作过,不会向别人索求机密文件。因为,我知道那有多危险。反倒常常是商社从美国航空公司或电子厂商那里得到资料,拿到防卫厅给他们做参考。"

"但是,根据芦田的口供,早在提供格兰特的价格表和武器装备表之前,他就把有关二次防的基础资料透露给你。你还从芦田那里搞到防卫厅 FX 考察团的日程,你们公司才得以在美国做好了一切准备。"

态度粗暴的警部补不断逼问,部长则在一旁不动声色地观察小出。

"我每天跑防卫厅,自然能判断出二次防的动态。而且,考察团的日程,但凡是商社人都能很轻易地打听到。事实上,有七八家商社在纽约和洛杉矶机场迎接考察团。这么多商社知道的事情难道也是秘密吗?"

警部补冷笑了一声,说:"不愧是原空幕调查课班长,曾经调查过别人,能在这些不重要的问题上反咬一口。那你倒是说说,芦田的那一万股近畿商事的股票是哪儿来的?"

"我们公司的股票任何人在任何股票市场都能买到。我不可能知道芦田怎么买到我们公司的股票的。"

警部补啪地一拍桌子,说:"芦田说是你亲手交给他的,作为他向你泄露机密的报偿。"

"那只能说芦田搞错了。"说完这句话,小出就不再张嘴了。

到了晚上九点,不光是年轻的警部补,年长的部长脸上也露出烦躁。部长说:"好,你要是坚决行使你沉默的权利,今晚就请你住在这里,明天我们再慢慢谈。"

话音刚落,警部补立即执行逮捕令,从小出身上解下领带和腰带,叫来警官,命令把他带走。

小出两手提着裤子,跟在警官后面,穿过弯弯曲曲的楼道,他被关进了上着铁栅栏的拘留间。拘留间不到三平方米,只有一个灯光微弱的电灯和一张席子,阴冷潮湿,臭气扑鼻。虽然小出做了准备,特意多穿了一身厚毛内衣和一双袜子,但坐在席子上,水泥地板上的冷气直侵肺腑。

"哎,吃饭了!"

一盆凉菜汤,一碗米饭。一想到做好夜宵、正在等自己回去的妻子和孩子,小出心里很难受,也觉得自己很悲惨。因为是半路出家进的公司,所以他的确有些急于表现自己。而同样是半路出家的壹岐却不冒任何风险。虽然这次机密文件的事其实也是壹岐暗示的,可是,此刻他却舒舒服服地躺在自己暖和的被窝里。小出心头涌起一股阴暗的憎恶,同时掠过一丝不安。自己没有像壹岐那样辉煌的经历,公司会不会用完自己就不管了?但他马上想起里井常务说过的话,公司一定会对他负责到底。小出把这句话深深装在心里,蜷曲着身体睡着了。

同一时刻,壹岐在久松经济企划厅长官家的茶室,和久松对坐。

炉子里的木炭烧得通红,上面的铁壶咻咻地冒着热气。屋外刮着孕育着暴雨的狂风,栅栏门被吹得啪嗒啪嗒直响。

壹岐把两天前芦田二佐被航空自卫队警务队带去审问,今天早晨小出被警视厅叫去协助调查并被拘留的经过一五一十地告诉久松后说:"前两天因为《每朝新闻》诋毁拉克希德报道的事情刚请长官帮了忙,现在就发生了这样的事情,我真是无颜来见您。但是,现在必须想办法拖延调查的时间,拖到正式选定拉克希德。请您一定帮这个忙!"壹岐无法面对久松,深深地垂着头。

久松身穿和服,双臂抱在胸前,极不高兴地皱着眉头说:"事情偏偏出在你们公司的股票上。你们公司也太糟糕了!要不是拉克希德总裁来日时转交了美国总统的信件,暗示首相关照拉克希德,我真不想和近畿商事再有什么瓜葛!"他沉默了一阵,接着说,"你来之前,我已经打电话把这件事告诉了三岛干事长,干事长听后勃然大怒。不过,在 FX 的问题上,因为各方面的人出于各自的目的都在做文章,稍有不慎就会影响到我的政治生命,所以,现在必须想办法控制局面。幸好我有一个大藏省派驻防卫厅内部部局任会计局局长的亲戚,我给他打电话让他查一下那个叫芦田的消息。他说昨天下了调令,芦田从防卫厅装备课计划班长的职务上调到入间航空自卫队。并且内部决定以违反《自卫队法》第五十九条第一款"保守秘密"的嫌疑,将小出送交东京地方检察厅。"

这些都是最新消息。防卫部部长川又虽然是芦田的上司,但同在空幕的中央警务队长不仅事先没有征求他的意见,甚至事后也没有向他报告。川又成了聋子和瞎子,对芦田受审查的情况以及处分一无所知。显而易见,在拉克希德派的川又不知情的情况下,芦田被调到入间基地,第二天就以泄露机密的罪名送交检察厅,这背后一定有贝冢官房长的旨意。

壹岐往前移动了一下身体,问:"刚才您给三岛干事长打电话的时候,是不是贝冢官房长已经把这件事告诉他了?"

久松拨弄着炉子里的炭火,说:"山城防卫厅长官现在正在德岛选区,贝冢君再目中无人也不会越过山城长官,直接向干事长汇报这件事。因为他现在抛头露面,搞不好会引火烧身,被追究监督责任,所以,他现在肯定正等着近畿商事有人被逮捕的消息。"

壹岐仿佛看到被称作"毒蛇"的贝冢正扬起三角形的头,静静等待近畿商事有人被捕,后背一阵发凉。

"长官,因为他们从芦田二佐家搜出来的证券,并不是把我们公司高管名下的股票直接转让给他的,是今天被警视厅叫去的小出用公司的机密费,在两三个股票交易所买的,所以,只要小出不松口,他们就无法证明行贿。而且,在揭露机密这件事情上,没有证据,也很难确定罪名。在这点上,防卫厅掌握了什么情况?"

"我这,不知道。小出这个人信得过吗?"久松用细长的眼睛看着壹岐问。

壹岐一下子不知道该怎么回答好,想了想说:"可以。他以前在防卫厅空幕调查课工作过,嘴很严。而且,被带走之前,他和我们公司的主管常务、法律顾问研究过对策,他一定能坚持公司的方针。"

"你们公司的什么方针?"

"为了防止警视厅到我们公司搜查,我们已经做了准备,处理了所有有可能被视为防卫厅机密文件的文件。万一出现意外,除了小出,公司的主管常务、部长以及与 FX 有关的职员一概否认和此事有关。"

所以,他们才把复印了防卫厅机密文件的复印机藏到了小出的岳父家。但是,壹岐无法开口把这件事告诉久松。

"嗯,情况我大致了解了。明天九点半我和三岛干事长见面,跟他商量一下怎么做检察厅的工作。因为现在最优先的问题是不能影响到拉克希德的选定,所以,你们要有思想准备,一切听我的安排。"久松叮咛道。言外之意,要用政治手段解决问题,近畿商事必须做好有所牺牲的准备。

"但是,贝冢官房长那边怎么办?"

这是一个击败拉克希德,让格兰特卷土重来的绝好机会,贝冢一定不会放过。

"虽然贝冢这个人是不能让他再在防卫厅耍威风了,但现在,没有其他办法,只好用把他提升为次官的办法把事情摆平。"

隔扇门上映出一个人影。"谁?"久松质问道。

寄宿生开门进来,非常为难地说:"对不起,我知道您二位在谈话。可是,东京商事的鲛岛辰三刚才就来了,一直在门口不肯走,非要见先生不可。"

壹岐顿时愣住了。

久松说:"东京商事的鲛岛,不就是外号叫'空中怪兽'的东京商事航空事业部部长吗?他现在来有什么事?"他看了一眼手表,已经十一点了。

"我跟他说先生明天一大早有事,已经休息了。可他说,外面停着车,好像有客人在。还说休息了也没关系,他就隔着隔扇门、隔着屏风和先生说一句话。我怎么说,他都不肯走。您看怎么办?"虽然寄宿生早已能熟练地拒人于门外,但面对鲛岛,他一筹莫展。

久松生气地说:"别管他说什么,让他走!"

这时,壹岐请求道:"长官,如果可能的话,能不能请您见见他?"

"可是,这种时候……"

"正是因为这种时候您才应该见他,我想请您摸一下格兰特派的动向。"壹岐直视着久松的眼睛请求道。

久松默默地点点头,出去了。壹岐一动不动地坐在炉子前,看着呼呼冒气的铁壶。鲛岛就像一条在海中嗅到血腥味便猛扑上去,把猎物撕得粉碎的鲛一样,这次,他嗅到防卫厅和近畿商事的泄密事件,为了撕毁拉克希德这个猎物,他已经开始敏捷地游走在国防委员会成员及有关人员之间。

大约十五分钟后,院子里传来脚步声,久松回来了。他坐回原位,话中有话地说:"这个人果真是名不虚传。他已经捕捉到了美国总统给首相信件的情报,只跟我说了一句话,请您忘记美国总统的关怀,在国防会议上支持格兰特。然后,扔下一颗导弹就走了。"

壹岐马上断定鲛岛扔下的是相当数额的现金。他不动声色地说:"可以的话,请您告诉我这颗导弹的情况,我们也想想办法。"接着又加了一句,"长官,能不能想办法尽量早点儿召开国防会议?"

"这个不好说。虽然山城防卫厅长官明天回东京,但不知道首相的日程怎么安排。"

"即便是一国首相,但晚上十点以后总能在百忙中抽出一点儿时间吧?"

"深夜召开国防会议,这是当年召开御前会议时的办法。"久松的脸上第一次露出笑容。

壹岐在久松家告辞,坐上等候在门外的汽车。已经停了的雨此刻又夹着雪飘下来,拍打着车窗。凭着过去两人间的亲密关系,壹岐不仅请久松帮忙删掉了新闻报道,现在又为小出的事情来求他。尽管公司给久松提供了相应的政治资金,但壹岐心里仍对自己感到十分厌恶。自己这样趁着夜幕,偷偷摸摸地拜访久松,作为一个老练的政治家,他在心底是怎么看待自己的?"你们公司也太糟糕了!"壹岐耳边又响起久松刚才说的这句话,感到很羞耻。

风雨越来越大。车开到壹岐家附近,周围家家户户都漆黑一片,只有他家还亮着灯。壹岐知道,妻子正在灯下等他回家。

车刚在门口停下,房门就打开了。佳子打着伞迎出来,掸掉落在壹岐肩膀上的水珠,说:"这么晚才回来。风雨越来越大,我真替你担心。"

起居间里开着暖气,两个孩子都不在。餐桌上摆着夜宵。

"你冷不冷?要不先泡个热水澡?"

壹岐精疲力竭地说:"不了,夜宵和热水澡都不用了。"

走进卧室,壹岐脱衣服准备睡觉。佳子一边给他准备明天的衣服,一边说:"八点左右你们公司小出的夫人来过电话。因为你一直没回来,所以,我就给她打过去,告诉她你还没回来,问她怎么办。她犹豫了一会儿说,明天早晨再给你打电话。"

"噢。明天她打来电话的时候,要是我还没起床,就叫醒我。"

"知道了。你最近是怎么了?公司出什么事了吗?"佳子担心地问道。

"没有,你不用担心。"

"你别骗我了!小出太太说,今天早晨小出被警视厅的人带走就再也没有回来。小出太太担心得要命,又不敢给部长家打电话,不知道怎么办,急得直哭。"

壹岐一时不知说什么好。

"小出到底出了什么事?他太太说他是因为公司的事被抓的。"

"我现在还不能告诉你。不过,公司的法律顾问正在处理这件事,不会有事的。"

"可是,人都让警视厅带走了呀!小出太太在电话里哭,我却不知道该怎么安慰她。你告诉我,到底是怎么回事!"

壹岐生气地说:"你用不着知道!女人和孩子不要瞎操心。"

佳子没有让步:"不!我想知道,我还想知道你跟这件事有没有关系。我是你妻子,你为什么不理解我的心情?"

"真啰唆!我刚才已经说过了,叫你别担心。我累了,睡了!"

"等等!前几天晚上,小出带着一个人慌慌张张地到咱家来,我听见你问他们有没有人跟踪。还有,那次《每朝新闻》的记者晚上突然来找你。你一定有什么事情瞒着我。"

"我没有事瞒着你,以前我就从来不跟你说我工作上的事情。"壹岐的脸越来越阴沉。

"我知道。可是,我也为这个家、为孩子们操劳。如果小出的事发生在你身上,我怎么办?我不指望你出人头地,当什么课长、部长,只想平平稳稳地过日子。我就这一个愿望!"

壹岐大声说道:"别说了!我知道!"

佳子目不转睛地看着壹岐说："你根本不知道等了你十一年的我和孩子们是怎么想的,不知道我和孩子受了多少苦。"

"受苦,受苦,你别拿这个压人!十一年,你一个女人抚养孩子不易,我回来后两年没有工作,你养了我两年。你是不是觉得我应该对你感恩戴德才对?是不是觉得我应该在你面前低三下四的?"

"你……我没这么说。"

"那你想说什么?别老做出好女人的样子说我!烦人!"壹岐大吼起来。他无法控制自己暴躁的情绪。前天晚上事发以来,他一直控制所有的感情,极力保持平静。现在,精神一下子失去了平衡。他忍不住抓起桌子上的烟灰缸摔到门框上。啪的一声,蓝色的碎片撒了一地,烟灰缸被摔得粉碎。

"你……怎么能冲我……"佳子脸色苍白,她吃惊地看着壹岐,"这是你给秋津中将上香的回礼呀!"

壹岐这才发现自己摔的是秋津千里送给他的、自己十分喜爱的烟灰缸。佳子开始默默地收拾碎片,肩膀可怜地颤抖着。

"爸爸,怎么了?"身后传来直子的声音。

壹岐以为她早就睡了,回头一看,她穿着毛衣站在门口。他尽量让自己温和地说:"你还没睡?快去睡吧!"

"我在准备考试,听见爸爸突然……"直子停顿了一下说,"爸爸,我上小学的时候,妈妈拉着我的手到一个有蓝眼睛的人住的地方去看你,可是没见到你,我特别伤心。后来我长大了才知道,那里是苏联的宿舍,爸爸被带回来在远东军事法庭上作证,被软禁在那儿。那时候,妈妈一直在哭。所以,不管发生了什么事情,你都要对妈妈好。"说完,直子转身回二楼了。

直子的话点醒了壹岐,他终于又恢复了平静。

小出在警视厅地下一层的拘留所里待了一晚上,第二天早晨被带到隔壁的会面室,近畿商事的法律顾问镰刈律师来看他。

小出提着没有皮带的裤子,在狭小的会面室隔着铁丝网见到镰刈律师时,心里感到很凄凉。五十多岁的镰刈律师看着面容憔悴的小出,不断安慰道:"小出,你受苦了。公司会对你负责到底的,你家里也不用担心。放心吧!"

会面时间只有十五分钟。听到律师反复说的这句话,小出心里终于有了底,点点头。

"警视厅问了你一些什么问题?"

"问我是不是在六本木的公寓里从芦田君手里拿到防卫厅机密文件并且复印,作为回报给了他一万股公司的股票?"

"还问了其他问题没有?"

小出故意说给别人听:"还问我把复印机藏到哪里了,非让我交出来。这都是根本没有的事情,我只能告诉他们我不知道。"

镰刈律师心领神会地说:"对!没做过的事情坚决不能承认,不能做出迎合审问的回答。否则,一旦被写进记录里,后果不堪设想。"

"外面的情况怎么样?"

"他还在入间基地警务队,估计要送交地方检察厅。松本部长今天早晨也被叫去了解情况。"

"什么?松本部长?"小出脑海里闪过老好人松本部长和善的脸庞,担心地问道。

"只不过是作为知情人了解情况,不用担心。你还有什么要托付的事?"

"没什么了。我那两个孩子都好好上学吗?"小出最担心的就是两个女儿。

"你的孩子和太太都很好。你太太想来看你,可这种地方女人最好不要来,免得心里难受。今天我带来了她给你做的便当和毛毯,交给看守了。"

小出也希望这样。他不想让妻子看到自己现在这个悲惨的样子,也不想让妻子难过。

会面时间到了。镰刈律师看了一下表,叮咛道:"刚才我说的话你一定要记住!"再次鼓励他要坚持到最后,走出会面室。小出又被带回拘留所。

小出被关在单间里,隔壁的屋子里关着四五个人。在小出耳朵里,他们断断续续的说话声,有人被提审时的开门声都出奇地大。

上午十一点多,小出被叫到审问室。昨天的两个人坐在桌子前。人被关一晚上意志自然削弱,部长抓住人的这个心理,说:"怎么样,今天想说实话了吧?你别光想着保护你们公司,不管公司答应过你什么都没用。你还是为你自己想想吧!"

警部补也附和道:"说得对。你为公司着想,可商社是什么样的公司?还不是用从银行借来的钱买卖厂家生产的产品的地方。那种地方狡诈多端,根本不是你这种从公务员半路出家的人能应付得了的。不信,你想想看,从防卫厅转到商社的人里有几个出人头地的?哪怕是一个也好,如果有,你倒是说说看。"

小出没有说话。他细细一想,这个警部补说得没错。从防卫厅到商社的人里面,哪怕是将辅级别的,也就是两三年受重用,因为公司要利用他们的人脉关系。"有效期"一过就被打发到不重要的地方,领点儿工资而已。

"说不上来吧?所以嘛,你应该多想想你自己,想想等你回家的孩子们。"

提到孩子,小出的表情发生了微妙的变化。警部补看在眼里,马上追问道:"复印芦田交给你的机密文件的复印机藏在哪里?"

"昨天我已经说过多少遍了,根本没有什么复印机,我怎么藏?"说完这句话,小出就再也不吭声了。

几个小时过去了,两个警察轮流问同样的问题。两个人越来越暴躁,又拍桌子又瞪眼,但小出就是不说话。今天早晨镰刈律师说的话支撑着他。时间一点点过去,小出没有吃午饭,只是渴了的时候用豁口的茶碗喝点儿没味儿的茶水。到了傍晚,饥饿和疲劳让他抬不起头来。他刚垂下头,警察就一把托起他的脸,逼问他到底把复印机藏到哪儿了。

突然,一个身穿警服的警官推门进来,在部长耳边小声说了句什么。部长看了一眼小出,跟着警官出去了。剩下警部补一个人,他变得更加暴躁,用两只拳头嗵嗵地敲打着桌子逼问复印机的下落。

"你还真行。告诉你,不说就让你在这儿多待几天,迟早会说的!"

警部补怒吼的声音刚落,部长回来了。他轻轻拍拍小出的肩膀说:"刚才你太太来了。"

"什么?我太太?不可能!"今天早晨镰刈律师刚告诉他,不让他太太到这里来。

"我知道,虽然你们公司的律师和头儿们告诉你太太,不要到这里来,一切由公司负责,可是,你太太实在忍不住,就来了。"

小出担心家里出事,问:"她是不是有急事?"

"没有。她担心自己的丈夫做了什么坏事,怕报纸电视报道出来,孩子们在学校受欺负。我告诉她,不是你丈夫干了坏事,是公司。可是,你丈夫为了保护公司,不肯说出警察正在找的复印机的下落。你太太哭了。怎么样?小出,你现在该说出复印机的下落了吧?"部长企图用情打动小出,小出咬紧牙关不说话。

部长站起来,走到小出身边,轻声说了一句:"你太太都说了。"

小出差点儿跳起来。他大声喊道:"胡说!我老婆什么都不知道!"

部长平静地说:"我没骗你。我已经给你千叶的岳父家打电话问过了,他们说复印机在那儿。我们已经派人去没收了。还有,我告诉你太太,让她放心,我们会尽早让你回去的。"他观察着小出,继续说,"复印机找到了,只要交出机密文件的拷贝,你就可以回家了。那份拷贝在哪儿?在里井常务手里?"

"这……"

"那就是松本部长那儿?"

"不知道。"小出再次陷入沉默。

有了复印机,没有机密文件的拷贝,也无法确定泄露机密教唆罪的罪名。警部补怒目圆睁,看着小出,猜出他在想什么。他也站起来一步跨到小出面前,说:"找到复印机了,你还不肯说。那好,那我就再告诉你一个消息。今天早晨,警察作为知情人传唤了松本部长。我听说,你拼命保护的那家公司的部长说,他什么都不知道。你们公司没有任何业务需要做这种危险的、触犯法律的事情。所有的事情都是小出自作主张干的,公司反而是受到牵连的。而且,还说了一大堆你性格上的弱点,连我听了都很气愤,觉得这个人很卑鄙。怎么,这样的家伙你还要包庇?"

听到警部补最后怜悯的口气,小出终于抑制不住愤怒,脱口说道:"不,不是松本。是壹岐,那家伙是航空事业部的'隐形部长',全部都是他指使干的。"

"哦?壹岐?再说得详细点儿。"

小出对壹岐的憎恶像决堤的洪水汹涌而出,他扭曲着惨白的脸说道:"他表面上只不过是一个合同制职员,背地里直接和社长、常务联系,所有的事情都由他出谋划策。他自己躲在后面,把危险的事情全都推给我,还把我辛辛苦苦搞到手的资料据为己有,另外保管起来。这次也是他怂恿我复印格兰特的价格表和武器装备表的。把价格表发给美国的拉克希德公司,让他们降价,扭转对拉克希德不利的局面,这些都是他设计好的。前段时间拉克希德公司的总裁来日本,也和这个有关。"

"好,马上作为知情人传唤这个壹岐!"

部长脸上露出得意之色。

当天,壹岐被警视厅搜查二课叫去,在三番町科学警察研究所的一个房间里作为知情者接受了询问。

把询问地点定在警察科学研究所是为了不引起警视厅记者俱乐部成员的注意。在壹岐之前,松本航空事业部部长和里井常务已经接受了询问,地点是中野警察学校。

在面朝皇宫护城河的三楼会议室,搜查二课课长坐在壹岐对面。他四十来岁,精悍机智,一看便知是精英人才。他客客气气地说:"对不起,在您百忙之中请您到这里来。为了慎重地进行调查,我们在向各位有关人士了解情况。"

壹岐平静地行了注目礼,简短清晰地说:"我理解,作为警察当局这是必要的措施。"他在西伯利亚度过了十一年的战犯岁月,受过无数次审讯,凭直觉他早已觉察到精明强干的二课课长认为他和此次事件有重大关系。

"壹岐先生,我听说你是近畿商事航空事业部的合同制职员。你具体主管什么工作?"

"我还谈不上主管某项工作。我主要根据国内外的资料分析日本防卫能力的变化、各国军事力量以及发生局部武装冲突时的战况,写成报告,交给部长。"

搜查二课课长似乎不经意地问道:"那这期间你跟防卫厅的自卫队官员也有接触了?"

"因为我有我的信念，所以，我没见过任何自卫队官员。"

"哦？在公司里，您这种个人信念行得通吗？"

"您的怀疑不是没有道理。但是，在进近畿商事的时候，我提出书面要求，表示无法服从公司这方面的需求。公司接受了。"壹岐轻描淡写，把这个问题一笔带过。

"但是，我们今天请你到这儿来，是经过多方调查后做出的决定。据我们掌握的证据，在防卫厅的新一代战机问题上，你其实是近畿商事航空事业部真正的部长。你表面上虽然只是一介合同制职员，但实际上你直属大门社长，推销拉克希德F-104进入最后阶段的时候，连里井常务都要听你的建议。"机警的二课课长单刀直入，来了个突然袭击。

这种审讯手段丝毫动摇不了壹岐，他说："虽然我听说有些黑文件上也是这么写的，但我只能说这些都是流言蜚语。光凭我的一些纸上谈兵的军事知识，怎么可能说动商社里经验丰富的航空职业部职员？"

二课课长直视着壹岐说："您太谦虚了。我们现在正在审问的小出宏就明确供出你是航空事业部的'隐形部长'。这次小出从空幕的芦田二佐那里获取格兰特价格表和武器装备表就是你的主意，目的是为了让拉克希德公司竞标成功。你让小出复印了两份，一份在近畿商事，一份发给了洛杉矶拉克希德公司总部。这些我们都知道。"

壹岐马上意识到小出开始供认了。

"格兰特的价格表是哪一天、发给拉克希德公司的哪一个人或部门的？"

"我从来没有提过你说的那种建议，也没有给拉克希德公司发过文件资料。"

"壹岐先生,你最好不要编造事实。我们已经从小出岳父家没收了你们复印防卫厅机密文件的复印机。小出供出这个藏复印机的地点也是你指示的。"二课课长提高声音说。他不用先生称呼小出,想一举打垮壹岐。

"恕我不敬,我不相信小出君会说出这种无稽之谈。"壹岐极力冷静地说。为不让对方看出自己内心的不安,他把视线投向窗外。

皇宫护城河边空无一人,光秃秃的树木向灰色的天空伸着枝杈。壹岐的脑海里突然闪现出西伯利亚的荒野。他曾经每日往返于监狱和内务部接受审讯,被饥饿和不眠折磨得精神恍惚。他拒绝在内容不实的笔录上签字,被关进只能直立的木箱,忍受"衣柜酷刑",几度昏迷,但他仍没有屈服。

二课课长把壹岐的默默沉思当成了自供前的沉默,于是劝诱道:"您想起什么了吗?"

"我想起了在西伯利亚接受战犯审讯时的事情。"

"噢,对了,你在西伯利亚被羁押了十一年。你是作为大本营的停战特使被派到关东军的,本来可以马上回国,可是你却誓与关东军同命运,不屈服,坚持到了最后。我很敬佩你。正因为如此,我就更加感到遗憾。像你这样的人,为什么要指使人引诱防卫厅官员泄露机密,交给美国企业?为什么做出这样没有操守的事情?"二课课长毫不吝啬地表达了他颇感意外的心情。虽然他的每一句话都像一把尖刀刺进壹岐的胸膛,但他毫无表情地默默不语。

二课课长仿佛看透壹岐的心中此刻正喷发出鲜血,大声问道:"壹岐先生,你为什么不说话?"

"因为我觉得您的话不算是问题,所以没有回答。我该回答您的哪句话?"壹岐平静地说,根本看不出来此刻他内心正在痛苦挣扎。

机智的二课课长一时竟也哑口无言。过了一会儿,他话锋一转,说："十二月二十号晚上十点五分左右,芦田二佐和小出到过你家,是不是? 当时航空自卫队警务队一直跟踪芦田,也向当局汇报了这件事。据警务队员说,两人当时很慌张,他们找你有什么事?"

壹岐眼睛都没眨一下,流畅地回答道:"那天晚上小出君确实来过我家,但和他一起来的人喝得酩酊大醉,大喊大叫,胡言乱语。我家里孩子们已经睡了,也怕影响邻居休息,就告诉他有什么事情明天酒醒了再来,当场让他们回去了。"

二课课长歪嘴一笑,说:"在您来说,这个谎说得不够高明。芦田和小出都已经供认,芦田觉察到被警务队发现持有你们公司的股票,吓坏了。两人不知道怎么办,才去找你商量对策的。"

"我们公司的股票? 芦田有我们公司的股票? 我还是第一次听说。"

"你现在刚听说,当时怎么可能让芦田把股票还给公司,还说想放到你那儿? 芦田没有给你,因为他打算用那笔钱作首付买房子,怕放到你那儿就再也拿不回来了,所以,没有交给你。他把股票拿回家里,藏到了米柜里。"二课课长步步逼近,试图堵住壹岐的退路。

壹岐断然否认道:"不管你怎么说,都是无稽之谈。"

"哦? 无稽之谈? 你是说芦田和小出为了逃避责任,编造事实?"

"因为他们二人接受审问时我不在场,所以,老实说,我不相信他们说这样的话。"

不论二课课长如何追问,壹岐始终像一座雕塑面不改色,否认一切。二课课长束手无策。他沉默了片刻,点上一支烟,说:"你这大概就是苏联制造吧? 面对那么高明的审问小出都一直没有松口,可是听到说松本部长卑鄙时,他突然崩溃,大叫道真正卑鄙的是壹岐正。现在,我知道他为什么会这样了。"他的话再次像一把尖刀插进壹岐胸膛。二课课长精神大为振奋,掐灭烟问道:"前段时间拉克希德公司总裁来日本的时候,听说大门社长挨个拜访了国防会议成员和自由党三首脑?"

"你知道,我就是一个合同制职员,根本无从知道社长的日程安排。"

二课课长难以掩饰焦躁:"你是特聘,可你也是社长办公室的!布朗总裁来日本的同时大门社长拜访了我刚才说的那些人,为拉克希德F-104成为新一代战机暗中活动。是不是?"

"是与不是我都无法回答。"

"我们经过调查已经明确,当时大门社长把其中一名成员交给你,让你去拜访。这名成员是哪位?"

"我跟政治家没有任何交往。"

二课课长语言犀利地追究道:"不对吧?难道不是那位战前就住在世田谷,你调到航空事业部以后关系突然密切起来,而且在国防会议上有发言权的人吗?"

壹岐仍不动声色,沉默不语。

"你如果坚持不说出那个人的名字,我们只好请大门社长来,向他了解情况。不过,我们需要你提供从防卫厅泄露到贵公司的机密文件。我知道你会协助我们的。"

"请不请大门社长来,作为一介合同制职员,我没有任何发言权。没有的东西,我也不可能交出来。"

二课课长亮出了最后底牌:"如果贵公司不肯主动交出来,我们就申请签发搜查令,对贵公司的航空事业部和财务部进行搜查。没问题吧?"

"我不明白,你们为什么要搜查财务部?"

"当局在调查'防卫厅—近畿商事—拉克希德'这条线上泄露机密事件的同时,认为'近畿商事—空幕某干部—住在世田谷的国防会议某成员'之间有行贿、受贿的嫌疑,已经制定对此调查的方针。"

壹岐心中大惊。昨天晚上和久松经济企划厅长官商谈时,他说既然首相已经接受了拉克希德总裁带来的美国总统的信件,目前只有和三岛干事长商量,用政治手段解决这个问题。今天早晨他们应该已经谈过这件事情。但是,警视厅仍然如此强硬。难道防卫厅贝冢官房长和东京商事的鲛岛收买三岛干事长,久松的交涉以失败告终?想起鲛岛的所作所为,壹岐感到阴森可怖。

"壹岐先生,警察当局事前透露这么多情况,是因为考虑到你的沉默可能使事件广泛波及防卫厅和政界,是出于对这一事态的担忧,所以,我再问你一遍,你是不是还是不肯说?"二课课长强调了事件波及范围的重大性,试图改变壹岐的态度。

壹岐的内心正在激烈地斗争。一方面他不相信对方的话,另一方面又担心他说的真的会成为现实。但是,如果就此改变近畿商事事先制定的方针,那么使拉克希德成为新一代战机的作战计划就彻底失败了。

壹岐直视着二课课长的眼睛,理直气壮地说:"我是刚进公司不久的合同制职员,没什么要说的。"

从警察科学研究所回到公司,壹岐一直紧绷的神经终于松缓下来。他没有回四楼的航空事业部,而是直接去了六楼的分社长办公室。里井常务还在等他。

为了防备外人,办公室门紧闭着。壹岐刚一敲门,秘书就一脸惊慌地打开门。一看是壹岐,便说:"原来是壹岐先生!请进!"

"怎么?有人约好要来?"

"啊?没有……那个……常务一直在等您。"说完秘书就关门走了。

壹岐走进办公室看见里井常务正在把一大堆文件往书包里装。他说:"我回来了。一切都是按照我们的既定方针办的。"

里井常务神色紧张地说:"辛苦了!你等等。"说完,又从锁着的文件柜里拿出几份复印件,放进书包里。那些都是与防卫厅第二次防卫力整备计划有关的文件。

壹岐吃惊地问:"常务,您拿这些文件干什么?"

里井惊慌失措地说:"刚才警视厅搜查二课打来电话,要求我们提供所有从防卫厅得到的文件。说如果拒绝就来进行搜查,还要作为知情人传唤社长。"

壹岐表情严峻地说:"所以,您要把这些文件交出去?"

"这也是不得已而为之。我已经和大门社长商量过了。"

"荒唐!刚才在搜查二课,他们也是这么说的。可是我彻底否认和回绝了,说我们公司没有那种文件。现在交出去,就是正中人家下怀,把我们公司推向绝境!"

"可是,如果不交出去,他们要来公司搜查,我们的秘密就会公开,那样的后果才是不堪设想的。警视厅的人一会儿就来拿。"里井常务在警视厅的恐吓下,以往的潇洒风度荡然无存。

壹岐按住书包说:"常务,事情闹到这种地步,我们不能光考虑自己公司。轻举妄动必定招致对我们不利的结果。我们应该先找大川一郎先生或者久松清藏先生商量,看有没有办法不交出机密文件。即便到了非交不可的时候,也要有选择地交。"

里井激动地大声叫道:"你想命令我?你刚进公司不到一年,对你来说,公司没有政治家重要,对不对?"

壹岐不由得一挺胸,说出了连他自己都吃惊的话:"不!刚才我从警察科学研究所回来,一走进我们公司的门,我觉得特别安心。我强烈感到我是这个公司的职员。"

里井一下子沉默了。片刻后说："好,警视厅的人来了以后让他们等会儿。"他按下传声机命令秘书严格按他说的办。刚说完,直通电话响了。

"一定是社长打来的,正是时候。"里井马上拿起话筒,瞬间他紧张地绷紧了身体。"是,我是里井。什么?三岛干事长的电话?好!喂!三岛先生,没想到您亲自打电话来……是,我们正要找您商量这件事情。情况您已经从久松先生那里听说了,务必请您帮帮忙,想办法不要把文件交出去……"里井头上渗出了细汗,壹岐也紧张地在一旁听着。

"现在已经太晚了!警视厅不肯让步,说他们既然已经掌握了复印机这个物证,就不能就此停止搜查。因为防卫厅方面贝冢官房长十分震怒,所以,我以你们协助交出防卫厅流出的所有文件为条件,说服了官方长,采取了相应的措施。"

里井恳求道:"三岛先生,您再想想办法……"

"我知道,你们公司有你们公司的难处。不过,这次就干脆地把文件都交出去。作为交换,近日召开紧急国防会议,正式选定拉克希德。"说完,三岛干事长不容分说地挂了电话。

里井马上要通大阪总部大门社长的直通电话:"喂!喂!是社长吗?刚才三岛干事长亲自打来电话,说如果我们交出防卫厅流到我们公司的文件,就在近日正式选定拉克希德。"他紧张得声音都变了调。

壹岐等里井汇报完,从他手里接过电话,说:"我是壹岐。我明白现在的状况,但是有一点很明确,交出文件只是走形式。所以,我们是不是可以有选择地交?"

"嗯。但是,警务队肯定掌握了所有情况,如果不都交出去,恐怕又要刺激贝冢官房长。全部交出去,能更快地解决问题。"

"但是,那些文件里有些是表明部门的,至少我们不应该把这些留下证据的东西交出去。这是对防卫厅内部帮助过我们的人的信用问题。"壹岐一心想着这件事。

"壹岐君,今后还有三次防、四次防,防卫厅对我们来说是永久的客户。同时,作为民营企业,我们绝对不能让警察搜查公司。这是公司经营者的责任。全部交出去,不要留下后患。"大门的声音在话筒里嗡嗡作响。

这时,传声器里传来声音,报告说警视厅搜查二课的警部补来了。里井抓起了桌子上的书包。

贝冢官房长放下电话,把视线投向窗外,看着斜对面陈旧的空幕办公楼。因为,从这里他能看到川又防卫部长走出来的身影。

但是,川又迟迟不露面,官房长觉得自己的权威受到了挑战,不满地咂了一下嘴。贝冢五十三岁,光秃秃的脑门下闪烁着一双多疑的眼睛。想到将要和川又谈话的内容,他感到一阵快感。

二十分钟后,川又大步走进贝冢的办公室。

贝冢的目光在川又脸上扫了一遍,说:"怎么这么晚?"

"因为刚才正在开会,所以走不开。"

"噢。前段时间调你出西部航空方面军的内部决定撤销了。"

"谢谢!"川又松了口气,同时又觉得这个决定有些蹊跷。

"芦田怎么样了?他被送交东京地方检察厅以后,都交代了?"虽然贝冢操纵着一切,却若无其事地问。

"我去见他,说是禁止会面。我要求中央警务队队长解释这件事情,也没有答复。芦田在这种情况下以极快的速度被逮捕,虽然警务队有独立的司法权,但这也太不寻常了。"

"你认为他们为什么没有向你这个空幕防卫部长报告?"

川又一双大眼睛直视贝冢,直言道:"恐怕是您的指示吧?"

贝冢突然像女人一样噘起厚厚的嘴唇,发出奇怪的笑声,嘲弄道:"嘿!嘿!嘿!你这话可真有意思。难道不是因为中央警务队对你这个芦田的直属上司有怀疑,在调查你吗?"

川又用轻蔑的口气反唇相讥道:"那也是您的指示。您这个人永远改不掉内务官僚的恶习。"

贝冢歇斯底里大发:"不要出言不逊!你记得《自卫队法》第五十九条第一款吧?背诵一下!"

见川又对他置之不理,他又说:"你要是忘了,我来告诉你。'队员不得泄露机密。退职后同样有保守机密的义务。'怎么样?想起来了?"

"《自卫队法》规定的保守机密的义务和我有什么关系?"

话音刚落,贝冢哗啦一声拉开办公桌的抽屉,拿出一沓文件,摆到川又面前。正是那份格兰特价格表和二百种武器装备标的机密文件的拷贝。川又拿起来翻了两三页,不由得心中一惊,脸色大变。翻到第五页时更是惊愕不已。虽然文件封页上没有任何记号,但他正看的这一页上有用橡皮擦过的痕迹,隐约留在上面的字迹不是别人的,正是他自己的。

"虽然这份拷贝没有把防卫部长的记号复印上去,但是那些没擦干净的字迹是你的,这没有错吧?为了慎重,我们已经和保管在作战室文件柜里的十分之三的文件进行了对比,字迹丝毫不差。"

川又一时无言以对。

"而且,这份机密文件被交到拉克希德公司手里。格兰特得知此事后,表示要向美国国务院报告此事。"

事态如此重大,使川又愕然失色:"怎么会这样?"

"别装了!是你指使芦田把十分之三的文件交给近畿商事,让他们复印后交给拉克希德的。而且,芦田还供出早在两年前整理二次防卫力整备计划基础资料的时候,你就指示他向近畿商事泄露情报。你还说不知道?"贝冢突然用审问的口气大声说道。

"为了使拉克希德F-104成为日本新一代战机,我的确见过商社的人,但是,从来没有指使芦田干过任何事情。"

"你的十分之三文件泄露,有如此确凿的证据你以为还能蒙混过关?平日里满口大话,谈什么国防论,讲什么关心第一线队员的疾苦。这就是你说的国防?三年前,有关日美军事协定的机密文件被泄露给社民党,险些闹到国会上。防卫厅出了一百万才把文件买回来。那次事件的根源是不是也在你里?还有,最近日美防卫机密不断流到苏联和中国。是不是你通过近畿商事加尔各答支点泄露出去的?啊?"贝冢扭曲着厚厚的嘴唇,大声呵斥道。

川又气愤得涨红了脸。"你看我不说话以为你有理了,敢说这种毫无根据的话!我倒想听听,你和东京商事勾结,硬要把只有两架试验机的格兰特战斗机卖给我们做新一代战机,这到底是为什么?"他一步跨到贝冢面前,伸手抓住贝冢肥胖的胸口。

"你,你要干什么?"虽然贝冢试图挣脱川又的手,但他越挣扎,川又抓得越紧。

"川又,你疯了!我要按报警铃了!"贝冢头上挂着豆大的汗珠,大声喊叫。

川又一脸怜悯地松开手,说:"你这种人坐在官房长的位置上,这本身就是自卫队的悲剧。"说完就往外走。

"我话还没说完!"背后传来贝冢威严的声音。他擦去头上的汗,整理好衣服,说,"你在品川的房子是不是近畿商事送给你的?"

川又转过身来说:"怎么,你还嫌卑劣得不够,还要给我扣罪名?我现在的房子的确是三年前请近畿商事房地产部帮忙买的,但在金钱上没有任何肮脏的交易。你可以让警务队去查。"

"不用我说,警务队已经调查过了。据调查,你家的占地面积一百八十八平方米,建筑面积七十一平方米,三年前的价格是三百八十万。你用现金支付了百分之三十,也就是一百一十四万的首付,剩下的是从防卫厅共济会贷的款。问题是这一百一十四万的首付。据警务队调查,是近畿商事给你的。这不是行贿受贿是什么?"贝冢大声质问。

"那是因为金融公库几次抽签都没中,在我没有其他办法的时候,近畿商事用和金融公库一样的利息和条件借给我一笔钱。我现在还每个月都从工资里还。"

"即便你说的是真的,商社给个人融资,这本身就超出了帮忙的范畴,属于赠予。总之,你身上疑点太多,明天解除你防卫部长的职务,调到市谷的补给统管处,接受中央警务队的直接调查。明天你就不用来这儿了。我们已经通知了下一任防卫部长,工作上的事你不用操心。"说完,贝冢把转椅往后一扭,表示结束谈话。

虽然川又的血直往上涌,但他知道自己应被逼到了无法解释的境地。他怀着屈辱和愤怒,看了一眼贝冢肥胖的背影,转身出了办公室。

回到空幕办公楼,他看到门口停着一辆擦得锃亮的黑色轿车。那是幕僚长的公车。他急忙走进大门,看见原田空幕长在卫兵的举手礼中挺着笔直的腰板走过来。幕僚长看见川又,发现他神色很不正常,惊讶地问:"你怎么了?"

"我有话跟您说。您什么时候有时间?"

"我现在要去美国大使馆,然后去大藏省交涉预算的事情,今天恐怕回不来了。有急事?"

"噢,没有。那明天?"

"好,明天。我也正有事情要找你。"说完,原田空幕长上了轿车。

川又想,原田空幕长找自己是不是为了证实事实?

晚上,川又一个人悄悄来到已经关了门窗的壹岐家。壹岐亲自出来开门,把川又伊左雄让进屋,问:"怎么突然想起来我这儿了?"

川又一反常态,客气地说:"这么晚了,不打搅你们?"

"这才八点多。去和室吧,那暖和,不过有点乱。"

壹岐领着川又去他饭后常一个人独处的房间。佳子迎出来,热情地打招呼:"川又先生,您来了?"目光却在询问他为什么要来。

壹岐让佳子烫壶酒来,把门拉上,他看着川又消瘦的脸庞问:"怎么了,脸色这么不好?"

"噢,我刚去了一趟芦田家。他太太痛哭流涕地问自己的丈夫会怎么样,我心里很难受……他太太还不知道他已经被送交检察厅,已经被逮捕。"川又耷拉着肩膀,长长叹口气说,"事情发展到现在这个地步,身为防卫部长,我太疏忽大意了。芦田就不用说了,连累了很多人,心里很过意不去。"川又低下头,自责地说。

这时,佳子拉开门进来,觉察到气氛不同寻常,摆好酒菜就退出去了。

"来,喝一杯!"壹岐拿起酒壶,给川又斟上。

川又端起酒杯,像要把苦恼吞下一样一口喝干,一双精悍的眼睛里流露出无尽的遗憾,说:"壹岐,今天我交了辞职信。"

壹岐不由得屏住呼吸问:"让贝冢咬住了?"

川又咬着牙说:"对!今天那家伙把我叫到他的办公室,说调我去西空的内部决定取消了,让我去补给统管处。这是为了让警务队对我进行调查,嫌疑是教唆部下向近畿商事泄露机密和受贿。"

"没想到连你也被……"

"不过,贝冢一一列举的所谓事实当中,有些地方我是睁一只眼闭一只眼的。而且,最近你们公司搞到手的格兰特价格表和武器装备表上留有我的字迹。虽然我对这件事情一无所知,但它可以成为我泄露机密的证据。最让我受不了的是他们说三年前我买房子的时候,近畿商事给我提供了方便,要以受贿的嫌疑调查我。"川又难以忍受受贿这一嫌疑带来的耻辱。

"川又,对不起你!因为我们公司按照三岛干事长的指示交出了文件,所以才把你逼到了这样的绝境。是我让小出去搞格兰特价格表的。"

"这个我不在乎,让我难以忍受的是受贿这个嫌疑!"

"这个问题只要我们公司出面说明,马上就会说清楚。我知道,以你刚毅的性格难以忍受的是接受警务队的调查。但是,你现在还不能辞职。这几天就要召开国防会议,正式选定拉克希德了。"壹岐把他和久松经济计划厅长官的谈话内容以及近畿商事和三岛干事长之间的约定都详细地告诉了川又。

川又边喝酒边默默地听着,听完后说:"在防卫厅干了这么长时间,我已经不相信政治家说的话了。假定照你说的那样,最后选定了拉克希德,防卫厅也没有我的立足之地了。新防卫部长的任命已经下了。"川又情绪消沉,面带寂寥。

壹岐倒吸了一口气,沉默片刻后说:"你辞职以前跟原田幕僚长商量过?"

川又轻轻地摇摇头说:"原田幕僚长今天很忙,一直不在单位。我把辞职信放在他的办公桌上了,就算是和原田幕僚长商量。只要那个'贝冢天皇'掌握着人事和预算大权,控制着防卫厅,我虽为自卫官,却犹如浪费生命。"

此刻,壹岐非常理解川又的心情,他感到眼睛发热。

"川又,你离开防卫厅以后有什么打算?"

"没有。"

"只要你愿意,过了一年半载,就到近畿商事来吧。大门社长一定欢迎你来。"

"谢了!不过,我有我的信念,不当做买卖的商人。"

"那你打算怎么办?今后的人生还长着呢。"

"总会有办法的,幸好我没有孩子。"川又满不在乎地说。

"川又,你还是不能辞掉防卫厅的工作。在 FX 的问题解决以前我本来不打算见原田幕僚长,但明天我就去找他,再和他商量商量。"壹岐无论如何都想改变川又的决定。

"壹岐,我主意已定,不会回防卫厅的。因为我是相信自己能像原田幕僚长一样当上幕僚长才加入自卫队的。"川又把酒杯放到桌子上,说,"我想当幕僚长,不是因为能在肩膀上加一颗星,也不是为了涨工资。麦克阿瑟的一封信把警察预备队变成了自卫队。我当初是满怀理想进防卫厅的,我要把自卫队建设成受国民支持的自卫队。我要向政治家和防卫厅内部部局呼吁,想让国民理解,被称为军国主义的走狗、被批评为浪费国税、被扔石头的自卫队是毫无意义的。作为一个独立的国家,要加入国际社会,就需要最小限度的武装。我想告诉人们,能够承担起永不再战,不,不让战争发生这一责任的自卫队应该是什么样的。为了实现这个理想,我需要幕僚长这个地位。但是,现在,我所描绘的航空自卫队的理想被彻底打碎了。"川又满怀激情地谈着他寄托在航空自卫队上的理想。壹岐被他的每一句话深深打动。

川又喝了一口酒,接着说:"就拿选定战斗机来说吧,只要明确了预算和购买战斗机的目的,至于选择机种应该由航空自卫队掌握主导权,直接和美国空军或飞机制造商谈判。建立了这个机制,就不会出现好几家商社围着连飞机的'飞'字都不懂的政治家们展开激烈商战的局面了。因为现在缺乏这种机制,所以防卫厅不得不依靠拥有大量海外情报和资金的商社,被他们左右。"

"我也深有同感。"壹岐边点头边给川又斟上酒。

"也让我给你倒一杯。"川又拿过酒壶,给壹岐倒满。两人一起干了。

两人喝着酒,川又一扫来时的沮丧、低沉,心情开朗起来。他看了一眼表,已经十点了,便说:"好久没喝得这么痛快了,我该走了!"

壹岐挽留道:"再坐会儿,这段时间我也不顺。"说完就要叫佳子再拿酒来。

川又拦住壹岐,说:"别麻烦你太太了,我走了。"

"那好,我给你要辆出租车。"

"不用,我现在觉得很舒服,就溜溜达达到车站坐车回家。我给家里打个电话。"川又起身去起居间,拨通电话,"是我。我在壹岐家喝酒喝晚了,我现在就回去。嗯,对,你把火关好,把门关好,先睡吧!再见……"

壹岐觉得川又的语调有些奇怪,最后一句拉得特别长,就说:"你现在要回去,干吗让太太关好门?你还要去什么地方?"

川又愣了一下,说:"这么晚了哪儿还有要去的地方。我家里的那位是在烟花巷长大的,到什么时候都干不好家务,净让我操心。"他的口气里充满对原为艺伎的妻子的爱怜。

"我把你送到车站。"壹岐让佳子拿来大衣,走出家门,和川又并肩走在冰冻的夜路上。

"哎,西伯利亚的晚上是什么样的?"川又系好格子围巾问。

"嗯……今天晚上就别问了,我不想再回忆起来。"

"噢,对不住了。唉,你这个家伙可真是命运多舛呀!"川又轻轻说道。

街上空无一人，空中飘着被风吹起的纸屑。两人默默来到车站，川又买好车票，在进站口用他和壹岐之间少有的礼貌说："谢谢你，添麻烦了！"

"哪里，明天你还去防卫厅吧？"

"嗯。我得当面向原田幕僚长致意，也想和部下们告个别。"

"川又，别嫌我烦，你再好好考虑考虑。"壹岐在心里说，不要等到明天，今晚回去就给原田幕僚长打电话。

电车驶进了站台。川又没有回答壹岐，疾步跑向站台，上了电车。

电车开动了。川又隔着车窗向壹岐挥了一下手。壹岐目送着电车的尾灯在夜幕中渐渐远去，像军人时代一样用举手礼向他道别的川又的身影莫名其妙地深深留在他心中。

深夜十二点多，川又伊左雄摇摇晃晃地走在电车线路上。虽然他酒后微醺，感到心旷神怡，但却不知道自己为什么深夜走在电车线路上。

他清楚地记得，今天五点多，他按时下班，离开了位于桧町的防卫厅。他先去探望被逮捕的部下芦田的太太，安慰、鼓励了她之后，到了柿木町的壹岐家，和壹岐喝了酒。他还记得，十点多他准备回家，壹岐要给他叫出租车，他说想溜达溜达，坐电车回去，于是壹岐就把他送到了东横线的都立大学站。因为他家在品川的大井，所以，他坐了一站，在自由丘换上大井町线。后来，电车在他应该下车的前一站下明神站等候错车的货车时，他就像被一种无形的东西吸引一样下了车，沿着货车的品鹤线线路向多摩川方向走去。

在壹岐家他没有喝到酩酊大醉，意识不清。而且，他酒量很大，从来没有因为喝酒迷失过自己。但是，现在他却不知道自己在干什么，只是沿着线路不停地向自己家相反的方向走去。

虽然气温已经在零度以下,但他一点都不觉得冷。他把手插在大衣口袋里,仰望着天空,心想有好多年没看到这么漂亮的星星了。严冬冰冷的天空上,群星像一颗颗冰球。但这些闪烁着寒光的星星让他想起了赤道下的星空。在南方军总司令部当作战参谋时,他跟随一路败退的部队隐藏在赤道上的密林中,从战壕里仰望着南十字星闪烁的星空。那时的星空就跟眼前的一样。那时命运注定死亡,他却没有死,现在想想,不知道这是幸还是不幸。在新加坡英军战俘营度过两年零四个月以后,昭和二十二年(1947年)年底他回到日本。满怀着新的理想,他选择了自卫官这条道路,恪尽职守。现在,他壮志未酬,第二次人生也将在挫折中告终。想到这些,川又感到自己命运可悲,心中有无限的悔恨。

　　每走一步,脚下的石子就发出哗啦的响声。在川又听来,这仿佛是别人的脚步声。他想起三个小时前壹岐说过的话:"辞了防卫厅你打算怎么办?今后的人生还长着呢。"虽然同为参与"大东亚作战计划"的同僚,但他既不打算像壹岐那样做生意人,也没有将变身为政治家的原田幕僚长那样的才能。所以,壹岐的话是残酷的。但是,要生活下去,要养活妻子,这又是必须面对的问题。

　　川又有些怨恨自己只有四十七岁的健康体魄和敏捷思维。他视军人为天职,战败回到日本后,认为除了自卫队以外他别无选择。他加入了航空自卫队,参与和负责制订日本的空中防御计划。陆上自卫队和海上自卫队有旧军队的武器体系、作战方案为基础,而航空自卫队是从零开始。他们没有最起码的装备,用的是美军提供的等同报废的战斗机,有多少飞行员为此牺牲了生命!现在,终于努力到了实施第二次防卫力整备计划,引进超音速新一代战机的最后阶段。在这个时候辞去航空自卫队,对川又精神上的打击无异于曝尸荒野。

　　无限的遗憾和悔恨交织成恸哭。川又强迫自己抑制住破喉而出的哭声,双眼紧盯着前方。线路两旁已经看不到人家,线路在苍茫的星光下闪着银光笔直地伸向远方。架在多摩川上的铁桥形成一个巨大的黑色剪影出现在川又眼前。

剪影中突然出现了光脑门,闪着一双像蛇一样阴险眼睛的贝冢官房长。他发出尖厉的嘲笑声,他的脸变成特写定格在屏幕上。贝冢!混蛋!川又想起今天把他叫到办公室,对他说的那些话和那张迫不及待的脸,不由得攥紧了拳头。在二次防FX的问题上,他确实和近畿商事有联系,共同为选定拉克希德努力。为此,虽然他事后发现芦田把机密文件泄露给了近畿商事,但却没有追究,默认了他的行为。因为,如果当初阻止芦田,在目前的体制下,FX终将落于贝冢官房长和东京商事在背后操纵的格兰特之手。芦田一定也很痛苦,川又在心里轻声说道。不管受到近畿商事多么奢侈的招待,开始提供机密文件时芦田说不定心里是有数的,说不定后悔过、害怕过。一旦被卷入上千亿商战,芦田就像在转轮里不停奔跑的小白鼠,也许挣扎过,但终是无法逃脱。

但是,川又不是芦田,他无法忍受被警务队审问的屈辱。而且,因为买房子的事,他们还给他加上了与事实完全不符的受贿嫌疑。壹岐说,心中无愧,只用一句无稽之谈把警务队的审问顶回去便是。但是,身为防卫部长、空将补,被扣上这种嫌疑本身就伤及空幕的威信。而且,从陆军幼年学校开始,他就彻底接受在金钱上要清白的教育,直到今天他都严于律己。因为金钱问题受暗地里被称为捕吏的警务队审问,对他来说是莫大的耻辱。

贝冢!你自己干了多少坏事?川又紧握的拳头里满是汗水,悔恨重新涌上心头。不知道那家伙还要掌握多少年的权势,每到购买FX的时候,与一国防卫任务毫无关系的商社、厂家、政治家、倒卖情报的掮客就会蜂拥而上,把空幕和防卫厅内部部局变成特权的巢穴。

这种令人担忧的状况必须改变。虽然无法成为幕僚长,实现理想的愿望彻底破碎了,但是,在明天早晨九点上班以前,仍身为防卫部长的自己如果还有能做的事情……川又凝视着近在眼前的铁桥,没有停止前进的脚步。

脚下突然传来一阵轻微的震动。他知道这意味着什么。他的脑海里浮现出妻子雪白的脚掌。妻子一直保持着艺伎时代的习惯,夏天也从不光脚。洗浴后和在床上看到的妻子的脚,总是用糠袋擦得光滑白皙,根本不像一个四十岁女人的脚。唉,这个可怜的人儿。上天没有赐给她孩子,没有兄弟姐妹,他是她唯一的依靠。当初,他不顾所有人的反对娶了她,现在觉得她很可怜。

脚下的震动越来越大,远处传来了轰响。川又不知道那响声是从前方还是从后方传来的,他只是一边数着枕木,一边一步一步往前走。

凌晨一点多,壹岐仍睡不着,和川又喝的酒醒得无踪无影,他觉得头脑格外清醒。他又翻了一个身,听见起居间的电话铃响了。他按住正要起来的佳子,披上棉袍,起身去接电话。

"喂!是壹岐先生吗?我是川又的太太。我丈夫是不是还在您家里?"话筒里传来川又太太抱歉的声音。

"不在,川又十点多给你打完电话以后就走了。他是坐十点十五分的车走的,最晚十一点钟就该到家了。"壹岐心想,川又嘴上说直接回家,说不定又在大井町车站附近喝上了酒。

话筒那边一下子没有了声音。"那我丈夫……"川又太太的声音都变了。

壹岐吃惊地问道:"夫人,川又怎么了?"

"刚才警察打来电话,问我丈夫回家没有。他打电话的时候说马上回家,我以为他肯定还要去其他地方喝酒,也没多问。可警察说多摩川发生了铁路事故,一个叫川什么的人受伤了,他们正在照着电话号码簿挨家询问。"川又太太用颤抖的声音绝望地说,"壹岐先生,会不会是我丈夫……"

壹岐的心中掠过一丝不祥的预感,他安慰道:"多摩川和你家是相反方向,不会是他。我这就给品川警察署打个电话,问清楚后给你回话。"

壹岐放下话筒,在电话簿上查到品川警察署的电话号码,要通电话,询问多摩川铁路事故的情况。电话马上被转给负责事故处理的警察。警察问了壹岐的姓名后,说:"这是发生在深夜火车线路上的事故,所以,现场情况很糟,他本人的名片泡在血里,无法辨认。现在还没查出这个人的身份。"

"那这个人受了重伤?"

"何止是重伤,被轧死了。"

"轧死……那,这个人有什么特征?"

"赶去现场的警官和鉴定人员还没有回来,具体情况还不清楚。现在只能是识别出死者的灰色大衣和格子围巾。"

壹岐听不下去了。死者正是川又伊左雄。

"你有线索?"

"他……是我的朋友。"话筒从壹岐手中滑落。

壹岐坐的出租车飞驶在凌晨的街道上。快到多摩川铁桥的时候,壹岐看到黑暗中晃动着汽灯的光亮,就像点点渔火。

壹岐下了出租车。事故现场已经被绳子围了起来,有穿警服的警官把守。四五个便衣警察和两三个技术人员正在勘查现场。

"站住!禁止进入!你是什么人?"把守的警官拦住壹岐。

"因为我可能认识出事的人,所以就赶过来了。"

警官马上把他带到一个正在指挥的便衣面前,说:"部长,这个人说他可能认识死者。"

四十五六岁的部长审视着壹岐说:"轧死的尸体能辨认出来吗?轧他的不是客车,是货车。我们把这种现场叫金枪鱼。"他不放心地问道,"尸体都被碾碎了,你能行吗?"

壹岐把目光投向被汽灯照得如同白昼的事故现场,他的身体一下子凝固了。线路上散乱着像金枪鱼肉一样鲜红的肉块,粪便的臭味和血腥味扑鼻而来,使人作呕。

警察见怪不怪地说:"火车轧过来的时候冲击力大,谁都会失禁。"他用长铁筷夹起肉块放进桶里,在肉块较大或有遗留物的地方画上白色的记号,对正在做鉴定的技术人员说,"确认死者身份的人来了。有没有什么可以供他确认的?"

肩上挎着画板,正在画事故现场画图的鉴定员回答道:"后方五十米左右有一块比较完整的上身和右手,还有衣物的布屑。"

"那就劳驾你过去看一下。"

部长在前面打着手电,小心翼翼地避开用白粉笔圈住的地方往前走。虽然线路上的血已经渗进地面,但枕木的凹处还残留着鲜血。壹岐仿佛感到川又的体温还留在这里。虽然他无法面对好友的遗体,但同时又感到在这个世界上见川又最后一面的非他莫属。他跟在部长后面,走了大约五十米,看到线路边上盖着草席的短小的遗体。

部长在草席前停下来,问:"你以前见过因事故死亡的尸体吗?"

"没有。但是,以前在战场上见过战死者的遗体。"

"被枪打死的遗体是完整、干净的。被二十节车厢的货车轧死的尸体,头和脸都成了石榴粒,眼珠子飞出去老远,身体就像你刚才看到的,成了一块块金枪鱼肉。你就只确认一下还有形状的右手和衣物吧!"

部长掀开席子。壹岐看到张开的脉搏仿佛还在跳动的右手,被碾断的手腕上挂着像丝线一样的神经。

"这是头。不过,只剩下头发,头盖骨和肉都被碾得粉碎。"

壹岐看着部长用铁筷夹着的头发。那头发微微曲卷,是川又的。

"衣物也差不多都成了布屑,你见过这个吗?"

虽然被血染得发黑,但的确是川又系在脖子上的那条围巾。

"是川又伊左雄。"壹岐哽咽地说,"这是事故,还是……"

部长把席子重新盖好,解释说:"是事故还是自杀,只有死者自己知道。据货车司机说,列车快开到多摩川铁桥的时候,他看到线路上有个黑影,拉响了警笛。过桥的时候,他虽然没有感到阻力,但觉得有点不对劲。他在铁桥的下一站武藏野车站跟车站职工联系,车站职工怕发生万一过来检查,发现了轧碎的尸体,马上通知了我们署。"他看着茫然若失的壹岐问,"你刚才说他叫川又,他的工作单位是哪里?"

壹岐猛地回过神来。他努力使自己保持冷静,他必须保证自己的回答不对选定拉克希德造成影响。他在心里深深诅咒自己的罪孽。

"他是防卫厅航空幕僚监部防卫部长。"

部长目光一闪,问:"那你也是防卫厅的?"旁边的年轻警官开始记笔记。

"不,我是民间企业的,和川又是私人朋友关系。"

"从民间企业这个说法上推测,你也是军人出身啦。你在哪个公司工作?"

看到部长表情一变,变得警觉起来,壹岐犹豫了一下,说出近畿商事旗下一个公司的名字:"东都纤维会社。"以川又的身份,警视厅一定会介入事故调查。在与上层通气之前,壹岐觉得不能说出近畿商事的名字。

"就算你们是朋友,可你毕竟不是他的家人。听说事故后,在这凌晨时分马上就赶到事故现场,这是为什么?"部长在寒风中缩着肩膀,怀疑地问道。所幸的是他不知道警视厅搜查二课正在秘密调查防卫厅泄密事件。

"因为昨天晚上八点左右,川又君到我家来,我们两个人一起喝了酒。十点多的时候,我把他送到车站。"壹岐解释了事情的经过。他看着川又上了十点十五分开往日吉的电车。凌晨一点钟,他接到川又太太打来的电话,知道多摩川的货车线上发生了事故。他不放心,于是给品川警察署打电话询问。

部长目不转睛地看着壹岐,听他说完以后,说:"哦?这么说死者是在中途下车,一直往他家相反方向走的。他醉得很厉害?"

"一升的瓶子,我们两个人喝了大半瓶。但是,死者酒量很大,不会醉到下错车的地步。"

"你们都谈了些什么?"部长突然带上了审问的口气。

"没什么特别的,我们俩每次见面都是谈些过去的事情。"

"不过,晚上八点到你家,这可有点儿奇怪了。现在,新一代战机的事情闹得沸沸扬扬的,他是不是有什么烦恼?"

"没有,他从来不跟外部人谈论防卫厅的事情。"虽然壹岐当即否定了,但川又痛苦的声音又在他耳边响起,"壹岐,被撤销防卫部长的职务,被堵死通往幕僚长的道路,对我来说,无异于曝尸荒野。"

"发现了左脚。"

突然,线路下面的草丛里传来叫声,壹岐回头一看,鉴定人员正在照相。在闪光灯闪亮的一瞬间,壹岐看到了一只脚。那是两个多小时前刚离开他家的川又的脚。

"川又!"

壹岐再也无法控制感情,大叫一声,瘫倒在地。

当天拂晓五点钟,川又的遗体被装进一个简陋的棺材,运回了家。警察们在品川警察署的停车场铺上塑料布,把被货车碾得四分五裂的身体部分拼凑成一具不完整的遗体,装进了棺材。

迎接川又的只有几个亲属,他弟弟和妻子得知消息后从镰仓赶了过来。便衣警察也到场,准备向亲属询问情况。

灵位还没有设好,棺材被放在冰冷的榻榻米上。壹岐和其他人一起放下棺材,抑制着心中的悲痛,走到川又太太面前。他拦住川又太太,不让她看棺材里的遗体。"放开我!他是我丈夫!"川又太太推开壹岐,走近遗体。接着,她发出令人毛骨悚然的尖叫,身体向后退,慢慢倒下去。壹岐一把抱住她,把她扶回房间。之后,她不哭,也不说话,只是用一双空洞的眼睛呆呆地坐在棺材前。

棺材的一角还渗着血。壹岐怕川又太太看见,就说:"川又太太,去休息一会儿吧!"

川又太太抬起苍白的瓜子脸,好像从打击中清醒过来,第一次开口说话:"我也要跟着川又去。他丢下我一个人,死得这么惨⋯⋯"

"川又太太,你不能这样做,川又会伤心的。你先到那边休息一下吧!"

久代动了一下身体,瞪着一双已经没有眼泪的眼睛,问:"壹岐,告诉我,川又他为什么要自杀?"

"不是自杀,在我家喝酒的时候没有一点儿异常。当时,如果我坚持叫出租车⋯⋯"

"你骗我。你为什么不对我说实话,我是他妻子。川又从你家给我打电话,告诉我马上就回家,这本身就很奇怪。战争的时候,他军务繁忙的时候,去战地视察,一走就是一个月的时候也从来没有告诉过我什么时候回来。可是,昨天,他却嘱咐我要关好火,关好门窗⋯⋯

都怪我,要是我多个心眼,就能觉察到不对劲。我……"久代悔恨地拍打着榻榻米,哭得死去活来。她乌黑的头发凌乱地散落在脖颈,悲伤掩埋不了艺伎特有的娇媚。这更让人觉得她可怜——没有孩子,孤零零的一个人。壹岐不知道该怎么安慰她,只好默默地陪在她身边。

川又的弟弟过来说:"嫂子,警察也说了,现在还搞不清楚我哥哥的死是自杀还是事故,请你别说这种莫名其妙的话。还有守夜、葬礼一大堆的事情,你上二楼休息一下吧!"说完,让妻子扶久代上二楼休息。

壹岐感觉到他们叔嫂间关系不是很亲密。

久代上了二楼以后,壹岐重新端坐在川又的棺材旁。他表面上虽然平静,但在三个小时前亲眼看到的事故现场的凄惨情景深深烙在他的脑海里。唯一可以告慰的是负责处董事故的品川警察署不知道警视厅正在秘密调查防卫厅泄密事件。

壹岐觉得后面有人,回头一看,身材高大的原田空幕长站在门口。

"壹岐君……"

他们谁都没有想到,曾在大本营分别参与制订海、陆作战计划的两个人会在此地以这种方式相见。四目无言相对,两人都从对方眼中看到了彼此想说的话。壹岐抑制住汹涌的感情,示意原田在只放着一张经卷桌的棺材前上香。

原田膝行至棺前,长久闭目默哀后,上了一炷香。上完香,壹岐和原田不约而同地起身来到一个四叠半的榻榻米房间。原田挺着笔直的腰板说:"壹岐君,多亏你了,谢谢!防卫厅值班室接到品川警察署的电话后,立即通知了我。但是,你第一个赶到现场,证实了川又的身份,这是最可贵的。"原田对壹岐从第一时间到现在以及为避免川又的死被 FX 问题所利用所做的一切表示了感谢。

"不。我和川又喝了两个小时的酒,竟然没有注意到他的异常。如果我坚持叫出租车,把他送回家,就不会……"壹岐的内省充满自责。

原田用深邃的目光看着壹岐,说:"川又号称酒豪,很难想象他会因为喝醉酒出事。可另一方面,自杀也不太可能……"他好像想起什么,停顿了一下,接着说,"昨天下午,川又从贝冢官房长办公室出来,在办公楼门口碰到我,说有话要跟我说。当时,我有公干正准备出去,就告诉他明天见面再谈,我也有话要说。我想告诉他的是,现在无论贝冢官房长说什么,都不要违背他,要忍耐,要等待。下次换届的时候,我要在保障川又君当空幕长的条件下退役。可是,我只顾忙于自己的选举,没有注意到川又君的情绪,说什么明天再说。而且,晚上十点半你给我打电话的时候,我也不在……这和坐视不救有什么区别?"原田说不下去了。

昨天晚上,壹岐把川又送到车站后,给原田打过电话。他想请原田挽留川又,说服他撤回辞职信。但是,那时原田还没有回家。现在想起来,壹岐觉得川又是穿过自己和原田之间的缝隙,奔向死亡的。

突然,门外传来一个低沉的声音:"对不起!原田幕僚长在吗?"

"谁?"壹岐问。

隔扇门被打开了,一个三十五六岁,目光锐利的男人侧身近来:"我是贝冢官房长的秘书官川东。"

虽然川东语气谦恭,但无意中流露出妄自尊大。壹岐听人说,他是贝冢官房长的得力亲信,平日里狐假虎威,经常以傲慢的态度,随随便便把陆、海、空幕部长级的干部叫到贝冢办公室。负责防卫厅的各商社专员也都很怕他。

川东走到原田身旁,殷勤地说:"是贝冢官房长让我来的。官房长说虽然他应该亲自来的,但因为不是因公死亡,就不来了。所以,他希望葬礼不由自卫队主持,而由亲朋好友举行一个私人葬礼。"侧耳听了一下外面的动静,好像是为了防备品川警察署的便衣,问,"警察的验尸结果是什么?"

原田幕僚长生硬地回答:"货车碾死。"

川东压低声音说:"这个我已经听说了。我想问的是事故还是自杀……"

"事故,但也不排除自杀的可能。如果是自杀,难道贝冢官房长事先有预感?"

"没有的事儿!官房长接到川又防卫部长因事故死亡的报告,马上给我家打电话的时候,还惊愕不已,叹息不知道为什么会发生这样的事情。官房长还说,也算是不幸中的万幸,川又部长是在凌晨一点十五分出事的,记者没有发现,今天的日报不会刊登这条消息。所以让我们谨言慎行,不要给正在秘密进行的 FX 选定工作带来干扰,不要引起品川警察署对这件事的注意。但是,因为现在是特殊时期,为慎重起见,官房长已经跟关系密切的警察厅长官通过气了。"川东加重语气,特别强调已经跟警察厅长官联系过后,接着说,"不过,听说川又防卫部长下班时间就离开防卫厅了,他在哪里一直待到凌晨一点多的呢?警察说,他还在壹岐先生家待了很长时间。恕我无礼,壹岐先生,他都说了些什么?"川东看着壹岐问。

壹岐平静地说:"这个没必要跟秘书官讲。"

川东面露不悦,威胁道:"我是代表贝冢官房长来的,我的问题就是官房长的问题,请你务必回答。因为,现在已经有两个人被逮捕,近畿商事的小出和空幕装备课的芦田国雄。"

壹岐强压着心头的怒火,说:"无论你怎么说,我没有要跟你说的。你要是非让我说,那你就回去告诉官房长,川又对防卫厅目前的局势很担忧。官房长会明白一切的。"

川东狼狈地看了一眼原田，问："那，他有没有交给你遗书？或者放在家里落到了警察手里？"

原田再也无法容忍，大声呵斥道："你打着代表官房长的旗号到底干什么来了？对死者应该有起码的尊重！你给我走！"

川东秘书官不敢再说话，只好走了。

房间里又只剩下原田和壹岐。原田说："让你见笑了！不是因公死亡，家属得不到补偿，很可怜。我当然会尽我的全力，壹岐君你也要照顾照顾川又太太。她出身烟花巷，川又的亲戚和她都很疏远。她今后的日子不好过啊！"

"这个您放心，我会尽我所能的。撇开公司这层关系不说，我和川又是陆军士官学校和陆军大学的同学。"

"这就好。唉，我们失去了一个未来能肩负起空幕重任的宝贵人才。在对待二次防的FX问题上，川又是态度最真挚、研究最深入的。他通过分析美中苏的国际军事力量，探讨什么是日本最需要的性能最优越的战机，为推进防卫计划不遗余力。"

"川又也经常跟我这么说。虽然他认为日本应该完善强有力的防卫能力，但在宪法九条的基础上，以在野党为中心的人士不断提出非武装中立的问题，其他意见往往遭到反对。他经常感叹，作为军人，因为我们经历了刚刚过去的大战，切身体会过战争的悲惨，所以，希望日本是一个永久和平的国家是我们至高无上的理想。但是，为了实现这个理想，我们需要足以扼制一切外来力量的强大的防卫能力。现在，虽然有《日美安全保障条约》，但它不可能是永久的。首先，一个国家有用自己的力量捍卫国家独立的义务，在野党和国民为什么不能正视这一点？"

"嗯。虽然防卫厅内部部局也有一部分人认为川又是鹰派，排斥他的言论和行动，但从国际通行的观念上讲，这是极普通的很现实的观点。虽然大家都知道,现在日本的'专守防御'只不过是空论,但是,防卫厅里几乎没有人能站出来明确指出这一点。所以,我一直认为川又君才是未来的幕僚长。我一直为此努力,终于到二次防实施前夕,刚要往前进一步,没想到发生了这样的惨剧……"原田神色黯淡,闭上了眼睛。片刻后,说了一句意味深长的话,"今天早晨有一个会议,虽然很难过,但我必须走了。不过,我不会让川又死得毫无意义的。"

原田在棺木前再次合掌,匆忙离开。壹岐判断他说的会议,正是选定新一代战机的国防会议。国防会议四个字像尖刀一样刺进壹岐的胸膛。这次国防会议是以近畿商事交出所有从防卫厅得到的内部文件为交换条件召开的。在近畿商事交出的文件中,有印有川又代号的数字。虽然川又对此事一无所知,但他却因此被逼到了绝境。虽然警察还没有做出是事故还是自杀的鉴定结果,但是,导致川又死亡的原因只有一个,那就是近畿商事交出的文件。

壹岐难以抑制悲愤的心情,走到院子里。漫长的冬夜已经过去,朝阳静静地普照着大地。壹岐一直绷紧的神经一下子崩溃了。川又,对不起!原谅我!壹岐泪流满面,呜咽不止。

上午九点,近畿商事的车来川又家接壹岐,说社长有急事。川又的葬礼是在下午一点举行,壹岐悄悄走到来帮忙的佳子身边,告诉她去一趟公司,就上了车。

到了京桥的近畿商事东京分社,壹岐直接上了四楼的航空事业部。松本部长不在,不知道发生了什么的员工们像往常一样忙碌着。

壹岐一个人在窗边坐下,向斜对面小出的办公桌看了一眼。办公桌上收拾得干干净净。小出今后怎么办?壹岐不由得想,他仿佛听到称自己为"隐性航空事业部长"的小出怨恨的声音。

"壹岐君,你辛苦了!"

壹岐抬头一看,是松本部长。

"社长已经催了几次了,让你来了以后马上去社长办公室。我知道你很累,不过,还是先去吧!"

壹岐默默地以目示意,迈着沉重的脚步往六楼社长办公室走。他敲开里井常务对面的社长办公室的门,大门社长马上从转椅上站起来,满面开心的笑容,用响彻整个办公室的声音说:"壹岐君,辛苦了!刚才召开的国防会议上,新一代战机已经选定拉克希德。你功不可没!说吧,你想要什么?"

壹岐目不转睛地看着大门社长,毅然决然地说:"请允许我辞职!"

"什么?辞职?你不想在近畿商事干了?"

"是的。我现在认识到,军人出身的我进入商社是个错误的选择。很抱歉,我今天就提交辞职信。"

"你就只有这一个理由?"

壹岐点点头。大门目光炯炯的眼睛一闪,问:"壹岐君,你当大本营参谋的时候,由于你制订的作战计划让成千上万的士兵丢掉了性命,是不是?那时候,你写辞职信了吗?"

"没有,军队不可能有辞职。"

"对!壹岐君,我现在想跟你说的是,"大门紧紧盯着壹岐说,"这次你失去了好友川又,同事小出也被逮捕。你为这两件事深深自责,虽然我理解你的心情,但是,因此就想辞职,说明你还不了解企业的残酷。在企业的战斗中,也不允许轻言辞职!"

大门的话音刚落,壹岐看到窗外飞过一架喷气式飞机,在湛蓝的天空上留下一道弧形的飞行云。壹岐的眼前突然清晰地出现了六个月前在爱德华美军空军基地看到的 F-104 的雄姿。在川又和其他考察团成员的注视下,有着火箭般细长的机体,薄如刀片、形同海豹爪机翼的 F-104 发出一声巨响,以超音速像一只怪鸟划破碧蓝的天空,直冲云霄。为了这架形同怪鸟的超音喷气机,川又失去了生命,成为壹岐心中永远的伤痛。

壹岐以军人为大义殉职的精神战胜了西伯利亚十一年羁押生活带来的辛酸痛苦。但作为商社人,在拉克希德和格兰特之间的商战中他到底都干了些什么？尽管他的初衷是忧国,但川又死了,芦田和小出被交给了司法机关。无论有怎样的借口,壹岐都无法原谅自己。

"壹岐君,你还犹豫什么？东京商事的航空事业部长鲛岛今天早晨听说 FX 已经决定选用拉克希德 F-104,已经飞到美国为下一代新型战机收集资料去了。你也振作起来,为悼念川又君大干一场!"大门用洪亮的声音鼓励道。

"恕我不敬,军队有严格的训诫,为了报复制订作战计划是缺乏理性的,必将导致失败。所以,今后我想做一些可以告慰川又亡灵的工作。"壹岐忍着难耐的心痛说道。

第十七章 新 生

壹岐正身穿淡蓝色衬衫，深蓝色暗条西服，坐在面朝墙壁的办公桌前沉思。

二次防新一代战机销售商机争夺战七年后的昭和四十二年（1967年）春天，壹岐被破格提升为近畿商事常务董事。

公司附近的皇宫树林虽已是樱花盛开，但从新落成的位于丸之内的东京总部办公大楼的十三层望出去，满目皆是高楼。这里云集了国内外的银行、证券公司、钢铁公司等等。正在思考新的经营方针的壹岐对窗外的景色毫无兴趣。壹岐的办公室布置得很特别，和在同一层楼上的公司其他高层的办公室完全不同，他的办公桌紧挨着墙，墙上除了显示世界各主要城市时间的钟表以外，没有名画，房间里也没有任何摆设。只有沙发旁边小几上插在花瓶里的鲜花略微能营造一些常务办公室的气氛。但只要他掌管的业务本部的部下们往会议桌前一坐，鲜花的气息顿时被一扫而光。

业务本部，是三年前壹岐接手公司企划调查室之后，在其基础上改组的。它汇集了近畿商事年轻有为、才思敏捷的精英，是公司的智囊集团，是分析制定公司经营策略的唯一一个直属社长管辖的部门。

昭和三十四年（1959年），由于参与了围绕拉克希德和格兰特之间的混战，壹岐虽一度提出辞职，但在此后短短的七年当中，他从一个合同制职员扶摇直上,历任钢铁事业部副店长、部长,并成为公司第一任业务本部部长和董事。去年十一月公司改选高层管理人员,他又被提拔为常务。这种直升机式的提拔以及业务本部超常的职权范围虽使壹岐周围充满敬畏、羡慕和嫉妒,但是,对于他自己来说,这些都不是他期望的,而是由大门社长决定的。所以,他既不感到欢欣鼓舞,也不妄自尊大。但是,有一点的确是事实,那就是在业务本部他如鱼得水。

直到五六年前,壹岐的脸上还残留着西伯利亚严酷生活的影子,面色土黄。最近,他的面色终于开始重新红润起来,虽然偶尔流露出五十六岁年纪的疲惫,但周身散发着事业成功人士的光彩。

壹岐把目光从墙上移开,点上一支烟。为了实现公司下一个三年计划,必须再次缩减纤维部门。但,如果这样做必然招致比上次更加猛烈的反对。

三年前设立业务本部、面对全公司的整体经营时,壹岐领悟到商社的经营与军队的战略有极其相似的地方。第一,首先确定目标,制定实现目标的方针策略,设立执行部门。第二,因才用人,组织团队。第三,在任何情况下都能迅速发挥综合能力的机动力量至关重要。但是,军队和商社毕竟不同:军队完成的是国家使命,可以用命令指挥每个士兵;而商社是具有个人意志的人们组成的集团,要实现某个目标,必须使每个员工在认同的基础上自觉行动。让壹岐认识到这一点是在业务本部刚成立的时候。当时,虽然他推出了缩减纤维部门的计划,但遭到公司上下不少人的强烈谴责和反对,最终也未能实现预期目标的一半,只好以综合化妥协。

传声机响了。壹岐事先告诉过秘书,今天下午两点到四点之间不接任何电话,不见任何人。他简短地问了一句:"急事?"

秘书带着歉意说:"社长办公室来电话,说大门社长请您马上去一趟。"

大门一三已经当了十年社长。凭借着果敢的决断力,他在经营风险很大的商社做得非常成功。在他的经营下,现在近畿商事已经是资本金一百七十二亿元,拥有七千三百名员工的巨型商社。这使得大门在公司里更加专制。

壹岐马上起身去社长办公室。新任常务壹岐的办公室在最里面,走过长长的楼道去社长办公室时,总有两三位常务的秘书从自己办公室里观察他的去向。

在楼道中间秘书课传达室,壹岐碰上了中林监察。

"壹岐君!"

中林监察温文尔雅又不失威严。壹岐从航空事业部调到钢铁事业部,继而任部长时他是分管金属部门的专务。

壹岐急忙走到中林监察身边,关心地问:"听说您前段时间身体不好,最近怎么样了?"

中林目光一闪,挖苦道:"我虽然是监察,但毕竟是调到旗下的其他公司的人了。可你还是知道我糖尿病病情的好坏,不愧是消息灵通人士啊!怎么,业务本部的情报员向你报告了?"

大门社长派壹岐去钢铁事业部是为了强化这个部门。当时,要想做钢铁生意就必须成为帝国制铁和藤山制铁的批发商,否则无法做大买卖。但钢铁的经营权被牢牢掌握在老牌钢铁经销商手里,像近畿商事这样靠棉纱起家的关西地区的公司根本无法跻身其中,只能挂靠掌握经营权的大型经销商。在挂靠哪个商家的问题上,中林和壹岐的意见出现了分歧。中林看重的挂靠对象是冈崎兴业。冈崎兴业虽然是百年老店,专门经销钢铁,但经营陷于困境。所以,壹岐提出应该挂靠因在对印度尼西亚进行战争赔偿的一系列举措中一举驰名的山下产商。最终,近畿商事按照壹岐制订的计划,成功收购了山下产商,在业界引起了轰动。这使得大门社长强化钢铁部门的多年的夙愿得以实现。此后,壹岐晋升为董事、业务本部部长。去年十一月壹岐就任常务时,中林从专务的位置上下来,虽然保留了监察的职务,但被派到旗下的锌铁板厂任社长。因此,他对壹岐怀恨在心。壹岐心里也很清楚这一点。

"天气不好,您多保重!"说完,壹岐向社长办公室走去。

走进铺着地毯的七十平方米的社长办公室,刚送走客人的大门社长正坐在沙发上看资料上的数字。已经六十五岁的大门,除了头发变得稀疏之外,仍和从前一样精神饱满。

大门见壹岐进来,说:"你们业务本部提交的《迈向七十年代的近畿商事经营战略》的意见书,总之就一点,进一步缩减纤维部门,再调二百人去其他部门。对不对?"听口气,他似乎不太高兴。

"对,这是需要紧急研究的一个问题。"

"不用二百,一百行不行?过去两年里已经调出去二百名,机构精简得差不多了。虽然发展多方面的业务没错,但我们公司经销的纤维贸易额居世界第一。最重要的是,无论经济景气与否,只要人类不灭绝,这个部门的年增长率就是百分之八到百分之十。所以,不能轻视它。"

壹岐在沙发上坐下,说:"您说得很有道理。我们业务本部也认为一方面持续发展纤维部门,一方面扩大其他部门是最理想的。但如果这样,我们就无法达到改变公司体制,成为综合商社的目标。要想适应今后产业界的发展速度,非纤维部门必须增加百分之十五到百分之二十,但靠我们现在的资金和人员是无法做到这一点的。"

"要按你一贯的军事思维方式讲,这就是兵员和弹药的问题啦。"

"但是,因为军队有预备队,而商社没有,所以,执行战术的方式自然不同。"

大门沉思了一会儿,说:"六月份开经营会议,还有时间,你们再好好儿研究研究。这个一定会遭到纤维部门强烈反对的。"

"明白!"

"壹岐君,你等等!"壹岐转身正要离开,大门叫住他,说,"最近,公司各方面有不少批评你的声音,这和我过于重用你有关,有人不满,有人嫉妒。不过,公司是什么?用一句话说,就是员工。所以,你要在考虑到近畿商事七千三百名员工'人和'的基础上,制定实施你的战略方针。"

大门的口气虽然似乎很不经意,但壹岐感到改革机构时所遇到的强大阻力——人。

刚刚讽刺挖苦完壹岐,中林经过他曾经的专务办公室,走进监察员办公室。三十多平方米的办公室里虽摆着四个监察员的办公桌,但办公桌上没有需要批阅的文件,电话也只是个摆设,从来不响。这里就像是公司闲置高管的聚会场所。四个监察员都是下属公司的董事,除了股东大会之前,没有四个人碰到一块儿的时候。来办公室也顶多能见一两个人。

中林推开门,意外地发现棉野和辻在里面。棉野以前是分管纤维的专务。辻是以前分管财务的常务,下届股东大会上很可能会从监察员的位置上下来,去当顾问。

"咦?你们两个人都在,这可是少有的事儿。"中林先问大阪来的棉野,"棉野监察,你什么时候来的?"

"昨天陪社长一起来的。"

"唉,我刚才碰上一个不招人待见的人。"

"中林监察说的这个人一定是壹岐君喽?"

"说对了!你看他急急忙忙往社长办公室走的样子,完全是一副一步登天的下人嘴脸。真让人不痛快!"中林愤愤地说道,"当初我向社长推荐壹岐当钢铁事业部长的时候,壹岐说他是个外行,无法胜任钢铁部长的重任,装得跟个不知世故的小姑娘一样。是我给他打气,硬让他当上部长的。谁知道他当上部长以后,根本不像武夫经商,倒是个地地道道的商人,连我们这些高等商科学校毕业的元老级商社人都比不上他。你们看,他以经营权和接受所有员工为条件收购了山下产业。可是不到五年,除了七八个山下一族的重要成员,原来山下产业的其他员工都被发配到了下属公司或者子公司,可真是个'斩首浅右卫门'①啊!"

棉野大为赞同地点点头,说:"因为这个人根本不了解近畿商事的历史,所以,没有一点儿敬畏心。一当上董事业务本部长以后就开始大刀阔斧地削减纤维部门。壹崎就像老鹰叼小鸡一样,把我和现在的专务一丸君辛辛苦苦、一手培养起来的得力干将全调走了。两年就有二百人被调到了其他部门。大门社长要我顾全公司的大局,我不得已放走了一个又一个优秀人才。为此,纤维部的销售额减少不少。没有纤维部的牺牲,就没有其他部门今天这样大的发展的。你们知道有不少部下怨我,说我对纤维部见死不救。唉,我心里别提多难受了!"想到在缩减纤维部门时遭受的损失和委屈,棉野现在还气得发抖。

从主管财务的常务位置上下来,只当了一年监察员就将被解任的辻也气愤地晃动着瘦弱的肩膀说:"因为董事的奖金问题,我和壹岐大吵过架。昭和四十年(1965年)那次经济不景气的时候,银根紧缩,公司财务部门日夜努力地筹措资金,董事们也自觉减一成的薪水,放弃奖金。公司上下同心协力,终于渡过了难关。资金状况缓和

---

① 山田浅右卫门,是江户时代贵族御用刀剑试斩者。因兼任刽子手又被称作斩首浅右卫门。而"斩首"在日语中有解雇雇员之意。

以后,我打算悄悄给董事们发一部分奖金。没想到壹岐说发这种黑奖金是扰乱公司纲纪。我告诉他,以前有过这样的惯例。他说惯例就更应该改。为这事我俩发生了冲突。结果,我就荣幸地当上了监察员。真不知道社长是怎么想的,老是支持壹岐的意见。不错,他的经营方针的确让公司收益不小,用股价算的话,大概涨了二十日元。可社长也不至于这样啊!是不是有什么把柄在他手里?"近畿商事的股价是一股一百四十日元,辻认为上涨部分里有二十日元是壹岐的功劳。能给予如此评价,不愧为前财务常务,但这仍不足以平息他心头的怒火。

中林说:"照这样下去,里井副社长的大门社长接班人的位置恐怕都难保喽!七年前,在那场一千亿的商战中,因为他死了一个人。那时候壹岐难受得连自杀的心都有了,交了辞职信。现在倒好,表面上一副文雅的绅士模样,好像连个虫子都不忍心杀,心里却不知道在谋划什么策略。太可怕了!"

仅仅七年时间,壹岐就从一介合同制职员成为常务。如此破例的晋升既让中林感到极度反感,又有某种力量让他觉得害怕。

壹岐走出社长办公室,没有直接回他的常务办公室,而是去了九楼的业务本部。

业务本部在九楼的东拐角,全部只有三十五名职员,但个个都是壹岐亲自选定、培养的人才,被公司年轻骨干们称为"行动派智囊团"。以前年轻有为的职员都想被派往纽约或伦敦。现在,不少人暗自希望自己能成为业务本部的一员。

壹岐在办公室最里面的本部长办公桌前坐下。办公桌上放着等他批阅或指示的便条、报告。

苏联木材及机械、钢轨等进出口贸易

事业部　海部要

结论　积极推进

理由　1. 木材部根据过去和现在的市场情况,认为将长期亏损,反对。

2. 机械、钢铁部认为未来市场大有希望,现在承受若干损失也应该推进。

3. 从扩大苏联市场的整个布局出发,公司应考虑补偿木材部的损失。

详情见附表。

报告上只写了一个纲要,附表上分别列出进口木材的数量、金额、盈亏以及出口伐木机、卡车、起重机、钢轨等的品目、数量、推算盈利,一目了然。这种独特的笔记形式源于壹岐曾经在参谋本部时养成的思维方式。在制订前进或撤退二者选一的作战方案时,无论有多么复杂的因素相互纠缠在一起,首先把问题概括在五点之内,只要能证明——列举的问题,结论自然就有了。不仅是书面报告,在做口头报告时,壹岐同样严格要求部下节省时间,先说结论,再进行论证。

壹岐仔细看过附表上的数字,在报告上签下"认可。壹岐"的字样。

由于事业本部是制定全公司短、中、长期经营策略的跨部门的统筹部门,为了更有效地发挥职能,下分事业部、海外综合部、信息调查部三个部门。事业部分管纤维、机械、金属、粮油、物资、煤气、石油和建设六个营业部门,负责掌握各部门的动向、出现的问题等。每个部门有两到三名专员负责,他们每天至少要去营业部门一次,和各自负责的课、部长碰头,交流信息。海外综合部分北美、南美、东欧、中东、亚洲、大洋洲六个板块,每个板块有一到两名专员。他们负责海外支点的经营管理,策划进入海外市场的方案。信息调查部主要分析经济、外交、政治和产业动向,以及完成大门社长和壹岐直接交给他们的任务。

各专员掌握的公司内外的情况全部汇总到业务本部长壹岐这里,业务本部发出的公司经营方针再通过各专员贯彻到国内三十个分店、营业所以及国外五十四个分店和事务所。虽然业务本部的这一机能被公司内部的老董事们讥讽为"参谋本部",但为了眼前利益,公司内部各部门间的恶性竞争却因此有了很大的改观,企业管理向现代化迈进了一大步。

"本部长,我的笔记你看过了吗?"海部要出现在壹岐面前。

进入公司第四个月的时候,壹岐随大门社长去美国出差,当时海部是纽约分店谷物专员。后来,他调回总部,不久又被派到墨尔本。业务本部成立时,壹岐把他调了回来。

壹岐问:"补偿木材部损失这件事,你跟财务部商量过没有?"

海部面色白净,鼻梁上架着一副赛璐珞框眼镜,很在意自己的外表。他耸耸肩,说:"刚才我刚交涉过,他们表示为难,说钢铁、机械部门必须有百分之五六十的盈利才行。因为我报告中提到的木材不是出口公司定的协定里的定额,是松原制作所社长为了长期出售他们公司的机械,另外弄到的贸易额度,所以,这是个难得的机会,我们应该借机打入苏联市场。可是,财务部的人只考虑眼前的盈利,一点儿都不理解这一点。"

"问题出在哪一级?"从壹岐个人感情上讲,虽然开发西伯利亚市场不是他愿意参与的工作,但是,他丝毫没有流露出私人感情,而是冷静地问。

"副部长那儿。他和木材部长是一起进公司的,两人关系不错。"

"一起不一起和生意没关系。你不要急,也不要强求,再找他好好谈谈,直到让他觉得你说得有道理为止。不过,期限是明天。"

"明天?好,我一定努力!"虽然海部似乎对壹岐提出的如此紧迫的期限有些意外,但他是一个自认和公认的颇有自信的人,所以,他没有多说什么,斗志昂扬地走了。

海部刚走,信息调查部的不破秀作又不声不响地走过来。战败后,不破从上海东亚同文书院转到东京外国语大学继续学习,进入近畿商事后一直在企划调查部门工作。他虽然相貌平常,但额头宽大,透出智慧,使他看上去像一个理工科的研究人员。

"我来向您报告四月一号接受的特别任务。"不破小声说。

最近,因为公司董事会上的内容很快就被走漏给特定的周刊杂志和报纸,所以,壹岐让不破去调查走漏消息的渠道。不过,壹岐没有直接跟他这样说,只是让他调查一下分管煤气石油的夏川专务有哪些媒体界的朋友。

"我调查清楚了,夏川专务和《每朝新闻》经济部的记者冈,周刊杂志《周刊日本》的主任记者汤岛关系都非常密切。记者冈一个月前去南美采访的时候,专务给了他五百美元,为他送行,有账单为证。前几天开完董事会的第二天,专务又邀请冈和汤岛两位记者去小金井打高尔夫,晚上在银座喝酒,去了好几家夜总会,明显违反公司的招待规格。这个信封里是这半年来《每朝新闻》和《周刊日本》刊登的有关我们公司的文章。"

如此重大事件,换了别人说话的声音都变了,而不破仍像平时汇报经济、外交方面的信息一样,面无表情。他接着问:"有关这件事,您还有什么新的指示?"

壹岐没有说话,轻轻地摇了摇头。不破于是若无其事地回到自己的办公桌前。

壹岐知道，由于业务本部除了日常工作以外，还对个别员工或高管的言行进行秘密调查，所以，公司内部有人指责业务本部是特务机构。壹岐对此并不做任何辩解。近畿商事要想成为一个名副其实的综合商社，当务之急是吸收公司内外乃至国内外对公司有利的信息，用于经营策略。同时还要摒弃对公司不利的因素，或将不利转为有利。壹岐认为这是他的工作。从这个意义上讲，业务本部的员工是潜入水中捉鱼的鱼鹰，而壹岐就是训练鱼鹰的渔夫。

壹岐刚要重新看报告，今天一直没露面的海外综合部的兵头信一良朝他走来。壹岐当钢铁事业部长的时候，兵头曾是他的部下。后来，兵头被调到伦敦分店，业务本部成立前又回到东京。兵头三十多岁的时候是视野和胸襟都很开阔的人，现在年过四十，变得更加有气度。

"这儿有份电传，您应该看一下。"兵头说着把一张写有"attention Mr. HYODO"①的电传递给壹岐。

壹岐迅速看完电传，上面写着"苏伊士运河疏浚工程竞标突然中止"，但没有说明原因。壹岐马上叫来不破，让他看过电传后说："如果是单纯因为工程延期暂时停止竞标，倒没多大问题，但如果是因为某种争端，这张电传就非常重要。从中东军事形式上讲，一般认为阿拉伯的军事力量大于以色列，即便有局部冲突，也不会发生继巴勒斯坦战争和苏伊士争端之后的第三次中东战争。但是，因为最近以色列的军事力量不断增强，从以色列和阿拉伯四国在停战线上不断发生冲突这点判断，我认为第三次中东战争是不可避免的，所以……"他用平静的语气命令道，"今后你要充分关注中东局势。如果交战，你要对交战的时间、谁胜谁负、有无封锁苏伊士运河的可能等问题做

---

① 兵头先生收。

出预测。"

虽然中东战争与日本商社可能没有直接关系,但苏伊士运河一旦被封锁,前往欧洲的航道就要改道南非的开普敦,运输费会随之暴涨,船舶会吃紧。为了避免这种事态发生,业务本部必须准确分析形势,把信息传发给营业本部,让他们事先买断船舶使用权。

六点多,壹岐罕见地早早下班了。当上业务本部长以后,有段时间壹岐虽然从每天的应酬当中解放出来了,但升任常务后,晚上应酬又接连不断找上门来,每个月只能在家吃五六次晚饭。虽然常务上班有专车接送,壹岐不用再挤电车了,但下班早的时候,他就让司机把他送到涩谷,然后还是坐电车回家。

今天壹岐的车没有去涩谷,而是向相反的银座方向驶去。护城河内的皇宫树林,夕阳下樱花盛开,松柏翠绿,景色优美。

壹岐看着窗外,脑子里想着京都的秋津千里。他现在是去银座的一家餐厅见秋津千里。秋津千里作为女陶艺家崭露头角之后,名声越来越大,因参加展览会或研究会到东京的机会也越来越多。这些年,她每年都和壹岐见一面。有时还和原关东军副参谋长竹村一起聚餐。

车从日比谷开到数寄屋桥的十字路口,停下来等红灯。穿过人行横道往家赶的上班族都换上了春天的装束,色彩轻快。人群中有个中年人身穿脏兮兮的雨衣,双手插在口袋里,一副落魄的样子。壹岐不由得定睛一看,觉得他很像小出宏。他正要开口叫,信号灯变成了绿灯,车开了。

司机觉察到壹岐的举动,从反光镜里看着他问:"要不要停车?"

"不用,我认错人了。"壹岐若无其事地摇摇头说。

但是,那个消失在人群中的微微驼背的背影定是小出无疑。小出七年前因防卫厅泄露机密事件被捕,后免于起诉,去了近畿商事旗下的一个电子机器厂,三年后辞职。得知小出辞职的消息后,壹岐给他家打过电话,由于他已经搬家,所以没联系上。后来壹岐再也没见到过他,只听说做起了倒卖情报的生意。壹岐非常关心小出,他的处境和川又的死无法从壹岐脑海中抹去。川又离世的第二天,各大报纸晚报的头版大幅刊登了"FX选定拉克希德"的消息。而川又的死则在政界的干涉下被当成一起单纯的交通事故,在社会版上刊登了一小条消息。在FX面前,虽然一个人失去生命的缘由和意义被抹杀了,但是,选定拉克希德和川又之死的消息留在了报纸的缩印版上,也留在了壹岐心中,永不消失。

壹岐在银座六町目下车,走进一家法国餐厅。服务生把他带到二楼一张靠墙的餐桌上。壹岐仍陷入沉思无法自拔,幸好千里还没有来。他掏出一支烟,正要伸手去拿餐桌上的火柴时,不由得倒吸了一口冷气。旁边桌子上的人正在吃牛排,盘子里渗着血丝的牛肉让壹岐想起了散落在铁路线上的川又的尸体碎片。他急忙把目光移开。璀璨的水晶吊灯下,人们品尝着法国大餐的美味。置身于这些快乐的人们中间,自己仍不由得想起川又的碎尸。壹岐感到他心中的暗淡和荒凉宛如西伯利亚的冻土地带,无可救药。

"让您久等了。"

一个清脆的声音把壹岐从沉思中唤醒。抬头一看,千里已经站在他面前。

"您怎么了?有什么心事?"

千里身穿蓝色蜡染和服,一双丹凤眼里露出关切的目光。她已经年过三十,从前的飒爽中又多了几分成熟女性的妩媚。

"没什么。因为今天特别忙,所以,稍微休息了一下。"

"您这么忙,我是不是太打搅您了?"

秋津千里这次是来东京参加陶艺协会的例会的。昨天,她给在公司上班的壹岐打电话,说有事情想和他商量。

"您忙,我不应该为私事找您……"千里抱歉地说。

"哪里!我成天瞎忙,从来没帮上你什么忙。起码有时间的时候,可以好好儿和你聊聊。"

千里面带忧郁地说:"我一个人毫无办法……"

这时服务生走过来问点什么菜。千里打开菜谱,点了法式田螺,说:"剩下的您点吧!"

于是,壹岐要了两杯开胃酒和两份奶油蛤蜊汤。

开胃酒上来了。壹岐端起酒杯,为了安慰千里,他微笑着问:"你说的一个人毫无办法的事情是什么?说来听听。"

"是我在比睿山上修行的哥哥,他得了肺结核,病情很严重。从山上下来的人跟我说,他已经咳过好几次血了,应该让他下山治疗。我吓了一大跳。"

壹岐吃惊地放下酒杯,问:"你去看他了没有?"

"去了,我马上就去了。我哥哥说没什么大碍,坚决不肯下山治疗。还说他修行在身,不便多谈自己的病情,不等我把话说完就去修行了。他变得非常瘦弱,我无论如何也不能不管他,就去找到我哥哥敬重的大和尚,请他说服我哥哥下山治疗。"

千里端起酒杯,象征性地举到嘴边,详细给壹岐讲了当时的情景:大和尚也劝诫法名叫贤澄的千里的哥哥,说十二年闭山比丘修行是天台宗艰苦修行中最艰苦的一项,如以带病之身修此苦行,是走错了修行之路,而且会给周围的人添麻烦。但贤澄的决心毫不动摇,说他身心皆感觉不到痛苦,一定要修行下去。如有万一,他也已经做好了一切准备。大和尚表示暂时尊重贤澄的个人的意志,让千里把哥哥交给他。

千里接着说:"因为慈照大和尚是位高僧,我哥哥突然要求出家的时候就是他收留的,所以,我非常信赖他。但是,时间一天天过去,我越来越觉得不安,我叔叔也很痛心。我不知道今后该怎么办,所以想和壹岐先生商量商量。"千里把白皙的脸庞深深地埋在和服领子里。

"原来是这样。这的确是个很难解决的问题。我没有见过清辉君,何况他是一个入僧籍十七年、立志于钻研实践天台宗教义的僧人。他是以怎样的心情决定继续修行的?说实话,我说不出什么可以让你放心的话。但是,最关键也是我最担心的是清辉君的病情。"

壹岐觉得既然千里来找他,他就应该为她做些什么。这是他对当年服氰化钾自杀的秋津中将应当担负起的职责,也是因为他心中对千里产生了微妙的感情。

汤端上来了,很快这个餐厅的招牌菜法式田螺也上来了。

"我真是不懂事,吃饭的时候跟您说这样的事情。"千里向壹岐道歉,说自己不该在这种场合尽说些沉重的话题。

"没关系!"壹岐承诺道,"现在我们一时也想不出什么解决的办法。下次我去大阪出差的时候,抽时间去一趟比睿山。我是你父亲临终前见过的最后一个人之一,清辉君一定会见我的。"

"谢谢您的一番好意。真不好意思劳驾您,但是,如果真能这样,我心里就有依靠了。"千里湿润的大眼睛里流露出安全感。

壹岐爱怜地看着千里,问:"你的陶艺工作怎么样?每次收到展览会的请柬,我都没时间去。"

千里一边用小叉子灵巧地从壳子挑田螺肉,一边说:"因为我得新人奖比较早,所以,一直挺顺利的。不过,最近我觉得有点儿停滞不前。"

"我有时候能从报纸上看到对你的评论,评价不是挺好的吗?"

"是我自己觉得不够满意。入选新人奖以后的这五六年以来,我一直在钻研青瓷。为了烧制出更接近中国青瓷中的最高境界天青的颜色,我在不断努力,不知道失败了多少次,终于慢慢摸索掌握了一些技巧。但是,要想在宋代已经完成的形状和颜色的基础上加入自己的独创和个性,那真是难上加难。而且,陶艺和其他工作不一样,从揉土到装窑、烧窑、劈柴,都是力气活,有时也感到女人的局限性……"千里长长地叹了口气。

"这些你也不是今天才知道的。你不顾你叔叔的强烈反对,毅然选择了这条路,现在怎么能打退堂鼓?吃晚饭我们去喝杯酒,给你加加油!"

听了壹岐的话,千里脸上终于露出了笑容。

走出餐厅,壹岐和千里往西银座的夜总会露波儿走。和千里并排走在一起,壹岐觉得有点不好意思。路两旁的商店里虽然灯火辉煌,但顾客很少。壹岐无意中发现橱窗玻璃上映出两个人依偎的身影。千里脸上露出了羞涩的笑容,壹岐则慌忙往别处看。

两人走进西银座一座楼的地下,推开露波儿的门。夜店里灯光柔和,不拥挤也不冷清,一个客人正坐在钢琴前弹奏肖邦的乐曲。

壹岐带千里在吧台前坐下,问她喝什么。

"杜松子酒。"千里环视了一下,说,"这个店的气氛真不错。"

老板娘滨中京子过来,满面笑容地打招呼:"欢迎光临!您好久没来了。"

"最近很忙,老是宴会一完就告退。"

老板娘把手放在开得很低的胸口上,说:"我听兵头先生和海部先生说,壹岐先生现在忙得是不可开交。今天晚上带这么漂亮的小姐来,是好事儿啊!"

老板娘滨中京子不仅是军人的女儿,还嫁给了陆军中将的长子。她丈夫在战争中丧生。战后,她又嫁给了一个外交官,是驻荷兰的领事。但她性格奔放,还需处处小心的日本驻荷兰领事馆里放不下她,导致她和第二任丈夫离婚。离婚后,她回到日本,不知道通过什么途径开了这家夜总会。

"这位是我以前上司家的小姐。"壹岐介绍说。

"以前的上司?军人时代的?"

"对,她是原满洲大陆铁道司令官秋津中将的千金。"

"就是在远东军事法庭……"滨中京子没有再说下去。

千里把一双丹凤眼睁得大大的,问:"您认识我父亲?"

"噢,不,我只听说过他的名字。我父亲也是军人,战败的时候他已经退役了,后来一直像个空壳子一样活着。"

千里默默地点点头。虽然她和滨中京子年龄相差很大,但同为军人的女儿让她们有种共同的情感。

为了改变沉闷的气氛,滨中京子脸上又露出嫣然的笑容问道:"秋津女士现在在做什么?"

壹岐替千里回答道:"她和你家阿红一样,很特别,是个陶艺家。"

"哎呀,女陶艺家!哪跟我们家一样?阿红偏偏……"京子正要往外倒苦水,就听有人说,"你当妈妈的,在店里数落自己的女儿,不怕别人笑话!"只见剪着齐耳的娃娃头,身穿开衩很大的旗袍,露出两条秀美大腿的红子朝这边走过来。

壹岐吃惊地看着红子。

"三天前刚回来的。因为那边现在是雨季,每天下雨,太无聊了,所以,我就回娘家来看看。"

二十六岁的红子眨着一双像波斯猫一样的眼睛,露出调皮的笑容,扭动着柔软的腰肢,在壹岐旁边坐下。

"雅加达离东京这么远,再怎么无聊,也不能说回来就回来啊!你老公谁管?"

"没事儿!反正家里的大权掌管在大夫人手上,其他事情有经常换来换去的三夫人和四夫人就够了。"红子满不在乎地说。

红子是滨中京子和第一任丈夫的孩子,很小的时候就因母亲再婚随外交官继父去了荷兰。母亲出走后,她仍留在继父身边,随继父辗转各国,直到她母亲正式办理离婚手续后才回到日本,回到母亲身边。短期大学毕业后,她帮母亲打理露波儿的生意,认识了经常来日本的印度尼西亚华侨黄乾臣。黄乾臣是苏加诺政权下有政治靠山的华侨,当时已经结婚。虽然红子明明知道自己嫁过去只能屈居老二,但还是于四年前把自己嫁到了印度尼西亚。

红子这么无所谓的样子让壹岐不知道说什么好。他又要了一杯威士忌,说:"最近印度尼西亚华侨的日子不好过。听说前一段时间泗水地区发生了排华事件,你家没事儿吧?"

"噢,那次事件。那是因为泗水地区的军事指挥官是个排华分子,不喜欢华侨,发布了一道停止中国商人进行贸易的命令。我先生说苏哈托总统下达命令,把那个指挥官调到国防部,这件事暂时就算告一段落。虽然现在的苏哈托政权推行同化华侨的政策,但是,印度尼西亚有三百万华侨,现状不是那么容易改变的。要说改变,也许战争赔偿后大量进入印度尼西亚市场的日本商社会带来一些变化。壹岐先生您和兵头先生,你们一定早就看到这一点了吧?"红子撩着短短的娃娃头,面含微笑地说。

壹岐没想到红子看问题如此敏锐,大感意外。他问道:"兵头知道不知道你回来了?"

"当然知道!我回来第一天就给他打了电话,可他说他很忙,没时间陪我吃饭,对我冷淡极了。不说他了,我还是第一次见壹岐先生的女朋友,给我介绍一下?"红子用一双灵活的眼睛看着千里说。

壹岐扭头看着千里,介绍道:"她是秋津千里,也是军人的后代。她是个陶艺家,很艰苦,你好好儿给她加加油。"

红子说:"初次见面。您在东京吗?"

"不,我住在京都。"

红子把柔软的身体往前一探,说:"这么说,壹岐先生在大阪的时候你们就认识了。壹岐先生约会的时候都说些什么?我特别想知道。"

壹岐慌忙制止道:"哎,阿红,别瞎说!还那么大声音。"

"秋津女士不是单身吗?"

"所以才给人家惹麻烦嘛!"

"啊?为什么?哎呀,看看今天来的这些人,今晚就是个军人遗属聚会了。来,痛痛快快喝吧!"说完,红子又用充满好奇的目光看了一眼千里。

晚上十点,壹岐回到家。

壹岐还住在原来在柿木坂的房子里。这原本是公司给部长级准备的房子,壹岐当了常务以后,公司又给他物色了两三套更宽敞一点的房子。但是,如果搬家的话,就需要向公司借一笔钱。壹岐觉得现在的房子就挺好,只是让家里发生了一点变化,添置了一些新家具,墙上房间里多了一些画轴和摆设。

"你回来了!累了吧?"

正在写毛笔字的佳子放下笔,起身迎接丈夫。佳子身穿捻线绸和服,比刚来东京时还显得年轻,浑身散发着成熟沉静的气息。女儿直子已经大学毕业,在日本航空公关部工作。儿子诚正在东北大学读书,寄宿也不在家。佳子就捡起年轻时练过的书法,利用闲暇时间练毛笔字。

看到妻子现在的样子,壹岐心里有了几分安慰,觉得终于让妻子过上了普通人的幸福生活。他看了一眼佳子写的假名体,夸道:"不错嘛!"

"还差得远呢!我还不能一笔连下来。你吃点儿夜宵还是喝点儿鲜菜汁?"

因为壹岐很少在家吃饭,所以,佳子早就给他准备好了茶泡饭,还有为他健康着想的鲜榨菜汁。

"今天喝了不少酒,就喝点儿菜汁吧!"

不知道为什么,壹岐觉得张不开口,难以告诉佳子今天和千里一起吃饭喝酒的事儿。他一口气喝干菜汁,看见餐桌上有个白信封,就问:"这是什么?"

佳子收起砚台纸笔,兴冲冲地说:"这是人家给直子介绍的对象。一桥大学毕业,二十八岁,在富国银行工作。很优秀呢!"

壹岐含含糊糊地应付了两句。

"你这个人,一说直子的对象就哼哼哈哈的。直子上大学的时候,你还说一个女孩子家,上个短期大学,早点儿嫁人更幸福。现在倒好,你不就是不想让女儿离开身边嘛!"

壹岐觉得佳子说得有道理。此刻的心情不同于被秋津千里打动时的心情,仿佛自己的心尖要被人摘走,完全是一个父亲对待嫁女儿的感情。

"你老是这么模棱两可的,就算是有门好亲事,也不好往下谈。"

"嗯?大小姐呢?还没回来?这么晚了。"

"直子今天晚上去看电影,十点半左右回来。她跟我说了。"

"一个女孩子家看这么晚的电影,不成体统。到底是什么电影?"

"我问那么多干什么?你也真是的,直子回来得稍微晚一点儿,就急成这个样子。真有意思。"佳子笑话壹岐。

正说着,门口传来汽车的声音。直子回来了。

"我回来了!今天晚上真是太开心了!"

站在父母面前的直子披着波浪般的卷发,浑身散发着青春的气息。她已经不再是那个跟爸爸一起去澡堂,在澡堂外面等爸爸出来,回走的路上和爸爸一起吃章鱼丸的小姑娘了。壹岐觉得自己再也管不了女儿了,心里很惆怅。他说:"一个女孩子家,不能晚上十点多才回家。要看电影就星期六或者星期天白天去看。"

"爸爸,您真是老古董。我都大学毕业了,再说晚了我男朋友会开车送我回来,您放心吧!刚才也是鲛岛送我回来的。"

"什么?鲛岛?东京商事鲛岛的儿子?"壹岐的脸眼看着越拉越长。

"爸爸,您别把生意上的事儿和我的事儿混在一起。我上高中的时候鲛岛就是我的朋友,您不是还给他讲过珍珠港事件的嘛!"

就是那个鲛岛伦敦。他从国际学校高中毕业后,上了哥伦比亚大学,毕业后进了IBM日本公司。

壹岐生气地说:"现在和高中生的时候不一样。你是个待嫁的姑娘,以后不要和鲛岛的儿子交往了!"

七年前,由于鲛岛辰三作祟,壹岐在拉克希德对格兰特的商战中陷入困境。鲛岛可以说是他的宿敌。后来,鲛岛在三次防中成功拿下FX,雪洗二次防时的耻辱,现在更是作为东京商事董事运输机械本部部长大显身手。他不仅在飞机买卖上,而且在油轮买卖上也大赚特赚,直逼近畿商事,是壹岐无法忽视的对手。

大仓酒店的平安大厅正在举行东京商事新社长就任庆祝大会。

会场入口摆着金色屏风,两任社长并排站在屏风前迎接客人。前来祝贺的来宾排成一条长龙,盛大的场面显示着新社长的实力。

到场的近五百名来宾当中,有大藏省、通产省、农林省的次官和局长级的官员,有银行、合作企业、外企的高层,还有驻日外国公馆的大使或领事。

运输机械本部部长鲛岛辰三和本公司的专务、常务们一起招待客人,他的积极热情超过了总务部长。他用令他骄傲的英语和美国银行、IBM的高层寒暄,向他们推荐艺伎。看到本公司大客户企业的社长、专务就赶紧凑上去夸张地问候,毫不顾忌别人的目光。对鲛岛来说,这次大会也是他自己将要上升的庆祝会。

八年前,为了缓和公司内部的派系斗争,性格温和的望月有幸就任社长。新任社长玉置曾是鲛岛的直属上司,就是他力排认为鲛岛资历尚浅的反对意见,把任纽约分店店长的他调回总部,并提拔他任统管飞机、船舶、汽车部门的董事运输机械本部部长。玉置就任社长,就意味着鲛岛有更大的发展。

"鲛岛先生,这场面可真够盛大的。"五井物产的大原专务面带微笑对鲛岛说。

"谢谢您在百忙中光临!这都是多亏各位的捧场。"鲛岛眯起一双小眼睛郑重其事地表示感谢。

大原专务仿佛看透了鲛岛的心思,说:"来,我们为你也干一杯!"

"这可不敢当!让大原专务为我干杯,要遭报应的。"

"我还真希望你遭点儿报应。你不光拿到了三次防FX的销售权,还预见到油轮紧缺,又抢了我们的商机。你手下留点儿情吧!"大原专务不失风度地说。

鲛岛一边和大原专务碰杯,一边得意地回忆掌握油轮商机的经过。他最先预测到油轮的需求量,在和船主、货主交涉的同时敦促日本的造船公司建造可以生产大型油轮的船坞……这时,负责招待的总务部员工过来,告诉他有他的电话。

鲛岛走出大厅,走到衣物寄存处接电话。电话是船舶部长打来的。

"伦敦有消息说海运中介所的世界标准运输价格又要上涨。"

鲛岛不由得握紧话筒,问:"哦?西奈半岛有情况?"

"现在还不清楚。运输部说最近船价猛涨,我们公司船舶部也应该抢先预定各造船厂的船台,再订购几艘二十万吨级的油轮。我现在要去日本造船,能不能增加船台?"

"OK。不过,你还要关注中东局势。你跟希腊的奥林匹亚海运公司联系一下,他们在这方面消息灵通。"

万一苏伊士运河被封锁,前往欧洲的航线势必大幅度延长,海运价格上涨的同时对船舶的需求也会增加。鲛岛挂了电话,回到大厅,看见近畿商事的大门社长正带着壹岐穿行在人群里,把他介绍给各界的重量级人物。

"这是我们公司的常务壹岐,多关照。"

耳边传来大门社长爽朗的声音。每当大门社长这样介绍的时候,壹岐就温文尔雅地低头行礼。他身穿深色西服,身上找不到一点儿旧军人的影子。他谦和有礼的态度博得人们的好感。但七年前的惨败和壹岐仅用了七年就登上常务位置的能量让鲛岛心中翻江倒海。

过了一会儿,大门社长忙于和新桥、赤坂的艺伎们周旋,壹岐在一边百无聊赖。鲛岛见状走到壹岐身边说:"这可真是稀客,您很少在这种场合露面,今天居然也来了,十分感谢!"

壹岐说:"因为这是大名鼎鼎的东京商事新任社长的就任庆祝会嘛!我向贵公司表示祝贺。"

一个月前,壹岐收到开罗分店的电传,得知苏伊士运河疏浚工程停止竞标的消息。之后,工程无限延期。他今天来实际上是想试探一下各企业、银行以及外交家们对当前中东形势的看法。

鲛岛也试探道:"因为当前情况特殊,这种时候身为近畿商事的参谋长,参谋本部一定离不开您,所以,我对您的到来表示衷心的欢迎!"

壹岐仍然保持着温文尔雅的风度,说:"怎么能说是参谋长?我自以为我好歹也算是个商社人。"

"那当然。您可是只用了七年时间就当上常务的人,我等自愧不如啊!壹岐参谋长,从军事方面您怎么看待阿拉伯国家和以色列之间的紧张局势?"

"这个我可回答不了,我还想向您请教呢,因为您对海洋运输了如指掌嘛!"

"哪儿的话。有没有战争的可能,如果有胜负如何,分析这些不是原大本营参谋您的专长吗?这种时候,您应该放弃商社间竞争的狭隘观念,站在国家的立场上给我们分析一下。"

"这我哪里敢当?我的军事分析方法早已经落伍了,在当代形势下毫无用处。怎么,中东局势不稳?"壹岐话锋一转,问道。

鲛岛的小眼睛迅速眨了几下,说:"啊?好了,不谈这些国家大事了。在日本航空工作的你家千金可真是才貌双全,活泼大方啊!听说和我儿子关系还很亲密。我就这么一个儿子,你可要多担待些。哇,哈哈哈。"鲛岛发出一串奇妙的笑声。

壹岐脸一绷,说:"我还正想求您呢。前几天令公子约小女看电影,还用车把她送回了家。以后,请不要再这么客气了!"一想到以"上床"高手臭名昭著的鲛岛辰三的儿子竟然和自己的女儿交往,壹岐心中就大为不快。

"犬子在国外生活的时间长,送女孩子回家只是出于礼貌。您想得太过了,大可不必那么过虑。"说完鲛岛就去寻找下一个谈话对象。

看着鲛岛敏捷地穿行在人群中的身影,壹岐突然觉得有双眼睛一直在注视着他。是五井物产的大原专务,他端着酒杯一个人站在不远的地方。可能刚才他一直在听壹岐和鲛岛的对话。商社中最具海外情报网的五井商事专务似乎也在观察各公司对中东紧张局势的反应。

从五月末开始,丸之内近畿商事业务本部晚上九点以后仍然灯火通明,搜集、传达中东局势的国际电话、电传不断。分析中东局势的工作平时由信息调查部负责。现在,在壹岐的指挥下成立了一个特别团队,秘密搜集掌握有关中东局势的情报和信息。

兵头信一良挽着衬衣袖子,正在和伦敦分店通话:"这么说西奈半岛已经聚集了大量新型战车和弹药。有消息说,最近两三个月以来,犹太商人不断从亚丁、吉达、苏伊士等中东港口用商船把大批武器从黑海经由地中海,通过苏伊士运河运往红海。从这个情况我们也判断苏联正在加强对阿拉伯的军事援助。"

话筒那边,伦敦常驻职员提高了嗓门:"根据英国空军的消息,以色列的空军战斗力也在美国的援助下迅速增强。但是,双方都不满足于美苏的军事援助,和军火商之间的武器交易比以前更加活跃,大量军火从斯堪的纳维亚进入这个地区。"

中东地区汇集了众多以做打火机、电话设备生意为幌子的军火商和中间人,他们不仅从美英法苏各国,还从中立国瑞典购买大量武器,同时出售给阿拉伯和以色列双方。

"伦敦方面的观察如何?他们认为是将要爆发战争,还是继续这么紧张下去?"

"现在只能说还是各有百分之五十的可能性。不过,不会发生战争的观点占上风。其根据是,以色列、阿拉伯背后的支持者美国和苏联并不真的希望战争爆发。一方面越南战争牵制了美国的力量,另一方面苏联由于黑海舰队与美国在地中海的第六舰队相比力量悬殊较大,也毫无参战的意图。苏联之所以加强对阿拉伯的援助,一是因为他们没能阻止美国侵略越南,克里姆林宫在东欧国家的威信受到极大影响,因此,他们借机在中东制造危机,已达到和美国达成某种交易的目的。二是为了阻止纳赛尔和中国接触。这些推测的依据都来自和苏联接壤的德国,可信度极强。"

"如果美国和苏联不主张打,那么百分之五十的可能性就来自以色列民族主义和阿拉伯国家之间的冲突。一旦爆发战争,肯定封锁苏伊士运河。所以,一定要考虑好船舶的对策。你们要和纽约紧密联系,预想到一切可能性,做好应对发生任何情况的准备。"

"明白!总部是不是掌握了中东将要爆发战争的确切情报?"

"那倒没有,这些都是壹岐业务本部部长的指示。总之,有什么情况马上跟我联系。还有,如果海外市场相关商品价格有变动的话,马上发电传给我。要当机密发,别弄错暗码。"

兵头放下话筒,长出了一口气。在他斜对面,海部要正在向纽约分店询问海运、银行界的详细情况。

信息调查部主任不破秀作聪明的大脑门上眉头紧皱,正在聚精会神地看着以西奈半岛为中心的中东地图。地图上写满了以色列和阿拉伯各国陆海空三军的兵力情况。

	阿拉伯联军	以色列
陆军	15万～19万	6万～7万
预备军	12万	20万
空军	550架	350～400架
海军	驱逐舰6	驱逐舰2
	潜水艇9	潜水艇4
	其他61	其他13

这张表是以英国国际战略研究所每年公布的《军事均衡》为基础,结合从贝鲁特、华盛顿、伦敦、开罗得到的情报综合而成的。虽然从兵力上看阿拉伯联军占绝对优势,但战争的胜负不仅仅取决于兵力。第一,兵力;第二,作战指挥者的统帅力和战略指导;第三,调动兵员的能力;第四,士气;第五,非军事要素即经济实力以及大国援助。不破知道这五项中综合力量强的一方才能取胜。虽然这是受业务本部部长壹岐熏陶的结果,但却和他在上海东亚同文学校时的历史教授讲得惊人般地一致。

不破一双明亮的眼睛盯着地图,心里却在想贝鲁特的电话该来了。打电话来的不是近畿商事的常驻职员,而是游说于国会和政界为企业团体谋利益的国际说客、原美国律师杰克夫·舒耐达。

由于关系到切身利益,一般贝鲁特有关中东的情报可信度较小。但杰克夫·舒耐达的情报来自 CIA①,他把通过关系得到的情报卖给石油、矿物公司获取利益。不破以日本的经济政策机密为交换条件,从他那里获取情报。

十一点多,电话铃响了。不破拿起话筒,接线员说华先生打来电话,接着话筒里传来杰克夫·舒耐达的北京话。

"喂,是不破先生吗?"

杰克夫·舒耐达不知道从哪里知道不破曾就读于东亚同文书院,从第一次和他见面的时候就一直用汉语和他谈话。

"我正等你的电话呢。"不破单刀直入地问,"以色列和阿拉伯国家之间的战争可能性有多大?"

"日本商社的情报搜集能力真是惊人啊,我还什么都没说,你们

---

① 美国中央情报局。

公司怎么就能预测到要爆发中东战争？这个我倒很想听听。"

"说实话，我个人没有把握，是壹岐部长的判断。根据我们也不知道。"

"原来如此。一提壹岐先生的名字就足够了。中东战争爆发的可能性高达百分之九十，因为纳赛尔总统决定封锁亚喀巴的日子越来越近了。"

不破的目光一闪，停留在中东地图的一点上。西奈半岛呈三角形向红海延伸，西边是通往苏伊士运河的海路，东边是通往以色列埃拉特港的海峡。海峡入口处的亚喀巴湾可以说是以色列的生命线。但是，想到杰克夫·舒耐达是美国犹太人，不破心中掠过一丝不安。

"舒耐达先生，三个月前有情报说以色列和 CIA 有合谋颠覆叙利亚左派政府计划，当时你说这只不过是莫斯科为了制造中东的紧张局势制造的虚假情报。这次封锁亚喀巴的消息说是 CIA 对克里姆林的报复行为，也是假的。"

电话里传来舒耐达的干笑声："你太天真了。我在贝鲁特的事务所和各国通讯社都有业务往来，从他们那里得到各种消息。特别是在中东局势方面，最值得信赖的是法国 AFP 的记者。据他说，阿拉伯国家虽然没有公然反对纳赛尔的势力，但埃及军费高达国家预算的三分之一，老百姓生活贫困，一星期有三天吃不上肉。人们对纳赛尔的狂热正在一点点降温，纳赛尔本人对此感到很焦虑。另一方面，以色列虽然成功地建立了国家，但被埃及、叙利亚、约旦三面包围，面临着生存危机。他们已经实行了对女性的征兵制度，全国处于紧急战备状态，可以做到四十八小时内全国总动员。也就是说，双方违背背后两个超级大国的意图，随时都有开战的可能性。"舒耐达流利的汉语越说越亢奋。

"麻烦您了！下次怎么和你联系？"

"我马上要去华盛顿,往那儿给我打电话。"说完,舒耐达挂了电话。

不破也放下话筒,拿起笔来写送交壹岐本部长的报告。壹岐不在公司,不破不知道他去了哪里,只知道他十二点返回公司。

"社长,那我就在您交给我的权限范围内进行交涉。时间不早了。"

"嗯,既然已经交给你了,我也就不说什么了。不过,中介人竹中完尔是左翼变节分子。不管改变主张的理由如何,对这种人我都没好感。"

"不过,虽然业务本部一直在全力搜集情报,但是,与阿拉伯方面的情报相比,以色列方面的很少,使我们很难判断局势。要想抢在其他商社前面掌握有利因素,这是最好的办法。有消息后再跟您联系。"

壹岐和在大阪自己家中的大门社长通完电话后,打开隔扇门,拍了两下手。这里是赤坂的艺伎酒馆,壹岐刚送走银行的人,在这儿消磨了一会儿时间。女招待应声而来。

壹岐说:"不好意思,待了这么长时间。车来了没有?"

"刚才就来了。"女招待会意地点点头,悄然送走壹岐。

壹岐上了车,让司机开到国铁有乐町附近的一个写字楼。已经深夜十一点多,路上车少,不到十分钟就到了。

壹岐在写字楼后门的夜间值班室向门卫通报了事前与对方商量好的来意。尽管已是深夜,但门卫没有盘问就让壹岐进去了。壹岐从电梯旁边的楼梯走上三楼。巨大的写字楼宽敞的楼道里,只有一间办公室里透出光亮。壹岐在这间办公室门前停下,看了一眼磨砂玻璃门上写着的"日东交易"几个字,确认无误以后才举手敲门。没有答应。过了一会儿,里面传来开锁的声音,一个四十五六岁的男人出现在壹岐面前。

"我是壹岐。"

男人把壹岐让进屋,说:"欢迎!深夜请您来,抱歉!我,不能离开,事务所。"

虽然这个人看上去个头和肤色都和日本人一样,但从他略带口音的日语,一双凹进去的大眼睛和鹰钩鼻子上壹岐知道他就是日东交易的社长,日本人和犹太人的混血儿安蒜公一。

两个人寒暄问候,互换名片后,里面的电话铃响了。

"我,要了一个特拉维夫的,电话。对不起,请等一下。"

安蒜说完急忙去接电话,接着里面传来用阿拉伯语通话的声音。壹岐在办公室中央的沙发上坐下,环视着事务所。事务所内文件摆放整齐,航空信封和海运信封表明这的确是一家贸易商社。书架上摆满了外交、军事和阿拉伯语的书籍。墙上挂着各国年历和以色列国防部长摩西·达扬的标准像。两年前,日东交易还只是一个以中东贸易为主的贸易公司。由于前任社长把大阪府警察的警服卖给了西亚的地下武装而一鸣惊人。前任社长客死黎巴嫩后,在特拉维夫赴任的安蒜公一回到日本接任社长一职。他把公司贸易集中到以色列,并聘请号称日本唯一的中东通竹中完尔和以色列前参谋长为公司顾问,使日东成了一个特殊的贸易公司。

壹岐仰起头看着照片上身穿军装、精悍干练的达扬国防部长。他出生在巴勒斯坦地区,从少年时代就为以色列建国和国防而战,有"以色列之鹰"的称号,深得民众信赖。但壹岐感兴趣的是他的奇袭战术。壹岐觉得他对日军袭击珍珠港和新加坡都有深入的研究。

安蒜的声音突然大起来,虽然壹岐一点儿也不懂阿拉伯语,但他听出来亚喀巴这个地名出现了两三次。

安蒜终于打完电话了。他从酒架上拿下一瓶白兰地和两只酒杯放到壹岐面前的茶几上,说:"对不起,让您久等了。壹岐先生,您先说说吧,有什么事情?"

"我是因为竹中完尔先生做中间人,说日东交易有重要的事情要和我们谈,所以才来的。还是您先说吧。"

安蒜皱起鹰钩鼻子神秘地笑了一下,说:"那,我们就直来直去。您可能也知道,我们公司主要是收以色列农场生产的农作物。现在,以色列,要向我们购买大批锡和橡胶。您看,我们日东交易这个规模,没有能力满足对方要求。我,找我们公司的顾问竹中完尔先生商量,他说,近畿商事一定能帮这个忙。您看如何?"

虽然安蒜连战争的战字都没有提,但锡和橡胶都是战略物品,中东战争一旦爆发,国际市场价格必定上涨。实际上,由于局势紧张现在价格就在一点点上涨。

"大批是多少?"

"锡四十吨,橡胶三千吨。"

虽然数目相当大,但凭借近畿商事的海外分店网,还是有可能搞到手的。锡可以通过伦敦金属交易所在欧洲各国收购,橡胶可以到马来西亚、印度尼西亚买。

"好,我回公司后马上安排。不过,我也要问一个问题,中东战争将在一个星期内爆发,我的猜测没有错吧?"

安蒜转动了一下大眼睛,点点头,低声说:"这种可能性,很大。"

"根据是什么?"

"有情报说,纳赛尔,很快要,封锁亚喀巴湾。亚喀巴湾,是往以色列,运送石油的,生命线。如果被封锁,以色列,只有用武力扫除,障碍。"

壹岐追问道:"那么,按照达扬国防部长一贯的战略,这次也是闪电战术,速战速决?"

安蒜点点头。

"这么说,攻击目标不是戈兰高地和西奈半岛,不是两地作战,而是集中在西奈半岛。"

"真是,了不起的洞察力。刚才,给我,打电话的人,是以色列前参谋长。他说,如果,开始打仗,以色列,计划在四十八小时内,占领亚喀巴湾的要塞,沙姆沙伊赫。"

"哦,四十八小时之内?按这个时间推算,如果战局对以色列有利,中东战争在十天之内就能结束。"壹岐预计如果真的发生中东战争,有可能将在十天至两周内结束。

安蒜断言道:"按照,达扬国防部长的计划,应该比十天还短。"

"但是,不能否认,如果时间拉长,战局将对阿拉伯有利。所以,纳赛尔总统当然也会采取这样的战术。"

安蒜目光一闪,激动地说:"以色列人口不到三百万,被阿拉伯国家包围在中间,容不得半点儿松懈。如果,阿拉伯能经得起百败,而以色列却不容许一次失败。因为,一旦阿拉伯国家对以色列不再感到恐惧,那么,就会导致以色列的灭亡。"

安蒜身体里流淌着的犹太人的热血开始沸腾,壹岐也充分理解了以色列所处的严酷的生存环境。

"明白了!刚才您说的那件事,我回公司后就马上安排,我们一定尽全力。"说完,壹岐站起来准备告辞。

"请等一下!"安蒜从桌子旁边的纸箱里拿出一个橘子,递给壹岐说,"这是,几年前,以色列农场推广种植的橘子,虽说,比不上,加州的,但,也很好吃。您,尝尝!"看到壹岐疑惑的表情,他又接着说,"我们公司,进口这批橘子,准备,在日本便宜出售。但是,因为有加州的橘子,没有办法,打开销售渠道。能不能,放到你们公司的,流通环节上?如果,以色列橘子,不给人好感,你们,可以随便包装。"

安蒜刚才还在为以色列的命运情绪激动,转眼就成了一个地道的商人。

壹岐想了想说:"好吧,我们接了。"他看着手里皮很厚的橘子,心情很复杂。谁能想到这个小小的橘子竟然牵扯到以色列的军事情报和战略物资。

红子披着一条印度纱披肩,坐在首饰盒前,自得其乐。

首饰盒里除了五克拉的钻石戒指,还有绿宝石、翡翠、阿拉弗拉珍珠的戒指。只要再有一个十克拉的猫眼石,宝石女王们她就都拥有了。一想到宛若波斯猫眼睛的猫眼石戴在自己手上,红子就兴奋得浑身发烫。

门铃响了。京子从露波儿回来了。

"妈妈回来了!兵头先生今晚来了没有?"

京子没有换下和服就坐在沙发上,看了一眼楼上,说:"我不能像你一样,只招待近畿商事的人。东京商事的鲛岛先生也是我们的贵客。再说,他还和我们住在一个楼里。"

鲛岛辰三本来住在七楼,就任公司董事后就搬到了顶层的第十层,就在红子她们楼上。

红子噘着嘴说:"我们干脆换个公寓吧!一想到住在东京商社的底下,我就恶心。"

"哦?这话说得,好像你是近畿商事的职员似的。不用我们搬,总有一天鲛岛先生当上常务,人家会搬到田园调布或者世田谷的豪宅去的!"

"才不会呢!鲛岛先生以前就住在田园调布,因为嫌离公司远才搬到这儿来的。他绝对不会搬到其他地方。他要是当了社长,说不定会在公司的楼顶上盖一座公司高官宿舍。"

京子不由得被女儿逗笑了:"怎么可能?鲛岛先生住宿舍?"

红子一本正经地说："鲛岛先生就是在那个外交官小姐的夫人面前抬不起头来。只要夫人点头,他恨不得现在就搬呢!别看他在店里和小姐们说些黄笑话,表面上好色睡女人,其实,他心里真正对女人没有兴趣。"

"那和壹岐先生一样了?"

"嗯。壹岐还不太一样,作为一个商社人他很有自信。不过,我觉得他快有点儿危险了。"红子很感兴趣地说。

"你是说上次和他一起来店里的秋津千里女士?"

"对。看样子,壹岐先生还控制着自己的感情。那个女陶艺家秋津桑,虽然看上去很老实,可是我发现她的眼神很专注。如果两个人的理性失去控制,那问题就重大了。"

京子有一句没一句地听着女儿胡诌,突然换上一副当母亲的面孔,问:"别说人家了,说说你吧!这次能在日本住多久?光说人家,看看你自己办的事儿!"想起红子远嫁印度尼西亚,京子就生气。

四年前,红子嫁给了印度尼西亚四大华侨财阀之一的黄公司的黄乾臣,成了他的第二夫人。黄乾臣的父亲出生在中国福建,赤手空拳到苏门答腊,在橡胶园做苦力。他攒了一些钱后,就到农村,用日用杂货换农产品,还借一些小钱给农民。到了收获季节,他把利息换算成大米、白糖等,用现货结算。积累了一些资本后,他开始经营大米、白糖、橡胶生意,进而买地建稻米加工场,买橡胶园,成了千万富翁。长子黄乾臣从新加坡华侨创办的南洋大学一毕业就回到印度尼西亚,帮助父亲打点生意。他的两个弟弟,一个去了中国大陆,一个到了中国台湾。这样,无论哪里发生政变,都可以确保黄家的香火延续下去。

黄乾臣接替身患心脏病的父亲掌管家业后,恰逢日本开始对印度尼西亚进行战争赔偿。他在赔偿贸易中抓住商机,获得了更多财富。他每年来日本三四次,经常去露波儿喝酒,认识了讲一口流利英语的红子。在交谈中,他对曾跟随继父去过印度尼西亚的红子产生了兴趣,并向她求婚。虽然对方身为华侨财阀的掌门人,但京子仍反对女儿去给人家当第二夫人。但是,这位华侨的巨大财富吸引了喜欢奢侈、好奇心强的红子,她答应了求婚。

看见女儿仍然一味地追求奢侈,京子担心地问:"黄先生的生意怎么样?听说苏哈托上台以后对华侨的压制很大。"

"苏哈托上台以后,虽然确实有不少华侨因为违反外汇管理规则的罪名被没收了财产、赶出了印度尼西亚,但是,黄一点儿都没有慌张。他说反正印度尼西亚的经济命脉掌握在华侨手里,他们并不是要真的排斥华侨,而是想把华侨的经济实力纳入印度尼西亚的经济,是一时的镇压。他一方面和政府搞好关系,一方面把财产转移到香港和新加坡。哎呀,他真是了不起!"

京子想起红子嫁到印度尼西亚的第二年她去看红子时的情景,不由得问道:"可是,我这话可能不太好听,黄先生的公司好像不怎么大,他能撑得住吗?"

那年,黄乾臣请京子去印度尼西亚。京子看到的黄公司在雅加达的中华街,门面不大。里面闷热昏暗,有三十来个员工在干活。再里面是仓库。不过,一上二楼,顿时觉得清爽凉快。二楼的办公室里开着空调,摆设豪华。

"妈,您真是的,都问过多少次了?我不是告诉你了嘛,华侨的公司都是那样的,为了不刺激当地人,为了逃税,资本金也是尽量往少说的。实际财产是表面上的几百倍、几千倍。就拿黄来说吧,资本金是一千万,实际上资产超过了几百亿。你不是去过他家吗?"

黄乾臣家在雅加达以南十公里的郊外,掩盖在一片椰林里。宽敞无比的宅院中住着创下家业的黄尧臣和一大家子人。黄尧臣无疑是一家之长。黄乾臣的夫人、香港名门小姐在公公的领导下,代替病逝的婆婆掌管着家中的大小事务。

京子说:"在那么一个大家族里,像你这么个性的人,迟早得让人家给你离了婚。"

红子满不在乎地说:"那有什么!我已经学会了《华侨商法》,而且我的财产都在瑞士和新加坡,我才不怕呢!我不是以前就跟你说过吗,我一直想重投一次胎,变成个男的,去当商社人。"

京子无可奈何地说:"唉,你这个疯丫头!不跟你说了,我去洗澡了。"

京子刚从沙发上站起来,电话铃响了。红子拿起话筒,里面传来娘俩刚议论过的黄乾臣的声音:"红子,你好吧?我现在在开罗。"

"开罗?不是在贝鲁特吗?"

"昨天刚到,因为今天就听说美国的侦察机在开罗上空飞,人心惶惶的,所以,我打算早点儿办完事,后天去日本。航班和到达时间定下来再告诉你。"

"好,我等着你来!"

放下电话,红子两眼发光。刚才在电话里听到的美国侦察机的消息让她的心怦怦直跳。她拿起电话,拨通兵头家。兵头家的人说他还没有回家。红子又拨近畿商事业务本部的直拨电话,但一直占线。打第三次的时候才拨通,正好是兵头接的电话。

"阿兵,是我,红子啊!"

"啊,阿红啊。我这儿正忙着呢。"兵头不客气地说完就要挂电话。

"别挂!刚才黄从开罗打电话来了。"

兵头一听这话,马上紧张地等下文。

"他说,今天早晨美国侦察机飞到开罗,那里人心惶惶。"

"美国的侦察机飞到开罗?黄先生有没有说可能要打仗?"

"没有,我也没问。不过,他后天来日本,你要不要见见他?"

"当然要见。他的联系方式?"

红子伶牙俐齿地说:"怎么,就没有别的话可说?人家为了帮你,像个商社人一样知道消息后马上给你打电话。你倒好,还是那么愚钝。不用你说,他一到我一定让他第一个见你。"

"特雷玛卡西!"兵头用印度尼西亚语说了声谢谢,急忙挂了电话。

鲛岛辰三回到家,连上衣都没顾得上脱,就接听起阿根廷布宜诺斯艾利斯分店店长打来的电话:"哦?那边运送谷物的船价很高?什么?纽约市场都到八十了?知道了,明天一早我就给船运公司打电话,让他们跟你联系。"

鲛岛放下电话,目光炯炯。受中东局势影响,船运价格开始发生变化。在这关键时刻,运输部长却在新加坡出差期间突然病倒,住进了当地的医院。公司采取应急措施,任命了解海运的鲛岛作为统管运输部门的负责人。

鲛岛马上要通伦敦的国际长途。伦敦时间现在是下午两点多,海运中介所还在营业。他找到伦敦分店船舶专员,说:"我是鲛岛。船的动向如何?什么?紧张了?嗯,希腊奥林匹亚海运的交易很活跃?那肯定是因为有人想借封锁苏伊士运河搞投机。纽约的价格都到八十了,商战快开始了。你们在伦敦要想尽一切办法包租货船。什么?如果不封锁苏伊士运河就赔了?赔了就想办法再赚!怕什么,出了事情,由我鲛岛负责!"鲛岛说了一番激励的话以后挂了电话。

商社的运输部除了做货运生意外,还做货船的期货交易。在行情看涨的时候包租货船,涨到最高时脱手。从中赚取的差价占利润的很大比重。

鲛岛暗自得意。是他第一时间捕捉到中东局势的变化，抢先预订了大型油轮的船台；是他在关键时刻挑起了公司运输部门的大梁。运气不错！鲛岛面带满意的微笑，刚从两台电话机旁站起来，就见身穿睡袍的夫人虎着脸站在他面前。

"你考虑点儿别人好不好？早晨八点去上班，晚上十一点多一回来就打电话。你能不能把工作和生活分开？"

"别生气，这不是有急事儿嘛！又不是半夜三更一会儿一个电话……"

没等鲛岛说完，他老婆就歇斯底里地喊道："不是一会儿一个就行了？不这么拼命你就不能出人头地，那就不出人头地好了。回到家，衣服也不换就抓住电话不放，真让人受不了。我真不该跟什么商社人结婚！"说完转身回卧室，啪的一声关上了门。

长得酷似父亲的独生子伦敦探出头来，说："爸爸碰上原大使千金，真是有理说不清啊！"

"别油嘴滑舌的！对了，前几天我在一个酒会上碰到你女朋友的父亲，我向他提出了严重抗议，叫他女儿不要诱惑我儿子。你是哥伦比亚大学毕业的，又是IMB日本的员工，旧军人的女儿根本配不上你。等爸爸给你找个好的。"此时的鲛岛就是一个普普通通的父亲。

伦敦坏笑着说："我的事你不用操心。现在管起我女朋友的事儿来了，爸爸，你是不是欲望有点儿得不到满足啊？噢，对了。红子小姐从印度尼西亚回来了。今天我在电梯里碰到她，她穿着旗袍，漂亮极了！"

提到红子，鲛岛突然想起她丈夫是印度尼西亚华侨四大财阀之一的黄家掌门人。在掌握国际局势动态方面，犹太人通过在广播里传送密码、华侨使用电话通过他们各自遍布世界各地的特殊渠道传递情报，其速度之快号称犹太人第一，华侨第二，日本商社在第三位。

鲛岛拿起电话，拨通九层的红子家："喂！阿红，好久没见了！我是鲛岛。我听说你回来了，想去看看你。我现在就过去，你妈妈不是也在嘛！没关系，就几分钟。"他对在一旁看热闹的儿子说，"我过去一下。这也是工作，别跟你妈妈说啊！"

鲛岛看了一眼房门紧闭的卧室，摸了摸想让他带着出去的宠物狗，仍穿着一身西装，坐电梯下到九楼，在九〇五号的房门上敲了两下。

京子打开门："哎呀，鲛岛先生！你不去露波儿，怎么到我家来了？是不是喝醉了？"

"没有，没有。好久没见阿红了，过来看看。"说完，鲛岛也不请自入，径直走到客厅，在红子对面的沙发上坐下，"阿红，好久不见。你真是越来越漂亮了。哟，这么大的钻石戒指，你的钻石是越来越大啊！怎么样，黄先生还好吧？"

京子替不爱搭理他的红子答道："他刚才从开罗打来电话，说后天来日本。"

鲛岛心里叫了声好，凑近红子说："哦？后天就来日本。我们公司的雅加达分店没少麻烦黄先生，后天我去机场接他。"

红子绷着脸说："不用了，黄喜欢我一个人去接他。"

"那我就不去接了。他还是住帝国饭店吧？他最喜欢的花儿好像是蝴蝶兰。"鲛岛讨好似的说。

"这个，我们也心领了。黄是有情趣的人，不会刚到日本就谈生意的。他是来日本和我充分享受度假的，怎么能让东京商事送花儿呢？"

"那就不谈生意，一起吃顿晚饭。"

"不好意思，已经有约在先。"红子一口回绝，和刚才给兵头打电话时判若两人。

鲛岛笑着说："你看你，什么都说不行。没办法。不过，黄先生在日本期间一定让我见他一面。"最后,他还没忘记提醒一句,"不光近畿商事是露波儿的客人,我们东京商事也是你们的贵客哦!好,我走了,晚安!"

问完自己想知道的事情,鲛岛马上离开了红子家。

黄乾臣乘坐法国航空公司的班机到达羽田机场。他走出海关,满面红光,面带自信的微笑,颇有大人物的风度。与沉静的微笑相比,他的一双眼睛显得格外锐利。这种活跃在世界舞台上的华侨才有的气度让红子感到很有魅力。

身穿橘黄色连衣裙,带着金腕链的红子在接机的人群中举起双手,迎接黄乾臣:"你回来了!"

"黄先生,好久不见!我是东京商事的鲛岛。"身材高大的鲛岛突然出现在两个人面前。

红子不高兴地说:"唉,我不是说不劳你来接嘛!"

"但是,我们公司一直受黄先生关照,既然黄先生来了,我总得问候一声吧。"鲛岛闪着一双像鲨鱼一样的眼睛,不动声色地打探开罗的情况,"黄先生,在开罗还好吧?"

黄乾臣用流利的日语泰然自若地回答道:"我在热带长大,不怕热。可是,开罗热得出奇。听当地人说,今年特别热。"

鲛岛本以为会大有收获,却吃了个软钉子。但他毫不慌张,而是不紧不慢地说:"那边的热的确不一样,好像在一个大火炉里。黄先生,JAL[①]和Pan Am[②]都有从开罗到东京的航班,您为什么坐AF[③]呢?不是很不方便吗?"他仍试图捕捉到一些信息。

---

① 日本航空株式会社。
② 泛美航空公司。
③ 法国的航空公司。

"我喜欢法国航空飞机上的葡萄酒,而且,他们的空姐也很漂亮,对疲于奔命的生意人来说可是再好不过了。你觉得呢,鲛岛先生?"

"我也有同感。本来今晚打算请您吃顿便饭,可红子夫人说已经有约在先。那么,明天中午请您赏光吃顿午饭,您看怎么样?"鲛岛虽然只说来接机,但他不可能放过这个机会,极力想把黄乾臣请到饭桌上。

红子出面挡驾:"不好意思,明天中午有华侨商会的宴会。"

"那我晚上来接您。我们公司新上任的社长也来,请您一定光临!今天我先送您去帝国饭店。"说完,鲛岛伸手去拿黄乾臣的行李。

红子不客气地说:"不用了!我开车来的。"

黄乾臣很有礼貌地谢绝了鲛岛:"鲛岛先生,谢谢您的好意,我心领了。今天就不麻烦您了。"

鲛岛毫不退缩:"那好,明天下午五点半我去接您。那今天我就失陪了。"说完,深深地鞠了一躬,转身消失在人群中。

红子驾驶的捷豹跑车飞驶在高速公路上。她一边熟练地转动着方向盘一边快人快语地说:"这个人真讨厌,我都告诉他不用来接,还是来了。真跟鲨鱼一样,咬住人就不放。"

"这个鲛岛是个很了不起的生意人。他今天了解到我没有坐 JAL 或者 Pan Am,而是坐绕道南面的 AF 来的。这对他来说就是一个不小的收获。"

"是吗?什么意思?"红子按着喇叭超过前面一辆辆车,问道。

"以前以色列和叙利亚发生小规模冲突时,发生过叙利亚空军扣押 Pan Am 航班的事件。现在这种情况下,军事援助以色列军的美国的航空公司,还有虽然在中东问题上保持中立,但却是美国阵营的日本的航空公司都有可能成为阿拉伯攻击的目标。但是,法国不同,它向以色列和阿拉伯双方出售武器,所以,相对安全。鲛岛先生通过我坐法国航空这件事,一定已经猜出两国的关系现在有多紧张。"

"真的?那以后坐飞机可要小心啊!"

黄乾臣一闻到火药味就在第一时间赶赴当地,冒着生命危险谈下大笔生意,这让红子感到他更加有魅力。红子看了一眼身边的黄乾臣。他年仅四十五岁就肩负起印度尼西亚华侨四大财团之一的命运,脸上透着用经济实力征服世界的、勇往直前的神情和气概。红子就是为他的这种气概所倾倒,从而做了他的第二夫人。

车开到帝国饭店。红子把车钥匙交给门童,和黄乾臣一起进了五楼的套房。窗户下面有一个微型日本庭院,种着毛竹。黄乾臣站在庭院前,久久看着那些毛竹,仿佛想起了父亲当年抛弃的祖国。红子悄然走到他身边,他伸出粗壮的胳膊抱住红子。红子已经换上了麝香熏过的睡袍,她把头深深埋在黄乾臣的怀里,甩动着漆黑的短发。

"两个星期没见了。冲个澡睡午觉吧!"黄乾臣低声按印度尼西亚的习惯说,伸手脱下红子身上薄如蝉翼的睡袍。

在淋浴下,黄乾臣轻轻抚摸着红子身体。红子喘息着,在水中扭动着年轻柔软的身体。红子越挣扎,黄乾臣就越兴奋。终于,他一把扯过浴巾包住红子,把她抱到了床上。

黄乾臣表现得凶猛顽强,生意场上的得意更令他无比亢奋。红子很快便大汗淋漓,汗珠顺着她深深的乳沟流到纤细的腰肢上。男人和女人的肉体交织在一起,溶化在一起。

一场比在雅加达家中还要激烈、漫长的肉搏终于结束,两个人都精疲力竭地进入了梦乡。红子醒来一看表,已经五点半了。黄乾臣大概太疲劳了,结实的身体趴在床上,睡得正酣。红子走进浴室,又冲了一个澡,仿佛要冲去纵欲后的气味。她走出浴室,叫醒黄乾臣。黄乾臣一把把红子揽在怀里。

"不行！六点半近畿商事的兵头先生要来，定好了一起吃饭的。"

黄乾臣不情愿地放开红子，起身说："那就先谈生意，再吃饭。吃什么由你定。"说完，开始穿衣服。他从上衣口袋里拿出一个小纸包，放到红子的掌心里。纸包虽然小，但分量不轻，红子马上猜出是宝石。

"谢谢！是什么？"红子用快活的声音说。她拆开纸包，打开里面的小盒子，马上叫起来，"啊，好漂亮！猫眼，有十二三克拉呢！"

红子的无名指上已经有一枚闪闪发光的钻石戒指，她把猫眼石戒指戴在中指上，举在眼前欣赏着。猫眼石就像波斯猫的眼睛，闪烁着妖冶的光芒。红子摆弄着手指，中间那道带绿色的金色的"眼"便一闪又一闪。红子久久沉醉在猫眼石的魅力中。热烈的情爱和贵重的宝石，红子充分享受着做女人的快乐。

酒店套间的会客室里，黄乾臣和近畿商事的兵头信一良正在就阿拉伯和以色列之间的紧张局势互通有无。他们的谈话内容机密，之所以没有边吃边谈，是为了避免被其他人听到。

"纳赛尔的焦虑的确和在东欧国家的威信有所下降的苏联有相通之处。"兵头虽像往常一样从容不迫，但眼神中露出紧张。他接着问道："黄先生，您亲眼所见的开罗感觉怎么样？"

黄乾臣身穿晚间的丝质深色西服，袖口的两颗翡翠袖隐约可见。他说："我在开罗待了三天。尼罗河的铁桥上、政府机关、博物馆等建筑周围都堆上了沙袋，玻璃窗上贴着防震纸条，还有部队巡逻放哨。虽然开罗市内人们并没有显得特别惊慌，政府也没有发布夜间戒严令，但是从开罗到苏伊士运河的路线在禁止车辆通行。因为我是和当地的埃及人还有法国建筑业的人一起去的，所以拿到了通行证。我们沿着苏伊士运河走了很远，沿途看到许多兵营，沙丘上有战车或重炮阵地,看阵势不像是演习。和我一起去的法国人说一旦爆发战争,很可能封锁苏伊士运河。你认为如何?"黄乾臣点上一支荷兰雪茄问。

兵头说:"因为我们公司参加了苏伊士运河疏浚工程的竞标,一个半月前,突然停止竞标,后来又无限期延期,所以,我们也一度认为苏伊士运河很可能被封锁。但是,目前从海外得到的情报看,有可能不会爆发中东战争。即便爆发战争,纳赛尔也不会像十一年前的苏伊士战争的时候那样封锁苏伊士运河。因为,当时是和英国交战,而苏伊士运河上一半以上的船是英国的,所以,封锁运河有战略意义。而这次的对手是以色列,封锁运河起不到直接打击以色列的作用。"

黄乾臣抽了一口雪茄,说:"嗯,有一定的道理。不过,那个法国人的话给我留下的印象很深。我和某位部长吃饭时问过他这个问题,他没有彻底否定。虽然不能就此判断一定会封锁苏伊士运河,但我个人认为运河一定会被封锁。这是我在开罗待了三天的直觉。我可以和你打一赌。"黄乾臣的话里充满了自信,是一个久经锤炼的华侨对自己直觉的自信,"兵头先生,一旦苏伊士运河被封锁,商船就必须绕道开普敦,增加十天的航程。这样,货船势必紧缺。所以,我想请近畿商事船舶部帮我解决几艘船。"

"这是我们求之不得的。您要多大吨位的?"

"我要五艘二手一万吨的战标船,每艘限价四十万美元。"

所谓战标船是第二次世界大战时英美建造的战时标准船。现在百分之七十的战标船已经报废,有一部分被公司收购,成为货船。兵头很佩服黄乾臣,不愧是华侨,很有商业眼光。

兵头说:"可是,万一不封锁苏伊士运河,货船供过于求,战标船价格就会大跌。"

黄乾臣不在意地说:"跌了就等价格涨起来再卖。"说完,他叫红子出来去吃饭。

当天晚上,兵头信一良和海部要到新桥的一家酒吧喝酒。这家小酒吧在国铁的铁架桥下面,只能坐十来个客人。夜深了,虽然酒吧已经打烊,外面的霓虹灯也灭了,但兵头他们和另外两个证券公司的人还赖着不走。他们都是这里的常客。

兵头和海部桌上的酒瓶子已经空了。海部把胳膊肘支在吧台上,拿起下酒的毛豆放进嘴里,不可思议地说:"黄先生说阿拉伯国家和以色列要打仗就会封锁苏伊士运河?就算黄先生的直觉再灵敏,我还是怀疑。"

兵头喝了一口没兑水的威士忌,问:"你怎么这么肯定?为什么?"

"很简单。每年通过苏伊士运河的船有两万零二三百艘,其中油轮就有九千六七百艘,阿拉伯收取的使用费超过了两亿六千万美元。阿拉伯经济现在正在恶化,纳赛尔总统怎么可能切断这条宝贵的财源?"海部摘下那双抢眼的赛璐珞眼镜,揉着发红的眼睛说。

这些天来海部和兵头每天都加班到深夜。他们和海外分店联系,关注国际商品市场的价格变化,还要和公司外部的军事评论家以及石油、船运公司信息调查部门的人员接触,打探有关中东局势的消息,身心早已疲惫不堪。即便如此,他们仍不回家,在这个小酒吧一直喝到打烊,是因为他们心中怀着紧张的期待——说不定从伦敦、纽约、贝鲁特或者巴黎会传来最新消息。

海部重新戴好眼镜,对兵头说:"要不我们给公司打个电话?"

业务本部最年轻的一个职员因为家住得远,嫌来回跑麻烦,今晚就住在公司里,顺便值班接听国际电话。

兵头把酒杯举到嘴边,说:"有什么情况那家伙会到这儿来找我们的。这两天忙得够呛,这会儿他肯定正躺在桌子上打呼噜呢,让他睡会儿吧!"

"也是。"海部喝干杯子里的酒,深有感触地说,"壹岐本部长真是一个不可思议的人。八年前我在纽约分店的时候,他去美国出差,也是因为你给我发了电传,让我照顾他,我抽出时间带着他去跑市中心的客户,参观华尔街。我做梦也没想到,这么快他就提升了,现在我在他手下干活。"

"那时候,壹岐先生看到你忙得连出去吃午饭的时间都没有,一份金枪鱼三明治和一纸杯咖啡的外卖就当了午饭,给他留下了深刻的印象。直到现在,我陪他去纽约出差,他还会说起这件事。"

"提起这件事我就后怕。那时候,本部长说想了解常驻职员的生活,我就请他到我家吃饭。我那时年轻气盛,在他面前大谈商社论,摆出一副老商社人的架子。唉,哪曾想……"

"也不是你一个人这样,别那么往心里去。壹岐先生刚进公司纤维部的时候,是现在在曼谷分店的石原慎二带他。他当时教训壹岐先生,说你连商业用语都不懂,根本不是当商社人的料,趁早另找活路的好。"

"嗨,真是天外有天啊!我最佩服壹岐先生的是他用人的技巧。他从来不大声训斥人,可是我们这些人不知道什么时候就成了他手里的棋子,任他摆布。不仅毫无怨言,而且积极性还挺高,没日没夜地工作。是不是旧军队的《作战要务令》里有用兵法这么一项,他应用在了我们身上?"海部问陆军士官学校毕业的兵头。

"这个不清楚。不过,原日本陆军有四百五十万人,他是可以调动十五、二十万人的作战参谋。指挥我们区区三十五个人,那肯定是不在话下。哎,我倒是对三天前壹岐先生到底去哪儿了很感兴趣。那天晚上十二点回公司以前,他去哪儿了,你有没有线索?"兵头松了松领带问。

"我一点儿都不知道。那天他带回来一笔进口以色列橘子的生意,说是获取中东情报的交换条件,搞得挺神秘的。我赶紧去找食品部门商量这件事儿,因为不能解释为什么要进口以色列橘子的原因,费了很大劲才做通食品部部长的工作。结果一手抓进口加州橘子的洛杉矶分店店长不干了,发来电传质问是怎么回事。听说,如果大量进口便宜的以色列橘子,两个月后,百货店里的橘子一个最少便宜一百日元。"

"对消费者来说,这不是件好事吗?包装怎么办?"

"包装上当然不能写以色列橘子,又不能写加利福尼亚橘子,好像是要用精致的包装纸真正地包装。像我这种对军队过敏的人,绝不吃那种带火药味的橘子。"

"哎,别这么说。明天十点钟还有讨论制订三年经营计划的会,我们该走了。"兵头看了一眼快指向凌晨一点的表,站起身来。

第二天上午,业务本部在壹岐的主持下召开了会议,最后敲定向经营会议提交的三年计划的内容。中心议题是大门社长要求重新慎重探讨的缩小纤维部门计划。讨论进入热烈阶段的时候,电话铃响了。

一个年轻职员拿起话筒:"本部长,您的电话。"

壹岐说:"告诉对方我现在正在开会,问他有什么事儿。"

"听日语好像是个外国人,他说必须马上和您联系。"年轻人又说,似乎对电话那头的人充满好奇。

壹岐没有办法,只好接过话筒。

"喂!喂!我,是日东交易的安蒜。"

安蒜的电话出乎壹岐的意料。为了不让其他人知道对方是谁,他简短地说:"噢,你好!前两天多谢了!"

安蒜猜到了壹岐的意图,压低声音说道:"壹岐先生,以色列的生命线亚喀巴湾,终于被阿拉伯封锁了。"这个日本人和犹太人的混血儿的愤怒通过话筒传递给了壹岐。

壹岐尽量用平静的声音问:"这是什么时候的事情?"

"当地时间凌晨三点十分,就在二十分钟前。"

"二十分钟前?这么短时间内,你怎么知道这个消息的?"

安蒜把声音压得更低了:"壹岐先生,我们这种情报,是不用电话的。我们通过电台广播,在报时、节目和节目中间,播放密码,把消息传给世界各地的犹太人。壹岐先生,我告诉你了。前几天,说好的事情,请您一定守约。拜托您了!"说完便挂了电话。

安蒜深陷的大眼睛和鹰钩鼻子还有厚厚的橘子皮一并活生生地浮现在壹岐眼前。

"本部长,中东局势发生了什么变化?"海部问。所有人的目光都集中到壹岐身上。

"二十分钟前,亚喀巴湾被封锁了。虽然立即进入交战状态的可能性不大,但是以色列的石油供应线因此被掐断了。所以,这场中东战争一定是以色列先发制人。正好大门社长来了,我去找他,请他召开紧急董事会议。你们接着开会。"

壹岐在往十三楼社长办公室走的途中,想起了太平洋战争爆发前夕日本的国情。当时,来自南方的石油资源被封锁,是否要对美、英、荷三国宣战,何时宣战取决于日本石油的储存量。开战日期是大本营在商工省推算的石油储存量见底的日期的基础上制定的。以色列现在的情况和当年的日本相同,壹岐能够预想到达扬国防部长即将采取的战略战术。

大门社长坐在转椅上听完壹岐的说明后,直起腰来,震惊地说:"亚喀巴湾二十分钟前被封锁了?以前就听说过,看来犹太人利用电台广播传递情报这件事是真的。"

碰巧也在社长办公室的副社长里井仍是一身潇洒的打扮,他跷着二郎腿,用冷淡的口气说:"问题是中东战争爆发后的战局会怎么样。"

壹岐还是航空事业部合同制职员的时候,里井是分管航空部门的常务。他虽然没有像那些老监察员、老顾问那样对壹岐表现出露骨的反感,但心里对大门提拔壹岐的破例程度感到不快。

壹岐没有在意里井副社长颇具感情色彩的话,说:"据我们业务本部分析,中东战争近期爆发的可能性很大。由以色列先发制人,一周内以绝对优势制胜。但是,阿拉伯可能封锁苏伊士运河,展开外交策略。所以,如果以色列取胜,苏伊士运河将被长期封锁,必将给日本对欧洲的贸易带来很大影响。"

大门的眼神立刻变得兴奋起来,他劲头十足地说:"好!现在马上召开紧急董事会,把壹岐君的分析传达给各营业部门,大家一起考虑对策。里井君,我们又要忙了!"

里井败兴地说:"但是,万一分析有错,将给营业上下带来巨大损失。我觉得还应该听听各方面的意见。"

"副社长,刚才对中东局势的分析不是我个人的见解,是业务本部全体成员集思广益得出的结论。所以,我们希望营业部门拿出及时迅速的对应措施。"为了不刺激里井,壹岐尽量心平气和地说。

里井的脸上明显露出不快,挖苦道:"你的隐秘工作还是做得那么好。怪不得营业部门抱怨,又是莫名其妙地紧急筹集锡和橡胶,又是代理以色列的橘子,原来都在业务本部的计划之内。可是,壹岐君,我们公司不是军用物资公司,你这样越俎代庖,把分管的董事们晾在一边儿,不好吧?"

大门社长不管这些,说:"赶快召集董事开会。"他强调说,"有的人出差,有的人去参加会议、跑政府部门不在家,所以,代理出席会议的人数可能少。不过,这也是没办法的事情。"说完,他按下了秘书课的通话器。

西银座大厦地下层的夜总会露波儿宾客满堂。老板娘京子的眼睛在一个个招待小姐身上掠过,同时热情地和常客们打招呼。她给说好九点钟来的黄乾辰留了一个僻静的包厢。

红子坐在钢琴前,信手弹奏着印度尼西亚民谣。看到母亲从身边走过,她停下来,焦躁地说:"都九点半了,怎么还不来?肯定是那个长得像鲨鱼的人让艺伎缠住黄,这会儿正把黄介绍给他们新社长,拍马屁呢!"

东京商事的鲛岛现在正在赤坂的料理店招待黄乾臣,把他介绍给一个月前刚上任的社长。

"红子,这话太没礼貌了!东京商事是这里的贵客。你有黄家,想要什么就有什么,要干什么就干什么。可这是我的店,你到这儿来,就要尊重我的客人。"京子话里带刺地说。看到才二十多岁的女儿手上戴着十二克拉的猫眼戒指,她心里有点不是滋味。

"妈妈,你今天怎么火气这么大?"

"这是什么话,我就是告诉你,这里是我的店,就要守我的规矩。"

眼看一场母女嘴仗就要拉开序幕,这时,黄乾臣和鲛岛及时出现在露波儿。京子马上满面笑容地迎上去:"欢迎光临!早就等着你们来呢。"

京子把客人带到包厢,红子坐在黄乾臣旁边,把身体紧紧贴在他身上。鲛岛一眼看见红子手上的猫眼戒指,奉承道:"哎呀,真不得了!这么大,质地这么好。可别让我太太看见,不然,她又要说真不该和我这个没出息的商社人结婚了。"

红子哼地抽动了一下小巧的鼻子。京子摆出母亲的姿态对黄乾臣说:"红子还年轻,别让她太奢侈了。她本来就是一个任性的孩子。"

黄乾臣温和地笑笑说:"欧卡①,您别担心。我家里的事都有在印度尼西亚的太太打点,在外面红子这样自由奔放的人,能让我放松。"

"你这么说,红子就觉得心安理得。不过,也该让红子学学黄家的家规。"京子的话里有话。对这个把女儿当小老婆享用的男人,京子心里多少有些不快。

年轻招待小姐端来酒。鲛岛拿起酒杯,说:"黄先生,今天多谢您了! 我们新社长一直很钦佩黄公司的实力和与印度尼西亚政府的关系,希望今后在和印度尼西亚的贸易中能为贵公司效劳。"

虽然苏哈托上台后,印度尼西亚的大部分贸易公司由印度尼西亚人经营,但这些都是冒牌公司,实际上幕后真正的老板仍是华侨。特别是大米、玉米等农作物以及橡胶的出口仍然由华侨支配,日本的商社也必须通过华侨才能进行贸易。而黄公司没有冒牌公司,他们有自己的橡胶园,形成一个从割胶、加工到出口的产业链,是印度尼西亚屈指可数的大公司。

鲛岛继续说:"黄先生,我听说您打算从某商社那里买二手战标船,一定让我们公司来帮您这个忙。我们可以搞到利比里亚或巴拿马船籍。"

很多船主为了逃税,在巴拿马或利比里亚注册空头公司,以获取当地国家的船籍,但这需要借助在世界各地拥有分店网的商社的力量。

黄乾臣没有直接回答鲛岛,而是不慌不忙地笑着说:"鲛岛先生,

---

① 母亲的意思。既可以这样称呼自己的母亲,也可以称呼别人的母亲。

你真是个了不起的生意人。有机会的话我非常愿意和你合作。"

"能得到您的认可,荣幸之至。干杯!"

鲛岛高高举起酒杯的时候,壹岐出现在夜总会里。红子眼尖,一眼看到壹岐,若无其事地说:"哎呀,壹岐先生也来了!来这边一起坐吧!"其实,她早就把黄乾臣今晚的安排一一告诉了兵头。

"黄先生,好久不见。我们公司雅加达分店承蒙关照,这次也请您多关照。"壹岐简短地寒暄道。

黄乾臣说:"哪里的话!承蒙关照的是我。鲛岛先生也在,请坐吧!"

鲛岛说:"哟,壹岐先生!这么晚了,一个人还是有约会?"

"我随便出来散散心。那我就不客气了。"壹岐在黄乾臣对面坐下,问,"您在中国台湾的弟弟还好吗?"

黄乾臣的弟弟黄安石是中国台湾当局的要员。

"他很好。我弟弟非常尊敬您。"

"此番话真令我汗颜。最近印度尼西亚的局势怎么样?通货膨胀有好转吗?"壹岐想从黄乾臣身上了解一些当地的真实情况。

黄乾臣摇摇头说:"没有。苏加诺政权挥霍浪费留下的后遗症还没有消除,对外有二十七亿美元的外债,对内是建国以来从未有过的通货膨胀,虽然政府正在通过紧缩和限制进口努力恢复经济,但是,因为印度尼西亚是个岛国,进口限制得越严格,走私就越猖獗。走私猖獗导致高税率的进口税减少,造成政府财政困乏,政府为此大伤脑筋。别看苏哈托政府排斥华侨,最终要想恢复经济还得靠我们的力量。"他的话里充满了华侨的霸气和自信。

鲛岛在一旁点点头,插嘴道:"那是当然。苏哈托上台以后虽然致力于国营贸易公司,但最终国内的物流还得依靠华侨的帮会组织。而且,在贸易业务方面,国营贸易公司显然还差点儿。"

这时,一个小姐走过来,告诉鲛岛公司给他打来电话。鲛岛起身去接电话,不一会儿他回来了,两只小眼睛吊得老高,咬牙切齿地说:"壹岐先生,你抢先了一步啊!"然后勉强挤出笑容,对黄乾臣说,"实在抱歉,我有点儿急事,失陪了!"说完慌慌张张地走了。

黄乾臣看了一眼表,十点四十分,说:"壹岐先生,谢谢今天早晨的电话。鲛岛先生一定是刚知道封锁亚喀巴湾的消息,你看他刚才的表情,多可怕!"

"因为和我们公司有十二个小时的时间差嘛。不过,鲛岛先生就是鲛岛先生,他一定会利用各种奇招反击的。"

壹岐虽然成功地制定了中东战争爆发的对策,但是想到白天召开的董事会上并不热烈的反应,他不禁有些焦急。

第十八章 苏伊士运河

鲛岛辰三从冰箱里拿出牛奶,倒进杯子里,一口气喝干。又把当早餐的三明治放进上衣口袋,拿起三份报纸和公文包,准备上班。鲛岛每周有两天早晨六点半就去上班,这时候太太美知子和独生子伦敦还在睡觉。他走到门口,轻手轻脚地打开门。伦敦像他,睡得很死。但美知子血压低,早晨起床很困难。如果吵醒她,她一整天都会不高兴,歇斯底里。

鲛岛坐电梯下到一楼,公司的车已经在公寓门口等着了。每次六点半上班时,公司都派车来接他。他之所以这么早出门是为了跑公司锁定的执政党及在野党的实力派国会议员家。那些白天忙得不可开交或对晚上的宴请毫无兴趣的议员,一般早晨都会同意见面。

鲛岛坐上车,司机问:"今天是去南平台还是去青山的议员宿舍?"

"今天去新宿贝冢先生家。"

原防卫厅官僚贝冢道生现在已经是众议院议员。告诉司机目的地以后,鲛岛便把头靠在座椅背上闭目养神,不一会儿就发出了鼾声。昨天晚上在银座的夜总会露波儿和黄乾臣、壹岐喝酒的时候,他接到船舶部长打来的电话,说有消息称阿拉伯封锁了亚喀巴湾。他立刻返回公司,处理完事务回到家已经是凌晨两点。他只睡了四个小时。他已经五十二岁,睡眠时间如此不足他都没有倒下,靠的就是这种随时随地都能睡着的本事。

听见司机叫他,鲛岛猛地醒来。车已经开到牛通街,离贝冢家只有三分钟的路程。鲛岛掏出三明治慌里慌张地往嘴里塞,车开到贝冢家门前时,他已经把早餐吃完了。

贝冢家围着高高的混凝土墙,墙头上扎着玻璃碎片,戒备森严。车在一百米开外的别人家的院墙外停下。鲛岛走到大门前,按响门铃。小门被打开,里面出来一个人,是防卫厅内部部局调查二课课长密田。密田看了一眼鲛岛,尴尬地点点头。

鲛岛不管自己也是一大早来访,故意小声说:"密田先生,这么早就来了?有什么事儿啊?"

调查二课课长板着脸说:"我来送资料。今天贝冢先生开众议院国防部会时需要,昨天没来得及整理出来。我还有事儿,先走了。"说完怕鲛岛再追问下去,匆匆忙忙地往车站走去。

鲛岛瞥了一眼他的背影,从小门进去,也不用人带,自己熟门熟路地径直走到客厅门前,报上姓名。

"鲛岛君,进来!"里面传来贝冢的声音。

十二叠①的和室里铺着厚厚的地毯,摆着沙发、茶几,可谓是和洋结合。贝冢穿着和服坐在正面的沙发上。他把秃头靠在沙发上,态度傲慢,根本不理会鲛岛的寒暄问候。从防卫次官的高位上退官以后,贝冢首次参选众议院,虽然经过一番苦斗虽然当上了国会议员,但有人为此违反了选举法,他也因此一度收敛了气息。但凭着老奸巨猾,他不久便又重新浮出政界,在国会与原空幕长众议院议员原田胜一同被称为国防问题的权威并大显身手。

鲛岛在离贝冢最近的地方坐下,故作不经意地问:"先生,今天

---

① 指有十二张榻榻米大小的和式房间。

的国防部会上你打算提问吗?"

贝冢当上国会议员仍改不了警察的职业病,他用多疑的目光看着鲛岛,说:"国防部会昨天就开了。怎么了?"

"噢,刚才我在门口碰上内局调查二课的课长,以为他是给您送资料来的。这么说,今天的会是听取有关封锁亚喀巴湾的中东军事局势的报告了?"鲛岛有的放矢地说。

防卫厅内部部局调查二课掌握着驻海外领使馆自卫官或书记官汇报的各国军事情况。

贝冢冷笑了两声,说:"你们商社人还是那么消息灵通。是不是闻到中东的火药味,又打算赚一笔啊?"贝冢虽然态度轻蔑,但光秃秃的脑门上写满从中分得一杯羹的欲望。

鲛岛夸张地摆摆手,说:"先生,怎么可能?中东发生战乱不但不能给我们带来商机,如果封锁苏伊士运河,海运费势必猛涨,船舶供不应求,我们还会受到很大打击。所以,我想了解一下各领使馆的防卫官、专家们的分析。"说最后一句话的时候,鲛岛不由得往前凑了凑。

贝冢曾被冠以防卫厅"贝冢天皇"的绰号,至今在防卫厅仍有很大的影响力。他当官房长时提拔的那些文官常来看他,给他提供防卫厅内部的机密情报。

贝冢喝了一口家人端来的茶,闪烁其词地说:"从地理位置上讲,中东离日本比较远,我们不了解的事情太多了。首先,西奈半岛在哪儿,封锁亚喀巴湾在军事上意味着什么,这些问题国会议员里没人能回答上来。就连外务省,除了负责中东事务的人以外,其他人也毫无所知,更别说防卫厅了。防卫厅没有往驻中东领事馆派防卫官,怎么可能有你们想要的情报呢?"

鲛岛没有善罢甘休,他说:"您说得对,虽然大部分国会议员和外务省官员像您说的那样没有这方面的认识,但是,伦敦、巴黎、华盛顿有防卫厅派去的一佐级的精英防卫官,他们随时都在观察国际军事局势。这场中东争端很有可能引发第三次世界大战,他们一定给防卫厅发回了详细的分析报告。"

"现在的防卫官和战前的驻领使馆武官不一样,除了语言能力差,经费也紧缺,送回来的情报都是些当地报纸或军事杂志上的内容,根本不能指望他们进行谍报活动。事实上,密田君刚给我拿来驻伦敦、巴黎、华盛顿的防卫官发回来的电报,没有一份对局势的发展做了明确的预测。你对防卫厅了解得那么透彻,这个你应该知道的啊。"贝冢继续卖关子。

"当然,对于超级军事大国,光靠一两名防卫官也只能了解一些一般的军事情况。去年被派到巴黎的空幕防卫副店长鸟居一佐是怎么分析这个问题的?今年年初我在巴黎见到鸟居防卫官的时候,他就已经很关注中东局势。他对我说,法国一方面向以色列出售大批幻影战斗机,另一方面政府又采取亲阿拉伯的外交方针。所以,如果幻影战斗机被禁止出口,那就说明很可能爆发中东战争。昨天晚上我给他打过电话,他说他的分析结果应该全部交到您手上了,只要您同意他就告诉我。"

驻巴黎的鸟居防卫官还是三佐的时候,鲛岛就看中了他。去海外出差时,只要有时间,他一定约鸟居见面,从他那里得到有关欧洲战机的情报。这条线一直没有断。

这时,电话铃响了。秘书过来告诉贝冢是国防会议事务局打来的电话。贝冢没去接电话,让秘书问对方有什么事,然后看着鲛岛说:"在那么多防卫官里你偏偏选中了鸟居,说明你就是你啊!戴高乐宣布禁止出口武器后,鸟居第一时间就报告了。前天他又发来对中东局势的分析。据他分析,以色列不仅在军事力量上占优势,而且士兵团结,士气也很高,因为他们有祖国灭亡的危机感。但是,这次他们不可能像上次苏伊士运河战争那样轻易取胜。"

鲛岛不由得又往前凑了一下,问:"那他认为这次阿拉伯将取胜?"

贝冢没有直接回答他,而是说:"据说苏联的支援相当大。苏伊士运河战争的时候,阿拉伯国家在西奈半岛只有两三万军队。这次他们投入了大规模兵力,有彻底抗争的势态。所以,鸟居认为一旦战争爆发,总体上阿拉伯占据优势,并且有可能长期化。"

"是这样。我们公司伦敦、巴黎分店认为阿拉伯占优势,纽约分店认为以色列占优势,短期内解决战斗,我们一直难以做出判断。今天我真是来对了。"鲛岛表现得感恩戴德。

"驻华盛顿首席防卫官也说,如果硬要预测胜负的话,他认为以色列占优势。驻巴黎的鸟居认为谁胜谁负并不十分重要,中东战争很可能持续十年、二十年。不过,那家伙有点儿神神道道的,谁知道他的话能不能全信。"

"哦?十年,二十年……"鲛岛的小眼睛里放出光来。

鲛岛告辞贝冢,上午八点四十驱车赶到位于一桥的东京商事。

他在六楼的运输机本部长办公桌前坐下,拿起昨天晚上发过来的电传,查看伦敦和纽约的船市行情。从墨西哥湾运往欧洲的谷物原来每吨五美元,现在涨到五美元五十美分,油轮的利率也涨到九十。显然是封锁亚喀巴湾带来的影响。

"堤君!"鲛岛大声叫道,整个六楼都能听到。

正在打电话的运输部副店长堤把话筒交给底下的课长,赶紧跑过来。他梳着中分头,形貌寒酸,根本不像一个和波涛起伏的国际海运市场打交道的人。但是,在鲛岛的熏陶下,当市场呈现大的波动时,他表现得有胆有识。

"早上好！我刚才正给伦敦打电话。昨天晚上订的船都安排好了。如果封锁苏伊士运河的话，油船价格必定大涨。所以，我觉得我们应该再准备一些。"

"嗯。我刚从贝冢先生家出来，据驻外防卫官分析，这次争端中阿拉伯占优势。即便半个月或一个月之内决出胜负，这个争端很可能持续十年、二十年。再包租十艘五万到十万吨的油轮，尽量要能近期交船的。价钱交给你定，包租时间一年乃至三年。"鲛岛用极快的速度吩咐道。刚才在车里他已经酝酿好了购买油船期货的计划。接着他又喊道："锚田君！"

锚田船舶部长应声而到。鲛岛问："昨天说的美国的标战船，纽约分店回电说，一万吨吨位的船没有三十七八万美元的。有没有其他办法？"鲛岛说的正是昨晚在露波儿他和黄乾臣谈的战标船的事。

锚田船舶部长不愧是鲛岛的得意门生，他利落地回答道："刚才我直接和纽约的几家船商联系过。塞林格不愧是纽约首屈一指的船商，他们说条件虽然苛刻，但他们能买到。所以，我当即就订货了。"

"干得好！之前我们都靠战标船赚了大钱。现在这些船都老化了，本来以为没什么用了，没想到还有人要。就算一艘四十万美元，充分利用的话，一万吨位的船一年就能把本赚回来。华侨到底是比我们商社高一筹啊！"

战标船战时运送美军物资，平时就停靠在哈德逊河上，排成长长的一列。哈德逊河就像战标船的仓库。

"可是，本部长，这个订单不是交给近畿商事的吗？如果，两家都买到的话，我们就得留下这批船吗？"

"是交给近畿商事的。不过，近畿商事没有好的渠道，连我们公司纽约分店都找不到货源，他们就更不可能了。黄先生明天一定会到我们公司来订货的。万一这批船卖不出去，我们公司就办个船运公司,一样能赚钱。"

锚田担心地说:"本部长,要想免除缴税的成本,必须马上在巴拿马或者利比里亚设立公司。这倒不难办到,问题是要想让董事会通过,恐怕没那么简单。"

"这个我已经想好了。资金问题可以用放在香港的资金解决,船员嘛,用香港、台湾的船员有三分之一的经费就可以解决,没问题。"

东京商事通过船舶、海运生意获取的利润有一部分放在瑞士或香港。

锚田知道鲛岛不善于细致地考虑问题,提醒他道:"可是,一艘一万吨位的货船需要大约三十名船员,五艘就是一百五十人。这么多人不是那么容易找到的,最后还得找华侨。那样,有可能伤害到黄先生的感情。"

"有道理。华侨的帮会组织爱生事,说不定黄先生的一句话就能让船员联合抵制。好!这样,我们和黄先生各出一半,设立一个巴拿马国籍的公司。这样的话,即便有万一,风险也能减半。"

鲛岛早就私下惦记着下一届董事会能升任董事。他马上想出了和黄乾臣合伙办公司,万一有闪失也可降低风险的办法,并且立刻给住在帝国饭店的黄乾臣打电话。

"黄先生,您早!我是鲛岛。我想占用您三十分钟时间,谈一下昨晚说的战标船的事儿。您看怎么样?"鲛岛朗声说道。

黄乾臣用浑厚的声音反问道:"你们已经有货源了?"

"这才一晚上的时间,我还不敢保证绝对没问题。不过,我们有把握在一两天内搞到您要的五艘船。但是,我们公司有些内部情况,需要见面和您沟通一下。"

这件事黄乾臣已经委托了近畿商事,他犹豫了一下说:"到底是鲛岛先生。好吧,我们就见面先谈谈吧,你过来吧!"

很明显黄乾臣非常吃惊,这说明近畿商事那里还没有一点儿眉目。鲛岛仿佛看到了壹岐焦急的神态,觉得终于出了一口气,春风得意地离开了公司。

兵头信一良接到黄乾臣的电话,目瞪口呆。
"什么?战标船的货源其他公司已经有眉目了,停止跟我们的订货。黄先生,我们公司船舶部正全力在纽约市场积极寻找货源。"
离约定的时间还有一天,黄乾臣却突如其来地打来了取消订货的电话。
黄乾臣不悦的声音传进兵头耳朵里:"兵头先生,我等到明天,你们真的就能提供我想要的船吗?我听说近畿商事根本没有这个能力。而且,我也给你们公司船舶部打过电话,他们的答复就是让我等,无法掌握你们现在的情况。"
"那我马上去了解一下情况,等会儿给您回电话,好吗?"
"兵头先生,我后天就要回雅加达了。第三次中东战争只是一个时间问题,情况紧急,不允许我等到明天再得到一个对不起的答复。"
兵头仍不能接受,他说:"饶恕无礼,您为什么说我们公司没有这个能力的?"
"生意上没有是非之分,这个不需要解释理由吧。这两天来交涉的结果告诉我,其他公司已经办到的事情,在你们公司没有任何进展。"黄乾臣决心已定,话说得很不客气,与喝酒时判若两人。
是谁在釜底抽薪?搞不清楚这一点兵头无法善罢甘休。他斩钉截铁地说:"黄先生,请您再等等!我们的期限是明天上午,如果到时候我们仍没有货源,我们就痛痛快快退出。"
黄乾臣沉默了片刻,说:"既然你这么说,那我就再等等。"
兵头放下电话,绷着脸到五楼的船舶部。近畿商事被人认为如此无能,无论如何都要搞到战标船,重新获得黄乾臣的信任。

船舶部长峰刚从外面回来,胳肢窝下夹着文件袋,正站在办公桌前和其他部的人交谈。看见兵头急匆匆地走来,问道:"找我?"

兵头点点头。服装潇洒的峰在转椅上坐下,对业务本部的分析能力表示了怀疑:"我刚从石油业界油轮委员会开会回来,你们营业本部的分析到底有没有把握?委员会上大部分人认为目前中东的紧张局势不会发展成战争。"

"理应对战争最敏感的油轮委员会竟然有这样的言论。纽约方面的消息说,壳牌石油推测封锁苏伊士运河和可能长期化。委员会的各位成员是不是在互相牵制对方啊?"

"连一向强势的东京商事都说,这次如不谨慎行事,后果严重。我也这么认为。亚喀巴湾一被封锁,你们就煽动危机感,好像立刻就会爆发战争。现在三天过去了,虽然海运市场的确一时价格上涨,可是,昨天又下跌了。所以,我们决定再研究研究大型油轮的订货问题。"船舶部长女性化十足的脸上露出淡淡的微笑。

兵头简直不相信他竟说出这样的话,便打断他:"部长,可是……"

峰船舶部长掏出登喜路牌香烟和打火机,说:"你先听我把话说完。这半年来船舶供过于求,全世界闲置的油轮总吨位达五百万吨甚至七百万吨。一艘三万吨油轮,每闲置一天就赔将近一百万日元。所以,东京商事认为是希腊船王们故意制造舆论,有意拉动市场需求。如果我们上了这些老奸巨猾的船王的当,过度订购油轮,后果会怎么样?一艘十万吨的油轮建造费就是二三十亿,万一砸在手里,那不等于是自杀行为?如果是美苏那另当别论,沙漠国家的战争,连他们自己都不知道什么时候打响。沉不住气,操之过急,会被同行笑话的。"

峰被东京商事放出的烟雾彻底迷惑了,在板着脸沉默不语的兵头面前做了一番演说。兵头目不转睛地盯着笑嘻嘻的船舶部长,说:"部长,我有话直说,请您不要见怪。您过于乐观了!东京商事心里想的和嘴上说的恐怕不一样。我刚接到黄公司打来的电话,说其他公司已经有了战标船的货源,要取消和我们的订单。我觉得有这个本事,能做出这等事的只有东京商事。"

峰顿时脸色大变:"怎么会这样?兵头君!"

兵头强忍住内心的烦躁,耐心地说:"黄先生对我们公司船舶部内部的工作进度、纽约分店委托的船商都很了解。在日本能掌握这么详细的情况的除了东京商事,没有别人。"

虽然船舶部长难以掩盖被东京商事愚弄的懊丧,但嘴上却说:"这个我不知道。倒是黄公司,明明是跟我们船舶部谈生意,为什么给你们营业本部打那样的电话?真是令人不快!本来我们也觉得如果有人愿意做这笔生意,就让人家去做呢!"

"您这话是什么意思?"

"你知道不知道,战标船在昭和三十年代中期以后就没人把它当货船用了,现在不用维修就能用的船一共也没有多少。可是,黄公司提出的条件是一艘不能超过四十万美元,还要代办在巴拿马或者利比里亚设立公司的法律程序。不代办就只付一半现金,剩下的分期付款。这也太黑了!二手船都是签合同的时候付百分之二十的保险金,剩下的交货时现金一次付清,这是业界的常识。所谓华侨商法就是手里攥着大量现金不放,分散降低风险赚钱。那些家伙是地地道道的财迷!"峰船舶部长愤愤地说。

"我们公司和黄公司最大的分歧在哪里?黄先生答应等到明天中午。我希望无论如何我们公司和黄公司签订这份合同。"

峰船舶部长对黄公司直接跟业务本部联系耿耿于怀,听兵头这么说,便挖苦道:"黄公司黄公司的,你们怎么那么重视这个黄公司?难道你们业务本部和黄公司之间有特别的关系?说来听听。"

"不是业务本部,而是整个公司。和黄先生有业务往来对我们公司很有利。封锁苏伊士运河将导致对欧洲贸易额下降,对东南亚贸易增长,这不是昨天的联合会议上刚说过的吗?对于我们公司来说,印度尼西亚是开展对东南亚贸易的重要据点。黄家族是印度尼西亚四大华侨财阀之一,而且他本人政治嗅觉灵敏,是我们公司重要的人脉关系。我希望您明白这一点。"

峰船舶部长的脸抽动了一下,说:"这就是你们业务本部独断专行,把自己的想法强加于人的地方。你们为了未来的梦想蓝图,来侵犯我们船舶部的自主性,严重影响我们的工作。如果你们实在要做这笔生意,就自己想办法解决吧!"说完,把脸扭到了一边。

真是个烂人!兵头心里骂道:"这就是船舶部长的结论吗?你为什么不站在全公司的立场上考虑问题呢?"他大声质问,就差拍桌子了。

"你要教训我这个部长?把你刚才的话收回去!"

"不!部长才应该反省一下!"

"你以为你是谁?你们这些人年纪不大,倒摆出参谋的样子对业务部门说三道四,这是越权!自己一分钱也不赚,业务本部就是废物一个!"峰船舶部长气得浑身发抖,大声骂道。

壹岐走进里井副社长的办公室,鞠了一躬,说:"刚才我们部的兵头信一良对船舶部长多有冒犯,虽说是为了工作,但也是不应该的。我感到很抱歉。"

船舶部在主管机械的里井副社长管辖内。

"噢,你说那件事。船舶部长固然也有点儿心眼小,兵头君也太蛮横了。我一直认为他虽然年轻,但很有骨气。可是,这种态度是不行的。"

"他已经反省,说自己急于解决问题,过于急躁了。刚才我已经跟船舶部长道过歉了。"

虽然兵头并没有反省,但为了圆满解决问题,壹岐只好这样说。

"不光是兵头君,业务部门的人对业务本部的人很有意见,你知道不知道?"

"没有人跟我说起过。"

"那就更是问题了。我们公司的优点就在于,在工作上产生分歧的时候,不分上下级,大家认真商讨,直到相互理解为止。这是我们公司的原动力。可是,人们反映,业务本部成立以后,业务部门的营业受到干涉,在客户和经费方面上都出现了很大的问题。像船舶部长这样的是敢有话直说的,有的部门因为业务本部是社长直属机关,怕得罪了你们,你们去社长那儿告状,所以只好忍痛接受赔本的买卖。如果你们太过分的话,那就得考虑机构改革了。"里井向壹岐显示了副社长的权限。

虽然里井的话让壹岐大感意外,但他没有反驳,而是说:"如果这是事实的话,我首先道歉,今后一定注意。黄公司订购战标船的事,现在基本确定是东京商事横插一杠。现在,请您裁决,尽早得出结论,对今后来说也是上策。您认为如何?"

"船舶部长说黄公司一点儿都不肯让步。他们一艘只出四十万美元,所以,我们进货的时候必须把价格压在三十七八万,否则就没有赚头。但是,纽约市场上的战标船价格都在四十万以上,这样算下来,一艘亏损三万,五艘就是十五万美元。而且,船价的一半还要分期付款,利息和银行一样,不到百分之九点五。这笔生意没办法做。"

壹岐质疑道:"这么亏本的生意,东京商事为什么还要来和我们抢呢？"

里井说："东京商事的船舶和我们公司的纤维一样，是他们的传统部门，和伦敦、纽约的船商关系密切。而且，听说鲛岛君把在海运市场投机赚的钱存放在海外，他们有资金。所谓八仙过海，各显神通，我们没有必要和他们硬拼。"

"如果我们公司也想办法找到便宜的货源，第一个问题就解决了。至于分期付款的问题，对船舶部来说的确是个负担，对他们不公平。能不能用总部结算的方法解决这个问题？黄乾臣不仅在印度尼西亚，在新加坡和中国台湾商界都有影响力。而且，在未来对华贸易方面也是一个能起到很大作用的人。所以，如果让东京商事把这样一个人挖走，对我们来说是个巨大损失。"

对于里井分管的机械部门来说，中国是个巨大的潜在市场，有极大的吸引力。壹岐提到中国市场时，虽然里井的表情发生了奇妙的变化，但他仍没有松口："可是，去哪里找四十万美元以下的战标船？这是问题的关键，你有什么办法吗？"

壹岐断言道："办法倒是有一个，我可以试试。"

"哦？你就那么肯定？这船可和防卫厅的战斗机不一样，凭的是老关系。你去求政治家，等于是临时抱佛脚，不会有上次那么幸运。"

"您说得是，我不是去找政治家。总之，我试试看吧。如果我能弄到四十万以下的战标船，分期付款带来的损失是不是可以由总部承担？"壹岐问道。

里井看了一眼壹岐，问："这件事你请示过社长吗？"

"没有。一是社长在大阪的总部，二是从程序上讲应该首先请示您。所以，这件事我没有向社长汇报。"

"我也就是问问，因为你经常直接找社长。像这种事情，没有必要向社长汇报。"里井的口气里带上了几分嘲讽。

壹岐什么都没有说，走出里井副社长的办公室。愤怒悄然涌上他的心头。五天来，虽然业务本部的所有员工日夜努力，分析阿拉伯和以色列之间的战争局势，并在第一时间将准确情报传达给各营业部门，比东京商事早了整整十二个小时，但是，这些努力却没有得到认可。不仅如此，连为公司提供情报的黄公司要的货都不被重视。他不知道这是为什么。是因为自己在公司被孤立了，还是近畿商事的体制有问题，抑或是因为自己提升得太快，招来反感，以致人们不愿意配合工作？壹岐心中涌起一股悲凉。

壹岐在有乐车站附近的一座大楼前下了车，走进大厅。五天前，他深夜造访的时候，整栋楼里空无一人。现在正值工作时间，匆忙的人们不断从他身边经过。壹岐随着人流走进电梯，上了三楼，挨家寻找日东交易公司的办公室。上次来的时候，只有一家亮着灯，不用找。现在，他必须认真辨别挂在门上的牌子，才不至于错过日东交易的家门。作为一家特殊的贸易公司，把办公地点选在如此不起眼的地方也是日东交易的优势之一。

壹岐在一扇挂着日东交易牌子的门前停住脚步，推开门。办公室里一个中年妇女正在打字，见壹岐推门进来，她停住涂着粉红色指甲油的手，用探询的目光看着壹岐问："您是哪位？"打字员身上的衣服十分考究，与小小的事务所极不相称。

壹岐正不知该如何作答，社长安蒜从里面出来，指着屏风后面说："欢迎！这边请！"壹岐点头打过招呼，往屏风后面走。经过办公室中间的一张办公桌前时，他发现桌子上的烟灰缸里扔着个揉成一团的空烟盒，和五天前他深夜来访时一模一样。旁边那张办公桌上的报纸也是前几天他看到的。办公桌前的转椅扭向一边，桌子上虽然铺着胶垫，却不像有人在那里办公的样子。壹岐脑海里突然冒出一个念头,莫不是日东交易除了一个打字员,没有其他职员?

走到屏风后面,壹岐说:"对不起,突然给你打电话。"

安蒜长着鹰钩鼻子的脸上露出一丝笑容,操着不太流利的日语说:"没想到这么快我们就又见面了!您说有十万火急的事情,是什么事儿?"

"船。"壹岐开门见山地说。

"船?"安蒜疑惑不解地反问道。

"是的,但是美国的战标船。你能马上订购到五艘吗?我们公司船舶部找不到有实力的船商,实在是没有办法。听说纽约的海运大亨很多都是犹太人,你有没有关系,帮我们弄到还能当货船用几年的战标船?每艘价位在三十四五万美元。"

"这次该我给您提供货源了?是谁要买?"

"这和买家是谁有关系吗?"

"那倒没有。我只是觉得有些奇怪,像您这样的人为了区区五艘船特意跑到我这里来,说明这里面有很深的隐情。"

安蒜的话让壹岐心中感到一阵羞愧。他说:"这不是普通的二手货船,是战标船,我们一下子找不到货源。买家是印度尼西亚的黄公司。因为你要的三千吨橡胶,一半是他提供的,所以,我想请你帮这个忙一定没问题。而且,你也了解美国的货船生意。"

话音刚落,态度一直很友善的安蒜脸色大变,气愤地说:"哦?是那个印度尼西亚华侨?他的橡胶太贵!太贵!"他毫不掩饰犹太人对华侨的厌恶,这种厌恶是不需要任何理由的。

壹岐劝说道:"黄乾臣先生是在开罗亲身感受到中东紧张气氛的人,这种非常时期被他要价高也是没有办法的事情。他能一下子提供一千五百吨橡胶全凭他有自己的橡胶园,一般人一时是拿不出这么多货的。"

安蒜耸耸肩说："那好吧,我试试。不过,不是为了黄公司,是为了壹岐先生您。正好一会儿特拉维夫那边的定期电话就要打过来了。"

"那就谢谢你了!阿拉伯国家对亚喀巴湾的封锁今天进入第二天,你怎么看现在的形势?是否即将爆发战争?"

听壹岐这样问,安蒜血管里的犹太热血顿时沸腾起来,他激动地说："这个封锁让达扬国防部长先发制人的战略有了正当理由,边境线上哪怕发生很小的冲突都可能立即引起全面战争。以色列已经进入战备状态,四十八小时内可以调动全军。"

这时,电话铃响了。安蒜走到自己的办公桌前,拿起电话,开始用阿拉伯语和对方交谈。看来中东战争无可避免,即将爆发。但是,这个消息却使壹岐兴奋不起来。无论他多么及时地掌握情况,把消息传达给各营业部门,公司内部的反应却都很冷淡。这明显是受到东京代表里井副社长的牵制。"必须想办法排除里井副社长。"一个连他自己都感到意外的想法在壹岐内心一闪而过。他为之一惊,马上打消了这个念头。

安蒜打完电话回来,看着壹岐,奇怪地问道："您怎么了?脸色不太好?"

"没什么。"壹岐尽量保持公事公办的态度,"船的事情怎么样了?"

"那边说,他们跟纽约的海岸线联系,让他们以政府转卖给私企的形式紧急订购五艘战标船。剩下的事情由日本和海岸线直接交涉。"

壹岐知道海岸线是纽约屈指可数的海运公司,与美国海军关系密切。他说："有海岸线出面,这件事就有把握了。他们和贵公司有直接的生意上的往来吗?"虽然日东交易是个特殊的商社,但看起来除了安蒜以外毕竟只有一个女打字员。因为壹岐多少有些怀疑他们是否真的和世界著名的海岸线公司有往来,所以,就多问了一句。

"二战前,我们公司的以色列顾问恩西里克前参谋长曾和海岸线最大的股东亚里布先生一同打过游击。当然,他和达扬国防部长也有着深厚的友谊。亚里布先生虽然后来放弃战斗,逃到了美国,但是,他对完成建设祖国大业的领导人和甘于贫困、至今仍在祖国战斗的人们充满敬意,每年都要捐献大笔资金,是个值得信赖的人。他动用在美国政府的关系,可以免去招标等一系列手续,直接以每艘十万美元的价格拿到货。"

"每艘十万?"壹岐不由得吃惊地反问道。因为公司船舶部的人坚持说没有四十五万美元搞不到货。

"不过,壹岐先生,卖给黄公司的价格,低于三十五万美元,行吗?"

这个价格比黄乾臣出的价低,壹岐自然没有道理反对。看到壹岐脸上露出几分欣慰,安蒜才郑重其事地提出要求:"本公司的提成等货定好以后再谈。我还有另外一个交换条件。前几天我们签了合同,贵公司收购了一批以色列农场的橘子。我希望你们今后三年都进口这种橘子。"

"三年的合同?这个我一个人决定不了。在其他事情上我有没有可以帮到你的?"因为前几天签的合同已经在公司内部闹得沸沸扬扬的了,所以壹岐想尽量避开橘子生意。

安蒜摇摇头,说:"如果你们不答应这个条件,壹岐先生,那我没办法和海岸线联系。"

壹岐没有办法,只好说:"是吗?那好,我现在马上回公司,然后给你打电话。"

安蒜指着装橘子的纸箱,说:"壹岐先生,我们之间难道不是以色列橘子结的缘吗?"

坐在往家开的车里,壹岐长长地叹了一口气。

进口以色列橘子的问题很顺利地就解决了。粮油部长说这种橘子价格便宜,好卖,是笔不错的生意,痛快地接受了安蒜的条件,令壹岐大感意外。可是,船舶部那边就没有这么顺利了。尽管壹岐再三说明可以通过日东交易以低价订到战标船,但船舶部以分管船舶的里井副社长去大阪出差,联系不上为由,迟迟不给壹岐答复。

车开到家门口,壹岐看见门外停着一辆双色的汽车。他以为有客人突然来访,急忙下了车往屋里走。打开家门,客厅里传来音响的声音,还夹杂着直子的笑声和男人说话的声音。壹岐不由得在客厅前停住了脚步。

佳子身穿和服,系着围裙出来迎接他:"你回来了!什么时候回来的?"

壹岐不高兴地说了句:"刚回来,"径直走进起居室,问,"直子的客人是个男的?"

"是啊!"

"那就把客厅的门打开,这是礼仪,是规矩!"

"这不是在家里嘛,没关系的。"

"不管是在家里还是在家外,未婚的女孩子和男人独处一室都要开着门,这是常识性的问题。而且,父亲下班回来了,她连个面都不露。都是你没管教好!"

"好!好!等你换完衣服我就去开门。"佳子拿来壹岐的家居服说。

"衣服我自己换,你先去把门打开。是谁来了?"

"鲛岛君。也是刚来,他是开车送直子回来的。"

"什么?又是那个鲛岛的儿子?"

想到鲛岛横插一杠,抢夺战标船生意的手段,壹岐心中更加不快。他用训斥的口气对佳子喊道:"哎!啤酒!"

话音刚落,一个声音又响起来:"阿姨,能再给我拿一瓶啤酒吗?"鲛岛的儿子悄然出现在起居间。他酷似他的父亲,一张黢黑的脸盘,尖下巴,一双小眼睛像鲛鱼眼一样闪闪发光。看到壹岐,他开朗地自我介绍道:"我是鲛岛伦敦。我还在美国学校上学的时候见过您一次,您还记得吗?"

壹岐面无表情,冷冷地说:"好久不见。我不是已经跟你父亲说过了吗,不劳驾你送直子回家。"

"您别这样!不要把我们卷入你们父辈之间在商场上的恩怨,这太没道理了!再说,我可和我爸爸不一样,不是那种回家以后还不停往海外分店打电话,一打就打到深夜的招人讨厌的人。"伦敦满不在乎地说,"那我就拿啤酒去了。"说完就径直往厨房走。

壹岐训斥道:"你要开车,喝了啤酒就是酒后驾驶!"

"不会的。对我来说,啤酒跟水差不多。而且,直子不在车上,撞一下也没什么大不了的。"伦敦说完自己从冰箱里拿了一瓶啤酒走了。

这种厚颜无耻、对人满不在乎的性格和他爸爸一模一样。壹岐觉得后背凉飕飕的,火气更加嗖嗖地往上冒,大声说道:"像什么样子?!他倒是不把自己当外人。一个男人,竟然跑到别人家的厨房里。直子也是的,马上把她叫过来!"

"你别这样,让人家笑话!鲛岛君只不过是送直子回来,喝点儿啤酒就走。你这样对待,不是让直子难堪吗?"

佳子的话说到了点子上。壹岐也觉得一涉及直子的男性朋友,自己就变得暴躁不已。他不再说话,坐在饭桌前闷头喝啤酒。电话铃响了,佳子拿起电话,说:"是兵头先生。"壹岐立即接过话筒。

"本部长,一切又恢复原状了。刚才船舶部长打来电话,说战标船的事就当白纸一张,等里井副社长从大阪出差回来再重新研究。"

壹岐不由得提高嗓门:"什么?重新研究?可是我们已经答应黄先生,可以以每艘三十五万美元的价格搞到船了。"

"是啊!我跟船舶部长说去他家找他,结果被他狠狠骂了一顿,说我要找上门吵架。现在看来,最好的办法就是本部长直接向大门社长请示了。"

壹岐没有马上回答。

兵头带着怨气催促道:"虽然船舶部长说里井副社长还不知道这件事,但是,每艘进价只要十万美元啊!打着灯笼都没地方找的这么好的生意他竟然不予理睬,这背后肯定有里井副社长撑腰。本部长,您到底是怎么想的?"

壹岐语气平静地说:"也许像你说的那样,背后有里井社长,也许没有。明天就真相大白了。"虽然表面上他尽量克制自己,保持冷静,但内心深处他感到里井副社长正在暗处向自己张开一张网。

早晨,壹岐走进办公室,看到女秘书插在花瓶里的卷丹百合,不由得皱起了眉头。火红的卷丹百合花瓣上生着紫黑色的斑点,颜色过分鲜艳,气味刺鼻,壹岐一直就不喜欢。此刻,这束花就更加刺眼。因为,里井副社长突然去大阪总部出差,所以壹岐从昨天下午就一直在等他回来。

墙上的挂钟指向十点半。里井只说今天上午回公司,没有说明具体时间,再等下去实际上等于撕毁和黄公司的约定,任由东京商事抢走战标船这笔生意。昨天,里井副社长还专门提醒壹岐,说这种小事无须一一请示社长。但经过再三思考,他还是决定跟大门社长商量一下。他刚拿起直通大门社长的电话,传声器里传来隔壁秘书的声音:"副社长回来了,说他只有十分钟的时间。如果您不介意的话,可以马上去见他。"

"告诉他我马上去。另外,你给兵头打个电话,告诉他等会儿要去见黄先生,让他做好准备,随时出发。"说完,壹岐就急忙去找里井。

里井正在口述一封英文信,看见壹岐进来,便对负责记录的秘书说:"好了,就这些。你打印出来以后马上拿过来,我签字。"他抬起戴着无边眼镜的棱角分明的脸庞,看着壹岐问,"壹岐君,我听说你找了我好几次,有什么事?"

"还是战标船的事。我已经找到货源,可以以每艘三十五美元的价格出售给黄公司。因为这个价格比黄先生原来出的价低,所以,可以让他收回分期付款的条件。我现在就想把这件事定下来。"

"这件事昨天我在大阪总部已经听说了。"

"那太好了,我跟黄先生约好今天上午给他答复,我现在就去见他。"

壹岐刚要转身离开,里井叫住他,说:"你等等!听说给我们提供低价战标船的就是那个日东交易,而且还有交换条件,要求我们签订三年进口以色列橘子的合同。"

"是的。进口橘子的问题,粮油部已经得出结论,说有利润,他们表示愿意接受。"

里井冷冷地说:"壹岐君,你以为光进口这些来历莫名其妙的橘子就能满足日东交易的胃口?"

"您这话是什么意思?"

"大门社长说,日东交易的顾问竹中完尔已经向我们公司提出了破天荒的要求。"

"竹中先生?这次战标船的事情没有通过竹中先生,是我直接和安蒜社长交涉的。"

"你是这么以为的。竹中完尔虽说是位有名的国际政治经济活动家,名声好听,但实际上是一个唯利是图、趁火打劫的人。战标船与以色列毫无关系,可你却为这件事去求那个叫什么安蒜的社长。这一切经过竹中都知道,并且跑到大门社长那里,大摆功劳。你这个人在公司里不肯向任何人低头,到了外面倒是可以不顾脸面,四处求人啊!"里井脸上露出讥讽的笑容。壹岐正要张口分辩,里井又说出了令他莫名其妙的话:"你好像感到很意外。其实,这件事不是安蒜告诉中竹莞尔的,安蒜的办公室也没有监听器。你自己想想,日东交易有没有什么可疑的地方?"

壹岐回想了一下昨天去日东交易时的情景,除了怀疑他们没有职员以外,没有发现其他疑点。

见壹岐沉默不语,里井又接着说:"连你也想不到啊!听说日东交易有个中年女打字员,从前和竹中完尔的关系不一般。"

听里井这么一说,壹岐想起了那个打字员,当时他还觉得她那一身考究的服装和小小的事务室极不协调。

里井观察着壹岐的表情说:"怎么样,很意外吧?竹中完尔就是这样一个人。当初你去日东交易打探中东局势的时候,大门社长就告诉过你,不要跟他们交往太深。可是,你却为了一个华侨再次去找他们,还擅自和他们谈生意。大门社长很生气,说你太不像话!"

壹岐觉得虽然大门社长厌恶竹中此人,但他是个优秀的企业家,如果跟他说明情况,他会理解的。于是,他说:"您说黄先生只不过是一个华侨,但黄公司是印度尼西亚四大财阀之一,是我们今后发展东南亚经营战略上的得力伙伴。你跟大门社长说明这一点了吗?"

里井听闻此言,一下子沉下脸来,不容争辩地说:"你什么时候开始这样对我说话了?怎么跟大门社长解释那是我的事情。黄公司购买战标船一事我们公司不参与,所以,进口以色列橘子的事情也要回绝。这就是结论。"

壹岐还是航空部合同制职员的时候,在围绕第二次防卫力整备计划的未来战斗机的商战中,为了击败东京商事,他曾和里井副社长共同作战。但此刻里井脸上流露出的已经不是上司的表情,而明显是把仅用八年时间就登上常务高位的壹岐当成了威胁自己地位的竞争对手。

壹岐心中感到无比气愤,他克制住自己即将爆发的感情,说:"我强烈感到我们公司十分有必要利用这次机会建立起和黄公司之间的关系。这一点得不到理解,我感到很遗憾。"

壹岐走出里井办公室,回到业务本部所在的九楼,迎面看见兵头信一良站在他面前,正在穿西装上衣。他正等着和壹岐一起前往黄乾臣下榻的帝国酒店。壹岐看着他摇了摇头,看了一眼本部长办公室。

兵头跟在壹岐后面走进办公室,催促道:"已经十一点了,再不走就晚了。"

壹岐正视着兵头说:"刚才和里井副社长谈过了,黄先生这件事,我们公司退出了。虽然你为这件事做了很多工作,但公司有公司内部的情况,希望你能理解。"

兵头生气地说:"公司内部情况?什么情况?请您具体解释一下。"

"公司做出判断,认为不宜和日东交易交往过多。"

"这么说,大门社长也已经考虑过这个问题了。"

"嗯。里井副社长说,昨天下午他去大阪,向大门社长汇报了这件事。结果,大门社长说我们不应该做这笔生意。"

"也就是说,里井副社长是为这件事突然去大阪的?"兵头觉得里井的行为难以让人接受。

"不要这么想,这样不好。关键是现在上面已经决定了,我们必须马上通知黄先生,向他道歉,以免给他造成麻烦。事情的结果这么糟,还是我一个人去吧。"说完就要起身。

但是,兵头不肯轻易退让。他说:"本部长,事到如今,你还是应该直接给大门社长打个电话。就当是把死马当活马医嘛!"

壹岐轻轻摇摇头说:"不,这是里井副社长请示大门社长后的决定。作为常务,我这样做会扰乱公司的组织秩序。"

兵头指责壹岐态度软弱,说:"那,这五天来,我们不分昼夜地收集情报,传达给营业部门,到底是为了什么?您这种态度不仅让业务本部的人员失去工作热情,而且还会让营业部门认为业务本部的基本方针很容易地就能被改变,以后不把业务本部的话太当真会更保险。"

壹岐平静地说:"我在常务里排在末尾,绝不能这么做。只盯着一时的输赢,在大事上会迷失本质。"

兵头不肯罢休:"但是,本部长,您不是直属社长的营业本部部长吗?可你为什么……"

壹岐打断兵头说:"因为我是中途进的公司,所以比任何人都注意不扰乱公司内部的组织秩序。虽然我全力以赴做我认为对公司有利的事,但如果公司不接受,我也没有办法。"说完,他丢下兵头,走出办公室。此刻,他心中又萌生了排除里井副社长的念头。

日本航空的头等舱候机室樱花厅里流淌着轻柔的音乐。等待登机的头等舱的乘客们喝着饮料,惬意地消磨时间。黄乾臣今天返回雅加达。由于预测中东战争即将爆发,他在日本度过了异常繁忙的五天。但此刻坐在前来送行的壹岐和兵头对面的沙发上,他脸上没有丝毫倦容。身穿绿色旗袍的红子依偎在他身边。

"黄先生,昨天那件事实在是对不起!真是惭愧至极。"

壹岐说不下去了。兵头也神色暗淡,默默不语。昨天,壹岐专程赶到帝国饭店,告诉黄乾臣近畿商事无法给他提供战标船了。黄乾臣毫不掩饰心中的怀疑,说:"在最后关头你们还说能提供每艘三十五万美元的船,为什么不到三十分钟就又无法提供了?我想听听你们的解释。"面对他的质疑,壹岐只能解释说是因为公司内部突然发生了问题。这个回答导致黄乾臣更加不信任他。结果,不欢而散。对此,壹岐感到十分遗憾,他无论如何想在黄乾臣离开之前再次表明自己的心情。

壹岐心情沉重地说:"这次我们失去了黄先生对我们的信赖,我感到非常遗憾。希望今后我们能够继续合作,并且重新建立起您对我们的信赖关系。"

"我理解。战标船只不过是一笔生意,这笔生意没做成,不会影响我对你的敬重之情。"黄乾臣依然容光焕发,用中国人特有的不计较小节的口吻说。虽然没有人知道他内心到底是怎么想的。

红子甩着整齐的短发,从中说:"东京商事抢了五艘战标船的生意,这没什么。黄公司和近畿商事都不是光做船的生意,今后一定有合作的机会。"

"中东战争还没有爆发,一旦爆发,我还需要从壹岐先生这里了解很多有关战局的情况。"

话音刚落,东京商事的鲛岛出现在休息室门口。一看到黄乾臣,他便大步走过来,说:"哎呀,黄先生,我来晚了。本来打算早点儿来的,结果临时有事脱不开身。"这句话显然是因为壹岐在场才说的。他接着说道,"黄先生,有什么行李需要拿的,您尽管吩咐,我们公司的年轻人就在外面。"

黄乾臣露出彬彬有礼的笑容,向鲛岛道谢:"鲛岛先生,谢谢你专程来送我。生意上的事情昨天都办妥了,请你不必客气了。"

"那我就把您送上飞机,等飞机起飞后再走。"说完,又做出刚发现壹岐在场的样子,说,"噢?壹岐先生也在。连日理万机的业务本部长也亲自来送黄先生,黄先生真是不一般啊!"他表面上奉承黄乾臣,实则揶揄壹岐。

红子目光一闪,说道:"老黄和壹岐先生是私交,他来送行,不是为了生意,没有花里胡哨的东西!"

鲛岛觍着脸笑着说:"这话好厉害。在红子女士面前,我永远甘拜下风。对了,这是给黄先生的礼物,是您经常服用的人参。这是今天早晨刚从首尔空运过来的。"

黄乾臣满面红光地笑着接过礼物:"多谢!多谢!这是最好的礼物。健康是一切的源泉嘛!"

休息室的服务员走过来,轻柔地说道:"您乘坐的飞机开始登机了,请跟我来。"

黄乾臣拉住红子的手,从沙发上站起来。红子漂亮的大腿从开衩很深的旗袍里一闪而显,右手无名指上十二克拉的猫眼石闪着耀眼的光芒。

黄乾臣客客气气地向壹岐和鲛岛道谢:"谢谢各位专程来送行!"

红子对壹岐和兵头说:"壹岐先生,多保重!兵头先生,到东南亚出差的时候,一定到雅加达来。"说完,连看都不看鲛岛一眼,就走了。

鲛岛咂了一下嘴,看着装腔作势的红子和精力旺盛的黄乾臣离去的背影,心想不光是那几艘战标船,这个红子也快到使用年限了。他心生一计,决定给好色的黄乾臣介绍一个女人。

目送黄乾臣和红子通过海关,鲛岛对壹岐说:"壹岐先生,虽然在战标船这单生意上我赢了,但我们的较量才刚刚开始。"

壹岐没有理会他,说了句"告辞了"便和兵头大步向等在外面的汽车走去。坐上车,收音机里的音乐节目刚好结束,传来播报新闻的声音。

据开罗广播电台消息,六月五日凌晨,以色列军队对包括开罗在内的阿拉伯联军空军基地进行了轰炸,各地区发布了空袭警报。以色列军队发言人表示,阿拉伯联军已经越过国境线,进攻内盖夫沙漠。双方出动飞机和坦克进行交战。

兵头兴奋地说:"壹岐先生,中东战争爆发了!"
话音刚落,嗖的一声,鲛岛的车从后面追上来,一晃而过。他也听到了刚才的消息,飞快的车速表明他面对挑战的急切心情。
兵头两眼冒火,大吼一声:"超过去!"

随着中东地区拉开战火,近畿商事的电传机就像火山爆发一样,一张张电传如岩浆般流向世界各地的分店。虽然商家竞相大量购买船舶、橡胶、粮食、白糖等易受战争影响的物资,这些商品的价格暴涨了两倍到四倍,但是,基于战争短期内结束的分析判断,近畿商事倾全力抛售,严阵以待,准备迎接交战后第二天的到来。

清晨五点,离日出大约还有一个小时,微微发亮的天空上星星闪着微弱的光亮。此刻,伦敦是前一天的晚上八点,纽约是下午三点。以船舶部为中心的各部门一线营业员昨晚都盯在公司里,通过电传掌握伦敦外汇市场及各商品交易所的成交价,然后通过国际电话了解价格变化动态,等待纽约分店发来纽约市场的成交价。近畿商事认为成败取决于开战的第二天。他们的方针是综合分析第一天伦敦和纽约的市场价格,根据中东战局的发展形势,决定第二天伦敦市场上的销售方案。

兵头信一良打开厕所的窗户,仰望着刚刚浮亮的天空,深深地吸了一口气。由于连日来睡眠不足,身心疲惫,所以这几天他一直尿血。他知道,尿血的不止他一个。注重仪表、存衣柜里总是挂着三四件衬衣、无论多忙都要换上熨烫平整的衬衣的海部要,还有等待联系的时间里也不休息、捧着本书看的不破秀作一定也是小便赤黄,而且颜色越来越深,他暗地里为此感到担忧。

兵头又想起被东京商事抢去的黄乾臣的那笔战标船生意,心头涌起一股苦涩。虽然中东战争爆发后,营业部门正在按照预先制定的经营方针运作,但那是大门社长紧急从大阪飞到东京,召集营业部门的董事及各部部长,像军队的司令员一样发号施令、鼓舞斗志的结果。兵头深深感到壹岐需要理解他、协助他工作的董事。壹岐虽然早已痛切地认识到他没有掌握各野战部队指挥员的致命弱点,但在商社这样的机制里他打算如何解决这个问题?兵头满脑子问题,他想让自己清醒一下。他拧开水龙头,洗了一把脸,用手帕胡乱擦了两下,回到办公室。昨晚,营业本部三分之一的人没有回家。他们守在电话和电传机旁,协调营业部门的工作,替换在沙发上休息。

兵头刚坐到办公桌前,一个年轻职员过来说:"兵头先生,我刚从船舶部回来。他们说,巴黎分店来电说苏伊士运河被封锁了!"

兵头不由得提高了嗓门:"巴黎分店?消息确切吗?"

年轻人也用极快的速度回答道:"是阿尔及尔的常驻职员告诉巴黎分店这个消息,巴黎分店打电话来确认的。"

"运输部有没有动作?"

"武田课长已经开始和纽约联系了。"

"哦。对了,农产品部知道这个情况吗?"

正在休息的海部急急地走过来。

年轻人回答道:"农产品部确保舱位也很困难,我想船舶部已经跟他们联系了。"

"光想不行,我去一趟。"说完,海部系上领带,跑着出去了。

兵头吩咐年轻人"用密码通知各海外分店",接着又给壹岐打电话。

壹岐也没有回家,住在离公司步行只要五分钟的酒店,以便随时可以赶到公司。

电话铃刚一响,壹岐就拿起了电话。听完兵头简短的汇报,他用有力的声音说:"我马上到公司去。"

放下电话,兵头转身去了五楼的运输部。因为运输部是对战况特别是封锁苏伊士运河最敏感的部门,所以,课长、主管昨晚都没有回家,办公室里的紧张空气让人忘记了现在还是早晨五点多。武田课长和兵头同一年进公司,正在和纽约分店通话。兵头走到他的办公桌边,听他打电话。

"啊?干货一吨要十四美元八十美分?什么?犹太人经营的海岸线除了油轮外,还大量购买干货货船。五井物产和丸藤商事也有大的动作?那东京商事呢?什么?他们又开始包租油轮了?他们也知道封锁苏伊士运河的消息了?"武田黑着一张疲惫不堪的脸,全部精力集中在电话上,"知道了。如果三十分钟之内纽约市场上不再出现油轮,就说明价格已经封顶。嗯。明天油轮的包租金一吨超过七美元?好!明天伦敦市场一开盘,我们就把现有的八成吨位全卖了。明白了!"说完,武田把话筒交给身边的主管,迅速记录整理好刚才的通话内容。一切处理停当后,他掏出一支烟来。兵头给他点上火,他有滋有味地抽了一口,睁着一双通红的眼睛,脸上露出会心的笑容,说:"业务本部的分析真准确啊!托你们的福,我们的计划也进行得顺顺当当,一切都在预料之中。真得感谢你们!"

"这么说,预期得没有错,成败就在明天?"

"大概吧。伦敦市场可是在苏伊士运河被封锁的消息震惊世界之际开盘呢!"

如果这次公司的方针没有错,光海运一个部门就能赚得十几亿日元的利润。而且,一旦中东战争结束,市场价格势必暴跌。到时候,他们可以用三分之一,甚至四分之一的价格买进更多的舱位。

兵头看着武田充血的眼睛,身体往他跟前一探,说:"听说封锁苏伊士运河的消息是刚才阿尔及尔常驻职员通过巴黎分店通报过来的。到底是怎么回事儿?"

武田充血的眼睛经不住香烟熏,他掐灭只抽了一半的烟,说:"负责纤维的常驻职员去邮局给大阪总部发电报,正好碰上公司总部在马赛的货船公司职员慌慌张张跑进来,说他们公司的货船在苏伊士运河被扣押了,要发加急电报。"

兵头说:"被扣押的船怎么可能发报?无线通信肯定当时就被控制了。"

"大概是那条船上的通信员比较机灵吧。反正,那个常驻职员马上跑步到旁边的国际电话局给公司打电话。因为阿尔及尔打往东京的国际电话只有上午开通,他只好给电话局的人塞了点钱,让他们赶快接通巴黎。他把情况告诉巴黎分店,让他们通知总部。这个电话以后,阿尔及尔的电话就不通了。"

"噢。那我走了。"

回到业务本部,兵头看见只穿着一件衬衣的壹岐已经在那里打电话了。他正在向天然气、石油部门传达对形势的分析:"是的,我们的预测不变。业务本部认为,无论苏伊士运河是否被封锁,中东战争势必在这五六天内结束。所以,油轮价格只是暂时暴涨,整个海运市场一定会回落。不过,波斯湾以东的石油不会受到很大的影响。"

不知什么时候天已经大亮,朝阳照进办公室来。兵头打开电视机,荧屏上显示的时间是六点十分,画面上正在介绍今天的节目内容,上面有一行字:"新闻速报 中东地区进入战争状态。"兵头紧张地盯着电视。很快,新闻节目开始了。

阿拉伯各国封锁苏伊士运河

据六日开罗广播电台消息,阿拉伯联盟六日表示,决定停止开放苏伊士运河,并与美国断绝外交关系。阿拉伯国家联合政府声明表示,由于证实美军出动航空母舰舰载飞机参与以色列对阿拉伯国家的空中作战,阿拉伯国家联合政府决定停止开放苏伊士运河。另据以色列广播电台消息,冲突爆发的第二天,六日,战事进一步扩大,以色列军占领了约旦在耶路撒冷的地区,并攻入西奈半岛,称战局对以色列有利。这一消息引起世界各国关注。

随着播音员的声音,画面上推出攻入加沙地区的以色列军队收容俘虏的照片。

这条新闻证实业务本部的分析判断完全正确,围在电视机前的人们发出兴奋的叫声。只有壹岐依然保持着一贯的冷静。他从椅子上站起身来,走到充满朝阳的窗前,似乎在思考下一步对策。兵头把这一切都看在眼里。

中东战争仅短暂的六天就结束了。

当天,近畿商事的大门一三社长成了报社、杂志社记者们追逐采访的对象,电话一个接一个地打进来。虽然忙于应付记者,但大门脸上毫无倦意,他手握话筒,容光焕发:"嗯。是的,我们公司一开始就认为这是一场速战速决的战争,商战的一切方针都是围绕这个判断决定的。没有,谁能像算卦一样,算准了正好是六天呢?不过,我们预测是一个星期左右,并且向海外各分店和国内各营业部门进行了集体的部署,这倒是真的。当然,从战争爆发那天起我也一直在东京,站在指挥第一线。什么?为什么我们公司能掌握确切的情报,令五京物产相形见绌?不是掌握,是我们公司业务本部预见到战争,对收集到的情报进行分析的结果……那你得直接去问业务本部部长壹岐了。什么?他说是因为我感觉灵敏?啊?赚了多少钱?这个不能告诉你,这是企业秘密。随你想象吧!哈哈哈!"大门不由得发出一阵笑声,挂了电话。

战争的消息一经报道,大门就从大阪赶到东京。当其他公司忙于买进船舶、粮食、橡胶、锡等受战争影响大的商品时,只有近畿商事在高价的时候卖出。战争一结束,价格暴跌,他们又基于苏伊士运河封锁长期化的分析预测,开始以低价买进各类商品。一切都在预料和计划之中。

"速战速决。可没想到这场中东战争六天就结束了。"大门自言自语地说,他的脑海里浮现出壹岐的身影。无论是战争爆发那天,还有战争结束的今天,他都丝毫没有表现出兴奋,而是一如既往地平静如水,从不大声说话。这个毫不起眼的男人极其准确地预测出第三次中东战争将在一周内结束。这是日本的任何一家报纸、任何一个军事评论家都没有做到的。尽管如此,他却避免和媒体接触,不愿意出现在台前。壹岐的这种沉静超出了大门的理解范围,甚至令他感到不快。

秘书进来,递过来今天的信件。大门翻看了一下,吩咐道:"报纸和杂志社的采访电话,我不接了。还有,去把壹岐君叫来。"

秘书出去后,他点上一支烟,急不可耐地等壹岐来。

"您找我?"门口传来壹岐的声音。

大门从椅子上站起来,满面笑容地说:"壹岐君,干得好!今天一早就不断有人问我,我们公司是靠纤维起家的,为什么能那么准确地分析形势？报社和杂志社就不用说了，就连去参加商社的集会都要被问个不停，搞得我头都大了。我告诉他们，负责这项工作的是业务本部部长壹岐君。可他们说，壹岐董事只说是因为社长的感觉灵敏，其他的什么都不说。他们一定要我介绍你本人。你为什么不说呢？"

壹岐一直尽量避免抛头露面，不仅是记者，在商界认识的人也不多。除了原来在防卫厅蹲点的记者和东京商事的鲛岛这样特定的商社人以外，外界很少有人知道他的存在。听到大门如此问，他苦笑了一下，回答道："那是业务本部所有员工废寝忘食的结果，不是我一个人的功劳。而且，根据这个分析制定经营方针是全公司的事情。所以，我觉得最终还是取决于社长。"

大门深深地点了一下头，抽着烟说："我把你提拔成董事，提拔对了！如果你是个普通的业务本部部长，不管你能做出多么令旧财阀系统的商社望尘莫及的分析判断，起关键作用的营业部门的董事们也不会像现在这么配合的。"

壹岐心情复杂，默默不语。

"你好像有心事？这次的工作中有什么不满意的地方？"

壹岐简短地否认道："不，没有。"

大门透过金丝边眼镜目不转睛地看着壹岐，一语道破："我知道，你和里井君关系不太好。"

这次壹岐没有否认。

"里井到大阪总部出差，跟我说了一些他的意见。他说其他部门对业务本部和业务本部的员工意见很大，应该重新考虑社长直属这个机构设置。里井是个聪明人，他比其他董事都了解你的能力。说白了，他是想牵制你。"说到这儿，大门不再说话了，朝着天花板吐出一口口香烟。

壹岐平静地看着缕缕上升的青烟，用沉稳但坚定的语气问道：

"黄公司的战标船和日东贸易的两笔生意没有被批准是里井副社长的意见,还是社长考虑到和阿拉伯国家之间的贸易关系,认为不应该做?"紧接着他又说,"当然,我一点儿也没有旧话重提的意思。为了这两件事,当时我想了很多。我既不了解近畿商事的历史,也不会做生意,是不是因此进公司八年了还没有融入公司的组织机构?是不是近畿商事的体制有问题?若不然就是因为我升得太快,引起了反感,最终导致两笔生意因情绪化的因素没有做成。让我感到困惑、难以理解的是不止黄公司和日东交易的问题,在我向各营业部门传达中东形势的分析结果时,也遇到了一些问题。刚才社长说各营业部门非常配合业务本部制定的方针,那是您来东京之后的事。如果一开始他们就积极配合的话,战果会更加卓著。对此,我感到非常遗憾。"壹岐第一次把这十几天来憋在心里的不快和疑惑讲了出来。

听了壹岐的话,大门突然一咧嘴,发出了笑声:"看来这次你是真的苦恼了一番。我还是那句话,这么快就提拔你当董事,提拔对了!"

壹岐表情认真地看着大门,说:"真的是这样吗?我和社长的看法相反。我觉得,如果我不当常务,工作会进行得更顺利。"

大门笑得更高兴了:"出人头地了还有意见,这样的人你是头一个呀!你说不当常务成绩更大,这是什么道理?"

"因为可以不受无聊的情绪干扰,一心一意地工作。三年来,我一直在商社机制里思考摸索经营战略。今后,国际政治、外交、经济动态将在商社的经营当中占更大的比重,公司需要我在最快的时间里对各方面的动向做出分析判断,并尽快付诸实施。速度是一种力量。无论是对于军队、国家政治还是企业,速度都是一种重要的力量。即使我的分析判断准确,如果实施的速度不够迅速,错过时机,就不可能达到预期的目标。如果因为无聊的人际关系影响实施速度,那负责分析形势的人就不如不担任要职,或者……"说到这儿,壹岐没有再往下说。

笑容从大门脸上消失了,他一双目光精悍的眼睛一闪,说:"你是想说或者给你超越副社长的权限,是不是?"

"我没有这个意思。"排除里井副社长的想法只在壹岐心中闪现过两次,而且都被他自己否定了。

"因为我比谁都清楚你不是一个看重地位和名誉的人,所以,我才力排众议,破例提拔你为常务。这是为了便于你工作。但是,我也非常欣赏里井君的经营手腕。我绝不允许你们搞派系斗争。如果里井君和你在工作上相互竞争,这种竞争能成为牵引近畿商事的动力,那我两个人都支持!"大门的话里透着一个独揽公司大权的社长特有的自信和威严。他接着说:"工作上的事就谈到这里。这段时间你一直神经高度紧张,今天叫你来是想让你放松一下。我以前宠过的一个赤坂的艺伎在神乐町开了一家酒馆,今天晚上宴会结束以后,我好久没和你一起喝酒了,今天想和你去好好痛快痛快。怎么样,有时间吗?"大门与刚才那个气势逼人的社长判若两人,眯着好色的眼睛邀请壹岐。

"实在抱歉。今晚慰劳完我们部门的员工以后我还有事。"

"怎么,拒绝我?"

"是的,这件事是早就定好的。"

见壹岐态度坚决,大门只好遗憾地点了点头。

壹岐在有乐町的一个料理店为兵头信一良、不破秀作、海部要以及所有参与这次分析中东局势的员工举办了犒劳宴会。宴会结束后,他独自向日比谷公园的方向走去。

晚上八点多,从数寄屋桥到日比谷公园的路上人迹稀少,矗立在路两旁的高楼没有通明的灯火,变成了一个个黑影。壹岐走在人行道上,六天来第一次摆脱了紧张的心情。他做了一个深呼吸,享受着大战后的宁静。他走过日比谷公园,想起几年前西伯利亚归国者团体朔风会的会长兼办事员谷川原大佐在公园的长椅上吃午饭的情景。那是一顿极其清贫的午饭,只有一个面包和一瓶牛奶。谷川原大佐坚持认为长眠于西伯利亚的所有同胞的遗骨一天不回到日本,就一天不能说实现了真正意义上的归国。他因此至今一直没有工作,无偿地为朔风会服务。从每月发行的会报的写稿、编稿到和印刷的交涉,他一个人几乎包揽了所有的工作。

今天是发送会报的日子。每到这一天,总有几个会员在下班后过来帮忙,为朔风会尽点儿微薄之力。壹岐也是去为这件事来的。他经过日比谷公园,在第三个路口往左一拐,上了一家中餐馆的二楼。他爬上窄窄的楼梯,推开用纸条糊着破玻璃的门,见七八个人正围着谷川折叠会报。

壹岐叫了一声:"谷川先生!"

谷川吃惊地回过头来。一段时间没见,谷川多了一些白发,又瘦了一圈。但是,他温和的脸上那道让人感到温暖的目光永远是安详的。

"是壹岐君啊!你那么忙,没想到你会来?谢谢!"

其他人也闻声回过头来。

壹岐说:"最近我因为出差或者开会一直来不了。因为今天有点儿时间,所以就过来帮把手。"

"参谋阁下,您也来了!我是丸长啊!来,您坐这儿。"在大阪经营理发店的丸长还像当勤务兵的时候那样,无微不至地照顾壹岐。

"你坐吧!你是从大阪过来的,一定很累。听说你的店又扩大了,恭喜啊!"

"托您的福。这都是因为我有一个漂亮能干的媳妇。"丸长开心地笑了。

壹岐在角落找了个椅子坐下,发现身边坐着的是神森。神森已经从防卫厅战史室调到培养自卫队高级干部的统幕学校任教官。

"你平时就忙,现在一定更忙吧?"神森说,暗指中东战争的影响。

"我们部的工作已经完了,就是各营业部门还在忙一阵。哎,最近你也不到我们家来了,你太太和孩子还好吧?我老婆经常念叨你们。"

神森后来还是和那个大阪小田药店老板的妹妹结了婚,已经五年了。

"挺好的。开始我还担心孩子,结果女儿和我处得很不错。我也总算过上了普通人的家庭生活。"

神森在满洲失去了妻子和孩子,双亲和兄弟姐妹也都早早离他而去。在西伯利亚的时候,他以六无斋自居,始终表现出硬汉本色。现在,曾经冷峻的脸上不再有棱角,变得圆润了。

神森用眼睛示意了一下,说:"水岛君和寺田君也来了。"

水岛正把裹好腰封的会报往纸箱里放,准备拿到邮局去寄。他是壹岐士官学校的校友,比壹岐低五期。在关东军的青年军官中他是出类拔萃的,曾经是一名精通俄语的情报军官,现在在一家卖学生参考书的公司当小职员。那个曾和壹岐一起在西伯利亚拉佐矿山做苦工,为了逃脱苦难用斧头砍掉自己右手手指的寺田现在在江东区区役所工作,靠一只手工作生活。

岁月无情地在每个人身上留下了痕迹。战后经历了十一年才从西伯利亚回到祖国的很多归国者没有工作,没有家庭。今天集聚在这里的几个人还算是生活得不错的。在他们中间壹岐感到内疚,因为他觉得自己过得太好了。尽管他已经尽其所能在经济上资助朔风会,但这还不够。他必须亲手做些什么,哪怕是发送一下会报。否则他内心不安。

壹岐脱掉上衣,在动手折叠会报之前,看了一下《会员消息》一栏的内容。上面有姓名、回国时间、所在县份及每个人自己写的现状。

长田良彦 9 冈山县 修巴姆铁路时腿部受伤,跛腿。平路尚可,走坡路有危险。所幸不需要人照顾。为了那些在西伯利亚死难的朋友,让我们奋力活下去吧!

中川一夫 11 福冈县 健康状况普通,在中学任教。回国后才生的孩子还小,我还得努力下去。

坂本升 10 埼玉县 因肝病住院。朔风会从紧张的经费里拿出慰问金送给我,感激不尽。等我有了收入,一定偿还。

谷口勉 11 北海道 参加了大田保君的葬礼,心痛无比。会员诸兄,我们的会员人数绝不可能增加。生活再艰难也不要过度劳累。

每个人的字里行间里都透着生活的艰辛和活下去的决心。画着黑框的讣告栏里写着已故会员的姓名、病逝日期和病名。这些故去的同胞,无论是年长的还是年轻的,无一不在述说着十一年西伯利亚的羁押生活是如何残酷地缩短了他们的生命。

壹岐叠好会报,裹上腰封,写上收信人姓名、地址。写着散落在全国各都道府县的会员的姓名和地址,壹岐心中感到一种久违的平静和温暖。这里是在西伯利亚同生共死患难十一年的战友们与贫穷抗争的战场,与今天凌晨还在继续的激烈商战有着天壤之别。但是,在这里壹岐感到宁静和舒畅。置身于繁华但人心渐渐被忘却的当今社会,只有和眼前这一个个姓名背后的战友才有心灵上的交流。

"壹岐君,写了不少了。"

壹岐一抬头看到了谷川亲切和祥的面孔。

"噢,三十三份了。"

"休息一下吧！平时休息的时候也只有茶水，今天有酒喝，是丸长君带来的。"

"我在大阪，平时也帮不上忙。带了两瓶酒和下酒的鱿鱼干，也算是表示一下心意。来，喝吧！"丸长把两瓶滩生一本牌的清酒和鱿鱼干放到桌子上，给每个人的茶碗里倒酒。

"丸长君，生意兴隆啊！谢了！"

"好长时间没喝上滩生一本了，真过瘾！"

在一片感谢声中丸长眉开眼笑："虽然没法儿和壹岐参谋阁下比，但托大家的福，我的生意还算兴隆。"接着又很认真地说，"以后我要加倍赚钱，也给我们朔风会捐献点儿。"

听见他拿自己和壹岐比，大伙都笑了。大家围在一起就着鱿鱼干，喝着茶碗里的酒，你一言我一语地讲着自己的近况，其乐融融。壹岐坐在谷川旁边，静静听着大家的话。

"壹岐君，这次你多少为国家做了点贡献？"谷川突然轻声问道。

壹岐一时不知该如何回答。的确，凭借着在军队锻炼出来的思考力和判断力，这次他在第一时间里预测到中东战争的爆发和战争结束的时间，使得近畿商事抓住商机，获取了巨额利润。但是，他不知道这如何与以经济立国的日本的国家利益联系起来。谷川原大佐却对壹岐提出了一个严格的要求，那就是任何时候都要为国家利益效力。

第十九章　烈　雾

壹岐透过车窗仰望着映入眼帘的富士山。

雨过天晴的碧空下，由上向下扩展开来的富士山呈现着简洁的线条，山顶上的残雪在朝阳中闪着耀眼的白光。每次看到孤高、寂静的富士山壹岐都感觉到心如水洗，感受到一种庄严的生命力。在严冬漫长的西伯利亚，每到冰雪融化的春天，壹岐都梦想着回到祖国。每次思念遥远的故土时，他的脑海里总是浮现出富士山的身影。

六月正是西伯利亚短暂的春天。冰雪融化流入河流，草玉铃遍地开放。也是长眠在那里的战友们的灵魂得到一丝安慰的季节。

富士山从视野中消失了。壹岐放倒座椅靠背，准备在列车到达京都之前打个盹儿。星期日早晨的新干线高级车厢里乘客不多，壹岐旁边的座位也空着。他舒舒服服地靠在椅背上，心想几个小时后他将见到秋津千里，终于可以实现两个月前的承诺了。两个月前，秋津千里告诉壹岐，在比睿山上修行的哥哥秋津清辉虽身患结核，却不肯下山治疗。她担心哥哥的健康状况，请求壹岐说服哥哥下山治疗，因为他们父亲去世时壹岐曾在他身边。但是中东战争、封锁苏伊士运河，一连串的突发事件使得壹岐倍加忙碌，一直没有抽出时间来。现在，终于告一段落，壹岐便决定借星期一到大阪总部开会的机会，星期日先去一趟京都。

壹岐闭上眼睛,回想这两星期来发生的事情,回顾自己离奇的命运。八年前,当上近畿商事合同制职员的时候,壹岐只有一个想法,那就是只要平平安安干到退休,就能养活老婆孩子。可能谁都想过要当常务,唯独他没有。现在想起来,社长办公室所属合同制职员这个身份是他命运当中的分水岭。如果当初被安排在业务部门,毫无实际工作能力的他不可能走到今天。合同制职员虽然看起来不稳定,但却可以自由地选择自己擅长的工作方式。也正是因为这一点,才有了他的今天。想到这些,壹岐深深感到命运是多么叵测多变,令人难以预料。每个人从出生的那天起就背负着各自的宿命。虽然凭借着意志和努力人可以在一定程度上创造自己的人生,但无法改变的命运始终伴随着每一个人。壹岐觉得他和秋津千里的相识也是某种命运的安排。

秋津千里把家里的一间房改成了工作室。此刻,她停住转动的陶轮,把目光投向窗外。

樱木町洛北一角河水蜿蜒流过,远处是郁郁葱葱的东山,浓绿的色彩拨动了千里的心弦。但她还是收回目光,重新转动起陶轮。再过一个小时左右,壹岐就会出现在这里。为了抑制等待时的心慌意乱,千里决定埋头创作,完成在五条坂京陶会馆陈列的青瓷花瓶的塑形。

千里把练好的陶土放在陶轮上,打开开关,蘸了点边上铜壶的水,双手捧住陶土开始拉坯。拉到二十四五厘米的高度,她用左手扭出一个鹤颈般细长的瓶颈。接着,她放慢陶轮的速度,右手握着抿子,塑造瓶身部分。整个过程专心致志,一气呵成。花瓶塑形最难的是瓶颈和瓶身的连接部分。常常是在陶轮上感觉很好,但放一夜,一干燥,第二天就会发现由瓶颈伸向瓶身的曲线变形,瓶颈缩回去一节。为了避免这种现象,千里尝试了好几遍,最后终于塑成了一个瓶体饱满的花瓶。她松了口气,抬起胳膊擦了一下额头上的汗,正准备修坯,从叔父家过来帮忙的用人阿金系着白围裙推开工作室的门,大声说:"千里小姐,东京的佐伯春彦先生来电话了,快去接吧!"

佐伯春彦是艺大教授、陶艺评论家,虽然经常给千里提一些建议、指导,但每次开展览会的时候,他总是对千里的作品倍加赞赏,过度的赞美之词使千里感到汗颜。千里并不是很喜欢他。

"现在正是关键的时候,你就告诉他我不在。"

阿金担心地说:"这样行吗?佐伯先生可是千里小姐的……"

千里刚进入最佳状态,便抬起头来说:"反正你就告诉他,等我回来以后给他打电话!"

"好,好,我就这么说。不过,人家要是不高兴了,我可不负责啊!"说完,阿金急忙地回电话。

千里有些许后悔,她停住手,看着陶轮上的花瓶。在陶艺界年过五十能跻身知名队伍已经很不错了。而千里才三十五岁,还是个女性,如果没有佐伯力荐,她的作品不可能在京陶会馆展出。千里调整好心情,重新专注于创作。这时,门又开了。这次,千里连头都没有抬。等她终于完成创作,满脸是汗地抬起头来的时候,看到壹岐站在她面前。

"哎呀,是壹岐先生!我都没注意到您来了,对不起!您看我这身打扮……"千里羞红了脸,她的衬衣袖子高高挽起,裤子上沾满泥巴。她不知道自己为什么这么慌乱。

壹岐用宁静的目光看着千里,说:"哪里,女人专心致志工作时的样子也很清新,我觉得很好。你在做什么?"壹岐弯腰看着陶轮,好奇地问。

"青瓷花瓶。我塑了好几次才把形塑出来,可不知道能不能烧出预期的颜色。釉上得怎么样,窑的温度是不是合适,反正出窑之前总是心神不定。"

"这就像培养一个生命一样。如果可以的话,能不能把这件作品让给我?"

"噢,那个……当然!我去换一下衣服,您里边请。"

虽然千里脑海中掠过京陶会馆董事长和佐伯春彦的面孔,但是,把自己的作品摆在壹岐身边才是她真正的愿望。她答应了壹岐,把他让进里间,自己急忙回房间换上一条连衣裙。

壹岐在供有秋津中将牌位的佛龛前上了一炷香,双手合十。然后,才转向千里。

千里诚恳地说:"今天为了我生病的哥哥,您在百忙中抽出时间专程来京都,真是感激不尽。"

"哪儿的话!倒是我两个月前就许了诺,到现在才来。我刚在秋津中将的牌位前请了罪。你哥哥怎么样了?"

"还是那样,不管我给他写多少封信,他都不回。听比睿山上下来的修行僧说,他更瘦了,咳嗽得也很厉害,情况很不好。我叔叔也很担心,与菩提寺的院主商量过。院主说现在只有说服本人下山,在京都的寺庙里当住持,好好儿静养,慢慢恢复身体。但关键是他本人……"千里说不下去了。

"你哥哥的决心那么坚定吗?"

"是啊!所以,听说今天壹岐先生要上比睿山见我哥哥,我叔叔也很高兴。"

"你哥哥那么坚决,说实话,虽然我不知道自己能不能改变他的想法,但是,作为你们父亲故去的见证人,先上山再说吧!"

阵雨过后,比睿山满目苍绿,带着水珠的野草莓鲜艳欲滴。通往东塔无动寺谷护摩堂的山路两旁古木遮天。一千两百年来这里一直是天台宗修行的道场,充满庄严肃穆的气氛。壹岐随着秋津走在弯曲的小道上,心里琢磨即将会面的法名为大泉院贤澄的秋津清辉。日本宣布投降时,在吕宋岛的密林中一个青年军官烧毁军旗,砸碎菊花纹徽,用太阳旗包好扔进了河流。壹岐仿佛看到了他当时的身影,充满感动。

千里指着一片云雾缭绕的树林说:"快到了。前面明王堂左边的小庵就是我哥哥的庙。"

壹岐顺着千里手指的方向望去,只见一片杉木林中隐约可见一座小庙。

壹岐和千里来到小庙门前。小庙年久失修,房檐倾斜。

千里喊道:"哥哥,是我,千里。"

里面没有回答。小庙的门紧闭着,拒人于千里之外。

千里又说:"哥哥,今天曾和父亲有过交往的壹岐先生也来了。"

门终于被打开了,身穿白色僧衣的贤澄出现在眼前。壹岐不觉一惊。眼前的贤澄高大挺拔,目光温和但坚定、清澈透明。壹岐仿佛又看到了秋津中将。贤澄长得太像他父亲了。虽然由于病魔的折磨,他显得消瘦憔悴,才四十四岁就双眼塌陷,眼圈发黑,但是,他的目光中透着只有完成艰苦修行的人才有的冷峻和宁静。

贤澄的房间只有四叠半大,外加灶台和厕所。房间里有一张矮桌,上面摆满佛教经典。壹岐和贤澄面对面坐下,开口介绍道:"我是壹岐,在西伯利亚和已故秋津中将曾被关在一起。我们一起作为苏联方面的证人被带到日本进行远东审判,当晚中将自杀,自杀前我们一直在一起。"

贤澄深深地行了一个礼,说:"我是大泉院贤澄。详细情况我都听我妹妹讲了。今劳您上山,实在不敢当。"他已经猜到壹岐今天来的目的,寒暄完之后便沉默无语。

壹岐一时也不知道该如何开口。千里站起来去烧水。窗外射进一丝微弱的阳光。贤澄突然用衣袖捂住嘴,剧烈地咳嗽起来。

壹岐关切地说道:"这里这么潮湿,你的身体……我觉得与其拖着病体强撑着修行,不如先下山把病养好后再继续修行。"

贤澄说:"大家都为我担心,我已经感到诚惶诚恐。现在又让您为我担心,我更加不安。但是,我剩下的时间不多了。对我来说修行和践行天台宗的教义是至高无上的。"

壹岐劝说道:"你为什么认定所剩时间不多了?我听说天台宗的修行很艰苦。正因为如此,你才应该尽早恢复健康,把修行做到极致。"

"的确,虽然天台宗的修行是很艰苦,但是,无论身体状况如何,克服一切困难完成修行才叫修行。"

贤澄刚修的被称为常行三昧的修行,九十天内不得坐卧,身常绕常行堂里外旋行,口常唱阿弥陀佛。大便也不能蹲下,而是站着方便,由侍僧持便盆接。当修行者极度疲劳,双腿肿得宛如象腿,只有紧紧抓住堂内的扶手才能挪动脚步的时候,灰暗的堂内突然金光闪闪,正中的阿弥陀佛头发上的每个螺形都化作阿弥陀佛,化为大佛出现在眼前。修行者沉浸在佛的关怀之中,领悟到解脱之路。

一时间两人都沉默不语,眼看着一种冰冷的气氛就要出现在两人之间。这时,壹岐不紧不慢地开口说道:"以你在这里修行的坚韧毅力,为什么不能在世俗的社会生存呢?"

贤澄直视着壹岐问道:"宣布终战诏书的时候,你在哪里?当时多大年龄?"

"在大本营,当时三十二岁。"

"我当时二十二岁,是刚从士官学校毕业一年半的中尉。"

"你是在吕宋岛听到这个消息的?"

"是的,那一刻我正带着活下来的士兵,在密林中忍受着饥饿和暴雨的侵袭，衣衫褴褛地修筑工事，准备迎击登上林加延湾的敌人。"

贤澄把视线投向窗外，眺望着远方，继续平静地说，"一直坚信不疑的信念顷刻间崩溃消失，这种心情对于在大本营发布停战命令的您来说，大概无法理解。一想到那些相信我在我的命令下一个个倒下去的士兵……他们也有父母兄弟、妻子儿女，他们留下了无限的遗憾。虽然他们有着各自的未来，但却永远无法实现。他们死了，而我却活着。因为我必须完完全全、彻彻底底地实现一个目标，所以，我选择了天台宗。"

贤澄真诚的话语句句敲打在壹岐心上，令他感到心痛。他本人作为大本营参谋耳闻目睹了从开战到战败期间日本和国际形势的变化、军部和政治家之间的交易以及军队内部的人事纠纷。而眼前的贤澄是一个内心纯洁无垢的青年军官，刚从陆军士官学校毕业就奔赴前线，准备牺牲自己。面对他，壹岐羞愧难当，觉得自己来劝他下山纯属自作聪明。

一直在哥哥身后默默听着的千里，终于忍不住说："可是，哥哥……"

这时，门口出现了一个身影。是身穿僧衣的大和尚。贤澄急忙起身，整理僧衣，迎上前去："大和尚，您如果有事儿，该我去拜访。"

大和尚六十多岁，常年修行，道行高深，威严中又充满慈爱。

大和尚说他是去拜各处的佛堂，顺便来的。他用充满慈爱的目光看着千里说："这是今年春天见过面的你妹妹。愚僧非常理解亲人的情感，你一定很担心。"接着他劝诫道，"贤澄，你已经修完了七年的绕峰行，又正在修闭山比丘行。可是，现在你承载灵魂的身体有恙。养好身体，救世济俗也是修行之道。对身边人的担忧，你也该以慈悲为怀，听取他们的意见。"

贤澄直视着大和尚说："《法华经》曰：'我不爱身命，但惜无上道。'天台的教义教诲我们不顾身家性命,一味求道。这正是现在我的心境。"

大和尚朗声说道:"但是,《维摩诘所说经》曰:'高原陆地不生莲花,卑湿淤泥乃生此花。'高洁的莲花不是生长在高原陆地,而是开在污泥之中。这句话的意思是告诉我们,修行不仅限于山上,在世俗的现实中,在日常生活中同样可以寻找到修行之路。我现在要跟你说的就是这些。"

贤澄闭目沉思片刻后说:"小僧明白这个道理。但是,我现在还很不成熟。我不仅想在比睿山上修行,践行天台教义,同时还想继续进行、完成有关日本天台宗菩萨道的研究。最重要的是,通过一个又一个艰苦的修行,我感到我在一步步走近那些死去的部下,我的心灵能够得到些许安宁。"

贤澄的最后一句话震撼了每一个人,连慈照大和尚都沉默了。

外面又下起了阵雨,四个人的身影在昏暗的光线中变得模糊不清。在低烧的作用下,贤澄眼睛湿润,清瘦苍白的面颊上升腾起两片潮红。

从上了缆车的那一刻起到缆车到达山下八濑游乐园站,千里一直抬头仰望着山上。缆车里乘客寥寥无几,只有几个游客、老年信徒和三名僧人。壹岐坐在靠近门口的座位上,面朝行驶方向,千里坐在他对面,两个人的膝盖几乎碰在一起。看到千里目不转睛地看着山上,壹岐不知该说什么好,只好沉默不语。贤澄是千里在这个世界上唯一的亲人,没能劝说他下山治疗,壹岐感到对不起千里。而亲眼看见曾经的青年军官的纯真在佛教世界里得到升华,他想得更多的是自己。他看到了自己在第二个人生中渐渐失去的东西。

咣的一声缆车停住了。千里如梦初醒,收回目光,长长的睫毛被泪水打湿了。

出了缆车车站,其他乘客都疾步往开往京都市内的京福电铁车站赶。千里回头对壹岐说:"我叔父在附近的平八茶屋等我们。如果您有时间的话,能请您和我们一起吃午饭吗?"

壹岐抱歉地说:"可以。不过,我没能帮上你的忙……"

千里已经恢复了常态,说:"哪里的话。是我不好,只考虑自己,想借亡父的缘分解决家人的问题。您不要那么介意,否则,我反倒觉得过意不去。"

千里领着壹岐走上一条高野川边的小路。穿过一条古树中间的小径,来到一个有着浓厚乡土气息的门前。门口的木招牌经过风吹日晒,上面的字已经模糊不清,隐约能辨认出"平八茶屋"四个字。招牌旁边挂着一个古雅的木铎。壹岐不由得停住了脚步。

"这是个相当老的老字号啊!"

"是的,过去这里是从日本海沿岸到京都的若狭通道上的一个歇脚点,很繁荣。我听说这家店从江户时代就开始经营茶馆、旅社。到了现在,在老板的父辈时成了一家远近闻名的河鱼料理店。"

一个身穿藏青碎白花纹和服的女佣正在院子里洒水,看到两人忙迎上来说:"欢迎光临!秋津彦的老板正等着二位呢。"

穿过院子里的羊肠小道,走进料理店的里门,跟着女佣上了二楼,只见千里的叔父秋津纪次坐在一个宽敞的单间里。房间的隔扇和玻璃拉窗都打开着,高野川的清流一览无余。纪次身穿丝绸和服,系着高级丝绸腰带,颇有西阵纺织厂家老板的派头。见壹岐进来,他端正坐姿,把壹岐让到可以眺望到外面风景的上座,说:"壹岐先生,今天您在百忙中专程远道赶来,不胜感激。"接着又忧心忡忡地问道,"清辉他怎么样了?"

"实在抱歉,他还是坚决拒绝下山。"

壹岐首先为自己没能帮上忙道了歉,然后给纪次讲了自己和大和尚劝说贤澄的经过。

秋津纪次表情沉重地听着壹岐的话,沉默不语,慢慢垂下头去,显得很失落。壹岐感到极不可思议的是,西阵有名的丝绸纺织厂秋津家族为什么会出现秋津中将和他的儿子清辉这样的人,他们完全背离了祖上的人生道路。壹岐也打住了话头。席间静悄悄的,从高野川传来的流水声一时间更响了。

一阵沉默过后,秋津纪次打起精神来说:"你说的我都明白了。好不容易从战场上活着回来了,可是清辉却把自己关在比睿山上,连他母亲的葬礼都不肯下来参加,觉得那是什么信仰,什么修行。后来听说他得了结核,我就不能不管了。我自己也去找过清辉两次,苦口婆心劝他下山在坂本一带住持一个寺庙。如果觉得这个主意不好,至少先把病治好再说。不然,我对不起他们死去的父亲。可是,那家伙好像到了一个我们遥不可及的世界。没办法,我们只好把最后的希望寄托在你的身上。听了你刚才的话,我终于明白清辉的决心有多坚定。对不起,让你受累了!"秋津纪次再次向壹岐表示感谢。

壹岐愧疚地说:"您这么说,我就……千里小姐为这件事也很失落,我心里很难受。我非常佩服清辉桑高洁的内心世界。说实话,我实在说不出强迫他下山的话……"

纪次忙摇摇头说:"哪里的话!哎,我们光顾了说清辉,忘了吃饭的事了。本来就晚了,这下更晚了。"他冲屋外拍了两下手。

女佣应声送来小菜和酒壶、酒杯,说:"今天您吃点什么?我们老板在厨房准备大显身手呢。"

纪次以美食家的口吻问道:"嗯,来个用温水处理过的鲤鱼生鱼片和烤香鱼。若狭那边有没有运来什么好吃的东西?"

"刚来了极好的鲷鱼。"

"那就再来一个醉蒸鲷鱼。剩下的看着做吧！"

吩咐完，纪次拿起酒壶给壹岐斟上酒说："来，用这酒冲掉比睿山的气息。品尝了平八的美食，今晚你就住在京都吧！我在木屋町给你订个京都特色的好饭店。"

壹岐推辞道："不了，明天一大早开会。另外，今晚我在大阪还有事。"

"你难得来一趟，太遗憾了。多亏了你，我对清辉的事情才能放下了。我也想明白了，就当没他这个侄子。"纪次说完一仰头喝干杯里的酒，接着说，"还有让我放心不下的就只有千里啦。都三十五了，还光想着捏泥巴。好在还时不时有人上门提亲，可这孩子从来不当回事儿。以前没有，现在就更没心思打扮得花枝招展地去相亲了。愁得我没有办法。现在好事儿又来了！我家附近乌丸堀松町的能乐丹阿弥流派的掌门世家来说亲……"

千里打断她叔叔："叔叔，您别听风就是雨。别说了！"

"这有什么关系，壹岐先生又不是外人。"纪次往壹岐跟前凑了凑，说，"丹阿弥流派在舞台上的服装料子都在我这儿定制。他们家的二儿子丹阿弥泰夫可是个怪人，一直不满足局限于能乐，做了各种尝试，比如：戴着能面演戏，还到美国去推广能乐。他半年前刚回来，因为和千里以前就认识，两个人都三十多岁，又都有自己喜欢的事业，所以就有人觉得两人挺般配，出面给他们撮合。我也七十多了，总想着在我还硬朗的时候看到千里成家。这门亲事来得正是时候啊！"

千里与父母死别，现在又和哥哥生离。叔父纪次的话里充满对她的疼爱。

千里不满地说："您不是说只要我能成为一个真正的陶艺家，就不管我了吗？"

"是,我是说过。可我都这把岁数了,万一我有个三长两短的,谁给你找婆家、备嫁妆?你也觉得我说的有道理吧?壹岐先生。"

这时,女佣进来对纪次说家里来电话,并把电话接到了单间。纪次拿起话筒说:"什么要紧的事还打到这儿来?什么?襟藤的老板得脑梗死去世了?我知道了,马上回去。你先招呼一下,不要有失礼数的地方。"

纪次挂了电话,对壹岐说:"壹岐先生,没想到在请你的时候遇到这么不吉利的事情。西阵纺织协会会长突然去世了,我得先走了。就让千里招待你吧!"接着又对千里说,"你看,我说什么了?说不定哪天我也一撒手就走了。你还是早点儿把终身大事办了吧!"说完匆匆忙忙走了。

饭桌上就剩下壹岐和千里两人了。壹岐夹了一片鲤鱼生鱼片,说:"刚才你叔叔说的那门亲事挺不错的嘛。"

千里用明亮的眼睛看着壹岐问:"您真这么想?"

"你叔叔说的丹阿弥泰夫先生不是很有个性的吗?在传统的能乐界应该是个独树一帜的人,所以,我觉得你们一定能合得来。"

千里用责问的口气说:"那,壹岐先生,您也觉得女人还是应该结婚才对?"

壹岐一下子被问住了,不由得想起到了结婚年龄的女儿直子。他尽量让自己显得自然一点儿,回答道:"虽然很平凡,但对女人来说是一条稳妥、幸福的路。"

"您是劝我也走这条稳妥的路吗?"

"谈不上劝还是不劝,我没有发言权。再说,你还有一个那么好的叔叔,对你像亲女儿一样。"壹岐说。他觉得自己说的都是废话,便改变话题说,"千里小姐,吃完饭我想再去三千院看看。雪中的三千院很美,初夏的三千院也一定赏心悦目。"

从平八茶屋坐出租车到三千院有三十分钟的车程。壹岐和千里乘出租车,沿着高野川来到三千院。下车后,他们沿着参拜用的石板路走到山门前。没想到才四点,大门已经关得严严实实的。他们在山门前的茶馆一问,才知道现在里面整修,这段时间提前一小时关门。

"太遗憾了!来都来了,还进不去。"壹岐仰望着紧闭的山门说。他的眼前出现了八年前的情景,雪花飘落在深绿色的苔藓上,像是铺上了一层洁白的天鹅绒。

壹岐正要转身离开,千里说道:"既然来了,我们就再往前走走。前面有个宝泉院,是天台宗的一个古寺。虽然鲜为人知,但从庙堂眺望到的夕阳很美。我非常想让您看看那儿的落日。"说完就径直往前走去。

两人往前走了五十多米,过了一座架在小河上的皋月桥。眼前出现了一片盛开的杜鹃花,花丛中矗立着寂静的山门。进入山门,鲜花消失了,取而代之的是松树的浓浓绿色。壹岐和千里穿过毫无声息的院子,来到一个黄杨树丛围起的门前,朝里面打招呼。

一个五十多岁的妇女迎出来,把二人让到里面:"欢迎二位远道而来。里面请。"

两人走进大门正面的前厅,在妇人的带领下穿过过道,来到本尊如来佛前。拜过如来佛,妇人又把二人带到书院厅堂,请他们在书架旁边的炉子前的坐垫上坐下,然后按照茶道的礼法,献上薄茶。

"谢谢!"

"时间已经不早了,不会再有人来了,二位慢慢用。"妇人指着西边的庭院说,"西边的庭院之所以这么大,不仅是因为夕阳很美,还是为了膜拜西方净土的光芒。"

壹岐顺着她手指的方向望去，不由得被眼前的景色惊呆了。面朝庭院的廊下有两根粗大的木柱，上顶横梁，下接廊面，形成一个巨大的相框。相框中映出庭院的景色。一片郁郁葱葱毛竹林，每根毛竹坚强挺拔，整齐地排列成行。多么质朴、清凉的景色，宛如一幅美丽的画面。

喝完第一碗的茶，妇人又过来劝第二碗："请再喝一碗吧！"

千里说："这茶清香可口，那就不客气了。"

妇人冲好茶，说："快到落日的时间了。"说完，就退下去了。

壹岐和千里在略微昏暗的书院的厅堂里品着茶，默默眺望着相框中的毛竹林。太阳开始落山了，夕阳照进毛竹林，给竹叶染上一层淡红色。停留在茂盛的竹叶之间的夕阳发出闪闪的光芒，把竹叶映得越来越红，终于像燃烧的火焰一般变成了橙黄色，渐渐呈现出金色。接着整个竹林被笼罩在从背后射进的夕阳中，散发着光芒。微风吹动着竹叶，掀起一阵阵金色的浪涛。夕阳抚摸着每一片竹叶，竹林用全身心吸收着阳光，闪现出一种幽深、神秘的光芒。

在这光所营造的寂静中蕴藏着一种超凡脱俗的震撼。就在金色的光芒即将更加璀璨时，夕阳的光芒开始减弱，把人带到了幽玄的境界。慢慢地暮霭升腾而起，金色的竹叶渐渐褪变成紫色，最后消失在浓浓的暮色中。

大约三十分钟里，壹岐目睹了景色的变化，被这寂静的美深深吸引，完全沉浸在其中。

而千里则感受到了蕴藏在幽玄之美中像火焰般的激情，心中激动不已。

"我是不是应该听叔叔的话，考虑一下结婚？"

壹岐的耳边突然想起千里的声音。这个声音一下子把他从幽玄的世界拉回到现实生活中。他看了一眼千里。千里白皙的脸庞在昏暗的厅堂里微微发白,一双大眼睛异常闪亮,似乎在压抑着心中燃烧的火焰。

壹岐把握不了千里微妙的心理变化。虽然不知道她的这句话是专门说给他听的,还是真的想考虑结婚,但有一点是确切的,那就是千里的一句话把沉浸在幽玄世界的壹岐唤回到了活生生的人类世界。

从京都到大阪后,壹岐马上给住在大阪古兰德大酒店的海部打电话。海部将参与明天举行的经营会议的事务工作,今天傍晚刚到大阪。

"我在大阪车站,现在马上去金子常务家。"

海部吃惊地问:"这么晚了,您要去金子常务家?"

"对。我想打探一下纤维部的态度,好为明天的会议做准备。我十点多到饭店,到时候咱们再谈。"

壹岐放下公用电话,换乘阪急神户线往家住西宫的金子常务家赶。一路上他的脑海中浮现出几小时前和秋津千里一起眺望的洛北宝泉院幽玄的晚景和白天在比睿山见到的秋津清辉肃穆清冽的脸庞。而此刻他正在去为明天的会议做"地下工作"的路上。虽然壹岐心里感到冷飕飕的,但是,为了过明天的经营会议这一关,他需要金子常务的协助。同时,他还必须了解一下会议上可能发生的情况。

壹岐在西宫站下了车,向金子常务家所在的花园町方向走去。他和金子虽然一个在东京,一个在大阪,但开会时经常见面,以前也登门拜访过一次。第一次去金子家是在八年前,是壹岐进公司那年五月的一天。当时,金子任棉纱部部长,在期货商战中大败,给公司造成了高达五亿元的损失。那天,壹岐看到经过数月血战早已疲惫不堪的金子迈着虚弱的脚步独自走上公司的楼顶,就悄悄跟了上去。

他看到金子晃晃悠悠地走到楼顶边上,精神恍惚地看着下面,就在背后叫了他一声。金子猛地回过神来,回头看着壹岐。壹岐什么也没说,只是默默地点上一支烟,递给金子。金子的脸上滚下大滴的汗珠,手不停地颤抖。壹岐劝他早点儿回家,说自己正好要去神户办事,顺路把他送回了家。后来,金子成功地战胜了挫折,当上了名古屋分店店长,三年前晋升为常务。可以说他是在死亡线上挣扎过的商社人,为人温和,善于关心别人,对壹岐也心存好感。

用树篱围起的金子家小巧玲珑。壹岐按响门铃。

身穿和服、面相富态的金子夫人打开院门:"您来了!请进!"她把壹岐让进院子,说,"你以前来的时候这附近还有很多空地,现在盖了这么多房子。我丈夫怕您找不着这里,正要让人去车站接您呢。"

"这哪里敢当?"壹岐为自己晚间的不速来访道歉,"本来这么晚突然来打扰就已经很抱歉了。"

夫人请壹岐在和式客厅坐下,端来啤酒。金子穿着家常和服进来说:"难得你来。明天在会上我们就能见面,今天你专程赶来,有什么事情吗?"

"我就是为明天的会,想先听听您的意见,才这么不顾礼貌来打扰的。"壹岐也给金子斟上啤酒,自己喝了一口,然后大致讲了一下明天在经营会议上的提案内容——以三年计划的经营方针为中心,在三年内调二百名纤维部门的工作人员去其他部门工作。最后,他痛心地说:"我们公司靠纤维起家,用做纤维生意赚取的利润奠定了今天这样一个综合商社的基础。现在提出这样一个缩小纤维部门的方案,我心里很难受。可是,又不得不为之。您对我们业务本部这个方案有什么看法?"

金子一口喝干杯子里的啤酒,皱着眉头沉默片刻后,极为不悦地说：" 说实话，我心里非常不愉快。再怎么说为了走重工业路线，也不应该如此轻视纤维部门！"说完，他抱着双臂，再次陷入沉默。

虽然近畿商事现在已经是日本第三大综合商社，但在朝鲜战争后经历的新三品①价格暴跌和昭和四十年（1965年）的大萧条中，公司曾面临生死存亡的关头。关键时刻，是金子和现在担任部长、课长的一批人拼死拼活，忘我地工作，使公司能够渡过了难关。因为近畿商事能有今天，他们功不可没，所以，金子的话字字千斤，重重压在壹岐心上，他犹豫了。但他终于还是诚恳地说道："您把话说得这么清楚，按理说我不能再说什么了，但是，展望十年后的纤维产业，日本的纤维生产迟早会被发展中国家所取代，因为他们有充足的廉价劳动力。前段时间您不是还对我说过吗，虽然常言说'不为儿孙留美田'，但是企业是永恒的。为了企业的将来，我们董事现在必须为公司的百年大计做出正确决定。"

金子放下抱在胸前的双臂，说："我明白你说的道理。但是，只一味追求企业的合理性，而无视为企业工作的人，企业就会在追求理想中破败。上次缩减以后，纤维部门的人就很有想法，觉得公司抛弃了纤维部门，包括中坚力量在内的员工明显失去了工作热情。这是我最担心的。一丸专务对业务本部的方案也知道一些，他非常生气。你知道，他可是被称为'非洲裤'的一丸啊！"

一丸专务也是在纤维部门干了一辈子的人。他年轻的时候有一次去非洲的加纳出差，偶然听法国AFC公司的人说，苏丹有三四百万终年赤身裸体的人。他马上租了一架螺旋桨飞机，飞到苏丹，四处游说，极力推行男人穿裤子、女人穿裙子的主张，最后终于大获成功。他也因此被冠以"非洲裤"的美名。他不仅身体强健，工

---

① 指商品交易市场上的大豆、橡胶、皮革三大商品。

作起来精力充沛,而且法语在全公司首屈一指,对国内外纤维市场了如指掌。他常自豪地说近畿商事的纤维成交额世界第一。他以这种自负和极大的热情掌管着纤维部门,是壹岐的一个强硬的对手。

壹岐十分苦恼地说:"我也为这件事苦恼,本来想事先请一丸专务听一下汇报,可是一直没有机会。因为明天他肯定会大发雷霆,所以我特别想好好跟他谈一次。我知道在会上他是绝对不会让步的。"

"你想要说服他那是难上加难。这么重大的问题,为什么没有早点儿私底下沟通一下?这可不像你的作风。"

"我是打算事先沟通一下的。但是,因为忙于关注中东战争的战况,没有时间。而且,因为最近一丸专务国外出差又比较多,所以就……"壹岐回答道。实际上,他曾多次跟一丸专务联系,想找他谈谈,但都被拒绝了。他接着问:"一丸专务这儿已经是这样了,您觉得大门社长怎么看这个提案?"

"大门社长?这你应该比我清楚吧?"

"不,在纤维部门的问题上,大门社长会把他的真实想法告诉您,而不是我。因为,您是他的化身。"

金子是被誉为"期货神"的大门社长一手培养起来的部下。虽然直到今天大门社长仍在大庭广众之下训斥金子,但私底下他只对金子吐露内心的不安和苦恼。而在里井副社长、壹岐甚至一丸专务面前,他从来没有表现出哪怕一丝的软弱。正因为如此,为了贯彻近畿商事向重工业转型的方针,大门社长在壹岐面前一贯表现出果敢的态度。但是,他毕竟在纤维部门摸爬滚打多年,在缩减纤维部门这个问题上,他的心情一定很复杂。壹岐觉得他肯定向金子表露过自己的真实想法。这是壹岐最想知道的。

金子明确拒绝道:"虽然大门社长的确找我商量过这件事,但是,壹岐君,我不能说。"说完,他的目光突然变得柔和起来,关心地问道,

"我听说你和里井副社长的关系很紧张,有这事儿?"

"如果公司里有这种传言,那一定是因为我有做得不周的地方。可是,我也不知道为什么会这样。"

"不光是里井副社长,你好像和一丸专务、分管总务的正冈常务关系也不好。壹岐君,明天的会上肯定要起大风大浪。不过,你要坚持自己的一贯态度,拿出你的本领,渡过这一关!"金子说。言外之意,在明天的会议上他不采取积极反对的态度。

金子之所以不明确站在壹岐一边,是为了避免成为指责的对象。壹岐再次体会到自己在董事中孤立无援的处境,并暗下决心必须闯过明天这一关。

位于夙川的大门一三家的早餐已经很久没像今天这么热闹了。

大门社长的孩子都已经有了各自的家庭,平日里就他和妻子藤子两人,餐桌上总是静悄悄的。昨天晚上,在五菱商事东京总部钢铁部工作的二儿子洋去明石出差,顺便回家来住。嫁给大友银行审核部职员的小女儿丽子住在邻近城市芦屋,因为丈夫去东京出差,也带着四岁的孩子回娘家来了。

大门吃着色拉,心情愉快地说:"我们一家人很久没有这么一起吃早饭了。"

藤子一边说一边准备照顾外孙吃饭:"是啊!有人回来,家里就热闹,这样多好!噢,我们一雄喜欢吃煎蛋。"

一雄坐在大门和丽子之间的儿童座椅上,正在吃煎蛋,嘴边沾满蛋黄。听姥姥这么说,他把身体探到大门面前,说:"姥爷,我要吃好多好多,长得跟奥特曼一样壮。姥爷,我要吃煎蛋!"

大门被外孙一迭声的姥爷叫得心花怒放。在孙子辈里面,一雄无论是性格还是长相都最像他,他喜欢得不得了。他正要喂一雄,女女儿丽子说:"爸爸,您别这么惯他,明年他就该上幼儿园了。您不是说今天上午有会吗,昨天星期天还不停地打电话,谈工作。现在,您不快点儿,要迟到了。"

坐在大门对面的二儿子洋皮肤白净,长得很像母亲。他看了一眼手表,问:"爸爸,你们这次经营会议的热门议题是什么?"

"这次是赶超五井物产、五菱商事这些财阀系统老牌商事的作战会议。说不定我们还有震惊业界的举措,就像中东战争那次,把其他公司远远甩在身后。"

身为五菱商事职员的洋喝完咖啡,给父亲泼了一盆凉水说:"我们公司对那次的举措评价并不高。说白了,只不过因为它超出了人们对近畿商事的印象范围,所以才受到媒体的关注。"

大门的脸拉得老长,说:"你也开始这么说话了。是我最讨厌的财阀系统商事的傲慢腔调。"

"这么说,近畿商事要来个华丽的转身,走重工业路线了?"

"对。我是作战司令官,下令原大本营参谋制订作战方案,果敢行事。他可是名参谋啊!"

洋不以为然地说:"您说的是壹岐先生?他只不过是在近畿商事需要加强机构建设的时候,遇到了合适的机遇。其实,如果在我们这种有稳定机构和大量人才的公司,他不会有什么作为。别人都这么看。"

"那是嫉妒!这么说,不但公司内部有人嫉妒壹岐君,连其他公司的人都嫉妒他。他真不简单啊!哈哈哈。"大门发出一串笑声。

洋没趣地说:"时间不早了,我不吃了。"说完就离开了餐桌。

皮肤白净的藤子插嘴道:"你总是把壹岐挂在嘴边,可是我不喜欢这个人。本来是个军人,却老是装出一副温文尔雅的样子。还有他太太,就像个模范军人妻子,到现在都和我们有隔阂。"她微微上吊的眼睛里透出几分傲慢。

大门一边逗外孙一边训斥道:"公司的事情你别插嘴!洋说的是其他商社职员的看法。"

大门离开餐桌,脱下睡袍,换上藤子给他准备好的高雅的深灰色条纹西装。年轻女佣进来通报:"接您的车来了。"

大门坐在行驶的车里,看着车窗外。第二阪神国道就像一条巨大的输送带,在一定间隔内吐出一列列车流。道路左侧,远远望去是起伏的六甲山脉。

大门眺望着山上郁郁葱葱的绿色,深深吸了一口气。想到十点即将召开的经营会议,他心里有些乱。从道理上讲,虽然他很清楚公司需要大幅度缩减纤维部门,但是,毕竟是纤维部门为近畿商事奠定了今天的基础。那些曾经和大门一同奋战的人当中,有像金子常务那样从失败中重新站起来的人,也有因重度神经衰弱住进精神病医院而变成废人的人。他们一同走过的路可谓是充满牺牲的战斗。现在,为了实现近畿商事的转型,为了公司走重化学工业路线,他必须亲手砸碎自己和战友们奠定的基础。他的心像灌了铅一样沉重。

虽然大门决心为了近畿商事的未来,大刀阔斧地干一场,但同时又觉得自己很可能被感情所累。刚才他对儿子说,在这次转型中他自己是司令官,指挥一切,果断行事。但内心深处他是面对壹岐的战略方针,不得不狠心做出决断的。

进入大阪市内,开始堵车。汽车只能一点一点地往前挪。

"这什么时候才能到公司?"

"星期一早晨……"

大门劈头盖脸训斥道:"我知道!别在这儿傻待着,抄小路。快点!"连他自己都知道,今天,他比什么时候都表现得烦躁。

近畿商事董事会议室,不远处的大阪城天守阁尽收眼底。上午十点,经营会议准时召开。U形的会议桌前,正面坐着社长大门一三,两侧分别依次是副社长里井、第一专务一丸以及其他两名专务和十名常务。业务本部部长壹岐坐在末席上,他身后是业务本部的海部和年轻职员。

会场气氛之所以不同寻常,异常紧张,一是因为这是一年仅有两次海外常驻职员也参加的会议,二是因为董事们对业务本部将要提出的《经营三年计划》各自心怀叵测。这是决定公司转型的关键时刻,今天的会议对每个董事来说无疑是异常激烈的战斗。他们当中甚至有人感到十分紧迫,认为自己正站在不远的将来是被葬送还是成为公司核心人物的分水岭上。

会议开始通过了有关公司成立纪念庆典活动的提案,紧接着便进入对业务本部制订的《经营三年计划》的讨论。讨论之前,大门社长环视了一下十四名董事,说:"在对我们公司三年计划草案进行讨论之前,我想先说几句话。昭和三十五年(1960年)以后,我们公司致力于由纤维贸易商社到综合商社的转型。我们的努力收到了成效,现在,我们公司已跻身第三大综合商社,包括国外当地法人在内的公司总销售额高达一万三千亿。经过昭和四十年(1965年)的大萧条,今后日本的产业结构正在不断向重工业化发展。在这个关头,我们公司要认准今后的发展方向,迫切需要董事们在经营方针上统一意见。因此,我希望各位知无不言,言无不尽,不要因为这个问题彼此留下解不开的疙瘩。希望各位为我们公司立出百年大计。"

大门洪亮的声音在会议上回响,气氛更加紧张。业务本部部长拿着厚厚的计划书站起来,翻开封面:"下面,我首先根据经济企划厅的中期预测,对今后的日本经济动向尽心分析阐述,然后再对业务本部制订的经营计划草案进行阐述,希望能起到抛砖引玉的作用。

日本经济从去年后半期开始走出困境,正在迎来一个新的发展阶段。由于经济回升,矿业生产规模扩大,预计今后产业界将出现设备投资热,在企业效益回升中,纯利润的增长率将大于销售额的增长率。"

业务本部是根据在公司内外收集到的信息制定全公司的经营策略的。今天是第一次正式将他们制定的经营策略传达给各营业部门。壹岐一边观察着各董事的反应,一边继续说道:"虽然很难把握准确数据,但昭和四十年度的 GNP[①] 是三十二万八千亿日元是五年前的两倍,设备投资五万亿日元,进出口总额分别是八十四亿和八十七亿美元。昭和四十一年度(1966 年)的 GNP 是三十八万四千亿日元,设备投资八万二千亿日元,进出口总额分别是一百亿和九十九亿五千万美元。而本年度的 GNP 已经超过四十五万亿日元,在西方国家中超过英法,逼近排列第二的西德。我们可以预测,两三年后,日本的 GNP 将超过西德,达到仅次于美国的水平。另外,我们再来看一下象征工业生产力的我国的原钢生产量。去年昭和四十一年度的生产量是四千八百万吨,超过了西德的三千五百万吨,仅次于美国的一亿两千万吨。预计昭和四十五年(1970 年)我国原钢生产量将超过六千万吨。"

壹岐在发言的第一节中首先利用宏观数据,阐述了企业所处的大环境。近畿商事有七千三百五十名员工,其中五千人是男职员。在军队这是一艘战舰所容纳的兵员。壹岐脑海里始终贯穿着一个想法,那就是近畿商事这艘巨大战舰的航行方向不能错。

"综合这些因素,展望三年后的近畿商事,以下三点将成为三年计划的支柱。第一,再次缩减纤维部门,把占公司销售总额百分之四十三的纤维销售额降到百分之三十。将公司各部门销售额比例调

---

① 国民生产总值。

整为纤维百分之三十、机械金属化学百分之五十、粮油物资百分之二十。第二,将贸易比(总销售额中除国内销售额以外的进出口、海外销售额)从百分之三十五提高到百分之四十至百分之四十五。第三,整合强化旗下各公司。有关实施以上三个方针所需的机构改革、人员配置、资金分配等具体事宜,敬请各位参照手头的草案,讨论研究。"

壹岐结束发言刚坐回座位,以"非洲裤"闻名的纤维部门第一把手一丸专务马上发言:"公司要向重工业化转型,可以!要提高贸易比,也可以!但是,壹岐君,现实问题是如果再这样对纤维部门缩减下去,今后怎么提高盈利?怎么给员工发工资?怎么给股东分红?昭和三十五年(1960年)以后,公司开始走综合商社的道路,占公司总销售额百分之六十的纤维销售额比率到昭和四十年降到了不到百分之五十。人员至今也已经被抽调了二百人。现在,虽然人员流失严重,在资金等方面也受到冷遇,但纤维部门的员工们始终以公司顶梁柱的情怀埋头工作,去年度仅一千三百名员工就实现了五千亿的销售额,人均约三亿八千万。虽然他们创造的利润比其他任何部门都高,但是,看看这份草案,其中缩减纤维部门最重要的环节是,在今后三年当中从剩下的一千三百名员工中再抽出二百名,调到其他重要部门。如果这样的话,纤维的销售额由于整体的反作用将下降一千亿。另一方面,其他部门不像纤维部门既有传统又有商业权,他们没有!再投入多少资金和人员,都不可能在短短三年内提高超出一千亿的销售额。这只能说是动摇公司根基的欠考虑、胆大妄为的草案。所以,在此我不是作为纤维部门的负责人,而是作为第一专务,站在全公司的立场上,从公司经营的角度出发明确表示,这份草案不可能起到抛砖引玉的作用,应该马上废除,重新考虑!"

一丸用圆珠笔敲打着厚厚的草案,气势汹汹地发起反击。壹岐沉着冷静地接受了这一切。他平静地说:"您说得很有道理。纤维部门创造的盈利为公司较新进的其他部门的发展做出了不可估量的贡献。而且,我认为纤维部门今后也还将是我们公司最大的收益部门。但是,从纤维在日本总出口中所占的比率来看,昭和三十五年是百分之三十,昭和四十年是百分之十五。而预计三年后的昭和四十五年将低于百分之十。严峻的形势已经不允许我们永远把很大的比重放在纤维上,这也是事实。请各位看附草案后面资料的第三表格,上面是公司各业务部门人员效率表。"

会场上响起一片哗哗声,董事们翻到第三表格,各业务部门人均销售额、经费、盈利、年增长率一目了然。

"从这张人员效率表上看,虽然纤维部平均每人的销售额的确像一丸专务刚才所说的那样,大大超过了三亿,但问题是增长率。从过去五年的业绩来看,年年倾向于停滞状态。而钢铁、化学部门虽然人均销售额是两亿五千万,低于纤维部门,但增长率却从百分之三点四猛增到百分之十五点四。"

这一组数字尖锐地呈现出凭借纤维销售额保持第三大综合商社地位的近畿商事经营体制的薄弱。会场上寂静无声。壹岐接着诚恳地说:"这个事实对于走综合商社道路的我们公司来说,是非常值得忧虑的现象。请看第四表格,从中可以看出我们公司在提高重工业比重方面和其他公司的差距。"

第四表格是各公司重工化学部门在总销售额中所占的百分比。过去五年的数据无情地摆在各位董事面前。

"正如各位所看到的,我们公司的重化工比率在前四位商社中最低,与同样是以纤维起家的丸藤商事之间也相差十四个百分点。和五菱、五井相比就更不用说了。这种倾向与社长提出的促进公司综合化发展的方针也不相符合。"壹岐直接向大门社长提出了诉求。

大门社长脸上掠过一丝苦涩,一丸专务喘着粗气,毫不掩饰自己的愤怒。里井副社长架在鼻梁上的无框眼镜一闪,看着壹岐,泼出一盆凉水:"壹岐君要说的我都明白了,而且准备充分,提供了详尽的数据。但是,无论数据多么详尽、庞大,问题是在今后三年中纤维部门能不能抽出二百名员工来。这是一个实际问题。在这上面没有具体解决方案,再怎么喊综合化计划的口号也是无济于事。那岂不是空中楼阁吗?"

话音刚落,一丸专务马上不失时机地说:"里井副社长的意见完全正确。无论缩减什么,没有具体方案都无法进行讨论。因为纤维部门正计划进一步在泰国曼谷、中国台湾及韩国等地增办合资企业,所以,无论是年轻的还是有经验的员工,一个富余的人都没有。如果重化工部门出现严重的人员短缺,那就招新人!"

主管总务的正冈常务说道:"一丸专务,从有效利用人力资源上讲,这个比较困难。关键是就像您刚才说的那样,业务本部的这个经营计划是否真的能起到抛砖引玉的作用。虽然壹岐君和他的团队为了制订如此庞大的计划一定费尽了心血,可是,这个草案,说它幼稚不成熟可能有些不礼貌,不过,怎么说呢,总让人觉得像一篇空洞的论文。"

正冈的话虽然说得吞吞吐吐,但一字一句中都露骨地表现出对壹岐的反感。八年前,壹岐第一次到美国出差时他是纽约分店店长,亲眼看到过当合同制职员的壹岐是什么样子。没想到,这个他连正眼都不看一眼的人居然在不知不觉中坐上了高位,甚至能在开经营会议之前串通一些董事。这让他心中充满了阴暗的嫉妒。

壹岐痛苦地把目光投向窗外。虽然刚才大阪城天守阁黑色的屋顶和雪白的墙壁还在万里晴空下形成鲜明的对比,但不知道什么时候它蒙上了一层迷雾,变成了一个灰色的剪影,在壹岐眼里就像一具被时代抛弃的残骸。

钢铁本部部长堂本常务打破沉默说:"我基本赞成业务本部的这份计划书。"里井副社长虽瞪了一眼堂本,但堂本毫不在意,继续说道,"我国的钢铁生产量就像壹岐君刚才说的那样,正在朝五千万吨的大关靠近。战前生产量最高的昭和十八年(1943年)只有七百八十二万吨。由此可见它的增长率与纤维根本无法相提并论。我们公司的钢铁部门直到五年前还连续出现赤字,在收购山下商事,取得大型高炉生产厂家的代理权之后才开始有一些利润。但交易额只有五井、五菱的七分之一,和丸藤商事、东京商事相比也在一半以下。我们没有可能扩大现有的商业权,也不像旧财阀系统那样拥有重工业企业集团,这对于一个综合商社来说是致命的,不应该说是悲剧性的。但是,只一味叹息我们公司在国内这样的孤立地位也无济于事。所以,我认为,我们公司应该把能量集中在钢铁原料交易,也就是与资源开发有关的项目上。在这点上,五井物产已经抢先我们一步。不过,目前澳大利亚西部、纽曼山的铁矿开发还悬而未决,我们应该果断地参与进去。"

堂本是十年前从人造丝、人造纤维科室调到钢铁部的。钢铁交易中充斥着战前传承下来的商业权和人际关系,是个特殊的行业。他以蚂蚁啃骨头的精神啃着这块硬骨头,甚至需要每天早晨到医务室注射维生素以维持体力。他的发言饱含激情,表现出决心打破现状的坚强意志。

纽约美国近畿商事社长与谢野常务松了松宽幅领带,把身体往前探了探,提出了自己的主张:"在拓展海外业务这方面我和堂本君的意见是一致的。不充实和加强能够成为公司基地的海外分店,就无法有大作为。纽约分店已经在十年前成为当地法人,虽然实行独立核算,但实际上仍是总部的一个海外分店。无论干什么都要请示总部,没有相应的权限、资金和人才。这种情况不仅是美国近畿商事,实行总经理制的欧洲、澳大利亚、南美近畿商事也是同样。现在三国间贸易所占的比率越来越大。可是,就目前这种状况,我们及时掌握了信息和商机以后,必须看到东京的批文以后才能行动,极其不合理。因此,不首先加强海外机构建设,就无法更进一步提高贸易比率,也不可能真正走向世界。"他还着重强调了海外分店人员和资金不足的困难。

分管财务的宝田专务提出了反对意见,认为海外分店以及海外资源开发所需要的资金该采用自主的办法,通过向当地银行贷款等方式来解决。与谢野常务也不示弱,反驳说凭近畿商事的规模和信用度目前在海外达不到这个要求。讨论已经偏离了全公司经营战略这一议题,成了从各自利益出发的攻防战。

壹岐想起了战争期间陆军和海军之间的对抗。当时,随着战争爆发,工业生产转入战时状态。虽然一半以上的纤维设备被毁,造船、飞机生产设备不断得到扩充,但是,围绕着资财、人员、设备、厂房等陆军和海军之间展开了争夺,致使生产效率下降,产量只达到预期战斗力的五分之一,加剧了战局的恶化。

壹岐再也按捺不住,说:"虽然各位都有自己的意见,但请各位还是先讨论公司整体的经营方针吧!"

里井副社长闻言马上接过话来,说:"我们公司为将来做准备,必须走重化工路线,这是不言自明的道理。可我还是那句话,作为现实问题,纤维部门到底还能不能抽调出人来?如果能,能抽调出多少?我们先来讨论这个问题吧!"说完,他环视了一下与会人员。他的话故意架空了业务本部提出的草案。

一丸专务感受到极大的威胁,认为现在让一步,将来很可能要让一百步。他抱着死守城池的态度说:"如果为了公司的利益必须这么做的话,那只有一个办法,就是纤维部门明年春天不要招新的员工。"

堂本常务提出意见:"专务,这样不行。我也在纤维部门干过,虽然您的心情我非常理解,但是,您应该进一步站在公司的立场上考虑问题。据我所知,虽然纤维部门有些人很想到其他部门施展才华,但又苦于说不出口,只好窝在那里。光课长级别里就有五六个这样的人。这是浪费人才,无论是对他们本人还是对公司来说,都是一个不幸。您是不是至少应该允许自愿的人调到别的部门?"

一丸专务怒骂曾经的部下:"你也了解纤维部门的情况,竟然还用这种口气跟我说话!收敛点儿吧!"

壹岐觉得不能再刺激一丸专务了,否则对形势不利。他看着同样分管纤维部门的金子常务,说出了昨晚在金子家没能说出的话:"金子常务,您的意见呢?您看最多能抽调出多少人?"

在纤维部门这方面金子可以说是大门社长的化身,他的发言能够反映出大门社长的真实想法。金子常务温和的脸上掠过一丝苦涩,他看了一眼大门社长,开口说道:"纤维部门在不远的将来必须面对一个问题,那就是日本将从布料成衣出口国转为进口国。"

"什么,布料成衣进口国?这种事情会在我们日本发生?"分管粮油的麦野常务惊讶地问道。

"是的。由于劳动力不足、人工费猛增,日本将很难抵御韩国、中国台湾低成本的衣料、成衣,我们必须现在就考虑好对策。但是,在公司进行机构大改革、整合各部课时,今后三年里从纤维部门抽调二百名员工,这无论如何是不可能的。最多也就是一百名。"

一丸专务打断金子,激动地说:"金子君,一百名!你这是昏了头了!社长!出于对公司前途的忧虑,我从根本上反对业务本部的计划草案。而且,壹岐君制定出如此草率的方案,我对他是否能够胜任近畿商事董事感到怀疑。对他担任社长直属机关业务本部本部长一职也持反对意见。"他以强硬的态度,就这一问题向会议提出紧急动议。

会场上顿时骚然。一丸专务出其不意重拳出击,壹岐内心受到很大打击。他看了一眼里井副社长,两人四目相撞,顿时火花四溅。

"大家冷静!"大门社长喝住骚动的董事们,问一丸,"一丸君,你说撤掉壹岐君业务本部部长的职务,把他调到哪儿?"

一丸大声回答道:"纤维部怎么样?如果在纤维部摸爬滚打过,壹岐君不会制订这样的经营计划。"

大门又看着里井问:"你觉得一丸君的意见怎么样?"大门其实并没有认真考虑这个问题,他心里有数。他感兴趣的是董事们对壹岐到底是什么态度,想借机真正了解一下。

里井却早有打算。他说:"去纤维部跨度太大了。今年秋天与谢野君在美国的任期就到了,如果想让壹岐君成为大有作为的商社人,可以利用这个机会派他到美国,担任美国近畿商事的社长。这样他可以学习、体验一下世界范围的贸易。"

这是一个把壹岐客客气气地赶出总部的策略。壹岐的额头上渗出一层细汗,一向胸有成竹的大门也被这个出乎意料的建议弄得一时无语。

突然,大门发出一阵大笑,说:"你们真的以为让壹岐君到纤维部或者美国吃点苦,尝到做生意的辛苦,他就可以大有作为?至少我没有你们么夸大壹岐的能力。"董事们张口结舌,看着大门。大门继续说道,"现在再教壹岐君做生意那是徒劳,我们公司可没有做无用功的本钱。重要的是我们每一个人现在必须考虑如何确保第三大综合商社这个地位,如何赶超五井、五菱这些财阀系统的商社。假如我们公司现在的地位被丸藤商事、东京商事或者大友商事取代,在座的各位董事都得辞职!我希望你们认真考虑一下,不要再追究枝节问题,也不要跑题,要拿出实际的东西来进行讨论。"

大门不愧是一手遮天的社长。他在话中暗示自己掌握着董事们的生杀大权,敦促他们按原定议题继续开会。

经营会议结束后,里井副社长把大阪的新闻记者们请到一家夜总会,既是为了搞好公司和报纸的关系,也是为他个人和记者们创造一个交流的机会。但是,不到九点他就把一切交给公关室主任,悄悄离开,坐上等候在门口的汽车,往新町的艺伎酒馆金春赶。他要在那儿见到大门。

大门开完会后,五点半和正在大阪的第三银行总裁吃饭,七点在金春招待近畿商事股票代理证券公司的董事们。

里井赶到金春时宴会还没有结束。他在面朝庭院的和室里等了一会儿,大门社长的相好染叶拉开门,跟他打招呼:"欢迎光临!好久不见了。"染叶喝了酒,两片红晕飞上桃腮。

"嘿!你还是这么漂亮!"

"谢谢您!最近社长来得很少,是不是在东京有人了?"

"没有。就你一个!"

"真的吗?你要是骗我,我会恨你的!"染叶假装瞪了一眼,转身走了。

房间里又剩下里井一个人,笑容从他的脸上消失了。他默默地看着夜色中的庭院。今晚他虽喝了很多酒,却如针毡,坐立不安。回想今天经营会议上的情景,他的心中涌起一股浊流,那是对壹岐的嫉妒。社长直属业务本部部长是掌握近畿商事方向盘的职务。壹岐这个军人出身、说穿了就是个战犯的人现在居然坐到了这个要职的位置上。而且,给一介合同工职员壹岐创造了往上爬的机会的不是别人,正是里井自己。

八年前,也是在这个酒馆、这个房间,里井向大门社长提出把壹岐调到航空事业部的请求。面对大门社长的拒绝,他极力说明让壹岐继续待在纤维部是浪费人才,才最终说服了大门社长。这次调动使壹岐得以在围绕第二次防卫力整备计划的 FX 商战中充分发挥力量,在商战成功中起到了决定性作用,为他以后的升迁奠定了基础。直到今天,他的存在开始威胁到里井的地位。现在回想起来,里井觉得他和壹岐的关系从一开始就颇具讽刺意味。他长长地吐出一口酒气。

走廊里传来大门洪亮的声音。哗啦一声门被拉开了。"让你久等了!"大门看见桌子上只放着一杯白水,问道,"要不要喝一杯?"

"不了,我已经喝了不少了。社长您一大早就开会,紧接着又参加了两个宴会,一定很疲劳吧?"

大门笑着爽快地说:"是啊,遇上今天这种暴风骤雨一样的会,还是很累的。"

里井说:"社长,我就是为今天会议的事想当面跟您说几句话。当然,社长一方面是给了一丸专务面子,遏制了壹岐君的骄傲情绪。另一方面虽然从二百名减到了一百名,但实质上您还是通过了壹岐君提出的方案。会议结束后,几个元老级的董事跑到我的办公室。他们都很气愤,说这就叫作一将成功万骨枯。我这个副社长也不好当,我是实在没办法啊!"他的话里透出万般无奈。

"里井君,这些人里最难缠的应该是你吧?你为什么不站在全局立场上让壹岐君充分发挥能力?我一开始就说过,国家为了培养一个大本营参谋,按时价计算至少花了好几千万。我当初录用壹岐就是为了让他在制定公司经营策略方面发挥他的策划能力和组织能力。事实上,我也一直在这么用他。在这点上,壹岐君没有让我们失望。说什么一将成功万骨枯,这是那些无能的家伙们拿人情说事儿,打击其他人的积极性。"

里井仍然坚持道:"您说得对。但是,一个商社如果不尊重第一线的业务人员,公司就不可能有活力。考虑到各业务部门一直以来为公司创造利益的元老们的地位和面子,现在不多少遏制一下壹岐君的独断专行,人们的不满情绪会越来越大。"

"里井君,别人怎么说我不管,你这么有头脑的人怎么也说这种话? 运用组织机构、充分利用人力资源比做买卖更能使公司得到发展。壹岐君负责组织机构、制订经营计划,你作为副社长把好计划中的经济这一关,我做最后决定。这是能够使近畿商事以最快的速度壮大起来的最佳做法。作为公司的二把手,这也应该是你考虑到的。"

听了这话,里井不由得端正坐姿,叮问道:"社长,您是说我是二把手?"

"这还用问!"

"噢,不是,您的话是对我最大的鼓励。既然您这么说,我也一定按照公司制订的方针锐意迈进!"里井兴奋得满面通红,向大门表决心。

大门点点头,说:"还有件事儿。今天我听第三银行总裁说,他们要给千代田汽车公司找个合作伙伴。"

千代田汽车公司是近畿商事的客户。近畿商事给他们供应钢材,同时也是他们的代理商。一谈到自己分管的工作,里井马上显示出一贯的精干强干:"其实,千代田汽车公司的经营早就出现了问题。他们虽然和爱知、日新一起被称为三大汽车公司,但爱知和日新分别占有百分之三十的市场,千代田只占有百分之二点四。"

"原来这么糟。千代田和我们公司有很深的关系,你要多留点心,看他们到底和哪家公司合作。第三银行是给他们提供资金的主要银行,不能让第三银行一家说了算,这对千代田不利。"

里井回答道:"明白!"他和千代田汽车公司分管业务的董事村山是大学同学,关系很好。他打算马上约村山见面,详细了解一下情况。

第二十章 波 纹

纽约今年闷热的夏天来得格外早。

近畿商事职员八束功跑完客户,开着雪佛兰回位于曼哈顿的公司。汽车收音机的广播说进入七月份的第二周,纽约今天的气温创下了二十年来的新高。八束功不由得吹了一声口哨。八束三十三岁,精通英语,身体强壮。唯一让他发怵的就是纽约的夏天。

雪佛兰跨过东大桥,驶进曼哈顿市中心。夹在高楼间的柏油马路烤得人心烦意乱,开车的人们焦躁地鸣着喇叭。道路两旁,树荫下或者卡车的背阴处,有身穿工作服的白人在午休,也有无所事事的黑人蹲在那里发呆。

但是,穿过市中心往北进入大企业密集的地区,情形便截然不同。这里有汽车制造业的美国联合汽车制造公司,化学工业的杜邦、联合碳化物公司,石油业的埃克森石油公司,铝材制造业的美国铝业集团,钢铁制造业的美国钢铁公司等引领世界各行各业的超级企业,这里世界经济中心的脉搏在跳动。

八束功把车开进公园大道三〇〇号新建的新泛美大厦的地下停车场,坐电梯上了四十五楼,推开当地法人美国近畿商事的大门。公司前台摆着插花,颇有日本商社的情调。金发碧眼的前台小姐娜塔丽冲他眨了一下眼睛,送上一个妩媚的迎接。八束也露出笑容,说了声"嗨！"并快乐地和她打招呼。

八束长着一张胖胖的圆脸,既像中国人也像日裔美国人。他笑起来脸上有个酒窝,深得女职员的喜爱。他还因此有了个昵称,叫"魅力微笑先生"。

八束提着公文包,迈着大步走向机械部办公区。美国近畿商事的楼层面朝公园大道,分布着纤维部、化工部、粮油物资部、机械部、金属部各业务部门的办公区。最里面是社长办公室及总务、策划、财务、法律、会计等管理部门的办公区。包括在当地录用的员工在内,这里有一百六十名职员。

八束回到自己的办公桌前,顾不得休息,马上开始整理不在公司时别人放在他办公桌上的联络便条和电传。虽然机械部的客户从飞机、电子设备制造商到缝纫机、冰箱、保龄球设备生产商等等数不胜数,但实际上大部分买卖都是洛杉矶和芝加哥分店做,纽约只负责收集这些方面的信息。另外,销售从日本进口的电子管、镜头、自行车以及做千代田汽车的代理商也属于纽约的业务。

八束麻利地处理完手头的工作,见对面办公桌上比自己早进公司的塙四郎终于放下电话,便问道:"听说与谢野社长开完经营会议,从总部回来了？"

塙四郎长期在洛杉矶分店负责飞机销售,去年才调到纽约。他刚和拉克希德公司通完话,听见八束问,就说:"对,他一回公司就把我们召集到会议室,传达了公司今后三年的经营策略。"

"噢？我们公司也开始制定长远的经营方针了！主要方针是什么？"八束脱掉上衣,一只手支着下巴问。

八束生性活泼、热情开朗,身穿日本人敬而远之的花条纹衬衫配鲜艳的领带。塙却是不温不火,甚至有些冷冰冰的。但是,性格相反的两个人是一对绝好的搭档。

搞看着急切地想知道总部经营策略的八束,慢条斯理地点上烟,说:"这个经营策略主要有三点。一是推动由纤维向重工业化的转型。把目前占全公司总销售额百分之四十三的纤维销售量降低到百分之三十,从纤维部门抽调一百名员工,分配到其他部门。第二是扩大贸易比,从百分之三十五提高到百分之四十到百分之五十。第三是整合强化旗下各公司。对于我们海外支点来说,扩大贸易比是个很重要的课题。因为我们公司在国内没有重工企业,没有迅速扩大贸易比的基础,所以,扩大海外业务就成了我们公司的一个重要日程。会议还专门把扩大强化美国近畿商事当作重要议题提到了议程上。"

八束问搞要了一支烟,半信半疑地说:"这么说,虽然有点儿晚,但总部终于还是醒悟过来了。不过,问题是公司真的会这么干吗?"

"当然会!"搞突然较起真来,"因为制订这个经营计划的是业务本部部长壹岐常务。"

"噢,是壹岐常务呀?我到现在还没见过他呢!他能准确地推测出中东战争将是六日战争,他对局势的分析能力真是让人佩服。他来纽约的时候,正好波士顿分店开业,我去那里出差,没见上。搞,壹岐常务是个什么样的人,你应该很了解吧?"八束眯起眼睛,好像在想象和壹岐见面的情景。

"什么样的人?这个……"搞略带忧郁的脸扭向窗外,心想如果当年没在洛杉矶分店遇到壹岐这个人,就很可能没有自己的今天。他感慨万千地说,"壹岐常务是个不能简单评判的人。不过,如果当年我没有遇到他,可能早就辞职了。要不就是被公司解雇,日本也回不去,在纽约的贫民区的便宜旅馆里混日子。"

"是吗?原来你还有这么复杂的经历。从总部来的董事、部长级的人里有人把壹岐常务说得一塌糊涂,说什么他是希特勒,是给大门社长献计献策的奸臣。可是,听你这么说,他是个很有人情味儿的人啊！"

八束说得津津有味，正要继续追问下去，突然有人叫道："哈喽！塙先生！八束先生！"

两人抬头一看是纽约咨询公司的阿瑟·扬。纽约咨询公司是一家为企业提供咨询服务的公司，老板原来是哈佛大学教授，十年前开始瞄准日本企业。因为他们主要为日美两国的企业牵线搭桥，并研究分析未来的产业发展，也是企业的智囊团，所以，日本的商社在纽约开拓新市场的时候，必定要向他们咨询。

阿瑟·扬斜坐在塙和八束对面的桌子上，问："你们看了今天的《纽约时报》没有？"

"你是说那篇日美纤维贸易交涉的文章吧？这边的新闻报告总是高压式的。"塙说。今天的《纽约时报》对日美纤维贸易交涉搁浅发表评论，里面有一句话，酷评日本纤维业界就如同太平洋战争时的特攻队。

扬以同龄人的坦率辛辣地指出："我觉得日本人有必要思考一下国际化时代的爱国心应该是怎样的。我上上个星期和老板去了一趟日本，待了两个星期。我痛切地感受到日本人唯我独尊的经济民族主义。虽然你们在其他国家大量推出一美元衬衫、廉价收音机，以价格战占领了大量市场，可是，一旦其他国家试图进入日本市场的时候，便全民抗争、排斥。而煽动国民危机感的正是日本政府、寡头垄断公司和如同怪物般庞大的媒体。"

八束会意地点点头，说："我也有同感。你在日本都去看了哪些企业？"

"汽车制造公司。给日本的资本自由化造成最大阻力的就是爱知和日新两家企业。最好的例子就是爱知。在今天六月召开的股东大会上，他们修改了章程，宣布不允许外国人担任重要职务。负责海外业务的福克汽车公司拜斯总裁重拳还击,向国会提出要求,认为日新不正当地限制美国人的经济活动,应该限制这样的公司生产的汽车进入美国市场,或者采取高速公路禁止小型车辆行驶的报复性措施。"

塙反驳道:"美国的三巨头想凭借自己的势力说一不二,他们的做法是蛮横的。日本的汽车产业和欧美不同,历史还不长,能自主生产的只有爱知和日新。三巨头一旦进入日本,立刻会造成很多厂家倒闭,包括我们公司代理的千代田在内。"

阿瑟·扬把双手一摊,说:"你也被日本通产省和爱知、日新洗脑了。美国汽车三巨头买了几台爱知的卡罗纳和日新的红鸟,在底特律的研究所进行了共同研究,对这些小型轿车的构造和性能进行了彻底的分析和测试,结果发现它们的耐久性比任何一家美国公司生产的汽车都要好。而且,日本用三巨头无法想象的低成本生产这些汽车,以低廉的价格出售。但是,尽管如此,日本政府仍然阻止外资进入日本。所以三巨头异口同声地称自己是'饥饿的狮子',日本是'新鲜牛肉'。"

八束看着塙说:"这头饥饿的狮子膘倒是很厚。先是纤维,接下来就该汽车自由贸易化了。这对我们商社倒是很有点儿意思。"

正说着有人送来一沓电传,里面有一张东京总部业务本部发来的。上面写道:"壹岐常务定于八月二十五号前往北美各分店出差,旨在搜集美国政治、财经界的信息,以为日本的资本贸易自由化做准备。"

看了这份电传,八束和塙的眼睛里不约而同地闪烁着兴奋的目光。

车在柿木坂的壹岐家门前停下来。

壹岐对车里的兵头、海部、不破三人说:"你们进去坐会儿吧!

我家里有不常见的啤酒。"

今天代代木文化会馆有来日本访问的美国经营学家赫尔曼·卡恩的讲演,他们几个人难得地凑到一块儿去听。

海部犹犹豫豫地说:"可这星期六晚上的,我们三个人去,是不是太给您太太添麻烦了。"

这时门打开了,佳子迎出来,说:"哎呀,今天你们都来了,这可是难得啊!请进来坐坐吧!"

"那我们就不客气了。"兵头说完,三人跟着壹岐进了他家。

他们进了不到十平方米的客厅。海部家离这儿只有一站地,经常来。他轻车熟路地打开空调,兵头和不破也脱掉西装上衣,舒舒服服地坐在沙发上。

不破扭动着大脑门左右看了一下客厅,说:"这个客厅显有点儿小了。"

"再有六七平方米就好了。可是,本部长当上常务以后也没有一点儿想搬家的意思,有什么办法。"海部摘下他那副装腔作势的赛璐珞眼镜,看着壹岐笑着说,"至少您应该扩建一下吧?"

壹岐说:"这后面就是邻居家的墙,要扩建就得把前面的树砍掉。以后再说吧。你们也只好受点儿委屈了。"

佳子和直子端来啤酒、洋酒和酒具。海部对在日本航空公关部担任宣传杂志编辑的直子说:"直子小姐,我每次坐飞机都要看你们的杂志《天空》。"

直子穿着清爽的天蓝色碎花家居裙,听了海部的话,活泼热情地说:"那我太高兴了!为了表示感谢,今晚我好好儿给各位几样美味的冷盘。"说完,就去准备了。

一向很少说话的不破一反常态地说:"直子小姐不仅越来越漂亮了。而且心地善良,现在这样的姑娘可不多。夫人,您得赶紧给她找个好人家。"

佳子一边摆酒具，一边说："我也这么想。可是，当爸爸的一点儿也不上心，真没办法！"她看着不破他们，用一个母亲的口吻问道，"你们公司有没有合适的小伙子呢？"

兵头半开玩笑半认真地说："壹岐太太，没有一个男人能入本部长的法眼。这事儿不能等，要积极主动。只要直子小姐看上了，就马上行动。"

壹岐往桌子上摆着从美国、德国、意大利、澳大利亚等各国进口的啤酒，说："哎，我说你们几个，一会儿嫌我这儿小，一会儿又关心我女儿出嫁的事儿。你们管得也太宽！行了！行了！来尝尝这些啤酒吧！"

"光看这些啤酒瓶就是一种享受。我来瓶施里茨，好长时间没喝美国啤酒了。"海部在纽约待过好几年，他率先拿起一瓶施里茨。兵头拿了一瓶德国的DAB，不破拿了一瓶荷兰的海尼根，各自倒进啤酒杯里。

兵头用手背抹掉嘴上的泡沫，说："嗯！冰镇得恰到好处，真好喝！"

海部说："施里茨啤酒虽然度数不高，可是，每次喝到它我就会想起昭和三十年代前期在纽约的艰难经历。现在的纽约常驻职员有公园大道超一流写字楼的办公室，走到哪儿都趾高气扬的，真是今非昔比啊！"

兵头说："对了，本部长，前几天我给纽约发了传真，告诉他们您八月二十五号要去美国出差，还让他们搜集美国政治、财经界的各种消息，为资本自由化做准备。"

不破也点点头说："我们公司要走综合商社的道路，资本自由化对我们来说是个重要的研究课题。橘子、汽车、电子计算机等的贸易方面已经出现了严重的问题。不过,这种时候正是我们充分发挥商社作用,抓住与国际企业进行贸易的绝好时机。"

三个人围着壹岐,越谈越热烈,不知不觉气氛变得好像在公司开会一样。不破不怎么能喝酒,佳子给他拿来果汁,把空调开得更大。

海部难为情地对佳子说:"每次一来这儿就坐着不走,真不好意思!"

"一点儿都没关系,你们慢慢聊。"

佳子没有刻意招待这些客人,但又细心备至。壹岐的几个部下因此感到轻松舒适,忘记了时间,畅谈到很晚。

十点多,兵头他们走了。壹岐换上家居和服,在起居间坐下。佳子关好门窗,进来说:"他们几个人真不错。"她拿过来一个包装典雅的纸包,说,"京都的秋津千里小姐寄来了京都的腌菜。你要不要吃点儿泡饭?"

"哦?这腌菜看样子挺好吃的。那我就少吃点儿吧!"

壹岐就着佳子夹到小盘子里的腌菜,吃着泡饭,想起上个月去大阪出差时和秋津千里一起去劝他哥哥下山的事情。这件事他告诉过佳子。但是,从比睿山下来以后,他和千里一起吃饭,一起去八濑大原的宝泉院,一起在那儿欣赏幽玄晚景这件事他没有告诉妻子。他不知道为什么要瞒着妻子,内心感到有些内疚。

"这儿有你一封信。"

壹岐不由得一惊,以为是千里来的信。不过,佳子交给他的是一封航空信,寄信人是美国近畿商事机械部的塙四郎。

很久没有给您写信了。今天看到壹岐常务八月下旬来纽约的传真,抑制不住内心的喜悦,提笔给您写这封信。前几天,我去墨西哥交界的艾尔帕索出差,我已经很久没去那里了。您还记得吗?当年我因为和美国女人的恋爱纠纷被发配到只有一个人的办事处,那个办事处就是艾尔帕索办事处。我在这个一个日本人也没有的穷乡僻壤,住廉价旅馆,向当地居民、墨西哥人、黑人兜售日用杂货。整整两年,我没见过一个日本人,没说一句日语。每当思乡之情令我发狂的时候,我就跑到沙漠,冲着远处地平线上慢慢落下的夕阳大声喊我所知道的所有人的名字,大声唱日本歌。但是,回应我的只有远远传来的墨西哥狼的叫声。八年前,您作为社长办公室的合同工职员第一次到海外出差。在圣莫尼卡海边,面对美丽的大海,我把那段令人发狂的经历告诉了您。我从来没有对任何人提起过这件事,但是,我跟您讲了。虽然我不知道这是为什么,但是,您当时的一句话洗涤了沉淀在我内心的郁积,让性情乖戾的我改变了自己。您说,虽然不知道我们什么时候还能见面,但我期待你做出成绩。如果那时候我没有遇到您,我很可能一辈子就是一个徘徊在阴暗处的落伍者。现在,我已经是两个孩子的父亲,经营着一个温暖的家。回想起来,这一切都要感谢我遇到了您。我在纽约等待着您的到来。在您来之前,我会尽最大努力,按照您的指示搜集各种信息。衷心希望我能助您一臂之力。

塙四郎

看完信,壹岐想起当时的塙四郎。那时,他总是戴着一副墨镜,神情忧郁,不敢正眼看人,说话声音也很小。才二十七八岁,就给人一种虚弱无力的印象。但是,他工作能力很强,壹岐之所以能访问帕姆代尔的拉克希德公司,参观爱德华空军基,都得益于塙机敏灵活的交涉能力。

对于壹岐来说,参观爱德华空军基地是一段痛苦的回忆。因为,在那里他遇到了对拉克希德 F-104 进行试飞的空幕原田调查团,遇到了调查团成员之一、他陆军大学的同学川又。这次见面导致他后来被卷入围绕 FX 的商战,也让好友川又失去了宝贵的生命。唯有墒的重新振作让他心里感到一丝安慰。

秋津千里头戴遮阳帽,身穿蓝白条纹连衣裙,向住在西阵的叔父家走。

西阵的今川大宫一带是丝绸纺织作坊密集的地方。虽然也有一些现代化建筑,但更多的是古香古色的有厚重感的房屋。这些房屋一楼是格子门,二楼是小格子窗,里面还微微传出织布机的声音。

快到叔父家的时候,前面胡同里走出一个走街串户卖腌菜的女人。女人边走边叫卖:"腌菜!卖腌菜啦!"

叫卖声唤起了千里复杂的心情。为了感谢壹岐帮助说服哥哥下山,两个星期前,千里给他寄去京都的腌菜,表示感谢。今天早晨,她准备出门去出窑的时候收到了感谢信。信不是壹岐亲笔写的,而是他妻子用流畅的毛笔字写的。那天在大原宝泉院,当她看着庭院小声说要听叔叔的话考虑结婚的时候,壹岐什么也没说,只是默默地看着庭院幽玄的景色。壹岐当时的身影和他妻子的信重叠在一起,让千里做出一个决定。虽然她今天出窑的是那个答应送给壹岐的花瓶,但是,她现在不打算送给壹岐了,要把它拿到京陶会馆陈列。

叔叔家门口挂着印有"秋津彦"商号的布帘。千里打开格子门进去,掀开隔着店铺和里面的门帘,穿过院子,里面的作坊里传来织布机的声音。她走进朝院子的起居间,见叔叔坐在那里等着她。

"你来了!我跟你说过的能乐服装终于做好了。我给你打电话,是想给丹阿弥先生送去之前,先让你看看。"说完,叔叔哗地拉开里间的隔扇门。

衣架上挂着一件丝织能乐服装。红底上绣着金叶、牡丹、篱笆组成的靓丽图案。

"哇!这就是丹阿弥先生的能乐服装。这个图案好新颖啊!"戴着厚厚的手套,满头大汗地刚出完窑过来的千里,面对华丽的服装发出了由衷的赞叹。

"千里小姐,好久不见!我是泰夫。"

听到这个声音,千里才发现原来泰夫也来了。她和泰夫以前就认识,但自从泰夫去美国推广能乐之后,他们已经三年没见面了。泰夫身穿牛仔裤,一身打扮很符合他被称为能乐界异端的形象。千里看看他,再看看衣架上的服装,说:"真是好久没见了!我一直听说你活跃在能乐舞台上。这件服装是你要穿的吗?"

泰夫来到千里身边,说:"对。今年十二月举行丹阿弥流派纪念公演,剧目是《定家》。我演式子内亲王。我从代代相传的贵妇人的服装的复制品里选了一件,稍微修改了一下图案,请你叔叔替我织出来。代代相传的服装只有掌门人才能穿,这是能乐界的规矩。"

能乐界大到演出、小到服装等一切琐碎事物都被代代相传的规矩束缚得死死的。泰夫的话里不乏对这样的能乐界的揶揄。

"谁不知道丹阿弥泰夫的名字?你把《夕鹤》和《源氏物语》改编成能乐上演,让话剧演员念台词代替能乐唱词,这些都很轰动。这次公演你要墨守成规了?"

泰夫坦率地说:"有时候总得顺从一下我父亲。不然,得不到资助,我就没办法干自己想干的事情。你不是也一样吗?虽然热爱陶艺这门传统艺术,但是,为了自力更生,有时候也不得不制作一些大众化的商品。"

千里的叔父纪次说:"我明天就把这套服装送到掌门人那儿,请他看一下。有什么不满意的地方,再改。"他不失时机地说,"今天凑巧千里也来了,你们好好儿聊聊。"

千里的叔母起身准备去沏茶。

泰夫说:"谢谢你们的好意,今天就不打扰了!千里小姐,我送你回家吧!"

千里谢绝道:"今天我在这儿吃晚饭。因为今天出窑,所以很累。"

泰夫不容分辩地说:"这种时候就应该去吃顿牛排大餐。我请客!"说完,他带着千里出了纪次家,上了他停在门口的车。

傍晚,京都的街道堵车。丹阿弥泰夫巧妙地转动着方向盘,往四条河原町方向开。他从上衣口袋里掏出一个白信封,交给千里,说:"你看看这个。"

"什么呀,这么郑重?"

"不是什么情书,是提亲用的身世书。我觉得我们都三十多岁了,没必要花时间精力玩儿那些虚的东西。"

千里被他弄得目瞪口呆。她说:"这倒很像你的做法。那我就拜读一下。不过,你都三十五了,为什么还没结婚?"

千里打开信封,拿出所谓的身世书。上面写着能乐丹阿弥流派掌门世家的家谱。从泰夫的曾祖父母开始到现在的掌门人泰夫的父母以及他的兄弟姐妹、叔伯婶姨,三等亲内的亲属一个不落。

泰夫一边转动着方向盘,一边说:"我相过无数次亲,对方不是本愿寺宗门的千金就是千家①的小姐,都带着家世门第的陈腐气味。我不想要这样的女人做老婆,可又没遇到让我爱得死去活来、想去谈场恋爱的人。所以,就一直没结婚。你都看见了,我嫂子是里千家的

---

① 茶道流派之一,分里千家和表千家。

小姐。那是因为她是未来的掌门人夫人,她家门第相当。因为我是老二,没那么多义务责任,所以不想像我哥哥嫂子那样生活在条条框框里。我的主张是不收弟子,只干自己想干的事情,讨厌复杂烦琐的亲戚关系。在这点上,因为你只有一个与众不同、在比睿山上的哥哥,又有自己喜欢的事业,所以,我觉得我们两个人在一起彼此都干脆痛快,挺合适的。"

泰夫的直截了当或者说不顾脸面,倒让千里一时不知该说什么好。突然,咣当一声,车摇晃了一下,千里不由得往前一杵。泰夫急刹车,停住了车。

"你没事儿吧,千里小姐?"

"我没事。怎么了?"千里惊魂未定地问。

泰夫也不知道发生了什么。他一脸茫然地四下看了看,突然难以置信地叫道:"哎呀,换挡杆断了!这正开着车呢,怎么可能?"他举着断掉的换挡杆,说,"所以,我才不喜欢日本车的。我去给JAF[①]打电话,让他们来修。你等我一下。"说着他打开应急灯,跑到街角的一个香烟店打公用电话。

泰夫打完电话回来,从车窗外对千里说:"他们说十分钟左右就能来。不修好,没办法换挡,当然也没办法开车。这要是在高速公路上,说不定我们俩这时候已经升天了。"

泰夫掏出烟,千里也从车上下来,说:"这辆车是千代田的丽贝卡吧。我看你刚才给我的那张表里,好像你们家有个亲戚在千代田汽车公司当专务。"

泰夫不满地说:"对,是我姑父。就是因为这层关系,他们说可以优惠,非让我买了这辆车。本来我是不想买的。"

---

① 日本汽车联盟。

"最近报纸上经常报道汽车质量的问题。不光是丽贝卡,爱知和日新的汽车也经常出故障。"

泰夫沮丧地说:"那倒是。不过,这种丽贝卡就是外观华贵,车里面狭小不说,排气装置的性能也不好。冬天一开暖气,玻璃马上就起一片雾。而且,刹车、油门都不好用。美国车就不一样了,虽然车内装潢不够精致,可是很结实。"

这时,JAF的车来了。修理工检查了一下车,说:"这得叫清障车来,把车拖到修理厂去修。丽贝卡经常出这种换挡杆断掉或者脱落的事情。"

"噢。那就近的修理厂在哪儿?"

"京都车站后面。"

"没有更近一点儿的?"

"爱知和日新是每五公里一个维修厂,千代田是十公里一个。而且,他们的修理工又少,得几天才能修好。"年轻的修理工看着泰夫和千里,露出讥讽的笑容,说,"你们今天的约会是要泡汤了。"

泰夫的自尊心受到了极大的伤害,血直往上涌。他把烟往地上一扔,怒气冲冲地说:"管他是什么姑父公司的汽车,我要投诉他们!今天晚上我就给我姑父打电话。"

在小金井高尔夫球场,近畿商事副社长里井和千代田汽车公司专务村山刚打完一场球。两人冲了澡,在会所靠窗户的座位上坐下,各要了一杯啤酒。

因为不是周末,所以球场上空空荡荡,盛夏的太阳无情地烤着草坪。服务生端来啤酒,里井和村山这对大学同学一起举杯,一口气喝干了杯中的啤酒。

里井用聊天的口气似乎不经意地问:"你们公司的丽贝卡卖得

怎么样？"

因打高尔夫晒得黝黑的村山咧嘴一笑，说："你今天约我打高尔夫就是为了这个？"

"也算是吧。听说销量很不好啊！我们公司汽车部门的同事说，有的销售店还一次性地进行三百台丽贝卡大减价。现在爱知和日新都在推出大众型汽车，可你们公司偏偏要生产这种大家闺秀型的奢华汽车，真不知道你们是怎么想的。"里井像往常一样，毫不客气地说。

村田想起昨天晚上内侄丹阿弥泰夫打来电话，冲他发了一通火，说他的丽贝卡坏了。他无奈地对里井说："唉，不得不承认，丽贝卡是个失败的案例。五年前，我们公司打算全力发展轿车生产。当时，有两种选择，一个是修建具有最先进设备的厚木工厂，另一个是用建厂的资金加强扩大销售网。虽然我极力主张加强扩大销售网，但是，遭到那些搞技术出身的董事们的极力反对。结果，最终公司决定修建工厂。既然新建了具有最先进设备的厂房，那就要生产出相应的汽车。结果就有了丽贝卡。丽贝卡无论是车身外观还是车内装潢都比爱知的卡罗纳和日新的红鸟高出一大截，是皇室御用的车中之王。要让我们公司的那些技术人员说，卡罗纳和红鸟是乡下妞开的车。"

"这正是千代田汽车公司的悲剧所在。虽然你们和日新、爱知平起平坐的所谓三大汽车公司的时代已经结束了，可是，你们还死要面子，抱住高级轿车的生产死不撒手。所以，你们和爱知、日新之间的距离才越来越大。"

千代田汽车公司面临的困境在里井的脑海里变成了一组数据。千代田从卡车、巴士生产厂家转型生产轿车，昭和三十六年（1961年）走入正轨。同年的新车销售量是一万两千台，五年后的昭和四十一年（1966年）只上升到两万九千台。而当时爱知、日新的销售量是六万台,五年后分别猛增到二十五万台和十八万台。近年来千代田靠着他们擅长的卡车、巴士生产勉强维持着运转。

里井巧妙地把话题引到核心问题上:"最近,各方面都很关注你们公司的前途。你们公司到底有什么打算?凭你和我的关系,你就给我透个底吧!"

村山夹了一片色拉米香肠送进嘴里,说:"说实话,我们现在还不考虑和其他公司合作。以前,通产省曾经牵线,希望我们和爱知联手合作。爱知那种唯利是图的公司,如果和他们合作,我们公司立刻就会被扒得精光,沦为他们的承包厂家。再看看日新合并普里马汽车公司时候的做法,也让人心寒。所以,我们公司还是打算走独立自主的路线。"

"可是,如果你们的经营状况继续恶化下去,外资涌进日本的时候,你们怎么办?"

"这是我们最头疼的问题。你们商社怎么看?你们认为什么时候资本自由化?"

"这个嘛,坚决保护民族资本的通产省肯定会出来阻止资本自由化。不过,作为美国的战略性产业,美国汽车三巨头和美国政府关系密切。虽然不会是畅通无阻,但他们总有一天要进入日本市场。时间嘛,大概在两年以后吧。"

村山一下子严肃起来,说:"这么说,连三年的时间都没有了。"

"你还是那么乐观!克莱斯勒进入法国市场的时候,戴高乐总统怒不可遏,这件事你还记得吧?"里井不愧是商社人,马上拿法国市场举例。

村山胆战心惊地说:"你说那件事,一想起来我后脊梁骨就发凉。"

当年克莱斯勒持有法国第四大汽车制造公司西姆卡百分之二十五的股份。他们大肆宣传将通过巴黎的瑞士银行高价收购西姆卡股份,并用种种手段从法人和个人手里买到大量股份。等手中所持的股份达到百分之六十三的时候,克莱斯勒突然宣布成为卡西姆的最大股东。当戴高乐总统得知此事大发雷霆的时候,早已无力回天。

村山沉默了一会儿,说:"其实,现在有两家找我们。一家是富国汽车公司,一家是五菱汽车公司。不过,这件事还只有社长和我知道。"受到外资的威胁,村山不再装傻,跟里井说了真话。

"你们是怎么想的?"

"这个我不能说。"

"那是谁给你们做中介人?银行还是通产省?"

村山没有正面回答,而是说:"贸易振兴局局长天川快退休了,退休以后,他到我们公司当顾问。"

"哦?天川局长当你们公司的顾问?"

国家明令禁止高级官员退休两年之内担任民营企业的职务。所以,天川的顾问头衔只不过是个幌子,两年后他肯定是千代田汽车公司的专务或者常务。他的任务就是起到联络千代田和通产省的作用,并且最终促成千代田和某家公司的合作。

想到这儿,里井说:"天川局长去你们公司当顾问,那你们和谁合作就不言自明了。通产省的重工业局和五菱重工关系密切,人尽皆知。而且,虽然五菱汽车公司没有千代田汽车公司大,可是,他们背后有强大的五菱集团,如果和他们合作,千代田有朝一日被吞噬掉的风险很大。这样一来,你们就会和富国汽车公司结合。因为这样做安全系数高,千代田还可以掌握主动权。"

表面上里井的话是为千代田的未来着想,实际上,他的真正目的在于扩大近畿商事的商业权利。如果千代田汽车公司和五菱汽车公司联手,出口代理权和国内的钢板供应权自然就会落到五菱商事的手里。但如果是和富国汽车公司合作,近畿商事就可以与其背后的富国重工集团结合,进一步扩大商业权利。也就是说,这样一来,近畿商事可以把千代田汽车公司当作一个工具,用来极大地促进自己的重工业化。里井无边眼镜下的一双眼睛里露出得意之色,在心里谋划着抢在壹岐之前为公司的重工业化道路铺路架桥,让公司上下为之震惊。

业务本部在壹岐的主持下开完晨会,员工们各自和约见的对方取得联系后,便各奔东西。刚才还充满争论、充满活力的办公室渐渐安静下来。壹岐回到本部长的办公桌前,目光落在桌子旁边的大地球仪上。随着资本自由化的迫近,业务本部各部门之间的讨论愈加激烈。同时,也需要强化海外分店网。

壹岐转动着地球仪,美洲、大洋洲、苏联、中国、东南亚、西欧,非洲在他眼前晃动。最后,他把目光锁定在下月中旬要去出差的北美。

要走国际化,最大的突破口还是纽约。壹岐以纽约为中心重新审视着地球仪。这时,电话响了。因为知道业务本部直通电话号码的人极其有限,所以,壹岐马上自己拿起了话筒。

"喂!我是小……"话筒里的声音很小,听不清楚。

"啊?是哪位?"壹岐问道。

对方压低嗓门说:"是壹岐吧?我是小出宏。以前在航空部听您调遣的……您不记得我了?"

"噢,小出君,原来是你啊!对不起!没想到是你……我一直惦记着你,不知道那以后你怎么样了?"

"难得!难得!原来您也挺担心我的。那事情就好办了。今天我想和您说个事儿。"

小出变了,不像以前那么拘谨,他的态度甚至有点儿狎昵。壹岐听说小出现在靠出售各种情报消息糊口,形迹可疑。虽然他的时间安排得很紧,但还是没有贸然回绝小出。

"我现在倒是有点时间,要不你来公司一趟?"

"那可不行!那件事以后,近畿商事虽然安排我去旗下的公司工作,但等于体体面面地让我炒了鱿鱼。那种公司谁还会去?就劳驾您出来一趟吧!在哪儿找个避人耳目的单间,我们见个面。"

壹岐看了一下表,不到十二点。"那好吧!银座六丁目第一个路口东边有个叫埃斯卡鲁戈的西餐厅,那儿有单间,我们在那儿见吧!"

"这么说,你马上就出来?"小出疑心很重地叮问之后才挂了电话。

今年春天,壹岐和秋津千里去名叫蜗牛的餐厅吃饭的途中,曾在数寄屋桥十字路口从车里看到一个横穿马路的人。那人穿着肮脏的雨衣,双手插在口袋里,无精打采,很像小出。此刻,壹岐脑海里浮现出那个人的身影。当年,小出涉嫌贿赂防卫厅空幕的芦田二佐买卖机密文件被逮捕,之后免予起诉。从拘留所出来后,近畿商事安排他去旗下的一家电子设备厂工作。但只干了三年,他就辞了工作,做起了情报掮客。壹岐心想,他现在找我是为了什么?听说小出离开那家电子设备厂以后,壹岐曾联系过他。但他已经搬家,没联系上。小出显然不知道这件事,以为壹岐冷酷无情。从刚才他在电话里的态度也能看出这一点。

壹岐告诉部下他要出去一趟,出了公司,坐出租车往银座的埃斯卡鲁戈赶。

小出已经先到一步,在二楼的单间里等壹岐。看见壹岐进来,小出站起来,注视着壹岐。小出脸色灰白,衬衫袖口脏兮兮的,说明他生活得并不如意。壹岐突然感到一阵心痛,故作轻松地说:"好久不见!你还好吧?"

"你都看见了。"小出避开壹岐的视线说,话里显然带着情绪。

"你离开近畿电子设备公司的时候为什么不说一声?大家都很担心你,包括松本部长。"

"到哪儿还不都一样。一个被逮捕过的人,走到哪儿都受排挤。芦田被航空自卫队警务队带走的时候,要是你马上让我去美国,现在我也不会是这副德行。我真的恨过你。都是干的同样的勾当,当时的里井常务现在当了副社长,松本部长当了近畿电子设备公司的社长,你壹岐现在也是常务。我这种小人物从防卫厅到近畿商事的一开始,就是被当作 FX 的预备牺牲品所利用的。可我却没看出这一点来,一心觉得既然近畿商事看重我,我就要干出一番成绩来。为此,我没少冒风险。现在想起来,那时候我简直就是一个小丑。"

在航空部的时候,虽然小出就胆小怕事,心胸狭窄,但还保持了一个公司职员的操守。眼前这个小出虽然不敢正眼看壹岐,但已经完完全全变成了一个无赖。

"FX 的预备牺牲品"这句话让壹岐心里更加难受。他说:"到吃饭的点儿了,我们边吃边谈吧!"

当着服务生的面,小出无所顾忌地说:"那就给我来瓶啤酒,一块大牛排。我已经好长时间没吃上牛排了。"

壹岐说服自己和小出点了同样的东西,问:"你找我什么事?是工作的事儿?"

"根本不是。"小出躲开壹岐的视线,看着墙上的油画说,"今天我是为这个来的。"他拿出一个文件袋,放在铺着雪白台布的餐桌上。

壹岐诧异地问:"这是什么?"

小出用粗鄙的口气说:"花不了多长时间,你先看看吧!"

壹岐心里有些不快,又不想拉下脸责难小出,就拿起桌上的文件袋。打开一看,里面是五张跑车外观设计图的拷贝和十张照片。照片上的汽车车身蒙着车罩,正在山路上行驶。当钢铁部部长的时候,壹岐曾经和汽车厂家有过交往,他能看出这些拷贝是某家汽车公司新产品或换代产品的外观设计图,照片是试驾时候照的。

壹岐不解地问:"这跟我有什么关系?"

小出喝了口啤酒,一边用叉子叉着牛排一边说:"哦?壹岐你一贯爱装糊涂。不过,看起来这次你不是装糊涂,是真不明白。"

壹岐正色道:"小出君,是你说有话跟我说我才来的。因为我一直关心你的消息,所以,我是抱着认真的态度来的。希望你也能用认真的态度,简洁明了地说明你想要说的事情。"

小出愣了一下,说:"那就直说了吧。这是近畿商事负责供应钢材、代理出口业务的千代田汽车公司明年春天推出的新款车'一一五'。现在还在没有正式名称,'一一五'只是代号。排气量1600cc,容载五人,跑车。这是三大汽车公司里衰败的千代田为了扭转局面,孤注一掷抛出的救命产品。我是想让你牵个线,让千代田把这些拷贝和照片高价买回去。"

壹岐还是第一次听说千代田设计了新款车。客户的企业机密一旦泄露,对近畿商事来说事关重大。

小出猜到了壹岐的心思,追问道:"怎么样,帮这个忙吗?"

"小出君,我不知道这些东西有多重要,没办法去说这件事。"

小出浑浊的眼睛里露出怒气,第一次直视着壹岐的眼睛,说道:"壹岐,我可是空幕出身的,和给防卫厅供应卡车、吉普的千代田的人交情不浅。他们不会拿哄小孩的假设计图和照片给我。你要是怀疑它们的重要性,那我就卖给其他公司,反正不缺买家。"说完就站了起来。

"小出君,先交给我吧!"

一听这句话,小出说:"这就对了,你不会不答应的。设计图我给你拷贝,照片到时候连底片一起交给你。价钱是二百万,现金。明天上午九点给我回话。我给你的常务办公室打电话,你等着我。这可不是别人,是你壹岐牵线,我期待着好价钱呢!"说完,他把最后一块牛排送进嘴里。吃完后,也不用餐巾纸擦嘴,带着一嘴油走了。

壹岐看着桌子上的文件袋,心想小出之所以不把这些东西直接拿给千代田汽车公司,而是让自己出面牵线,一是他想利用自己对他的歉疚索取高价,另外也是为了避免被人告他恐吓。真是狡猾之极。壹岐觉得沾了一身腥,浑身臭烘烘的。

壹岐喝着咖啡,思量着应该把这些东西交给千代田的谁。他一时想不起合适的人来。公司里和千代田汽车公司关系最近的是负责钢铁部门的堂本常务。堂本常务在上次的经营会议上大力支持业务本部提出的重工业化方针,平时对壹岐也抱有好感,虽然有什么事情可以放心地找他商量,但是,壹岐不想让别人知道今天这件事情,他想直接和千代田的人商量,秘密地处理好这件事。他突然想起刚才小出生气时说的那句话:"他们不会拿哄小孩的假设计图和照片给我。"也就是说这些东西不是从营业部门而是从技术部门……壹岐突然想起一个人来,千代田汽车公司负责技术部门的董事小牧。当钢铁部部长的时候,壹岐见过小牧。虽然只有一面之交,但小牧曾经是海军的技术军官,是零式舰上战斗机的设计者之一。而且,他和大部分技术人员一样,真诚单纯,给壹岐留下了很深的印象。

壹岐马上拿起电话,拨通千代田汽车公司总部。对方说小牧是厚木厂的厂长,让他往那儿打电话。壹岐问了电话号码,重新拨通了厚木厂的直通电话。

"喂!我是近畿商事的壹岐。好久没有联系了。"

"原来是壹岐先生,真是好久没联系了。不过,我经常听到你的消息。"话筒里传来小牧亲切的声音。

"如此唐突,虽然非常失礼,但我有急事,想见见你。"

"找我有急事？什么事？"

"是这样的,有人把贵公司正在试制的新款车'一一五'的外观设计图和试驾照片拿到我这儿来,让我买。我想跟您商量一下,看到底是怎么回事儿。"

"壹岐先生！你刚才把新款车叫'一一五'？"

"是啊,对方说这种车还没有正式名称,暂时叫'一一五'。"

"这下问题严重了。'一一五'是我们公司内部的代号,连这个都知道,说明他拿给你的东西很重要。我现在就想看看这些东西。不过,两点钟在总部有个会,我脱不开身。开完会,五点钟我们在皇宫酒店的客房见面,你方便吗？"

"我想办法安排时间。"

"那五点钟见。我用小牧的名义订一个客房。"小牧大概是太过震惊,顾不上客套,仓皇地挂了电话。

皇宫饭店五〇七号房间。千代田汽车公司常务小牧看着手里的拷贝和照片,说:"这些拷贝前后左右五张,的确是我们正在试制的'一一五'。这些车身蒙着车罩的照片,从周围的环境判断,是目前在碓冰岭一带深夜进行实地测试的红外线照片。这么精确的东西,是谁拿给你的？"小牧抬起稀疏眉毛下的一双坚毅的眼睛,看着壹岐。

"是从防卫厅到我们公司,和我一起工作过的人。"

"叫什么名字？"

"小出宏。你知道这个人？"壹岐像吞下一颗苦果。

"小出？因为我也利用情报掮客刺探竞争对手试制新款车或者改良车型的情况,他们也会主动找上门来,所以,认识四五个业界的情报混混。但以前没听说过小出这个人。不过,从他拿来的这些东西看,不可能是他一个人干的。"

"他说他和你们公司负责防卫厅业务的人有交情,有没有可能是你们公司内部的人泄的密?"不知为什么,壹岐的口气有些庇护小出。

"不能说完全没有。但是,参与试制新款车的人员是经过严格控制的。而且试制新款车的厂房和试驾场都是和普通生产线分开的,还有保安二十四小时巡逻把守。所以,很难想象公司内部的人泄密。有可能是承包我们公司零件生产或者提供'一一五'生产设备的厂商泄露出去的。"

壹岐指着详尽的设计图问:"可是,他们怎么可能知道'一一五'的外观设计?"

"如果是这方面的专家,通过综合分析马达、刹车和其他零部件的数据,基本上能推断出车的外观和性能。为了明年大量投入生产,我们公司已经订购了生产机器和模具生产设备。可能是这些厂家把新款车的设计数据泄露出去的。"

"那这些试驾时的照片是怎么被拍下来的?你们在公司外试驾,肯定是保密的吧?"壹岐看着车身蒙着车罩,正在险峻的山路上行驶的汽车照片继续问道。

小牧长长地叹了一口气,说:"当然。新款车的实地测试十分保密,一切都是小心又小心,连交警的巡逻摩托都很难发现。"

"为什么还怕交通警察发现?"

"因为一旦因为超速行驶或其他原因受到交通警察的询问,新款车马上就会暴露,成为报纸采访追逐的对象,所以,直线速度测试是深夜在东名高速公路,路况险恶的耐久力测试和上坡时的力度测试是在箱根、轻井泽没有人烟的山里进行。每次测试前都要做细致周到的安排。而且,试驾车前后都有我们公司的巡逻车护卫,随时用无线电联系周围的情况。不过,一款新车的行驶测试距离规定最低十万公里,行驶路线又不可能每晚都换。所以,如果有人盯上可能通过的路线,就有可能躲在草丛里用长焦距镜头偷拍。像偷拍试驾、偷录发动机的声音这种事儿,一般都是竞争对手找人干的。"

见壹岐对这种不亚于间谍战的窃密与反窃密流露出难以置信的表情,小牧说:"壹岐先生,我绝没有夸大事实。小汽车的销量好坏取决于在第一时间内掌握竞争对手将要推出的新款车情况,发现它的弱点,用以制定对本公司有利的经营方针。新款车的研发需要五年时间,为了使新款车适应五年以后的市场需求,要通过对市场调查的分析研究决定车的外观、性能,然后进行设计、试制、试驾、改良,再进行试驾。一种新款车需要投入巨额资金最终才能投放市场。新款车的外观、性能一旦泄露就意味着以失败告终。所以说,这个'一一五'也险些一败涂地。这个小出要价是多少?"

"二百万。"

"二百万?"小牧为难地说,"这个有点儿……一般这种东西的行情最多一百万。"

"是吗?因为我不了解这个行情,所以,当时什么也没说。他明天上午九点给我打电话,我把你刚才的话明确地转告给他。"

"如果他不同意,今后就由我们直接和他交涉。壹岐先生,你看行吗?"

"那真是求之不得了。不过,这些设计图和照片如果有可能在这之前已经落到了其他公司手里,你们买它是不是就没有多大意义了?"

"虽然不能说绝对没有落到其他公司手里,但是,'一一五'是关系到我们公司前途的新款车。你知道,我们公司虽然被称作三大汽车公司之一,可销售业绩一直不是很好。为了应对即将到来的资本自由化,我们公司正在加紧体制改革。'一一五'决定着我们公司的命运。"小牧用技术人员特有的执着的目光看着壹岐说,"所幸这些事没有闹到我们公司的营业部门,否则他们又要指责我们技术部门了。壹岐先生,能不能请你一个人参观一下我们的厚木工厂。"

"一个人"这三个字里似乎别有含义。从小牧的话里壹岐听出千代田汽车公司内部技术部门和营业部门之间有对立情绪。他用不经意的口吻说:"你这么一说我想起来了。我在钢铁部的时候参观过你们公司生产卡车和巴士的相模工厂,厚木工厂我还没去过。抽时间我一定去看看。"

壹岐走出皇宫饭店。外面刚下过阵雨,马路上湿漉漉的,乌云密布的天空上还在闪电。壹岐一个人走在湿漉漉的街上,不知不觉他往西银座走去。

虽然和小牧见面交谈不算什么,但是,壹岐还是很生自己的气。因为他无法放弃对小出宏的怜悯,尽管今天的事儿让他感到很恶心,所以,今晚他想一个人喝几杯。

壹岐推开露波儿的门,迎面撞上一个送客人的女招待。

"失敬!"

女招待身穿大红晚礼服,皮肤像白种人一样雪白,有着日本人没有的高挑身材,非常漂亮。"哪里的话,都怪我毛手毛脚的。您请到包厢吧!"

"不用了。我就一个人,还是吧台吧!"

女招待很殷勤地把壹岐带到吧台的空位上,转身往包厢走去。雪白丰满的后背裸露在性感的晚礼服外面。

露波儿今晚人比平时多,特别是正中间的钢琴周围尤其热闹。壹岐要了一杯水释威士忌,一个人静静地喝起来。他下意识地想着刚才那个女招待。虽然他觉得好像在哪儿见过她,但在记忆深处又找不到她。

壹岐慢慢地呷着威士忌。醉意渐渐袭来,突然,他的脑海里浮现出西伯利亚那群女囚犯的身影。当年,壹岐被以战犯的罪名处以二十五年苦役,在从哈巴罗夫斯克到流放地拉佐的路上曾遇到过一群女囚犯。那是在一个由水路转陆路的中转站,一到晚上,男囚犯们就像野兽一样隔着铁丝网向女囚犯求欢。女囚犯们在与骨肉分离、又被流放到极地的痛苦和绝望中像抓住一线希望一样委身于这些男人。有的女人甚至主动撩开裙子,露出雪白的屁股上的文身主动勾引男人。但其中有一个女人傲然漠视这一切。她是女囚犯们的头儿,穿着用和服里子的布料做的大红衬衫,敢和看守顶撞。她出生在集中营,在孤儿院作为"斯大林的孩子"长大,因为卖淫被判了十五年苦役。她年轻丰满的胸前被刺上男女交合的文身。她歪着涂着大红口红的嘴唇笑着说,文身是当局把她们这些人抓起来一起刺的,为的是让她们永远无法再像普通女人那样生活。也许,刚才在门口撞上的那个穿大红礼服裙的女招待让壹岐联想到了这个女囚犯。虽然从西伯利亚回到日本已经十年了,但是,那段悲惨的经历就像刺在女囚犯身上的文身一样,永远刻在壹岐心中,挥之不去。

　　"哎呀,壹岐先生,你什么时候来的? 没能迎接,真是失礼了!"老板娘京子身穿夏草图案的清爽的和服出现在壹岐旁边。

　　"今天晚上真热闹啊!"

　　"是啊,东京商事的鲛岛先生带着公司的人来了。说努力了好几年的事情终于有了结果,好好地庆祝了一番。他刚回去,开心极了。"

　　壹岐很想知道鲛岛说的努力了好几年的事情是什么,就又要了一杯水释威士忌,问道:"红子小姐最近怎么样? 还好吧?"

　　"还是老样子。最近没回日本,大概和黄先生过得还不错吧。您去印度尼西亚的时候去她那儿看看吧! 她早就说要带您去他们在巴厘岛的别墅。"

"谢谢了,有机会一定去!"

京子往包厢那边看了一眼,说:"你们公司的里井副社长和千代田汽车公司的村山专务也来了。最近,他们经常光顾。您要不要过去?"

"噢,里井副社长在哪个包厢?"

京子用眼睛示意说:"钢琴斜对面那个。你看,就是那个高个子的漂亮女招待那儿。"

壹岐顺着京子的目光望去,见刚才那个女招待侧身坐在那里,她旁边靠墙的阴影里能看见里井的身影。

"不过去了,免得打搅他们谈事情。我就在这儿喝吧。那个女招待是不是白俄的混血儿?"

"您说的是羊子?壹岐先生,您的眼光也挺厉害的。"京子小声说,"虽然我不知道她是不是混血儿,但她真的很不得了。来我这儿以前,她就和里井副社长关系不一般。您可要小心哦。"

京子的话让壹岐感到很意外。他透过昏暗的灯光和交错的人影又往包厢看了一眼,正好看见里井的手在羊子裸露在礼服裙外面的雪白的背上摩挲。同时,里井的无框眼镜也往这边一闪。虽然壹岐看不清里井的表情,但他马上把放在羊子身上的手缩了回去。壹岐知道里井已经看见他了,便离开吧台,若无其事地朝里井的包厢走去。

羊子吃惊地说:"哎呀!您就是刚才……"

"这不是壹岐君吗?就你一个人?"

"对。我今天和人见面,谈完事情以后就一个人溜达到这儿来了。"

"噢。来,一起坐吧!这位是千代田汽车公司的村山专务。"

大概是因为羊子在身边,里井少有地开心,还把村山专务介绍给了壹岐。

村山专务不像一般的销售人员,温文尔雅。两人交换了名片,村山说:"壹岐先生的大名我经常耳闻。里井副社长对我们一直照顾有加,今后还请您多关照。"

"哪里的话,我们公司最了解汽车行业的就是里井副社长了。我哪有那个能力。"壹岐只字不提刚见过千代田小牧常务的事。

"你太客气了,最初连商社的'商'字都不知道怎么回事的人,只用了七八年时间就当上了常务,不愧是原大本营的参谋。佩服啊!汽车产业从某种意义上讲也是战略产业,您的进言一定对我们有很大帮助。唉,我们公司都是些'技术痴人',大部分人以为只要生产出好车,就一定会有人买。刚才我还跟里井副社长说……"村山好像找到了知己,跟壹岐说。

里井扫兴地打断村山,说:"村山君,刚见面,又是在这种地方,你张口就谈工作。这也太不像你,太没情调了。"

羊子给壹岐端来酒,坐下,和里井间稍微保持了一点距离。她说:"我很喜欢千代田的汽车。前段时间我用优惠价买了一辆帝王。这种车是宫内厅的御用车,很豪华。如果帝王也像爱知、日新的车一样满大街跑了,那我就要换外国车开了。"说着向里井投出一个微妙的眼神。从那个眼神里可以看出,这辆帝王是里井买给她的。

里井表情不自然地喝干杯子里的酒,极力主张道:"对,你是这么说。可汽车也是批量生产的产业,卖不出去说什么都没用。就拿奔驰来说,在日本那是地位的象征。可你去德国看看,出租汽车、外租的汽车都是奔驰,满大街跑。"

壹岐说:"哦?是吗?我也觉得千代田的汽车给人高级车的印象,走物以稀为贵的路线就很好。原来我这是外行的看法。"

村山夸张地摆摆手,说:"不!不!汽车产业需要在开发和设备上投入大量资金,销售量上不去,就无法生存。这是汽车产业的宿命。看来,有必要请壹岐先生参观一下我们公司的厚木工厂。你说呢?

里井君。"

里井一言不发,只暧昧地点了点头。

"我早就听说厚木工厂设备很先进。什么时候里井副社长去的时候,我一定随行。到时候,还请多关照。"壹岐说,给足了里井面子。

壹岐想起小牧邀请他一个人参观厚木工厂的话,决定回家后马上跟小牧常务联系。

回到家,壹岐让佳子把起居间的空调开大,再给他倒杯冰水。今天陪里井副社长,他有点儿喝多了。

"哎呀!这么大的酒味儿!"佳子端来冰水,转身去给壹岐准备换的衣服。

"我等会儿再换衣服,得先打个电话。"

壹岐从上衣口袋里拿出小牧的名片,拨通他家的电话。

"喂,是小牧先生家吗?您丈夫在家吗?噢,还没回来。对不起,等他回来以后请他给我打个电话。我是近畿商事的壹岐。"

壹岐又喝了一杯冰水,这才换上家居和服,在饭桌前坐下。

佳子早就等不及了,迫不及待地说:"人家给直子说了两门亲事呢!"她从小柜子里拿出一个大信封,说,"一个在通产省工作,二十七岁,东京大学法学院毕业。他父亲是东京都的民生局长。另一个在日本制作所工作,早稻田大学理工学院毕业,二十八岁。他家是纺织厂的,离孩子们的外公家不远。他是家里的老二。"

说着,佳子把两张照片和家世书摆到壹岐面前。壹岐拿起来看了看。两个小伙子相貌都还算不错,看上去身体健壮,家庭条件也很好。

"怎么样?这两门亲事都不错吧?"佳子按捺不住做母亲的喜悦,兴奋地问。

给女儿提亲的人越多,壹岐当然也越高兴。但他最看重的是对方是否能让女儿幸福。

"那直子怎么说？"

"她还能说什么？还不是那些话。说什么很喜欢她的工作，还不想考虑结婚。要不就是说要趁在日本航空工作期间多到海外玩玩儿再说。"

"她是不是有喜欢的人啊？"壹岐的脑海里掠过东京商事鲛岛辰三的儿子的身影。因为，他经常开车送直子回来。

"我也注意这一点呢。可是，好像没有。"

"那就不用那么着急嘛！"

"直子已经不小了！我想让她和日本制作所的那个孩子相亲。那个孩子是父亲介绍来的。"

"行，相亲的事我就不管了。不过，"壹岐强调说，"最后必须通过我这关。"

"你终于也下定决心了。"佳子早就看透了丈夫的心事，他就是不想让女儿离开自己。

壹岐问："对了，诚是今天晚上回来吧？"

诚在仙台的东北大学经济学院读大学，现在放暑假，说好了今天回家。

"你这个人，老说诚不像你，软绵绵的，男人应该硬气才对。怎么，你也这么宠他？"

"没有的事儿！"

壹岐不承认。他想起刚从西伯利亚回到家的时候，面对衣衫褴褛、面容消瘦憔悴的父亲，诚直往后退，说这不是爸爸。在小学生诚的心目中，爸爸是那个照片上戴着肩章、手握军刀的陆军中佐。他心目中的父亲和现实中的父亲相差太远，他用了很长时间才开始接受现实中的父亲。但是，他刚开始和父亲亲近的时候，壹岐就调到东京工作,整天忙得顾不上家。再加上第二次防卫力整备计划的FX问题,重新给诚心目中的父亲形象投下了阴影,他开始以批判的眼光看待父亲。

当初,诚说要考东北大学经济学院的时候,虽然壹岐鼓励他多努把力,争取考上东京大学或者一桥大学,但诚说东北有爷爷那边的亲戚,有他的堂兄妹。"关键是因为我喜欢仙台,所以选择了东北大学。"其实,壹岐知道这些都是假的,诚选择东北大学的真正理由是他想离开这个家。因为一想到小时候的感情经历给诚的心理留下了阴影,壹岐就觉得他很可怜,所以,比起直子来,他更疼爱诚。

壹岐抬头看了一下墙上的表,已经十点半了。

"怎么还不回来?是不是改日子了?"

哗啦一声,门口传来开门的声音。"我回来了!"诚身穿马球衫,手里提着旅行包出现在起居间。他长得很像母亲,脸部线条细腻,但两道浓眉和紧闭的双唇透着倔强。

佳子急忙迎上去:"怎么这么晚?吃饭了没有?"

"火车晚点了。我在车上吃了便当。"

"来喝杯啤酒吧!"壹岐说。

诚坐到饭桌前,一口喝干父亲给他倒的啤酒。

"喝得挺痛快。在仙台是不是经常喝啊?"

"嗯。"

"行!明年春天你就要毕业,进入社会了。男人还是会喝点儿就好。工作定下来了没有?"

"我考虑了很久,终于决定应聘那家公司了。"

"哦?你打算应聘哪家公司?"

"是家商社。"

壹岐感到有些意外,又觉得既然诚选择了和自己同样的职业,说明他和自己之间的隔阂消除了。正当他暗自高兴的时候,诚又说:"是五井物产。"

"哦?为什么选择五井物产?"

诚带着讥讽的口气说:"那还用说,因为五井物产是最好的商社嘛!"

虽然壹岐心里多少有点儿不快,但他出于对儿子将来的考虑,他说:"对,这一点是有目共睹的。不过,那儿是东京大学、一桥大学出身的人的天下,学阀色彩很浓,你考虑过这一点没有?"

"我和您不一样,不是陆军大学军刀族出身,我们的人生道路也不一样。我不在乎。"诚喝干了第三杯啤酒。他的话好像在故意招父亲生气。

这时,电话铃响了。佳子正要接电话,壹岐说:"要是小出,就说我不在。"

"小出?就是你以前在航空部时的那个……"佳子担心地说。

壹岐黑着脸说:"你别管这些。反正,要是小出的电话,就说我不在就行了。"

佳子拿起话筒:"哪位?是小牧先生……小牧先生,是吧?"佳子把话筒递给壹岐。

"喂!小牧先生,今天下午多谢了!"

小牧担心地问:"壹岐先生,是不是那件事又出了问题?"

"跟那件事没关系。明天我想参观一下你们的厚木工厂。"

"什么?明天?"小牧没想到壹岐这么性急,反问道。

"对,我有个想法。到时候能不能让我看一下'一一五'?"

"这个嘛……你知道,新款车试制车间是严禁外部人员进入的。"小牧犹豫了一下,说,"行,你去找我的部下研发室副店长足立吧!"

"好的。是这样的,刚才我在银座见到了你们负责营业的村山专务,他邀请我去参观你们的厚木工厂。到时候,我用市谷这个名字。"

"哦? 你见到村山专务了? 足立带你参观完工厂以后,会带你去试制车间的。"

"好,那就拜托了!"说完,壹岐挂了电话。

第二天上午,壹岐在常务办公室等小出的电话。

如果可能的话,虽然壹岐很想阻止这种窃取他人公司秘密换取金钱的卑鄙行径,但是,一想到现在的小出一定不会听他的劝阻,心里很不是滋味。

九点整,电话铃响了,是小出打来的。他劈头就问:"他们给多少?"

"一百万。不过,小出君,这种事情……"

没等壹岐把劝说的话说出口,小出突然威胁道:"开什么玩笑? 那么重要的东西,他们想按普通行情出价钱,那我太不划算了! 而且,是您壹岐先生牵的线,怎么都得给二百万,少一分都不行!"

壹岐的心凉透了,他直截了当地说:"那行,你就直接和他们交涉吧,这件事我不管了。"

电话那头小出似乎有点儿害怕了,但他还是说:"你终于露出真面目了。你是想毁了这笔生意?"

"不是,我跟对方讲了,对方说想跟你直接交涉。地点是皇宫饭店五〇七,时间是中午十二点。拿设计图、照片底版和钱交换。"

"行,听上去没问题。这次有劳您了。再见!"说完小出就要挂电话。

"小出君!"壹岐试图改变小出,"你要想找正经工作,我可以帮你。但这种事情,这是最后一次。你太太知道你干的这些事情吗? 喂! 小出君!"

小出一言不发,咔嚓一声挂了电话。

壹岐放下话筒,把海部叫到常务办公室,简单地把小出的事情跟他讲了一遍。海部听完后说:"这人可真讨厌!壹岐部长,您和这种人搅在一起,不会出什么事情吧?"

"可我也不能一口回绝他吧?不说他了。我听小牧厂长的口气,好像千代田公司内部营业部门和技术部门有对立情绪。你听到过什么没有?"

"我听说最近里井副社长老是越过分管钢铁的堂本常务,频繁地和千代田的村山专务见面。"

"噢。我现在去千代田汽车公司的厚木工厂,你别跟别人讲。"

"好,那我给您叫辆出租车吧。"

壹岐没有用公司的车,而是坐着出租汽车去了千代田汽车公司的厚木工厂。

出租汽车在东名高速公路厚木出口下了高速公路,又往前开了一阵。对面车道上不断驶过满载千代田汽车公司生产的豪华轿车帝王和丽贝卡的拖车,路两边也出现了不少生产零件的小工厂。十点半,出租车停在了厚木工厂的大门前,门口有几名保安把守。

"请问,您有预约吗?"其中一个保安问。

壹岐打开车窗,说:"我是来拜访技术开发室副店长足立的。"

保安看了一下来访者名单,说:"您是市谷先生吧?"

壹岐点点头。因为出租汽车不能驶进工厂,壹岐下了出租车,走进工厂大门,坐上等候在那里的一辆汽车。车在五百米开外的一座三层楼前停下来,这里是厚木工厂的办公大楼。壹岐下车,环视着宽广的厂区,大约一百多万平方米的厂区里各道工序厂房一座座排列有序。

这就是肩负着千代田汽车公司未来的最先进的工厂。对它有了一个初步印象后,壹岐走进办公楼,向前台小姐说明来意。陈列在大厅里的汽车模型吸引了壹岐。他边等足立边看,不觉看得着了迷。

"让您久等了!我是足立。"一个身穿灰色工作服、领带系得端端正正的技术员模样的人向壹岐走来。

"对不起,打搅你了!"为了不引起注意,壹岐只简单地寒暄几句。

足立接过前台小姐递过来的来访者证,交给壹岐说:"麻烦您把这个带上。请跟我来!"

足立请壹岐上车,自己开车,沿着厂区内井然有序的宽阔的柏油路向厂方驶去。他说:"小牧常务交代我带您去看冲压、车身、组装三个车间,生产马达等的机械车间、铸造车间和喷漆车间今天就不去了。"

足立首先把汽车停在冲压车间前面。走进巨大的车间,里面堆放着大量的薄铁板,流水作业的冲压机发出的声响震耳欲聋。

足立把脸凑近壹岐,在他耳朵边上大声地做了简单的介绍:"汽车的车身由顶盖、引擎盖、前后门、后厢盖等大约一百一十个冲压部件组成。小的部件我们都承包给旗下厂家生产,这里只生产主要部件。右边的是丽贝卡,那边的是帝王车门的生产线。"

壹岐走近生产线,只见一毫米厚的铁板随着冲压机巨大的声响瞬间变成一扇扇车门,转眼被送到下一个流程。

壹岐也大声问道:"这个厂间的设备先进在哪里?"

"这条生产线是生产丽贝卡前门的。没有这个设备以前,从装材料、塑性到搬运到下道工序都是由人来完成的,每生产一扇门平均需要四个小时。小牧常务到西德考察的时候,参观了那里的自动化生产线。回来后就请机械制造厂家研发生产了这套自动化生产线,劳动力和时间都比以前节省了三分之二。"足立指着流水线的一角说,

"什么是汽车制造厂的最先进设备？一句话，就是如何用最少的人、安全高效地进行大量生产。"

车间里工人本来就很少，足立手指的地方则一个人也没有。只见机器手抓起流水线传送过来的车门，放入旁边的铁栅栏箱里。由人类智慧创造出来的机器手以超出人类的精准度完成着一系列动作。因为周围没有一丝人的气息，所以壹岐觉得有些阴森可怖。

"在日本汽车产业我们公司是第一个采用这种生产方式的。虽然我们还没有积累足够的经验，但是是最大限度地运用自动化生产技术的是焊接车间。生产一辆汽车需要焊接大约四千个部位，耗时耗工。而且，由于工作单调，跳槽的工人很多，焊接质量也好坏不均，所以，我们计划进一步推动自动化焊接生产线。"

足立一边陪着壹岐参观冲压车间，一边不停地介绍情况。从冲压车间出来他们又了生产车身的车间，最后来到组装车间。蓝色、白色、黄色、红色，色泽鲜艳的丽贝卡车身在长达近千米的流水线上依次被安装上马达以及各种零部件，变成一辆辆崭新的豪华轿车。

壹岐看着流水线上的车身，问："一辆汽车到底有多少零部件？"

足立边上通往二层的楼梯边说："这个嘛，算上小零件有几万个吧。要把这些零件都准确无误地、高效率地组装起来的设备也是一大课题。"

"一种车型平均需要多少设备投资？"

"这个不好一概而论。如果是轿车光设备就需要十到十五亿。来我们工厂参观的人看见汽车一个接一个地从自动化流水线上生产出来，不是说它们像玩具一样，就是说因为这种生产方式才会出现次品车，更有甚者说我们赚得太狠。其实，汽车产业并不像他们说得那么容易。"足立表情严肃认真地说。

足立和壹岐走上二楼，这里可以俯视整个车间。足立停住了脚步,眼底下是丽贝卡的最后一道生产工序。加了油、安好方向盘的丽贝卡从组装流水线上下来,被送去进行刹车和漏水等质量检查。在整套全自动化的生产过程中,壹岐第一次感到车被赋予了生命。

壹岐问:"新款车的试制是在哪里?"

足立突然压低声音说:"我现在就带您去。小牧常务也在那里等着您呢。"接着他又叮嘱道,"试制车间是绝对禁止部外人入内的,您心里要有数。"

走出组装车间,足立开着车穿过一片绿地,来到一栋四层楼前,上面写着"千代田汽车公司厚木工厂技术中心"。足立告诉壹岐,他们开发室就在这栋楼的四层。他带着壹岐疾步横穿过走廊,出了后门。楼后面的空地上有一个颇似大仓库的建筑,上面没有窗户。四周围着高墙,挂着"禁止入内"的牌子。

足立和壹岐朝那个建筑走去。突然,不知从哪里冒出两辆白色的汽车,朝着车间疾驶过来。壹岐吃了一惊,不由得停住了脚步。

"这是巡逻车,没关系的。"足立说着做了个手势。白色巡逻车确认是足立后,掉头走了。走到门口,把守在那里的几名保安也用审视的目光打量着壹岐。因为有足立在旁边,所以没有人阻拦他。壹岐顺利地进入没有窗户的"大仓库"里。

这就是新款车试制车间,无数个荧光灯把车间照得通明。这里和井然有序的自动化车间不同,到处散乱着零部件,数十名技工穿着工作服,戴着手套,用锤子和钳子手工制作零件。

足立边走边小声说:"这儿就是'一一五'试制车间。您看见中间那辆蒙着车罩的车身了吧?那就是明年春天发布的'一一五'。"

壹岐回想着小出拿来的设计图,问:"'一一五'是谁创造的?"

"和丽贝卡一样,是小牧常务四年前提案的。"足立四下张望了一下,在蒙着车罩的车身后面发现了小牧。他正对着一张设计图和两名工程师探讨着什么。"小牧先生当了常务以后,虽然已经不再担任新款车开发团队的主审了,可是,每次一进这个试制车间,他就不肯出去。这让他的秘书很头疼。"足立说着露出了苦笑。他的苦笑里包含着对小牧的敬意。

小牧用铅笔修改着设计图,说:"总之,发动时有困难,这点必须改进。能不能把排气管的位置调整一下?"

"不行!常务,排气管是早就设计好的,不能动。能不能在发动机和车身上下点功夫?"

"不行!都这时候了,发动机和车身设计绝对不能动。你再好好琢磨琢磨,我刚才说的不是完全行不通的。"

另一个工程师一边激烈反驳小牧,一边用怀疑的目光看着壹岐。小牧这才发现壹岐。"啊!你好!"他跟壹岐打了声招呼,交代两名工程师得出结论后通知他,然后才走到壹岐身边。小牧表情严肃地看着壹岐,说:"壹岐先生,这就是'一一五'。除了研发人员,还没有任何人见过它的真面目。现在,就请你看一下吧!"

小牧和足立摘下车罩。'一一五'的车身掀开神秘的面纱,出现在第一个看到它的壹岐眼前。鲜艳的蓝色、流线型的跑车设计让壹岐眼前一亮。

"'一一五'在国内首次采用中置引擎,排气量为1600cc,一百二十马力,最高时速可达二百二十公里以上,是考虑到高速公路时代的需求设计的。而且,启动快,可以长时间高速行驶。可以说是划时代的新车。"小牧淡淡地说。看得出他虽对自己的作品充满喜爱和自信,但也夹杂着一丝不安。

"看样子试制已经接近完成了。还要八个月才能对外公布吗?"

"八个月是营业部门提出来的苛刻的要求。要让我们技术部门说,最少还需要十个月。因为,需要经过测试后改良的地方还有几十处呢。"小牧让足立马上把车身重新罩上,接着说,"这后面就是试车场。去看看吧!"说完率先往外走。

从没有窗户的车间乍到外面,夏日的阳光如此耀眼,壹岐不由得眯起了眼睛。试车场上蒙着车罩、应该就是'一一五'的车像箭一般从他眼前闪过,转弯时车胎与地面摩擦,发出响亮的声音。

小牧在树荫下点上烟,说:"我刚才说还需要十个月的时间,是因为'一一五'虽然引擎很棒,但离合器和刹车还不够理想。因为我想克服掉这个缺点,所以,测试时间越长越好。可是,这多出的两个月的资金怎么也解决不了。其实,我请你来参观厚木工厂是因为一件事。我们公司的经营状况你也知道,通产省建议我们和富国汽车公司合作。而且,今年三月从通产省退休的原贸易振兴局局长要来我们公司,多半是为了这次合作的事。我们公司内部有人认为,为了应对外国资本进入日本以后的形势,和其他公司合并是不可避免的选择。主管营业的村山专务已经开始活动了。"

"哦?你们公司有这样的举措了?"

"是的。但是,壹岐先生,"小牧以原海军技术军官的率直和积极的态度说,"我们技术部门坚决主张走独立自主的道路,因为我们有国内设备最先进的这个厚木工厂和一流的技术。"

"我理解你的心情。据估计,今年全国汽车产业的增长率与去年相比是百分之六十。可是,你们公司却处在低迷状态。"

"对,与爱知和日新相比,我们公司的确逊色。可是,因为我们公司的技术来源于原岛中飞机制造公司,以前设计飞机引擎的工程师现在在设计汽车引擎,所以,我们才能力排竞争对手,获得了向宫内厅提供帝王汽车的荣耀。除此之外,我们的卡车生产技术也是一流的。我们公司经营状况之所以不好,是因为销售体系薄弱。首先经销商有问题,其次给我们提供融资的第三银行本身经营状况也不客观,无法给我们提供更多的资金。如果近畿商事肯在销售方面助我们一臂之力,我们还是很有可能走独立自主路线的。壹岐先生,你能不能帮助我们?"小牧用迫切的眼神直视着壹岐。

事情由小出拿来的新款车"一一五"的资料而起,现在却正在向意想不到的方向发展。面对小牧突如其来的请求,壹岐陷入了沉思。近畿商事是千代田汽车公司的原料供应商和出口代理商,千代田的未来对近畿商事来说举足轻重。

"壹岐先生,我们公司还有能力独立自主,我不想让通产省把他们的意图强加于人,让我们公司随随便便地和哪家公司合并。壹岐先生,我们的交情不能算深,向你提出这种请求我觉得很过意不去。不过,你们公司的里井副社长正和我们公司的村山专务联手,准备促成我们公司和富国汽车公司的合作关系。我希望你起码能阻止里井副社长。"

"什么?我们公司的里井副社长已经有所行动了?"

壹岐想起昨晚在露波儿看到里井和村山时的情景,心想里井不愧是元老级的商社人,具有敏锐的目光和能力,面对即将来临的资本自由化,他已经开始参与汽车制造业的重新整合了。壹岐看着从眼前飞驶而过的"一一五"说:"小牧厂长,你让我考虑考虑。"

一进近畿商事大楼,壹岐直奔电梯。没想到,在董事专用电梯门口正碰上从电梯里出来的里井。虽然他心里清楚里井不可能知道他刚刚秘密参观了千代田汽车公司,但还是不由得停住了脚步,寒暄道:"副社长,您好!出去?昨天晚上谢谢您了!"

"噢,我代替社长去参加贸易会的董事会议。"里井匆忙地应付了一声,坐上了等候在门口的奔驰。

因为社长一个月当中有半个月在大阪总部,所以,有些会议都由里井代替他出席。里井似乎很享受做这样的替身,根本顾不上问壹岐刚从哪里回来。壹岐松了一口气,上了电梯。

刚进业务本部办公室,一个年轻职员就说:"本部长,海部先生的电话。"壹岐接过话筒,里面传来海部亢奋的声音:"本部长,福克二世要从天而降了!"

"你说什么呢?"

海部喘着气说:"美国的福克二世突然要坐私人飞机从香港飞到羽田机场!"

壹岐略带责备地说:"海部君,你冷静点儿,慢慢说!"

"我在外务省美国局亲耳听到一个消息,美国大使馆要求准许美国汽车大王福克二世的私人飞机在羽田机场降落!"

对福克公司总裁的突然访日壹岐也感到非常吃惊。

"福克二世来日本的目的是什么?"

"这个还不清楚。现在,美国局的课长正在和运输省联系,请他们批准飞机着陆。不知道结果会怎么样,因为这个时间段正好是国际航线起飞和着陆的高峰期。我现在是在外务省地下楼层用公用电话给您打电话,等有了进一步消息以后,我再跟您联系。"

"海部君,好样的!你要好好儿盯住,看福克二世来日本以后和谁见面、去哪里。"

三巨头之首福克二世的突然访日,这个消息让壹岐的心骚动起来。

海部挂了公用电话,又返回美国局。

课长辅佐雪白的衬衫上系着笔挺的领带,见海部又回来了,惊讶地问道:"哎,海部君,你还没走?还有事儿吗?"

"噢,我到下面的小卖部买了包烟。那我们社长见阿里森副国务卿助理的时间和地点就定在八月二十五号下午两点四十分到三点的帝国饭店了。对吧?"海部今天是为件事情来的。

"是啊!刚才不是已经定好了吗?"

"对,是定好了。对了,福克总裁申请着陆的要求能被批准吗?"海部看了一眼还在打电话的课长,一边伸长耳朵听他说什么一边问。

美国课长一脸焦急,皱着眉头用听似殷勤实则无礼的语气说这是美国大使馆的请求,让运输省一定准许福克二世着陆。

海部耸了一下肩膀说:"还在交涉呢。这么难?"

课长辅佐不满地说:"运输省的那帮人就是固执。从国际外交关系上考虑,根本没什么可犹豫的。"

"不过,即便是大名鼎鼎的汽车大王哈里·福克,突然提出要用羽田机场也的确是难题。他在美国的空军基地降落不就没问题了吗?"

"可是,福克二世不愿意,说他就想在日本的大门羽田国际机场降落。"大概是习性使然,课长辅佐完全站在美国的立场上说,"其实航空局不用这么啰唆,让一架日本航空的客机让出跑道就行了。"

正在打电话的课长突然提高了嗓门:"总之,美国大使馆一直在催。他们说如果迟迟得不到答复,就让国务省直接给你们打电话。再这样僵下去,出了问题你们负全部责任!"课长威胁的话音还未完全落地,就听他话锋一转,说,"什么?是吗,这么说问题解决了?好,我马上给美国大使馆打电话,通知他们。羽田机场方面就请多费心了!"

海部亲身感受到了美国三巨头的强大能量。他出了外务省,去羽田机场等待福克二世的私人飞机降落。

七月正午的太阳照在羽田国际机场上。机场正在全力以赴地应对突如其来的福克二世的私人飞机。牵引着旋转着车顶的黄灯驶向跑道,身穿白色工作服的地勤人员紧张地忙碌着。为了给福克二世的私人飞机腾出跑道和停机坪,地勤人员正在用牵引车把日本航空DC-8客机拖往维修厂。与此同时,向导车也驶向C跑道,在那里等候。再过三十分钟,福克二世的私人飞机就要强行降落在羽田国际机场。

木更津上空出现了一架喷气式飞机的身影。紧接着飞机越过大海,驶入C跑道,平稳地降落在羽田机场。飞机在向导车的引导下进入停机位。飞机舷梯刚放下,挂着蓝色车牌的美国大使馆汽车便驶入停机坪,停在旁边。是美国大使馆一等秘书官前来迎接福克二世。海部站在接机台的最前列,亲眼看见了美国巨型企业和政府之间的紧密联系。

私人飞机的舱门打开了,福克二世出现在众人面前。他体格健壮,上衣搭在右臂上,身上只穿着一件衬衣,显得舒适悠闲。他和夫人在四五名随送人员的陪同下走下舷梯,上了大使馆的汽车。随行人员把他的行李搬上日本航空的小货车,一行向海关驶去。

在此期间,闻讯赶来的记者将美国大使馆秘书团团围住,提出召开记者招待会的请求。秘书一脸困惑地表示,福克二世在羽田机场仅仅是为了加油和过海关,无法举行记者招待会。记者们不肯善罢甘休,说既然福克二世的私人飞机强行在日本的大门羽田机场降落,他本人就应该与日本的记者见面,这是礼仪。最后,双方协定不举行正式的记者招待会,而是进行十五分钟的访谈。

机场二楼贵宾室顿时呈现出一派繁忙景象。一切准备就绪,记者们匆忙地赶到会场,还没等各报社的记者到齐,访谈已经开始了。

混乱当中近畿商事海部成功地混进了会场。

办完海关手续的福克二世换了一身银灰色的西装,胸口领口露出粉红色的衬衫,携年轻的夫人,在福克主管海外事务的副总裁、远东地区总经理、法律顾问以及美国大使馆官员的簇拥下走进会场。海部突然惊呆了,他看到东京商事运输机本部长鲛岛也在其中。他手捧着一束献给福克夫人的鲜花,满面得意地跟在最后。海部简直不敢相信自己的眼睛。福克汽车公司目前在日本还没有代理店,办理外国二手车进口业务的东京商事的鲛岛是如何知道福克二世突然来日的消息的?他为什么又在这里?海部感到一阵焦躁,浑身发热。

福克二世板着脸和福克公司副总裁、远东总经理、法律顾问并排坐在面对记者的桌子前,福克夫人和大使馆官员坐在窗户前面的椅子上。

记者们开始发问。

"福克二世先生,您这次突然在羽田降落的目的是什么?"

"我对东南亚八国进行了访问,回国途中想来日本看看。和美国驻日本大使馆联系之后,来到日本。我一年有大半时间访问各国,这次访日也只是其中的一站而已。"

"那么,您此次访日的目的是什么?"

"没有什么特别的目的,主要是观光和参观日本的汽车制造厂家。所以,我们要马上动身去广岛。"

记者席上顿时一阵骚动。广岛是东和汽车公司的大本营。

"这么说您是要去东和汽车公司?"

"是的,我去那里参观他们的转子发动机。"

"除了东和以外,您还计划参观其他汽车公司吗?"

"暂时没有。"

一名记者展开了攻势:"继甲壳虫之后,您打算捻死日本的什么呢?"

"我从来没有想捻死哪怕一个虫子。我只考虑市场竞争,只想把更多的福克汽车推向国际市场,给我们的股东带来最大利益。"福克二世回答道,留着大鬓角的脸庞显得格外精悍。

"但是,去年您访问西德时曾对当地记者说,日本的汽车公司连一个招呼都没有,就大摇大摆地进入美国,扰乱了美国市场。对三巨头来说,日本汽车比大众汽车更危险,是更强的对手。"

福克二世歪嘴一笑,不无挑衅地说:"是的,日本的汽车产业已经超过西德,仅次于美国。而且,还用我们无法想象的低成本生产汽车,因低价格进入美国市场。但是,日本政府却给进口日本的美国汽车加上近似疯狂的百分之三十五的关税,到现在还在阻止资本自由化。我当时的那番话只是指责了这种现象。从自由贸易的立场出发,我认为日本政府附带限制的竞争不是真正的竞争。我希望日本能够实现真正的市场竞争。"

"您今天去广岛是为了和东和汽车公司谈合作事宜吗?"

"不是,今天就是去参观工厂。"

记者当中有人注意到东京商事鲛岛的存在,问道:"您这次去参观有没有人介绍,比如日本商社的斡旋?"

"No!"福克二世摇摇头说,"我们不需要中介,是我从香港直接打的电话。"

突然,东京商事的鲛岛出人意料地站起来,说:"因为我和东和汽车公司的松下社长私交颇深,所以,这次我是以个人的身份迎接临时决定来日本的福克先生和夫人,并献上一束花。也可以说我算是一个向导。哈哈哈。"鲛岛怀抱着一大束鲜花,发出奇怪的笑声。

记者们瞠目结舌。有关中介的提问就这样成了一枚哑炮。

"那么,您现在最大的愿望是什么?"

"我父亲曾经说过,要把美国载上汽车,而我要把世界载上汽车。我的话完了,再见!"

福克正要起身,前排一个英语流利的年轻记者说:"广岛机场的跑道不适用于您的喷气式飞机。"

福克冷冷地说:"只要减少燃料和装载重量就没问题。"说完离开座位,拉起夫人的手。东京商事的鲛岛捧着鲜花,自顾自地当起开路先锋,打开贵宾室的大门。

福克二世的私人飞机在记者们的目送下腾空而起,向广岛方向飞去。海部亲眼看到鲛岛也上了同一架飞机,急忙飞奔到公用电话亭,向壹岐汇报。

涨潮了。宫岛严岛神社的朱红色大牌楼浮在海面上,宛若海中楼阁,在夕阳的辉映下散发出华丽的光芒。

东和汽车公司迎宾馆贵宾室正对着神社的牌楼。福克二世一行喝着茶,沉浸在眼前的美景之中。

东京商事的鲛岛辰三问道:"福克夫人,您喜欢这里吗?"

福克夫人身穿纪梵希的连衣裙,高贵优雅。她指着朱红色的牌楼说:"太神奇了!我都想在这儿多待几天了。"

听了这话,一旁的东和汽车公司松下佐助满是皱纹的呆板的脸上第一次露出了笑容。

福克二世开起了玩笑,说:"让夫人动了这个心思,这可不得了。我们赶紧开会吧!"

气氛一下子活跃起来。紧绷着神经的东和汽车公司的董事们发出了笑声。

夫人们坐上了游船出游,福克和东和汽车公司的人来到迎宾馆的会议室。七十平方米的会议室里铺着厚厚的地毯。福克二世、主管海外业务的副总裁、远东地区总经理、法律顾问依次坐在长方形的会议桌前,对面是东和汽车公司的老板松下佐助社长以及主管技术、营业、财务的三董事。东京商事的鲛岛也在场,担任翻译。

会议开始了。在羽田机场的记者招待会上,福克二世一口咬定此次来广岛只是为了参观工厂。事实上,由东京商事鲛岛牵线,一场秘密会谈早就准备就绪。

福克毫不掩饰内心的不满,刚一就座就对坐在自己对面的松下社长说:"今天的参观很有意义,但遗憾的是你们取消了参观转子发动机生产车间这一项,我专程飞到广岛来的意义也就不大了。"

东和汽车公司原来只是一家街道铁匠铺,是松下社长在战前一手把它发展壮大成汽车制造公司的。战后,他又最早从德国的汽车制造公司买了转子发动机的基本专利,花了十五年的心血终于成功地使转子发动机实现了实用化。松下虽然个头矮小,长相寒酸,但是,是他研发出了美国的汽车公司都无法实现的转子发动机的生产技术。他内心因此充满骄傲和自负。松下摇了摇头,用广岛话说:"抱歉!不过,这个的确不能让您参观。"

鲛岛把松下的话翻译给福克,同时又对松下说:"松下社长,福克先生有那么热切的愿望,您应该让他参观一下。可以不让他带随同。他不是技术人员,看不懂的。"

松下目光一闪,坚定地拒绝道:"不行!我们公司内部也只有特定人员才能进入转子发动机生产车间,外部人员一概免进。即便是给我们公司融资的大友银行城山总裁也不例外。"

福克极为不满地讽刺道:"就是美国国务院来人提出要求,松下社长都会说 NO!"

一面是让私家喷气式飞机强行在羽田机场降落的福克二世,一面是固执得如花岗岩的松下佐助。一向左右逢源的鲛岛夹在两个人中间一筹莫展,心烦意躁,但他还是极巧妙地把会谈引入正题:"我们先不谈转子发动机,今天的主要议题是在日本设立生产福克公司自动变速器合资企业一事。这件事由鄙公司做中介,已经秘密进行了一年的努力。我们先解决这个问题吧。"

日本车有三个踏板——制动器、加速器和离合器,而美国车已经实现了离合器自动化,车里只有两个踏板——加速器和制动器。为了在国际市场上提高竞争力,引进自动变速器技术早已成为时间问题。福克公司之所以选择东和汽车公司为合作对象,就是因为他们有转子发动机技术。一九七五年美国实施了汽车排气限制法规,因此,对美国汽车制造公司来说,转子发动机有着极大的诱惑力。他们希望通过自动变速器的技术合作,与东和汽车公司建立起友好关系。而从东和汽车公司方面来讲,鲛岛向他们提出合作一事之后,他们立即发挥技术狂的天性,对福克公司的自动变速器技术进行了调查研究。他们发现,有关自动变速器的专利多达两万项,无论如何钻空子都将有三千项专利横在他们面前。一旦明白这一点后,东和汽车公司立即给予回应,以东京商事为中介与福克公司展开谈判。问题在于双方的出资比率。

福克二世从身边的副总裁手里接过厚厚的文件,傲慢地说:"福克公司和东和汽车公司生产自动变速器的合资公司出资比率,福克百分之五十一,东和百分之四十九,如何?虽然本公司的原则是出资率百分之百,但考虑到日本的特殊国情,我们做了最大的让步。"他摆出一副坚决不让步的姿态。

百分之五十一意味着福克公司是最大股东,掌握着支配权。松下社长不满地噘起嘴,对鲛岛说:"这恐怕不行。既然是在日本办合资公司,出资比率起码是对半,否则我们不会同意的。你把这点跟福克先生讲清楚。"

鲛岛半带威胁地说:"可是,松下社长,福克公司在英国、法国、德国的合资公司的出资比率一向都是百分之百。我花了一年时间向他们说明解释通产省的保护政策,最后才让他们把百分之七十一降到百分之五十一。请您接受这个条件。否则,福克公司很可能和其他日本公司合作。"

听闻此言,东和的技术、营业、财务三大员虽面带担忧地和松下社长耳语,但松下社长毫不动摇,根本不理会鲛岛的威胁。他说:"不行!哪怕只有几个百分点,我也绝不给福克公司占多数股份的合资公司出资。再让他们降一点儿。"

松下说这句话的时候,福克公司的四个人正在交头接耳。一听鲛岛的翻译,福克二世的愤怒爆发了。他摊开两手,回绝道:"为什么我们公司要做出让步?简直不可理解。我对自己不理解的事情不能表示OK。"

虽然谈判桌上出现了险恶的气氛,但是,鲛岛是不会放过任何一个快到嘴边的猎物的。他要做最后的努力:"福克总裁,日本通产省在与外资合资的出资比率问题上极其敏感。即便其他公司答应您出百分之五十一的条件,通产省那里也未必能批准。如果这样的话,您不如把出资降到百分之五十,东和出百分之四十九,剩下的百分之一由东京商事出,您看如何?"

从规模上讲福克公司是东和汽车公司的二十倍,福克二世绝不甘愿和东和平起平坐。鲛岛的这一提议既没有伤到福克二世的自尊心,对东和汽车公司而言,福克公司也没有占到过半数的股份,他们不会不同意。

对于鲛岛的提议福克方面仍未改变强硬的态度,而松下佐助的表情发生了微妙的变化。鲛岛不失时机地说:"看来松下社长是可以接受我的提议的。那么,我们只有希望福克公司做出有勇气的决断了。贵方同意我们公司出百分之一的资金吗?"他紧盯着福克二世,像是在暗示着什么。

福克二世也瞪着一双灰褐色的眼睛,询问般地目不转睛地看着鲛岛。突然,他的表情缓和了。他和左右两边的副总裁和法律顾问商量了几分钟后,说:"OK!这在我们福克公司历史上是前所未有的决断,为了不辜负鲛岛先生的热情和诚意,我们基本同意刚才的提议。"

说完,福克站起来,向松下伸出手去。松下也晃了一下身子站起来。两个人实现了第一次握手。

鲛岛的小眼睛里喜色盈盈,他结束了这场谈判:"祝贺!祝贺!今后有关董事会成员、本金、资金筹备、销售网等事宜,本公司仍将继续锐意努力,为福克和东和服务,使双方达到百分之百的满意。今天,有关成立生产自动变速器合资公司一事就此达成协议。如何?"接着,他又用中介人的口吻说,"但是,今天双方达成协议一事在正式签署协议之前,请继续保密。特别是通产省,在即将实行资本自由化之际,他们变得非常敏感。因此,你们双方必须避免在东京接触,由我往返于底特律和广岛之间,秘密进行协调工作。"

鲛岛提出东京商事占百分之一是与福克串通一气,目的是为了防备谈判破裂。这百分之一的资金他是打算让福克公司出的。

福克公司之所以做出从未有过的让步,其最大的目的是想通过与东和汽车公司合资打入日本市场。这一目的与重视外资的商社的意图是一致的。

东京,霞关通产省重工业局汽车课紧张地关注着福克二世的一举一动。他们了解到福克二世一行从广岛机场飞回羽田,在帝国饭店订了包括豪华套间在内的五个房间,时间是四天。虽然他们很关心福克二世为何要在东京停留四天,但没有掌握到确切的情报。爱知、日新、千代田等各汽车生产厂家和经销商们也是满脸焦急地来打探消息,但工作人员却无从回答。

富国汽车公司营业部部长紧张地问课长辅佐:"相泽课长不在?他出去了?"

"课长正在副店长办公室参加紧急会议。美国三巨头里的一两家来日本,并不意味着你们会被马上吞并。你稍微冷静一点儿!"虽然课长辅佐装出一副冷静的样子说,但他的声音却比平时高出许多。

富国汽车公司的营业部部长继续追问道:"你说冷静就能冷静了?我们不能和爱知、日新两大公司比,我们这种中小企业不弄清楚福克公司来日本的目的,就没法儿过这四天。你们部门大概的推测是什么?"

"辻君,那个……"正说着,爱知汽车公司总务部长凑到辻课长助理耳边,刚耳语了一句,辻便脸色大变:"什么?经团联[①]的奥野委员长……"原来福克二世今晚要会见日本最大的证券公司社长、经团联外资委员长奥野凯夫。

福克二世迅速与日本产业界接触的行为使本来就紧绷神经的通产省更加紧张。通产省的蹲点记者们得知财经界人士大胆出入帝国饭店的消息后,在汽车课里说出一些风凉话来:"那,没办法。还不知道哪家公司会成为献给福克二世的祭品呢!"但是,这些记者也坐不住了,揶揄几句后便都匆匆忙忙地往外走。

三十分钟后,汽车课课长相泽开完紧急会议回来了。他皮肤白皙,身材瘦弱。他环视了一眼办公室,大声问:"东京商事运输本部长还没有来?"

[①] 日本经济团体联合会。

辻气愤地说:"我刚给东京商事打过电话,可是,没有联系上鲛岛本人。看来,他是不打算露面了。"

目前,汽车课为了重组日本汽车产业,使汽车成为输出产品,正在实施阻止资本自由化的政策。鲛岛充当福克二世的马前卒,对他们来说是不可饶恕的。

相泽课长紧皱眉头,严肃地说:"好,如果东京商事是这个态度的话,那我们也就不客气了!"

六年前,作为工作人员,相泽出使驻法大使馆,学习欧洲经济。三年后,他被召回通产省。由于开阔的国际视野,他得到重用,在通商局政策课从事有关日本贸易政策的工作。去年晋升为重工业局汽车课课长,是一名拔尖的官员。他冷静的外表下有腔沸腾的热血。

辻问道:"紧急会议开得怎么样?刚才爱知汽车的总务部长说,今晚福克二世要会见经团联外资委员会的奥野委员长。"

"噢?到底是爱知汽车公司,他们的消息就是灵通。刚才在副店长办公室,除了奥野凯夫,五菱银行、日本产业银行、日本证券公司都提出来要见福克。简直就像是参拜。这都是一帮利用外资可以赚钱的人。不过,他们要去参拜福克,我们也没有理由阻挠。所以,今晚要在新喜乐召开财经界集会。我们请久松通产大臣出席,向他们说明通产省的汽车政策。"

"是吗?久松大臣出席了今年春天在华盛顿召开的日本经济部长级会议,有国家整体经济的'战略眼'之称。他能出席,真是太好了!"辻舒展开了眉头。

这时,突然出现了一个人影:"哎呀,拜访得晚了,实在抱歉!"东京商事的鲛岛深深地给相泽课长鞠了一躬,恨不得把腰弯成两截。

相泽瞟了他一眼,说:"我想听听你在福克二世这次来日本这件事情上起的作用。"

鲛岛装出一副一无所知的样子,说:"我没想到福克二世来日本会引起这么大的震动,汇报得晚了,实在是抱歉。是这样的,其实纯属偶然。我们公司因为有销售外国二手车的业务,所以以前和福克二世有过接触。他提出来想看看东和汽车公司的转子发动机,我就提出他去东南亚的时候可以顺便来日本,我可以给他当向导兼翻译。我没想那么多。"

"鲛岛部长,我希望你回答得认真一点儿。我在驻法使馆工作期间亲眼看见了美国的三巨头如何吞噬法国、西德、意大利的汽车制造厂家,这些国家的经济和相关产业因此受到了何等重大的打击。所以,尽管每次日美通商会议上美国都极力主张三巨头进入日本,但我一直坚持明确表明通产省的态度,那就是近两三年不予批准。我希望你再次明确这一点。"

"这是当然的,我充分了解通产省的观点。我们商社人在任何时候都不忘记国家利益。"

"那好,鲛岛部长。我们让东和汽车公司做了汇报。据他们说,福克公司和东和汽车公司合资办自动变速器生产厂的中介人正是你们东京商事。目前这个阶段,成立由福克公司入股的合资企业已经成为既成事实,加快了资本自由化的速度。而且,从出资比率上看,福克百分之五十,东和百分之四十九,东京商事百分之一。东京商事是不是应该撤回这百分之一,让福克和东和各占百分之五十?"相泽一针见血,指出东京商事的百分之一实际上属于福克公司。

久经商场的鲛岛一时语塞,但他马上态度强硬地说:"这个……我之所以提出这个建议,一是因为我们公司的百分之一可以遏制福克公司持有过半数的股份,二是对我们公司今后的发展也非常有益。"言外之意质问相泽是否要限制商社的活动。

相泽沉默了一会儿,反戈一击:"是吗?那我也就直言相告,你统管的汽车部外国二手汽车进口业务涉嫌隐瞒进口额，违反关税法。另外，在买卖船舶、成立外国国籍海运公司等各方面也有负面传言。我们很怀疑东京商事的企业道德。所以，我们要进行调查。"

鲛岛被触到痛处，不敢妄言。但他一领悟到通产省不容东京商事插手合资企业一事，便马上老老实实地赔礼道歉："我们事先没有充分领会相泽课长的汽车方针，以至于轻举妄动。我要深刻反省。回去后，我马上追究主管部长的责任，对您的质疑一一做出解答。"说完他虽然仓皇离开了，但心里却在盘算如何制服相泽课长。

近畿商事东京总部社长办公室，大门社长正在冲里井副社长和壹岐大发雷霆。

"里井君，你是东京的负责人。在福克访日这件事上无所作为，这到底是怎么回事？起码应该安排我参加今晚在新喜乐举行的福克总裁欢迎会吧？我可是放下手头的所有工作，专门为这事来东京的。"

里井辩解道："我在各方面尽了最大的努力。可是，今晚的召集人是东京商事的玉置社长，被邀请的只限于经团联董事、银行和证券公司首脑和汽车工业协会的主要成员，没有一家商社。所以，我一筹莫展。"

大门大声训斥道："所以才要你这个副社长兼东京代表发挥作用嘛！"他看了一眼壹岐，说："你也是迷迷糊糊的！平时你总是信息、信息的，把信息挂在嘴边，这次福克二世飞到羽田之前，你就没有得到一点儿消息？"

壹岐惭愧地说："我没有任何辩解的余地。情况昨天已经跟大阪总部汇报过了。一是我们部的海部混进在羽田机场召开的记者招待会，了解到了谈话内容。二是东京商事的鲛岛迎接了福克一行，并且乘坐福克总裁的私人飞机一起去了广岛的东和汽车公司。除此之外,没有任何信息。"

大门摊开桌子上的报纸,毫不讲情面地说:"福克在记者会上说的话报上已经登出来了。你看看!今天的晚报也是福克、福克的,日本刮起了福克旋风。你只要看看报纸就知道了。这不就是你本部长的工作吗?壹岐君,我看你最近有点儿飘飘然了!福克二世和东和的谈话内容你搞到了没有?"

"没有。福克去了广岛以后,我马上派海部飞往广岛,全程紧盯一行人的行踪。我只得到消息说,一行人参观了转子发动机的模型,没有参观生产车间。他们提前结束参观,进了东和汽车公司在宫岛的迎宾馆。不过,我派去通产省打听消息的人回来说,通产省认为福克二世和东和汽车公司之间进行过某种协商。他们召见了东和汽车公司的董事了解情况。"

"噢?"大门终于松了一口气,放心地说,"这么说,今天晚报没有登这条消息说明福克二世和东和虽然有接触,但没有涉及任何具体的话题。"

"这个说不好。目前通产省对外的政策是阻止外资进入日本。即便双方的会谈涉及具体事项,他们也会保密。所以,我正在派人调查。"

"好,搞清楚后马上告诉我!里井君,我以前跟你说的千代田汽车公司的事现在有什么动静?"大门说。

里井眨着眼睛含含糊糊地说:"社长,这件事再找机会谈吧。"暗示壹岐不在场的时候再谈这件事。

大门催促道:"没关系!现在来了一个福克二世,汽车行业就像捅了马蜂窝,闹翻了天。说不定哪天蓝眼睛的客人也会造访千代田,引起震动。我们最好早点儿掌握千代田的行动。"

这件事里井一直瞒着壹岐,现在不得不说出来。他极不情愿地说:"首先从经营上讲,爱知和日新分别占轿车市场的百分之三十,千代田仅占百分之二点四。月生产规模要达到一万两千台才能保持收支平衡。可是,目前却不到四千台,全靠卡车部门支撑着整个公司。面对这样的经营状况,千代田的主要投资银行第三银行采取的态度绝不是温情的。由于经营不振、前景不乐观,千代田只有靠和其他公司合并这条路来强化自身。而合并的绝佳对象就是富国汽车公司。富国资本金一百亿,销售额三百五十亿,从规模上讲大约是千代田的一半。与他们合并,千代田不仅可以掌握主导权,而且从银行系统讲这个选择也对千代田有利。富国汽车公司的主要投资银行是日本产业银行。您也知道,日本产业银行在政府的政策之下,完成了海运行业的重组,对重组汽车行业有其极大的热情。而且,因为日本产业银行一直对千代田进行长期投资,所以千代田和富国的合并在银行界不会有阻力。从我们公司的利益来讲,如果促成这次合并,就能在合并之际扩大出售铁板的商业权利,与富国重工业集团建立更深的关系,我们公司的重工业化即将有飞跃性的发展。"他以一个商业人士的态度,说得有条有理,干脆利索。

大门按捺不住地说:"那就赶快促成这件事吧,磨磨蹭蹭地干什么?"

里井说:"可是重组汽车行业这件事,越了解得深就越能体会到它的艰难。因为这是一个正在发展的企业,各公司之间互不让步,就连千代田对自己的前景也持有乐观态度。如果这个行业已经达到巅峰状态,公司在即将破产的状况下进行重组反倒容易。可是,真到那时就晚了。"

大门转向壹岐,问:"壹岐君,你怎么看?"

虽然大门的问题来得突然,但壹岐迅速在脑子里对平日海部要和不破秀作调查的情况进行了一番梳理,然后说:"的确像里井副社长说的那样,千代田比富国规模大,容易合并。但千代田有可能因此背上富国汽车公司的赤字,从而使股票价格下跌。还有,双方没有任何互补性,这一点……千代田和富国两家都是以旧军队飞机制造厂技术人员为中心的企业,强于技术,弱在销售。两个公司内部存在着技术人员和销售人员之间的对立。特别是富国汽车公司,是国内汽车行业里唯一一家加入全国金属工会的公司。可以推测全国金属工会把这里作为一个据点,对他们进行援助。汽车行业的龙头老大爱知汽车公司年生产量是三十六万台。这样一个富国汽车公司和千代田即便是合并,生产规模也只能有爱知的三分之一左右,也就是说双方合并没有规模上的优势。这一点我觉得值得考虑。"

里井的无边眼镜一闪,话里带着锐利的锋芒说:"壹岐君你了解得可真详细啊!我以为你是因为福克二世来日本才对汽车行业感兴趣的。听了你的这番话,才知道你早就在活动了。你收集信息没关系,不过有关汽车行业的事宜是在我这里统筹安排的,希望你不要在背后搞地下活动。"

壹岐不动声色地说:"为了应对即将到来的资本自由化,营业本部正在对汽车、电脑等战略性产业进行调查。汽车行业的重组情况也是我们收集信息的一个环节。我们丝毫没有妨碍副社长工作的意思。"

目前,国内民族资本的保护派占多数。在这种形势下,东京商事的鲛岛抢先抓住美国三巨头,可谓高人一筹。壹岐在想,鲛岛是天生的商社人,军人出身的自己何以战胜他?壹岐脑海里浮现出通产大臣久松清藏的身影。

第二十一章　月　光

公司大楼十三层,壹岐正在常务办公室等待业务本部兵头信一良的出现。昨天晚上,大门社长把他和里井副社长一起叫去,发了一通火,责问他们为什么没有事先掌握福克二世来日本的消息。壹岐再次领教了东京商事鲛岛作为商社人的高明之处。他虽深深感到制订应对必将到来的汽车资本自由化的作战计划、展开战略行动的必要性,但他缺乏打头阵的资金。

公司每月给业务本部的公关费是二百万。作为常务壹岐个人虽有三十万的秘密经费,但每月红白喜事的份子钱加上犒劳部下的费用,二十万转眼就没有了。不够的部分还得让妻子从自己的工资里拿。

因为公关费金额由财务部根据全公司各营业期的情况决定,再由总务部根据高层的指示发给各部门,所以,壹岐无法判断业务本部的公关费比其他部门多还是少。但是,一年了,营业本部的经费一直没有增加,部下们开始抱怨。壹岐多次跟分管总务的正冈常务和分管财务的宝田专务提出,随着信息收集工作的国际化,接待海外来的客人,哪怕就两个人,带他们去一趟京都观光,经费就会马上短缺,希望他们给增加一些经费。但两人像商量好似的都说业务本部比靠自己赚钱的业务部门的经费多得多,找些莫须有的理由,就是不松口。实际上他们的做法扼杀了业务本部收集信息的工作。

"我是兵头,我来晚了。"

背后传来兵头沉着的声音。壹岐转过转椅来,问今晚要去雅加达出差的兵头:"我有事跟你商量,有没有时间去吃午饭?"

"下午我还有客人。如果可以的话,就在这儿说吧。是不是我去雅加达出差的事?"兵头问道。他要去印度尼西亚国有石油公司,为购买低硫黄原油作疏通工作。

壹岐从转椅上站起来,说:"出差的事儿昨天已经跟你交代了,全交给你了。"为了防止隔壁的秘书听见,他走到窗户边,说,"我想跟你商量的是公关费的事儿。怎么才能让他们给我们增加经费?不光你们抱怨,我自己也有很多不方便。所以,我再三请求宝田专务和正冈常务,可他们根本不理会。是不是我交涉的方法不对?"

壹岐心里明白,商量这种金钱方面的事情,不如去找海部要或者不破秀作,他们能给出明确的答复。虽然壹岐也很信赖他们,但不知为什么,这件事他只能对兵头说得出口。或许是因为兵头是他在陆军士官学校的学弟,在金钱方面和他一样受到过严格的教育。虽然彼此在这方面都不擅长,但却心有灵犀。除此之外,兵头表现出来的与他年龄不相符的大器也给壹岐一种安全感。

兵头把双臂交叉在胸前,困惑地说:"原来是商量钱的事儿。我只会直截了当地说再给点儿,不会花言巧语地去交涉。不过,现在的经费确实太少。再精锐的部队没有弹药也无法打仗嘛。本部长您现在是不是有要用钱的地方?"

"没有。通过福克二世来日本这件事,我觉得要应对资本自由化,正确掌握海外动向,就像你刚才说得那样,需要再,那个……要点儿弹药。"虽然不是为自己,但壹岐说得吞吞吐吐的。

"再去请求宝田专务和正冈常务恐怕都没有用。特别是掌握各部门经费生杀大权的正冈常务是里井副社长的遥控董事,里井副社长一定有令让他紧紧控制住弹药,歼灭业务本部的力量。这种事情,最好的办法就是本部长您亲自去找社长谈。"

壹岐说:"你也这么认为?社长正好来这边了,我去找找他?"

兵头说:"商社和厂家不同,不掌握人才和资金就干不成大事。东京商事的鲛岛就是一个很好的例子。此人在各国的'地上'和地下金融机构都有他个人名义的账户,这是他最大的武器。虽然不能说这种做法好,但是,考虑到公关费对商社的重要性,它应该是最高经营者社长本人从经营出发做出裁决的重要项目,以免支配公关费成为公司内部派别争斗的工具。"

"有道理。社长亲自裁决的重要项目?我去探探社长的口风。"掌握人才和资金,壹岐再次把这句话深深印入脑海。

"那我就告辞了。我会在当地随时向你汇报和印度尼西亚国营石油公司交涉的情况。"

"等一下!"兵头转身刚要离开,被壹岐叫住。

"还有什么事吗?"

"嗯。你出发以前给露波儿打个电话,问问老板娘有没有什么话捎给红子。别看她那个样子,她比哪个母亲都担心自己的女儿。"

"好,我一定记住打电话!"

"还有,你自己的事情……你把握住自己,别让她给诱惑了。"

"对了,昨天半夜一点钟她还打来电话,说是在巴厘岛的别墅。在她担任黄乾臣第二夫人一职期间,再美味的佳肴我也不会尝一口。那,我去了。"兵头最后规规矩矩地行了一个礼,离开了常务办公室。

办公室里剩下壹岐一个人。他坐到办公桌前,拨通社长秘书的电话:"大门社长现在在办公室吗?"

"对不起,社长刚出去,去会见经团联①会长。之后出席一个午宴,

---

① 经济团体联合会。

下午四点多回公司。"

"社长明天一天都在东京吗?"

"是的。"秘书困惑地说,"社长说不见福克二世不离开东京,把大阪那边的日程安排全部推掉了。"

放下电话,壹岐为大门这种异乎寻常的执着感到惊讶。他想到了这是为什么。那还是壹岐当钢铁部长的时候,近畿商事为了强化钢铁部门,收购了大型钢铁批发公司山下商事。山下商事掌握着为日新汽车公司供应所有钢铁原材料的巨大商权。随着收购,这些商权转到近畿商事。大门以掌握商权的社长身份拜访了日新汽车公司社长。没想到日新汽车公司社长冷冷地拒绝了他:"我这儿没有要从纤维商社购买钢铁的打算。"当时,大门咬牙切齿地发誓:"这个仇要记一辈子!"或许从那时候开始大门心中一直燃烧着一股气焰,总有一天要日新汽车公司知道他的厉害。

壹岐伸手拿起直拨电话,拨通通产大臣久松清藏的事务所。

翌日早晨,壹岐造访了平河町久松通产大臣的事务所。事务所有两个房间。外间摆放着两个秘书的办公桌和接待上访客人的茶几、沙发,里间是久松的办公室。

平时不在这个事务所的大臣秘书官迎出来,把壹岐让进里间,说:"请进!八点半通产省的工作人员要来送预算委员会的答辩材料,时间有限。"

十七八平方米的办公室中央摆着一张办公桌,久松正坐在办公桌前批改文件。两三年没见,他的头发全白了。

"昨天电话上失礼了。平时不联系,昨天突然请求会面,实在抱歉。谢谢你为我抽出时间。"壹岐因为在近畿商事以个人名义给久松政治捐款,所以,平时尽量回避和他接触。

久松清藏摘下老花镜，抬起双目修长、鼻梁挺直的儒雅脸庞，问壹岐："壹岐君，今天有什么事儿？"

壹岐说："正在日本访问的福克二世从广岛回来后，一直住在帝国饭店，会见各界实力派人物，十分活跃。我想直接跟大臣了解一下，他们的意图是什么？正在干什么？"

久松微微一笑，说："壹岐君的嗅觉还是那么灵敏。报纸上报道的福克二世的言行都是表面的，背地里他们在和我们政治家会面，从政治层面上进行交涉。"

"果然如此。那，福克方面的要求是什么？"

久松极不愉快地说："当然是汽车行业的资本自由化了。由于越南战争逐步升级，美国承受的通货膨胀的压力越来越大，经济景气也有所停滞，所以，他们正在努力将资本打入日本市场，以寻求出路。他们不断威胁说，如果不批准汽车行业的资本自由化，他们就要让议会通过日美经济会议正在协商的禁止日本钢铁出口的临时法案。并声称在归还冲绳问题上，也会造成恶劣的影响。说起三巨头，他们和美国政府有着密切的关系。特别是共和党和汽车产业一直就有密不可分的关联。政权交接后，三巨头对日本的攻势突然猛烈起来。那派头好像他们是政府代表。"

"那，日本方面有什么应对方针？"

"这个，具体细节我也不清楚。前几天听次官说，日本的态度是，如果现在三巨头的巨额资本一下子涌入日本市场，日本的汽车行业势必被彻底吞噬。所以，继进口美国汽车和零部件，这次很可能批准办合资企业。不过，外资的出资率不得超过百分之五十，还需要个案审查。另外还要缔结协定，保障合资企业的社长是日本人，优先雇用日本人，加盟日本汽车工业协会，不得扰乱市场等。"

"福克公司和东和汽车公司基本达成协议，成立汽车自动变速器生产合资企业。这么说,通产省的方针是倾向于批准了?"

"壹岐君,你的消息也真够灵通的。"久松修长的眼睛里露出微笑,"说实话,通产省汽车课认为,虽然只是零件,但是,如果批准成立生产汽车自动变速器的合资企业,一直阻止资本自由化的防洪堤势必决口。合资企业一旦既成事实,资本自由化就会一点点成为现实。所以,年轻官员里坚决阻止自由化的呼声很高。但是,汽车行业资本自由化已经上升到日美两国间严肃的政治问题的高度。所以,通产省的方针是过些时候重新进行交涉协商,最终批准成立合资企业。"

对于壹岐来说,这是一个重要情报。因为,批准成立汽车自动变速器合资公司意味着加快全面资本自由化进程的速度。

壹岐问:"各厂家的反应如何?"

久松把手里的香烟放到烟灰缸上,说:"壹岐君,那可是极其苦恼啊!他们对三巨头进入日本感到恐惧。有的公司阿谀献媚,有的公司表面态度强硬,背地里却跑到通产省让想办法。也难怪,三巨头用他们的专利征服了整个世界。一旦听到福克公司和东和汽车公司成立合资公司的风声,各公司都想赶上这班车,拿到进入美国市场的护照。特别是日本两大生产厂家之一的日新汽车公司,已经有这个打算,他们秘密会见了福克二世,询问对方的意向。"

壹岐大感意外。因为,今天的早报还刊登了日新汽车公司社长的谈话,他把福克二世访日比作"幌马车①来日",态度强硬地进行了非难。

"爱知汽车公司有什么动向?"壹岐问。

"爱知仍然传承着创立者爱知茂吉的信念,一贯主张走国产独立

---

① 18世纪、19世纪美国的带篷马车。

自主的道路,抵制外资。对这样的企业,通产省愿助一臂之力。"

"那是因为爱知有可能在市场和生产规模上成为日本最大的汽车公司。但是,那些实力不强的中小厂家要想在外资的攻势下保全自己,您认为该怎么办?"

"那除了通过两个公司,甚至三个公司合并来强化自己,没有别的办法。"

壹岐轻描淡写地问:"假设千代田和富国合并的话,通产省是否会马上批准?"

久松目光一闪,问:"壹岐君,你最想知道的不是福克二世的举动,是这个吧?我听说近畿商事正在积极促成千代田和富国合并。"

壹岐坦率地说:"不,这只是我们公司极少数董事的行为。我们公司暂时不打算全面行动。"

"哦?原来你是反对派。不过,从现在的经营状况看,千代田独立自主的方针只能是纸上谈兵。"

壹岐把身体往前一探,请求道:"请您暂时就让它成为纸上谈兵。"

"这是为什么?千代田才应该尽早和其他公司合并。通产省的意向是,以千代田为中心,让他们和富国、五菱三家公司合并。必须有这样的规模才能和外资抗衡。通产省已经安排原贸易振兴局局长天川君去千代田汽车公司,让他负责千代田和通产省之间的联络工作。"

壹岐心中一惊。他刚知道通产省已经描绘了三家汽车公司合并的蓝图。

"大臣,请你一定帮忙,暂时牵制住千代田汽车公司。"

"怎么?你有什么想法吗?"

"不,现在还没有明确的想法。总之,给我一段时间。我绝不会给大臣惹麻烦!"何止不会惹麻烦,甚至还能帮久松解决问题。壹岐的话外透露了这个信息。

久松的嘴角挂上一丝微笑,似乎同意了壹岐的请求:"壹岐君,具体细节我也不太了解。汽车课课长相泽君是我看好的优秀官员。他曾经在驻法大使馆工作过,了解国外的情况。国内生产厂家的情况他也都了如指掌。如果需要的话,我把他介绍给你。"

"谢谢!那就请大臣打声招呼,我去拜访相泽课长,向他请教一些问题。今天多谢您的一番指教!"

壹岐郑重道过谢,正要起身,久松突然问起西伯利亚长期羁押人员团体朔风会。

"壹岐君,你最近有没有去朔风会?"

"去。我是朔风会的干事,只要不影响工作,我都尽量参加集会。怎么了?"壹岐惊讶地反问道。

"上个月我去莫斯科签订日苏经贸协议,贸易部亚洲局的约瑟夫局长问起过你。"

壹岐不由得倒吸一口气。在西伯利亚羁押期间,就是这个内务部约瑟夫少校一直把壹岐当作战犯审讯。把壹岐带到日本,让他作为苏联方面的证人站在远东军事审判庭证人席上的是他,之后又把壹岐送回苏联的也是他。

久松担忧地劝说道:"以你现在的职位,考虑到将来和苏联的贸易,你是不是离开朔风会为好?"

壹岐坐在夜总会露波儿的吧台前,一口气喝干杯中的威士忌。今天早晨,在久松清藏事务所,久松亲口说出了原哈巴罗夫斯克内务部审讯官约瑟夫的消息。壹岐想借酒把他从脑海中抹去。

壹岐被扣押在西伯利亚后不久,就与同胞们隔离,和已故秋津中将、竹村少将一起被关押在乌苏里江畔的别墅里。经过几个月的审讯后,他被带上远东军事法庭的证人席。这是他终生难忘的耻辱。

二十年后,当年那个约瑟夫少校成为贸易部亚洲局长,在日苏贸易协议的签字仪式上与久松通产大臣会面,并对已经是商社人的他表示出兴趣。命运是多么捉弄人啊!壹岐感到不寒而栗。虽然久松大臣劝他退出朔风会,但他从来没想过这件事。哪怕在将来的日苏贸易中,因为担任朔风会的干事会给他带来不利。

壹岐心情郁闷地喝着酒,老板娘京子不知道什么时候走进吧台,对他说:"这闷酒您打算喝到什么时候?"

刚才,壹岐刚坐到吧台京子就过来打招呼。她看壹岐脸色不好,就没有再打搅他。见壹岐不吭声,京子接着说:"说句不该说的话,壹岐先生你应该活得轻松一些。不然,人生这么长,你会很累的。"

壹岐盯着杯子里的酒问:"我看上去就活得那么吃力?"

"那倒没有。不过,哪怕没有应酬,我也没见过你真正轻松愉快地喝酒。红子说你是一个过于克制自己的人。可是,您事业有成,家庭幸福,部下又那么信赖您,是什么把您束缚得那么紧呢?"京子今天好像喝多了,她用惺忪的目光看着壹岐。

京子的话虽然冒昧,但很有道理。这让壹岐感到不快。他恼火地说:"一个女人喝醉了酒,别来对男人的事情说三道四。"

京子笑出了声:"所以你才连个外遇都没有嘛!以前在军队的时候我不知道,从西伯利亚回来以后,除了你太太以外,你没有其他女人吧?你觉得让你太太受了不少苦,对不起她……"因为吧台没有其他客人,借着酒劲儿京子一改常态,说话毫不客气。

壹岐不高兴地说:"那又怎么样?我走了!"说着他起身要走。

"你看,一提到这种事儿壹岐先生你就像一个没经验的少尉。不过,我还有话呢。是秋津千里小姐交代的。"

壹岐重新坐下,问:"你怎么见过千里小姐?"

"千代田汽车公司的村山专务带着丹阿弥掌门人的二儿子,就是那个去美国传播能乐,然后把能乐融合到话剧里,被媒体称作能乐界异端的丹阿弥泰夫先生和秋津千里小姐来过。"

村山专务和里井副社长串通一气,正在试图让千代田和富国合并。听说秋津千里偏偏和他在一起,壹岐心里很不是滋味。

"真奇怪!他们怎么在一起?"

"我也很吃惊。原来丹阿弥先生是村山专务的外甥,是秋津小姐的未婚夫。对两人结婚这件事,村山专务特别高兴,不停地问他们想要什么贺礼。"

"千里小姐和村山专务的亲戚?不会吧!"壹岐掩饰不住内心的波动,否定道。

"我哪能拿这种事情开玩笑!千里小姐喜得良缘,我很想衷心地祝福她。可是,一想到同样是军人的女儿,红子却远在异乡,成了人家的第二夫人,我这心里就不是滋味。"京子突然伤感起来,接着她淡淡地说,"千里小姐说她今晚住在新日本酒店。壹岐先生和千里小姐的微妙关系我也看出来了。就算是为了给彼此一个交代,你也应该去见见她。她未婚夫家里明天有一个重要的活动,开车赶去羽田机场了。"京子虽然是军人的女儿,曾经还是军人的妻子,她的话里充满着生活在夜生活里的女人特有的细致入微。

壹岐的内心更加波动不安,他说:"我就跟她来过一次。你别乱猜疑,什么给彼此一个交代的。多余!"

京子脸上露出妖冶的笑容,说:"千里小姐可比你坦率。我问她要不要把她在东京的事情告诉你,她点点头。我给你们公司打过电话,他们说你有应酬出去了。我心里一直惦记着这件事儿。好了,千里小姐的事情我已经告诉你了,您就在这儿随意玩儿吧!"说完,京子走了。

剩下壹岐一个人,他一口喝干杯子里的酒。他的喉咙感到一阵灼热,眼前浮现出八年前在雪中的三千院庭院第一次见到千里时的情景。积雪覆盖在暗绿色的杉苔上,宛如白色的天鹅绒。冰雪挂在树叶落尽的枫树枝上,开出一朵朵冰花。千里一动不动地仰望着不远处的比睿山。壹岐还清楚地记得当他听说千里的哥哥从战场上回来后在比睿山出家时内心受到的冲击,还有千里颤抖的睫毛。一切就像发生在昨天。后来,千里在女陶艺家的道路上一步一个脚印地走来,在京都樱木町的家里开设了自己的工作室。千里在汗水和泥土中转动陶轮的执着人生,在宝泉院与千里并肩沐浴着夕阳眺望染上金晖的竹林时自己内心的激动……壹岐按捺不住内心的冲动,拿起电话,开始拨新日本酒店的电话。但是,如果千里因为良缘可以得到幸福,那自己应该祝福她,这是给远东军事法庭开庭前自杀的秋津中将灵前献上的最好礼物,也是身患肺病十二年来艰苦修心的秋津清辉心中的安慰。想到这些,壹岐拨到一半放下了电话,离开了吧台。

壹岐在卫生间一口气喝了两杯醒酒的凉水,看着镜子里的自己,脸上还带着在露波儿暴饮后的酒气。刚从浴缸里出来,他又洗了一把脸。

"直子有没有电话?"壹岐问妻子。女儿直子利用周末去蓼科高原了。

壹岐的妻子佳子一边铺着浆洗过的床单一边笑着说:"没有。她又不是小孩子了,不会一一给家里打电话的。你这段时间每天都很晚才回来,今天早点儿睡吧。明天是星期天,你好好睡一觉。"佳子很担心壹岐的身体。

听妻子这么一说,壹岐才发现自从福克二世从天而降来到日本以后,他被卷入福克旋风当中,总是很晚才回家。壹岐换上睡衣,和妻子并排躺下。两个孩子都不在家,家里变得静悄悄的。他觉得有很长时间没有跟妻子单独在一起了。

"我关灯了。"佳子伸手关掉了台灯。壹岐突然想起远东军事法庭出庭前被软禁在纪尾井町苏联代表宿舍时夜晚的黑暗。他看着天花板,静静地说:"佳子,你还记得那年你来纪尾井町苏联代表宿舍看我的事儿吗?"他没有提到约瑟夫的名字。一缕月光从木板套窗的缝隙里照进来,映在天花板上。

佳子扭过头来看着壹岐,说:"那时候的事情我永远忘不了。你怎么问起这个?"

"没什么,就是突然想起来了。"

"我现在还梦见那时候的事情,惊醒时出一身冷汗。大阪的住之江既不是你的老家也不是我父亲家,不知道他们是怎么找到那里的。一个自称是苏联代表团翻译的人来接我们,说是带我们去见你。当时我别提有多高兴了。他们还好心地说给我和孩子们买去东京的火车票。我怕你万一有需要钱的地方,就卖了和服,筹了一点儿钱去东京看你。可是,你没有见我们。那时候,直子六岁,阿诚三岁,我拉着两个孩子的手走进宿舍。虽然你身为俘虏,但我知道明明近在咫尺却见不到你,那个伤心啊……我也恨过你,觉得你起码应该看孩子们一眼。你还记得直子送给你的那个用千代纸叠的新娘吗?孩子幼小的心灵怀着恐惧,把他交给约瑟夫少校,说是给爸爸的时候,我的心都要碎了……"

"别说了!"从妻子嘴里说出约瑟夫这个名字,壹岐就像被烫伤一样喊了出来。那时候他是多么想见妻子一面。他坚持不见是因为在约瑟夫的安排下和家人见面,会被人以为他是受了约瑟夫的恩惠作为苏方的证人出庭的。更重要的是,当时被羁押在苏联的日本官兵连和家人通信的权利都没有,他们没有一点儿家人的消息。壹岐不能容忍在这种情况下自己独自见到亲人。他从二楼的玻璃窗看到没有见到自己的妻子无精打采的背影,忍不住放声痛哭。那时的情景清晰地出现在壹岐脑海里,热泪直往上涌。

"对不起!我现在还说这种恨你的话。那时候一直没有你的消息,那次知道你还活着,成了我最大的精神支柱。十一年,我之所以能守住这个家,能在贫困中让孩子们健康地成长,是因为我相信你一定能活着回来。所以,再难我都挺住了。"

听了佳子这一番坚强的话,壹岐把脸扭过来。他发现佳子脸上满是泪水。"佳子!"壹岐抚摸着妻子的脸庞,把她拉到自己怀里。他们两人度过了寻常夫妻无法想象的重重艰难困苦,被深深的感情连接在一起。妻子瘦小的身体偎依在壹岐怀里,他静静地拥抱着她。

第二天早晨,两人吃过早饭,壹岐在起居间看报,佳子打扫房间。这时,门铃响了。佳子刚打开门,就传来了朔风会会长谷川原大佐的声音:"嗳!我啊!谷川。"

壹岐吃惊地迎出去。谷川说:"一大早突然找上门了,不好意思了。这附近有个俳句会,我去之前想先来壹岐君家看看。年纪大了,起得早。"谷川苦笑着走进来。

"还没来得及收拾好。您请里边坐吧!"佳子请谷川到里面客厅坐。

"不用,不用。不用像外人一样那么客气。我就在小矮桌这儿坐坐吧。"谷川说着自顾自地在起居间坐下。

"您是不是有什么事儿?"壹岐问道。

谷川穿着一条旧裤子和翻领衬衫,剃着光头,就像个村夫子。他说:"真没事儿。要说有,就是有件东西想让你看看。"他从包袱皮里的纸盒中拿出一个茶杯。乳白色的茶杯上画着西伯利亚集中营的栅栏和岗楼。"我想把它当作明年朔风会杂志创办十周年的纪念品。我早有这个打算,试验了好几次,终于烧出来了。你看怎么样?"

虽然谷川是少有的会吟诗作画的军人,但壹岐不知道他还会烧陶器。杯子的乳白色好像覆盖在西伯利亚大地上的白雪,栅栏和岗楼则凝聚着被羁押在那里的人们的岁月。

佳子端来茶,久久端详着那个茶杯,说:"这画儿画得真好。"

壹岐感慨万千地说:"我现在还无法用这个杯子喝茶。西伯利亚的那十一年是太过残酷的十一年。"

谷川默默地点点头,说:"壹岐君,当年我把写在纸片上的俳句藏在鞋底,缝到袖口里。昨天,我把它们整理了一下。你要不要听一听?"

"当然要。也让我老婆听听吧!"

谷川静静地闭上眼睛,开始念他创作的俳句。

钉棺声声响,荒原静静无回声,瑟瑟秋风里。

壹岐的耳边传来遥远的声音。那是他们为了埋葬长眠于西伯利亚荒原的战友,四处搜集木片,捡来旧钉子,在秋夜里钉棺木的声音。

挥手惜别离,再次相会何有期,寒夜月光明。

壹岐的胸中唤起了俘虏别离的情景。寒冷的月光照在西伯利亚的旷野上,虽然即将分离的囚徒们不知道彼此是否还能活着相见,却不停地挥着手道别。

骨瘦如柴黑,肋骨根根清晰见,短暂午睡间。

壹岐的眼前浮现出集中营里悲惨的生活。繁重的劳动和饥饿使人疲惫不堪。他们利用仅有的一点儿休息时间,在盛夏的阳光下,赤裸着瘦骨嶙峋的上身,东倒西歪地躺在地上睡着了。

春雨绵绵下,久盼故乡包裹到,方知妻贫苦。

　　被羁押几年后,他们终于被允许家属寄包裹来了。打开祖国寄来的包裹,他们才知道家人是多么穷苦。男人们想到正在挨饿的妻子儿女,比自己挨饿还要难受,有人为此失声痛哭。

　　坐在壹岐旁边的佳子再也按捺不住感情,突然说道:"那时候,拉扯着孩子的女人们为了不让被关押在西伯利亚的丈夫担心,什么苦都吃了。每当公布归国者名单时,她们就趴到收音机前期待着听到丈夫的名字。这次没有再等下次。她们一次次地等,等了十一年。十一年,终于回来的人是幸运的。可是,还有那些等了十一年最终没有坐上最后一班船的人。一想到他们的家人,我心里就难受……"一滴滴眼泪顺着佳子的脸颊流了下来。

　　"你看,我好像是专门来破坏这个大好的星期天的。"谷川一边起身一边问,"壹岐太太,诚君最近还好吧?暑假回来了吧?"

　　"托您的福,他很好。这个暑假是最后一个暑假,他去九州旅行去了。"

　　"是吗?我们回来的时候他还是小学生,明年春天就要大学毕业了。工作找好了没有?"

　　壹岐多少有些生气地说:"他说要去五井物产。"

　　"哦?有意思。还是男孩子能靠得上。我现在能每天自带便当,充当朔风会的会长兼跑腿的,除了我老婆在家做手工艺外,也多亏在名古屋的儿子每月给我寄钱。没有家里人的理解和帮助,我也撑不下去。"说完谷川起身去参加俳句会了。

　　目送着谷川超然脱俗的背影,壹岐虽然想起了久松清藏对他说的话,但是,他觉得谷川才是他心中的明灯。

第二天中午过后,福克二世一行跟来的时候一样,没有任何前兆就突然乘坐私人飞机从羽田机场出发,飞回美国了。

近畿商事的大门社长最终也没能见到福克二世。他大为恼火,马上叫里井副社长到他办公室。里井不在,他就把壹岐叫来了。

"你,还有里井整天都干什么呢?我在东京待了四天,就是为了见福克二世。你们要让我白跑一趟?"大门烦躁地晃动着大转椅,训斥道。

"非常抱歉!我也不是没有想过办法。可是,有些地方我不好插手。"

"不好插手?什么意思?"

"这个……"

见壹岐不肯张口,大门很不高兴地说:"还是里井君男人的嫉妒心理。企业里根本没有时间把精力花在这方面。身为副社长,真是个器量小的家伙。"

"您这么说,我很为难。"壹岐没有对大门的话表示赞同,他接着说,"社长,当年我们公司为了强化钢铁部门收购了山下商事,并且接收了他们的商权。您去拜访日新汽车公司,他们却极其冷淡地表示不会从关西的纤维商社购买钢材。您咬着牙说一定要记住这个仇。我永远都忘不了您当时的表情。"壹岐不动声色地让大门知道,自己没有忘记他对汽车行业的复仇心理。

大门一下子睁大眼睛,咬着牙说:"对!因为从那天起我就一直想着要让日新汽车知道我的厉害,所以我才想抓住福克二世来日本的这次绝好的机会,向他们推销钢板,借此卡住日新的脖子。"

"我非常理解您的心情。但是,现在我们一方面要更进一步加强芝加哥分店和底特律事务所的力量,扩大向三巨头销售钢板的销路。

另一方面,国内资本自由化之前汽车行业要进行重组。我们需要慎重地观察思考汽车行业的动态,在这个基础上制定策略。"

"你有什么特别的想法吗?"

"有。不过,您再给我一点儿时间。"壹岐用这句话向大门展示了自己的自信后,接着说,"为这件事,我有一个请求。我们公司每年给国民协会捐的一千万资金和另外的捐款里有二百万是捐给久松通产大臣的久荣会的。我想请社长把这笔捐款增加到三百万。"

"壹岐君,给一个人增加一百万不是件简单的事情。里井君也说了好几次,让我给曾根崎干事长增加。从今年上半期我给他加了。不过,我实在讨厌这种捐款。我只要出一次钱,以后寒、暑两期的定期政治捐款就成了理所当然的。我们综合商社经营各种商品,是世界性规模的公司。应该谈成一笔生意捐一次款,那才更合理有效。"

大门说的没有错。近畿商事给国民协会、自由党各派系领袖的政治研究所捐赠的政治捐款金额和其他企业一样,只是冰山一角。秘密捐款的数额则相当巨大。但现在各商社都拨着算盘珠子,彻底采用成交一次捐一次款的办法。另外,在保护市场经济这一基础上,商社的政治捐款几乎都送进了自由党的腰包。和其他行业相比,给社民党、人民党的捐款很少。

壹岐沉默了一阵,说:"我们公司的目标是缩小纤维部门,向重工业化发展。因为汽车产业的资本自由化涉及面很广,所以,我们才应该重视。如果牢牢抓住通产大臣,就能跟上外交的步子,应对随时变化的形式。所以,能否抓住通产大臣结果大不一样。"

"这么说,你最近见过久松大臣?"

"是的,前天在百忙中他让我去事务所见了他。我了解到一些没有报道的有关福克二世的内幕和通产省的态度。"

大门不满地说:"你应该叫我一起去。"

"我也是这么想的。但是，因为我是突然联系的，大臣的时间一直定不下来。另外，要是里井副社长知道了这件事情，会误以为我背着他在社长面前做小动作。所以，就没有跟您说。"

大门说："哦？在和里井的关系上你得那么小心谨慎。"口气里不乏对半路出家加盟近畿商事的壹岐的爱护。

壹岐从表情上读懂了大门的心思，说："刚才您提到给久松大臣和曾根崎干事长政治捐款的问题。恕我直言，在商社里曾根崎干事长和东京商事的鲛岛关系最为密切。他的方针是能拿则拿。听说为了两位数的钱都要亲自出马去募捐。"在壹岐看来，曾根崎是一个为了钱不顾体面，为了权力见风使舵的毫无节操的政治家。

但是，大门仍不能马上做出决定："我知道了，久松大臣的事儿我再考虑考虑。"

"社长，还有一件事儿。业务本部的公关费，能不能再增加一点儿？"

大门脸上露出不快："又是钱的事儿。你要多少？"

"具体金额我一下子也答不上来。那个，现在资金问题已经影响到了信息搜集工作。员工们为了应酬得自掏腰包，公司欠员工的钱越来越多。所以……"壹岐吭吭哧哧地说不下去了。

看着壹岐的窘态，大门的嘴角第一次露出了笑容，说："行，知道了。我跟分管财务的宝田君打声招呼，你去跟他谈吧！你这个人，让你去乱花钱你都不会，也没有地方花。哈哈哈！"大门一改刚才的焦躁和不满，放声大笑起来。

"谢谢您的理解。"壹岐行了一礼，准备离开。

"下星期日澳经济委员会在椿山庄召开澳大利亚代表团的欢迎宴会，你一定要按原计划和你太太一起参加。"大门知道壹岐不喜欢这种场面上的事儿，特意叮咛道。

"虽然我和我太太都不习惯这种场面，但是，我们一定出席。"说完,壹岐离开了社长办公室。

回到业务本部,壹岐立即叫来海部,问他在雅加达的兵头有什么联系:"兵头有没有发电传来?"

"还没有。兵头君一向不多啰唆,一切都准备好了才最后收兵。电传大概也一样。"

"可是,去了都三天了。这家伙真是不知道着急。"

正说着,壹岐办公桌上的电话响了。是兵头从雅加达分店打来的。

"是兵头君吗?那边情况怎么样?"

电话里传来兵头不紧不慢的声音:"很热。都有四十度。"

"你说什么梦话呢?我问的不是气温,是印度尼西亚国营石油公司的情况!"

"那件事您再等等,必须慢慢谈。还有,我在黄乾臣先生的建议下,正在进行给印度尼西亚陆军推销卡车的工作。您就等着好消息吧!"

"好,我知道了。别忘了有时候打个电话!"壹岐放下电话,虽然在心里骂了一句"这家伙",但他还是觉得兵头是最值得信赖的人。

筑地的料亭①,壹岐正在等相泽汽车课长。

壹岐和相泽在各种场合见过面,虽然彼此都认识对方,但两人单独交谈这还是第一次。作为通产省的官员,相泽精于政策。他在通商局政策课做过政策研究和制定工作,又有在海外工作的经验和国际视野。他面色白净,温文尔雅。但是,人们对他的评价是,从不轻易和企业妥协,不合乎条理的地方,绝不让步,是一条硬汉子。

走廊传来脚步声,女招待拉开纸拉门。"对不起,让你久等了!"

---

① 高级日本料理店。

随着道歉声,相泽走进来,一点儿都没有架子。

壹岐郑重其事地说:"今晚谢谢您在百忙之中光临。"

"久松大臣让我来和你谈谈。你到底有什么事儿?你们公司不是正在果断地实行重工业化路线嘛。"

"其实并没有像标榜的那么有进展。再怎么说,纤维曾经是我们公司的支柱。所以,迟迟不能……很难办。"壹岐说。

女招待端来酒,给二人斟上酒以后退了出去。

"我今天想请教两个问题。一是通产省如此坚决地阻止汽车行业的资本自由化是基于什么,二是资本自由化的时间大致是什么时候。"壹岐直截了当地问。

"壹岐先生,一提到资本自由化,我们日本人总是以为美国的巨额资本会打进日本。可是,美国现在因为越南战争出现赤字,他们哪里会往国外投资?依我看,能进入日本的美国资金最多为三亿美元,合日元大约一千亿。去年日本的资本投资是七万两千日元,今年预计超过八万。就算是八万,一千亿只是八十分之一,也就是百分之一点二五。所以,有人认为通产省害怕这么一点儿外资是防卫过剩。但是,问题是美国绝不会只投一千亿就善罢甘休。以以往的例子来推测,他们可以借此在日本国内筹集到近二十倍的资金。因为,日本的金融机构愿意把钱借给巨大而且安全的外资企业,所以,美国人用一千亿实际上能做到两万亿的投资。而且,这个资金集中到特定的行业。你想想看,三五年以后会怎么样?欧洲已经在这上面吃了大亏。就拿进入法国的美国企业来看,他们在法国使用的百分之九十的资金是在当地融资的,从美国来的资金只占百分之十。所以,美国所说的资本自由化并不是把美国国内的剩余资金拿出来,而是给美国的资本家自由自在进行经济活动的机会。壹岐先生,你怎么看这个问题?"说完,相泽从容地喝干了杯中的酒。

"这就是地地道道的美国式战略。照这种做法,靠资本和企业的渗透,美国能获得比在第二次世界大战中更大的战果,而且是用和平的形式。"壹岐说。

相泽点点头,说:"前段时间我和官房企划室室长谈论汽车行业自由化的时候,室长用最简单明了算数式解答了汽车行业的问题。按美国制造的汽车每台一千美元算,出口到日本每台百分之三十五的关税,一百美元手续费,那就是一千四百五十美元。我们来算一下如果在日本生产同样的车,每台花多少钱。"他推开桌子上的菜肴,从公文包里拿出一张纸,开始计算,"在美国生产每辆一千美元的汽车,人工费占六成,零件、原材料等占四成。因为日本的人工费现在仍然是美国的四分之一,所以,在美国需要花六百美元的人工费,在日本只需要一百五十美元。在日本购买零件、原材料也比美国便宜,大概是三百五十美元。这样算来,从美国出口到日本的一千四百五十美元的车,在日本仅用五百美元就能生产出来。日本企业在国际上的优势就是劳动成本低。所以,一旦允许自由化,让美国的汽车制造商进入日本的话,就等于自由地对美国开放这个优势,让他们利用。这才是通产省最认真对待的问题,也是在日本汽车行业实现重组、扩大规模、提高资本力之前阻止外资进入的原因。"相泽利用具体数字进行了说明。

"那么,应该怎么看待国内汽车生产厂家强大起来,最终实现汽车行业资本自由化的时机?"壹岐要问个究竟。

"这个问题还真不好回答。实际上,每次召开日美经济会议,美国都要提出日本的GNP现在已经仅次于西德,居世界第三位,要求我们进一步实现自由化。每次我们都以半年、一年为单位,从对日本打击小的商品开始实现自由化,尽量拖延对日本打击大的如汽车、电脑、橘子、柠檬等商品的自由化。所以,现在不好说是什么时候。"

"那,福克和东和成立合资企业的事儿会怎么样?"壹岐问。

相泽的表情一下子变得苦涩起来:"如果这件事成为既成事实,我们一直竭力阻止的汽车行业资本自由化就会一点点扩散。所以,我一直坚决反对。不过,以日美政治为背景,会以它只是一个合资企业而已为借口,批准成立。但是,我在考虑从出资比例方面遏制福克公司。福克公司坚持百分之五十,一步也不肯让。通产省内部也有人认为只要不超过百分之五十就没问题。真是浅薄至极。因为我觉得光是福克和东和两家合资让人信不过,所以,主张让日本两大生产厂家之一的日新汽车公司也加入进来,三家成为平等的合作伙伴。"

"那就是说东京商事不参与?"这是壹岐最想知道的。

"我是不想让他们参与。可是,我们没有限制商社经营活动的办法,有点儿力不从心。说句对你很不礼貌的话,我不太相信商社。因为商社的习性是无视国家策略,只要不触犯法律,为了赚钱可以心安理得地把日本企业卖给外资。东京商事尤其是这样。表面上他们对我们点头哈腰,唯唯诺诺,实际上背地里策划疏通曾根崎干事长,让政治家出面封住我们的嘴。我们从国家利益出发,宣传保护民族资本,主张推动重组。于是,就有人指责我们是替大企业说话。但是,汽车行业涉及面很广,如果在现在这种毫无防备的状态下被外资占领的话,那些底层的生产零部件的中小厂家的命运会多么悲惨,日本的产业界会多么混乱。真希望商社能稍微认真地考虑一下国家利益的问题。"

相泽的话里充满忧国之情,有着通产官员的坚定信念。壹岐感到心中吹过一阵清风,很受感动。他给相泽斟上酒,问:"我听说通产省考虑的汽车行业重组里面,包括千代田汽车公司和富国汽车公司合并的构想。"

"有可能。"

"那么,他们两家的合并有可能实现吗?"

"是啊!如果是有成效的合作或者合并,我希望让它实现。"

尽管壹岐已经请久松通产大臣延缓千代田和富国两家汽车公司的合并,但是,相泽的话似乎表明通产省将对合并进行行政指导。壹岐从中领悟到官员和政治家的不同。

"可是,相泽课长,我听说千代田汽车公司是坚决主张走自主独立路线的。"壹岐想进一步了解通产省的观点。

"也不全是。千代田内部分两派,营业部门的人是主张合并派,技术部门的人是主张自主独立派。另一方面,富国得到主要融资银行的支持,营业和技术部门都赞成合并。问题是千代田方面,他们说富国规模太小,如果真合并的话就和日新合并。我们就让天川先生从贸易振兴局空降到千代田,让他充当联络员的角色。没想到,他临阵脱逃,又说要自主独立,振兴公司。真让人伤脑筋。"

"强扭的瓜不甜。真让两家合并了能有好结果吗?"

"可是,千代田高层这么摇摆不定,让人担心,让人看不下去。如果被三巨头盯上了,最先崩溃的就是千代田。他们的厚木厂、代理店很可能成为三巨头在日本的据点。所以,要趁现在想办法让他们和富国或者日新合并,避免成为外资进攻的目标。"相泽担忧地说。

身为商社方面的人,壹岐从相泽的话里明白了一点,如果想和外资合作的话,千代田汽车公司是最佳选择。

佳子身穿和服衬裙站在穿衣镜前。她打开包装纸,拿出新做的和服穿在身上。和服紫色的底子上画着手绘的花草。这件夏季出门穿的和服是为了参加今晚在椿山庄举行的宴会,是在壹岐的劝说下才做的。

帮着母亲穿衣的直子入迷地看着镜子里的母亲,说:"啊!妈妈,真有魅力！真漂亮！"在日本航空工作的直子今天为了母亲专门请了假,在家帮忙。佳子系好腰带,整理领口。家人对她的关爱让她心里感到热乎乎的。

一个月前,壹岐告诉她他要参加澳大利亚代表团的欢迎宴会,要带夫人,让她也做好准备。她心里很胆怯。她参加过大门社长夫人组织的茶会,也和其他公司高管的夫人们一起接待过海外来的重要客户。但是,她从来没有和丈夫一起出席过那么盛大的场面,也没有合适的服装。丈夫猜到了她的心事,劝她说这么多年一直让你吃苦受累,你就借这个机会给自己做一套最好的和服。虽然壹岐步步高升当上了常务,但因为是半路出家进的公司,才工作了十年。所以,他们并没有多少积蓄,反而因为当上了常务开销也大了。另外还得给直子准备嫁妆。一想到这些,佳子就舍不得为自己花钱。壹岐就让她把刚存进银行定期的奖金取了出来。

见母亲突然有些低沉,直子停下手来,问:"妈妈,你怎么了？"

"噢,没什么。这腰带可不好系啊！"佳子尽量让自己的声音听上去明快一些。佳子把和服配套的带酒红色的紫色罗纱腰带缠在身上,发出沙沙的声音。然后,让直子帮着她打了一个较大的结。皮肤白皙、身材娇小的佳子穿上深浅相间的紫色和服,优雅大方。用线条手绘的花草透着清凉。

佳子转过身去照了一下后面,问:"怎么样啊？"

直子兴奋地说:"太美了！妈妈不会比任何一位夫人差。爸爸肯定也很骄傲。"

"看你,说得那么夸张。不过,我女儿在航空公司工作,见过世界各国的 VIP 夫妻。你给我打了包票,我就放心了。时间还有点儿早。不过,不能让你爸爸等我,我现在就走吧。"佳子轻轻按了一下在美容院做好的头发鬓角,拿起银灰色的佐贺锦手袋。

"妈妈,你忘了染指甲!"

佳子伸出染了透明指甲油的手说:"我染过的呀!"

"这不行!这种场合染带点儿颜色的才行。我昨天下班回来的时候不是给你买回来了吗?"直子从梳妆台的抽屉里拿出一瓶粉红色的指甲油。

"让你费心了。我都这把年纪了,染粉红色的指甲油太显眼了。再说,我都穿好和服了。"

"这涂在指甲上就有一点点粉色。妈,让我给你涂吧!"直子坐在母亲膝下,专心致志地给母亲涂指甲油。她轻声说:"妈妈,你受了那么长时间苦,终于有回报了。"

"你这突然说些什么话。女人结了婚,谁都得从忍耐、吃苦开始。"

"那倒也是。可是,妈妈吃的苦是其他女人的好几倍。你还记得在大阪住之江市营住宅时的事情吗?你一个人拉扯着正在发育的我和阿诚。昭和二十八年(1953年)又开始公布西伯利亚归国者名单的时候,我们每次都祈祷着能看到爸爸的名字,一次又一次,拼命寻找爸爸的名字。没有看到爸爸名字时的绝望……妈,那时候,你打发我和阿诚睡觉以后,总是一个人悄悄在灯下打开登着归国人名单的报纸,偷偷流泪……被妈妈泪水打湿的那些报纸,我现在都忘不了。看到妈妈那个样子,我也不知道偷偷在被子里哭过多少次。爸爸回来以后,为部下们工作的事情四处奔波。为了爸爸,妈妈出去工作,爸爸在家打扫、做饭……虽然爸爸心里也不好受,但他可以安慰自己全都是为了部下。可是,每天在爸爸的目送下去上班的妈妈还不知道有多难受呢。"

直子说出了五天前的晚上佳子和丈夫彻夜长谈时丈夫说的话。一滴眼泪落到了佳子手背上。她慈爱地抚摸着女儿的头,说:"傻孩子,这要出门了,你却在这儿忆苦思甜。你要是真关心妈妈,就认真考虑一下结婚的事儿。那才是让妈妈高兴的事情呢!"

直子握着母亲的手,说:"知道了。不过……"

正说着,大门口传来脚步声。绕着九州旅游了一圈的诚带着黝黑的肤色回来了:"我回来了。妈,你要出门?"他欣赏地看着漂亮打扮的母亲说。

"哎呀!看你,晒成这个样子。你明信片上不是说后天回来吗?我也没做晚饭。"

"没事儿。妈,你打扮得这么漂亮,我给你照张相。"诚举起挂在肩上的小照相机,按下快门。

直子拿出姐姐的派头,说:"没时间了。我送妈妈去大路边,你先去截辆出租车。"

"OK!走吧!"诚穿上凉鞋,先出去了。佳子穿上和手袋配套的银灰色和式布履,走出家门。直子看见邮箱里有一封明信片,拿出来说:"哎,是谷川先生寄的。写给爸爸的,你要不要先看看?"

佳子接过直子递过来的明信片,想起星期天谷川去参加俳句会时还顺便来家里,想起他身穿开襟衫的样子。明信片上写道:"前几天参加俳句会,兴致颇高,时隔很久,再次洗涤心灵。今天写信是因为竹村胜因高血压住院,我去看望了他。所幸得到了很好的治疗,并无大碍。我告诉他,正值酷暑季节,劝他权当是避暑,在医院多住些日子。竹村的性格不愿被人探望。但,他于壹岐而言是有特别意义的长官,所以,特通知你。敬上。"末尾还写着医院名、地址、电话号码和病房号码。佳子把这些抄在一张纸上,准备等一会儿交给丈夫。

佳子到目白台的椿山庄时才五点多,离和壹岐约好的时间还早。和式大厅里铺着地毯,摆放着古香古色的茶几和沙发。佳子环视了一下大厅,见大门社长夫人和里井社长夫人都还没到,就隔窗眺望着考究的日本庭院,养心悦目。这里曾经是山县有朋公爵的别墅,三万三千多平方米壮观的庭院里,有假山,有池塘,有凉亭,极尽奢华。郁郁葱葱的树木中传来竞相争鸣的蝉声。蝉的喧嚣令人感到酷暑更加炎热。但是,佳子听起来却感到很凄凉。大概是她觉得蝉的命运太过悲惨。它们在黑暗的泥土中蛰伏七八年,靠吸取树根里的养分成长。当他们终于爬出黑暗,沐浴在夏日灿烂的阳光中时,却在仅仅一两周内宛若燃烧生命般不停地鸣叫,直至死亡。

佳子休息了一会儿,闲得无聊,便想给竹村住院的医院打个电话。她从手袋里掏出电话号码,拨通青山医院,让总机转到内科病房:"请问,竹村先生的家属在不在?"

"在,刚才他女儿来了。要我去叫她吗?"

"拜托您!"

竹村没有女儿,佳子想可能是他儿媳妇。

"喂!是哪一位?"佳子耳边传来一个平和悦耳的声音。

"我是壹岐太太。刚收到谷川先生寄来的明信片,得知竹村先生住院,很感意外。您父亲现在怎么样了?"佳子问道。

对方突然不说话了。"喂!您能听到吗?您父亲怎么样了?"佳子又问了一遍。

"竹村先生的病情不是很严重,请放心吧!不过,因为天气炎热,医生说多休息为好,所以,还要在这里住一个月。"

对方的语调很生硬。而且,从竹村先生这个称呼上看也不是家人。

"对不起,您是竹村先生的熟人吗?"佳子问。

"是的。我……自我介绍晚了,我是秋津千里。平时总是麻烦壹岐先生,非常感谢!"

没有想到是秋津千里,佳子大感意外:"原来是秋津千里小姐!

我丈夫经常提起您。您还经常送一些自己的作品或者京都的特产给我们,非常感谢。以后,请您不必这么客气。"佳子很自然地用感谢的口气说。

电话那头的声音却生硬得极不自然:"那些东西并不值得您如此感谢。"

"但是,我们一再收到您的礼物,心里很过意不去。"说完佳子第一次意识到原来自己并不是打心眼里欢迎那些礼物,她慌忙说,"壹岐很快就会去探望竹村先生。请您转告他,请他多保重。您还在那儿待多长时间?"

"因为工作的关系,还要待一个星期。"

"如果有时间,请您到我这里来坐坐。"

"谢谢!夫人如果来京都的话,也请到我家里来。"说完,千里挂了电话。

秋津千里的语气始终很生硬,客气得到了不自然的程度。佳子心里嘀咕着离开电话,正要回到沙发的时候,看见丈夫步履匆忙地走进大厅。佳子举起手打了个招呼。可是,壹岐没看见她,径直往公用电话走去。

"他爸!"佳子叫了一声。壹岐回过头来,这才注意到妻子。他目不转睛地看着佳子。

"怎么了?这么瞪着我干什么?"佳子不解地问。

"哎呀!我还以为是哪位漂亮的贵夫人呢!"壹岐多少有些不好意思地说。

丈夫的话让佳子心里充满喜悦。他问:"你有急事要打电话?"

"嗯,竹村先生因为高血压住院了。"

"噢,谷川先生为这件事寄来了明信片。所以,我刚才给医院打了电话。没想到是秋津千里小姐接的电话。"佳子观察着丈夫的反应。

壹岐的眼睛微微动了一下,说:"哦?千里小姐专程赶过去了?竹村先生的病情那么严重?"

"不是,千里小姐是因为工作关系来东京的。你不知道她来吗?"

"不知道。明天我就去看看竹村先生。"虽然壹岐昨晚在露波儿就听说千里来东京了,但是,他把话题转到了去看望竹村上。他催促道:"该进去了。走吧!"说完便快步向会场走去。

澳大利亚代表团欢迎宴会在正对着宽阔庭院的赏月间举行。东道主日本各方面人士在夫人的陪同下已经基本到齐。日方出席宴会的有日本贸易振兴局、外务省、通产省的官员和二十几家企业的高层。这些企业来自日澳经济委员会中与澳大利亚有贸易往来的各行各业,如商社、银行、钢铁、汽车、羊毛、精粉、肉类行业等。

壹岐和认识的人打招呼,相互介绍夫人。澳大利亚代表团的客人都快到了,还没见大门社长夫妇出现。壹岐有些担心。再看里井副社长,他带着夫人见人就高兴地打招呼。虽然里井夫人肥胖的身上裹着像舞台服装的礼服,和儒雅时髦的里井很不般配,但她毕业于津田英学塾大学,在海外生活了很长时间,语言能力极强,也很会交际。

"你看,大门社长和夫人来了。"佳子说。

壹岐闻声望去,只见身穿深色西服的大门和夫人并肩出现在门口。大门夫人身穿奢华的罗纱加贺友禅和服,细长的脸上架着下宽上窄的方形眼镜。她显然很在意人们的目光,以十分做作的表情走进来。

壹岐和佳子正要迎上去,里井夫妻抢先一步过去。里井满面笑容地欢迎大门夫人:"夫人,这么热的天,您远道而来,辛苦了!"里井夫人也说道:"夫人,前些天在六甲山高尔夫球场,承蒙您热心指导,非常感谢。您今天的和服也是这么高贵。"

偏好和服的大门夫人听到这样的夸奖,傲慢的脸上第一次露出笑容:"和你打高尔夫真愉快。今年夏天再去一次吧,夏天在凉爽的六甲山高尔夫球场打球是最好的。里井先生,你也很久没去了,一起去吧!"

"非常荣幸。下星期我就和太太一起去陪您打球。"里井回答得十分流畅,看得出在公私两方面他都服务于大门夫妇。

壹岐少言寡语地问候大门夫人:"久未向您问候,失礼了。"

佳子也客气地说:"我也是很久没有问候您了。您精神这么好,真是太好了!"

大门夫人好像这才发现佳子也在场似的:"哎呀,哪里的话。我经常收到你用漂亮的毛笔字写的信,你不用那么客气。"她盛气凌人,毫不客气地上下打量着佳子优雅的装束。宴会场上满是华丽的和服和晚礼服,佳子浓淡有致的单色的紫色装束反而更加引人注目。

大门抽着雪茄,看着佳子说:"你还是第一次出席在公司外面的活动啊!"

佳子忐忑地回答道:"是啊,不知道我能不能表现好,心里很不安。"

大门微笑着说:"你这个贤内助的功劳不小,让人佩服啊!我都想让你教教我太太,有你这百分之一就行。"

大门夫人和里井夫人用充满恶意的目光看了一眼佳子。

"哪里的话,我没做什么。"

"这种不张扬和温顺的性格,对于一出家门就投入战斗的男人来说是再好不过的了。难怪壹岐君在外面从来没有女人。不过,有这么好的太太,壹岐君,你也不要光知道工作,不孝敬孝敬太太会遭报应的。哈哈哈!"大门毫无顾忌地放声大笑。

这时,门口突然一阵骚动,澳大利亚代表团一行人到了。等候在那里的日本人中间传出掌声。代表团一行在日本代表帝国钢铁厂社长夫妇的带领下走到中央,向鼓掌的东道主们挥手致意。代表团一行共十七对夫妇,其中有钢铁制造商BHP总裁夫妇、制糖厂商科洛尼亚公司总裁夫妇、玛沁蕾羊毛公司总裁和总经理夫妇、墨尔本银行总裁夫妇等代表澳大利亚财经界的人士。此外,还有澳大利亚驻日大使、参赞和在日贸易商等。男士一律身穿深色西服,女士们身穿各色晚礼服,佩戴着珠光闪闪的宝石。因为他们来自豪放的澳大利亚,宴会场上洋溢着坦诚热烈的气氛。

壹岐凑到佳子耳边,看着今天中午大门社长引见过的兄弟俩,说:"现在正在和大门社长握手的是玛沁蕾羊毛公司的总裁,右边的是总经理。等一会儿我们要过去打招呼,你做好准备。"

佳子的脸上微微浮起红晕,点点头说:"知道了。他们兄弟俩长得那么像。我记住两位夫人,这样好分辨他们。"

帝国钢铁公司的社长代表日方致欢迎辞:"欢迎各位来日本。日澳经济会议于一九六三年在堪培拉签署,今年已经迎来了第五个年头。如果我说我们之间的紧密关系仅次于今天到场的各位先生和夫人之间的关系,恐怕也不过分。我们民间的这种经贸往来,在不久的将来将结出由两国政府参与的经济共同委员会这样一个硕果。衷心祝愿两国间的友好关系更加深厚。今晚,请各位尽情享受日本的美食和文化吧!"他的英语虽然蹩脚,但致辞与今晚夫人陪伴的晚会的祥和气氛非常吻合。

澳大利亚代表团代表BHP总裁站到麦克风前。他身体健硕,根本不像一个七十岁的老人。"日本的各位女士们、先生们,晚上好!感谢为我们召开如此盛大的欢迎宴会。一年后我们再次相逢,贵国的经济飞速发展,显示出赶超西德的态势。对此,我们感到惊讶,同时作为合作伙伴也感到高兴。我国虽然只有一千万人口,相当于东京的人口,但却是资源的宝库。我们有羊毛、铁矿、铜矿、铝土矿和铀矿等等。我们热切希望通过与贵国企业的合资联盟,为两国的产业振兴和国民的幸福做出贡献。"

会场上再次响起热烈的掌声。服务生端来香槟酒,砰砰的开瓶声此起彼伏,欢呼声不断。日澳经济委员会首席董事大门等每人的杯子里都倒满香槟之后,用响彻会场的洪亮的声音提议:"为第五届日澳经济会议,干杯!"

玛沁蕾羊毛公司总裁也举起酒杯:"感谢我们的贤内助,为夫人们干杯!"总裁在英语中咬着舌头夹杂了"贤内助"这个日语词。会场上响起一片笑声。

干杯后,菜肴上来之前,人们纷纷端着酒杯去庭院参观。壹岐也催促着佳子一起来到户外。眼前是极尽奢华的庭院,假山、水塘、凉亭应有尽有。庭院里还特意养了萤火虫,微微的蓝光宛若被风吹散到四处,一闪一闪。

萤火虫从眼前飞过,佳子不由得停住了脚步。壹岐看到水塘边的凉亭里玛沁蕾羊毛公司总裁夫妇正和澳大利亚大使相谈甚欢,就带着佳子过去问候:"晚上好,玛沁蕾总裁夫妇!"

总裁夫妻夸张地伸出手,说:"晚上好,壹岐夫妇!"他们被澳大利亚的太阳晒成古铜色的脸上挂着灿烂的笑容,看着佳子。

壹岐介绍道:"这是我太太佳子。"

总裁把一只大手伸向佳子:"你好!壹岐夫人,我是玛沁蕾。"

刚才在会场上丈夫告诉佳子谁是玛沁蕾总裁的时候,她就觉得在代表团里玛沁蕾总裁也是特别高大、精力充沛的一位。现在,站在他面前,娇小的佳子更加感觉到他的魁伟,以至于不得不抬头仰视他。佳子心里不觉有些怯场,但她还是面带微笑地握住玛沁蕾总裁的手:"你好!我是佳子。"然后,又和总裁夫人相互问候。

年近六十的总裁夫人身穿晚礼服,大颗的珍珠项链在胸前发出银光。她目不转睛地看着身穿紫色罗纱和服、配着酒红色和服腰带的佳子,赞叹道:"你太美了!这件和服真漂亮。你的装束让我想起了《源氏物语》里的紫上。"

虽说是社交辞令,但被比作《源氏物语》里的紫上,佳子不觉羞红了脸。她问道:"您读过《源氏物语》吗?"

"我读过,是英文译本。那是一部很好的小说,也非常具有日本情调。"经常随丈夫来日本的总裁夫人是位很有修养的人,她骄傲地告诉佳子她看过《源氏物语》的英译本。

一旁端着酒杯的澳大利亚大使指着壹岐,调皮地开玩笑说:"如果壹岐夫人是紫上,那壹岐先生就是光源氏了。"

壹岐一时不知该如何是好。这时,背后传来一个声音:"光源氏是个花心男人,但壹岐先生只爱他的夫人。"回头一看,见是东京商事的鲛岛。他眨着一双往上吊的小眼睛满面笑容地和每个人打招呼,然后把他的美貌妻子隆重地介绍给大家。鲛岛的岳父战前是驻英大使,鲛岛夫人有伦敦社交界的经验,靓丽的形象和粉红色的丝绸乔其纱晚礼服十分般配。她以优雅的做派走到每个人身边进行问候,立即成为中心人物。鲛岛得意扬扬地看着人们集中在他美貌妻子身上的视线,享受着对她的赞美之词。他轻轻拽了一下壹岐的袖口,把他拉出相谈甚欢的人群。

他小声说:"壹岐先生,你又开始活跃了啊!"

"又?你指什么?"

"当然是汽车了!你用那种方式插手,到底想要千代田汽车公司怎么样?"鲛岛打探道。

这时,里井副社长走过来,说:"把客人扔到一边儿,你们两个倒谈上了。"

鲛岛马上堆出笑容问候里井夫人。然后，凑近里井，用他一贯擅长的亲昵态度说："您来得正好。最近，贵商事正在猛烈进攻千代田汽车公司。我是特别关心这件事儿，搞得连晚上都睡不好觉。"

里井说："这可不像鲛岛君说的话啊！你给福克和东和牵线的事情怎么样了？讲来听听！"

鲛岛做作地耸了一下肩，说："哎，我这个人错误地领会了通产省的意图，搞得现在是焦头烂额。真没想到相泽汽车课长是那么强硬的阻止外资派。"他打着哈哈想转移话题。

"这事儿你应该一开始就知道吧？日新是不是也要加入福克、东和和东京商事的自动变速器合资企业？或者还是你们三家公司合办？"里井并不放过鲛岛，追问道。

鲛岛挤出一丝笑，说："问题就在这儿。我们公司作为中介人，这时候如果按官府要求把日新汽车公司加进去，东和的松下佐助社长就会极为不满，说我们变卦。如果不听官府安排，他们就会从行政上对我们吹毛求疵，抓我们的把柄。我都快得神经衰弱了。"他只字不提动用曾根崎干事长给通产省施加压力的事儿。他接着说："倒是做事周到的壹岐先生，不是在筑地的料亭招待了相泽汽车课长吗？你一定是提前做了工作。不然，那么讨厌商社的相泽课长怎么会赴约呢？"

没等壹岐打断鲛岛，里井目光一闪，已经开始发难了："壹岐君！你真的和相泽课长见过面？"

虽然壹岐一时词穷，但因为里井曾经叮嘱他有关汽车的情报都由他一手操纵，所以，壹岐只好说："没有，我没见过他。"

鲛岛在一旁说："哎，壹岐先生可真会装模作样啊！那，我顺便再透露一个撞到我侦察天线上的消息。你们公司业务本部的兵头君正在雅加达出差，对吧？千代田汽车公司曾经想在雅加达建卡车组装工厂。后来,因为营业部门的反对没有建成。现在,为了重新实现这个计划,你们和黄公司联手打进印度尼西亚的陆军内部,准备反击先行的爱知汽车公司。"鲛岛直逼壹岐,真不知道他是怎么知道这些情况的。

鲛岛说得如此明了,壹岐无法再装糊涂了,只好沉默不语。

"哦?你这个人,原来还有这一手!"里井忘记了场合,大声说道。

玛沁蕾总裁夫妇等人一起投来惊讶的目光。鲛岛慌忙喝了一口谢丽酒,装出若无其事的样子。他终于明白壹岐不是对自己而是对他们公司的副社长装糊涂。他压低声音说:"哎哟,是内讧啊?我一点儿都不知道。失陪了!"鲛岛鲨鱼一样的小眼睛里闪着锐利的目光,说罢就走了。里井也愤然离去。

壹岐一个人站在那里。"他爸……"佳子走过来,脸色苍白,轻轻地叫了一声。壹岐没有回头。

"你们俩把近畿商事当什么了?东京商事的鲛岛煽动一下,你们就互掐,还偏偏是在我任首席董事的日澳经济委员会的宴会上!"

欢迎宴会结束后,一回到饭店的套间,大门一三就如烈火般冲里井和壹岐怒吼道。长着一张狐狸脸的大门夫人说:"还是刚才在车里说的事儿?为了今晚和大家欢聚,我早就做了准备。可是,因为这二位的缘故,我不得不想办法扭转不愉快的气氛。真是累死人了。我去休息了。你们有话要谈的话,请小声点儿。"态度极其傲慢。说完,她提起和服的裙角就要往里间的卧室走。

大门厉声说:"我们要谈公司的事儿,你到下面的餐厅或者酒吧等着去。等我们谈完以后再回来!"

大门夫人竖起双目,似要回驳丈夫,但被丈夫严厉的目光压倒锐气,说:"都九点多了,谁还有精神一个人去那种地方。我再要一个房间,先休息了。"说完,提起手袋,砰的一声关上门走了。

房间里顿时安静下来。里井到底有些无地自容,诚惶诚恐地再次道歉:"实在抱歉!让您夫人也不愉快。"

壹岐垂着眼睛,一声不吭。他不肯低头的态度惹怒了里井。他马上接着说:"对于壹岐君的卑劣行为,我已经不能再视而不见了。就在半个月前,当着社长的面我还告诉他,汽车的事儿由我一手抓。可是,他却在背地里和通产省汽车课课长见面,派部下去雅加达,策划违反我意图的项目。你,这也算是个男人?"里井历数罪状,激烈地指责壹岐。

大门金丝边眼镜下的眼睛抬也不抬地看了一眼壹岐,说:"里井君不顾场合,大吵大闹,是不明智。可是,壹岐君,你如果不赞成里井君的方针可以明确说出来嘛!两个人好好谈过以后意见还有分歧的话,你还可以明确告诉他你要怎么做,然后再去行动。在一件事上公司董事各行其道,传出去让人笑话!"

里井气焰更加嚣张:"社长说得对!但是,壹岐君把任何事情都当成业务本部的秘密,整天思谋的就是拖业务部门的后腿。以大门社长为首的公司的前辈们,任劳任怨,齐心合力,才有了公司今天的成果。你把他们的努力和爱公司的心当成什么了?你到底想要把这个近畿商事怎么样?今天你就说清楚了!"他的话里有话。

壹岐平静地抬起双眼说:"您现在问这个问题,我也只能回答没有任何意图。跟副社长比起来,我的资历虽然无法和您相比,但我自信对近畿商事的忠诚绝不比您差。"

里井冷笑着讥讽道:"你嘴上说得好听,实际上,就拿千代田汽车公司这一个例子来看,你的做法就与公司的方针完全相反!你要是以为你那副仁慈的忠臣面孔能一直蒙混下去,你就大错特错了!"

壹岐没有理会他,而是明确地提出异议:"有关千代田汽车公司的方针,公司还没有决定。"

"这种越权性的发言你还是谨慎为好!千代田和富国合并的方针在我分管的机械部门早就决定了,正在一步步实行。"

壹岐寸步不让:"无论在分管机械的副社长那里制定了什么方针,在今后的资本自由化政策当中,汽车行业将和电脑一同成为日本的重要战略产业。如何应对汽车行业的问题应该在全公司的经营会议上展开讨论。所以,不仅是直接分管汽车的运输本部,营业本部和纽约分店等部门都应该把从各自的角度收集到的信息和制定的方针拿到经营会议上,进行彻底的讨论。"

"你怎么那么强调经营会议?你以为你的主张可以得到多数通过?"

"绝无此事。我们这么大一个公司,在责任和权限等组织体制上有很多暧昧不清的地方。长期以来,我对这一现状持有疑虑,一直提倡经营会议。我的本意还没有得到所有董事的理解,虽然公司的最高方针还是由原来的多数票原则来决定,但是,通过以往破产企业的事例不难看出,由数字决定一切的多数票原则往往导致公司采取错误的方针。我认为,特别是有关全公司的经营方针,最终应该由社长做出决定。"

"哦?那你为什么还要召开经营会议?"

"经营会议完全是一个辅佐社长做出决断的辅助性机构,因为社长在公司拥有绝对的权限。董事之间虽然可以进行充分的讨论,但最终即使全体反对,只要是通过审议后社长做出的决定,所有董事就应该服从。"

里井轻蔑地说:"经营会议是社长的辅佐机构?那不成了辅弼天皇的御前会议了吗?你以为走在时代最前列的商社允许这种逆时代潮流的做法吗?如果真那样,社长的负担该多大?"

壹岐十分明确地说:"真理是超越时代的。中国古代的《孙子兵法》、日本的《作战要务令》，还有美国企业的经营战略，无论拿出哪个例子，做最后决断的都是那个组织的最高负责人。为了不使最高负责人做出错误的决断而进行辅佐的，就是我说的经营会议。"

一直默默听着两人争论的大门最后做出了了断："前段时间我见到德朋公司总裁的时候，他给我讲了一个故事，告诉我最高负责人做出决断的重要性。他说林肯举行某个重要的部长级会议，部长们进行了彻底的讨论，最后全体表示赞成。林肯谦虚地听取了每个人的意见，最后做出了富于勇气的'No'的决定。千代田汽车公司这件事，就在经营会议上讨论以后再决定吧！"

佳子把在欢迎宴会上穿过的和服和衬裙挂在衣架上，拿到通风好的里间挂起来。在椿山庄里井副社长责问丈夫的场面深深印在她的脑海里，挥之不去。虽然丈夫在家从来不谈论公司的事情，但她以前就觉察出丈夫和里井副社长之间有隔阂，心里很难受。但她没有想到他们的关系那么恶劣，以至于副社长在欢迎宴会上做出那样的举动。风铃发出清脆的响声，佳子站在廊下，出神地看着小小的庭前的花草。

"妈妈，你想什么呢？"背后传来直子的声音。

"噢，没想什么，就是有点儿累了。妈不会英语，特别紧张。"

直子刚洗过澡，穿着居家服，用梳子梳着湿漉漉的头发，说："妈，你这是第一次，当然紧张了。像经常到我们家来的海部先生，那可是天生就是商社人的材料，他不是都说招待外国人的'洋饭'吃着累嘛。"

"可是，我现在知道不会日常会话，就当不了商社人的妻子，觉得对不起你爸爸。"佳子假托不会英语，把心里的结说了出来。

直子停住正在梳头的手，说："日常会话练练就会，现在开始学就行了。我教你。"她用询问的神情看着母亲,"是不是今天的宴会上发生了什么?"

"没,没有啊!"

"真的?刚才妈妈洗澡的时候伦敦来电话了,听他说他父母也出席了宴会。"

佳子内心松了一口气,说:"对了,我还是第一次见伦敦的父母。那父子俩就像一个模子里刻出来的。他母亲比人们说的还要漂亮,到底是外交官家庭出身的,举止特别优雅。"

直子笑着说:"要说天生的美貌,可能的确如此。不过,伦敦说,为了参加今天的宴会,昨天他母亲跑到银座的美容院做了全身美容。又说睡不好觉脸上会出皱纹,昨天晚上让伦敦桑和他爸爸去饭店里住。"

"什么?怎么能这样?"

"最后他们虽然没有去饭店住,可是他爸爸因为回家晚了,没有被允许进卧室,在伦敦的房间里睡了一晚上。第二天早晨,怕影响还在睡觉的贵人,两人蹑手蹑脚地出了门。父子俩在车站前面的咖啡馆吃了套餐,然后各上各的班儿去了。"直子哈哈地笑出了声。

佳子惦记着还没回来的丈夫,没心思听女儿说笑话,就说:"别开玩笑了,你爸爸后天要去美国出差,我得给他准备行李。"

"没开玩笑,我说的都是真的。伦敦老跟我说在他家为了不触怒他失眠的母亲,他们父子俩总是战战兢兢的。"直子越发来劲地说。

"好了,知道了。妈忙着呢,别说这些了。直子,我不知道你和伦敦到底是什么关系,不过,要是鲛岛家真那么特殊的话,你要是以结婚为前提和他交往的话,别说你爸爸,我也反对!"佳子用少有的严厉的口气说。她打开装了一半的旅行箱,看着事先列好的单子,往里面装衣服。

直子突然换上一副一本正经的面孔,说:"妈,今天你出门之前不是让我好好考虑考虑人家给提的相亲的事儿吗？我还是不去相亲了。爸爸以首席成绩从陆军大学毕业的时候,很多将官级的人物看重爸爸有前程,都来提亲。可是,爸爸最后选择了陆大教官的女儿妈妈你。所以,我也要像爸爸那样自己选择自己将来的伴侣。"

"那,那个人就是鲛岛伦敦？"因为佳子觉察到,今天丈夫和里井副社长之间的不愉快就是因为东京商事的鲛岛说了丈夫的一些话引起的,所以,她不由得有些激动。

直子凑近母亲,说:"妈,今天宴会上还是发生了什么事情吧？伦敦在电话里说,你爸爸在欢迎宴会上和副社长起内讧了。爸爸还没回来,是不是因为这个？"

"直子,你说什么呢？"佳子生气地说。

"听伦敦说的时候,我还没当回事儿。可是,妈妈你看上去真的很担心的样子。爸爸到底怎么了？你在跟前就没有帮他挽回？"一向关心父亲的直子看到母亲阴沉的表情,担心地问。她的一字一句都重重地砸在佳子心上。

大门口传来停车的声音。

"回来了！"

直子急忙出去迎接,佳子打开了起居间的空调。

壹岐好像什么事儿都没发生一样,平静安详。他把上衣递给佳子,摘下领带。

直子快活地说:"爸爸,我妈今天是不是特别漂亮？刮目相看了吧？"

壹岐一边换上浴衣,一边说:"我听你妈说是你帮她打扮的。澳大利亚的客人也夸你妈,说她像《源氏物语》里的紫上。"他看了一眼楼上,问,"阿诚从九州回来了吧？已经睡了？"

"嗯。在九州旅行了两个星期,累得连晚饭都没吃就睡了。我去把他叫起来？"

"不用了。那么累,就让他好好儿睡吧！爸爸也累了,洗个澡就睡了。"壹岐去了浴室。

"看来没什么大事儿,这下放心了。妈妈,晚安！"说完,直子上楼去了。

佳子把打开的箱子挪到墙角,铺好被褥,正要给疲劳的丈夫去搓背,壹岐已经从浴室出来了。他只冲了一下身上的汗。

"这么快就出来了。我正要给你去搓背呢。"

壹岐没说话,一头躺下。看起来,剩下他和佳子单独在一起的时候,他还是对今天发生的事情不能释怀。

见丈夫盯着天花板一言不发,佳子把单子递过去,说:"你去美国出差的行李。你看看这里面有没有不需要的,或者是落下的。"

"出差带的东西你定就行了。"壹岐绷着脸说,连看也不看妻子递过来的单子。

佳子鼓起勇气问道:"今天和里井副社长的事情,已经处理好了？"

壹岐用不容佳子多嘴的冷冷的口气说:"那不算什么事儿,你别担心。"

"可是,下次我见到里井夫人的时候该说什么好呢？"

壹岐不耐烦地说:"女人们不了解情况,不要谈论这件事儿。你要是给我准备行李就到外屋去。"

面对封闭起内心的丈夫,佳子心里很难受。她说:"你为什么不多给我讲讲公司的事情呢？我不会出去多嘴。可是,如果有我能为你做的事情,我一定去做。"

"我不是总说嘛,我不想把外面的事情带到家里来,更不用说今天的事情根本用不着你担心。"壹岐翻身背对着佳子,做出拒绝再谈里井事儿的姿态。

佳子体察到了丈夫在公司的处境。虽然在大门社长的提拔下他晋升得很快,但却因为是中途进公司,尝到了很多辛酸苦涩。佳子轻手轻脚地站起来,关上了门。

陶艺家上乡松风的客厅在镰仓极乐寺谷的高地,将由比海滩尽收眼底。陶艺评论家佐伯春彦和秋津千里正来此拜访。茶室式雅致住宅的下面,由比海滩的海水在盛夏的阳光照耀下闪着蓝色的光芒,右手边是凸出的长长的稻村崎岬角。白色的波浪像花边儿一样拍打在岩礁上,激起阵阵浪花。

佐伯春彦和上乡松风面对面坐在桌前,喝着啤酒,吃着西式小吃,说:"多亏有上乡先生的介绍,这个秋津千里小姐也能到益子地区最老的陶艺工房进修了。"

秋津千里身穿纯白色亚麻连衣裙,她端坐好,把双手放在膝盖上,说:"托您的介绍,我得到了如此难得的学习机会。非常感谢您!"

日本民间艺术陶艺协会会长、日本美术展览会美术工艺部门评审委员上乡松风和颜悦色地说:"我每年只有夏天才回镰仓来。三十年了,我在益子烧窑,和当地人一起工作。所以,那儿的人就和我的家人一样。你学益子陶器学得怎么样了?"

千里看着上乡松风,说:"以前我一直钻研青瓷。但是,通过在益子学习,我喜欢上了泥土特有的温和和产生于日本独特风土的朴素风格。"

在益子,千里为了学习益子陶器的制作方法,和二十来个陶工一起上山挖土,脚踩、手揉陶土,不停转动陶轮和脚踏陶轮,用松木烧窑,经受了所有重体力活的考验。

"你做出的努力我从益子的陶工那里听说了。你钻研青瓷,却要来学习满是泥土味儿的朴素的东西。你的眼光很了不起。学习吸收各方面的元素,到全部摒弃这些东西的时候,你真正的风格就产生了。急于求成,会感到力不从心。你好好坚持吧!"上乡松风鼓励道。

佐伯春彦喝得红头涨脸,说:"上乡先生,这也是缘分,请您以后多指教秋津千里小姐。我个人也认为在女陶艺家中她是个很出色的新人。您是陶艺界的巨匠,又是日本美术展览会的评审,她的将来不能没有您的提携。拜托您了!"他放下啤酒杯,夸奖道,"前几天我去看了上乡先生的作品展览,真是十分佩服。那个柿子釉上带麸皮白纹的方形花瓶,造型大胆,有种古朴的力量,是件非常优秀的作品。"

"谢谢!您刊登在《每朝新闻》上的评论里也是这么写的,我很高兴。"上乡还举了一些其他评论家的评论。

千里瞅准机会,告辞道:"我本来只想在先生门前给您道个谢,就不再打扰您了。"

佐伯也说:"我也该告辞了。"急忙站起来要走。

上乡松风要招待这位评论家,说:"佐伯先生,如果可以的话,我在镰仓的料亭敬您一杯如何?"

"对不起,下午我还要参加一个艺术大学的研讨会。"

"太遗憾了,那就另找机会吧!我让他们给您叫车。"上乡命弟子去叫车。

汽车驶下绿树葱葱的极乐寺谷,穿过镰仓的繁华地段,上了一号国道。千里默默地看着窗外,佐伯满嘴酒气地说:"秋津小姐,我听说你要和丹阿弥家的二公子结婚,是真的吗?"

"是,是真的。"

"像你这样有才华的女陶艺家,特别是在今后有更大发展的时候,为什么要结婚呢?刚才上乡先生不是还说,陶轮是不讲情面的。通过陶轮可以看出一个人的体格大小、年龄和性格。女人一结婚就不行了,因为陶艺是非常重的体力活。"

"但是,并不是一结婚肯定就不行了。结婚以后继续搞陶艺的人也是有的。"

"那当然,也不是没有。可是,你突然要结婚,是不是因为有其他事情要了断。这事儿来得太突然,你自己也不是很愿意的样子。而且,你还偏偏要当操心劳神的能乐掌门人一族的主妇。这个选择只能消耗浪费你的才能。我是为你的将来着想,才说这些话的。"说着,佐伯猥亵地把手放到千里的腿上。

千里不被司机觉察地悄悄地挪开腿,说:"听先生这么说,我反倒更有自信了。我一生都要从事陶艺工作,今后也请您多提携。"她避开了结婚的话题。

"那就看你的决心了。其他的以后再说,你先别结婚了。下个周末我要去唐津的窑场,你也一起去吧!我都买好飞机票了。"佐伯用五十岁男人的厚颜无耻说。

千里心里虽然感到十分厌恶,但不动声色地说:"真不巧,下星期天我叔叔家有事儿,我必须去。"

"你想想办法,抽出时间来。"佐伯把身体靠过来。

千里明确拒绝道:"这不可能。"

佐伯一脸扫兴,他威胁道:"你现在也变得了不起了。不过,别以为你作为陶艺家能有今天,是全靠了自己的实力。"

千里顺从地说,"我知道,如果没有先生的提携,我不可能出道。"

车开进横滨市。千里说:"我在横滨还有点儿事儿,先下车了。"千里让司机把车停在横滨站前面,然后,乘坐东横线去看望亡父的友人、在青山医院住院的竹村。

千里站在青山医院三楼最东面一间写着竹村胜名字的病房前,

正要抬手敲门,端着体温计盒的护士开门从里面出来。"现在可以吗?"千里问。护士说:"睡着了。进去吧,他太太去附近买东西去了。"

千里捧着花束,轻手轻脚地走进病房,在窗边的椅子上坐下。她想起昨天来的时候,竹村太太去买晚饭,也不在。她替竹村太太接了一个电话,是壹岐太太打来的。壹岐太太用女人味儿十足的清澈的声音郑重地问候她,说我先生承蒙您的关照,向她表示感谢。但是,她却回答得生硬拙笨。这是为什么?就要和丹阿弥泰夫结婚的自己为什么如此在乎壹岐的妻子,变得如此狼狈、僵硬。千里打开自己的心扉,寻找答案。她的心头涌起一股无法言说的悲伤和令她发狂的情感。就像刚才在车里佐伯说的,她是为了了断才急着结婚的。自己也许是为了了断对壹岐的爱慕才急着和丹阿弥泰夫结婚的。想到这里,千里心慌意乱。

有人轻轻敲门。千里轻轻站起来,打开门。壹岐出现在她的面前。

壹岐也没想到能在这里见到千里,大感意外。竹村发出鼾声,睡得正香。壹岐怕吵醒他,轻轻地关上门。

千里为这意外的相会不知所措,说道:"好久不见。"

"祝贺你!"壹岐说出了对她和丹阿弥泰夫结婚祝福的话。

"谢谢!"千里看着壹岐道了谢,但她面带忧郁,不像是一个将要出嫁的女人。

壹岐内心一阵动荡,嘴上却说:"这下你叔叔可以放心了。前段时间我在京都见到他的时候,他还很担心,说千里不出嫁,他死都合不上眼。"

"可是,我……"千里话到嘴边,竹村醒了。千里走到床边,问:"您睡得真香。要不要喝点儿果汁?"

"你来了。咦?壹岐君,你怎么也来了?"竹村看着壹岐,惊讶地问。

壹岐观察着竹村的气色,说:"我从谷川那里听说的。看起来您已经好多了。"

"这家伙,多嘴。我就知道你忙,听说了以后肯定会丢下工作来看我的。所以,叫他不要告诉你。"

"谷川就是因为理解我的心情才告诉我的。因为明天我要去美国出差,所以,走之前来看看您。"壹岐说。

"我就是站起来的时候有点儿头晕,他们就非让住院。真是小题大做。当年被羁押的时候四十岁以上的人,现在谁没有高血压?"已经七十高龄的竹村用爽朗的声音说。

壹岐突然想起当年苏联远东军总司令官华西列夫斯基元帅和秦总参谋长签署停战协议后,竹村少将代替秦总参谋长作为人质被带到扎里科沃的苏联远东军总司令部时的情景。当时,为了向前线传达停战命令,八月十五日以后,竹村副参谋长连日顾不上休息,累得胃溃疡发作,吐了血。但是,他全然不顾个人安危,豪爽地说:"我庆幸自己俄语没问题。我走了!"然后,只身去当人质了。

"壹岐君,前些天终战纪念日的时候我就想,我们这些被判二十五年徒刑的战犯,如果不是时代发生了变化,这会儿说不定你还在拉佐的矿山半死不活地熬着。我呢,在莫斯科郊外的监狱里,像皮球一样被踢来踢去。"

壹岐也不由得笑了:"是啊,我们的刑期还没满呢。"

竹村看着千里说:"不说这些了。千里,虽然你热心学习益子陶器是好事儿,可是,扔下未婚夫不管不问可不好。你就该早点儿出嫁,给已故的秋津中将生个外孙。你说对不对,壹岐君?"

"是啊,我刚才也是这么说的。"壹岐点点头,有些不自然地说。

竹村问:"我记得结婚典礼是在秋天?"

"准备在十一月上旬办。"

"到时候,我要和壹岐君一起去参加。你一定是一个特别美丽的新娘。"失去两个女儿的竹村就像想象着自己女儿出嫁时的情景一样,高兴地说。

"哎呀,今天大家都凑到一块了!"竹村夫人买东西回来了,进门便说,"壹岐先生的太太也来了,我刚好在电梯上碰到她。"竹村夫人满头银发,很有风度。她脸上绽放着笑容。

佳子提着一篮水果走进病房。看到壹岐她有些吃惊,又看了一眼千里,说:"咦,你先到了?"今天早晨去上班的时候,壹岐告诉佳子,三点在竹村的病房碰面。因为工作关系,他早到了半小时。

"你看,还让壹岐太太也来看我。真过意不去。这位是已故秋津中将的千金千里。"竹村介绍道。

"昨天电话里有礼数不周的地方,失礼了。我先生一向承蒙您的关照,非常感谢。"佳子郑重其事地进行第一次见面的问候。

千里凝视着第一次见面的壹岐夫人,说:"哪里的话,倒是我受到很多照顾。"

竹村夫人以为千里硬邦邦的口气是因为没有结婚,不谙世故,便说,"千里,你结了婚,当上夫人以后,也会为丈夫操不完心的。"她又接着说,"我听说壹岐选择了一条和过去截然不同的道路,从一个军人变成了商社人,而且很成功。要说操心吃苦,壹岐太太一定比谁都累。"

"哪里,跟您比起来根本算不上什么。因为,我没有经历过那场撤退回国的痛苦。"

听到佳子提起原关东军司令部家属撤退回国时的经历,竹村的妻子望着远处,说:"我们接到军队家属马上上火车的命令,两手空空地从新京辗转到平壤。在那里的一年多的集中关押生活就像地狱一样……特别是司令部佐官以上的家属遭到同胞们的白眼。有平坏的高级官员要人去干活,我们总是最先被派去,受到奴隶般的对待……还有从已经发僵的老人和婴儿身上爬出来的一排排虱子,那种恐怖的情景我现在都忘不了。我们就是在那时候失去了两个孩子,我对不起竹村……"她的眼睛里含着热泪,忙拿起茶壶说,"你们来看望竹村,我却说这些。我这就沏茶。"

佳子接过茶壶说:"这怎么行?您照顾病人已经很疲劳了。还是我来吧!"说着,给每个人沏茶倒水。

"真是老太婆了。我老婆以前从来没有半句怨言,现在牢骚话也开始多了。"竹村嘴上责备着妻子,眼睛里却流露出疼爱,"壹岐君,我二儿子明年也要给我添孙子了。你也得操点儿心,早点儿把直子嫁出去。"

"是啊,您给留点儿心。"

佳子说:"他是当着竹村您的面这么说。在我们家,一提直子的婚事他就不高兴。您好好说说他。"

两对夫妻说着家长里短。见千里一个人被撇到一边儿,壹岐说:"我们不久坐了,不能让你累着。该告辞了。"

"我倒累不着。关键是你明天还要去美国出差,不能再待了,赶快回去吧!"竹村催促道。

"看到您气色这么好,我可以放心地去出差了。"

竹村露出爽朗的笑容,点点头:"千里,你也和他们一起回去吧。这么热的天,谢谢你来看我!"他从内心表达了谢意。

千里拿起手提包,说:"我后天就回京都了。您多保重!"

三人走出病房,坐电梯下到一楼。佳子说:"我去给家里打个电话,等我一会儿。"

佳子去打公用电话了。剩下两个人的时候,千里转身对着壹岐,说:"你去美国出差时间长吗?"

"没有几天,很快就回来。"

"你有工作一定很辛苦。但是,能去世界各地,我真羡慕你。在被束缚以前,我也想去各国看看他们的陶艺。"千里的眼睛里蕴藏着强烈的感情说。

壹岐好像不知道该怎么回答,最后说:"如果美国有可以供你参考的东西,我就给你买回来吧。你想要什么?"

千里闪着一双大眼睛高兴地说:"我本来想说你踏上的土地的泥土,但这是不可能的。所以,就大都会美术馆的明信片吧!另外还有一个,就是信。"她直视着壹岐说。

"我不大好动笔……不过,我记住了。"壹岐答应了千里。

突然,千里的目光停在他背后。壹岐扭头一看,见佳子不知什么时候回来了,站在那里。壹岐心中掠过一丝不安,担心刚才佳子一直在看着他和千里。但佳子却说:"让你们久等了!秋津小姐,我们一起走吧!"

"哎。不过,我还有个聚会,现在去还赶得上。今天就失陪了。"说完,千里行了一个礼,摆动着白色连衣裙疾步向医院大门走去。

开着空调,冷气十足的医院外面又闷又热,水泥马路路面的热气扑面而来。

壹岐陪着佳子往前走,找地方拦出租车。佳子打着遮阳伞,一言不发。壹岐觉得很不自然,就说:"真热啊,我们去喝一杯冷饮吧!"

佳子用手绢擦着额头上的汗,说:"你公司不是还忙吗?"

壹岐一边擦着脖子上的汗,一边说:"再忙,在这附近的咖啡馆喝杯冷饮的时间还是有的。"

"已经四点多了。你刚才不是还说早到医院是因为五点以后有好几个会吗?"佳子觉得丈夫的话自相矛盾。然后又说壹岐明天要出差，不想让他为自己费心。

但是，壹岐却觉得她话里带刺，生气地说："我是怕你热，才叫你去喝冷饮的。你倒好，这副样子。我提前到医院和碰到秋津千里都是偶然的。"

壹岐的话刚一出口，佳子的表情立刻发生了剧烈的变化。丈夫特意解释碰上秋津千里是偶然，反倒让她觉察到丈夫对千里的感情。佳子说："我没觉得你是和千里小姐约好的，你又何必解释呢？真奇怪。"

壹岐避开佳子的目光，看着街角的咖啡馆，没好气地说："你是不去喝冷饮了？"

"不去了。阿诚回仙台我想给他带几套内衣，还有你出差用的东西也不够。我要去涩谷买东西。"

壹岐一脸不高兴地说："那我就回公司了。"

"我们方向相反。我过马路那边拦辆出租车。我觉得……今天我不该来。"佳子低着头说完，转身朝人行横道走去。

壹岐往前走了几步，回头看了一眼妻子，正在等信号灯的佳子的背影显得那么凄凉。他内心有愧，觉得不应该就这样让妻子回去。信号灯变了，佳子正要过马路，壹岐叫了一声："佳子！"

白色遮阳伞转了一个圈，佳子回过头来。就在这时，一辆轮胎怪叫着的卡车从旁边粗暴地向人行横道左转而来。"危险！"壹岐大喊一声。吱——卡车发出一声巨响。佳子的身体飞上半空，转瞬在壹岐眼前落到了地面上。一切都发生在一瞬间。大街上的人流顿时静止了。佳子仰面倒在马路上，遮阳伞和手提包散落在她身边。壹岐终于反应过来，跑到妻子身边。

"佳子！佳子！"

虽然他大声叫着妻子的名字，但是，妻子没有反应。

"佳子！坚持住！佳子……"他拼命喊着妻子的名字，冲着围过来的人群喊道，"叫救护车！快叫救护车！"一个中年男子跑过来，说："卡车司机的助手在我们店打了119。他们说救护车马上就来！"

"急救中心远不远？"

"七百米远的地方就有一个大的急救中心。没事儿的，一定有救。你现在千万不能慌乱。"中年男子试图让壹岐冷静下来。

"我知道。救护车怎么还没到？请你快点儿，快点儿去叫！"

壹岐紧紧抱着妻子，焦急万分地等待救护车的到来。佳子右边的袖子被撕破了，血从胳膊上流下来。她头发凌乱，微微闭着眼睛，脸色平静。壹岐抓起佳子的手腕，想数一下脉搏，但惊恐失措的他无法数数。

"佳子！坚持住！救护车马上就来了！"壹岐像说给自己听一样大声喊着。

远处传来救护车的笛声。"救护车来了！你要挺住！"壹岐对着昏迷的妻子拼命地喊叫。

救护车驶进人群，两个急救队员跑过来，马上看脉搏。

"怎么样？"壹岐问。

"你是她丈夫？"

"是，我妻子有救吗？"

"没有大的外伤，应该没问题。马上送医院！"

急救队员把佳子移到担架上，抬上救护车。壹岐也一起上了车。

救护车拉响刺耳的笛声向医院飞驰。佳子戴上了氧气罩，壹岐在急救队员的指导下把氧气罩紧紧放在妻子嘴上。他看到妻子的嘴唇失去了血色。

"佳子！"壹岐在妻子耳边大声叫道。妻子的嘴唇在透明的氧气罩下动了一下。他急忙把耳朵凑到氧气罩上。

"他爸……"

虽然没有睁开眼睛,但氧气罩下传来了妻子微弱的声音。

"你醒了!我就在你身边!"壹岐大声说,他想给妻子力量。他把脸凑近佳子。

"……事儿……你有什么事儿……"

不知佳子是神志不清还是正在恢复,她反复地问着壹岐。在生死垂危的关头,妻子仍惦记着他有什么事情。妻子的话让壹岐感到五脏俱焚,他一遍又一遍地喊着:"佳子!坚持住!马上就到医院了!"但是,佳子的嘴唇再也没有张开。

"还没到医院吗?快点儿开!我老婆情况不好!"

急救队员鼓励道:"马上就到。我们已经通过无线联系过了,医院已经做好了一切准备!"

救护车在一个规模很大的外科医院门前停下,佳子被抬上了等候在大门口的推车时,把脉搏的护士脸上出现了一丝困惑。壹岐一把推开护士,抓住推车的把手喊叫道:"医生,医生在哪儿?我推过去!"

"还是我们快,不然来不及了。"急救队员说着推起推车直奔走廊尽头的急救室。急救室里已经准备好了氧气和林格氏注射。医生进来马上察看佳子脖子上的动脉和瞳孔,然后摇摇头,说了一句:"太遗憾了!"

壹岐浑身颤抖,大声喊道:"什么?你根本没有抢救。请你尽全力救救她吧!"

"外伤只有胳膊上的划伤和腿上的擦伤。但是……"医生撩开佳子的头发,指着耳朵说:"脑内出血,无法抢救。耳朵已经出血了。"

一缕鲜血从佳子失去血色的耳朵上滴下来,流到雪白的脖子上。军人出身的壹岐深深知道耳朵出血就意味着因脑内出血死亡。

"……佳子!"

壹岐眼前一片黑暗,只有一缕鲜血深深映在他的眼帘。

办完头七,人们陆续离去。壹岐一个人在空荡荡的房间里,像丢了魂似的坐在佳子的灵前。

虽然世界上有种种不同的命运,但是,难道还有比这更残酷的命运吗?他在内心责怪自己,那时候,如果自己不叫住妻子,她就不会回头。她会顺利地穿过马路,也就不会被卡车撞上。自己叫她是因为于心不安,担心妻子看出他对秋津千里动了心。杀死妻子的不是那个开车漫不经心、因业务过失致死罪被送上法庭的卡车司机,而是她的丈夫,是我自己。

"爸爸,我回仙台去了。"背后传来诚的声音。

壹岐这才回过神来,以父亲的口气鼓励明年即将从东北大学毕业的儿子:"嗯。今后情况变了,会有很多困难。你妈妈一直盼着你大学毕业,进入社会,成为一个优秀的人。爸爸虽然不能像你妈妈那样无微不至地照顾你,但你一定要坚强,一定要从大学毕业!"

诚在供着母亲灵位的经卷桌前坐下,凝视着遗像。那天,母亲穿着和式礼服,端庄美丽,去椿山庄参加欢迎澳大利亚代表团的宴会。他在家门口偶然为母亲拍了这张照片,没想到竟成了母亲生前的最后一张照片。

"妈妈!"

一直沉默的诚声嘶力竭地喊了一声。

佳子的遗体被运到急救中心的太平间,在青山警察署交通科警官在场的情况下进行验尸。太平间外面,卡车司机吓得说不出话来,茫然若失。诚扑上去紧紧抓住这个和自己年龄相仿的司机,发疯般地喊叫着:"你还我妈妈!还我妈妈!"从还不记事的时候到十二岁,诚没有见过被羁押在西伯利亚的父亲。对他来说父亲就是一张照片。是母亲把父爱连同母爱一起倾注到他身上。他十分依恋含辛茹苦把他抚育大的母亲,因为他们母子情深,所以,更让人怜悯。

"阿诚,再不走赶不上火车了。"直子轻轻地说。

诚看着母亲的遗像,仿佛是对母亲说:"我走了。妈妈七七的时候我再回来。"说完,站起身来。

直子把装着衣物的旅行包递给诚,说:"是妈妈给你准备的。妈妈说去医院看竹村先生回来的时候给你买秋冬的内衣和毛衣。所以,这里面还没有。过段时间家里安顿下来以后,我买了给你寄去。"

"嗯。不过,姐姐以后又要上班,又要忙家务,别为我太操心了。"

直子拿出姐姐的样子,叮嘱道:"别这么说,你需要的东西我会跟妈妈在的时候一样,都会给你准备好。你不用过意不去。其他有什么事儿,别一个人闷在肚子里,要跟我和爸爸商量。"

"那,我走了!"

"嗯,我把你送到车站。"壹岐穿上拖鞋。

"不用了,我想一个人……"诚像逃离悲伤一样疾步向车站走去。

目送诚的背影远去,壹岐回到家。本来并不宽敞的家,现在显得空荡荡的。失去亲人的悲伤寂寞一下子涌了上来。茶柜里佳子用过的茶碗、茶壶,佳子亲手编织的花边台布,每天认真记的家用账本一一跃入壹岐的眼帘。

直子在父亲身边,和他一样茫然若失。突然,她叫了一声"爸爸"把脸埋在壹岐怀里哭了。守夜和葬礼上直子也流了眼泪,但她坚强地承受着悲痛,一一答谢前来吊唁的人们。现在,送走住在家里的亲戚们,送走弟弟,她再也无法控制自己了。

壹岐抚摸着女儿剧烈颤抖的肩膀,说:"不是还有爸爸吗?直子……"

女儿抬起头来。原本丰满娇嫩的脸颊在短短的几天里消瘦了,憔悴了。直子哽咽着说:"我一直让妈妈操心,我对不起她……"她后悔自己不愿意相亲,对母亲提出的相亲一拖再拖。

"你妈妈是为你操心了。为女儿的婚事着急张罗也是做母亲的乐趣。有三四个人来给你提亲的时候,你妈别提有多高兴,多得意了。好了,今晚早点休息吧!"

"我睡不着……"

"这一个星期你一直忙前忙后,一定很累。睡不着,也得去躺下歇着。"说完壹岐催直子赶紧上楼。

直子很像她母亲,房间里一向收拾得整整齐齐。这几天因为忙,房间里有些零乱。壹岐帮着她把房间收拾了一下。直子从壁橱里拿出被褥,铺在榻榻米上,把床单铺得平平展展的。看着女儿,壹岐眼前出现了妻子每晚给自己铺被褥的身影。他抑制不住自己的痛苦,说:"爸爸下去了。"

直子说:"爸爸也早点儿休息吧。"

壹岐下楼,身后传来直子强忍着的哭声。

壹岐回到经桌前坐下。如果当时我不叫她——悔恨让壹岐自责,无休无止地折磨着他。虽然早已过了不惑之年,但却倾慕于秋津千里这位年轻女子。虽说只是一时的念头,但壹岐仍为自己感到羞愧。妻子是那么尽心尽力爱他、照顾他,他给妻子的却是最大的痛苦。他感到对不起妻子。

虽然壹岐听到有人开门,但他已经没有精神去看是谁,坐在妻子的灵前没有动。过了一会儿,他觉得后面有人,扭头一看是谷川原大佐。

"原来是谷川先生。也没去门口接你,对不住了。"说着壹岐要站起来。

谷川默默地在他旁边坐下,轻声说道:"你真坚强,壹岐。守灵的时候、葬礼的时候,你都没掉一滴眼泪,平平安安地把你太太送走了。"

"不,我……"

谷川打断壹岐,心情沉重地说:"我知道,你心里一定很难受。从十四岁进陆军幼年学校的时候起,我们受的就是为国牺牲的教育,被灌输的是父母、兄弟姐妹、妻子儿女死了都不能在人前像女人一样哭泣的思想。直到现在,都是这样。可是,壹岐,你也是活生生的一个人。这些天,你一直控制着自己,不让自己失去理智。正因为这样,头七过了,你一个人的时候,就像现在,你的心里的难受是常人无法比的。"

谷川在做完头七的晚上来看壹岐,正是因为他了解壹岐。壹岐亡妻的父亲、陆军大学时他的教官坂野大佐也已经故去。对于壹岐来说,谷川无异于慈父一般。

"谷川先生,我妻子是我……"

谷川没有等壹岐说完,他看着佳子的遗像,说:"现在想起来,那天我去附近参加俳句会顺便来你家,成了我和你太太的最后一面。她真是个样样都好、心地善良的妻子……"

"可是,我除了让她吃苦……"壹岐紧握着双拳,抑制着即将崩溃的感情。

"不要那么责备自己。那天,我念在西伯利亚写的俳句时,你太太跟我们讲了当年去舞鹤接你时的喜悦。她等了十一年,终于把你盼回来。她还含着眼泪说,和那些没能从西伯利亚回来的人们的家属相比,她是幸福的。"

"可是,我没有像谷川先生和竹村先生那样,对妻子……"

"壹岐,我们这些从西伯利亚回来的人的家属每个人都受了说不尽的苦。而且,你不是按照你太太的意愿没有进防卫厅,去了民营企业嘛!"

"我妻子是希望我去市政府或者学校当个职员,找一份工资不高,但一家人可以团团圆圆、快快乐乐过日子的工作。我知道她的愿望,可是还是去了商社,和军人时代一样忙碌……而且……"壹岐说不下去了。

当军人时壹岐成天让妻子担惊受怕,他不想让妻子再受那样的罪。但是,进了近畿商事以后,只有前几个月他们一家人还能每天围在一起吃晚饭。不久,壹岐就被卷入销售防卫厅战斗机的商战中。因为受到泄露机密和行贿两项刑事案件的牵连,他被警视厅叫去审问。陆军士官学校以来的好友川又死在电车车轮下。发生了那么多的事情,直到今天,佳子可能没有一天不在为他担心。

壹岐再也忍不住了,他说:"谷川先生,把妻子推上绝路的是……"

"壹岐,什么都别说了。我们被解除武装,开始过屈辱的羁押生活的时候,你说不能再这么活下去了,问过我是不是应该自杀。我说,在那种情况下活着,忍受屈辱才是身为国家的人的责任。这句话你还记得吧?"

"你说我们要活着做历史的证人。这句话我永远忘不了。在最北端的流放地拉佐矿山的坑道里,因为饥饿和体弱再也没有力量抡起镐头的时候,为了逃脱那每天十二个小时的非人的劳动,我不知道多少次想到死。是谷川您的话让我活了下来。"

谷川看着壹岐,说:"虽然时代已经变了,但是,我们已经是曾经把身家性命献给国家的人,这一点无法改变。你现在作为商社人只要是为国家利益工作,就要坚持下去。这是西伯利亚生还者的责任,也是对为你活了一辈子的你太太的回报。"

谷川话音刚落,壹岐就发出了呜咽声,泪水涌入他的眼眶。妻子死后,他第一次放声恸哭。

近畿商事大阪总部社长办公室,窗外清晰可见大阪城的雄姿。壹岐和大门社长相对而坐。董事会结束后,大门把壹岐叫到他办公室,说有事情要谈。大门观察着壹岐。他虽和平时一样,依然平静温和,但是面带忧郁,目光异常锐利。这是一个突然失去妻子的男人咬紧牙关、忘我工作的面容。

"壹岐君,发生了那样的不幸,这段时间你一定很辛苦。现在七七已经过了,各方面都好些了?"

"是的。托您的关照,谢谢!"壹岐仍然是一脸平静地答道。

"你到底是军人出身。无论是守灵还是在葬礼,你的感情一点儿都没有外露。葬礼一过,第二天就照常上班了。越是这样,你一个人的时候就一定越痛苦。更何况你太太是个那么好的老婆。那天在椿山庄的欢迎宴会上,她是那么优雅清新。谁能想到第二天她就离开人世了。"大门回忆起那次欢迎宴会的情景。

大门的话让壹岐想起就是在那次宴会上他和里井副社长发生了争执,为此妻子十分担心。进近畿商事以后,他第一次从妻子嘴里听到问他在公司情况的话。她还请求壹岐至少应该把他和里井副社长之间发生的事情告诉她。一想到自己和里井副社长之间的不和给妻子心中投下了不安的阴影,壹岐悲从中来。但他丝毫没有表现出来,而是问:"社长,您找我有什么事情?"

大门靠在沙发上,说:"壹岐君,派你去纽约怎么样?"

壹岐前些天本来准备去美国出差,因为妻子出了意外没能去成。他以为大门的话与这件事有关,惊讶地问道:"去纽约,不是出差,是派出?"

大门说:"嗯。我考虑了很久,你失去了妻子,表面上虽然很平静,可是，还是和以往不一样。首先，我看你这段时间太拼命工作了。为了忘记失去妻子的痛苦，你像拉车的马一样埋头往前走。可是，这样下去你的身体会受不了的。这时候让你去纽约当美国近畿商事的社长，是为了让你调整心情，是为了你好。"言外之意，这项决定是出于对壹岐的关心。实际上，大门的真实意图是想借这个机会缓和壹岐和里井之间的不和，让壹岐在世界经济中心纽约接受作为商社人的洗礼。这是他身为经营者下的一个赌注。

大门的话过于突然，壹岐一时不知如何回答。他不明白大门为什么突然要派他去纽约。稍许，他才说："您最了解我。我在经营方面没有经验，英语也不好。如果以前曾经担任过驻美大使馆武官，哪怕时间不长，也还算有在美国工作的经验。以我现在的情况不但不能胜任美国近畿商事社长一职，还会影响其他人的工作。我觉得让我留在业务本部还能发挥一些我在军队培养的组织建设方面的思维方式，还能为公司做点儿事情。"

大门说："不，你没问题！以你的能力和努力很快就能熟悉工作。当然，你要带一个能成为你左膀右臂的人过去。作为一个商社人，要想成就一番大事业，没有海外工作经验就像是一条腿走路。所以，为了你自己的将来，你也应该下这个决心。而且，你现在是一个人，行动方便。"

大门的最后一句话让壹岐有些动心。每天回到没有妻子的家里他心里都很难受。他想与其受这份煎熬，不如下决心去纽约。但是，考虑到自己过往的经验，他还是犹豫了："社长，这件事情允许我考虑考虑。"

大门没有再劝说壹岐。他点点头说："好，你好好考虑考虑再答复我。"

壹岐从社长办公室出来，在秘书课门口正好碰上从里面出来的里井。

"这段时间让您费心了,谢谢您的一片心意。"壹岐说。佳子七七的时候里井也送了花圈。

里井说:"没什么,你振作起来了没有？看脸色还不太好。哎,你尽早调整一下心情吧！"

壹岐心中不由一动。刚才大门社长让他"调整心情",现在从里井嘴里说出了同样的话。在上次的经营会议上,里井和分管纤维的一丸专务串通一气,对业务本部起草的以脱离纤维为目标的三年计划提出百般意见。他还公然暗示应该把壹岐赶出总部,说:"壹岐君根本不了解营业部门的辛苦,应该让他到纽约锻炼锻炼。"不过,即使里井真的在这件事上给大门社长献过计,对现在的壹岐来说,也已经无所谓了。

回到常务办公室,壹岐阅读了董事会讨论记录,又对开会期间打来的几个电话作了指示,然后一个人走出公司大楼,向中之岛的大阪府立图书馆走去。

十月初的天空万里无云。午休时间的中之岛公园里,年轻的公司职员们享受着从工作中解放出来的快乐。他们有的打排球,有的坐在岸边眺望哗哗流淌的河水。此情此景和八年前一样。当时,刚进公司的壹岐得到社长的允许,每天上午可以到图书馆来查阅报纸。他想通过通读报纸的缩印版填补被羁押在西伯利亚的十一年的空白。每天上午他翻阅报纸,在笔记本上记下要点。下午回到公司,跟年轻职员学习商业用语,学习如何清点库存、如何分辨棉纱型号。为了了解纤维的流通过程,他还专门去纺织厂、印染厂和批发店一路参观过来。想起这一切,就像发生在昨天。

壹岐突然觉得,失去妻子,一个人去未知的、没有任何根基的纽约工作是回到他自己第二次人生的起点上。但是,妻子活着的时候,每当他失去作为商社人的自信时,总有妻子支撑着他。现在,妻子走了,只剩下他一个人在寒风中重新站在起点上。我要拿出勇气,走向起点——壹岐停住脚步,伫立在曾经填补了十一年空白的图书馆前,宛若一尊塑像。

第二十二章 纽 约

东河上漂着浮冰。在河畔的一所公寓里,壹岐迎来了在纽约的第二个新年。

冬天的纽约天亮得很晚,外面还笼罩在黑暗中。气温只有华氏五六度,按日本的单位说在零下十四五摄氏度。

壹岐站在窗前,默默地看着漂浮着流冰的河流。壹岐的公寓在曼哈顿东五十八街。高级住宅区一座公寓楼的三十七层。这套公寓是为美国近畿商事社长准备的,有一个兼作客房的四十平方米的客厅、十八平方米的餐厅,还有厨房、浴室、厕所、书房和两个卧室。室内家具都是统一的欧洲格调。在这宽敞豪华公寓里只住着壹岐一个人。如果没有美国近畿商事社长的繁忙工作,这里的一切,豪华的家具、舒适的空调对壹岐来说都毫无意义。两年零四个月前,他的妻子就在他眼前遇到飞来的横祸,离开了人世。他把一双儿女留在日本只身来到纽约。如果没有了现在的工作,对他来说,这里和天寒地冻的西伯利亚监狱没什么不同。

一艘飘扬着星条旗的一千吨位的货船正顺流而下。它由远而近,驶过沙洲,向下游航行。驶过之处流冰左右摇晃,雪花般的冰浪打在冰冻的岸上和沙洲上,转眼变得粉碎。

货船从阳台下面缓缓驶向远方。壹岐回忆着他命运的坎坷——

曾经自己连做梦都没有想过有一天会生活在纽约。从大本营参谋到十一年的西伯利亚羁押生活,再到成为商社人的这十一年。现在,自己身在纽约,每天与曾经的军事上的对手展开激烈的商战。永远得不到安宁,这就是自己的命运。不可思议的是自己命运发生重大转折的时候总是伴随着死亡。战败时视投降为耻辱自绝身亡的战友;在西伯利亚因饥饿、寒冷和繁重的劳动倒下再没有起来的同胞;为了获得第二次人生进入商社,被卷入FX商战时,陆军士官学校的好友川又伊左雄不知是自杀还是事故的死亡……死亡总是紧紧贴着自己命运的转折点。自己甚至背负着害死妻子的命运。如果当时自己不叫住妻子,就可以避免发生那么惨烈的交通事故。看着眼前高耸于灰色天空的高楼,壹岐觉得它们如同死者的一个个巨大墓碑。他就像流浪在纽约这座巨大的城市,心里感到冰冷无助。

壹岐想不下去了。他打开电视机,里面正在播放早晨七点半的天气预报。荧屏上显示出气象图,播音员播报道:"现在播送一月二号纽约的天气预报。今天阴天,由于来自加拿大寒流的影响,上午气温是华氏五到六度,中午气温回升到八度左右。从傍晚到晚上,局部地区有降雪。"接着是健牌香烟的广告。五月到九月期间,天气晴朗的时候,壹岐能看到对面一公里以外的楼上的健牌香烟广告牌和上面的电子显示器显示的时间、气温。但冬天天空经常是阴霾的,像今天连上面的电子光都看不到。

壹岐关掉电视,起身去厨房准备早饭。现在日本正是元旦放假期间,但在美国从十二月二十几号到年末是圣诞节假期,新年的一月二号已经开始正常的工作了。

厨房统一为白色色调。壹岐打开冰箱,里面还有女佣春江为他精心准备的年饭。煮年糕汤分成一份一份地装在塑料保鲜盒里,热起来方便。壹岐拿出一个上面写着清汤煮年糕的保鲜盒,倒进锅里,把年糕放进去煮好。然后,端到餐厅宽大的餐桌上,坐下来吃早餐,连身上的睡袍也没有换。春江是日本人,二战战败后和驻日本的美国黑人下级军官结婚,来到美国,有三个孩子。越南战争中丈夫战死,她成了寡妇。春江的娘家是开餐馆的,她做的饭很好吃。但是,一个人吃着从保鲜盒倒出来的煮年糕,日本寄来的漆器饭碗和筷子再好,吃起来也如同嚼蜡。

吃完早饭,壹岐把碗筷放进厨房的水池里,进了书房。二十平方米的书房里摆着床和衣柜,除了吃饭,壹岐的日常起居都在这里。他脱下睡袍、睡衣,穿上内衣、袜子,换上西装。然后,打开抽屉准备拿笔,手却不由自主地伸向桌子。他再次拿起直子和诚寄来的贺年片。直子的贺年片是和纸做的,字迹娟秀,很像她母亲的字体。

新年快乐!我们一家都很好。阿太已经一岁两个月了,和他的名字一样,吃得胖乎乎①的。他特别喜欢爸爸寄来的玩具,一刻也不离手,连洗澡的时候都拿着。不过,他长得越来越像伦敦。伦敦倒是很高兴,可是我在心里暗暗祈祷,但愿下次能生一个长得像爸爸您的宝宝。

壹岐不由得露出了笑容,但瞬间就消失了。因为,直子和伦敦是不顾双方家长的强烈反对结婚的。直子告诉父亲她要和东京商事的鲛岛辰三的独生子结婚的时候,正好是壹岐决定来纽约赴任的时候。妻子死后,直子一边工作,一边忙家务。壹岐要请个保姆,她说不用,因为她不想让外人来打搅他们父女。一到星期天她总是忙里忙外,手脚麻利地洗衣服、打扫。看着女儿,壹岐常常忍不住吃惊,她太像

---

① 日语中"太"有胖的意思。

她母亲了。因此,只要一提到直子出嫁壹岐心里就已经很难受了,更别说要嫁的是鲛岛辰三的儿子,那是绝对不允许的。他开始坚决反对。可是,直子不改初衷,非伦敦不嫁。为了女儿的幸福,壹岐忍着肝肠寸断的痛苦同意了这门婚事。鲛岛那方却坚定不移、自始至终地反对。但是,他们的儿子伦敦全然不顾父母的狂乱,一个人操办了婚礼,办了一切手续。他的冷静大胆反而让壹岐感到有些害怕。鲛岛收到伦敦亲笔起草的请柬,备受打击。他找到壹岐,求壹岐想办法取消这门婚事。听壹岐说这是他们两个人的事儿以后,鲛岛夫妇竟然做出了缺席独生子婚礼之举。事也凑巧,因为壹岐正好要来纽约工作,所以,伦敦和直子的新居就安在了他家。这下,鲛岛夫妇更是怒火中烧,直到今天都拒绝和儿子、儿媳联系。

放下女儿的贺年片,壹岐又拿起儿子从印度尼西亚寄来的圣诞卡。黑底金箔,印着印度尼西亚古典舞蹈造型的圣诞卡上只写着一行字:"年末年初在雅加达度过。"诚从东北大学毕业以后进了五井物产。两年后,公司要派他去纽约,他却选择了粮油部负责的印度尼西亚农业开发工程。壹岐还在心里暗暗期盼,虽然公司不同,但如果诚来纽约,他们父子还可以一起生活。没想到诚对纽约根本不感兴趣,毅然加入了开发工程的团队,奔赴没有电没有自来水的赤道上的丛林,和当地人一起流血流汗,开发农业。小时候,诚敏感、寡言,壹岐总觉得他不像个男孩子。现在,诚成了一个坚强的商社人。虽然走的路和自己相反,但壹岐仍感到欣慰。欣慰的同时又有几分失落。他让诚圣诞节的时候来纽约看看,并说把飞机票给他寄去。可是,诚选择了在雅加达过圣诞。这就让壹岐感到更加失落。

桌子上的电话响了。壹岐拿起话筒,里面传来公寓大厅门童的声音,通知他每天早晨八点二十准时来接他的车到了:"先生,您早!接您的车来了。"壹岐给九点来上班的春江留了一个条,向她问候新年。然后,锁上门,穿过悄无声息的长长的楼道,坐电梯下楼。

美国近畿商事在公园大道三〇〇号一座高耸入云的九十层写字楼里。

壹岐手提公文包,在地下停车场下了车。他的脸上已经没有一丝在家时的忧郁,神清气爽地走进直达三十层的电梯,按下四十五层楼的按键。这座名为新泛美航空公司的高层建筑三年前竣工,共有五百家企业。日本企业除了包租了七十一、七十二两层的美国五井物产以外,包括一些小型事务所在内共十三家。

电梯静静地升上三十层。里面有美国人、德国人、中国人,不同的人种,不同的国籍。早晨八点半以前来三十层以上的办公室上班的人都是大公司的职员。他们身穿并不显眼但做工精致的羊绒大衣,手提公文包,紧紧盯着楼层显示键。

壹岐在四十五层下了电梯,推开印有美国近畿商事徽章的玻璃大门。按照日本过新年的风俗,前台上摆放着松枝和菊花。前台小姐还没到,保安在远处向壹岐问候:"早上好,先生!"

壹岐走过悄无一人的走廊,推开最里面的一扇厚重的房门。里面是一个套间,外面是秘书办公室,里面是社长办公室。这里实质上是近畿商事的纽约分店,由于税法的关系,形式上是当地的公司。从社长办公室的玻璃窗上可以看到曼哈顿主要街道公园大道宽阔的马路。林立的高楼大厦,中央公园葱郁的树林尽收眼底。

两年前的春天,当壹岐第一次站在这个窗前的时候,巨大的压力向他袭来。虽然微不足道,但是作为美国近畿商事的最高负责人,他将在这里加入世界各国企业的行列。他的心中充满强烈的责任感,同时涌起对大门社长的感激。是大门社长给了他这个机会。

八点五十五分,秘书刚到,副社长海部要和分管财务的池田元利就一起走进壹岐的办公室。

池田说:"早上好!今年我们的目标是纽约日本商社中的利润冠军。"池田以前在大阪总部的财务部工作,除了讲英语的时候,平时一口大阪话。他是个行动派,只要能筹集到基金,他可以不顾一切,跑遍纽约的各个金融机构。

分管业务的海部也说:"是啊,今年我们要抓住巨大的商机!"海部戴着金丝边眼镜,温和的脸上燃烧着斗志。

壹岐看着两人,说:"如果没有你们两个人的协助,我是干不了这个社长的。今年也请你们多多提携!"

来到纽约以后,由于语言障碍,壹岐在工作和生活上都感到很不方便。他不得不学英语,再加上清苦的鳏夫生活,他的体重减了八千克。他经历了种种无法言说的辛劳。但是,想到鼎力相助的职员们,他心里充满感激。特别是海部,壹岐无法用语言表达对他的感谢。当年壹岐进入近畿商事,迈出第二次人生道路的第一步之后不久就被派到美国出差。那时,没有法人化,海部是纽约分店粮油课的职员。他头脑灵活,思路清晰,壹岐很欣赏他。后来,壹岐组建业务本部的时候,就把他从纽约调回了日本。他和兵头信一良、不破秀作成了壹岐海外信息方面的三智囊。由于这个缘故,壹岐决定赴纽约任美国近畿商事社长的时候,无法张口让海部和他一起来。可是,要做壹岐在美国的左膀右臂,兵头信一良过于不拘常理,不破秀作海外工作经验不够。而且,壹岐打算让他代替自己留在业务本部。思前想后,最后壹岐决定只身赴任。就在这时,海部找到壹岐说,如果您觉得我行,我愿意跟您一起去纽约。他提前一个月上任,为壹岐赴美做了大量准备工作。

秘书苏珊敲门进来说:"到新年致辞的时间了。您和美国银行康奈利先生的午餐订在蓝天俱乐部。三点钟您还要去参加日本贸易振兴会的新年会。"

壹岐和海部、池田一起走出办公室,穿过电梯厅,走进对面的营业部。平时这个时间早已出去跑业务的业务员都在,财务、法务、总务各管理部门的人员也都到齐了。从东京本店派来的八十名常驻职员、在纽约招聘的一百名当地员工,这就是美国近畿商事的全部阵容。

壹岐站在所有员工面前,开始新年致辞:

> 迎来一九七〇年,今天是近畿商事在新的一年中的第一天。在此,我向大家致以新年的问候。尼克松总统在圣诞节电视演说中说,随着越南战争的长期化,美国正在经济、政治、外交、军事等各方面经受着痛苦的考验。以美国为首的自由世界正处于一个充满困难的时期。但是,无论发生怎样的变化,我们都要相信美国的实力,为日美双方的繁荣和自由主义国家的发展贡献力量。所幸的是美国近畿商事在一百八十名员工的努力下,去年两期都创造了很好的利润,为提高公司的业绩出了一分力。我向大家表示衷心的感谢!我希望今年同样以在国际社会中进步和融合为目标,努力提高利润,期待各位做出成绩!

由于顾及有美国职员,壹岐没有明确说明。但是,被越南战争困扰的美国今后势必要调整经济、政治、外交、军事等各方面的政策,以美国为中心的自由世界的秩序也将发生变化。这个变化已经到了无法避免的阶段,它将使日美经济更加恶化。

新年致辞结束以后,员工们报以热烈的掌声。壹岐和站在前列的美国经理们一一握手,正要返回办公室时,分管机械的塙四郎疾步向他走来。平时冷静沉着的塙兴奋地小声说:"终于和福克公司正式取得联系了。福克总裁的智囊、分管海外事业的普拉特常务副总经理表示想约见壹岐社长。"

壹岐的眼睛不由得一亮,问:"你通知八束君了没有?"

塙一边顾忌着来来往往的职员,一边说:"刚才已经通知了。"

"元旦刚过,很抱歉。今晚七点到我的公寓来一趟。"

"明白!我和八束君一起去。"说完,塙马上就离开了。

壹岐回到办公室,按捺不住内心的兴奋。当平平安安地结束当美国近畿商事社长的第一年那天,他给自己定了一个目标——实现千代田汽车公司和外资的合作。千代田和国内厂家的合作没有成功,独立自主的路线也走到了尽头。壹岐想到让他们和三巨头之首福克公司合作。去年秋天他回国的时候,秘密地从千代田汽车公司森社长和他们的主要融资银行第三银行玉井总裁那里拿到了委托书。近畿商事内部知道这件事的只有大门社长和留在业务本部的不破秀作。美国公司也只有海部、塙和八束三个人知情。

目前日本政府仍极力主张保护民族资本,要想让千代田汽车公司和福克合作成功是件极其困难的事情。经过半年的蛰伏,现在计划终于要启动了。壹岐带着挑战的目光投向窗外巨型企业林立的纽约市中心。

壹岐在新泛美航空公司九十层的蓝天俱乐部招待美国银行康奈利副总裁和分管日本业务的卡切斯经理,他们边吃午饭边交谈,气氛很融洽。这是每月一次的例行午餐。对于需要庞大资金支撑的商社来说,和美国的银行打交道与和日本的银行打交道同样重要。而且,往往通过金融方面的消息可以了解到产业界的信息。

蓝天俱乐部是会员制俱乐部,环境幽静。餐厅内大都是一流企业的高管在用工作餐,客流量很少,服务生也了解顾客的喜好。在可以俯瞰到公园大道的窗边,壹岐、海部要和池田元利坐在餐桌的一边,康奈利副总裁和卡切斯经理坐在另一边。康奈利副总裁用优雅的哈佛口音讲了他们一家圣诞节假期去迈阿密度假的见闻。卡切斯经理长得像运动员一样健壮。他比画着告诉壹岐他们,他在加拿大打猎,打到了两头驯鹿。海部和池田不时点点头,壹岐也面带微笑静静地听着。大家聊得很高兴。

过了一会儿,康奈利副总裁问壹岐:"壹岐先生,您在纽约迎来了第二个新年,有什么感想?"

壹岐答道:"现在终于习惯这里的生活了。今年我希望在各位的帮助下干一番大事业。"他向对方显示了自己的热情和干劲。

谈生意或重要事情的时候壹岐一定要用翻译。但是,除了跟私人教师学英语,他一直努力尽量用并不流利的英语表达自己想说的话。现在,日常会话已经没有任何问题了。康奈利副总裁对这样的壹岐很有好感。他喝着葡萄酒,说:"这也是我们非常期望的。越南战争出现僵局,美国国内劳动力的质和量都有所下降。银行在国内的投资范围缩小。在这样的时期,如果具有世界性规模的日本综合商社有好项目的话,我们很感兴趣,并且可以考虑投资。"

"您认为今年的国情咨文会将是什么内容?"

每年一月下旬总统在电视里发表国情咨文,阐明本年度的方针政策。美国的外交、财政、经济将在这一方针政策的指导下确定方向。

康奈利副总裁拿起餐巾擦了一下嘴角,说:"这个嘛,因为越南战争几次停战都没有成功,国内物价也上涨了百分之六,所以,政策的重点很可能放在抑制通货膨胀上。联邦储备委员会紧缩通货供给量的政策尤其值得关注。"

海部的金丝边眼镜一闪,问:"美国政府为了减少国际收支的赤字,有没有可能实行限制对日出口的强硬政策?"他问到了一个对日本商社来说至关重要的问题。

"去年西德有意使马克增值，实际上限制了商品的出口。但是，日本没有采取任何措施。或许美国政府会采取限制对日出口或增加关税的举措。不过，美国庞大的国际收支赤字不是靠限制对日输出能够解决的。"康奈利副总裁语气沉重地说。

目前美国社会的反战运动愈演愈烈，地铁里到处挂着工会贴出的"Ship American, Buy American"①标语。美国国内外都充满危机感。

壹岐问："那么，今年是否有可能采取某种措施以求起死回生呢？"

卡切斯经理曾经停薪留职去日本留过学。他说："壹岐先生真是不一般，看问题就是尖锐。康奈利副总裁和我也正在思考尼克松会采取什么措施。"

"你们认为什么时候、以什么形式出台有关政策？"

"不知道。但是，有一点很清楚，那就是必须采取相应措施了。所以，日本政府也应该向美国资本开放国门，加快自由贸易的步伐。如果仍维持现状，很可能导致限制对日出口。特别是参议院的贸易保护派议员们，他们一再指责日本无所作为，而美国却把大量资金用在越南战争和支援发展中国家上。"卡切斯经理的话让壹岐他们脊梁骨发凉。但他毕竟是个银行家，没有再说下去。

康奈利副总裁也笑着说："从我们银行的立场来看，极端地讲，出口也好进口也好都没有关系，只要能赚到外汇兑换手续费就行。不过，不是通过缩小达到平衡，而是日本打开门户，通过扩大达到平衡才能让我们感到高兴。"

分管财务的池田忍不住问道："您预测利率是多少？现行的百分之六的指定利率有没有下降的可能？"

---

① 用美国船，买美国货。

"那要等国情咨文发表以后才能判断。为了避免之前过度的金融紧缩造成的不景气,下半期政府有可能控制物价,采取宽松货币、降低利率的政策。"

池田追问道:"如果降低利率,大概是多少? 可能是什么时候?"

康奈利副总裁答道:"我估计在百分之五点五到五之间。时期嘛,大概在今年十月份以后。"

池田向前探着身子,还想问个究竟。海部制止住他,说:"这么说今年年末美国的经济景气将有所回升,我们也需要策划一些大的项目。有什么可供我们参考的动向吗?"

康奈利副总裁说:"我认为是能源问题。内政部能源局、政府相关机构都在认真对待这个问题。不久的将来,这个问题将成为美国一个严重的问题。"

接着卡切斯经理谈论了中东各石油国的动态。午餐从十二点半一直吃到下午两点。

送走康奈利和卡切斯,回到四十五层的美国近畿商事办公室。海部对池田说:"我很佩服你的工作热情。不过,他们两位都毕业于哈佛大学,你不要那么露骨地刨根问底地打听利率。话应该说得策略一点儿。"

池田是个名副其实的大阪人,因为他咬住猎物绝不松口,所以有个外号叫"老鳖"。他满不在乎地说:"这话说得,我们又不是五井物产、五菱商事,那么文雅哪能筹来钱? 再有伟大项目没有钱撑着不是也白搭嘛! 筹集资金、利用资金是财务上的工作。只要我在'世界金库'纽约,我就不会放过机会。我能从这个金库里筹到多少钱,那是我的工作。"他又说还要去跑三家银行,丢下海部急匆匆地走了。

壹岐看着池田的背影,心想这家伙真有意思。等池田走远了,他才对海部说:"福克公司正式和我们接触了。"

海部半信半疑地说:"这是真的?"

"嗯。福克总裁的智囊、分管海外事业的普拉特常务副总经理来信说,希望在底特律福克公司总部和我们见面。"

海部的眼里闪烁着喜悦的光芒,说:"太了不起了!像汽车行业和外资合作这样的大事业只有壹岐社长您能干。"

"这才刚刚开始。对方可是三巨头之一。今晚我叫墒和八束到我公寓,开个会好好商量商量。"

美国近畿商事内部直接担任这项工作的只有墒和八束两个人。而且,他们的直属上司机械部长都不知情,一切工作都在秘密进行。

海部说:"他们两人都三十多岁,有时候难免莽撞。不过,他们和池田君一样,是抱着成就一番事业的梦想来纽约的。所幸的是他们都是为了壹岐社长可以豁出性命的人,我也就尽可以放心。今后,我尽全力多做些工作,好让您把主要精力投入到福克这件事上。"海部主动承担起了日常工作。

六点半壹岐回到公寓,打开门锁,推开门,里面挂着防盗链。他按下门铃,女佣春江过来打开门。

"阿春,你还没回去。辛苦你了!"壹岐脱掉大衣,关心地说。

虽然春江人到中年,已经发胖,但是,她长着一张圆脸,看上去不像已经是四十五岁的人。她按照日本人的习惯,郑重其事地向壹岐问候新年:"新年好!去年承蒙关照,非常感谢!今年还请多多关照。"

"是我应该谢谢你!总是照顾我。"春江平时总是细心地为壹岐料理家务,壹岐很感谢她。

"哪里谈得上照顾呢!看到壹岐您工作这么忙,也不再找个太太照料您的生活,我就知道您对死去的太太感情有多深。心里就不由得……"春江说不下去了。

壹岐站在三十七楼公寓的窗边,默默看着外面高楼大厦放射出的宛若璀璨森林般的灯光,心想,在这座绚丽的城市因为孤独感到悲伤的大概只有自己一个人。

"你看我,大过年的说这些话。今晚我做了蒸鸡蛋羹,您现在就吃饭吗?"春江生性开朗,马上说。

壹岐马上恢复了一贯的表情,说:"哦,蒸鸡蛋羹?你给我做了这么稀罕的东西。七点多塙和八束要来,我现在就吃吧。"

壹岐在已经摆好和食的餐桌前坐下。

春江急忙去厨房,边走边说:"我还得给您做点儿凉菜。我看给您准备的年饭没怎么吃,就给您做个年饭拼盘吧。"

"那我当然很高兴了。不过,天不早了,做好蒸鸡蛋羹你就回去吧!"

纽约是座危险的城市,晚上女人只身回家不安全。

春江从微波炉里拿出蒸鸡蛋羹,端上餐桌,说:"那我就先回了。明天我要去超市买东西,您有什么需要的给我留个条。"

春江安排好,正要回家,门铃响了。她去开开门,说:"是塙他们来了。"

八束功毫不客气地走进餐厅,新奇地说:"咦,蒸鸡蛋羹!"

壹岐苦笑着说:"托春江的福,我元旦享了口福。你们要是还没吃晚饭,就一起吃吧!"

"我在公司附近吃过了。要早知道春江在,就跟您一起吃了。"八束回头看了一眼前辈塙四郎一眼。

塙略带忧郁的脸上露出笑容,说:"就算你太太生了孩子,不能给你做饭,你也不能这么贪得无厌啊!人家阿春也该回家了。"

"我正准备走呢。八束先生,您太太和孩子都好吧?"春江满脸笑容地问。八束的妻子大年三十刚生了孩子。

"我老婆是谁,那是开车的时候发现要生,一个人直接把车开到医院的主儿。当然没问题了。孩子有七斤多,长得像我,也是个美男子。"八束露出人称"百万美元笑容"的酒窝,得意地说。

"那太好了!你们坐,我先走了。"

壹岐关切地说:"谢谢你,路上小心!"

春江走后,三人转移到客厅。墒和八束轻车熟路地走进房间一角的吧台,准备好酒水,和壹岐面对面地坐在沙发上。

墒喝了一口马天尼,从公文包里拿出资料。里面有《世界汽车产业界》《三巨头的国际战略》《三巨头和日本》等。每个文件夹的封面和每一页都留下了这半年来三人在这套公寓里商讨的痕迹,上面写满了用红绿圆珠笔写的笔记。

壹岐问:"今天福克公司来信的事儿告诉东京的不破君没有?"

墒从资料里拿出福克公司的来信,回答说:"幸好日本的元旦假期还没有过。我直接给不破家打电话,给他念了福克公司来信的全文。"

壹岐问墒:"千代田那边呢?他们和外资合作的决心没有动摇吧?"

"我也觉得我们好不容易得到福克公司的反馈,如果在交涉过程中千代田顾及通产省的意图,中途提出还是要和爱知或者日新等国内厂家合作的话,会影响到我们公司的信誉问题。所以,我特别向不破确认了这一点。他说,千代田方面的工作由他负全部责任,让我们全力以赴,短时间见成效。"

"嗯。我也给大门社长打过电话,他非常高兴,说他很快就和千代田的森社长和第三银行玉井总裁面谈,再次促使千代田首脑下决心。他鼓励我们放心大胆地去交涉,并且说等着我们的好消息。"壹岐喝了一口威士忌,把几小时以前和大门社长在国际长途电话上的谈话内容转达给墒和八束。

想当初,在东京总部任常务的时候壹岐就开始参与有关千代田汽车公司的工作了。分管机械的里井副社长提前了解到通产省重组汽车行业的意图,积极迅速地采取行动,试图让业界第四位的千代田汽车公司和第五位的富国汽车公司合作。而千代田分管技术的小牧常务和壹岐面谈,恳请他帮助千代田走自主独立的路线。但是,翌年春天千代田汽车公司倾注全力开发的"老虎一六〇〇"投放市场后,被爱知的卡罗纳和日新的红鸟击败,不仅没能实现自主独立的路线,还陷于富国方面提出不予合作的境地。他们面临着生死抉择,或者甘愿与国内两大厂家签订从属性的合作关系,或者与虎视眈眈瞄准日本市场的外资合作,否则只有死路一条。然而,千代田汽车公司的首脑仍无法摆脱自主意识的束缚,迟迟做不出决断。他们的融资银行第三银行难以忍耐,于是,同意了壹岐的提议。

壹岐一口喝干杯中的威士忌,说:"来,我们来考虑一下福克公司的对策。在第一次会谈中我们就必须拿出无懈可击的理论根据,确保福克公司对和千代田的合作感兴趣。重点有这么几个。第一,日本汽车市场现状;第二,通产省的政策、汽车行业的意向;第三,未来日本市场需求……"他条理清晰、沉着冷静地部署与三巨头之首的福克公司的谈判策略。

海部要疾驶在高速公路上,正往纽约郊外的韦斯特切斯特的家里赶。虽然车里很暖和,但是,外面的气温在零下七八摄氏度,汽车的挡风玻璃雾气蒙蒙。

今天晚上,他招待从新加坡来的客户吃过晚饭后,又带他们到夜总会,刚才刚把他们送回酒店。身为美国近畿商事副社长,他一个星期有一半时间花在这种应酬上。

汽车开进韦斯特切斯特,树木显得高大起来。这里是安静的住宅区。海部把车开到自家门前,看见塙的车停在门前。他把车停在车库里,按响门铃。

"你回来了!"身穿毛衣和长裙的妻子迎了出来,"艾美来了。"

艾美是塙四郎的美国妻子。

"她怎么来了,这么晚了?"

"还不是因为塙连着好几天晚上十一点多才回家。艾美好像都有点神经衰弱了,正在那儿哭呢,说四郎不爱她了。你快去劝劝她吧!"

海部走进客厅,见艾美一头棕色的头发凌乱不堪,面色憔悴。艾美悲悲切切地问:"海部先生,四郎在哪里?他在干什么?"

海部说:"他在公司加班呢。"

艾美摇着头说:"不!你在说谎。六点、七点、八点,我给公司打过三次电话。七点的时候公司的人说四郎早就回家了。"

海部不知道该怎么回答她。他不能说塙和八束正在壹岐家工作,福克公司和千代田合作的事儿在公司内部都是保密的。何况,如果告诉艾美,那就不只是打个电话的问题了,她会马上开车闯到壹岐家去的。

"海部先生,以前不管工作多忙四郎都会告诉我他在哪里。可是,从一个月前开始,他回家回得晚了,也不告诉我去哪儿了。回来晚的时候也不会给我打电话了。是不是四郎有情人了?"艾美突然妒火中烧,发疯般地说,"和我结婚以前,他不是有一个同居的情人吗?"

塙以前的确有个情人。两人虽然彼此深深相爱,但对方却留下一句不能和"黄种人"结婚的话离开了他。海部使劲儿摇摇头说:"NO! 他现在正在参与一项公司非常重要的秘密谈判,不能告诉你他在哪儿。"

艾美生气地说:"可是,我是他的妻子。无论什么秘密谈判,我都有权利知道他在哪里。"

海部劝说道:"艾美,这就是日总部会和美国社会的不同之处。你以前也在近畿商事的洛杉矶分店工作过,你应该知道。四郎作为一个优秀的商业人才得到了壹岐社长的高度评价,对他来说现在是一个很好的机会。"

艾美在美国人里本来就是身材瘦小的,现在更是缩成一团,明确地说:"壹岐先生是军人出身,是'神风社长'。对我们的家庭来说,他的赏识一点儿都不值得高兴。"

海部的妻子插进来说:"如果四郎高升了不是很高兴的事儿吗?好了,你不用担心了。玛丽和乔治要是醒了,看不到妈妈会害怕的。"她关切地提起艾美六岁和四岁的孩子们。

"是啊,这两个孩子都离不开我,我不在家,他们一定会哭的。"说着,慌忙从提包里拿出车钥匙,站了起来。

艾美走了以后,海部的妻子说:"我挺同情艾美的。我也……对了,人家八束太太刚生下一个男孩儿,八束先生很少在家,每天都很晚才回家。八束太太说壹岐社长用人太狠,对他很怨恨。壹岐社长自己死了太太,可以不顾一切地工作。可是,他也应该为有家的部下们想想。家属们的牺牲可不是一点点。"她把平时的怨气一股脑儿都倒了出来。

海部生气地说:"不要说这种话!"

"不!我要说!其实我们家是最大的受害者。八年前,我们带着在美国小学受欺负、得了自闭症的阿茂终于回到日本。阿茂留了一级,上了中学。好不容易上到高中,到了快上大学的关键时期,你又第二次来纽约。美国近畿商事副社长也就是挂个名,要是回了总部你还不是部长级的高管?你为什么为了给壹岐社长效劳,不惜牺牲自己独生儿子的前途呢?这日本不日本美国不美国的教育,万一阿茂两边的大学都考不上怎么办？"

"孩子学习不好，你在这儿嚷嚷说是因为公司牺牲了孩子的前途。这是没本事的人才说的话！有能耐的从国外回去一考就能考进东京大学，没能耐的在哪儿都不行。有什么必要非要让他上大学，去寿司店干算了。"

"什么？寿司店？你，你真是这么想的？"海部太太气得说话声音都发抖了。

咣的一声，他们的儿子海部茂的房门打开了。在美国上高二的茂穿着红毛衣，留着披肩的长发，戴着黑色圆框眼镜。他探出头来，赌气地说："爸爸说得对，我学习不好，将来去摆个热狗摊儿或者卖小吃什么的。启动资金你们要给我的啊！你们就我这一个儿子，这点儿钱不算什么吧！"说完，哼着流行的摇滚乐去厨房了。海部虽然嘴硬，但听儿子这么一说心里不由得感到失落。

"你这人！儿子搞不好要去摆热狗摊儿。我呢，每次公司开派对，因为壹岐社长没有夫人，我都要被叫去充当女主人的角色。连那个跟黑人结婚的保姆都对我指手画脚的。她到底算什么呀？那哪儿叫尽心尽力，完全是摆出一副壹岐夫人的样子。真可笑！"海部太太撇着嘴说。

"别胡说！春江是个正派人，她靠死在越南战场上的丈夫的抚恤金和自己的劳动所得供孩子上大学，堂堂正正做人。比那些和半吊子白人结婚的战争新娘强多了！"

"咦？怎么一说到壹岐社长，连他的保姆都是好的？你对他真不是一般的好啊！要好就好到底，给他介绍一个对象，让他再婚好了。我请求卸任女主人这个角色。"海部太太一字一顿地说。

这时，电话铃响了。海部站起来去接电话。是从洛杉矶打来的长途。

"喂,是我,兵头。你还好吧?"

"噢,是兵头君呀!你是明天到纽约吧?壹岐社长也很想见你!"

"唉,计划变了。我要去趟波士顿,晚三天到纽约。那几天壹岐不会去出差吧?"

"没有,算你运气。今天晚上他和墙、八束在他家开会呢。"

"那你向他问声好!挂了!"兵头还是那么不拘小节。

壹岐到纽约赴任后,兵头信一良从业务本部调到石油部任部长,一年里有大半年在世界各地的产油国之间飞来飞去。

"兵头先生来了,你又有理由很晚才回家了!"

海部身后传来妻子怒气冲冲的声音。

连日来寒流袭来,纽约天寒地冻。今天下了今年冬天的第二场雪。

雪从中午开始不停地下,到了下午四点左右灰色的纽约披上了银装。从耸立在公园大道三〇〇号的新泛美航空公司大厦四十五层美国近畿商事社长办公室俯瞰,曼哈顿宛如一张圣诞卡般美丽。

但是,壹岐一整天都在为劳务问题伤脑筋。作为保护黑人及少数族群政策的一环,纽约市政府规定,本部设在纽约的企业里这类人群必须占员工的百分之二十。美国近畿商事也雇用了一些黑人和波多黎各人。由此,公司内经常发生一些因人种问题而起的纠纷。虽然公司聘请了一位当地人任劳务主管,负责解决这些纠纷,但这位主管突然跳槽到证券公司,一时找不到人接替。壹岐一筹莫展。后天他就要去底特律福克公司总部,和对方进行第一轮有关与千代田汽车公司合作的事项。这个关头出现这种棘手的事情,壹岐自然不想管,但又不得不管。

秘书苏珊敲门进来,说:"东京一个叫兵头的人来了。"

海部已经告诉壹岐,兵头从洛杉矶飞到波士顿,今天早晨刚到纽约。壹岐一大早就等着他来了。

"好久不见了!"兵头大大咧咧地走进壹岐的办公室。好像壹岐还是业务本部部长,他还是壹岐的部下。兵头就是这样一个人,走到哪儿都不改自己的做派。

"你好吗?下这么大的雪,高速公路不好走吧?"

"我好得很,连感冒都不得。壹岐社长呢,您还好吧?"

"只能说马马虎虎。你见过海部君?"

"刚才见到了,正处理劳务主管的事情呢。他还是那么忙活。"

"嗯。多年的劳务主管突然被证券公司挖走了,我们公司不得不从其他公司挖人,他正为这件事儿忙呢。东京就没这种麻烦。"

"那倒是。不过,日本现在面临经济高度增长的时期,不光是我们公司,企业都失去了经营原则。壹岐社长,您知道总部现在利润最高的是哪个部门吗?"兵头和海部同期进公司,今年四十六岁。他有两道浓眉,看上去比实际年龄老成得多。

壹岐点上一支烟,带着苦涩的表情,说:"去年回国参加经营会议的时候,听说是棉纱交易。"他回想起当时开会时的情景,觉得不堪回首。大门社长得意扬扬地说,棉纱市场经历了四十年来的最低价之后,开始慢慢往上波动。他抓住机会,这两年赚了四十亿日元。平时对大门的这种做法持批判态度的董事们也不由得发出惊呼声,兴奋不已。

兵头喝了一口苏珊端来的纸杯里的咖啡说:"还有,最近总部瞄准个人买房的潜在需求,进军房地产业。为此还扩大了房地产部。从购买盖别墅的地皮到和预制板厂家合作搞住宅建筑,那个狂乱劲儿简直让人看不下去。其中倒是也有一些比较好的项目,比如在札幌郊外建设工业园区,振兴北海道工业。可是,整个商业行为和满大街都是的房地产公司没什么两样。太不像话了。来美国出差以前,正好大门社长让我陪同他参加宴会。送走客人后,趁着酒兴我直接跟大门社长说,我们公司的经营方针有问题……"他的脸上露出大无畏的笑容。

壹岐也笑了:"直接跟社长说,也就是你。那,你怎么跟社长说的?"

"我说,首先是经营体制的问题。三年前,壹岐先生担任业务本部部长的时候认为不降低纤维所占的比例,我们公司就无法维持第三大综合商社的地位。并且在经营会议上提出三年计划,准备大幅度缩减纤维部门。这些您都还记得吧?但是,您到纽约来以后,一丸专务升任副社长,正在一点点具体化的纤维部门的缩小计划马上被废除。直到今天纤维部门在我们公司仍占营业额的百分之四十二。去年年底佐桥和尼克松会谈后,现在正在进行的日美纤维贸易谈判中,归还冲绳被当作筹码,日本的纤维产业迟早要被挤垮。可是,不知道公司首脑是怎么考虑的,让人着急。"

壹岐也无法化解心头的郁闷,说:"大门社长为什么不坚决推动公司的重工业化呢?"

"作为最高经营者,大门社长是有器量的。可是,他不擅长制定经营战略、政策方针,不善于布局。所以,我跟社长说,要想促进我们公司的重工业化和国际化,就应该让壹岐先生回到总部。"

"可是,我暂时还没有这个想法。"起码在促成福克公司和千代田的合作之前,壹岐不打算回总部。

兵头又说道:"壹岐先生您有您的想法。不过,也请您想想,公司需要您。在这儿可以亲眼看见、亲身感受国际形势的变化和国际商品的流通。对您来说,纽约可能是一个再好不过的地方。不说这些,您真该考虑回总部了。"

"看来,需要我的不是公司,是你自己吧?说吧,你在预谋什么?"兵头的想法往往超出常规。

"您看出来了？说实话，我想策划开发油田的项目。"

"怎么，在公司里得不到支持？"

"对。公司的人都一笑了之，没人理睬我。他们说我们可以从中东买到大量的供应安定的石油，为什么还要冒充国际石油资本？可是，壹岐先生，如果中东关掉他们输油管的龙头，日本会怎么样？三十年前，不就是因为被封锁了东南亚的石油资源，日本才发动大东亚战争的吗？日本这样一个石油消费国，如果一滴石油也进不来的话，高度增长的经济、GNP世界第二经济大国转眼就会像泡沫一样消失，日本列岛将陷入恐慌。通产省的官员们让工业需要的'食粮'握在别人手里还能优哉游哉，钢铁、电力这些需要石油的公司也毫无危机感，真让人难以理解。"

"现在日本石油的百分之八十依赖于中东，的确有随时被掐断的危险性。第三次中东战争以后，中东局势越来越紧张。不能完全否认这种可能性。前几天，我和美国银行的副总裁一起吃午饭，他告诉我美国内政部能源局各部门已经开始认真调查能源问题。我没想到产油国的美国也在考虑这个问题。我马上让人调查了一下，发现美国的能源不足问题是从前年也就是一九六八年开始的。去年一月份美国的石油生产能力是每天一百二十五十万桶，比去年减少了两三万桶。另一方面，天然气的开发与五十年代相比没有什么变化。由于防止环境污染的呼声越来越高，前年天然气的消费需求大增，消费量超过开发量，造成天然气匮乏。"说到这儿，壹岐问，"可是，兵头君，石油开发风险很大。日本没有那么多的技术人员，也没有足够的资金，这些问题你怎么考虑？"

"从第三次中东战争的时候您就开始关注石油资源，真不愧是壹岐先生。我听说五菱集团和英荷壳牌石油集团公司联手各出一半资金，正在申请从北海道到冲绳之间的海域，开发相当于日本面积大小的油田。连五菱集团都需要和英荷壳牌石油集团公司合作,我们公司就更别想单独开发了。不过,我不想和大型企业合作。我跟咱们公司各个海外分店打了招呼,如果有当地公司发现油田,请他们告诉我。我这次飞到洛杉矶就是因为收到一份电传,说洛杉矶海域发现了油田。可惜科学数据不足,难辨真假。不着急,慢慢来吧。对今后的日本来说,石油和粮食是需要有长远的国际性战略来指导的工作,所以,我才想请壹岐先生早一天回到总部。"兵头紧盯着壹岐说。

壹岐感到一阵激动,他说:"兵头君,这半年或者一年我打算完成一桩外资和国内企业的合资项目。我在纽约你也可以随时和我商量任何事情,我也会把各种信息告诉你。好好干!为了日本的将来你也一定要努力!"他向兵头表明他近期还不想回总部。

一月十号上午八点三十,壹岐和塙乘坐的美国航空公司航班从纽约飞往底特律。考虑到三个人同时去会引起公司内外的注意,所以,八束功先去芝加哥出差,已经提前出发了。三人将在底特律机场汇合。

波音727机舱内几乎坐满了去底特律出差的商业界人士。安全带指示灯一灭,很多人便迫不及待地打开小桌板,拿出厚厚的资料,开始工作。机舱内飘浮着一种紧张的空气。据说这趟航班有个别名,叫"商业航班"。

壹岐坐在窗边的座位上。他放倒座椅靠背,看着舱外久违了的七万五千米的碧蓝天空,心里想着今天凌晨大门社长打来的国际电话。大门似乎没有时差的概念,壹岐是在被窝里接的电话。话筒里传来大门洪亮的声音:"今天终于到了攻破底特律的第一天了。你预计首战战绩如何?"他好像一名司令员在向前线部队发出号令。壹岐答道:"成败各半,我们只有尽最大努力。"大门充满期待地说:

"你不是别人,你是壹岐,一定要有奇袭珍珠港那样的战术。"壹岐字斟句酌地答道:"因为汽车行业的合作不是日美经济战争,相反类似于《日美经济友好条约》,所以,不能用奇袭战术。我打算用正面进攻的战术进行交涉。"

堵突然在旁边问道:"壹岐社长,现在说这种话虽然有点儿可笑,可是,福克公司为什么等了半年突然对千代田的事情感兴趣了呢?"

"你觉得是为什么?"

"说实话,我觉得可能是壹岐社长跟对方有'最高层交易'。"

"我和福克之间有交易?你也知道,别说福克的总裁,就连今天我们要见的分管海外事务的普拉特副总经理我都没见过,所以才把说服福克的工作交给你和八束的嘛!"

"是。的确是我和八束查了福克总裁朋友的名单,从里面找到和我们公司有深交的手工艺公司总裁约翰·J·奈比,请奈比总裁写了介绍信。这半年来,我们拿着介绍信不知道去'参拜'了多少趟底特律,可是,福克公司毫无回音。我和八束终于明白事关最高策略,我们再努力都没有用。就在这时候福克公司主动来联系。说真的,我心里特别纳闷,想了很久,我想起一件事。去年年底,韩国原陆军总参谋长李锡源先生访问华盛顿,途经纽约的时候,和壹岐社长单独见过面。"

壹岐脸上的表情没有丝毫变化,说:"对。我和李先生是陆军士官学校时的同窗。他是李氏王朝的后代,立志当军人,进了日本的陆军士官学校。可是,一毕业他就回国了。之后我们三十年没见面。他在韩国领事馆听说我现在是商社人,常驻纽约,就把电话打到我办公室来了。我也是因为怀旧,就请他到我家来,两人叙了一番旧。这和福克公司有什么关系?"

"你这么直截了当地问,我也不好回答。不过,李锡源先生卸任陆军总参谋长后,曾任驻美大使,还是国会议员,是崔总统的亲信。福克公司三年前进入韩国市场,与韩国现政府关系密切。所以,我想是不是因为这层关系他们才同意跟我们谈判的。"虽然塙的表情开始还像平时一样冷冷的,但渐渐地有些兴奋。

壹岐淡淡地否定了他的推测:"你这个推测可是够有飞跃性的,不像是一向冷静的你。太遗憾了,我和李先生之间根本没谈论这个话题。"

实际上,事实正是塙说的那样。而且,壹岐不是去年年底才开始和李接触的。早在他到纽约的第三个月就已经见过李锡源,并且从他那里得到了有关美、苏、中三国间外交、军事形势方面的情报。他们之间,有时候是在日韩贸易问题上壹岐给李锡源一些建议;有的时候,比如如何接近福克公司的问题,壹岐会跟李锡源商量。知道他们这层关系的只有海部要一个人。

两小时二十分钟后,飞机准时降落在沙漠中的底特律大都会机场。壹岐他们走出安检门,看到八束站在五十米远的地方。

"早上好!车停在福克公司专用停车场。能不能请您走到出发大厅那边去?"

"这没问题,问题是车安排好了吗?"

去访问福克公司,当然要开福克公司的车,这是礼貌。但是,近畿商事在底特律没有分店,八束必须弄到一辆福克的车,而且不能是租赁汽车。

"没问题,我和塙来的时候是开双门跑车,今天弄来一辆华盛顿。你们慢慢走,我先过去。"说完,八束迈着大步,把壹岐和塙甩出去一大截。

来到出发大厅,壹岐刚要往外走,突然停住了脚步。有个日本人边和两个美国人说着话边向出发大厅走来。那个人正是东京商事的鲛岛常务。

"您怎么了？"塙奇怪地顺着壹岐的目光望去，"啊！是鲛岛先生。"话还没说完，他就和壹岐一起躲到了柱子后面。

鲛岛辰三晃动着不输给美国人的大个儿，挺胸抬头，黝黑的脸上一双像鲨鱼一样微微上吊的小眼睛炯炯有神。他径直走向办理登机牌的柜台。

"鲛岛先生这是去哪儿了？真是一刻都不能大意的人。"塙在洛杉矶分店的时候，就知道东京商事的鲛岛在战斗机、客机买卖上一向大刀阔斧。

"鲛岛不认识你吧？"壹岐问。

"当然，我哪能入人家的法眼！"

"好，你过去看看他要去哪儿。如果是纽约，就给海部打个电话，然后弄清楚鲛岛住在哪里。"

"明白！"说完，塙往正在排队的办登机手续的鲛岛身边走去。

看见塙靠近鲛岛后，壹岐朝福克专用停车场走去。八束正在那儿朝他挥手。壹岐上了银灰色的华盛顿，这才松了一口气，说："差点儿碰上东京商事的鲛岛。"

八束说："鲛岛先生大概是为福克和东和汽车公司合资办厂的事情来的。"

"可能，或许和我们是同一个目的。"

"不会吧？"八束持乐观态度，"福克公司再有实力也不会干出这种把两家日本商社玩弄于股掌上的事情。"

但是，壹岐从福克总裁访日时傲慢的态度上判断，福克公司很有可能把东京商事推荐的福克与东和、近畿商事推荐的福克与千代田放在天平上，看能把哪个更便宜地搞到手。

十五分钟后，塙坐进车里来。

"他还是去纽约。我马上给海部打了电话。还好,他正好在公司。我把鲛岛先生乘坐的航班号告诉他,转达了壹岐社长的话。他说,他会盯紧的。"

"好,那我们出发吧,八束君!"说完这句话,壹岐突然想起来自己的女儿直子是鲛岛儿子的妻子。自己和鲛岛,必须在亲家这层关系上一争高低。

冬天的底特律郊外比纽约还要冷。寒冷的沙漠一望无际,每隔一点五到两公里就可以看见一座工厂。六车道的高速公路上飞驶着大型拖车、卡车和各色轿车,充满了工业城市特有的热火朝天的景象。

八束把车开到四十迈,对坐在后座上的壹岐说:"对了,座椅后背的口袋里有今天的《底特律自由报》。您看一下上面的汽车生产对比表,做个参考吧!"

壹岐从座椅后背的口袋里拿出《底特律自由报》,翻到第二版,上面刊登着名为"The Auto Tall"的专栏。上面刊有占美国汽车生产总数百分之九十五的大巨头以及其他四个公司每十天的生产台数的表格。上面还有去年同期的生产台数及去年一年的生产总数,以便读者对其生产量的变化一目了然。对于生活在汽车城的底特律人来说,这个专栏是每天必读的。就连只有一两个工人的小业主都要根据这个专栏采购生产原料。

表格下方配有解说,上面写着这一年来全美汽车以平均每十天百分之三的速度在下降。预计今年下降的幅度将更大。文章中充满危机感。

壹岐想到去年日本两大汽车生产厂家爱知和日新的生产量。爱知去年终于实现了年产量突破百万台的大关,跻身世界前六名。日新为八十五万台,也在顺利增长。对于美国三巨头来说,日本汽车生产厂家正在一天天成为他们有力的竞争对手。为了打开美国国内停滞不前的状况,他们无法再冷眼旁观日本这个颇具潜力的市场。一股焦虑的空气盘旋在底特律上空。

汽车开进离底特律市中心不远的迪尔伯恩,在星星点点的绿树和褐色的大地上,耸立着一座闪闪发光宛如玻璃城堡般的建筑。那就是三巨头中最具传统的福克公司的主办公大厦。路边的路标表明这条路名为"福克路"。

汽车开到十五层玻璃大厦前,停车场上停着天使等数百台福克自己生产的汽车。八束告诉门卫他们是来拜访普拉特副总经理的,门卫让他把车开到地下停车场。八束一边往地下停车场开车,一边说:"能把车停到这儿的都是高级职员。外部人员只限于来拜访福克总裁、艾亚克鲁总经理等十五名董事的人。我们来和策划经理见面的时候总是把车停在外面的大停车场。这半年我们不断来'参拜'福克公司,我们印象最深的就是那极少一部分精英职员。他们的目标是进入办公楼十五层的高管办公室,每天早晨六点半就来上班,一天忘我地工作最少十二个小时。只要能把办公室搬到十五楼,他们就能在高管食堂吃饭,能得到离直达十五层的电梯较近的停车位。能把车停在哪儿,能在哪个食堂、哪个餐桌吃饭,是福克公司精英职员的地位象征。"说完他露出带着酒窝的笑容,把车停在指定车位。

三人坐电梯上了顶层的十五楼,正好是十二点五十五分,离约定时间还有五分钟。一下电梯,正面是接待前台,两边是高管们的办公室和会客室。说明来意后,一位中年女秘书客气地迎出来,把壹岐他们带到普拉特的办公室。

普拉特常务副总经理正在办公桌前一边翻着文件一边打电话。看见壹岐他们进来,他很快结束电话,站了起来。在列席福克董事会的高管中普拉特最为年轻,今年五十一岁。他个子虽然不高,但体格健壮。颧骨很高,脸上架着一副方形眼镜,显得敏捷、坚定,不愧是福克总裁的得力干将。由于工作过于紧张,他已经离过两次婚,头发也已经花白。

普拉特紧绷的嘴角露出笑容,和壹岐他们一一握手。彼此问候以后,普拉特拿起只有副总经理以上级别的人才能用的浅蓝色稿纸,请壹岐他们坐到会谈桌前。

壹岐首先呈上千代田汽车公司森社长交给他的委托书。

普拉特看过后说:"因为我们从几年前就开始认真考虑进入日本市场,所以,我们对这个提案非常感兴趣。但是,我们希望我们的合作伙伴尽可能是大公司。千代田对于我们福克公司来说,太小了。"他虽然对进入日本市场表示了强烈的兴趣,但却完全无视壹岐递过去的委托书。

负责翻译的八束疑惑地看了一眼壹岐。上一年度福克公司年生产量是一百八十一万台,总销售额五万三千亿日元。而千代田汽车公司的生产量是十五万两千台,总销售额一千九百九十亿日元。两者不可同日而语。对于只有千代田这一张牌的近畿商事来说,唯有用这一张牌才能打赢这场谈判。

壹岐直视着普拉特方形镜片下的双眼,问:"我们专程从纽约赶来和贵公司谈判,是以贵公司和千代田公司合作为前提的。贵公司在进入日本市场方面有何方针?"他试图问出福克公司的条件。

"首先,在出资比率上我们公司不能低于百分之五十。第二,我们公司将派具有代表权的董事去日本。第三,合作伙伴必须是占日本轿车国内市场百分之七以上的公司。我希望你们知道这三点是福克会长本人的强烈要求。"他的要求极富福克色彩,似乎对只占轿车市场百分之三的千代田公司毫无兴趣。

坐在壹岐旁边的墇实在忍不住了,说:"普拉特副总经理,虽然贵公司为三巨头之一,但要想以这样的条件进入日本市场仍然非常困难。我们曾经把资料交给策划经理斯蒂文思先生,就这个问题进行了说明。"言外之意,提醒普拉特把千代田排除在外的谈判是违反约定的。

普拉特副总经理用高压的态度说:"我综合掌握所有有关在海外的项目策划。我这里有很多信息,我记得有人向我汇报过你刚才说的事情。但是,我们希望你们日本综合商社告诉我们的是,在轿车市场占百分之七的公司当中,最有可能和我们顺利合作的是哪家公司。"

虽然墇和八束对这样傲慢的态度表现出了明显的不快,但壹岐的表情毫无变化。他不动声色地说:"普拉特先生,福克公司在占百分之七市场的公司和第一个进入日本市场当中,选择哪一个?"

普拉特似乎没有明白壹岐的意思,他不解地说:"既然我们不能在日本办独资公司,就只有和日本企业合作。所以,进入日本市场和合作伙伴是同一个问题。壹岐先生,您为什么要把它们分开呢?"

"如果是我,从福克公司的立场出发考虑问题,我认为应该把这两者分开。因为,你们希望的占轿车市场百分之七的公司有四家。爱知占百分之三十七、日新占百分之二十六点七、北汽占百分之八点九、东和占百分之七点七。因为日本通产省一向建立日本两大汽车制造商的论调,所以,在通产省的大力庇护下,爱知和日新不断兼并日本国内的弱小公司,已经确立了不可动摇的地位,根本无意与外资合作。而北汽是由小型汽车起家的特殊企业,不适合做贵公司的合作伙伴,剩下的只有东和。东和在三年前已经和贵公司合作,成立了生产自动变速器的合资公司。由于国内形势,东和的经营状况日渐恶化。金融界有人提议既然已经和贵公司有往来,不如进一步合作。但是,东和汽车的所有者松下佐助社长明确表示绝不和外资合作。虽然五年、十年以后会怎么样我不知道,但起码现在没有这个可能性。"等八束翻译完之后,他接着说,"所以,如果贵公司坚持要找占轿车市场百分之七以上的企业,只要刚才举的四家当中没有一家公司破产,贵公司进入日本市场的计划就不可能实现。但是,如果等哪家公司出现经营困难时再行动,势必为时已晚。所以,我认为如果贵公司真的有意进入日本市场,就应该趁现在筑起桥头堡。应该首先考虑用什么办法建构这个桥头堡。"

普拉特越听越入神,身体不自觉地越来越往前靠:"有道理。我明白壹岐先生的意思了。你为我们准备了具体计划吗?"

壹岐深深点点头,说:"东和汽车公司具有生产低污染转子发动机的技术,千代田有优良的技术和值得骄傲的高效益的卡车部门。我认为福克公司进入日本市场的最佳形式是方案双管齐下,同时与这两家公司合作,这是最佳的 A 方案。其次的较佳方案是 B 方案,就是您刚才说的与东和合作。再其次是 C 方案,与千代田合作。最次是 D 方案,只和千代田的轿车部门合作。其中,最为现实可行的是 D 方案。这个方案首先可以首先进入日本,与日本公司磨合,同时还要与日本政府接触。向日总部会显示三巨头绝不是不择手段抢占市场的恶魔。这之后,如果可以依次向上实现 C 方案、B 方案,日本市场将没有其他外资进入的余地。为此,福克公司需要十年以上的长期策略。但观察三巨头在欧洲的举措,这并不是不可能的。"

普拉特在浅蓝色的稿纸上记下壹岐的观点。他感叹壹岐的才能和卓越的说服力,他开始用惊讶的目光看着壹岐。"壹岐先生,您非常了解我们公司的海外策略。虽然 D 方案即通过与千代田汽车公司轿车部门合作可以迅速、顺利地进入日本市场,但是,对我们公司来说牺牲太大。我们知道,千代田的轿车部门本来就是他们的薄弱环节。特别是他们赖以起死回生的新型车'老虎'投放市场后失利,出现了三百亿的赤字。目前,他们的轿车部门整体面临绝境。"他拿出具体数据来说。

"的确,千代田的轿车部门经营相当惨淡,重建起来需要时间。但是,明确地讲,如果不是现在这种状态,他们不会和外资合作以寻求出路。他们就是这样一个公司。我希望您能理解这一点。"壹岐说。

普拉特说:"即使我个人理解了,福克公司的股东们也不会同意三年或五年后才能转为盈利的项目。从这个意义上讲,把收益好的卡车部门排斥在外而只和轿车部门合作,就像往水沟里扔钱,毫无利益而言。"他的话很有家族公司的特点,他们追求眼前的利益。

"我很理解您的心情。但是,千代田方面表示可以和外资合作的只能是轿车部门。千代田在东京郊区拥有月生产量三万台的最新型设备的工厂,目前利用率只有实际能力的十分之一以下。这种情况下,如果把福克公司的技术投入到那里,组装福克在日本深受欢迎的轿车,比如卡普里,就足以与爱知、日新抗衡。千代田本来就是和爱知、日新比肩的日本的著名公司,他们的技术人员、从业人员质量之高是众所周知的。而且,他们在全国有销售网。贵公司是否可以考虑先在千代田的轿车部门站住脚,做出成绩,争取时间,然后再考虑下一步发展?如果贵公司不抓住现在这个机会的话,三巨头中的其他两家公司很可能与他们合作,大众汽车公司也有这个可能。实际上,千代田内部技术部门有些人认为,和欧洲的汽车公司合作更能发挥他们自己的特长。"壹岐说出决定性的一句。

普拉特到底有些动摇了。他想了一会儿,叮问道:"如果我们采用D方案,千代田方面会同意百分之五十的出资率和派遣董事这两点要求吗?"

千代田给壹岐提出的条件很苛刻,福克公司的出资率在百分之二十五以下,不接受派遣董事。但是,如果现在摆出这一事实,谈判将即刻中止。所以,壹岐眼睛也不眨地说:"有关出资比率和派遣董事,我没有在这里马上回答您的权限。重要的是福克公司和千代田公司首先进行互访,在谈判桌前坐下来。如果可能的话,我希望今天能拿到福克会长的委托书。然后我们会即刻飞回日本,交给千代田汽车公司。我今天能见到福克总裁吗?"

普拉特看了一下表,说:"总裁今天早晨去芝加哥的福克炼钢厂了。四点钟他要出席汽车生产部门的会议,可能已经回来了。"

普拉特刚从椅子上站起来,窗外出现了一架颜色和福克公司徽章底色相同的直升机,直升机从天而降。八束惊叫道:"那不是福克总裁的专用直升机吗?"

"你很了解我们公司啊!高速公路堵车的时候,总裁经常从机场直接换乘直升机回来。三分钟以后,他就进总裁办公室了。"说完,普拉特按下通话器,告诉总裁秘书,请总裁在开会前腾出一点儿时间来。他说:"壹岐先生,我跟很多日本人打过交道,像你这样有冷静的分析能力和说服力的人我还是第一次碰到。我向总裁汇报,壹岐先生一定能富有智慧地领导这次合作。"说完就疾步走出办公室。

十五分钟后,壹岐走进福克总裁的办公室。

总裁办公室在十五层的最里面,占了很大面积。宽敞的办公室正面挂着公司创始人福克一世的肖像,留着长鬓角、相貌精悍的福克二世站在肖像旁边。

普拉特把壹岐介绍给福克总裁。福克说:"有关和千代田合作的事情,普拉特副总经理已经把情况都告诉我,我同意了。第一次谈判就能说服我们公司最自信的普拉特,真是非同寻常。难怪韩国的李先生极力推荐你呢!"说完,他笑了起来。

虽然美国近畿商事从半年前就一直和福克公司联系,但一直没有得到回音。最近突然提出要和他们见面,原来还是李锡源发挥了作用。但是，壹岐没有提这件事，而是说："那是因为普拉特先生对日本的特殊情况很有研究，了解日本企业与欧洲企业的不同。"

福克对这样的外交辞令毫无兴趣，问道："你经常见李先生吗？"

"不，一年只见一两次。"

"他跟我说，你在日本的陆军士官学校、陆军大学都是出类拔萃的。我也是西点军校毕业的，不过是成绩很糟的军官候补生。"说完，福克转身用汗毛很重的手拿起笔，在委托书上签了字。

同一天，海部要去离纽约市中心大约八十公里的怀特普莱恩斯，参加了在联合航运公司哈德森总裁家举行的派对。怀特普莱恩斯是富人区，住在这里的人年收入都在三十万美元以上。哈德森总裁的豪宅占地十英亩，二层住宅掩在深深的院落里，无法从外面看到。后院里有一个二十五米长的游泳池。

应邀来参加派对的都是联合航运的老客户，气氛十分轻松热烈。客人们品尝着纽约冬天的美食牡蛎、蛤蜊、龙虾。男人们谈论着三年前中东战争以来被封锁的苏伊士运河的未来、越来越大型化的油轮，女人们聊着慈善事业和春天的时装。

海部端着白兰地酒杯，和即将访问日本的化学公司总裁夫妇相谈甚欢，邀请他们在东京一定去近畿商事。这个派对还有一个日本人，那就是东京商事的鲛岛辰三。海部正在找机会和他接近。鲛岛游走在来自各类公司的五十多位客人之间，相当活跃。很难有机会捕住他。海部发现鲛岛一个人走到房间的角落，正准备点烟，便不失时机地走过去，说："鲛岛先生，没想到能在哈德森总裁的派对上见到你。"

今天早晨海部接到壹岐在底特律机场发出的指示，告诉他鲛岛要去纽约，让他注意鲛岛的动向。海部本来没打算参加今天这个派对，得到鲛岛要来参加的消息，他才突然决定也来参加。但是，此刻他装作毫不知情的样子,夸张地做出惊讶的表情。

"啊!原来是近畿商事的海部君。你怎么在这儿?"

"以前我在纽约分店的时候主管粮油,从那时候开始就和哈德森总裁有交往。鲛岛先生,您在纽约待多久?"

去年终于如愿以偿升任常务的鲛岛心里虽然扬扬得意,但嘴上却说:"三四天吧。我在这儿有很多事儿想干,可是,一当上董事,总部的工作就多了,离不开。"他接着用揶揄的口气说,"对了,壹岐先生最近好吗?我听说他夫人去世后,他为了排解寂寞一周工作七天,除了工作还是工作。公司里都有人闹意见了。"

"要说工作,鲛岛先生您才了不起呢!只要鲛岛先生来纽约的消息一传开,各公司的职员都战战兢兢的。那个福克的自动变速器合资公司现在怎么样?"

"还行吧!"

"不会哪一天突然传出福克和东和合作的消息,让我们大吃一惊吧?"海部试图探出鲛岛的口风。

"我倒非常希望有。可是,通产省这个新选组的攘夷派干劲十足,难啊!"鲛岛苦着脸咂了一下舌头,接着问,"你们公司的壹岐先生怎么看这个问题?"他反过来要套海部的话。

"实话告诉你吧,因为他语言上有障碍,现在顾不上想那么多。他不能像鲛岛先生这样,说一口流利的英语,升任常务以后还可以一个人到处跑。他自己肯定也很难受。"海部特别强调了壹岐的窘困。

"也是,偏偏派壹岐先生来纽约。你们公司的大门社长和里井副社长怎么能进行这么残酷的人事调动!不客气地说,壹岐先生只有在东京总部的业务本部才是壹岐先生,根本不适合来纽约。你转告他,我很同情他。哈哈哈!"鲛岛发出了肆无忌惮的笑声,也算出了一口宝贝独生子被壹岐的女儿抢去的恶气。"咦,那不是红子夫人吗？"他的眼尖，一眼认出正在中央的餐桌边和哈德森谈笑的是印度尼西亚华侨商人黄乾臣的第二夫人红子。她剪着齐耳的短发，白底的礼服裙上是大胆、富有个性的红黑几何图案。

红子又转身和女主人哈德森夫人聊天。鲛岛凑过去，说："红子夫人，欢迎你来纽约。"

红子连看都没看鲛岛一眼，径直走到海部面前，说："海部先生，好久不见！"她的大眼睛里充满喜悦。

"三个月没见了吧？你什么时候到这儿来的。"

"今天刚到。刚才我给壹岐先生的公寓打了电话，没人接。他去出差了？"

"没有，今天晚上他招待日本来的客户。一星期前兵头来纽约，大家还提起你呢。"为了不让鲛岛探听到壹岐去底特律的消息，海部把话题转到了兵头身上。

"那我晚了一步。要早知道他来的话，我也可以提前来的。太遗憾了。"红子完全无视鲛岛的存在，故意显示她和近畿商事的亲密关系。

"红子夫人还是那么漂亮，或者说那么妖冶。"鲛岛一点儿都不在乎红子的态度，他一边在人群中找黄乾臣，一边问，"黄先生在哪儿？"

"让你失望了。黄正和你送给他的六本木的女人在印度尼西亚过年呢！你的眼光果然不错，黄是大喜大悦啊！"鲛岛深知黄乾臣好色的性格，专门找了一个六本木的夜总会小姐接近他，还把那个女人送到了印度尼西亚。

"我的眼光？什么意思？"

"你别装了，那不是你鲛岛先生的出口商品吗？"

"别开玩笑了，我出口女人？传出去太败坏我的名声了。我向天地神灵保证，这件事跟我没关系。"鲛岛拼命辩解道。

红子从鼻子里哼了一声，说："这种一眼就让人看穿的谎话谁愿意听！你还以为她对你有用？我告诉你,她很可能也把情报透露给其他某个商社呢。"

"那个,什么……"鲛岛着了慌,急忙拽着红子礼服裙的袖子把她从海部身边拉开,问,"某商社？怎么回事？"

"这个嘛,你直接问她本人好了！"

鲛岛两手合十,做出请求的样子,说:"红子小姐,求你了,告诉我吧！"

"哈哈哈哈！你不用那么紧张,你以为那种女人能得到什么情报？你倒不如去考虑选下一个,黄可是个情种。保证期最多三年。"红子表现出了第二夫人十足的底气。

虽然鲛岛的小眼睛气得吊了起来,但马上堆起笑容,邀请道:"开始跳舞了。请！"

红子冷冷地说:"对不起,我还找海部先生有事。"说完,走到海部旁边,看了一眼镶着钻石的白金手表,问:"壹岐先生该回家了吧？都十点半了。"

海部模棱两可地说:"也可能,我不知道。"

"那我们走的时候顺便去他的公寓看看吧。壹岐先生的公寓在第五大道,离我住的地方很近。"

海部委婉地说:"就是回来了,他今天也一定很累,可能已经休息了。"

"没关系,别那么古板。"红子脸上的笑容比任何时候都灿烂。

壹岐从底特律回来以后,给大门社长家打了一个电话。虽然日本时间是早晨七点,但是,一向习惯早起的大门社长似乎已经在等着壹岐的电话,从话筒里传来的声音充满活力:"嗯。这么说你直接见到福克总裁了？"

"是的。我们本来是去见分管海外策划的普拉特副总经理的,没想到能和福克总裁见面。我当场拿到了有关福克公司和千代田汽车公司合作的委托书。"

"好!干得好!我们必须马上开始行动。你把委托书亲自送回日本来。真不愧是你啊,第一次谈判就拿到了委托书,这和奇袭珍珠港一样成功!"大门满意的声音清晰地传入壹岐的耳中。

"好,最近几天我就回去,直接向您汇报。"

壹岐放下电话,换上睡袍,端起睡前必喝的白兰地,正要喝,门铃响了。他打开门,见身披貂皮大衣的红子站在那里:"晚上好!是我!"

"哎呀,阿红!你来纽约了?不过,天已经晚了,我正准备休息呢!"发现红子是一个人来的,壹岐感到有些困惑,他指着身上的睡袍说。

"我这么大冷的天跑来看你,你连屋都不让进?"

"明天我让阿春做好菜,招待你。今天你就先回去吧!"

"阿春不在更好。我马上就回,你别那么紧张。"说完,没等壹岐说话就溜进了屋。她不顾壹岐面露难色,径直走进客厅。"哎,正好。我就喝这杯白兰地吧。"说着拿起放在茶几上的酒杯。

壹岐拿她没办法。见她情绪有点儿亢奋,便半安慰地问:"这么晚了,你一个女人出来,怎么了?"

"没怎么!在联合航运公司总裁家的派对上碰见鲛岛了,情绪不好。那个人简直就是吃人血的鲛。为了获取商业情报,他弄了一个六本木夜总会的小姐送给黄乾臣。"

"怎么可能?再说,像黄先生那样的人也不会上当啊!"

"但是,因为黄乾臣是个好色鬼,所以,被鲛岛的贡品搞得神魂颠倒的。我在印度尼西亚待着难受,就来纽约散散心。壹岐先生,你陪陪我嘛!"貂皮大衣从红子的肩上滑落下来,露出礼服裙下微微发红的酥胸。

"你喝醉了。在派对上没少喝吧?"

"我没醉!在派对上我跟鲛岛说,那个女人把给他的情报同时还给了其他商社。这可以证明我没醉吧?"

壹岐不由得认真地看了一眼红子。只见她虽稍有醉意,但眼神一点儿都不迷离。

"怎么了?吃了一惊?商社人没有这点儿肮脏的手段哪儿行?像壹岐先生这么纯洁的人是行不通的。"

"你说我纯洁?阿红,你也太过高评价我了。进商社这十一年来,我从里到外早就不干净了。"

红子突然大笑起来:"哎呀,壹岐先生。一脸认真地说自己不干净的也只有你。我们家老黄,为了笼络印度尼西亚政府整天忙着送美女行贿赂,一点儿都不觉得自己手段肮脏。长年在他身边看着这些,有时候我一见他就想吐。这时候,我总是一个人回日本,或者来纽约的公寓住几天。这次也是一个人来的……"红子突然神情黯淡地说。

壹岐加重语气,说:"可是,这不是你自己选择的路吗?不顾你妈妈的反对……"

"对!因为我喜欢奢侈,喜欢花钱,觉得黄乾臣这个华侨比那些日本小财主强,所以,甘愿当了第二夫人。可是,一旦尝够了,奢侈这东西真是没有意思。壹岐先生,我好寂寞。"说着,红子把脸埋在了壹岐胸前。

壹岐慌忙往后一退,说:"阿红,我可不是兵头啊!你也不是个醉酒、随意撒娇的人。"

"兵头从来都把女人的诉苦当成耳旁风。那么不懂风情的人,我跟他撒什么娇?"

壹岐哄劝道："我也不懂这一套。走，我送你，赶快回去吧！"

红子的大眼睛里突然闪出一道母豹子般的目光，骂说："说来道去，原来壹岐先生还是喜欢秋津千里小姐。我妈告诉我，千里小姐听说你太太去世后，取消了婚约。她一定是在等你。你就像个男人，赶快跟她结婚不就完了。也不结婚，你这是让她活受罪！"

"不是！这和千里小姐没关系。我现在是为你着想，你别胡说！"

红子把两条胳臂缠在壹岐脖子上，把丰满的身体靠在他身上。壹岐不由得躲开身体，甩开红子的胳膊。

"壹岐先生混蛋！胆小鬼！"骂完后红子抓起貂皮大衣，怒气冲冲地走了。

剩下壹岐一个人呆呆地站在那里，耳边还响着红子的声音："壹岐先生混蛋！胆小鬼！"虽然红子本身的行为只是一个任性、奢侈的女人一时的兴起，但她说的话某种程度上是有道理的。妻子死后的这两年来，壹岐没有和女人亲近过。或许因为他经历了十一年的西伯利亚羁押生活，没有女人并不让他感到很痛苦。但是，秋津千里取消婚约这件事，真的像红子说的那样跟自己有关系吗？他的心沉浸在失去妻子的痛苦当中，从来没有深究秋津千里为什么突然和丹阿弥泰夫解除婚约，至今仍然独身。现在，他突然觉得在他和千里的心灵之间，有种感情在静静地流淌。

第二十三章 试 跑

千代田汽车公司森社长和近畿商事大门社长会谈后,一回到位于筑地的公司就让迎出来的秘书马上把在厚目工厂的小牧常务叫回来。然后,他就啪的一声关上了办公室的门。大门社长告诉他福克公司对与千代田合作之事很感兴趣,并正式把委托书交给了他。森社长想一个人认真思考一下这件事情。

社长办公室天棚很高,墙上贴着古香古色的壁纸。办公桌和接待客人用的沙发、茶几一应家具都很厚重,房间整体格调古朴。宽敞的办公室一角还摆着一个国际象棋盘。这间办公室显示着千代田曾经的辉煌。

森社长慢慢踱到国际象棋盘前,在三大日本汽车制造公司中,千代田是举世公认的历史最长的一家,曾经压倒群雄。但是,它现在却正在寻找与外资合资的出路。一想到这些,刚过了六十岁生日的森社长瞬间变得好似一个八十岁的老翁。

以目前千代田的经营状况,他们有两种选择:或是与国内两大汽车制造公司的爱知或日新建立从属性的合作关系,或者与外资合作以求出路。与福克公司进行资本合作就是在这种情况下做出的一个选择。千代田的融资银行第三银行总裁也认为这是他们唯一的出路。虽然公司内部分裂为民族资本合作派和外资合作派,难以达成共识,但森社长仍然秘密委托大门社长与福克公司进行交涉。

半年过去了,虽然期待已久的外资合作有了消息,但是,当它即将成为现实时,森社长内心又感到心慌意乱。一方面如果错过这次与美国三巨头之首的合作,千代田将死路一条,所以,它必须抓住这次机会。另一方面他又担心千代田是否会被吞并。即使做出与外资合作的决断,通产省会不会批准?通产省方面的工作能不能做通?第三银行提议与外资合作是否是为了得到巨额资金?这是否是第三银行总裁和近畿大门社长设的一个圈套?种种疑团紧紧裹住森社长瘦如仙鹤的身体。还有,他从未见过为这次合作打前锋的壹岐这个人。听说他是军人出身,这个美国人的手下败将,真的有能力胜任把福克、千代田、第三银行和近畿商事四家企业联结在一起的重任吗?虽然种种怀疑令森社长坐立不安,但,他又不能坐以待毙。

看一眼窗外,周围几乎都是现代化大厦,旧楼房也都在重建。只有千代田的办公楼孤零零地被抛在时代后面,仿佛象征着渐渐失去光环走向凋零的千代田。

一个半小时后,分管技术的小牧常务走进森社长办公室。虽然他本来是强硬的独立自主派,但当公司因资金问题陷入不得不放弃自主路线的困境时,他没有主张归属国内同行,而是提出走与外资合作的国际路线。

小牧问:"社长,您有急事?"

森社长收起刚才的焦躁和不安的表情说:"对。来,坐!"示意小牧坐到会客用的沙发上。他低声说:"福克公司终于表示对与我们合作感兴趣,并且把中介委托给了近畿商事。"小牧的表情发生了变化。森社长接着说:"所以,我想再听听你的意见。因为你是主张和外资合作的。"

小牧曾经是海军技术军官,参与过零式战斗机的设计。战后进入千代田,一直在技术部门。听社长这么问,他一字一句地说:"对于汽车制造公司来说,最重要的是生产小汽车。我们研发的领先时代的'老虎一六〇〇'在研发阶段被外部窃取了情报,投放市场时遭到竞争对手彻底的打击,销售情况极糟。这次失败留下了后遗症,目前我们没有能力开发新型车。将来的希望也很渺茫。但是,现在如果和国内的公司合作,就拿日新和普里马的合作来看,被合并的一方从合作之日起,其公司实质上就不存在了。我们这些人一直把有着光辉历史的千代田当作自己生命的意义,不断地把千代田的汽车献给世人。如果这样的事情发生在千代田身上,那对于我们来说无异于死,是无法容忍的。"

森社长边听边使劲点头,带动着细细的身体看起来像是在颤抖。小牧停了一下,克制住自己的感情。他看出森社长还有些担心,就用坚定的语气接着说:"如果和福克公司合作,开始我们可能要推出福克公司的小型汽车。但是,下一步我们可以和福克公司共同开发'福克·千代田小型汽车',把我们的技术理念融合进去。因为在小型汽车的设计方面日本是领先的,所以,我们很有可能占主导地位。如果顺利的话,五年后就能把'福克·千代田小型汽车'推向市场。从这点上讲,如果我们和国内同行合并,我们将永远成为他们的'绘图工'。所以,如果不能走自主独立路线的话,我与外资合作的主张不变。"

"不过,小牧君,福克的海外战略可是很不受好评啊!比如英国福克公司,当初福克用高于时价一点六倍的价格收购了百分之四十五点四的股权,总金额为三亿六千八百万美元。当时虽然美国政府正在控制美元外流,但是,他们无视国家政策,强行把这笔巨额资金汇到了英国。这样的公司,我不是太想和他们合作。"

小牧说:"那是一九六〇年的事儿,现在是一九七〇年。那种做法已经行不通了。首先,日本通产省对外资所持股权有严格的限制。而且,我们公司的主要融资银行第三银行总裁对这次合作谈判也采取了积极态度。所以,没有必要担心我们会重蹈英国福克的覆辙。一谈到三巨头进入日本市场,日本人就有一种被害妄想症,认为会被他们吞并。其实,只要我们自己把握好,对方就是有吞并的企图也无法实现。"小牧强调成败在于位居公司最高层的经营者。

"有道理。合作也好,合并也好,最主要的不是钱的问题,是人的问题。"森社长使劲儿点点头,说,"提到人,把福克公司的委托书搞到手的壹岐这个人,值不值得信赖?我只见过他一面,搞不清楚他到底是什么样的人。"

"他是一个完全可以信赖的人。三年前,我和他谈论过我们公司自主独立路线的问题。他非常理解我们公司的想法。这次也正是因为壹岐先生负责牵头这件事情,我才相信一定能成功。所以,我认为,这次是我们公司和外资合作不二的好机会。不久的将来,融合了我们公司技术理念的'福克·千代田'混血新车可以通过美国福克的销售网和近畿商事遍布世界各地的分店网出口到国外。"小牧常务的话里充满技术人员的气魄。

森社长被他的热情所打动,下了决心:"好,小牧君你说得对,成败在此一举!我们就赌一把,通过与福克合作改变公司的命运。"

"我们技术人员将遵从社长的决断,做好与福克公司合作的准备。"说完,小牧行了一礼,走出社长办公室。

森社长一个人待在办公室里,过了一会儿,不安和疑惑重新涌上他的心头。小牧的意见很可能只是一个技术工作者的仅限于技术思想的意见。如果真是这样,是否会忽略业务方面的某些重要问题,事关公司的兴衰?焦躁和不安重新出现在森社长脸上,他按下对话器,命马上把分管业务的村山专务叫来。

因为村山专务自始至终反对与外资合作，主张与国内公司合作，所以，很难开口和他谈与福克合作的事情。但是，再次开始犹豫的森社长忍不住想征求一下他的意见。

魁梧高大的村山专务出现在社长办公室。被从会议室叫出来的村山从森社长脸上读到了不安和担心，问道："社长，您有什么特别担心的事情吗？"

"刚才，近畿商事大门社长说福克公司对与我们合作很感兴趣，并把中介委托给了近畿商事。你怎么认为？"

"社长，您怎么考虑这个问题？您是财务出身的，我想先知道您的见解。"因打高尔夫晒得黝黑的村山反过来问道。

森社长犹豫了一下，说："你也知道，我们公司研发的新车销售不出去，老牌子丽贝卡每月也只能销售两千台。利息一个月二亿五千万，一台就要十二万五千日元。我们公司的经营状况已经到了这种地步，除了尽快与人合作没有其他办法。实际上我们的主要融资银行也是这个想法。这样一来，与其投靠在国内公司的门下，倒不如和外资来个国际结婚。如此，我们公司生产的汽车业可通过福克的销售网出口，公司也得以生存。"

村山表示怀疑："我们的汽车能那么容易进入福克的销售网吗？恐怕没那么简单。我们公司最头疼的不就是经销商吗？生产再好的汽车，经销商不出售，也只能成为每台背上十二万五千日元利息的汽车。所以，销售网对汽车制造公司来说是最重要的王牌。福克是什么公司？他们在成立德国福克的时候，首先大量收购失去股权的股份，把持股比率提高到百分之八十四点一，然后转为无红利，又以高于时价两倍的价格让那些失望的股东用股份交换公司债券。他们就是玩弄这样手腕的吞并狂。这样的公司能随随便便让我们公司占便宜吗？"

村山的话让森社长的心猛地一抽。这比刚才说的英国福克公司的例子更狠毒。村山看出了森社长的胆怯,接着说:"所以我一直主张和国内公司合作,这样总比和不知道什么时候把我们吞并的外资合资好。"

"但是,第三银行的总裁倾向于福克,中介又是近畿商事的大门社长,我觉得你的担心没有必要。"

"是吗?银行只要有债券担保,出现万一他们也毫发无损。商社只要能利用福克和千代田的合作扩大商业利益就达到目标了。与外资合作风险太大。为了防止万一,还是应该和国内公司合作。我坚信这是我们公司寻求生存的最好途径。"村山用坚定的语气说道,他接着问,"社长,您的决断是?"

"嗯,我一个人好好想想。"

"好,请您认真考虑一下。天川常务那里怎么办?这样的合作,无论对方是谁,都需要通产省批准。"

村山指的是两年前从通产省下来的常务,专门为与日新合作进行联络。

"先不要告诉天川常务,这件事在现阶段只有你、小牧君和我知道,你要保密。"

森社长虽然一度做了与福克合作的决定,但和村山专务谈话之后,他又动摇起来。

近畿商事里井副社长正在新桥的料亭接待海外来客,加拿大纸浆公司董事一行四人。他们是为了设立日加合资纸浆制造公司来日访问的。里井是近畿商事方面的代表,除了他,分管这方面的董事、木材部长和从加拿大陪同而来的温哥华分店店长也在场。里井趁艺伎进来的时候,出去上厕所。

里井穿过走廊进了厕所。他从小窗上欣赏着朦胧的灯笼光下的庭院,一边解手。

"里井先生,你好!"

突然有人叫他。扭头一看,是东京商事的鲛岛辰三也来解手。

里井说:"鲛岛先生,咱俩竟在这种地方碰上了。"

"这宴会要是连日连夜地开就成了一种修行了。今天的客户特别无聊,就是陪他们打高尔夫都能打瞌睡。"鲛岛方便完,忍着哈欠说。他洗了手,又说:"前些天我去纽约出差了。"

"那你见到壹岐君没有?"

"没有,我对贵公司没有任何成见。不过,壹岐先生我就是有时间也不想见。"鲛岛冷冷地说。

"可是,你儿子和壹岐君的女儿结婚了,你们是亲家啊!"

听了这话,鲛岛的小眼睛吊了起来,不屑地说:"什么亲家?我们没有承认这门婚事。他女儿根本不是我儿子的老婆,顶多是个和我儿子同居的女人。因为最近我儿子经常回家唉声叹气,说军人的女儿就是不行,没有他妈那样的外交官女儿的优雅,所以,肯定长不了。"说得好像他儿子想离婚。

堂堂的里井也被鲛岛这么恶毒的话饧住了,不知该说什么好。

"对不起,我问一下,你们美国近畿商事的经营业绩怎么样?那个壹岐英语总没有长进,干什么都得靠身边的人,走到哪儿都得有两三个人跟着。也不参加美国人主办的派对,美国商界可是很少有人记住他的名字噢!"鲛岛知道里井和壹岐关系不好,说得十分露骨,毫不客气。

里井说:"这个嘛,有些有心的员工可以做他的左膀右臂。"

"那些成为他左膀右臂的员工们背地里不是很有意见吗?听我们公司的员工说,你们公司的年轻人在日本商社职员经常去的酒吧里发牢骚,说工作不分昼夜,开派对的时候老婆还得去帮忙,根本谈不上有什么梦想和希望。"

里井惊讶地说:"哦?他的口碑那么不好?"其实,鲛岛诽谤壹岐的每一句话都让他听起来非常舒服。

鲛岛看穿了里井的心思,拣让他高兴的话说:"里井先生,《新财经界》杂志说丸藤商事社长已经换届,下一个将轮到近畿商事。近畿商事社长的位置或禅让给里井副社长。"

里井掩饰不住得意,嘴上却说:"哪里,那篇文章只不过是猜测。"

"但是,在我们这些同行的眼里,里井副社长作为大门社长的得力助手,一直在推进近畿商事走重工业化,您的能力是有目共睹的。说实话,一想到有一天里井您要就任近畿商事社长,我现在就开始战战兢兢的了。"说了这些让里井更加心花怒放的话以后,鲛岛接着说,"壹岐的任期也快到了,他回来以后坐什么位置?"

"这个嘛……"里井若有所思地说。

鲛岛挑拨离间道:"他回来以后肯定又要开始表现自己,哗众取宠。如果不认真考虑他的安排,他很可能是下任社长您的一个大麻烦。这可是在儿子的事情上吃了苦头的鲛岛在说这话,是经验之谈啊!"

里井想到壹岐瞒着自己、越过自己联系福克和千代田合作的做法,心里很不是滋味。

就在里井和鲛岛在厕所谈论壹岐的时候,壹岐从纽约飞往夏威夷,在檀香山机场换乘大韩航空,正在飞往韩国的途中。

凌晨零点从檀香山出发的波音 707 飞行在夜幕中。早晨七点左右壹岐醒来,透过机窗下面的朝雾,看到了隆冬季节仍然一片绿色的五岛列岛绰约的身姿。飞过对马海峡大约十五分钟后,突然出现了呈褐色的朝鲜半岛。由于山上的树木都被采伐去用来取暖,一眼望去,下面是毫无生气的光秃秃的山梁。

壹岐取道韩国本来是为了利用这次回日本之便,去见见李锡源,感谢他在福克总裁那里推荐了自己,却因李锡源的关系获得了拜见崔总统的机会。

飞机飞过群山北上,眼下出现了水原一带的海面。正值退潮时,海岸线像泥土的颜色一样浑浊。飞机在仁川机场附近盘旋的时候,机内传来了用韩、英、日三国语言播放的注意事项,禁止旅客从飞机上往下拍照。

飞机到达了金浦机场。飞机放下舷梯,壹岐站在了金浦机场上。这里气温在零下五六度左右,晴空万里。机场上空飘扬着白底和用红蓝两色的八卦图案组成的鲜艳的韩国国旗。机场周围部署着迷彩装甲车、高射炮、四架 F-86 战斗机和五架 C-54 军用运输机。这里完全处在战时状态。

壹岐办完边检手续,走出海关。人群中一个身穿朝鲜传统服装的中年妇女走出人群,向壹岐走来。她上穿白色的丝绸短褂,下面是绿色长裙。"您是壹岐先生吧?我是李锡源的太太。欢迎您来韩国!"战前毕业于日本女子大学的李夫人用标准的日语欢迎壹岐的到来。

壹岐大感意外,说:"原来是李夫人。承蒙远迎,实在不敢当。"

"本来我丈夫要来接您的,但因为政府方面突然有急事,来不了了。所以,我代他来接您。车在那里,我们走吧!"李夫人指着一名等候在后面的年轻男子说。

"谢谢您的好意。我们公司汉城分店的人来接我。"

壹岐说完,站在他身后的山本分店店长恭敬地向李夫人问候。李夫人微笑着回答了山本的问候,说:"午饭时间我丈夫去酒店接您。访问青瓦台的时间到时候告诉您。"说完,行了一个日本式的礼,向壹岐告别。

壹岐把李夫人送到她的汽车前,然后坐进了汉城分店店长来接他的车。山本分店店长关上车门,正准备往助手席上坐,壹岐说:"山本君,坐到后面来,我们聊聊。"

"那太没规矩了。壹岐先生和以前不一样了,现在您是常务。"

"这是什么话,你原来可是我的上司噢!"

壹岐刚到近畿商事大阪总部的时候,身份是社长办公室特聘职员,合同工。他被派到纤维部,山本当时是纤维部纤维出口课课长。下班以后,山本总是组织一些气氛活跃的讨论会。兵头信一良大谈自己为了调查阿拉伯市场,混进去麦加朝圣的队伍里一同前往的"事迹"也是在那种会上。

"提起当年的事情,我真是无地自容。现在在新加坡的石原慎二君想起那时候的事情也很后怕,说祸都是多嘴惹起的。"

"我想起来了。那时候他教我商业用语,教我簿记,可我怎么也学不好。他就说你这种人进商社真是个不幸。"回想起当年的情景,壹岐的脸上露出了微笑。他硬让不敢坐到后座的山本分店店长坐到他旁边。

汽车离开机场,驶上高速公路。五十米宽的路中央按一定的间隔距离摆放着铁三角,把道路分为双行线。壹岐马上就明白了,有朝一日,在需要的时候,撤掉这些铁三角,这条路就是一条跑道。从车窗上向外望去,路边是一排排瓦房和公寓。路上有很多日本生产的中型轿车。如果没有用韩文写的广告牌,这里和东京或者大阪没什么区别。

"韩国的贸易怎么样?"壹岐谈起了工作。

"韩国还是不断要求我们减少对韩出口贸易。韩国的对日进出口贸易当中,出口额是一亿四千六百万美元,进口额是七亿五千四百万美元。从韩国出口到日本的主要商品是棉纱、服装的附属品、紫菜、假发、假睫毛、袜子和编织类。从日本进口大米、钢条等钢铁、合成纤维、铁制渔船、船舶用设备、卡车等。由于进口远远大于出口,所以,他们老是逼我们买更多的紫菜、买更多的假发。可是我们不可能光买那么多的紫菜和假发。总之,我们最头疼的就是在韩国买什么。"山本从内心感到无能为力。

环绕着汉城的小山顶上都盖满密密麻麻的民居。壹岐看着那些房子,说:"这么说,韩国不走重工业化的道路就永远无法改变这个现状。"

"可实际上重工业化很难。另外,我们公司一直利用的警备队金队长被整下台后,韩国政府方面的机密情报来源也断了。真没办法。"

金队长曾经和首相、中央情报部部长并肩成为总统的三大亲信,掌握着实权。

汽车开进汉城市区。虽然已经过了早晨上班的高峰期,但因为市内没有地铁,路上挤满出租车和巴士,人流涌动。韩国的人口很大程度上密集在首都汉城。

汽车缓缓驶到酒店门前。这座新建的十五层酒店的一到三层是各大公司的写字楼。门童拿起壹岐的行李。山本走过去确认壹岐的房间订在最高层的套房后,对壹岐说:"我先回去了。我就在公司,您有事情请随时找我。"

"谢了!我去房间洗个澡,稍微休息一下。中午要见李锡源,下午我再跟你联系。"壹岐说。

可是,山本没有马上走。他犹犹豫豫地问:"刚才我听李夫人说您要去青瓦台。那个……您要去见谁呢?"

"去见总统。"

"什么?总统?壹岐先生你真的……"山本吃惊地说。他停顿了一下，又问道，"问句不该问的话，大门社长是不是给了您什么特殊的使命？"

"没有，就是一次礼节性的拜访。"

山本兴奋地说："那也非同一般。壹岐先生拜访总统这件事会给我们公司带来多大多好的影响啊！韩国的记者说国外对韩国总统最有影响力的第一是美国的白宫，第二是日本的五菱商事。我连想都没想到我们公司的人能见到总统。"

壹岐谨慎地告诫山本："不过，山本君，这件事只有大门社长一个人知道。你要明白这一点。"

李锡源家在德寿宫西北边的希腊东正教堂附近，这里是一片安静的高级住宅区。

李锡源的大宅院围在院墙内。院子里有一栋厚实的呈 U 字形的平房，屋顶铺着像寺院一样的青瓦。壹岐正在面朝院落的餐厅里和李锡源的父亲、李锡源夫妇共进午餐。八十六岁的李锡源的父亲曾经是总督府的高官，因为耳朵背，很少说话。但是，毕竟是李王朝的后裔，他很有风度。脸型完美，蓄着银色的胡须。虽然对于儿子陆军士官学校时代的朋友他流露出了喜爱，但更多的是对壹岐曾是大本营作战参谋的敬畏。这反而使得壹岐感到诚惶诚恐。

吃过午饭，用人端来了红茶。李夫人挨个给壹岐、自己的公公和丈夫斟上茶，问道："壹岐先生，我们的饭菜还合您的口味吗？"

"当然，无论是烧烤还是其他菜都很好吃。特别是泡菜，我很久没吃到这样的家常菜了。"

对于韩国主妇来说，自家的泡菜得到夸奖是最高兴的事情。

"谢谢您的夸奖，我太高兴了！下次我丈夫再去纽约的时候，让他给您带去一些。"说完扭头看了一眼丈夫。

酷似父亲的李锡源端正的脸上露出苦笑，说："人家再怎么夸你，也不值当带到纽约去吧？"

李锡源的父亲摸着银白的胡须，说："不，淑贞做的泡菜是世界上最好吃的。一定要带去！"

李夫人的脸上露出了灿烂的笑容。因为不是周末，李家的孩子都不在家。但是，三世同堂的大家庭在韩国比比皆是。看到李锡源一家的团圆景象，看着尽职尽力当好媳妇、当好太太的李夫人，壹岐仿佛从他身上看到了昔日佳子的影子。他说："请一定让李先生带些夫人亲手做的泡菜给我。我等着呢。"

李夫人说："一定！我很愿意让他给您带去。"为了不影响丈夫和壹岐的谈话，她对丈夫说，"客厅里准备好酒水了。"

烧着火炕的客厅正面摆着一架水墨山水画的六开屏风，韩国风格的缎子沙发带着木雕扶手。壹岐和李锡源在茶几前面对面坐下。李锡源打开香烟盒盖，请壹岐抽韩国香烟："来一支吧！"

"谢谢！"壹岐抽出一支，欣慰地说，"你夫人真是个贤惠的好太太。"

李锡源点点头，说："对于整天忙于工作的我来说，她是个再好不过的伴侣。壹岐，你不打算再婚吗？"

"不，没那个打算。"壹岐简短地答道。

"是吗？在纽约看到你一个人住那么大的公寓，以为你快要再婚了。不过，我也理解你还不考虑再婚的心情。"他动情地说，"你也知道韩国局势动荡，我太太每天都在陪着我与死亡相伴。"李锡源虽然名义上已经从政坛引退，现在是民营企业光星物产的总裁，但是，一旦发生政变，他的命运难以预料。因为，暗地里他仍是崔政权的重要人物。

沉默了片刻后，李锡源点上第二支烟，说："明天去总统官邸的时间定在下午两点十分了。这个时间新上任的警备队长,对你不是很重要吗?"

"谢谢你,任何事情都为我考虑得这么周到。因为有你在福克总裁面前美言,那件事办得很顺利。现在承蒙厚意,实在过意不去。"壹岐发自内心地感谢李锡源。

"提起福克总裁,我想起来了,他特别欣赏你,也很高兴。说壹岐先生一定能成功地使福克公司进入日本市场。"

"成功地使福克公司进入日本市场?这和我们谈的内容有点儿偏差。外资进入日本非常困难,我首先向分管海外项目策划的普拉特先生充分说明了这一点。在得到理解之后,才请他们写委托书的。"壹岐在脑子里重新过了一遍由福克总裁签名的委托书,有些意外地说。

李锡源用敏锐的目光看着壹岐,说:"福克公司一向作风强硬,和他们合作的计划很难安排。福克进入韩国已经三年了,现在还有很多问题。"

进入韩国的外国汽车制造公司除了福克以外,还有日本的爱知和意大利的菲特。各公司都是以百分之五十的出资率与韩国的民族资本合资办厂。生产规模约为每月生产两千台轿车。

壹岐问:"福克公司在哪些方面口碑不好?"

李锡源答道:"就是完全无视韩方意见这点吧。直接掌握生产计划、车种、更新换代决定权的是澳大利亚福克公司的远东事务所。但是,底特律本部经常出面干涉。汉城、悉尼、底特律三方经常不和。后发制人的日本的爱知正好乘虚而入。不过,欧美的车虽然漂亮,但不适合跑路况差的路,在这点上,根据日本路况设计的日本汽车更适合韩国。"

壹岐不动声色地问:"从机场来市内的路上,我看到很多爱知的车。爱知在韩国这么成功,除了他们的车适合韩国的路况以外,还有什么秘诀没有?我听说,爱知的合资公司也和福克一样,问题重重。虽然在零部件的运费上他们比福克和菲特有利得多,但是,克拉克和卡罗纳的价格仍然是日本的两倍。"他想从李锡源那里得到在韩国取得成功的公司的经营秘诀。

李锡源目光一闪,说:"说白了就是政府对爱知的印象好。你明白我的意思吧?"

要想在韩国成功地经营一家企业,经营以外的因素,也就是给权力者的贿赂是必不可少的。一般是一个项目总金额的百分之十。这一点壹岐也知道。

壹岐还知道,五年前,随着日韩两国邦交正常化,日本在十年内除向韩国提供三亿美元的赠予和二亿美元的政府长期贷款以外,还提供三亿美元以上的一般民间商业贷款。日韩贸易就是在这种背景下开始的。但是,与昭和三十年代日本和印度尼西亚、菲律宾的贸易相同,总是伴随着回扣和贿赂的黑影。随着时代背景的变化,与以前相比贿赂的金额有所减少,可要想在一个一千万美元的项目竞标中成功中标,需要拿出一百万美元,换算成日元就是三亿六千万的"钱"去打点总统的三大亲信——在政界、官界具有极强影响力的中央谍报部长官、军事保安部长官和警备队长以及他们的身边人。其中的百分之二被塞进日本政治家的腰包。

对这些了如指掌的壹岐之所以问爱知成功的理由,是因为一向廉洁的李锡源对愈演愈烈的贿赂商法深感忧虑。而且,明年春天要进行总统选举。

"明年春天的总统选举情况会怎么样?"

"下次总统选举是场决战,因为关系到崔总统政权能否成为长期政权,所以,将是一场苦战。壹岐,你知道建设汉城地铁的事情吗?"

"不,我不知道。什么时候开工?"

李锡源用微妙的口气说:"经济企划院制订的计划是今年夏天以前确定路线。但在技术和车辆方面需要日本的援助,已经决定向日本提出请求帮助了哦。"

"工程规模大概有多大?"

"现在还不清楚。是连接汉城到清凉里的线路。工程费大约二百亿韩元。据说其中的五千万美元计划引进外资。"

这项工程的目的显而易见:一是取悦汉城市民,二是利用竞标从日本企业得到资金,将其用于明年的总统选举,以期崔政权的长期稳定化。如果日韩部长级会谈达成协议,近畿商事自然不能袖手旁观。

"时间差不多了,我们走吧!"

壹岐在李锡源的声音中怀着复杂的心情站了起来。

汽车行驶在通往韩国中央部委的世宗路上。

道路两旁挂着大幅标语,上面用韩文写着"准备应战!""建设国家!",高楼大厦的楼顶配置着备战用的地对空高射炮。

壹岐和李锡源一同坐在前往总统官邸的车里。他看着车窗外,以敏锐的目光观察到表面上看似和平时期的市民悠闲、勤劳的日常生活,一旦发生战事,可以立刻进入战时状态。他联想到今天早晨金浦国际机场严密的警戒状态,问:"北边的空军有相当的实力吗?"因为顾及司机,壹岐用的是英语。

"很遗憾,目前在空军力量上因为北边仍占优势,所以,在这方面我们只有依靠美国。我方有四十五架 F-5 喷气式战斗机,四十架 F-85 全天候战斗机,一百二十架 F-86 战斗机,另外侦察机、运输机加起来有三百架。总兵力二万三千名。而北边不但有三倍于我们的空军兵力,而且他们的飞机只要三到五分钟就能从平壤飞到汉城。所以,空中警戒一刻也不能松懈。现在汉城市民之所以每月要进行一次防空射击演习，就是因为有这个威胁存在。"

"那，他们的陆军力量怎么样？"

"南北陆军大约都有六十万的兵力，士兵的素质、战斗力也不差上下。但是，为了不蹈'六·二五'的覆辙，现在我方士气高涨。精锐中的精锐中央部队和美军驻军集结在汉城附近，以弥补空军的劣势。"李锡源充满自信地告诉壹岐，但他没有再说下去。

在纽约谈论军事形势时，李锡源侃侃而谈，不愧为曾经的陆军总参谋长。但是，在他自己的国家，谈论南北兵力对比、发行刊登有关文章的出版物都是被禁止的。所以，他不能多说。

壹岐也没有再问下去，他透过挡风玻璃看着前方。世宗路的尽头有座古色苍然的建筑，它的风格和四周现代化的高楼大厦、巨幅标语格格不入。这里曾经是日本统治时代的朝鲜总督府，几经战火，仍奇迹般地保持着原样。现在它是韩国中央厅的办公大楼。

汽车在中央厅前左拐，沿着景福宫边的孝子路继续往北走。总统官邸位于景福宫的树林和后面的北岳之间的凹地，地形绝佳，不易被从空中打击。

李锡源的车开到大门口，警卫们一起举手敬礼迎接原陆军总参谋长。身穿西服的李锡源也举手致意，他的车没经过任何检查，直接开进了大门。很快青瓦屋顶的总统官邸从松树林后面显出了身姿。总统官邸被称作青瓦台或蓝宫，就是因为这层青瓦。

总统官邸是两层小楼，贴着瓷砖，单从外观上看就知道它有多么坚固。李锡源的车停在楼前。壹岐和李锡源一同走进官邸，在门口被要求在来访登记簿上登记。两人在线装登记簿上登记后，官邸礼宾主任恭恭敬敬地迎过来，亲自给二人带路。两人跟着他走了三十米左右，走廊尽头便是总统办公室。礼宾主任咚咚敲了两声后推开门。

一进门的左手墙上挂着第一届和第二届总统的肖像。一道屏风挡住视线,使来人无法直接看到办公室里面。壹岐跟着李锡源走进去。总统办公室大约一百平方米,布置得很简朴,墙边摆满了书籍。办公室东面和北面各有一个窗户,但室内光线暗淡,使国旗的红蓝两色显得格外鲜艳。

身材消瘦的崔总统身穿素朴的西服坐在办公桌前。看到李锡源和壹岐进来抬起头来。壹岐在报纸上看到过他的照片,但本人比照片上显得苍老。十年前,他四十四岁,是陆军少将。当时的政府因内讧和腐败失去民心,他因此发动军事政变,推翻了内阁。从那以来,作为局势动荡、经济窘困的韩国总统,他用独裁统治着韩国,直到今天。但是,壹岐眼前的崔总统完全不像是这样一位军人政治家,他给人的印象是恬淡沉静的。

崔总统就任后,李锡源从陆军总参谋长变身驻美大使,一直在辅佐总统。在军中他是崔总统的前辈。因此,他对待崔总统的态度亲热又不失礼节。他用韩语介绍道:"这位就是我前两天给您提到的日本近畿商事常务,现任美国近畿商事社长壹岐正先生。"

总统轻轻点了一下头,脸上没有笑容。

壹岐微微有些紧张,为表示敬意,他用韩语说道:"能见到总统阁下,非常荣幸!感谢您接见我。"

总统眼睛里终于有了一丝笑意。他指着沙发,用日语说:"欢迎!请这边坐。"

总统背对着北面的窗户在沙发上坐下后,问:"壹岐先生,你会说韩语?"

壹岐说:"不会。我是因为要见总统阁下,跟我们纽约公司的韩裔美国人临时学了两句。韩语发音很难,真是令我汗颜。"他为自己蹩脚的韩语发音表示惭愧。

总统简短地说:"不,就是因为你发音好,我才问的。"

李锡源为了缓解第一次见面的紧张气氛,说道:"总统,壹岐先生在西伯利亚的时候进过不同地区的集中营。在那儿因为都是亚洲人,接触的韩国人比较多,他是那个时候就掌握了韩语发音要领的。"

"壹岐先生,一九四三年的时候你应该是关东军司令部参谋。那时候,我刚从日本的陆军士官学校毕业,是个在满洲海拉尔和游击队作战的中尉。说起来,我们之间还有不可思议的缘分呢。"崔总统一字一顿地说。

壹岐深深地点点头,问道:"从西伯利亚回日本后,我进了近畿商事,远离了思考国家和民族命运的立场。但是,我还是想问,总统您认为在韩日关系上最重要的是什么?"

崔总统看着国旗,沉默了片刻以后说:"朝鲜半岛的和平和安全无疑会对日本直接产生很大影响。但是,由于《日本宪法》和国内情况的原因,我们无法寄希望于日本在军事上给予帮助。所以,我们希望与日本加强经济上的合作。去年在汉城召开的韩日部长级会议上,我正式向永田大藏大臣提出了这个请求。"

"那么,总统认为韩日经济合作的形态应该是怎样的?"

"韩日经济合作对韩国的经济发展有很大帮助,同时也为日本做出了贡献。韩国去年的进出口贸易赤字大约是十一亿美元,其中六亿是对日贸易赤字。韩国一直大量进口日本的产品,而日本则对一部分韩国商品实行进口限制,比如:紫菜、生鲜鱼类、棉纱等。当然,虽然这是一项对日本本国农业和水产业的保护措施,但是,我认为维护平等互惠的原则这一方针,而非单方面限制才是经济合作的道路。"

"两国每年资金合作数额还是很巨大的。"

"这是事实。但是,令人感到不快的是有一部分日本人认为所有的资金援助都是无偿的。日本的政府贷款我们要加利息偿还,这也给日本带来利益。还有人认为日本的贷款没有用在韩国的民生上,而是用在了维护政权上,这也是误解和中伤。像我们这样的发展中国家,积累资本、扩大生产和就业机会、增加国民收入是首要的问题。"军人出身的崔总统说这些话时腰杆挺得笔直。

李锡源指着墙上的一幅字,说:"壹岐先生,总统的心情都包含在他亲笔挥毫写的这幅字里。"

墙上是"有备无患"四个大字,笔法流畅。它仿佛体现了崔总统的夙愿,要在朝鲜、日本面前保持力量上的优势。

结束了二十分钟的接见,李锡源和壹岐走出总统办公室。一个带着几名随员、尖下巴的人从大厅走来。看到李锡源,他恭恭敬敬地敬了一个礼,一边用韩语和李锡源说着什么,一边不动声色地用锐利的目光观察着壹岐。从他的眼神里壹岐看出他是一个情报工作者。崔总统身边有三个机构,韩国中央谍报部、韩国军事保安部和警备队。他们竞相效忠总统,为保护总统的安全收集情报,担任保卫工作。

李锡源回头给壹岐介绍说:"壹岐先生,这位是警备室张主任。"

"我有眼不识泰山,失礼了!我是日本近畿商事的壹岐。"壹岐意识到由于前任警备队长和近畿商事的密切关系,张主任故意对他态度冷淡。所以,郑重其事地做了自我介绍。

张主任说:"你是总统在陆军士官学校时的前辈,总统和你在一起一定怀念起了过去。请到我办公室来一下。"

张主任把壹岐带到总统办公室隔壁的警备室办公室,里面有几名负责总统全天候保卫工作的警备队员。张主任使了一个眼色,几个人悄然地离开了办公室。

壹岐说:"我们本该早就来拜访您。希望今后在您的关照下,我们公司的日韩贸易能在友好的气氛中顺利进行。"言外之意,希望张主任今后提供特殊的方便。

张主任负责总统和外部人员的联系及其他一切活动。他似乎认为刚见过总统的壹岐是重量级人物,心领神会地说:"我明白你的意思,非常明白。"

接下来的谈话,和在刚才一墙之隔的总统办公室所谈的国家与民族的话题风马牛不相及。

李锡源的汽车开出总统官邸,没有按原路驶回,而是从孝子路上了开往北岳的汽车专用道。壹岐和张主任进行了大约三十分钟的谈话,从青瓦台出来将近三点。李锡源说从这儿到北岳只需要二三十分钟,在上面可以俯瞰到汉城全景,建议壹岐上去看看。

由于不是旅游季节,盘旋的汽车道上车辆极少,只有一两辆出租车偶尔迎面而过。车窗外是裸露着红色土壤的山峦。晴朗的天空万里无云,在常常阴霾连连的纽约是看不到如此碧蓝的天空的。

汽车行驶了大约四公里,前面出现了一道门。门的那边是绝壁悬崖,左侧是曾经守卫过汉城的连绵的城墙。汽车道两旁可以看到手持自动步枪的士兵。壹岐这才知道这条通往观光景点的路也是作为应对朝鲜的军事道路铺设的。

汽车开到瞭望台前面,李锡源让司机停下车,对壹岐说:"壹岐,从这儿好好欣赏一下汉城的美景吧!"

两人从车上下来,站在一处悬崖边上。远处是秀丽的南山,脚下整个汉城一览无余,但是却找不到刚才去过的青瓦台的踪影。它选择的地形实在太隐秘了,即使从北岳山顶也看不见。俯瞰汉城,高楼林立,高速公路纵横交错,呈现了世界十大城市之一的繁荣景象。市区上空有一片白色的圆形云雾,使城市模糊不清。壹岐以为是云雾,但李锡源告诉他是市民烧火炕冒出的烟。

李锡源问:"壹岐,见过总统,你有什么感想?"

壹岐回答道："他不像个军人，倒像个文人。"

李锡源眨了一下细长的眼睛说："你说得很对。但是，在他沉静的外表下你感觉不到什么吗？"

"感觉到了，他平静清澈的目光中蕴藏着一种强烈的激情。对，是这种感觉。"

"不愧是壹岐，你感觉到了。我们是陆军士官学校的同学，我说话就不绕弯子了。韩国独立后的二十二年，就任总统的十年，崔总统和美国、日本打了这么多年交道，留在他内心深处的是对美国和日本的憎恶。韩国以经济援助为条件，向越南派兵，让国民为美国流血牺牲，而日本又用金钱让韩国感到屈辱。你明白这个感受吗？壹岐！"

壹岐点了点头。无论是国家还是个人，伸手向别人借钱，心中的自卑感总是先于并且多于感激。时间久了，这种自卑就沉淀为憎恶。事实上，美国和日本都以经济援助为条件，对韩国指手画脚，趾高气扬，而韩国必须忍受这一切。一个处于贫穷地位的国家领导人胸中燃烧着的憎恶，壹岐推测这或许就是崔总统的真实心情。

"壹岐，前年一月，朝鲜的游击队翻过这座山来到韩国，企图刺杀总统。"

壹岐想起了那起事件，说："那是一个三十一人的武装团伙。他们受到韩国警察盘问时，和警察展开了枪战。最后，两人被捕。其中一人自杀，一人招供。对吗？"

"对。那个人交代，他们在一月十六号化装成韩国士兵，从朝鲜黄海北道延山出发，十七号晚上切断美军第二十团的铁丝网，越过三八线，顺着山路爬到这座山上。在途中遇到哨卡他们就谎报是军事保安部的小部队行动，瞒过哨兵。到了汉城近郊以后，他们换上老百姓的衣服。每人的大衣里揣着一把机关枪、一把手枪、三百发子弹、一颗炸装甲车的手榴弹和八颗普通手榴弹。他们的首要目的是暗杀崔总统,其次是暗杀政府要人、破坏重要设施。这起事件现在想起来都让人胆战心惊。你想想,距离这里八十公里的地方,拿东京打比方的话,就是小田原一带就有朝鲜的军队。"说到这儿,李锡源突然不说话了,久久地凝视着穿过汉城向南流去的一条大河。河水像明镜一般闪烁着,在宽阔的河道里缓缓流进大海。

壹岐问:"那就是汉江吧?"

李锡源沉痛地说:"是的,韩国人一看到汉江就会想到离散的骨肉同胞,就止不住要流泪。汉江啊,他是一条悲剧之江。"

壹岐也知道汉江是条悲剧之江。"六·二五"事件爆发的时候,汉城市民突然受到朝鲜攻击,拥上汉江铁桥向南逃跑。但是,韩国军队为了阻止北边的进攻,炸断了铁桥。桥上的市民纷纷落水,被淹死在汉江。无法过桥的市民们遭到了屠杀。第二年一月,再次受到北边攻击的时候,经历了上次大屠杀的市民们背着行李,搀扶着老人孩子,试图从冰封的汉江上逃生。但是,无情的暴风雪袭来,数十万市民被冻死,或与亲人失散,或下落不明,被称作"冰江悲剧"。

太阳偏西,悬崖下吹来刺骨的寒风。壹岐和李锡源回到车里,车顺着原路往回开。夕阳西斜,宛若南派中国画的景色渐渐失去色彩。

壹岐问:"锡源,你认为南北什么时候可以统一?"

李锡源表情严峻,说:"完全无法预测。不过,有一点是肯定的,那就是越南战争结束以后。"

"那你判断越南战争什么时候就结束?"

因为应美国的要求,韩国向越南战场派遣了两个师团五万人的兵力,所以,李锡源是了解越南战争局势的。

"越南最大的问题是越南政府有可能不得民心。为什么这么说?因为一到晚上,会从政府军统治的地区飞出迫击炮弹,连美国大使馆都被炸了。这说明南越政府统治下的西贡市民暗地里支持越共,隐藏越共。这种情况下,唯一的解决办法就是尽早结束战争。日本和韩国都在越南战争中发了军火财,但是,韩国的这个财发得很悲惨。汉城郊外有一个叫'小偷村'的高级住宅区,住在那儿的大部分是在越南战争中赚到莫大财富的'死亡商人'和给这些商人提供方便的政府高官。他们住在带电梯的豪宅、带游泳池的花园里,极尽奢侈。韩国是个不幸的国家。无论是饥饿的时候还是获得财富的时候,都会蒙上某种侮辱。这是个悲剧的国家。"

李锡源没有再说下去。壹岐从他的话里找到了战败后日本的影子。

壹岐很久没有在日本迎来新的一天了。他起了床,吃了直子给他做的酱汤早饭。

家里的院子不大,种着黄杨、八角金盘和雪松,它们伸展着小巧的枝叶。盛开的山茶花朵比往年多。

在厨房忙活的直子系着围裙走进起居间,说:"爸爸,你是绕道汉城回来的,一定很累。今天是星期天,怎么不多睡一会儿?"说着在父亲对面的椅子上坐了下来。

"不用,我昨晚睡得很好。伦敦君什么时候回来?"

壹岐刚一回来,兵头和不破就跑到家里来。伦敦为了不妨碍他们谈话,回他爸妈那里去了。

"他说再住一晚上再回来。"

"这可不好!"伦敦在家壹岐看着碍眼,不在了又为女儿担心。

"星期天他也要去参加IBM的培训班,不在家。没关系的,我给您倒杯咖啡吧!"

"我还是喝日本茶吧。这个起居间你好像又重新布置了一下。"

以前起居间是和式的,直子两口子搬来以后铺上了地毯,变成了西洋式的。这次回来发现原来的土墙上贴上了壁纸,挂着红黄两色的抽象画。

"您不觉得起居间这下亮起来了吗?别看伦敦那么忙,他特别喜欢干这些事。这全是他自己设计、亲自指挥工人干的。我什么都不用管。"直子爽快地说,给父亲沏上热茶。

壹岐心中大感不快。伦敦根本不考虑一直住在这里的家人的感受,随心所欲地装修布置。这副厚颜无耻的样子和他父亲一个样。

"我不是说伦敦君眼光不好,不过,这样的布置对爸爸来说太花哨了,我待着不舒服。里间的正屋可别弄成这个样子啊!"

"那是当然的。正屋供着妈妈的牌位,我们不会动。您放心吧!"

"那就好……直子,你是不是瘦了?"

"没有,反而胖了。前段时间我把和阿太一起照的照片寄给印度尼西亚的阿诚,他回信说,姐姐,你现在就中年发胖是不是有点儿早了?"

"是吗?我觉得以前你的脸比现在圆一点儿。是不是因为伦敦君回来得晚,你睡眠不够啊?"壹岐说着又重新打量着直子。

"爸爸,什么事情不算到伦敦的头上你就不甘心!伦敦每天回来得是很晚,可是,他按美国人的方式生活,自己的事情自己做,根本不是负担。最让人操心的是阿太,他刚会走路,走起来跌跌撞撞,整天为他提心吊胆的。前几天我在报纸上看到,一个一岁半的孩子把他爸爸吸剩的烟头放到嘴里,结果给卡死了。真可怕!"直子像任何一个母亲一样说。

"伦敦君他妈也不来帮着照看阿太?"虽然壹岐内心不想和鲛岛家有任何往来,可是想到女儿一个人带孩子,也没个人商量,又觉得心疼。

"无所谓。这样也好,干脆利落,省得他们干涉。"

壹岐担心地说:"可是,爸爸……"

这时楼上传来阿太的哭声。壹岐心想至少阿太长得像自己或者直子还好,可怎么看怎么像伦敦。才那么点儿大,小眼睛就往上吊着,让壹岐连逗逗外孙的心情都没有。

直子上楼去照看阿太。壹岐走进里间,坐在供有妻子牌位的佛龛前。他上了一炷香,凝视着妻子的牌位。三年前的情景浮现在他脑海里。那是妻子的七七刚过,直子不顾他的反对,执意要和鲛岛伦敦举行婚礼的前一天晚上。

那时诚已经去了印度尼西亚,父女俩就像今天这样面对面坐在餐桌前。直子突然坐得端端正正,说出了一个即将出嫁的女儿对父亲说的话:"爸爸,女儿长这么大,让您操心受累了。虽然父亲并不赞成我和伦敦的婚事,但最后您还是同意了。谢谢您,明天我就要出嫁了。"

"你这是怎么了?突然这么郑重其事的……听你这番话,让我想起来你小的时候。一个四五岁的小女孩儿,像男孩儿一样老吵着要骑在爸爸的脖子上。爸爸就经常把你架在肩膀上。"壹岐缓缓地说,沉浸在回忆中。他突然说,"直子,来,爸爸背背你。"

直子犹犹豫豫又害羞地说:"爸!我现在是大人了。"

"大人怎么了?佛龛里的你妈妈肯定看着我们笑呢。"说完壹岐在直子前面蹲下。

直子更加犹豫了,说:"不要嘛!爸爸,我有四十八公斤呢!"

"没问题。爸爸在西伯利亚的时候当过矿工,四十八公斤不算什么。来,上来!"壹岐催促道。

直子爬到了壹岐背上。"一、二、三!嘿,还挺沉。"壹岐背着比他想象中要重的女儿摇摇晃晃地站起来,在八叠大的房间里慢慢绕着圈走。壹岐一边走一边在内心深处真心希望女儿的对象是自己选择的。诚是男孩子,可以由着他自己找一个,可是,直子不同。他无论如何都想亲自为女儿挑选一个丈夫,没想到,女婿不但不是自己挑选的,而且偏偏是鲛岛辰三的儿子。他越想越生气。但是,伦敦是直子选择的,只要女儿说她很幸福,做父亲的就无话可说了。妻子刚走,现在女儿也要离他而去。壹岐觉得好像身上的肉被人割去了一大块。他背着女儿,眼泪涌了上来,眼前的榻榻米变得模糊不清。

"爸爸,行了吧?"

壹岐还想再多背一会儿,可嘴上却说:"嗯,爸爸也累了……"为了不让直子看见他的眼泪,他使劲眨了眨眼,把直子放了下来。

壹岐一个人孤零零地坐在佛龛前。直子不知道什么时候下来了。

"爸爸,中午您想吃什么?我好好给您露一手。"她想让父亲高兴起来。

"不了,我要去里井副社长家,没时间在家吃午饭。"说完,壹岐站起来准备出门。

"星期天还要去里井先生家?"直子一边抱怨一边帮父亲换衣服。她看了一眼装饰在房间一角的瓷瓶,说:"汉城的李先生送给你的这个高丽青瓷瓶真漂亮。"

这个瓷瓶是壹岐离开汉城之前,李锡源送给他的。并且为他办好了携带美术品出境的一切手续。

壹岐点点头说:"你也觉得不错?这个瓷瓶很典雅。"

"对了,说起青瓷我想起来了,大前天我去银座的时候,看见有秋津千里小姐的个人作品展。"

有关秋津千里的消息突如其来,壹岐正在打领带的手不由得停住了。

"她给您写信吗?"

"没有。能在银座开个人作品展,真不简单。你见到秋津小姐了?"

"妈妈的葬礼和法事的时候秋津小姐帮了不少忙,我本来想看完展览后去跟她打声招呼的。可是,那天因为带着阿太就没去成。展览会在银座六丁目叶山乐器大厦里的叶山展厅,六点才关门。您回来的时候顺便去看看吧!"

"嗯,如果有时间的话。"壹岐努力做出一副无所谓的样子,把时间和地点深深刻在了脑子里。

在东横线田园调布站下车,步行十分钟有一片高级住宅区,里井家就在这个住宅区的正中间。昨天兵头和不破告诉壹岐,因为他越过里井从福克总裁手里拿到了将千代田和福克合作事宜交给近畿商事安排的委托书,里井相当生气。所以,壹岐觉得为了今后工作顺利进行,有必要来安抚一下里井。

里井的豪宅围着白色的围墙。壹岐按响门铃,里面传来狗叫声。片刻后里井夫人打开大门。

"哎呀!这不是壹岐先生吗?"

毕业于津田英学塾的里井夫人是里井的骄傲。她鼓着像鱼鳃一样的腮帮子,满面笑容地迎接壹岐。对壹岐星期天来访她似乎感到很满意。她冲着随时都可能扑上来的柯利牧羊犬:"朱丽,这是壹岐先生,你怎么忘了!"

里井家没有孩子,他们夫妇把这条牧羊犬当孩子一样养。壹岐不好把它撵开,只好在它的狂叫声中跟着里井夫人走进门。

中央空调供暖的客厅非常舒适。壹岐走进去,里井夫人端着架子说:"请等一下!没想到您会来,我丈夫手头正有点儿事情。"然后转身走出了客厅。

客厅的沙发上铺着非洲产的豹子皮,陈列架上摆着土耳其的波斯兰彩绘盘、埃及的木雕、捷克斯洛伐克的玻璃制品,充分显示了主人喜欢舶来品的嗜好。过了十分钟,里井才出现在客厅。他身穿开司米毛衣,系着鲜艳的领带。即使在家里,他的绅士打扮也完美无缺。

"你可是稀客,是不是有事儿?"

壹岐态度谦恭地说:"没什么事,就是回国了,来问候您一声。我想由于联系不当,福克公司的委托书一事是不是让您感到不愉快了?"

"你说那件事。大门社长突然告诉我的时候,说实话,我心里是不太痛快。千代田内部现在还是一片混乱,你虽然拿到了福克的委托书,可今后的事情不那么好办!"里井想强调今后的路很难走。

昨天下午千代田汽车公司的小牧常务打来电话,告诉壹岐他们公司内部已经形成一个趋势,那就是与其投靠国内同行门下,不如和外资合作。但是,壹岐丝毫没表现出他知情,而是问:"通产省是什么意见?"里井绰号"东京探题"[①],壹岐有意给他这个面子。

里井夫人这时端来茶和点心。有夫人在跟前,里井格外健谈:"难就难在这儿。通产省现在在汽车自由化这方面还是特别敏感。举个例子来说,即使只批准零件自由化,但如果引发连锁反应的话,就需要设备,买设备就要资金,这样一来也就必须马上实行资本自由化。我感觉虽然通产省里也有'国际派',他们提倡名副其实的开放经济,主张批准通产省指导下的外资合作,但是,在外资出资比率等具体方面仁者见仁,意见不统一。所以,必须在东京设立一个信息站,随时收集情报。否则没办法了解通产省的意图。"

壹岐使劲点点头,说:"我也有同感,所以才首先来向副社长汇报。"

里井充分享受了壹岐恭顺的态度以后,问:"听说你去了一趟汉城。为什么事情去的?"

---

① 日本镰仓、室町幕府的官名。被派往要地掌管那里的政治、军事、审判等。

"我在陆军士官学校时的同学现在是光星物产的总裁。他邀请我,我就决定去看看,却意外地见到了韩国总统。"

里井难以置信地问:"什么?总统?不是说崔总统在日本商社里只见五菱商事的藤平社长吗?"

为了不刺激里井,壹岐尽量轻描淡写地说:"这个我倒是不知道。崔总统也曾经是陆军士官学校的学生,毕业后被派到关东军讨伐游击队的部队。可能由于这层关系他才见我的。"

"哦?陆军士官学校出身就那么有面子?我了解你,你一定不会一无所获就回来了吧?"里井一边挖苦壹岐,一边又想知道他带回了什么样的商机。

壹岐说:"我听说有铺设地铁的计划。工程费大约二百亿韩元,折合二百四十亿日元。明年春天开工,路线区间是从汉城到清凉里。"

里井目光一闪,问:"壹岐君,这件事你跟社长说了没有?"

"没有,去汉城的事儿还没有向社长汇报。"

里井说:"是吗?地铁的事情我也隐隐约约听说了,竞标的时候我也有我的打算。这件事我来和社长说,尽早商量一个对策。"言外之意他接手了地铁这件事。

壹岐没有在意,而是说:"那就请您迅速采取措施。另外还有一个合成纤维设备的事儿,汉城的山本分店店长已经跟一丸副社长联系过了。"

听了这话,里井的脸拉长了。他说:"一丸君自从当上副社长以后,把精力全放在拉帮结派上,很让人头疼。他以下任社长候补人选自居,对我和他的关系毫不负责地说三道四,给我找了很多麻烦。壹岐君,你怎么看这个问题?"

"我一直在纽约,对总部的情况不了解。您问我怎么看,我也无法回答。我们公司的社长人事变动就这么迫在眉睫了吗?"

"什么时候那是凭大门社长一句话定的。我只不过想知道你对这些传言有什么看法。"

"如果是这个问题的话,不光是我个人,大家都认为下一任社长非您莫属。"

听了壹岐的话,里井脸上露出了微笑:"壹岐君,你心里有数就行了。你如果这么想,我就没什么可说的了。我也会支持你的工作的。"这句话反过来理解就是如果你背叛了我,将来我当上社长的时候没你的好果子吃。

在里井的挽留下壹岐在他家多坐了一会儿,到银座的时候天已经快黑了。

直子告诉壹岐秋津千里的个人作品展在银座六丁目的叶山乐器大厦里。但是,仅两三年没来银座就发生了很大的变化。他必须挨个一座楼一座楼地找,否则很可能就走过了。壹岐看了一下表,五点五十五分,离关门还有五分钟。他有点儿绝望了,抬头看了一下已经黑下来的天,心想大概已经赶不上了。就在这时,不远处叶山乐器的霓虹灯招牌映入他的眼帘。他急忙走进大厦,坐唱片店旁边的电梯上了二楼,推开叶山展览厅的门。

展厅有六十多平方米,陈列着三十件作品。虽然到了关门的时间,但展厅里还有几个人在看展览。壹岐看到秋津千里坐在展厅中央用于休息的长椅上。千里背对着壹岐,没有注意到他。她正在和四五个看似陶艺家的男人谈笑风生。

壹岐没有去打扰她,开始一件一件认真地观看展品。作品以千里多年来潜心钻研的青瓷为主,充满了超越传统色彩和造型的大胆创意。每件作品都体现了千里作为女陶艺家的成长和对陶瓷艺术的热爱。

"壹岐先生？"

壹岐回头一看，千里就站在他面前。

"壹岐先生……真的是壹岐先生！"千里的大眼睛里充满惊喜，高兴得说不出话来。

"好久不见！在陶艺方面你还是那么活跃。"壹岐说。在他眼里千里光彩照人。

"我还以为我认错人了。真没想到您回来，谢谢您！我不知道您回国了。"

"我是因为有急事暂时回来几天。今天到这边来有事儿，听说你办个人作品展，就顺便过来看看。"壹岐环视着展厅，说，"两三年没看到你的作品，你的风格好像变化不小啊！"

"我的技法还不够娴熟，不能把我的意图充分表达出来。不过，我终于找到了摆脱这几年来处于瓶颈状态的出路，这次的展览就是这一成果。能让您看到这个展览，我太高兴了！"千里指着前面展台上一个五六十厘米高的花瓶，兴奋地说，"去年我去西班牙旅行，去格拉纳达途中看到马拉加钴蓝色的天空那么美，就深深印在我脑海里了。所以，我就果断地使用了那个大胆的颜色。"

壹岐走到千里指的那件作品前，欣赏着醒目的钴蓝色花瓶。

"千里小姐，佐伯先生要走了。"身后传来一个操着关西方言的男人的声音。千里跟壹岐说了声她过去一下，就朝展厅门口走去。壹岐听到千里郑重其事的道谢声："老师，感谢您再三光临。日后我一定去向您道谢。"

"展览很成功，这比什么都强。这个会场是我硬让人家租给我们的，这下我也可以骄傲一回了。这里的叶山社长喜欢油画，开始不愿意借出去办陶艺展。但是，叶山社长败在了你的实力和美貌下。以后要在东京办展览就在这儿办！在哪儿办展览也是体现陶艺家的地位的。还有,这个月的《美术春秋》我给你多写点赞美的话。"那个被称为"老师"的男人口气亲密,又有几分以恩人自居。

"承蒙您多方关照,诚惶诚恐。"

"该关门了。我们一起去吃个饭,为这个盛会庆祝一下。丹阿弥君你也一起去吧!"

"对不起,我还有个能乐方面的会,今晚坐最后一班车回京都。"

"是吗?那秋津小姐,我们走吧!"

"我,刚才来了个客人。"

"嗯?是谁呀?"

"是我父亲的关系……"千里没有再说下去。

壹岐听着背后传来的说话声,判断出穿浅驼色大衣的美术评论家是很早就关注秋津千里,把她介绍给世人的佐伯春彦。那个操着关西方言的三十七八的男人就是千里曾经的未婚夫、京都丹阿弥流派掌门人的二儿子丹阿弥泰夫。他的心情有些复杂。

壹岐背对着三人,一直认真欣赏着展品。佐伯春彦和丹阿弥泰夫走了。一直不停看表的女工作人员对千里说:"秋津老师,我先走了,钥匙放这儿了。"说完,拿起手提包和大衣,匆匆忙忙地回家了。

壹岐看完展品。寂静的展览厅里就剩下他和千里两个人。他感到有些局促:"这么晚了,对不起!"

千里也有点儿紧张:"哪儿的话。壹岐先生能来,我真的很高兴。"她抬着头用一双湿润的大眼睛凝视着壹岐。

佳子去世后,这是他们第一次互相看着对方。但是,壹岐很快把目光投向身边的青瓷花瓶上,说:"三年前,为了你哥哥清辉的事情我去你家的时候,你正在专心致志地转陶轮。这个花瓶很像你那时候创作的那个。那时候你答应要给我,后来没给。这个花瓶如果还没人预定的话,我非常想要。"

虽然千里的确答应过把那个青瓷细颈花瓶给壹岐,但后来她告诉壹岐她对那个花瓶不满意,没有给他。其实,那是因为当时壹岐有一个幸福的家庭,千里为了斩断自己对壹岐的情感,也为了说服自己和丹阿弥泰夫结婚,才拒绝给他的。这些壹岐都无从知道。

千里一时窘得不知该说什么好。沉默了一会儿,说:"这个花瓶无论是造型还是釉彩都是我的得意之作。您要,我是再高兴不过了。明天我就去跟展厅工作人员说。给您送到哪儿呢?"

"可能的话,我想回纽约的时候带回去。"

"您什么时候走?"

"大概是这个周末。"

千里的脸上掠过一丝惆怅。她说:"展览是到星期三。我让他们在您出发前把花瓶送到您家里去。"

这时走廊上传来咚咚的脚步声。大厦的保安伸进头来,看看壹岐又看看千里,说:"你们还在这里。楼的正门已经关了,你们从后门出去吧!"

千里说:"我们正准备走呢。辛苦你了!"听见保安的脚步声走远了,千里又看着壹岐,突然问道,"这个展览完了以后,我想解放一下自己。我去纽约可以吗?"

"你来了,我非常欢迎。"壹岐看了一下表,已经快七点了,说,"我们先出去吧!"

千里手脚麻利地收拾了桌子上的烟灰缸,从存衣柜里拿出大衣,正要穿,壹岐站到千里身后,很自然地说:"我帮你穿吧!"

千里侧过轮廓分明的脸,说:"壹岐先生,您变了。在纽约您经常帮女人穿大衣吗?"

"也不是经常,这是礼貌问题嘛。"壹岐笑着轻声说。

壹岐帮千里穿上大衣。千里乌发的芳香和雪白的脖子强烈地吸引着他,令他十分冲动。千里似乎也是同样。她背对着壹岐的双肩在微微颤抖着。电灯的开关就在跟前,伸手就能使展厅内漆黑一片,但是,壹岐强迫自己率先走出了展厅。

壹岐的专用车开进丸内东京总部的地下停车场,停了下来。壹岐提着公文包下了车,坐电梯上了十三层的董事办公区。

"常务,您回来了!"在走廊里碰到的秘书课的职员们不断地问候他。

"早上好!好久没见了。"壹岐一边向每个人点头致意,打招呼,一边往临时办公室走。

"咦,这不是壹岐君吗?你什么时候回国的?"升任分管粮油专务的麦野看见壹岐,吃惊地问。

壹岐停下脚步,答道:"好久不见,我前天回来的。"

麦野往前凑近一步,小声问:"这次回来有什么事儿?"

"这次是因为受人之邀去韩国,绕道回总部来看看。"壹岐顺口答道,只字未提福克和千代田合作的事。

"哦?有人邀请在纽约的你去韩国,这又是为什么?"与美国的粮食、韩国的水产都有业务联系的麦野更加感到奇怪,追问道。

就在这时背后传来一个浑浊的声音:"壹岐君,你回来了!"接着,啪地在壹岐肩上拍了一下。壹岐回头一看是分管大阪纤维部门的一丸副社长。他黝黑的脸上露出热情的笑容。

壹岐说:"原来是副社长。我有事情向您汇报,还准备去大阪总部呢。"

"那赶巧了。我是因为纤维协议的事要去通产省,所以到东京来了。来,到我办公室来吧!"一丸说。

就在去年秋天召开的经营会议上,一丸处处与壹岐为敌,攻击他。现在他好像把那件事忘得一干二净,摆出一副推心置腹的姿态。别说壹岐感到莫名其妙,就连一旁的麦野也瞪大了眼睛。

"副社长,我刚到公司,还没有去见大门社长。等我见过社长以后,马上去您那儿。"壹岐说得很客气。

"社长还没来呢。这么长时间没见了,你就过来待一两分钟也行。"一丸发挥他一贯强人所难的风格,恨不得把壹岐拉到他办公室去。

一丸说到这个份儿上,壹岐也不好再坚持,便走进一丸的办公室。

一丸指着沙发示意壹岐坐下,一边关切地问:"听说你在韩国见到了新上任的警备室张主任。太好了!你没跟他谈我们公司的事儿?"

"没有。汉城的山本分店店长告诉我,因为张主任对他的前任金主任和我们公司的密切关系大为不快,所以,我就没提以前的事情,只是说本应该早就去拜访,希望今后在张主任的帮助下我们公司的日韩贸易能在友好的气氛中进行,并请他多加关照。张主任听了我的话以后说我明白,我明白。重复说了两次。据山本分店店长说,第二天商工部的人就来联系,说要研究以前驳回的合成纤维生产设备的项目,让我们公司把说明书送过去。看来和他的关系已经建立了。"

一丸深深地点点头,说:"这下我们不会在帝国化纤那儿没面子了。不过,还有酬金的问题。我想和你去一趟汉城。"那口气倒像是在说你得跟我去。

但是,壹岐现在没有时间陪他去汉城。"如果有机会的话,我很高兴陪您去。不过,我给张主任介绍了您的情况,说您学生时代的志向是当外交官,精通法语,在法语圈人脉很广。他听了以后对您很感兴趣,说您去韩国的时候一定要见您。另外,酬金可以利用修建工厂的土地来解决。"

"怎么讲?"

"我觉得修建工厂的土地最好选择韩国方面斡旋的地方,因为对方提供的土地比韩国政府从民间买的时候要贵很多,所以,我们按他们提出的价格买下土地,就等于给了他们酬金。"壹岐把在总统官邸警备室彼此心照不宣的谈话内容转告给一丸。

一丸副社长兴奋得直喘粗气。他像上了发条一样一下子跳起来,说:"原来如此。我这就给山本分店店长打电话,把这个办法告诉他,指示他这么做。"

"那,我走了。"

壹岐正准备告辞,一丸突然问:"壹岐君,你准备见里井副社长吗?"

"对,我打算见他。"

"你一向思维缜密,没有疏漏。想必你已经听说了,他准备让你从纽约回来以后去集团的下属公司。现在正物色公司呢!"

壹岐感到难以置信。昨天去里井家的时候,里井为了牵制一丸副社长,刚刚明里暗里拉拢过他。壹岐清楚地意识到自己在被里井和一丸的派系斗争所利用。他不动声色地说:"我是最不擅长业务销售的,里井副社长会做这么不合适的人事安排吗?"

"壹岐君,这个回答太像你了。这么有自信、这么从容!不过,壹岐君,在组织机构里你不能过于相信自己的能力。在缩小纤维部门问题上,虽然我和你是对立的,但那纯粹是为了公司利益,这点我们两个人是相同的。你说对不对?"一丸盯着壹岐说。那是一双希望赶走里井、邀请壹岐加盟的眼睛。

"您比任何人都热爱公司,您能这么说,我很感谢您。我先走了。"说完,壹岐不失礼貌地鞠了一躬,走出一丸办公室。

壹岐没有去自己办公室,而是直接敲开了社长办公室的门。大门正在办公桌前和秘书课长谈工作。

"社长,我回来了。"壹岐立正站好后说道。

大门红润的脸上露出欢迎的笑容,说:"你回来了。都还好吧?"

"托您的福,我很好。"壹岐从公文包里拿出印着福克公司标志的浅蓝色信封,说,"这是福克会长交给我的委托书。"

"壹岐君,干得好!今天下午三点半,千代田汽车公司、第三银行和我们公司在大仓酒店举行三方会谈。千代田也好,第三银行也好,不亲眼看到这份委托书,是不会相信我们的。对方毕竟是福克公司嘛。"大门兴奋不已,继续说,"我让你去美国近畿商事当社长的时候,说实话,没想到你会挑战这么大的商机。我没看错人,你走到哪儿都能干一番与众不同的事业。"大门脸上洋溢着对自己看中的人的信赖和满意,微笑地看着壹岐。

看到大门有些盲目乐观,壹岐很谨慎地问道:"可是,社长,千代田内部在与福克合作的问题上意见统一吗?昨天我到里井副社长家看望他,他告诉我千代田内部情况很复杂。"

"哦?你去里井那儿了?这么说,汉城修地铁的事情也是你从汉城带回来的礼物,送给他让他高兴高兴?"大门一语道破。

昨天,里井从壹岐嘴里问出汉城地铁的规模、工期、工程费等,然后又告诉壹岐他对这件事也有所了解,并做好了托标的计划。并且叮咛壹岐,这件事儿由他向社长汇报。

但是,大门凭借他一向敏锐的洞察力看出了这一点:"昨天晚上,我坐最后一次航班刚从福冈到东京,里井就打来电话,他的话突然准确度高起来了。当时我就猜到这些肯定都是只有你才知道的情报,因为你在汉城见到了崔总统和李锡源先生。那你见一丸君了没有?他今天来得特别早。一来就到处找你,见人就问壹岐君来了没有。"

"我刚到公司就在楼道里碰上了一丸副社长。我向他汇报了合成纤维设备和警备室张主任的事情。"

"你可真有本事!那么难对付的两个人,你给他们各自送上礼物,让他们都认你的好。"

"社长,您这话有点儿……不过,我见过他们两个人以后,说实话,反而觉得公司有种值得担忧的气氛。"

"什么气氛让你觉得担忧?"

壹岐直截了当地问:"社长,您正在考虑近期退位吗?"

"这是谁说的?"

"谁也没这么说,不过,"壹岐明确表示,"很显然,他们两个人的话都让人联想到下任社长的人选问题。说心里话,我觉得很不愉快。"

"媒体最近一直提这件事,说一些不着调的话。他们两个就信以为真了。不过,我下台的时候,要走在我自己铺的辉煌大道上下台。我在这个位置上待多久,绝不允许别人多一句嘴。"大门的声音在社长办公室里嗡嗡作响。

这时,秘书课长慌慌张张地进来说:"刚才千代田来电话说,报社记者得到了我们三点半在大仓饭店进行三方会谈的消息。所以,会谈地点临时改在目白台的椿山庄。"

"什么?让报社记者知道了?这是什么公司?真笨!"大门暴躁的脾气又犯了。

从椿山庄僻静的房间里可以看到宽阔的庭院。庭院里有凉亭、水池,据说有数千株的山茶花茂密丛生,宛若一座绿色的小山丘。

千代田汽车公司的人还没有来,第三银行玉井总裁把年轻时练过柔道的身体靠在沙发上,极为不快地说:"真糟糕,怎么让记者知道了?"

分管贷款的竹内常务点点头,说道:"这说明媒体对千代田汽车公司的动向盯得很紧。这样下去,我们必须想一些办法,比如在大阪或京都汇合,避开他们。"

大门皱着眉头说:"我们不知道跟他们说了多少次,要绝对保密。第一次会谈就遇到这种事情,以后的事可想而知。我们公司绝对不会走漏消息,贵行也没有这个担心。那就是千代田的问题了。听说直到现在千代田内部的国内派和国际派都没有相互妥协,是不是反对和外资合作的人把消息透露出去的?"

正说着,千代田汽车公司森社长和小牧常务匆忙赶到。森社长首先道歉:"对不起,各位。突然换地方,让你们受累了。因为我们怀疑今天的三方会谈被《日本产业新闻》得到了消息,所以,就临时把会场安排到这里了。"

玉井总裁说:"这种合作项目,如果事先走漏风声,一切就都完了,能成功的也成功不了。希望你们今后多加注意。好了,我们开始吧!"他以银行家的形式风格,马上提议进入务实环节。

三方围着一张大会议桌坐定。正面是第三银行,左边是千代田汽车公司,右边是近畿商事。壹岐首先把福克会长亲手交给他的委托书递给第三银行总裁。玉井总裁接过委托书,看过以后又递给千代田的森社长。委托书上写着:"福克公司委托近畿商事办理交涉与日本千代田汽车公司合作的相关事宜。"落款是福克会长龙飞凤舞的签名,体现了他独特的个性。

森社长目不转睛地盯着福克会长的签名,长叹一口气,说:"总裁,能不能再重新考虑一下?在日本汽车制造行业里,我们公司最具历史,我们也引以为荣。一旦真要和外资合作,我还是很难下决心。前几天我见到重工业局长,他暗示我如果我们和日新汽车公司合作,通产省可以帮助我们。所以,我想请贵行贷款给我们,让我们全面改进新近推出的跑车'老虎一六〇〇',再做最后一搏。因为'老虎一六〇〇'在试跑过程中被竞争对手窃取了设计图纸和性能说明,所以,投放市场以后没能取得成功。但是,它是超越本公司的帝王和丽贝卡之上的名车。请再给我们一次起死回生的机会吧！"森社长的话已经是哀求，全无体面廉耻可言。

玉井总裁毫不客气地说："森社长，你的心情我理解。可是，爱知、日新现在每年的销售额是九千亿、八千亿。而你们千代田只有一千九百九十亿，其中毛利一百五十八亿，利润只有三千万。你们的经营状况糟糕到这种程度，你还如此优柔寡断，我们无法接受！"

第三银行分管贷款的竹内常务把一沓资料发给大家，说："这是我们融资部整理的千代田、爱知和日新上下两期的收支表。请各位过目。"

	千代田	日新	爱知
销售额	1990	7899	9165
毛利	158	2352	2707
经常性净利润	0.3	561	788
公布利润	4	276	345
储蓄	224	837	880
贷款	899	3166	601
主要资金	427	1600	2015
（资本金）	（243）	（379）	（404）

（单位：亿日元）

竹内常务说："先从收益能力上看，千代田每年的销售额是一千九百九十亿。其中，经常性净利润是三千万，卖掉手头的股份和闲置的固定资产，加起来公布利润才刚到四亿。不得不说，企业的收益能力是零。今后至少需要把经常性净利润提高到四五十亿，否则无法经营。另外,从资金结构来看,贷款八百九十九亿,而资金(资本金及剩余资金)只有四百二十七亿。资不抵债。"他直言不讳地说,"这种情况下,如果劳务费和其他费用稍微增加一点儿极有可能出现赤字。"

玉井总裁看着森社长,希望他做出冷静的判断。玉井总裁说:"如果今后你们在提高收益能力和改善资金结构方面有可行性措施的话,那另当别论。可是,你们没有。因为现在你们已经不可能靠自己的力量扩大生产,所以,首要的是在耗完公司内部留成之前'放弃'。等变成赤字经营以后再找合作对象,那时候就只能'贱卖'。因此,我们希望你们认识到现在正是需要'放弃'的时候,并且建议你们和福克公司合作。"

森社长又陷入了沉默。过了一会儿,他才说:"可是,总裁,请您支援我们一次,让我们完成刚才说的'老虎一六○○'的全面改进。作为一社之长,我实在无法开口告诉员工们,因为我们已经无法靠自己的力量走下去,所以,要和蓝眼睛的公司合作……"他说不下去了,嘴唇不停地颤抖。

玉井总裁精悍的脸庞变得严峻起来,他厉声说道:"森社长,对本银行来说你们的事儿就是我们的事儿。正是因为我们认为与外资合作是千代田起死回生的唯一出路,所以才委托近畿商事和福克公司交涉的。而且,我们等了半年了。"

看到自己的社长面对委托书仍心乱如麻、犹豫不决,千代田的小牧常务实在忍不住了,他希望森社长做出决断:"社长,总裁说得对。如果我们公司无法靠自己的力量奋斗下去,总有一天要与同行合并,沦为别人的承包公司。与其如此,不如和福克公司合作。也许要花三五年时间,但是总有一天我们会研发出名为'福克千代田'的新车,把千代田的传统和技术保留下来。这也是员工们的想法。我不是跟您说过多次,您也理解了员工们的这种心情吗?"

大门试图让森认识到与外资合作的好处:"森社长,你为什么对和外资合作那么悲观呢?对方可是三巨头之首,是福克公司!和这种世界最大的公司合作有很多好处。第一,可以提高公司的知名度和好感度,鼓舞本公司员工和经销商销售人员的干劲。第二,可以利用福克公司的专利。第三,开始的时候可以通过技术合作和引进资金增加收益,接下来可以利用福克公司的销售网,把福克千代田共同开发的'混血车'推向世界。"

"可是,福克公司与人合作,初如少女后如猛虎,这是人所共知的。"

见森社长如此优柔寡断,大门有点儿不耐烦了,说:"日本对外资抱有过强的被害妄想症。而且,你们公司有第三银行这么好的银行作坚强后盾,只要第三方能把握好合作内容,你还有什么可担心的?"

里井不失时机地插进来说:"合作内容里最重要的是出资比例和董事的人事问题。先让我们公司的壹岐君说明一下福克的意向吧。"说完,他给壹岐使了个眼色。

一直在默默听着大家发言的壹岐第一次开口发言:"实事求是地说,福克公司最初的意向是,第一出资比率不能低于百分之五十。第二派遣具有代表权的董事。第三与千代田的合作是包括卡车、巴士生产部门在内的全方位合作。"

森社长怒目而视,质问道:"我说什么了?什么出资比率不能低于百分之五十,什么蓝眼睛的董事。我一开始就明确表示卡车、巴士生产部门不包括在内。你就是这么交涉的?太不负责任了!"

壹岐面色平静地答道:"所以我说这只是福克最初的要求。我向他们转达了贵公司除了轿车部门以外,其他部门不考虑合作的意向。但是,福克以无法向股东解释为由,不肯让步。不过,最终答应坐下来谈判。"

里井展开话题："问题是能不能得到通产省的批准。"

第三银行竹内常务说："对。虽然我们银行也打听过外资出资比率限制在多少之内通产省就能批准,但是没有答案。按里井副社长的判断,你觉得大概是多少?"

里井闪着一副无边眼镜,谨慎地答道："通产省对外声称外资出资比率必须在百分之五十以下。以下到底是多少,这个很难把握。分管生产的重工业局所说的百分之五十以下和分管政策的企业局、通商局所说的百分之五十以下相差很大。所以,没有准确的情报,无法判断通产省的底线到底是多少。"

森社长担心地问道："相差很大是多大?"

里井颇有自信地安慰道："近几天我要见山之内通商局局长,我会巧妙地打探到这方面的情况。"

大门社长说："这样,今后的交涉就交给我们公司吧!我们不会让千代田汽车公司吃亏的。我们是千代田的出口代理商,可以说和你们是同心同德。"大门深为千代田着想,说得也很亲热。而心里却在想对近畿商事来说,这是一件一箭三雕的好事。首先可以通过给福克和千代田做中介扩大铁板供应的商权。更主要的是能通过汽车产业进行巨额外汇交易。第三通过第三银行做这笔交易还可以让他们对近畿商事感恩戴德。

新桥的料亭里,里井正在陪通产省山之内通商局局长喝酒。他一边给山之内斟酒,一边满脸堆笑随声附和道："是吗,任驻德国大使馆一等秘书的小松五郎先生又回到原来的位置上了?这么说,通产省的主流官员里又多了一个具有国际化视野的人才。"

坐在上坐的山之内通商局局长露出难以捉摸的微笑,说："怎么连你也是一副新闻记者的腔调?让日本的产业向好的方向发展,在这个问题上民族派和国际派的目标是一致的。所以,说国际派轻视日本企业、优待外资企业这种简单的判断很让我们头疼。"

山之内虽然嘴上这么说,可是,里井看出他其实并不很在意。以"个性官员"威名远扬的石桥次官退休以后,最近,此前属于非主流的、曾经有驻外使馆工作经验的官员逐渐代替被称作"石桥连队"的国内产业保护派,成为通产省的主流,他们公开提倡开放经济。记者们把石桥连队的残余称作"民族派",给山之内等主张开放经济的官员冠以"国际派"的名称。他们抓住任何蛛丝马迹对通产省内部开始出现的对立大加报道。去年六月,国际派的领军人物大弥升任次官,两口升任次官候补位置的企业局长。从此,国际派开始逐渐掌握通产省内的主导权。事实上,现在在通产省内地位仅次于企业局长的山之内通商局局长在石桥连队全盛时期受到排挤,被派到驻加拿大使馆,整日靠打高尔夫排泄心中的郁闷。后来,虽然被召回通产省,但他坚持和在加拿大的时候一样,每周五个工作日,每星期六必缺勤,属于旁门左道一族。他是随着大弥次官、两口企业局长的势力日渐强大而崭露头角的国际派雄辩家。

里井重新给山之内局长斟上酒,问道:"我刚才说的千代田和外资合作的事儿,福克的出资率不超过多少,这件事儿才有可能成?"

山之内通商局局长手里端着酒杯靠在椅子上,不动声色地说:"这个嘛,虽说通产省对外称外资持股比率不得超过百分之五十,但是福克和千代田不是差得一点点,那是天壤之别。最主要的是,这是日本汽车行业首次和外资合作,很可能成为一个模式。考虑到这些因素,为了不让社会产生'吞并'的印象,可行的比率也就是三分之一,百分之三十三点三吧。"

里井马上追问道:"您说三分之一?就是说福克可以确保占三分之一的股份。"

"具体数字还得由通商政策科研究决定。企业局一科肯定也有他们的意见。福克公司没有让步的可能吗？他们没有坚持非要掌握百分之五十一的过半数股权吧？"山之内局长反过来打听福克的意向。虽然身为通产省官员，但他不能直接和外国企业接触。所以，很想了解外资进入日本的真实想法。

里井放下酒杯，说："我们公司不仅和福克的海外项目策划部门，而且还直接和福克二世总裁进行了交涉。他们对日本政府的策略很有研究，放弃了掌握过半数股份的想法。但是，他们其实是想找一个市场占有率在百分之七以上的公司合作，以此和爱知、日新抗衡。所以，如果和轿车市场占有率仅有百分之一点三的千代田合作，他们的考虑是出资率即便是百分之五十以下，也必须是百分之四十九或百分之四十八这样和百分之五十接近的水平。"他把从壹岐那里听到的全部讲给山之内局长听，好像他自己亲自去底特律和福克交涉过一样。

"哦？合作伙伴的条件从市场占有率百分之七降到百分之一点三他们都对合作感兴趣，说明他们特别急切地想在日本市场站住脚。要不就是你们公司的手腕高明。这件事你们和重工业局通过气没有？"山之内局长问近畿商事是否和重工业局谈过这件事。

里井往上推了一下眼镜，说道："这个，还没有……汽车行业不同于其他行业，我们觉得首先应该征求一下通商局的意见。因为您这儿正在制定资本自由化的政策。"这句奉承话背后的事实是，里井知道重工业局汽车课里保护国内厂家的民族派占多数，如果和他们谈千代田的事情，结果只能有两种：一是按照他们描绘的蓝图，让千代田和日新合并；二是如果和福克合作，那福克的出资率就不是有投票权的三分之一，而是有权提请出示累计投票数、可以派董事的四分之一，也就是百分之二十五以下。否则，他们绝对不会批准。

山之内局长似乎看透了里井的心思，夹了一口菜，说："日新和千代田的事儿真的就算完了？听重工业局的意思，好像他们只是暂时放一段时间。"

"其实谈不上完还是没完。据我所知，千代田和日新之间并没有认真交涉过。以和日新合作为前提从贸易振兴局空降到千代田的天川常务现在也不活跃了。"就在去年里，虽然里井还和千代田分管业务的村山专务、分管财务的天川常务一起就千代田和日新合并的事情四处奔走，但此时，他对此只字不提，好像从来没有这回事儿。

山之内局长边听边点头，然后放下筷子，说："如果他们和日新之间真的没什么交涉的话，通商局原则上是赞成福克和千代田合作一事的。跟你说实话，前段时间通产省局级干部会议上，负责政策和负责生产的各局不约而同地提出了'外资毒药论'。不过，用词虽然一样，但意思相反。我们所说的'外资毒药论'是指如果没有达到致死的剂量，引进外资可以刺激国内产业体制，也就应该把毒药变为良药；而以重工业局局长广泽君、官房审议官相泽君为代表的民族派的'毒药论'是说外资是百分之百的毒药。但是，我相信对老百姓来说，只要能买到价格便宜、性能又好的汽车就是件好事。只有混合型经济才能使日本企业在国际竞争中立于不败之地。值得庆幸的是，我国汽车行业培养了爱知和日新两大汽车公司，他们不会因为外资进入日本而倒闭。所以，对行业影响最小的公司和外资合作能起到很好的刺激作用。"

山之内虽然说得轻描淡写，但是里井听出了他的意图。日本的整个行业比一家公司的命运更重要。为了提高日本企业在国际上的竞争力，牺牲一家影响小的公司也是无奈之举。这就是他身为政策官员的理论。

里井说："真是高见。近期我就亲自去一趟底特律，再和福克交涉一次，争取到最好的条件。到时候请您多加指教！"他下决心趁国际派宫崎一朗接替民族派久松清藏担任通产大臣之机，把今后福克和千代田的交涉权从壹岐手里夺过来，由他让这个项目成功。

　　吃完饭，里井把山之内局长送到料亭外面后回到包间。突然，他觉得胸口一阵剧烈的疼痛，让他喘不上气来。他心想刚才送山之内上车的时候觉得外面很冷，身体像针扎一样。可能真的是身体感到疼痛，他难受得不行，不得不松开领带和腰带。突如其来的疼痛向全身扩展，他开始觉得恶心。几分钟后，虽然痛苦减轻了，但心脏发出咚咚的响声。

　　里井终于重新坐好，系好腰带，擦了擦脸上的冷汗。他想起一个月以前，在大仓酒店开完宴会，准备离开的时候也发生过和今天同样的事情。当时，他正一边和人们谈笑一边等电梯。突然觉得胸口疼痛、恶心。他急忙跑到洗手间，把刚吃的东西都吐出来了。同样的症状出现了两次，看来就不是劳累过度那么简单。可能是胆结石，或者从呕吐这点看也可能是胃癌……里井心想去美国出差以前一定要到医院检查一下。

　　壹岐傍晚有个应酬，完了以后他去了谷川原大佐家。谷川住在调布的东京都营住宅。

　　壹岐在京王线的调布站下了电车，竖起大衣衣领，走在二月寒冷的夜路上。想到年近七十的谷川每天带着饭盒，沿着这条路去朔风会，风雨无阻，无论再忙再累壹岐都不敢坐车去谷川家。

　　路灯昏暗，壹岐走了十五分钟。穿过广场，一排排都营住宅出现在他眼前，家家窗口透出灯光。壹岐每半年从纽约回日本的时候，总要抽出时间来去日比谷的朔风会事务所或到谷川家看看。

　　壹岐敲了敲门，说了声："晚上好！"谷川的妻子闻声来开门。

她带着和善的笑容,说:"壹岐,你那么忙还来看我们。下午接到你的电话以后,我先生一直在等你呢!"

为了让谷川把朔风会维持下去,他的两个儿子每月从工资里拿钱给家里汇,他妻子也做裁缝贴补家用。

壹岐抱歉地说:"对不起,这么晚了来打扰你们。"

穿着棉袍的谷川已经迎出来,说:"难为你赶来看我。我这儿没什么美味,不过准备了酒。来,到被炉这儿来喝两口。"

谷川家不大,只有一间四叠半和一间六叠的两个房间。六叠的房间里摆着一个被炉。

"好久不见。听我女儿说,我不在的时候您经常到我家,给亡妻上香。真是感激不尽。"

"没什么,那都是到你家附近办事,顺便过去看看的。直子有了孩子以后更能干了,跟她妈妈一样。听说诚君也很好,在印度尼西亚从事农业开发工作。"

"两个孩子都好,我不用替他们操心,可以一心扑在工作上。"壹岐说。他看见被炉旁边小桌上放着一沓粗糙的稿纸和信纸,问:"那是朔风会的西伯利亚羁押手记吧?"

"嗯。在西伯利亚被关押了十多年的人,健康都受到了不同程度的损害。到了这个年龄,就像脱落的牙齿,开始一个个离开人世。现在的两千名会员当年分布在西伯利亚各地的集中营,大家想把当时的经历写下来,留给后人。他们每天忙于工作,为生活奔波,可是仍然努力地写作。买不起稿纸的人就用信纸或者写在广告传单的背面。他们把稿子交给我,我再誊写到稿纸上。其中有个人患高血压,因白内障右眼失明,他是在病床上口述,让他妻子帮他记录的。每次看到这些手记,我都忍不住落泪。"

壹岐也觉得眼睛里热乎乎的。他问道:"从征集稿件、誊写到编辑,都是谷川您做?这不是很辛苦吗?"

"神森君和水岛君经常来帮忙,给我减轻了不少负担。前段时间我们三个人还在一起整理稿件,想起那种身心都处于极限状态下的生活,很怀念那时候的一些事情。觉得现在物质虽然丰富了,可是生活在精神上的不毛之地,反而比那时候痛苦。"谷川给壹岐倒上酒,问道,"你在美国工作还顺利吧?"

"我很幸运,因为部下们都信得过,就像我的左膀右臂,所以,还好。"

"是吗?那就好。不过,一个人在国外,日子不好过吧?"

"这倒没有。在西伯利亚待了十一年,什么都是自己动手。所以,生活上没问题。"

"不过,在那边不是经常有夫妻一起参加的派对什么的吗?你也该考虑再找一个了。竹村也挺为你这件事操心的。"

"谢谢!不过,对我来说,我老婆……"壹岐说不下去了。此刻,壹岐再次深深感到他的妻子只能是佳子。

谷川也沉默了。这时,门响了。谷川的妻子起身去看是谁来了。

"这不是寺田吗?您可是稀客,请进屋吧!"

"您家里有客人?"

"是壹岐来了。你们很久没见了吧?"

"什么?壹岐?"门口传来寺田惊讶的声音。

谷川隔着门说:"寺田君?你把稿子送来了。正好,壹岐君也在这儿呢!"

寺田好像犹豫了一下,不过,还是进屋来了。

"寺田君!好久不见了!没想到能见到你。你还好吧?"壹岐高兴地打招呼。

寺田曾经和壹岐一起在西伯利亚最北边的拉佐矿山当苦力。因为无法忍受繁重的劳动,他剁掉了自己的手指,成了残疾人。壹岐从朔风会会报上了解到,他回国后在地方政府部门工作,现在已经退休,靠给工厂看大门维持生计。

谷川说:"这是我写的,写得不好。写了点儿拉佐的事儿……"他把缺了四根手指头的右手悄悄藏在袖子里。

谷川接过稿子,说:"难为你了,写了那段痛苦的经历。正好,你也来和壹岐君喝一杯吧!"

"不了,我还有点儿急事,这就告辞了。壹岐,祝你在纽约越干越好!"寺田一副心神不定的样子。

谷川说:"寺田,你是不是有什么为难的事儿?脸色这么不好。要是壹岐君在这儿不方便的话,就让他先回去。"

话音刚落,寺田突然扑通一声跪在榻榻米上:"我真是没脸张这个口……我来是……想跟您借点儿钱。"

"借钱?跟我?"谷川诧异地反问道。

"我老婆有风湿病,现在做不了人寿保险公司的推销员了,在家里养病。最近,肾脏又不好,要住院……因为我的手,已经嫁出去的两个女儿嫌弃我,根本不回家来,所以我一边照顾我老婆,一边给工厂当门房。我已经预支了工资,也想了其他办法,可是还有六万日元没有凑齐。我来是想求谷川您,看看有没有什么门路可以帮我借到钱。"

看来寺田已经走投无路了。在壹岐眼里三年没见的他头发白了很多,颧骨突出,看得出他过得很苦。

谷川的妻子在一旁担心地说:"您太太病得那么重?我们一点儿也不知道,得赶快去看看她。"

"我也在怪她为什么不早点儿告诉我。我虽然活着从西伯利亚回来了,但是因为这只手找不到好工作,反而让她为了我吃苦受累。

五十多岁了,为了存点儿养老的积蓄,她还是不停地工作,直到半年前病倒。她一直就有风湿病和肾病。"

寺田妻子的情况让壹岐感到很痛心。他想到了过世的妻子,她也一定像寺田的妻子那样,十一年来一个女人支撑着一切,无暇顾及自己的身体。他觉得借钱给寺田,自己责无旁贷。他说:"寺田君,你别介意。我今天是来交朔风会的会费和捐款的。我这儿现在有三万日元,剩下的三万我给你汇过去。"

寺田推辞道:"壹岐大老远地从美国回一趟日本,我怎么能……"

"这样最好!说实话,我现在除了朔风会以外,什么费用都没有。你就别客气了,拿着吧!"谷川劝道。

壹岐从上衣口袋里掏出装着会费和捐款的信封。

寺田埋着头说:"实在不好意思……再没有比到处借钱更悲惨的事情了。我一定尽早还给你。"

"不,你不能再这么硬撑下去了。等你太太病好了,手头宽裕了再还我也不晚。我现在住在国外,用不着什么钱。"壹岐想让寺田感到轻松一些。

但是,同为军人出身的寺田于心不安地说:"那我就接受壹岐的好意了。我老婆还在医院等着我呢,我先走了。"说完,他羞愧难当地缩着肩膀,连谷川给他倒的酒也没喝就走了。

虽然寺田在陆军幼年学校、陆军士官学校一贯接受的是不提金钱的教育,但现在他却四处伸手向人借钱,最终还是凑不齐医药费,找到谷川门上来。他该是怎样的心情?目送寺田的背影,想到这些,壹岐说不出话来,默默地和谷川对视着。

从谷川家回到家已经晚上十点多了。壹岐按了一下门铃,没人回答。他又按了两三下,才听见直子的声音。直子急急忙忙地跑出来给他开门。她挽着毛衣袖子,边在围裙上擦着湿漉漉的手边说:"对不起！我正和伦敦给阿太洗澡呢，没能马上出来给您开门。"

"这么晚了还给孩子洗澡？"

"对，伦敦特别喜欢和阿太一起洗澡。要是回来得特别晚的话，我先给阿太洗了，他就生气。"

"怎么能给孩子养成这个习惯？小孩子是要早睡的。"壹岐一脸无奈地走到起居间。

"哎！直子！帮帮我！"浴室里传来伦敦的大叫声。

"刚才正给阿太洗头呢。您要吃的话，桌子上有夜宵。茶在暖壶里。"直子还没说完，又听见伦敦在叫。

虽然伦敦毫无顾忌的叫声让壹岐来气，但他还是催促直子："别管我的夜宵了，快去看看吧！阿太要感冒了。"

壹岐找出三万日元钱，放到汇现金用的信封里，附上一个便条，告诉寺田不必急着还。直子回来了，脸被浴室的蒸气熏得红扑扑的。壹岐把信封交给她，说："明天你就用加急把这个寄出去。"

直子看了一下信封下方写着的金额，问："是朔风会的人。出什么事儿了吗？"

"他太太住院了，现在很困难。"

"好，明天上午我就去邮局！"直子把信封放进抽屉里，问，"明天的航班没有变吧？"

"还是JAL第六次航班。十点半起飞。明天我要先去一趟公司再去机场，今天晚上你就帮我把行李准备好吧！"

"旅行箱我已经按您单子上写的准备好了。秋津千里小姐的那个青瓷瓶展厅的人也给包装得很好，您放心吧！"直子不愧是日本航空公司的职员，办事干脆利索。她接着问："爸爸，都是青瓷瓶，你要带一个去纽约，为什么不带韩国的李锡源先生送给您的那个？"

壹岐犹豫了一下，说："李先生送给我的高丽青瓷瓶是韩国政府特许我带出国的,是很贵重的礼物。万一在路上出了问题,对不起人家李先生。秋津小姐的那个不大,也不用担那么多心。"

那天看完展览后,虽然壹岐和秋津千里只是去喝了杯茶,但壹岐不知不觉中有点为自己开脱。

"那倒是。不过,秋津千里小姐真的是单身吗?"

"什么意思?"

"她那么有才华,又那么漂亮,我就觉得不可能是名副其实的未婚小姐。女艺术家们一般不是都有干爹嘛。"

"这是什么话!太没有礼貌了!"壹岐不由得提高嗓门。

直子吃惊地看着父亲,说:"您这是怎么了?爸爸,用得着生那么大的气吗?再说,我也没觉得那有什么不好。"

壹岐的脸色更不好看了,他生气地训斥道:"再怎么说她也是已故秋津中将的千金,以后不要再拿这种低俗的眼光揣测人家!"

直子好像一下子觉察到了什么,看着父亲。父女两人都沉默了,他们之间出现了一种微妙的气氛。

"爸,您回来了!阿太终于睡着了。"鲛岛伦敦穿着睡袍进来了。他坐到壹岐对面,说:"明天你就要回纽约了。你在家住了四天,可是我们还没好好儿聊聊。今天晚上我们喝一杯?"

伦敦不把自己当女婿,像朋友一样亲密的态度让壹岐感到不快。但碍着直子在跟前,又不好直接拒绝,便说:"那就喝一杯吧!"

直子高兴地说:"那,我也陪你们喝点儿!"

直子端来洋酒、酒杯和冰块。伦敦把冰块放到壹岐的酒杯里,给他倒上洋酒,说:"我真佩服你,爸。从纽约绕道汉城,回来后的这四天每天八点以前就去上班,晚上十一点多才回家。简直和我爸爸有一拼。"伦敦在美国长大,说话有美国人的热情和率直。

"鲛岛辰三先生身体还好?"

"何止好啊！你回国的这几天他异常兴奋。那天我回家住的时候，他逮住我问个不停，问你回来干什么，住几天，都见些什么人。我告诉他，我可不是东京商事的职员。"

"哦？你父亲对我这么感兴趣，真是荣幸啊！鲛岛辰三先生可是天生的商社人。"

"所以，我爸爸才说要是败在军人出身的壹岐正先生手下，那才是让他最懊悔的事情。"说完，伦敦闪着和他父亲一模一样的往上吊的小眼睛，咧嘴笑了。壹岐心想一个当儿子的这么说自己的父亲，真是个奇怪的家伙。他感到有些不快，没再看伦敦。

电话铃响了，伦敦没多想就站起来拿起话筒："喂！千代田汽车公司的小牧先生？对，回来了。"说完，要把话筒递给壹岐。

壹岐急忙说："你告诉他，等会儿我给他打过去。"

伦敦端起一杯威士忌，说："你打吧！我上楼去。"说完就上楼去了。

壹岐拨通电话，说："对不起，让您久等了。我明天回纽约，您有什么事儿吗？"

小牧郑重其事地说："明天您上飞机以前，能不能给我二三十分钟，我想和您见个面。"

"明天恐怕没有时间，您就在电话上说吧！"

"不，有些事情我还是想跟您面谈。就二三十分钟，能不能请您在羽田东急饭店跟我见一面？"

"那就九点到九点半之间吧。"

"实在抱歉，谢谢您！房间号码我明天通知您。"说完，小牧挂了电话。

壹岐回到餐桌边，发现直子也不在了。二楼传来音量很小的音乐声。她和伦敦两个人在听音乐。壹岐一个人闲得无聊，呆呆地看着院子。突然,他站起来,拨了一串电话号码。那是京都秋津千里家的电话号码。

"喂!我是秋津。"话筒里传来千里的声音。

"我是壹岐。青瓷瓶我收到了,谢谢你赶在我回纽约以前给我送过来。明天早晨我就带着它走了。我想跟你道声谢……你什么时候来纽约?"

"我正打算问问壹岐先生,您什么时候方便。我本来想四月份去。可是,因为这次作品展览会办得很成功,所以,又要在大阪办一次。我只有下个月初有时间,不会太给您添麻烦吧?"

下个月初里井和角田很可能要去纽约出差。可是,壹岐说不出我很忙这几个字。他说:"任何时候都欢迎你来。不过,三月上旬纽约还很冷,你多带点儿衣服。"

"谢谢,定好时间以后我跟您联系。"

"好吧,也欢迎你到我的公寓来坐坐。再见!"说完,壹岐轻轻放下话筒。

壹岐把办理直达纽约航班的登记手续交给秘书课的职员,让车把他送到东京国际机场里的羽田东急饭店。

年轻的秘书课职员机灵地说:"常务,如果时间来不及的话,我去房间叫您吧。这样您也好脱身。"

"不用了,二三十分钟我就出来。"

壹岐疾步走进电梯,上了五楼,敲开预先得知的房门。千代田汽车公司的小牧常务和今天早晨通知他房间号码的技术研发室主任足立正在里面等他。

"登机前请您过来,实在过意不去!"小牧抱歉地说,请壹岐坐到可以眺望到飞机跑道的窗边。

壹岐看着两人,问:"您说有急事,到底是什么事儿?"

三年前壹岐瞒着里井去千代田的厚木工厂参观,是足立给他介绍的情况。足立可以说是小牧的心腹。

小牧把身体靠近桌子,说道:"我问一个非常冒昧的问题。听说贵公司把我们公司和福克公司合作的相关工作由美国近畿商事社长壹岐您移交给东京总部的里井副社长负责了。这是真的吗?"小牧是技术人员出身,说话直来直去,不会绕弯子。

今天早晨,里井副社长把壹岐叫去,告诉他:"千代田和福克合作的事今后以我为中心进行,所以,你也要听我的指示。"想起这句话,虽然壹岐心里很不痛快,但他丝毫没有表现出自己和里井之间有矛盾,而是反问道:"您说得没错。怎么了?"

小牧有些失望,问道:"这么说,这是壹岐先生同意了的?"

壹岐说:"这不是我同意不同意的问题。你们公司是日本公司,在交涉过程中我们要最优先考虑贵公司的意向。全盘统筹这次谈判的必须是一个可以和贵公司取得密切联系,并且能和通产省交涉的人。所以,里井副社长才直接负责这项工作。这没什么嘛。"

足立技术研发室主任用一双专注的眼睛直视着壹岐,说:"壹岐常务,您说得很有道理。但是,昨天贵公司业务本部部长角田常务打来电话,说近期要组织一个由业务、技术、财务各部门参加的团队,专门负责和福克公司交涉。他提出希望我们给予合作,并且要求我们提供技术资料。可是,于我而言,因为之前我一直都是和美国近畿商事交换有关信息,所以我以为前几天近畿商事、第三银行和本公司三方会谈后这一点也不会改变。说实话,角田常务居然提出这样的要求,我觉得有点儿奇怪。"

小牧也明确表示:"壹岐先生,足立告诉我这件事以后,我也感到很吃惊。因为您一点儿都没有跟我提过这件事。更重要的是,里井副社长本来和我们公司的国内合作派村山专务是一伙的。现在即使他改变了方针,为我们公司和福克的合作奔忙,我们还是怀疑他对我们技术部门的想法能理解多少。"

千代田的技术部门不愿寄于国内同行篱下,希望通过和外资合作起死回生。而里井副社长与国内合作派村山专务关系密切,三年前还曾倡导与富国汽车公司合作。因此,他们难以信赖里井副社长,对今后的进展也持怀疑态度。

意识到这一点后,壹岐尽量用平静的口气说:"原来你们有这样的疑惑。我想二位大概也听说了,里井副社长秘密会见了山之内通商局局长,询问了通商局在千代田和福克合作这件事上的意向。山之内局长表示如果出资率不超过三分之一问题不大,并且要求尽快了解到福克公司的底线。里井副社长正准备近期亲自到美国,和福克总裁交涉。不论之前发生过什么,既然三方会谈已经确定了方针,里井也会为达到目标努力的。我也会从美国近畿商事的立场上帮助他。"

小牧和足立惊讶地交换了一下眼色,问道:"里井副社长和山之内局长见面的事儿我们社长知道,我也听说了。可是,他们的谈话内容里具体涉及福克公司的持股率我还是刚知道。这是真的?"

"当然是真的。里井副社长见山之内商务局长最大的目的就是想了解到福克公司的持股比率控制在多少,通产省才可能批准这项合作。这些肯定都跟你们森社长说了。"

小牧使劲摇摇头,更加怀疑地说:"不,我们公司的森社长也问过他这个问题。可是,里井副社长的回答是通商局长没有马上答复,而是让他先提出福克公司正式要求的比例,供通产省研究。这么重要的问题,里井副社长为什么不告诉我们社长?"

壹岐不知道该如何回答,只好说:"这个,我也不清楚。不过,我倒是担心通产省是不是真的允许外资占三分之一的股份。山之内局长是理论家,说话比较直接。两口企业局长和大弥次官虽然也是国际派,但也是很有手腕的政治家。他们不可能越过有权提请出示累计投票数、可以派董事的四分之一这一关,一下子就同意有投票权的三分之一这个持股比率。而且,爱知和日新也不会坐视有这么大持股比率的外资进入日本。最终恐怕只能靠政治手段解决问题。"

小牧很苦恼。他说:"政治手段……我们森社长怀着必死的心情最终做出了和福克公司合作的决定。不过,他也很担心,说如果一开始不把福克的持股率死死压在四分之一以下,他们很可能会巧妙地钻日本法律的空子,用他人名义在股市上收购股份,总有一天持股率会超过四分之一,甚至三分之一……可是,如果那样,福克不可能跟我们合作,即使合作了也不会有什么成果。"

壹岐直言道:"您说得很对。但是,你们必须做好思想准备。这次合作是双刃剑,一旦失败,受害的不是第三银行,也不是近畿商事,而是你们,千代田汽车公司。"

小牧和足立不停地交换眼色,最后,小牧迫切地请求道:"从这个持股比率的例子上看,更让我们对把和福克公司的交涉权交给里井副社长手里感到不安,可现在又没有办法挽回。所以,我们希望还能和以前一样和您保持联系。寄托了我们公司希望的新车投放市场失败,千代田自主独立路线告终时我们受到的打击;之后我们怀着忐忑不安的心情决定和外资合作,请壹岐先生和三巨头中的任何一家交涉时背水一战的心情;得知福克公司终于有合作意向后的喜悦和担心被吞并的不安,我们这些赤裸裸的情感只有壹岐先生您一个人了解。当然,我们不会给您找麻烦的。我让足立负责和您秘密联络。"

一旁的足立也表示百分之百地信赖壹岐:"在和外资合作这个问题上,虽然公司董事里还有些人持消极态度,但是,部课长级别的,不光是技术部门,其他部门的人都团结一致,期待有一天秉承千代田传统的汽车能走向世界。我们希望把这个生命线交给壹岐先生。"

壹岐抑制不住内心的激动,使劲点点头,说:"好!我向你们保证,我一定尽力。"

四十分钟以后,壹岐已经成了飞机上的一名乘客。因为是二月份,直达纽约的飞机里没有旅游团,所以很安静。壹岐看着机场大厅,脑海里浮现出里井的身影。刚才,他被小牧感动,答应今后仍保持和他们的联系。但是,现在他担心自己和里井之间又多了一个产生隔阂的原因。

飞机开始向跑道滑行。

一想到纽约的严寒,壹岐格外留恋机窗外日本冬天温暖的阳光。那或许是对秋津千里的思念。他想起千里说下个月来纽约,已经开始迫不及待地等待着和她的重逢。

第二十四章 火 焰

秋津千里摘下眼罩，看了下手表。飞机从阿拉斯加的安克拉治起飞已经飞行了六个小时，很快就要到纽约了。

千里看着机窗外。虽然白云挡住了她的视线，但她能真实地感受到纽约就在眼前。她这次来纽约是为了参观世界上中国瓷器收藏品最多的华盛顿弗利尔博物馆和波士顿美术馆，观摩美国当代陶器，为下届个人作品展览会做准备。但是，追根究底，这些都是借口。她的真实的目的是想见到壹岐。她发现自己的心越来越向往壹岐，这让她感到有些不知所措。

飞机平稳地降落在肯尼迪国际机场。千里站起来想从行李架上把大衣拿下来，过道对面的一个商业精英模样的人替她拿出大衣，递给她，微笑着说："再见，祝你好运！"这件带俄罗斯狐毛领子的大衣就是那天壹岐看完展览后，帮她穿上的那件大衣。

千里走进由通道连接的机场大厅，办完海关手续，推着行李车走出海关大门的时候，她发现自己正从人群中急切地寻找壹岐的影子。

"秋津小姐，你是秋津千里小姐吧？"一个三十二三岁，身穿双排扣大衣的男人走过来问。他是丹阿弥泰夫介绍的坂本，给千里当纽约的向导。

千里郑重其事地说："我是秋津。这些天要麻烦您了，请多关照！"

"我是坂本。丹阿弥泰夫先生几次三番地说你是他的'前未婚妻',让我不要偷懒,好好儿照顾你。你不要客气,有什么尽管说。别看我这个样子,在纽约也住了四年了,对纽约大概都了解。"

留着大鬓角的坂本本来是丹阿弥流派的能乐师。但是,在能乐界成功靠的是门第和血统。坂本自认在这样的世界里自己前途渺茫,便只身来到纽约,学习表演。他以关西人特有的爽快和千里打过招呼,从行李车上拿下行李,放进他开来的大众汽车生产的甲壳虫后备厢里,让千里上车。

坂本把车开到高速公路上。一辆辆汽车从后面超过来,一闪而过。

"对不起!这辆车都跑了七万公里了,是辆破车。马力不足了。"

"没关系。丹阿弥先生的姑父是千代田汽车公司的高管,靠这层关系我用优惠价买了一辆丽贝卡。不过,我一直就很喜欢甲壳虫。"

听千里这么说,坂本好像松了一口气。他把车打到慢跑线上,又放慢了一点儿速度。

远处,晴朗的天空下,出现了曼哈顿的高楼大厦。

坂本慢慢开着车,直截了当地问:"我听说你是来纽约研究陶艺的。纽约有值得日本的陶艺家学习的地方吗?"

"谈不上什么研究。美国的博物馆利用美元的威力收集了很多东方的陶瓷器,我来是想参观一下这些博物馆。另外,再去一趟阿尔弗雷德大学。"

"阿尔弗雷德大学在纽约是陶艺家聚集的大学,从商业陶器到艺术陶器,他们都有很高水平的人才。"

"你还挺了解这方面的情况的。我想去那儿找从京都近代美术馆来留学的熊谷先生。你认识他吗?"

"不认识。"坂本吓唬说,"除了美国人以外,他们那儿有很多京都艺术大学的留学生。像你这样的新锐女陶艺家去了,还不知道有多少问题等着你呢!说不定脱不了身了。"

甲壳虫驶过架在东河上的大桥,进入曼哈顿区,向中央公园方向开去。千里订的巴比松广场酒店在中央公园的正南面。四十层高的巴比松广场酒店颇有老式欧洲风情。坂本停下车,没有把千里的行李交给门童。他拉着千里的行李箱,到前台替千里办了入住手续。

"谢谢您,替我想得这么周到。再见!"

千里正要叫门童来拿行李,坂本说:"纽约治安很不好,最好让他们以为你有男伴儿。我送你去房间。"

两人上了电梯。坂本把行李放到七楼千里的房间里,说:"这下可以放心了。你要倒时差,肯定很累。先睡一觉,醒来以后给我打电话。"他给千里写了一个电话号码,然后走了。

千里一个人待在房间里。她走到窗边,眺望着中央公园。从上俯瞰,宽阔的中央公园不像是一个公园,倒像一片森林。人工湖里的水闪着凛冽的寒光。千里在那寒光中看到了壹岐的影子——一个任何时候都克制自己的感情、无时无刻不从容冷静的男人。千里犹豫了,不知道该不该给壹岐的办公室打电话。

壹岐早晨一上班就忙个不停。和来访者面谈,参加公司内部会议,和客户吃工作午餐,签署文件。但他一反常态,不停地看表。

此时,他正在海部拿来的文件上签字,不由得又看了一下表。已经三点多了,秋津千里还没有任何联系。她从京都寄来的航空信上写着有人去机场接她,也不知到底接上没有。早知道这样,不如自己抽出时间去接她。

"您怎么了?应该在这里签字。"海部诧异地说。

壹岐慌忙重新签了字。

"您从日本回来以后就没有休息过,是不是累了?下星期里井副社长和角田常务来,正式开始和福克交涉。您还是在他们来之前休息一天吧!"

"不用。"

这时,电话铃响了。壹岐拿起话筒。

"喂!是壹岐先生吗?"是期待已久的秋津千里的声音。

"你平安到达了?我正担心呢。是吗?住在巴比松广场酒店?那儿就在公园附近,很安静吧。噢,没关系,今天晚上我有时间,七点半在酒店大厅等你。"壹岐放下话筒,不是很流畅地对海部说:"海部君,我在军队时候的上司家的小姐、女陶艺家秋津,因为工作关系来纽约了。我想请她吃晚饭。抱歉,今天晚上你去替我参加日本人协会主办的派对吧!"

"哦?那位陶艺家小姐是一个人来纽约的?"

"说是小姐,也三十多岁了。她哥哥也是军人,比兵头君早一期。"壹岐发现自己正在喋喋不休地解释秋津千里的经历、职业、年龄,还搬出了兵头,不由得有些狼狈。

海部答应了壹岐的要求:"既然是这样一位小姐来了,那今晚的派对我就代替您去吧。"

巴比松广场酒店的大厅里人来人往。有这里的住宿客人,也有来参加派对的身着华丽服装的女士们、先生们。但是,壹岐一眼就看到了秋津千里。千里也马上发现了壹岐,从沙发上站起来。千里长发飘逸,身穿有光泽的云纹绸长裙,在色彩鲜艳的礼服裙和华贵的水貂皮大衣争奇斗艳的女客人里,别具一格,宛如一幅画。她身上散发着一种三十多岁女人成熟的魅力。

壹岐心旷神怡,迎上去说:"欢迎你来纽约!路上辛苦了。累了吧?"

千里面带美丽的笑容,说:"还好,飞机里乘客不多,到饭店以后又休息了一会儿。我这么突然飞过来,是不是给您添麻烦了?"

"哪儿的话!你第一次来纽约,我本来该去机场接你的。好了,我们先出去再说。"壹岐说道。

千里穿上大衣,戴好手套,跟壹岐走出酒店。壹岐叫了一辆出租车,要司机去新泽西的狂想曲烧烤餐厅。

千里惊讶地问:"我们现在去新泽西州?"

"说是新泽西州,我们要去的狂想曲烧烤餐厅就在河对岸。走高速公路二十分钟就到了。这家烧烤餐厅在一个很高的悬崖上,可以俯瞰到曼哈顿全景。而且,很安静。"

"这么近?我想象中美国那么大,一说另外一个州的名字,就好像那儿很远很远。"千里把白皙的脸埋在银灰色的俄罗斯狸皮大衣领子里,笑了。一股淡淡的香水味飘向壹岐。

出租车沿着哈德逊河岸的高速公路飞驰,穿过河底林肯隧道,驶入对岸的新泽西州,沿着通向岸边的公路往上开。一栋栋高层公寓和一片片葱郁的树林被甩在后面,出租车停在颇似小山庄的烧烤餐厅前。

服务生迎出来。壹岐报了名字,两人把大衣交给服务生。服务生把他们带到一张窗边的桌子旁。店里的灯光调得很暗,站在窗边可以看到奔流不息的哈德逊河对岸的曼哈顿。从南到北曼哈顿的高楼大厦的灯光交织成一条二十公里长的璀璨的光带,宛如一幅气势宏大的画。千里没有马上坐下,她被这美丽的夜景迷住了。

"这里正对着西城区的四十五号路。"壹岐指着窗外,说,"你能看见河对岸那个码头吧?伊丽莎白女王号来了就停泊在那儿。"

千里定睛望去,果然看见一排排周围闪着小灯的大大小小的栈桥,还有停泊在岸边的船舶白色的影子,给人带来一丝旅愁。

服务生端来开胃酒。壹岐端起酒杯说："再次欢迎你！干杯！"

千里闪动着一双明亮的眼睛,和壹岐碰了一下杯,说："我真是太高兴了！没想到刚到纽约的第一天就能见到您。"

两个人都沉默了。蜡烛的光亮在玻璃罩下摇曳,壹岐和千里彼此凝视着对方,捕捉着对方的目光。

餐厅里有三十桌左右的客人,服务生观察着每桌客人,及时送上所需服务。壹岐和千里相识十多年,第一次不用顾及任何人的目光和她单独在一起。他感到自己胸中有股火焰,就像眼前的蜡烛一样在燃烧。

一阵像波涛声的沉闷响声传入两个沉默不语的人的耳朵里。千里的眼睛里露出疑惑的目光。

壹岐解释说："这是对岸高速公路上无数汽车发出的声音。根据风向和风的大小,有时候听起来像浪涛,有时候听起来像旋风。"

菜依次上来了。汤、色拉、主菜牛排。壹岐边吃边问："今天白天没出去走走？"

千里一边熟练地用着叉子一边说："来机场接我的人带我看了纽约的主要景点。以后再去参观美术馆,拜访这里的陶艺家。"

壹岐关心地说："那还是有辆车方便。我给你找辆车吧！"

"来接我的人自己开车来,带我去各个地方。我不想因为这些小事麻烦您。"

"那个人也是搞陶艺的？"

"不是,他是搞能乐的。因为他和丹阿弥先生是兄弟,所以,有什么事儿都好说话。"

壹岐一下子没话可说了。上次回国去看千里作品展的时候,千里曾经的未婚夫、现在已经是别人丈夫的丹阿弥泰夫就在,让他一直不能释怀。现在来纽约,千里又可以毫不客气地请丹阿弥帮忙。壹岐无法理解千里和丹阿弥泰夫之间到底是什么关系。壹岐对丹阿弥产生了嫉妒,嫉妒他和千里同龄的年纪,嫉妒他被称为能乐界异端分子的自由奔放的生活方式。

安静的餐厅里响起了乐队的演奏声。舞池里出现了几对跳舞的舞伴。

壹岐邀请道:"千里小姐,我们跳个舞吧!"

千里吃了一惊,把餐巾放在餐桌上,站起来说:"壹岐先生,您到这边来学会跳舞了?"

壹岐挽起千里走进舞池,说:"我不是来这儿以后才学的。"

"可是,您……"

"你是想说我原来是军人,怎么会跳舞,对吧?我在大本营当参谋的时候,战局紧迫。为了搜集苏联的情报,我留了头发,假扮成外交信使,坐西伯利亚列车到撤退至古比雪夫的日本驻苏联大使馆,然后又去了德国。那时候,我接受过交际舞的特训。不过,那是战前的交际舞,不好意思和别的女人跳。因为千里小姐肯定不会笑话我,所以就……"

壹岐用不太熟练的动作握住千里的右手,另一只手放到她的后背上。音乐是缓慢的慢四部爵士舞曲。开始的时候壹岐老怕踩千里的脚,跳得磕磕巴巴的。千里带着他,慢慢地找回了感觉,得心应手到可以在人群中凝视千里。

千里慢慢让壹岐带着她跳,微笑着说:"您跳得真好!"

壹岐在千里耳边小声说:"那是因为舞伴是你。"

他一直努力地与千里保持着距离,这时两人的身体碰撞到一起。透过丝绸长裙,壹岐感受到了千里的肌肤。他拉开了距离。转圈的时候,两个人的身体又碰到了一块儿。千里娇羞地把红扑扑的脸蛋轻轻地埋在壹岐胸前。

今天是秋津千里从纽约到华盛顿的第三天。

美国国家美术馆位于耸立着国会大厦的国会山附近。与它相隔不远的是建在一片林中的弗利尔美术馆。千里每天都去那里。与收藏着拉斐尔、伦勃朗等欧洲十六、十七世纪著名画家作品的国家美术馆不同，弗利尔美术馆的收藏品以东方和伊斯兰文化为主，参观的人也寥寥无几。但这里的中国、中近东陶瓷器和日本的浮世绘收藏品都是世界顶尖级的。

今天是在华盛顿的最后一天。千里早早来到弗利尔美术馆，十点钟美术馆一开馆她就进去，再次认真看了一遍十九个展厅当中的第十三号到第十九号展厅。这些展厅里陈列着中国的艺术品，从公元前九世纪的青铜器到陶瓷器、翡翠工艺品、漆器以及水墨画，都是极品杰作。千里又一次在"磁州窑白地牡丹蔓草文扁"前停住脚步。这是一只北宋时代的宽口长颈扁，白瓷上的牡丹蔓草图案一气呵成，流畅有力。虽然这只扁并不大，只有四十厘米高，但是凛然高雅，使人不自觉地生出敬畏之念。

千里痴迷地站在展览柜前。突然，她发现自己映在橱窗上的身影旁边出现了壹岐的影子。她和壹岐约定好中午十二点在美术馆门口见面。

千里惊讶地转过身来，问："哎呀，是不是让您等着急了？"

壹岐手里拿着羊绒大衣，说："没有。我比预订的提前了一个航班从纽约飞过来的。我一边找你一边已经看过日本展厅了。还有二十分钟，你慢慢看吧。"

壹岐正要往印度展厅走，千里叫住他，说："不用看。看到这些仿佛拒人于千里之外的完美无缺的作品，让我觉得我今后的路不知道有多漫长。"说完，长长地叹了一口气，和壹岐往外走。

壹岐看着千里,露出恬静的微笑,说:"你真是个热心钻研的人。说实话,你目不转睛地看着瓷瓶的样子比那个瓷瓶更打动我。"

"哎呀,那您为什么不早点儿叫我?"想到自己痴迷的样子被壹岐看到,千里羞红了脸,轻轻地瞪了一眼壹岐。

星期天从工作中解放出来,专门从纽约飞来华盛顿给千里当向导的壹岐愉快开朗。他问道:"你见到乔治城的朋友了?"

千里第一次在陶艺新人展览会上展出作品的时候,另一位女陶艺家和她一起获得了新人奖。千里这次来华盛顿就是因为有她帮忙。她后来和去栃木县的益子陶器窑研修的美国人结了婚,现在在乔治城进行现代陶艺的创作。

千里和壹岐并肩走着,说:"她移居到华盛顿已经五年多了,我们一直没见面。可她特别欢迎我。每天从美术馆出来我都要到她的工作室去,跟她学到了不少东西。开始我以为她创作的美国现代陶艺和我在纽约阿尔弗雷德大学看到的一样,是那种梦幻风格的陶艺雕塑作品。没想到她的艺术主题远远比住在日本的我更有日本风格,真让我感到羞愧。"

壹岐说:"我能理解她。我带从日本来的客人去参观美术馆的时候,每次看到东方的作品都像回了家一样。对于生长在日本的人来说,国外的生活给精神上带来很大的压力。"

两人走出美术馆。外面很暖和,野生的松鼠在三月初的草坪上戏耍。

壹岐说:"这样吧,咱们先去郊外的阿灵顿公墓,然后再去华盛顿纪念碑、林肯纪念馆、白宫,尽量在飞机起飞之前把你还没去过的地方都看了。"

千里在纽约的时候没赶上周末,壹岐整天忙于工作,没机会见她。现在,他似乎要把一切都弥补上。

阿灵顿公墓有一排排像棒球场入口处的大门。进了大门里面是宽阔的公墓,要想绕公墓一周,必须买票坐电瓶车。因为不是旅游季节,电瓶车里没有什么游客。手持鲜花、身穿丧服的是来扫墓的亲属,身穿制服的是海军陆战队年轻的士兵。在这辆电瓶车里这些人格外显眼。

电瓶车沿着公墓的弯曲坡路缓缓地往上开。这里安葬着南北战争以来在战争中牺牲的人们,有将军也有无名战士。刚发芽的草坪上排列着一排排白色的墓碑,从四面八方映入来访者的眼帘。千里把脸贴近车窗,默默地看着四周不断逼近的墓碑。她和壹岐在肯尼迪墓前下车以后,仍是一言不发。

壹岐和千里跟在海军陆战队战士们的身后上了台阶,登上一个小山丘。一座黑色的墓碑竖立在铺着石板的墓地中央,四周用草木围成一道墙。墓碑顶端永不熄灭的长明灯在微风中摇曳,燃烧着橘红色的火焰。海军陆战队的战士们充满朝气,无忧无虑地交谈着,互相摄影留念。想到他们年轻的生命不知何时会变成这里的一块墓碑,壹岐无法正视他们。和千里一起走下小山丘,两人在公墓的小径上信步前行。从车里看似乎每一块墓碑都一样,但走近才知道它们的造型不尽相同,有些墓碑前还有人献上的鲜花。

千里在一座最大的、崭新的大理石墓碑前停住脚步,一动不动。壹岐从她身后看到墓碑上刻着:

克洛维斯·艾塞尔伯特·拜尔斯
一九〇五年十一月五日至一九六九年十月十三日任美国陆军中将

墓碑上的"陆军中将"让千里想起了远东军事法庭出庭前夜服

氰化钾自杀的父亲,满洲大陆铁道司令、陆军中将秋津。

千里低声说:"这位将军是半年前才去世的。"

壹岐说:"我听说这里原来安葬着各州代表八万五千名战士。因为越南战争战死者急剧增加,所以又利用周围的丘陵地带扩建了公墓。"

"壹岐先生,我父亲那时候真的只有自杀一条路可走吗?"千里的眼睛里一下子涌出了泪花。

壹岐不知道该说什么好,沉默了一会儿,说:"我没有资格对你父亲的自杀品头论足。我自己为了选择正确的第二次人生道路,进了商社。可是,回想起来,有很多悔恨……"十一年前那场激烈的FX商战从他脑海中掠过。

"壹岐先生,您对自己太苛刻了。像我哥哥那样,出家为僧,身患结核,咳血不止也不下山治疗,继续修行,这固然是一种活法。但是,像您这样在竞争激烈的商社重新开始人生,从某种意义上讲将更加艰难。"

"可是,千里小姐,我们经历了战败的这些旧军人必须背负着责任活下去。无论道路有多么坎坷曲折,我都要走完第二次人生的道路,最后完成自己的责任。"壹岐看着眼前成千上万的墓碑,像是对千里又像是自言自语地说。

晚上八点,壹岐和千里乘坐的飞机从华盛顿抵达纽约拉瓜迪亚机场。

虽然只有一小时的飞行距离,但纽约比华盛顿冷得多,星星在夜空中闪着冰冷的眼睛。壹岐替千里拿着她的旅行包,排队等出租车。

"好冷啊!真难想象白天阿灵顿公墓是那么暖和。"千里抬头看着黑暗冰冷的天空,拉紧大衣的狐皮领子说。

"你是不是感冒了？"

"我没事儿。这里冰冷的夜空和我在父亲的赴任地哈尔滨看到的夜空一模一样。那时候,我总是盼着春天早点来。"在阿灵顿公墓想起的父亲的身影还留在千里的心里。

出租汽车载着壹岐和千里在高速公路上一路飞驰,开到曼哈顿区。星期日晚上的纽约看不到车水马龙也看不到行人,高楼大厦默默地矗立着,像一座死城般寂静。壹岐看着车窗外带有杀气的纽约城,心想明天里井副社长就来纽约,他不能再和千里共度这样的时光。想到这是最后一天,他无法就这样把千里送回酒店。可是,在纽约大部分餐厅、夜总会星期天晚上都不营业,可以和千里从容在一起的只有他的公寓。

壹岐一阵冲动,想邀请千里到他的公寓。可另一方面他又告诫自己必须避免再单独和千里相处。他看了一眼已经近在眼前的中央公园,车再往南开七八分钟就到巴比松广场酒店了。

"壹岐先生的公寓在哪儿？"

"再往东南走一点儿。在你住的酒店东面的东河边儿上。"

"那很近啊。如果不麻烦的话,我想去看一下您住的公寓。"

壹岐犹豫了一下,说出了让他自己都感到意外的话："行！在纽约和你自己的作品见面,对你这个作者来说一定很有意思。"说完,他让出租车司机把车开到他的公寓。

公寓大厅里没有无时不在的门卫的身影。壹岐松了一口气,带着千里上了电梯,在三十七层下来,打开房门。他打开中央空调的开关,拉开窗帘。

千里脱下大衣,走到窗边,指着下面问道："那就是东河吗？"脚下的河流在星光的照耀下掀起点点银波,静静流淌着。

"对。这条河虽然没有我们上次吃饭的那个餐厅前面的哈德逊河宽,但是因为通向加拿大的安大略省,所以冬天最冷的时候河面上全是浮冰。房间一会儿就暖和了。先喝点儿什么吧!"

"那,我就喝点儿白兰地吧!我去拿,就在厨房吗?"

"你是客人,在沙发上歇着。因为我经常在客厅里举行一些小型派对,或者招待公司的员工,所以,弄了一个家庭迷你酒吧。"

壹岐打开平时关着的酒吧门,从里面拿出两个酒杯,倒上白兰地。千里用双手暖着酒杯,环视着宽敞的客厅,说:"壹岐先生这儿不像公寓,像饭店。太大了,或者说太整洁了。像我这样整天跟泥土打交道的人,坐都坐不安稳。"

虽然公寓里的家具都是厚重的欧洲风格,但却缺乏生活中的温馨,显得冷冰冰的。壹岐慢慢喝着白兰地说:"回国以前再忍一段时间吧。"为了避免谈到自己清苦的生活,他问道,"对了,千里小姐,我记得你说过想在自己的工作室里砌个窑,砌好了吗?"

千里闪着一双大眼睛说:"快了,我们这些搞陶艺的人靠个人作品展览会几乎卖不出去什么作品。为了生计一般都要制作一些容易出售的陶器,去陶艺班当老师什么的。因为我本来在金钱方面就不擅长,所以资金一直没到位。不过,前段时间我改良了煤气窑,性能和烧柴的土窑不差上下。我计划等大阪的个人作品展览会结束以后,再占用一间房子,把工作室再扩大一点儿,然后砌窑。"

一谈到陶艺千里的表情总是非常生动。壹岐又给她倒了一杯酒,关切地问:"再占用一间房子?那你和你叔叔之间又要有一场风波了?"

"自从和丹阿弥先生解除婚约以后,我叔叔对我已经死心了,不再像以前那么唠叨了。我也觉得挺对不起他的。不过,我现在特别自由自在,能想来美国就来美国。"千里露出调皮的笑容,问,"我的瓷瓶在哪儿呢?"她的两颊升腾起了红晕。

"在隔壁书房里。说是书房,其实除了吃饭以外我的一切起居都在那儿,里面很乱,不好意思让女士们进去。就和上次我跳的拙笨的交际舞一样,因为是你,所以才觉得让你看看也没什么。"说着壹岐端着酒杯,带千里去看她的瓷瓶。

壹岐打开书房灯,看见床上散落着睡袍和一条领带。军人出身的壹岐虽然平时很注意房间的整洁,但今天早晨忙着赶飞机,就没有收拾。那条领带是他在两条之间挑来挑去后扔到床上的。他急忙过去把这些东西收拾起来。

千里开始还有点儿客气,站在门口。可是当看到摆在书架旁边的装饰柜上的瓷瓶后,她走过去,用湿润的双眼看着壹岐说:"没想到你把它放在身边,我太高兴了!可以的话,希望你以后一直把它这样放在身边。"

"当然。你还记得我们在弗利尔美术馆说的话吗?从日本来这儿以后,每天忙忙碌碌,疲于奔命。从公司回到家,看到这个瓷瓶我的心就感到很安宁。"

"三年前我制作了一个同样的青瓷瓶。制作的时候您说您想要,我答应做好以后给您。您还记得这件事吗?"

"不过,后来你说那是件次品,没有给我。"

"不,那件作品很成功。只不过当时我的心情很复杂……我是为了忘记壹岐先生才没有把它送给您的。可是,无意识中我又制作了一个同样的瓷瓶。我把它拿到个人作品展上展出,您偶然看到买下了。现在它竟然被带到遥远的纽约,放在你身边……"

壹岐第一次从千里嘴里听到这些话,他抑制不住内心的冲动,放下酒杯,伸手抚摸千里的脸颊。千里的身体一瞬间变得僵硬了,但她很快不由自主地将白皙的脸蛋贴过来,轻轻吻了一下壹岐的双唇,两只胳膊热烈地抱住壹岐的脖子。壹岐也紧紧地吻着千里的嘴唇,抑制不住的激情似决堤的洪水,势不可当。

黎明时分，壹岐梦到了已经故去的妻子。

壹岐第一次和妻子双双参加一个欢迎外国经济代表团的宴会。妻子佳子身穿浅紫色的和服，彬彬有礼，颇得大家的好感。不知道什么时候他和妻子分开了。等他再看到妻子的时候，里井副社长正在教训她。他急忙走到妻子身边，里井瞪了他一眼，消失在人群中。妻子的眼睛里充满泪水。他问妻子怎么了，妻子哀伤地说了一句"你在公司里不要和里井副社长作对……"就离他而去。他不由得大叫一声"佳子"，正要追上去时，一下子被自己的叫声惊醒了。

虽然这个梦很短，但却如此逼真，给壹岐带来难以名状的冲击。梦里出现的宴会可能就是佳子去世前在椿山庄举行的澳大利亚经济代表团欢迎宴会。那天佳子盘着头发，身穿绘有花草图案的浅紫色和服。澳大利亚一位亲日派夫人赞美她像《源氏物语》中的紫上一样美丽。大门社长也夸她，说"壹岐君你有这么一个好妻子，真幸福！"。那时，他觉得在第二次人生道路上作为一个商社人走了十年，他终于可以回报妻子了。当时因为他搜集了经营状况开始恶化的千代田的有关情报引起里井副社长的不满，里井当着佳子的面向他发难也是在那次宴会上。但是，梦里佳子用哀伤的眼神看着他远去，他大声叫着佳子的名字的情景却发生在宴会的几天之后。为什么这一情景如此强烈地刺激着他，以至于他猛地惊醒。那是因为那天他和佳子一起去医院看望原关东军副参谋长竹村少将，在十字路口他和佳子分手的时候，他突然从后面叫住正准备过马路的佳子。佳子在回头的那一刻被一辆飞驰而来的卡车撞上，离开了人世。

从妻子因交通事故死亡的那一刻起，壹岐就在自责，为什么要叫她。这种自责直到现在还埋藏在他心里，挥之不去。那时候他之所以叫佳子,是因为他在竹村的病房看到千里,为她动心。他觉得妻子在为这件事责怪他,他想叫妻子去喝杯茶,消除掉隔阂。尽管发生了这样的事情,可是,昨天晚上他却在一阵狂乱的冲动中抱住千里,让两个人的身体融合在了一起。

此刻,千里在壹岐身旁静静地熟睡着。千里轮廓分明的脸庞在昏暗的光线下微微发白,长长的乌发像丝一样披散在床上。壹岐想着自己和千里的今后。他似乎是千里的第一个男人。怀抱着一直到三十多岁都纯洁无垢的女人,那种愉悦使他格外兴奋,同时还伴随着责任感。无论用什么方式,他都要守护千里。

几个小时后壹岐就要和千里分别了。只要他还留在纽约工作,千里不来纽约,或者他不回日本,他们两人就无法相见。以他走过来的人生道路,他不可能和千里只是一夜情。他一点儿也不知道两人的关系将以什么样的方式发展下去。千里轻轻动了一下,她闪动着浓密的眼睫毛,看到壹岐,想起昨晚发生的事,娇羞地把脸埋在被子里。

"早上好!睡得好吗?"壹岐问。

"已经早晨了……"千里看了一下床头柜上指向六点五分的表,问,"你早就醒了?怎么不叫醒我?"大概是想到了分别,千里的声音没有精神。

"我觉得你肯定累了。再说,你睡着的样子让我看得入迷……"壹岐伸出手抚摸着千里柔软的头发。

千里用专注的目光凝视着壹岐,问:"我们还能这样见面吗?"

"我当然想了。不过,我等五月底股东大会以前才能回日本,在这之前……"

"那,我的大阪个人作品展完了以后还可以来吗?"

"你要能来的话,我当然希望你来。"

面对千里汹涌而来的如火焰般的热情,壹岐答道。他抱起千里,亲吻她丰满的乳房。千里抱住壹岐,把身体紧紧贴在他的身上。昨天晚上在壹岐的爱抚下她配合得还很生硬,整个过程她的身体都是发僵的。一夜之后,她大胆热情地迎合着壹岐。真是难以想象,临别的伤感可以如此改变一个女人。

两个人的身体融合到了一起,彼此可以听到对方轻轻的喘息声,就像情事留下的余韵。

天亮了,几缕晨光从窗边照射进来。壹岐该准备上班了。千里也从床上爬起来,出了房间。不一会儿,浴室里传来洗浴的声音。

壹岐回味着千里年轻柔软的身体,今天下午到纽约的里井副社长的身影掠过他的脑海。如果他和千里的事情被里井发现了,很可能成为他的致命一击。绝对要避免这种情况的发生,同时又不能伤害到千里,可想而知今后和千里的相会有多难。但是壹岐已经无法割舍五十多岁的男人体验到的强烈的性爱。

壹岐换好衣服走进客厅,见千里已经穿好衣服,整理好行李了。

壹岐说:"吃了早饭再走吧!"

千里的长发整齐地梳在脑后,她抬起头看着壹岐说:"我得整理行李,还要去向坂本先生道谢。不早点儿回酒店就赶不上十一点去波士顿的飞机了。"

"纽约飞波士顿的飞机一天好几趟,你晚点儿走吧。"

"可是,那边去机场接我的人也有人家的时间安排。突然改变时间不好吧。"

"这倒也是。那边接你的还是丹阿弥流派的弟子?"壹岐很在意丹阿弥。

"不是,是评论家佐伯春彦先生的学生,是波士顿美术研究所的客座教授。"千里身穿棕色毛衣站起身来。

"你在美国期间不管到哪儿,波士顿、洛杉矶、旧金山,我都会尽量给你打电话的。你要遇上什么麻烦就给我公司打电话。要是我不在,你就找一个叫海部要的人,有什么事情告诉他就行了。他是我的心腹,也知道你来。"壹岐突然不放心让千里一个人到处走,说了这么一大通话。

"谢谢! 时间不早了,我该走了。"千里像是要驱赶惜别之情似的说。她拿起大衣默默地递给壹岐,转过身去。

壹岐帮千里穿大衣,不知不觉中成了他们两人之间的一个规矩。

"我送你下去。"

壹岐正要和千里一起出去,千里背对着壹岐说:"不要送。我不顾一切地从日本飞来,投入壹岐先生的怀抱。可是,今后,我有点儿害怕。"

千里伸手开门。壹岐用自己的手使劲按住那只手,他从没感到过纽约和东京之间是如此的遥远。

上午开完会,见过客人,壹岐点上一支烟。

站在新泛美航空公司大厦四十五层的美国近畿商事社长办公室,可以将杜邦等巨型企业群的高层大厦尽收眼底。壹岐的目光像箭一样射向其中的一个,那里面有福克公司在纽约的分公司。里井副社长过一会儿就到纽约了。明天壹岐要和他一起飞往底特律,在福克公司本部和福克总裁交涉与千代田合作的事宜。

壹岐一动不动地凝视着巨型企业群的大厦,他的脸上看不到任何和秋津千里有过一夜激情的痕迹。面对工作,他绷紧了神经。他看了一下表,刚过十二点。刚才去接里井副社长的海部打来电话,说飞机晚点三十分钟,里井两点以前到公司。

和里井副社长一起来的角田业务本部部长在安克拉治换乘飞往

底特律的飞机,比他们早一步到目的地。从这点上壹岐能感到里井志在必得的决心。

通话器响了,秘书报告里井副社长坐的车进了地下停车场。壹岐马上坐电梯下到地下三层近畿商事的停车场。按照近畿商事的惯例,社长来去机场迎接,副社长来在公司的接待处迎接。但是,壹岐特意到地下停车场来迎接。

里井副社长坐的轿车分毫不差地停在壹岐面前。海部先下车,把门打开。壹岐说道:"我一直在等您。听说飞机晚点了,我还有点儿担心。您平安到达,太好了!"

里井身穿时尚的深灰色双开叉西服下了车,说:"壹岐君,劳驾你到地下停车场来接我,受累了!"他情绪极好,由壹岐带路上了电梯,"看来你已经完全习惯这儿了,比你来以前显得年轻了。"

海部替里井拿着手提箱,这时也附和道:"听里井副社长这么一说,我也觉得壹岐常务今天特别精神。肯定是因为里井副社长您来了。"

虽然海部是为了取悦里井,可是,壹岐却觉得好像自己昨晚和千里的事情被发现了一样,心中一惊。

海部看着楼层显示器,继续说些让里井高兴的话:"副社长的人脉这广,真是超乎我的想象。刚才在机场,和您那么亲热交谈的人居然是美国国务院亚洲太平洋司司长!"

电梯在四十五层停下来,总务、财务等各部的六七位部长守候在电梯门外。

"各位,谢谢你们!都挺忙的还专门出来迎接我。"

里井一副美国人的做派,动作夸张地和每个人握手之后一边往会客室走,一边观察公司的情况。壹岐任美国近畿商事社长之后,这里的确变得和以前不一样了,充满了活力和紧张的气氛。公司业绩也在不断上升。身为副社长的里井在得到某种满足感的同时,也感到有些自愧不如。

会客室里,里井和壹岐相对而坐。

里井摆出总部副社长的架子,表扬壹岐:"壹岐君,你走到哪儿都能干得有声有色。"

"副社长有那么丰富的海外工作经验,您这么说,我感到很荣幸。我真佩服您,身体再好的人从日本来了以后一般都要先回饭店休息一下,可是您却好像从东京到大阪一样,一下飞机就直接到公司来了。"

"我年轻的时候就世界各地到处飞。商社人没这点儿经历迟早被淘汰。我已经给你发过电传,角田君已经直接飞到底特律了。"

"我也已经让塙和八束去底特律,听角田业务本部部长的安排,负责琐碎的事务性工作。"

"两个人更好。角田君一直到出发前都在征求、统一各方面意见,准备资料。这件事不能走漏风声,现阶段在公司内部都按绝密处理。这儿的保密工作做得怎么样?"

"除了我以外,只有塙、八束和海部知道。刚才迎接您的那几个部长都不知道,我告诉他们您这次来是要去芝加哥的 US 钢铁公司。"

"其他公司有什么动静?"

"还没有一家公司知道。不过,我们必须提防东京商事的鲛岛常务。我第一次去福克公司的时候,正好鲛岛也在机场。幸好他没看见我。不过,因为此人的嗅觉像动物一样灵敏,而且东京商事是福克和东和自动变速器合资公司的主要角色,所以,我们和福克的交涉应该尽可能迅速进行。国内有什么变化吗?"

"没什么变化。第三银行现在是无论如何都想让千代田尽快和福克结合,防止他们继续下滑。银行只考虑抵押资产是不是安全,不考虑别的。主角千代田还是老样子,总是摆脱不了曾经是三大汽车公司之一那种意识,还在说些福克的持股率不能超过四分之一、不接受福克方面的董事之类的梦话。我们商社的任务就是当好红娘,巧妙地成全福克和千代田这桩婚事。"说完里井点上一颗登喜路香烟,问,"壹岐君,你感觉持股比率会是个什么情况?"这是和福克交涉过程中最关键的一个问题。

"福克公司开始提出的要求是百分之五十。塙和八束去了好几次底特律,再三跟他们解释日本通产省不可能批准这个比率。后来,他们表示理解这一点,他们也知道'臭名昭著的日本通产省'。但是,三分之一也就是百分之三十二点四是他们的底线,绝对不能低于这个水平。"

"是这样,因为这次的合作方不是有转子发动机技术的东和,是千代田,所以,他们才要求百分之五十。不过,既然他们已经在持股率上做了让步,肯定会在派遣董事这个问题上大做文章。"

"我们应该做好这个思想准备,福克公司很可能要求他们的董事担任公司经营的主要职务。"壹岐冷静地分析道。

里井目光一闪,说:"问题就在这儿。如果福克公司的董事担任要害部门的职位,他们就能了解到一些不该让他们知道的情况。比如千代田级差的销售额、拮据的公司财政等等。所以,我们必须极力说服他们往技术、策划部门派遣董事。另一方面还要强调千代田厚木工厂的魅力,告诉他们厚木工厂有最先进的设备,每月的生产量是一万辆。我们现在就把明天会谈的具体内容定下来吧。我的想法是这样的……"里井丝毫不像一小时前刚从日本飞到纽约,用很快的速度说完他的想法,然后说,"就这样!我得去驻纽约领事馆和各银行打声招呼。"他没有丝毫疲惫之色,生怕浪费哪怕一分钟的时间。

壹岐说:"晚上还有应酬,您还是回饭店稍微休息一下吧!"

"我不是你,年轻的时候就一直是这样。"里井说着,精神抖擞地站了起来。

里井走进底特律都会韦恩县机场接机大厅,提前到底特律的八束迎上前去干脆利索地说:"副社长,我是纽约分管机械的八束。角田业务本部部长昨天平安到达底特律,正在饭店做准备工作。他在等候您的到来。"他发现壹岐给提着里井的旅行箱,马上说:"我来拿。我先去把车开到中央出口,您二位在这儿等我一下。这儿和纽约不一样,外面还挺冷的。"说完就急急忙忙地去开车了。

八束驾驶的豪华轿车开上高速公路,里井问壹岐:"八束君我以前没见过,他是哪年进公司的?"

"昭和三十四年(1960年)。他在东京的钢铁部干过四年,之后就一直在纽约,主要负责煤炭、机械。他可不一般,上大学的时候就立志当商社人,还给自己制订了时间表。"

"上大学的时候就给自己制订了当商社人的时间表,还真是杰作。八束君,这是真的?"

"是。我上大学的时候就决定毕业以后进商社,选了经济系。除了去外语培训班学英语,还去附近的算盘学习班,和小学生们混在一起学算盘。用一年时间拿到了日商检定①三级证书。大学二年级的时候参加了津田英学塾举办的暑假英文打字班,我是那个班唯一的男生。三年级暑假拿了驾照。从四年级拼命学习。我一开始就没想去论资排辈的财阀系列商社,而是选择了有能力就能干大事的近畿商事。参加了考试,就考上了。"八束自自然然地做了自我介绍。

里井心情大好,说:"我太太就是津田英学塾毕业的,她要是听说你为了当商社人一个人混在女孩子堆里学英文打字,肯定很高兴。

---

① 日商簿记检定,即日本版会计证书。从1级到3级,共分3级。

那这次福克这项工作也是你的一个目标？"

"那当然了。海外常驻职员在决定到海外的那一瞬间起，如果没有一定要干件大事的气概，就不配被选上。所以，当时还是业务本部的壹岐本部长给我发来电传，让我调查有关福克对日经营战略的时候，我是怀着欢欣鼓舞的心情搜集底特律的信息的。"容不得壹岐制止，八束的话已经说出口了。

此言一出，里井马上沉下脸，挖苦道："哦？壹岐君当业务本部部长的时候就给纽约发这样的指令了？"

"副社长，当时美国的三巨头就对日本市场虎视眈眈，他们通过设在日本的咨询机构对日本汽车行业的情况做了详细的调查。因为在这种情况下我接到了当时业务本部部长的指示，所以一下子燃起了斗志，参加了和福克公司的交涉工作。对商社人来说这是难得的好运。"八束精神抖擞地说，把车开得更快了。

三十分钟后汽车到达底特律市内的庞沙卢特酒店。这是一座现代化的豪华酒店。按计划他们将在里井住的套间里召开会议，商定和福克交涉的最后方案。房间里角田业务本部部长和塙四郎正在做准备工作，桌子上铺满资料。

"辛苦了！还顺利吧？"里井问道。

"我们正在核对纽约搜集到的信息和律师的意见。壹岐君，你准备了这么多资料，谢谢！"角田的话虽然说得很客气，但看得出他颇为自负。因为这次谈判的主导权由美国近畿商事转到了东京总部手里。虽然角田才五十三岁，但是已经秃顶，瘦得像根蜡烛，看上去很苍老。他曾被派到伦敦分店，一直做管理工作。壹岐调到纽约后，他被提拔为第二任业务本部部长。善于看人下菜碟，对有可能成为下一任社长的里井鞠躬尽瘁，让人看着都替他感到难为情。

"副社长，我刚才跟福克公司通过电话，他们说福克总裁和普拉特常务副总经理已经把明天上午九点到下午两点的时间空出来了,用于安排和我们的会谈。"角田说。

"噢,有五个小时呢!好,我们开始吧!"里井用激励的目光看着在座的人,坐到桌前。他摘下手腕上的劳力士,放在桌子上。

经过几个小时的讨论,里井、角田的东京方案和壹岐、塙、八束的纽约方案仍不能达成完全一致。

里井不停地喝着从酒店餐饮部叫来的咖啡,说:"先别管福克公司的持股率,因为这不是我们商事也不是千代田能决定的,这取决于通产省。我们能做的就是如何巧妙地让两家公司相互妥协,如何尽快实现合作。虽然目前福克和千代田互不让步,一个坚持要求持股权不得低于三分之一、百分之三十三点四,以便可以行使重要决议的投票权;一个担心被吞并,如果不能要求对方的持股率低于百分之二十五,就打退堂鼓。但是,我们不能太当真,那等于浪费时间。所以,我想先跟福克谈角田君的构想。也就是撤回福克和千代田的合作,取而代之的是设立一个双方持百分之十五股份的新合资公司。虽然通产省对现有公司和外资的合作很敏感,但是对新成立的公司比较宽容。这是一条很好的捷径。"

壹岐表示难以同意:"可是,副社长,成立新的合资公司有个实际问题……"

里井打断壹岐说:"我非常赞同角田构想。通产省之所以对外资比率要求那么严格,是因为日本现有的企业无论是工厂还是公司的土地价格都很便宜,所以外资用很少的资金就可能轻易地吞并他们。从这点上讲,设立还没有任何资产的新公司,即使将来有被外资吞并的危险,资金负担也是平等的。所以,不涉及有关限制外资的规定。而且,福克和千代田双方都能保全面子。"

角田只穿着一件衬衣,他精神抖擞,把身体往前一探,得意地主张道:"这也是一个方面。不过,福克进入日本市场最大的目的是什么?说白了就是工厂用地。不管千代田的工厂设备有多先进,都只适合生产千代田的丽贝卡和帝王。要想生产福克的小型轿车或者福克、千代田共同开发的新车,说得极端点儿,把现有的设备一锅端掉,全换成福克公司的设备是合理的。虽然千代田厚木工厂离港口远,不利于海外运输,但是它的占地面积很大,还有四十多万平方米的丘陵地带没有开发。所以,从占地面积上讲是没有任何问题的。而且,它还紧挨着川崎、横滨这些具有丰富劳动力的城市。另外,从我们商社的角度讲,如果建设一个新工厂,从建材到设备的中介,再到生产汽车所需的钢板供应等等,弄好了能获得百分之百的商权。能给我们带来利益。"

八束坦率地表示担心:"虽然从我们的立场看,这个方案的确很有魅力,但是,福克和千代田的规模相差那么大,即使成立了合资公司也极有可能很快被福克吞并。这方面您怎么考虑?"

塙也扬起端正的脸庞,慎重却又明确地提出了自己的疑问:"我也觉得角田常务的想法是个奇思妙想。不过,如果设立福克和东和自动变速器合资工厂那种生产零件的公司另当别论,但要成立一个生产汽车的合资公司,即使法律法规上没有问题,我担心实际上也不可能被批准。而且,首先劳动力的问题怎么解决。工人没问题,但是,去哪儿找那么多技术人员?"

里井说:"所以说你们还不成熟嘛!我也好,角田君也好,早就从各方面考虑好了。要想办成一件事,光正面进攻是不行的,有时候必须使用各种手段。这种时候才能显示出我们商社中介的存在意义。"

塙端正的脸上露出若隐若现的冷冷的表情,说:"对不起,我不太能理解副社长您的话是什么意思。"

角田插嘴道:"副社长是说,要想让福克和千代田两家坐下来相亲,必须创造条件,既不伤福克的体面,又要解除千代田害怕被吞并的恐惧心理。一方面福克一心想确保日本成为他们生产小型轿车的基地;另一方面千代田面临破产,又不愿意拜倒在国内同行门下,选择和世界规模的企业合作,以此挽回曾经是三大汽车公司之一的企业形象。就是说,只要能让两家开始对话,相互接触,不管最终形式如何,成功的概率都是很高的。"

壹岐问道:"那,千代田对设立新的合资公司有什么意见?"

角田瘦成一条的脸上露出一丝犹豫,吞吞吐吐地说:"其实这个方案只是秘密地跟千代田某位实力派董事谈过,那位董事表示可以按这个条件开始谈判。"

壹岐把烟按在已经堆满烟头的烟灰缸上捻灭,追问道:"这么说,你们并没有征求征求森社长的意见。那位实力派董事到底是谁?"

"这个嘛,现在还……"角田支吾道。

"没关系吧,现在也该告诉壹岐君了。"里井的无边眼镜闪着光亮,说,"这个消息还属于绝密。森社长这个营业季度末要卸任,已经基本定下来了。"

壹岐从日本出发前,曾在羽田机场的酒店里见过千代田分管技术的董事小牧常务,他只字未提这件事情。壹岐问道:"马上要和外资合作了,这个时候森社长辞职,太唐突了。是不是有什么特殊原因?"

"现在面临这么重大的局面,那个优柔寡断的森社长大概是应付不了了吧。分管业务的村山专务接替他的位置这件事也基本定下来了。"

村山专务是里井一桥大学的同学,他们的关系一直很密切。如果他和里井里应外合,壹岐在千代田和福克合作这件事上就更没有发言权了。壹岐有些动摇,他克制住自己,问:"这样的话,社长换届,是不是董事的人事也要有变动?"他的脑海里闪过从通产省退休后到千代田,为千代田和国内厂家合并摇旗呐喊的天川常务的身影。

"可能没什么大的变动。村山君当了社长,绝不会发生今天做了决定明天就变卦的事情。我们可以放心地和福克交涉。"

"可是,不管谁当社长,从长远看,在千代田和福克的合作问题上都不应该使用小谋略,而应该正大光明、堂堂正正地和福克交涉。"

"这么说壹岐君你还是要让他们两家进行资本合作。但是,千代田现在仍然坚持只在轿车部门合作,卡车部门免谈。而且,你第一次见福克会长的时候不是也向他提议,福克公司要抢先进入日本市场,就应该从和千代田的轿车部门合作入手吗?"

"可是,这样的话,使千代田起死回生为首要目的的这次合作就没有任何意义。不管福克嘴上怎么说,他们心里明白目前他们可以合作的日本汽车制造公司只有千代田,这是他们抢先进入日本市场的突破口。所以,只要我们用超过福克的对日经营战略之上的战略和他们交涉,就能使这个合作既对我们有利,也对千代田有利。"

"什么战术、战略的,听起来好听。可是,壹岐君,这是做生意!决定胜负的是一件件具体的交易。行了,这种大型的国际商业谈判,我比你多少有些经验。就都交给我办吧!"里井盛气凌人地打断壹岐。

直到最后双方都没有达成共识。散会的时候已经是第二天凌晨十二点多了。

第二天早晨九点,以里井副社长为首的近畿商事一行来到被称为"玻璃宫"的福克公司总部,在VIP专用会议室与福克总裁、分管海外项目策划的普拉特常务副总经理、分管远东部门的马歇尔常务副总经理面对面坐定。

福克总裁不紧不慢地跷起二郎腿,一张留着大鬓角、颇有个性的脸面向里井。里井不用翻译,拉开了会谈的序幕。

"从日本出发时,我见到了千代田汽车公司社长森先生。我首先向各位转达他的话。森先生说,他非常希望与具有传统的福克公司合作,并愿意为此付出努力。如果这次委托近畿商事的谈判有一定成果,他将马上访美,与贵公司商谈有关合作的具体事宜。而且,千代田的融资银行也很赞同森先生的意见。日本方面的态势良好。"虽然里井早已经历过多次国际大型谈判,但是,今天的对手是三巨头之一的福克公司,他好像多少有点紧张。他的英语一向流利,今天有几个地方出现了磕绊。

福克总裁点了点头。普拉特常务副总经理说:"我们很高兴看到这种局面。"紧接着他直奔主题,"那么,千代田汽车公司的条件是什么?"

普拉特的话由墙和八束以同声翻译的速度分别翻译给壹岐和角田。

里井仍然不用翻译,说:"千代田认为最理想的合作是除却卡车部门,在轿车部门的合作。福克公司的持股率不能超过百分之二十。"他利用交涉技巧,先提出了最低的持股率。

普拉特毫不掩饰惊讶,说:"光是轿车部门的合作,而且持股率只有百分之二十?我们和壹岐先生第一次谈判的时候就说过,我们不可能接受这个条件。里井先生不知道这一点吗?"

"我听取了汇报,当然知道。不过,千代田汽车公司最理想的条件仍然是百分之二十。我们也非常清楚贵公司对这个条件很不满意。虽然我们极力说服过千代田,同时也打听过日本政府的意向,但结果还是超过百分之二十的外资很困难。"

福克总裁的脸色眼看着阴沉下来,他尖锐地问道:"里井先生说的日本政府是指哪个级别?"

"对引进外资有直接发言权的是通产省的主要部门,企业局、通商局和重工业局。我们和三个局的局长都有过接触。如果贵公司和我国最大的汽车公司爱知合作的话则另当别论,但因为贵公司和千代田之间的差距太大,他们担心批准百分之二十以上的出资率会威胁到千代田公司的未来,所以,他们对这件事情非常戒备。"

"这和我们了解的不一样。"普拉特打断里井说,"在与千代田合作的问题上,我们委托纽约咨询机构在东京的事务所,对日本政府有关汽车行业的政策进行了调查。国际派通产大臣宫崎先生、日本经济团体联合会会长长井先生、日本经济团体联合会外资问题委员会委员长野山先生都表示,有意修正一直以来的国内企业保护政策。难道不是吗?"

里井被问得哑口无言。壹岐通过塬翻译代替他回答道:"日本通产省有关汽车行业的政策的确发生了微妙的变化,虽然通产省企业局、通商局的官员当中提倡开放经济的人越来越多,但是,你们三巨头在欧洲的表现太过激烈。因为汽车是个涉及面很广的行业,所以,通产省担心当年欧洲的混乱在日本发生,他们的态度是慎重再慎重。如果贵公司有意抢在其他两巨头之前和日本企业合作,就像我上次说过的那样,必须优先考虑如何改变三巨头出资即等于吞并这一在日本根深蒂固的舆论,如何消除日本政府的担忧。"

马歇尔副总经理说:"虽然壹岐先生的话很有道理,但是,我们对千代田五年以来的经营状况做了调查,实际情况没有你们提供的有价证券报告中提到的那么乐观。既然这样一个公司要和我们合作,假使我们可以放弃过半股权,至少也要确保对重要议案有发言权的三分之一以上,即百分之三十三点四以上的持股率。"

虽然马歇尔副总经理发起了强有力的攻势,但是,千代田真正的经营状况连他们的融资银行都需要派人到内部调查才能真正了解,何况美国和日本的决算方法大不相同。即使是哈佛 MBA 高才生济济的咨询公司,也一定难以准确把握。但福克公司坚持己见,态度强硬。

福克总裁点上一支哈瓦那雪茄,斩钉截铁地说:"我们福克进入日本市场的合作伙伴必须是优良公司,是可以长期合作的伙伴。福克公司任何时候都是一流的,我们无法容忍和二流、三流公司合作。我们希望的是可以以同等实力挑战爱知和日新的合作以及合作伙伴。因为我们这次的合作伙伴是市场占有率仅有百分之一的千代田,所以,只要合作伙伴还是他们,我们可以放弃百分之五十一以上持股权这个条件,但是,我们要求包括卡车部门在内的全方位合作,各持百分之五十股份。即使退一步讲,我们的持股率也必须在百分之三十三点四以上。"

福克总裁毫不掩饰他的感情,态度坚决。近畿商事的谈判人员被他的气势压倒了。唯有壹岐明确表示:"千代田卡车部门生产的卡车战前占军用卡车的百分之八十,有我国最好的柴油发动机,国内市场的销售量和出口数量都是最高,效益非常好。虽然贵公司对这个部门感兴趣也是理所当然的,但是,也正因为这个原因,千代田态度坚定,在卡车部门这个问题上他们一贯坚持'纯血统'主义。万一千代田遇到巨大危机,他们即使卖掉轿车部门也要死守卡车部门。这是他们的强烈气概,无视这种企业灵魂的合作是不可能。"

福克总裁性情急躁,马上威胁道:"这么说一定要排除卡车部门了?也就是说我们的谈判开始仅三十分钟就破裂了。"

"不。在这个问题上我们研究了一个新的提案?既可以满足贵公司的要求,又可以让千代田接受。"里井巧妙地抛出诱饵。

"哦？里井先生有这样一个两全其美的方案？我们很想听听！"普拉特对里井的话表示了极大的兴趣。他虽然刚五十岁，但已是福克总裁的得力助手，是福克公司海外项目策划部门的最高负责人。

开始有些紧张的里井渐渐习惯了今天的阵势，对福克会长、普拉特常务副总经理、马歇尔副总经理三人的个性也有了一定了解。他逐渐恢复了正常状态。福克总裁与传说中相差无几，是个独裁式经营者，虽头脑灵活但感情波动很大。普拉特常务副总经理虽然外表平和，颇有英国绅士风度，但是，他那双褐色的眼睛始终透着冷峻，密切注视着任何对福克公司不利的动向。这虽是一场和千代田合作的谈判，但是千代田没有一个董事到场，完全是由近畿商事负责交涉。马歇尔副总经理对此抱有疑惑，他似乎更提防近畿商事是否会要求高额的中介费。

里井看着普拉特说："我的提案是先把在持股比率问题上有分歧的合作放到一边，双方以各出百分之五十的出资比率设立一个合资公司。日本的通产省为了防止现有的企业被外资吞并，制定了许多严格的政策规定，并且出面干涉。但是，对于不使用已有设备的新设合资公司，没有介入的法规。"

还没等普拉特回答，福克总裁拿下叼在嘴上的哈巴那雪茄，叮问道："也就是说，用三年前我们和东和设立自动变速器合资公司的方法，新设立一个生产汽车的公司？"

"对！贵公司在三巨头当中是最早研发生产小型轿车的，你们的小型汽车足以和德国的大众，日本的卡罗纳、红鸟抗衡。虽然贵公司生产的第一号小型轿车马林格在拥有三四台车的消费人群和年轻人里很受欢迎，但是，日本的卡罗纳和红鸟出口到美国的价格是一千九百五十美元，而马林格是两千三百美元，在价格上处于劣势。而且，因为美国劳务费贵，技术上也不善于生产小型轿车，所以，我认为在美国国内生产小型轿车本身不是一个良策。"里井巧妙地把福克的思路往成立合资公司上引。

普拉特的表情没有发生任何变化,他说:"正因为如此我们才希望在日本设立小型轿车的生产基地。里井先生,您设想的合资公司有多大规模?"

"起步阶段为了不刺激日本政府和其他公司,我认为规模应该在月生产量五千,资本三十亿日元左右。"

普拉特马上问马歇尔:"马歇尔先生,你认为这个规模是否恰当?"

马歇尔慎重地指出:"单从资金上比较,这个规模是爱知的十六分之一、日新的十分之一,没什么大问题。问题是去哪里找建厂用地,日本的地价可是高得令人发狂。其次,即便是一个资金只有三十亿日元的合资公司,新公司的贷款、债务担保等实际上也有庞大的经费负担。我很怀疑已经很虚弱的千代田是否有这个能力。"

角田看着事先准备好的英文笔记,说:"我来回答马歇尔先生提出的两个问题。千代田汽车公司的厚木工厂有四十三万平方米的闲置土地,足够在那里建一座月生产量为五千的工厂。这样的话,千代田可以用土地代替资金的方式和贵公司合作。至于现阶段千代田力不从心的地方,可以通过我们公司和贵公司的协商逐一解决。"他在说"和贵公司的协商"的时候加重了语气。

但是,福克方面似乎没有领会他的用意。福克总裁的话直指问题的核心:"千代田力不从心的地方具体是哪些地方?对此,近畿商事如何协助我们公司?怎么保证?"

角田紧张地听完八束的翻译,和里井商量了一下,说:"成立合资公司除了确保用地以外,还有一个同样重要的问题就是需要确保优秀的技术人员和工人。要解决这个问题可以从千代田的轿车部门调配技术员和熟练工,这是不必动用他们的设备的。其次是销售渠道。这个问题可以利用千代田公司的经销商来解决。问题是新公司的资金筹集。以千代田公司目前的状况来看,筹集资金需要利用世界规模的大型企业福克的信用度。这方面本公司将竭尽全力做金融界的工作。"

角田每说一个问题福克二世就点一下头,然后毫不客气地提出要求:"我还有一个重要的要求希望你们保证。因为我们的小型轿车生产公司除了要扩大在美国和日本的市场以外,同时还将成为打入东南亚和中国市场的战略基地,所以,千代田汽车公司向新合资公司提供技术人员和熟练工之后,如果有一天他们的轿车部门没有汽车可生产了,我们希望把它改建成专门生产小型卡车的工厂,从现在起就为将来顺利进行卡车部门的合作打下基础。"他咬住千代田的卡车部门绝不放弃。

里井虽答应了他的要求,但这无异把猎物投给饥饿的雄狮。壹岐不能坐视不管。他问道:"福克先生,如果贵公司的竞争对手和日本的汽车公司之间合作,您仍然希望从设立合资公司开始吗?"

福克敏锐的目光一闪,问道:"我们公司的竞争对手?难道联合汽车或者克林斯拉有这方面的意向?"

壹岐口气坚定地说:"这个我不知道。但是,因为贵公司已经像今天这样开始商讨和千代田合作的具体事宜,所以,不难想象三巨头中的其他两家公司也已经开始活动。"

"壹岐先生,你认为联合汽车或者克林斯拉会接受三分之一以下持股率这一条件吗?"

"将来怎么样暂且不论,如果这是目前最方便进入日本市场的形态,我认为他们或许会接受这个条件,采取先与日本的公司建立友好关系的方式。虽然出资率各占百分之五十的新合资公司的确可以百分之百地实现福克公司的经营方针,但是,考虑到今后逐渐高涨的民族主义情绪,用照顾当地国家民众感情的方式合作才是最终提高公司利益的捷径。"

福克使劲摇摇头,说:"那是联合汽车或者克林斯拉的方式,但不是我们福克公司的方式。当然,我们尊重日本民众的感情和千代田的意愿,但采取底特律本部可以掌控的合作方式是福克的经营方针。我希望尽快去看一下千代田的厚木工厂和那块闲置的土地。"

里井目光一闪,迅速做出回答:"贵公司随时可以去参观。不过,因为日本媒体对外资的动向非常感兴趣,不断搜集有可能引进外资的各公司的情报,所以,我们希望贵公司一切行动都秘密进行。"

晚上十点,里井副社长一行回到纽约的华尔道夫酒店。虽然经过长时间的谈判,里井副社长显得有些疲劳,但是,由于谈判得到了预期的效果,他显得愉快、兴奋。同行的角田业务本部部长、塙和八束从机场直接去公司,整理谈判内容。里井、壹岐和来接他们的海部在里井的房间里一边吃夜宵,一边等大门社长的电话。

里井一边吃着甜点,一边问海部:"怎么还不来。社长说十点多打过来?"

"是的。我接到副社长从底特律打来的电话以后,马上给大阪总部打电话。秘书说社长为了北海道土地的事情一天都不在公司,纽约时间晚上十点左右社长打电话过来。差不多该来了。"看到里井想尽快把今天的谈判结果汇报给社长,为了缓解他焦急的心情,海部接着说,"真没想到你们会坐福克公司的喷气式飞机回来。我在东京业务本部的时候,福克总裁坐私人飞机从香港飞回底特律途中突然要在日本降落。当时我正好在外务省美国局,亲眼看到美国大使馆打来无理要求的电话以后外务省和运输省上下忙作一团。最后让日本航空紧急让出跑道,福克总裁从天而降,他的私人飞机傲气十足地强行在羽田机场降落。因为我知道这件事,所以,看到福克公司的飞机降落在拉瓜迪亚机场,副社长英姿飒爽地走下舷梯的时候,我心里特别高兴。真不愧是副社长。"

"我也没有想到。更没想到的是那架飞机里还有一个放着会议桌的房间。三个小时的飞行时间里,到纽约来参加销售会议的董事们一直在开会。"

"我早就听说过福克的'空中会议',原来是真的。用他们公司的飞机送你们回来,说明福克总裁对里井副社长在谈判中的表现表示了敬意。对吧,壹岐常务?"海部发现从底特律回来后里井和壹岐之间似乎有隔阂,极力想营造出一种融洽的气氛。

壹岐用餐巾擦了擦嘴,说:"是啊,福克总裁好像和里井副社长性情很相投。"

里井的声音一下子变得快活起来:"是吗?比起那个绅士风度十足却有点阴险的普拉特,我也是喜欢福克总裁。他虽然感情外露,有时候说话还带威胁的口气,但是很直爽。"

"其他公司知道这件事以后,肯定后悔得眼泪都要流出来了,心里说那个里井副社长!噢,副社长,这个饭店附近有个派对,我去一下。三四十分钟就回来。"看到气氛终于缓和了,海部站起来说。

"行,你去吧!你回来的时候角田君他们也该来了。今晚咱们好好儿喝他几杯!"

"太好了!今晚的酒一定很香。我去去就来。"

海部刚走出房间,电话铃就响了。里井马上拿起话筒:"社长,我们正等着您的电话呢。对,是的。福克公司还是坚决不肯接受持股率在三分之一以下、合作部门只限于轿车部门的条件。谈判刚开始三十分钟就几乎破裂。我提出了不触及通产省限制外资政策的方案,即各出资百分之五十,设立新的合资公司。福克公司非常感兴趣。

最后终于有了成果,下个月福克将派考察团秘密到日本。什么？壹岐君的意见？"里井大感意外地反问了一句,又看了一眼壹岐,说,"壹岐君好像有不同意见。不过,这个方案是在角田业务本部部长和纽约的两名员工也参加的会议上经过充分讨论、协商,由我进行交涉的。应该没问题吧？"他稍微加强了一些语气,"详细情况等回国以后再向您汇报。是,有社长这句话,我就有干劲。再见！"

"怎么样？社长一定很高兴吧？"

"嗯,特别满意。特别是对福克公司这么快就派考察团去日本感到很吃惊。"

"可是,副社长,我对各持百分之五十出资率的合资公司还是有点不能接受。"

听壹岐又提这件事,里井不高兴地说："我有我的做法。昨天谈判以前不是也说过吗,你又要给我泼冷水？"

"这是哪里的话！我怎么会给您泼冷水？"

"那就什么都别说了！你这个人……"里井突然不说话了,整个人倒在沙发上。

壹岐赶紧上前,正要扶起他,里井痛苦地说："叫……角田君……"

壹岐拿起电话,拨通公司的电话号码。没人接。里井脸色苍白,从沙发上滑落到地上。壹岐感到情况不妙,放下电话,说："副社长,我给您找医生。"

里井痛苦地扭曲着面孔,想解开腰带。一边反复说："不要,不要叫医生……叫角田君……"

已经容不得壹岐犹豫了。他拿起电话,拨通酒店前台让他们叫救护车。前台的回答不是很爽快。壹岐用强硬的口吻命令他们,并让他们通知公司。

壹岐一边帮呼吸困难的里井解开领带、腰带,一边想摸摸他的脉。里井趴在地上,摆着手说:"不要叫救护车……别叫……别……"好像有病怕被别人发现似的。

"副社长,您有没有什么药?"

里井呻吟着说:"哪有药。我这不是病,是累……胸口好难受……"他疼得说不出话来,嘴唇渐渐失去血色。壹岐感到等待救护车的时间是那么漫长。

七八分钟后酒店的服务员和抬着担架的救护人员冲进房间,他们用毛毯包住里井,用担架把他抬到停在地下停车场的救护车上。壹岐也跟着跳上车。一个救护人员给里井戴上氧气罩,另一个给他量血压。

救护车拉响警笛在麦迪逊大街上飞驰。司机通过无线电呼叫医院,西奈山这个医院的名字传入壹岐耳朵里。救护车停在西奈山医院急救专用入口,里井被从救护车上抬下来,送进急救室。里井痛苦地缩成一团。急救中心的医生一边把脉,一边先问壹岐国籍:"日本人?"两个护士迅速脱掉里井的衬衣,准备量血压。看到里井被送进纽约屈指可数的大医院,并且马上有医生诊断,壹岐一颗悬着的心落了地。他答道:"他是从日本来出差谈生意的。我们在酒店谈话的时候,他突然按住胸口从沙发上滑下来,感觉很难受。"

"年龄?"

"五十八岁。"

医生点点头。里井无法仰面躺着,不停地呻吟。医生把听诊器放到他的胸口,开始量血压。瞬间医生脸色大变,拿起身边的通话器,快速地说着什么。壹岐一下子紧张起来。里井的英语比他好得多,他怕里井听到什么,就故意大声说:"副社长,再坚持一下!这里是纽约最好的大医院,您放心吧!角田君他们也马上就到。"

里井轻轻地点点头,表情痛苦地说:"让他们……快点儿……胸口疼……好……难受……"

壹岐握着里井的手,不停地鼓励他:"医生也知道。坚持!马上就会好的!"

医生放下通话器,说:"不能让患者说话。"他命令黑人男护士:"喂!勃比,把这个患者送进心脏疾病重症监护室。楼上已经准备好了。"

"医生,有生命危险吗?"

"我们会竭尽全力的,先送上去再说。"

深夜的急救专用入口处又传来救护车的笛声。里井刚被推走,又有一个遇上交通事故、血肉模糊的男人被推进急救室来。壹岐挥去不祥的预感,陪在里井身边上了五楼。

"进九号病房。"

壹岐不由得倒吸了一口气。护士站后面是十几个玻璃病房,排成半圆形。每个病房都只有一张病床,身穿白色睡衣的患者胸部和手脚上装着各种仪器,躺在病床上,好像在做人体试验。

这里到底是什么病房?疑惑不解的壹岐跟在推车旁边进了写着"9"的像玻璃箱一样的病房里。一个三十来岁的医生和一个更年轻的实习医生模样的人紧跟着进来,给里井把脉、量血压、测心电图。

"医生,情况怎么样?"

医生只说了一句:"血压下降到七〇,很危险。"他拿起从心电图测试器里吐出来的心电图纸,唰的一声撕下来,看了一眼,马上命令护士给里井戴上氧气罩,接着又命令实习医生注射强心剂和肾上腺皮质激素。"

实习医生从小推车上拿起一个安瓿给里井注射,医生也拿起一个安瓿往另一只胳膊上插针管。"患者的……是从什么时候开始的?"挂好吊瓶以后,医生开始问壹岐各种问题。可是他几乎听不懂,仅从"heart attack"这个词里判断出里井是心脏病发作,愕然失色。壹岐看着源源吐出的两米、三米长的心电图纸,心想如果里井的心脏停止跳动,就此离开人世,不觉得出了一身冷汗。三年前,当把被卡车撞倒的妻子送到医院时,壹岐像发疯般祈求妻子活下来。此时,他虽然没有那时候的狂乱,但他觉得自己有责任让里井活下去。这种责任感使壹岐感到紧张。

突然,壹岐发现玻璃外面出现了角田、海部、堉、八束几个人的慌乱身影。他们终于找到医院,赶过来了。几个人都要进病房来,被护士拦住。壹岐请求道:"这里需要一个懂英语的人。请让他们进来一个人吧!"医生同意了。壹岐把海部叫进来。

海部走进病房,凝视着里井,说:"刚才还好好儿的,这是怎么了?"

"是心脏病发作,情况很危险。我听不懂医生的说明,你跟着我。"

"我也不太懂医学术语。不过,能到这么好的医院已经很不容易了。"海部说完和壹岐一起观察里井。

里井好像觉察到有人来了,无力地睁开眼睛。

"副社长,角田常务也来了。我们分头处理这种问题,您放心吧!"

听了这话,里井好像放心了,又闭上了眼睛。虽然他的呼吸依然有点儿困难,但因抢救及时,治疗有效果,他的病情逐渐稳定下来。

医生终于摘下听诊器,跟护士交代完。海部问:"医生,病人的情况怎么样?"

"基本稳定。血压也在逐渐上升,已经脱离危险了。"进入心脏疾病重症监护室不到三十分钟,医生一直在紧张抢救。他长叹一声,似乎也松了一口气,示意壹岐和海部到外面去。

医生刚走出病房,趴在玻璃上往里张望的几个人立即围上去。医生只让壹岐和海部到护士站,问道:"他的夫人呢?"

海部尽量以美国人能理解的方式回答道:"他是来美国谈生意的,没带夫人。我们是日本的贸易公司,总部在日本。病人是我们公司的副总经理。这位是壹岐先生,是纽约办事处的总经理。我是副总经理。"

"病人这次很可能是心绞痛发作。不过,要等明天血液检查的结果出来才能确诊。"医生用笔写下"心绞痛"这个病名。

海部把病名翻译给壹岐,接着问:"血液检查的结果病情有可能更糟吗?"

"心肌梗死。不过,光看心电图这种可能性不大。"医生不可思议地问,"你们以前谁都没有发现他有过类似的情况?"

海部回答道:"虽然东京和纽约隔得很远,但是我们经常来往,接触很深,从来没听说过副总经理心脏不好。和他一起来出差的他的部下也是第一次遇到这种情况,感到非常意外。"

"他的病情这么严重,竟然没有让任何人觉察到。这次发作对病人的打击很大,他的情绪很亢奋。我给他打了镇静剂,他很快就会入睡。今晚大概不会再发作了。不过,为了保险起见,你们把离医院最近的人的地址和电话号码告诉护士。"

壹岐说:"病人是在国外病倒的,醒来的时候心里一定很不安。就让我们留下一个人吧,就在楼道里就行。"

"我们医院二十四小时应对这种情况,没有这个必要。但在不影响我们工作的情况下,留一个人也可以。"

"还有一点,以现在的情况,病人大概要住多长时间医院?我们需要考虑什么时候通知他的家属。"

"如果仅仅是心绞痛的话,五天。如果是心肌梗死的话至少需要两到三个星期。不过,这都得等明天的化验结果。"

"明白了!医生,拜托您了!"壹岐深深地鞠了一躬。

壹岐只留下八束一个人在医院,和其他人一起回去了。

壹岐坐海部的车回到公寓已经是深夜一点多了。

从医院出来,壹岐和海部先回到饭店,给纽约总领事家打电话,请他想办法找西奈山医院最具权威的心脏病专家担任里井的主治医生,另外再找一个在这儿留学的日本医生。

进了壹岐的公寓,海部说:"心脏病真可怕,我从来没有这么害怕过。"里井躺在心脏疾病重症监护室里的样子还鲜明地留在他的脑海里,"对了,刚才忙乱得忘了给总部打电话了。要不要给日本打电话。大门社长今天一天都在东京总部。"

"嗯,我来打吧。"

壹岐接通了大门的电话。"噢,原来是壹岐君,辛苦了!福克那件事刚才里井君已经跟我讲了。"

"我不是为那件事打电话。里井副社长刚才心脏病发作,住院了。"

"什么?心脏病发作?"突如其来的消息让大门惊讶得说不出话来。

"给社长打完电话以后,副社长突然心脏病发作,用救护车送到医院。现在已经没有大碍。"

"病情怎么样?"

"救护车送里井副社长去的西奈山医院在全世界都是治疗心脏病有名的好医院。这一点很幸运。值班医生说副社长很可能是心绞痛,但也有可能是心肌梗死,这要等化验结果和做了其他检查以后才能确诊。如果是心绞痛五天到一个星期就能出院,如果是心肌梗死需要住院两三个星期。"

"我还是第一次听说里井有心脏病。花多少钱都没关系,一定要让他接受最好的治疗。"

"是。我已经给领事打了电话,请他找西奈山医院最好的心脏病专家,另外再找一个日本医生。"

"好!太好了!里井君英语再好,这种时候还是有会说日语的医生在身边他心里踏实。还有,跟里井君夫人的联系怎么办?"

"角田君的意见是马上通知夫人。我觉得应该等明天的检查结果出来,跟社长商量以后再说。所以,没让他打电话。这段时间想先让海部君的太太来照顾一下。"

"嗯,这样好。现在还没有确认,给夫人打电话,只能让夫人担心,造成混乱。如果是心肌梗死需要长期住院的话,我跟夫人说。"大门的声音已经恢复了镇定。

"社长,因为要汇报谈判的详细情况,准备迎接考察团,明天就让角田业务本部部长回日本,您看可以吗?"

"嗯。角田大概想再等两天,看看里井的病情怎么样。你告诉他是我的命令,让他坐明天的飞机回来。以后的一切判断就交给你了。里井的病情等医生最后确诊以后再打电话通知我。总之,要尽全力让里井君平平安安地回来。"大门最后说,"壹岐君,拜托你了!"

大门的话里饱含着他对公司第二把手里井的关注,壹岐体会到对于现在的近畿商事来说,里井是不可或缺的人物。壹岐为里井能抢救过来感到欣慰。

第二天早晨,在西奈山医院醒来的里井看到自己所处的环境大吃一惊。由于时间还早,病房里光线昏暗。他躺在头部稍微向上倾斜的床上,胸部和手脚上满是昨晚安上的心电图器、脉搏监视器的贴片和线,鼻子里插着氧气管。对面的墙和门都是玻璃的,从护士站可以清楚地看到病房里的一切。里井觉得自己好像被用作人体试验,感到很悲惨。

玻璃门开了。一头褐发、轮廓分明的护士进来，观察了一下里井的脸色，问道："你睡得好吧？"

"我睡得很好，谢谢！不用这些心电图器和氧气好吗？我的心脏现在像明镜一样平静，疼痛也完全消失了。"

"那得等医生来了以后决定。请你把胳膊伸出来，我要抽血。"

护士用一根很粗的针管在里井胳膊上抽了二十毫升的血，推进两支试管里。昨晚和今天早晨连着被抽了两次血，里井的胳膊上留下一片青斑。他弯起胳膊，长长地叹了一口气。

这次发作是至今为止最厉害的一次，又偏偏是单独和壹岐在一起的时候。一想到自己疼得直冒冷汗、狼狈不堪的样子被壹岐看到，而且还被他亲自叫救护车送到医院，里井就万分悔恨。他有个高中时的朋友现在是东京成人病治疗中心的内科主任，那位朋友曾劝他做个全面检查。现在想起来里井很后悔。早知道这样，从日本出发前，再忙也要去做个检查。那样的话，就有可能预防昨天那次让他感到死亡恐怖的发作。即使发作也可以及时用药物控制，不至于被送到这种像人体试验室一样的病房，丢人现眼。

为了让福克和千代田的合作在自己手上成功，里井不顾身体发出的警告，连日连夜忙碌，给已经不堪重负的身体增加了负担。但是，回想起来，这也是为了搬掉壹岐这个绊脚石。因为身处纽约这个国际经济中心，壹岐的力量变得更加强大，更加成为他的威胁。想到和壹岐的这种极具讽刺意味的缘分，里井咬紧了嘴唇。不过，他的身体还很虚弱，一阵睡意袭来，他又闭上了眼睛。

不知道睡了多长时间，里井感觉到床边有人。睁眼一看昨晚抢救他的医生正在给他把脉。天也大亮了。

"你感觉怎么样？"医生一边问道，一边用听诊器听里井的胸部。

虽然鼻子里还插着氧气管,但是,心电图器和脉搏监视器都撤掉了。里井的心里顿时敞亮了,答道:"我觉得好些了。"

医生点点头:"你没什么大问题。"医生告诉里井他的病情正在好转,然后向外面做了一个手势。里井隔着玻璃往外一看,只见壹岐和角田站在走廊里。看见医生打手势,两个人走进病房。

壹岐好像昨晚一夜没睡,脸色灰暗。他从内心感到高兴地说:"副社长,您病情已经好转,真是太好了!"

角田也在一旁抱歉地说:"我一直和您在一起,竟然没有觉察到您身体不舒服。对不起!如果我多留点儿心,说不定不会发展到这一步……"

里井故作轻松地说:"哪里,倒是我昨晚给你们添了那么大的麻烦。我已经没事儿了,别想得那么严重。我今天下午就出院。"

角田慌忙说:"副社长,您不能胡来……"

壹岐也说:"我理解您的心情。可是,你的心脏病昨晚刚发作过,我们必须让您安全回到日本。所以,还是慎重为好。领事馆的医生说,这个医院的心血管研究所有一个从波速大学第一内科来留学的医生,叫大田。我跟他联系上了,请他给了我们一些建议,并且问他找哪个医生最好。大田大夫说,这个医院的心血管科在世界上都是很有权威的,有不少好医生,但最好的是主任普里德巴格教授。我已经跟医院交涉过,希望普里德巴格教授来给您看看。幸好今天这位教授巡诊,医院已经安排他先给您看。"他看了一下表,接着说,"差不多该来了。"

从昨天深夜到今天早晨,在短短的时间里壹岐做了这么多事情。里井虽然嘴上向他表示感谢,但是心情却很复杂。壹岐做得越无可挑剔他欠壹岐的就越多。

一个身材高大、一望便知是犹太人的医生出现在病房,身后跟着昨天抢救里井的医生和四五个实习医生。普里德巴格教授看上去五十五六岁的样子,头发稀疏。他让壹岐他们出去以后,一张长着鹰钩鼻子的脸对着里井说:"听说你是从东京来的,人们都说东京和纽约一样繁忙。"他似乎已经把里井的病历印在了脑子里,为了缓解在出差中病倒的患者的紧张情绪,他谈起东京的话题。然后,让人解开里井的衣服,把听诊器放在左胸的心脏部位上,认真地听起来。实习医生们虽然以各自舒服的姿势站在病床周围,但他们的眼睛专注地看着教授的听诊器和他的表情。

普里德巴格教授摘下听诊器,说:"我需要问你两三个问题。首先,什么时候开始就有过发作,你尽量回忆得详细一点儿。"教授开始问诊了。他虽然是世界著名专家,但却没有日本医生前呼后拥的那种阵势,也没有让患者感到压抑。而是以美国式的合理性做法,尽量让患者放松,让患者说出真正的病史。

里井盯着雪白的天花板,开始回忆:"第一次发作是今年一月份。那次我刚参加完一个宴会,刚出门突然觉得好像有什么东西压在胸部和手臂上,心脏跳得特别快,而且呕吐了。心悸和胸口的疼痛持续了五分钟左右。我还记得那以后的好几个小时我都有一种空虚感或者说不安。"

"第二次是什么时候?"

"三个星期以前。这次也是晚上。我陪客人吃饭,送走客人回到包间后……虽然没有这次严重,但是胸部很痛,恶心。这两次发作以前,我的胃上部就经常疼,我还以为是胃溃疡呢,没想到是心脏病……"

普里德巴格教授从容地点点头,问:"昨天晚上发作的时候情况怎么样?"

里井想起了昨晚发生的事。他和部下在饭店的房间里吃了晚饭,和在日本的大门社长通了电话。谈工作的时候,壹岐说了一些反对他意见的话。他觉得有些烦躁和不愉快,紧接着心脏病就发作了。

里井感到不安起来,他想早点儿知道自己到底是什么病:"普里德巴格教授,我的心脏到底有多大的毛病?是什么病?"

"从心电图和血液化验结果还有刚才的几个问题综合判断,是心绞痛发作。心绞痛有不同的种类,发作程度和诱因都不相同。你的发作和工作上的压力有直接关系,是由于精神紧张引发的心绞痛。"

里井虽然心情黯淡,但是他这个年纪的人经常有人提起心绞痛。他稍稍放心了一些,像说给自己听似的问:"心绞痛发作的时候只要及时吃药就能控制,和普通的健康人没什么两样。对吧?"

一直听着教授和里井对话的实习医生们面露惊讶。普里德巴格教授耸了一下肩,说:"你们日本人对癌症敏感到了神经过敏的程度,但是对心脏病好像缺乏知识啊。心绞痛发作的时候伴随着剧烈的疼痛,有时候还伴有接近死亡的恐惧感。为什么?是因为心脏的冠状动脉突然发生痉挛,血停止流动,末梢神经组织处于缺氧状态。轻度发作一两分钟就过去了,但是,长达十分钟、二十分钟的发作重复几次的话,被封闭的血管周围的心肌就会出现坏死,有可能引发心肌梗死。如果引发心肌梗死,剧烈的疼痛有时会持续一个小时以上。以往的数据表明,心肌梗死的患者有半数在发作八天后死亡。轻度发作后的平均寿命也在五年到十年。从某种意义上讲,它是比癌症还要可怕的病。"

里井难以置信地说:"比癌症还可怕?怎么可能……"

"癌症和心脏病的根本性的不同之处在于,癌细胞一旦侵入人体,大部分场合无论患者如何注意保养,如何接受最好的治疗,最终都逃不脱死亡。可以说是一种命运性的疾病。但是,心绞痛、心肌梗死的患者只要遵守医嘱,按一定的规则生活,是可以生存下去的。从某种意义上讲,心绞痛或者心肌梗死是患者自己可以选择生还是死的疾病。"

普里德巴格教授的一字一句变为现实,摆在里井面前。他问道:"按一定规则生活?比如我,应该怎么办?"

"我听说你在贸易公司的重要位置上,经常世界各地跑。今后要尽量少到国外出差,工作量也要减半。最好是从副总经理的位置上退下来,调换一个可以有规律地生活的工作。对你的心脏来说,最大的敌人就是精神压力和海外业务不可避免的时差带来的不规律的生活。"

"可是,我……"里井说不下去了。心想下一任社长的位置在等着我,我怎么可能轻而易举地退到闲职上?不能随时到国外出差的商社人和折断翅膀的鸟有什么两样?里井受到强烈打击,默默不语。

见此情景,普里德巴格教授用乐观的语气说道:"你已经没有必要住在重症监护室了,今天转到普通病房。明天我再给检查。"

里井叫住准备离开的普里德巴格,问道:"教授,我要在这儿住多长时间?"

"因为从纽约到日本要坐十五六个小时飞机,所以,至少要住五天到一个星期。今后你的人生当中最优先考虑的不是生意,而是怎么保护你已经受损的心脏。"说完,普里德巴格教授带着实习医生们离开了病房。

里井一个人在病房呆呆地看着天花板。朝阳透过玻璃照进来,虽然天花板雪白耀眼,但是,里井的心却被关闭在黑暗之中。普里德巴格教授的话对他的打击太大了。一动不动紧紧盯着天花板的里井眼里充满对疾病的恐惧和焦躁。

有人敲门。壹岐和角田推门进来。

壹岐说:"我们听了教授的检查结果,说副社长五天到一个星期就能出院。这就放心了。普里德巴格教授的私费患者不住普通病房,住特殊病房。那是面临第五大道的古根海姆馆,那里很安静,可以静养。"

里井看着天花板,阴沉着脸问:"古根海姆馆?是个什么地方?"

"因为是古根海姆捐赠的,所以用他的名字命名。那里是特殊病房,著名医生的私费患者一般住在那儿。"

还没等壹岐说完,里井就命令道:"我不去那儿。我现在马上就出院,壹岐君,你去给我办手续。"

"这太不慎重了。"壹岐用平静的声音转达了大门社长的话,"昨天我跟大门社长联系过了,他非常吃惊,说要想尽一切办法给您治疗,让您平安回到日本。费用问题由他亲自批准解决。他还说这是社长命令。"

听说大门社长如此关心自己,里井心中充满对大门的信赖。但是,想到福克公司的考察团即将赴日,秘密参观千代田的厚木工厂;想到自己提案的新办合资公司的构想将提到议事日程上来,他无法安安稳稳地在这里养病。

"角田君,你打算怎么办?"里井问。

角田一边察言观色,一边说:"社长指示我坐今天下午的飞机先回国。还有,要不要让夫人来?或者是……"

"不用告诉我太太。怎么,看这样子,你们不会已经把我病倒的事情通知东京总部和美国各分店了吧?"

"没有。只有大门社长知道这件事,没通知总部和各分店。虽然我们也考虑过如果要住两个星期甚至一个月的话该怎么办,但现在只住五天到一个星期,可以把这件事瞒下来。"角田十分有把握地说。但是,里井仍一声不吭。

壹岐说:"我们让海部君的太太照顾您住院期间的生活,给您做日本菜。为了能百分之百地和普里德巴格教授沟通,我请刚才说的波速大学的大田医生每天来病房看看。"

"可是,福克考察团很快要去日本。我既然跟人家说过随时欢迎,现在能延期吗?"

"我亲自去一趟底特律,请他们推迟一下访日时间。如果不行,到时候您再回去也不晚。"

壹岐的话终于使里井下决心在医院住下去。他的野心越大对死亡的恐惧就越强烈,这是他最真实的心理。

壹岐从医院回到美国近畿商事,在电梯门口碰上财务部的池田。

"早上好!昨晚一定很辛苦吧?"

壹岐心中一惊。他不可能知道里井被救护车送到医院的事。"辛苦?什么意思?"

"您不用瞒我。今天八束君和海部君也是一副没睡好的样子,昏昏沉沉的。壹岐社长您看上去也很疲劳。陪那位好那口儿的里井副社长,那还不辛苦?其实,真该悠着点儿……"池田自作聪明地以为,昨晚壹岐他们是陪里井找应召女郎玩儿了。

"你胡思乱想些什么?"

"您没必要这么认真地否认。以前我陪他的时候,为了找金发美女没少费劲。"池田一边小声下流地说,一边上了电梯。

壹岐懒得生气,走进自己的办公室。海部紧跟着进来,问:"副社长的病情怎么样?"

"普里德巴格教授检查的结果是心绞痛发作,需要住五天到一个星期医院。还好不是当初担心的心肌梗死。"

"那太好了。"接着海部为难地说,"可是,现在一大堆头疼的事情。今天早晨一上班我就往芝加哥、洛杉矶分店发电传,告诉他们里井副社长的日程安排有变化,新的日程决定以后再通知他们。芝加哥分店店长马上打来电话,叫苦连天,说明天已经安排副社长和化学公司的总裁打高尔夫球,问怎么办。我没办法回答他。东京总部的堂本专务也来电话,说要跟副社长通话。他好像有急事,说副社长去芝加哥以前还要打电话过来。要住五天到一个星期医院的话,这不好瞒下去啊!"

"嗯。昨天大门社长在电话里说绝不能公开里井副社长的病情。美国通信这么发达,到哪儿都能联系上。隐瞒反而适得其反,只能考虑说一个没什么大碍的病。"

"对,把病名改一下。盲肠倒是可以,谁在出差的时候都有可能得盲肠炎,但商社人在驻海外以前都要做手术把盲肠割了。里井副社长也一定做过手术。要不就说崴了脚或者骨折,可这并不妨碍本人接电话。要说不能接电话的病,那就是牙疼?里井副社长好像确实牙不太好。"

"牙疼用不着五天不露面。这样吧,就说感冒了。日本现在已经开始暖和了,可纽约和底特律还很冷。就说副社长在这两个城市间奔波,感冒,发烧,搞不好会引起肺炎。这样说比较自然。四五天的休养时间也正合适。海部君,华尔道夫酒店副社长的房间不要退,告诉酒店不要往房间里接电话。"

"明白!还有一件头疼的事情,就是里井副社长的住院费。他住的是特殊病房,我大概算了一下,每天大约二百美元。还有普里德巴格教授的检查费更是没谱。大田医生说教授是世界著名的权威人士,经常有各国的政府高官、中东的国王坐私人飞机来请他看病。因为普里德巴格教授的私费患者的医疗费是根据教授自己决定的实际诊疗内容再加一部分费用决定的,所以每个患者的治疗费都不一样。我们这儿没有什么政府高官,估计医院不会要得太高。那每天至少也得三百美元,加上住院费,少说一天也要五百美元……哎,等等!副社长肯定有海外医疗人寿保险。住院费从保险里出的话……"海部拿出纸和笔算起来。

"社长说他解决治疗费的问题,你不用算。"

"噢,对。我忘了。纽约人有种说法叫'千金宝宝',您就知道医药费有多贵了。只要提到看医生,谁都要先算一下钱,不能随随便便住院。时间长了,我也养成了习惯……那,我去一下酒店。"

海部刚出去,电话铃响了。是东京总部的堂本专务打来的。壹岐先发制人,镇定自如地说:"我是壹岐。您说这件事,因为副社长昨晚感冒了,发高烧,有三十八度,所以,今天让他在酒店好好休息。我们请了很好的医生给他看过,吃了抗生素,现在已经退烧了。不过,医生诊断说因为副社长很疲劳,不好好休息很可能引起肺炎,让他在房间里静养。对,现在在酒店的房间里休息呢。这一两天恐怕最好不接电话。噢,不是体力的问题。是因为副社长热心于工作,让他发着烧来公司或者给总部打电话,小病也要累成大病。再说,这儿还很冷。"

堂本相信了壹岐的话,没有再追问,只是让壹岐转告里井,病好以后给他打电话。壹岐刚放下电话,塙就进来了,问:"已经这个时间了,今天我还去洛杉矶吗?要不要推迟一天?"塙原本计划今天去洛杉矶的飞机制造商拉克希德公司出差。

壹岐当机立断地说:"你的出差都要推迟的话,会引起猜疑。你按原计划去。"

秋津千里走访了洛杉矶郊外日裔美国人乔治·冈的工作室。乔治·冈制作的是和实物大小一般的陶土雕塑。他在远离工作室不远的野外用耐火砖砌起窑,在每个窑口都安装了煤气管,以一千度的高温烧一整天。

千里身穿毛衣和喇叭裤,一边听乔治·冈的介绍,一边不停地点头。

"没想到您用的是这种办法。先制作作品,然后再按作品的要求砌窑。"千里十分佩服这位在洛杉矶颇有名气的新锐陶艺家魄力十足的制作方法。

乔治·冈晒得黝黑的脸上绽出笑容,说:"遗憾的是一个星期前出窑的作品不成功。"他指着十米开外的窑场说,"你看,我的助手们正在那儿拆窑呢。"

千里顺着他手指的方向望去,只见助手们用榔头砸开的窑里有一个直径两米左右的球体,上面绘有红、蓝、白三种颜色的抽象派风格的线条。

"那是象征月球世界的作品。"

"月球?"

"对。因为现在已经是宇宙飞船把美国国旗插上月球的时代,所以,我在那个球体上画了象征美国国旗的曲线,可是效果不好。"

乔治·冈的构思超乎千里的想象。她看到月亮时感到的是神秘,她没有想到自己和同样流淌着日本人的血、操着流利日语却生长在美国的乔治·冈在对事物的感受上有如此大的差别。美国大陆辽阔宽广,加州只有冬夏两季。同样是以泥土为原材料,同样是用窑烧制作品,美国陶艺家有他们独特的视点。美国陶艺是用泥土烧制的雕塑。

"那现在窑里烧的是什么?"千里问。

乔治·冈得意地说:"是海蓝色的沙发,上面有象征人体的泥块。如果烧出来效果好的话,我还要在泥块上插上一根根羽毛。我想要表现的是性质完全不同的事物的融合。怎么样?这个构思新颖吧?"他接着问,"秋津小姐,听说你主攻青瓷。我知道青瓷的颜色很难把握,用什么方法能烧出那种颜色来?"

"一两句话解释不清楚。青瓷的釉是灰釉的一种,在用土灰、木灰、长石和硅石调制成的原料里再按百分之一点二的比例加上铁的成分,然后用氧化焰烧。因为铁的比例和烧窑时温度的偏差,每次烧出来的颜色都有微妙的区别,所以,我希望十次里能有一次烧出自己理想的颜色,可实际上还远远达不到这个水平。"

乔治·冈很感兴趣地说:"下次去日本的时候,我想去你的工作室看看你是怎么烧的。我在《现代日本陶艺美术品全集》里看到过你的老师加纳先生的作品。他的作品非常好,具有日本传统的美感。"

"秋津小姐的电话。"乔治的妻子从三十米开外的家里大声喊道。

秋津赶紧往乔治家跑。因为她白天一般都不在酒店,所以,把联系电话留给了前台。

"喂!我是秋津。"

"我是纽约近畿商事的塙四郎。我是出差来的,壹岐社长嘱咐我看看您。您有没有什么需要帮忙的?"

"谢谢您,不用了!别人给我介绍了一些在这里的陶艺界的朋友,他们很照顾我。"

"是吗?我办完公司的事坐今晚八点四十分的飞机回纽约。如果可以的话,我下午四点左右去接你,陪您去哪里观光一下。"

千里有些犹豫,不知道该不该和一个没有任何关系的、没见过面的人在一起。但是,她很想了解壹岐的情况,便说:"四点钟的话,我在这儿的事儿也办完了。那就麻烦您了。"

千里刚要说乔治家的地址,就听见塙说:"我对洛杉矶非常熟悉。那好,四点钟我去接您。"说完就把电话挂了。

塙西服革履,握着方向盘说:"我接待过很多客人,还是第一次陪陶艺家。您想去哪儿告诉我,别客气。"

"这儿的日本朋友已经带我游览了市内,迪斯尼乐园也去过了。"

塙想了一下,说:"你去海边了吗?"

"还没有。"

"那我们去圣莫尼卡吧,开车四十分钟就到了。现在去正好能看到落日,很美。"塙已踩油门加大速度,说,"听说秋津小姐的父亲也是军人,是壹岐社长的上司。"

"是,不过早就去世了。"因为千里不知道壹岐是怎么给塙介绍自己的,所以没有多说话。她把目光投向车窗外,看到远处波光闪闪的碧蓝大海。

沿着海岸线有很多服务区和娱乐场所。但是塙却把车开到人迹稀少的海滩尽头,那里只有一家餐厅。他把车停在餐厅前面,说:"十一年前,我就是在这儿第一次和壹岐先生说话的。那时候还没有这个餐厅,我们俩就坐在沙滩上谈了很多。现在还冷,我们进去吧!"

千里跟着塙走进餐厅。从餐厅里可以看到碧绿的大海和远处漂浮的白帆。

千里问:"塙在这里都和壹岐先生谈了些什么?"

塙点好菜,略带忧郁的端正的脸上露出苦笑,说:"当时我被贬到墨西哥国境边上的一个镇,在那儿待了两年,刚调回洛杉矶分店,处于自暴自弃的状态。壹岐先生因为飞机生意来洛杉矶出差,我们就见面了。就在这片沙滩上我把从来没有跟任何人说过的心里话都告诉了壹岐先生。壹岐先生什么也没说,只是默默地听着。我那时候虽然性情乖戾,可是竟然跟第一次见面的壹岐先生说了那么多心里话。我也不知道这到底是为什么。大概是因为他经历过人生残酷严峻的考验,我能从他默默无语的微笑当中感受到他的坚韧和他那颗温暖深厚的心。那以后我带他参观了飞机制造厂和美军基地,回国前他对我说:'希望你做出成绩来。'他的这一句话冲走了沉淀在我心中的所有颓废,让我重新振作起来。"

虽然塙说得很平淡,但是千里听得出当时塙正处在人生低谷,是因为遇见了壹岐,才使他振作起来的。

千里一边吃着虾一边说:"能和你这么敬重的壹岐先生一起工作,你真幸福。"

"真的是。没想到那个壹岐先生会当上美国近畿商事的社长,我能在他手下工作。人生就是不可思议的机缘巧合。只不过令人伤心的是这个机缘是壹岐社长夫人的不幸带来的。秋津小姐,您认识壹岐社长的夫人吗?"

千里心中一惊。她轻轻放下叉子,说:"我见过,是个非常善良、坚强、完美的人。"

看样子塙以为壹岐和千里之间就是以前军队的这层关系,他说:"原来在军人家庭长大的秋津小姐也这么说。夫人还活着的时候,有一次我收到壹岐先生来美国出差的电传,想起过去一时激动,就给他家里写了封信,告诉他我已经是两个孩子的父亲了。夫人知道后亲手缝制了和服,配上腰带和木屐给我寄过来。因为我太太是美国人。现在回想起来,我们收到这个礼物的时候,夫人已经离开了人世。它们成了夫人的遗物。所以,我特别珍惜这两件和服。孩子长了,我就请同事的太太帮着把和服放出来一点,让孩子们接着穿。"

壹岐的妻子亲手为丈夫部下的孩子缝制和服的身姿活生生地出现在千里眼前,她的心像针扎一样。

"我的上司、跟壹岐先生一起来纽约的海部先生经常劝壹岐先生再婚,可是一谈到有谁可以代替死去的夫人,他就头疼。现在纽约的日本人圈子里还没有可以成为壹岐夫人的人呢。"在车里沉默寡言的塙,一说起壹岐就像说起自己的家人一样,喋喋不休。

"壹岐先生自己有再婚的意思吗？"说完,千里屏住呼吸紧张地等着塙的回答。

"他从来不谈这方面的事儿,我也不知道。不过,壹岐先生不是那种因为寂寞,因为没人照顾生活才再婚的人。秋津小姐,你说呢？"

秋津若无其事地说:"这个,我一点儿都不清楚。我不像您一样,就在他身边。"

塙笑着说:"壹岐先生要是知道我说这些,肯定会教训我的。他让我来是要我转告你,你在纽约的时候,他没能为你做些什么,很抱歉。你如果有什么困难,他一定尽力帮助你。"

两人在哈德逊河对岸的餐厅里相拥起舞,五天后又在壹岐的公寓热情似火地度过了一个夜晚。难道这些都是不可告人的秘密？千里无法理解壹岐怎么能若无其事地让部下来转告她:"没能为你做些什么,很抱歉。"千里心里空荡荡的,茫然地凝视着地平线上渐渐西沉、火焰般的夕阳。

近畿商事东京总部社长办公室,大门社长一大早就让秘书课长去找医学书籍来。

厚厚的《医学大全》放在办公桌上,大门打开《心绞痛》一章,依次看过病因、诱因、治疗等各个项目。然后,又看了一遍诱因部分。

1. 精神上的亢奋　所有精神上的紧张都对血液循环不利,使脉搏加快,容易引起发作。患者必须避免家庭中和工作上的精神压力。

2. 身体上的疲劳　身体上的负担加重会导致供血不足,容易引起发作。患者应避免疲劳过度和激烈的运动,同时要注意气候的变化。

3. 失眠　睡眠不足会造成神经过敏，诱发心绞痛。特别是熬夜会给心脏造成负担，应该避免。生活要规律。

此外，还详细写了一些注意事项。如不要暴饮暴食，不要抽烟等等。

大门看完以后，抱起双臂。精神压力、疲劳过度、熬夜带来的生活不规律，这些商社高层谁都难免。而且，因为心绞痛都是突然发作，所以，对需要经常到海外出差的商社人来说是致命的疾病。既然公司二把手里井得了这种限制商社人活动的病，正好壹岐在纽约的任期也满两年了，就得想个办法，既能调壹岐回来又不会刺激里井。正想着，大阪总部分管纤维的副社长一丸进来了。大门急忙用文件遮住《医学大全》。

一丸一进来就说："社长最近一直在东京，需要社长在大阪出席各种会和应酬都是我代理，忙得我团团转。这儿有那么重要的事儿？"他一张黢黑的方脸看着大门社长，想打探到点儿什么。

"我是因为北海道这个土地开发的事儿一直待在这儿。你什么时候来东京的？"

"今天早晨坐飞机来的。我来公司跟里井副社长联系个事儿。秘书科的人说他推迟回国时间了。"

"嗯，我也是刚接到报告。你找里井君有什么事儿？"

"纺织协会的阿部会长突然决定提前去纽约，明天出发。我是想让里井副社长在那边招待一下阿部会长。"

大门多少有点儿着慌地说："这下可麻烦了。里井君昨天感冒，正卧床休息呢。"

"不就是感冒吗？晚上应酬一下应该没问题吧？"

"不过，他发高烧，将近三十九度。美国的医生说搞不好会转成肺炎，让他在饭店好好儿休息。"

"噢,感冒?"一丸用挖苦的口气说,"去的时候那么精神,偏偏在这个节骨眼儿上卧床不起。"

大门满脸不乐,告诉一丸不用再管这件事了:"是,就是个感冒。可既然医生这么说了,就不能不听。阿部会长的事儿我跟纽约联系,你就不用打电话了。"

一丸走出社长办公室,一边往董事办公室走一边在心里嘀咕:大门社长一向不注重细节,今天为什么要亲自给纽约打电话?

进了自己的办公室,一丸拿起电话,叫业务本部的不破秀作到他办公室来一趟。不破和壹岐有直接联系,他或许知道点儿什么。"我是一丸。抱歉,有空儿的话你过来一趟。"

一丸放下电话,不破很快就出现在他面前。仍是一服面无表情的样子。

"你们角田常务什么时候回来?"

"明天回来,比计划提前了。"

一丸奇怪地说:"哦?角田君平时就跟里井副社长的跟班似的,寸步不离里井,这次却要先回来?"

里井副社长延期回国,角田业务本部部长提前回国,大门社长待在东京不走,这一连串的异常更让一丸感到怀疑。

"里井副社长的行程计划变了,是不是业务上出了什么问题?"

"没有,我没有听说。副社长出什么事儿了吗?"大脑门儿,戴着一副圆形黑框眼镜的不破煞有介事地问道。

"我不知道才问你的嘛。"

不破一副困惑不解的样子:"一丸副社长真的……芝加哥分店来过电话,偷偷地问里井副社长是不是真的感冒。怎么回事儿……"

"这话当真?"一丸喘着粗气问,"壹岐君打来过这样的电话?"

"没有,壹岐常务没有任何联系。所以我才……"

不破的回答似乎话中有话,这更让视里井为竞争对手的一丸想探个究竟。

一丸把电话推到不破跟前,说:"你用这个电话跟壹岐君联系一下。"

"可是现在那边是半夜。明天角田本部长就回来了,您还是直接问他比较好。"不破委婉地拒绝道。

一丸极为不满地沉默了片刻,然后说:"这样,要是壹岐君给业务本部来电话,你就让他给我也打个电话。"

"好的。昨天堂本专务也说和里井副社长联系不上,问我到底是怎么回事儿。还说如果副社长来电话就转给他。"不破又说了一句刺激一丸的话,然后行了一个礼离开了一丸的办公室。

不破看了一下表,十二点五十分。他没有回业务本部的办公室,坐电梯下到地下层,进了公司食堂。食堂里吃饭的人像潮水一样退了,剩下寥寥无几的几个人。不破看见兵头的背影,就走过去悄无声息地坐在他旁边。兵头正在吃猪排套餐,看了不破一眼,没说话。

"兵头,我听说你要去中东出差,你可要注意身体啊!"

"怎么了,这是?突然说出这么中听的话?"

"实话告诉你吧,我听说里井副社长在纽约的酒店里心脏病发作,壹岐叫救护车把他送到医院,总算没出人命。"

兵头拿着筷子的手不动了。"哦?心脏病发作?这可非同小可啊!"

不破压低声音说:"说是再晚五分钟就危险了。副社长运气好,被送进在世界上都很有名的治疗心脏病的医院,住四五天或者一个星期医院就行了。不过,壹岐常务指示不要在公司公开副社长得心绞痛的消息。就说是感冒了,怕引起肺炎,需要静养。这些都是海部君偷偷告诉我的。"

兵头喝了一口茶,说:"商社人谁没有一两种病,这就和武士身上的刀伤一样。"

"那也都是些十二指肠溃疡、胃溃疡、糖尿病、肝不好什么的。随时都有可能发作的心绞痛,有这个病可不适合干商社这行。"不破脸上带着神秘的笑容说。

机械本部部长从旁边走过,看见不破,问道:"哎,听说里井副社长在纽约病倒了,是真的?"

"哎。本部长,您怎么知道的?"

"我跟你说,你别告诉别人。刚才一丸副社长告诉我的。可我问里井副社长的秘书,秘书说他很好,没病。也不知道哪个是真的。"

不破委婉地说:"明天角田本部长提前回国,您去问他吧。"

正说着,粮油部部长过来问:"不破君,听说里井副社长病倒了。那边是怎么跟业务本部联系的?"

"这个,我也不大清楚……"不破一副大感不解的样子。

机械本部部长和粮油部部长两个人交头接耳了一阵,走了。

兵头说:"看来震中在你这儿啊!肯定是你跟一丸副社长透露些了什么。"

不破假装没听见,咬了一口炸大虾。

里井副社长病倒的消息就像涓涓溪水一样在公司里流传开了。

里井住进医院已经三天了。

因为古根海姆馆的病房和其他病房不同,住的大都是名医的私费患者,是特殊病房,所以,病房里铺着地毯,病床也不是冷冰冰的铁床,而是让人感到温暖的木床,像酒店的客房一样奢华。心绞痛发作时的痛苦已经完全消失,里井浑身上下不痛不痒,只感到无聊。

但是,在诸如超声波、透视、甲状腺荷尔蒙检查等等各种检查的间隙,他不停地昏睡,连他自己都感到吃惊。有时候闲得无聊,看看壹岐给他带来的书,看着看着就睡着了。吃完饭也是,不一会儿就犯困,又睡着了。三十多年前里井成为近畿商事的一员,从新加坡开始这么多年来他有一大半时间在国外度过。他在世界各地飞来飞去,有时候从零下二十度的莫斯科一下子飞到气温高达四十度的炎热的新德里。他不断在商业谈判中取胜,度过了防卫厅 FX 商战的险关,在五十八岁的今天终于成了名副其实的公司二把手。多年积攒下来的疲劳也一下子涌上来,使他昏睡不止。但是,到了第三天的下午,他终于不再能睡着了。他发现在看着书的间隙,他又开始考虑工作上的事情了。

门响了。里井以为是护士,抬头一看是海部的妻子。她手里提着一包,里面是为里井准备的晚饭。怀里还抱着一个大购物袋。

海部太太从购物袋里拿出睡衣和埃及棉的内裤,说:"对不起,今天来晚了。我去给您买了一套换洗的睡衣和几条内裤,不知道您觉得好不好?"

睡衣是丝绸的,浅褐色底子上面带着红色条纹。里井戴上眼镜,拿起睡衣和内裤看了看,说:"这是麦迪逊大道布克兄弟的睡衣和内裤吧。"他对海部太太买来的纽约老字号高级服装品牌的睡衣和内裤非常满意,"海部君运气真好。有你这么一个无微不至的太太,男人哪还有心思在外面拈花惹草。"

"哪里的话!他年轻的时候也总是找各种借口和金发美女约会。可是,跟着壹岐先生第二次到纽约来以后,整天就是工作工作的,别说有那个心思了,就是在家也……"海部太太流露出不满。

里井说:"提起壹岐君,也不知道他是怎么想的。三年独守空房,没一点儿动静。"

"要让我丈夫说,能在西伯利亚待十一年活着回来的人和我们这些凡人不一样。依我看,他就是个工作狂。"

"不过,我听说壹岐君家里的日本保姆可经常是女主人的派头。"里井也不知道是从哪里听说的,露骨地说。

"也有人这么说。不过,壹岐先生是军人出身,等级观念很强,绝对不考虑保姆的。虽然还有人议论他和华侨黄先生的第二夫人红子小姐的关系,但壹岐先生做得无可挑剔。"

海部太太从另外一个包里拿出保温桶,手脚麻利地把米饭盛到碗里,把鸡蛋卷放进盘子里,再配上腌梅子和紫菜,用一个漆盘托着放到病床的小桌上。

"因为医生说不要吃油和盐分多的菜,所以,总是这么几样,也不知道合不合您的口味?"

"虽说这个医院的饭菜挺高级,可是,咱们日本人病了还是觉得日本饭菜最好吃。你在医生规定的范围内花不少心思给我做饭,我是食欲旺盛啊!就是给你添了不少麻烦。"

"您这么说,我可当不起。明天我就去鲜鱼市场看看,能买到鲜鱼鲜贝,我好好儿给您做一顿。"

海部太太为了丈夫,利用自己长期生活在纽约的优势,细心地照料里井的生活。说完她转身去给昨天插在花瓶里的玫瑰换水。

"打搅了!"

戴着金丝边眼镜的海部夹着报纸和杂志出现在病房。他先看了一眼自己的老婆,问:"副社长,您今天觉得怎么样?"

"嗯,我已经全好了,在这儿待着都觉得无聊。这都多亏了你太太的悉心照料。"

"哪里的话!这是晚报和今天刚出的周刊。"说完,海部把报纸和杂志放到床头柜上,里面还有海部喜欢的《花花公子》。他接着说:"刚才壹岐先生从底特律出发前打来电话,说经过两天交涉,福克终于同意把去日本的考察延期一个星期。"

"噢,延了一个星期呢!干得漂亮。"

"说实话,开始我也不敢相信。壹岐先生说他从底特律回来以后直接从机场到这儿来,详细情况到时候再向您汇报。"

虽然里井听了以后放了心,但同时又一次体会到壹岐的实力,从心底生出几分惊恐。这种惊恐近似强迫症,使他无法听任壹岐的所作所为,无法在医院待下去。

海部说:"问题解决了,您可以安心住院了。有什么事情您尽管跟我说。壹岐先生让我照顾好副社长,说这是我目前的任务,二十四小时无休息。"

"哦?壹岐君会说这样的话?"里井看到了壹岐对部下的掌控能力,强迫观念更强了。

"等一会儿 CBC 电视台有基辛格的访谈节目,您要不要看?"海部努力想让里井的心情好一些。

"当然要看。不过,你先给角田君打个电话。他这个人我知道,今天肯定上班了。"

海部请接线员要东京总部角田业务本部部长角田的电话。然后回避道:"副社长,电话很快就接通。今天我就先回去了。"他催促妻子收拾好碗筷,一起走了。

电话接通了。"喂!角田君吗?是我,里井。"

角田惊讶地说:"副社长?您能接电话了?"

"嗯。我已经没事儿了,而且食欲旺盛。如果可能的话我明天就出院,马上回国。我问你,我得病的消息封锁得怎么样?"

"没问题,公司上下都以为副社长是感冒、发烧,需要静养。"

"这我就放心了。刚才海部君过来说福克考察团延期一个星期去日本。他们跟你联系了没有?"

"联系了。我看到他们的电传,总算放心了。我正准备告诉千代田呢。"

"千代田准备得怎么样了?"

"他们成立了筹备委员会,打算做到万无一失。不过,他们很不赞成我们办合资公司的提案。这件事情看来阻力很大。"

"这件事等我回去以后再说,现在不要去刺激他们。你只要做好准备接待考察团的工作就行了。我回国的航班定下来以后通知你,你千万注意别让公司的人乱传我得病的消息。"里井叮嘱道,大门社长、一丸专务、堂本专务等董事的面容一个个浮现在他脑海里。

角田在东京总部业务本部部长办公室放下电话,点上一支烟,心情有些复杂。

刚才里井从纽约的医院里打来电话,听声音很精神,根本不像一个住院的病人,可以想象他恢复得很好。但是,从那么严重的发作到今天毕竟才三天时间,现在就出院回国,是不是操之过急了。像里井这样在公司里已经是名副其实的二把手的人,一旦在国外病倒住院,都如此在乎别人怎么想,如此觉得这是件对自己不利的事情吗?里井还是分管机械的董事兼东京分社社长的时候就开始在调研策划方面重用角田。角田虽然不起眼,但在五十岁就当上了高管,五十三岁接替去纽约赴任的壹岐被提拔为业务本部部长、董事,这些都是因为有里井的关照。角田对里井也是鞠躬尽瘁,于公于私都尽职尽责。现在他虽已经是公认的里井的得力干将,他也颇以此自负,但是,尽管如此,里井有心绞痛却连他都瞒着,还不顾医生开出的住院时间急着回国,急着恢复工作。里井如此逞强,甚至到了不自然的程度,让角田心里犯嘀咕。

抽完一支烟,看了一下表,九点十分。角田给秘书课长打了一个电话,问社长来公司了没有,他要把里井副社长的电话内容转告社长。秘书课长说社长刚到公司。角田马上走出办公室,上了十三楼,走进社长办公室。大门社长正在慢慢地喝着女秘书端来的日本茶润嗓子。

"你,我告诉你不要让里井君的老婆知道他病倒的事儿,你说了?"大门劈头就问。

角田纳闷地回答道:"没有,我连一个电话都没打过。"

大门目光一闪,说:"那是谁说的?昨天晚上那个腮帮子夫人往我住的酒店打电话,说听说她丈夫在纽约病倒了,他没事吧?问个不停,很烦人。我费了好大劲儿跟她解释。"

"那夫人相信了?"

"最后我说让里井君给她打电话,报平安,这才终于不歇斯底里了。"

"昨天堂本专务也问了我同样的问题,我吃了一惊。说不定是……"

"你有什么线索?"

"也没有什么准确的线索。不过,我觉得可能是纽约那边……当然,他们不是故意的,这种事情通过一些细节就能像水一样一点一点渗出来。"

大门透过镜片瞪了一眼角田,说:"壹岐君统率下的美国近畿商事怎么可能出现泄密的事情!你有什么事儿?"

"刚才里井副社长来电话,说他已经完全好了,明天就要出院回国。"

"这也太性急了。那个给他看病的世界权威普里德巴格教授同意他出院了?"

"这个,我不太清楚……我觉得是副社长要求出院。从他病倒时候的情况来看,他还应该多休养几天。可是,副社长不听劝。社长您能劝劝他最好。福克考察团来日本以后,又要忙一阵,我担心副社长犯病……"角田突然意识到自己说漏了嘴。

可是为时已晚,大门立即打断角田,追问道:"给里井君看病的教授说他的病还要犯?"

角田慌忙否认:"不。因为我英语不好,教授的诊断都是告诉海部君的。海部君从来没说过这种话。"

大门把转椅转到一边,用苦涩的口气说:"难得有名医给他治病,福克考察团来日的时间也推迟了,里井君为什么还要急着回国?这种时候就看出一个人来了。里井君虚有其表,原来是个小气的人。"

角田替里井辩护道:"可是,社长,在国外病倒了谁都会害怕、着急的。何况里井副社长的病名没有公开,只有极少数几个人去看望他。"

"是,没错。不过,"大门像是自言自语地说道,"这家伙也太不走运了,偏偏得了心脏病。"

此话一出,角田感到脊梁骨一阵发凉。虽然他不知道大门社长为什么说里井不走运,但有一点是显而易见的,那就是大门社长对名副其实的公司第二号人物抱有一种危机感。如此一来,自己今后应该怎么办?是仍然坚持在"里井号"这条船上与里井共命运,还是应该换乘另一条船?角田不由得绷紧了瘦弱的身体。

同一个时间,纽约时间晚上八点多,刚从底特律回来的壹岐正在西奈山医院的病房和里井谈话。

里井坐在床上,说:"你去跟福克公司交涉,让他们推迟了考察时间,辛苦了。不过,我不想再待在医院了,太无聊了。我马上就跟普里德巴格教授要求出院,你帮我订好明天回国的机票,订两个航班。"他根本无心过问壹岐和福克公司交涉的艰难过程,只是不断重复着同样的话。

虽然壹岐早已疲惫不堪,但里井打算心绞痛发作后的第四天就坐飞机回国,他无论如何都想说服里井不要那么着急。他安慰道:"副社长,如果您实在要出院,就等明天教授来检查的时候跟他说。教授同意了,我马上就给您订机票。总之,在教授没有同意之前,您再忍忍。这也是为了您的身体。现在没那么多限制了,您可以吃点儿您想吃的东西。"

里井眉头一皱,歇斯底里地说:"你这个人也真够执拗的。你为什么就那么想让我住在医院里?"

"是为了更安全。在这个医院研究所的浪速大学的大田医生不是也说,心电图已经正常了,可还需要观察吗?"

"人是活的,要那么说,哪还有完了? 倒是你,拖延我住院时间,到底想图谋什么?"

"图谋? 您这是什么意思?"

"如果你是无意识的,就把手放在胸脯上好好儿想一想。你口口声声说是担心我的身体,实际上是想给我贴上心脏病患者的标签吧?"里井被自己的话说得激动起来,声音颤抖。

壹岐没想到里井会说出这种话,无言以对,一言不发地看着里井。

里井用憎恶的目光看着壹岐,说道:"你这个人可真可怕。那天我在酒店的房间心绞痛发作的时候,只要安静地休息一会儿,自然就好了,根本不必闹得像今天这样。就是因为你来了个大手笔,叫来救护车,我才被送进像人体试验室一样的玻璃病房里,在那儿待了一晚上。这还不算,你又找来治疗心脏病的世界权威教授,想强调我是心脏病,而且……"他一发不可收。

壹岐用严厉的口气打断里井:"副社长,不要再说了! 再这么激动,您的病又要发作了。"接着他以拒人千里之外的姿态,冷冷地说,

"那好吧,我现在就马上给您订机票。明天直达东京的航班有下午四点二十的 Pan Am,晚上八点半的 JAL,这两个航班的票我都给您订好。"

纽约肯尼迪国际机场出发大厅,美国近畿商事的几名部科级干部等候在入口处,来送坐四点二十的飞机回日本的里井副社长。大概是因为堵车,里井还没到机场,几个人不停地看表。

财务部的池田猥琐地笑着说:"副社长感冒这件事绝对可疑。他在纽约晚上的工作方面干劲十足,大概是哪个金发女郎送给他一个叫淋什么的病当礼物吧!"

机械部部长责备道:"这种场合怎么能说这种话!"

池田不解地说:"可是,不让去酒店看望,也不让去酒店接人,只让到机场来送行,而且还限制人数。里井副社长是个讲排场的人,这也太不正常了。这里面一定有问题。"

其他几个人虽然嘴上不说,但心里也都觉得奇怪。里井只不过得了感冒就待在酒店里不露面,也不让人去送慰问品,着实让人怀疑。可是,看壹岐和海部和平时没什么两样,照常工作,又让人觉得里井好像确实没什么大病。

里井坐的车终于徐徐开来,在大厅门口附近的停车场找到车位,停下来。车刚一停下,海部就从助手席上下来,给里井打开门,伸手要去搀扶他。里井轻轻摇摇头,下了车。他和往常一样衣着潇洒。接着八束从司机的座位上下来,海部太太和塙也下了车。

里井脸色微微有些苍白,看到池田他们迎上来,说:"哎呀,让你们担心了,我休息了几天,已经全好了。你们放心吧!"

里井接受每一个人的问候,和大家握手。其间还愉快地谈笑,和财务部池田说话的时候还发出了笑声。谁看都不像是个从医院直接赶到机场来的人。和大家谈笑了一阵,里井掏出手绢,擦着根本不流鼻涕的鼻子。

"广播通知登机了,您到登机口去吧!"背后传来壹岐的声音。他担心里井站的时间长了撑不住,说道。

住院期间睡多了,里井现在还觉得昏昏沉沉的。听了壹岐的话,他像得救似的说:"好吧,壹岐君,给你添麻烦了,谢谢!"说完行了一个稍显生硬的礼。

壹岐在他耳边低声说:"我还是让八束君跟您一起回去。他也是为这个来的。"

里井没有理睬壹岐,而是走到海部夫妻面前,用副社长的口气致谢:"真是给你们夫妻添了不少麻烦。特别是海部太太,多亏了你的粥和精心做的饭菜,我才好得这么快。你们的诚意我是不会忘记的。"

里井在一片"一路平安"的送别声中进了登机口。

上了飞机,里井一下子瘫坐在座位上。他本想马上躺下,可是想到机场大厅送别台上那些人的目光正盯着头等舱的第二排座位,他只得靠在座椅靠背上,盼着飞机早一点儿起飞。

飞机开始在跑道上慢慢滑行,接着加快速度,腾空而起,曼哈顿的高楼大厦出现在脚下。终于要离开这座给他带来不祥经历的城市了!安全带的指示灯一灭,里井就让空姐把两个座椅中间的扶手扳上去,权且拿座椅当床,拒绝任何服务,裹着毛毯躺下。

这次航班虽然直达东京,但也要飞行十三小时四十分钟。在近十四个小时的飞行中必须保证不出问题。出院时普里德巴格教授说的话还留在里井耳边。"住院后你没有再发作,从心电图上看也没什么大问题。如果出于一个职业人员的责任你需要回国的话,我可以同意你出院。不过,喷气式飞机飞行高度高,机舱内氧气稀薄,你必须一直躺着。万一心绞痛发作,立即含硝酸甘油,采取应急措施。所以,必须有人陪你一起回去。"虽然壹岐派了陪同福克考察团的八束陪他,但被他断然拒绝了。壹岐责怪他不遵守医嘱,他则反驳说不想出院以后还受壹岐照顾。于是,壹岐说那就悉听尊便。此刻,壹岐说这句话时礼貌的态度、冰冷的眼神浮现在里井脑海里。为了隐瞒心脏病小心到这种程度,他为自己感到怜悯。

空姐开始给乘客发送晚餐,走过里井身边时没有叫他。头等舱没有一个日本人,里井庆幸没有选择坐日本航空公司的飞机。同时一阵不安掠过心头,他把手伸进裤子口袋里,紧紧握住装在里面的硝酸甘油。

万一犯病首先含一粒硝酸甘油,如果仍觉得胸闷就戴上座位上方的氧气罩,躺着不动。这样仍不好转的话……里井不让自己再想下去。可只身一人带来的不安又让他不由得往坏处想。

但是,要想不向公司的人做任何解释又不引起怀疑,最好的办法就是只身一人回日本去。里井暗暗给自己打气:一直以来,无论是在体力、脑力还是资历上虽然自己都远远高过别人,但是,今后却要背负着心脏病这个缺陷坚守二把手的地位。为此,这点不安不算什么。

他看了一下表,从纽约起飞才两个小时。想到在之后的十二个小时里,自己要在不断地和不安做斗争中飞往东京,他座位上的"2"这个号码就像一块大石头一样压向他的胸口。

第二天日本时间下午四点半,里井安然无恙地出现在可以眺望到大阪城的社长办公室。

他深深地鞠了一躬,说:"社长,我回来了。这次让社长为我担心,真是不知说什么好。"

里井为自己在国外出差期间发生住院这样的骚动向大门道歉。他手里的公文包上还挂着 Pan Am 航空公司的随身行李标签,浑身充满生机,令人难以相信他是从医院直接坐上飞机,经过十几个小时的旅途劳顿后刚回来的人。

大门脸上露出惊讶和放心参半的表情。他看着里井说:"你平安回来比什么都强。壹岐打来电话说你不让人跟着,一个人上了飞机。我训了他一顿,说就是硬塞也应该塞一个人跟你一起回来。你飞了一路我担心了一路,直到听说你到了羽田机场我才放下心来。可接着角田君又打来电话,说里井副社长把行李交给他,不听劝阻,自己坐上去大阪的飞机走了。我的心又一下子吊了起来。你呀,别太让我担心!"

看到里井如此精神饱满,六天来的担心一下子无影无踪。大门高兴地在里井的肩膀上拍了一下。里井一心想让人们以为这次住院只是一次"事故"。为了加深人们的印象,他从纽约到东京,又从东京到大阪,承受了长时间的紧张和疲劳。被大门这么一拍,他一下子放松了,顿时觉得一阵晕眩。

里井说:"让您替我这么担心,真是非常抱歉。在纽约上飞机之前,我应该给社长打个电话。"

大门关心地说:"坐了这么长时间飞机,累了吧?坐吧!"他让里井坐到沙发上,又一次端详着里井说,"这次没出大事,真是太好了!我听说救护车再晚来十分钟就危险了。"

里井轻轻地摇摇头,说:"没有那么严重。不过,幸好是在和福克公司的谈判成功以后出的事。"接着他马上开始谈工作,"我让角田把谈判过程和有关福克考察团访日事宜整理出来交给您,您看了吗?"

"嗯,看过了。福克公司坚持百分之五十的持股率,一步不肯让。

你没有跟他们发生正面冲突,而是找到成立合资公司这个关节,不仅让福克和千代田双方都能接受,还让最难缠的通产省没有充分理由反对。我真佩服你的手腕。下一步的关键是福克考察团来了以后,如果发现千代田的真实情况,他们会采取什么态度。你得心脏病的一半责任在于公司过于依赖你个人的能力。所以,今后的谈判,日本这边除了角田君以外,让分管钢铁的堂本专务也参加进来。美国那边可以更多地让壹岐君发挥作用。"最后大门关切地说,"这件事等下星期我去东京的时候再细谈。我让他们在皇家酒店给你订了房间,你在酒店好好休息休息吧!"

里井故作轻松地说:"这怎么行!我见过社长后还要回东京呢。"

大门吃惊地说:"你今天还要回东京?太胡闹了!好不容易控制住的病再犯了怎么办?你的心绞痛一旦反复发作引起心肌梗死,那就晚了!"

大门话音刚落,里井目光一闪,说:"从社长刚才的话里我听出来了,有人跟您说我病倒的时候救护车再晚来五分钟我就不行了,福克和千代田的合作谈判对我来说负担太重。这还不够,还要搬出心肌梗死来,把我弄得像个生命垂危的心脏病患者。是谁这么夸大其词?"他气愤地问道,"是壹岐君?"

"真不知道什么让你那么气愤,那么激动。不过,我告诉你,不是壹岐君!"

"不是他,那……"

"你用不着像抓犯人似的那么大动肝火,只不过是我担心你,自己看医学书了解的。你是个烟鬼,那书上可写着严禁吸烟啊!"

所谓说者无心听者有意,虽然大门并没有别的意思,但里井听后心里一惊。自己不顾医生劝阻硬是出院,从纽约飞回日本,又直接来见大门社长。可这期间大门已经查了自己的病,开始重新考量下任社长的人选问题。壹岐这个浑蛋！那个阴暗的疑惑又从他的脑海掠过：壹岐不顾自己反对坚持叫来救护车，又把自己送到大医院，断了用误诊这个说辞蒙骗公司的后路，很可能都是因为考虑到这些。既然已经平安地回到日本，我就要完完全全地把自己塑造成一个健康的人。

里井拿定主意，说："社长这么关心我，真是感激不尽。不过，心绞痛也和胃溃疡、高血压、糖尿病一样因人而异，症状和病情都不相同。如果往最坏的地方想，不光是心绞痛，什么病都可能有生命危险。我只不过是因为年轻的时候就喜欢西餐，吃肉太多，胆固醇高，引发了心绞痛，所以，在纽约难受的时候，我告诉壹岐不要紧，不让他叫救护车。可是，他就是不听。平时从容冷静的壹岐君为什么当时慌乱，叫来救护车，还把我送进美国治疗心脏病最好的医院。现在想起来，真是不可理解。当然，"他用开玩笑的口吻说，"多亏他我才接受了世界著名医生的治疗，有了一次宝贵的经历。"

"那个医生好像是什么普里德巴格教授？那个教授没跟你说今后应该注意什么？"

"说了一些，也就是最好定期做心电图，注意饮食，去国外出差的时候带上硝酸甘油这些。普里德巴格教授经常给美国超大型企业工作繁忙的董事、总裁和各国外交官看病，不像日本医生那样说那么多不行。他遵照患者的社会职责制定医嘱，很切合实际。"实际上虽然普里德巴格教授曾劝里井从现在的位置上退下来，但他却只字未提。

"哦？以后你还能到国外出差？"

"当然。血管里的胆固醇过高这种现象不光是我有，过了五十岁的人都有。所以，今后只要注意降低胆固醇，就没有任何问题。"

里井的话云山雾罩，说得血压也有点高的大门好像担心起自己的健康来，不吭气了。这时，秘书课长进来说："刚才一丸副社长来秘书课,说里井副社长在这里的话,他想来看望一下。"

大门说:"他的耳朵还是那么长。里井君现在一定很累,过来看望反倒是负担。你就告诉他我们正在谈重要的事情。"

"我倒没关系。"里井叮问秘书课长,"跟一丸君说的是感冒吧?"

"是的,这个您放心。"

里井说:"那就见见吧!我这就回东京,你尽量买早一点儿的机票。"

秘书课长刚出去,一丸就进来了。

一丸黝黑肥大的脸上堆满笑容,在大门旁边坐下,说:"里井副社长,你回来了!听说你感冒躺倒了,我一直很担心。现在怎么样了?"

虽然里井已经累得快挺不住了,但他还迎着一丸打探究竟的目光,大声说:"我这次是让所有的人都担心了。关在酒店房间里狠狠睡了几天,你看,我现在一点儿事儿都没了。我后来才听说,纺织协会的阿部会长提前去纽约了。你如果跟我直接联系的话,我不能陪他吃大餐,起码也能陪他喝杯鸡尾酒。"

一丸故意吞吞吐吐地说:"是啊,开始我只是听说你在酒店房间里休息,觉得打个电话也无妨。等真要打的时候,他们又说你高烧到三十八度八,扁桃体发炎说不出话来。那气氛搞得我不好再打了。"

大门不想让一丸再说下去,咳嗽了一声,说:"这件事都过去了。阿部会长那儿我去解释。"

"那就拜托社长了。"一丸像嗅觉灵敏的狗一样抽着鼻子,想打探出里井去纽约的真正目的,"纽约那边有重大谈判?"

因为福克和千代田合作的事情还没有上董事会,所以,里井答道:"是去谈澳大利亚西部矿山开发的事。"

"噢,所以堂本专务也想和你联系。还有,韩国地铁建设工程的投标那件事,我听说五菱商事、五井物产、东京商事都开始活动了。前段时间我去汉城谈合成纤维设备那单生意,汉城分店店长山本君急得不得了。"

这段时间里井忙于福克和千代田的事,没顾上去汉城。一丸接着说:"下星期一我还要为合成纤维设备的事儿去汉城。里井要不咱们一起去吧!壹岐君又给我们联系上了总统警队这条线,我想尽早去见见新上任的张队长。可如果对方问起地铁的事,我又不能说不归我管。"

"噢。我看看时间能排开的话,咱们就一起去。"里井虽然嘴上这么说,但一想到汉城虽然只有东京到札幌的距离,但还很寒冷,心脏就感到一阵疼痛。

田园调布里井家的卧室,中午十二点多了还紧闭着百叶窗。

昨晚里井回家后没吃饭也没洗澡,勉强换上睡衣倒在床上,对太太说了句明天别叫醒我就昏睡过去,到现在都没醒。

到中午里井的妻子胜枝还没在意,一点多两点以后卧室仍然没有一丝动静,她还是担心了。以前无论是去气候条件多么恶劣的东南亚、非洲出差,丈夫回来以后都从来没像这次这么疲劳过。

在纽约到底发生了什么?胜枝无意间鼓着像鱼鳃一样宽大的腮帮,陷入沉思。丈夫、大门社长还有昨天把丈夫从羽田机场送回来的秘书虽然都像商量好似的,一口咬定丈夫在纽约感冒,休息了四天,但是,凭妻子的直觉,她觉得问题没有那么简单。胜枝披上一件花哨的粉红色开口毛衣,肥胖的身体显得更加臃肿。她蹑手蹑脚地走到卧室门前,听了听里面的动静。仍然是静悄悄。她轻轻拧开把手,进了卧室,看着正在酣睡的丈夫。虽有阳光从百叶窗的缝隙里照射进来,但丈夫发出鼾声,还在沉睡。因为没有孩子,加上天生爱打扮,丈夫把大量精力花在衣着和外表上,所以,平时他显得很年轻,不像一个五十八岁的人。但现在他胡子拉碴,面容消瘦。胜枝从丈夫脸上看到了衰老的迹象,心中愕然。她轻轻走出卧室。

回到起居间,胜枝怒气冲冲地拿起电话,拨通里井秘书的直拨电话。

话筒里传来秘书木下实的声音:"喂!近畿商事。"

胜枝以居高临下的口吻说:"木下君吧?是我。谢谢你昨晚把我先生送回家。"

"原来是夫人。副社长休息得好吗?"

胜枝用刁难的口气说:"还睡着呢!所以我才给你打电话。我先生的旅行箱里没有找到纽约医生给他开的感冒药,你知不知道放哪儿了?"

"这个,我没注意。应该不在旅行箱里,在手提包里吧。我想副社长在飞机上也要吃药的。"

"这还用你说,我早看过了,根本没有什么感冒药。"

"那,是不是在口袋里……"

"木下君,我先生在纽约真的是感冒?他感冒到卧床不起的程度,每次都是先嗓子疼,很长时间说话都是瓮声瓮气的。可这次,你也听见了,我先生的声音和平时一样。"

"对啊!副社长的声音是没什么变化。不过……"秘书不知道该说什么。

胜枝终于忍不住了:"你是装糊涂还是不知道我先生回来的时候累得东倒西歪的?你是里井秘书,你就没发现什么异常?不用!我这就挂电话了!你告诉业务本部角田部长,让他有时间的时候给我打电话。记住了!"她歇斯底里地刚要放下电话,突然身后伸出一只手,把话筒夺了过去。"你……"胜枝惊讶地发现丈夫站在旁边。

里井不知道什么时候起来了,身穿睡袍瞪了一眼胜枝,对着话筒说:"喂!是我。我太太让角田君给家里打电话,没有必要。嗯,我睡得很好,现在浑身轻松。公司有没有什么事儿?"

为了不影响里井休息,木下说:"有您十二三个电话。不过,都不是什么要紧的事儿,您上班以后我再向您汇报。"接着,他关心地问道,"您夫人说您这次不是感冒,是其他问题。您没事吧?要不要我联系医院,给您做一下检查?"

里井跟秘书都是说的感冒。他尽量用洪亮的声音说:"你别担心。我太太就那样,连狗两三天不吃食她都吵吵得不行,不是担心有蛔虫就是说有寄生虫,一定要叫兽医来。她是个优哉的有闲夫人嘛!好了,有急事你随时给我打电话。"

"你怎么跟木下君那么说我?"胜枝鼓起大腮帮。

里井和刚才判若两人,生气地说:"别乱给公司打电话,给我丢人!"

"丢人?妻子担心丈夫的身体有什么丢人的?你说你感冒了,可是没有感冒药。你从昨天晚上一直睡到现在,我看你睡得像死过去一样,能不担心吗?"

"我中间不是还起来上厕所了吗?纽约医生给我开的感冒药药劲儿太大,吃了胃难受,我就扔在飞机上了。你别瞎猜疑了,快给我弄早饭去。"里井转移话题,催促胜枝给他做饭。

"哎哟!你看我,对不起!我给你做了你爱喝的蘑菇奶油汤,我这就去给你热。你先吃个柚子吧!"胜枝戴上围裙走进厨房。

起居室像日光室一样充满阳光,里井坐在椅子上呆呆地看着院子里开始发芽的草坪。他的爱犬柯利牧羊犬使劲摇着尾巴,用鼻子和爪子巧妙地打开落地窗跳进来,庞大的身体在里井身上蹭来蹭去,撒欢撒娇。

"来！来！朱丽,这些天好好看家了没有？"里井抚摸着牧羊犬,想到现在自己能敞开心扉说心里话的也就只有这条爱犬,他感到这次去美国出差成了一个分水岭,他自信十足、勇往直前的人生道路上突然出现了阴云。

胜枝端着柚子进来,笑着说:"哎哟！朱丽,看见爸爸回来了,那么高兴？"

"别跟狗叫我爸爸！"

"怕什么,又没人听见。我呀,见你睡到那么晚都没醒,可担心了,突然觉得好孤独。因为我们没有孩子,不用像其他家庭那样考虑孩子的教育问题,所以,享受了很长时间在海外的生活。现在,我们都快六十了,要是你病倒了,我该怎么办……"

"你这突然又说的是什么话！就算我先走了,我不是也早就替你安排好了吗？有什么可担心的。"里井表面上付之一笑,心情却更加灰暗了。他一改往日的作风,对自己的病如此神经质不仅仅因为心脏病是商社人的致命伤,还因为偏偏让壹岐抓住了他的把柄。懊悔和不安交织在他的心头,这使他坐立不安。朱丽突然竖起,汪汪地大叫着跑进院子里。里井站起来关上落地窗,拿起电话。他要给千代田汽车公司的村山专务打个电话,让他下班后来家里一趟。

外面传来停车的声音。村山走进里井家的时候已经是晚上八点多了。

里井听见胜枝迎接村山的声音,接着村山就像回到自己家一样熟门熟路地走进卧室。他因为经常打高尔夫晒得很黑,露出一嘴雪白的牙说:"抱歉,有个应酬,推不掉,来晚了。"

"是我应该说对不起,知道你忙,还让你跑一趟。这样太不像话了,我们到客厅说话吧！"里井从床上坐起来,披上睡袍。

"这有什么,不用在意。"村山说话的口气还和上大学的时候一样。

"我还有工作上的事情要和你谈。还是去客厅沙发上坐吧,那样我也觉得舒服点儿。"

里井穿着睡袍走到客厅,和村山面对面坐下。

村山说:"你经常出差,可像这次在纽约因为感冒躺倒的事儿可是少见。真的是感冒?是不是有其他问题?"

里井心中一惊,说:"那倒没有。就是在底特律着了凉,回到纽约后发烧发到快三十九度。医生说不好好休息很可能转成肺炎。"

"那就好。前几天高中同学在银座的酒吧聚会,东京成人病治疗中心的内科主任市川也在。他说你去纽约前给他打过电话,他劝你好好儿检查一下。是不是你自己觉得哪儿不对劲?"

"嗯。那时候因为你们公司和福克的事情很疲劳,觉得恶心、胃疼。"

"恶心、胃疼?那你还是应该去检查一下。用脑过度、精神紧张最容易引起疾病。"村山似乎担心里井得胃癌。

"唉,不是胃的问题……"里井有种冲动,想把自己的真实病情至少告诉村山。多少天来他连妻子都要瞒着,现在一连串的紧张一举崩溃,他变得很软弱,恨不得能抓住一根救命的稻草。

"村山……"里井刚要说话,走廊里传来脚步声,胜枝端着白兰地和鱼子酱进来。她一边往酒杯里倒酒,一边说:"村山先生,您好好劝劝我先生,让他别这么拼命。在纽约病了,躺了四天,一到羽田就直接坐飞机去大阪见社长,一点儿都不爱惜自己的身体。还把医生给他开的感冒药扔在飞机上,说是吃了胃不舒服。实在不像话!"

村山说:"这样是不行。我这个人胆小,每天走到哪儿身上都带着三种药和糖尿病测试纸,一切为健康着想。"说着他从上衣口袋里掏出一个小塑料盒,里面装着白色和褐色两种药片和一种红橘黄两色的胶囊。

里井从骨子里羡慕村山的这分坦诚。村山所在的公司可以让他毫无顾虑地公开谈论自己的病，还可以这样打开药盒子给人看。而自己却要拼命隐瞒也不得不隐瞒病名。想到自己的这种处境，里井不由得浑身发冷。

"怎么了？身上发冷了？"村山喝了一口白兰地，看着沉默不语的里井关切地问道。

那种想说实话的冲动已经不复存在，里井说："没有，就是觉得我们都老了。彼此多注意健康吧！噢，电话上说的那件事……"

胜枝听到这话，起身回避了。村山把酒杯放到茶几上，用难以接受的口吻说："你们公司的角田常务跟我说了成立合资公司，各占百分之五十股份的提案。你不会真打算这么做吧？"

里井把身体深深埋在沙发里，目光一闪，说："不过，你不觉得这也不是绝对不可能的？福克一开始死死咬住百分之五十的持股比率不松口，最后似乎有意降到可以确保发言权的三分之一以上，也就是百分之三十三点四。可是，一旦他们的资本占到整个千代田的百分之三十三点四，第二年会怎么样，谁都难说。我们公司是商社，说实话，福克的持股率是多少我们都无所谓。可是，因为对方是福克，我们才心存戒心。从这点上讲，如果成立一个各持百分之五十的合资公司，即使将来万一福克的股份过半，也不会影响到千代田公司本身。你说是不是？"

"可是，实际问题是尽管我们公司有一大片闲置的土地，但是要在厚木工厂的旁边建一座工厂，公司里的人怎么可能视而不见？首先，不可能找到那么多技术人员，实际上只能从厚木工厂调。但是，分管技术的小牧常务和其他技术、生产人员一定是一个人都不肯出。也就是说，成立合资公司只不过是空中楼阁。所以，我还是希望靠你的力量,实现最初的方案,让千代田除却卡车部门的其他部门和福克合作。并且,尽量压低他们的持股率。"

"是,如果考虑到你们公司内部的情况和通产省的意见,你的想法很稳妥。可福克方面绝对不会同意。那样一来,你们还是只有投靠日新汽车公司,要不就是破产。"

村山一脸不高兴地说:"我们公司破产?怎么可能?"

里井毫不客气地说:"你们这种还自以为是汽车行业三大企业之一的意识很危险。如果你们心存侥幸,认为到关键时刻能像山三证券公司那样得到特殊融资,那你们就错了!钢铁和证券公司与政治家关系密切,他们有政治力量。靠你们战后才兴起的汽车行业的那点儿政治力量,不会有挪亚方舟出现。村山君,现在需要考虑从根本上解决问题的办法。你们公司不是待嫁的女学生,可以挑三拣四。你们现在已经不是可以说这种幼稚的话的时候了。如果你们这些高管做出错误的判断,造成你们公司破产,那会带来很大的社会影响。因为汽车产业是个涉及面很广的产业。"

"里井,你也太夸张了吧!用得着说那么严重?"村山有些动摇地说。

里井直起身来,说:"我不在的这几天,你是不是被那个朝令夕改、优柔寡断的森社长给洗脑了。我去底特律谈判之前得知森社长很快就要退下来,你已经被定为下一任社长。因为我以为你一定能做出果敢的决定,所以才决定去谈判的。我这是为朋友两肋插刀!可是,你还有这种幼稚的想法,真拿你没办法!"一谈起工作,刚才还笼罩在心头的阴云立刻烟消云散。他像往常一样思维敏捷,浑身上下霸气十足。

村山被里井的气势所压倒,表情沉重地说:"听说福克考察团的成员都是销售、技术、财务方面很有经验的人,不知道他们能把握多少我们公司的情况。"

"美国公司的会计检查制度非常严格。我感觉福克已经通过纽约咨询公司在日本的办事处、美国银行的日本分店事先对你们公司进行了详细的调查。不过,我们公司跟你们做了这么多年生意,就连我们都不知道你们公司的真实情况,所以……"

"你这是挖苦我?"

"你们当然没必要把自己赤裸裸地暴露给福克。不过,你们怕被他们抓住的最弱的地方是什么?"

"当然是销售网。如果他们彻底了解了这方面的情况,我们就处于完全不利的地位。还有代理店。哪个公司的代理店都一样,总爱说厂家的坏话。车卖不出去,他们说是因为车身设计得不够漂亮,性能不好,再不就是嫌佣金少,所以,我们不能让代理店知道和福克合作的事情,还必须想个办法让他们对福克考察团说我们的好话。这点最难办。我想让你们美国近畿商事带福克考察团来的八束和我们公司的人好好儿商量一下。他什么时候来?"

"大概是福克考察团来的前两天。"

"你让他早点儿来,给我们指导一下如何接待福克考察团。"和里井聊的过程中村山渐渐感到应付福克考察团的重要性,焦急地说。

因为八束了解里井在纽约病倒的真相,所以里井不想让他和村山见面。但是,考虑到目前千代田仍在犹豫不决的状况,他还是决定让八束提前回国。

第二十五章　黎明前的黑暗

四月初,福克公司的秘密考察团在夜色掩护下悄然而至,神秘地降临在羽田机场。

一行四人,有的身穿双侧开衩西服、戴着花哨的领带,有的则是毛衣外加夹克。他们挎着照相机,拉着行李箱,一身装扮很难让人想到他们都是精英中的精英——美国汽车三巨头之最的福克公司高级管理人员,反倒很像从得克萨斯州来旅游的普通市民。这一切都是为了避开日本媒体的耳目。

来接他们的近畿商事的八束和千代田汽车的早坂,也是一副旅行社接待人员的模样。他们让搬运工迅速搬运行李,把一行人带到出租车乘车场。此时已有两辆车靠了过来。

一切做得都是那么自然顺畅。待车开动之后,坐在第一辆车助手席上的八束,无不钦佩地向同车的考察团技术经理托马斯说道:"让你们费心了,真是名副其实的秘密着陆啊!"

八束本人也是遵从里井副社长的指示于四天前回到日本的。既没有去近畿商事总部报到,也没有回东京自己父母家住宿,而是包了酒店的一个客房用作迎接考察团的办公之地。

"按照贵方的要求我们这里已做好了一切准备。听说考察团有五位成员,怎么少了一位?是不是有什么变故?"八束稍带惊讶地问道。

"嗯,因为出发前澳大利亚福克有件急需处理的事情,所以有个人就去了墨尔本。虽然剩下我们四个,但不会影响在日本的调查。"托马斯略显冷淡地回答道。

车子很快开到了新大谷酒店。因为听说《经济新闻》已经探听到托马斯等人来日的消息,所以八束说了一句和早坂先去看看情况,就率先下了车。

进了酒店两人的目光沿着大厅仔细地环视了一周。只见大厅里散坐着不少客人。八束的视线停在了靠近电梯的几个人身上。

一位颇有西方绅士风度、装扮不俗的男士,正背对他和几个外国人谈笑,并不时地发出哈哈的笑声。此人正是经常出没在纽约的东京商事的鲛岛常务。八束迅速抻了一下早坂的袖子,轻声说道:"坐在电梯附近,背冲着我们的那个高个的男人是东京商事的鲛岛常务。"

"啊?东京商事?不会是在这儿设伏的吧?"早坂惊讶道。

"不可能。不过,要是还有别的东京商事的家伙也在就麻烦了。他们谁都不认识我,我先去办四人的入住手续,拿钥匙,你领他们从地下停车场直接上到十楼去。"

早坂听后立刻向酒店外走去。留在大厅的八束躲到柱子后面观察鲛岛的动向。他见鲛岛领着外国人走进了通向十五楼顶层的专用电梯。

八束一直看着鲛岛他们乘坐的电梯直升上去,并停止在十五楼以后,才在前台办理了四人的入住手续,然后上到了十楼。早坂已带着一行四人等在那里。

八束对托马斯等人说道:"吓了我一跳,你们猜我看见谁了?是和福克有自动变速器生意的东京商事的鲛岛先生。"

听他这么一说，认识鲛岛的托马斯耸了耸双肩，接过八束递过来的房间钥匙。四人分别进了各自的房间。三十分钟后，四人与早在另外的房间里等候他们的千代田汽车的村山专务、小牧常务及近畿商事的里井副社长、角田业务本部长等人会合，举行了简单的欢迎仪式兼碰头会。

次日早上八点刚吃过早饭，福克一行就围坐在用作会议室的豪华套间的大桌子周围，开始了有关今后考察日程的磋商。

尽管昨日刚到，又连夜召开了欢迎会，但一行四人依然看不出丝毫的疲倦。他们以技术、销售、财务分成三组就准备考察的项目进行逐一甄别。

作为组长负责技术考察的托马斯以工程师的口吻说："四人当中我和利克负责技术。我们打算先看看厚木工厂的布局，了解一下都有些什么样的机器、机器的运转时间，以及怎样的生产效率。然后再到相关的零部件工厂去看看。"

负责财务的威廉则要求道："虽然你们送交我方的千代田汽车的财务报表总括了全公司的财务情况，但是我们需要分别地就筑地总部，生产小轿车、轻型卡车的厚木工厂，以及生产大型卡车的追滨工厂，生产发动机的川崎工厂的资产负债情况进行研究。所以，请你们将各种相关数据尽快提供给我们。"

虽然财务调查本是预料之中的事，但威廉的这些话让日方感到他们的调查将细致到极处之意。

"明白了。那么有关销售方面的情况，按照这个调查表来进行可以吧。"八束将和早坂两人提前准备好的代理店一览表提示给负责销售的拉迪看。

千代田汽车在北海道、东北、关东、东海、近畿、四国、中国、九州这八大区域内都设有一个销售公司。各公司又分别下设被称为据点的四至六家营业所。提示给拉迪的是从全国近二百二十家代理店销售网中挑选出来的,分别在东京、横滨、名古屋、大阪、神户、京都、福冈七大都市,业绩优良、店铺设施环境条件等都不错。

有着丰富销售经验的拉迪认真看过这张表以后,从公文包里取出一张表来说:"我本人很想去这些我选出来的代理店去看看。"

拉迪列的这张表里有很多因为业绩差被早坂刻意删去的代理店,早坂显得很尴尬。八束却装作不经心地问:"拉迪先生,难道您对日本方面提供的名单不满意吗?"

拉迪摊开双手,说:"你们准备的都是没有问题的代理店,而我们必须了解的是有问题的代理店。"

"那么,根据什么决定有还是没问题?我们很难理解这个标准。"八束反问道。

"依据我们独自的情报来源。"看到对方对独自的情报来源一词表示出惊愕的样子,拉迪向前探了探身子,继续强硬地说道,"对于今后的考察我们还有个要求。这份资料上只提供了经销商的营业额、营业效率,我们还需要了解他们的融资方法以及和制造商之间的关系。"

拉迪摆出连经销商融资方法都要彻底调查的架势,说明福克考察团的主要着眼点就在于要了解千代田汽车公司最薄弱的经销环节。这使得一向对什么都不惧怕的八束也感到了些许的畏缩。

八束毫不示弱地说:"好吧,那就去走访各个代理店,让拉迪先生用他自己的眼睛来辨别。同时请千代田东京总部将所需的各项资料准备好。"最后又加了一句,"不过,因为还不能暴露各位福克考察团成员的身份,所以还务必恳请诸位,注意举止言谈,不要让对方产生怀疑。正如昨天已告知各位的那样,因为有影响力的经济报刊已经捕捉到千代田汽车与外资合作的动向,所以,如果从经销网络露出疑点,被人捅出来的话,那就有可能受到来自通产省的阻力。"此话的目的是想掣肘拉迪那旺盛的活动能力。

千代田汽车东京总部的高层办公室里,村山专务从刚才就一直不停地忙着在给各地代理店打电话。现在正在和大阪千代田堺市代理店的田中社长通话:"喂,是田中君吗?我是千代田的村山啊。一向承蒙关照,近来可好?虽说快四月份了,东京还是挺冷的。关西已经暖和了吧?"村山用平时极少见的亲切的语气说着些有关时令的客套话,田中从未接到过由专务直接从东京打来电话,他大吃一惊,说:"哎呀,哎呀!我以为是谁呢,原来是村山专务您啊。专务直接打来电话这可太荣幸了。"

"哪的话,你这么说是不是嫌我平时疏于问候呀?平日里有关照不周的地方还请多多谅解。我们的车卖得怎么样?"话锋一转,村山委婉地问道。

"我的专务哟,你们总是催着卖新车、卖新车的,不瞒您说,我这儿反馈回来的都是价钱贵、乘坐不舒服、爱出故障这些意见,弄得我脑袋都大了。手下的营业员们也一个劲儿地嚷嚷怎么就不能造点更好卖的车?总之,要是再不弄点儿好卖的车,提高点利润的话,营业员们就都不安了。赤字越来越大,你们又不让我这个社长做爱知或者日新的经销商。我可真的是前途黯淡,只剩下跟着千代田一起自杀一条路了。搞得我夜里都睡不着觉啊!"田中把平日里积攒下的怨气借这个机会一股脑发泄出来,在那边是喋喋不休。

电话的这头,村山耐着性子听完,说:"行,我都清楚了。你们经销商的意见对公司的发展是很宝贵的,还望你们多多包涵啊。"虽然他皱着眉头,一脸的不快,但却用近乎献媚的声音继续说道,"不过,现在还有点儿急事想拜托您。有个想在澳大利亚为我们做代理的经销商想去您那儿看看,过几天翻译带着去。到时候还请您多多美言几句。"

听到这儿,田中才明白千代田不是要增加他们的销售额,立刻停止了牢骚,痛快地应承下来:"哦,这么回事呀?那好办!从申请代理到卖车的方法、资金筹备等等,只要是我知道的,都竹筒倒豆子教给他们。不管怎么说我也在这条道上跑了三十六年了,是大阪千代田资格最老的经销商嘛。"田中得意地说。

村山感觉到这张嘴一旦信口开河,很有可能说出对千代田不利的话。于是赶紧叮嘱道:"田中君,目前我们正准备向澳大利亚大量出口汽车,以前有什么让你们感到为难的地方,还请多担待。他们去的时候,最好考虑一下怎么能让外国人满意接受的说法,拜托了!"

"好说,好说。我明白。咱是这条道上的老经验了。有关销售的事怎么说,您就瞧好吧!"田中大包大揽地应承下来,挂了电话。

村山放下手中的话筒,一边用手绢擦着因一直攥着电话手心里渗出的黏汗,一边对一直站在一旁的营业部长说:"你都听到了吧?现在我们能做的就是,你立刻亲自带队赶在福克考察团之前,到他们要去的代理店,帮助他们做好应对的准备。其中如果有想跳槽,考虑改做爱知或日新经销商的,可以用提高新车利润之类的话先稳住他们。但是,有关和福克合作的事,因为在我们公司内部还是个机密,所以只能动员有限的人参与此事,并且要绝对不漏一点口风地给我把这件事办好了。听懂了没有?"

最后的叮嘱让营业部长越发紧张起来:"听懂了。我现在就火速赶往各个代理店,想办法不让他们说出对我们不利的话。"虽然他嘴里这样说着,可脸上却流露出不安和困惑。

担任福克公司销售总经理的拉迪走访了东京、横滨、大阪的销售商及各自属下的代理店。三天后,他来到有问题的千代田汽车堺市代理店。

出租车驶过南海电车堺站五六百米,只见国道二十六号线两侧各汽车制造商的代理店鳞次栉比,以爱知、日新为首,还有五菱、东和、奇达。各代理店矗立着各家汽车公司的广告牌,飘扬着万国旗。

出租车在千代田堺市代理店门前停了下来。同行的八束走下车来,看着自家的代理店。带有新车展示厅的代理店主体建筑相当气派,还有两千多平方米的占地面积,里面有二手车展示场和修理工厂,无论从哪方面,和对面的爱知卡罗纳南海相比都毫无逊色。他松了一口气,但该店是千代田汽车销售网中业绩最差的一个,这点仍让他放心不下。他回头煞有介事地提醒拉迪:"据千代田总部的人介绍,这里的社长性格固执倔强。请千万注意不要提问涉及内部问题。"

拉迪身着俗气的花格子上衣,胸前挂着佳能照相机,完全是一副怎么看都是观光兼考察的游客模样。

展示厅里摆放着一辆柴油发动机的轿车丽贝卡的标准型和一辆豪华型、一辆运动型小轿车"老虎一六〇〇",还有两辆不同品牌的小型卡车,车身都擦拭得锃亮。墙上贴着老虎参加汽车赛的相片。展厅里没有一个客人,很是冷清。

拉迪以尖锐的目光将寂静的室内巡视了一圈。八束因事前已让千代田总部的人打过招呼,可这时却不见有人出来迎接,正在暗中恼火,一位刚从外面回来的年轻推销员模样的人走过来,嘴里迸出绞尽脑汁才想起来的英语单词:"欢迎光临!嗯,那个……对、对啊……你们来自美国吗?"

"不,他是从澳大利亚来的。想见你们社长。千代田总部的人已经通知你们了。"八束说道。

"啊,社长说过要来的外国人就是他呀。我这就去叫社长来。"

年轻人看了看外表不起眼的拉迪,向里面的办公室走去。接着出来一位五十五六岁、像是被经营不善折磨得骨瘦如柴的男人:"欢迎光临,我是这里的社长田中。"

八束用假名介绍道:"这位是在悉尼从事多种经销业务的查德利先生,最近正在考虑将千代田的汽车引进澳大利亚。因为在签合同之前想了解一下日本国内对千代田汽车的评价和销售状况,所以到厚木工厂以及代理店走走、看看。请多关照。"

拉迪亲切地伸出手,说:"很高兴见到你。我在几年前曾经营过千代田的卡车,因为很受欢迎所以也想进行轿车的营销。"

田中社长硬邦邦地伸手握了一下就扭过头来,朝八束用近乎白眼的眼神瞟了一下:"那么你是总部的人啦?"

"不,不,我就是个翻译。"

"哦,是翻译啊。我说这个老外,千代田有二百二十来个千代田汽车代理店,怎么就想到我们店里来看看?跑到这么远的堺市来,大阪市内不就有好几家嘛。"田中的话里透着怀疑。

"噢,我也不过就是三天前才和查德利先生签约的翻译兼导游,他生意上的事我什么都不知道。因为他到关西来主要是参观京都的名胜,顺便找个多家汽车品牌经销商集中的地方看看,所以就来到这里来了。"

这边进入翻译角色的八束用和自己无关的口气叙述着来龙去脉,那边拉迪把手放在展厅中央闪闪发亮的"老虎一六〇〇"米白和褐色相间的车身上,说:"我经营过各国生产的汽车,很少见到如此精细涂装的车子。风格动感十足,有品位。想必在日本很有人气吧?这种名车一个月能卖几台呀?"他像所有的外国人很善于夸奖,并且巧妙地在赞赏中提出了问题。

听到此话,田中社长非但没有高兴,反而撇了撇嘴轻声嘟囔了一句："什么名车,八个月前硬塞给我们,还一台都没卖出去呢。"然后他轻咳了一下嗓子说道,"不愧是见过世界各种名车的人,眼光就是高。这'老虎一六〇〇'的造型是由意大利名家设计的,去年还拿了日本名车奖。不过,因为价格高达二百七十万,所以使用者仅限于有钱的医生、律师、艺人明星或者运动员之类的人。在我这儿,一个月能卖出去一辆就不错了。"

八束只把后面的话翻给了拉迪。拉迪点了点头,表示理解,然后将视线转向旁边的丽贝卡。

"丽贝卡的标准型是九十万,对吧? 这个一个月能卖出去几辆?"

"平均五十辆左右吧。"

"那你们有多少营业员呢?"

"正好二十人。"

"二十个人一个月卖五十辆车的话,平均一人两辆半对吗? 对面儿的爱知卡罗纳南海,听说他们有二十五人的营业员,每月销售一百二十五辆车,人均销售五辆。同一地区销售额却相差一倍,问题出在哪儿呢? 是营业员的能力,还是利润分成有问题? 或者这种汽车本身没有人气?"拉迪单刀直入地问道,也不知道他是从哪里把爱知卡罗纳南海的这些数据搞到手的。

听八束翻译完后,田中社长瘦瘦的一副穷相的脸上浮出一丝冷笑,说:"对面一个月卖几辆咱不知道,要说这营业员的能力,都是一样的人能差到哪儿去? 车的利润嘛,都是百分之十,我们也不会特别少。至于车子本身,各家有各家的特点,又不是赛车用的跑车,能有多大差别。我们和他们的主要的区别在于爱知采用的唯利是图、核算第一的名古屋经商法。另外有一招就是不大力宣传自己的产品,反过来对别人的产品吹毛求疵。想方设法让客户觉得只有他家的车能买是他们的长项。在这点上千代田就比不过他们。千代田是从战前就开始的,是从生产卡车以及军需吉普发展起来的。信奉的是实用第一,历来就缺乏大批量生产容易被用户接受的汽车这个观念。这才是让我们这些千代田经销商干着急没办法的事儿。像对面似的,因为他们只出了麻雀泪那么点儿资金,所以连如何经营都得听总部的。一年三百六十五天被总部逼着完成指标,结果是挣的钱都被总部大把大把地提走了。嘿,那叫整个一傻瓜。"田中把爱知卡罗纳南海挖苦了一番,其实心里别提对人家有多羡慕了。

拉迪一边默默地听着一边将展示厅巡游了一圈。然后问道:"从我来到现在没见一个客人。是不是上午客人本来就少?"

"也许是吧。不过,在日本,到代理店来买车的只占购买人数的两成左右。其余都是由营业员一家一家转,上门推销卖出去的。不光是我们一家,哪个代理店都差不多,没什么客人来店的。对面有时候看起来来了挺多人,其实不是来买车的,是来拿宣传海报的老色鬼司机。这不,现在的广告是穿着超短裙的当红车模海报。"大阪的店头销售比其他地区多,有的代理店占到三四成。但是,田中社长不动声色地、避重就轻地回答了拉迪的问题。

八束苦笑了一下,把话的大意翻译给了拉迪。拉迪听了以后说道:"哦,超短裙的车模海报,好啊!我也想拿一张带回去,当日本之行的纪念。"他边说边走出展示厅,向外面的二手车展示场径直走去。

"唉!唉!等等!我说那个翻译。这老外怎么还要去看二手车呢?"刚才还不急不慢、模棱两可地对付拉迪的田中,一下子显得惊慌失措起来。

"这个……看看二手车难道对你们有什么不便吗?"看着田中的失态,八束的语气也变得急促起来。

"啊……不,不是那意思。我是说那边儿太脏,太脏了。"田中一边含糊其词,一边慌忙去追拉迪。拉迪好像是正在一辆一辆数着展示场上的二手车。

国道两旁显眼的地方排放着二手车,哪辆都是与新车不相上下。但越往后看车越旧,到了展示厅的主建筑后面,零件仓库的周围全是伤痕累累,接近报废的车辆。就好像是故意偷偷藏在这里的。

拉迪详细看了看,回过头来对田中社长说:"你们回收了不少旧车呀,一共有将近六十辆吧?"

"哪有六十辆,你说多了,只有五十四辆库存。"对六辆的出入,田中较真儿地纠正道。

"不过,刚才田中先生说过,这里一个月的新车销售量是五十辆。旧车有五十四辆库存,新旧车的这个比率是千代田汽车堺市店一家的比率,还是所有代理店都是这个的比率呢?"

拉迪的话像利剑刺痛田中的耳膜,他一下愣住了,翻了翻白眼,说道:"这个嘛不光是我们,哪家汽车经销商都差不多。这是因为新车销售竞争非常激烈,开了两三年的车要是不回收的话,客户就会跑到别的厂家去。"他又一次煞有介事地巧妙推脱。

二手车库存数量超过每月新车的销售数,这种情况说明这种车在市场上已经没有人气,顾客纷纷换乘别的品牌的车,是产品过剩的危险信号。不知道拉迪是否清楚这一点,他默默地听完八束的翻译,顺口说道:"这就有些奇怪了。按照田中先生的说法,换新车一般都是开个两三年才换的。我怎么看见这儿的旧车里有十二辆是开了不到半年的,或者几乎和新车差不多。另外还有十八辆,已经放置了五六年,几乎等同于报废。"

开了不到半年就被回收的车子库存过多,说明该车在性能上、乘坐舒适程度上存在着严重的问题,而不单是在市场上没有人气。还因搁置时间过长接近报废的车库存多的情况,则意味着二手车的销售状况也很窘迫。

这下,善于兵来将挡水来土掩的田中社长也终于无言以对了。看到田中不再说话,拉迪走到一辆奶油色的丽贝卡前面停住了脚步。车的挡风玻璃上贴着一张晒得发黄的纸,上面写着四十四万的价格,另外还有车检证明。

"开了两年,卖四十四万太便宜了。我听说日本开了两年的车核定价格应是新车的六成。也就是说,这车应该是五十四万。要是以便宜十万的价格卖出的话,十万日元的损失,在财务面上如何处理呢?"拉迪的目的显然是想从二手车上来了解千代田汽车堺市代理店经济拮据的状况。

田中的脸色变得严峻起来,冲着八束责备道:"这个老外,对二手车怎么这么感兴趣呢?他真的是为了给千代田在澳大利亚做代理商到这儿来参观的吗?"

"我就是个翻译,也不是太清楚。这个外国人就是好较真。直接的也好,间接的也好,不让他问清楚了,他不甘心。就这毛病,别介意。我这就去制止他。"八束先劝过田中,又转向拉迪,说:"田中先生说,你这个人很奇怪。为什么对二手车如此刨根问底?看起来他是个很敏感的人。还是到此为止吧。"

听了八束的话,拉迪点点头:"行,不过还有最后一个问题。这个代理店一个月的总销售额是多少?"

"大约八千万吧。"田中社长转了转眼珠说道。

"那么能不能将分类细目告诉我?"

"新车销售占六成,剩下的四成由二手车、零件、服务修理所得。你这个人,是不是有什么别的目的到我们这儿来调查的呀?"田中越发怀疑地问道。

于是,已经被八束制止过提问的拉迪对田中说:"田中先生,谢谢您让我了解了很多有意义的情况。我的店在悉尼开张了的话,我们就是兄弟了。如果您到澳大利亚访问,请一定到我的店里来,我衷心地欢迎您。"他伸出手用力握了握田中的手。

走出代理店,拦住过往出租车,上了车八束紧绷的神经才终于松弛下来。

田中社长目送外国客人走后,回到办公室,有些疑惑不解地歪了歪自己的脖子。

虽然他不知道往澳大利亚出口的事对千代田汽车来说到底有多重要,但先是村山专务特意打电话过来,话语殷勤。随后营业部长又以到大阪出差之名,为了一个澳大利亚的游客,特意绕到堺市打招呼。这些举动都让田中觉得千代田客气得过了头。再有,虽说是做进口的代理商,但那个澳大利亚人提的问题甚至涉及商家最不愿意被提及的二手车折损的财务处理问题。不是专家是问不出这种问题的。这简直就像是融资银行的审查,或者说是税务局的调查。

至于月销售额八千万的事,从代理店的规模来看,虽然表面上还算是过得去的成绩,但实际上,在按月分期付款的新车销售部门,因为有时不考虑顾客的偿还能力,一味地追求销售额,从不挑剔顾客,以致因赊账而出现收不回来的坏账,累计已达到两亿日元以上。二手车部门,也正如刚才那个外国人指出的那样,因为搁置而导致无法销售出去的死库存(报废车)已经占到了两成五的比例。其他二手车也因为同行业竞争激烈,收购的时候按六折收。可卖的时候,别说保证利益加价了,反而得以低于收购价十至十五万的价格标价。光这一进一出就损失了不少。加之回收的二手车也不是马上就都能转手出货,有的因为车身损伤或者车检过期等原因,最终只能称死库存。二手车的市场情况一般是一辆车每放置一个月,价格就会下降一万元。这样下来,综合各种各样的损失,千代田汽车堺市代理店每月亏损总销售额的百分之五。

当然财务上的这种捉襟见肘的窘态是不会出现在呈交银行的资产债务报表上的。报上去的都是经过了粉饰处理的。不过,田中总觉得刚才的那个外国人好像已经察觉到什么了。如果确实如此的话,那么这个外国人到底是为什么目的来的?他胸前挂着个大相机,打扮得倒像是个观光客,可那眼神、那表情,怎么看也不像是在澳大利亚优哉游哉做代理商的。田中社长思来想去还是理不出个头绪来。于是,他给在千代田汽车阿倍野代理店当社长的老朋友打了一个电话。

"喂,我是田中,你最近怎么样啊?"

这里田中刚一落音,电话里便传来阿倍野代理店社长沮丧的声音:"不怎么样!昨天又到出租汽车公司那儿磕头去了。前一阵好劝歹劝他们才买了十辆丽贝卡,这还不到三个月就吵着要退货。我真是和这车一块死的心都有啊!"

"同感同感啊!唉,有没有个在澳大利亚做经销商的、神经兮兮的人到你那里去啊?"

"没有,没来过啊。怎么了?"

"是这样的,总部说就是有人来参观,打了个招呼让关照一下,还是村山专务亲自打的电话。来了呢,又是这儿那儿的什么都问,还特别的详细。所以我想要是也到你们那儿去了,想问问是怎么个情况。"

"你这么一提我倒想起来了,去年我们这儿来过一个说是西德的经销商,问了好多有关千代田是否赚钱的事。看来资本自由化是早晚的趋势,欧美的厂家也都想到日本来。也许是来摸情况的吧。"

这话让田中惊得差点儿跳起来:"真那样的话,不就是说,千代田有被外国资本吞噬的危险了吗?"

"唉,不光是千代田,听说从去年年初开始,爱知、日新、东和各地的代理店都有身份不明的外国人来过。不过,田中,虽然不知道他们来调查什么,但是我们经销商的实际状况,连跟我们有业务关系的银行都搞不清楚,外国人来一趟他能知道些什么?别那么神经兮兮的,适当地应付一下就得了。"老朋友满不在乎地说。

日本经销商结构复杂,别说银行了,就连同一系统内兄弟社之间,相互的财务状况都不是那么简单就能搞明白的。想到这儿,田中终于觉得松了口气,放下了手里的话筒。

走访了大阪地区的代理店后,当天下午拉迪和八束坐出租上了名神高速,直奔京都而去。

汽车渐渐驶进山崎街道,两边随风摇摆的竹灌丛的嫩叶间隙中,偶尔露出一两间农舍的茅草屋顶。

由于连日来穿梭往返于各个代理店,为避人耳目又不能乘坐显眼的大型进口轿车,只能在路上拦过往的出租汽车,所以就连精力旺盛的拉迪也露出了倦意。他一直盯着窗外带有乡村气息的景色,好像想用赏心悦目的风光驱走疲劳。

"终于到京都了。拉迪先生您不打算在京都稍微放松放松吗?"连日来的巡回走访使得对日本汽车产业还不太熟悉的八束,也越来越觉得问题比想象的还要严重许多。他觉得有必要让拉迪在京都排解一下情绪。

拉迪在窄小的空间里艰难地调换了一下交叉的双脚,说:"工作结束了想去祇园和舞伎们玩一会儿,然后再去看看神秘的寺庙和庭院。再就是要给我夫人买一些做日本和服的料子。"

"不是成衣,是买料子作为礼物吗?"

"你说对了。因为我朋友的夫人用和服料子做了一件非常漂亮的富有异国情调的晚礼服。所以妻子让我来日本的时候,无论如何一定要给她买回去。我答应她了。"拉迪一边说着,一边点燃手中的香烟,接着冷不丁地问起了壹岐,"你的上司壹岐先生是个什么样的人啊?离开美国前他请我们考察团吃饭,看上去是个出奇安静的商业男子。一点也想象不到,他原来是军人出身。"

"您怎么突然想起壹岐先生来了?壹岐先生如您所说,就是那样的一个人。"

"不过,他是从西伯利亚回来的。在那片冻土地带不是被羁押了十一年,意识形态是什么样的?"

"应该没有问题。他是在日本四大商社之一的中枢机构工作的人嘛!"说完八束大笑起来。

"听说近畿商事大笔投资涉足苏联贸易,是通过壹岐的秘密关系吗?"

"不,那都是错误的情报。我非常讨厌壹岐先生被人这样猜测揣测。近畿商事的对苏贸易和他没有一点关系,他也从来不和人谈起西伯利亚的拘留生活。虽然我不了解他怎么看待苏联,但是在东京总部的时候,每次去欧洲出差,尽管经莫斯科转机又方便又省时间,但他一定要绕道安克雷奇转机,哪怕多花两三个小时。我觉得这能说明一切。"

听到这儿拉迪突然说:"明白了!我是喜欢这个人。"这么长时间以来,他还是第一次表达了自己的感情,"不过听说壹岐先生是单身,是不是跟我们公司的执行副总裁普拉德似的,因为一心扑在工作上被老婆离婚了?"美国大企业的高管们因为大多忙得没有时间顾及家庭,很多人被妻子提出离婚诉讼,所以拉迪想当然地推测道。

"根本不是那么回事,壹岐先生的夫人是因为交通事故去世的。"

"噢,是交通事故。有这样的事,还真不知道。请不要见怪。"拉迪不再吭声了。因为美国是个汽车发达的社会,由交通事故引发的人间悲剧随时都可能在自己的身边发生,所以,他很同情壹岐。

汽车终于驶离高速公路的东交叉口,下到京都三条的大道上,停在了酒店的门口。

已经是下午四点了。拉迪办好了入住手续后,八束提议到附近的乌丸代理店去看看。

八束为了避免重蹈千代田汽车堺市代理店的覆辙,想跟东京的总部联系一下。但是因拉迪坚持马上就出发,没办法只好作罢。因劳累拉迪已经显得有些烦躁,为了缓解他的情绪,八束特意指定使用福克公司的汽车。正吩咐叫车的时候,拉迪把目光落在正在停车场上候客的出租车上。

"等等!那儿不是有一辆千代田的丽贝卡吗?就坐它去。我想听听出租车司机的意见。"说着便回绝了刚要的车,钻进了丽贝卡。

车子刚一启动,拉迪便让八束向司机问话。

"怎么样?千代田的丽贝卡好开吗?"

听到八束的问话,中年男子的司机吐出了这么两句:"说不出怎么样。说是柴油发动机节省三分之一的油,可震动这么大,一天到晚就像是坐在电动按摩椅子上似的。"

"电动按摩椅?能解除疲劳那不正好吗?再说也没有那么大感觉呀。"

听八束这么说,司机一边转动方向盘一边答道:"那是因为您就坐到乌丸车行前,这么点儿距离,当然感觉不到什么。我们一天要跑二百公里,一整天都这么哆哆嗦嗦的,跟中了风似的。啥感觉?再加上这声音,您听听,二十四小时不停地吱吱吱、喀喀喀的,多烦。而且还时不时因为这种噪音听不清客人的话,自个倒霉。我说,您也大点声儿跟我说话。"

"可是,能够节省三分之一的油费,对你们来说不是很有吸引力的吗?"

司机透过后视镜看了一下八束,说:"省钱对出租车老板来说当然是好事,对我们司机来说那可是大麻烦呀。开了一天车回到家,即使是看电视也觉得身子还在哆嗦。头晕体乏的,一点儿办法没有。别的出租公司都有司机拒绝开这种车,我们老板说开丽贝卡给补助,比别处还强点儿。但是因为在健康方面存在隐患,所以很多人还是不想干。"司机说得唾沫星子乱溅,在信号前面停下了。

"哎,你们看,这一旦停了车再发动,震动和噪音就更厉害了。噗噜噗噜、喀哩喀哩的。"

司机越说越生气,八束简直连哭的心都有了,任凭身体随着汽车振动。

拉迪问:"司机说什么呢?"示意他翻译。

"他说柴油机马力大,在高速上能跑起来,还省油,挺好的。"八束像蚊子叫似的小声说道。

"八束,你在骗人!"突然拉迪讲起了日语。八束目瞪口呆地看着拉迪。

"我小时候是在神户长大的,懂一点儿日语。"拉迪用日语说道。

八束就像他座下的丽贝卡一样,咯噔往前杵了一下。

秋津千里的家在京都樱树町,离疏水渠不远。今天她请来了建造陶瓷窑场的木匠和砌窑师傅。

千里家的宅地有二百六十多平方米,房子占去一百九十平方米,后来又盖了一间制作土坯的工作室,这次是想在它旁边儿再修一个窑场。这之前,她都是在自己的工作室里完成拉坯、成型、彩绘等工序后,送到师傅叶赖山的窑或者五条坂的公用窑里去烧制。要想从始至终地掌握自己作品的每道工序,必须有一个自己的窑室。所以,她决定在工作室旁边再盖一间十平方米左右的屋子,里面修一个高一点五米、宽六十厘米、纵身一米的由耐火砖砌成的煤气窑。

千里请来了常年在西阵的叔叔家里干活的木匠师傅,窑体则聘请了专门承揽烧制陶瓷窑炉的砌窑师傅。砌窑师傅是个脾气古怪的人,不用小工,一个人默默地砌砖抹缝。干活的时候,木匠和他搭话也总是有来无回的。用了三天的时间,窑体终于完工了。面对长裤打扮的千里,砌窑师傅问道:"里面碳素板的组架要多大尺寸?"

窑室里架板的排列组合取决于作品的大小和数量。

"是啊,多大好呢?因为我在美国看到了特别大的陶瓷作品,所以,今后我也想搞些大一点的作品。架板的间距还是大一些吧。"

"美国的窑个儿大,能有多大?"砌窑师傅好奇地问。

"简直没办法比。你想,他们的做法是先在野外塑个一人多高的陶器,然后围着这陶器就地用耐火砖砌起一口窑来,再安装上几个连接煤气罐的出火口,就开始烧。烧成之后就把窑给毁了。新作品出来,就根据新作品再量身制作一口新窑。当然,这都是些很前卫的人的做法。"

听她这么一说,砌窑师傅吃惊地说:"那我别说见过了,连想都想象不出来啊。"

"别说您了,就是我在见到之前也是无论如何也想象不出来的。不说别的,就说那地方吧。加利福尼亚郊外,无边无际的旷野,作坊和窑场之间还有好几百米远。那儿的陶艺家都是开车来往于其间的呢。"千里正一边回想着到访洛杉矶郊外的乔治·岗上作坊时的情景,一边说。

正说着,身后传来一个声音:"怎么还没干完啊?"是生产西阵锦的叔父纪次来了。

砌窑师傅依然是面无表情,木匠赶紧跑过来打招呼:"哟,老板您来了,今儿天气挺好的啊。"

"由着这个认死理儿的女孩子的意思干,那就没完没了。就由你安排,干得利索点儿。掏钱的主家在这儿呢,是我。"

"叔叔。瞧您,多难听。不过,也没办法,谁让您说得对呢!"

已故父亲的胞弟、战后代替父亲一直关照千里的纪次叔叔,尽管因为千里悔婚,拒绝做丹阿弥流掌门人二公子泰夫的夫人,所以激怒了纪次,以至于一度和她断绝关系,禁止她进自己的家门。但是不知不觉当中他原谅了这个屡屡举办个人展览、受到好评的侄女千里。叔侄俩重归于好。为了了却千里早就想有一个自家专用窑的心愿,纪次出资帮她建造这个窑场。

"叔叔,喝杯茶吧!正好我也想歇会儿。"

千里掸了掸裤子上的土,从走廊进入茶室,规规矩矩地落座。然后为叔父送上一杯清茶。叔叔美美地呡了一口,慢慢地品味着,说:"听说前一阵子你去美国又麻烦人家丹阿弥家的泰夫了?你到底和人家是个什么关系呀?"

"什么关系?没什么关系呀。还跟从前一样,就是发小呗。怎么啦?"

"那样就好……其实,前天我去给掌门人送修补好的'能'的演出服时,夫人开玩笑地说,千里和泰夫还是跟从前一样那么要好,我们家媳妇都嫉妒啦。夫人开句玩笑也就罢了,可要当闲话传开就不好了。你还是多注意点好。"纪次看了看正在干活的工匠们,说,"这回连窑场都有了,看来你是要一个人全身心地投入到这上面了。想当初你毁了和泰夫的婚事时,我说跟你断绝关系你都没有回头。看你那么大的决心,我也就只好支持你了。什么事只要是专心致志坚持到底,就了不起的呀!"纪次叔叔很赞赏地说道。

又过了一会儿,品完千里给他沏的茶,纪次冲着外面喊道:"木匠,我还有点事得去办,这里的事就交给你啦。"说完穿过院子回去了。虽然叔叔走了,可是他"从今往后就要一个人……一个人……"的话音却依然留在千里耳边。这让她不由得想起在纽约和壹岐在一起时的情景。

上次从纽约回到日本后,千里立刻就给壹岐写了封信。可是迟迟不见回音,今天上午总算有信来了。她从书桌的抽屉里拿出今天早晨收到的航空信。

来信收到。得知你顺利回到国内,我就放心了。前几天偶尔在纽约书店里看到了收藏中国美术珍品的弗利尔美术馆的相册,因为里面有你特别青睐的"磁州窑白地牡丹唐草文扁",所以买下,随后寄去。

祝你进步!

壹岐正

就这么简短的几行字。壹岐寄来弗利尔美术馆的相册,只是为了里面有千里喜欢的中国瓷器,还是为了纪念在纽约壹岐的住处将二人结合在一起的、那个只属于他们的特别的夜晚?虽然千里无法从寥寥数语的信笺中找到答案,但是,现在的千里急切地想了解壹岐的情感,想触摸到他的心,哪怕是从不久将寄到的相册里寻找线索。千里的思绪又回到从洛杉矶回日本的前一天壹岐打来的电话上。

那天,美国近畿商事的一个叫塙的人到洛杉矶出差,他遵照壹岐的嘱咐顺便来看看千里还有没有什么需要帮助的。他开车带千里到海边,在餐厅请她吃了一顿饭。吃完饭千里一个人回到比弗利山庄的酒店,为身在美国却没有机会和壹岐直接通话感到烦躁不安。就是在这时候,壹岐从出差的底特律打来了电话。

尽管千里为壹岐超出想象的繁忙的生活状态而吃惊,但还是不由得带着责怪的口吻说:"什么时候给壹岐先生的公寓打电话你都不在!"

"最近真的特别忙。哎,你现在干什么呢?"电话里传来壹岐温柔的问候。他对自己繁忙的工作只字不提。

千里刚从浴室里出来,浴衣下面什么都没穿。听了壹岐的话她的脸上泛起了红晕,一下子想起了在壹岐书房里的那一幕。那是他们第一次两唇相叠。感受到壹岐温暖滋润的瞬间,让在出国前就已埋在心中的对壹岐爱慕的火种一下子迸发出来,顷刻间如燎原之势的爱火将两人吞噬。

"怎么了?听塙君说你在洛杉矶陶艺家的工房里还参加学习了?在观光地还不忘工作,累了没有?"

"……嗯,先别说这个了。五月份开股东大会的时候,你肯定回日本,对吧?"

"那是肯定的,绝不会变。到了东京我第一件事就是给你打电话。没别的事儿,我挂啦?"

"别……"

"还有什么?"

"在我回日本前,再跟我说点……"对壹岐的思念一下子涌上千里的心头。

壹岐沉默了片刻,说:"你的心意我都懂。虽然我们真正在一起的时间只有一天,但以后时间还长着呢!好吧,晚安……"

这是壹岐第一次对自己的女人表露情感。千里正是怀揣着这句话回到日本的。

"以后时间还长着呢",这是一个男人的心声,一个把自己当作他的女人的男人。这句话至今深深地嵌在千里的心里。当然,作为一个男子,壹岐说过这句话之后,依然可以心神不乱地专注于工作。而千里的心再也无法平静。无论是做着陶艺的事情,还是审视自己内心的时候,只要想到壹岐,千里就觉得恨不得壹岐能在日本。只要能时常见到他,或者听听他的声音千里就很满足了。

还有半个月壹岐才能回东京来参加股东大会啊。盯着桌上的台历,想着还要面对那漫长的时间和难挨的煎熬,千里就觉得心里好像压了块大石头憋得喘不过气来。不知为什么,这时她突然很想见到在比睿山修行的哥哥清辉。

千里起身走进里屋,打开和式衣柜,从抽屉里取出了一件墨绿色的结城锦的和服来。她已经很久没穿和服了。

秋津千里从大津的坂本坐上去比睿山的电缆车,到根本中堂站下来。茂密的杉树和日本扁柏的老枝遮掩着不见人影的林间小道。千里独自走在这条小道上,向哥哥秋津清辉,法名大泉院贤澄所在的无动寺谷的草庵走去。

三年前,听说哥哥清辉患了结核病,虽然千里和叔叔纪次劝说他下山治病,但是遭到哥哥的拒绝,他决意修完十二年的比丘修行,在此期间无论发生什么,绝不下山。千里无奈,只好又去请壹岐来做说客。那时候,两人正是一起走过这条曲曲折折的山路到无动寺谷去的。

那时候是六月,杂树林繁茂的枝叶葱郁欲滴,野山莓也熟透变红。但现在正值四月,比睿山依然残存着冬天的气息。白天阳光都无法射进来的小路两端,融化的霜露像是雨后,湿漉漉的。那次壹岐劝说清辉:"听说天台宗的断发修业十分严酷。与其带病坚持,不如先下山养好身体再回来,那样更能达到修行的目的。"但清辉断然拒绝道:"不管身体状况如何,只有克服才是修行。这是我面对留在吕宋岛上那些众多部下亡灵的唯一选择,他们是因为我不知道已经投降,下令冲锋而死去的。"那次之后,尽管千里惦记哥哥的身体写信问候,但都没有回音。只是偶尔有下山的僧人捎来哥哥"不必惦念"的一两句口信。去美国之前,千里本打算来看看哥哥,兼作告别。但是直到临出发的前一天都没有挤出时间来,只好以信告知。

千里只有一个哥哥,却还在战后出家为僧。每当想起连母亲去世的时候都没能回家,而是在山上凭吊的哥哥,千里就感到无边的孤独。

蓦地,千里觉得好像有人。向前望去,杂树林中的小路上露出一个身着白色僧衣的人影。看其背影有些像自己的哥哥清辉。千里边用手掩住和服的前襟,边一路小跑向前追去。前面的僧人并不为后边的脚步声惊动,依旧头也不回地漫步前行。赶到近前一看,果然是哥哥清辉。

"哥哥……"

一声呼唤,让身着白色僧服、脚履草鞋的哥哥着实吃了一惊。

"冷不丁的,这是怎么了?出什么事了?"

"没什么,就是惦记哥哥的身体。还有,想你了呗……"千里说得有些言不由衷。

清辉停下脚步,目不转睛地看着千里,严峻的目光里透着慈爱。千里不由得避开了哥哥的视线。她当然清楚,自己是因为想起了远在美国的壹岐,坐立不安,所以才来见哥哥的。

清辉有些疑惑地又看了一眼略显失措的千里,说道:"山里还冷,赶紧到草庵里去弄杯热茶吧。"说完,便先一步走下去了。

哥哥的草庵在明王堂后面,带有一间四叠半榻榻米的屋子和厨房、厕所。榻榻米的屋子里仅有一张简陋的桌子,周围堆满了大量的经典和书籍。一件洗好的僧服挂在衣架上。

千里走进厨房,点上木炭炉的火,再将水罐里的水舀进水壶放在火上烧开。随后取出带来的宇治玉露茶和京都的特产麸嘉豆馅包。

"嚯,这可是比什么都好的礼物啊。又能品尝到久违的香茶和甜点了。"

清辉细细地品味,将小小的豆馅包一点一点放进嘴里,再慢慢地呷上一口玉露茶。对到山里出家修行的僧人们来说,好茶和甜点是最让他们欢心的东西。这个秘密不知不觉中被千里发现了。

"哥哥,你的身体怎么样了?"

"听说过'肚脐以下的气海丹田、腰脚足心'吗?'都是我佛在我心中'之意。据说历史上有个白隐禅师患上胸腔病变的时候,听从以上教诲,采用腹部用力呼气、吸气的吐故纳新大气疗法,治愈了疾病。我也每日清晨坚持用腹腔用力吸入清澈的空气、再全力呼出的呼吸疗法,这么练下来,现在已经全好了。"

听他这么一说,再看看本人,还真是的。哥哥原来消瘦的两颊已见丰腴,深陷的眼眶也没了凹痕,脸色也比以前好看多了。

"怎么样?听说你去了趟美国?"

"学了很多东西啊,那边陶艺家的那些难以置信的构思、手法,不亲眼看看是绝对不会理解的。"

"不过,这方面的熟人一个也没有,你一个女人家,就敢一个人出这么远的门。真没看出来你还挺强势的嘛。"清辉言语里透着信赖和赞赏。

"哪儿呀,不管怎么说都是第一次嘛。要不是有在那里学习的日本留学生和来日本学习过的美国陶艺家帮助,也是不行的。还有,美国近畿商事的壹岐先生,也给了我很多帮助呢。"

"是吗?壹岐先生现在美国工作?"

曾经在日军大本营任参谋的壹岐现在活跃在美国这个大舞台

上,这让清辉不禁感叹岁月的变迁。

"他特别忙。我在纽约的时候,他没有时间。等我到华盛顿访问陶艺家的时候,他利用星期天专程到华盛顿来为我导游。多亏他领我去参观了阿灵顿国家公墓。那天恰好新立了一块墓碑。看到大理石的墓碑上写着'陆军中将'几个字,我想起了自杀的爸爸。壹岐先生好像也是同样的心情,和我一起在那里驻足凝视了很长时间。"千里强压着喷涌而至的思念说道。

清辉平静地说:"对壹岐先生来说,还不只是我们的父亲。恐怕让他想到的更多的是众多在太平洋战争中逝去的战友和部下。"他掩在僧衣袖口下的手不停地转动念珠,继续说道,"也许是因咱们死去的父亲结的缘吧。三年前担心我的病,他特地跑到这比睿山来看我。你这次去美国又这么关照你,真是给人家添了不少麻烦。你可不要不懂规矩,再给他夫人添什么麻烦呀。"

"他的夫人在他临去美国上任之前去世了。"

清辉这才知道壹岐的夫人已经去世的消息,同时察觉到妹妹似乎把壹岐当成了她心中的依靠。

"你刚才说是担心我的身体上山来看我的,你看,这不挺好的吗?急着想见我是不是有什么话想说呀?"

"没有,就是好久没见面,想哥哥了……"千里还在犹豫,把想说的话咽了下去。

"那就听我一个人唠叨了。我这之前一直在做关于日本天台菩萨道的研究。虽然迟迟没有多大的进展,但是作为一个佛的信奉者,我深刻地体会到,如果以一句简单明了的话来解释什么是佛教的根本的话,那就是共生的精神。人不能只为自己活着。人必须具有因自己的存在让他人感动、让他人幸福,并且有让自己和他人一起活下去的共生之心,所以,如果只是自己单方面的眷恋和执着,那么对自己和对方都是一种束缚,就会丧失共生的世界而落入修罗界。也就是说,如果给上万卷难懂的经典做一个摘要的话,其根本之处就在于此。"

清辉或许是在借助佛典暗中告诫妹妹,眷恋壹岐是在束缚自己,同时也束缚着壹岐,会造成不幸。千里静静地听着。

"哥哥,这还是你第一次跟我讲佛道啊。"

"你大老远的特地带了好吃的茶和点心来看我,我能为你做的,也就是说几句或许能成为你心灵依靠的话。不过,千里,不管你怎么生活,只要不让父亲的在天之灵蒙羞,就行了。"

清辉看似平淡的话语里流露出对妹妹千里深深的慈爱之情。

位于纽约中央公园东侧高级住宅区一隅的壹岐的公寓,壹岐穿着睡衣,吃着已过了时辰的早餐,正和海部说话。

今天星期六是公司的休息日。五天前,海部跟随五大谷物巨头之一的科克制造公司的饲料谷物部部长一同去美国的各主要谷物粮食的生产地区,今天早上刚刚回到纽约。他是直奔壹岐这里来的。

海部汇报了刚得到的今年的谷物生产情况后,话锋一转,说:"对了,福克考察团那边进展得怎么样,还顺利吗?"他边说边取过女佣春江准备好的咖啡壶,给自己的杯子添满。

隔壁书房里传来吸尘器嗡嗡作响的声音,浴室方向隔着门隐约传来洗衣机转动的声音。

"八束君是每天一个电话。据说在销售方面暴露了很大的问题。福克方面果然事前做了充分的准备。对千代田汽车提供的销售网视察路线连看都不看,而是根据他们独自的调查名单行事的。听说,昨天甚至询问了京都的出租司机,直接了解丽贝卡的性能。因为被出租司机讽刺说简直就像坐在电动按摩椅子上,所以八束就随便瞎翻了两句。没想到负责销售的拉迪用一句日语'八束君,你在骗人',

让他无地自容。"

"这么说这个拉迪懂日语啊。"

"好像是。据说他是跟着做贸易商的父亲,神户生、神户长的。对关西方言都很在行呢。"

听壹岐这么一说,海部那戴着金丝眼镜的脸挤到了一块。"我就说嘛,当时我就向业务本部部长角田提议,我们这边负责调查所有福克考察团人员的经历,请他们在那边了解一下福克公司使用了哪些日本的咨询公司,事先对千代田汽车都掌握了些什么。结果,被人家挡了回来。说什么日本的汽车销售网形式不同于美国,不是简单地看一遍就能明白的。主要就是说,因为有关福克和千代田合作的交涉事宜,已经从美国近畿商事移交给东京总部的里井副社长了,所以,就不要事无巨细地插嘴了。真无聊!结果八束君本来已经着手调查福克考察团成员的经历了,愣是叫停。真是不可理喻。"

"你怎么说出这么没度量的话,这可不像你的一贯作风。甭管角田怎么说,那可都是公司领导大门社长决定的商务呀。"壹岐劝解道。

"说到了商务,要是人家拒绝了的话怎么办?一点儿办法都没有。另外,这之前我都压着没说。里井副社长到底是怎么一回事啊?以您为首,我、塙、八束,还有我老婆,在他住进西奈山医院的时候,跑前跑后、忙里忙外,不分昼夜地照顾他。而且,明明是自己非要出院,还非得想办法弄成是既得到了主治医生的理解又得到院方同意才出的院。可是呢,回国后连一张仅仅是礼仪上的纸片都没有啊。这也太不像话了吧?"

"不是有那么句话嘛,没有消息就是平安。算了,别纠缠这个了。再说,除了我们以外,公司的人都以为他是感冒,你让他写信说那个时候怎么怎么的,也挺难下笔的不是吗?"

"原来如此。要是在信上写道,那时候因心脏病发作住院如何如何的,怕被当作书面证据留下来。担心的就是这个呀。处处都防着,可真是看重他那老二的位置呀。"海部厌恶地说道,"咳,对咱们公司内部的人,这样也就算了。可人家浪速大学的大田先生,每天都到医院来看他,还在他要以那样违背常识的方式出院的时候,在他和主治医生之间费尽心机来回周旋,多不容易啊!我们怎么向人家交代?"

"这确实是个问题。是不是委屈你了,该谢的都谢过来了吧?"

"那是当然的,又不是他里井副社长个人的事,是近畿商事的问题。我拼命地为他补窟窿,编造了一封根本没来过的信,传达过去了。可是,人家问我,他回到日本在哪家医院做的详细检查,我都不知如何回答是好。其实,我也是真担心他。算着他回去后的时间,估计差不多有个说法的时候,我向秘书课长打听了一下。您猜怎么着,他从纽约飞到东京的当天,立刻马不停蹄地去大阪见了大门社长,并于当天晚上返回东京。根本就没有去医院。要是再次发作,看他怎么办?"海部的声音又高了一个分贝。

"别那么大声音啊,让春江女士听到了不好。"

"没事,用水的声音那么大,听不见。"海部向春江干活的浴室看了一眼,继续说道,"还有,我看通过这次住院,里井副社长对您的提防心恐怕是比以前有过之而无不及了。明着说吧,其实就是更加重了他男人的嫉妒心。表现出来的就是,拒绝美国近畿商事在有关与福克合作交涉的事宜上发表意见。"

"作为一个商务人士我可不具备让里井副社长嫉妒的能力。那是他找错对象了。"壹岐笑着否定说。

"我可不这么认为。单靠商社左右商品市场去向的时代已经结束了。今后是国际战略的时代了。曾经与世界列强为对手、担任过二次世界大战中日本大本营作战参谋的壹岐先生的经验,比起只会两句不错的英语、善于推销的一般商务人来,其存在价值现在变得越来越重要。这才是让里井副社长嫉妒的心理所在啊。"

海部正说到这儿,女佣春江走进了厨房。一边收拾桌子,一边说道:"海部先生,马上就到中午了。早上到的纽约,不在午饭前赶回家,您夫人会生气的呀!"

"啊?都这个时间了。糟了糟了,赶紧走。"

海部慌忙从椅子上站起身来,说:"春江女士,要是我太太打来电话,你就说飞机晚点,我来这儿报告完就急忙回家了。今天是星期六,要做弥撒,不好好效力,我要倒大霉了!"

"弥撒?你什么时候改了宗教了?"

看到壹岐很认真的样子,春江笑道:"壹岐先生,您是真糊涂还是装糊涂呢?您没看见海部先生的脸都红了吗?"

这么一说,壹岐才明白了所谓做弥撒的真正含义。"对不起啊,耽误了你的时间啦。下雨了,开车小心!"说着将海部送出屋去。

海部一走,屋里一下子安静下来。壹岐打算换衣服,朝着书斋走去。以前,不用说话春江自动就会过来帮忙的。现在的春江只是朝他的背影瞥了一眼。

早饭收拾过后,春江开始准备晚饭和明天星期天的饭菜。以前做饭的时候,她好像不是女佣,而是给自己做饭,但今天,她的心情不一样了。晚饭是西式白炖肉,明天是鸡肉。她把鸡块兑葡萄酒蒸好放到冰箱里,吃的时候放进微波炉里热一下就行。

"春江女士,春江女士!"书房里传来壹岐的呼唤声。

春江装作没听见,开始仔细地擦拭起烤炉、冰箱等厨房家什来。壹岐也没再叫她。春江是个爱干净的人,一边把冰箱的把手擦得明闪闪,一边想起刚才收拾浴室的时候看见的镜子前面的一瓶男人用的香水。以前那里只有生发液和剃须霜。壹岐在生意场上作为礼品经常收受香水。那些香水每次都给了海部他们。那这瓶是剩下的还是他自己买的？怎么突然就出现在那里了呢？

就是从那天开始，壹岐变了。春江在心里暗自嘟哝。蓦地一种异样的感觉袭上心头。这种感觉和大约一个多月前收拾壹岐的房间时，在床下拾到那个缠着一根黑色长发的橡皮筋时的感觉一样。而且就在那天，刚换的床单被壹岐撤下来，团成团儿扔进了要送洗衣店的塑料袋里。随便捡起来一看，上面尽是死褶子，一点儿也不像平时睡态很老实的壹岐用过的床单。

春江首先想到的是黄红子。不过黄红子是一头短发，而且是染成了栗色。那么这个女人又会是谁呢？尽管春江不得而知，但是平时看起来比谁都正经的壹岐，带个女人去饭店也就罢了，竟然把女人领到自己的书斋来了，干那种男女间的苟且之事，还偷偷摸摸地掩盖痕迹。真是让人瞧不起。至此，春江心里矗立着的壹岐的高大形象一下子轰然倒塌了。

"春江女士，春江女士……"壹岐呼叫的声音再次响起。厨房的传菜窗口上探出换上毛衣的壹岐的脑袋。

"啊，您叫我了？有什么吩咐？"

海部他们在的时候，春江努力做得跟从前一样，谈笑风生。然而当就剩下跟壹岐两个人的时候，她的语气不知不觉地就变成了拘谨、正式的敬语口气。

"好久没喝玉露了，能给我沏上一杯吗？打断你干活，不好意思啊。"

"是，先生。给您送到哪里去？"春江绷着脸问。

"餐桌就行。你也来一杯，怎么样？"壹岐边说边坐到收拾干净了的餐桌旁。

春江把沏得恰到好处的玉露茶端了过来,转身就要走,被壹岐叫住:"哎,别那么急着干活,坐下来歇一会儿吧!"他指了指对面的椅子。

春江将盛着茶叶罐和小茶壶的托盘放到了一旁,默默地坐了下来。

壹岐很享受地呷了两三口茶,说:"春江女士沏的玉露,既不苦也不淡总是那么恰到好处啊。"

听到夸奖,春江的脸上依然没有笑模样。"多谢您的夸奖。今天是我去东京银行分社社长家的日子,不容在这儿多耽搁。"春江口气恭敬却很冷淡。

"时间不是还很富余嘛。春江女士,最近你有些怪。要是对待遇有什么不满的话,能不能直接跟我说呀。我想我这个男人心粗,也许有什么注意不到的地方。"壹岐放下了茶杯,郑重其事地说道。

"不,我对待遇没有什么不满意的。倒是想听听您的指教,我有什么地方变了吗?"春江向上挑了一眼壹岐,反问道。

"要说是什么地方倒也说不上来。就是觉得近来变得生分了,也听不见你说起家里的事了。"

"不跟您说家里的事儿,那是因为没有什么新的内容。您说觉得有些生分了,先生,您是从什么时候有这种感觉的?"

"什么时候嘛……也说不好。不过只要不是对待遇和我本身有意见,我就放心了。也许是我多想了吧。"

"您要是说多想了,那就说明,我最近好像有什么做得不对的地方了?"

"不,我不是那个意思。对了,上星期我托你帮我买开襟毛衣,买了没有?最好早点儿买来。"

"开襟毛衣的事,因为我觉得最近很难判断您的喜好,所以怕买了不称您的心。您最好还是请别人帮忙吧。"

"就一件开襟毛衣,没什么大不了的,你看着买就行。"

春江终于忍不住了,有些不快地说:"是吗?领带呀衬衣啦,最近您选择的不都是比以前既时髦又年轻的样式吗?说是就一件毛衣,那也得好好考虑呀。既然您说让我买,那我就尽快买来。"话音一落,她扭身进了厨房,脱下围裙准备回家。然后,她用一副交差的口气说:"那么,我就告辞了。今天的晚饭是放在微波炉里的白炖肉。热一下就能吃。明天星期天的食谱,我放在冰箱上了。"说完便提着个大手提袋回去了。

剩下壹岐一个人,他才发觉自己出了一身冷汗。

春江最近从说话的遣词造句到对他日常生活的料理都跟过去来了个一百八十度的大转弯,判若两人,十分冷淡。从时间上推断,壹岐怀疑她觉察到了秋津千里在这里住过一夜的事。本来难得今天有时间放松休息一下,可以和她聊会儿天,也想趁机探探虚实。谁知都让春江缺乏善意地顶了回来。

从春江的样子来看,虽然她好像察觉到了千里在这儿过夜的事,但是并不会清楚是什么人的。看起来,今后千里来的航空信可得加倍小心放到春江看不到的地方了。

壹岐一面翻来覆去地前思后想,一面还在犹豫。尽管妻子佳子去世已经过去快三年了,女儿直子也已结婚成了一个孩子的母亲,儿子诚也进了五井物产商社,作为商社职员常驻印度尼西亚,开始了独立生活,但壹岐还是在犹豫该不该让孩子们知道自己和千里的关系。

五月下旬,因为要去东京总部参加董事会,必须回国一趟。从千里的信里壹岐知道她对这一天的到来是怎样的望眼欲穿,因为思念之情流露于字里行间。况且自己也很想见她。想想刚才,春江调侃他衬衣领带的爱好也变得年轻时髦,似乎说中了。确实,以前对男性化妆品自己是不屑一顾的,然而现在也开始用上香水了。

必须小心！壹岐一边叮嘱自己，一边却不知何故，脑子里出现了里井的面孔。

里井被妻子的声音叫醒了。

"哎,该起啦！"

五十岁出头,仍然喜欢穿红色毛衣的胜枝,准备好了早饭过来唤醒自己的丈夫。

"嗯,起。"里井虽然嘴里答应着,但是后背就像粘在床上似的,就是起不来。

"喂,今天你不是一早就要开会吗？再不起,接你的车就该来了。"妻子的声音比刚才高了一度。

里井终于坐了起来。他在睡衣的外面披了一件长袍,站到洗漱间的镜子前。他看见自己脸色灰暗发青,很是难看。连日来听到的都是有关福克考察团的令人不开心的报告。除了白天的频于应付,晚上还得负责接待。疲劳加压力搞得他寝食不安,已经连续多天睡不好觉。好在再有两天福克考察团的调查就要结束了,胜利在望。里井一边给自己打气,一边拿起电动剃须刀。就在这时,突然觉得一股热流麻辣辣地从肩膀流向胸部。里井刚想别是又发作了,咚咚的心悸便伴着一阵撕裂般的疼痛袭至胸部。握着剃须刀的手还没放下来,人一歪就趴在地上。

"你怎么了？！"胜枝是从厨房飞奔过来的,边问边用手安抚他的后背。

"别、别摸……"

胜枝的手一碰后背,里井立刻感到一阵剧痛传遍全身,想要把他碾碎,冷汗刷刷地往下淌,脸都拧到了一块。他把身体弯曲成虾状用手紧紧地抓住自己的胸口。

"啊,你,我这就去叫医生……"胜枝要去叫附近认识的医生。

"不,药!给我……药硝酸甘油……"里井艰难地喘着气,勉强发出声音来。

"什么?硝酸,那、那是什么呀?"

"硝……硝酸……硝酸甘油……在卧室五斗橱的最下面的抽屉里……"

"你,那是什么药?"

"快,硝酸甘油……拿来我就好受了……"里井伸长脖子呻吟着。

胜枝跑进寝室,可就是不见回来。

"还没有……快……"里井挣扎着说道。

"喂,没有啊,找不见!"

房间里回响着妻子惊慌失措的声音,爱犬好像也察觉到主人的异样,狂叫不止。

里井已经等不及了。他忍受着胸部撕裂般的剧痛,呻吟着爬到走廊。手指扣着地板竭尽全力地爬到卧室柜子的抽屉前。

"哎呀,你……"胜枝被丈夫的模样吓呆了。

里井的手终于够到最下面的抽屉,把整个抽屉抽了出来。他扒拉开抽屉里的旧手绢、记事本,抓住一个钢笔盒,把盖子打开。里面装着嵌有白色药片的锡纸板。里井用牙撕开锡纸,把里面的白色药片扔进嘴里。

十秒、二十秒……一分钟后,撕裂一样的胸痛终于停止了。呼吸依然困难,冷汗不住。里井将身体靠在床沿上。

"你……你还是躺下吧……"

胜枝想把蜷缩在床边的丈夫抱起来靠在自己身上。里井摇了摇头,因为仰面躺在床上会更痛苦。胜枝就为蜷缩着不动的丈夫盖上了毛毯。

"就这样,别动……给我盖上毯子……给市川君……打电话叫他……快来。"

市川是里井高中时代的朋友,他家和里井家在一个区,住南千束,是东京成人病中心的内科部长。

胜枝一溜小跑地进了放着电话本的客厅,拨通了市川家的电话。刚过八点,他应该还在家。电话机里传来市川的声音,胜枝立刻急切地说道:"我们家里井的样子很危险。剃着胡子就突然抓着胸,难受得不得了。"

"现在怎么样?"

"嗯,吃了一片白色的药片儿,好像是把疼劲压下去了。说是硝酸甘油。"

"硝酸甘油?那就是心脏病发作了。是心绞痛。"

"唉?心、心脏……这么说,我先生他……"

"哎,夫人,疼痛缓和了,别让他动。盖暖和点儿,安静等着。我马上就过去。幸亏今天我不是门诊当班。"市川用安慰的口气说。

电话挂断了,胜枝握着话筒的手还在哆嗦。市川的话让她惊愕不已,她突然想到莫非那次在美国得感冒是假的?难道那次就是心脏病发作?这个疑惑让胜枝立刻拨通了角田家的电话,她全然不顾电话那边传来的角田夫人客气的问候,直呼:"请叫你丈夫来接电话!"

角田刚一拿起电话,劈头就被责骂了一顿:"角田君,你竟敢骗我!说里井在美国得的是感冒,其实是心脏病发作,对吧!我刚跟医生通过话。"

角田一瞬间哑口无言。然后尖着嗓子问道:"副……副社长他现在怎么样?救……救护车叫了没有?"

"什么?救护车!这么说,里井在纽约也是被救护车送到哪个医院去的了？！"

电话那头角田一下子不说话了。

"角田君，我是里井的妻子呀！对我，你们都想瞒着在纽约发生的事，你们到底打的是什么主意？"

"没，没什么主意啊。其实是副社长他命令我们不许说的。副社长在纽约的酒店里突然心脏病发作，是壹岐先生叫的救护车把他送进了有世界级心脏病权威专家的西奈山医院住院，才没事的。"

"啊，壹岐？这个人既然叫了救护车，为什么就不能给我打个电话？万一出了什么事，谁负责？还有你，也跟他们一起合起伙来骗我这个当老婆的啊！"胜枝越说越生气，禁不住颤抖起来。

"真的不是想骗您。夫人，请您冷静冷静。因为里井副社长是名副其实的近畿商事的二把手，考虑到对公司内外产生的影响，大门社长尊重副社长本人的意见，所以才下了严格的封口令的。"

听角田这么一说，期待着将来能当上社长夫人的胜枝才将口气缓和了下来："那你们就更应该跟我说实话。我了解了情况，才能多加注意。一会儿我先生的一个当医生的朋友就到家里来，说不定还得去医院。"

"夫人，这样最好。大门社长就一直劝他去医院，我也是左一次右一次地提醒他，可是都被副社长拒绝了。请让他借这个机会好好检查一下。至于副社长休息的理由，还有其他所有相关的事，都交给我来办，我都会打点好的。"

"那就拜托你啦！说来道去，最后什么事还得指靠你呀！"胜枝语气一下子缓和下来。

放下电话，胜枝回到卧室。里井好像胸部的疼痛已经过去了，整个人瘫在床上。

"市川医生一会儿就到。我也跟角田君联系了，告诉他今天你可能休息。你就放心地躺会儿吧。"

说完,胜枝收拾好散乱的抽屉,将屋里重新归置了一下。这时屋外传来汽车停车的声音。门铃响了,是市川医生赶来了。市川医生一进到屋里,立刻掏出听诊器来为里井把脉。

"你的情况我已经听夫人说了,今天你得老老实实地听我的安排。"他用老朋友的口吻说。问到纽约的事情时,里井老老实实地把从发病到住院的全部经过如实地说了出来。

"怎么样,我说了吧。叫你出差去美国之前到医院来做个检查,你就是不听。而且,出了这么大的事,回国也不来看病,太冒险了。这不是正常人干的事。"市川医生批评道。他接着说,"你没有吃早饭,正好。我马上安排你到我们中心的心血管科,让主任给你看看。要是有在西奈山医院照的片子就更好了。看样子你是没带回来吧?"

"不,影印了一张带回来了。"里井的声音微弱无力。在美国时,因为答应普里德巴格教授回到日本就立刻去医院,所以得到教授的特别关照,拿到了一张发病时的心电图影印件。

"你真是的,这么大的事儿都瞒着我!"胜枝气得几乎嚷起来了。

"夫人,现在不是说这个的时候,赶紧把他送医院吧!我让他躺在我的车后座上,你赶快去拿条毯子来。"市川指挥着。

"什么,都得现在……要是非去医院不可的话,再给我两天时间。"福克公司的考察团后天就回国了,不把他们送走,里井是不能休息的。

"都什么时候了,还说这种话,今天一切都得听我的!"市川厉声命令道。

里井被送到东京成人病中心,根据市川的指示,乘轮椅到地下化验室、二楼心电图室、X光摄像室等各个检查室做了一番检查。上午的医院里到处挤满了各色患者。胜枝很不熟练地推着轮椅,嘴里不停地招呼着"对不起,请借过!"。她每说一次,人们不知道是同情还是怜悯的目光就集中到里井身上,胜枝心里很难受。

在X光摄像室拍完片子,等"紧急显像"的时候,胜枝想把轮椅从患者拥挤的走廊推到僻静的地方。她在一扇窗户前停下来,疲惫不堪地坐在旁边的长椅上。里井默默地凝视着窗外。院子对面是大病房住院部。浅灰色狭长的阳台上,晾晒的毛巾、纱布随风摆动,看得人心里都透着寒气。里井感到窒息,他把视线移到放在膝盖的手上。手表的表针已经接近十二点了。公司那边想必角田已经都处理好了,不必很担心。但是以分钟为单位安排的副社长的活动日程突然被取消的话,会不会给周围的人造成疑惑?想到这里,只是看了看以秒为单位转动的手表,里井心脏的搏动便不知不觉地咚咚地加快起来。

三十分钟后,在胜枝的陪伴下里井走进心血管内科主任仁村的办公室。桌子上放着在西奈山医院做的心电图的影印件和今天早上刚测的心电图。X光片显示屏上贴着刚刚加急显影出来的四张胸部大片。

"哎,怎么样,是不是很不好?"市川直截了当地问道。

仁村两手放在白大褂的口袋里说道:"因为今天的心电图是在含了硝酸甘油两小时后做的,所以很难把握确切的状况。不过,仍然能看到在V3 V4 V5 V6的部位出现了ST[①]下降的情况。"

从V3到V6的部位能看到ST下降,说明从心脏的前壁到侧壁出现了冠状动脉的硬化。

市川点了点头,指着显示屏上的片子说:"看起来还有些肥大啊!"

---

① 心电图术语。

"嗯,心肺比率是百分之五十五,左室略显肥大。心电图也是在 V4 V5 V6 区间 R 波高。"仁村回答道,继而转向里井,说,"我给你听一下,量量血压。躺下吧。"

他让里井仰卧在旁边的检查床上,进行了仔细的听诊和血压的测量。心音、心律没有异常,血压 165/100mmHg,有点高,印证了心脏肥大。检查完以后,仁村问道:"在纽约的发病情况听市川大夫讲了,今天早上的发作和上次比感觉怎么样?"

里井一边将胳膊伸进妻子撑开的衣服袖子里,一边说:"也许是马上含了一片硝酸甘油的原因,感觉比上一次轻好多。"其实在没找到硝酸甘油的那一段时间里,虽然他胸口如刀剜、如烙铁烫般剧痛,还伴随着比在纽约发作时更加强烈的恐惧感,但里井对此闭口不提,单单强调发作的程度很轻。

"是吗?但是从今天的数据上看,这次发作和上次在纽约的发作程度至少是一样的。今天就住院吧。"仁村医生语气温和但很坚决地说。

"什么?住院?现在就……"

"是的。现在没有单人病房了,先找个空床位就住进来,等单人房间空出了再换。"仁村主任说道。

市川也跟着劝道:"里井,甭管什么房间,能够马上住院,这已经是很大的照顾了。给我马上住进来。"

"不行,我和别人一个房间是绝对睡不着的。最重要的是现在公司还有很多工作,不管怎么说给我两天时间。"

"大夫,我先生特别神经质,不是单人房间睡不着觉的。最起码也得是单间,能不能住特护房间呀?"妻子胜枝也在旁边帮腔,她觉得自己的丈夫怎么可能住大病房。

"这里是医院,住院是医生决定的事。这个心电图已经显示再次发作的可能性极大。到那时候怎么办？"仁村主任的语气变得严厉起来。

后天是和福克考察团的最后一次会谈，听了医生的话里井虽然心情黯淡，但他以沉痛的心情下定了决心，再坚持两天。大不了发作时赶紧服一片硝酸甘油，挺过去。除此之外没有别的办法。

业务本部部长角田虽然像平时一样安坐在自己的部长办公桌前，可内心里却是七上八下地坐立不安。因为，一直担心的里井副社长的心脏病再次发作，并且来得如此之快。也不知道现在医院的检查结果出来了没有？他就像等待自己的检查结果一样，焦躁不安。可是又不好直接给陪着副社长去医院的里井夫人打电话询问，所以只能忍受着一分一秒的煎熬。因为角田一直认为，自己能在五十岁时升任董事、五十三岁时接任壹岐升任业务本部部长，都是仰仗里井的提拔，所以就是为里井粉身碎骨也在所不辞。不论是于公还是于私，只要里井二把手的地位稳固，自己的地位就安全。然而，背靠的这棵大树如果再度受到重创的话……角田眼前一黑，不敢再往下想了。

"部长，到点了。"业务本部担任情报企划的不破秀作抱着一摞装订好的文件，出现在办公桌前面。

听他这么一说，角田才想起今天上午的安排——他和里井副社长一起听取不破秀作有关今后日中贸易前景的汇报。不破秀作毕业于东亚同文书院，是个中国通。现在角田一下子想不出好的托词，就对不破说："噢，今天本来应该听你的汇报，可是突然时间上有了点冲突，改个时间吧！"

尽管他在语气装出一副漫不经心的样子，可不破秀作好像还是看出了角田的不安。不破问道："副社长出什么事了？"

"不,没什么。通产省方面有点急事,副社长去那边了。"

"要是与通产省有关的话……"不破像是嗅到了什么似的。

"不是,只不过有点儿事,非副社长不可。"

"那么,改在什么时候好呢?"

"是啊,再过两三天吧。不,一个星期以后。总之得先听听副社长的时间安排才能决定。"角田提高了声调干脆地说道。

不破离开以后,角田装作审议会议备忘录的样子,坐在椅子上翻来覆去地琢磨。里井心脏病发作的事到底要不要告诉正好在东京的大门社长。反复权衡了怎么做才对自己更有利之后,他终于站起身来。

他走进社长办公室,看到大门社长正在看棉花和棉纱的股市走向图。

角田有些犹豫地对社长说:"社长,今天早上里井副社长在家里突然心脏病发作……"

"什么?又发作了?不要紧吗?"大门一脸惊愕。

"不,不要紧,好像是轻微发作。"角田想先稳住大门,尽量轻描淡写地说,"大概因为这些天来连日连夜忙于应对福克考察团,接待、报告、思考对策,过于劳累导致了轻微发作。因为他夫人嘛,就是那样,有点儿事就非得上医院去检查不可,所以带副社长去了东京成人病中心。虽然社内外的一切原定活动我都找适当的理由推掉了,但是,因为对社长您我必须告以实情,所以来向你汇报一下。其实也不是什么大事。"

大门托着冒油的下巴盯着角田,说:"哎,你又没有跟着去医院,有事没事你知道啊?还有,社内外的活动你找适当的理由推掉了?到底都找了什么理由?"

"首先,今天中午原定参加日本工商会议所永山副会长公子的结婚典礼。如果告诉人家因病不能出席的话,就不太吉利了,所以,我就以海外重要客户的贵宾紧急来日,必须召开紧急会议为由推掉了。当然做了郑重的道歉。还有,下午四点开始的相关公司塔库伯工业的再建对策委员会,晚上预定和社长一起出席的与外务省经济局长的晚宴,都以同样的借口推辞掉了。不过,都不是通过秘书,是我自己亲自打电话的。而且,各方面都表示谅解。"角田的话里话外传递出一种信息:像里井这样在公司内担任重要职务的人,一旦生病会成为各方面的不安因素,应当尽量避免。

"无论编得多圆满,借口总归是借口。突然缺席肯定让对方不愉快。上次,日本纺织协会的阿部会长去纽约做幕后活动的时候,里井君正好被救护车送到医院,他就没接待成。这次,永山副会长儿子的婚礼他又缺席。关键是今天晚上跟外务省经济局长会面是为了就与欧洲自主防卫有关的今后的经济动向、变化等进行情报交流。里井君和经济局长平日里关系不错,他又对世界安全保障平衡的问题有所研究。他不来,怎么办?啊,一句社长您来吧就把我抓来顶这儿了?!"大门一脸的不快,不住地咂着舌头说。

"那,我赶紧找个熟知这方面情况的人来,也许能把此事办好。"

"你?你想得也太简单了!经济局长特意抽时间来会面,到了一看来的是个不了解情况,也不是像里井君那样平常就有着亲密关系的人,人家会怎么想?!而且我对这种军事、经济范畴的话题,也只能是谈点照猫画虎之类的问题。真是托里井这家伙的福,这不明摆着是要我的好看吗?"想到自己将要很没面子,大门变得越发的焦躁不安,把火一股脑发在角田身上。

"还有,后天和福克考察团的最后会谈,你打算怎么办?!马上给我把纽约的壹岐君叫回来!"

"社长,我觉得还是先看看里井副社长的检查结果,再叫也不迟。"角田尽量谦恭地阻止道,"即使里井副社长不能到公司来上班,我也会秉承副社长的详细指示,尽量把事情做得万无一失。现在就把壹岐先生叫回来,恐怕会给副社长造成很大的压力。病情虽不太严重,但心理负担会加重的。"

听他这么一说,大门陷入沉思,沉默了片刻后,说:"你的意思我明白。凭里井君的性格,现在就叫壹岐君回来,里井君一激动有可能加重他的病情,但是,壹岐君对福克非常了解,万一里井君不能来上班,他在,对公司来说是很有利的。里井君那边过后由我来解释。壹岐君那边也有很多工作,不事先联系不行。你马上给我接通纽约。"大门明确地下达了指令。

"那,我现在就去给他打电话。"

"哎,你怎么回事?听不懂啊?我是说我亲自跟他说。"

"噢,不,我没别的意思。我正好有些要跟他报告的事。"

如果能阻止壹岐回国当然更好,但想到里井有可能病情恶化,短时间内不能恢复工作,为了保全自己,角田觉得这种时候这个电话还是由他来打比较好。

"不,这样的事怎么能交给你办?记住,叫壹岐君回来的事不许对里井君说,不能加重他的病情。"大门这样说完,叫角田接通了纽约的电话。

福克考察团分管技术的托马斯和利克来日后一直出没于千代田汽车的厚木工厂。

厚木工厂占地面积一万多平方米,有铸造、锻压、零件、车身,直到组装的各个车间。各车间之间联结着两侧栽满银杏树的道路,可以和机场跑道相媲美。

今天,丽贝卡、恩培拉、老虎三个车型进行试验驾驶。

托马斯和利克在主楼三楼的厂长接待室里,喝着咖啡。他们嫌厂里冲的咖啡不好喝,专门叫人从酒店送来咖啡。

放下手中的杯子,看着眼前宽阔的厂区,托马斯感叹道:"简直是太棒了!有这么多树,这么宽敞的地方,建合资公司的厂房没问题,还可以从羽田机场开直升机过来。"

"这么大的厂房,主力车丽贝卡的月产量只有两千台,这和咱们的预想差得也太远了。如果我们重新修整组装线,可以把这儿作为新合资公司的下属承包工厂来用。"利克也以垂涎欲滴的口吻说道。

身兼厚木工厂厂长的小牧常务紧盯着两人,斩钉截铁地说:"你们提出的那个新的合资公司的提案,即使营业方面同意,我们技术方面也绝对不会同意的!"

空气一下子紧张起来。技术开发室的足立提议道:"咱们看今天的试验驾驶去吧,跑道都准备好了,人也都开始清场了。"

"不,试验驾驶昨天看过了,今天不用了。"托马斯冷冷地拒绝道。

"都准备好了,而且还特地准备让帝王也一起跑一下。"

"丽贝卡也好,帝王也好,对我们来说都一样。主要是因为在我们新合资工厂里,是不生产这些车的。我们要去看零件制造车间。"利克说道。他虽然比托马斯年轻,但因为是技术骨干,所以态度很傲慢。这四天里,两人的言行几乎处处和千代田汽车作对。

小牧强压下自己心中的不快,说:"那好,我带你们去零件车间。不过,因为昨天在组装车间轮胎组装工序组,利克先生用秒表测算安装时间,工人们看见了,问那个参观的人为什么要测算时间,所以,今天希望你们注意点儿。不管怎么说,现在工人们都非常担心工厂的未来,正是非常敏感的时期。"

听到提醒,托马斯、利克两人点了点头示意可以,然后随足立技术开发室室长直奔向零件加工车间。

一行人乘坐院内联络车来到零件生产车间。尽管事先已打好招呼,说托马斯和利克是美国克林逊机械设备生产公司的技术人员,但一踏进车间,正如小牧所说,迎面而来的都是些冷冰冰并怀着戒备的目光。站在车床、铣刀、切齿机、磨床等各种机械前,托马斯他们神情贯注地观看着后车轴的切割过程。车床在高速旋转,做着圆棒的粗切削。由于成品车的生产量减少,十五台机器中仅有一半在工作。托马斯和利克仔细巡视一番之后,在走道旁边的车床前面停下了脚步。他的目光转向技术开发室室长足立。

"这个轴的切削作业,一个人平均看几台车床?"

"一人平均看三到四台车床。"

托马斯耸了耸肩。因为他知道爱知、日新汽车是一人看五到六台。然后,他们又将目光投向车床,认真地看着车床的作业向足立问道:"这个车床的旋转速度你不觉得慢吗?"

"不,这是正常的速度。"

"是吗?以前我看过爱知的汽车工厂,他们的车床转速快得都冒烟。"

"我们的工作风格是宁愿多花点时间也要保证质量,不像爱知那样什么都以成本核算优先。"足立说。

利克顺手拿起一个切割好的后车轴问道:"做一根这种后车轴的工时率是多少?"

"技术方面的问题可以问我,价格方面的事我不太清楚。"

"这么说,你这个工程师下面没有个负责经济核算的人?"

"虽然没有专职的,但是这些问题一问车间制造课长就清楚了。"足立说完叫人喊来制造课长。

"怎么了?有什么事吗?"课长马上跑过来,神情紧张地问道。

"没什么,这位克林逊的技术人员问一根后轴工时率是多少?"

制造课长读过英文机械说明书,接待过安装机械的外籍人员,他道:"平均一小时一千五百日元左右。"

"那么,如果把一小时二十分钟的生产效率提高到四十分钟的话,成本就可以降到一千,也就是说可减少二点七八美元了。"

利克正在层层深入地询问时,背后突然传来一声厉喝:"开发室长!这些外国人到底是些什么人?"

回头一看,原来是昨天在轮胎安装现场的年轻班长。

"你怎么在这儿?"

"这些外国人,您不觉得可疑吗?昨天在组装线安装轮胎时就拿着个表,一分二十秒、三十秒的算,今天又跑到这儿来问工时率,他们到底是干什么的?"

"厂里计划增设齿轮生产线,他们是为这件事来的克林逊公司的技师啊!"

"你说他们是克林逊公司的人,我们不放心。这个零件车间的生产效率,连一个人看几台车床子、工时率是多少都问到了,这和现在都在传说的外资收购公司先遣员的做法有啥两样?"班长越说越激动,他的嗓音一下子引来众多工人们的视线。

"什么?外资收购?"正在核对产品单的工人们纷纷过来,把托马斯和利克团团围住。工人们都听说因为公司经营状况恶化,搞不好很可能被外资兼并,人人有种危机感。现在,他们的脸色眼看着变得严峻起来。

"室长,这些人真的是来收购我们的外资先遣团吗?"制造课长追问道。

足立愣了一下,说:"无稽之谈!他们是克林逊的技师。咱们是日本最有传统的汽车制造公司,一定会坚持走独立自主的道路。请大家放心,没有的事!"为了渡过眼前的险境,他只好硬着头皮说谎话。

"不对,这两个人就是可疑。从昨天到今天简直就像是占领军似的横冲直撞,对我们的生产说三道四。"组装车间的年轻班长说道。

立刻,周围响起一片嘈杂声。

"说不是来收购,那把克林逊的身份证明拿出来。"

"对!拿出来!"

"就是,说话呀!"一个工段长模样的中年人咬牙切齿地追问道。

"闭嘴!"利克涨红了脸,发出一声怒吼。

"什么闭嘴!你个洋毛鬼子!"中年工段长被激怒了,抬起手来。

形势一下子变得险恶起来,场面一触即发。

足立感到了危险,慌忙劝阻道:"哎,大家别激动,冷静!冷静!这二位是我们公司请来的客人,不得无礼!有什么疑问的话,回头问我!"他暂时遏制住众人,并督促托马斯和利克赶快离开零件车间。

一出车间,利克满脸通红地喊道:"刚才我已经感到了严重的威胁。要打我的工人叫什么名字?应该立刻开除这帮家伙!"

一向态度温和的托马斯也激动得变了脸色,说:"这个工厂里肯定有极端的左翼分子,有激进的工会组织。这种地方潜藏着爆发纠纷的危险,我们是不会与这样的公司合作的。特别是我们福克公司的福克总裁,在美国也是最坚定的反共战士,他是绝对不能容忍这一切的!"

"非常抱歉,我们工人触犯了二位。请息怒!这些人都是因为担心公司的未来,神经紧张,箭在弦上的。他们属于一时情急、激动。我们公司绝没有什么您说的左翼工会分子之类的人物。"

"不对!骂我们是洋毛鬼子,还要打我们的家伙,不是激进分子又是什么东西?你们要是不答应将他们开除的话,我们回去以后的报告不会对你们有利。"面对足立的道歉,利克以近似威胁的语气说道。

两天后的清晨,壹岐从纽约飞到羽田机场。马不停蹄径直奔福克考察团入住的新大谷酒店,在那里他首先和千代田汽车的小牧常务进行了面谈。

壹岐房间就是会议室。一见面小牧便神情严肃地说道:"虽然知道您旅途劳顿,但是在今天晚上与福克考察团的会议之前,我们无论如何想先了解一下贵公司的真实意图。打扰您了!"

"我们公司的真实意图?此话从何说起呀?"壹岐已经从八束的报告中大致了解了事情原委,他用平静的语调反问道。

小牧迎着壹岐的目光,说:"是关于资金合作形式的事儿。福克公司的意向是如果股权比例达不到百分之五十,他们将废除和公司的整体合作,转而利用厚木工厂的空闲地建立新的合资公司。据说贵公司也正在为这件事做通产省的工作。是这样的吗?"

"通产省方面的事暂且不论,我们公司确实有人在积极推动设立新的合资公司。"壹岐点头承认。

"好像你是局外人似的。你忘了我们是怎么拜托你跟福克公司谈合作事宜了吗?"

"没有。我怎么会忘记呢?"

"要是还记得,那你怎么还能默认福克公司单方面意愿,默认他们将厚木工厂作为新办合资公司的下属零件承包厂的提案?还特意从纽约飞回来参加今晚福克考察团的宴席?既然请你们做中介,当然允许你们商社有自己的所求,但是,我以为无论别人怎样,你壹岐先生是应该理解我们千代田汽车人的心愿的啊!"小牧的话里充满愤慨。

"以小牧常务为首的技术人员对设立合资公司的方案有所不满,这我已经从八束君那里听取了详细的汇报。对于你们的处境虽然我的心情也感到很沉重,但是自从三方会谈后,项目团队开始启动,我们美国近畿商事就仅仅剩下观察员的身份了。我的职责也仅限于向里井副社长提供建议。"

"那么,仅仅是个观察员身份的壹岐先生,为什么从纽约紧急回国?难道是因为波士顿那边出现了什么新的情况,非回来不可吗?"小牧尽管依然气愤,但语气里难掩一丝的希望。看来他们还不知道里井心脏病发作在家静养,不能出席今晚会谈的事儿。

"不,波士顿那边没什么新的进展。"

听壹岐这么说,小牧沉默了片刻,重重地叹了口气,明确地表明了态度:"看来你还是什么都不想告诉我啊。不过,壹岐先生,对于福克方面拿不到百分之五十的股权就建新的合资企业的蛮横态度,我们是绝对不会接受的。我们之所以联系外资,本来就是因为你们驻在美国,有个什么事可以放心地依靠你们,才正式请你们做中介的。但是,如果你们执意继续推行与我们意愿相反的方案,我想我们也只好终止与你们近畿商事的合作了。"

"那,这是代表包括森社长、村山专务意向在内的千代田一致的意见吗?"壹岐强按下心中的不安,反问道。

"森社长任期已满,即将卸任,已经没有决策权了。下任社长村山跟你们的里井副社长是朋友,也许私下里答应了什么。可我们厚木工厂的人对那帮傲慢的家伙是不会让一步的。"福克在调查中让千代田受到极大的屈辱,使得小牧坚定了自己的意志。

壹岐想起八束有关产品车间事件的报告,问道:"听说在车轴切削工段,福克的调查引起了工人们的怀疑,甚至差点被当成是来收购工厂的人给轰出去。怎么会搞成这个样子?"

"他们的所作所为,我没时间一一说给你听,我就告诉你一件事。他们说我们厂里冲的咖啡不好喝,专门叫人从酒店送来咖啡。就算真不好喝,我内心希望他们能顾及别人的感受,和我们一起喝下厂里的咖啡。"小牧接着说道,"还记得三年前,跟你第一次见面的时候,我对你说过二战时我是海军的技术军官,参与过零式舰上战斗机设计的事。作为经历过战败的人,国破山河在的信念比别人强一倍。虽然我有这样的经历,可是对接受外资没有任何抵触情绪。因为,我觉得如果说接受外资将颠覆人们的生活,那另当别论。但是,如果能像以前一样正正经经地活着,说白了,不管资金是谁的,经营权落在谁手里,都没关系。只要能干自己想干的事,厚木工厂能够作为汽车生产厂继续完成它的使命,并且能够给社会做些贡献就行了。顶多就是被人觉得我这个人就是个只懂技术的'傻子'。这就是我之所以走到今天的动力。可是,谁知却被同行这样踩在脚下看不起。和这样的合作伙伴,我没办法合作!"小牧从激怒中渐渐冷静下来,一字一顿地说出这番话来。

"我非常理解你的心情。我之所以无论如何想见上你一面,是想劝你,既然您那么为厚木工厂的将来着想,最好暂且维持现状,静观事态的发展。"

"壹岐先生,事到如今,你还这么不痛不痒地安慰我,有用吗?"

"不是安慰你。如果现在你们就放弃与福克合作的话,第三银行就会撒手不管你们。"

此话一出,小牧的脸色一下子就变了。主要融资银行的第三银行如果撒手不管,就意味着背负三百亿甚至四百亿庞大累计赤字的千代田汽车将要面临倒闭的命运。

壹岐说:"还有一件事,这次福克考察团人员的行踪有点让人不放心。虽然从底特律出发的时候是五个人,但到成田机场时却变成四个人了。福克方面的解释是澳大利亚福克出了点急事,有个人在檀香山转机时临时改变行程,去了墨尔本。但是据我们公司在墨尔本和悉尼两地的分店调查,没有任何迹象表明那个人,也就是底特律总部负责海外策划的经理马力库曼在墨尔本或者悉尼。"

"这和我们的提携业务又有什么关联呢？"

"虽说不能因为我们的情报网没探到行踪,就立刻断定马力库曼没去澳大利亚,但也不能保证他真的没有跟另外四人一样,也来日本了。"

"那,到底为什么要这样偷偷摸摸、单独行动呢？"小牧尽管对壹岐的话还有些怀疑,但也开始紧张起来。

"马力库曼可能是以他们独自的方法去调查千代田汽车的内幕,也可能是去探听有关财经界、政界及相关部门对汽车资本自由化的看法。虽然这个我还没有抓到线索,但最让我担心的是他们去找别的汽车制造商。"

小牧难以置信地说:"不会吧？再怎么是'桀骜不驯的福克',也不会做出这种……"

"但愿是我多虑了。不管怎样,你还是做点思想准备为好。对于外资的行动,以我们日本企业的标准去衡量是远远不行的。"壹岐的口气很严肃。

小牧用他清澈的目光直视着壹岐,片刻后,向壹岐表达了自己的信赖之情:"日本方面虽然是号称近畿商事头号能人的里井副社长负责,可这么重要的建议却从未对我们说过一句。特别是以海外重要客户的贵宾突然来日为理由,最近联席会议都不参加了,我们一直很担心。今天壹岐先生的这番话让我心里痛快多了,以后还得请你多多关照啊！"说完,向壹岐行了一个礼,表示感谢。

里井在自己家里接过妻子胜枝递过来的电话筒,立刻提高声音冲着电话那头的角田吼叫起来:"什么！壹岐君代替我参加今天晚上和福克公司的会谈？从纽约回来了？竟然不请示我就擅自做主，你好大的胆子！"

"副社长，请息怒。千万不要激动。是大门社长直接给纽约打的电话，说是壹岐常务了解福克的心思，命令他代替副社长。"电话里传来角田相当困惑的声音。

"大门社长叫的？社长什么时候打的电话当然你是知道的了。为什么不早点向我汇报？"里井拿着话筒的手直哆嗦。

胜枝站在丈夫身后，一个劲儿地安抚他。怕他过于激动，胜枝想拿过他手里的话筒，却被他用手挡了回去。

"角田，说话！为什么瞒着我？"

"是，是……因为您的病需要静养，所以，大门社长叮嘱我们，工作上的事儿，一律不得跟您讲。"

"甭跟我狡辩！福克考察团的行踪你不是都来逐一向我汇报，并得到我的指示的吗？这难道都不是工作？别是你小子出主意让壹岐君回来的吧，是不是？"里井越说越激动，自己都感觉到心跳加速了。

"不是那么回事，我一直拦着的。虽然我跟社长说，我一定看副社长的身体情况行事，实在不行我可以代替副社长，但是社长根本不听，他还说如果让副社长强撑着的话，就失去了在家休养的意义。并且命令我绝对不许把壹岐常务的事告诉你。"角田在那边唯唯诺诺地辩解道。

"行了！行了！马上跟壹岐君联系，告诉他，我说的，用不着他来了。我现在就去公司，马上安排车来接我！"

"副社长，这怎么行呢！要是在会谈时您的病发作了怎么办？"角田还在劝阻，那边里井咣的一声就把电话挂断了。

里井挂了电话，马上吩咐胜枝替他做外出的准备。

"哎呀，我说你再想想，两天前在东京成人病中心医院人家大夫是怎么说的！本来是应该立刻住院的,对不对？求求你,别出去了好不好？"胜枝苦苦相劝。

"什么都听医生的啥也干不成。市川君和那个心血管科的仁村大夫要是能保证我坐上社长的位置,我就听他们的！"里井摔下这么两句话,转身回寝室做自己出门的准备去了。

"我说你拖着个心脏病的身体,还这么不要命。我们一没有孩子,二不缺钱,还需要什么？足够了！不要去参加什么宴会！宁愿折寿也要当社长,你图的是个什么呀！"

虽然胜枝寸步不离地跟在里井后面唠唠叨叨,但是里井根本不理睬她,自顾自换上了新做的深色西装,系上领带,并把以备发作时迅速含进嘴里的硝酸甘油别在了领带内侧。然后坐上了来接他的车。

里井赶到公司,和角田站着说了几句话,便直奔社长办公室。他进去的时候,壹岐已经坐在那里了。

"哦？壹岐君,这个时候怎么会在日本呀？"从角田那里得知壹岐回国,咬着牙从床上爬起来的里井不动声色地问道。

"其实……"

壹岐正要回答,大门从旁插进来,说："是我叫他回来的。考虑到万一和福克考察团会谈时你来不了,我就把熟知他们心性的壹岐君给叫回来了。你的身体现在最怕劳累,不能硬撑,那是最危险的呀！"

"谢谢您的关心。这是壹岐君的提议呢,还是别人的意见？"

"是我的判断。壹岐君出席和福克的会谈不行吗？难道有什么不方便的理由？"

看到大门有些不快,里井坐在沙发上,把两腿交叉在一起,说："啊,是的,是有些理由。壹岐君对这次与福克公司的新建合资公司案不太积极,我怕他有些什么不适宜的发言,让我们前功尽弃。"

"但是,千代田汽车……"

壹岐正要把数小时前和小牧常任董事的谈话说出来,里井当着大门的面责备壹岐道:"我说壹岐君,你不要忘了,千代田和福克合资的事我们近畿商事才是主角。忘了这点,可不行啊。我们又不是银行,花了这么多的经费,用了这么多的人力,还新聘请了律师,这都为的是什么？你冷静地好好想想！"接着又用讥讽的口气说,"不过,既然回来是打算参加和福克公司会谈的,想必你不是空手而来的吧？你从福克公司的关系网上又得到了什么新情报？不妨说来听听。"

　　里井故意当着大门社长的面责难和讽刺,企图动摇壹岐。从这老谋深算的做法来看,他并没有像壹岐想象的那样病糊涂。

　　"虽然没什么新情报,但有一个值得注意的情况。福克考察团从底特律出发时是五个成员,到达羽田时,负责海外策划的经理不见了,只剩下四个人。据八束报告,福克方面的解释是有一人因澳大利亚福克有急事要处理,中途在檀香山换机时去了墨尔本。里井副社长这事你怎么看？"

　　"福克公司在全世界都有自己的网点,他去没去澳大利亚另当别论,但至少不值得你这么大惊小怪的。"里井故意轻描淡写地躲开了。

　　"您说的也许有道理。但是,政策经理对是否合资的决策有重大影响力,他不和考察团汇合,甚至连联系也不尝试一下,我觉得其中有蹊跷,还是应该深入调查一下为好。"壹岐再次提出疑问。

　　"噢,这就用不着了。我已经听说他明天就到日本的消息。今天和福克公司的会谈,大门社长既然说了让你出席,也没什么关系。不过,你最好不要忘记自己的身份,你顶多就是个观察员。"在大门社长面前里井又一次狠狠地敲打了壹岐一下。

　　近畿商事招待福克考察团的宴会安排在了赤坂料亭的后院榻榻

米式的宴会厅里。

垂帘熏香的和式宴会厅里，宽敞明亮。艺伎还没到场。由于里井精心地安排了客人的座位，福克考察团的四人兴高采烈地分坐在日本职员中间，享受着富有异国情调的日本宴会。

负责销售的拉迪喜欢日本酒，其他人都喝洋酒。同来的壹岐、角田、八束也附和福克一方的客人，选择了啤酒、洋酒陪着。

女招待端来酒壶。里井给拉迪的酒盅斟满酒，一边说："拉迪先生，真服你了。凭着你敏锐的直觉让日本身经百战的经销商们服服帖帖，听说千代田总部负责销售的村山也被你整得很头疼。"他明里捧拉迪，暗里是想试探拉迪的想法。

因为原则上考察团在向底特律总部汇报之前，不能透露调查结果，所以，作为中间人的近畿商事想利用今晚的宴会，打探出点儿结果，以便迅速地做出相应的对策来。

拉迪将酒盅里的酒一饮而尽，轻松一蹴就把问题避开了："哪儿的话！二百二十个店，我只看了十二家，还没完全掌握真正的情况。"

"即便是这样，你们不也是把作为销售网络调查重点的资金筹措、销售效率、账外富余资产和综合损失，乃至总部和代理店之间的资金、人员往来等情况都牢牢地抓在手里了吗？"里井紧追不放。

"但是，时间太仓促。比如说要调查一个店的负资产，不在那个店坐下来搞个十天半个月，是搞不清楚的。就拿二手车来说，账上的价格和实际店头的市场价格就有相当大的出入。不带着核定二手车的专家去一一对账，就没办法弄清楚。还有，票据是否兑现支票也得一张一张地查。财务诸表都粉饰得挺巧妙，我们看不出问题。通过你们近畿商事了解到的数据和实际看到的千代田之间的差距太大了。说实话，我现在的真实想法是，我觉得让你们近畿商事这个媒人给骗了。"

拉迪无所顾忌的评论使得原本笑语欢声的宴会场的气氛一下子凝固起来。

刚才一直和负责技术的利克说话的壹岐,听八束讲了里井和拉迪对话的概要后,马上说:"拉迪先生,千代田的销售网即使是再有问题,比起在一无所有的情况下重建销售网还是有很大便利之处的,不是吗?首先,从福克公司打入日本市场的战略角度来看,我觉得不是什么大问题。"

听了这话,本来通过跟八束的交谈就已经对壹岐产生了兴趣的拉迪说:"壹岐先生,企业和军队不一样。不是瞄准好了登陆据点,登上去、占领了就大功告成了。在自由竞争之下,哪个阶段能获得多大的利益才是问题的关键。"身为销售实战部队队长,拉迪越说越激动,"无论厚木工厂生产出什么样最新最好的车,如果不能首先在日本市场上卖出去的话,就没有任何意义。而销售能力则与销售网的强弱息息相关啊。"

"那么依你的看法,一年的销售量应该是多少辆呢?"壹岐镇静地反问。

"最少十万辆。"拉迪的语气严厉。

与千代田月产两千、年产两万四千辆的数字相比,这个数字有很大的距离。1600cc 的卡罗纳是号称日本同行业第一位的爱知汽车小轿车部门的摇钱树,它的年销售量是二十五万辆,日新汽车的红鸟是十九万辆。与这两者相比拉迪提示的数字也就不能说是异想天开。

"千代田销售金融会社是支撑各经销商的总代理。照你这么说,关键是要强化这个总代理。"

拉迪脸上露着得意:"非常正确。但是,在这当中还要看主要融资银行第三银行还能提供多大程度的援助。福克公司是不可能连千代田销售金融会社都照顾到的。"

听到这儿,角田业务本部部长赶紧跟上说:"这不用担心,日本银行的基本态度是欢迎外资的。如果和福克公司的合资公司成立了的话,第三银行对千代田汽车的支援肯定会比现在更积极。"

"但是,千代田业绩恶化到这种程度,主要融资银行也应该负有一定责任。要是在别的国家,千代田早就破产了,或者是被人收购、吞并。"负责财务的威廉提出异议,他接着说,"最让人不满意的是千代田这次考察一点儿都不配合。他们只提供了一些最表面的公式性财务诸表。长、短期负债三年前是七百亿日元,现在滚雪球似的涨到一千七百亿元,而销售额还在一个劲地下滑。他们刨除税款后的前期利润是二十一亿日元,按这个数字推测的话,可以想象这四月份的收益状况会更加恶化。经济高速发展期的时候还好说,到了安定成长期时,汽车产业是不做大就生存不下去的。特别是在小轿车部门,新产品开发需要的固定投资、宣传,直至销售网的整体格局,都要消耗庞大的资金,规模小的公司无法生存下去。这一点,以美国的例子来看已经是一目了然了。十年前还是六七家公司在竞争,现在成了所谓三大巨头的时代。再过五六年,古兰斯拉很可能垮下去,最后就剩下我们和联合汽车两家寡头垄断,这个态势已经很鲜明了。但是,千代田汽车决策层对这种汽车产业所面临的严峻形势没有任何估计,想方设法不想给我们看财务报表。他们的这种态度,与其说让人觉得滑稽不如说可怜。"

威廉冷冷的一番话让本就冷却了的宴会厅气氛更加冰冷。就连里井也一时闷了口,沉默了片刻才说:"正因为如此,才给你们公司创造了进入日本的机会,不是吗?"

听他这么说,负责技术的利克接过话来:"问题是,我们提出如果不能在各占百分之五十股份这个问题上达成一致就设立一个新的合资公司,专门生产小轿车。千代田都到这种程度了,居然还不同意我们这个提议。特别是主管小轿车的小牧常务,还公然扬言坚决不同意设立新的合资公司。在厚木工厂还险些对我们动粗。"也许是想起了在厚木工厂被工人们包围起来的事,利克的话里带着不小的情绪。

"你们误解了。小牧常务是千代田汽车里面最积极提倡与外资合作的人。"壹岐想纠正利克的看法。

"根本不是那么回事!小牧先生是个非常傲慢、阴险的高管。他表面上看起来是推进合资的,其实只不过是想利用福克公司,是个事事对自己有利的合资派推进派。"利克气愤地说道。看来他跟小牧是水火不相容。

里井苦着脸,朝坐在末席的八束使了个眼色。八束转身向走廊大声拍了两下手掌,于是一阵窸窣作响,提着和服下摆的艺伎们闪亮登场,分别坐到了福克考察团成员的身边。

"Very beautiful!"

顿时,拉迪的眼眯了起来,刚才还横眉怒目的利克、年纪轻轻就秃了头的威廉也都像是被这些艳丽艺伎们身上的脂粉香气陶醉了似的,表情一下子松弛下来。刚才险些变成激烈论争会场的宴会厅顷刻间充斥着艺伎们的娇声细语。随着她们不断给用筷子尚不熟练的四个美国人夹菜劝酒,气氛瞬时缓和下来。然而,壹岐对这种模棱两可的结果却着实有些不以为然。怎么样才能回到原来的合资方案上去?壹岐表情冷峻,陷入了沉思。

壹岐独自坐在银座的露波儿的吧台前,一边喝着酒一边等兵头信一良。

招待福克考察团的宴会之后,一伙人意犹未尽,换了一个夜总会接着喝,举行了通常所说的二次宴。壹岐因为和兵头有约,所以趁人不注意悄悄溜了出来。

去美国之后壹岐洋酒的酒量比以前大了,他要了杯兑水威士忌。老板娘京子端来一盘下酒菜熏制三文鱼,并传话说"兵头先生来电话了,说要晚到一会儿"。

"阿红最近怎么样?这之前突然一个人出现在纽约,吓了我一跳。"

"我本来以为都三十多岁了,她总该安稳当点儿。也许是黄先生太惯着她了,还是那么疯疯癫癫的。大概一个星期前从新加坡打电话来说,光这么胡乱花钱也没意思,打算干点儿什么。您看,我自己的女儿,我拿她没办法。"说到自由奔放的女儿,京子显得有些无可奈何。接着她又问道:"壹岐先生,怎么看着年轻了?是不是有什么女朋友了啊?"

"没有的事。我一天到晚让工作追得团团转,哪有那种闲情逸致呀,偶尔阿红露回面,还让人说我们的闲话了呢。"

"咳,这个任性的孩子,拿她没法。下次她到东京来,看我怎么说她。"

看见有客人进来,京子忙着招呼客人去了。壹岐的眼睛转向了吧台上的电话,心里犹豫是不是该给秋津千里打个电话,或者不联系不见面地就回去。尽管对千里的爱是真的,但是他还不知道将来该怎么处理自己和千里的关系。此刻,威士忌让他有些飘飘然,自制力终归抵挡不住诱惑,壹岐拨通了京都千里家的电话。

"喂,喂。"话筒里传来一个男人的声音。壹岐以为拨错号了,挂断重拨。这次还是同一个声音。

"是秋津千里的家吗?"

"是呀,您哪位?"

"东京的壹岐。"

壹岐十分吃惊,又很不快,正想放下电话,听筒里传来熟悉的声音:"喂!喂!我是千里。"

但是,那个令人惊讶的男人的声音还留在壹岐的耳畔。

"我是壹岐,因急事今天早上刚回来。"

"啊,壹岐先生!你在日本待到什么时候?我想见你啊。"千里的声音急切而兴奋。

"后天必须回纽约,明天晚上有空,如果你能来东京的话。"

"我去。在哪儿等你好呢?"

"不过,我工作排得满满的,不能好好儿陪你。明晚八点左右在帝国饭店吧!房间我预先订好。"壹岐之所以选择帝国饭店,是想到那里出入的人多。即使是碰上什么人,也可以以工作上的事由来搪塞的。

"好,那我在那儿等你。"

"好的,见面再说。"

放下电话壹岐才注意到,不知何时兵头信一良已经站在吧台旁边了。

"对不起,让您久等了!这些搞石油的人,喝起来就没完。今晚上的对手是美孚石油日本分公司的总经理,我好不容易才脱身的。凑巧碰上里井副社长,卖力地陪着福克公司的那帮人。看他那个样子,我真担心他心脏病再次发作。听不破君说他好像已经又发作过一次了。"

"是啊。不过那个人,谁说什么都不肯休息静养。大门社长因为担心他的身体才把我从纽约叫回来,可他不但不领情,还生气。"壹岐无可奈何地说。他突然想起中午大门说的话,说道:"兵头君,也许今年五月我就会调回东京来。"

"是吗,终于……"兵头一副早在意料之中的样子。

"你明天就要去中东了。怎么样,那边有没有好油田?"

"因为我刚刚得到伊朗准备出让陆地油田的消息,所以,这次借采购原油的机会顺便去探探虚实。最近产油国的动向是不是有些革新性的变化?比如北非利比亚的卡扎菲,他的动向是不是就预示着今后产油国的动向呢?壹岐先生你怎么看?"

利比亚在去年九月国王访问土耳其时发生政变,青年军官卡扎菲推翻了因石油收入而腐败的政权,当上了革命委员会主席,成立了新的革命政权。

"不管怎么说,让国际石油资本的巨头们吃了大亏的不是伊朗,也不是沙特阿拉伯,而是阿拉伯世界边缘的新兴产油国。自从一九六七年苏伊士运河封锁后,由于利比亚靠近苏伊士运河,离西欧又非常近。再加上利比亚石油含硫黄成分很少,是优质原油,所以,它的价值即刻凸显出来,引人瞩目。而且因为革命者卡扎菲又带头提高原油价格,所以国际石油资本各个神经紧张,生怕原油涨价的火种飞溅到邻近的科威特、伊朗、伊拉克、阿尔及利亚等国。可以说利比亚现在就是产油国的台风眼啊!"

听壹岐这么说,兵头也激动起来,说:"今后OPEC[①]的成员国们肯定会富有战斗精神,由国际石油资本垄断的石油行业将会发生很大的变化。这个当口,我们日本也必须认真地考虑石油问题了。壹岐先生,日本战败不就是输在没有石油上面了吗?"

兵头的话强烈地撞击着壹岐的胸膛。当年,日军在马来登陆,在苏门答腊岛的巴林油田旁降下伞兵部队,都是为了石油。

"壹岐先生,我上陆军士官学校的时候,因为燃料不足,进行坦克训练的时候,一到规定时间就得停下来。车辆保养,用的都是从附近

---

① 石油输出国组织。

农户那里一升、两升讨要来的菜籽油。即使在战场上也因为没有油无法开动坦克。没有石油的恐怖,我是刻骨铭心的。直到现在,一滴油就是一滴血的话还深深印在我脑子,挥之不去。可是让人觉得讽刺的是,战后日本经济能够高度发展到今天,也是因为可以买到足够的石油,而且是便宜的石油。制约日本经济命脉的是能源,其中百分之七十是石油。石油市场很快就会变成卖方市场。可是,现在连政府都还不明白事态的严重性啊!壹岐先生,你知道日本一年的石油消费量是多少吗?"

"将近两亿吨吧。"

"对!而且预计今后十年间还要增长到现在的三倍,六亿吨呢。可是,日本现在却还没有任何与之相对应的石油政策,确保石油供给应该是今后日本外交的基本方针。可您看看我们驻产油国大使馆的工作人员,很多人只懂阿拉伯语,其他一概不知。"兵头的语气渐渐激烈。

"的确,日本也应该向欧美那样,往中东各国派驻有能力的大使。但是,就现在的日本外交观念来看,这种可能性很小。所以,对此抱有危机感的我们这样的商社,就应该为确保石油进行挑战。眼下,我手头有汽车公司和外资合作的事,忙不开。但是,身在美国,我却深深感受到确保石油的重要性。今后如果在纽约有什么需要我帮忙的,尽管说。"

壹岐感到一种久违的亢奋涌上心头。

次日,虽然壹岐和秋津千里已约好晚八点在帝国饭店见面,但是,壹岐因为必须出席钢铁部的宴会,赶到饭店的时候已经比约定的时间晚了两个小时。这还是在送走客户后,以要见以前的战友为名推掉堂本常务三次宴的邀请才脱身的。

壹岐从面向宝冢剧场的北门走进酒店,在空无一人的电梯门厅前按下上升键。左侧的电梯下来了。他担心碰见什么人,为了不让人猜疑,他挺直腰板,等着电梯的门打开。

电梯里走出来四五个打扮得花里胡哨的男女,都不认识,壹岐心里的一块石头落了地。他走进电梯,使劲按下十楼的按钮。电梯里没有别人,他一心盼着电梯一路不停直奔十楼。没想到就在门要关闭的瞬间,一个戴着浅色墨镜、衣着体面的四十二三岁模样的男人匆匆跑进电梯,按下了六楼的按钮。一看这人的侧脸,壹岐的心里咯噔了一下,是农林大臣的秘书官。对方没有注意到壹岐,或者说好像是有意要避开别人耳目的样子。要不要打招呼?壹岐心中闪过一丝犹豫。

"是横路先生吧?我是近畿商事的壹岐。"壹岐两眼正视对方,规规矩矩地打了个招呼。

秘书官吃了一惊,回头看了一眼壹岐,说:"啊,是壹岐先生!没有注意到,失礼了。"他显然考虑到近来近畿商事的捐款额度,很客气地说道,"这里见面也真是奇遇啊!您从纽约来出差吗?"

"哎,三四天的日程,忙忙乱乱的……知道为了日苏的渔业交涉,大臣正在殚精竭虑。怎么样,他身体还好吧?"

"噢,大臣去了青森选民区。托您的福还好。"说到这儿,电梯停在了六楼,"我正有件棘手的事情要去交涉一下,咱们改日再慢慢谈。"秘书官到底是政治家的秘书,话说得滴水不漏。

尽管知道平日里没有特别的要求,想见政治家都得奉上相应的政治捐款,壹岐还是为横路按下"开"的按钮,殷勤地说:"求之不得。下次回国的时候一定跟您联系,还请多多关照。"

秘书官急匆匆地下了电梯,似乎是为某件要紧的事来秘密会见某个人物。他肯定做梦也想不到壹岐是去会女人的。尽管如此,留在电梯里的壹岐还是出了一身冷汗,暗自庆幸把和千里约会的场所定在帝国饭店是做对了。下了电梯,他快步走向约好的房间,敲门进去后立刻顺手反锁上门。

看着壹岐奇怪的举动,千里诧异地问:"出什么事了?"

"没有,没什么。让你等了这么长时间,我是急急忙忙赶过来的。这么晚才来实在对不起啦!"壹岐只字未提和农林大臣的秘书官不期而遇的事儿,只是一个劲儿为自己迟到近两小时道歉。

"你们干商社的真不容易啊,不过来了我就高兴。我还担心⋯⋯"

"担心什么?"

"担心今天晚上你不来了。我不愿想这不开心的事,正在这儿画这些图,让自己分心呢!"

千里边说边急忙收拾起散乱在床上的用饭店的信签画的陶器造型图。

"还是以前的东洋兰?"壹岐伸手拿起图纸。

"这个没弄好。我们当地的银行为庆祝建行三十周年,向我定制彩绘盘子。因为有很多限制,像我这种不聪明的人真是应付不了。"

"不用学什么小聪明,我就要现在的你⋯⋯"

说着壹岐捧起千里的脸,把自己的嘴吻在千里的唇上。千里柔软的嘴唇迎着壹岐的唇张开。当两个舌尖接触的那一刹,自从纽约两人结合之后的匆忙一别以来,因不能相逢而压抑的爱的饥渴,犹如火山爆发一样喷涌出来,两个人紧紧地拥抱在一起。

千里手中的草图飘落到紧贴在一起的两人的脚下。壹岐的唇移向了千里的耳垂,轻轻地爱抚着,手伸向了千里的酥胸。千里呼吸渐渐急促起来,草图不知什么时候踩在高跟鞋下面,像是在记录千里的欢悦,在搓捻下刻下些许的皱褶。

终于，两个人的身体分开了。壹岐说了句"我去冲下淋浴"便进了浴室。他洗去下巴上蹭上的口红，唰唰淋遍全身，走出浴室，看见千里还穿着连衣裙坐在沙发上。

壹岐边用毛巾擦拭着头发边问道："昨天往京都你家打电话的时候，都十点多了，可开始是个男的接的电话，那人是谁呀？"壹岐想起了问自己是谁的那个男人的声音。

"啊，是丹阿弥泰夫先生。"

"噢，是你原来的婚约者。他可够执着的啊！"

"怎么连壹岐你也这么说啊……人家是去丹阿弥流的舞鹤支部练习回来的路上，弄到了几条若峡的小鲷鱼，特地分两条给我送来的。"

"毕竟是已经结了婚有家室的人，那么晚还到单身女人的家里来，多少有些不太检点，是不是？"

"他那个人跟一般人不一样，又是个爱管闲事的人。这些天我那儿的作坊不是新添了个煤气窑嘛，现在正在测试，因为我好几天没白天没黑夜地干活，所以人家就给我送点我喜欢吃的东西嘛。"

"就算是这样，你家不是有用人嘛。我总觉得你们俩之间的关系让人不好理解。"丹阿弥对千里如此热情、关心，让壹岐心里不舒服。

"丹阿弥现在跟我不过就是发小的关系。别说这个了，你先告诉我，你到底什么时候能从美国调回来？"千里用一双杏眼看着壹岐问。

"公司的人事调动不到发调令时谁也说不好。"尽管大门已经跟他说过不久就把他调回，但壹岐还是对千里打了个马虎眼。

"那，今后我们还得这样一个在东一个在西呀？这样的等待太难受了……尽管我也自己劝自己，不是还有工作嘛，可是总有熬不住的时候。"

"在洛杉矶的时候我不是跟你说了吗,咱们的日子在后头呢……这不,今天就抽时间见你来了嘛!"壹岐说着把千里拉到自己身边。

千里轻声地低语道:"今天晚上我们就在这儿?"

"嗯,今晚就跟你在一起。"

壹岐没有给女儿打电话联系,心想直子恐怕会起疑心。但是他顾不了这许多了。他一方面时刻提醒自己不能因为自己的任性给热心于事业的千里造成伤害,一方面又禁不住情欲的诱惑。他摘下千里的耳环,又摘掉她白脂般的脖颈上的项链。千里顺从地任他摆布,直到被拖到床上,才自己动手将束在后面的长发解开。瀑布般散开的头发飘散着芬芳合着从千里胸前飘出来的女人的体香,让壹岐瞬间忘掉了一切,关了灯。

里井副社长把目光从《华尔街日报》上挪开,慢慢地转动座下的转椅,扭过头来看着壹岐。与千里欢愉之后的壹岐,不留丝毫痕迹,以一身炭灰色西装的郑重打扮,神清气爽地站在里井面前。

"副社长,今天我就乘傍晚的日本航空航班回美国了。回去后,先去旧金山和洛杉矶的分店看一下,然后回纽约。"壹岐是来告别的。

"这么说你跟福克的人不是一趟飞机啦。我还担心你跟他们坐一趟飞机,弄不好再出点什么由头来呢。负责海外策划的经理阿里库曼从墨尔本飞过来了。我们已经谈过,该落实的地方都落实了。"

里井在没通知壹岐的情况下和千代田汽车的村山专务以及阿里库曼进行了会谈,并且决定了今后的方针。见壹岐没有吭声,里井接着说道:"福克和千代田的合作还是以厚木工厂的闲置土地为立脚点,以此作为两家合办公司的开端。阿里库曼也同意了。尚待交涉的难题就是对存在很多问题的千代田销售网如何进行改善。不过已经都谈到这儿了,问题就不大了,剩下的就看阿里库曼在底特律的工作做得怎么样了。我们就等着好消息吧!"里井乐观地津津有味地说着,"不谈这个了。你突然间回国,还能每天从早到晚一个接一个地跟人家约会,真可谓是三头六臂啊!你的顽强精神真让我佩服。"话里透着讽刺挖苦。

壹岐以为和千里的事暴露了,心里一惊,说:"副社长是只要站到击球区就必定能上垒的人,我可是没法跟您比。"

听壹岐说得这么认真,里井大度地点了点头,说:"嗯,这个福克和千代田的合作项目,基本算是大功告成了。你嘛,可以再考虑考虑比这个更大的项目。有什么好的想法就跟我提出来。还有你的英语嘛,还差那么一点,回到纽约后踏踏实实地再磨炼磨炼,多积累些商务经验。"他好像察觉到大门社长要调壹岐回东京总部的意图,故意说这些话牵制壹岐。

"那是当然的,我也这么想。那么,副社长请您多多保重身体!"

"我的身体不用担心。这不,全好了。要是再有什么事,社长小题大做地要你回来,可没那么容易了。"这么说着,里井又慢慢拿起看了一半的《华尔街日报》。

傍晚前,壹岐乘坐的小轿车驶进羽田国际机场。离壹岐乘坐的日航起飞时间还早,他是来为福克公司一行送行的。他朝泛美航空的柜台望去。福克公司的拉迪、利克等人正在办理登机手续。八束掺在他们中间不起眼地帮着忙。福克一行人的装束和十天前来时一样,各有各的打扮。一眼便知他们为了掩人耳目着实下了点功夫。但是,壹岐在人群中没有看见负责海外策划的阿里库曼的影子。

说到阿里库曼,壹岐今天中午过后刚刚造访过他的住处,主要是想探听一下考察团的看法。他越打探越觉得福克方面对千代田的考察结果不容乐观。阿里库曼一句话,最后的答案等回到底特律待总部研究之后才能回答。据壹岐的观察,他得出的结论和乐观的里井正好相反。而且，阿里库曼本应是考察团核心的人物，却在考察结束，甚至会谈都结束后才出现，令壹岐觉得匪夷所思。

壹岐去日航柜台办理自己的登机手续。不料，正碰上阿里库曼和东京商事的鲛岛站在那儿说话。他不由得停住了脚步。

"哎哟，这不是壹岐先生吗？怎么不知道你回国了呢，难道有什么秘密行动不成？"鲛岛肆无忌惮地大声嚷嚷道。

壹岐瞬间愣了一下，正不知如何回答，阿里库曼故作惊讶地迎上前来使劲地握着壹岐的手，说："哦，壹岐先生。没想到不是在美国而是在这里见到您啊！我是乘泛美航空，您呢？"

尽管中午刚刚见过面。壹岐也同样装作久违的样子，若无其事地说道："很遗憾，我是日本航空，不能同机啊。去底特律出差时再去看望您吧！"

阿里库曼转向鲛岛，像是故意要让壹岐知道似的说："我该登机了，鲛岛先生感谢您的送行。关于与东和汽车的自动变速器的合同更新事宜，我们会重新委派法律方面的专家到日本来的。"

他的话让壹岐强烈地感觉到阿里库曼用巧妙的手段，同时操纵着近畿商事的他和东京商事的鲛岛。

目送阿里库曼进入登机口后，鲛岛看了看壹岐上衣口袋插着的登记牌，说："哦，是日航第二班啊。还早呢，去那儿喝点什么吧！"他顺手指了指关税大厅前面的咖啡座。

虽说两个人是儿女亲家，但是对壹岐来说，鲛岛是个能不理就不愿理的家伙。不过，既然鲛岛来送阿里库曼，就想了解一下他们说了些什么。

两人找了个空位坐了下来，各自要了一杯咖啡。

"壹岐先生，你最近是三天两头往回跑，到底有什么必须往返于纽约东京间的要事啊？"

鲛岛那双吊起的像鲛鱼一样的小眼睛闪闪发亮,紧盯着壹岐问。仿佛壹岐是他的猎物,任何微小的举动都休想逃过他的眼睛。

"没什么特别的意义。和东京总部尽可能地保持密切的联系,是我们公司的方针。"

"啊,这是毋庸置疑的。不过,你们的里井副社长近来身体情况好像欠佳哟。"

"不,没有的事儿。"壹岐断然否认道。

"哦?就在前两天,有人在东京成人病中心看见他坐在轮椅上。"

"看错人了吧?"

"不会。别的能看错,那位夫人像推婴儿车似的,劳驾、借过地在医院的走廊上来回乱转的样子恐怕不会看错的。"

壹岐不再吭声,默默地喝着咖啡。

鲛岛愈发来劲,接着说道:"而且,更有意思的是,里井副社长在医院都坐轮椅,没过两天又上班了。这样看来是有什么病不定时地在发作,别是心脏病吧?"

鲛岛动物般的直觉力,令壹岐感到吃惊。他说:"鲛岛先生,谁说的我不知道,这可是恶意的谣言啊。什么心脏病之类的传言,那可是要给里井副社长带来麻烦的。不,是给我们近畿商事带来很大的麻烦。"壹岐郑重地指出,并接着说,"鲛岛先生,比起别人的事来还是说说你吧,你神出鬼没的总让人吃惊。你特意来送阿里库曼,不会是和福克公司有什么交易吧?"

听壹岐这么说,鲛岛放下手中的咖啡,说:"我倒盼着呢。很遗憾仅仅是合同更新的事。再说,我这个人的兴趣就是只要有时间,就喜欢提着土特产送客人。当年,对印度尼西亚的黄先生,不也是这么来的吗!而且我现在对汽车不感兴趣。我现在靠船赚大了!你知道吗,苏伊士运河封锁后,油船的长期租用市场兴旺,原来七十到八十的都翻了倍。波斯湾里是各种各样的船都有啊。哈哈哈哈！"鲛岛又爆出他那奇妙的大笑来。

波斯湾一句话在壹岐的耳朵里回响。从波斯湾开出的船都是运载伊朗石油的油船。壹岐的脑海里浮出昨天启程飞往中东的兵头信一良的身影。

（未完待续）

不 毛 之 地

（下）

［日］山崎丰子 著 刘小俊 译

青岛出版社

第二十六章　印沙安拉

四月中旬,伊朗首都德黑兰。路旁梧桐树上绿油油的嫩叶长满枝头,北部近在眼前的厄尔布尔士山脉达马万德火山的山峰巍然耸立,仿佛要把碧蓝的天空拦腰折断。

五菱商事的常驻德黑兰职员上杉隆站在办公室窗前,和往日一样依旧怀着郁闷的心情直勾勾地望着海拔五千六百七十一米的残雪覆盖的褐色山顶。到任已经三个月了,但他仍未见伊朗国营石油公司实权者切尔博士,虽然他一直找机会见他。

上杉年仅三十八岁,进入公司以来一直在石油部锻炼并逐渐成熟起来。这次他奉命常驻德黑兰,肩负着东京总部分管能源的神尾专务交给他的特殊使命。进入二十世纪七十年代以来,石油市场摇身一变成了卖方市场。为了应对这一变化,必须改变原来的仅仅依靠国际石油资本一边倒的石油交易,必须在产油国拥有自己的油田及炼油厂。这恰恰是以神尾为首的五菱商事首脑的战略构想。他们比其他商社先行一步,从前一年底就派遣原石油课长常驻贝鲁特。紧接着又在今年的一月份任命上杉为特派员,专门负责实施在伊朗境内设立配合伊朗的第二个五年计划的炼油厂工程。

肤色偏黑、蓄了一脸络腮胡的上杉,鼻高眼大,加上身高将近一米八的体格,远远看去跟伊朗人分不出两样来。尽管是有生以来头一次留胡子,每天的梳理费时费力,但这把大胡子已经成了上杉在德黑兰商务办公区标志的美髯。上杉并不是为了模仿伊朗人才留胡子的,他无非是想给自己三十八岁尚显年轻的脸庞增添一些沧桑、成熟的气质。而且还可以借此向当地人显示一下自己伊朗通的一面。

终于,达马万德山的褐色山脊笼罩上了茜红色的云朵。夕阳将要落山时,在外出跑业务的常驻职员们陆续回来了。当地雇用的伊朗职员用托盘端着沏好的红茶,逐个分发。德黑兰商务办公区的工作时间与国家机关、商业设施的习惯相配合,定为早上八点到中午十二点,下午三点到晚上六点。午休时间长是来源于生活的智慧。因为德黑兰市街地处一千二百米的高原地带,气压低影响睡眠的质量。午睡可以补充睡眠,保证健康。而喝红茶则是因为空气干燥很容易让喉咙干渴的原因。

"上杉先生,请喝茶!"

二十刚出头却蓄着卷翘小胡子的伊朗职员为上杉端来盛在玻璃咖啡杯里的红茶。

"谢谢!"

上杉道过谢,边喝着因糖多而过于甜腻且温吞吞的红茶,边略带羡慕地看着纤维、机械部门的营业员、经理们一手端着红茶,一手忙着接电话、做文件、接待客人的忙碌的样子。虽说在日本各公司中他也是常驻德黑兰的唯一一个负责石油交易的营业员,然而除了必不可少的每天参拜伊朗国营石油公司以外,没有可做的工作。连发电传、接待客人的工作也一概没有。如果光这样倒还舒服,问题是在伊朗秘密警察对于涉及石油方面的外国人都有备案,而且他们的一举一动都在监视中。还不断地会有一些人找上门来纠缠,自称可以与石油国营公司斡旋做中介,他们既不是经纪人也不是调停员,是身份不明的"黑中介"。让人二十四小时不得放松。

从到德黑兰的商务办公区上班的第一天开始,上杉就被这样的"黑中介"盯上了。一坐到办公桌前,就有不认识的伊朗人打来电话:"你是东京派来专做石油生意的上杉吧?和我合伙怎么样?"上杉感到吃惊,反问对方怎么会知道自己的事情,对方说:"你的事我什么都知道。"于是历数上杉是乘哪一班飞机从东京到德黑兰的,带了几个箱子,穿的什么样的西装等等,说得一样不差。最后甚至威胁:"我是伊朗屈指可数的能和王室家族接上关系的顾问。在伊朗要想做成石油生意,不和我们合作,你就是连国营石油公司的要人都休想见到。"当时的那种感到令人毛骨悚然的感觉现在他还记忆犹新。

带着新官上任的自负,兜里揣着伊朗五菱商事的英文名片,上杉独自去走访了伊朗国营石油公司。他首先想到的是利用谈石油生意的机会和伊朗石油公司的要人接上关系,便事先预约好了拜会石油销售部长的日程。可是等他如约到达伊朗国营石油公司的时候,女秘书却以部长的日程两个月前就已经排满了为由,拒绝了上杉的见面请求,并且诧异地问道五菱商事是个什么公司。虽然五菱商事乃是世界著名的大企业,在日本政府机关中"五菱"几乎等同于国家,但是在被称为中东最先进的国家伊朗却不为人知。上杉的自尊心受到强烈的打击。因为,在煤气、石油燃料部门中五菱商事的业绩与其他商社相比只有第一,没有第二、第三,是最出类拔萃的。因为神尾专务是能够和七大国际石油资本进行对等对话的日本唯一的石油商人,所以能源部门的课长、股长一级的干部也会被委以重任,并且充满自信。

从打击中清醒过来的上杉,还是得重新考虑自己的战术。要想接近伊朗国营石油公司的要员,首先得攻克他们的秘书。于是上杉让人从东京寄来丝袜、丝巾、便携小商品等作为攻关礼物。尽管他自己也觉得这样做不太光彩,但是效果显著。一个月过来,上杉便成了这里的熟客。只要一来，便有殷勤的红茶招待。但是重量级的关键人物们的大门还是没有向他打开。虽然女秘书们也接受了上杉先生的预约，安排了时间，但是实际上五次当中能有一次落实就算好的，大部分时候总是被后来的法国人、美国人抢先。

闲得无聊的上杉红茶喝到一半，眼前的电话响了。他拿起听筒来，里面传来一个声音："你好！上杉！"是赴任以来就一直缠着他要和他合作的黑中介。

"你好！"怎么又是他，上杉正想随便应付两句过去。

对方又接着说道："上杉，你今天又是八点半就到国营石油公司去了，等了四个小时，还是没能见到第一董事切尔博士。对吧？我是深表同情哟。"对方装模作样地安慰，实则是公开地嘲笑。

上杉强压下快要爆发的愤怒，回了一句"多谢你的关心"就要撂下电话。

但黑中介巧妙地抓住上杉已经开始动摇的心理说道："好像明天还要去啊，你要是相信秘书这些底下人总是'明天、明天'的话，你的炼油厂工程可就没日子实现了。而在你跟我拿着个架子的时候，你的竞争对手商社们可是在一步一步地扩大石油、天然气的交易哟。我说，你就这么浪费时光，你的头儿怎么就不解雇你呢？"

其实，不用他说，事实就是这么回事儿。在与伊朗的石油交易中，从综合实力上来说五井物产最强，他们现在正在就伊朗南部的大型石油化学联合企业的建造事宜进行磋商。而原本不过就是个做纤维贸易的近畿商事也通过和王室家族的关系，大量购买廉价石油。现在他们石油部门的营业额已经达到第一大商社五菱商事年两千亿元的一半，超越五井物产位居六大商社中的第二位。在这当中起到核心作用的人物不是别人，正是业务本部出身的石油外行兵头信一良。这让上杉感到了巨大的威胁。

见上杉默不作声,黑中介接着说道:"怎么样?咱们还是先见上一面吧。要不,我先透露一点消息给你?你想跟国营石油公司商谈的炼油厂工程,可不是只有你们一家有这个打算的噢。"

"刺啦"一声,这话就像一把刀扎在上杉的心脏上。"这是故意在引我上钩",上杉一边警告自己,一边想起了今天在切尔博士的秘书那里,秘书给他看切尔博士的日程安排,他看到一个安排,切尔博士要与以建造炼油厂而驰名世界的西德杜塞尔多夫公司副总裁见面。

上杉决定赌一把。"好啊!那么咱们就先见个面吧。我也早就想了解一下总是那么热情地追我的您,到底是个怎样的人物。"他依然用平静的口气说道。

黑中介趁热打铁:"要见就早见,今晚怎么样?"

"好吧,七点半在洲际酒店的大厅见。"上杉虽然有些犹豫,但为了争取主动,首先提议道。

"不,洲际酒店人多眼杂。面熟的王室关系、海外大企业的商务人员常出入那里,对你没好处。七点半请你站在阿维森纳大街的莫克清真寺正面入口处等着,一辆灰色的梅赛德斯·奔驰将去接你。"

瞬间上杉闻到了一股硝烟味,他本想终止与黑中介见面,但转念一想都到这个地步了,还是赌一把吧。于是,他说:"好吧,不过我得找一个能确定是你的办法。这样,灰奔驰的车主连说三次'印沙安拉'我就上那个车。"因为只说一声,很难分辨是不是现在正打电话的这个人的声音,所以上杉这样说道。

"印沙安拉,连说三次。你什么时候改成伊斯兰教徒了。而且还是虔诚的伊斯兰教徒啊。"黑中介笑着说道,并像以往一样自顾自地挂了电话。

当天晚上七点刚过，上杉驾驶着事务所长的车子来到一条黑暗的小道上，从这里能看到阿维森纳大街莫克清真寺。他把车停下来，等着。等待着不明真相的对手到来，上杉的嘴里随口冒出一句"印沙安拉"。上杉中午选这句话为接头暗号，其实并不是为了确认身份，只是一种本能的反应，就像在黑暗中前行想找到一点儿光亮一样。要在伊朗做生意，不仅限于石油、纤维、机械，任何生意都离不开中介。就是现在的五菱商事德黑兰事务所在市场上流通的纤维、一般杂货类都有百分之几的利润要作为回扣被中介拿去。但是，由于商社本身就是生产商和客户之间的中介，中介依靠中介其实是一种愚蠢和危险的行为，使用不当很可能像章鱼一样自己吃掉自己的腕足。

特别是石油生意，因为一桶仅有一分钱的佣金，只有靠上百万桶的大规模交易才能赚到相当的利润，所以不恰当地使用中介就有可能使得本应是自己获取的利润溜进别人腰包。如果是一次性的交易倒还好说，若是一两年的长期合同，或者是像上杉肩负的这样和政府合作的工程，中介如果不是能和有限的几个决策人物直接说得上话的人，就没有丝毫意义。这也正是上杉力排黑中介，坚持到今天的原因。然而三个月过去了，连一个与自己的特殊使命相关的情报都没能给东京总部送去，上杉感到寝食不安。

突然有人粗暴地敲击着车窗，扭头一看原来是警察。

"在这儿干什么呢？"警察怒喝道，并示意让上杉下车。德黑兰的大街上穿制服和穿便衣的警察像电线杆一样多，被外国人戏谑小偷少就是因为到处都有警察的眼睛。

上杉下意识地看了一下手表，时针已指过七点半。印沙安拉——上杉这次发自内心地祈祷。他下了车，掏出总是带在身边的护照和公司的身份证明。正在这时，一辆灰色的大奔驰缓缓驶向清真寺的门口。停了一下又调转车头不知开到何处去了。

兵头信一良在德黑兰的梅赫拉巴德机场下了飞机。

走进海关,他就看到和往常一样的情景。行李被慢腾腾地搬出来,一个一个地检查,然后再由工作人员不紧不慢地画上检查完毕的记号。日航班机晚点了一个小时,和从莫斯科来的伊朗航空赶在了一块。成堆的行李和等待过关的乘客混杂在一起,杂乱不堪,不知道什么时候才能出关。乘客中很多人都等得不耐烦了。兵头双手抱在胸前环视了大厅一周,发现了自己的行李箱,便走过去拿到手里。然后顺便捡起一根掉在脚边的白色粉笔,在自己的行李上画上了一个检查完毕的记号,大摇大摆地推开出口的大门。

"兵头先生,在这儿呢!"

大厅里挤满了接机的人。人墙后面德黑兰事务所所长使劲地举起双手示意。

"你挺快的啊。看这阵势我以为怎么也得一个小时才能出来。"

兵头咧嘴一笑,露出一口白牙,说:"我自己检查的。以前做纤维的时候常驻德黑兰,和别的商社抢重要客户,接机的时候练就出了这个本事。我知道海关用五种颜色的粉笔标识检验记号。一天换一个颜色,就准备五根粉笔放进口袋里。遇到混杂的时候,就用当天的颜色给客人的行李画上记号,这样就能比别人早一步出来。"

"哟,兵头先生也有那个时代啊。无法想象。"比兵头晚三年进公司的东山事务所长惊讶的同时,吩咐司机把行李装上了车。

机场大厅的正面悬挂着国王和王妃的巨幅照片,弘扬着君主立宪国的国威。像兵头这种常来常往的人并不在意,而初来乍到的美国人则稀奇地驻足观望。

兵头坐进车里,说:"每次来都得叫你事先与国营石油公司联系,添麻烦了,不好意思啊!"

"您刚到,还没喘口气,不过正想跟您说这事呢。咱们用的巴库内贾德,他提出要涨价。"

因为巴库内贾德是国王同父异母姐姐的儿子,算得上是和王室沾边的皇亲国戚,在政府要人那里还有些面子,所以近畿商事开始在伊朗做石油生意的时候,通过他获取了很多方便。

"哦?他要涨多少?"

"还是老手法,自己不提具体数字,让咱们说了他再加码。"

"讨厌的家伙。横抢了那么多钱,过着豪华的生活,还不满足。揽财的手段真黑。"

兵头的脑海里浮现出巴库内贾德那贪得无厌的面孔。他不仅在德黑兰山脚下王宫附近有豪宅,在贝鲁特还有别墅,整天开着劳斯莱斯到处转悠,游手好闲。他说:"是挺可恨的。不过像咱们这样做纤维出身的后起商社,不用这种人的话,没办法接触到伊朗国营石油公司的人。"

"那给他涨多少?"

兵头沉思了一下,说:"这样吧,明天跟他见面的时候,你就先说涨价不好办。如果他非涨不可的话,就说咱们要考虑换人。先看看他的反应,然后再决定咱们的态度。怎么样?这样,即使是非涨不可,也可以把涨幅控制在最低程度。这种皇亲国戚就看怎么用,万不得已的时候该舍就得舍。"

从近畿商事德黑兰事务所到坐落在塔赫特贾姆希德的伊朗国营石油公司走着也就六七分钟的路程。

兵头信一良和事务所长东山边走边眺望着街上的行人。

"好像现在裹黑头巾的女人少了啊!"

"大市场那边还很多。这一带确实是不多见。伊朗风情是少了点,不过晚上开车冷不丁地冒出个裹着一身黑的人影,难免不出事故。现在,这方面的担心倒是少了。"

"那倒是不错。"街道边上凡是像样的楼上都飘扬着伊朗国旗,绿、白、红三色条背景下印着前爪握剑、象征古波斯的雄狮。兵头看着这些国旗,说:"哎,话又说回来了。这伊朗人真喜欢他们的国旗啊!"

"是啊,这个国家现在表现出强烈的民族主义倾向。最近到处挂着国王的相片。你看,那边,好像是政府部门的建筑工地,连那儿都挂着国旗呢。"东山指着向山脚下不断扩张的几个建筑工地说。

"嗯,德黑兰也和纽约、东京一样,正在不断向北延伸啊!"

德黑兰的中心地带本来在大市场、格雷斯坦宫殿,还有财政部、法院所在的南部地区。以靠石油发家的国营石油公司为首,天然气国营公司、石油化学国营公司先后在北边的大道上建起了现代化的高楼大厦,使得大市场以南的老城区成了没有得到石油恩惠的、依旧贫穷的阶层拥挤聚居的地区。而王室家族、政府要人等豪门贵族纷纷把豪宅建到了绿树环抱的山脚下。

塔赫特贾姆希德都是从南部地区移过来的民营公司的办公大楼、商店、银行。在这些林立的高楼当中,伊朗国营石油公司的十五层现代化大楼依然十分抢眼,巍然耸立。

兵头和东山从戒备森严的正门走进大楼,接受保安检查后二人乘电梯直奔十四层的石油销售部长办公室。他们比约定的九点稍微早到了一会儿。部长办公室旁边的秘书兼等候室的房间里,已经有一伙人在等候。他们抽着烟,看上去像是意大利人。

伊朗国营石油公司的办公大楼高大宽敞,而涉及石油矿区及原油买卖的决策人物仅限于少数几个人,所以工作效率极低。等候几个小时的结果,等来的也许就是明天再来吧的回答,甚至可能是三五天之后。虽然日本商人都是跟时间赛跑,但再紧凑的时间安排到这儿也无济于事。今天如果得到真主的保佑,兵头和东山也许能会到纳西里;如果得不到印沙安拉,那就得明天或者后天再来了。总之一切遵从真主的安排。

喝着秘书端来的红茶,东山打开文件箱,开始准备发给东京本部的报告。兵头两手抱在胸前,抬头看着墙上挂着的国王的照片。国王的父亲从一介骑兵直至收拾战乱的波斯,成就了一国之王的伟业。照片上的国王继承了父亲彪悍的血统,浓密的眉毛、挺拔的鼻梁、紧闭的双唇,身着军装的胸前挂满勋章,充满着被人称作"王中王"的威严。然而,他二十二岁时作为英国的傀儡继承王位,之后又被民族主义者摩萨台首相发动的革命赶下台,流亡国外。后来在美国的庇护下得以重返伊朗。而伊朗的石油也是伴随着这一历史发展起来的。

十七年前的摩萨台革命是点燃石油国有化的革命。BP[①]从英国统治时代就垄断着伊朗的石油,并有其在伊朗的公司英国伊朗石油公司。摩萨台上台后,虽然将英国伊朗石油公司属下的所有油田、炼油厂全部收归国有,成立了伊朗国营石油公司,但是,没有外国的援助,伊朗靠自己的力量无法炼出一滴油,甚至不知道如何把储油库里的石油卖出去。另一方面,国际石油资本联合起来抵制伊朗石油出口,使得伊朗得不到一美元的外汇,很快便导致了国内政局的混乱。摩萨台的革命在美国CIA和七大国际石油资本强大的力量面前顷刻之间崩溃瓦解。限于停产状态的伊朗油田虽然形式上还保留着国营的外壳,实际上已被以英国石油、英荷壳牌石油集团公司、美国埃索为首的五个石油公司及法国石油公司联合控股的伊朗国际石油财团接管,并在这些公司的主持下重新开始生产。

---

① 英国石油公司。

兵头在想,摩萨台实行的伊朗石油国有化究竟带来了什么?那就是向中东各石油生产国做出了证明和警示:排除国际石油资本的参与就无法生产出一滴石油,等待他们的只有倒退到过去的贫穷中去。过去五十年来,从油田到炼油厂,从航运到销售价格,虽然中东石油都一直受到七大国际石油资本的控制和榨取,但是,进入二十世纪七十年代,各产油国的愤怒不断高涨,石油权益国有化、独自开展石油事业的趋势日益高涨。这一点是不容忽视的。

兵头还在沉思,突然觉得有人影晃动。抬头一看,一个比一般日本人魁梧,蓄着伊朗大胡子的男人走了过来。

"东山先生,早上好。又被贵公司走到前面了啊。"

"啊,哪里哪里。今儿是陪本部出差的人来的。"东山有意没有介绍兵头。

"哎呀!这位不就是大名鼎鼎的近畿商事的石油部长兵头先生吗?我,五菱商事驻德黑兰的上杉。我在东京的时候,就久仰大名啊。"上杉一边说着一边迅速掏出名片。

兵头对他这种自来熟式的恭维感到有些不快。交换了名片后,上杉又加上了一句:"今后请多关照。还望您多手下留情哟!"

一番寒暄之后,上杉走到女秘书的桌前,问:"哎,我的东京特快来了?"然后把一个像是礼物的纸包放到桌子上,"到我了请叫我啊。我先上楼去了。"说完便走出屋去。

望着他的背影东山苦着脸说道:"这个五菱商事的上杉是石油部出身,在这里没什么工作,就这么天天黏在德黑兰。不愧是有实力雄厚的财阀背景啊。"

但是,兵头明白这是五菱商事分管能源部门的神尾专务的策略。神尾从战前就一直做燃料交易,是一手把五菱商事的能源部门壮大到今天的关键人物。因其具有预见未来的战略眼光,不仅在五菱商事集团旗下的五菱石油,就是在国际石油资本中也是令人敬畏的人物。但是,因为兵头一向对国际石油资本没有好感,所以,并不惧怕他,反而燃起了与神尾一决上下的斗志。他在心里暗下决心,早晚有一天他要超越五菱商事的能源部。

这时有人叫到兵头和东山的名字,通往纳西里房间的门被打开了。宽敞的室内,摆放着一排盛着石油标本的试验室用的玻璃瓶,里面分别装着七八种从各油田里采出来的原油,黑乎乎黏稠状的原油泛着绿光。

原油销售部长纳西里,五十来岁,圆脸,是个妄自尊大的人。因为和兵头每半年见一次面,所以还比较热情地招呼他们进了屋。兵头坐在会客厅的沙发上,用不是很流畅但却能慢慢地沁入人心的英语说道:"我们得到情报,据说伊朗重油①有很多剩余,我们想现货购买。"

纳西里的鹰钩鼻子向上凸起,冲着德黑兰事务所长的东山问道:"从哪儿得到的情报呀?"

"从伊朗联合会方面得到的消息。"东山回答道。

纳西里心存戒心,担心被压价,说:"存货不太多。一桶一点二美金,我就卖。"

"那么贵,在日本买国际石油资本或者独立石油资本都比这个便宜。在日本,因为伊朗轻油带保险,所以贵,但伊朗重油听说是在削价处理啊!"兵头说道。

伊朗重油的硫黄成分是百分之一点六五,伊朗轻油是百分之一点四五。因为日本目前对汽车排气量的限制越来越严格,正向原油轻质化的方向发展,所以含硫黄成分高的重油不好出售。

"既然是这样的市场状况,为什么你们还要到伊朗来买重油

---

① 硫黄含量多的伊朗产原油。

呢？"纳西里提出疑问。

"因为我们近畿商事集团旗下的石油公司新近建成了具有最新脱硫设备的炼油厂，所以，只要是价格便宜，即便是含硫成分高点的重油我们也要。"

"那么就一桶一点一五美金吧！怎么样？"

"不行，这个价格的话在日本也能买到。我们希望是一点一美金。"

"要是降到这个价格的话，想要的人就不只是你一家了。日本的其他商社以及美国的独立石油资本都盯着呢。"纳西里仍在讨价还价。

兵头没接这个茬儿。因为兵头清楚，伊朗石油的现状是原油过剩，卖不出去就必须控制生产，所以他说："不过，我们打算以这次现货交易为契机，签订长期供货协议，以我们提出的这个价格购买三十万吨。"

纳西里的脑子迅速转了一下，说道："既然考虑到长期交易，那我就答应你了。一桶一点一美金，三十万吨。装船一百二十天之后付款，合同明天签。"说完做个手势准备结束谈话。

兵头紧接着提出："还有一个生意想问一下。我们公司听说最近伊朗要公布新的石油矿区。都有哪儿的矿区啊？"

纳西里的表情立刻变得傲慢起来，采取了先试探对手诚意的波斯式商业法："在我们国家还有很多的有希望的矿区。你的这个问题不能简单地回答。想要矿区，你们近畿商事打算为我国的工业化做哪些贡献啊？这个问题必须首先说清楚。"

"当然，我们将大力帮助伊朗的工业化。我们正在策划有关石油化学联合企业或LNG①工程的具体计划，您能告诉我们最近将要公开

---

① 液化天然气。

的矿区吗？"兵头再次追问。

"做原油的现货买卖，顺便探听最高秘密。你们也太会打算了。这件事再定时间另谈吧！"纳西里摆出了一副不予回答的架势。

不过这可能不光是装样子。就他原油销售部长的地位来看，也许真不知情。兵头想起刚才那个五菱商事石油部的职员，他自信地扔下一句我在楼上抬腿就走。这个房间的楼上也就是十五层，是总裁和五位董事的办公室。见不到他们之中的总裁或第一董事切尔博士，是无法获取有关矿区的准确情报的。然而，现在的近畿商事还没有拿到通往十五层的通行证。兵头懊恼地瞪着天花板。

上杉在切尔博士的秘书室一边等博士从总裁办公室回来，一边像往常一样巧妙地和女秘书夏姆丝搭讪："今天早上的报纸上说，明年十月在波斯波利斯举办的纪念波斯帝国两千五百年庆祝典礼，从参拜居鲁士大帝的陵墓开始，然后是古波斯到现代的各个时代的军队的大游行，还有博览会，各种纪念活动排得满满的。还邀请了世界各国国王、女王、王子及总统、酋长、外交官。你说，光准备接待就够忙活的呀。"

打字机前坐着的高鼻子大眼的夏姆丝，她扭过头来对上杉说："全世界的人们肯定都要睁大眼睛看这个庆祝仪式吧？承办庆典的法国人有很好的审美能力，一定会在古代宫殿的遗址上打造出毫不逊色的会场来的。听说招待会的饮食还是由巴黎的马克西姆提供呢！日本的皇室会是谁来呢？"像夏姆丝这些国营石油公司实力派人物的秘书都有欧美留学的经验，会讲法语和英语，对王室、社交界非常感兴趣。

"嗯，三年前的加冕典礼时，是日本的明仁皇太子代表天皇出席的。这次也许还是太子来吧。"上杉一边应付着一边想，刚举行完加冕仪式,又要搞庆祝活动,其实都是为了宣扬国威。伊朗想让世界知道,伊朗因为年年增长的石油收入国家变得富裕了,同时为了显示现政权的稳固。

但是,作为常驻德黑兰的日本公司职员,他们人人事先都受到提醒,莫谈宗教、政治的话题。上杉刚要换个话题,切尔博士的随从怀里抱着装满文件的皮包走进来,并很热情地和上杉打过招呼。随从的个子在伊朗人里算得上矮小,皮肤白净,样子干练,讲起伊朗的经济来滔滔不绝。开始上杉还以为他是切尔博士的得力助手。没过一个礼拜上杉就明白了,他除了照搬伊朗英文报纸或者《德黑兰日报》的新闻报道外,帮不上什么忙。就连向他讨要一份最普通的财务部或者国营石油公司公布的资料都拿不出来。一催他,就是"明天吧""明天吧"的,气得上杉私下里给他起了个绰号,叫"明天先生"。而且,上杉总觉得,这个"明天先生"和秘书夏姆丝两人当中,有一个很可能和总纠缠他的黑中介有关系的。不然,哪月哪天,从几点到几点,等了多长时间也没能等到切尔博士这些详细情况,黑中介怎么可能知道?而且黑中介掌握的自己在切尔博士这边的一举一动,比纳西里原油销售部长那边的活动更详细具体。昨天晚上,他和黑中介约好在莫克清真寺门口见面。虽然黑中介在约定时间开着灰色的奔驰,到是到了,但是正赶上上杉受到警察盘问,便又悄然离去。上杉正想找个什么由头,在两个人的面前念叨念叨这件事,也好借机观察一下这两个人的反应时,电话响了。夏姆丝拿起话筒,用波斯语应答着。看来对方是伊朗人。上杉刚来伊朗三个月,现在还无法听懂他们在说些什么。

夏姆丝放下电话,冲着上杉忽闪着两只大眼睛说道:"上杉,近畿商事的兵头和东山,五分钟前从纳西里办公室出来了。因为会见时间比约定的二十分钟延长了将近一倍,所以,后面的会见都要推迟。非常对不起,刚接到纳西里的通知,和上杉先生今天上午的会见被取消了。"

"啊,是吗?那太遗憾了。那我改天再来吧!"上杉表面上若无其事地回答道,其实心里面很不舒服。

近畿商事来这儿,无非就是想猎取些便宜的现货原油,然后一点一点地扩大他们在日本原油市场的地盘。在几家偶尔来德黑兰的日本石油公司当中,有的虽然以前都是通过五菱商事、五井物产或者东京商事系统的石油公司进货,但突然间开始转向近畿商事购买原油。这就是因为近畿商事见机行事,搞到便宜的原油引进到日本市场的。

但是上杉认为此类只顾眼前利益的买卖是不会持久的。尽管伊朗的原油生产量去年超过了十亿桶,三年后预计将达到二十亿桶,但是,伊朗不会再像从前那样,把百分之九十五的原油用于出口。为了增加原油附加价值,伊朗国营石油公司计划和外国企业合作,共同开发炼油项目,并向合作方优先提供原油。因为已经掌握了这一动向,所以五菱商事并不只盯着眼前的生意,而是考虑到未来五年乃至十年的长远利益。他们先人一步,把目光投向了建设炼油厂的计划上。为了严防其他商社得到消息,一切都是在暗中进行的。如果能在这个炼油厂计划上和伊朗达成协议,五菱商事便可一举扩大石油的进口渠道。这样一来,他们不仅可以封锁其他商社见机购买原油的活动,还可以敲开渴望已久的石油开采权的大门。为了实现这个目的,上杉已经做好了在德黑兰粉身碎骨、在所不惜的准备。

当上杉一脸严肃地凝视着窗外连绵的褐色厄尔布尔士山脉,重新坚定自己信心的时候,身材高挑、身穿考究西装的切尔博士走进来了。

上杉不等秘书介绍,一步跨上前去,站到博士的面前,自我介绍道:"我是日本五菱商事常驻德黑兰职员上杉,专门负责伊朗石油的。因为我有事情必须面见切尔博士,所以每天都在这里等候。现在能否允许我占用您一点时间？"彬彬有礼中带着绝不放过任何机会的胆魄。

切尔博士身穿伦敦定制的西服,虽然只有四十六七岁,但看上去比实际年龄老,已经谢顶。他抬头看着上杉,说:"五菱商事我很了解。不过若是原油的事,希望你去找纳西里销售部长,我想他完全能够解决你的问题。"在伦敦大学取得应用化学博士学位、被人尊称为博士的切尔,不同于销售部长纳西里那样的傲慢官僚。他用非常沉稳、漂亮的英语说道。

"关于原油购买的事情,一直得到纳西里部长的关照,非常感谢。但是,我想和博士面谈的是和伊朗国营石油公司合作开发的有关事宜。"上杉再次说道。

博士看了看手表说:"好吧,那就简单扼要地说一下吧!"他说着推开自己办公室的门,请上杉进去。

四五十平方米宽敞的办公室里铺着绿色地毯。正面的墙上挂着国王和王妃的肖像照片,肖像下面是宽大的办公桌,上面各种文件堆积如山。办公桌旁边摆放着一套组合沙发。门左边窗户一侧的墙上贴着伊朗国营石油公司所有石油矿区的地图和显示石油年间逐月销售量的图表。办公室里没有任何摆设,简朴整洁。组合沙发的茶几上的花瓶里插满珍珠红的玫瑰花,鲜艳夺目,芬芳怡人。

"哟,这玫瑰太棒了。"上杉在沙发上坐下,着迷似的欣赏着玫瑰,发出一声赞叹。在伊朗鲜花是非常珍贵的,特别是玫瑰,被尊为国花,广受人们的喜爱。

看着强行求见,进来后却着迷地看着玫瑰花的上杉,切尔博士苦笑着说:"看起来你对玫瑰花的兴趣比对石油还大啊!"

"不,不。我只是很久没有看到花型如此美丽的花了。这是'和平之子',和最近法国培育出来的优质名花约瑟芬玫瑰是同一品种吧?"上杉赞叹道。

上杉虽然本来对花不感兴趣,但在靠着一个忍字空等会晤的三个月里,他发现了切尔博士喜欢玫瑰。他从每五天给切尔博士送一次花的花店里探听到了切尔博士喜欢的品种。

切尔博士似乎对这个蓄着伊朗胡子、在玫瑰上颇有造诣的上杉产生了兴趣。他说:"你说得没错。我非常喜欢花,身边不允许没有鲜花。你也种玫瑰吗?"

"不,因为忙,没有时间种花。听说玫瑰是伊朗的国花,我对它也很着迷。如果有时间,我一定要到卡尚的大玫瑰园去看看。听说那里是世界第一流的玫瑰园啊!"上杉以其高超的谈话技巧应答着。然后调整了一下坐姿,转换了话题,"不过,我今天想跟博士谈的不是玫瑰。听说贵国新的五年计划准备提高石油输出比例中成品油的比重,并且正在研究建设新炼油厂。我们公司恳请允许我们参与这个项目的建设。如您所知,我们五菱商事是日本最大的商社,特别是石油部门有着良好的国际声誉。也有在中东地区建设炼油厂的丰富经验和知识。"他充满自信地推销着自己的公司。他知道要想在权威至上的伊朗开展工作,最有效的方法是让对方认识你的地位和实力。

切尔博士点着一根雪茄,问道:"对你的提议我很感兴趣。不过五菱商事考虑的炼油厂是怎样的一个规模呢?"

上杉打开了文件箱,取出文件,说:"我们计划分两步走,第一阶段日产十五万桶,第二阶段十五万桶。五年以内达到日产三十万桶的目标。产品除满足伊朗国内需求外,剩余的全部由日本国内消化。这里有一份文件可以供您参考,是日本未来对石油的需求,您一看便可一目了然。日本市场对石油的需求五年以后将达到四百五十万桶,而日本国内生产设施连百分之八十的需求都不能满足。因此,很大程度上必须依靠海外的供应。"他先就产品的销路给对方一个定心丸,然后掏出伊朗地图和电子计算器,接着说,"我再谈一下炼油厂的建设用地。按照我们的计算,以一桶油至少需要三到四平方米占地的标准,日产三十万桶的话需要大约一百万平方米的用地。如果以第一,附近可容纳三十万吨级油轮的港口;第二,有输油管道;第三,有水源作为选址条件的话,我们认为符合这三个条件的地点应该是在伊朗国营石油公司和伊朗联盟共同经营的阿巴丹炼油厂附近。下面再来计算一下作为前提条件的建设资金问题。以一桶油大约需要八百美金计算,第一期日产十五万桶的规模需要一亿两三千万美金。"上杉敲打键盘将计算器显示的数字拿给切尔看,"如果与伊朗国营石油公司合作,土地是无偿的,建设费和土木工程费用可以两家平摊。"

切尔博士吸着雪茄默默地听上杉讲完,摇摇头说:"阿巴丹炼油厂不久要扩建,那里不能提供给你们。"

阿巴丹在德黑兰南面,位于流入波斯湾的阿拉伯河上游五十公里处的地方。是英国伊朗石油公司创建的,收归国有后由伊朗联盟管理,是日产四十五万桶规模的大型炼油设施。

阿巴丹被否决令上杉很失望,他问道:"那么,贵方有推荐的候补地吗?"

"如果是班达阿巴斯的话,我们可以商讨一下。但是,有关炼油厂项目的事,已经由美国和西德提出了申请,日本再加入进来的话就成为三国竞争了。希望你们再考虑考虑。"切尔博士精明地说道。

西德申请是意料之中的,然而美国也参与进来的话将形成三足鼎立之势。即便五菱商事实力雄厚,也会面临艰苦的局面,必须得做好充分的思想准备。虽然上杉一瞬间感到一丝胆怯,但是想到离开东京时神尾专务"要在伊朗夺取炼油厂项目"的激励,上杉鼓起勇气来说道："不管有几个竞争对手，我们在技术上都有自信。在与伊朗国营石油公司就经营、销售、利益分配缔结合同方面，我们也准备了比任何一方都更友好的条件。我将尽快向东京本部汇报，以便早日对班达阿巴斯地区进行可行性调查。还请对此给予批准。"

所谓可行性调查，就是调查若在此地修建炼油厂需要投入多少资金，投资和利润的比率是多少。

切尔博士对上杉步步紧逼的谈话速度感到惊讶。他好像是要试探一下五菱商事的决心，问道："五菱商事准备请哪个公司来做可行性调查呢？"

"这得等候东京本部的指示才能决定。不过，我想按照以往的惯例应该是请美国的柏克德公司。"

五菱商事一向都是请柏克德做这种调查。上杉之所以没有明说，是因为一次调查的佣金大约是三十万美金，也就是说相当于一个亿的日元就会轻而易举地落到别人手里。他打算先用自己的脚和自己的眼睛到两个候补地去了解一下大致情况。

切尔博士掐灭手中的雪茄，似乎很关心下面会谈，说道："五菱商事和其委托的调查公司签订合同，并向伊朗国营石油公司提交复印件之后的一个月以内，我们才可以下发可行性调查的许可。在此之前请将炼油厂及其附属设施的企划书、投资预算表、资金调拨计划等文件一并备齐交与我们。"说完便结束了与上杉的会谈。

上杉回到办公室后，感到来德黑兰之后从未有过的兴奋。他立刻给神尾专务发去了一份电传，告诉他与切尔博士会面已经实现。然后又动手撰写有关会谈内容的详细报告，准备用航空信寄回东京。

正是午休时间，办公室里刚才还有两三个同事在做上午的收尾工作，现在也出去吃饭了。办公室里只剩下上杉一个人坐在办公桌前,尽管激动的心情还没有平静,但是为了便于神尾专务进行客观判断,上杉将与切尔博士的谈话内容一五一十地记录下来。写完后,上杉将报告叠好放进信封,封好,然后吹着口哨走出了办公室。

四月中旬的骄阳发射出强烈的光芒,令人目眩。上杉戴上墨镜,拦住一辆过路的黄色出租车,吩咐司机去涅瓦大街。上杉打算回自己的住地——事务所长家去吃饭。

上杉家属留在日本,他一直住在有三间客房的事务所长家里。因为所长夫妇的两个孩子都在日本上大学,所以,夫妇二人很欢迎上杉和他们住在一起。他来到位于豪宅连片的涅瓦大街中间地段的事务所长家门前,上杉下了出租车。车资是四十里亚尔,约合一百六十日元。因为伊朗的出租车基本起价是四十里亚尔,比日本便宜得多,所以,常驻职员一般上下班都坐出租车。

事务所长家原来是英国伊朗石油公司董事的住宅,高门大院。上杉按响门铃,中年看门人给他打开大门。上杉像踏着舞步似的轻逸地走过绿草茵茵的庭院,从铺着波斯地毯的门口横穿客厅,径直走到餐厅。事务所长夫人一身外出的打扮,从桌子旁边站起来。

"呦,上杉先生,今天怎么这么高兴啊,遇到什么好事啦?"

"呵,让您说着了。夫人好眼力。"上杉蓄着胡须的嘴巴都合不上了。

"瞧你的胡子都跳舞了。一定是你夫人从日本来信了!"

"不——对。工作,是工作。顺利的话能完成一个大项目,我也就终于可以和德黑兰事务所的同事们平起平坐了。"

"上杉先生,瞧你,总是工作工作的。要是再不考虑考虑家庭问题,我们这些做妻子的可要抗议啦!"所长夫人轻轻地瞪了上杉一眼。

"您这不是难为我吗?好不容易教育她,做商社人的老婆,就得做好了丈夫常年不在家的思想准备。您可别教她养坏毛病,我还得在您这儿再住些日子呢。"

"那,当然欢迎呀。我这房子太大,孩子们又都不在。说实话,我先生要是出个差什么的,上杉先生在,还能给我壮胆儿呢。别客气,尽管住。中午饭做好了,我跟大使夫人有个约会,先出去了!"所长夫人说完,礼服裙飘飘地走了。

上杉一个人坐在饭桌前开始吃午饭。宽敞的宅院里恢复了宁静。院子里游泳池的水纹丝不动,只有草坪里的自动洒水机发出咕噜咕噜的声音转动着,喷洒着晶莹剔透的水珠。

冷不丁地外面响起脚步声,看门人走进了餐厅,说:"上杉先生,您的邮件。"说着将一个半透明的塑料袋放在桌子上,上面虽用波斯语写着地址和姓名,但是没有贴邮票。

"这怎么回事?这邮件上怎么没邮票?"

"是放在邮箱里的。"看门人说完便出去了。

上杉感到有些奇怪,小心地打开半透明的小包。里面露出来两本书,上杉一看不由得大吃一惊。来德黑兰一个月后,他收到了老婆给他用海运寄来的东西,里面有他要的书,但寄来的书里缺少了两本,一本是《毛泽东语录》,一本是《切·格瓦拉日记》。当时他想伊朗是极端反共体制,管制严格,那两本书可能在海关的时候被没收了,并没有太介意。但是,那两本书现在却被人用邮件特意送来了,这不免令人诧异。上杉拿起包装用的塑料袋翻来覆去仔细查看,没有发送人的地址和姓名,只是在边上用波斯文写着"5426"几个数字。上杉盯着这几个不解其意的黑油笔写的数字,忽然觉得背后一阵发凉。会不会我在秘密警察那里挂了号,这是我的卷宗号码?想到这儿,上杉不寒而栗,嗓子发干,一口气喝下一瓶酸奶。

这时,看门人再次走了进来:"上杉先生,有您的电话。"

"哪儿来的？"

"没说,只说找上杉先生。"

上杉起身到隔壁小房间拿起话筒。

"上杉,今天见到切尔博士啦？"又是那个黑中介的声音。

上杉屏住气,用十分淡然的声音说道:"都说在这个国家不和你们携手就休想见到政府的要人。这点虽在别的商社那里适用,但不适用我们五菱。"

"所以说你们日本人太天真了！劝切尔博士见你的不是别人,正是我！"黑中介威胁道。

"这个,很难让人相信啊。昨天晚上要是跟你们见了面,那倒还有可能。但是,真主的旨意,让我们昨晚没见上面啊。"

听到这话,黑中介突然提高了嗓门:"昨天晚上说好了让你在莫克清真寺门口等着,你却跑到对面道上停车暗中刺探我们。正是因为你的猜疑,才招来了警察的盘问。不是吗？"

"既然知道,你为什么还跑掉,我以为你会返回来,还在那儿等你呢。"

"你以为警察盘问完了就没事了？警察看了你的身份证,知道你是日本商社做石油生意的,就会立刻报告秘密警察。接着马上就会有人跟踪你。来德黑兰都三个月了,你要没弄明白这个国家的情况,我保证你成不了事儿！"

上杉不想接对方的话茬,便说道:"是不是因为我没有通过你,照样见到了切尔博士,你心里不平衡啊？"

"别以为切尔博士向你们提出炼油厂候补地,你们就可以高兴了。不用柏克德做可行性调查也能明白,在那样的内陆地区,建一个日产三十万桶的炼油厂,是不可能有利润可赚的。在你们之前切尔博士已经分别向美国的公司和西德的公司提出过。美、德两国的公司和撤出了对这两地区的申请。"黑中介的话仿佛在嘲笑上杉。

因为对方掌握了他和切尔博士的谈话内容,而且几乎是一字不差,所以上杉越发感到来者不善。他问:"和切尔博士的谈话你怎么知道得这么清楚?"

"今天我就说到这儿。我们还知道西德已经正在跟切尔博士交涉新的候补地,是原来的军事用地,地理位置无可挑剔。要想知道那块地在哪儿,你就在瑞士银行贝鲁特分行开一个'上杉·玫瑰'的账户,打进十万美金。然后我可以考虑和你见面,在此之前我不会跟你联系了。"说完,黑中介不由分说地切断了电话。

上杉放下了手中的话筒,暗自思忖。自己跟切尔博士的谈话他们知道得这么详细,除非是博士自己说出去的,否则怎么可能?蓦地,他想起了那束玫瑰。莫非是有人在花里安放了窃听器?在这个国家自己到底该相信什么?依靠什么?虽然自己担负着本部的特殊使命,开发一项几百个亿的工程,可是,面对的却是依然隐藏在铁幕下的异国国情。想到这里,上杉再次被原先那黯淡的心情笼罩了。

兵头造访了菲尔多西路与英国大使馆比邻的巴库内贾德事务所。

巴库内贾德是国王异母姐姐的儿子,三十五岁左右,毕业于美国斯坦福大学,是个很有能量的人物。对外他是外国办公器材公司在国内的代理商,实则,代理业务全交由经理,他自己则在暗中从事原油、船舶,甚至是来自法国及北欧的军火走私交易。他在纽约、瑞士银行里存有大笔美钞和瑞士法郎,是个颇有商业才能的王室成员。

"什么?纳西里说有关公开矿区的事无可奉告。不就是个石油销售部长吗?最近这个石油热,烧得这小子不知道自己是谁了。不久前也就是给我们跑腿的小当差嘛!"巴库内贾德在摆满路易王朝风格家具的私人房间里,仰靠在比一般客厅沙发大一圈的沙发里,咔嚓咔嚓地扣动着二十K金的卡地亚打火机,气哼哼地说道。

兵头尽管心里瞧不起巴库内贾德这样的家伙,但嘴上还是谦恭地说道:"我感觉关于公开矿区的事,纳西里石油销售部长也许是真的不知情。我总觉得公开矿区的事情,不直接问切尔博士,恐怕了解不到实情。所以还务必恳请殿下,引荐一位能够介绍我们与切尔博士见面的高人。"

听兵头这样说,巴库内贾德傲慢地跷起二郎腿,高声说道:"切尔,在我们王室家族的眼里也不过就是个公仆。兵头,你知道吗,能够就石油矿区做出裁决的,在伊朗只有国王陛下和其一族。在沙特阿拉伯那样有近两千人左右的王族蜂拥的国家,如果抓不到特别关键的人物,你会什么也得不到。而我们伊朗王族只有几十个人,我们的权力会有多大,你好好想想吧。"他一口一个"王室家族",把这几个字当万宝锤挥来挥去。

"那么,殿下您应该知道是那个矿区了?借此机会还务必请您指点一二喽。"兵头故意捧着他说。

"要想知道的话,就像我已经跟东山说过的那样,得提高我的劳务费用。否则的话,将很难再向近畿商事提供有益的情报。"巴库内贾德竟然毫不掩饰地说道。

之前,他已经向东山提出过涨价要求。虽然在情报就是金钱的中东,这本来算不上是什么新鲜事儿,但是,每月三千美金的情报酬金,再加上每次成交额的百分之一的回扣,对商社来说是个不小的负担,弄不好会赚不到一分钱。明知如此还一直忍耐到今天,是因为近畿商事把他当作开拓中东市场的先期投资,不计得失。

见兵头不说话,巴库内贾德有些不耐烦了:"行还是不行,给句痛快话。一会儿我还得去涅瓦兰宫,把从美国邀请来、将担任德黑兰城市开发主任的建筑师介绍给王妃。王妃殿下在建筑方面是有着很深造诣的。"他煞有介事地说着，还不时地看一下手表。

"哎，这就怪了。主任建筑师不是已经基本上定了，由日本的建筑师来担任？我是直接听本人说的。"因为确有其事，兵头平静地说。

巴库内贾德眼都不眨一下地说："不，还没定下来呢。王妃对我的推荐也很感兴趣。别说这个了，劳务费到底涨不涨？"

"要么告知有关矿区的确实情报，要么开辟与切尔博士直接对话的渠道，否则我们很难满足陛下的愿望。"兵头明确地回答道。

巴库内贾德的眼里闪出愤怒的火光，把打火机砰地摔在大理石的桌面上，用美国式的卷舌英语咆哮道："在伊朗，近畿商事除了纤维、机械和原油方面的交易，都是我给你们开辟的渠道。没有我的面子，你们的买卖能开拓到现在这样吗？就说原油，如果没有我在石油供应公司给你们做工作，你们能买到那么便宜的原油吗？！"

的确，直至大约一年以前，伊朗和沙特阿拉伯、阿布扎比一样，王室中有些被称为"石油王子"的成员，这些王子有权通过代理人，将可以自由处理的石油投放到市场上销售。然而，随着伊朗国营石油公司组织的整顿，除了国王直系亲属外，其他人的权力也越来越小。这次国营石油公司推出的伊朗重油的情报，就不是从巴库内贾德这里，而是从英国人那里得到的。

"非常感谢迄今为止陛下的关照。不过我再次重申，如果不能得到有关矿区的确切情报，本部是不会批准再次提高您的劳务费用的。以前的合同也到了重新考虑的阶段。今天我们就此告辞。"兵头说，言外之意有可能终止合同。

巴库内贾德听出兵头的意思，立刻从仰靠的沙发上直起身来："好。我明白了，你兵头决心准备在石油上一搏的。今天晚上，我在家举行派对，那就把切尔博士也邀请来。在那里，你愿意怎么问就怎么问吧！"他生怕丢了这个重要客户，连忙邀请道。

"如果您邀请切尔博士的话，那我们一定参加。几点开始？"

"八点。因为我还邀请了国际石油资本的人，所以，和切尔谈话时注意别让周围的人盯上你们。啊，还有这是在瑞士开的新账户号，以后用这个。"巴库内贾德递过来一张写着账号的纸片，示意引荐切尔博士的介绍费汇到这里。

"这个新的账号，晚上来的时候我再记吧！"兵头冷淡地推掉了纸片，走出了巴库内贾德的事务所。

但是，那天晚上在巴库内贾德堪称宏伟的豪宅里举办的派对上，并没有出现切尔博士的身影。介绍给兵头的是一个秘书模样的男人。

兵头再次切深感受到，中东石油的情报的黑暗。

从德黑兰到贝鲁特坐飞机是两个半小时。

贝鲁特，号称"中东的巴黎"。钴蓝色的海岸线上是一排排原法属殖民地风格的优美的白色建筑，远处山脚下是别墅区，一个个漂亮的红色屋顶在橄榄树和橘子树组成的梯田间若隐若现。对于从无边的沙漠走出来的人们来说，蓝色的海水、绿色的树木、红白两色的漂亮建筑，每一个风景都是滋润干枯心田的"巴黎"。

兵头把视线从车窗外的风景上收回来，对到机场来接他的贝鲁特常驻职员五月女说道："你的阿拉伯语不错了嘛，能独当一面了啊！"

五年前，刚分到石油部来的五月女相貌和性格都很豪放，与他的名字极不相称，经常不分青红皂白地和同事或上司发生矛盾纠纷。石油部决定把他调到国内的地方分店，是兵头和业务本部交涉，派他到埃及的爱资哈尔大学留学，以便提高常驻职员的阿拉伯语水平，同时又可以在中东地区开辟人脉关系。学习完之后，五月女就一直留在中东。

听兵头这么说,五月女答道:"托您的福,现在我能分辨出贝鲁特式阿拉伯语和沙特式阿拉伯语,还能区别使用。"他一本正经地低下头给兵头行了一个礼,手里拿着的却不是《经济周刊》,而是《花花公子》。

"这方面你还是没有改啊!"兵头有些无可奈何地说,五月女慌忙把杂志塞进车座后面的袋子里。

汽车过松林,路边出现了巴勒斯坦难民营。虽然镀锌铁皮的房顶上压着石头的小木板房、帐篷之类的临时建筑密密麻麻地拥挤在一起,但却并不嘈杂。松林中能看见瘦小的孩子们光着脚举着木棍追逐玩耍的身影。

"每次来都觉得好像难民在增加啊!"想到巴勒斯坦和以色列之间逐年恶化的形势,兵头同情地说。

五月女提高车速,说:"以前是往约旦方面去的难民最多。巴勒斯坦难民人口占总人口二百六十万人的一半以上,有一百四十万人。最近到黎巴嫩来的也多起来了。赛达、第二大城市的黎波里都有两三万人规模的难民营。"

说话间汽车开到了路的尽头,然后沿环形岛向左转了一个大圈,上了沿海岸线的高速公路,然后开进海岸大道两侧高级酒店和住宅区林立的市区。

近畿商事贝鲁特事务所在贝鲁特中心街道上一幢楼房的五层。兵头走进办公室,从开办事务所之初就在这儿工作的黎巴嫩人认识兵头,他夸张地迎上前来,并吩咐苏丹人杂役赶快备好土耳其咖啡。

贝鲁特事务所有七名日本常驻职员,当地雇用的员工、司机加起来有十个人。其中三个黎巴嫩人,其余的有巴勒斯坦人、犹太人、亚美尼亚人、苏丹人。可以说办公室本身就是一个黎巴嫩人口构成的缩影。

"兵头部长,好久不见了。所长今天去开罗出差了,嘱咐我们尽可能地为您提供方便。您有什么要求尽管提出来。"代理所长看见兵头的身影,立刻从办公桌前迎出来。

"谢谢。要是有东京来的电传,先给我准备好。"

"啊,您要不先休息一下吧!其实,不仅是东京总部,伦敦和休斯敦都有电传等您指示呢!"代理所长边说着边把手里的一沓电传示意给兵头。

兵头说:"不用了,拿过来吧!"说着找了个空椅子咚地坐了下来,边喝土耳其咖啡,边查阅传真,看到需要马上回信就立刻写回文。五月女坐在桌子的另一头,开始与预定下午三点会见的石油顾问确认见面时间。他的老毛病还没改,大声地说着话,一点也不怕影响到别人。他放下话筒,冲着兵头说:"部长,巴巴修那边可以了!"

阿布德萨拉姆·巴巴修是原利比亚石油大臣,革命后逃到贝鲁特避难。虽然开始做石油咨询没多长时间,但是因为在利比亚做了十多年的石油大臣,以其对各国石油情况的熟悉及情报的准确性,很快就名声在外。

见兵头已经把写好的回电交给代理所长,五月女问道:"前些日子用电传联系的 MEES 的记者,您还记得吗?"

"噢,色伊莫鲁记者吧?能见的话我想见见他。给我联系一下。"

在可疑情报满天飞的贝鲁特,MEES 是唯一可以信赖的石油情报杂志。

"听说部长要来的消息后,我就立刻给他打电话了,但是他到沙特阿拉伯采访去了。因为他是自己亲自去获取情报,用自己的脑子分析情报的,所以,特别想让您见见他。唉,真遗憾。"

两人说着话时,一个和五月女同龄的男人两手提着有二三十公斤重的手提箱,呼呼喘着气走进来,一屁股瘫坐在兵头他们身旁的沙发上。兵头一看就知道是大阪总部来的纤维部的推销员。箱子里装的是布匹样本和印染造型的样本。他肯定是刚刚在中东巡回出差回来。

"哟,回来了?说是去三个星期,结果一走就音信全无啦。还以为你在哪儿的沙漠里走着走着摔倒,就地被晒成干了呢。"五月女说道。

"哪儿呀!这回是换机不顺,受罪了。不管怎么说,吉达、利雅得、科威特、迪拜这圈沙漠之行,一个来月啊。现在终于平安无事地回到了滋润的据点贝鲁特。今儿晚上我要喝个痛快,把这一个月的都给它补上。怎么样?五月女你得陪着啊。"推销员一边说,一边像是获得了解放似的伸了个大懒腰。因为在戒律严格的阿拉伯半岛酒是被严格禁止的,所以,自从离开贝鲁特他就没沾过一滴酒。

兵头好像看到了自己过去的影子,不由得插嘴道:"辛苦了!怎么样,这次巡回,景气如何?"

"呦!兵头部长。失礼了。我是大阪的纤维出口部的山口。兵头部长的大名,早就在我们中间传开了。都知道您为了了解阿拉伯的市场情况,曾扮作信徒跟着参拜的人去过麦加。"山口眼前一亮兴奋地说道。

"嗯,是有过那样的时代啊!今年的市况怎么样啊?"

今年的麦加朝拜是三月份进行的。因为大量信徒的流经,使得很多纤维业商家的仓库都见了底,所以现在是成批地向他们推销商品的绝好时机。对众多商社来说,犹如一场大的中东商战。

"因为石油带来的恩惠现在正在逐渐地扩展,所以,交易的规模年年扩大。不过,商社间的竞争也越来越炽烈。我在这儿休整四五天,还得再转一圈。得把那些个客户牢牢地抓住。"

"那你可就辛苦了。今晚上正好有空儿,我请你们一块喝一杯吧!"兵头犒劳道。

五月女从旁插嘴,也不管是不是在办公室,毫无顾忌地说:"每天待在名副其实的没有酒没有女人的沙特阿拉伯的沙漠里,人都得变傻了。我去利雅得出差才十来天,在回来的飞机上,这眼睛就没从空姐的腿上离开过。"

山口坐在兵头面前,显得有些不好意思。他说:"是有那么点儿。不过,回到贝鲁特最让人舒心的是那艳蓝的大海,还有一出机场就能坐上不到处转悠、直接把你送到目的地的出租。至于什么酒呀,女人呀,赌博啦这些个都是后话。不管怎么说,贝鲁特对从沙漠巡回归来的人来说,就是一个让人激动不已的地方。"他显然松了一口气,但紧接着又说,"不过,我还得先给大阪总部发个电传去。因为在科威特谈成一笔十万英尺印染的交易,可是对方讨价,每尺得让价一分。我得赶紧跟总部的部长报告不可啊。"说完心事重重地匆匆离开了。

兵头在五月女的陪同下,向阿布德萨拉姆·巴巴修事务所所在的圣乔治酒店走去。

贝鲁特不愧是自由贸易港口。道路两旁鳞次栉比的橱窗陈列着来自欧洲的奢侈品,巴黎风格的咖啡店露台延伸到便道上。尽管还是四月中旬,已经有身穿夏式连衣裙、肌肤外露的年轻女人们坐在那里喝咖啡了。

在面向地中海的贝鲁特,圣乔治酒店是最古老、最具风情的酒店。一进入正面大门,迎面便是天花板高高的、英国古典式风格的大厅。外国石油公司的职员、家属们散坐在其间。而身着穆斯林白袍像是中东诸国的酋长之类的人物,则和裹着黑头巾的女眷们各自围坐在一起休息。

巴巴修的事务所在三楼三〇三号。敲门后,门开了。两间室的套房,外间一个三十岁左右的男人停下正在打字的手起身,迎接兵头他们。五月女用阿拉伯语问候,对方却故作姿态地以标准的英语回敬道:"适才接到贵方电话,诚惶诚恐。非常抱歉,尽管特意前来,然而巴巴修先生非常繁忙,现在正在接待客人,还不知道什么时候才能结束。"他的眼光指向紧闭着的里间的房门。

门厚重结实,从外面根本听不到里间的动静,也无法窥测到里面的样子。仅此一点就让人感到一种奇特的神秘。

"那么,我们什么时候能见他?"五月女催促道。

"这个,预约都排得满满的。巴巴修先生很忙,我没有办法……"对方很为难地耸了耸肩,说,"我不知道老板会怎么说,不过,后天怎么样?我再尽量想想办法,看能不能给你们挤出点儿时间来。"

听他这么说,五月女毫不迟疑地将一张百元美钞塞到他的手心里,说:"无论如何请安排我们后天见面。"说完和兵头掉头就往外走。

到了走廊里,五月女轻轻地咂了下舌头,说:"这小子使的是阿拉伯人的一贯做法。里面那间屋子也许根本就没人。不断地重复忙、没时间、何时能见面不好说,那是在调你的胃口,讨价呢。看这样子,顾问费也少不了啊。又遇上打劫的了。"

"小声点!在这样的饭店里怎么能这么大声嚷嚷。你的这种不讲规矩的坏毛病,看来在阿拉伯世界里待得越来越难改了。"兵头责备道。

二人乘电梯下到一楼大厅,一出电梯,五月女就禁不住停住脚步,惊叹道:"好一个美女。中国人,还是日本人?"

眼光到处,只见一身着红色骑马服、脚蹬马靴、手持马鞭的女人站在那里。仔细一看却是黄红子。

"嗨!"兵头情不自禁地喊了一声。

"哎呀,兵头!"红子跑了过来。

"没想到会在贝鲁特碰到红子啊!"兵头诧异地说。

"这有什么好吃惊的,雅加达、贝鲁特、巴黎、伦敦、纽约这是我的既定路线啊!老黄现在去了以色列,因为我对那里一点都不感兴趣,所以就到这里的酒店来等他。"

"那么,黄先生什么时候到这里来呢?"

"两三天以后吧。哎,兵头,见到你可是奇遇。很想请你和你的同伴一块儿去喝杯茶。可是现在跟人约好了去马术俱乐部。晚上我请客,我在赌场玩轮盘赢钱了!"

"今天晚上?太不凑巧了,我和我们公司的年轻人约好了去喝酒。"兵头想要推辞掉。

红子接着说:"那你们那边早点儿完,八点以后到这酒店来,有精彩的表演。我等你啊!"说完,冲着站在兵头旁边一直目不转睛地盯着她的五月女嫣然一笑,就去骑马了。

红子穿着露肩的晚礼服,胸前挂着大颗的南洋珍珠项链,右手无名指上戴着五克拉的钻戒,左手是与项链相配的大珍珠戒,尽显豪华。她和打着黑蝴蝶领结的兵头信一良一起坐在圣乔治饭店顶层的俱乐部里,喝着鸡尾酒。

"我们是始终都在外国跑来跑去的,可是能够像这样在外国相遇还是第一次呢。是真主引领我们的吧。"红子嬉笑着。

坐在这里的都是产油国的酋长及其家属,或者欧美大企业在中东地区的干部。这些点石油成金的人们或穿着民族盛装,或西服革履,躲过《古兰经》严格的戒律和秘密警察的眼睛,在贝鲁特尽情地享受着他们的自由之夜。

兵头凝视着停泊在地中海上的船只的点点灯火,接着红子的话说道:"像阿红这样,一会儿赌场、一会儿骑马的悠闲贵妇人,当然是得到真主恩典的啦。我可是还想犒劳犒劳部下呢。大阪来的纤维推销员,以贝鲁特为据点,下去巡回一个月刚刚才回来的。"

"你这个人,可真是个粗人。这种时候,你要是真心疼你的部下,就该让他们先去赌博,赚了钱找个女人好好享乐享乐。那样的话,这些推销纤维的再见到咱们公司那些大客户的夫人们,就一定会殷勤招待、积极推荐的。"红子闪着她那波斯猫一样的大眼睛笑着说。

"呵,简直就跟安了窃听器似的,你说的跟他们说的怎么一模一样呢?"

"当然了!凡是从中东各国回到贝鲁特的男人,无论东西方人都这么说。而且,这里汇集了巴黎、伦敦、罗马跑到这儿来赚钱的女人。男人说来这里是为商务,那是说着好听,其实就是想来中东赚一把。这里是想赚钱的男人和想赚钱的女人碰到一起、无所顾忌地尽情享乐的最好去处。"

"就为这,你就把黄先生一个人扔下不管,跑这儿来了。他肯定生气了吧?你为什么不跟他一起去以色列?"

"那地方,既没有好玩的也没有新鲜的。再说签证,你要是去了以色列,就不让你进阿拉伯各国了。还得预备两份护照,太麻烦了呀!"

"那倒也是。黄先生在以色列有何要事儿呢?"

"锡和橡胶买卖。哎,你还记得不,就是那次,一九六七年的第三次中东战争爆发之前,你托老黄紧急调拨了四十吨锡、三千吨橡胶到以色列?那以后这交易就没停下来。"

一九六七年的六日战争前,当时的近畿商事业务本部预测到事态的发展,为了掌握苏伊士运河封锁的情报,特意去接近专门和以色列做交易的日东商社。日东商社社长是以色列人和日本人的混血儿,他提出希望调配一批军用物资锡和橡胶,运到以色列。业务本部想到了在印度尼西亚经营橡胶园和橡胶生意、有着很强实力的黄公司,请他们提供这些物资。

"除此之外,黄先生大概还把在雅加达降价的千代田汽车的卡车、吉普出口到以色列吧?据说有人在西奈半岛和戈兰高地上看见用卡车改装成装甲车,有的上面还留着千代田的标志,大概是忘了涂掉。"兵头说道。

"这倒有可能。我对机械虽然不很在行,但是不光是千代田的卡车,就连爱知、日新的车稍微改装一下,车身涂上迷彩色那就是真正的战车了。不仅是以色列,阿拉伯国家也有很多呢。"

就在红子轻描淡写地把话题引开的时候,灯光打在了昏暗的地板中央。灯光聚焦处的光环里,出现了肚皮舞舞蹈演员的身影。褐色的丰满坚实的肢体泛着光泽,只在胸部和下半身的地方佩戴了一些闪亮的装饰物,妖艳得令人屏息静立。

"这个舞蹈演员是肚皮舞的故乡开罗当下最红的艺人,在贝鲁特是很难一见真容的。怎么样,你不感谢红子的安排吗?"红子得意地瞄了兵头一眼。

终于,坐在地板中央的埃及人乐队敲起了欢快的鼓乐,吹响了横笛,拨动了琴弦。随着音乐声,舞者丰满的前胸及富有曲线的腰肢开始妖艳地扭摆。观客们一瞬间被带进了阿拉伯夜晚的世界里去了。

褐色舞者的肌肤渐渐泛出了粉红色,顺着丰满的、快要崩裂开的乳沟处渗出的汗珠闪闪发亮地向下流淌。横笛和铃鼓的声音越发高亢,舞者腰肢和肚皮扭动的节奏也更加激烈起来。沙漠之夜的性感华丽的肚皮舞,在观客们疯狂的喝彩声中结束了。

红子也许是想起了自己和黄乾臣的激烈的性事,眼睛都湿润了。

"怎么样,就算兵头先生是中东通,恐怕也没有见识过这么震撼的舞蹈吧?"

"嗯,真是饱了眼福啦。要是让五月女看了他会高兴死的。"

听兵头这样说,红子诧异且无奈地看着兵头,说:"你真让我无语,这个时候都想着部下。咳,在这点上,你比纽约的壹岐先生更没救。最近见过壹岐先生吗?"

"啊,见过,见过。就在前两天。"

"你不觉得最近他有点怪吗?"

"怪?怎么个怪法?"

"好像有女朋友了。每次去纽约,我基本上都要到壹岐先生的住所去玩。以前成心跟他恶作剧,往他身上靠,他总是惊慌地马上躲开,可最近好像不在乎了。"

"那,说不定是喜欢上红子你了呗!"

"你呀,真迟钝。我马上就感觉出来了,准有点什么事儿。我装作不介意地跟春江女士打探,没想到春江还有点吃醋。我就更觉得我猜得没错。"

被红子这么一说,兵头想起来了。来中东出差的前一天晚上,他跟壹岐约好在红子的母亲开的夜总会见面,他去的时候看见先来的壹岐正在吧台用手捂着话筒打电话,但是,兵头没提这件事情。

"壹岐先生的夫人去世都三年了。就是有一两个恋人,也不奇怪嘛。"

"不过他那种性格的人,能不能发展下去叫人担心啊。因为我对壹岐先生的恋人有点线索,所以我就更担心了。"

红子话里有话,兵头不由得问道:"是谁?你清楚她的身份?"

"怎么,这回你又担心上司的绯闻了?兵头先生,下次你到雅加达来的时候,我再告诉你。最近,有没有计划去?"

"现在还没有。"

"是吗?不过,最近从苏加诺时代就和印度尼西亚有关系的日本政治家到现任首相、通产大臣、电力公司总裁、竹中完尔之类的石油观察家,甚至汽车制造商,都争先恐后地来印度尼西亚,拜访国家石油和天然气公司的总裁斯多鲁。他们都是带着石油开发、天然气开发、油船建造之类的大项目来的。他们公司到底真的想干,还是随便试探一下?老黄对他们很不满意。"

"别的商社我不清楚,不过,对于资源匮乏的日本来说,如果在近邻发现能源,那是比任何事情都有魅力的。"

"要是那么说,兵头先生在中东的事情告一段落以后,到雅加达来吧。斯多鲁挺在乎我的,虽然是个让人讨厌的家伙。因为有关印度尼西亚石油的一切权力都捏在他的手里,所以,我现在跟他保持着一定关系,是陪他打高尔夫的对手。"

"嚄,黄先生也想搞石油?"

"像石油风险那么大的事业,华侨是绝对不会伸手的。我是想着或许将能帮上你兵头信一良的忙,才拉这个关系的。"红子爽快地说道。

次日上午,兵头接到巴巴修事务所的电话,说上午十一点巴巴修在办公室敬候,便动身前往。

昨天接待他的黎巴嫩人十分郑重地在门口迎接兵头:"费了很多周折才将这个时间腾出来。您里面请!"

通往里屋的厚厚的门被打开了。窗外就是微波荡漾的地中海,不远的海面上艘艘白帆在阳光的照耀下与艳蓝色的碧波交相辉映,耀得人不由得眯起眼来。巴巴修从皮转椅上站起身来:"你好,尊贵的先生。"年近六十依然风度翩翩的巴巴修用法语打招呼道。在贝鲁特法语是进入上流社会的入场券。

"对不起,我不懂法语,请讲英语。"兵头开门见山地说道,"我想从您这里了解到有关伊朗最近要开放的石油矿区的消息,它的可靠性和具体的地点。"

"我也确实得到了这方面的情报。至于地点,海上矿区的候选是霍尔木兹海峡的大陆架,陆地候选是伊朗北部山岳地带的洛雷斯坦。但是,因为洛雷斯坦与伊拉克接壤,是国境地带,战事不断,霍尔木兹海峡也有英美的舰队,并且与沙特阿拉伯的关系也很紧张,所以两个地区都有发生军事冲突的隐患。"

因为石油开发是需要长期投入的项目,所以最应该避免选择容易引起国际纷争的地区。

"还有别的地方吗?"

"虽然南部的萨尔韦斯坦是非常有希望的石油矿区,但是伊朗非常珍视的一块油田,近几年不会放手的。你们为什么非得盯着伊朗呢?为什么不去利比亚试试呢?"

"哦?利比亚现在是革命政权,油田也许马上就要国有化,他们还允许外国掌握开采权的油田存在吗?"

对于兵头的疑问,巴巴修正视着他回答道:"我是伊德里斯国王时代的石油大臣,虽然现在因为发生革命流亡海外,但依然和我当大臣常出入政府机关的商人们有联系。这种联系就像地下水般源源不断。以《革命政权第××号》的形式颁布的法令我也能逐一看到。通过分析从这些渠道得来的情报,我的感觉是,国有化的进程近期不会实现。虽然从地理位置上来说,利比亚离日本确实是有点远,但是,日本对于公害限制严格,低硫黄的原油难道不是能够引起你们兴趣的吗?"他说得很有自信。

"好。那我想了解一下利比亚石油矿区的确切地点和可期待性。"

巴巴修慢慢点燃手里的雪茄,说:"这就得先看你和我的咨询合同了。我这里有记录着利比亚油矿和勘探结果的资料。想阅览的话,请先签订支付三十万美金的合同书。"

巴巴修从沙发上站起身,打开办公桌旁边文件柜的锁,从中取出叠着的像是地图似的资料,在兵头的面前稍微翻了翻。兵头看到封面上写着 Seismic record section①。虽然只看了一下封面没看到内容,但因为在日本仔细研究过日内瓦的石油咨询公司每月发行的有关石油开发情报的专业杂志,所以,兵头知道巴巴修手里的资料是有关地震探矿的确切资料,里面不仅有油矿的位置,而且还明确记载着有无石油的背斜构造。但是,地震探矿的地图仅被掌握在委托探矿的石油公司和承接该任务的地震探矿公司手里。虽然探矿公司具有守密义务,绝对不可向第三者泄露记录内容的,但是,黑市上又确实有人在贩卖这类情报。不知道是哪一方泄露的,也或者是被盗取。

"巴巴修先生,您手里持有的地震探矿记录断面图,是精密的还是粗略的,我现在不好判断。你要求的三十万美金,等我去利比亚确定它的准确性之后再支付给你。也就是说我们采取事后付款的形式支付。"

"这么说,你是不相信我了?"巴巴修有些不高兴地说。

"不,不是信不信的问题。这种情况,事后付款是我们公司的规定。很遗憾我没有权力改变公司的规定。"兵头希望得到巴巴修的理解,"况且,利比亚革命刚刚过去七个月,革命政权对外国石油资本采取什么样的政策还不明朗。是完全实行国有化政策,还是吸取摩萨德革命失败的教训,与国际石油财团合作,这还都是未知数。即使是后者,方法也肯定会有所不同的。"

"那么,兵头先生您对卡扎菲政权的见解又是如何呢?"

"这正是我要去利比亚用自己的眼去看、去搜集情报的原因所在。实话说,我不亲眼看看,很难下结论。"

---

① 地震探矿记录断面图。

"既然是这样,你为什么还非得想从我这里获取有关利比亚油矿开采权的确切资料呢?"

"那是因为日本的石油消费完全依赖外国,在这种情况下,哪怕有一点儿可能,我们也想碰碰运气。因为日本在石油开发上落后欧美五十年,所以,我觉得正处于革命后政权混沌期的利比亚,对日本来说也许正好是个好机会。当然,风险也是相当大的。因为现在正处于这种阶段,所以我们愿意支付报酬。"

巴巴修把眼光投向天花板,考虑了一会儿以后,说:"那么,我希望你们预先支付事后报酬的十分之一,也就是三万,作为手续费。那样的话,我可以给你们安排去利比亚油矿的飞机和向导。怎么样? OK?"

"不,三万美元的手续费太贵了。如果那里不是我们能够开发的油田,这笔钱就白出了。三十万的百分之五,一万五千美元签合同。"

"不行!我已经同意用事后付款的方式把这份地震探矿图卖给你们,手续费三万!"巴巴修怒气冲冲地反驳道,"你要是再压价,我就把地图卖给日本其他的商社。"

"什么,别的日本商社?"兵头抑制住惊愕,故作平静地问道。

"对。大公司,对石油很关注。他们肯定会出比你们公司更高的价钱收买我手里的情报的。但是,我也是一流的咨询顾问,非常注重信誉。因为你们先来,所以我才先跟你们谈的。"

虽然巴巴修没有说出名字来,但是兵头凭直觉感到了五菱商事的巨大阴影。兵头离开日本时,公司给他规定的条件就是事后报酬,三十万封顶,手续费是百分之五。事后付款这项他巧妙地说服了巴巴修,可这手续费还有一万五千美元的差距,怎么办?按规定是应该上报上司,征得石油主管同意的,但是公司分管石油的常务只熟悉国内石油的销售情况,是个慎重派,跟他汇报的结果只能是等待。

最后兵头和巴巴修各让一步,两万美金成交。

次日,兵头和五月女来到利比亚的的黎波里机场。

因为常驻的黎波里的职员去意大利出差,要乘稍晚一点的意大利航空才能回来,所以二人乘出租汽车去了贝鲁特的石油咨询顾问阿布德萨拉姆·巴巴修指定的皇宫酒店。

气温接近四十摄氏度,也许是空气干燥的缘故,并不感觉到太热。

沿海公路边是碧蓝的地中海和成排的椰子树。出租车行驶了三四十分钟,到达皇宫酒店。欧洲风格的酒店大厅高大宽敞,兵头走到里面的服务台,说出自己的名字。前台服务员取出预约卡,说:"欢迎您来到利比亚!我们为您准备了安静的房间。"并要兵头填写入住卡,看都不看站在一旁的五月女。

五月女也提出要一个房间。服务员明知道年轻的五月女没有资格住,却殷勤地说:"对不起,先生,客房已经满了。如果是豪华套间的话,还可以想办法。"

"什么,除了豪华间都满了?我在贝鲁特预约好了的呀!你们说可以了的。你查查!"五月女不满地说。

"这就奇怪了。最近国际石油资本在本酒店长期包房,一直都是客满的状态。如果不在一个月之前预订,是不会给您可以的回复的。"不管五月女再怎么交涉,服务员就是一句话,"对不起!先生。"

"没办法,跟我挤一间吧。"

"不是,我真的预订了。他们说没问题的呀!肯定是埃索石油公司、BP那帮家伙挤进来了。这家伙耍我们日本人。"五月女愤怒地说道。他转向前台服务员,说:"再给我查一遍经济客房,应该还有房间。"并以娴熟的动作把小费塞到对方手里。

"我国自从去年革命以来,法律禁止收受正规价格以外的金钱。"

前台服务员说着将小费推了回来。在中东还从来没有过私下交易不起作用的事儿。五月女碰了壁,只好和兵头住一个房间。

进到面向大海的五层双人房间,休息了一会儿,的黎波里的常驻职员三田便匆匆赶来了。

"实在抱歉!应该接你们的,反而让你们走在我前头了。真对不起!有什么不方便的没有?"三田晒得黝黑,他摘下墨镜,面带不安地说。

"没事儿,我们也刚到。要不要喝点凉的?"

五月女打开冰箱门,问:"可乐、果汁、汽水儿,喝什么?"

因为外国人不适应喝这里的自来水,所以冰箱里除了酒以外,还有罐装和瓶装的饮料。

兵头说:"行,来瓶可乐吧!"

三田接过话来:"可乐在利比亚是被禁止的。因为美国的可口可乐总部是支持以色列的,所以卡扎菲一声令下,就把可乐给抵制了。"

"这么说,刚才为了房间的事给前台服务生塞小费,他不要。抵制小费是不是也是卡扎菲的命令啊?"五月女问道。

"是啊,到底能发展到哪种程度不好说。现在外国企业的宣传牌都改写成阿拉伯文了。酒吧啦、舞厅啦都给封了。说是逮着私下贩酒的,还得上刑呢!不管怎么说,卡扎菲是贝都因人的后代,是在严格的戒律下成长起来的。他认为西欧腐败的文化会让利比亚堕落,对他们抱有超乎寻常的敌视态度。"

"我说机场对酒怎么查得那么严!在其他中东国家被查出来带酒,顶多就是被没收。在这儿是让你自己把酒咕嘟咕嘟地倒进检察官面前的桶里。惨了!"五月女想起自己倒进桶里的那小瓶威士忌,十分惋惜。

"哎,三田先生,那个国王派的反攻,是不是也该到时候了。怎么一点也听不见动静呢？我也想像三田先生似的，见识见识革命。"五月女充满好奇心地说道。

去年九月一日革命的时候，近畿商事在利比亚还没有事务所，是借用皇宫酒店的一个房间办公的。

三田表情严肃起来，说："虽说是不流血的革命，但还是挺可怕的。那天早晨，刚一起来就听见外面砰、砰的，像放炮似的乱响。心想今天是什么节呀，刚推开窗户想看看，啪的一声，就在跟前响了一枪。我看见一群士兵一下子就把警察给包围起来了，把我吓得够呛。"

"你怎么知道那是发生了革命？"兵头一手拿着可乐瓶问道。

"当然，当时还不知道发生了什么。我跑到外面想看看究竟，碰上一个认识的服务生，他告诉我发生政变了。而且颁布了戒严令，不许外出，迈出酒店一步格杀勿论。吓得我赶忙往房间里跑，把护照、所有的现金、机票都带在身上。然后想给离这最近的米兰分店打个电话，可是已经打不通了。我这才感觉到了危险，想到餐厅先填饱肚子再说。刚一出门就见士兵哒哒哒地进来了，端着刺刀冲着你，让你举起手来。我和兵头先生不一样，没打过仗，哪儿见过这阵势呀，枪都是头一次见。吓得我两腿不停地哆嗦。扭过脸去吧，怕人家起疑，所以还得赶紧赔笑脸。想起当时接受护照检查时的事儿，我现在还起鸡皮疙瘩呢！"

"这么回事呀。当时要是五月女的话，非跟人家打起来不可，早就让人家给带走了。"兵头笑着说道。

"可不是呗。不过，太神经质了也不行。我隔壁一个法国钻井公司的工程师，太胆小了，愣给吓得神经错乱了。当时因为国王的拥护派和军队在班加西地区展开了激烈的对峙，所以戒严令一直没取消，机场、港口都被封锁了。过了一个月，吃的都没了，人也瘦了。那时候真是有点儿害怕。因为没有日本大使馆，无法保证自身的安全啊！"

"嗯。东京总部那时候虽然每天都到外务省去打听消息,可是一直是消息不明,可担心了。革命后一个星期才来了电报。"

"对。外出的限制稍微松了一点儿以后,我每天都到电报局去,想给外务省发电报,都没有发成。唉,我们这些出来做买卖的人还好说,都有思想准备,不知道什么时候会遇上什么事。问题是,有个从日本来视察的代表团,正好遇上了政变。我当时就想无论如何得把这些人的消息通知国内,所以天天拿着同样的电文往电报局跑。"

"唉,那种时候发的是什么样的电文?"五月女好奇地问道。

"我们安全。"

"就这点儿?"

"对。什么生命没问题呀、还活着啦等带血腥的字眼儿,在那种戒严的情况下,尽量避免用,因为容易带来危险。电报用的是视察团团长的名字。我每天就像做祈祷似的去发电报。不用我的名字,用视察团长的名字,是觉得用一个响当当的人的名字,能让外务省一下子看到……"三田想起当时的情景,一句一句激动地说着。

三田没有再说下去,房间里刚陷入沉静,电话铃就响了。五月女躲开身,兵头拿起了电话筒。

"你是哪位?"话筒里传来一声带着浓重阿拉伯口音的英语。是他们正在等待的巴巴修的代理人。兵头报出了自己的名字。

"我是接到巴巴修联络的梅杰立夫。带你们去矿区的飞机准备好了,明天一早出发。"

"明白了。不过在此之前,我想先跟您见面谈谈。"

"没那个必要,希望你们明天早上六点半在的黎波里机场候机室里等待。虽然去油田地区,需要内务部的许可,但我们不准备递交申请。"说完,对方就挂断了电话。

往利比亚沙漠西南方向飞行的塞斯纳飞机的下方,由地表向空中熊熊燃烧着巨大的火焰,一个接一个。这是开采原油时冒出的天然气在持续燃烧。火焰和黑烟像是要把天都烧着,这也是广袤沙漠里唯一有生气的东西。

一直凝视着眼下光景的兵头信一良,此时难以抑制内心的激动。作为公司采购石油的负责人,虽然常在中东四处奔波,但涉及油田开采权的交易,这还是第一次,而且也是第一次进入利比亚的沙漠地带。他穿在运动衫外面的夏季夹克的内侧口袋里,装着从贝鲁特的阿布德萨拉姆・巴巴修那里到手的矿区图。

兵头的旁边坐着巴巴修的代理人梅杰立夫。五月女坐在后面的位置上。梅杰立夫通过美国独立石油资本之雄西方石油的黎波里总部运输部的关系,得以搭乘每天往返于的黎波里塔尼亚油田的西方石油公司所属的飞机。

机内的工程师们头戴牛仔帽,身着开襟衫,一副得克萨斯打扮。他们带着文件箱,快活地说着话,并热情地跟五月女打招呼,问他上哪儿去。

飞机前方出现了剩余天然气处理塔和继电器、液压泵站的身影。

梅杰立夫指着前面说:"那是日产六十万桶的的黎波里塔尼亚大油田。作为一个陆地油田,它的规模在世界上也是屈指可数的。去年春天通往海港的三百公里长的输油管道竣工的时候,谁也想不到会发生革命。伊德里斯国王还亲自选拔陆军将校组成仪仗队,并莅临落成典礼呢。"

一九六七年第三次中东战争爆发,苏伊士运河被封锁后,硫黄含量低、适合欧洲的利比亚石油的需求量大增。恰在此时,西方石油公司发现了的黎波里塔尼亚大油田。双重好运使得原本不起眼的西方石油公司,超越埃克森石油公司、BP等国际石油资本,一跃成为在利比亚最大的采油公司。

塞斯纳飞机终于在仅用一层沥青铺就的沙漠跑道上,卷起漫天黄沙着陆了。工程师们要从这里换乘小面包车去两公里开外的石油开采中心。梅杰立夫说要去找一辆带他们去油田的卡车来,和工程师们登上了同一个面包车。沙漠中的小小飞机场里,只剩下兵头和五月女二人。

一个小时过去了还没见到卡车来。刚下塞斯纳飞机时还很凉爽的沙漠,眼瞅着一点一点地热起来。不知从什么地方飞来的黑苍蝇,围着二人嗡嗡转,轰也轰不走。五月女不耐烦地赶着苍蝇,说:"兵头先生,这个叫梅杰立夫的家伙信得过吗?这沙漠里没有任何地理标志,他带咱上哪儿去咱也不知道啊。"

"你不知道没关系。我在陆军士官学校学过地形学,又有在南方密林里作战过的经验,方向还是能分辨出来的。刚才在飞机里我对梅杰立夫已经大肆吹嘘了一番了。"说完兵头诡谲地笑了起来。

梅杰立夫还在国王执政的时代就一手经营着汽车加油站的连锁店。革命后,他很快又和军事政权建立了联系,把从他们那里得到的情报传给流亡在海外的旧王制一派,很有股子韧劲。所以巴巴修向兵头保证说,此人是个可以信赖的人。梅杰立夫有一半意大利混血,皮肤白皙,性格开朗,看得出是个既能说又能干的人。兵头看出他不愧是参与这笔三十万美元交易的人,很了解石油形势,而且极力想促成这桩买卖。

终于看到一辆奔驰牌的大卡车朝这里开来。头戴土耳其帽的司机脸上毫无表情。梅杰立夫向他们解释说,因为西方石油的塞斯纳飞机回程没有座位了,所以为了交涉乘这辆卡车回的黎波里的事宜耽搁了时间。随后,兵头等三人一起挤进了略显拥挤的驾驶室的助手席上。

卡车沿着西方石油公司的输油管道行驶了一会儿，不久便转而驶向通往阿尔及利亚国境的方向。卡车一面对付沙漠中的磁石，一面在身后扬起数十米长的沙尘。还得不时地停下来，将车厢里的空油桶扔到行驶过的沙漠上，作为回程时的路标。

虽然驾驶室的窗户紧闭着，但仍然挡不住飞进来的细沙。不一会驾驶室里就白蒙蒙的一片，沙子飞进嘴里，咯吱作响。

兵头用手绢擦了擦嘴问道："刚才的那个西方石油，听说被卡扎菲革命政权盯上了，是真的吗？"他看似漫不经心，实则是在探听革命政权的石油政策。

"不全对，不过也差不多吧。尽管西方石油公司是利比亚最大的产油公司，但是一旦有事，还是无法和强大的国际石油资本相比。不仅好对付得多，而且卡扎菲本身对西方石油也很情绪化。"

"那是因为他们跟伊德里斯国王关系太密切了？"

"不仅是伊德里斯国王，西方石油对整个政府部长级成员、国会议员、军队，甚至法院实行了一个整体行贿大作战。他们任意开采超出定额的石油，用不正当手段在油田竞标中中标。托他们的福，那些拿着便宜工资的部长们和政府官员才能够在贝鲁特有别墅，在瑞士银行有存款，才可以每礼拜坐飞机去伦敦逛巴黎，出没于赌场妓院，极尽腐败。当然不只是西方石油，埃克森石油公司、BP也都一样，都是同样的手法。"梅杰立夫无可奈何地耸了耸肩。

卡车摇晃得越来越厉害了。兵头他们的肩膀互相撞来撞去，三人都注视着前方。五月女还不时地拿出望远镜仔细地搜寻一番，但依然看不到任何一处像是据点的地方，唯有延绵不断的沙漠和天空。终于一个像是丘陵的地貌出现在左前方。梅杰立夫用阿拉伯语向司机指示一句了什么，卡车骤然降下了速度。

"这一带就是你们要看的油矿了。"梅杰立夫说道。

"啊？标识在哪儿？"兵头抑制住兴奋问道。

"请你用望远镜看一下。这前面有一个半坍塌的混凝土小房子。看见没有？那是在这里进行地震探矿时，保存炸药的火药库。再往前走点还能看到地震勘探留下的痕迹呢。"

卡车像是要陷到沙子里去似的艰难地爬上一个沙坡，在一个楔着铁管的地方停了下来。

"看，这就是以前进行地震勘探的地方。"

兵头从驾驶室跳下来，五月女紧跟其后，手里拿着照相机咔嚓咔嚓地照。呼地一股热气从地上扑面而来，虽然他们都戴着墨镜，但还是被强烈的阳光照得几乎睁不开眼。兵头仔细辨认着那根已经生了锈的铁管，看上面有没有西方石油公司的标志，然后打开从巴巴修那里拿到的地图。整个油矿几乎是被直线划分的，有白、黑、灰三色区分。白色是尚未被设定成矿区的地区；灰色是已经被某个石油公司取得了开采权的地区；黑色是以前曾被某家公司所有，现在已经被政府收回的地区。

梅杰立夫用他的粗大手指指着黑色的地区说道："兵头，现在我们站着的就是这一块。从内陆到这儿有五百公里，面积大约两千平方公里。不大不小正合适。"他好像在催促兵头买下这里。

"西方石油放弃这儿的理由是什么？"虽然这个问题以前已经问过，但是现在亲自站到了这里，兵头还是忍不住要再问一遍。

"西方石油手里有很多背斜构造特征的油田。他们之所以放弃这块油田，不是因为这儿出了问题，只不过是履行'放弃义务'。"

所谓放弃义务就是在取得油田开采权之后，经过三四年一定的时间，如果还没发现石油，就要按其四分之一的比例逐步放弃。兵头沉默地点了点头，然后从五月女手里拿过望远镜，向眼前高一点的小沙丘上爬去。每爬一步豆大的汗珠就顺着脸往下淌，有的渗进眼里，有的落在地上,脚下的沙子噗噗作响。他深一脚浅一脚地爬到顶上,看到上面仅生长着一些叶子很硬的草。放眼望去到处都是黄白色的沙漠。风吹过沙漠,无声地泛起细浪一样的风纹。眼前是一种异样宁静、壮观的景象。

"梅杰立夫,这附近没有水源啊?"放下望远镜,兵头问从后面跟上来的梅杰立夫。

"水可以跟政府交涉,从西方石油那里分些过来。兵头,你是第一个从遥远的日本来到这里的。这块地方虽然才发现了四处背斜构造,但这仅是刚开始,新的发现还在后面。石油是男子汉的事业。兵头你不打算赌一把吗?!"梅杰立夫的声音在寂静中回响。

没有背斜构造,不可能有石油。但有背斜构造并不能保证肯定有石油。兵头看着自己的脚下,这地下几千米的深处果真有石油吗?为了能够找到它,必须投下上千万的美金,探矿和试钻。兵头情不自禁地抓起脚下的一把沙子,这沙子像是要把兵头的心燃烧起来似的滚烫。

兵头和五月女乘卡车从五百公里外的内陆沙漠回到的黎波里的郊外时,已经是接近黄昏时分了。五月女在卡车五个小时的摇晃中,早就进入梦乡了。兵头却没有睡着。虽然亲历矿区的感动依然留在心里,但头脑已经冷静了许多了。梅杰立夫在途经绿洲小镇时因要去那里的事务所,提先前下了车。

突然猛地一个急刹车,车上的人都往前踉跄了一下。原来前方一匹骆驼正在横穿公路。这段虽然是修整好的公路,但道路的两旁依然是只爬着一些野草的延绵不断、没有尽头的沙漠。远处夕阳中有个正赶着羊群回帐篷的贝都因人的小小的身影。

突然,兵头的耳边传来一阵诵读《古兰经》的声音。为排解行驶在沙漠上的枯燥和寂寞司机打开了收音机,里面正在播送一日五次诵经中的太阳下山五分钟后的诵经。

"地狱的守门人,向着钻过地狱之门来临的人们问道,你们的忠告者来了吗?"这《古兰经》第十章中的一段,劝诫人们对一天的活动进行反省。刚才还在远处的贝都因人牧羊人已经近在眼前。兵头一边倾听着庄严的诵读声,一边看着牧羊人虔诚祈祷的身影。羊群停了下来。牧羊人直立身躯,两手交叉重叠在腹部,向着穆罕默德的诞生地沙特阿拉伯的麦加方向背诵着《古兰经》,然后双膝跪地,顶礼膜拜数次。尽管那里没有清真寺,只有荒凉空旷的沙漠,但那种五体投地、虔诚地祈祷的样子,和为换取石油而投入巨金完全是两个世界,有种震撼人心的感动。

虽然贝都因人牧羊人的身影消失在急速行驶的车窗外,但却深深印入兵头的脑海。

利比亚皇宫酒店的酒吧,一到晚上,各色与石油有关的人物就会坐满。

虽然夜总会和歌舞厅都被关闭,因禁酒令的施行,酒店的酒吧也只供应可乐和碳酸水,但住宿的客人们还是聚集到这里打牌、下国际象棋。客人们还会一边玩,一边从口袋里掏出便携威士忌瓶,偷偷地嘬上两口。在革命政权管理下的黎波里,这里像是个外国租界地。各国的石油商们都聚到这里,享受沙漠之国工作后的轻松。

兵头、五月女和三田也来到这里,偷偷地喝着不知从哪里搞到的威士忌。

"五月女,这个皇宫饭店还有点历史呢。第二次世界大战时德国的隆美尔将军的北非作战指挥部,就曾设在这里。我们坐的这把椅子,说不定就是隆美尔将军坐过的呢。"

"隆美尔将军?不就是那个悲剧将军吗?"

"嗯,是的。隆美尔将军想通过占领埃及,切断印度英军的交通。他指挥坦克机械化部队穿越沙漠,展开了勇猛果敢的战斗,是个被称为'沙漠之狐'的令人敬畏的将军。计划穿越利比亚沙漠占领开罗,这可是古今英雄拿破仑做梦都在想的壮举啊!"

兵头说着,脑海里浮现出这样的情景。虽然勇猛果敢的隆美尔将军不畏灼热的太阳,冒着沙漠飓风挺进沙漠,但最终因为汽油耗尽坦克被困,在攻到开罗附近时遭到英军反击,被一举击败。冷不丁,旁边桌子上的一个技术员模样的人的话吸引了陷入沉思的兵头。

"看最近卡扎菲的举动,这个国家的石油国有化会比我们想象的要快呀。我们国际石油资本在别的国家还有油田,万一发生意外,还可以联手采取共同抵制利比亚石油的措施。这个西方油田就不行了。他们没有别的油田,只能屈服于国有化。"

另一位男士也接着说:"不过,如果西方石油屈服了的话,国际石油资本被国有化也是早晚的事儿。那样一来,还是保留开采权的伊朗石油模式的吸引力更大一些。听说,他们最近又有一批油矿准备公开招标。"

"是啊,听说除了一两个海上油田外,还有陆上油田中最有希望的南部萨尔韦斯坦地区,这些都要逐一公开招标。"

"咦,就是那个政府早就攥在手里不放的萨尔韦斯坦吗?我还以为怎么着也得再过些年呢!"

"不,伊朗急于实现工业化,好像就指望它大捞一把呢!"

兵头的心不由得怦怦直跳,他们的话和贝鲁特的石油咨询顾问巴巴修的话,以及在他去走访伊朗国营石油公司得到的印象完全一致。他常告诫自己,所谓情报往往是从不起眼的事获得的。现在正是在不经意中获得了重要情报。萨尔韦斯坦距离伊朗南部城市设拉子两百公里左右,不像洛雷斯坦靠近国界,不用担心会被卷入国际纷争中去。

兵头在隆美尔将军曾经作为作战指挥部停留过的酒店里,获得渴望已久的油矿情报。他为此激动不已。

海湾四国,沙特阿拉伯、伊朗、科威特、阿布扎比当中,沙特虽然是世界上最大的储油国,但是过于封闭。科威特又有资源接近枯竭的迹象。从和日本的距离与储油量的比例上看,阿布扎比的储油量又太少。因此,综合各种因素,把伊朗萨尔韦斯坦油田拿到手应该是最佳的选择。兵头第一次清晰地明确了目标。

第二十七章　三把手

五月的晴天，衬托得高耸的大阪城天守阁愈发鲜明。近畿商事大阪总部七楼的大礼堂里，正在召开股东大会。

预定的开会时间是十点。九点多会场里用折叠椅排好的座位上就早早坐满了人。有专门扰乱股东大会或保障股东大会顺利进行的"股东大会专业户"、公司动员来的员工以及一般股东总共三百多人。正面的主席台上，左侧是以社长为首的十八名常务董事会成员，右侧则是非常务董事会董事和兼任部长的委托董事等二十人，分坐三排。

时针正指十点。大门一三看了一眼坐在主席台右侧、正在张望会场情况的总务部长，用目光询问是否可以开始，总务部长紧张地点点头，用目光回答："请！"

大门夹着文件从座位上站了起来，尽量摆出一副充满自信、从容不迫的样子，迈步向中央讲台前走去。泛光的脸上比平常略带红晕，步调也比往常稍快。这是大会主席的职责给他带来的紧张。尽管表面上装出一副充满自信的样子，但经历过数次股东大会的他深知，股东大会是最容易被人揪住公司的弱点和漏洞大做文章的地方。尽管为以防意外，他事先已经让总务部与股东大会专业户多次协商，以保证股东大会按照公司意图顺利进行，但是依然不可掉以轻心。

大门站到了大会主席的位置上，深深地吸了一口气，环视了一下会场,开始发言:"首先对在百忙之中莅临本大会的诸位表示衷心的感谢。现在宣布近畿商事株式会社第四十六次全体股东大会正式开始。根据公司章程第十二条规定,请允许我——社长大门一三,担任本次大会的执行主席。"例行套路,一气呵成。台下响起热烈的掌声。公司雇用的股东大会专业户和自己的员工们使劲给老板鼓劲。

掌声过后,大门在讲台上展开了手里的文件。虽然这份文件可以是讲稿,也可以叫提纲,但其实确切地说就是股东大会的剧本。此时大门的视线经过的地方正是一字一句用楷书写的刚才的开场白。接着是改行标注着:此处,鼓掌。

大门慢慢地翻到下一页:"现在报告本次大会的出席人数。本日共有三百零二位股东本人出席,持股数二十四万九千二百八十八。尚有提交委托书股东三万一千二百零一名,持股两亿五千七百八十九万两千五百股。总数达到发行股份四亿两千两百零一万的半数以上,本次股东大会依法成立。"他的声调比刚才升高了一级,宣布大会的合法性。全体股东一致响应,报以热烈的掌声。大门以微笑回应掌声,眼睛却瞄向手表的走针。爱彼表的表针指向上午十点二分三十秒。他心想最好尽早结束这个大会,哪怕早一分钟都好。

"下面报告下半期的营业活动概要。"接着大门照本宣科,先概括国际、国内经济形势,然后汇报随着高度经济增长本公司的营业业绩增长的速度,最后介绍了现在备受瞩目的海外项目。他把这个标有"五分钟"的、近畿商事自我宣传的"剧本"按计划念完,不多不少正好五分钟结束。随后,为不给故意找碴的人提问的时间,喘了口气,紧接着进入到议案表决的议程。

"那么,我们进行议案审议。第一号议案:第四十六期营业结算。"

原本安静的会场出现了轻微的骚动。大门视而不见,催促在股东表决前需要发言的审计监察们赶快发言。

三个审计监察中的一人站了起来,说:"我是审计监察中林守之助。董事会提出的第四十六期的营业报告、资产负债表、损益表经我们审计监察的详细调查核实,认为均合法、正确且适当。特此报告。"微微谢顶的中林审计用郑重的声音宣告。大门顺势将议案推向表决。

"主席,我有问题!"

会场正中的一个衣着花哨的男子突然举起手来。此人一看便知是个股东会专业户。这种人往往一天跑几个股东大会,每个股东会只待五六分钟,专门提些不着边的问题,故意捣乱,离开会场时讨要几个车马费。大门倒没有怎么在乎他,但他手里"剧本"中林审计的发言后面写着注:五号第一个站起来说了解!五号不是股东会专业户,是公司的律师。大门正在心里暗暗埋怨,这个律师干什么呢,怎么这么磨蹭!

正在这时律师一下子站了起来:"主席,我们都已经看了发给我们的资料,对近畿商事做出的结算内容有了充分的了解。所以希望继续下一个程序。"虽然律师的第一声"了解"没能按照预定时间喊出来,但他不愧是律师,很巧妙地引导了大会的方向。公司一方雇用的股东专业户们,趁机纷纷附和道:"对,没有异议!"

"主席,继续进行,继续进行!"

大门抓住时机,马上宣布:"谢谢各位!第一号议案以赞成多数通过。下面进行第二项议案,截至本审计年度末,本届董事任期届满的有下列十七名人士。"

接着他宣读了以二把手里井为首的,包括纤维部的一丸、金子,钢铁部的堂本,财务部的宝田,石油化学部的赤泽,粮食部的麦野,美国近畿商事的壹岐,欧洲分社的峰等人在内的名单。峰没有回国,壹岐则在大门的直接命令下回国。五天前召开的董事会上,内部决定他为东京总部海外事业统筹部部长,并升任专务。现就座在主席台上里井后面第二排的位置上。

"伴随以上十七位的任期届满,我们想就新任董事的选举进行磋商。"大门的话音还未落地,便有人说道:"选举一事,任凭主席安排。""对,没意见!"

股东专业户们异口同声地嚷道。于是,新任董事人选交由大会主席安排。

"感谢大家的信任。下面我宣布新任董事:里井达也、一丸松次郎、金子利夫……壹岐正、峰淳二以上十四位留任,麦野久三、山冈忠雄……以上四位卸任。樋口勉、青山七郎……四位新任。如没有异议,请四位新任董事做就职发言。"

听大门宣布完,右侧最前列、既紧张又掩饰不住兴奋的四位新任董事刚要进行就任演说时,一声"主席!我对壹岐正先生留任有异议!"出乎意料地蹦了出来。大门虽心中一惊,但是未予理睬,继续说道:"刚才大会已经将董事人选一事交由主席决定。现在请新任董事发言!"

木材部的樋口以兴奋的声音大声说道:"非常荣幸,我是新当选的樋口。我绝不辜负股东们的希望,粉身碎骨在所不辞……"

刚说到这儿,刚才那个声音又响了起来:"新任致辞一会儿再说!主席,请先对到处流传的有关壹岐正的匿名传单解释!"坐在股东最前列的一个股东会专业户新手拿着一张薄薄的粗糙的传单嚷嚷着。

"闭嘴!臭小子!想拿钱呀,滚出去!"

受雇于公司一方的股东会专业户们被突如其来的闯入者搞得措手不及,慌忙群起而攻之,要将他轰走。总务部的几个人也急忙跑到这个三十来岁的年轻人面前劝解。

"什么?到别的屋里去慢慢说?壹岐正的人事安排有什么见不

得人的？"年轻的专业户故意让所有人都听到，大声尖叫道。并且逼近大门，问道："主席，你知道不知道这个传单？请回答！"

大门紧绷着脸，说："一无所知！"

专业户一拧脖子，接着嚷道："你光知道玩女人，神魂颠倒，让这个从西伯利亚回来的赤色分子给骗了！你听听，我给你念念。壹岐正，与苏联驻日使馆约瑟夫参赞在西伯利亚时就有来往，他通过泄露企业机密和违法会计处理，向苏联共产党提供资金资助……"

"主席，这个传单跟咱们的股东会没有任何关系。请继续开会！"刚才讲过话的公司顾问律师出来解围。公司雇来的股东会专业户们也随之将还想接着念传单的年轻人连推带拽地弄出门外去。骚乱中，会议陷入僵局。

坐在台上的壹岐就像是旁观者似的，他虽静静地看着刚才的一幕，但他的心情格外复杂。就因为是从西伯利亚回来的，他一直遭到有些人毫无根据的诽谤，纠缠至今。但这种事情闹到股东会上来，本身就很不正常。听着大门在台上"肃静肃静"地大声喊着，壹岐的目光落在了前面里井的身上。里井正在和身旁的一丸悄声说着什么。侧面看去壹岐突然觉得，他的表情很奇怪，不知道是在为骚乱皱眉头，还是在那里得意地偷笑。

如果论资排辈，壹岐这次是越过五位前辈常务升至专务的。所以对于壹岐的人事安排，在董事会上也招致一些人的反对。里井还到处散布提拔就应该提拔元老级人物，这样才能振奋员工的干劲，否则弊大于利，似乎是有意煽动不满情绪。壹岐凭直觉感觉到，被拉出会场去的那个股东会专业户的身后隐藏着里井的身影。

会场终于恢复了平静。新任董事就任演说结束后，进行最后一项议程：通过关于退休董事的退休金、慰劳金发放的第三号议案。至此，股东大会结束。大门看了看手表，十点三十七分。以往的股东大会都只用十五到二十分钟,今天用了三十五分钟,难免会成为今后股东大会的不良开端。他以十分不愉快的表情离开了主席台。

股东大会结束后,接着召开董事会。三十八名留任或新任的董事们再次紧张起来。面向社长、副社长、专务排坐的主桌前,呈U字形站好,一一正式接受社长关于分管部门的委派。同样是董事,不管是常务还是专务,是由其分管的部门的重要性决定其在董事会地位的,并且和今后的升迁也有密切的关系。因此,由于接任的部门不同,董事们各自的脸上呈现出复杂的表情。

大门社长宣布完任命后,将董事们逐一看了一遍,最后把眼光停留在总务部长的脸上,瞪着他大声训斥道:"今天的大会是怎么回事?由于你的疏忽,让我这个大会主席颜面全无!"

总务部长脸色僵硬地说:"非常抱歉!事前我和岛村律师、加藤先生做了充分的研究和准备,设想了各种可能出现的情况,并研究了对策方案。没想到会出现这种情况,竟然把壹岐专务在西伯利亚拘留时代的事儿翻腾出来,给壹岐专务也带来了很大的麻烦。实在抱歉!对不起!"总务部长在众目睽睽之下,额头上渗出汗来,不停地道歉。

大门的气还是没有消,他说:"壹岐君坐在后面还好说,说我是光顾玩女人,连传单的事都不知道,让我丢人丢大了!你,刚才那个传单的事儿,你就一点也没有听加藤说起过?"

加藤就是公司雇用的股东大会专业户团伙的头目。

"刚才我马上就去问了加藤先生,他说那份传单好像是专门为今天匆忙炮制出来的,粗糙得很。这是其他股东会专业户团伙为扬名放的一炮。"

股东会专业户只要出了名,企业雇用他们的佣金或者是封口费就随之涨价。这就是他们捣乱的目的。

"即使像你说的这样,仅仅是股东会专业户为沽名钓誉放的一炮,也用不着那么死缠烂打的。我总觉得还有什么别的目的。你认为呢?"以前就一直对壹岐有好感的分管纤维的金子专务说道。

听他这么说,里井副社长的无边眼镜闪着光,插嘴道:"原来如此。确实,一般来说在股东大会发这种言的专业户还真是少见。壹岐君,你是不是跟那些西伯利亚的拘留者们有什么过节啊?"他不怀好意的冷冰冰的视线射向壹岐。

"不,绝对没有那样的事儿。我可以保证。"壹岐用平静的口气回答道。

里井觉得很扫兴。董事会的气氛顿时显得有些尴尬。里井敏锐地察觉到这一点,接着用二把手的威严口气说道:"壹岐君,今天的事儿,先不管它是非曲直,但是是因你惹起来的,今后如果再发生这样的事情,无论是对担任执行主席的社长来说,还是对我们公司整体来说都是个麻烦。即便你自认是没有影的事儿,也得格外注意啦。"显而易见,他是有意在众人面前给越过五位常务坐上专务交椅上的壹岐一个下马威。

然而,壹岐像是没听见似的,眼皮都没眨一下。里井的脸色眼看着越来越难看,角田等几个平日里看着里井脸色行事的董事们有些不知所措地垂下眼睛,会议室里的空气越发尴尬起来。

坐在正面的大门的脸拉得很长,他开口了:"现在说这个也没用!今后不管干什么,都记住了,舆论惹不起。把你们各自的身边都给我拾掇干净了。散会!"

董事们离席,纷纷走出会议室。

大门叫住了壹岐,说:"壹岐君,今天的传单我看了一眼。都是没有影子的事,对吧?"他用明察秋毫的锐利目光直视着壹岐。

"我刚才也从总务部长那里要来看了一下,全是毫无事实根据的造谣诽谤。您为什么还要向我确认?"壹岐反问社长。

"其实,把你提升到专务的位置上来,我也是考虑了再三的,也包括这件事情。我前思后想,考虑来考虑去,最终让我下决心的,你知道是什么吗?"

"不知道。"

"壹岐君,就是被你骗,我心甘情愿。这就是我下决心的原因。"

"我骗社长您?怎么可能呢?……"壹岐愕然无语。

"壹岐君,所谓专务,不只是比常务高一级那么简单。我举个你明白的例子,以前,陆军大学出身的人差不多能干到中将。从中将到大将就很难了,对吧?拿它来比喻企业的话,常务就是中将,专务就是候补大将,也可以说就是候补社长了。明白了吗?"

"是,听您这么一解释,我更深感责任重大。一张资产负债表也看不懂、买卖也不会做的我能有今天,全凭社长的理解和提拔。"壹岐郑重地说。

"虽然话是那么说,但是在企业这个战场上,同一个战壕打仗的战友不定哪天也许就会成为敌人。比如你和里井君吧。十几年前,恳请我把你要到航空机械部的是里井君。不过,他恐怕做梦也不会想到,你会这么快地越过其他董事,直接升到第三把手的位置上。"

"三把手?我今天刚刚坐到专务的最末席呀!"

"确实,虽然在你前面还有里井、一丸副社长和四个专务,但是,统管海外分社的人事和业务的海外总部是商社的中枢部门啊!担任这一职务的你,虽然在公司里是排位最后的专务,但实际上是在里井之后的三把手。用媒体的外交辞令来说,你是下届社长人选第二名。离我的距离越近,以后你就越要考虑以前从来没考虑过的问题。男人就是这种动物,越有实力想得越多。"

"我很清楚,想做自己想干的事儿就必须有更大的权限。但是,社长是公司的统帅,是象征,拿军队来比喻就是司令官。我在军队时一直做参谋,我最清楚自己不是当统帅的料。请您像以前一样,让我为社长辅佐,听从您的指挥吧!"壹岐充满真情地说道。

"嗯,这就是你的为人。"大门像是重新认识了壹岐似的点了点头。尽管嘴上被骗也心甘情愿,但大门毕竟有些畏惧能力深不可测的壹岐,他需要让对方再一次向自己表示忠诚。

星期日柿木坂壹岐的家里,壹岐和女儿直子、女婿鲛岛伦敦还有他们的儿子鲛岛太,难得地围坐在一起吃午饭。

"呵!午餐就这么丰盛啊。"壹岐看着桌上摆着的熏鲣鱼片、豌豆角煮鲷鱼子等菜肴惊叹道。

"爸,您说是回到日本来了,可是,只有星期天才能在家吃顿饭。我也好长时间没有给您做过饭了,所以,今天也借机露一手嘛!"直子的声音轻快而明亮。

"爸,祝贺您啊!这么快就晋升专务了。四谷那边家里的老爸可没面子了,我妈在后边一个劲儿地敲打他。说不定,我爸这会儿正不知道怎么应对我妈的歇斯底里呢。"

"瞧你,这也乱说。哎呀,阿太!看你吃得满嘴满手的。慢慢吃,来擦擦手哦,擦干净。"直子拿手巾给阿太擦手。"擦干净、擦干净。"阿太一边学着妈妈的话,一边把擦干净的小手伸给外公看。壹岐点着头,好、好地答应着外孙。一边想回国六天了,中午一直是工作餐,晚上是宴会,还真没在家吃过一顿饭呢。眼前的情景让他不由得感到了一种久违的轻松和安慰。

"爸,您回到东京了。还是打算一个人住吗?"直子问道。

"嗯。小孩子还是得有个玩耍的院子。你们住这儿,我去外面找间房子。"

"为什么就不能跟我们一起住呢？伦敦也没有意见。一块儿住的话，我还可以给您做饭、照顾您啊！"直子盼了三年才盼到父亲回来，她用女儿恳求父亲的口气说道。

"本来这里也是您的房子。我们是因为您出国，才住进来看家的。您要是出去住的话，还不如我们搬出去呢。我妈说四谷那边公寓的楼下正好空出一套小点、价钱也合适的单元呢。"女婿伦敦一边说着一边用筷子夹鲷鱼子，"话又说回来了。看看外面社会上，岳父大人就算看不上女婿，一旦有了外孙，也都因为喜欢孩子，跟外孙住在一起呢。您可是一向没把外孙放在眼里。礼物倒是没少给阿太买，就是从没跟他一起玩过。谁看着您都觉得是个温厚的人，可谁也想不到您也有冷淡的一面。"不愧是美国长大的，伦敦说话直来直去。

壹岐被他说得一时不知如何回答才好。

"怎么能说是冷淡呢？我的想法是从长远打算，还是分开住好。一个人住这套房子，出来进去的都要开关百叶窗什么的，好麻烦。再说，我就是回来睡个觉，又不值得雇用人。我只是说我一个人住公寓方便嘛。"壹岐用温和的语气解释道。

"你是觉得一个人住在这儿，所以不愿意。那您就再婚呗！您没有意中人吗？"伦敦顺口冒出一句来。

壹岐一下子想到了秋津千里，不情愿地应付道："不，没有啊。"

"那我给您介绍一个，怎么样？"

"伦敦君，开什么玩笑。别瞎说！"

"这有什么可生气的。正好我们日本 IBM 有个因为去美国常驻耽误了婚嫁的姑娘，人漂亮英语又棒，还说过想找个商务人士。我觉得正合适。"

伦敦正说得起劲，被直子从旁打断了："哎，你不知道。在爸爸的心里,没有人能替代死去的妈妈。别随便乱说。"这句话既是考虑到父亲的心情,也是她作为女儿的心声。

"是吗?那就对不起了!要是我爸,如果老妈不在了的话,他肯定乐呵呵地去再找一个。所以我就……嘿嘿……"伦敦不好意思地挠了挠头。

直子也苦笑了一下,对壹岐说:"爸,买公寓要很多钱吧?这个房子不处理的话……"

看着跟她母亲一样凡事都要操心的女儿,壹岐心里一热,说:"不用操心,可以从公司借。再说你爸我又不奢侈,用不了多少钱的。告诉总务部看着弄个便宜点儿的就行。"

听父亲已经都做好了安排,直子便不再阻拦,说:"那就在这附近找吧。我还可以常去照看一下。"

壹岐喝完了杯子里的茶,说:"一会儿我去一下谷川先生家。晚饭前回来。"说完离开餐桌,动身去朔风会会长原大佐谷川的家了。

从京王线调布站下车,走十五分钟左右就到了染地都营住宅谷川的家。壹岐的到来令谷川十分惊喜:"什么时候回来的?真是有日子没见了。要知道你来,老太婆她肯定高兴。这不是给人家送做好的衣服去了嘛,一会儿就回来。快,屋里请!屋里请!"说着把壹岐让进了里屋六叠榻榻米的房间。

这是个只有一间四叠半和一间六叠带一个厨房的小单元,屋里陈设简朴。只有一个看上去用了多年的五斗橱和一个书架,还有一个小地桌。

"今天我是来向您报告的。前天公司的董事会上,我被任命为专务了。我第一个想到的就是先给您报个信。"

"是吗?太好了!虽说我是做买卖的门外汉,可谁不知道,日本的四大商社的专务,那可不是谁都能干得了的。了不起!恭喜!恭喜啊!"谷川高兴地说,好像晋升专务的不是壹岐,是谷川自己。

他老伴儿回来了,一进门谷川就立刻告诉了她这个好消息,并且吩咐赶快备酒菜。壹岐欲加阻拦,谷川笑着说道:"我就是再穷,这贺喜的酒还是拿得出来的哟。"

老伴儿端上来酒和下酒菜,谷川给壹岐满上:"你呀,不含糊!工作上有各种人脉,可是第一个就跑我这儿来了。明天,我就告诉咱们朔风会的伙伴们去。"

"大家都还好吗?"

"嗯,都在努力。神森现在是自卫队参谋学院的教官,大家都很看好他。水岛在学习出版社也干得挺带劲。还有你上次回国时找你借钱的寺田君,他的太太经过慢慢疗养,身体也恢复得不错了。现在两口子都在工作挣钱呢。"

谷川提到的三个人都是壹岐在陆军士官学校、陆军大学时期的同学或后辈,个个都是当时的高才生。

"知道晋升的消息,他们一定会高兴的。"虽然谷川感到由衷的欢欣鼓舞,但人看起来好像比以前瘦了一圈。

谷川每天自带午饭往返于朔风会的事务所,为会报操劳。从会员手里收集稿件到编辑、发送,还要抽空看望各地生病的会员、慰问遗族家属,都是他一个人干。他其实就是一个会长兼跑腿。壹岐看着眼前这位不辞劳苦、默默为大家服务的老友担心地问道:"谷川先生,你身体是不是不太好啊?"

"没事儿,就是上了点年纪。朔风会的工作是我的天职,我一点也不觉得辛苦。每天老伴儿高高兴兴地为我做便当支持我,会员们也是在工作之余一有空儿就跑来帮忙。"

"就我是光顾自己的事,一点忙儿也帮不上。"

"不,不对。用不着你来做这样琐碎的事儿。我们很多会员有能力却没时运,只因为是最后从西伯利亚回来的扣留者,就难以被社会接纳,而丧失了希望和信心。你能做的是给他们以鼓舞和希望。好好儿干!再接再厉,更上一层楼,给大家做个好榜样。我们呢,做我们的事。这不,现在正筹划着要在舞鹤为那些把尸骨埋在西伯利亚的战友们建个慰灵碑呢。"

"哦?舞鹤的什么地方?"

"这还没定呢。不过,对我们这些被羁押在西伯利亚的人来说,舞鹤就是祖国的代名词啊!"

"要是这样的话,下次借出差去关西的机会,我顺便去实地勘察一下吧。"想起前天在近畿商事的股东大会上被污蔑为"从西伯利亚回来的赤色分子",壹岐深深感到经过战后二十五年的岁月,朔风会会员们至今依然互相帮助,同舟共济。他们生活的世界与自己为之工作的企业的世界相比,真是水火两重天。正因为如此,壹岐觉得见到谷川,听听朔风会人们的消息,就好像是接受了一次心灵的洗涤。

七月初的一天早上,壹岐陪同大门社长前往坐落在芝白金的执政党干事长田渊的私人住宅。

车子一开上两侧散落着传统的深宅大院的上坡道上,大门社长就用略带不安的语气向壹岐问道:"叫咱们直接向田渊干事长说明的事儿,到底指的是什么事儿呀?你真的想不出来吗?"

"是啊,咱们公司和田渊干事长之间一直没有深交,就是只在年节、选举的时候问候一下,送点儿礼这些一般性程式化的交往。他突然传话要见我们,而且是在私人府上,真是很少见,令人琢磨不透。也许是因为我在美国时间长了,对国内的情况不太清楚的缘故?"

壹岐直视着前方说道。他和接替自己的美国近畿商事社长交接完工作,前两天刚刚回到东京总部。

"不对!跟这个没关系。因为咱们跟干事长一向没有深交,所以,来之前我为了保险起见,特地给因经团连的事去了法国的里井君打了个国际电话。他也很吃惊,开口就说没搞错吧,怎么可能呢。都是那个角田笨蛋!让他打听打听到底是怎么回事,就是没问出来。这也不是,那也不是的,烦得我从前天开始,血压一个劲儿地升高。"大门越发显得焦躁起来。

前天傍晚时分,自由党干事长田渊的秘书突然给业务本部部长角田打电话,说:"干事长有事要问问你们大门社长。"因为国会议员有调查国政的权力,所以常常对企业吹毛求疵。因此,公司平日里对政治家打来的电话,哪怕是一般的国会议员,也是非常慎重地对待。何况这次是基本上没什么来往的田渊干事长方面的来电,角田惊得一时间手足无措,连什么事还没弄清楚就被对方单方面指定了面谈时间。

田渊出生在东北贫寒的农村,凭着过人的机敏和对金钱的动物般的嗅觉力,靠炒地皮从一无所有到手持千金,直至构筑了今日大派阀地位。他的指示别说是角田了,换谁也得吓得哆嗦。但是,为什么必须要社长亲自出面,这一点连基本的线索都没搞清楚就被人家强行规定了会面时间,这不得不说是业务本部部长的失职。

在经营项目涉及诸多方面的商社,诸如违反外汇管理法、非法垄断收购之类的事情,如果正面追究,哪个公司都能查出个一二三来,捅到国会上去就是爆炸性新闻。因此,大门越是搞不清楚田渊的目的究竟何在,就越是心神不定。因为里井正在海外出差,角田靠不住,所以他就叫壹岐一起来了。

车子终于在周围被两米左右的高墙围起来的田渊家的正门前停

下。这里原来是德川公爵府邸,占地面积近五千平方米,堪称壮观,与公爵身份极其相符。光是门前那一搂多粗的花岗岩石柱就沁刻着历史的沧桑。警卫岗亭就盖在门柱的旁边,在不远处的道边尽头停着一辆大轿车,好像是从地方来的请愿团。

司机下车向警卫说明来意,警卫请示了里边,大门立刻被打开了。车子进去沿着石子路向前行驶十多米便是第二道门。一道门至二道门之间站满了警卫。从警卫的右侧拐过去是一座具有南欧风格的洋楼,田渊在那里接待请愿、来访者及专事田渊的新闻记者。门前的喷水池前,几个上访客模样的人正在照相留影。

进入二道门则景色一变。修整得精巧到位的柏树和中国黑松错落有致,呈现出地道的日式风格。这里是田渊一家的私人空间,只有与田渊意气相投的政客、各个部级的高级官僚以及大企业的老板们才能进入附有精致茶室的和式正房客厅。

大门和壹岐在停车坪下了车。早已有位身穿衬衣的中年男子在此迎候,两人随即被领进屋去。一进到有着宽敞门厅的内宅大门,一位长得跟田渊有些相像的身穿西服的男子走过来:"早上好,请往这边来。"说着将二人让进了门厅旁边的唯一一间被打造成西式风格的会客室里。"先生正在会见从家乡来的请愿团,请在此稍候。"穿西装的人说完便退了出去。

"这就是那个打电话的私人秘书吗?"大门轻声地问壹岐。

"不像。刚才在停车坪迎咱们的大概是干事长的司机,这个人,从长相和体形上看,应该是处理干事长身边日常事务的他的堂兄弟。"壹岐正在和大门耳语,有人敲门。一位大学生模样的实习秘书端来了茶水和苹果馅的日式糕点。

大门紧张得喉咙干渴,马上端起碗就往嘴里送。可是刚喝了一口就放下茶杯,好像那茶很难喝。

壹岐默默地环视了一下周围。也许是房檐太深的缘故,与落地玻璃门外明亮的草坪相比,屋内略显阴暗。富有西洋情趣的壁炉台里塞满了纸箱,前面安放了一台大型冷气设备。装饰柜就像拍卖行的储藏柜,摆满了贵重的瓷瓶、彩绘盘、水晶玻璃、装在桐木盒里的轴画等,一看便知是收受的礼物。价值不菲的古董、书画受到这般不精心的对待,一方面说明田渊生来对这些东西不感兴趣,同时也像在暗示,主人希望送一些实质性的礼物。

壹岐想起了刚才进门时看见的一幕:古色古香的衣帽架下横七竖八地放着五六把不相匹配的塑料鞋拔子。壹岐正在沉思,一直盯着外面的大门突然啊的一声惊叫。顺着他的视线望去,只见院子里走来了一只开屏的孔雀。哦,不止一只,后面还跟着两只、三只,都是雀尾绽放。孔雀翎上的心形花纹迎着朝阳,散放出彩虹般绚丽的光芒。二人惊讶之际,院子里的石径上出现了田渊的身影。

大门和壹岐急忙起身,田渊打开会客室的玻璃门走了进来:"坐!坐!"田渊用浑浊的声音打着招呼,一屁股坐在了背冲院子的沙发上。

"我是近畿商事的大门一三。早就应该专程来拜访您,到今天才来,非常抱歉!"

虽说在关西财经界邀请田渊干事长参加的座谈会上,曾与田渊见过几次,但是这样一对一的会面还是第一次。大门深深地鞠了一躬。

对大门郑重的礼仪,田渊毫不理会,张口就问:"听说你们这次结算,总营业额是两兆三千四百零八亿,比上年度增长十八点七,净增利润百分之三十五,是六大商社中大幅增收增益的第三位啊。干得不错嘛!"短短的几句话里,啪、啪、啪连着几个数字精确无误。

干事长对本公司的经营状况如此了解,不仅没有让大门高兴,反而更增加了他的几分不安:"承蒙夸奖,不胜荣幸。"

"先不提这个。我说,你们怎么能让我为难呢?"田渊话锋急转,瞬间变成了霸道的训斥。其转换之突然,气势之猛烈让大门的表情一下子凝固在脸上。

"呵……此话怎讲?"

田渊接过实习秘书拿来的矿泉水瓶子,砰的一声打开瓶盖,把水倒在杯子里。然后瞟了一眼大门身旁的壹岐。

"你是干什么的?"

"我是统管海外事业部的专务壹岐。"

田渊像有什么老毛病,一口气把矿泉水喝掉一大半,然后说道:"分管海外事业的,好啊!今天的事正好你应该清楚。"

"非常惭愧,我们无从揣摩干事长叫我们来的意图,没有任何准备就来了。如果是我管辖范围的事,您尽管吩咐,基本上我都能回答上来。"直觉虽让壹岐感到了威胁,但是他努力平静地回答说。

田渊将剩下的矿泉水一饮而尽,然后盯着大门和壹岐两个人说道:"你们不是在为千代田汽车和美国的福克公司牵线吗?通产省的人已经汇报过了。不是吗?"他亮出通产省是想一下子封住大门的嘴,让他没有退路。

但是大门听到这话,一下子就放下心来:"您所说极是。我们是接受了千代田汽车和他们的主要融资银行第三银行的委托,帮他们寻找合适的合作伙伴。美国的福克公司正好对进入日本感兴趣,所以就牵了这个头。不过现在因为出资比例的意见相左,所以正处于僵持阶段。一旦签署了基本协定,也许会成为与外资合作的第一例。到那时自然要向干事长您汇报的。"

"先斩后奏,那怎么可以?你是商社社长,你应该知道,下个月要举行日美首脑会谈。到时候,肯定会涉及资本自由化焦点的西柚、电脑、汽车等问题。作为干事长的我,连日本汽车公司的动向都不清楚,这不是存心要让我难堪吗?"田渊干事长的嘴里不断吐出为难这个词。

"噢,这是我们的疏忽。目前还只是停留在内部交涉阶段,不过我们已经正式通知通产省了。"大门辩解道。

"通产省是政府部门,这种国与国之间的牵扯到国家利益的大问题,首先应该得到党内的承认。难道你不知道吗?"

田渊气势汹汹的指责让大门一时无言以对。一旁的壹岐已经读懂了田渊干事长叫他们来的意图。田渊在暗示虽然你们已经得到通产省默许,但我仍然可以给你驳回去。他一个劲儿地称自己这方面为难、那方面为难,不过是想抓紧千代田和美国福克合作的这张牌,往自己手里敛些钱罢了。

明白了个中的含义,壹岐说道:"作为分管责任者,是我没能弄明白这个问题的重要性。眼下交涉处于僵局,待双方能达到进一步的谅解,事情有些眉目以后,我们再重新择日向您专程汇报,并聆听您的教诲。"暗示下次来的时候一定带着钱来。

田渊听懂了壹岐的话:"那好。知道了!"他用手砰的拍了一下沙发扶手,按响了桌子下面的电铃,然后起身从刚才自己进来的玻璃门出去,快步朝着右面的小洋楼走去。

大门和壹岐目送着田渊的背影。此时屋外草坪上放养的孔雀,舒展起绚丽的羽毛,竞相发出嘎嘎的鸣叫。那声音与其美丽的身姿显得极不协调,喧嚣、低俗。大门和壹岐不约而同地相对一视。

突然,走廊一侧的门口处传来一个声音:"哦?壹岐君?好久不见了嘛!"不期而遇,走进来的是竹中完尔。

"噢,竹中先生!没想到能在这儿见到您啊。"壹岐很惊讶的样子。其实,作为手握石油实权的竹中,在政经界有着广泛的交际网,和田渊的密切关系也是众所周知的。他出入田渊的孔雀宫殿如履自家平地一般的传说,壹岐在纽约的时候就听说过。

因为竹中是从原左派阵营转向过来的,大门觉得他是个不讲信义的人,瞧不起他,所以,只是客套地打了个招呼,便冲着壹岐催促道:"壹岐君,开会要迟到啦。"

竹中毫不迟疑地把身着考究的身体靠近大门说道:"再惜时如金的商社,也不在乎这两三分钟吧。好像贵公司最近对中东石油开发非常执着啊,怎么,真的打算干一番吗?"说着,嘴角上露出一丝冷笑。

大门把脸转向一边没搭理他。

"还是那么消息灵通啊。怎么,您手里又掌握着什么有希望的开采权吗?"壹岐像是漫不经心似的随便问了一下。

"阿布扎比,有那么点儿吧。壹岐君,你从纽约回来以后我们也没有坐下好好儿聊聊。有空一块儿吃个饭怎么样?"

"求之不得啊!您连干事长也一块儿请吗?"

虽然田渊在什么事都好办,但他的参与费太贵,成本太高,所以必须事先问好。

"这个,回头再说。我先问问你的时间。"

"看竹中先生的方便了,我什么时候都行。"

"那么,就后天晚上,在筑地的蓝亭吧。"

"明白了。那么,再会。"

壹岐和竹中在商定见面时间时,田渊的私人秘书他的堂兄弟已经站在二门处等候了。

汽车驶出田渊家的大宅院,大门对壹岐说:"壹岐君,竹中那种人你还是少和他打交道的好。免得你让人算计了还不知道。"从田渊宅出来,大门从紧张中解放出来,由于放松了反而显得极不高兴。

"是啊!不过,因为竹中通过欧洲的贵族与中东的王室家族们建立了联系,所以听听他说些什么,也能参考一下。您就放心吧!"壹岐回答说。

"我是不太赞成商社参与风险那么大的石油开发的。当年日军因为受石油所困导致战败,这个后遗症太厉害,但你和兵头非想搞石油不可。因为如果石油开发一旦失败就会给公司的核心部分带来重创,所以,作为企业人必头脑冷静,千万不能算错账啊!"大门给热切期待参与石油开发的壹岐打了个预防针。

从田渊家回来之后,晚上六点壹岐出席了一个宴会,然后就回到他归国后的新居,位于代官山的公寓。

回国后,一直忙于回访新老客户,参加各种应酬宴会,直到回来后第十天也就是今天才抽出时间来见秋津千里。壹岐的新居是按他的要求选择的,一幢不大的四层公寓里。公寓楼外面用豆沙色的砖砌成,内部装修充分利用了木材的特点,二者都很合壹岐的心意。而且从四楼朝南的窗户里正好可以眺望到对面不大但是绿荫葱葱的公园,环境恬静怡人。

房子的大小,虽不能和纽约那套有五十多平方米的客厅、三十平方米左右的餐厅、两间客房、一间书斋的三十七层高层公寓相提并论,但是,这套房子也有十八平方米的客厅,此外厨房、饭厅、寝室、书斋一应俱全,对一个人生活的壹岐来说,方便实用,恰到好处。而且让人感觉是少了一分奢侈多了一些温馨。

纽约的行李已经用船邮运回来,而且基本上被女儿直子收拾得差不多了。只有书籍、文件之类的东西因为必须壹岐自己整理,所以还未开包,原封不动地堆放在客厅里。

壹岐换上T恤衫,一边一个一个地开箱整理,一边回想着这一个半月近乎疯狂的忙碌。股东大会结束后,他马上返回纽约,用三周的时间向近畿商事在美国的主要客户进行了逐一拜访和告别。与此同时还和接替他的后任做了具体的交接工作。有关工作调动的具体的事务性手续,都交给熟悉海外调动的海部要代为办理。而个人的行李的整理、搬运、装船等一切事由,则是海部夫人指挥女佣春江完成的。

临回国的前一个星期,壹岐和新任美国近畿商事社长一起去拜访了底特律福克公司分管海外事业的普拉特执行副总经理,再次恳请希望就与千代田合作事宜早日取得进展,达成协议。回到日本后,他又马不停蹄地奔波于国内的重要客户、金融机关等关系户之间。终于在四天前的星期日,才从柿木坂的老房子搬到公司总务部给找的这个代官山的公寓来。

女儿直子忙里忙外,主动帮他打扫房子、收拾行李,其间也不经意地流露出些许的伤感。她曾说:"爸爸,你要是有一天再婚的话,这里也许就是新房啦。"尽管回国的当天壹岐就给秋津千里打过电话,把要搬到代官山的事儿告诉了她,但面对女儿,他还是有些难为情,只是说:"没有那样的事。"

门铃响了。打开门,身穿蓝色套装,翻着白领,一身清秀打扮的秋津千里出现在壹岐眼前。

"怎么晚了?我还担心你迷路了呢。"

"离车站这么近,挺好找的。主要是会拖得时间太长了,一直没法脱身。给,夜宵。"千里说着进到客厅,把从召开陶瓷会议的酒店买来的夜宵递给壹岐。

"哎,这地方不错嘛。挺安静优雅的。在电话里听你说代官山猿乐町这个地名,就觉得像是壹岐先生住的地儿,也说不出为什么。这个地方和你有什么关系吗?"千里站在朝南一侧阳台前面的玻璃窗前,眺望着这一带的风景说道。

这里有许多战前就有的独门独院的房子,个个院子里绿树成荫。一幢一栋的公寓散落在这些住宅中间。听千里这么问,壹岐苦笑着说:"听找房子的总务部的人说,代官山并不是一千代官①住的地方,而是因为是代官所有的土地,所以叫代官山。这里地势高,还有古坟。

江户时代的书籍中曾记载的地名叫斥候冢。站在这里,可以把方圆十里尽收眼底。富士山、筑波山、房总半岛都能看到的。"

"斥候冢?嘿,这不正像是你壹岐先生的住处吗?"千里也笑了。

"不过据说还有一个说法呢,猿乐町也可以写成'去我苦冢'②。就是说站在有古坟的静静的高冈上,可以让烦恼、痛苦统统消失。"壹岐目光专注地说道。

"这个传说能让人感到平静。不过,要是真那样就好了。但愿壹岐先生住进这里来,可以从一切烦恼和痛苦中解脱出来。"

"事实上真是这样,以后我们随时都可以见面了。"

壹岐说着就靠了过来。千里却对这话有些不满意,装作没看见似的转身坐到沙发上了。

"你这行李还都没打开呢,刚到吗?"看着还堆在客厅一角的行李,千里问道。

"不是,一星期前就寄来了。我每天回来得都很晚,没时间弄。这不我正收拾着呢。"

"先歇一会吧!吃了夜宵我来帮你弄。别小瞧我呀,我也是捏泥出窑的什么都干,力气活不怵头的。"说着,千里走进厨房,给壹岐热汤,把三明治放在盘子里。

站在并不宽敞却是崭新的厨房里,忙着找锅、点火,热汤,千里忽

---

① 日本中世代替主君行使的代理官员。
② 在日语中"猿乐町"和"去我苦冢"发音相同。

然间有了种在操持新婚家庭的错觉。

热汤和三明治端上了桌子。壹岐往杯子里倒上啤酒,然后以郑重的表情说道:"终于回来了,为新的开始干杯!"

两人举杯相碰。千里说:"欢迎归来!不过,我还有种不真实的感觉,总觉得好像过两天你还要回纽约似的。"

一个半月前壹岐回来参加股东大会的时候,一个电话都没给千里打就回纽约去了。这次调回东京来以后,直到今天才见上面。千里的话里明显有责怪的意思。

"让你这么一说,我真是好难过。哎,你的工作怎么样?"

"嗯,最近陆陆续续地涌现出一些女陶艺家,发表作品的机会也越来越多,我自己又有了窑厂。这既是对我的考验,也是对我的鞭策。"

"说起来你开始做陶艺也有十多年了吧?第一次在京都的家里见到你的时候,你叔叔说你活脱脱像个女泥瓦匠,我现在还记得这句话呢!你叔叔还好吗?"

"嗯。今年春天被选为西阵协会会长,好像比以前更精神了,每天东奔西走的。幸亏他当了会长,现在忙得没那么多工夫唠叨了。要不然,不是总数落我不着调,就是念叨比睿山上的哥哥清辉什么时候能下山来,自己住持个寺庙什么的。"千里笑着说道。

千里的叔父秋津纪次还曾经托壹岐给千里找对象,听了千里这话,他不知道该如何回答。尽管现在他和千里的婚事没有任何障碍,但他仍不明确表态,恐怕是不想再有家庭拖累的男人的自私在作怪。

吃过夜宵,千里开始帮着壹岐收拾行李。在散乱的房间里,她看到壹岐以前在自己的个人展览会上买走的那个青瓷花瓶,已经从箱子里取出,放在装饰柜里,很高兴。她用手轻轻地抚摸着,觉得这个青瓷花瓶就像是另一个自己,被壹岐一直带在身边。千里怕收拾屋子时把它碰掉,想先找个安全的地方把它放起来。她想到了和式房间的天棚。千里兴致勃勃地打开高低柜上面的天棚,一下子愣住了。只见里面是一个公寓单元房用的小型佛龛,供奉着壹岐亡妻的灵位。

千里屏住气息轻轻地关上天棚的门,装作若无其事地回到客厅。尽管呼吸有些杂乱紧张,但是为了不让壹岐发现,继续收拾着书架。

"好了,今晚就干到这儿吧。睡觉!你去放热水吧!"壹岐没有察觉到千里内心变化,催促道。

"我明天早上还有工作,得趁着不太晚赶回饭店去。"千里的口气有些生硬。

"怎么了?到底是为什么?我搬到公寓来一是为了生活方便,也是为了能和你好好儿在一起呀!"壹岐的话语让人明显地感觉到男人的自私。

千里听了心里很不舒服,说:"对你来说当然方便,可我不喜欢!好像我是你的应召妻子。"

"这是什么话,什么应召妻子?"壹岐责备道。

"不管叫什么,都一样。你不肯明确和我的关系,到底是为了工作,还是……"千里强迫自己把"因为你那死去的妻子"这句话吞进肚子里,眼睛里闪出了泪花。

壹岐一下子慌了:"让……让你受委屈了,对不起!你再忍忍,好吗?"说着像是要堵住千里的嘴似的,把自己的嘴唇压了上去。

千里虽左右摆着头想要抵抗,但终于抵挡不住壹岐的爱抚,被他带到了新床上,开始主动地迎合壹岐。

然而一阵缠绵过后,千里在昏暗的房间感到,刚才打开天棚时看到的壹岐亡妻的牌位正朝着自己逼过来。第一次见到壹岐的妻子,是在三年前探视原竹村少将的医院里。她如白梅一样清纯秀丽,却猝然离开了人世。壹岐内心深处至今一定还怀着对亡妻深深的眷恋。她又想起上个月例假未能如期而至时,自己曾经一度惊慌失措,乱了方寸。幸亏是因为筹备个人展览,劳累过度导致的一场虚惊。但是,如果今后真的发生了这样的事,自己该怎么办呢?躺在壹岐怀里,千里非常冷静地想。

直子在家中一边等着迟归的丈夫,一边手里钩着花边。手中的线和眼前和式地桌上的台布颜色一样,都是母亲喜爱的浅紫藤色。现在,她当了妈妈,不知什么时候也继承了母亲的嗜好。身旁的阿太睡得正香。她没让孩子到楼上寝室去睡,是因为伦敦回来以后一定要抱孩子玩一会儿,否则他绝不甘心。

门铃响了。直子放下手中的钩针,起身去开门。门外传来一声"姐姐,是我!"

"哟,是阿诚回来了!"

壹岐诚是五井物产的职员,一直赴印度尼西亚参与农业开发。他本来告诉家里下星期出差回日本来。

"没想到吧?因为工作关系,出差提前了!"壹岐诚像当地人一样晒得黝黑,他提着行李箱走进家,一把抱起被门铃吵醒了的阿太。

"比相片上的又长大了。跟姐夫长得是一模一样啊!姐夫还没回来吗?"诚问起在日本IBM工作的姐夫伦敦。

"刚才来电话,说是加班得晚点儿。他那个人皮实,满不在乎。可这美国企业用人是真狠啊。加班、应酬、研修,从来就没有在家轻轻松松地歇着的时候。"

"加班还知道给家里打电话,说明姐夫是个'妻管严'呀!阿太,你长大了也是妻管严吗?"诚逗着被背扛在肩膀上,高兴得手舞足蹈的鲛岛太。

"阿诚,别当着孩子瞎说!不用教,这孩子学话学得都可快了。伦敦每天晚上用英语给他讲漫画书,他看见了猫呀狗啦什么的,在周围的那些夫人们面前也是'Dog''Cat'地学舌,让人背地里说他不招人喜欢。"

"嗨,伦敦是个好爸爸呀!阿太,你是个 Happy 的家伙呦!"诚越发地逗起阿太来。

"行了,别逗孩子了。你吃饭了没有?我去给你做碗酱汤吧。"

直子让诚抱阿太去楼上睡觉,自己就要去厨房忙活。

"不用了,我是带苏门答腊农业学校的毕业生来日本进修的,刚带他们吃了饭。因为他们又去六本木喝酒去了,所以我才回来的。什么也不用,来点儿水果就成。"说着,诚拿起桌上果盆里的梨,皮也不削地就啃起来。

直子吃惊地看着他,赶紧替他削皮。一边问:"怎么样,好久没回来的日本,感觉如何?"

"到处都是人和楼,觉得憋得慌。而且去公司就得西装革履,打领带不说,干的活儿还没意思。还是觉得我们那样,一年到头背心、胶鞋地干活痛快。"

"咦,你可变了。你跟爸爸都是商社人,可完全是两个类型。"直子也像是被感染了似的赞扬道。

诚露出雪白牙,笑了:"好了,给咱老妈问个好,然后就洗澡睡觉了。在苏门答腊,这个时候正是看着天上的南十字星就寝的时候了。早上六点起床,七点就得去农场了。"说着诚就要起身去里间。

"妈妈的佛龛搬到爸爸的公寓去了。"

从姐姐的信里诚已经知道父亲从美国调回日本,现在搬到代官山去住了。可是,他不知道母亲的灵位也被一同搬过去了。壹岐诚的表情顿时黯淡下来。

直子安慰道:"还不到十点呢,你就到爸爸那儿去一下吧。在车站前打个出租,十五六分钟就到。"

"不了,下次再说吧。"

"什么下次,你去了爸爸肯定会高兴的。平常也不写信,他很惦记你的呀。"

"我不想去。而且他总是那么忙,说不定还没回家呢。"诚的语气很冷淡,一点也不像是父亲唯一的儿子。

"怎么能这么说呢。我去给你打电话。"直子批评道。说着开始拨电话。

"不用,我自己来。"诚接过电话筒,等了半天没人接,"我说吧,还没回来呢。"他放下电话,又重播了一次。这次,又等了好半天,总算有人接了。

"喂,我是诚。刚回来。"

"哦,是阿诚啊!比计划早回来了?怎么样,还好吗?"听筒里传来父亲亲切的声音。

"嗯,挺好的。我想现在去给我妈烧炷香……"

"啊?现在?"亲切的声音突然变成了带有困惑的腔调。

"不方便的话,那就改天吧。"诚正要挂断电话,"不,没什么。我等你,来吧!"话筒那边的声音突然间又恢复了原先的亲切。

壹岐诚用了大约十分钟的时间走到车站。在车站口坐上一辆等客的出租前往代官山父亲的住处。他脑子里还在琢磨刚才电话那头父亲那奇怪的样子。

出租车停了下来。壹岐诚从管理室旁边的电梯上到四楼,按响了东南角上四〇一室的门铃。

门马上就开了,三年未见面的父亲一脸微笑地站在门旁。

"回来啦,快进屋!"父亲好像专门站在门口等着他。

客厅对面的和式房间高低柜上方的天棚已经被打开,佛龛上的灯亮着,诚站到前面,点上一炷香,然后跪坐在榻榻米上,双手合十。他三年没给母亲进香了,但是眼前这个佛龛和柿木坂家里的不同,被供放在天棚上,位置较高。看着高高在上的牌位,诚觉得母亲在这里的存在渐渐远去了。

看着在母亲的牌位前久久不肯离去的诚,壹岐招呼道:"给你妈上过香就过来坐吧!"

诚听到父亲的催促就回到了客厅的沙发上。

"爸,听说您又升专务了。祝贺您啊!"

"自己家里人用不着客套。哎,你这三年可是变化不小啊。工作挺辛苦吧?"

诚小时候身材纤细,性格略带神经质,总让人觉得缺少些什么。进入五井物产的第二年,他就自己要求参加苏门答腊的农业开发,在苏门答腊的偏僻地区已经过了三个春秋。现在看起来黑黑的,浑身透着结实和强壮。

"不管怎么说也是在热带进行农业开发。虽然有农业技术员,可是从挖机井到治老鼠,还有除一种叫作堪咯喇的草,我都得干。要把那么一块广袤的地开垦出来,是个浩大的工程。没十年八年,完不了的。"

"是吗?这本来应该是政府的工作,现在由你们这样民营企业的年轻人和当地人一起流汗、苦干,干得不错嘛!"

"可能是因为我有一种使命感,觉得总得有人干。可是,回到东京,那些踌躇满志的家伙却说什么你们这些在一线流血流汗的人,怎么干也比不上待在总部的人,在总部才能早早地出人头地。这话让人特别难以接受。"

壹岐没有在海外第一线吃苦流汗的经历,看着在和自己完全不同的道路上不断成长的儿子,他仿佛通过儿子感受到了他们其中的艰辛,一时闭口无言。

"阿诚,你干得不错,这样很好。对商社来说,像以前那样单靠买卖商品的时代已经过去了。粮食、能源的开发对今后日本是必不可少的。今晚上别走了,把你干的农业开发的工作好好跟我谈谈。而且你都二十七了,也该考虑考虑自己的婚姻大事了。"

"我和那些在伦敦、纽约常驻的人不一样。在苏门答腊的偏远地区成天穿着背心、草鞋和当地人一起干活,有哪个姑娘愿意嫁给我们这样的?"

"给你找这样的姑娘就是我这个当爸爸的事儿了。哎,今晚上咱爷俩一边喝,一边慢慢聊。威士忌还是啤酒?"

"啤酒吧。我去拿。"

诚脱去上衣,从厨房的冰箱里取出啤酒,然后去拿杯子。放餐具的柜子上正好摆着两个杯子,其中一个上面有点红色。他拿到手里看了看,好像是口红的痕迹。这说明就在刚才还有个女人在这里。她一定是匆忙洗了杯子,顺手擦了一下就走了。因为,杯子上还留着很多水滴。再想想刚才打电话的时候,父亲一瞬间显出困惑的样子,原来是因为这个!诚此时真恨不得拿起那个带口红的杯子摔在地上。母亲的灵位被带到这个公寓来,而父亲却又在这儿偷偷地约会女人。这简直是对母亲的侮辱!诚在感到愤怒的同时,甚至觉得刚才父亲说的要给自己找对象的话也只不过是装腔作势。

他气哼哼地走出厨房,说:"什么也不喝了!回去了。"说完,穿上刚刚脱下的上衣。壹岐开始以为诚还是和从前一样跟他有隔阂,突然心中一惊,急忙走进厨房,只看见沾着口红的杯子翻倒在水池里。

筑地日本料理店蓝亭的和式包间里,壹岐正在等待竹中完尔的到来。

刚觉得隔扇外边有动静,竹中便在年轻老板娘的引领下走了进来。时针正指六点半。竹中进屋来,看了一眼壁龛里挂着的轴画:"嚯,这不是齐白石的画吗?总有好东西啊!"

壁龛里挂着的是被称为当代中国水墨画第一人的齐白石作品《群蟹图》,这幅画被称为齐白石作品中的杰作。身穿萨摩上等麻布制作的和服、利索得体的老板娘急忙奉承道:"感谢您能欣赏我们的装饰。能得到竹中先生这样有很高造诣的人士夸奖,我们真是太骄傲了。"说完,又把优雅漂亮的瓜子脸转向壹岐:"承蒙您常来光顾,真是不胜感激!您的新居怎么样?都安置好了没有?"

"啊,差不多了。就一个大男人住,没什么可布置的。"壹岐回答道。

坐在上座的竹中插嘴道:"老板娘别光嘴上说,也来点实在的。时常带上两三个漂亮的去帮忙拾掇拾掇。"

"那好说呀,只要壹岐先生没意见就行。"老板娘巧妙地做了回答,便撤退了出去。

隔着矮桌,竹中说道:"前天没想到在那儿碰见你。千代田和福克之间,怎么,千代田还像个未经世面的大姑娘似的,不满意蓝眼睛的外国佬吗?"

"不,不是那么回事。现在还没有上到轨道上。田渊干事长对这件事有什么特别的想法吗?"

因为根据不同情况,下次去汇报时带的钱就不一样,所以,壹岐想打探一下田渊的想法。

"嗯,既然叫你们去了,你们就得考虑给他个面子。日美首脑会谈的亮点嘛,最大的就是和他们保护美元政策有关系的巨额买卖——飞机。不过汽车、计算机的自由化,也是不能无限期地拖下去的。"竹中的脸上露出一丝冷笑,看着女招待上好酒菜退出房去后,接着说,"我今天不是为了这件事儿。你们在中东被有关油田开采权情报牵着乱跑,那些都是不可靠的情报。别再干这种浪费时间又浪费金钱的傻事了!你们试试阿拉伯酋长国的阿布扎比海上油田的开采权,怎么样?"他开门见山直奔主题。

阿布扎比的海上油田在波斯湾。壹岐觉得现在那里的油田不太可能出让开采权,便问:"您的消息可靠吗?"

"可靠。现在那个地区是BP占三分之二,CFP①占三分之一。"

"国际石油资本怎么会让日本插手呢?"

"因为BP自己要放弃手中的百分之三十。你听说了吧? BP正着手开发北海油田呢。"

"在纽约的时候就注意到了。怎么已经开始正式开发了?"壹岐一边给竹中进酒一边问道。

"说起来,北海油田在北纬六十度、水深一百米的地方。冬天常常会刮起每秒五十米左右的大风,环境恶劣。因为一开始就需要投入大量资金,现在正是接近资金需求的高峰,所以,BP才决定出让阿布扎比的一部分。据可以和美国能源教科书相提并论的英国能源部的'褐皮书'介绍,英属北海油田的可开采量约有五十亿桶,尚在研究中的开采量估计达一百亿桶。他们正在尽全力开发。如果北海油田开发成功的话,不远的将来,英国的石油不仅百分之百可达到自给自足,而且还可能成为石油输出国,并因此重振'日不落'帝国的雄风。"

壹岐一边听竹中说,一边在脑海里勾画出英国赌上国运的能源政策图。想起来,英国自从伊朗摩萨台革命、垄断伊朗石油的英国石油公司被国有化之后,便开始逐渐地在石油输出国以外的地区开展发掘石油的工作。并在同时期也开始从中东撤出驻军。与英国相反,

---

① 法国石油公司。

日本百分之九十九点七的石油从海外购进,其中的八成又是依赖中东。但在这种情况下,政府却没有一个明确的能源政策,从而使竹中完尔这样的石油权利投机商成了日本能源需求的领航人,这简直令人不寒而栗。

"怎么样,我都跟你说这么多了,还不准备在阿布扎比干一场?BP 的卖价是七亿八千万美金。"

"七亿八千万美金?这开采权的价也太高了。是特别有把握的高产油田吗?"

"那是当然。美国的宇宙遥感卫星测得的数据也清楚地证明了那里有一个很大的油层。"

壹岐仔细地分析着竹中的话,直觉告诉他,竹中的情报来源并不像当初想得那么简单。他的情报不是从通过欧洲贵族结识的阿布扎比王室那里得的,而是从推翻摩萨台革命政权的幕后黑手 CIA 以及与其有着密切关系的英国石油公司控股公司 BP 双方得来的。这么说来,也可以推测在摩萨台被倒戈的过程中,竹中完尔在其中也一定是起了某些作用的。在纽约的时候,他就从美国国务院的中东通那里听到过这个消息。

"怎么了,壹岐君?"竹中锐利的目光直盯着突然陷入沉思的壹岐。

"啊,没什么。只是这数目过于庞大,一下子想不出该怎样调配才好。"

"这不是什么大不了的问题,只要能巧妙地获得日本石油开发公共事业集团的政府资金就不成问题了。市面上银行的利息是年百分之十点八,石油公团是百分之五点五的低利率。所以,最好尽可能多地利用公团的资金。如果能长期借贷,光是利息就获优惠不少呢。像石油开发这样需要耗费大量资金的事业,成功的诀窍第一是开采权,第二就是尽可能地利用低息的政府资金。这之后就是田渊干事长的事了。他历任过通产、大藏大臣,现今作为党的干事长负责调配党的选举资金等一切事宜,又是下任党总裁选举中呼声最高的一个。他一出动的话,跟他通着气的通产省、大藏省的现役退役的官僚们还不都跟着动起来。那钱还不流水似的进来。当然,别忘了付一桶一美分的回扣呦!"

田渊干事长和他手下的关系网如果索取每桶一美分的回扣,竹中能从中获利多少?假设是年产五千万桶的话,只要出油,每年就将有五十万美金流入田渊的银行账户。那么竹中也会有相当数额的收入。必须作为国家重要课题来对待的日本石油开发事业,尽管高举着确保三成自主开发的大旗,实际上已被黑色的开采权交易涂抹得肮脏不堪。这与壹岐心中憧憬的国家资源,真正意义上的民族资本的石油开发模式,相差那么遥远。

然而这种想法只能藏在心里。壹岐不动声色地问:"那么,这个阿布扎比的事儿,进展到什么程度了?"

"已经得到了经团连生野会长、产业兴业银行中川总裁的赞同,并且和五家石油炼油厂、三家电力公司、两家石油开发公司打了招呼。不仅是银行、商社,连汽车公司、造船公司也都有份。你们公司在石油上的营业额是仅次于五菱商事的,海外战略又突飞猛进。所以想必你们也会对此感兴趣吧?"

"这样一来,最终就是一只大联合舰队喽?"

"今后的石油开发,不这样是不行的呀。你曾是大本营的参谋,经历过十一年的西伯利亚拘留生活。我呢,因为左翼运动蹲了十年大牢。虽然立场不同,现在是同为确保日本的能源、资源在呕心沥血。说起来,我觉得你我都是忧国忧民之士呀!来,为日本国干杯!为日本行动!"

竹中拿起酒壶给壹岐满上。壹岐怀着复杂的心情干下了这杯酒。

里井随访问欧洲的经济代表团回来,一进近畿商事副社长的办公室就叫人叫来角田常务。角田急忙结束会议,连跑带颠地赶过来。"您回来啦!没累着吧?"角田没有直接问心脏病是否发作,而是委婉地绕了个圈。

"这些闲事你甭管。去田渊干事长那儿,社长为什么不是带你,而是带壹岐君去了呢?!"

"这个……虽然是我接的干事长秘书电话,我又是业务本部部长,按理说是应该我陪同前往的,但是,大门社长他神经高度紧张,一点也听不进我的话……"角田辩解道。

"当然了,理由不明就突然被田渊干事长召见,就是我这个常跟政治家打交道的人也得吓一跳。可你为什么连是什么事由都没问出来一点儿呢?!"里井恨铁不成钢地责问道。

"我问了。可是,对方说没什么大事儿,只要你们社长有空儿的时候来说明一下就行。就这一句。不是我为自己辩护,没等我问他那边就把电话挂了。我也没办法。就是壹岐专务也一样没办法啊!"

"不。要是壹岐君,就算对方把电话挂了,他也会想办法探听出个所以然来的。你不会在了解情况之前先别把电话告诉社长,省得他血压升高吗?"

"您说想办法,因为这次又不能轻举妄动,只能再给私人秘书把电话打过去问,所以,我直接给干事长府上打电话了,私人秘书的回答还是说,我们老板只吩咐了让跟你们打个招呼,具体什么事没有说,不给明确的……"角田还想继续辩解。

里井咂了一下舌头,说道:"你干了几年业务本部部长了?这点事还弄不明白!那个秘书就是个在他家吃白食的摆设!你就笨吧!要是壹岐君的话,他会把这事先按下,待把事情都摆平了以后再去报告给社长,等社长一着急他再趁机展示自己解决问题的才能。这就是壹岐!"

里井指手画脚地越说越激动。自从壹岐晋升专务后,里井对壹岐的嫉恨变得越发露骨。此时架着无框眼镜的鼻梁上的额头已是暴出了青筋。

角田此刻无暇顾及自己挨训,反倒更担心里井因过于激动导致心脏病复发,急忙劝解道:

"副社长,请您消消气儿。据大门社长说,还得重新向田渊干事长做一次汇报。到时不用壹岐专务,您亲自去怎么样?"

"那还用你说,先琢磨琢磨你自己吧!再不长进,不提高自身的政治能力,早晚你的业务本部部长的位置也得让人给顶了。壹岐君刚回东京没几天,现在还只在海外统管范围内活动。可他真正的目标是掌握业务本部。要是这两个部门都掌握在他的手里的话,你想想会是个什么样子,明白吗?"里井额头上的青筋更加清晰了。

这时候对讲机响了。"什么事?"里井问道。

"副社长,壹岐专务来了。他问还有多长时间您能有空……"

秘书的声音很尴尬。门口的秘书室和里面的办公室只隔着一层薄薄的隔板。显然里井大声训斥角田的声音已经传到外面去了。

"要是急事的话就让他进来。"

"不好意思,打扰你们谈话了。"门开了,壹岐进来,似乎根本没把别人说他坏话的事放心上。

"正好,我正想找你呢。在我去欧洲出差的时候,田渊干事长那件事,你的举动很轻率呀!"里井一副盛气凌人的姿态。

"轻率?此话怎讲?"

"那还用说吗?即便对方是田渊干事长,就凭一个电话,就让大门社长亲自跑过去,这不是轻率又是什么?!那个电话,就应该放下,一切等我回来处理。"

"但是,因为当时已经答应了要去,所以必须去。在那种场合下,没有别的办法。"壹岐看着角田说道。

里井两眼瞄着壹岐,说:"你是想把责任推给角田君吗?其实你内心恐怕是想借这个机会见见田渊干事长,才怂恿大门社长去的吧?"

"没有的事,我从来就不善于跟那样的人物打交道,从来没想过自己找上门去。不过,我来找您不是为这件事,是要跟您说眼下遇到了麻烦。"

"呵,什么麻烦?"

"最近有传闻说,关键的千代田汽车在新任村山社长的体制下,好像开始倾向于和日新汽车合作。而田渊干事长,一方面是通过通产省重工业局掌握着希望促成国内合作的民族派,一方面又是通过通商局掌握着我们主张和外资合作的国际派。按照他的利益标准,两边通吃。这样的话,我们很难满足他的要求。"

"不管外面怎么传,村山君在就任新社长时向我再次表示过,他们与福克合作的意向不变。尽管重工业局又在催促他们与日新合作,但他仍没有改变初衷,还再次拜托我。所以是你多虑了。不过,如果重工业局在这个问题上向田渊干事长提出请求,那我们也应该去找干事长,请求他大力促进与外资的合作才是嘛。你要是怵头干事长的话,以后你就不要掺和了。有我呢,再说由角田君来负责更方便一些,你说是不是?"说完,里井扫了一眼一直沉默的角田。

"对,这件事本来就是我们业务本部的工作。交给我们更合理。"

"这样,根据和田渊干事长会谈的结果,我去一趟底特律,跟福克总裁直接谈判。"里井把一切都揽在自己手里。

"但是,还有一个值得注意的情报。据美国近畿商事八束的报告,本来在去年三月与福克公司总裁会谈时就谈好了,他们会尽快加大通过我们公司购买薄板和零件的数量,但是后来一直没有下文。最近听说他们和东京商事更新了合同。弄不好,福克很可能已经打算用东京商事来替代我们,作为他们打入日本市场的中介。"

"壹岐君,你又在耸人听闻了。这种以不安情报蛊惑人心的战术,在大门社长那里行得通,在我这儿可玩不转。"里井用鼻子哼了一声,冷笑着说道。他的话里带有明显的个人感情色彩。

"恕我无礼,您过于乐观了。现在正在和福克公司进行的谈判,在我看来,有可能导致千代田的解体,对日方很不利。所以,这个合作最终对我们公司也不会带来利益的。"壹岐明确地表明自己的观点。

"住嘴!我会尽快去底特律的。从今往后,有关千代田、福克的事儿,你不再是顾问,什么都不是!一律不得插手,这是副社长的命令!"里井太阳穴的青筋都要爆出来似的怒吼道。

面向巴拿马皮尼亚斯湾的哈里福克总裁的别墅里,来了一位日本客人——东京商事的鲛岛,准备在此享受豪放的海钓。

从巴拿马城乘坐美国双引擎的比奇飞机,向南飞行约一小时便可到达皮尼亚斯,它与哥伦比亚接邻,是一片沿海密林。沿太平洋形成的皮尼亚斯湾是鲣鱼、剑鱼、鲨鱼这些海中之兽活跃的海洋宝库,也是钓鱼界最充满活力、最刺激感的海岛爱好者们趋之若鹜的地方。因此,这里汇集了来自世界各地的、富有的海钓爱好者。

鲛岛在福克总裁的别墅迎来第三个清晨,他喝了原住民印第安人服务生端到寝室来的咖啡,便完全清醒了。海钓用的全副行头装备完毕,他便步出寝室来到前厅。

太阳还没出来,虽然周围还有些黑暗、阴凉,但是豪华的西班牙风格的前厅里,屋顶的大吊灯明光闪亮,壁炉里燃烧着木柴,暖洋洋的。

鲛岛又让服务生端来一杯咖啡,一边喝着一边朝阳台上走去。建在密林中山丘上的别墅,把皮尼亚斯湾尽收眼底。此时,海面上还是一片黑乎乎的,只能隐约看见水平线上一丝微微泛起的晨曦。

鲛岛喝了一口热咖啡,抬头仰望着天空中尚依稀可辨的南十字星,开始思考。在近畿商事最后的努力下,千代田·福克的合作事宜出现了积极的倾向。尽管壹岐还任美国近畿商事社长的时候,鲛岛就已经提防着他了,但谁能想到他竟然要让那个已经落伍的千代田和美国三巨头之一的福克联合,并且从一年前就已经悄悄地开始了交涉。这着实让他吃惊不小。之后的这两个月里,为了阻挠千代田和福克的合作,为了通过东京商事使福克和具有转子发动机技术的东和汽车合作成功,他使出浑身解数,搜集各方面情报。这次福克总裁要来巴拿马休假、享受海钓的消息,就是从福克旗下、因税务法的关系把总部设在巴拿马的船运公司那里得到的。幸运的是,从年轻时就常驻纽约的鲛岛在美国当地朋友的传授下学会了海钓,和高尔夫、网球相比,他更擅长这一项目。于是,鲛岛立即飞往巴拿马,通过电话向福克总裁提出请求,说自己偶然出差来到巴拿马,希望能够和总裁一起参与海钓运动。他很快就得到了总裁的应允。总裁还担心度假村都已住满,随即邀请他住到自己的别墅里来。

夜幕渐渐退去,密林里的鸟儿们纷纷拍翅离巢,清脆的鸣叫声在林子上空回荡。天空虽然依旧笼罩着黑黑的浓淡不一的云层,但是远处海平线上已经闪现出了一抹清晰的朱红色的阳光。"壹岐,你小子给我看好了!"鲛岛强健的胸中已燃起了熊熊的斗志。在和福克总裁的谈话中,他已经得知,近畿商事眼下正在底特律与福克的执行副总经理进行最后的磋商。鲛岛不知道参加谈判的是里井,他认定是壹岐。因此,更加激起了他的斗志。

"哦,还是起得这么早。"从前厅里传来一个浑厚的声音。鲛岛转过身来,哈里福克二世就站在他面前。福克被太阳晒得黝黑,蓄着浓密的络腮胡,穿戴着花哨的钓鱼专用服装。

鲛岛快活地回答道:"早上好。其他人呢?"

这里还住着另外三位海钓爱好者。

"迪布、达尼,还有休鲁茨博士,他们已经被连日的海钓搞得疲惫不堪,累得起不来了。鲛岛,你真的不要紧吗?"福克特意询问了一句。

"我这才刚开始第三天,体力还好着呢。福克先生,想想昨天跑掉的大家伙,您可惜得晚上都没睡好觉吧。"鲛岛像是在有意煽动眼前这位身材高大、不肯服输的福克。

昨天有条剑鱼上了福克的钓钩,虽然只看见背上的鳍和尾巴,但估计至少也有一百到一百五十公斤重。福克拖着它跑了两个多小时,最后因为操作上的一点纰漏,还是被它挣脱跑掉了。

"咳,就差那么一点,起线起得早了一点儿。不过,这一来,倒把我给惹起来了。不逮个更大的家伙,我是不回底特律了!"福克一边做着卷线的姿势,一面惋惜地说道。然后他转身吩咐别墅管家:"好,出发!卡鲁罗斯他们已经在栈桥上等着了吧。"

卡鲁罗斯是游艇的船长。

"是的。看今天早上的潮向,好像是早点出船的好。"长得像西班牙人的管家恭敬地回答道。

"那你不早说。"福克性急地训斥道。然后即刻乘车向福克家专用的栈桥驶去。沿着密林中开满三角花、木槿花的缓慢坡路,向下行驶不到几分钟,就远远地看见了白色沙滩环绕的停泊口,福克的游艇已经开动引擎,在那里等候着。这是伯特伦公司专为福克订制的大型游艇,象征福克公司的蓝色艇身上镶着一条白线,全长四十三英尺。

栈桥周围的沙滩上,聚集了一群来看巴拿马第一豪华游艇的当地土著人的孩子们。这些孩子个个衣衫褴褛。或许是当地习俗,有的孩子只在关键部位挂着一块遮羞布。福克一边驱赶着孩子们,一边向船长带着两名船员迎候他的游艇快步走去。鲛岛也紧随其后登上游艇"福克二世号"。

"福克二世号"破浪行驶在深蓝色的赤道海流中,寻找着鸟群聚集的地方。太阳升起来了。积雨云渐渐扩散开去,海岸线方向南美哥伦比亚的高山隐约可见。

出海已经快两个小时了,还没有看到今天的目标——剑鱼群。陆地上游猎、狩猎的真正快感在于紧追猎物的奔跑之中,而海上寻钓的乐趣则是从耐心地等候猎物上钩的时候开始的。

谈生意的时候,福克和鲛岛连几分钟的时间都不愿意浪费,总是精力充沛,但钓鱼的时候两人并不怎么交谈。只是不时地询问一下船长海水的潮向、风向,是否看到了鸟群及鸟群的大小等等。

"福克二世号"行驶了十多海里后突然加快了速度。正在机舱里吃早餐的福克和鲛岛急忙跑到甲板上。在船头三百米左右的前方出现一个聚集成一座小山样的鸟群。那是看见了浮上海面的小鱼群,奔来觅食的成百上千只的海鸟。

"哎!卡鲁罗斯,是个相当大的鸟群呐!"福克冲着正在操舵的船长说道。

"凡是满月涨潮的时候,大概都会在这个时间、这块海域出现大的鸟群。不管别的,先开足马力过去看看吧!"船长用带有浓重当地口音的英语回答道,并以加倍的每小时四十海里的速度向鸟群聚集的海域驶去。

鸟群是奔着海面上的小鱼去的。小鱼浮上海面说明它们下面有鲣鱼、海豚在追逐,而鲣鱼和海豚后面则有更加巨大的剑鱼以极快的速度冲过来。福克和鲛岛两人坐在固定在游艇船尾甲板上垂钓用的椅子上,各自套上一件能够把鱼竿牢牢固定住的、类似马甲样的皮质救生衣,然后系紧座椅的安全带。这些都是为了防止被大鱼拖进海里去的安全措施。

游艇以四十海里的全速绕到鸟群前方一公里左右的地方,然后放慢速度。福克和鲛岛在时速三四海里的游艇上垂下钓钩,等了三十分钟左右,谁的鱼竿都不见动静。两个人有些失望地看着对方。

尖锐的鱼钩上挂着的是活鲣鱼。鲣鱼是出海二三十分钟后,用塑料鱼饵钓上来的,想钓多少就能钓到多少,而剑鱼则不然。因为用活鲣鱼做饵,剑鱼上钩的可能性最大,所以福克和鲛岛把鱼钩挂在刚钓上来的鲣鱼眼睛上,扔进到海里做诱饵。

海钓是被列入钓鱼运动项目里的体育运动。国际钓鱼联盟的规则对使用的竿、线以及线轴都有严格的规定,并且禁止他人帮助。如果鱼咬钓后,途中自己对付不了,请求别人帮助的话,那么钓到的鱼便不能作为成绩记录在册。正是这样严格的规则,才能让人在跟大鱼一对一竭尽全力的角逐中体会到搏一胜负的快感。

"卡鲁罗斯,再往远开点儿!"渐渐有些焦躁的福克向船长命令道。

"不,再往外海走的话,潮流的分界线就不好了。咱们再往回走看看。"船长对皮尼亚斯湾内外了如指掌,就像是对自家后院一般熟悉。他固执地摇了摇头。

就在刚刚调转船头的时候,架在船舷上、能承受八十镑重量的涤纶线一下子被抻直了,同时鲛岛架在支脚架上的鱼竿发出啪的一声响,随之弯成了弓状,线轴也发出噼噼啪啪的响声,出溜溜地放进海里一长串的线去。动静这么强烈,可以想见一定是个大家伙咬钩了。

鲛岛屏住呼吸，等了十秒。从最初咬住鲣鱼鱼饵到鱼饵被吞下，这段时间很微妙，如果掌握不好，就有可能无果而终、空欢喜一场。鲛岛把鱼竿插进卷在肚脐下方的连杆安全带里，在感觉到猎物将鱼饵吞咽下去的瞬间，冲着船长一声"Go！"游艇便猛地加速前进。鲛岛鼓起劲来挥动着鱼竿，好让钩针牢牢地钩住猎物。

一开始鲛岛放进海里的线有一米五长，慢慢延长到十二米。人和鱼的搏斗正式开始了。坐在一旁的福克一边用羡慕的目光看着鲛岛，一边收拾起自己的钓具，开始为鲛岛的搏斗助兴。规则规定同伴双方垂钓时，一方的搏斗开始后，另一方必须停止垂钓。鲛岛通过钓竿感到这个猎物不同一般。尽管已经被鱼钩牢牢地钩住，但是它并没有拼命挣脱想逃跑的样子。可你稍微缠动线轴想要收紧钓线时，它就会拼死抵抗，变得沉重得令人毛骨悚然。人和鱼进入了角力时，游艇的速度减至时速四五海里左右。船长面向船尾，一边不断地观察鲛岛钓竿的张力和钓线的流动方向，一边小心地转动着船舵，让游艇始终和上了钩的鱼保持相同的方向。不论是怎样的钓鱼高手，如果没有优秀的船长的配合，也只会让上了钩的鱼跑掉。

火辣辣的阳光照耀下的海面上，游艇和钓鱼人合成一体追逐着猎物，紧迫且又无声中时间一分一秒地流逝着。钓鱼人谨慎地一点一点地转动着线轴，终于将线收紧到还有五十厘米左右，稍不留神又被拽下去三十多厘米。再收紧，再被拽下去。就这样不断地反复持续了三四十分钟。不知不觉中游艇已经驶出了近海，哥伦比亚的山峰已经变得像芝麻粒般大小，看不清了。

虽然不时有微风拂面，但是热带的直射阳光晒得鲛岛汗流浃背。被鱼钩钩住的猎物尽管不曾露出一点背鳍来，但是从不时地左右移动、想要强行摆脱时传递到手上来的感觉看，基本可以肯定这是条大鱼，和昨天福克恶战苦斗之后最终放跑的那条一百三十多公斤级的剑鱼不相上下。制服了这家伙,福克和东和汽车的合资事宜也许就会有进展——鲛岛的脑海里突然涌出了这样的念头。就在这时,手中慢慢卷动的轴线好像突然间受到猎物的猛烈反击,被以强大的力量噌噌地拽着走,鱼竿也像是要被折断似的。鲛岛感到一阵恐怖,觉得自己就要连同屁股底下固定在甲板上的椅子一起都被拽到海里去了。但他仍拼命地使出全身力气用双手拉住鱼竿。突然,两百米左右的后方跃出一条长着像矛一样长嘴的巨大的剑鱼来,斧子般巨大的尾鳍在海面上啪叽、啪叽地溅起水花,宛如用尾巴行走似的,开始海面上的尾行。

这条剑鱼长四米左右,让人误以为是鲨鱼的巨大身躯腾空而起,且拼命地在海面旋转,试图摆脱鱼钩,场面令人叹为观止,尤为壮观。鲛岛不由得血往上冲,兴奋得浑身发抖。

"鲛岛,加油!一定要制服它!"直到刚才还一直在旁边看着鲛岛和剑鱼角力的福克二世跑上近前,大声地为鲛岛鼓劲。

鲛岛使出浑身的力气坚持着,想要斩断钓线在海面尾行的剑鱼突然间又潜回了海中。剩下来就是等待潜入水中的剑鱼渐渐把体力消耗殆尽,然后寻机把它拖上来。鲛岛在炙热的阳光下汗如雨注,因为手不能放开鱼竿,船上的水手替他摘去墨镜拭去脸上的汗水。福克二世则打开可乐的瓶盖,把瓶口塞进鲛岛的嘴里,给他补充水分。为了制服这怪物一般的剑鱼,船上的人们齐心协力,给鲛岛加油。

终于,潜回水中的剑鱼逐渐地被拉过来。快要接近船舷三十米左右的地方时,却又突然垂直地向下潜,渐渐向海底沉去。线轴上的尼龙线已经被拽出去两米多,想把潜到海底的鱼拉上来是件非常困难的事情。

船长将游艇停下来,仔细地观察钓线的方向。十二三分钟后,船身突然晃了起来,是浮上来的剑鱼碰撞了船体。船长立刻以时速四五海里的速度开动游艇。潜进深水中的剑鱼在上浮时,因为巨大的身躯与水压成正比,所以体积越大,消磨的体力也就越大。鲛岛拼死地卷动手轮收紧钓线,周围的海面都在摇晃。终于,剑鱼的三角形背鳍露了出来,深蓝色的脊背浮出海面,鱼鳞在阳光下闪闪发亮。

再坚持一会!!鲛岛一分一秒地忍耐着太阳的灼热和剑鱼巨大的反抗力,顽强地一点一点地卷动着手中的线轴。钢丝终于显露出水面。按照海钓规则,只要钢丝部分露出水面,同伴们就可以过来帮忙了。两名水手开始往上拉引钢丝,一米多长的矛一样的剑鱼嘴从海面突了出来。当白色的肚皮露出水面的时候,福克伸出他那长满汗毛的手臂抓起锋利的鱼叉,用力向剑鱼的肚皮掷去。只听"啪"的一声,鲜血四溅,周围的海水顿时被染成了红色。鲛岛终于放下手中的鱼竿,解开把自己固定在座椅上的安全带,脱下固定鱼竿用的救生衣,呼呼地喘着粗气,去看自己的战利品。

这是一条大约一百八十公斤重的巨大剑鱼。虽然已经被鱼叉刺中,但是还没有死,鱼鳃痛苦地张合着,肚皮被鲜血染红,像斧子似的尾巴仍在顽强地挣扎。这场景让鲛岛感到震撼。鲛岛明白如果不赶快把它弄上来,它的血会引来鲨鱼。可就这样往船上拉的话也很危险。于是,福克二世和鲛岛两个人继续往上拉钢丝,两个水手用棒子狠击剑鱼的头部要害。顷刻之间藏深蓝色的剑鱼脊背上显现出鲜艳的蓝色斑点来,这是剑鱼咽气瞬间出现的死斑。

甲板上响起了欢呼声,船长立刻在桅杆上升起了蓝色的旗帜。这是宣告捕获了猎物的三角旗。

"干得好!恭喜你鲛岛!"福克握住鲛岛的手表示祝贺。

"谢谢。多谢大家的鼎力协作!"

鲛岛和福克二世及船上的人一一握手表示感谢。他抬头望着桅杆上翻飞的旗帜,拼搏后的爽快感充斥了鲛岛的心田。

连日来底特律持续高温,又闷又热。里井虽接连三天与福克公司的执行副总经理布拉特就促成与千代田的合作事宜进行了最后的商谈,但最后还是无果而终。

里井无论如何都想促成此事,非常焦急。但布拉特好像抓住了他的弱点,一路紧逼,把原先拟定的合办企业由两家各出资百分之五十的比率提升到福克百分之五十一、千代田百分之四十九,福克主掌经营权。对里井来说,自从壹岐晋升专务以来,已经渐渐威胁到他的地位。因为促成此事,可以有效地打击和排挤壹岐,所以他才亲自来到底特律。没想到结果是事与愿违。

然而,事已至此,只好和第三银行联合起来一起劝说千代田。千代田负债已经达到七百五十亿,这是明摆着的事实。光凭千代田自身的力量已是无力回天。这也是第三银行和近畿商事方面用来劝说千代田接受合资的最好理由。

"副社长,还有三十分钟就要登机了。该进去了吧!"是八束的声音。

"啊。"里井从凝思中回过神来。八束和塙不去纽约,直接来给飞回日本的里井送行。

"副社长,天气这么热,您别太辛苦了。请您多加小心啊!"塙看到里井马不停蹄匆匆往国内赶,担心他的身体吃不消,关心地说道。

"没事。你们这三天干得不错,辛苦了!这个合作要是能定下来的话,你们也就不用这么偷偷摸摸的,可以正大光明地行动了,工作也就好干多了。今年的社员奖应该给你们俩。"

里井说着向两人轻轻挥了挥手,轻车熟路地走进验关大厅。

走入候机室,在八束和塙面前强打精神做出来的豁达领导的样子,一下子松弛下来。里井一屁股靠着椅背坐下来。想想回国后要面临的说服通产省、千代田的难题,他觉得难关重重,前途多难,不由得沮丧起来。"体力不支啊!"里井从心底发出一声哀叹,长长地出了一口气,将领带结松了松。

"哎哟!这不是里井副社长吗?"

循声望去,原来是东京商事的鲛岛辰三晒得黝黑的面孔。里井打起精神来,说:"哟,这可是奇遇。脸色不错嘛,这是去哪儿啊?"

鲛岛一身雪白的鲨鱼纹西装配白麂皮鞋,衣着华丽。不像是去谈商务的公司职员,更像是去度假的实业家。

"去迈阿密了。那里的一个好朋友邀请我去他的别墅,划帆船、潜水,把积攒的郁闷都发散了,好好地放松了一把。恐怕回去得遭到公司里上下左右的批评喽。哈哈哈哈。"

鲛岛在巴拿马的皮尼亚斯湾与福克二世总裁刚刚海钓归来,昨天到的底特律,并且很快处理好了商务工作。他不露声色地回答了里井,并且依旧发出那种怪异的笑声。

"鲛岛君,你不是别人,肯定不是一般的朋友关系单纯的交际喽?"里井话里有话地说。

"我们公司要是有您这样善意地理解我们的副社长,公司一定发展得更大。哎,这次壹岐专务没跟您一块来吗?"鲛岛环视了一圈候机室说道。

"没有,他在日本。怎么,你有情报说是我们两个出来的?莫非与福克间的交涉泄露了?"里井装作漫不经心地一问。

"哪里,我只是觉得他不是负责海外事业嘛,会不会随副社长同行啊?要是和他一起坐同一架飞机回日本的话,想想我都恶心。"鲛岛满脸厌恶地说,"哎哟,对了!我还得打个电话。对不起了!"他好像突然想起了什么,匆匆朝电话亭跑去。

直到最后一次西北航空公司起飞的广播结束,鲛岛也没有回来。

里井不再等他,自己先检票登机了。在头等舱落座后,依然不见鲛岛的人影。空姐和乘务长正在与候机楼联系。让载客二百三十人的DC10飞机等他一个人,真是脑子有问题。里井正在心里嘀咕时,鲛岛总算跑了进来。他刚在里井前一排的1A的座位上落座不久,飞机就起飞了。

显示屏上请系好安全带的提示刚刚结束,鲛岛环视了一下头等舱的座位,见里井的旁边有空位,也不顾里井想一个人好好睡一觉的心情,噌的一下就换了过来。

"真险,都停止检票了,差点误了起飞。是里井副社长让空姐等会儿的吧?"鲛岛挺感谢的样子。

"不,不是我,是空姐吧。最后一分钟都不浪费,看样子是商务上的事吧,到底给哪儿打的电话?"

空姐来送饮料,里井要了一杯马提尼鸡尾酒。

"哎呀,休假休得人都傻啦。重要的工作给忘了,实在不好意思。"鲛岛挠了挠头皮,然后一边打开华盛顿邮报,一边喝着加了冰块的威士忌。

鲛岛突然不吭声了。里井随便扫了一眼鲛岛手里打开的版面,只见在本周休假的栏目里,刊登着福克二世在游艇上露着毛茸茸的胸脯、得意扬扬地指着钓到的大鱼的相片。下面有文字说明是在巴拿马皮亚尼斯海钓。

"嚯!是福克总裁,在巴拿马啊?"里井不由自主地念叨出声来。

"即便都是美国企业,跟我们打交道的那些人和福克总裁没法比,不是一个等级呀。怎么,里井副社长是不是本来预定要跟福克总裁见面的?"鲛岛那略微上吊的小眼睛瞄了里井一眼。

"没有,我不过是有点惊讶罢了。"

里井漫不经心地说道,又看了一眼福克总裁的相片。鲛岛的视线也聚焦在了那里。就这样,里井和鲛岛怀着各自不同的心情注视着同一张度假照片,坐在飞往日本的飞机上。

位于纪尾井町的新大谷酒店的套房里,有关千代田和福克间合作的秘密协商此刻进入最后阶段。

客厅里摆着会议用的桌子。千代田汽车的新任社长村山、厚木工厂厂长已经升格为专务的小牧,第三银行的玉井总裁和负责贷款的竹内常务,还有近畿商事的大门社长、里井副社长,三方分坐在会议桌旁。按照里井的意思壹岐没能参加会议。

里井回国后,马上分别与千代田的村山社长和第三银行的竹内常务进行了磋商,最后确定了今天这个秘密会议。可是,一旦到了最后拍板的关键时刻,本来已经被说服了的村山又露出了为难的样子:"里井君,就算汽车配件工厂和千代田本部没有直接关系,但如果按四十九比五十一的比例出资的话,从一开始经营权就拱手交给了福克方面。这个提案不管怎么说对董事会和工会都很难交代。再说通产省那里也不会轻易点头的。无论如何我还是恳请回到原先你提出的五十对五十的方案上去。"

千代田汽车就是因为以前的社长一天一变,优柔寡断,才造成了他们公司今天面临的这种险恶的局面。村山这位里井的同窗好友,无论于公于私和里井的关系都十分密切。可是,轮到他自己当了社长,要为公司的命运下决断的时候,也还是依然放不下自己国内实力派的架子来。

里井已经不耐烦了:"要是五十对五十能通得过的话,我在底特律坚持的日子里,就让福克他们改主意了。因为这次福克考察团调查的结果不理想,他们觉得如果再以五十对五十的比例合资办零件厂的话,难免会重蹈厚木工厂的覆辙,所以要合资,就得能够保证他们可以按自己的意愿办事。这就是他们的理论。不过,只要新的合资工厂不生产和千代田主体汽车竞争的车种,对总部还是不会造成威胁的。只要我们在这一点上牢牢掌握住不让步,就不用担心以后的事。首先我们作为中介,会一直关注双方的动态。福克再怎么财大气粗,也不能胡来吧?"

尽管里井再次催促,村山还是犹豫不决地抱怨道:"即使是像你说的这样,福克方面的态度还是让人难以接受……说好了五十对五十的出资比例,我们才同意他们到日本来考察的。可是以考察结果不好为理由,就要把自己的出资比例提高到五十一,也有点太卑鄙了吧。要早知他们会这样,我们也不会那么实在地让他们把我们的内部情况搞得一清二楚。"

小牧野说:"对,现在想起来我们也太实在了。福克光强调我们不好的地方,比如在账外富余资产这方面,他们就有意识地评估得很低,把尚可回收的贷款也当作烂账,从骨子认定我们的经营业绩不好。可是,他们为什么不说我们千代田有优秀的技术人才和员工,特别是实际操作工人。和福克相比,我们的员工素质高、勤劳肯干,不论是工作时间内的工作质量,还是肯于加班加点的精神,在所有方面都比他们优秀得多。有这样的员工的能力和努力,可以创造出怎样的明天?这些完全不在他们的评估范围之内。他们只抓住我们眼下经营状况恶化这一点大做文章。这种趁机压低我们的做法,实在不能令人折服。"他不愧为技术工作者出身,从技术和员工两方面进行了正面反驳。

里井听完小牧的话,从无边眼镜的后面瞥了小牧一眼,对小牧的尖锐反驳,采取了迂回包抄的战术:"不是你说的那么回事呀。福克方面正是看中了你们的技术力量,才又提出一个新方案。由福克的美国、澳大利亚、非洲分公司的销售网每月负责给千代田销售五千辆柴油引擎卡车。这样,你小牧专务呕心沥血生产出来的卡车,不是可以在全世界奔驰了吗?"

"这当然是个值得高兴的消息。但是,也不能因此就叫我们委曲求全,接受四十九的出资比例吧?如果福克方面要求我们必须接受这个条件的话,那么对不起,我们不干了!撤出!"

看到小牧坚决的态度,大门一下子站了起来:"小牧君,我们跑前跑后忙活了这么久,到现在这个份上了,什么,你们不干了?撤出?也好意思说得出来。可能我的话不中听,当今乘着经济高速发展的浪头,同行业的其他公司都取得了从未有过的好业绩和收益。只有你们千代田的小汽车部门还是月产两千台,而且还在继续下滑。听说东京出租车协会为了省油购入千代田的柴油车,结果因为震动太大,司机们要求发放特殊津贴补助。这样一来价格就和罐装煤气的价格差不多了。所以他们已经决定从下个月开始停购千代田的汽车。对不对?"

"那是爱知、日新搞的恶意宣传,因为他们想吞并我们,不希望我们与外资合作,所以是他们煽动司机工会,给出租车协会施加压力的。至于震动问题,我们正在全力改善,相信再过两三个月,就会找出改善的办法来的。"小牧非常认真地说道。

"你们搞技术的就是那么天真。再过两三个月,这两三个月的资金来源怎么办?听第三银行说,上半期是因为有与福克合资的可能性,你们想尽办法勉强在资产负债表的账面上做到了平衡,像走钢丝似的通过了结算。可是,现在还没有任何办法可以防止下半期的利润大幅下滑。这样下去,你们就得裁员了!"大门说完,看着坐在上座的第三银行的玉井总裁。

身穿考究的灰色西装、系着蓝色领带的玉井总裁,眉头稍皱,双唇紧闭,始终默默地听着双方的谈话。见大门把话题扯到他身上,说："关于这个情况,在村山社长就任的时候,我们已经谈得很清楚了。虽然千代田在日本汽车行业资格最老,有着光荣传统,但时至今日已经被逼到了绝境,在外资福克和国内的日新之间必须有一个合作伙伴。对此,我也是深表同情。如果再不决断,继续拖延下去的话,只会使谈判条件变得更加不利于千代田,给八千名员工和二百三十个承包公司带来更大的麻烦。"

玉井总裁尽管语调十分平静,然而他说的一字一句都想让村山和小牧感到钻心的苦痛。

里井盯着低头不语的二人,以老朋友的口气说道："喂,村山君,主要出资银行的玉井总裁可是从来不讲多余的话,只是静候你们的决定。这种时候能不能拿出新经营者的果断啊?如果无论如何还觉得对福克的百分之五十一不放心的话,近畿商事可以作为稳定股东,出资百分之五或者百分之十,我们联合起来把福克的出资率压到百分之五十以下,用这个条件再去跟他们交涉一下试试,好吧? 另外,还有件不能外传的事情,就是田渊干事长已经知道这件事了,很关心进展的情况。我们也可以去恳请干事长,在日美首脑会谈的时候,想办法让福克点头嘛!"

"是吗?你还有这方面的路子?"村山用依赖的眼神看着里井。

这时外面有人敲门了。近畿商事业务本部的课长脸色煞白地走进屋来。他从文件夹里取出一张提前出版的晚报,放到桌子上。晚报头版头条的大号黑体字一下子映入了所有人的视线。

福克东和汽车有望合作　下月下旬首脑部来日

东和汽车与世界第二大汽车制造商美国的福克公司,正在商讨共同合资事宜。据消息可靠人士称,福克公司近来通过中介东京商事,正式转达了将以百分之二十的出资比例与以转子发动机闻名的东和汽车公司合作的意向。随即,东和汽车会同主要融资银行的大友银行首脑部,进行了磋商协议,并准备在本月末与来日的福克公司首脑会谈,进行正式的交涉。

室内的空气一下子凝重起来。村山惊愕得连气都喘不上来。他两眼通红,一把抓起桌上的报纸,伸到里井的眼前,说:"里井君,这是怎么回事?!是不是你在开玩笑?!"

小牧专务也用颤抖的声音说道:"而且和东和的合作,他们才占百分之二十。即便是和总部合作,这和跟我们谈的条件,差距也太大了吧?"

里井面色苍白,半天回不过神来,只是一个劲儿说:"怎么可能,怎么可能……"

第三银行负责贷款的竹内常务以严厉的语气问道:"怎么可能?里井君,这件事是你亲自交涉的。就在刚才,你还在跟我们说千代田和福克合作交涉的来龙去脉呢。可是,这报纸上却报道了福克和东和合作的消息。而且清清楚楚地写着,东和已经和主要融资银行大友银行进行到协议阶段了。你怎么解释?简直是一场闹剧!为什么会出现这样的蠢事?你得给我们银行一个解释!"

面对尖锐的责问,里井还是一动不动地盯着报纸,用嘶哑的声音挤出一句:"不能相信,太过分了……"

村山的脸都气歪了:"太过分了?这话是你说的?是我们要说的!最初你们跟我们说的是,公司本身之间的合作也要确保对方出资百分之三十三点四的底线。因为谈不下去,就改为各自出资百分之五十,另行建立新的合资零件厂,就是所谓的里井方案。然后又得寸进尺,进一步要求五十一对四十九了,一个劲儿地逼迫我们接受、接受的。下不了决心,就好像我们多无能似的。可结果呢?人家东京商事中介的东和,公司本身的合作不说,而且还把福克的出资比率堵在了百分之二十上。你这不是要我们又是什么?"他边说边用拳头敲打着桌面。

一直沉默不语的第三银行总裁玉井也开口说道:"还好,这件事一直是暗中操作,如果被外人知道了,银行会被人耻笑。作为总裁的我也难辞其咎,甚至会关系到我的进退问题。"

他的声音冷静得可怕,听起来让人不寒而栗。

大门难掩狼狈地为里井解围道:"里井君的交涉可能是力度不够。不过,因为这报纸上有关福克和东和的合作,并没有提及两方首脑层明确的意见,所以未必就是既成事实了。我们将尽快通过相关部门把事情调查清楚。待弄清事实后再向诸位作明确说明。"

这是现在唯一可以采用的权宜之计。里井也终于回过神来了,说:"就是到现在我也不相信。这事不能就这么完了,我马上飞赴底特律面见福克总裁,让他辨明事情真伪。请诸位给我一点时间。拜托了!"说着深深地弯腰低头,表示歉意,试图从不可逃避的困境中摆脱出来。

正在这时,再次响起了急促的敲门声。这次是业务总部部长角田进来了。

"社长,福克总裁发来的特快。我想恐怕是和刚才的报纸上的消息有关,就直接拿到这儿来了。"

"什么?特快?到底是怎么回事?"大门脸色骤然变红,好像是血压升高了。他一把抢过印着福克公司标志的蓝色信封,开封取出里面的文件,脸上的肌肉渐渐变得僵硬、扭曲。

一直注视着他的玉井总裁问道:"福克总裁说些什么?"

大门默默地把手里的信笺递过去。

遵从公司董事会的决议,本公司中止与千代田汽车有关资金合作事宜的交涉。对贵社在交涉当中所尽的努力表示衷心的感谢,并请将此决定转告千代田方面。顺祝千代田汽车事业顺利发展。

短短七行的英文字母,附有福克总裁的签字。他们用这样一封商务短信,就给从去年夏天开始的交涉画上了终止符。薄薄的一张纸上渗透着美国企业的冷酷无情。

"中止合作交涉!那不就是说,报上的消息既不是误报也不是猜测了吗?简直岂有此理!"

千代田的村山社长禁不住大声叫了起来。

与此同时,只见里井的身子一歪,一下从椅子滑落下来。村山、玉井等人被突如其来的变故惊得不知所措,呆呆地看着趴倒在地毯上的里井。里井用手抓着胸口,发出阵阵呻吟。他在地毯上爬了两下,然后呜的一声像是垂死挣扎似的,扭过身子把刚才喝的咖啡全吐了出来。

"救护车!快叫救护车!"大门大声喊道。

不知是谁打的电话,酒店的服务生赶了过来。不一会儿,救护车到了。里井被抬上担架,从酒店地下停车场的后门抬了出去。

壹岐从东京成人病中心回到代官山的公寓时已经是晚上十点钟了。

里井被送进急救病房,虽然他的心脏再次苏醒过来,但是,千代田和福克的合作却没能苏醒,他在公司内外的地位开始动摇了。躺在病床上的里井,让人觉得就像是在亲手揭开自己的伤疤,十分可怜。

电话铃响了。壹岐以为是医院来的,拿起话筒,结果是纽约来的国际长途。电话的那头传来八束的声音:"专务,福克的事,真是对不起!好不容易刚才和布拉特通了电话。我谴责他们的做法太过分了,简直就是背信弃义。可是布拉特解释说不是他背信弃义,他也是没有办法。本来,看在近畿商事努力的份上,他准备再做研究的。可是突然接到福克总裁的通知,决定和东和合作。说是总裁和东京商事的鲛岛商量的结果。布拉特说因为他们公司是总裁一个人说了算,所以他也是无能为力,爱莫能助。并请向壹岐专务转达歉意。"

"啊,是这样?原来是福克总裁和鲛岛定的……"

壹岐这次领教到了鲛岛的厉害。他凭借自己鲛鱼般的嗅觉,嗅到了血腥穷追不舍,不把对手咬烂,誓不罢休。

"喂!喂!专务,耻辱啊!太让人憋气了……真是觉得对不起专务您啊。我……我真是连死的心都有啊……"那边的八束已经泣不成声。

"八束君,你这一年来的努力就这么被付之东流,我完全理解你的心情。不过,有一半的责任在我。虽说是中途被里井副社长强行换成了他的方案,但没能将我和你们一起定的最初方案拿上桌面和对方交涉,我觉得很后悔。在这点上,是我对不起你呀!"壹岐体贴地安慰道。

"专务,我不甘心。福克不行了,还有三大巨头中的其他两个公司呢!古兰斯拉和联合汽车。甭管哪个,我想和他们其中的一个联系联系,试试看!"

"好!可以考虑。不过首先得得到千代田的同意。因为现在千代田对我们产生了极大的不信任,所以需要一些时间。八束君,在此之前绝不可轻举妄动啊!"壹岐叮嘱道,然后放下了电话。

年轻的八束知道力促千代田和福克的合作努力失败后,立刻想到了做下一个可能合作的对象的工作。可是说心里话,壹岐已经感到力不从心了。作为统筹海外业务的专务,不仅是汽车公司的合作,还有石油、钢铁、粮食、木材等等各种项目。他必须从中做出选择,使这些项目步入正轨。想到如此大量的工作还等着他,壹岐就无法对千代田和福克合作的事情恋恋不舍。他拖着疲惫的身躯钻进被窝的时候,心想要是秋津千里能在身边该多好。

忽然,门铃响了。壹岐看了一下表,十点半。这个时间会是谁呢?他正觉得奇怪,来人自报了姓名,原来是千代田的小牧专务。

壹岐打开门,小牧走了进来。

"对不起,这么晚了还来打搅您。里井副社长的情况怎么样了?在医院我中途就回去了,实在不好意思。"

"哪儿的话!是你一直把他护送到医院的,真是给你添麻烦了。现在托你的福,他的病情已经稳定,不太要紧了。快,快请进!"壹岐把客人让进屋来。

小牧环视了一下房间,笑着说道:"像是壹岐专务的住房,很简朴。"

"一个人过日子有这些就足够了。"

"来你这儿的路上,我心想近畿商事专务的公寓肯定小不了。就拣大公寓找,结果就耽搁了时间。"小牧笑着说,在沙发上坐下。

壹岐郑重其事地向小牧深深鞠了一躬,说道:"对不起,小牧专务,这次给贵公司添了很大的麻烦。非常抱歉!"

小牧愣了一下,然后说道:"我也是为这件事来的。我们刚刚召开了以开发室室长足立为首的技术人员会。我们技术人员从一开始就不赞成里井方案,这个方案是我们新任社长村山和你们公司的里井副社长强行通过的。说实话,没谈成我们倒觉得轻松了。这不,福克和东和的消息一出来,日新汽车就马上又找上门来打听合作的可能性。我们技术部门是坚决反对。事到如今,我们不能再回过头去给国内同行当承包工厂。所以,我们打算再次恳请您为我们寻找新的外资合作伙伴。我是为了把我们的这个意向尽早告诉您,所以才这么晚还来打搅的。"小牧丝毫未改与外资合作的初衷。

"说实话,刚才纽约的八束打来电话还说,福克不行了,三大巨头里不是还有另外两家吗?"

"是吗?那就务必请你们帮我们联系一家,而且这次就全交给您了,不希望别人参与。拜托了!拜托!"

"村山社长也是这个意思吗?"

"是的。我综合技术部门的意见向村山社长汇报时,他说'虽说里井是我多年的老朋友,但经营企业讲不得私人感情。而且里井君有心脏病,寻找海外事业合作伙伴的工作对他来说也不适合了。今后就得好好地依靠近畿商事的二把手壹岐专务了'。这是他的原话。"

"哦,村山社长……"壹岐不知道该说什么好。

什么叫商场如战场,毫无情谊?福克公司的一张信笺是,村山的一番话也是。想到这些,壹岐不由得感到后背阵阵发凉。

"那么,壹岐专务,我就告辞了。这件事改日咱们再好好商量。"

小牧起身告辞,壹岐送到楼下。小牧的车等在外面。

"好了,回吧!今后还得请您多多关照。"

"哪里哪里,您特意跑来,实在让我诚惶诚恐啊!"壹岐郑重地回礼,并一直目送到汽车消失在夜幕中。

夏天的夜晚凉爽下来,在习习微风的吹拂下,壹岐怀着微妙的心情接受了现实——在公司内外一系列的意想不到的变故中,自己正从被大门私下称作公司三把手的地位,一步步被推上二把手的位置。

第二十八章　热　砂

面朝波斯湾的伊朗西南部班达拉布什尔的土漠上，一辆没有空调的破旧的出租车，像是被扑面而来的热风扇吹得呼呼地喘着粗气，在唯一的一条路上行驶着。气温四十五摄氏度，湿度百分之百。这就是班达拉布什尔八月的天气。

"这是什么鬼地方呀！都是伊朗，北边的德黑兰和南部的这儿，简直就是一天一地啊！"坐在出租车上的五菱商事德黑兰常驻代表上杉隆，像伊朗人一样蓄着的大胡子上都泛着闪闪发光的汗珠。他喘着粗气嘟囔着。

五菱石油东京总部技术部的木户应上杉的要求，前来视察炼油厂建设用地。为了遮挡直射的阳光，他把挽上去的袖口放下来说道："刚才刚一下布什尔机场，墨镜片就被热气熏得看不见前面的东西了。走了不到一百米，这裤线就没了，哆里哆嗦直粘腿。昨天去的班达阿巴斯就够受的，今天这里也是一样啊！"说着从座位上挪动了一下身子，他的后背全都湿透了。

"要不要再把窗户开大点？"上杉说着搬动已经开了三分之一的窗户的摇把。

木户一面用毛巾擦着脖子上的汗，一边说："不用，再开大，湿度这么大的风刮进来，肺都得蒸熟了不可。听说一年前这附近刚新建了一个港口,听承建港口的三洋建设的技术员说,在预制板的小房子里待着,看见椰子树的树枝晃动,别说有凉风习习的感觉了,简直就是恐怖,因为让人预感到热风袭来。根本不像在日本。看来他的话并不是夸大其词呀。"

正说着,头上缠着白布的当地司机把车减慢速度,回过头来用半生不熟的英语问道:"加油站,停一停,好吗?"

上杉向前看去,只见前面冒着热气的地面上有个加油站,前面竖着两根铁棍,权当是门,就赶忙说道:"好的,好的。在这鬼地方断了油,还不晒成干了。"

司机停下车来,走进加油站的土房子,招呼主人去了。

上杉和木户也从堪比桑拿的汽车里下来,到有点儿阴凉的土房子墙根下藏身,等待加油站的人出来加油。虽然现在伊朗男人的衣着基本上已经西欧化了,但是南部土漠地带还能看到头裹白头巾、身穿大白袍的人。

上杉看着男主人慢腾腾地给汽车加油,汽油像水似的从管子边上滴滴答答地流落到地上。他一边觉着危险,一边又叹息真浪费。这儿的油比水便宜得多。在别的商社盯着石油期货的时候,他则每天往返于伊朗国营石油公司,为的正是让日本能够长期稳定地获得这里的石油。他以帮助伊朗建设炼油设施为条件和伊朗石油公司进行油田开采权的交涉,事情终于有了进展。于是,他请到了五菱石油熟悉海外炼油设施建设的、和他同为三十八岁的木户,一同前来查看炼油厂的建设用地。

忽然,一辆蓝色的小轿车从眼前的道上驶过,扬起一阵的黄沙。虽然这条路上偶尔会与一两辆卡车交臂,但还没有见到过小轿车的身影。特别是在这种虽然还不是最高气温但也十分炎热的时候。而且这辆车……上杉觉得好像在哪儿见过这辆车。

"刚才那辆车,好像和在机场等出租时旁边停车场里停的那辆一样。"木户在旁边嘀咕了一句。

"你这么一说,我倒想起来了。出城区之前,我们去食品店买可乐的时候,在十字路口等红灯的也是一辆蓝色的车。"

"不是说伊朗的警察跟电线杆一样多吗?会不会是SAVAK[①]在跟踪我们啊?"

SAVAK是为了维护现在的国王独裁政治成立的秘密谍报机关。他们的任务是二十四小时围剿"反对者",监视一切与石油有关的人的行踪。不过,刚开过去的那辆蓝轿车也不仅限于秘密警察,也有可能是"黑中介"。这些"黑中介"曾经威胁上杉,如果不和他们合作最终肯定一事无成,甚至还跟到贝鲁特、科威特纠缠。

加满油,出租车再次上路,继续朝炼油设施的建设用地驶去。在零星地生长着一些灌木丛的土漠中,出现了三米多高的带刺铁丝网,延绵不断。出租车开近的时候,上杉拿出望远镜,从望远镜里可以看到一个个等距离间隔的像是地道出口的黑房顶。他在德黑兰做事先调查时了解到,他们昨天去过的位于波斯湾和印度洋交界处、面向霍尔木兹海峡的班达阿巴斯是伊朗海军最大的基地。好像这里的地下也有他们的兵工厂。

延绵了达几公里的带刺铁丝网渐渐地退出了视野。出租车继续向南行驶。又开了大约三十公里,上杉和木户让车停下来。因为指定的班达拉布什尔的预选地就应该在秘密兵工厂以南三十公里处。由于还没有提交和对炼油厂的选用地进行可行性调查的咨询公司签署的合同,上杉只能拿到一张大致的地图,所以,他只好找来伦敦和日内瓦发行的地图,和手里的地图进行比较研究。最后大致确定了

---

① 秘密谍报机关。

现在的这个位置。木户要求出租车司机在这儿绕一圈,遭到了出租车司机的坚决反对。他拒绝把车开到土漠地带中去。

在雨季土漠吸取雨水,到了夏季地面干裂,一道道裂缝很可能把汽车轮子吞下。而且还有到处裸露着的岩盐,坑洼不平。

"他可不像是半道打劫要涨价的样子。看来是真的不敢去。"上杉也有些犹豫了。

"那我来开行不?你去说说看。"木户说道。

"什么,你开?就这坑坑洼洼的土漠,你能行?"上杉显出诧异。

"我有国际驾照。以前去非洲、印度、缅甸,上哪儿调查都开过车。我无论如何也得完成任务。我们这种吃技术饭的人,能跟你们这些优雅的商人一样吗?"木户的话里虽透着技术人员的直率和自豪,但是并不招人反感。

"我要是优雅的商人,早就叫专业咨询公司柏克德来调查,自己这会儿正在德黑兰睡我的午觉呢!"上杉也毫不示弱地说道。他搜肠刮肚,充分利用自己有限的波斯语词汇劝说司机,终于让不停唠叨轮胎要爆了的司机坐到了助手席上。

木户拿着指南针、地图和照相机坐到了驾驶席上。他灵巧地转动着方向盘,小心地躲避着地上的裂缝和不时迎面而来的岩石。汽车左右摇晃着,碾轧着躲藏在仙人掌之类的厚叶状植物下的蝎子,艰难地前行。时而还要停下车来,到外面拍摄地形地貌、观察露出的土壤、目测通向海岸方向的坡度。

结束勘察的时候木户早已是大汗淋漓。他把汽车开到靠近海岸的一棵就像是天然据点的椰子树下,把车停在树荫下。

"累了吧?到后座来躺一会儿吧!"躺在地上,有可能被蝎子蜇着。上杉把车窗全都打开,招呼道。

这里毕竟是海边,海风带来些许的凉意。波斯湾那黏稠的深蓝色的海面,在一路从土漠中走来的上杉他们的眼里就如同海市蜃楼一般。波浪拍岸的声音让累得连嘴都张不开的二人感到沁人肺腑的凉爽。

终于喘过一口气来以后,上杉问道:"怎么样,跟阿巴斯比?"

木户把脑袋枕在座位后背上,说:"是啊,首先第一条,把油引到炼油厂需要安装的管道,有一百五十公里就够了。第二,出货的港口条件,栈桥的话,大概得从这里向海面延伸七八公里吧。第三,加固施工现场,因为这里的支持层离地表近、有耐受力,所以造价成本不会太高。"

"不过,刚才我就一直担心一件事,这里没有工业用水的水源啊!"上杉说道。

"对。阿巴斯近处没有水源,这里也一样。除了利用海水以外没有别的办法。如果五年里建两个日产十五万桶的炼油厂的话,根据炼油厂的性能,必须建一个日产两万吨到三万吨的海水蒸馏装置。"

"那么,要干的话,得从日本带多少人来呀?"

"按说,一千人差不多。可是,这里的条件太恶劣,至少得一千三百人吧。"

"一千三百人?把那么多人都放这里来?"

就在上杉发出近乎悲鸣的声音时,蓝色轿车又一次从远处开过去了。

上杉和木户回到班达拉布什尔街的酒店时,已经是晚上九点多了。

酒店只是徒有虚名,其实就是一座灰色外墙裂了缝的脏兮兮的二层木制旅店。

"对不起啊!好点儿的酒店都住满了,只好住这儿了。"上杉很抱歉地说道。

"没事。你这么一个有卓越外交能力的人都找不到其他住处,那就是真没办法了。"

二人走进二楼的房间,屋里的空调嘎啦嘎啦地发出很大的声响。

"动静挺大的,可也不见凉快儿啊!"上杉想再把温度调得低点儿,扭了几下空调的按钮,可是,怎么也拧不动,不知道哪儿坏了。房间里只有一张双人床,弹簧还从床垫子里露了出来。

"真是的!两个大男人,一张双人床,怎么睡呀?我找他们去。"上杉说着奔向一楼前台,不一会儿,板着个脸就回来了,说,"不行。客满。让凑合点儿,说不愿住就走人。态度真够恶劣的。"

"没办法。一人睡一边儿,凑合吧!"木户无可奈何地说。

两人替换着冲了淋浴,换上睡衣,各自在床的一边儿躺下。白天的疲劳让两人很快就闭上了眼。可是床垫子坏了,中间是个坑。两个人一会儿就都滑到了中间,背撞上了背。

"你这屁股够硬的,都是骨头?"木户睡眼蒙眬地说。

"你忍着点吧!前些时候听他们说日本建设公司的事,说是在哈格岛上建原油储藏库,在岛上待了一年,都成了同性恋了。"

"真恶心人,光听听就让人想吐。"

两个人各自回到床边,抓住床棱子接着睡,一睡着又滚到一起。再分开,再滚到一起。翻来覆去重复着这个过程。上杉忽然觉得脸上有什么东西在蠕动。用手扒拉掉,又跑到脖子上来。再用手一扒拉,这回是觉得有什么东西刺溜从嘴上爬过。他一下子坐起来,打开灯,只见无数个蟑螂正在床上地下爬行。

"啊!这么多的蟑螂!"上杉惊呼道。

"什么,蟑螂?我就怕蟑螂,快赶走!"在非洲、东南亚都生活过的木户一下子从床上蹦起来。

"至于吗?你应该见的多了呀!"

"不行,我就怕蟑螂,哪怕蝎子都比蟑螂强。快!快!拜托了!杀虫剂!"木户显露出近乎病态的恐怖。

上杉从提箱里取出杀虫剂喷雾器来,对着床上大群的蟑螂喷去。可是收效甚微。于是连续不断地喷射,终于死的死,没死的从门缝里逃出去了。可是自己也被杀虫剂呛得泪流满面。于是他急忙打开窗户换气,杀虫剂的味道也一时难以消失,嗓子眼都熏疼了。

两人也没法睡觉了,只好拖着筋疲力尽的身体坐在床上,看看窗外。黑夜的街道恢复了宁静,只有从沙漠飘过来的暑热,不见一丝的风动。两人又回到了中午那令人窒息的暑热中。

"生活条件这么严酷,建成的炼油厂还可能出现赤字,为什么还非要建不可呢?"木户有些畏缩地说道。

"为了取得油田的开采权。有情报说,最近伊朗国际石油财团要公开名下的西拉兹东南部的油矿。如果我们给他们建炼油厂,就有可能取得那块矿区的开采权。"

"真的吗?这是……"

"嗯。这是我在伊朗国营石油公司费了很大劲才得到的机密情报。"

"那这个炼油设施就是咱们的敲门砖?这个工程可够厉害的。"

看着木户近乎苦笑的脸,上杉郑重其事地说:"受利比亚国有化动向的刺激,产油国的力量在逐渐增强。不为当地的发展做出点儿贡献就买不到石油,这样的日子已经来临了。"

"但是日本还不清楚这一点。"木户嘟囔道。

"因为在日本现在还能用很便宜的价钱买到石油,所以,恐怕很少有人意识到这个问题。有谁知道我们这些在一线采购石油的人有多么的呕心沥血?问题在于,我们是肩负怀着一种使命感到这儿来的。但是,承建炼油厂施工的工人们,他们肯不肯到这样恶劣的生活环境里来? 器材的话,出钱就能运到这里。人可没那么简单。油!油!要解决油的问题,首先得解决人的问题呀!"

想到这里恶劣的生活条件,想到那辆一直若隐若现的蓝色轿车以及它所代表的这个国家沉闷的政治空气,他再一次感受到自己的肩负的任务是多么艰难。

勘察完炼油厂用地,回到德黑兰后的第二天,上杉坐上出租车,前往位于德黑兰中心街区的皇家希尔顿酒店。

海拔一千二百米,位于厄尔布尔士山脉脚下的德黑兰,空气十分干燥。如果不是现代化高楼大厦远处还能看到沙漠,人工种植的郁郁葱葱的梧桐树就令人忘记自己正置身于中东。不过,此时的上杉无暇欣赏周围的景色。东京总部的神尾专务昨天晚上从伦敦出差回国,途径德黑兰,特意停留两天听取他的汇报。想到该如何向专务汇报有关勘察炼油厂用地的结果,上杉就觉得心里沉甸甸的。

出租车驶过山脚下豪华别墅汇集的高级住宅区,继续北上,来到德黑兰皇家希尔顿酒店附近。虽然刚早上八点半,周围已经是十步一警察,戒备森严了。上杉刚想可能是有外国贵宾下榻,出租车就已滑进了酒店大门前面的院子。只见身着深棕色军服、佩戴金色肩章、脚履长靴的近卫兵站在那里,好像有三四十人。这是国王来到酒店的象征。

驾驶鲁莽的出租车司机,一下子紧张起来。他小心翼翼地驶过强壮、英俊的近卫兵面前,将车停在大门口。皇家希尔顿酒店的经营权一半掌握在国王的手里。在伊朗,国家所有的事业其实质性的经营者都是国王。

上杉向已经很熟悉的前台服务生问道:"一大早国王陛下就亲

临大驾,一定是有重要的客人来了?"

"贵客倒是贵客。巴黎来的碧姬·芭铎住在这儿呢。国王陛下早上骑马归来,顺便来看看的。"前台服务生也为碧姬·芭铎的到来感到兴奋不已。

"咦,不就是那个女演员吗?……"

这样的戒备森严,就为个女演员,上杉难以置信。他正想进一步确认,服务生像是害怕引起酒店里无处不在的便衣警察的注意,装作若无其事的样子离开上杉,招待入住的客人去了。上杉也放弃了再打听的努力,径直乘里面的电梯直奔八楼神尾的客房而去。

进入套间的客房,神尾正在寝室里整理公文箱。

"早上好。昨晚没注意拖到那么晚,也不知您休息好了没有?事务所长夫妇也很惦记您。要不要给您叫早餐?"上杉说着就去翻看早餐的菜单。

神尾满头的银发工整地梳成三七开的分头,他不过分拘泥形式,总是很洒脱。此时,他穿着衬衣在翻弄文件。

"早饭早就在餐厅吃过了。你给自己要杯咖啡吧!"

"噢,我自己就不用了。有什么需要我帮忙的吗?"上杉一边说,一边环视了一下房间。床上、桌子上都归置得整整齐齐。神尾昨夜从伦敦飞到这儿,事务所长在家设家宴为他接风,上杉把他送到酒店时已经过了午夜。可是,眼前六十岁的神尾看不出丝毫疲劳。日本大企业的高管们到海外出差时,虽常把驻当地的职员当男佣使唤,但他身上没有这个毛病。并不是他有意识这么做,而是因为从年轻的时候起就跟国际石油资本打交道,他已经养成了自己的事情自己做的习惯。

神尾把不用的文件取出来,啪的一声盖上文件箱的盖儿,说:"还有一个小时我们才去伊朗国营石油公司,我先听听你勘察炼油厂建设用地的情况吧！"说着示意上杉坐在客厅的沙发上。

客厅里摆放着壳牌德黑兰办事处和日本银行德黑兰办事处送来的玫瑰花和兰花。两人在沙发上相对而坐后，上杉便把专业技术人员木户的见解和自己的印象结合在一起开始了汇报："木户君的看法是，根据对阿巴斯和班达拉布什尔项目进行综合测算的结果，班达拉布什尔的建设费用会相对便宜一些。从出货的港湾设施、土地造价、保证工业用水的海水脱盐设施以及附带的各种生活设施等方面看，这两个候选地都处于一无所有的土漠地带，都需要从零开始建设。在这点上两者没有什么区别。问题在于输送原油的管道铺设上。根据木户君的估算，如果阿巴斯是将原有的管道延伸过来的话，最短也有七百公里的距离，需要耗资一百五十万美金。与此相比，布什尔需要铺设一百五十公里左右的管道，有二十到二十五万美金的经费就可解决问题。因此，如果要建的话还是选在布什尔为好。但是，考虑到那里气候条件恶劣，除了将来保证被提拔的管理人员，我不敢肯定能不能召集到一千名以上的作业工人。"

"环境真的那么恶劣吗？"

"虽然我知道专务您特别吃苦耐劳，但我保证您去那儿看看也会吃不消的。不管我们怀有怎样的使命感，如何的意气风发，到头来还是得让一千多名日本人在这里待三年、五年。我和木户君为了试试日本人能不能在那里生活，勘察完后，在当地待了四五天。就一句话，太难了。比如，我从旅店往外走了一公里左右，偶然遇到几个当地人在修路。刚开始觉得从来没见过这么慢慢腾腾干活的工人。可自己走了没有五六米远，就已经觉得像是从蒸笼里出来似的，摇摇晃晃的。这才感觉到那些工人是多么卖力地在干活了。就说挖坑吧，有人说伊朗人只有日本人五分之一到六分之一的能力。其实不对，这个数字完全不符合布什尔的具体情况。"上杉坦率地说出了自己的看法。

神尾凝视着窗外,厄尔布尔士山脉的主峰达马万德山上没有一草一木,裸露着褐色的山脊。他掏出烟盒来,用淡淡的语气问道:"虽然话是没错,但我们必须在两个地区选出一个来,这是无法改变的。你到底是怎么想的呢?"

"简单地说,就是只从日本派遣技术指导,保证最低需要。其余的由耐得住酷暑的巴基斯坦人、印度人、亚美尼亚人等来补充。伊朗政府方面根据促进国民雇佣的政策,提出一个条件,要求阶段性地由伊朗人代替日本人工作。国内的人们都有一种想法,认为日本人无法在中东生活。我们的当务之急是消除他们的这种抗拒情绪。目前的能源市场构造正在发生重大改变,虽然从事石油贸易以及石油需求量大的用户也许已经模模糊糊地意识到了这一点,但是,包括那些在德黑兰设置了办事机构的日本企业的社长、高管在内,人们仍然简单地认为自己的公司没有必要到连生命都难以确保的沙漠里去流血流汗,总会有人给他们解决石油问题的。因为他们还没有认识到,为了确保石油,必须从这些事做起的必要性,所以,如果公司决定正式向伊朗政府递交在班达拉布什尔建设炼油厂的意向书的话,我希望每两三个月能回日本出差一趟。虽然有很多工作要做,比如与伊朗政府的交涉,和外国企业的竞争等等,但是,我觉得日本是否真的能够拿到这个工程项目,是否真的能够建成炼油厂,关键在于清除掉日本国内对在中东沙漠里工作的排斥情绪。"上杉越说越激动,他突然意识到自己声音越来越大,觉得有些不好意思了。

神尾脸上泛着笑容,洒脱地看着面前的年轻人,说:"看来选你到德黑兰来,我的眼力不错嘛。你对工作的本质看得很清楚啊!"

正说着,有人敲门。驻德黑兰的事务所所长来了。今天上午十点,神尾要去伊朗国营石油公司进行礼节性拜访,由事务所所长和上杉陪同。并且,他们将要就炼油厂的建设和石油矿区采矿权的问题与对方进行交涉。目前,日本商社当中只有五菱商事以承诺建设炼油厂为条件争取油田的开采权,并一步一步做着准备工作。上杉能够感觉到,被人称为"石油之神"的神尾的内心充满强烈的自信和自豪。

秋津千里在代官山壹岐的公寓里睁开了眼睛。

她静静地看了壹岐一眼,壹岐还在熟睡。也许是因为那双冷静而威严的眼睛闭上了的缘故,他显得安详而温柔。千里想起昨夜壹岐温柔地爱抚自己的情景,不禁羞红了脸。她掩好内衣的胸襟,起了床。为了不惊醒壹岐,她蹑手蹑脚地走出卧室,换上白喇叭裤、蓝短袖上衣,打开饭厅的窗帘。这座公寓位于住宅区的一角,从窗户里可以看到下面家家户户院子里的动静。利用星期日在家忙乎木匠活的男主人,带着孩子打棒球的父亲的身影,一个个尽收眼下。

千里在煤气灶上烧上了一壶水。然后把浴室脱衣筐里壹岐脱下来的运动衫、内衣拿出来,准备去洗。衣服上轻轻地散发出一股说不上是汗臭还是体臭的味道,是单身女人身边没有的味道。她把该洗的衣服统统放进洗衣机,倒入洗衣粉开动了按钮。伴着轻微的声音,洗衣机转了起来。清爽的节奏象征着平凡、祥和的家庭生活。千里蓦地想起,就在一个月前,在这个公寓里和壹岐吃过夜宵,险些和从印度尼西亚回来的壹岐的儿子碰上。当时,她是慌慌张张逃出来的。那天,壹岐突然接到儿子一会儿就到的电话,便仓皇地收拾碗筷,匆忙地把千里送了出去。想起自己当时不得不偷偷摸摸溜走的屈辱,千里曾想过再也不登壹岐的房门了。可是,她还是又来了。

卧室里有动静,好像是壹岐醒了。千里把开水灌进暖瓶里,打开寝室的门。壹岐亮起清脆的嗓音:"早上好!"

"是我把你给弄醒了?"

"没有,我睡得很香。"壹岐边说边从床上坐起来,脱下睡衣正要换衣服,千里说道:"别动!今天让我给你穿,待好了……"她给脱得只剩下一条裤衩的壹岐套上了背心、长裤,然后给他挑了一件凉爽的亚麻T恤衫。

"你得再长点肉才行啊!"千里关切地说道。

壹岐任其摆布,并笑着说:"看不出来,职业女性的你,还挺会照顾人的嘛!"

"我高兴呀!头一次在你家里过夜。今晚我还留下来好不好?"

"当然,只要你高兴……"

昨夜情事后的余韵尚未完全褪去,壹岐把千里垂到肩头的头发挽到后面去,轻轻地给了她一个吻。

壹岐来到餐桌前,只见桌子上咖啡杯、面包碟、羹匙、黄油刀、叉子一应俱全,还铺上了餐布。

"嚯,好久不见这样的架势了。一个人吃饭就图省事,一杯牛奶就完了。"壹岐说。他已经很久没有体会到这种居家气氛了。

他和千里相对而坐,开始吃早餐。忽然,门铃响了。壹岐以为是收报费的来了,应声询问是谁。

"爸,是我,我是直子。"

"哎?直子……"

壹岐一下子呆住了。直子不是说今天一家三口开车去箱根吗?怎么……他慌慌张张地就要收拾桌子。千里却坐着一动不动,瞪着眼看着他。壹岐让自己沉住气,打开了房门。

"箱根不去了。伦敦他们公司纽约总部的人中午到羽田机场,他下午得出去。啊呀,有客人啊?"直子一边说着一边走进屋,看到千里的身影一愣,随即闭上了嘴。

"这是秋津千里,也是刚到。"壹岐掩饰道。

可是,匆忙间未曾收拾起来的两个咖啡杯,还并排地摆在桌子上。直子扫了一眼,对千里说:"好久不见!家母去世的时候,承蒙眷顾,多谢了!"她绷着脸对千里曾参加母亲的葬礼和法事表示感谢。

"不客气。好久不见!"千里也报之以礼节性的问候。

"我只是来送点人家给的东西。您请慢坐。"直子正要把带来的小包拿进厨房,又转过身来说,"哦,对了。这里还有妈妈喜欢吃的东西,我先去给妈妈供上。"说着走进里间的和式小间,打开放在天棚里的佛龛的门,点灯、上香、敲钲、摆好供品。

佛龛的钲声虚无缥缈,袅袅地传到千里的耳朵里,显得那么的含沙射影。千里的表情渐渐地变得越来越僵硬。然而直子的祷告还在继续,钲声不绝。

一边是坐在母亲亡灵前祷告不止的女儿,一边是被含沙射影的攻击渐渐激怒的千里。夹在中间的壹岐束手无策,只好呆呆地站在那里。就在三人都缄口无言、屋子里的空气十分尴尬的时候,电话铃响了。

壹岐像是抓到一棵救命草,奔过去拿起话筒:"喂!我是壹岐。"

电话里传来兵头信一良低沉的声音,他用往常很少见的紧张的口气说:"专务,不好意思,休息日打搅你了。因为有个紧急事情需要向您汇报。这件事以前我们就注意到了,根据贝鲁特石油咨询人士巴巴修的情报,伊朗西南部的萨尔韦斯坦油田最近要进行国际招标。"

"什么?国际招标?情报确实吗?"

"我从伦敦的石油界那里也得到了证实,基本上是没什么问题的。在此之前,虽然专业人士之间都普遍认为,伊朗是不会轻易出让那块很有价值的油田的,但是,现在看来伊朗是不想跟一个公司做交易,而是想借国际招标的机会,招揽买家,大大地提高这个油田的价格。"

"如果真是这样,没有日本石油公团的支援,咱们没办法投标啊!"

"所以,明天一早我就去石油公团请求支援,然后飞回德黑兰。因为要想得到大门社长的应允,光经过我的顶头上司赤泽常务,就得多好些麻烦,所以,我想拜托壹岐专务。"

"好。明天我正好去大阪出差,和大门社长一起去大阪电力公司,商谈 LNG 的事儿。本来这件事情就是以获取萨尔韦斯坦开采权为前提进行的。到时候我跟社长谈一下。"

壹岐用劲攥了一下话筒答应下来。这与刚才夹在千里和女儿直子中间的、那个束手无策男人的样子完全两样,是一个致力于工作忘我献身的男人的身影。

大门和壹岐乘坐的汽车开到大阪高丽桥的料亭"吉兆"门前,身着印着店铺字号的和式上衣的男店员打着伞上前迎接。风雨很大,两人的衣服上都溅上了水珠。

"哎呀,动作太慢了,真对不起!"女招待们马上拿来毛巾,擦拭二人衣服上的雨水。

"风真够大的,可别影响松尾社长的出行啊!"大门有些担心今晚招待的客人——大阪电力的社长松尾能否按时来。

二人上楼,进了挂着垂帘的宽敞的和式座席包间。要想在伊朗的公开招标中中标,不仅要出高价,还必须为伊朗的经济成长做出贡献。所以,近畿商事一方面向伊朗政府提出建设 LNG 的工程项目,一方面正在想办法争取国内最大的 LNG 用户和他们一起参与这个项目。今天的安排就是为了这件事。

雨点敲击着宽檐玻璃窗,响声越来越大,越来越快。一个闪电,接着便是震耳的雷鸣,轰隆隆,震得窗户都在颤动。

终于,大阪电力的松尾社长和分管技术负责的永井常务在女招待的引领下,走了进来。

"噢,真是风雨无阻啊!欢迎!欢迎!听说昨天关西经济联合会的董事会上,决定了下个月佐桥首相来大阪的日程?"在大阪的财经界里,因为大门社长和松尾社长两人关系很好,所以,大门招呼得轻松随便。

"对。下个月十号来两天。明年有大阪府知事选举,首相是保是革的,态度不明确不成啊!"松尾社长说着在上座坐了下来。

松尾身材矮小,眼大耳朵大。他一向态度谨慎,与他身为公益事业社长的身份很相符。同行的永井常务是深受松尾信赖的技术高管。

酒壶和凉菜端上来了。干杯后,大门放低姿态,请求道:"怎么样?我们公司以壹岐为首的燃料部门前段时间提议的LNG的事,你考虑得怎么样了?现在限制公害的呼声越来越高,引进无公害能源是大势所趋啊!按我们说的两点,一能够保证每年供应三百万吨到四百万吨,二最低保证二十年长期安稳化供应。你能做出英明的决断,让大阪电力引进LNG?"

松尾大大的眼睛和大大的耳朵同时动了一下,说:"虽然无公害LNG确实符合时代潮流,但是,大阪电力对于未来的能源资源构想,已经有了一个明确的方针。那就是走核发电的道路。并且,已经开始着手第一号发电机的建设了。使用LNG的话,也只是限于一种替代手段。就是考虑把它作为从现在以石油为燃料到转入核发电之间,这个过渡阶段的替代品。说实话,LNG对我们来说,还是一个未知的事物。而未知对我们公共事业来说,就是一个不安的因素。单从保险这方面考虑,继续以石油为燃料,直到与核发电衔接上是最稳妥的。东京那边,虽然对核发电有各种不同意见,但是,美国已经有核发电,有关应对危机的办法也在研究当中。"

松尾不愧是核利用促进派人物，句句不离"核"。

壹岐以平静的声调说道："说到对LNG的担心，现在全世界每年LNG的消费量是一兆三千亿立方米。其中的五成是美国，两成是苏联，两国都是用本国开采的LNG作为城市用煤气使用的。英国和法国使用的是从北非阿尔及利亚购买的LNG，也已经有六年的时间了。有关预防危险的措施也是从各个方面做了考虑的。"

听壹岐说完，永井常务接过话来："我们也调查了各国有关LNG的使用情况，但是还没有发现哪个国家是用LNG发电的。而且，除了这方面的未知数太多以外，输送方法是个最大的问题。就像你说的，美国、苏联的LNG是本国产，只要安装输送管道就可以了。远距离情况下，首先要把天然气降到零下一百六十二度液化，然后用冷冻船密封运送。到岸后，还得用冷冻管送进冷冻罐里储存，然后还得再经过一次气化。这就要耗费莫大的资金。而且在运送途中、储藏途中，如果稍微接触到哪怕是一点点的常温空气，都有引发爆炸的危险。这都是很难解决的问题吧。退一步说，就算假设我们同意引进LNG，实际供给也得是五六年之后的事。作为衔接核发电的代替手段，还得考虑考虑它的经济性。正如刚才社长说的那样，接着用石油作燃料，我们只要考虑一下公害对策，在脱硫和抑制排烟上下下功夫就行，这样要经济核算得多。"他不愧是做技术工作的，论据扎实严谨。

然而，壹岐并不放弃："如果说到经济性的话，确实，引进LNG，以现阶段的成本计算，肯定要比石油高出百分之二三十来。但是，现今社会，利用无公害的能源，无论对提高企业的形象或者是企业的社会公德水准，都会产生很大、很好的影响，不是吗？"

听了这话，松尾社长放下手里的酒盅，说："这还真是个问题。实际上，像我们这种做公共事业的公司，立场是硬不起来的。关东电力引进LNG,与其说是那里的社长绿色能源意识强,不如说是在新任革新派知事的逼迫下,无奈中采取的举措。明年大阪府知事选举,也很有可能发生保守、革新势力逆转的情况。想想就让人头痛啊!"他在不经意间吐露了心声。

"即使是佐桥首相亲自来助阵,恐怕革新派知事的诞生也是难以避免的。如果是那样的话,不光是硫黄的问题,光对化学烟雾的限制,也就是时间问题了。市民运动肯定会像东京那样越来越高涨。在发展到那一步之前,把大阪电力正在考虑引进无公害绿色能源的消息诉之于消费者和地方自治体,这个影响,可不是用钱能换算出来的哟。"大门抓住时机力促道。

"不过,从伊朗用冷冻船来运送的话,成本一定很高吧?听说关东电力明年引进的LNG,每百万BTU①是九十五美分。"

"您说得很对。这个工程的最薄弱环节就是距离太远,即便是选用大型LNG大型运输船,降低运输成本,每百万BTU也得一美元三美分。但是,松尾社长,您现在必须要考虑的因素是,不管国际石油资本怎么说,以利比亚革命为开端引发的石油输出国组织的动向,在今后相当长的时间里是不可忽视的。未来的原油价格必定以很快的速度上涨。我觉得,现在就是以一美金三钱的价格签约,实际上到了五六年之后,这个价格是绝对不贵的。"壹岐进一步说道。

近畿商事计划从伊朗国营天然气公司购买并输入到日本的天然气,实际上是油田为了排放瓦斯燃烧的天然气,也就是白白扔掉的天然气。但是伊朗方面却坚持一百万BTU一美金三四分的价格。兵头虽多次交涉,希望把价格控制在一美金之内,但是始终没有结果。

突然,一道强烈的闪电将屋里照得雪亮,接着一个炸雷落下,巨

---

① 英制热量单位。

大的雷鸣轰然作响,屋里的灯一下子灭了,空调也停了。女招待们慌慌张张地跑进来,点上蜡烛,打开窗户。

"松尾社长,在能源资源匮乏的日本,像电力这样需要耗费巨大能源的企业,即便是成本多少高一点也应该保证能源资源的多样化,这不是一件非常重要的事情吗?"在蜡烛昏暗的光亮下大门说道。

松尾凝视着蜡烛摇曳的光环,说:"我这不正在考虑嘛!也请你们再研究研究,看能不能把价格降到一美元以下。"

松尾第一次表示了如果价格合适可以考虑的意向。

石油部长兵头走进专务办公室。

"专务,谢谢您征得了大阪电力的认同,统一引进LNG。非常幸运,石油公团也对萨尔韦斯坦油田招标的事情表示了很大的兴趣。"

"那么说,石油公团方面还没有掌握这方面的情报?"

"好像是。我跟他们介绍了,萨尔韦斯坦油矿在伊朗的西南部,面积六千平方公里,相当于日本的山口县那么大。估计至少有十至十五个油层,可采掘量两亿至八亿吨。一听到这些,公团的开发部长、计划课长都把手里的资料拿出来,个个跃跃欲试。他们说要尽快派技术人员去,一定要让日本取得开采权。今天,专务您再去会见一下公团的总裁,这个项目就该没问题了吧?"

兵头为了寻找可以开发的油田,万里迢迢跑到利比亚,在那里又把焦点聚集在萨尔韦斯坦。之后,追踪着公布油田公开招标的那一天,一路走来,他不知道跑了多少弯路才终于走到今天。壹岐十分理解此时兵头的心情。

"你前些时候谈到的五菱商事方面的动向怎么样?不用再担心了?"壹岐指的是五菱商事那位盯在德黑兰的职员。

"还是不太清楚他们具体的目的。不管怎么说,有关萨尔韦斯坦油田的开发,我们是第一个报名的,这是毫无疑问的事实。五菱商事虽然在建炼油以此打基础这点上走在我们前面,但这次他们是无话可说的。你说是吧?"

"那好,包括这些情况在内,我去和总裁谈谈。"

说完,壹岐起身准备前往石油公团。

日本石油开发公共事业集团吉良总裁,一直目送《日本产业新闻》的记者离开总裁办公室,才收起脸上一直堆着的微笑,露出一脸的不快,无奈地咂了咂舌。

记者来采访有关石油公团投、融资七亿八千万美元,从国际石油资本手里购买阿布扎比海上油田的事情。西德的国策石油公司以两亿美金的价格没有谈下来这桩交易,日本却以七亿八千万的高价买了下来。是不是高得出奇了。而且平常公团对一般的石油开发公司的融资比例原则是不超过百分之五十的,而这次对阿布扎比却出资百分之六十。记者要求对此做出解释。吉良的解释说,日本百分之九十九点七的石油依赖进口,政府的政策是至少确保进口石油中的三成是自主开采的。根据这一原则,又是内阁会议决定的国家事业,所以,价钱再高也要融资。听了他的解释,记者对"这是内阁会议决定的"表示出了更大的疑惑。

日本石油开发公共事业集团是为了确保稳定、低价供应石油,于昭和四十二年(1967年)设立的机构。油田开发风险极大。石油公团的主要职责为进行油田开发的民营企业提供低利息的融资,或者以投资形式进行援助。但是,从设立到现在才三年的时间,石油公团尚不具备充分的调研能力。因为民营企业从公团得到融资,开发成功必须返还,而开发失败则可免去返还义务,实行的是所谓的"成功后付款"制度,所以,围绕着公团持有的政府资金,财界资源派的大人物以及和他们有联系的政治家们纷纷插手,都想从这块大蛋糕上得到点儿甜头。

吉良本人历任通产省矿山煤炭局石油计划课长、公共事业局长,退官后就任石油公团总裁的。因为他手下是一个由通产省、大藏省的退职人员或派遣人员组成的混合大队,只要是财界资源派、政治家,谁都可以找借口对他指手画脚,所以,这个总裁只是徒有虚名,无法按自己的意志办事。可是,一旦出现了问题,有个风吹草动,又都得拿他来挡枪。

对讲机响了,秘书告知近畿商事的壹岐专务来访。

"现在正忙着呢,抽不开身。告诉他等五六分钟。"吉良说着向挂在墙上的镜子前走去,梳理已经稀疏露顶的头发。看到头顶部显露的地方,他从上衣口袋里掏出梳子来,仔细地梳理,一根根地排列整齐。自从他知道刚才《日本产经新闻》那个记者曾在背后说自己的头发像夜摊上排列整齐的拐杖,甚至还起了个外号"拐棍总裁",吉良对自己的头发越发的神经质了。

头发终于梳理好了。

"哎呀,你好!你好!"吉良打开会客室的门。

石油公团里只有这儿精心布置了一番,仿正仓院的墙壁纸,镶有平安朝时代长条画卷镜框,显然都是为接待外国客人准备的。

"百忙之中承蒙总裁接见,诚惶诚恐。"壹岐站起来,致以初次见面的问候。他的态度虽比商人彬彬有礼,但却少了几分商人应有的谦恭。这是因为他对吉良有些不满。"我来这里是因为最近伊朗的油田要进行国际招标。我们公司认为萨尔韦斯坦油田很有价值,所以想趁此机会加入石油开发的行列。因为这么大的事业,仅凭一个民营企业收集情报,有一定的局限性,而且在资金方面,靠我们一家筹措也有困难,所以,我们务必希望公团能够给予指导和支持。"

"哦？你们这个关西做纤维起家的商社真的想搞石油开发？派个专务来，看来是当真想干呀！"吉良看着壹岐说，好像觉得他的话不太靠谱，"前些时候公团援助的几个项目，安第斯山脉也好，埃及也好，都说有矿有矿，结果都以失败告终。如果这时候再来一个不成功的话，就会影响到公团的威信，所以我们不得不慎重啊。"

"萨尔韦斯坦的地质构造，据说是在与伊拉克的基尔库克大油田相接的很有希望的系列构造之内，预计可供开采的储藏量在两亿到八亿吨。公布招标以后，投标者有义务从伊朗国营石油公司购买油矿资料。待资料到手后，我们立刻呈送给您。请公团研究研究。"

"虽然公团可以帮助你们，但是，你们还必须确保和专业的开发公司合作。你们既然都做了这么多功课，想必是有一两个目标吧？"

"关于这个问题，我们公司的石油部长和公团的开发部长进行了商谈。虽然开发部长认为拥有最优秀技术人才的国际资源开发安全可靠，但在中东地区最强的还应当是日本阿拉伯石油。他权衡比较，积极地为我们提供了很多建议。但是，对于我们来说，哪个我们都不熟悉，所以还望总裁把认为最合适的公司介绍给我们。"

"但是，从资金调配上来看，光你们和国际资源开发、日本阿拉伯石油，行吗？"吉良表示了希望再有一两个公司参加。

于是，壹岐说道："只要有公团的支援，本公司已经有了筹集资金的方案。从分散风险的角度出发，虽然多几个公司参与固然好，但是也有船多难掉头的弊害。所以，务必请允许我公司为国家确保三成原油的战略工程做一些贡献，并请您给予大力支援。"壹岐再次表示近畿商事已经做好了准备。

"嗯，你们有这样的思想准备就行。公团方面会给予支持的。"吉良总裁一副施恩予人的样子。

"谢谢您的厚意！择日再来细听您的指教，您看什么时候合适呢?"

"是啊,最近都排满了。"

"那,就过后再给您打电话。届时,再听您的安排。"

壹岐想得十分周到,吉良满意地点了点头。

回到总裁办公室,吉良觉得这个早有耳闻的从西伯利亚回来的男人出人意料地直爽、不做作,和财阀商社那些高傲的高管们不一样,自己还能控制得了他。正在暗自得意的时候,电话铃响了。

"五菱商事神尾专务的电话。"秘书传达道。

"什么事?"

"说是要直接跟您通话。"

"好吧,接过来。"吉良心里有些不快。

"喂,我是神尾。承蒙您经常关照啊。"

"哪里哪里。神尾专务啊,您客气了。"尽管心中不快,但对方是财阀商社的专务,又是被称为"石油之神"的神尾,所以拿起电话来,吉良不知不觉地就变成了献媚的口气。

"电话拜托有些失礼啊,事情是这样的。最近伊朗要举行国际招标,我们打算投标。是萨尔韦斯坦油田,希望能够得到公团的支援啊。"

"什么?萨尔韦斯坦?这个……"吉良不知道该说什么。就在刚才,他刚刚对近畿商事的申请表示了极大的兴趣,还一口应承了下来。

"喂,喂。总裁有什么问题吗?"

"啊,不。只是太突然,您看就在电话里这么一说……"对方想凭一个电话就解决问题,吉良试图进行最大限度的抵抗。

"是不是其他公司已经申请援助了?"

"这个问题,电话里……"吉良难掩苦涩地含糊其词。

"那行,我们是很早就已经着手准备了。我们公司一向行事周密,都计划好以后才向关照我们的上级机关汇报,这是我们的传统。现在这件事通产大臣和通产省次官以及能源厅长官都已经知道了。"神尾似乎是不经心地把大臣、长官都搬了出来。

"但是,我还没有听说……"

"那好,我现在就让相关责任人去向您进行说明。你多关照!"神尾用表面恭敬实则无礼的语气说完就挂了电话。

五菱商事根本不把他这个公团总裁放在眼里,自行其是,先斩后奏。虽然这种财阀商社的傲慢做法让吉良着实不悦,但是,大臣、次官、五菱这几个大字依次排列下来,让吉良失了方寸。

秋老虎依然肆虐的九月初,近畿商事东京分社社长办公室正在召开紧急会议。桌子的正中央放着英国的经济日报《金融时报》。

大门社长、分管燃料部门的赤泽、业务本部的角田、海外统筹的壹岐,众人的目光都聚集在《金融时报》的广告栏上。那里先于其他国家率先刊登了伊朗国营石油公司油矿公开国际招标的公告。那是这一个月来兵头数次往返奔走于伦敦、贝鲁特、德黑兰之间才终于搞到手的情报。

伊朗国营石油公司石油矿区国际招标公告

根据伊朗石油条例赋予伊朗国营石油公司的权限,现发布以下公告:

1. 为实施本条例规定的工作,定于一九七一年一月一日起,开放伊朗本土的一部分、位于波斯湾及阿曼湾内伊朗领海区域、大陆架及其附属群岛(陆上一区、海上三区,后续说明部分除外),实施公开招标。

2. 开放区域的境界线如下。

陆上区域为下列地点直线连接的范围内：

点（1）约东经五十三度三〇分北纬二十九度〇〇分

点（2）约东经五十四度五六分北纬二十八度四五分

点（3）……

公告明确规定陆上区域是把五个点用直线连接的约六千平方公里的范围。海上区域是经线几度几分的点和退潮时距离本土海岸线三英里海面水线的交叉点，以及和大陆架境界线交叉点的范围等等。

迄今为止，大门虽然有过为尼龙工厂、发电厂建设等国际投标的经验，但获取石油矿区开采权的投标毕竟还是第一次。他把那副金丝边眼镜一会儿戴上、一会儿拿下来，把那个用英文写的公告和兵头为做说明准备好的瑞士石油咨询公司发行的伊朗矿区图进行对照。他说："这个公告写得有点儿烦琐。这个四号矿区，兵头，也就是你在地图上标上了记号的这个地方，对吧？这里面最有价值的就是设拉子以南的萨尔韦斯坦地区了，是不是？"

刚从伦敦回来的兵头虽然因为疲劳和睡眠不足，脸色很不好，但他依然保持着以往泰然若之的态度，回答道："关于哪儿的可能性最大这个问题，我已经和赤泽常务谈过了。和陆上油田相比，因为海上油田的情报和资料比较缺乏，所以正确地排列顺序的话比较困难。但是，如果真的着手勘探的话，比起没有掌握一点儿线索的海上矿区来，我认为被公认矿藏量可能最大的陆上的萨尔韦斯坦风险最小，也最具现实性。"

坐在兵头旁边的是他的顶头上司赤泽常务。赤泽向前探出他那虽小但很强健的身体，用兴奋的声调滔滔不绝地说道："兵头君一个月前听说伊朗国营石油公司要把联盟归还的矿区拿出来进行国际招标的消息，就立刻飞往德黑兰，向伊朗国营石油的实力人物——董事切尔博士进行了确认,同时大力搜集了各方面的情报。贝鲁特及伦敦的石油咨询公司就不用说了,他还走访了国际石油资本、独立石油资本公司的技术人员。在国内他去石油公团、日本阿拉伯石油等处进行调查研究,收集汇总了各方面的意见。其中十之有九的人认为萨尔韦斯坦是很有前途的油田。估计这一地区肯定会聚集众多从世界各地来投标的公司。"

"赤泽常务,你稍等。国内外这么多有识之士都看好的矿区,为什么联盟还会放弃呢? 这一点总是让人有点难以理解吧?"业务本部的角田仰着他那前额日见光秃消瘦的脸,瞪着一双看起来有些不怀好意的眼睛插嘴道。

这次的伊朗石油开发不是以直接负责人赤泽常务为主,而是以分管海外事业壹岐会同兵头积极推动的。角田的直接上司里井因为心绞痛发作被送进医院,虽然已经出院,但因天气依然炎热,去轻井泽疗养了。在此期间,角田所处的境地使他难以对此表示赞同。

赤泽并不了解角田的心境,对大门社长说道:"角田部长的疑问肯定也是大家的疑问。是这样,原来拥有开采权的联盟为什么会放弃? 这是因为他们必须履行放弃义务。也就是开始开发之后,三年内如果不出油的话,要按照四分之一的比例依次放弃获得开采权的地区。也就是说,放弃不等于这块地没有希望。我刚才说的已经能证明这一点。尽管还有其他三个海上油田,但是有情报说,除了已经有德国石油供应公司、法国的法兰西石油、意大利的埃尼集团这样的国营企业外,还有国际石油资本中数一数二的美孚、埃克森石油公司也都有意向,想在萨尔韦斯坦招标中投标。"说完看了兵头一眼。

兵头使劲点点头,并补充道:"为什么,世界各地的目光都聚集在这个萨尔韦斯坦上? 这是因为这个矿区北起伊拉克基尔库克油田,沿扎格罗斯山脉进入伊朗境内,处在与伊朗最大的油田群相联结的大油田构造之中。而且就在半年前也是开始开发的第五个年头,独立石油资本的石油公司在萨尔韦斯坦以南地区发现了新的油田。这就更说明地处它们之间的萨尔韦斯坦不可能没有石油。"兵头指着地图继续说道,"因为伊朗国营石油公司禁止进入矿区,我和日本石油开发公共事业集团驻贝鲁特的技术员假扮成游客到当地去看了一下。矿区距设拉子机场大约两百公里,是一个有着六千平方公里面积,相当于山口县大小的大规模矿区。而且矿区里还有阿斯玛里地质层等那样露出地表的石油矿区特有的地质构造。"

听到这儿,角田之前不怀好意的表情稍有收敛,转向壹岐,话里有话地问道:"壹岐专务,关于这个矿区,您是什么意见?"

"我觉得应该干。"壹岐毫不犹豫地说。

"既然您这样肯定,一定还有您独自的情报来源吧?怎么样,是不是也可以请您指教一二呀?"

"有关矿区评价的情报,主要是从兵头君那里听到的。我人在日本,怎么可能有自己的情报来源呢?不过,我确信今后以石油开发为核心的石油产业,既是关系到国家利益的重要产业,同时又会成为商社其他活动的最大的情报来源。从石油开始的连锁反应必然会向其他的商业权利扩展。"

"原来如此。不愧是壹岐专务啊,目光卓越。不过,二十年前,日本阿拉伯石油在沙特阿拉伯参与石油开发,第一号井就奇迹般地挖出了油,当然结果皆大欢喜了。但是,当时山田太郎社长是做好思想准备的,如果失败,就剖腹自杀以谢罪。"角田似乎依然抹不去担忧。

之前一直态度坚决的赤泽也露出了些许的怯意。他说:"本来像这样风险大的项目,应该先在印度尼西亚、马来西亚之类的小一点的矿区试试,然后再向中东发展,但是……"他看了一眼兵头,又把嘴闭上了。

近畿商事在石油部门超过五井物产,直逼五菱商事取得日本商社第二位的战绩,因为这与兵头大胆的石油战略密不可分,所以,赤泽尽管是上司,也不得不顾及兵头的感受。

一直没有说话的大门社长,依然有些犹豫。他说:"是啊,东南亚要是有好的矿区的话,运送距离也短,当然是好了。好不容易盯上的印度尼西亚的加里曼丹沿海的矿区,决断迟了一步,结果就被财界资源派的那帮人侵吞了。真是可惜呀!不过,从石油的储藏量看,东南亚和中东差着一个级别呢。要是能找到油的话,那我们就是日本阿拉伯石油第二了。兵头君,萨尔韦斯坦的矿区,大概得多少钱能中标啊?"

"这个还不清楚。"

"即便是不清楚,飞了那么多趟德黑兰,大体上也能掌握些伊朗国营石油公司的意向或者竞争对手可能的出价吧?"

"因为伊朗方面不漏一点风声,所以,很难预测。不过,我觉得至少要两千万美元以上。这是可以肯定的。"

"两千万美元以上?再怎么比东南亚的规模大,也差不了那么多呀!印度尼西亚的加里曼丹也就才五百万美金左右嘛!"连大门也对巨额开采权感到吃惊。

"因为印度尼西亚的情况是和印度尼西亚国营石油公司交涉的结果。另外,油田的开采形式也不一样,所以,不能一概而论。如果对两千万美元的开采权感到吃惊,那现在就无法在中东开采石油。"

"可是,两千万美元以上,这可不是一个公司能承担得了的。"

"这一点伊朗政府也已经看到了,在投标之前他们要进行资格审查的。请看这份公告的下方。"

兵头所指的地方,在申请期间的后面还附有调查表一项。

"申请者需领取调查表格一份。在填写有关栏目后,请于同年十月三十日前寄往伊朗国营石油公司。伊朗国营石油公司将根据此表格,审查该公司的技术、业绩内容。审查合格者方可参加投标。有关公开招标区域的地质学及地球物理学的数据,可公开的内容,虽可以通过伊朗国营石油公司取得,但需按一定比例付费。"

"这个调查表就是资格审查?都有哪些项目是要被审查的呢?"大门问兵头。

"第一是看能否承受石油开发所需的庞大的资金压力。第二是看在有资金的情况下有没有具有开发技术的人才。第三是看有没有对生产原油的销售能力。这三点是主要审查内容。"

"这么说,首先就是资金问题啦。光一个开采权就得两千万美元,如果日本石油开发公共事业集团不出资的话,不行啊。怎么样?这方面有没有可能性?"大门转向问壹岐。

"关于这个问题,我刚去拜访过吉良总裁。就算是得到他的口头应允了吧。不过他希望能够进行风险分担。"壹岐答道。

"销售是咱们商社的本行,不成问题。剩下的就是进行实际开发的合作伙伴了。公团那方面是怎么说的?"这次又是问兵头。

"这之前已经跟公团的技术开发部长和计划课长进行了两三次的商讨。如果合作开发的话,他们认为选择有传统的国际资源开发比较安全。"

"和公团的协商都进行了这么多了,不会像印度尼西亚那次,再让财界资源派们趁火打劫了吧?"

"这个您不用担心。国际招标的公告已经刊登出来了,咱们可以向吉良总裁正式打报告,准备投标。"壹岐颇有自信地回答道。他已经定好今晚在赤坂与吉良总裁见面。

当天晚上,银座的露波儿夜总会,兵头和业务本部的不破陪着从纽约出差来的美国近畿商事的海部要在喝酒。三个人都是参加完与各自客户的宴会后来到这儿等壹岐。看看时间,设宴招待吉良总裁的壹岐也该来了。

"到什么时候你们老三位的关系都是这么好,真羡慕你们啊!"女主人京子看着坐在吧台前的三个人说道。

"那是当然的了。三人三样,性格各异,工作不同,就能长久。而且必须长久呀。这么有才能的三位,能够聚到一块儿不容易嘛。"海部向调酒师要了一杯兑水威士忌,笑着看看兵头和不破。

"哎哟,真是令人敬畏呀。将来近畿商事会不会变成社长三人制呀?那我可要等你们高升了才能收费了哟。请慢慢喝吧!"京子开着玩笑,摆动着和服的下摆,送其他的客人去了。

"喂,海部君,千代田汽车新的合作伙伴还没有物色好吗?自从和福克的谈判失败以后,爱知呀日新呀轮番找上门来,现在千代田内部在是否和国内同业合并的问题上意见不一。下个月我就转到伦敦分社去了,和你联系起来就没以前那么方便了。"不胜酒力的不破一边小口地抿着啤酒,一边把脸转向海部。

海部突然间压低了声音轻声地说道:"这件事,我跟你们说啊,八束因为马上就要谈成的事儿,让东京商事给搅了局,懊悔得不得了。他私下自己去了联合汽车,现在正在等待对方的回信儿呢。"

"什么?八束又去了三巨头当中世界最大的联合汽车?"兵头不由自主地追问道。

不破也把身子凑了过来。

"是的,要是顺利的话,那就不是福克能比得了的了。这可是世纪性的工程呀!"

"就是嘛!这样一来,石油方面是伊朗的大油田,汽车方面是为和世界最大企业的合作做中介。那我们就要实现两大壮举了。为此咱们就是把命拼上也得干呀！"兵头把手里的酒杯举起来就要干杯。

海部慌忙阻拦道："别呀，这命可是不能搭上的。没了命我老婆怎么活呀。还有，就是你，暑热之中往返中东，要是突然倒下，那可就什么都没有了啊！"

"就是，就是。像里井副社长似的，成了企业的伤兵，可就惨喽！"不破也搭言道。

正说着，壹岐到了。

"专务，和吉良总裁的宴会开得怎么样了？"兵头把中间的位置让出来，问道。

壹岐紧绷着脸坐，一声不吭。

"出什么事了？"

"吉良突然说有事来不了，今天没见到。"

"这算什么事呀！什么理由？"兵头生气地说道。

"据打电话来的总务部长说，因为管厅方面有一个推不了的紧急会议，无论如何来不了了。怎么问也就这一句。"

"那什么时候能见？"

"他明天去九州出差，什么时候能见不好说。兵头，你不觉得这里有什么变故？"壹岐把调酒师递过来的兑水威士忌一饮而尽，冲兵头说道。

"您这么一说，倒也提醒我了。去视察萨尔韦斯坦回国后不久，之前一直很积极地跟我见面的技术员们，突然都以很忙为理由躲着不见我了。让通产省或大藏省派来的家伙们应付我，那些人连石油是怎么回事都弄不清楚。我也觉得有点奇怪。可是随后我就去德黑兰、贝鲁特、伦敦转圈去了，也就没再仔细想。弄不好是不是五菱商事的手伸过来了？"

"这种可能性不是没有啊！"

"要是那样的话……把我们的情报都弄走了,然后让五菱替换我们。专务,这我可不答应。"刚才还在做着好梦的兵头,这会儿气得直咬牙。

海部在旁边劝慰道:"先别那么早下结论嘛。不一定是公团让五菱换咱们嘛!"

"不对。那些财阀系列的家伙们动不动就说关西地区的商社跟他们不一样,算不得综合商社,架子挺大。其实背后里搞些见不得人的勾当的都是他们。以前欺负咱们不少次了,这回石油这事儿,可没那么便宜!"对财阀系列的商社深恶痛绝的兵头愤然地说道。

"不过五菱里有被奉为'石油之神'的神尾专务,和壳牌、英国石油、美孚等国际石油资本都有关系呢。"海部说道。

"因为用公团的钱,和无抵押、无利息差不多,所以贷款方和银行不一样,要硬气得多。壹岐专务,这个项目到底会弄成什么样子,您考虑过吗?"不破冷静地问道。

"因为吉良总裁的行程是傍晚才知道的,所以也没办法采取什么行动。不过,我打探到曾根通产大臣还在机关,就跟他紧急联系,他给了我十五分钟时间。我跟他打探消息,可是他绕来绕去的,没什么收获。不过,从他不肯说出来这点看,肯定是别的商社插手了。"

听壹岐这么说,兵头把手中的杯子放下,说:"专务,我站在萨尔韦斯坦矿区时就想了,开发这么大的油田,应该和在中东有油田开发经验,并且有强有力的技术力量的外资企业合作。日本的开发公司虽然在东南亚行得通,但是在中东,无论是技术能力还是与伊朗政府方面的交涉能力,还有雇用当地工人的能力等各个方面都还差得很远。公团对咱们如果不肯支援的话,请您允许我,找美国的独立石油资本的企业携手,参加国际竞标。"兵头坚定地说。

壹岐虽惊讶于兵头的大胆,但鉴于问题的重大一时竟不知如何回答是好。

"那样的话,我们就和公团成了竞争对手了。这个事态就严重了。你考虑过这个问题吗?"

"迫不得已的时候也不得不这么做。"

"和谁联手,你有目标了吗?"

和埃克森石油公司、英荷壳牌、美孚这些国际石油资本相比,独立石油资本的公司各具特色。有靠石油一夜暴富的单枪匹马闯世界的盖蒂,也有在革命前的利比亚就赚了个钵满盆流的西方石油。同样都叫作独立石油资本,有很早就具备了从石油开采到炼油、销售一条龙,规模上直逼国际石油资本的大公司,也有企盼一夜暴富、独自闯荡的投机商、冒险家式的个体采掘者。

"我没有想到风向转得这么突然。还真没有考虑过和独立资本合作的事儿呢。壹岐专务,只要你能挡住公司内外的反对意见,给我作掩护的话,我一定带个好的合作伙伴来。"兵头不服输地说道。

看着情绪急躁的兵头,壹岐劝解道:"我们还是再看看公团的态度吧!这种风险大、长期化的项目,尽可能不要在国内惹起是非来。记住咱们是要以政府做后盾的。"

正说着,东京商事的鲛岛陪着外国客人高声大嗓地走了进来。注意到壹岐他们,便把客人托付给女招待,笑容可掬地走了过来。

"噢,诸位好!好久不见!哈,之前承蒙贵公司谦让,多谢!多谢!"

鲛岛从近畿商事手里抢夺了三雄之一的福克,现在却厚着脸皮来说什么承蒙谦让。壹岐对此无动于衷,兵头、不破也不予理睬。只是在纽约接触机会多一些的海部说了一句:"你的做法,也太过分了!"一向待人温和的他此时没有客气。

"哎呀,非常抱歉!人称有雁过拔毛者乃商社人也。我得了那么大的便宜,还要把人家的心脏撕碎。哎,商社人真是悲哀啃!"鲛岛厚颜无耻地炫耀自己把里井摧垮的得意之举,连好脾气的海部也没有二话了。鲛岛接着说:"这样下去的话,还能灭几个,很难说哟!我们的厉害,还在后头呢。哈!哈!哈哈!"说完,发出他特有的怪笑进包间去了。

日本石油开发公共事业集团总裁吉良焦躁不安地在总裁办公室里踱来踱去。在萨尔韦斯坦矿区开发这个问题上,他在不了解五菱商事意向的情况下,会见了近畿商事的壹岐,并且痛快地答应公团可以援助他们。这件事尽管他隐瞒了下来,但是,不知是谁打了小报告,还是被通产次官两口知道,并被严厉训斥了一顿。一个设立刚刚三年的公团总裁,被通产次官斥责是件负面影响极大的事情,意味着有可能被从总裁位置上赶下去。这种恐怖伴随着他,使得胆小的吉良更加畏缩。让总务部长推掉和近畿商事壹岐约好的晚宴,就是因为这个。他知道通产省和五菱商事站在一起,不想让近畿商事取得主动权。他不敢违背通产省的意愿。

有人敲门,总务部长走了进来。

"总裁,近畿商事又打电话来了,好像特别在意之前被推掉的约会,说是无论如何今晚要见您。"通产省派遣来的总务部长带着讪笑报告说。

吉良的脑海里浮现出内心坚强、认真不苟、不好对付的壹岐的身影来,他虽然十分后悔自己轻率地就答应了壹岐的请求,但是在总务部长的面前还是装出一副威严的样子:"没完没了的家伙。找个适当的理由给我打发走。"

"可是随便就把他们打发走,不知道他们以后会采取什么行动啊。今天晚上和五井物产见面后,抽个二三十分钟见见怎么样?"总务部长以官僚的口吻说。

"那你就告诉他,七点半我去好了。"

吩咐了总务部长之后,吉良原本对近畿商事的几分愧意,渐渐变成了恼怒。一旦被人拒绝,聪明的商社应该能够察觉到点什么才是。怎么能如此愚钝、死缠不放呢?说到底还不就是个关西做纤维出身的商社吗,哪里有做石油开发的能力。他抑制住自己烦躁的情绪,在镜子面前细致地梳整好头上那为数不多的毛发后,便动身前往五井物产安排在赤坂料亭的招待宴去了。

坐车来到料亭,吉良被引进到正对庭园的和式座席包间。宽阔的座间只安排了两个座位。虎背熊腰、分管业务的有田专务亲热地迎了上来:"呵,来了。百忙之中,欢迎欢迎。听说,近来总裁的高尔夫水平是越来越高了,什么时候能请教一二呀。"

有田专务是吉良在通产省时代就熟悉的老相识。他身材高大,是一个具有坚定的"商业救国"信念的人士。他一直认为日本今日的繁荣离不开商社的功劳,标榜商社人就是尖兵,无论世界上多么偏僻的地方总是商社人第一个到达,然后才是牧师、驻外使节。商人是喝着泥水为日本经济战斗过来的。

吉良坐到上座。矮椅上垫着厚厚的丝绸坐垫,配着京都漆器的扶手。吉良故作姿态地说:"今天的场面很郑重嘛。"

"嗨,一上来先不要说这些刻板的话。好久不聚了,先干!干!"有田咯咯大笑着,拿过女招待端来的酒壶,给吉良的酒杯里注满。两人聊了一会儿高尔夫,有田边观察着吉良的表情边说:"这回伊朗国营石油公司公布的招标矿区,总裁手里捏着多少资料啊?"他虽然嘴上总裁总裁地奉承着,但其实心里并没有看得起他。

吉良虽心里不悦,但又无法抗拒财阀商社施加的压力,含糊其词地回答道:"公团成立才不过三年,没什么称得上资料的东西。你要是有兴趣的话,可以让技术人员给你说说。"

"那,明天早上,我就让专人去公团,还请总裁先传下圣谕哟。我本人早就让德黑兰的事务所调查过了,据说四个矿区里最有希望的就是萨尔韦斯坦地区了。公团方面有没有从贝鲁特得到的情报?"

"有田专务更重视贝鲁特的情报,不愧是有国际视野的人才啊!他们的判断是如果出油,是块规模相当大的油田。"

在被称为石油情报工厂的贝鲁特,公团虽然派驻了由民间开发公司精选的技术人员,但是凭公团那点麻雀眼泪似的经费,是无法获得高级情报的。所以,吉良只能引用更多从近畿商事得来的情报。

有田一边吃着鲷鱼的生鱼片,一边嗯嗯地点着头。听吉良说完,他往前凑了凑,说:"这么说,公团当然要在萨尔韦斯坦加大力度了,就让我们公司来干吧!"

"你这个要求太突然,这不是让我为难吗?你别出去说,其实,这件事在伊朗还没有公告之前五菱商事就已经提出来了。人家可是早就开始认认真真地准备了的。"吉良暗示五菱商事准备独家参与,想让对方死心。

"总裁你也太把我们当外人了吧!咱们又不是一天两天的交情了。不要这么墨守成规嘛,拜托您考虑考虑。"有田不是一两天交情的话里含着微妙的弦外之音。

"话是这么说,这先来的确实是五菱商事嘛,我也没办法呀。"

"五菱商事又怎么了。虽说在石油业务上我们的起步比他们晚,这我承认,可是别的咱不说,在伊朗,我们可一直是拔头筹的。就说和现在的国王、政府首脑的关系吧,别的公司就没法和我们相比。因为光凭这一点,我们就能比任何人都能尽早地获得有关伊朗的政局和依靠石油资金的经济计划方面的情报,所以,每次在各种成套设备的招标当中,几乎都是我们公司中标。这不,还有个秘密项目。国王跟我们社长讲了,石油开采中带出的天然气,就这么烧了太可惜,想把它利用起来。就此,我们正在交涉,准备集五井集团的全力,营造一个大型石油联合企业。在大地都要燃烧起来的灼热的土地上建造大型石油联合企业,冷静地考虑考虑,那可是近乎疯狂的大事业啊!这也就是我们这样以国家利益为第一的公司才干的事。难道我们公司就只能做些从战前就开始的不起眼的买卖?只能做像石油联合企业这样不知道什么时候才能完成的项目? 石油开发有油水,就一定得让五菱商事干。这也太让人难以接受了吧?"有田一下子严肃起来,生气地把两个胳膊架在胸前。

"你这一口一个国家利益国家利益的,我……"吉良一时无言以对。

"这是事实嘛!现在人人把石油挂在嘴边,可战前、战后日本基础产业的食粮是煤炭。我们集团拼死拼活开发煤炭事业,结果才导致在石油开发上落后于其他公司。但是,我们的技术对石油开发来说绝不是派不上用场的啊!"

"也许你说得没错。不过,其实吧,除了五菱以外,这之前近畿商事也早早就来申请了。"

吉良本来想尽量不说出近畿商事的名字来,结果还是露了出来。

"嚯,又是近畿商事呀!"笑容从有田豪放的脸上消失了。他沉默片刻,说:"吉良君,难道你想让近畿商事来干吗?"他突然间把"总裁"改称"君",目光也变得犀利起来。

吉良立刻摇了摇头,说:"别开玩笑了。好坏另当别论,动用庞大的政府资金进行石油开发,怎么能简单地委托给单枪匹马的近畿商事呢?总之,对你们五井物产今天的正式申请,我们会好好研究研究的。"

"那我们就静候佳音了。对近畿商事的壹岐那个人,你可得小心点哟。"

"你这是什么意思?我觉得他是个坦率老实的人。"

"根本不是那么回事。原大本营的参谋,在西伯利亚拘留了十一年。巧妙地利用自己的经历做买卖的本事,他还真让我佩服。对那样的人物尽量离得远点,是为自己好啊!"有田有意牵制吉良。

另一家料亭里,近畿商事的壹岐正孤零零地坐在和式包间里,喝着女招待特意端来的红茶。这家料亭和五井物产的有田专务宴请吉良总裁的料亭近在咫尺。

吉良说好的,参加完一个会谈后七点半到,可是八点都过了,却连一个通知迟到的电话都没有。时针已指向八点半,终于听到外面有人进来的声音。在女招待的引领下,喝得微醺的吉良走了进来。对自己的迟到连一声客气话都没有,他就靠着壁龛坐了下来。

他嘴里喷着酒气说道:"好像这两天你打了两三次电话。我这个总裁,不是你简单地拨两下电话就能叫出来的。"接着,他装疯卖傻地说,"你是什么来着? 那个海外统筹部部长。有什么特别重要的事情找我?"

壹岐强压下心里的不快,说:"是上次去公团的时候,跟您申请的有关萨尔韦斯坦矿区开发的事情。"壹岐取过酒壶给吉良斟上。

吉良连一半都没有喝掉,就放下了杯子,说:"哦,是吗……怎么啦?"

"国际招标的公告已经出来了,我们想就投标做些具体的准备。"

"具体的准备?就你们自己?摆出一副这样的架势来,让我很为难呀。要知道想参与萨尔韦斯坦开发的商社,不只你们一家,还有好多别的公司呢。"

"总裁,您这话说得有点不对吧?"壹岐口气非常礼貌,但态度明确。

"什么？你怎么说话呢？注意点你是在跟谁说话！"吉良靠在扶手上，蛮横地说道。

壹岐按下涌上胸口的愤怒，说："如有失礼的地方，我向您道歉。但是，不管其他商社谁来申请，我们是在公告之前最早向公团通报消息、提出申请的，而且还得到了您亲口许诺。"

吉良转了一下很少动的眼珠，反驳道："你这么说是想干什么？你们不就是个关西的商社吗？我虽然当时是说，听听你们的想法，但并没有说因为你们的情报最早，就一定得照顾你们啊。"

"可是总裁，当时您赞扬了我们公司收集情报的能力，并且说要派遣公团驻贝鲁特的技术人员去萨尔韦斯坦地区，不是吗？"

"哎，我说你，这又不是小孩子开运动会。不是哪个公司先来后到、排顺序的问题。重要的是要公团投资，就一定得让日本中标。我上次不是也说了嘛，社会舆论很大，说公团的融资来得太容易。向不具备开发能力的公司提供庞大的资金援助，会被人说成是在浪费国民缴纳的税金。"吉良有意避开谈话的实质。

"总裁，不是我驳您，我们公司在石油方面是有业绩的。不光是做石油的买卖，还时刻注视着作为能源的石油在国际关系中所处的位置。利比亚革命后卡扎菲政权第一个着手的就是石油国有化。为了了解情况，我们公司的石油部长第一个亲赴利比亚，去直接查看由此可能带给石油输出国的影响。正因为这样，我觉得我们是怀着强烈的社会使命感来参加国际竞标的。"壹岐表明了他们的决心。

吉良看着一桌酒菜，没动一筷子，扫兴地说："一个一个听起来都是很冠冕堂皇的。不过据我听到的评价，贵公司表面说的和实际上想的并不是一回事儿。你们是个很会做买卖的公司。能不能相信你所谓的社会使命感，我现在还有些拿不准。事实有点儿残酷，但我还是要告诉你们，已经有好几家公司向公团提出申请。站在总裁的角度上,有些话是不能说的。不过,因为关于这个国家性的大事业,公正是我们的一贯主张,所以,公团将于近日把所有希望投标的公司召集在一起,互相讨论一下。我必须站在对谁都公平的立场上,像这样在宴席上的交易,还是好自为之吧!"吉良说罢便离席而去。前后仅仅待了三十分钟。

里井虽结束了在轻井泽的疗养,回到田园调布的家里,但因为没有得到医生的许可,还是不能去公司上班,只能依然在家里静养。喜欢工作,除了高尔夫以外没有别的爱好,加上又没有孩子,里井除了带爱犬散步以外,终日就是看看报纸和国外的经济杂志,无所事事。

今天早上和以往一样,与夫人胜枝吃过早饭后,便坐在客厅的沙发上,准备开始将茶几上的全国性报刊、经济报、英文报全部浏览一遍。看过《经济新闻》后,他翻开了《每朝新闻》。打开第二版时,里井不由得瞪大了眼睛。映入眼帘的是七家国际石油资本联名登载的大幅广告的活体黑字。

> 日本的各界人士:石油开发是一件危险的事业。把海外的石油开发交给有长期经验和优秀技术的我们来做,是明智的。为什么秉承和平日本的你们,现在要把手伸向需要巨大风险投资且充满危险的工作呢?

虽然以问句结尾,但这显然是阻挠日本进行石油开发的煽情广告。里井看了以后心情复杂。自己因为心绞痛在东京成人病中心住了三个星期的医院,出院后为了躲避东京的酷暑,到轻井泽疗养。在这期间,从一来探视二来兼做汇报社内动向的业务本部部长角田的嘴里,他已经知道以壹岐为中心的分管石油的赤泽和石油部长兵头他们,正在推动参加伊朗国际竞标的准备工作。虽然对于参与石油开发本身他是非常赞成的,但是,对于在自己不在情况下的各种举动,他却是有不同的看法。

里井拨通了角田的直通电话。一听出角田的声音,他劈头就命令道:"我是里井,今天你到我家来一趟!"

"今天稍微有点儿事,过了中午去可以吗?您有什么特别的事吗?"

"没有,来了就知道了。"

里井砰的撂下电话。看完英文报纸后,他又拿起《新经济界》杂志。身体好的时候没怎么注意的,有病休息以后,他对活跃在各界的经营者的动态有种近乎嫉妒的关注。他啪啦啪啦地翻着,突然在"财界往来"的栏目里意外地看见了自己的照片。他急忙看内容,只见上面半揶揄地写道:"近畿商事的二把手里井副社长,已从因心绞痛发作入住的东京成人病中心平安出院,现正在家中疗养。估计疗养时间将长期化。恐怕眼下这位副社长在为无法施展自己出众的才能而扼腕焦急。"

这篇文章不仅如实报道了对商务人士来说是致命性的病名,而且还推测说什么静养将长期化。简直是不怀好意!里井觉得这不像是竞争对手的公司告的密,而是从自己公司里流出去的情报。

"喂,你好久没喝绿茶了,要不要喝?我在做凉茶呢。"背后传来妻子的声音。胜枝把凉茶放在了茶几上,惊奇地说:"呀!这不是你的相片吗,写着什么?"一向喜欢媒体的胜枝伸手就要取杂志,被里井把手挡了回去。

"都让人写成这样了,还高兴,傻呀? 说我的病要长期化呢!"

"哎呀,谁这么坏呀。这样的事情怎么能传到公司外面去呢?马上把角田叫来,我得问问他。我得给大门社长夫人打电话,告诉她我们从轻井泽回来了,顺便也跟她也说一下。"胜枝声音高昂,显得比里井还激动。

"角田君中午来。出了这样的事,都是因为他不给我好好地留心的过错。"加上壹岐推进石油开发的事儿,里井越说越生气。

"那样的话,就更得跟大门夫人好好儿念叨念叨了。"胜枝也气得两腮鼓鼓的。她拨通大阪凤川大门宅的电话。听到大门夫人的声音,她说道:"夫人,我是里井的内人。谢谢您前些日子特意寄来的水果,我们都吃了。可好吃了!多谢您的关心。现在里井的身体已经恢复了,过几日就准备上班啦。"她面带微笑地兜着圈子。

"那太好了!今年夏天没能和往年似的,和你们夫妇俩到六甲山打高尔夫,真遗憾!里井君的身体真的不要紧吗?"

"嗯,已经没什么大问题了。一直在屋里待着也不舒服,就在院子里挥挥球杆,活动活动。对了,夫人,六甲山的高尔夫俱乐部不是到九月底吗,我们想无论如何都得跟您去打两杆呢。"

"求之不得啊。不过,不知是哪家杂志登了写里井的文章。我先生呢,刚还说他还得好好儿注意身体呢。"

"您说的是《新经济界》的事吧?真是不负责任地瞎说,这不是制造麻烦吗?还得请您跟社长说一下呢。拜托了!"胜枝把杂志上的文章当了真,请大门夫人向大门社长转达,那篇文章是无稽之谈,然后放下电话。

终于,角田抱着一束漂亮的兰花出现在大门口。刚一露头,胜枝的话里带刺地说:"哎哟,好久不见了!听说你很忙呀,今儿个怎么有空来啦?"

角田一副习以为常的样子,说道:"呀,夫人非常抱歉。副社长的身体怎么样了?这个兰花,不知道您是否喜欢?"

"呵,好漂亮的兰花。谢谢了!"胜枝脸上这才露出笑模样,把角田让进了客厅。

客厅里坐在沙发上的里井沉着脸,上来就训斥道:"你,业务本部部长,近来对我这个副社长是不是怠慢了请示和汇报的职责啊?"

"怠慢?我哪儿敢呀。近来晚上都排得满满的,星期六、日还得陪客人打高尔夫。要是哪儿做得不对了,您……"

"别给我找借口!伊朗公开矿区的事,之后怎么样了?有什么动向?最近为什么不来汇报?看今天早上《每朝新闻》的广告也能明白,这样冒险的事不向我报告就往前推进,他们到底是怎样决定的呢?"里井尖锐地追问着。

角田的脸僵住了:"副社长,关于这件事,听说昨天东京大学的地质学权威在日本能源问题研究所主办的讲演会上断定,伊朗最近进行国际招标的四个矿区,哪一个都是联盟探来探去什么也没探到的、剩下的废物似的矿区。所谓可开采量两亿乃至八亿吨的说法,是非常没有道理的。开发那里就是盲干。我听了这话,赶紧整理成重要资料报到社长那里去了。"

"壹岐君知道这事吗?"

"嗯,也报告他了。"

"没那个必要!"里井愤怒地咆哮道。

"可是,他是负责海外事业统筹的,从全局角度掌握这个工程。没有理由不向他报告呀……"

"这么说,你是在我和壹岐君之间脚踩两只船了?"

"绝无此意!我只是说在组织上我不能越过壹岐专务,但从来没想过在副社长和他之间脚踩两只船。首先,我能有今天全是靠您的栽培嘛!"角田拼命地为自己辩解。

"角田君,你要是真的从心里那么想,你就会想办法不让这种'财界往来'的文章出现。而且,还会把伊朗矿区的事一件一件地向我汇报。"里井把《新经济界》杂志啪的一下甩在角田面前,警告他注意今后的言行。

壹岐和赤泽出席了以吉良总裁名义召开的萨尔韦斯坦矿区国际招标会议。

其他与会者都还没到,赤泽看了看墙上的挂钟说:"这都快到点了,怎么还不见人影呢？是不是承认咱们第一申请人的资格啦。"

"真那样就好了。"

壹岐的话音还未落,房间的门被打开了。五菱商事的神尾专务银发飘飘地出现在门口。果然是五菱商事。双方互示了注目礼后,五井物产的分管业务的有田专务在另一位石油高管的陪同下一起走了进来。壹岐感到了一丝苦涩。

一张桌子,三家相视而坐。一般的礼仪性客套后便都不作声了。

"哦,大家都来了。我们来晚了！"

国际资源开发的川澄专务诚惶诚恐地走了进来。他的后面突如其来地出现的东京商事鲛岛辰三的身影,让壹岐心头一震。

"啊呀呀,大家够早的呀！这以后可不敢太随便了哟。"鲛岛根本不管随行人员的困惑,不客气地说,"算了,也甭分什么上下了。都是椅子嘛。哪儿有空儿,就坐哪儿呗。"说着毫无顾忌地在挨着正面首席位置的椅子上就座。

看来被召集来的就这五家。女职员给大家端来了茶。吉良总裁带着两个董事从会议室内侧门口走了出来。他在首席位置落座后,环视了一下会议室后,开口道:"今天,召集各位到此,是因为这次的国际招标一事。此事嘛,很早就得到了各方传来的消息,听取了诸位充满热情的开发计划。另外公团方面也在我们独自情报网的基础上,反复进行了各种研究。虽然成员有点儿多,但是,在开发热情和决心上各公司之间难分伯仲,所以我们得出的结论嘛,就是由你们五家共同开发。希望你们和气生财、团结协作。"

壹岐哑然。典型的官僚式的鸵鸟政策!他不由自主地抬头瞪了吉良一眼。吉良急忙避开壹岐的怒视。

"剩下的问题是,公团的融资率和各位之间的出资比例。再怎么团结协作,这么大规模的油田开发,是不可能均等分配的。"吉良咽了一下唾沫。年利百分之五点五,没有偿还期限、无须担保,万一开发以失败告终,还可以免去偿还义务。他是掌握着如此有魅力的资金的人,此时也许是他最为得意的时刻。

"公团方面的出资比率是百分之多少,决定了没有?"东京商事的鲛岛迎合似的问道。吉良抿了一下嘴唇,笑眯眯地接着说:"之前,公团的出资比率依据参加者越多越应当分散风险分担的原则,是视矿区规模及参加者数目而定的。但是,此次萨尔韦斯坦矿区的规模大,与欧洲势力的竞争也将很激烈。所以,决定给予最高百分之五十的融资。"

话音未落,鲛岛就不失时机地跟进道:"真是英明果断啊!那我们民营五社的出资比率怎么分呀?"

因为公团的出资是纯粹为支援石油开发的制度性金融,而民间的出资比率则与开发的器材投入及日后产油的获取份额等商业权利紧密相关,所以对各自商社来说,这是关系到他们自身利益的一瞬间。

吉良以居高临下的目光环视了一下在座的人,说:"虽然应该尊重之前各自的业绩,但是考虑到还要应对萨尔韦斯坦开发的附加条件,就是伊朗方面提出的支援经济发展的要求,所以,必须考虑各自具备的综合实力。就民间出资的比率分配如下:五菱商事百分之三十、五井物产百分之三十、东京商事百分之十五、国际资源开发百分之十五、近畿商事百分之十。"

壹岐简直怀疑自己的耳朵。赤泽脸色铁青，说道："总裁，您的决定太……"

壹岐正要开口，吉良拦住话头，视而不见地说："五菱和五井虽然同是百分之三十的比例，但是作为投标小组的召集人或者说是组长吧，我们觉得，还是请能够对付伊朗国营石油公司的五菱担任比较合适。大家有意见吗？我们公团把这次油田开发看作是国家工程，将给予全面的支援。尽管大家的出资比例有所不同，但是从确保日本石油资源这个大局出发，希望你们以互让协同的精神来参加这次投标。"

听吉良这么说，五菱商事的神尾带着一代"石油帝国"奠造人的自信说道："尽管有各种缘由，但是既然总裁委托我们担任这个小组的召集人，我们以诚意表示接受。还望大家多多协作。"

"通常成立这样的组织时，谁当领导还得争执一番呢。神尾专务无愧于'石油之神'的美誉，凭他的人品才能，肯定能把这个小组带好。"鲛岛满面笑容地奉承道。

表面上看起来，成员决定、顺序排列是公团在主导，其实是由能源厅总括班长制作草案，拿到各相关科室阅览，听取长官、通产次官、大臣的意见后才下传达到公团的。这当中，和各个商社有着千丝万缕关系的政治家纷纷出动，围绕着出资比率进行了炽热的攻坚战。结果便是，最先制定的草案几乎变得面目全非，成了现在这种局面——一是领头的五菱和老二五井各百分之三十的出资比率，这是非常规的；二就是突然冒出个东京商事。

壹岐终于忍无可忍，逼问吉良："总裁，我们不理解这个比率。为什么会是这样的分配，务必请给出解释。"

"公团在力求慎重、公正的基础上，做出这样的出资比率。我认为分配理由没必要向你们民营企业一一做出解释。"

"虽然你自己说力求公正,可我认为这个比率很欠公正。为什么只给我们百分之十?我们无法接受!"壹岐的矛头直指公团的不透明性。

吉良为了掩饰内心的动摇,脸上浮起冷笑:"你这可让我为难了。这么唐突地问我,让我怎么说呢……"他一时无言以答。为了逃避责任,他看了一圈,说:"大家听到了没有?近畿商事好像对他们最末尾的百分之十的比率不满意。你们哪家可以多少让给他们一点儿?有没有啊?"

五菱商事的神尾眼皮都不眨一下,五井物产的有田只是一个劲地吸烟,国际资源开发的技术人员出身的川澄尴尬地抱着双臂。只有东京商事的鲛岛厚着脸皮道:"总裁,近畿商事要是那么不满意的话,干脆就把他们那百分之十都给我们得了。"

"鲛岛,有你这么说话的吗?"赤泽站起来质问道。

"哎呀,得罪了!因为你们那么不满意,所以我只是把心里想的实话,如实说出来罢了。"鲛岛瞪着赤泽,摆出应战的姿势。

"鲛岛,你要是这么说,那我问你,贵公司究竟是何时得到国际招标的消息的,又是何时向公团提出申请的?"壹岐开始对他们这种类似光天化日之下抢劫的行径进行反击。

"这个还轮不到你来问!"鲛岛强词夺理地说。

会议室里的气氛骚动起来。

吉良惊愕地跟两旁的董事嘀咕了两句后,说:"今天的会议到此结束。"说完匆匆而去。

各公司的人都走了。安静下来的会议室里,赤泽面对壹岐:"壹岐专务,有这么不讲理的吗?才给我们百分之十,而且是最少的……"愤慨和无奈让他攥紧了拳头。

"我再去找一下总裁。你先回去吧!"

壹岐找到总裁办公室,吉良像是早有准备似的,早已溜之大吉了。

走在无人的楼道里,壹岐怒火中烧。曾几何时,他期望在石油这个关系到国家命脉的领域里,不要用钱权交易弄脏了自己的手,告诫自己谨戒政治性的行动。然而换来的却是五家公司中的倒数第一。这也太不公平了!如果真的想开发油田,确保石油,就应该离开这个政治色彩浓厚、民族意识强烈的公团小组,像兵头说的那样,借助外国石油公司的力量。但是,和独立资本的外资合作,并与有公团背景的日本小组同场竞标,稍有差错,就会变成损害国家利益的行为。会被社会大众称为国贼。

面对或许成为自己从商以来最后一项大工程的石油开发,是只要保持自己的节操,冒着被人称为国贼的风险也要和有技术、有经验的外国石油公司携手独立参加竞标,为获取石油搏一把,还是稳妥但屈辱地排在公团小组的最后一名,只做资本的参与?壹岐面临着抉择。

第二十九章 那 天

京都的秋老虎，依然气势汹汹。

洛北疏水渠畔秋津千里家，院子里的知了叫个不停。长裤长衫上蹭着泥土的千里，满脑子里装的都是尚未出窑的作品，心神不安地在作坊里踱来踱去。

"老师，离出窑还有差不多一个小时的时间呢。这两三天，您就没怎么睡觉，光盯着窑火了。抽空儿打个盹吧，要不然可要累倒了。"上了年纪的窑工劝说道。他是千里只有在参加大型展览会之前，为筹备展品才从师傅叶赖山的作坊里叫来帮忙的。

"不看到出窑的作品，我怎么能睡得着呢？不管怎么说，这也是第一次为日本陶艺展准备的作品呀！"

千里的长发束起来盘在头上。她用衣袖擦去额头、脖子上的汗水，眼圈发黑但眼睛依然闪闪发亮。日本陶瓷展是新闻社主办的有传统的展览会。唐津、备前、益子等全国各地代代相传的名家的作品将汇聚一堂，同台展出。女陶艺家的作品很少有登上这样的展台的机会。

正因为如此，千里投入到这个作品上的期望和热情就更高。虽然她打算拿去参展的青瓷瓶，在制坯、成型的过程中已经经历过多次的反复，但是，被称为"火"的艺术的陶艺，究其胜负，归根到底还是在一个"烧"字上。因为陶土成分上微小的差异、釉的调制、施釉的多少、窑口的湿度、窑火的时间等等,任何一个因素的变动,都会在烧的过程中引起微妙的变化。既可以让人因为收到意想不到的成果而欢呼雀跃,也可能让你在裂成了两半的成品面前失魂落魄。

烧制陶艺作品首先要在随时通过空气调整煤气窑内湿度的情况下,用九百至一千二百度高温烧十六小时。熄火后还必须等十个小时左右,让温度降到三百前后才能开窑。千里在熬时间。她一边清除着上釉子时使用的灰汁罐里的杂物,一边惦记着窑里的作品。为了使青瓷上的裂纹釉,也就是俗称的开片有更创新大胆的效果,千里虽采用了施厚釉的方法,但她不知道能不能烧出既不脱裂又清澈透亮的效果,也不知道坯和釉膨胀系数的差异是否会恰到好处地达到预期的开片效果。不安和期待交织在一起,让因为彻夜不眠身体已经十分疲倦的千里依然精神昂奋。

千里用漏勺舀去灰汁罐里的杂物,又兑进了清水,便转身去查看煤气窑的温度,做出窑前的准备。她用木棉头巾把头和脸都包起来,只剩下一双眼睛,然后戴上三层手套。她心里默默祷告着,打开了汽窑的推拉门。一股让人窒息的热风像要把人脸上的皮肤烧掉似的,呼的一下扑面而来。千里躲也不躲,镇静地拉动了带着滑轮的台架。拉出来的台架上有三个烧好的高三十厘米、通体浑圆的青瓷瓶。正在煤气窑旁边摆放栈板的排窑工赞叹道:"嘀,颜色真不错!凉了可能会变得更清澈。"

千里紧张地眨了眨眼,轻轻地举起眼前的一个青瓷瓶。高温让白手套一下就变成了褐色,并且腾起一股淡淡的烟来。忍着隔了三层手套还能感到灼伤皮肤的炙热,千里把青瓷瓶放到栈板上。栈板立刻出现了焦痕。她必须把刚放到栈板上的青瓷瓶立刻拿起来再放到另一块栈板上。这是因为速冷可以让开片开得更大。但是,又不能直接放到冰凉的土地或混凝土上,因为过大的温度差很有可能会导致作品顷刻间崩裂。

突然噼的一声脆响,就见第二个取出来的青瓷瓶,从瓶底处向着浑圆的肩部开了一道长长的裂纹,紧接着连锁般的大小裂纹迅速传遍全身。其他两个作品也从出窑后就开了片。千里把第一个取出来的青瓷瓶拿在手里仔细地端详了一番,突然猛地扔到三合土上。

"哪儿,哪儿不合您的意了?"看着中意的青瓷被摔碎,窑工惋惜地问。

"瓶口那部分的颜色不均匀。"大汗淋漓的千里答道。

"瓶口?挺好的呀!挺有韵味的嘛。"

"那不是韵味,是色彩不均匀。"

千里说着又去看另外两个青瓷瓶。对比之后,不容分说地将最后出窑的那个也摔碎了。

"可能是我太过用心了。"毫不犹豫地粉碎了自己倾注心血创作出来的作品后,千里又用挑剔的目光注视了片刻剩下的唯一一个青瓷瓶,说:"这个,还得等凉透了才知道,不过颜色有点儿深。"

她转过身来,对窑工说:"谢谢你来帮我的忙。明天我把这件作品拿去给叶先生去看看。不管参加不参加日本陶艺展,我都想再试一次。你还能来吗?"出完窑千里虽立刻感到疲倦不堪,但她还是向窑工提出了新的请求。

"当然,我很高兴给您效力。我喜欢看您工作的样子。您不像一般女孩子,总是专心致志,不投机取巧。在您这儿干活,我心情舒畅啊。"窑工说着把还散发着热气的青瓷的残骸收拾起来,扔到院子一角的废弃瓷片堆里,回家去了。

千里也出了作坊。刚过中午,她走进浴室,想冲洗掉浑身的汗水。洗过澡,换上简易和服,她坐在走廊的藤椅上想凉快一会儿。在不知不觉中睡着了。

不知过了多长时间,一阵电话铃声惊醒了千里。她起身走到客厅拿起电话筒。"喂,是我。壹岐。你还好吗?"话筒里传来壹岐的声音。

自从在东京壹岐的公寓里和壹岐的女儿尴尬相遇、不欢而散之后,这还是壹岐第一次给她打电话。

千里透过窗户外隔阳的竹帘,看着夕阳照射下的院子说道:"一直忙着制作参展作品,今天才出窑。刚刚坐下歇了一会儿。东京怎么样?还那么热?"

"噢,我没在东京。昨天到大阪来开会,现在在六甲山上的高尔夫球场。一会儿到芦屋的社长家去一下,然后见见你。刚出了窑,你一定挺累的吧?"

壹岐一句短短的问候,让千里因没能看到满意的作品而失落的心一下子温暖起来:"真的?我本还想就这么接着睡下去呢。那好吧,我去见你。到大阪吗?"

"是这么想的。不过,还是我去京都吧!也该顺便给很久没去悼念的令尊秋津中将上炷香了。"

千里听他这么一说,也就闭上了嘴。今年是父亲去世二十三周年祭,上个月只是最亲近的几个家里人刚刚祭拜完了。壹岐是否还记着父亲的忌日?虽然也曾想过和他一起祭拜父亲,可是如今成了他的情人,该以怎样的心情去祭拜父亲呢?千里想问却难以启齿。

"你怎么啦?"见千里不吭声,壹岐关心地问道。

"嗯,没什么。我给你准备晚饭。你想吃什么?"千里用明快的语气说道。

"那多不好,你都那么累了。我请你去吃好吃的,到了京都我再给你打电话吧!"说完,壹岐挂了电话。

在六甲山的高尔夫俱乐部打完高尔夫球,应大门社长的邀请,壹岐和他一同来到夙川的大门宅邸。

汽车开到夙川一个高冈上的大门宅前,年轻的用人打开镶满门钉的高大院门。社长夫人藤子已经迎在了大门口:"哎呀!壹岐君,好久不见啊。要知道你来,我就好好准备准备了。"瘦脸、戴一副时下流行的银边眼镜的藤子夫人一看见壹岐便热情地说道。虽然已经上了年纪,但是居高临下的做派还是一如既往。

"星期六下午还来打搅您,实在抱歉!虽惦记着您,但是一直也不能来看望,实在是失礼了。"妻子去世,壹岐不可能做到像里井夫人那样,时时应酬社长夫人。

藤子夫人呵呵呵地笑着说:"那还用说,一个人过日子嘛,哪有闲工夫啊!没关系,别介意。"夫人说着柔软的关西话,一边将壹岐让进日本茶屋式风格优雅的客厅里。

客厅正对着的内庭园,宽敞豁亮,假山石周围的青松绿柏修剪得恰到好处。绿荫成趣的景致,让公寓生活的壹岐感到一种自然的轻松和舒畅。

一个高中生模样的男孩子从旁边的走廊上露出头来:"爷爷,回来啦。今天打得怎么样?"

"那还用说!比你爸爸那两下子强多了。哪天给你也启蒙启蒙?"

"当教练当然可以了。不过,您能不能给我买一套初级用的装备啊?爸爸在制药厂工作,舍不得给我买呢。"孩子发现有客人在,不好意思地行过礼后,就告辞出去了。

"几天不见,都长成大孩子啦!"

两年前,大门的长子调到日本制药大阪总部工作,便开始和父母住在一起。这个高中生是大门的大孙子。

"只是个子长大啦。看见我没别的,不是要这个就是磨那个的。"大门嘴里这么说着,脸上却藏不住喜爱之情。

藤子夫人指使用人端来啤酒:"什么下酒菜也没有准备。你慢慢喝!"说着给壹岐和大门满上了杯子。

"你现在吃饭怎么着了?一个人过日子挺难吧?"

"中午、晚上应酬多,也没觉得什么……女儿住得不远,偶尔也给我做些家常饭。"

"那样的话,你们更应该住一块儿才是啊!是不是不想跟女婿住一块儿?"

"没有,没那事。只是没有社长家这么宽敞罢了。"壹岐含糊其词地应付着。

大门冲着藤子斥责道:"管人家的闲事干吗?你去吧,我们还有正事呢!"

藤子哼了一声出去了。

"叫你到家里来,不为别的,还是萨尔韦斯坦的事。听说日本石油开发公共事业集团给咱们弄了个老五。你打算怎么办呀?"

"其实,我也正想跟您谈这个事儿呢。因为昨天有会,您又那么忙,所以没来得及说。我考虑了很多,思前想后,觉得既然如此,咱们还不如退出公团集团,自己独立投标。"

"什么,想退出公团集团自己去投标?咱们这些商人怎么去挖石油?"大门惊得连举到嘴边的杯子都停在了空中,盯着壹岐问道。

"当然,这种情况,光靠我们自己的力量,技术方面和资金方面都跟不上。我们必须联合既有技术又有资金的外国的独立石油资本公司共同出资,一道参加投标。"

"和谁,你有目标了?"

"还没有。眼下兵头正在伦敦、贝鲁特那边物色呢。要是找到了好的合作伙伴,社长,能请您拍板吗?"壹岐问道,似乎想问大门是否有决心。

"这话太突然了……"大门一口干下杯子里的啤酒说道。

"是啊。不过,这次公团的比率分配,谁心里也明白,太不自然了。与其说是真的想找油,不如说是先想着找不到油的情况下如何逃避责任。他们是基于这个考虑排列的顺序。这背后究竟有什么样的政治性企图,咱们也弄不清楚。但是,您看一下,有专业技术的国际资源开发暂且不论,光看看五菱、五井、东京商事这三家,哪个是善茬儿?船多难启航的危险性很大。我觉得在这样的集团里做尾巴,按照他们的意志被调来摆去,还不如和外国石油公司合伙,那样找到石油的可能性更大。"

"那开发费用需要多少呀?"

"大约一百亿。加上开采权的获得费,总共得按二百亿考虑,外资占百分之五十的话,咱们公司得负担一百亿。"

"噢……那要是找到油了能赚多少?"

"一般国际石油资本的利益回收率,应该是在百分之二十五以上。因为日本的情况是跟在人家国际石油资本后面,拾人家剩下的毛皮,处于后进状态,所以不可能指望那么高的回报率。根据专家的测算,大概能有一千亿元的利益吧。"

"啊,一千亿?能赚那么多?"大门一副跃跃欲试的样子。

"当然,那是弄好了的话。不管怎么说,因为光试钻一口井就得耗费上亿的资金,所以每挖一口井光利息就得跑掉很多。再加上地质学者认定是有希望的地方,也有不出油的时候。或者是出了油也达不到商业价值,这种情况也是常有的。所以,这绝不是一项轻易就能涉足的项目。"

壹岐的话,是对大门的一个提醒。因为看到他听说石油开发如果顺利的话利润回报率很高,便立刻表现得跃跃欲试,想让他冷静地思考这个问题。

"你说得对,是这么回事。但是,阿拉伯石油的山田太郎不就是在石油开发技术还没有这么发达的年代成功的嘛。中东和印度尼西亚还不一样呢,出油量大得多。要是能成功收益肯定大。"

"不过,一九五五年以后,阿拉伯石油第一口井就出油也是世界上极少见的。他真的是太幸运了。也亏了一号井就出了油。都说山田太郎的资金是从财界同仁那里募集来,他早就做好了思想准备,一旦失败必定剖腹自杀。他是抱着拼死一搏、必须胜利的信念去的啊!"

对两眼发光、也想当一回山田太郎的大门,壹岐再次敲打道。他接着说:"另外,我们公司要是退出公团主导的日本石油集团,和外国石油公司合伙的话,又会掀起不小的波澜。还有,就算是一半吧,这一百亿的风险资金如何调拨还是个大问题呢。"

壹岐这么一说,刚刚还兴高采烈的大门,表情一下子严肃起来:"对,开发石油不像别的事业少说还有些保险,完全是风险投资,必须慎重考虑。跟财务方面好好商量过没有?"

"我本想和财务本部部长武藏君谈谈的,可是晚了一步,因为他到欧洲出差去了,所以到现在为止还没有跟任何人提起过这件事。社长,咱们公司如果想进一步朝重工业化转型,石油开发就是最大的战略事业。之所以这么说,是因为石油开采权,在任何一个国家,都是由国家首脑攥在手里的。通过这样的人际关系,不光可以搞到必要的商业活动情报,还可以提高近畿商事的知名度,进而引起连锁反应,在与石油相关的钢铁、机械、油轮、港湾、道路建设等各方面扩展我们的商业权利。从我们公司现在的整体实力来看,慎重地研究如何回避风险的话,我觉得我们不是不能干。"

壹岐推心置腹的一席话,让大门有些心动了。他说:"里井君、武藏君的上司宝田君他们怎么想,还不好说。如果能做到回避风险的话,我基本上赞成。分管钢铁的堂本君大概也会赞成的吧。"

"要是那样就好了。昨天的会议一结束,堂本君说了一句去澳大利亚出差,就急急忙忙地跑了。"壹岐说。

大门放下手中的杯子,说:"工作的事儿,就到这儿吧。走,你跟我去尝尝好久不吃的家常饭吧!"

壹岐因为惦记着和千里约会,谢绝了大门的邀请,说:"不用了,我突然造访,给夫人添麻烦了。休息日社长也该和家人好好团聚,高兴高兴。"说完便告辞。

京都南禅寺山门附近的"松风亭"优雅的庭院里,摆了几张折叠桌椅。壹岐和千里正在享用这里有名的面筋料理。

虽说秋老虎还在逞威,但傍晚一过,也变得凉风习习了。曾是寺院一角的庭院里,由竹筒从山上引下来的溪水落在地上,滴答作响。千里穿着一件用宫古的上等苎麻制作的夏季和服,很清爽。她边给壹岐的杯子倒满啤酒,边问道:"怎么样?京都的面筋料理,感觉如何?"

她的目光指向托盘上排列的面筋烤豆腐、浇汁面筋泡。

"嗯,不错。清淡,有股特别的口感。比一般的怀石料理好吃多了。"壹岐对第一次吃到的面筋料理啧啧称道,一口喝干了千里斟上的啤酒。

"能合你的口味就行。面筋的天妇罗也很好吃的,特别是很受外国客人的欢迎。"千里说着看了一眼旁边桌子的像是来自美国的四位客人。

除了外国客人以外,庭院里还有几对客人,大都是成双成对。庭院里的气氛安详、恬静。

"怎么样,你也再来一杯?"壹岐举起酒瓶来示意。

千里怕和服的袖子碰到桌子上的菜,用左手掩起袖口,右手递上杯子,让壹岐给自己倒上,喝了一口,说道:"好久没喝了,这么好喝的啤酒……是不是有点过量了呀?"说着用手捧住有些泛红的脸颊。

配有碎白点的本色琉球麻质地、后颈处形成 U 字形的"拔衣纹"风格的和服配在千里身上,越发衬托出千里成熟女子的风韵。和在东京相见时比起来,给人一种更加舒展的美感。壹岐的目光停留在了高高挽起的发髻下面白皙的脖颈上。

"那么红吗?羞死人了……"壹岐火辣辣的眼神让千里有些不知所措。

"不,不。红点更显出地道京都女子的风情啊。你经常穿和服吗?"

"西阵的婶婶没有女儿,拿我当闺女,经常送些和服过来。可是,我很少有机会穿。我不也是天天跟泥巴打交道的嘛。"千里笑着说。

"你这么一说提醒了我。你要参加秋天的展览会,现在正是你最关键的时候。我在六甲山上打电话的时候,你说刚刚出完窑。怎么样,有没有满意的作品?"

"没有。中意的三件放进窑里烧出来后,其中两件根本不行,当场就摔了。剩下的那个也没有达到十分满意的程度。我打算从头再来,就是不睡觉也得接着烧啊。"

"不过,陶艺作品华丽、冷艳,丝毫感受不到作者为它流的汗水、付出的辛苦。"壹岐觉得,陶艺也和企业做买卖一样无情,只问结果不问过程。

出了松风亭,二人穿过南禅寺的山门,在郁郁葱葱、由寺院管辖的院内散步。

无人的林荫院内,回荡着默默地并排行走的两人的脚步声。两人虽然都觉得有话要说,却又都在踌躇。

"像这样在京都漫步,还是三年前去比睿山的庙庵看望你哥哥清辉,不,是贤澄君以来头一回啊。"对千里的哥哥壹岐改称其法号,"后来他的身体好了吧?"

"后来我又去看过他一回。他还在继续他十二年的修行。病倒了,哥哥也绝不会下山的。"

千里一边回答,一边想起自己追着壹岐去了纽约,在那里两人终于合为一体。回来后,他耐不住纽约、京都的遥相思念,无心工作,再次去山里看望哥哥的事来。

那次,贤澄察觉到嘴上说是因想哥哥而来的千里的心思,第一次跟千里讲起了佛的教义。告诉千里:"如果以一句简单明了的话来解释什么是佛教的根本的话,那就是共生的精神。人不能只为自己活着。人必须具有因自己的存在让他人感动、让他人幸福,并且自己和他人一起活下去的共生之心。所以,如果只是自己单方面的眷恋和执着,那么对自己和对方都是一种束缚,就会丧失共生的世界而落入修罗界。"哥哥的话里其实暗藏着对妹妹的忠告:如果千里眷恋壹岐,是在束缚自己的同时也束缚了壹岐,会给两人带来不幸。

但是,壹岐从纽约调回来了,一个人住在公寓里。他一方面保持着两个人的关系,另一方面又迟迟不肯表明住到一起的打算。看着壹岐犹豫不决的样子,千里觉得自己难以接受这样只顾自己的男人的自私。所以最近一段时间,千里没再主动打过电话。

"最近,你也不来东京了。"长长的沉默之后,壹岐先开口了。

"也不是……"

"那,为什么不来了?"

"去代官山,下次再碰见谁,怎么掩饰?去你那里,在外国工作的儿子突然一个电话,我就得慌慌张张地逃跑。要不就是大清早碰上你女儿直子,不知道该说什么……"千里本来想尽管保持冷静,可想起一次次的委屈,禁不住后音发颤。

"对不起,让你受委屈了……"

"直子,她对我们的事是怎么想的?"

"她都明白。只是一到时候,就跟所有的女儿一样一时难以接受。甭管怎么说,父亲被拘留在西伯利亚十一年,母亲承受了多少辛酸痛苦,她最明白。我回来以后将要开始第二个人生的时候,这闺女觉得就因为父亲是军人,让母亲受了那么多的苦,所以,对我说干什么都行就是不能进防卫厅。她的这句话我到今天都还记得。对你也是,她觉得母亲只有一个……她的这种心情比别人都强烈。"

"壹岐先生,在你自己的心里,是不是也觉得妻子只有一个?"

壹岐哑口无言。千里也陷入了沉默。

静静听了一会儿两人的脚步声,千里开口道:"不说这些了。去看看我爸?"

"那是当然。不过,千里……"壹岐无意识径直呼千里,没有带"小姐"。

千里也有些意外地停住了脚步。

"希望你还像以前那样,继续到代官山来。"壹岐说完靠近千里,两人都没有再说话。

出了南禅寺,走到前门的大街上。他们拦了一辆出租,向千里的家驶去。

在樱木町疏水渠的石桥上下了车,沿小路向里走,到了挂着"秋津"名牌的门前时,壹岐感到了些许踌躇。这是和千里有了深层关系后第一次来到这里。这里祭祀着已故秋津中将的灵坛。

"到了。请进!"千里说着将壹岐让进客厅。

壹岐在佛龛前跪坐好,点灯、上香、合掌。战争结束时任关东军大陆铁道司令官的秋津中将,在西伯利亚拘留期间,作为苏联方面的证人,和原关东军副参谋长竹村少将以及参谋壹岐一同被带回日本,出席在东京市谷召开的国际军事审判。到日本的当天晚上,秋津中将在苏联代表团驻地——三菱会馆服氰化钾自杀。

当时虽然壹岐请求让自己再看将军最后一眼,但是没有得到允许。想起这件事,他至今都觉得遗憾。今年是秋津中将逝去后的第二十三个年头,他和最终葬身于西伯利亚大地的十万房囚一样,始终深深地压在壹岐的心里。

长时间的双手合十结束后,一直在后面陪伴着的千里,郑重地向壹岐鞠了一躬:"谢谢您来给我父亲上香,父亲的在天之灵一定很高兴。第二十三回法事只是家里人办的,没敢打搅远道的竹村先生和壹岐先生。今天您来这里上香,我也很高兴。"千里抬起头来,眼睛里闪着泪花。

壹岐的心头一颤。突然觉得当年自己碰巧遭遇中将的最后时刻,现在和逝者女儿结合,这或许是命运的安排。

次日,壹岐坐在京都开往西舞鹤的列车上,再次翻开了朔风会的会报。

> 安藤今朝夫 8 千叶市　完全赞同为在西伯利亚死去的同胞设置慰灵碑的提案。在苏联他们无法安息。
> 丸长三男 11 大阪市　关于在舞鹤建慰灵碑一事,希望务必使之实现。鄙人愿在建成之时献灯一盏,敬请告知。

壹岐从朔风会会长原大佐谷川那里听说要建慰灵碑的事儿,因为自己也一直有此意,所以,这次利用到关西出差的机会先去实地看看,并约好和丸长三男在西舞鹤车站见面。丸长在壹岐任关东军参谋的时候,曾是他的勤务兵。被苏联拘留后在泰舍特两人偶然相遇,回国的时候又是乘的同一条船。现在丸长在大阪经营一家理发店。前天在去大阪的新干线上翻看朔风会的会报,壹岐看到了丸长写的一段话,就给他打了一个电话。丸长十分高兴。听说壹岐要去舞鹤,就主动提出先壹岐一天去舞鹤,找当地的同行们详细了解一下土地的行情,然后约好在当地等他会面。

列车到达西舞鹤。壹岐一走出检票口,就听有人叫他:"壹岐先生,在这儿呢!等着你呢!"

长得年轻的丸长一点儿不像五十多的样子,笑着就迎了上来。

"噢,丸长君,临时抓差给你添麻烦啦。"随便的一个电话就把丸长搞到舞鹤来见面,壹岐觉得有些抱歉。

"别说那么见外的话。您能给我打电话,让我可以这样来陪您,您知道我多高兴啊!我早就到了,也跟这里的同行们打听好了土地的事。"说完,丸长带壹岐上了一辆出租车,吩咐去东舞鹤。

车沿着铺修好的国道二十七号线行驶了三十分钟左右,来到一处小小的山丘。这里是当地人介绍的"归国纪念公园"。

"壹岐先生,上面这个公园正好可以俯瞰到咱们回国上岸的那个栈桥。"

"是吗?那可是令人怀念的地方啊!"

下车后,丸长带路向上走了六七分钟,便看到一座人工修整过的漂亮的山冈,上面立着一块纪念碑。碑的正面刻着"啊,祖国母亲"几个大字,后面是这样的几行小字:"告慰至今未能还乡的同胞之灵,留住岸边妻子们的悲愿。祈求人类的永远和平。"十四年前壹岐他们撤回来,踏上祖国的第一步时,这块石碑立在栈桥附近,它和祖国的山河一起强烈地温暖地撞击着他们的胸膛。现在被从栈桥附近移到了这个山冈上,也从原来的混凝土换成了今天的花岗岩石碑。

壹岐很怀念地在碑前站立了一会儿,然后开始眺望下面的码头。他有些怀疑自己的眼睛。

虽然已经过去了十四个年头,然而对于归国者来说,舞鹤依然鲜明地烙在脑海里,但是,眼下那个一辈子也不会忘记的舞鹤变得无踪无影。

当年他们从兴安丸转乘汽艇,从汽艇再到岸边,神情恍惚地踏上栈桥。那座记录了他们踏上祖国第一步的栈桥没有了踪影,是老朽了还是被拆除了?取而代之的是一段混凝土的堤坝。度过归国后第一夜的那些厚生省归国者宿舍也不复存在,建起了一座胶合板工厂。静静的港湾里飘满了像是木筏一样的巨大的进口原木,宛如木材堆积场。

壹岐俯视着连一丝潮水的气息都没有的栈桥遗址,说不出是惊愕还是沮丧,茫然地站在那里。他又把目光投向内海,五六艘船只停泊在那里。再远一点是一艘桅杆上飘舞着苏联国旗的三千吨大船,正在进行搬运作业。

"壹岐先生,还记得不记得在泰舍特收容所干过的采伐作业?那,不是人干的活啊!"

"嗯,零下三十摄氏度的积雪中,采伐直径一米多的西伯利亚松树,现在想起来,我们还真挺过来了。"

"树倒下的时候咔嚓、咔嚓、咚咚、咚……扬起漫天的雪尘,稍微躲迟了一步就被压折了腰,死了多少人呀!"丸长缩了缩肩膀,静静地说道。

被羁押在西伯利亚的人当中,死亡最多的便是伐木作业中死去的人。令人感到讽刺的是,现在那儿的木材却被运到归国者迈开踏上祖国第一步的舞鹤。舞鹤作为对苏贸易的窗口而繁荣,日本人那绝不能忘却的历史正在被抹去。想到这儿,对原大佐谷川建立慰灵碑的提议,壹岐感到了一种必须立即动手的紧迫性。

壹岐他们坐最后一艘船,撤回到国内是在昭和三十一年(1956年)十二月二十六日,地点是舞鹤。那天舞鹤飘着鹅毛般的大雪。从停泊在海面上的兴安丸看到的祖国,山脚下重叠排列的屋顶,海边近处建筑物上飘舞的太阳旗,一切一切就跟在梦里一样。在无声飘落的大雪中,头戴防寒帽、身穿黑棉袄的归国者们队列整齐地走上栈桥。队列先头的人们,怀抱着用收容所的木片钉制的木箱和用床单包裹着的死去战友的遗骨。木箱里装的是从不允许收集遗骨的地方取回的一点点墓地的土和沙。归国者渡过栈桥,穿过被雪覆盖的松门,便被前来迎接的亲人和厚生省归国后援局的职员们的欢呼声包围了。

母亲唤着儿子、妻子呼着丈夫、孩子叫着父亲,亲人们相拥在一起,号泣不止。

壹岐亲眼看着自己率领的二百名部下和他们的亲人相聚,并把遗骨交到归国后援局职员的手上,填写完死亡者名单之后,才和妻子、女儿、儿子以及从山形老家赶来的哥哥等人相见。大家手拉着手抱头痛哭。

狂喜中的壹岐想从妻子的怀里把儿子诚抱过来。诚被臃肿难看的棉衣包裹的身躯、脸颊消瘦、缺牙少齿的父亲吓坏了,嘴里嚷着"这不是爸爸",直往后退。在漫长的十一年里,壹岐贪婪地阅读每一封通过红十字会转来的妻子的来信,憧憬着与成长的儿女见面。儿子的哭喊声对他来说,无疑是迎头一棒。那一幕,就像发生在昨天,此刻清晰地浮现在他的脑海里。

"壹岐先生,就是在这下面,我那漂亮媳妇抱着我大哭的。那个时候的喜悦一辈子都忘不了啊。谷川先生之前就说过,慰灵碑的后补地,最好要选择一个能够看到回来的人和迎接的人痛哭的栈桥遗址这样的地方。但是,申请这里的团体很多,怎么办？现在还在讨论呢。"

"是啊,那是肯定的了。这十三年里,从西伯利亚、中国、朝鲜回来的人都来申请,那得有多少啊。"

"刚才我向那附近胶合板工厂的年轻工人们打听栈桥的事,他们却都没听说过。"

"怎么会是这样？都不知道了啊……"壹岐感受到了时间的无情。

二人则转身出了归国纪念公园,回到等候他们的出租车里,吩咐去当地人介绍的五老岳。

沿蜿蜒曲折的山路,上行十五分钟左右,就到达了面向舞鹤港、海拔三百多米的五老岳的山顶。山顶上树木繁茂、不见人影,四周静悄悄的。站在耸立在东西两个海湾之中的五老岳上,舞鹤港尽收眼底。被舞鹤内海左右环抱的半岛对面闪闪发光的就是日本海,而连接西伯利亚的纳霍德卡就在那遥远的日本海彼岸。在西伯利亚梦中常常看见的就是舞鹤。那些依然徘徊在西伯利亚的同胞的亡灵,也许此时也在遥望着舞鹤。五老岳到了冬天山上积雪,上山比较困难。但也正因为如此,又多了一分神圣感,是让人在下面仰拜的白雪灵山。壹岐觉得如果得到许可,这个五老岳是个建慰灵碑的好地方。他甚至觉得这里的声音可以传到西伯利亚去。

突然,身旁的丸长伸长脖子:"喂——请再等一等啊——再过些日子就去接你们啦——好好儿等着啊——"他仿佛要让声音飞越大海,让长眠在西伯利亚荒野的尸骨都能听见他的声音,大声呼喊着。

壹岐也感到一股热流涌上心头。就在此时,一同回来的人们都在变老,有些战友因西伯利亚残酷的生活损害了健康,像梳子断齿一样一个一个死去,还有那些依然还在盼望亲人遗骨还乡的死者家属。

想到这些，壹岐觉得哪怕是早一天也好，要尽快在五老岳上建成慰灵碑。这既是作为对逝者的悼念，也是要永远地记录这靠悲惨牺牲换来的历史教训。这也是从西伯利亚活着回到祖国的人应该做的事情。

回到东京，壹岐就去拜访了石油观察家竹中完尔的事务所。事务所位于大手町经团连附近那些战前就有的、体面的高楼大厦中的一座楼里。

乘电梯上到事务所所在的七楼。大理石建造的宽敞的电梯大厅里人影稀少，静得让人有些奇怪。同时从电梯里下来的两三个人，好像立刻被哪间屋子吸进去了似的，一晃就没了人影。壹岐一边往位于最里面的竹中完尔的事务所走，一边以一种异样的心情看着走廊两侧排列着的"印度尼西亚清油贸易""日韩共同资源开发""海外能源开发"等众多有名无实、与政界的大人物或通产省退休官员有着密切关系的挂名公司。这是一条被报业私下里称为"日韩、印度尼西亚洗钱区"的日本经济中最见不得阳光的走廊。

在写着"竹中完尔资源研究所"的房门前，壹岐停住了脚步。这间事务所，外表上和其他的事务所没什么两样，不注意看的话也许就走过去了。如果说有什么特别之处的话，就是名字是用日英两种文字写成的。

推开门，前台坐着两个目光犀利的职员。看到壹岐进来两人交换了一下眼色，迅速地将壹岐审视了一番。

"我叫壹岐，和竹中先生约好的十点见面。"

"正在等您，请往这边来。"

其中的一人起身，用标准的礼节方式将壹岐带进内门隔开的隔壁房间。

这是一间约六十平方米的房间。经过特殊装修，锦缎替代了一般的墙壁纸,地板上铺着厚厚的绒毯,一踩一个坑。全套的会客组合沙发茶几、装饰柜、落地台灯,一应俱全,而且都是洛可可风格的豪华家具。和印度尼西亚总统苏哈托、沙特石油大臣亚马尼、阿拉伯酋长国国王阿布扎比等人的合影,被镶在金镜框里装饰在屋子里。壹岐一瞬间有一种像是进到了欧洲的某家沙龙里的错觉。然而非同一般的厚厚的玻璃窗,却又让人闻到了竹中身边总是飘着的那股危险的气味。这是为防备与竹中对峙的右翼势力而安装的防弹玻璃。

"呀,好久不见!"

通向里屋的门开了,竹中出现在面前。由于经常锻炼,保养得看不出已是六十五岁的年龄。再加上一身无可挑剔的西装,显得年轻潇洒。

"上次承蒙关照,特地邀请我们参与阿布扎比矿区的事,却未能给以满意的答复,实在是抱歉了!"

之前因千代田汽车的事,被自民党干事长田渊叫到芝白金的私邸,偶遇竹中。之后壹岐拒绝了竹中邀请近畿商事参与购买阿布扎比开发权的事。现在他是就此事向竹中表示歉意。

竹中指了指沙发,示意壹岐落座。"没关系,那算不得什么。不过,你胆子够大呀。还没有哪一个大企业的高管,敢大白天大摇大摆地到我这里来。怎么,有什么要事?"优雅的绅士用他那冷静透彻的眼神看着壹岐,脸上浮着一丝淡淡的笑意问道。

"我想你已经知道了,就是伊朗油矿公开招标的事情。"

听壹岐这么一说,竹中说:"呵,不就是那个陆上油田萨尔韦斯坦吗?怎么,你们也想插一手?"

"不是我们插一手,是我们想主导。因为是我们商社第一个向公团提出申请的,也跟吉良总裁打了招呼,结果却让别的公司把主导权拿走了,所以,既然我们打算走这条道,那就得找您这位万事通请教了。想听听您的高见。"

"你们早早就下手了？这还真是头一次听说。决定比率分配的前一天，我跟通产省次官两口君一起喝酒时，倒是听见他说，他们正在为如何平衡五菱、五井的关系伤脑筋时候，东京商事又突然挤了进来。次官平日里很强硬，我还很少见他发牢骚呢。"竹中一边说着一边拿出烟来点上火，"不过，现在你来听我的意见，又是为了什么？"

"想让你介绍一下外国的独立石油资本企业。要有在中东开发石油的经验，日本商社和他们合作又不至于被他们左右的公司。你知道不知道这样的公司？"

"嗬，又是个与众不同。怎么，你说的日本的商社不会就是你们近畿商事吧？"

"正是。"

"你到底打的什么主意？"竹中眼里的笑意没有了。

"现在还只是我个人的想法。如果有好的合作伙伴，我打算退出公团集团，和外国独立石油资本携手投标。"壹岐直视着竹中，直截了当地说道。

"你们可真是一根筋啊！你们公司到底是哪条线上的？"

"哪条线上的都不是。在石油开发上我们有自己的想法。我们跟竹中先生您都没有商量过，所以没有跟任何一位政治家……"壹岐简短地披露着自己的心情。

"当年打着确保资源的旗号发动战争，把国家引向灭亡的原大本营参谋的良心不允许你这么做？"竹中的话里带着几分嘲笑，"要是那样，就不要把手伸到石油开发的领域里来。据说人们管我门外这条走廊叫作洗钱区。这里的任何一家，不是和原首相岩有瓜葛，就是和现任首相佐桥有着这样或那样的关系。最明显的例子就是亚洲石油钻探公司和印度尼西亚轻油贸易了。"

亚洲石油钻探公司是日本有数的几家石油钻井公司之一,社长是现任首相的长子。而印度尼西亚轻油贸易则是原首相岩的大管家任社长。眼下,和印度尼西亚国营石油公司合作开采的加里曼丹海上油田三分之一的原油,就是通过亚洲石油钻探公司先在账面上转印度尼西亚轻油贸易,然后再转卖给国内的炼油厂、电力公司。这当中中介费的百分之几便会流向岩、佐桥二位兄弟首相的金库。所以,人们私下里都在传说,虽然佐桥政治能力平庸,但他却成为史上在位时间最长的首相,现在依然能稳坐首相宝座的最大的原因,就在于手握着原油带来的利益和与此紧密相关的人事大权。

看着默不作声的壹岐,竹中吐了一口烟,从嗓子里挤出笑声,说道:"死心了吧!"

"要是肯死心,就不到竹中先生您这儿来了。在了解了本公司的想法之后,难道您就没有可以推荐的独立石油资本吗?"

"那当然有了、亨特、盖蒂、奥利安,多着呢。和这样的公司携手,近畿商事就更要被别人批评是搞单枪匹马了。你有没有这方面的思想准备呢?"

"这正是想跟你指教的地方。如果萨尔韦斯坦的石油开发成功了的话,以优先提供石油为前提,你能否给我们引荐关东电力和关东煤气呢?"

关东电力、关东煤气的两位社长和日本商业银行总裁被称为财界资源派三只乌鸦。三者三样,各不相同。壹岐虽然搞不明白他们三人之间到底是怎样的关系,但是他们都和竹中关系密切这是毋庸置疑的。

"虽然在这二位面前我说话还管用,但是关东电力的河田、关东煤气的安藤这两位先生,如果听说是近畿商事,恐怕不会理睬的。"

"是因为五菱商事的关系吗?"

关东电力和关东煤气都是被五菱商事紧紧攥在手里的。

"那是一个方面。主要是你们的大门社长在关东财经界的口碑不怎么样啊。"竹中毫不客气地说。

"关于大门的事,大家误解了。首先对没什么来往的人说三道四,这本身就令人费解。"

"不用深谈,大门那家伙每次出席晚会,张口闭口总是赚和赔,让大家反感。虽然说我坏的人也不少,但是我们不是一个层次的。他那种人不早点儿让位,和中央财界有关系的买卖到啥时候也轮不到你们啊。"

竹中的话,让壹岐从心里感到一种羞愧。他说:"您的话够严厉的。即便是误会,如果大门给你们留下了这样的印象,也有我们这些周围人的责任。今后一定注意。"

听他这样说,竹中掐灭了手里的烟,说:"这话,我也就是对你说说罢了。那个国际招标可不像日本想得那么简单哟!"

"这我清楚。西德、法国、意大利等国也都参加,肯定是一场相当激烈的白刃战。对此我们早就有心理准备了。"

"不,不是那个意思。我是说,国际石油资本根本就不希望日本手里攥住石油资源。你明白吗?"竹中看着壹岐的眼睛说道。

战败后,美国占领政策的一个重要内容就是切断日本的石油资源,由美国系统的国际石油资本来控制日本的石油。一方面是为国际石油资本谋取利益,另一个目的就是掐住日本产业的命脉。因此,日本的很多石油公司,只能止步在将国际石油资本提供的黑色原油变成白色精制油的所谓清洗业上,在石油开发上是完全落后于其他先进国家的。

"可是,竹中先生,你自己不也是让日本去购买 BP 手里的阿布扎比的海上油田吗?"

"是啊,正因为如此,他们觉得给日本这点儿就已经知足了。这才是他们的本意。在接受阿布扎比油田的时候,日本就受到美国系统的国际石油资本的威胁,说什么你们的石油开发到此为止吧。"

"不可能吧?通产省明确地打出了石油资源三成自主开发的方针。再说石油输出国组织的动向也不是国际石油资本想压就能压得住的啊。"壹岐似乎不明白竹中的意思。

"壹岐君,如果是印度尼西亚那样的小矿区也就算了,中近东这样类似国际石油资本大本营的矿区,他们是不会简单地交回到产油国手里的。这次伊朗的国际招标就是想脱离国际石油资本控制的尝试,国际石油资本肯定会千方百计地阻挠的。"

"原来如此。这就是为什么七家国际石油资本异乎寻常地联名在日本报纸上打出那条广告,'日本民众,石油开发是件危险的工作。海外石油开发交给有长期经验和优秀技术能力的我们是贤明的'。"

"那才不过是个序曲,一个小小的骚扰罢了。就算是国际石油资本的阻挠不管用,日本取得了油田的开采权,如果挖不出关键的石油来,那可不比人家国际石油资本是拿以往赚到的钱来找油的。靠借钱挖油的日本公司轻而易举地就得赔光。所以,你可得好好考虑考虑呀。"

尽管一时还很难判断竹中的话里面有多少成分是真实的。但是,他的话让壹岐再一次认识到,不把石油放在国际政治的旋涡里去考虑的话,那肯定是错误的。

兵头信一良在伦敦换乘经新加坡开往雅加达的印度尼西亚国营鹰记航空公司的航班,此刻正在飞机的洗手间刮胡子,这两天他忙得连刮胡子的时间都没有。飞机昨天中午从伦敦出发,预定今天晚上七点半到达雅加达。再过三十分钟左右,他就可以从长途劳顿中解放出来了。

刮了胡子回到座位上,旁边一个五六十岁模样的日本妇人搭讪道:"哎,这下利索啦。是去雅加达工作吗?"

"对,是的。"

"在印度尼西亚工作很长时间了吧?"也许是看到兵头晒得黝黑的样子,妇人还以为他常驻雅加达呢。

"啊,不是。这之前一直在中东,这次是上这边来……"

"中东、印度尼西亚,一地儿比一地儿热啊。好辛苦吧?"

"没什么,习惯了。夫人这是去哪儿呀?"

"也是雅加达。在那边结婚的闺女最近要生孩子了,来帮忙的。不管怎么说也是头一个外孙,放心不下呀!"

"哎,这是值得庆祝的事呀。"

兵头一边跟妇人道着喜,一边心想这是个好兆头。为收集伊朗国营石油公司国际招标的情报,推进液化天然气的项目,兵头这十来天一直以德黑兰为中心奔走于贝鲁特、巴黎、伦敦之间。正准备从伦敦向北飞回日本的前一天,他接到壹岐从东京总部打来的电话。壹岐用充满苦涩的语调告诉他,在日本石油开发公共事业集团指导下的日本投标集团里,近畿商事只能以最末位的出资比率参加,并且没有交涉的余地。事已至此,只好考虑与独立石油资本携手竞标萨尔韦斯坦的方案,希望兵头去探一探是否有可能性。

"选择哪家独立石油资本,就都交给你了。一旦和外国的石油公司携手,与日本集团同台竞争,近畿商事的企业道德肯定要遭到舆论的谴责。但是,我们仍要堂堂正正地参加竞标,为此必须对合作对象有充分的了解,做到绝对可信才行。"

兵头再一次回想着壹岐说过的话。如果是那样的话……突然他的脑海里浮现出一家公司的名字。它既不是胆大妄为的西方石油也不是亨特,而是奥利安石油公司。奥利安在独立石油资本中属中上水平,总部设在洛杉矶,在委内瑞拉、埃及、伊朗都有油田,近畿商事也从他们那里购买现货石油。兵头为了保险起见,委托伦敦的石油咨询公司对奥利安的经营状况进行了调查,听说奥利安正在印度尼西亚的爪哇海面试钻探的油田发生了火灾,就急忙给公司在雅加达的分店打电话询问。分店说确实发生了火灾,而且奥利安的总裁正带着美国的专业油田灭火队往那儿赶。

虽然兵头还没打探到事故的原因,但从美国的专业救火队赶赴现场的情况来看,和油是有着密切关系的。往好的方面想,应该是碰到油层了。那么,这场火灾很可能是为自己物色中的公司带来好运的事故。火灾事故和身旁这位素不相识的日本妇人头一个外孙的诞生虽然是风马牛不相及的事,但是石油开发光靠科学是不行的,还要有运气。就像壹岐作为经营首脑为决断而烦恼一样,提议与奥利安携手的兵头看好奥利安的运气,但仍抹不去心头的不安,以至于产生了把任何事情都和成功联系起来的心理,让兵头觉得旁边妇人外孙的诞生是个好兆头。

终于机上指示系好安全带的灯亮了,机窗外出现了雅加达市街的灯火。在从伦敦飞到这里来的兵头眼里,这里的灯光显得那么荒凉。

兵头跟着来接他的雅加达分店的江利副店长走出机场,站在停车场等汽车。忽然他感到一阵剧烈的头痛。短短十天之内,从三十七八摄氏度的德黑兰到二十四五摄氏度的巴黎、二十二三摄氏度的伦敦再到三十一二摄氏度的雅加达,气温的剧烈变化加上时差,使他的生物钟产生紊乱。雅加达的闷热更让疲惫至极的身体雪上加霜。兵头快站不住了。

"兵头先生,脸色不太好啊!不要紧吗?"兵头的部下、在雅加达工作了七年的江利关心地问道。

"可能是缺觉吧。这回有点吃不消了。"兵头强打精神地说道,他在热风中煎熬着,等待迟迟不露面的汽车。

这时,开来一辆白色奔驰。门刚一打开就传出一声清脆的声音:"赶上了,太好了!欢迎来到雅加达。"身穿花鸟图案、爪哇印花连衣裙的黄红子从车里走了出来。

"这……你好!现在我头疼得说不了话。回头见。"每说一句话就像是针扎似的头疼,兵头勉强应付道。

"怎么搞的,我们的车怎么还不出来。不好意思,麻烦你照顾一下兵头先生,我去看看就来。"江利说着就要走。

"那先坐我的车去饭店吧!总统酒店,对吧?"红子说着安排兵头坐在后排,自己坐在助手席上吩咐司机往酒店开去。

兵头没有拒绝的气力,坐到了后排。为了缓解嗡嗡作响的头痛,他把眼睛朝向了窗外。从机场到雅加达市区大约五公里。汽车一接近市区,在昏暗的灯光下,街道两旁挤满了一群群的男女老少,好像是突然从哪里一下子冒出来的。卖麦芽糖和汽水的、卖旧衣服旧货的摊子,每个地摊前面都点着电石灯,一个挨着一个。中东的贫困是残酷的自然环境把人压瘪了,而东南亚的贫困则是人在人之下的喘息。

汽车躲开人力车、两轮拖车、自行车,终于到达位于雅加达主干线上的总统酒店。跟在红子车后面赶上来的江利为兵头办好了入住手续。酒店的旁边就是被称为"日租界"的雅加达第一的高层建筑,十五层楼里包括近畿商事在内挤满了日本的商社、银行、建设公司、电气机械公司等等。这座楼和总统酒店都是由日本的建筑公司建造的。印度尼西亚和韩国一样,到处都可以看到日本的影子。

办好手续走进房间,红子递上从前台弄来的药片和一杯水:"给,止疼药。瑞士的药，放心喝了。"

"谢谢。这么点事儿就头疼了，大概是上岁数啦。"

"是你最近太累，两鬓都生有白头发了。我们到下面的酒吧去喝酒，你睡会儿吧。"红子说着和江利两人走出了房间。

他们走了以后，也不知道过了多长时间，兵头被隔壁房间浴室放水的声音吵醒了。尽管身子像是被灌了铅似的沉重，但先前那种剧烈的头痛消失得无影无踪。他换了一件衬衣，下到楼下的酒吧，一进去就被红子注意到了。

"哎，头不疼了？"

"可能是止疼片起作用了，一点也不疼了。我也来杯兑水威士忌。"兵头和红子并排坐在吧台前，喝了一口酒，感到沁入肺腑的舒畅。

"刚才我给在新加坡的老黄打了电话，让他尽快安排兵头先生和奥利安总裁见面。这不，他刚回电话了。说是火灾的事已经告一段落，最快明天晚上就能见面。这之前老黄也把在那边的生意处理好，赶回来。"

"太感谢了！那我是不是也得赶紧跟壹岐专务说一下啊。"

"壹岐先生也过来吗？"

"嗯，看样子得过来。"兵头说完扭头对江利说，"奥利安的事故是怎么回事呀？"

"伦敦石油情报的迅速真令人吃惊。我们在这儿经常出入石油工作者的社交俱乐部，一点儿一点儿地打探情报。可是，要不是兵头先生打电话来，让我们确认爪哇海面是否真有事故，我们还真不知道呢。"

"也就是说他们情报封锁管制得挺严啊。里根总裁真的有时间见我们吗？"兵头有些担心地说。

"黄先生和他交情很深，应该没有问题。如果是生产中的火灾事故,牵扯到印度尼西亚的劳工,如果有伤亡,会成为印度尼西亚政府的问题。这次是试钻探中出的事,几乎都是美国技术人员。听说没有出现印度尼西亚的死伤者,所以在印度尼西亚国营石油公司那里,里根总裁的工作应该好做多了。"

"既然来了,明天我想到火灾现场看看去,能不能给想想办法?"兵头对江利说道。

"这恐怕不好办。火灾发生后,军队严格控制现场。如果不坐印度尼西亚国营石油公司的飞机,肯定去不了的。"

"那,谁能跟国营石油公司的人说上话呀?"兵头想在跟里根总裁见面之前,先去看一下火灾现场。

"可是,明天就要去,这也太难了……谁都知道国营石油公司号称是印度尼西亚的国中之国,是个握有相当权力的机构呀!"江利一脸为难的样子。

红子一边在手掌里转动着白兰地的酒杯,一边说:"如果明天就要去的话,只有去求那个名声很坏的石油公司总裁喽。虽然老黄和我都很讨厌那家伙,还是不得不跟他保持着高尔夫外交。我去试试看吧,请他想办法让你们搭乘国营石油公司的飞机。"

"这怎么好意思,我实在不愿意给你添那么大的麻烦。"

看见兵头有些犹豫,红子闪着她的一双大眼睛,说:"你这次要去看火灾事故现场,不单单是因为要买奥利安的原油,对吧?我不是说过要帮你们的吗?"

兵头不由得惊叹红子敏锐的嗅觉,真正的目的他连江利都还没有告诉呢。

看着兵头不作声,红子接着说:"这之前我在苏黎世的一个晚会上,有机会认识了伊朗的前王妃。当时前王妃的代理人问我,日本的近畿商事对伊朗的石油开发非常积极,那是个什么公司。听了吓我一跳。"红子说完咯咯地笑了。

兵头再次感到惊讶,红子竟然与前王妃有关系,这大大出乎他的意料。

兵头乘坐直升机从雅加达向一百英尺外的爪哇海面上的奥利安石油公司海上油田飞去。

通过红子的关系,他被安排坐上视察火灾灭火后情况的印度尼西亚国营石油公司的飞机。可以乘坐四个人的飞机上,除了兵头外,还有负责探测和生产技术的职员各一人。

直升机起飞不久,缓缓流动的靛蓝般的海面在赤道直射朝阳的照耀下闪闪发光。兵头坐在负责生产的工程师后边,一边不停地眨着眼睛躲避海面反射过来的刺眼的光亮,一边巡视着海面。只见远处有橘黄色的火焰在燃烧。那是通过海底管道把散落在海面上的各个油井的石油集中到一起,集中释放采油时发生的天然气的火焰。在伊朗、利比亚的沙漠里燃烧的火焰,是大地烧红了天空。而海上油田的火焰则像是从海面上浮起来的神秘之火。

很快,飞机飞到了奥利安海上油田上空附近。装载着海洋挖掘机的巨大的井架出现在视野之中,周围停泊着各色大小不一的船舶。

"是那儿吗?发生火灾的试掘现场?"兵头指着下面问道。

生产工程师摆出一副国营石油公司高管的傲慢姿态,用美式英语回答道:"是的。一直烧了四天,今天早上才终于扑灭。"

"火灾的原因到底是什么呢?"

"根据奥利安给我们的报告,说是在试钻中挖到海底两千英尺的时候,突然暴喷了天然气。岩石的碎块和着天然气同时喷出来,碰上钢铁制造的钻井机擦出了火花,引燃天然气,造成了火灾。"

"那么火灾的情况怎么样,很严重吗?"兵头想知道得更详细一些。

坐在前排的年轻工程师为了让兵头在引擎的轰鸣中听见自己的声音,将身体向后弯着说道:"那时候我正好坐直升机从这附近经过,好厉害呀!突然间就听见一声把大海都震动了的巨响,接着就蹿出三四十米高的火焰。工作人员都纷纷跳上船逃命。奥利安的救火队马上赶过来,用水龙头和灭火器灭火。别的油田的灭火队也都赶过来了。这是这行业里的规矩嘛。大家轮番地浇水,但也仅仅能控制住火势不再扩大。没有别的办法了,只好给洛杉矶的灭火公司打电话要求支援。对方很快就坐包机赶来了。听说紧急救援队的灭火很厉害的,不愧有美国西部开拓之魂的勇敢精神。看,那就是他们奋勇扑灭的钻机。"说着他用手指着进入到视线中的黑黑的铁一样的东西。

直升机飞到井架的上方,发出吧嗒吧嗒的噪音开始降落,终于在宛如战舰的甲板一样的平台上落稳。两位工程师嘱咐兵头道:"我们去做我们的调查。你就待在这直升机的附近,不要随便在甲板上走动。"说完与晒得黑黝黝的现场工作人员用印度尼西亚语交谈着,向平台上部的房间走去。

兵头独自站在甲板的一端,任凭蒸气一样的热风扑面而来,一动不动地凝视着眼前的钻机。据说可深达海底三四十米,从海面上算则得六七十米的巨大的海洋挖掘机,被烈火烧得不成形,残骸就沉没在这里的海底。海面上并没有流淌着大量的原油,好像都被大火吞噬、燃烧殆尽。

"兵头先生……"两位完成了自己任务的工程师回来了。

"好像你是头一次见识油田火灾的现场吧。油田的火灾都是这样厉害,燃烧一小时就能把铁融化。怎么说呢,就相当于一天烧尽一万桶油吧。"

"那就是说,试钻井中天然气的暴喷引起火灾这事,也可以看作是那里有油层的证据了?"

"试钻中喷出天然气的现象,确实可以证明那里有油,但是油田的规模和储藏量还很难判断啊。"负责探测的工程师依据以往的经验说道。

"那么,这里的试钻要多长时间才能恢复呢?"

"这个嘛,很难说。这是奥利安的事了。想必很快吧。里根总裁是个地道的采掘者,又有优秀的技术,这点小事不会让他退缩的。"探测工程师看着现场说道。

负责生产的工程师也插嘴道:"再加上奥利安的经济实力在独立资本中也是数得着的。和我们印度尼西亚国营石油公司的关系又好,肯定会很快就恢复试钻的。"

从两位工程师的话里,可以感觉到他们认为奥利安的这个油田是个相当有希望的油田。但是看着眼前烧焦的钻机和下面的大海,兵头心想,难道这海底真的埋藏着石油吗?直到现在他依然对石油感到不可思议,同时也越来越对这种运用现代科学技术却依然充满神奇色彩的石油开发着迷。

从雅加达市区往南十公里处的 Kebayoran Baru[①],是一处留有荷兰殖民时代风格的宁静的住宅区。红顶白墙、带有宽敞阳台的公馆私宅映掩在椰子树、红木树高大的树影之间。

居住在这里的是华侨、印度尼西亚政府的高官、军人、国营石油公司的高管、各国大使及出入印度尼西亚的国际石油资本的干部们。这里与被淹没于雅加达市中心的现代化高楼大厦身后、一直延续到

---

① 印度尼西亚雅加达三大富人区之一。

北边码头的贫民窟区形成了天壤之别的景象。

　　号称印度尼西亚四大华侨财阀之一的黄乾臣的私邸就坐落在Kebayoran Baru 的上坡路的尽头。从外面看,完全窥探不到院内的情景,高高的围墙里种着郁郁的参天大树。这是把握着印度尼西亚的经济命脉、攫取了众多财富的华侨为了不招致印度尼西亚人的反感,而采取的保护性措施。

　　黄氏公司位于被称为雅加达中国街的口塔的办公住址虽然也和其他的华侨企业一样,为掩人耳目,门面小得很不起眼,但是,在高大院墙掩护下的私邸里,却保留着中国大家族制度的风格。院内正面的一套房子是客厅及黄乾臣和第一夫人、子女的居室。东边的一套则是第二夫人红子及黄乾臣的近亲所用。西边住着的是第三夫人及远房的亲戚们。香港名门出身的第一夫人掌控家族的一切日常安排。今天第一夫人带着孩子们去了巴厘岛的别墅。第三夫人也带着其余的亲戚们到万隆的别墅去了。宽阔的宅院里显得十分幽静。

　　突然间暴雨不期而至。院内的树木在狂风骤雨的摇曳下树枝缠绕,黄浊的泥水像小河似的流淌下来。然而仅仅五六分钟后,转瞬就变得雨过天晴了。就在刚刚凉爽下来的时候,大门开了,一辆奔驰滑行而进。是兵头和数小时之前刚从东京飞抵的壹岐来了。

　　车子沿着被鲜花和绿树环绕的道路,向停车坪慢慢徐行。路边盛开的鲜红的三角梅花瓣上沾满雨水、晶莹剔透,扇椰蒲扇大的树叶重重叠叠、郁郁葱葱。正面平房式厚重的白色建筑的全貌呈现在眼前,黄乾臣和红子已经站在像回廊似的有着一根根圆柱的阳台上等候了。

　　用人们恭敬地迎上前去,请壹岐和兵头下车。身着爪哇印花布质地的、一身宽松休闲打扮的黄乾臣,保养得红光满面的脸上绽放着笑容。"壹岐先生,欢迎!欢迎!一直等着你来呢。"然后又向兵头示意,说,"昨天我去新加坡了,没能招待,失礼了。"说着与二人一一握手。

"黄先生一点也没有变化啊。今天到贵府打扰,诚惶诚恐。"壹岐与三年不见的黄乾臣握过手,又和他旁边的红子握了握手。

红子身穿旗袍,两侧的深开衩中光艳不减的大腿隐约可见。红子拢了一下剪得短短的头发,说:"今天家里人都到巴厘岛、万隆的别墅去了。可能有招待不周的地方,但是可以尽管放松,不必拘谨。请……"她毕竟是黄家的第二夫人,与在外面见到时的姿态完全不同,俨然一副黄家妻子的模样。红子用印度尼西亚语向用人吩咐了几句,就带领客人向屋里走去。

穿过墙壁镶有龙的木雕的大厅,走进天花板高高的客厅。冷不防铺着天津地毯的大厅的一隅,一只全长三米左右的老虎,冲着壹岐和兵头张牙舞爪,似乎马上就要咆哮着扑过来似的。二人不由自主地停住了脚步。黄乾臣笑着说道:"那是老虎的标本。平常是放在我书房的。因为里根总裁以前说过一定要看一看,所以让人搬到这里来了。"

为了让壹岐、兵头和火灾后行动受到专业人士注目的里根总裁秘密会面,黄乾臣特意提议利用家人去别墅的机会在自家见面。里根总裁预计晚餐前到达。

依照红子的吩咐,带着细条纹图案的围裙、身穿薄布上衣的女招待端来茉莉花香的红茶。退下后,红子和黄乾臣并排坐在了沙发上。

"按日本的日历,今天应该是秋分,一早一晚凉快了吧?"红子好像想起了日本,向窗外看去。椰子树林的对面,平缓的绿色小山重重叠叠。积雨云阴沉地垂在天边,仿佛提醒人们雨季很快就要来临。

"你不说还忘了,今天日本是秋分啊?时间过得真快呀!"离开日本有段时间的兵头也像是突然涌上一股乡愁似的说道。然后,他转向黄乾臣,说道:"多亏您给国营石油公司打了招呼,今天我去看过奥利安海上矿区的火灾现场了。国营石油公司技术人员说,钻机很快就会从美国运来。至于奥利安海上油田的前景,虽然国营石油公司方面的人是顾左右而言他,没有明确表态,但是,我能感到他们有积极支援的态势。所以,我觉得奥利安是找到石油了。关于这一点,您有没有听到些什么?"

黄乾臣点燃了手里的荷兰雪茄,笑着说:"很遗憾。印度尼西亚国营石油公司号称第二政府,有很大的权力。我们这些不参与石油开发的华侨,跟他们没有那么深的关系。至于我和奥利安里根总裁的关系,那是因为当年他们获取开采权的时候,是我把他引荐给有私人交往的印度尼西亚国营石油公司总裁的,也就这点功劳。不过,因为我们俩还比较合得来,所以只要他到雅加达来,我们就必定在一起喝上一晚上。到今天也就是没有生意上往来了。"

壹岐把红茶杯子放在桌上,说:"想必您已经听兵头说了,因为这次我们公司务必想在伊朗的国际招标中投标,所以,必须寻找一个在技术上、品行上都能信得过的合作伙伴。我们正在犹豫的时候,本公司最精通石油的兵头推荐了奥利安。黄先生,您说和里根总裁还合得来,那是指哪些方面啊?"壹岐在打探里根的为人。

"认准了里根总裁,还真有点儿像是兵头君的作风。在印度尼西亚开发油田的国际石油资本或者其他的独立石油资本当中,对里根总裁的评价,总的来说不算太好。之所以这么说,是因为也可以说他是个怪人。反正他是一个具有领袖人物特性的人,让人很容易看到他的真面目,所以被人们称为冒险家。不过,他是个不搞小动作、有度量的男人。虽然不太爱说话,但是只要一喝酒必定离不了一句口头禅。那就是,挖石油是男人中的男人干的事。他是个除了石油对什么都不感兴趣的人。这个嘛,壹岐先生,用你自己的眼去观察吧。"

黄乾臣说完要给他们换茶时,用人来报,里根总裁到了。

黄乾臣和红子立刻起身前去正门迎接。不一会儿,身材高大健壮、手持公文包的里根总裁走进了客厅。独立石油资本中奥利安只算中上等规模,但里根毕竟也是年创利润一亿美元的企业老板,却没有丝毫的装腔作势。黄乾臣向他介绍了壹岐和兵头,他留着大胡子的脸上没有一丝笑容,报了自己的名字后,立刻就把视线转向老虎标本。

"Great!"里根一声惊呼,随即要求黄乾臣把它让给自己。

"非常抱歉。因为这是家父在苏门答腊的荒野连续追踪了三天才捕到的,是我父亲的骄傲,所以不能给您。您如果是特别喜欢的话,在您的油田出油的时候,我一定找一个比这个还棒的,作为礼物送给您。"

听黄乾臣这么说,里根总裁依依不舍地看着老虎标本坐到了壹岐他们的面前。也许是因火灾的劳神和事后处理的忙碌,总裁的两眼泛着血丝。

"对贵公司此次意想不到的事故,我们衷心地表示慰问。大火在第四天能够扑灭,真是不幸之中的万幸啊。"

里根一边听壹岐说,一边从红子推来的装满洋酒的小车上,按照美国人的风格,取了一瓶波旁威士忌,给自己的杯子斟满,说:"在洛杉矶总部接到火灾报告,我立刻就去油田灭火世界第一的公司求援,并很幸运地立刻就租到了包机,和他们一起赶到这里。毕竟和开采中的井不一样,因为是刚刚打到五十多米的试钻井,地下的构造什么都还不清楚,所以很担心接下去发生连锁性的事故。幸好他们出色地扑灭了这场火。灭火员三人一组,穿着石棉的防火服、举着石棉的隔热板,往烈火中的火源地猛冲。后面的男人举着灭火水枪往他们身上喷水。水喷到防火服上,立刻就冒出一股白色的蒸气。灭火行动就在那样的烈焰中进行的啊！前面的人被火烧伤了，后面的人马上顶上去。为了关上防暴喷的阀门，后退、前进、后退、前进，就这么反反复复。看到他们终于关上阀门的时候，我不由得为他们的勇敢感到惊叹。"

里根总裁说到这里停顿了一下接着说："但是这些勇敢的人们也有一个烦恼，那就是他们这个危险的工作还没有接班人。"说完，端起杯子咕咚一口咽下了不兑水的威士忌。

趁着这当口，黄乾臣和红子走出了客厅。

客厅里只剩下里根总裁和壹岐、兵头三个人，兵头说道："今天早上在黄先生的特意安排下，我到火灾现场去过了。只要新的海上钻井机运过来，贵公司马上就能恢复试钻，对吧？"

听兵头这么说，里根总裁这个纯粹为找油而生的人眼睛一下子亮了起来，说："嗬，你去现场了？ 现场工作人员说，一天大约烧掉一万桶的油。加上器材的损毁，损失巨大呀！幸好井架本身没事。只要补充被烧掉的钻井机和其他的器材，恢复钻井并不困难。这些被烧掉的器材，必须从美国重新运过来。大概三个月后就可以重新开工。"说完，他换了一下跷着的腿，把话题引到今天的见面上，"黄先生说日本的综合商社找我有要事相谈，是什么事呀？"

壹岐从沙发上站起来，问："想必您已经知道伊朗油矿公开招标的事了吧？"

里根总裁点了点头。

"奥利安石油不打算投标吗？"

"那里面倒是有一个我们感兴趣的地区，据说埋藏量可以进入大油田的级别里，油质好像也不错。"

"您说的是不是陆上的萨尔韦斯坦矿区？"

听兵头这么说，里根总裁接着："是的。不过,我们公司因为现在这个爪哇海面的矿区占用了大量的资金,心有余而力不足啊,所以,很遗憾,准备放弃投标。"说着他喝光了第二杯威士忌。

壹岐直视着里根总裁,明确地提出了要求:"其实我们公司早就看上萨尔韦斯坦了,也和伊朗国营石油公司进行过接触。我们虽然有资金调配和销售的能力,但是缺少重要的挖掘石油的技术。贵公司是否愿意考虑与我们携手呢?"

里根总裁沉默了片刻,说:"我们还没有和日本的公司合作过。有那么多家国际石油资本、独立石油资本的公司,为什么选中我们,我想听一听理由。"

壹岐如实讲述了日本石油开发公共事业集团指导下的日本石油集团的情况后,接着说道:"人们都说石油开发,百分之八十要依靠技术层面的支持。日本的开发公司虽然有在印度尼西亚成功开发油田的经验,但是在中东地区,特别是萨尔韦斯坦那样大规模的油田开发上,我们觉得还是不具备成功的条件。说国际石油资本,他们太强大了,我们担心会被他们压垮。那样的话,我们日本商社参与油田开发就没有意义了。首先国际石油资本和我们的理念就不同嘛。"

"噢,有什么不同,你说说看。"

"我在美国近畿商事的时候,曾经与埃克森、美孚、德士古等石油公司的干部会谈过。他们三家给了我一个相同的感觉,就是用自己的手紧紧攥住石油,用它发财。这就是国际石油资本的力量,甚至也是美利坚国家的力量。可是,因为在日本这样没有资源的国家,确保石油不是力量的象征,而是关系到国家存亡的大事,所以,我们的合作伙伴就应该是能够和我们一起去思考的伙伴。思考诸如计算机都回答不了的、如何才能出油之类的事情。因此,我们觉得还是选择没有国家权力背景的独立资本为好。在这个基础上,当然总是有好运光顾的公司就更理想了。"

"原来如此。你没说出来的我也都明白了。一星期之内,从伊朗国营石油公司那里把投标资格证书拿来,在洛杉矶或者东京见面,签署书面文件吧。"里根一派大老板的风度,当即拍板。

"您说的,我们已经带来了。"兵头从文件包里取出投标资格证书。

"好!那就影印一份,明天上午十点之前送到我住的酒店。明天我就回洛杉矶总部,将尽快和董事会成员研究做出正式的决定。至于文件签署嘛,我们到东京去也行,到中间地檀香山也行。"里根说完起身把面对中庭的窗户打开。

不知何时外面的天已经全部黑了下来。椰子树的树叶无精打采地垂着头,南国湿热的风吹了进来。

"商业上的事说完了,请大家到餐厅去吧。我还准备了里根总裁爱吃的巴东菜呢!"红子进来,把三人带入餐厅。

众人在大桌子旁落座,四五个用人端上来最具代表性的印度尼西亚巴东菜。有高良姜炸鸡、菠菜、卷心菜和加花生酱的加多加多,一共二十多个菜,一个接一个地被送到餐桌上。

黄乾臣和红子两人起立,看着对面一侧的三位客人,举杯道:"为我朋友们的伟大事业的开始干杯!"

里根、壹岐、兵头都举起了杯子。酒过三巡,里根总裁兴致勃勃地向主人道谢:"今晚是个很美妙的夜晚。主人精心准备的印度尼西亚饭菜真是太棒了!谢谢!"然后又转向壹岐和兵头说:"能和二位这样具有聪明才智和充满热情的日本人结识我很高兴。祝愿我们能够一起在伊朗找到石油!"

晚餐后,里根使劲握了握壹岐、兵头两人的手,坐上来接他的凯迪拉克回酒店了。

壹岐他们也告别了黄宅,在蒙蒙的星光下驱车而去。

"你很有眼力,选中了奥利安这个合作伙伴。里根总裁是个具有西部精神、是个正面意义上的冒险家。而且,性格爽快,是个可以信赖的人物。"壹岐再次肯定了兵头的胆识和魄力。他不仅在众多公司中选中奥利安,并且还亲自去他们的事故现场进行验证。

"不过,还有一个大问题等着我们呢,就是怎么能够在公司会议上通过。"兵头不由自主地叹了一口气。

石油开发一般需要三到五年的时间,最快也得一年半,要想毫不犹豫地向前推进,必须尽快地在公司内部构建起坚实的临战态势。

"这个事,出来之前我和正在澳大利亚出差的堂本专务通了个电话,定好在新加坡见面。我给不破也打了电话,他转告在伦敦出差的财务本部部长武藏君,让他回日本也走南线,在新加坡停留一下。"壹岐说。

"有这样的秘密会议?不破那小子也不告诉我一声。不过武藏部长能同意吗?"

"在东京总部的话,有武藏君的上司宝田专务在,想要背着他不太好办。出差回国的路上那就方便多了。你记不记得我在纽约的时候管财务的那个池田君?"

"嗯,池田元利。那个被人叫作甲鱼的家伙,连别的公司的财务人员都躲着他。是他吧?"

"对,他的顶头上司就是武藏君。前年咱们公司第一次发行可换股债券的时候,针对宝田专务时机尚不成熟的意见,就是武藏君和池田,一点一点细致地到处搜集金融方面的情报,最终让我们公司在商社中第一个成功地发行了可换股债券。伦敦的不破君的观察说,他对油田开发也是持积极态度的。"

"是这样啊,听您这么一说我就放心了。今天晚上可以睡个久违的安心觉了。"

兵头从车窗里仰望夜空,漆黑的椰子林的上方,南十字星隐隐约约地散发着朦胧的光亮。

在印度尼西亚办完事儿,壹岐说好要去新加坡。出发前他在排得满满的日程里挤出一顿午饭的时间,想和在五井物产从事北苏门答腊农业开发的儿子诚一起在雅加达的日本料理店吃饭。他给五井物产的北苏门答腊管董事务所打电话,对方告诉他诚现在被借调到雅加达分店工作了。作为父亲,他本应该到与近畿商事在一个楼里的儿子的事务所去一趟,看看儿子的工作状态,向平日里给予儿子关照的上司、同僚们问个好、道声谢。可是,因为这次是秘密出行,不便声张,只好做最大的努力和儿子取得联系,叫他出来吃顿饭。

在一件面对中庭竹林的小小和式包间里,壹岐等着儿子。约定的时间过去了三十分钟,才见到诚的身影。看着体格跟自己差不多,但是要比自己高出五六厘米的儿子,壹岐不由得笑眯了眼。

"没想到在这里见到爸爸。电话里听到您的声音还以为您在日本呢。"诚说着在和式桌子前面盘腿坐了下来。

"因为有点急事要处理,所以过来了。怎么样,来杯日本酒?"

"还是啤酒吧!一会儿回公司,我还有很多事呢。"

"那么忙?现在是收获期?什么作物?"壹岐边向涂着厚厚眼彩的女招待要了啤酒,边询问道。

"不是,内部下了通知,要把我调回东京总部。为这个忙呢。"诚有些不耐烦地回答着,用湿手巾擦了擦脸。

"调回日本?那太好了!七月份回国的时候,怎么没听你说过呢?是突然的吗?"壹岐感到高兴的同时,又有点担心儿子是不是工作上出了什么差错,有些担心地问。

"那时候大概知道了,就是我自己不太想回去。"诚说着把女招待倒满杯的啤酒一饮而尽。

"这是哪儿的话啊,回来,虽然房子不大,但肯定有你住的房间啊。"

"我就是回去,也是住到柿木坂姐姐那儿的二楼,要不就是住公司的单身宿舍去。不用您操心。"

"说什么傻话!直子是嫁给鲛岛伦敦的人了。还有,爸爸那儿有地儿不住,住什么单身宿舍呀。"面对总是不愿跟自己亲近的儿子,壹岐不免显得有些焦躁,语气也变得粗暴起来。

诚眨着和佳子极像的细长清亮的眼睛,盯着壹岐说:"爸爸,你也不可能总是一个人生活吧?"他对七月回国时在代官山公寓的厨房里看见的那只带着口红痕迹的杯子,依然耿耿于怀。

壹岐瞬间避开儿子的目光,用筷子去夹南洋产的大虾刺身。"上次不是跟你说了嘛,就是结婚也是你在先。"他把话题转到儿子身上。

"我总觉得您这副伪善的样子很可疑。我不是孩子,不认为您自从妈妈去世以后就一直过着单身生活,像圣人君子一样。不过,话又说回来了,您毕竟是我爸爸,好像也没干那种逢场作戏,见一个换一个的事儿。"

"大中午的瞎说什么呢!"因为对方是儿子,壹岐更觉得话说得太露骨。

"中午也好,晚上也罢,又有什么关系。我是在认真地和您谈话。"诚闭上了嘴,过了一会儿又接着说道,"我,现在郑重地问您,到底怎么打算的?别跟我说改日再谈什么的,因为这事儿张一次嘴不容易。"

也许是不常在一起生活的缘故,在壹岐心里儿子诚总还是上大学时的那个样子。现在看着冷静地想要问个究竟的诚,觉得他一下子长得比直子还要成熟了。

"就算是我再婚,那也是你这个长子结婚以后的事。因为我觉得无论是对你还是对你母亲来说,这样做是最好的。"壹岐放下筷子,用郑重的语气对儿子说道。

诚的脸上突然浮现出一丝扫兴的笑容,冷冷地说:"您要是担心我的话,那倒用不着。我无所谓的。户口本上怎么写是另一回事。反正那个人说到底只是爸爸的第二伴侣罢了。"

壹岐没有回答,干了一杯啤酒,把苦涩一起吞下肚。

诚却从从容容地给父亲的杯子里倒满啤酒,问:"爸爸的再婚对象,是不是就是上次我去时匆匆离去的那个女人?"

"你看见了?"壹岐问。

"没有,就是在厨房感觉到有个女人刚刚离开。现在回想起来,我在东横线代官山下车,站在没有一个人的车站前,不知该往哪边走的时候,看见一个挺漂亮的女人,大晚上一个人急匆匆地走了过来。嗯,好像是长头发,打扮得挺时尚的,不像是年轻太太,像是个职业女性的感觉。是那个人吧?"

壹岐心里想,没错,那就是千里,但嘴上却说:"反正这不是在出差顺便来的小饭馆里谈论的问题。时候到了,我会好好跟你说的。"

"时候到了再说,真是个聪明的借口。不过,爸爸的这个'时候到了再说'的理由不能让人释然啊!从西伯利亚回来以后,您一方面以不想再从事与以前的军历有关的职业为借口,拒绝了防卫厅空军幕僚川又的再三劝说。另一方面又在进了商社纤维部不到一年,就转到航空部。在各个商社激烈竞争的防卫厅新型主力战机的商战中,充分利用过去的经历和空军幕僚接触,让他们泄露秘密文件,最后导致川又防卫部长自杀身亡。川又防卫部长是个责任感极强的人,他是以那种形式把责任都揽到了自己身上的。我那时候就想,爸爸当然也应该从商社辞职。结果,您不但没辞职,还因为近畿商事代理的拉克希德战斗机引进成功,论功行赏,在短短几年内就以连升三级的速度,晋升到现在三把手、二把手的地位。我现在担心,那位杯子上的口红都没洗干净就得匆匆离去的女性,不要因你的无情成为川又第二。"诚和父亲一样,虽然说话语调平静,但句句都像针一样扎在壹岐心上。

"给我住嘴!我就是想见见好久没见的儿子,跟儿子好好吃顿饭。你不但不考虑我的心情,还用刀往我心上扎。这样做你觉得很快乐,是吧?"壹岐说着就要把手里的啤酒杯子冲儿子砸过去。

就在此时,包间的拉门开了,女招待端来刚炸好的天妇罗。诚像什么事都没发生一样似的,既不是对父亲,也不是问女招待,自顾自地说:"在雅加达能吃到这么好吃的日本料理还是第一次啊。这叫什么呀?辣椒萝卜泥吧?"

女招待出去后,壹岐把快要捏碎的杯子放到桌子上。用终于平静下来的声音说道:"我走了,你自己慢慢吃吧!再过两三个小时我就得离开雅加达,没时间再和你联系。你回东京的调令什么时候到?"

"苏门答腊的农业开发是我自己志愿参加的项目。我不想因为待了几年,轮到回东京了,让人像棋子似的摆来摆去,所以,爸爸您也就别惦着什么调令不调令的了。"壹岐诚用比他父亲还要冷静的口气回答道。

继最先到达新加坡的壹岐、兵头之后,从伦敦回东京总部的财务本部部长武藏和池田、到澳大利亚出差的堂本专务及钢铁部部长白石等人也陆续抵达新加坡机场,这时候也该在酒店办理入住手续了。

三组人马都没有住近畿商事职员们以往常去的酒店。

站在海洋酒店房间的窗户前,新加坡海峡尽收眼底。壹岐有意无意地数着港湾里停泊的船只,脑子里还在回想着在雅加达儿子诚说的那番话,他的心就像是被暴风卷走了一切,空荡荡的,只留下一片孤寂。

有人敲门,应答后,新加坡分店店长石原慎二进来了。按照壹岐的意思,为了不引起东京总部及临近的海外分店常驻职员的注意,由石原来统筹安排三个小组的住宿及之间的联络。

"堂本专务和白石钢铁部长到了,我安排他们住新加坡普拉酒店。现在,人就都到齐了。这让我想起专务在大阪纤维部的时候,在大阪站地下层的小酒馆里,听您讲进攻新加坡的事来。您就讲过那么一次。"

石原分店店长可以说是壹岐刚进公司时的师傅。壹岐当时连一句类似盘点之类的商业用语都不知道,资产负债表也看不懂,是石原手把手教他的,还带他去看大阪的三品交易所,参观纤维批发一条街,观摩神户港的装船作业。

"那个时候的事,还挺令人怀念的啊。石原君曾经跟我说,你不适合干商社这行,进商社是你的不幸。当时听了还觉得自己可怜兮兮的呢。"

"啊呀,您一提这事儿,我就觉得无地自容。谁能想到那个时候的壹岐先生后来会推行脱离纤维、走重工业化的路线,让公司一跃成为紧追五菱、五井的大商社,成为咱公司的三把手、二把手的人物呢。"

"石原君这二把手的话可不敢乱讲,那是里井副社长的地位。"壹岐告诫道。

"是那么回事。不过里井副社长那个身体状况,谁见了也……"

说到这儿,电话铃响了。石原拿起听筒:"喂,是堂本专务啊?壹岐专务什么时候动身都行。那好,我们现在就去。"他干脆利索地应答后放下听筒,又马上拨通武藏财务本部长住宿酒店的电话。

三组人员分别从各自的酒店出发,坐出租车向位于南桥道和新桥道之间的中华街上的中国菜馆而去。

新加坡的中华街是东南亚最大的华侨街,连杂乱无章的胡同里都充满着商业的活力。家家户户从二楼阳台上伸出来的竹竿,像船上的万国旗似的挂满了晾晒的衣服,随风哗啦哗啦地飘动。和太平洋战争开始的时候没有一点本质上的变化——壹岐从车窗眺望着街景,一种复杂的心情油然而生。不一会儿,出租车在一家中国菜馆的门前停了下来。

店铺门面看着不大,进去挺深。中国伙计将他们引进最里面的包间。张灯结彩的房间里,堂本专务和钢铁部长已经坐在朱红漆的桌子前喝上了中国茶。

"壹岐专务还知道这样的地方,太让人吃惊了。新加坡的日本人很多,可是能深入到中华街这里面来的人,可能就没有几个了吧?"

"这里是我战前就熟悉的店。店主虽然已经换成儿子辈的了,但绝对没有问题,是可以信赖的。"壹岐说着和兵头两人拉过椅子正要坐下来,财务本部武藏部长和国际金融室池田室长二人急急忙忙地走了进来。

一进门忙着向壹岐和堂本道歉:"实在抱歉!我们最年轻反倒来得最迟。路搞错了,光兜圈子了。对不起!对不起!"

武藏的名字听起来挺威武,人却正相反。一身优雅的装束和文质彬彬的做派,让他很像一名外交官。他是公司内筹措外国资金的第一把好手,与慎重派的宝田专务性格、作风正好相反。

"听石原君说,这家店的老掌柜被日军大本营的壹岐参谋救过命。有这么回事吗?"

好奇心旺盛的池田还跟在纽约的时候一个样,很随便地问道。

"没那么邪乎。当时我参与策划战时新加坡的作战方案,在开战前一年左右,为调查当地的地形、气象条件、敌军兵力部署、当地人心理状态等被派到这儿两个多月。我不仅要从军队的情报人员那里了解情况,还要从一般的民间贸易公司的职员、船员、当地人等各种各样的人当中搜集情报,我就是在这个店里和这些人见面的。因为那时候店主正好患上了疟疾,我就把随身带的奎宁给了他,救了他一命。"

提起三十年前的事,堂本也来了精神:"开战一年前的话,我正好被派驻法属印度,为采购棉花四处奔走呢。那时候常听说陆军的情报人员经常装扮成商人、车夫,躲在垃圾船的船头窥测把新加坡作为要塞的英军东洋舰队的动向。既然那时候壹岐君也常来新加坡,说不定在哪儿的旅店或街角什么的地方,咱们还有可能擦肩而过呢。"他晒得黝黑的精悍的脸上展开了笑容。

这场意外的怀旧谈话吸引了钢铁部长白石,他问堂本:"专务,那个时候您多大?"

"二十八九吧。那时候我和会点儿法语的老婆通过照片相了亲,然后我去香港见她,办了婚礼。四天以后她就回日本,我就去了印度。就是那么个时代呀。壹岐君,你开战的时候多大?"

"二十九吧。"壹岐回答道。

白石呼地长长出了一口气,感叹道:"二十九岁……我,二十九岁的时候,正为了得到点儿人家帝国制铁的商业权的残羹冷炙,每天晚上带着大学的学弟到处宴请人,整个和男招待差不多。看人家壹岐专务,二十九岁就已经参与改变东半球那样大作战的筹划了。"

堂本专务笑着说:"归根结底,咱们今天这是为确保石油资源的大作战会议啊!里井副社长、宝田专务他们恐怕做梦也想不到我们会利用出差回来的路上,在新加坡集合吧?"

如果石油开发获得成功,就会带动以输油管线为首的大量的钢铁器材的输出。比起石油本身,堂本更被石油可能带来的新的商机的魅力所吸引。

"能够得到堂本专务的支持,我们感到更有力量了。问题是,开发萨尔韦斯坦、勘探、试钻所需的庞大资金高达两百亿日元,这笔钱从哪儿来? 就算和合作伙伴对半,我们也要出一百亿啊。我们公司有没有这个能力? 武藏君你的直觉如何?"壹岐转向武藏。

"石油开发,打一口井,如果不出油,那口井就白扔在沙漠里了。这是明摆着的事。所以,本来投入石油开发的资金,根本原则是从自己的剩余资金里拿。从这个意义上来说,国家用税金甩开膀子干,这另当别论。以营利为目的的企业能够做这一点的,只有像国际石油资本那样的大企业。他们从迄今为止挖掘的油井中已经获取了巨大利益,拿出来投资不成问题。但是这样的企业,在日本恐怕还找不到。"武藏财务本部长说。对石油开发这样未曾有过的大事业,他尽管很感兴趣,但仍不失财务人员应有的冷静。

一直盯着墙上挂着的李白的诗句、默不作声的兵头接过话来:"本部长说得很对。但是,我现在想问的是,我们公司只负担其中的一半,就是一百亿日元。这一百亿日元对我们来说应该不是那么困难的事吧?"

"那当然。凭我们公司现在的规模,筹措一百亿日元当然不是不可能的。问题是你要用钱做什么? 如果是用来扩大现有的商业活动,当然没问题。但如果是用于开发石油,就算是和有技术、有资本的独立石油资本携手,也不会有人肯借钱给你的。"

"不过,一直以来,想别人不敢想的事,为我们发展事业做坚强后盾的,不正是我们近畿商事的'武藏财务部'吗?"

听兵头这么说,坐在武藏旁边的池田把话接过来:"这话没错。不过,唯独风险大的石油开发没那么容易。在美国光是石油资金的筹措方法就能有三厘米厚那么一本书。我在美国近畿商事时,记得有这么一个案例。在开发面向墨西哥湾的某个油矿时,一个叫什么路易斯安娜石油的、没太听说过的公司,为了筹措开发资金先成立了一个子公司。路易斯安娜石油向这个子公司投入一定的资本金。然后,为了吸引一般的投资家,用发行可换股债券和没有什么投票权的股票进行搭配,再予以出售。当时拿到的'入股说明书'上写着,'敬请须知本产品是风险投资,如果失败请您放弃,反之如果成功将获得巨额回报'之类的文字。"

"什么? 这不跟卖彩票一样了吗?"堂本笑道。

"对,就是那么回事。卖不出去也没关系,这就是所谓的'不行也无妨'资金筹措法。用我们处于现代组织机构的财务专业人员的眼光来看,虽然这简直是一种近似荒唐的集资行为,但又确确实实是经过雷曼兄弟等一流的承销商在美国市场卖出的。"

"就按这个思路,有没有能够充分发挥商社资金能力的方法?比如发行外债什么的? 我们是第一个在欧洲市场发行可换股债券的日本商社,应该有一定的渠道吧?"兵头向武藏和池田步步紧逼。

"渠道确实是有,而且因为美国超大赤字,美元将会贬值,半年以内从一美元三百六十日元降到三百日元左右的可能性很大,所以,为了预防这当中的百分之二十的汇率风险,我们要对这样的金融形势先做准备,筹措资金应该以美元来结算……"

"欧洲市场,美金现在是不是有很大的剩余啊?"

"嗯。在欧洲的金融市场,有除了美国以外的各国政府的外汇储备金、苏联等国家出售黄金所得的利润以及多国籍企业、西德、法国等金融机关的剩余资金等等。虽然这些资金以伦敦为中心日益形成一个越来越大的市场,但是,就像我刚才说的那样,资金的用途如果是前景很不透明的石油开发的话,投资家谁也不肯出钱的。靠发行外债筹集资金,必须是在石油已经喷出来、能看到企业化的眉目以后,才能成立的。池田君刚才说,美国开发石油的资金筹集方法摞起来得有三厘米的书那么厚。因为他们共同的最费尽心思的一点,就是如何防范因开发失败危及母体公司,所以,我们要想在萨尔韦斯坦油田下手的话,首先就是必须先成立一个专门的子公司。"武藏想了想,接着说,"可是,因为新公司没有任何借贷能力,所以,我的第一方案是,控股公司近畿商事用外币贷款借进外币,以资本的形式提供给新成立的子公司。"

"不过外币贷款要先向大藏省进行申请,会受到严格的用途审查的。如果这笔资金将用来和公团集团竞争的话,是不是很难得到批准?"壹岐担心地插言道。

"是的,不会一帆风顺的。但如果去负责审批的国际金融局长那儿做做工作,获批的可能性也不是没有。外币贷款的情况,虽然从外国银行提过来的美金拿到国内换成日元会有些麻烦,但像咱们这样外币原封不动,拿去用到石油开发上应该问题不大。不过,如果审批耽搁了时间,我们还可以采用第二方案,也就是利用银团贷款的方式只申请最低限度的资金。这样可以尽量压低新公司成立时的资本。然后,每打一口井根据进度掌握好需要的时间,由负责管理的所谓干事银行负责筹措追加银团贷款。这样的方法如果有控股公司作担保,新公司自己也可以办得到。"

"那,这种情况干事银行选哪个呢?"

"是啊。"武藏马上回答道,"从精通有关石油业务的角度来考虑的话,大通曼哈顿银行伦敦分店比较合适吧。银团贷款则可以请英国的劳埃德银行、巴克莱银行、美国的第一国家银行、法国的巴黎国家银行以及日本国内有意进入国际市场的东都银行、大友银行、第三银行等来共同组建。到底是利用外币贷款好,还是银团贷款好,这个不回去摸一下大藏省的态度,现在还难以下结论。另外,大门社长的意见也是很关键的问题呀。"

"大门社长的意见是只要我们有承受能力，就可以干。"壹岐担保道。

"那，剩下的就是看里井副社长和宝田专务的态度了。"堂本说道。

"不，没么简单。因为其他营业部门也有很多想开发的项目，所以，各营业部的部长也还会有意见的。我们不能不顾及各个方面。因为石油开发是一个需要时间的项目，一拖就是一两年。如果只得到常务和专务的理解，不顾及这些中层管理人员的想法，不断出现批评反对的意见的话，我们在公司内部就会被压垮。所以，如何应对必须未雨绸缪啊。这也是我们今天开这个会的原因。"

"原来如此。咱们是在新加坡考虑东京丸之内总部的作战计划啊！"白石恍然大悟。

接下来的议题就是如何打好持久战的人员部署了。

会议结束后，一行人依旧兵分几路，分乘不同的航班飞往东京。只有壹岐让石原安排了飞往大阪的直航，准备回国后立即去大阪总部面见大门社长。

从中华街的菜馆出来，回到海边酒店，壹岐准备好行李以后，下到酒店大厅时，离去机场还有一个小时的富余时间。他早早下来本来是为了感谢石原。两天来石原为了不引起东京总部的注意，细心周到地安排了一切。可是，在沙发上抽着烟眺望海边大道的壹岐，忽然起身走出了酒店。

外面尽管暑热，但旧英国殖民地的新加坡道路宽阔，路两旁的树木衬托着白色古典风格的楼房，显得美观协调，飘溢着一股不愧是连接亚洲和中东贸易港的异国风情。

原来只是打算在酒店周边走走的壹岐，不知不觉加快了脚步，感到一股热流涌上全身。走到海边大道向北延伸的三岔路口时,他叫住了一辆出租汽车,吩咐了一声:"去武吉知马"。

有一个小时时间,打个来回没问题,不会耽误飞机。虽然壹岐担心没有在前台留句话或是纸条,可能会让石原着急,但是,此时的壹岐被一股理性难以控制的冲动所驱使,坐上出租直奔武吉知马高地而去。

从新加坡市区北上武吉知马道,不一会武吉知马高地上画着福克蓝色徽章的牌子便映入壹岐的眼帘。就是那个福克——和千代田汽车进行资本合作谈判,并派秘密考察团进行实地调查,却在最后一刻摇身一变,成了东京商事的鲛岛曾经做过中介的生产转子发动机的东和汽车的合作伙伴。对于福克壹岐此刻没有任何情感。这并不是因为事情已经朝着与比福克更有实力的世界第一大企业联合汽车为合作伙伴的方向发展,而是因为有一种不可抗拒的力量正在把壹岐推回到在大本营当作战参谋时的那个自己。

壹岐下了出租车,沿着长满杂草的坡路朝高地的顶上登去。武吉知马高地是太平洋战争时,日本陆军在马来半岛登陆的两个半月后所占领的英军坚固的阵地。日军从一千公里外的登陆地点沿细长的马来半岛,靠自行车南下的银轮部队,激战一昼夜,以占领武吉知马高地结束了一系列的奇袭马来的战役,取得了攻克新加坡的胜利。迫使英军司令官白思华在投降书上签字的地方就是现在福克工厂的所在地。

壹岐无限感慨地站在武吉知马高地的顶上。站在这里,隔着柔佛海峡,对面的马来西亚一览无余。此时的海面上风平浪静。然而,马来西亚的天气并非总是如此。这里每年从十一月到翌年三月是刮东北风的季节,那时大海变得狂暴。昭和十六年(1941年)十二月八日的马来半岛的大海,强劲的东北风伴着大雨袭来,海面上波涛汹涌,惊涛骇浪掀起的白色波涛疯狂地拍打着东海岸。

壹岐用手遮着风点燃一支烟,深深地吸了一口。开战前,搭载着二十五万士兵的四百艘运输船队在南中国海上穿越敌军的警戒线,向马来西亚和菲律宾挺进的情景,此时就像身在大本营作战室里一样,鲜明地浮现在脑海里。

在当时炽烈的情报战中,要想输送二十五万人的兵团,又要避开敌军的耳目是件非常困难的事情。山下奉文中将率领的第二十五军十五万人马在海南岛的三亚海面集结,然后在马来半岛东侧的哥打巴鲁奇袭登陆,负责攻打新加坡。另一路,由本间雅晴中将率领的第十四军十万将士在中国台湾的澎湖岛集结,负责进攻马尼拉。

这次南方战役的最大焦点是,如何从内地及中国将总数二十五万人的大军人不知鬼不觉地悄悄送上船队,并输送到目的地。为了保密,当时连船长都不知道要去哪里。为了不让二十五万士兵知道去南方,夏服都没换,穿着冬装就上了船。而大本营的命令直到到达长崎五岛列岛附近时才被允许拆封。此时,将士们才第一次知道他们要去南方。各师团指挥员也第一次知道必要的作战地图存放在哪条船的船舱。这正是所谓的"欲欺敌,先欺己"。日本开战时的作战计划,在大本营中了解全貌的人也只限其中很少一部分与作战有关的人员。并且,为了不让敌人知道二十五万人船队的动向,他们切断了一切无线电联络。在三亚和澎湖岛集结的部队,屏息静气地等待大本营是和还是战的命令。

现在想起来,从那年的四月份开始的日美谈判一直在恶化。到七月二十六号美国宣布对日资产进行冻结的通告,英、荷也随之效仿之时起,日本进入全面战争就已经是不可避免的了。当时在日本国内及大陆占领区储存的汽油约有六百万吨。尽管在日美谈判的交涉事项中也就有关石油进口的数量写明,确保每年从美国进口四百万吨、从荷属印度①进口两百万吨的条款,但是,随着冻结财产公告的发出,石油不再进入日本。到了开战之时,六百万吨的存油仅仅一年半就见底了。

从美国的角度来看,只要封锁住日本的石油进口,一年半日本就会无条件屈服。实属不战而屈人之兵的上策。美国最好的对日战略就是拧紧流向日本的石油阀门。之后日美谈判又持续了四个月。但是,提出要日军从中国和法属印度全面撤退要求的美国国务卿赫尔的"赫尔备忘录",实际上为了美国对日的宣战布告,打开了对日开战的火药库。

十二月八日奇袭夏威夷的飞机从航母上起飞的时间是四点半,准备登陆马来西亚和菲律宾的军队不得早于此时行动。为此,船只减速航行等待时机。在空袭夏威夷一小时五十分之后,马来西亚时间十二月七号下午十一点到次日凌晨一点之间,在惊涛骇浪中,二十五军第五团从面向泰国海面的哥打巴鲁成功登陆。接着两个小时之后马尼拉登陆也告成功。这是陆军和海军周密计划、密切合作的结果。大本营早在一年前就反复修改作战计划,并把佐世保港虚拟成新加坡,进行了秘密演习。然而,战争拖延的时间越长对日本越不利。一年半之后终于石油告罄,船只无法开动。日本想从南方获取资源的地带也被美军舰队强化了军事戒备。

为什么会走到连国家命脉的石油都被他们封锁的地步?虽然这里面外交上存在着诸多值得反省的问题,但是,归根结底,这就是资源匮乏的国家不可避免的宿命。

---

① 现印度尼西亚。

一艘挂着红白蓝三色马来西亚联邦国旗的巡逻船,正在横渡眼前的柔佛海峡。看着眼前的海峡,壹岐心潮澎湃。对于十四岁立志从军、以大本营作战参谋的身份参与了开战的筹划、最终经历了战败投降的他来说,现在的商人生活,有时候让他感到厌恶。在雅加达儿子诚嘲讽他,新型战斗机商战致使好友引咎自绝,而他自己非但没有自责辞职,反而连升三级,出人头地。他没有向儿子解释:其实,他虽向大门社长递交了辞职报告,但被以军队不允许辞职,企业也是同样为由退了回来。

对不曾辩解的父亲,儿子的成见会不会越来越深?此刻壹岐觉得当初虽也犹豫,但是为了养家糊口进到商社,身心受污,污泥浊水都快把他吞没了。现在他遇到了可以确保油田的机遇,这不仅是关系到企业一己之利,而且也关系到国家大事。他觉得这不是偶然的,是上天赋予他的责任。

在可以望到大阪城的近畿商事大阪总部社长办公室,里井副社长和大门社长谈完有关扩充房地产部门的事项后,委婉地问道:"去雅加达出差的壹岐好像又绕到新加坡去了。社长,这事您知道吗?"

"没听说。"

"您都不知道?不光是壹岐,去澳大利亚出差的堂本君和钢铁部长也到新加坡去了。"

"噢,不是在那里换乘飞机吧。"刚才还热情饱满,这会儿态度为之一变,大门显得很冷淡。

"也有点太巧了吧。有什么在总部不能开的会议,非得跑到那边去集合呢?"里井像是要探听什么似的。

大门却心不在焉地盯着大阪城楼的屋脊,说:"有什么在总部不能开的会议?你要是那么在意的话,直接往新加坡打个电话问问不就得了。"依然一副不感兴趣的样子。

不用大门说,里井早就往新加坡打电话问过了。分店店长石原不在,分店副店长听说壹岐和堂本来了,但也不清楚缘由,说不上来个一二三来。里井指示他转告分店店长火速回话,却像是石沉大海,没有回音。这是以前不曾有过的事情。再加上眼前大门故作愚钝的态度让里井感到自己不在公司的这短短两个月的时间里,好像有什么事在自己不知情的情况下正在悄然进行,并且似乎今后也不打算让他知道。一种从未有过的被遗忘的感觉袭上心头。无论是住院时还是在轻井泽疗养期间,他考虑的是公司的事情,担心的是没做完的工作。可是两个月后回到公司,却发现公司的工作并没有因他的不在而受到任何的影响。营业成绩也在一路飙升。自己倒像是个用不着的伤病员被搁置在一旁了。

事到如今,里井虽对公司这个组织的无情感到不寒而栗,但却不动声色地改换了话题:"听说伊朗油田国际招标的项目,咱们被排在日本集团的最后,出资比率才百分之十。频繁往返于伊朗的石油部长兵头不是豪言壮语地说咱们得领头嘛。怎么回事?是您的意思吗?"

"那件事嘛,原因很多。是想跟你说说,可是你刚上班,怕跟你说了给你造成负担。压力一大,再犯了病,那可不是闹着玩的。"大门不经意间露了点儿口风。

"您可别这么说。我没事的,都好了。一狠心好好休息了两个月,这不,完全都恢复了。高尔夫都能打半场。您就跟以往一样什么都只管说就行。"里井像是要挽回自己渐渐失去的二把手的存在似的努力表白。看见大门叼起了雪茄,赶紧拿打火机凑上前去打着了火。

大门吸了一口烟,说:"壹岐君说如果只有百分之十的比率,就不如退出日本集团。对此你怎么看？"

里井对大门态度不明朗的问话有些不满，便继续往外套话："您这么突然一问，我还真不知道怎么回答。首先怎么就弄了个百分之十呢？原因我是一点也不清楚啊。"

"还不是被他们财阀系统的商社给抢去了呗。石油公团、能源厅，哪个不是跟他们粘得紧紧的。"

"他们这样又不是一天两天了。听业务本部部长角田君说，咱们公司为了取得萨尔韦斯坦油田，还专门去伊朗国营石油公司和天然气公司谈了帮助他们引进天然气项目的事。怎么就突然被东京商事从旁边插了一杠子，给挤到最底下来了呢？真是不可思议。是不是壹岐君一开始跟公团交涉的时候，人家就没把咱们放眼里啊？但凡像这样由通产省、大藏省之类的行政指导下的项目，在最后端到桌子上面之前，靠的是背后的讨价还价。这就是政治。壹岐君做做像中东战争时的军事分析呀，拟定什么外资合作的交涉条件之类的事情倒还擅长，可是和政治家、官僚们进行博弈，还有些欠缺。要是我的话，就不会做出这样的夹生饭了。引进拉克希德的新型战机时，不也有财阀系统商社的竞争对手吗？咱们还不是赢了他们？"里井不放弃任何可以诽谤壹岐的机会。

"壹岐君确实有股子到什么时候也不肯做个彻头彻尾的商人的顽固劲，也许这点让公团方面不满。但是，我们只占百分之十这一点是定了的，现在说什么也晚了。我想问你的是，从日本集团里退出来，和别的有实力的开发公司合作，联合竞标萨尔韦斯坦，你觉得怎么样？"

尽管大门同意了壹岐的方针，但是并没有忘记做两手准备，他还是要听听里井的意见。

里井一下子惊得目瞪口呆："就是说壹岐君正在寻找合作伙伴吗？"

"嗯,是的。不过,要是和公团主导的日本集团竞争的话,必须找到一个有相当实力的合作伙伴才行。所以,还得看寻找的结果,才能决定咱们是退还是不退。你说呢?"

"简直是疯了!太有悖常识了!"这么重大的事情,竟然说都不跟我说一声!里井勉强按捺住想要叫喊起来的冲动,摔出了这两句话之后接着说,"如果一开始就不跟公团打招呼,直接找哪个公司携手投标,碰上日本集团同台竞争倒也罢了。因为出资比率少就退出日本集团,另起炉灶,参加国际竞标,这简直是乱来!如果我们公司因此而受到通产省、大藏省的制裁,会给公司全体造成怎样的负面影响,他壹岐想过没有?"

"当然考虑过的。萨尔韦斯坦是个很有希望的大油田,要是挖出油的话,一半就是咱们的啊。这个魅力太大了。"

"对不起,社长。我看您是让壹岐牵着鼻子走了。同样是资源,可石油不比煤炭和铁矿,不真正挖一下,谁也不知道到底怎样。风险这么大的事,商社有什么必要非得自己来干呢?商社的经营基础就是分散风险。本来应该随时严谨细致地考虑自己所能承受的上限,决定规避风险策略。现在却要参与石油开发,这本来就是旁门左道。退一万步说,即便是干,公团贷款失败了是不必偿还的,为什么不用?说什么从公团主导的集团退出,和别的公司合作,这简直是大胆妄想。那样做的话,就像刚才说的那样,通产省、大藏省要是盯上咱们,明摆着会连累公司其他部门都不好干了。而且最要命的是国税厅,在纳税问题上找咱麻烦,那就更不好办了。"

里井搬出国税厅,大门有点儿担心了:"税这一方面要是被盯上的话,还真是咱们的弱项。外汇的事咱们还在行,可是税,就得束手就擒了。"

看到大门表现出困惑的样子,里井乘胜追击:"也就是说,壹岐君跟我们不一样。从根儿上说,他就不是做买卖的,疏忽了企业内部最基本、最重要的问题,有脱离机构单独行动的倾向。他现在独断专行推行的事情,错一步就会给近畿商事带来致命的打击。这和过去军部的专横有相同之处。不过,这不是关系到国家,而是关系到企业的生死存亡的,弄不好还要牵扯到您的进退问题。"

听到此话,大门已经动摇不定。尽管是一瞬间,但他的表情没逃过里井的眼。里井接着说:"社长,这么重大的问题,我绝不能袖手旁观。不能让事态继续向危险方向发展,我觉得您还是交给我办最保险。"里井一边忍耐着咚咚加速的心跳,一边说道。他决心亲手把被壹岐侵犯的二把手的位置夺回来。

业务本部部长角田常务从刚才开始就心神不安,坐在转椅上不停地抖动着两条腿。

刚过五十四岁,额头两侧已经开始谢顶。本来就有些神经质的脸,现在越发显得神经兮兮的。近来海外的情况有些异常,让角田很是焦躁不安。

也就是两周前的一天晚上,应该在纽约的美国近畿商事的八束,像是躲着人似的,快步从电梯下来,匆匆从后门离去,偏偏被角田看了个正着。他马上用电传向纽约询问八束的行踪,答复却是说八束没有到日本出差。但是那个有特点的背影,肯定是八束无疑。当时角田要不是因为陪着客人一定会叫住他的。现在想起来肚子还气鼓鼓的呢。还有,去澳大利亚出差的堂本专务的归国日期突然做了更改。在伦敦出差的财务本部部长武藏和国际金融室室长池田的回国日期也比预定时间晚了。因为业务本部本来就是统管国内外所有业务的部门,所以有任何变动,作为海外营业的一环,他们都应该向业务本部汇报。但是,他却没接到任何通知。而且负责统筹全面管理海外业务的壹岐专务也到新加坡去了。说不定他们正在哪里策划着什么,唯独自己被蒙在鼓里。想到这儿,一种异样的恐惧让角田心头一震。

突然一记敲门声,冷不丁地让沉思中的角田吓了一跳。回头一看,是女秘书进来了。好像是担心一直关在办公室里的上司,给他端来一杯茶。角田哆嗦着膝盖,说:"干什么?!没我的吩咐,不许进来。"

一声怒喝,吓得女秘书端着的茶盘一震,杯子里的茶都快洒出来。她赶紧退了回去。

屋子里再次剩下角田一个人,他还在思索近来公司内的动向。他感觉到,此前一直掌握在里井副社长手里的控制权,正在被一股看不见的力量推向壹岐。就拿这次伊朗油矿招标的重大事件来说吧,正在疗养中的里井就不用说了,基本上就没有征求自己这个业务本部长的意见,都是按照大门社长和壹岐谈话的结果进行的。不光是自己,里井副社长也一样被搁置在了一边。虽然此时的角田正在为是不是要投靠壹岐,为自己的将来买个保险而焦虑不安,但是,想想自己从做纤维买卖开始,在现在的业务部的前身企业调查部任职后,先后任巴黎、伦敦分店店长,最后经里井副社长的大力提拔,才坐上了今天业务本部长的位置。现在要改换投靠壹岐,总觉得有点愧疚心虚。自己常务一职的任期还有一年。想想上了大学的和还没上大学的三个女儿,自己无论如何不能在一年以后被解任呀。

说干就干,角田立刻拨通了家里的电话。话筒里传出老婆的声音:"哎哟,这个时间你怎么有空?在公司?"

"嗯,对。你受累,赶紧给我做一份家常菜。六点半拿到西银座的咖啡店阿曼朵来。"

"什么?做菜?拿到银座去?怎么回事?你身体哪儿不舒服?

那你就别去宴会了,赶紧回家不就……"

"不是,不是我吃。"

"那,你让我做,拿到哪儿去呀?"老婆的声音突然变得险恶起来。

"是壹岐专务。壹岐专务现在不是一个人过嘛,今天从海外回来,我想给他送点家常菜去。"

"呵,瞧你。前两天你刚说了,壹岐是尽给里井副社长找麻烦、不知天高地厚的家伙。怎么,你要给这样的人……"

老婆话还没说完,被角田慌忙打断:"你瞎说什么!尽管是直通电话,这里也是公司。原因回去再跟你解释。甭管别的,你赶紧做了给我拿来。"

"那,里井副社长那边不要紧吗?要是让里井夫人知道了,不光你,我也得被叫去,那可了不得呀!"

"没事,你不用担心,就按我说的做。这都是为了我。六点半,送到我刚才说的地方。"角田的口气很急切。

妻子似乎明白了丈夫的处境,说:"那好,我做点应季的菜。松茸还没下来,干脆就是胡萝卜牛蒡丝或者凉拌青菜,加鸡蛋卷吧。六点半给你送过去。"

放下电话,角田长长地吐了一口气。听壹岐的秘书说,壹岐五点多到羽田机场,然后径直返回代官山的自家。

角田郑重地拨通了壹岐家的电话,响了四五声,但是迟迟不见有人来接。也许还没到家吧,正要挂断的时候,对面传来一个女人的应答声。

"喂,喂。请问是壹岐专务的家吗?"角田一边问道,一边暗自想难道鳏居的壹岐还在偷偷地养着情人?

"是的。您是哪位?"

"我叫角田。"

自报家门后,对方突然变得语调亲切起来:"啊,是角田常务呀。好久不见了。总是承蒙关照,特别是上次。多谢了!"

角田疑惑起来。是哪个熟悉的饭店女招待?不对。想不起来。一时不知如何回答。

"您不记得我啦?我是石川春江啊,在纽约壹岐专务家做用人的。"

"啊,春江女士啊!纽约的春江女士。"角田一下子泄了气,"呀呀,好久不见了!你怎么在壹岐专务的家里,这谁能想得到呀!吓我一大跳。什么时候来日本的呀?"

"住在横须贺的姐姐突然去世了。因为我也想来看看在早稻田留学的儿子,所以一个星期前回到日本的。今天是到壹岐专务家里来问好的。"

"那,专务回来了没有?"

"唉,刚才,刚到家。换衣服呢。您等会儿,我去叫他。"

角田以为好不容易抓住一个窥探别人隐私的机会,瞬间就被击得粉碎。但令他松了一口气的是拿老婆做的菜效忠壹岐的机会还留着呢。这时,听到对面有人拿起了话筒:"喂,我是壹岐。让你久等了!"

"啊,没有没有。专务您回来了。那边天气又闷又热的,食物也是油腻,想必您身体一定吃不消了。这不,我让我太太特意给您做了点儿日本菜,煮芋头、鸡蛋卷,还有胡萝卜牛蒡丝。一会儿我就给您送过去。"

"啊?鸡蛋卷、胡萝卜牛蒡丝……那,太不好意思了。不过,今天晚上春江女士已经都准备好了。而且,我也累了打算早点儿休息。对尊夫人实在是抱歉了。请转告,她的心意我领了。"

"哪里哪里,这只不过是我们自己随便想的。那,您就慢慢歇着吧。"

角田正要放下电话,那边又传来壹岐的声音:"角田君,你是不是有什么急事?"

"啊。也没什么别的事……"角田支支吾吾的。

"有什么的话,明天到公司再说吧!"说完,壹岐挂了电话。

角田的眼前,特意做了菜拿到咖啡馆等他的老婆那张绷紧的脸和口气虽然客气但显然不容他接近的壹岐的脸重叠在一起。

壹岐放下听筒后,从美国出差来的海部一边擦着金丝边眼镜一边问道:"角田常务到底有什么要紧的事?"

"不知道,莫名其妙。就说什么胡萝卜牛蒡丝、煮芋头、鸡蛋卷之类的。"壹岐摇摇头说。阔别二十多年回到日本、和海部一起来的春江,像在纽约壹岐的住处时一样,利利索索地做好了拼盘,端上了桌,并摆上威士忌。

"那,角田常务是不是把胡萝卜牛蒡丝什么的拿来呀?"春江扭动着渐渐发胖的身体问道。

"不,让我给回绝了。说是他夫人做的。因为从来都没听他说过这类的话,突然这么一来让人觉得不舒服,所以就说晚饭春江你都做好了。今天春江你是客人,赶紧坐。本来说让我女儿来给做饭的,可他孩子出麻疹,来不了了。真抱歉。"边说着边往沙发上让春江。

"哪儿的话呀!回到东京升任专务的壹岐先生,哪儿是像我这样的人,说来打搅就能打搅的呀。您这么热情地欢迎我,我都觉得承受不起了。"春江胖乎乎的脸上浮起了发自内心的微笑。

"你不是我在纽约的时候帮我那么多忙的阿春嘛!哪儿来那么多的客套。像刚才角田君打来电话似的,我这后背直发痒啊。"壹岐笑着说,再次让座。春江依然不肯。

"您这么说,我更不好意思了。壹岐专务夫人过世,现在想起来,我可是没少多嘴多舌的,实在是不好意思。刚才在夫人的灵前,我已经道过歉了。"

听着壹岐和春江两人的对话,海部探出上身,半开玩笑地问道:"从女性的角度看,因为专务是个让人唤起母性本能的人,所以,可能让阿春女士也就站在父母的角度考虑得多了些吧。不过,阿春你那么在意,是不是有些我不知道的事情呀?"

"那可就多了,各种各样的事都有。"到底是四十五岁的人,处事圆滑,春江笑着就把海部的好奇心挡了回去。

不过,壹岐的心里还是禁不住咯噔了一下。虽然嘴上谁都没有捅破,但是,秋津千里到纽约的公寓里,两个人第一次有了男女之情的那天晚上,千里留宿这件事春江凭着女人的直觉觉察到了。之后,春江的态度一下子就变得疏远了。说话吞吞吐吐,有时甚至含沙射影的。这次春江利用回日本探亲的机会,来向壹岐道歉。她的心意壹岐也已是心领神会了。

"哎呀,都六点了。我记得在前面大道上有鱼店和菜店,我去一趟就回来,给你们做个简单的晚饭。"春江说着就去厨房拿上菜篮子。

"阿春,不用了。叫外卖虽然有点不合适,不过这附近有家挺好吃的寿司店,我去要些来。"壹岐慌忙制止道。

但是,春江坚持说:"不要紧的。也许是总不回来过,在横须贺老家,天天当客待。什么都不干,人都歇懒了,也得活动活动。"说完快活地走了出去。

"啊呀,这是怎么说的,让来访的客人准备饭菜,真不像话。"

"嗨,你看人家那么兴冲冲的,随她去好了。那样她也高兴。话又说回来了,刚才角田常务,是不是对伊朗的事察觉到什么了?"海部有点儿担心地说道。

"只要大门社长不漏的话,他恐怕还不会知道什么。"

"您从新加坡直飞大阪,去见了大门社长,感觉怎么样?"

"嗯。选择奥利安石油作合作伙伴他倒没什么意见,不过表现出来有些动摇。担心脱离公团,和他们竞争,官厅方面会给我们压力,还担心今后再有国际项目的时候,我们被孤立、被排斥在外。他还反复询问商社参与石油开发可能遇到的风险度到底有多大。我觉得有些奇怪。"

"也就是说,大门社长一方面让以专务您为首的石油开发派积极地行动,一方面又让里井、角田派精心计算与公团对抗可能带来的各种不利结果。是吗?"

"嗯。也许作为经营者,他必须要考虑到这些吧。"

"这么说来,在新加坡开会统一思想真是太及时了。里井副社长虽说是患了对商社职员来说致命的心脏病,但还是那么活跃。有他在总部,大伙还真是要往后缩啊!"

"归根到底,还是掌握人事大权的专务厉害。对了,联合汽车的财务委员会还没有拿出是否进入日本市场的决定吗?"

千代田汽车和福克公司的合作失败后,八束说什么也不甘心。他拿着关系不错的纽约铁道公司总裁的介绍信,一个人就去了世界第一大企业联合汽车。一步一步往上,直至找到了负责海外企业的副总裁。但是,联合汽车一贯坚持百分之百出资方的理念,这个阻力很大。

"联合汽车的财务委员会每星期一召开。现在事态有所进展,罗宾逊总裁正在说服财务委员会在下星期一或下下星期一的会上再讨论一次。福克公司那种规模的企业,老板福克总裁一言九鼎,行与否立马就决定了。可联合汽车有七十万员工,一年的营业额就达六兆七千万日元,相当于日本国家预算的八成,是名副其实的世界第一大企业,什么事情都不是靠总裁的意向就能左右的,还得组织决定。不能像我们想得那么简单。"

"前些日子八束君秘密回来汇报时,我已经强调过了,千代田自主经营的时间不会持续太长了。因为主要融资银行第三银行一直施加压力,想让他们跟日新汽车合并,所以,你们还必须跟联合汽车强调,尽管他们是世界第一大企业,但百分之百的出资理念,在日本是绝对行不通的。"壹岐说道。

"可是,因为联合汽车公司从来就是直接出资百分之百,是一口把对方吞下的'吞并魔王'的代名词,所以,千代田的人一问八束君我们不会被他们吞并吧,八束君的膝盖就直打哆嗦,说不出硬气的话。大概是他人太好了。"海部半开玩笑半认真地说道。然后,他又问道:"专务,这么急着促成联合汽车和千代田的合作,除了千代田经营恶化的原因以外,还有什么别的原因吧?"海部敏锐地察觉到壹岐有心思。

"嗯。为了迎战伊朗萨尔韦斯坦油田的招标,在伊朗政府那里提高我们公司的国际知名度比起强化我们在公司内部的力量更重要。促成他们的合作可以加强伊朗政府对我们的认知,甚至在筹措石油开发资金上面也会起到积极作用的。"

"原来如此。如果成功斡旋世界第一大企业联合汽车的合资项目,光凭这一点,我们公司信用度就会大大提高。千代田的合资项目和石油开发在壹岐专务的企业战略中是一个根本呀。从纽约到德黑兰,没有参与过关系到国家命运大作战的人是思考不出这样的战略的。"海部由衷地赞叹道,他觉得壹岐的构想是让思想自由自在地驰骋于世界的结果。

春江在代官山大道一角的商店街里买了活鲽鱼、新鲜的西兰花、小圆萝卜等食材,最后走进了对面的水果店,站在水果摊前正在挑来挑去。突然身后响起一个年轻女人的声音:"喂,是壹岐先生吗?"春江一惊转过身去。原来声音不是冲着春江来的,而是一个女人正在用店里的公用电话打电话。那是个轻描淡妆、大眼睛、高鼻子的漂亮女人。春江装出挑选梨的样子,竖起耳朵来听。

"是我呀。有人在身旁呢?因为我刚到东京,所以给你打个电话。"

尽管那个女人有所顾忌地压低了声音,但因为两人正好背对背,所以春江还是听得清清楚楚。

"不,你什么都不用说,只要回答就行,今天晚上,我想去你那儿可以吗?"

春江屏住气,不让打电话的女人注意到,两手捧着梨,轻轻地向后退近了一步。

"那么几点去好呢?七点、八点、九点,还是十点以后?哎,第三和第四个选择的中间?那好,九点半到。本来想给你做晚饭的。算了吧。我一会儿去找我的陶艺同行去,适当地消磨一下时间。你不用担心……没事,不要紧的。别管我,管你自己吧,谁在旁边我不知道,不过你的演技还是够棒的。好,那就这样。一会见。"女人笑着放下电话走到大街上去了。

春江从最初的好奇心到一句不落地听完,心情变得不再平静。他紧紧盯着正在等出租的女人,从头到脚地仔细打量,恨不得在她身上盯出个窟窿来似的。只见她身穿连衣裙,紧紧束着腰带,体态舒展,看起来像是个二十来岁纯洁少女似的。或许是因为听了电话的缘故,川江觉得她的腰部丰满成熟,那是一个和比自己大二十岁的男人激情奔放地享受性的愉悦的三十多岁女人的腰肢。

看上去一本正经的样子……春江看着女人的侧面,充满厌恶,恨不得啐上一口唾沫。忽然那女人垂到肩上的直直的黑发又让她倒吸了一口气。那没有烫过的漆黑的长发,与在打扫壹岐纽约住宅的书房兼卧室时捡到的橡胶圈上带着的那根长头发十分相似。春江用自己的眼量了一下眼前这个女人头发的长短。嗯,是这个女人没错。就是她人追到纽约,玷污了壹岐对亡妻的感情。想到此,春江本想借回老家的机会向壹岐道歉的心情一下子飞得无影无踪了。看着坐上出租远去的女人,一种说不上是憎恶还是嫉妒的复杂的感情充斥了她的胸膛。

端上了饭后水果、日本特有的二十世纪梨,收拾好厨房,重新打扮了一下自己,春江回到了客厅。

"这就九点半了,不告辞不行了。"她特意加重了九点半的声调。

"你特地来看我,最后连厨房都拾掇干净了。真不好意思啊。"壹岐表示了谢意。

"没事儿。我倒没什么,只是太晚了,会打扰您的,给您添麻烦不是?海部先生,咱们一块走吧。"春江催促还打算再坐会儿的海部一起走。

"我回酒店。这个时间又不能叫别人出来陪我,让我在这儿再喝一会儿。阿春女士,我给你叫出租,你先走吧。"海部像是要犒劳不计回报忙活了一晚上的春江似的,仰起他那喝得有些发红的脸颊说。

"不是,海部先生。咱们再不告辞的话……一会儿九点半一过会有客人来的。"春江的圆脸上嘴都歪了。

"啊,是吗?没注意到。这么晚了才来,会是谁呀?"喝得带些醉意的海部认定了来访者一定是为了工作。

"也没什么要顾虑的来人……行了。吃,还有水果呢。"壹岐有些狼狈地说道。

海部刚站起来,又坐了下去。春江把海部的上衣从后面给他披到肩上,说:"海部先生,你真不谙人事。你这不是让壹岐先生为难吗?"

"不谙人事?"春江这句话让海部一下清醒了。

壹岐面对海部认真的目光有些不知所措:"春江女士,玩笑开得有点过了。"

"是吗? 是玩笑吗? 我在附近的水果店,偶然听到人家打电话跟你约定时间的呀。"春江虽然是笑着说的,但脸上的肌肉却是僵硬的。

海部急忙把吃剩下的水果盘端到厨房,说:"那,专务,告辞了!"说完急急忙忙跑出去了。

屋里就剩下自己,壹岐百思不得其解。春江怎么会碰见千里?电话的内容又听到了多少?虽然对女儿直子和儿子诚,壹岐已有思想准备,早晚他们会知道的,可是怎么就这么凑巧,千里打电话就偏偏让春江给听见了。而且连长什么样都让人家看见了。说是偶然,也太偶然了。只能把这看作是老天对自己的惩罚。因为自己尽管非常清楚千里的心思,却一天一天地推迟着不提结婚二字。

电话铃响了。拿起话筒,嘈杂声中传来千里的声音:"客人走了?"

"嗯,刚走。"想起刚才在海部面前,自己还装成是接业务上来往的电话,不由得感到羞耻,硬邦邦地回答道。

"这么不容易的机会,可是今晚我去不了了。"

"来不了了? 怎么回事?"

"刚才给京都的家里打了个电话,好像煤气窑出了点故障。我必须坐夜车赶回去。"

"你窑里烧着作品就出来了?"

1295

"虽然不是往展览会上送展的作品,但确实是有作品在里面。因为后面还有马上要烧的重要作品,所以我已经买了十点五十分银河列车的卧铺票。"嘈杂声中,千里提高了嗓门。

"哪有这样光想自己的。我刚尴尬地让这里的客人回去,你就说不来了。不就是煤气窑出了点毛病吗?让窑工处理不就得了吗?"壹岐不高兴地说。

"你自己不也一样吗?工作最重要。到了我这儿你就不理解了。对我来说煤气窑出故障就是大事!"电话那头的千里好像也有点儿生气了,厉声回敬道。

"别拿我的工作比!你明早坐第一班飞机回去,今晚上这儿来!"壹岐强硬地说。

"可是第一班的飞机票也可能买不到呀……也不知道出的是什么故障,再说好不容易朋友开车赶来,才买到的票……"

"那,随你便吧!"壹岐说完自顾自地挂了电话。

早知道这样何必跑到代官山来打什么电话呢?不然也不会被春江听到、看到,海部也用不着拿那种目光看自己。壹岐一个人待在屋里,一肚子气,想发火也无处发泄。郁闷中只好借酒消愁。虽然只是短短五天的时间,但毕竟和四十岁的海部不一样,从赤道地区出差回来,身体的疲劳积累到了相当的程度。壹岐觉得,无论是从体力上也好还是精神上也好,如此全身心地投入的工作,这次石油开发恐怕是最后一次了。

一反常态独自喝得醉眼蒙眬的壹岐,再次想起了只留下声音便返回京都的千里。其实,越是这样的日子,越想见到千里,越想解开她那漆黑的长发,拥抱那柔软的躯体。

在虎门的日本石油开发公共事业集团公司的会议室里,日本石油集团的诸方人士聚集在会议桌旁,桌子上摆放着从伊朗国营石油公司得到的《萨尔韦斯坦地区的地质学概要》。公团方面有吉良总裁和负责开发的董事,商社方面有五菱商事、五井物产、东京商事以及具有油田开发技术的国际资源开发,五方人员都到了,唯独近畿商事缺席。伊朗国营石油公司的资料是担任集团领导的五菱商事驻德黑兰的特派员上杉刚刚带回日本的。

被称为"石油之神"的神尾专务以娴熟的口吻说道:"这份记载了萨尔韦斯坦地质学概要的报告书和二十张五十万分之一的附图,就是从伊朗国营石油公司得到的全部资料。"他的目光落在放在桌子上的大约三厘米厚的褐色英文印刷品和附属图纸。

"呵,这就是二十万美金、七千二百万日元的资料?"吉良总裁快要把光秃秃的额头贴到资料上了。

五井物产的有田专务向前探出他那高大的身躯问道:"根据伊朗国营石油公司公布的公告记载,资料费用由向伊朗国营石油提出申请的投标者分担。那这个资料做成所需的费用,应该是投标者几家分担的。神尾专务,我们的竞争对手到底有几家呀?这二十万是怎么算出来的?"

"按伊朗国营石油的说法,日本石油集团的竞争对手是五到七家公司。我们的资料费分担额就是二十万。像他们那样的国家体制,好多事情弄不清楚。就把这钱看作是投标的入场费吧。"

听神尾以这样淡淡的口气回答,东京商事的鲛岛常务亮起他那鲛鱼一样细长上吊的眼睛,说:"入场费?不是两万,是二十万哟!它的工本是多少?是由几家分担得出的这二十万?我说领导,就算对方是使用再鄙劣不过的波斯商法的伊朗国营石油公司,咱不也得好好理论理论吗?听说你们在德黑兰的常驻石油特派员是个很有才干的人才,怎么也这意外地靠不住呢?"他明显话里有刺。

神尾依然不动声色地说:"根据我们公司常驻德黑兰职员的调查,现在知道的竞标者还有四个。德国石油供应公司、意大利的国营石油公司 AGIP,还有两家美国的独立石油资本。"

"也就是说,伊朗国营石油公司从这五家各收二十万美金。光这几篇资料,就从投标者手里赚取了一百万美金。这不是一本万利吗?"鲛岛说道。他好像忘记了,他们公司也曾把破旧的船卖给发展中国家大赚了一把。他转过脸又冲着公团负责技术的董事说:"公团方面怎么判断这些资料的价值呢?"

公团的董事把资料粗略地翻看了一遍,说:"明确地说,跟我们想象的一样,这只是一个粗略的地图。恐怕是把战前这个油矿的所有者英国石油 BP 的资料和战后作为联盟一员对这里进行了再次调查的壳牌的资料,合在了一起重新翻版了一下而已。"

鲛岛紧接着又转向国际石油开发的常务:"有过油井实际经验的油谷君,你怎么看呢?"

两个月前刚刚负责过北苏门答腊油田开发的油谷接过话来:"确实正如董事说的那样,是一份简单的资料。不过,这里面有直到一九六七年联盟在依照每三年的放弃义务放弃之前绘制萨尔韦斯坦地区的地质构造图、解析地震探矿的等深线图,还有某些区域的油井的柱状图。我们可以根据这些资料,研究这个油矿是什么时候用什么样的方法进行过探矿,最终联盟又是基于什么样的判断选择了放弃,找到他们放弃的理由。明确探矿史,重新评价当初的判断是否正确。幸好,最近调查方法突飞猛进,和数年前相比已经有了很大的不同。将以前 BP 还有壳牌他们的数据交给计算机重新计算的话,相信在六千平方公里相当于山口县大小的铀矿内,得到意想不到的结果的可能性应当是很大的。"

在座的人默默地听完油谷的发言,鲛岛急切地问道:"那么,凭油谷君的直觉,到底找得到油还是找不到?"

"因为这些资料在地质构造、背斜构造上和我此前研究过的伦敦、瑞士发行的有关伊朗的相关资料进行对比,都是一致的,所以,我看到这些资料后的第一印象就是一定要去挖挖看。"

尽管话中留有余地,但言外之意告诉在座的人成功的可能性很大。

神尾专务点了点头说:"上个月利比亚革命政府向独立资本的西方石油提出了一桶涨价三十美分的要求。如果不答应,就将发布把日产六十八万桶的原油生产降至五十万桶的限产命令,以至西方石油不得不接受了涨价的要求。或早或晚,涨价之风必将波及国际石油资本。看来中东原油的价格上涨,是肯定无疑的了。而且运输费用方面,此前从伊朗到日本的油船运费率世界标度是一百,也就是说每吨相当于五美元五十分。现在已经猛涨到二百五十了。所以,从运费占石油价格中比重很大这点来看,如果我们自己不控制油田、不能确保用自己开采出来的油的话,就只能被逼到任凭油价、运费上涨而无能为力的困境。"

听他说完,五井物产的有田专务晃动高大的身躯说道:"那,咱们得尽快把这些伊朗国营石油公司的地质学数据送到计算机里,看看有多大的储藏量、要挖掘需要多少勘探费。另外,假设有石油,要达到具有商业开采价值的话最少得有多少的埋藏量才行。因为这些都必须进行严格的经济学上的测算,而这样的测算又是相当复杂、庞大的工作,所以我们各家都要出人手。"

话已涉及这个阶段,开始分配各家的人员了,大家才开始注意到近畿商事缺席。

"总裁,近畿商事今天缺席的理由是什么啊?"东京商事的鲛岛好像闻到了什么气味似的问道。

"这个,我,什么也没听说。"吉良问负责技术的董事,"你知道吗?"

"我也不知道。"

"是不是因为对上次会议宣布的百分之十的出资比率不满意,退出了啊?"五井物产的有田说道。

"嗯,不好说。那是个摔倒了也得抓两把泥起来的公司,说不定又打什么主意了呢。神尾专务你看呢?"鲛岛有些担心地问神尾。

"是啊,谁知道怎么个情况呢。说不定是因为出资率最少,话语权也就相对软弱,就干脆不来了。再说近畿商事出不出人也无所谓,就算了吧。"神尾不在乎地说,痛快地结束了讨论。

正在召开经营会议的董事会会议室的门关得紧紧的。坐在外面休息室里等待召唤的兵头信一良隔着门就感到正在讨论与公司性命攸关的会议的紧张气氛。

刚才休息室里还坐着几位携带各种资料等候召唤的机械部、粮油部的各部长们,现在他们各自相关的议案已经通过,里面正在进行今天会议的重要议案,有关伊朗油矿国际招标的讨论。兵头担心自己的上司赤泽常务能否就近畿商事与奥利安石油携手投标的事做出令人满意的说明。平时以胆大著称、对什么都无所畏惧的兵头,也禁不住坐立不安起来。

"兵头部长,请!"负责会议进行的职员过来招呼他。

兵头带上萨尔韦斯坦油矿的地图和资料,走进了会议室。一跨进门,坐在正中间的大门社长,排坐在两边的里井、一丸副社长及堂本、壹岐专务等三十八名董事的目光齐刷刷地聚焦到兵头身上。

在项目主管的席位上落座后,兵头朝上司赤泽常务看了一眼。赤泽这位常务干了多年纤维生意,转到石油部后也仅是在国内销售业里打拼,缺少国际石油商务经验。他像是松了口气似的示意兵头:"关于油矿一事,我已经做了一个笼统的说明。下面有两三个问题要问熟知当地情况的你,请你回答一下。"

兵头向大家行过注目礼后,分管纤维业务的一丸副社长摘下玳瑁框儿的眼镜,第一个开了口:"我今年春天去非洲各国转了一圈。回来的路上,顺路去了一下贝鲁特。伊朗国王的评价不怎么样啊。石油开发是长时间且需要庞大的风险投资的项目,要在那里开展这个项目,我首先对那个国家的政治形势就有些担心。你是怎么分析的呢?"

"正如您所说,虽然周边国家对伊朗国王的批判,近年来确实是不绝于耳,但这也正是从另一个角度印证了现国王独裁体制的强化。至于最令人担心的共产化,因为美国要阻止苏联插手中东,所以从军事力量、情报战等各个方面,利用所有的手段维持现在的国王体制。并且投入全力,保障自由阵营的权益。因此,我判断该国的政治情况将是长期安定的。"兵头自信地回答道。

"那就好。但是,关键的萨尔韦斯坦油矿你是实际去看过的,怎么样?光开采权就达两千万美金级的大油田,可行不可行呀?"黑大个的一丸,挺着个身子问。

"这个,我自己什么结论也下不了。我只能说的是,到现在为止我实际去看过的,无论是印度尼西亚的海上油田,还是利比亚的沙漠里的油田,告诉你这里就是油田,你能看到的也就是海面,就是一片的沙漠,根本无法分辨出油田的。至于萨尔韦斯坦矿区,令我感兴趣的是,据同行的日本石油开发公共事业集团驻贝鲁特的技术员的话,那里的地表有石油地质特有的地层现象。"兵头说完,将标有萨尔韦斯坦矿区的地质图、记载有可采掘埋藏量、ROR[①]的数据资料等发放

---

① 利益回收率。

给与会者。

"可采掘储藏量在两亿到八亿吨,这也太笼统了。即便说是埋在地底下的资源,也得再拿出点更准确的调查数据才对呀。这样的话,怎么可能算出这个利益回收率呢?"里井派的分管机械的常务马上指责道。

"您说得没错。但是要想得到准确的数据,不真的打几口数千米的井,直到石油喷出来,就是石油专家也无法判断。所以 ROR 是按最低的可开采储藏量算出来的。"

"都到了人把火箭送上月球的时代了,还有搞不清楚的事情?不过就是地下数千米的储油量嘛,就搞不到手吗?"分管机械的常务还是纠缠不放。

"但是,从地质学的角度看,那里被认为是非常有希望的矿区。"兵头接着又就地质学的数据和经济学的成本等进行了简单的讲述。

一旦变成专业性的讨论后,刻薄的一丸、里井派分管机械的常务也都不得不闭嘴了。

大门社长颇有兴趣地听着兵头的讲解,里井却不耐烦地说:"兵头君,你别拿那些类似地质学者的专门性的话在这放烟幕弹。要是那么有希望的油田,伊朗联盟就不会放弃了,再说国际石油资本不是也没有表示出什么兴趣来吗?"他当头给兵头泼了一盆冷水。

坐在他斜对面的壹岐依然不动声色地凝视着油矿地图。兵头则涨红了脸接着说:"伊朗联盟放弃的油矿等于没有希望的油矿,这个理论太过于牵强。联盟是依照三年一次、分割放弃的义务放弃的。从放弃的顺序来看,这一地区他们还是攥在手里很长时间以后才不得不放弃的。因为它属于与伊朗最大的油田加奇萨兰、阿加贾里相连的构造系列,所以地质学者的评价很高。另外,今天早上收到来自贝鲁特的最新情报说,美孚决定投标了。"

"哎,是那个美孚石油吗?"董事们骚动起来。

被称为"七姐妹"的国际石油资本之一美孚参加投标,说明萨尔韦斯坦是多么有希望的油田。对于没有太多石油知识的董事们来说,这无疑是一个最有力的说服材料。至此,是否有望的疑问已不复存在。兵头退出会议室后,赤泽常务底气十足地说道:"我认为,我们和奥里恩携手,投入一百亿的资金对公司来说不是不可以承受的。"

"赤泽君,你的想法是不是有点太天真了。谁不知道,虽说是投资额为一百亿,但以年为单位的长期工程,资金会像倍倍游戏似的成倍地翻番儿。如果是石油开发公司的话也就罢了,像我们这样有十多个营业部门的商社,还得兼顾其他部门的项目啊!"里井像是鼓动其他营业部门董事似的说道。

果然,分管建设部门的董事站了出来,表示了强烈的反对:"对这个问题,我希望能好好考虑一下。因为我们部门受北海道厅等经营的第三中心的委托,买下了札幌郊外约二百六十万平方米的土地,进行工业团地和住宅的综合开发,所以需要大量的资金。如果把钱都用在了也许会白白消失在沙漠里的石油上,那谁还有心再干下去呢?"

里井趁机接着说:"决定左右公司命运的大事时,关键在于能够判断出那件事情的极限。因为石油开发是没有极限的,不管从地质学上看多么有希望,不实际挖一挖结果就很难说,这就是石油开发的风险,所以越是这样的项目,越应该加入可以回避风险的公团集团。这是商社本该有的姿态。"

分管钢铁部门业务的堂本专务站了起来:"刚才对成本问题讨论得很激烈。但是,我们是商社,完全回避风险是不可能的。如果让我从钢铁部门的立场来说两句的话,我觉得,这是一个机会。就如同俗话所讲'油是铁的化身',从石油开发所需的开采器材到输油管道、储油罐、运输港的港口设施等等,这里面所需的钢铁量将是十分庞大的。像我们公司这样做钢铁交易的后发商社,即便是日夜不停、呕心沥血地奋战,只要没有特别机会的出现,是别想啃下钢铁这一块儿的商业权的。如果我们能够和奥利安携手拿下伊朗油矿,将为我们公司的重工业化提供千载难逢的机遇呀。"他像是在催促董事们下决心似的说道。

壹岐转向财物部门的宝田和武藏:"依据我们公司的承受能力,有什么好的办法没有?"像是从后面推他们一把似的说道。

财务本部部长武藏接过话来:"在宝田专务的指示下,我从我的工作角度进行了研究。结果是,第一,为了开发伊朗石油先单独成立一个公司,为的是避免对近畿商事本体造成直接危害。但是,因为这个新公司不能借入大额贷款,所以控股公司必须以外汇贷款或者银团贷款的方式向新公司出资。外汇贷款需要得到国际金融局的批准,要麻烦一些。而银团贷款的话可以尽量控制最初的资本金投入,然后每挖一口井重新申请一次贷款,这样可以减少浪费。我觉得这个方法最合适。还有,不管哪个方法,万一失败的话,都可以利用税法上的优待措施——海外投资专用基金。幸运的是采矿费百分之百被认可。"

听着武藏的说明,里井的脸色越来越难看。财务本部部长在董事会上发言,无疑是私下里得到了上司宝田专务许可之后的行动。他用恶狠狠的眼光盯着宝田,说:"宝田君,武藏本部长的话,你怎么看呢?"

"说实话,我也有些犹豫。作为财务部门,当业务部门要求筹措资金时,首先要从各个角度进行严格的审查,然后对可行的项目投入热情,筹集资金。这次的石油开发,把它说成是公司创业以来的一大赌博也不为过。但如果为了公司的飞跃性发展,必须要这么做的话……再慎重地研究研究风险回避,有可能的话,作为财务部也必须下决心支持吧?"尽管宝田还在犹豫,但是通过观察大门社长的表情,他还是发表了赞成开发的意见。

虽然里井的内心激烈地动摇起来,但他还是说道:"我们公司的内部保留资金,那可是自朝鲜战争后新三品暴落以来,一直由诸多前辈在公司存亡的危急时刻兢兢业业积攒下来的血汗呀。即便说是成立个新公司、设置风险防护堤,可我们商社为什么非得冒那么大的风险呢?就是非得要干的话,充其量也应该是让钢铁、电力、船舶、保险、银行等各公司都出钱,谋求更大的风险分散才对。人家别的公司不都是这么干的吗?角田君,关于这点,你是怎么考虑的?"他把最后抵抗的希望放在了角田身上。

"副社长的意见,非常正确。不过,那样的话,找到油的情况下,咱们的获利也就少了……"

"获利少了,还可以从别的地方赚回来嘛!不光伊朗,还可以参加其他国家的油田开发,积少成多嘛。我们不是石油公司,是商社!商社本来就应该这么干!"里井大声说道。然后他转向壹岐:"壹岐君,你想过没有,万一失败了,此前你在近畿商事积累的一切瞬间都会化之乌有。即使那样你也干吗?!你也不接受教训,想让袭击珍珠港把日本拖进战争的暴行,在我们公司重演吗?"里井近乎歇斯底里了。他知道如果壹岐一手推进的石油开发成功的话,他就被竞争二把手交椅的对手彻底打败了。

"干啥扯到袭击珍珠港上?这么说话可不好听。"温厚的金子常务看不过去了,插嘴道。

壹岐接过来话来说:"不。的确,二次大战是因石油开始,为石油而败的。正因为如此,我就是想,为了日本的将来,要把曾经想用武力得到的石油用和平的方式获得。"

话一出口,董事会会场顿时鸦雀无声。

沉寂中里井再次发言,企图拖延决定:"像这样关系到公司命运的会议,还是先不要下结论为好。应该再次开会慎重决定。"

壹岐打断他问道:"社长,您的看法如何?"

"恐怕该说的大家都说了。没有风险的地方,也就没有利益和繁荣。所幸我们公司还有实力,万一我们失败了也伤及不到核心。而且,这个项目还与国家利益相关,就让我们为公司的命运果断地赌上一把吧!"

大门做出了决断。败北的里井脸上充满了失望。

在放养着孔雀的芝白金的田渊干事长的私人庭院里,大门和壹岐正在默默无声地看着田渊给孔雀喂食。

"好,好,也给你,等着。"

田渊干事长照旧一副一如既往的打扮,西服木屐。他从塑料桶里抓出一把饲料向草坪上撒去。三只孔雀争相啄食撒在草坪上的饲料,其中的一只甚至去啄塑料桶。

"先生,小心点。让它啄一下很疼的。"在旁边伺候的、穿着衬衫的中年男子,从田渊手里接过了塑料桶。

田渊拍打着沾在手上的渣渣末末,跟大门和壹岐说:"那个,听听你们的事吧。好像是石油,对吧?"

"啊,对,对。务必请干事长多多相助啊!"大门说道。

田渊站在院子中央,看着壹岐,声音沙哑却嗓门挺大地说道:"你是说,公团组织了石油集团,可你们硬要从里面退出来,去和外国公司合伙干。像你们这样犯上的公司,公司债券也好,外汇贷款也罢,政府能轻易答应你们?"

刚过六点半的清晨,虽说田渊私邸里当班的记者、家乡的上访团还没到,但旧德川公爵邸的开阔的庭院里,十分安静,站在院里说话让人有些担心。壹岐向田渊说道:"干事长,关于这个问题,能不能借用您一点时间,听我给您解释?"

田渊冲中年男子问道:"那个建筑公司,他们是几点呀?"

"七点开始。"

"去第二接待室。他们来了的话你告诉我。反正今天就是接收嘛。"田渊无所顾忌地吩咐着有关收受钱物之类的事情。然后趿拉着木屐在庭院踏脚石上留下啪哒啪哒的声响,率先朝茶室风格的主体建筑走去。

进入只有客厅设置成西洋风格的房间,剃着平头的实习生给大门和壹岐端来了麦茶和和式小煎饼,为田渊送上瓶装的矿泉水。以矿泉水代茶,是因为田渊有慢性糖尿病。田渊一口气喝了半瓶水后说道:"你们退出公团集团的理由暂且不说,这次的伊朗招标不是还有别的油矿吗? 你们看看其他的不行?"

大门非常谦恭地回答道:"您说得极是。但其他的都是海上矿区,规模小,油质也不符合日本低公害的要求。没有什么开发的好处。所以……"

"那么,沙特阿拉伯那边怎么样? 那不是在伊朗之上的产油国吗?"他又把近畿商事往沙特阿拉伯推。

壹岐接过话来,说:"沙特阿拉伯方面,虽然也的确有公开油矿的情报,但是被称为'石油银座'的波斯湾的海上油矿都已被美国的四大国际石油资本联合控制的阿拉伯美国石油公司控制了。向国际社会公开的情报,是红海一侧的靠近也门边境、政治局势不安定的地区。还有就是从首都利雅得向东南方向去的中央内陆地带。不是一两个企业有能力开发得了的地域。加之沙特阿拉伯的国情,好比是日本的德川时代,处于锁国状态,是封闭性的。在还不能确定沙特阿拉伯政府是否真正公开的现在,我们觉得还是应该把有希望、在规模和油质上都有很高评价的萨尔韦斯坦矿区当作全力以赴争取的首选。也因为如此,万一公团集团的投标落选,我们还可以作为第二保险顶上,所以务必希望您允许我们和独立资本合作投标。"壹岐的语气沉静但是透着力量。

田渊锐利的目光敏感地做出了反应:"你说得不错呀。即便公团集团竭尽全力投标,毕竟是国际招标,未必就能保证肯定花落己手啊。"

壹岐乘势追击:"就是您说的这么回事。国王有着绝对影响力的伊朗的国际招标,必须在国王的近亲中有关系,能够获知竞标对手手里的筹码,开出高于他们的价格才能中标。"

"听说,在石油这个问题上,伊朗国营石油公司总裁有很大的权力。"

"从以往的例子来看,虽然伊朗国营石油公司的总裁确实是有过首相大臣经验的人担当的要职,但是,实际上的总裁还是国王。以什么样的渠道接近国王,是胜算的关键。不管怎么说,与国王有密切交往的欧洲势力在这方面的强势是不可否认的。"壹岐毋庸置疑地说道。

田渊又吞下几口矿泉水,说道:"嗯,这是一场战争啊。"

"您说得非常正确。因为日本不能给伊朗提供武器,只能靠情报和谋略制胜。然而这些也恰恰是日本薄弱的地方。"壹岐强调日本的弱点是为了得到和独立资本携手的许可。

正说到这儿,有人敲门。刚才的中年男子进来,用目光示意田渊。

"知道了。"田渊仰了一下下巴,然后急匆匆地起身离去。看来是刚才说的建设公司的人来了。

田渊干事长一离开,大门冲着壹岐满意地笑着说:"壹岐君,你不愧是当过兵的。获取这个石油开采权是打谋略战,说得好啊!"

"不只是嘴上说说,现在的确保石油就是没有武器的战争,也就是谋略战。"壹岐凝视着眼前的庭院低声说道。

在脱离公团集团之际,选择田渊干事长作后盾,是因为看准了田渊的内心。田渊以其过人的嗅觉提出了今后资源外交的构想,并在出访阿尔及利亚之际就进口浓缩铀的问题进行了交涉。但是,有关重要的石油资源,因为从对印度尼西亚进行战后赔偿的时代开始,就被紧紧盯上石油开采权的岩和佐桥兄弟首相牢牢地抓在手里,所以,田渊只有在一旁垂涎的份。你有心我有意,投桃报李——作为田渊干事长正可以利用承认近畿商事脱离公团集团的行为,借机抓住攫取石油权益的机会。

尽管是这样,一贯决断从速的田渊今天却避开了正面回答,把话引向沙特阿拉伯、引向其他油矿。他是为了提高'承认费'的价钱,还是他尚在踌躇未下决心？其真正意图到底是什么,壹岐从刚才的谈话里还没能搞清楚。

洒满朝霞的院子里的草坪上,放养的孔雀寻找着刚才田渊撒下的饵料,走进了客厅前面的草坪。突然,其中一只抖抖身子啪地展开了彩虹般的羽毛,孔雀开屏了！刚才还是茶褐色的不起眼的鸟,前冠直立,舒展开桃型螺旋花纹的尾翎,瞬间变得光彩夺目。与背后里被人们称为"当代太阁"的它们的主人,倒是有几分相像之处。

过了不到五分钟,在别的房间里大概接受了建设公司上贡的田渊返了回来。

"噢,这个时候开屏真少见啊。"面对开屏的孔雀,他脸上露出了笑容。

"实在是漂亮。干事长的爱好可真是一般人不可比拟的,真可谓绚丽多彩呀！"

大门赞赏的话音还未落地,再次响起了敲门声。中年秘书报告道:"两口次官来了。到您的约定时间了——"言外之意告诉大门,他们该退出了。

"两口君来得正好,叫他进来。"田渊像是正等着他来似的说道。

大门和壹岐却感到有些困惑。越过通产次官直接找干事长,这个场面被次官看到,可想而知,一定会引起他的反感。能成的事,也得变得不成了。

"干事长,因为这件事还没有向两口次官汇报,我们改日再来拜谒吧。"

二人正匆忙要退出去的时候,两口次官进来了。看到两个人,他的脸色变得严峻起来,一副你们干什么来的神情。

大门面露尴尬地寒暄道:"次官,平日鄙社多蒙指导,不胜感谢。"

壹岐也跟着表达了敬意。两口有在海外任职的经验,是公认的通产省国际派的旗手,他自己也以此为标榜。今年七月份,刚刚战胜民族派坐上次官的交椅。此刻,一身服饰考究的两口,对大门和壹岐的问候轻轻地点了点头以示回礼。

"干事长,新国土改造论的草稿,注意到的地方重新校对了一遍送到三番町会馆去了。请您过目一下。您叫我过来,好像正在接待和我没什么关系的客人,我先到通产室去看一下就来。"言外之意,什么近畿商事,和我没关系。

他转身就要出去。所谓通产室指的是被田渊看上的通产省官僚中的精英们,早晚聚在一起讨论他们自己制定的政策的房间。在有着很多套房间的宽阔的田渊私邸里,除了通产室以外,还有大藏室、运输室、邮政室等。简直就像相扑的大本营,每一栋房子都不一样。田渊干事长只需在各个房间里走上一圈,坐在家里便可将各省的情报搜集上来。

"两口君,等一下。其实有关伊朗的石油开发问题,有个需要考虑的要求。"田渊用他沙哑的声音叫住了两口。他让两口坐在沙发上后,不时地瞟两口两眼,像打机关枪似的把近畿商事要脱离公团集团的事讲了一遍。"怎么样啊,你觉得?"他好像很关心两口的反应似的问道。

两口咧开嘴笑着奚落道:"近畿商事日美联合和公团集团竞争,为确保日本的能源挺身而出,真是一时难以让人置信的爱国心呀。"他好像根本没有当回事似的,似乎是在向田渊干事长表示,自己作为通产次官对这件事难以认可,请干事长也不要轻易同意。

壹岐立刻站起来,说:"次官,既然像我们这样事前进行了请示,我们公司肯定会听从政府的指导,绝不做损害日本国家利益的事情。说是日美合作,一旦到了关键时刻,一定会按照日本政府的意向行事的。为了取得经营领导权,出资比率不是各一半。我们眼下正在进行交涉。"

"不掌握开发技术的商社,如何掌握经营主导权? 具体开发的一切事宜还得由奥利安石油决定。归根到底还不是出钱听人家摆布吗?"

"您的担心不是没有可能。但是,考虑到万一我们能够中标的话,至少要取得名义上的经营主导权。否则,那我们还有什么必要从公团集团退出,为日本的石油确保做第二保险呢? 请您理解我们的本意。"壹岐暗示即使近畿商事与奥利安的组合中标,也一定会给足通产次官面子的。

"万一公团集团不能中标的话,近畿商事和独立资本的组合也能够保证原油进到日本。这对日本来说不是一件好事吗?你是不是考虑考虑呀?"干事长显得有些不耐烦了。

"可是,这事要是传到佐桥首相耳朵里的话,恐怕得有些麻烦啊……"弦外之音,现首相的哥哥原首相岩是不会袖手旁观的。

"喂,两口君,别忘了你不是光靠你自己的本事当上次官的!"

一声低喝,两口脸都白了,不再吭声。

壹岐抓住时机:"次官,那您看我们什么时候去石油公团吉良总裁那里汇报啊?"壹岐是想如果可能的话,最好得到两口的一句话,再去公团表明辞意。

"那就你们自己判断好了,次官总不能从自己这儿破坏国家的规矩吧。"

尽管听了干事长这句话,两口便起身出去了,但是对壹岐来说,能从田渊干事长的嘴里听到承认和独立资本合作的话,就是最大的收获。

汽车在虎之门的日本石油开发公共事业集团的门前停了下来,从车上下来的角田对一道来的壹岐再次提心吊胆地问道:"专务,咱们不要紧吧?"

"这个不好说。挨顿训斥恐怕是免不了的,那就挨着呗。"壹岐回答道。为了赶在约定时间前到达,他快步向电梯间走去。

壹岐二人被安排在十楼靠近总裁办公室的接待室里等待。约定时间已经过了三十分钟,依然不见吉良总裁出现。其间倒是有人端来了茶水,却没有任何的话。不知是前面的会议延长了时间还是先来的客人拖拖拉拉的没有完,四十分钟过去了,门终于被打开了。

"总裁,百忙之中打搅了。"壹岐和角田起身打招呼。

吉良总裁既不说让你们久等了,也不提迟到的事,径直走到壹岐他们面前坐下,毫不客气地说道:"有什么事?今天一个电话明天一个电话的,干什么这么着急?"

"是这么回事。我们诚挚地恳请总裁能够给予谅解……"壹岐就近畿商事与奥利安携手参加萨尔韦斯坦公开竞标的方针进行了说明。

"哼哼,别出心裁呀。我是不是听错了,请你再说一遍。"吉良好像故意刺激壹岐似的说道。

角田的额头上渗出了细汗来。壹岐面不改色地又重复了一遍。

"看来你们这是下决心要干了?"吉良说着,用猫耍老鼠似的目光看了看壹岐他们,然后扔下一句"随你们的便"就要扬长而去。

"那个,总裁请等一等。"角田追着叫住了他。

"怎么,还有什么事?"

"啊,那个……刚才的说明可能还没有得到您的理解,想再做点补充。"

"什么?理解?理解什么?你们的强词夺理?不就是因为集团内百分之十的出资率,你们觉得不如和独立资本合伙干更合算吗?也就是说,只要自己能赚钱就行。这才是你们的心里话对吧?亏你们也好意思来说。"吉良变得气势汹汹起来。

其阵势令角田感到胆怯。壹岐却用平静的声调回答道:"总裁,也请您听听我们的道理。这次伊朗油矿的项目,是我们公司比任何一家都先下手的。而且也做到随时向公团报告、情报共享。尽管如此,却连见您一面都很难。结果,分配给我们的出资比率反而比中途插进来的公司还要低。我们不否认我们对此是忍无可忍,但是和独立资本携手投标,绝不是把矛头对准公团的。我们是考虑到万一日本石油集团不能中标的话,我们还可以起到第二保险的作用。"

"哼,第二保险……"吉良的嘴角露出一丝冷笑,"真是不错的借口啊,和外资携手不是为了争日本的国家工程,而是防备万一的保险呢。"

"绝对不是什么借口。如您所知,石油开发中,围绕油矿的争夺是近似你死我活的残酷。为了获取油矿,太阳旗民族主义是正确的、和外资合作不成体统这类的论调不应该成为问题。说句极端点儿的话,不管是和谁携手,都要从让日本掌握有希望的油矿出发。我对太阳旗敢死队精神的危险性比任何人都有切肤的体会。我觉得民族主义固然需要,但是不能固执其一。正是基于这样的立场,我们公司才考虑和独立资本合作,为确保日本取得油矿起到保险的作用。"

"当保险?不自量力。说到底,油矿的附带条件你们又是怎么打算的呢?公团集团是要建设炼油厂或者是石油联合企业。你们不是要引进天然气 LNG 吗?能办到吗,你们?"

"总裁,不管怎样,这些投资都是我们必须筹措的。我觉得应该选择 LNG,因为它对日本来说是最有利的绿色能源。炼油厂和石油联合企业都将给日本的同行业造成压力,只有伊朗单方面受惠,而我们的 LNG 最能够让日本的利益得到保证。"壹岐明确地断言道。

吉良脸上的肌肉哆嗦了一下:"嗬,这可是个大大的忠告呀。说这种话,可别让 LNG 给弄得倾家荡产了,加油吧!"他一副居高临下、绰绰有余的态度。

角田早已经被吓得面色苍白,壹岐毫不畏惧地说道:"我们是守规矩才来请求谅解的,而且和外资携手我们也没有触犯日本的法律。"

"不犯法就什么事都能干了吗?因为你们和外资合伙就会把投标价格抬上去,结果就是把负担转嫁到使用国民税金的公团集团上来。这就是你说的不犯法吗?两口次官也对你们很不满呢。"吉良把他那官僚的狭小心胸暴露无遗,冲着壹岐呵斥道。看壹岐没答上来,接着说:"在芝白金的干事长家,奇怪的邂逅着实影响了对你们的印象,你们就不明白吗?什么叫土包子,说的就是你们!"

面对吉良总裁的污蔑之辞,壹岐按捺住涌上心头的愤怒,牢牢地记在心里。同时思忖着:看来石油还是不在田渊干事长,而在岩、佐桥首相的那条线上。

第三十章 赌定伊朗

凌晨,壹岐觉得有点儿冷,睁开眼,刚要把被子往上拉一拉,床头柜上的电话响了。他看了一下表,五点五十分。

他以为是哪个分店打来的电话,打开台灯,拿起话筒。

"是近畿商事专务壹岐专务的家吗?"话筒里传来的声音很礼貌但却很有力。

还睡得迷迷糊糊的壹岐立刻本能地感到对方不是一般人,谨慎地反问道:"您要哪里?"

"你就是壹岐专务本人吧?你装糊涂也没用,我听过你说话的录音,能听出来你的声音。"对方先发制人,发出阴险的笑声。

对方的话让壹岐感到蹊跷,他没有吭气。于是,对方以为抓住了他胆怯的心理,接着说:"你还是撤出伊朗石油开发竞标吧,这是为你好。你有你冠冕堂皇的理由,不过,像你这样杰出的忧国之士是不应该干这种事的。你如果真有忧国之情,就应该忍难言之隐,给石油公共事业集团道个歉,和他们重归于好。不然的话,社会舆论不答应。现在有人愿意做你和公共事业集团之间的中间人。"言语中除了打着忧国旗号的说教外还带着几分恐吓。

"我还不知道您叫什么?您是哪位?"

"因为我和你一样,也是忧国之士,所以,更觉得这次很遗憾。你跟大门社长商量一下,等你差不多想好的时候我再给你打电话。到时候,我会把我的名字还有愿意给你当中间人的那位先生的名字告诉你的。"

"谢谢你的好意。不过,我不会听信恐吓之言的。以后我不接这种电话,抱歉!"说完,壹岐就要挂电话。

"哎!等等!"对方突然露出狰狞的真面目,说,"你还敢说这种大话?你和美国佬勾结,想让近畿商事一家独吞石油这块大蛋糕,没那么容易!你好好儿想想吧!"

壹岐放下电话,躺在床上整理了一下头绪。刚才那个人说打电话之前听过自己的录音,说明他们计划周密。而知道近畿商事业务动态的只有田渊干事长、中根通产大臣、两口次官和政府有关部本的少数官员。媒体方面,尽管自己接受了记者采访,但还没有见报。这样看来,这次打来威胁电话一定是能在石油上谋得渔利的一小撮人。壹岐这一生经历了太多的艰险,一个利欲熏心的威胁电话并不算什么。可以想到脱离伊朗国营集团竟然招来这样的麻烦,他感到前途多难。

昨天晚上,他和分管石油的赤泽常务、兵头、财务本部部长开会开到很晚,今天还有很多事情要处理。他想再睡一会儿,可是怎么也睡不着。他翻了个身,拿过电话那头的烟灰缸,想抽支烟。烟灰缸已经三天没倒了,里面的烟头堆成了一个小山。烟灰缸触动了壹岐,让他觉得只有工作的生活实在枯燥无味。

电话铃又响了。壹岐拿起电话,里面传来业务本部部长角田因紧张变了调的声音:"专务,对不起!这么早给您打电话。您看报纸了吗?"

"还没有。出了什么大事儿?"

"我们公司上了头版头条。论调十分激烈,说不能容忍近畿商事违反国家利益的行为。"说到最后角田的声音有些发抖。

壹岐想起刚才那个恐吓电话,坐起身来,问:"是哪家报纸?"

"不光是一家。几乎每家报纸都登了大版面的评论报道。本来说好了,有关伊朗石油矿区的竞标报道等日本石油集团成立公司的概要定下来以后再见报。怎么所有报纸都提前报道了,真不可思议。这分明是伊朗国营集团和通产省想整垮我们公司!"

"知道了。我订的报纸也快送来了,等我看过以后再考虑对策。你先把这件事通知大门社长。"

"什么?我先跟大门社长说?这行吗?"角田激动的声音更加激动了。

"当然了。你已经看过各家报纸,知道大概情况。"说完,壹岐放下话筒。

壹岐起床,披上睡袍,去看门口报纸来了没有。一份也没来。他订了三份报纸,每天六点半到七点之间送来。时间快到了,他不想专门出去买一趟,刚转身准备回屋,只听唰的一声,《每朝新闻》被塞进了报纸箱,紧接着《读日新闻》也来了。

壹岐首先急忙打开《每朝新闻》,第一版上醒目的标题跃入眼中。

伊朗石油开发　日本石油集团分裂
近畿商事单独开发　影响石油政策

《读日新闻》也在头版以"近畿商事无视国家利益　单独和美国公司合作"的标题更加激烈地谴责近畿商事。壹岐以极快的速度把文章看了一遍。

伊朗西南部的萨尔韦斯坦油田被称为本世纪最后一块

陆上大油田。在萨尔韦斯坦油田开发的竞标当中,日本、美国、欧洲各国石油集团公司之间竞争激烈,备受关注。近日记者了解到,近畿商事脱离以五菱商事为中心的日本石油集团,将与美国独立石油资本的奥利安石油公司联合进行单独开发。

萨尔韦斯坦油田面积约六千平方公里,年可开采量约两千万千升,相当于我国进口原油的百分之一。据推测其原油硫黄含量只有百分之一左右,有利于治理环境污染。由于关系到治理环境污染政策,在日本石油开发公共事业集团强有力支持下,日本石油集团参加了竞标。正因为如此,这次近畿商事的所作所为对通产省百分之三十独立自主开发油田以及日丸石油—炼油—销售这一日本石油资本为主的构想产生了不良影响。政府针对今后的石油政策,从保护我国经济发展的观点出发,将如何对待近畿商事这一举动值得关注。

看到这儿,壹岐跳过解说专栏,看通产大臣和石油开发公共事业集团总裁的有关谈话。

壹岐他们事先给中根通产大臣"通过气",因此他的发言极具政治色彩,只是说:"我还不了解事实详情,应该尽快进行调查。"吉良总裁则表示:"我感到非常遗憾。在市场经济体制下,虽然企业做什么是他们的自由,但是,石油是产业的食粮,在国内企业团结一致,努力确保食粮的这一时期,与外国企业联手和国内企业竞争是完全无视我国国情的行为。"

虽然早有心理准备,但每家报社都以同样的论调如此指责近畿商事,公司内部将产生很大动摇。大门社长本身的决心或许也会被动摇。想到这儿,壹岐拿起电话,通知角田一上班就开会,然后,急急忙忙准备上班。

五菱商事神尾专务家在南平台一角的一个八层公寓的第七层。

早晨七点半整,从德黑兰出差回日本的上杉隆按响神尾家的门铃。神尾夫人出来开门。

"早上好!"上杉问候道。

神尾夫人曾长期生活在国外,五十多岁了还穿着年轻人爱穿的喇叭裤。"一大早就把你叫来,真抱歉!我先生去岩先生家了,就在附近,很快就回来。你进来等他一会儿吧!"

神尾夫人所说的岩就是原首相,他家离这儿步行只有七八分钟的路程。上杉一下子想到神尾一大早去拜访岩是为了今天早晨各大报纸报道的有关伊朗油田的事儿。

"我去给你倒杯咖啡。要加奶和糖吗?"

"不好意思。能不能请您给我倒杯红茶,我最近胃不太舒服。"

夫人端来红茶。上杉谢过后望着窗外。眼下一家家老宅院里树木茂盛,绿色的枝叶探出院墙。远处可以眺望到新宿御苑、代代木公园、明治神宫郁郁葱葱的树林。上杉长期住在一半是沙漠的伊朗,眼前的景色令他耳目一新。

神尾夫人看着上杉,只见他大眼睛高鼻梁,皮肤黝黑,留着长鬓角,嘴上还蓄着胡子,便说:"上杉君,你都成伊朗人了。瞧你这胡子。你工作一定很忙,还是尽快让家属去吧!神尾也一直惦记着这件事。到了我们这个年龄,孩子们都出去自立门户了,你就是不想清静,家里也清清静静的。"

上杉听说神尾一男二女三个孩子都已经结婚,有了自己的家庭。孩子们都出去以后神尾卖掉池田山的宅子,搬到这座公寓里来。但是,他毕竟才三十八岁,还无法理解神尾夫人有关清静的感叹。

"夫人,我能用一下电话吗?"

"用吧,不用客气!"

电话在宽敞的起居间一角,上杉走过去拨通自己家的电话。听到妻子的声音,他说:"我坐今天傍晚的飞机回德黑兰。你把行李给我送到机场来。什么?别说这种傻话!我现在在神尾专务家呢。嗯,对不住了!夫人也刚刚说过我。我知道!不过,我现在真的很忙。你跟孩子们还有我爸我妈说一声,行不行?拜托了啊!"

夫人吃惊地问:"怎么?昨晚没回家?"

上杉腼腆地摸着胡子说:"对。因为这两天每天晚上都忙到一两点,早晨又早,回家太远,所以就……"

"你那么忙啊!这种时候我家先生还一大早叫你过来,真是对不起!"

"哪里的话!我这样的末辈之流能得到专务亲自指教,是我的荣幸。"

上杉说的是实话。因为在公司里专务越过分管董事和部长直接和上杉谈话会引起种种猜测,所以,神尾才叫他到家里来的。上杉守在德黑兰,有着很多无法向人诉说的苦衷。神尾叫他来,他感到很高兴。

门铃响了。"可算回来了!"夫人忙去开门。

神尾满头银发整整齐齐地梳成三七分头,风度飘逸。

"早上好!"上杉站起来问候道。

神尾脱掉上衣,在沙发上坐下,说:"这么早叫你来,对不住了。这段时间我晚上排得满满的,只有早晨有点儿时间,可以和你说几句。"他点上一支烟,只字未提去岩宅的事儿,口气就像刚散步回来。

上杉等不及了,问道:"专务,今天早晨报纸上登的近畿商事的事儿到底是怎么回事儿？真是难以置信。他们也加盟了以石油公共事业集团为主导的日本石油集团，还和各公司一起开过会，怎么能了解了各公司的情况后脱离集团呢？这简直是违反企业道德的背叛行为！"

神尾默默地吐着烟圈儿。

"他们敢如此抢先下手，我觉得一定有后台。会不会是中根通产大臣？"

神尾摇摇头，说："不，是那座芝白金的孔雀豪宅。"

"这么说是田渊干事长？"

"嗯。看样子是。"

"那是，那位先生不是'房地产专业户'吗？"上杉指的就是提出新国土改造论，给土地开发煽风点火的田渊干事长。

"芝白金当政治家屈才了，他可是个一流的实业家，很有商业远见。他已经盯上了资源开发、石油，应该说他这叫动物的本能和嗅觉。最近，他对我们一水会也突然露出笑脸。当然，我们不会去理会他。"

一水会是五菱集团高层组成的一个团体，他们经常在一起共同商讨集团各公司间的政策方向。这个团体竟然可以"不去理会"执政党的干事长。上杉从神尾的话中再次体会到以明治时代的财阀为母体的五菱集团在政界不可估量的力量，同时也意识到神尾去岩宅是为了请国家在伊朗油田这一问题上出面给予支持。

上杉问："您今天找我来有什么事儿？"

"嗯，是为投标价格的事。我们和石油公共事业集团商量后，争得五井物产、东京商事、国际资源开发公司的认可，决定投这个数。你心里有个数。"说完神尾从上衣口袋里掏出一份文件放到桌子上。那是上杉从德黑兰带回来的伊朗国营石油公司的投标书。

本公司遵守投标条件，同意履行《石油法》规定的职责，投标如

下:

Ⅰ现金支付
a 合同有效起三十天内( )美元
b 开始商业生产之日起三十天内( )美元
c 累计生产量达到一亿桶之日起三十天内( )美元
Ⅱ筹集( )美元作为勘查足以用于商业出口的石油量的探测费
a 第一年—第三年( )美元
b 第四年—四六年( )美元
Ⅲ附带文件
有关保密义务的保证书
有关经济援助的声明
有关投标保证金( )美元公司债券的伊朗国营银行的保证书

上杉看见昨天还是空白的括号里用铅笔填上了数字。他问道:"专务,我认为这里面有三个问题。一是临时支付的金额,二是探测费的金额,三是经济援助的声明,也就是说附带条件是什么。现金支付中开采权两千五百万美元是绝对的吗?因为已经有两千万美元的唱价。有没有可能再加点儿?"

"这个我已经跟总裁谈过了。他说从石油公共事业集团的立场上讲,他们已经从最初的二千万美金提高到了现在这个水平,不能再提了。公共事业集团是靠国民交的税金运用的,在开采权上花那么多钱,会遭到舆论的批判。"

"可是,专务,在国际竞标中讲什么公共事业集团的立场,讲什么舆论,这不是和叫我们倒着跑一样吗?"

"我知道。"神尾严肃地命令道,"特许权使用费就按这个价格。不过,我在探测费和附加条件上再想点儿办法。你先按照这个条件收集一下情报,我也去趟伦敦,向国际石油资本的高层了解一下情况。"

"用铅笔写的数字,你记牢以后擦掉。"

"明白!我今天下午就坐飞机回德黑兰。"上杉拿起桌子上的文件装进公文包里。

十月,德黑兰。虽然在上杉回五菱商事东京总部出差的短短几天里气温骤然下降,舒适了许多,但办公室外面的太阳依然火热。

上杉戴上墨镜,准备去美国大使馆拜访分管石油的外交官。他站在路边等出租车,一辆崭新的雪佛兰停在他面前。

"这不是上杉先生吗?"车上下来一个年轻的伊朗女人,用流利的英语对他说。

上杉看着这个女人,她戴着黑墨镜,身穿干练的套装。但想不起来她是谁。

"我是法拉美奴。三个星期前我们在克虏伯公司主办的派对上见过面。"年轻女人说着摘下墨镜。她有一张典型的伊朗美女的脸庞,一双大眼睛又黑又亮。

上杉想起来了。在克虏伯公司新旧德黑兰分店店长交替的派对上,的确有人把她介绍给自己,说她父亲经营机械设备进口公司,她是父亲的秘书。他们两人还跳了舞。那时候她穿的是一件晚礼服,露出丰满的胸脯纤细的腰肢,极具诱惑力。

"噢!原来是法拉美奴小姐!你穿着这一身,我一下子没认出来。你要去哪里?"

法拉美奴一双诱人的眼睛看着上杉,说:"我父亲让我去一趟客户的公司,回来的路上我还打算去你们公司看看呢。"

上杉莫名其妙地一阵心跳,说:"太遗憾了!我要去伊朗石油公司,正等出租车呢。"他没有说要去美国大使馆。

"你要去伊朗石油公司,那就坐这个车去吧!明天星期五是休息日,这会儿正是高峰,打不上出租车。"说完就命司机把上杉送到石油公司。

上杉慌忙说:"谢谢你的好意,我不好坐你们公司的车去伊朗石油公司。有很多双眼睛盯着我呢。"

"对了,你们公司要参加这次公开招标。那你就不能光担心有人跟踪,还得注意办公室和家里是不是被安了窃听器。我父亲经常说,在家里谈重要事情的时候,去厨房打开水龙头谈最好。"

"谢谢你的劝告。哎,正好出租车来了,我先走了。改天我们一起吃饭吧!"上杉叫住出租车,向法拉美奴发出邀请。

"我们去打网球怎么样?我也是沙哈沙俱乐部的会员。"

"是吗?好,一定!"

上杉多半是出于礼貌发出了邀请,没想到法拉美奴积极回应。他满心欢喜地上了出租汽车。

明天是休息日,路上车很堵。上杉出来得早,虽并不担心迟到,但他还是不断地看表。突然,一个疑惑掠过:自己只和法拉美奴见过一面,她为什么对我这么有好感?法拉美奴美貌、知性,浑身上下流露出上流社会千金的优雅,一定不乏追求者。她一定是败在我的魅力下了。上杉一方面自尊心因甜蜜得到满足,一方面又觉得这事好得蹊跷,不由得起了戒心。沙哈沙是只有上流社会和一流外国企业的商业精英才能成为会员的网球俱乐部,自己并没有告诉法拉美奴是会员,她是怎么知道的?是不是这次竞标的竞争对手德国石油供应公司想刺探日本方面的情报,让她接近自己的?或者是某些想获得特权的伊朗人授意让她来的?……像间谍电影一样的事情不可能发生在自己身上。上杉打消了疑惑,但仍不自觉地往后看了一眼,看那辆雪佛兰有没有跟踪他。

出租车经过伊朗石油公司门前,继续往东。左边出现了一道长达三百米的红砖墙,这就是美国大使馆。上杉在大使馆正门前下了出租车,进了半开的铁门。进去后左边是停车场,右边是警备室的小楼。

上杉按响门铃,咔的一声门自动打开,进去后又咔的一声自动关上。里面有三个持枪的卫兵,站在岗台上询问公司名称、姓名、来大使馆的目的。上杉回答说是来见伊文思商务领事的,并告知约定时间。卫兵打电话确认无误后,对上杉说了声"OK"。接着通向下一个房间的门自动开了。上杉在那里接受了严密的检查后才终于进入大使馆。

宽阔的大使馆院内绿树丛丛。虽然上杉已经为了解石油方面的情报来过五六次,但仍不知道大使馆布局。他只听说这里有一个地下建筑,发生紧急情况时可以容纳所有在伊朗的美国公民一万人在此避难,并且无论多大的地震都坚不可摧。

上杉走进一座红瓦建筑,在登记处再次说明来意。值班人员打了一个电话,身材细长的伊文思商务领事出现在登记处。上杉急忙迎上去。虽然伊文思商务领事和他年龄差不多,但却受直属总统管辖,直接接收来自华盛顿的消息。

虽然伊文思商务领事的办公室很简朴,只有一个办公桌和四把接待客人的椅子,但是,就是在这间办公室里,可以通过直拨电话和美国首屈一指的中东通及白宫的总统助理通话。

伊文思马上进入正题,问刚从日本回来的上杉在日本得到的情报:"通产省百分之三十自主开发油田的计划有进展吗?"

"由于利比亚原油价格上涨,日本政府正在积极应对。因此,对萨尔韦斯坦油田的开发政府组织了强有力的后援体制。可是,日本石油集团当中有人破坏协定,打算和奥利安公司合作投标,让人头疼。"

"噢,是近畿商事吧。奥利安已经跟我们汇报了这件事。日本综合商社的石油部开始做出美国独立石油资本式的举措,很值得关注。"接着伊文思问了一些近畿商事脱离日本石油集团的理由和经过。

上杉轻描淡写地回答后说:"国内有人破坏协议固然给我们带来麻烦,可国际石油资本美孚的出现也让我们感到意外。美孚真有意开发萨尔韦斯坦油田?"

"这么说,你以为美孚等是为了给日、意、西德的各集团施加压力才参加竞标的?下周美孚的总裁要亲自从纽约本部飞来,你自己去问问他吧!"伊文思笑着说。

从总裁亲自飞来这句话里上杉就知道美孚是动真格的了。他为出现如此强大的对手感到胆怯。"伊朗国营石油公司的切尔博士给我们的说法是只要附带的经济援助条件理想,让我们觉得日本石油集团还有希望。他们到底想要什么?不断出现这么多强大的竞争对手,处于石油饥饿状态的日本会不会是抬高价格的绝好的棋子?"伊文思和切尔博士关系密切,上杉想从他这里了解到伊朗国营石油公司的真实想法。

"当然,从勘测的准确度方面考虑,他们是想选择美孚或者其他技术力量雄厚的集团公司。不过,依我看,伊朗很想让日本来开发这块油田。"

"哦?这话怎么讲?"

"伊朗国营石油公司现阶段只提出在伊朗国内建设炼油厂和石化厂的要求,实际上他们最终想掌握的是可以获取最大利益的销售渠道,让世界各国都有他们公司的狮子标志。国王把实现这个梦想的第一阶段寄托在日本市场上。"

"这怎么可能？建造炼油厂已经让通产省担心引起业界的混乱,不愿意批准,更别说让伊朗石油公司的加油站登陆日本了。即使是和油田交换,通产省也不可能答应的。"伊朗石油公司这种波斯商人式无止境的要求令上杉惊讶不已。

他接着问道:"我想听听你在这个问题上的见解。萨尔韦斯坦油田号称是伊朗最后一块采用开采权方式开发的油田。不过,我听说在法国石油公司中标的海上油田问题上,伊朗一改当初的态度,不承认所有权,只允许法国公司承包采油生产。现在两家正因为是否违约争执不下。伊朗现在打算加入世界石油资本的行列,把触角伸到炼油、销售上。他们真的能保证萨尔韦斯坦油田的开采权吗？"

这个问题是回德黑兰前神尾专务交给上杉的调查任务之一。因为,伊文思了解世界石油行业的情况,对中东产油国在石油开发事业上签署合同的方式了如指掌。

"在不出油的开发阶段没问题,一旦出油了他们很可能被'接管'过去。这两三年来产油国的形势每时每刻都在变化,恐怕基辛格博士都无法预测。"

"哦？形式这么不稳定？"

OPEC[①]的动态、随时都有可能爆发的中东战争令上杉深切感受到占地球石油蕴藏量百分之七十的中东的确是世界的弹药库。在这样的地方投入巨大资金,花费成年累月的时间开发油田、建造炼油厂,而最终被"接管"的话,那实在是太悲惨了。即便如此零资源国家的日本也不得不冒这个险。从日本回到德黑兰,上杉觉得日本就

---

① 石油输出国组织。

像一叶浮在巨浪上的小舟。

兵头信一良正在礼萨汗大道上的餐厅和奥利安石油公司的理查德·詹姆斯夫妇同进晚餐。

男士们打着黑色蝴蝶领带,女士们穿着袒胸露背的晚礼服,伊朗上流社会的先生女士和外国人正在喝着红酒,享受法国美食。其中有些人还装腔作势地讲着法语。长期在中东工作的詹姆斯身材魁梧,喝红酒就像在喝水。詹姆斯夫人身材娇小,是位金发美女。

被葡萄酒染红面颊的詹姆斯夫人面带微笑,问道:"兵头先生,你夫人什么时候到这边来?"

"她不来。"

"不来?噢,我是不是问了不礼貌的问题?"詹姆斯夫人误以为兵头家庭不和,慌忙道歉。

"没什么。我太太要照顾两个孩子,出不来。"

詹姆斯夫人说:"日本的男人只身到这种没有什么娱乐的地方来还能工作,我觉得特别不可思议。"

詹姆斯夫人正在发感慨,一个珠光宝气的姑娘猛地推门进来。她好像没有预订座位,让慌忙迎上前去的领班硬给她挤出一个桌子,招呼和她一起来的人坐下。她一副旁若无人的样子。

兵头一边用刀叉切着盘子里的牛舌鱼,一边说:"伊朗的女人真厉害。"

"那是国王前王妃的女儿,看上了坐在她旁边的法国摄影师,想结婚。在伊朗,会说法语是上流社会的象征,他们特别崇拜法国。可是,因为国王不允许王室家族的和外国人结婚,所以,他的这个女儿就成天没白没黑的这么闹腾,国王也拿她没办法。为了维护现有体制,国王很可能最近就会把她驱逐出国。"

"伊朗的王室家族到底是什么情况?这个你应该知道。听说沙特阿拉伯有两千名王室家族。"

詹姆斯曾长期在阿拉伯美国石油公司工作,四十岁上被奥利安石油公司的总裁发现,五年前才加盟奥利安。他虽然是搞技术出身的,但这并不影响他成为一个谈判手腕高明的项目总经理。

"伊朗现在的国王是第二代国王,实际上伊朗的王室是他建立起来的。他年轻的时候虽然逃亡在外,辗转各国,但仍把君主制度巩固到今天这种状态,而且还在美国这个保护伞下向苏联运送天然气,向法国的核武器伸手,不是等闲之辈。一提起国王,人们总会首先想到国家的象征。那是大错特错。他让自己的七个兄弟姐妹和每个亲王都掌握一份特权,再在他们背后设立一个'代理人'处理具体事务,辅佐这些王室成员。虽然他在这些代理人和王室成员之间设置好几层关系,错综复杂,但所有事务的最终决定权在国王那里。到底利用哪一道关系才能通向国王,则被蒙上厚厚的秘密的面纱。"

兵头小声说:"可是,不管国王是多么伟大的政治家、实业家,他也一定有亲信。这个亲信是谁?王宫总管,还是SAVAK的首脑?"

"不管是谁,我们都不可能直接和他们接触,只有考虑如何接近他们的办法。如果是王宫总管……"詹姆斯压低声音说。

正在吃鹅肝的詹姆斯夫人担心有无处不在的秘密警察,放下刀叉制止道:"你不要在这种地方谈论这么危险的话题。今晚的晚餐不是为了给我介绍兵头先生吗?"

兵头笑着说:"对,对。我们不该在女士面前谈论工作,失礼了!看来,我还是应该让太太来啊!哈哈哈!"

詹姆斯也耸耸肩,笑了。

兵头告别詹姆斯夫妇,回到皇家希尔顿饭店自己的房间,他脱掉上衣,仰面躺倒在床上。能够和合作伙伴詹姆斯慢慢享用一顿晚餐也只有今天了,从明天开始他和詹姆斯都得瞪大眼睛,四处奔波,收集情报。为了养精蓄锐,兵头喝了一口客房服务送来的白兰地,打开电视机。

荧屏上出现了宽阔的网球场和观众。接着国王出现了。酷爱体育的国王带着王妃来观看网球比赛,正从降落在球场旁边广场上的直升机上下来。近卫军列队排在路两旁,几个身穿便服、目光锐利的男人在国王身边担任护卫。国王没有像挂在机场、政府部门和民营企业里的标准像上那样身穿军装,而是一身便于运动的装束。他和王妃站到网球场中央的台子上,用威严的声音开始讲话。

镜头慢慢拉近,国王以网球、骑马、滑雪锻炼出来的强健的身影和五官分明、下巴颏上有道深沟的脸庞被渐渐放大,占满银屏。兵头不由得屏住了呼吸,这就是那个被尊为"王中王"、手握强大的权力、人称世界首富的独裁者。

电视节目是伊朗国营电视台用波斯语播放的,兵头听不懂。但国王讲完话之后,立刻响起一片震天动地的"国王万岁!""王妃万岁!"的呼声和热烈的掌声。

为了得到这个一国之王同时也是实业家的稀有人物的一纸签字,各国各公司的人们此刻正在为萨尔韦斯坦油田开发投标流血流汗,奔波战斗。兵头不由得紧紧盯着电视。

"预备!"裁判发出了第十一局比赛开始的号令。上杉摆好姿势,准备接法拉美奴发过来的球。球网对面法拉美奴身穿白色网球服,伸展开柔韧的腰身一挥球拍,发了一个漂亮有力的球。球落在左边线附近,是个很难接的旋转球。上杉勉强用反手接住球,法拉美奴敏捷地跑到前面向右边线打了一个长球。上杉急忙往右后方跑,弯腰把球打过去,被法拉美奴迎头痛击,来了一个漂亮的扣杀。

场外几个看球的伊朗人发出欢呼。"一比〇!"裁判报出得分。

法拉美奴冲着上杉扬起充满自信的漂亮脸蛋,准备发下一个球。因为前十局是五比五,这局决定胜负,所以,上杉无论如何不能输。

"发球失误!"

大概是已经耗尽体力,法拉美奴发的球打在球网上。上杉松了一口气,他接住第二次发球,和法拉美奴激烈地对打了三四个回合。最终上杉瞄准右边线的球打出界外,捡球的小男孩光着脚迅速去捡球。

"二比〇!"

裁判的声音传入上杉耳朵里。他用手背擦了一下满脸的汗水,紧紧握住球拍。上学的时候他是学校著名的篮球选手,没有摸过网球拍,到德黑兰来以后才开始打网球。如果单纯为了消遣单身赴任的无聊,他完全可以去日本人聚集的乒乓球会馆打乒乓球,或者在没有草坪的球场上打高尔夫。但是,当他得知占伊朗人口百分之五点六的上流社会和政府高官、欧美各国大使、公使、国际石油资本以及国际一流企业的管理人员中最流行的体育运动是网球时,他认为这是一个扩大情报网的好方式,征得事务所长同意后他成为沙哈沙俱乐部的成员,请曾参加过戴维斯杯比赛的伊朗人当教练,接受训练。虽然训练很有成果,他进步得很快,但是他终于敌不过参加过地区比赛的法拉美奴,第十一局以四比二败下阵来。

两人回到长椅上,上杉擦着汗说:"哎呀!甘拜下风啊!伊朗的女士也是很强大的对手。"

法拉美奴说:"你打得比我想象的好得多。打得很痛快!"

她端起男童送来的可乐喝了一口。三周前在派对上见到她时她身穿妖冶的晚礼服,三天前碰到她时是一身知性的装扮,都很有魅力。但此刻浑身汗水、坐在长椅上悠然地喝着可乐的法拉美奴身上充满一种野性的美。今天上杉邀请她来打网球本来是为了弄清她的身世身份,但上杉发现自己正被她一点点迷住。他暗自诫告自己,把目光投向网球场。沙哈沙俱乐部离皇家希尔顿饭店只有三百米左右,建在一个平缓的土坡上。这里一共有十个球场,每个球场周围种着低矮的树木。球场上人影稀疏。上杉的眼睛突然盯住刚从网球场上下来的两个人。

"哎?那不是伊朗国营石油公司的开发部长阿卜杜勒吗?另一个是从德国石油供应公司的杜塞尔多夫总部来的塔西里。"

塔西里微微发胖,精力充沛。看到同样为争夺萨尔韦斯坦油田一个星期前刚来德黑兰的对手已经和伊朗石油公司分管开发的部长一起打网球了,上杉心中感到焦虑。

"对啊!那是德国石油供应公司的项目总经理塔西里。欧美人都有比这儿好的网球场,美国俱乐部、法国俱乐部、德国俱乐部等等。一两年以前他们还都在自己的俱乐部打球,现在为了生意,各国的商业精英都开始在这儿打球。"说着法拉美奴朝两个人招了招手。

阿卜杜勒警惕地装着没看见,走了。塔西里脸上露出友好的笑容,走到长椅旁边,和两人握手。他用带有德国口音的英语说:"你们好!能和这么漂亮的美女打球,上杉,我真羡慕你呀!"

上杉说:"我才羡慕你呢!这么快就和阿卜杜勒打上球了。下次也叫上我。"

"我听说日本又出现了一个对手,很吃惊。据说中心人物是一个原日本陆军参谋,这是真的?"

"他是你们国家克劳塞维茨的信奉者,你应该很了解他们的手腕吧?"

"这样一来,日美合作集团于你于我都是对手,今后我们不如多多交换情报。"

"但还要请你手下留情。听说你们的附带条件里也有建造炼油厂这一条,搞得我们战战兢兢的。"

"我们也非常佩服和国际石油资本有密切关系的五菱商事。也请你们手下留情。"塔西里说得滴水不漏。然后,露出肥头大耳、光秃秃的后脑勺走了。

球场上四个伊朗人正准备开始双打。

上杉观察着法拉美奴,看她听到自己和塔西里的谈话后有没有什么反应。他说:"我们去会所喝杯茶,然后我送你回家。"

"不用送,我父亲公司的车三点半来接我。"

"哦,你今天还要去公司?这么辛苦。"看到法拉美奴找借口不让自己送她回家,加深了上杉对她的怀疑。

"我在法国学的会计学,每天一定要看一次父亲公司的账簿。不说这个了。你跟伊朗国营石油公司的切尔博士很熟吧?"法拉美奴轻松地改变了话题。

"很熟。不过,他的嘴很严,让人不得不佩服。这点上,刚才那个阿卜杜勒可以满不在乎地和德国石油供应公司的人打电话,说明他没有那么死板。"上杉一边做出看球赛的样子,一边压低声音说道。

"阿卜杜勒只不过是遵照切尔博士的指示抬高价格的好推销员。"法拉美奴换了一条腿,重新跷起二郎腿,凑到上杉跟前,问道,"上杉,日本石油集团的投标价格是多少?"

"这个由东京的头儿们决定。我只管收集情报,不到投标那天我也不知道。"

"这么小心。听说刚才说的那个和奥利安携手的日本近畿商事四处散布,就是花四千万、五千万美金也要拿下油田。"

"什么?四千万、五千万美金?发疯了吧!"上杉不由得怒气冲冲地说,心想回办公室后要马上给神尾专务打电话,对于近畿商事这种抬高价格的行径,日本国内必须马上采取相应措施。他强压住心头的怒火,说:"你真是个消息灵通人士,那些王室代理人和间谍都不如你。你到底是……"

法拉美奴打断上杉,突然站起来歇斯底里地说:"你在怀疑什么?你是为这个才约我打网球的吗?真无礼!"

"哪儿的话,我没那个意思。下星期我们还来打,怎么样?"虽然上杉嘴上说着,但心里越发觉得法拉美奴夸张的反应有些奇怪。虽然有些舍不得,但他觉得今后还是离这个女人远点儿好。

兵头和奥利安石油公司的理查德·詹姆斯互通情报后刚回到事务所,就听到有伊朗人大声说:"明天,明天。"回头一看,只见纤维部的日本年轻的常驻职员正在和一个中年伊朗人争执。那个伊朗人看上去是纺织行业的。

年轻的常驻职员逼问道:"你的明天我已经听腻了!我以一公斤一点二美元的价格每月给你们工厂提供了二十吨丙烯纤维,可是,这六个月来你们一分钱也没付。我们公司总部每天催款。你到底打算什么时候付?"

中年男人用手撸撸鼻子,说:"我今天不是为货款的事来的,我是来投诉的!"

"什么?投诉?"

"对。你们公司卖给我们的丙烯和样品不一样,是次品。我们交给织布厂以后他们说毛太粗,织出来的产品质量不好,零售店卖不出去。所以,他们从零售店那儿收不上来钱。他们收不上来钱,我就没钱付给你们。根本原因是因为原料有问题。"

"你不要信口胡言!你明天明天的拖了半年,现在又说我们提供的丙烯原料有问题。下一步你是不是想砍价?"

"没办法。厂商跟我砍价,我就得跟你砍价。"中年男人理所当然地说。

年轻常驻职员的脸涨得通红,大声吼道:"六个月你们都一声不吭,收了货,现在出来挑毛病,这是诈骗行为!"

"你要怎么样!"对方突然用波斯语气势汹汹地说。

年轻常驻职员不由得有些胆怯。

兵头及时走过去,用底气十足的声音说:"三天之内你再不付款,我们暂时不提供原料。"

对方吃了一惊,看着兵头问:"你是谁?"

"我是总部负责纤维的头儿。因为当地货款交不上来,我是专门从日本来收款的。"

"你要这么做,我们就去找别的商社。日本商社都说想跟我们做生意。"男人威胁道。

兵头轻蔑地说:"你如果能从别的商社搞到比我们便宜的原料,你就去试试看。你别吓唬我。沙特阿拉伯、黎巴嫩、叙利亚,我见的阿拉伯商人多了,我还怕你这手?"

伊朗人用波斯语不知自言自语些什么,突然说了一句"印沙安拉"后乖乖地走了。

兵头对年轻人说:"这就是在中东做生意的诀窍。"

兵头在沙发上坐下,所长直属的当地雇员过来说:"您好!所长去客户那里还没有回来。我给您沏杯红茶吧!"

"不用了,我刚喝过。"

"你有其他事儿要我做吗?"

"没什么要做的。"

兵头环视着事务所。这是一个很小的海外事务所,只有四个日本来的常驻职员和七个在当地雇用的伊朗职员,分别负责纤维、机械、钢铁和杂货四个部门。四个常驻职员正在埋头写当天与客户的买卖订单。写好后伊朗职员把这些发往国内的电文拿到电传室,做一些辅助性的工作。

兵头看了一下表,还有十五分钟就下班了。在伊朗的外国企业,无论是那个公司都潜伏着一两个秘密警察,以监视外国企业是否带进来一些反体制的危险思想和印刷物。因为这早已是常识性的问题,所以,给东京总部壹岐专务发的机密传真必须等伊朗职员都走了以后再发。

事务所所长东山从外面回来,看了一眼疲惫的兵头,说:"兵头先生,今天回来得早啊!连着几天和伊朗国营石油公司打交道,很辛苦吧?你跟王室家族的接触也不少,伊朗人很注重地位规格,我给你派辆车吧!"

"是啊,如果有好司机的话。"

话音刚落,刚才那个伊朗职员用认真的语气说:"要不要由我来找一个司机?"

东山说:"不用,司机我自己找。你今天可以回去了。"

伊朗职员认真整理好桌子上的文件,然后才离开。

东山小声说:"这个伊朗职员很认真、很能干,可我怀疑他是秘密警察派来的。"

"怪不得。我还觉得奇怪,伊朗人里也有这么勤奋肯干的人。你为什么不解雇他?"

"随随便便解雇他会带来麻烦。我一直在等他出现失误。不过,解雇了他马上又会有新的来。"

"是啊,过于神经质了只能让自己疲惫。"

看伊朗职员都下班走了,兵头走进电传室,用事先和壹岐商定好的暗号向他汇报国际竞标中各国公司目前的情况。萨尔韦斯坦油田投标的代号是伊朗的古迹波斯波利斯。

"'波斯波利斯'今天早晨罗马较冷。气温二十五摄氏度,湿度百分之三十,强西北风。纽约天气晴朗,气温三十摄氏度,湿度百分之四,西南风。杜塞尔多夫多云,气温三十摄氏度,湿度百分之四十五,强东北风……"

表面上看这份电传内容是各城市的天气情况,实际上城市分别代表意大利的 AGIP 公司、美国的美孚和德国石油供应公司等竞争对手。气温代表使用费,湿度是探测费,数字以一百万美元为单位,风向则是附带条件的暗号。西北风表示液化天然气,西南风表示炼油厂,东北风表示石化厂。接着,兵头写了有关美国独立石油资本、日本石油集团的情况。最后,他停了一下,焦躁地用暗号写道:目前仍没有找到可以接近伊朗国王的关键人物。

壹岐看了兵头从德黑兰发来的电传,虽然很沮丧,但想到日本公共事业集团在德黑兰并没有新的动向,便写了一封鼓励兵头的电文,让秘书亲手交给他的亲信通信课课长。

电话铃响了。壹岐拿起话筒。

"是壹岐君吧?最近你可是报纸上的风云人物啊!"

从沙哑的声音这点壹岐马上听出对方是股东大会专业户的大人物久保田,他掌控着一流企业的股东大会。

壹岐不冷不热地说:"是啊,把我写成凌驾于国际石油资本之上的大商社的石油部,让人伤脑筋啊!"

久保田不问青红皂白地说:"我给你介绍一个人,等一下,我让他跟你说。"

"如此唐突给您打电话,实在抱歉。我是镰仓的……"

话筒里传来一个礼貌规矩的声音,壹岐心中一惊,电话那头的是日本政治经济黑道上的老大、人称"镰仓之士"的代理人。

"是这么回事儿,我们先生想见见您。您什么时候有空儿,我派车去接您。"

壹岐的直觉告诉他,对方找他是为伊朗油田的事儿。壹岐知道这次是逃不脱了。既然逃不脱,就不如早点儿见。

"真不凑巧,这两天我的日程都排满了,就今天下午有点儿时间。我自己去,去哪里?"

"既然这样,那就请您三点到先生家吧。"对方彬彬有礼地说完,挂了电话。

"镰仓之士"的家在极乐寺谷。在许多像武士宅邸一样宽大街门的这个住宅区里,"镰仓之士"的住宅外观显得很简朴,很符合他自称国士的身份。

壹岐按响门铃。突然头上一闪,壹岐抬头看去,只见是一个摄像镜头。大门里传来打开门插的声音,接着一个身穿黑色西服的年轻人打开门,说:"我们正在等候您,里面请!"

宅院里有些像神社,通向主楼的路上铺着石子,走上去发出沙沙的声响。走进大门,沿着擦得锃亮的走廊往里面走时碰上三四个剃着光头、身穿黑衣服的人,几个人退到一边,目送壹岐过去,礼貌甚至令人心惊。

壹岐被带到一个十二叠的和式客厅。客厅壁龛的木架上摆着一把木鞘短刀,墙上挂着挥毫写就的"天照皇大神宫"的挂轴。整个房间里飘荡着一种独特的超现实的气氛。

带壹岐进来的年轻人把他请到壁龛前的坐垫前,说:"请坐!"壹岐在下座上坐下,再次凝视着壁龛上非同一般的装饰。这时左手的隔扇门开了,一个梳着背头、身穿和服的男人慢慢地走进来。

壹岐跪坐端正,寒暄一番。"镰仓之士"在短刀前坐定,说:"壹岐先生,我早就知道您。如果在过去,我是不可能这样和您面对面坐在一起的。当年,您受梅津参谋总长之命,带着停战诏书前往新京的关东军司令部。完成任务后,您本来能坐司令部的侦察机返回日本。但是,您却把唯一的座位让给了航空队的伤员,自己惨遭被送往西伯利亚的命运……在那种情况下,能够让出生命的希望,不是一般人能够做到的。"他发自内心地感到钦佩,"可是再看看现在日本这些政治家们不成体统的样子。前一段时间和岩君、佐桥君谈论下届首相选举,我感到日本太多毫无治国理念、利欲熏心的政客。这样下去,日本的政治永远都好不起来。"他忧国忧民,还在话里巧妙地暗示他与原首相岩和现首相佐桥关系亲密。

壹岐默默不语地倾听着。两个年轻人用高脚漆盘托着日本参茶进来,献上茶后并不离开,而是在壹岐身后待命。

壹岐感到一种心理上的压力,说:"各位彬彬有礼,我从刚才就一直感叹。"

"哪里,他们以前都是爱惹是生非,是社会上的渣滓。不把渣滓收罗到一起,世上不太平。所以,像我这样的人就把他们集中起来,训练他们,不让社会渣滓撒得到处都是。"

刚才还是暗示和政界的关系,现在透露出行使暴力的信息。看来要进入正题了。壹岐做好了心理准备。

"壹岐先生,你是一个比任何人都有国家观念的人,但在这次伊朗油田国际竞标当中你脱离日本国家集团,和美国的一只孤独的狼携手,这个我不能赞同。你这种行为被人当作卖国贼也无话可说。你说是不是?"说完,"镰仓之士"眨了两下眼。

壹岐虽听说这是发给身后两个身强力壮的年轻人的信号,但他毫无惧色地说:"别人暂且不谈,但以国士著称的先生竟然听信这种街谈巷议式的不负责任的流言蜚语,我感到很意外,也很遗憾。"

"什么?意外?遗憾?"

这次"镰仓之士"眨了三下眼。身后的人立刻噜的逼近壹岐,壹岐不由得摆出准备迎战的架势。

"抽一根!"年轻人打开烟盒,抽出一根点上,然后用威胁的目光瞪了壹岐一眼。这个动作足够吓唬人的了。

"我没管教好他们,失礼了!""镰仓之士"试探着壹岐的反应,接着说,"怎么样?你最明白一滴油就是一滴血,我这是苦口婆心地劝你,和公共事业集团握手言和吧!要不,我叫他们总裁吉良君过来?"

"不必。我要先声明,我们公司的举措绝不是卖国,而是因为尊重国家利益才选择的这条路。请您理解。"壹岐接着解释道,"在国际竞标中军事上、经济上都与伊朗有密切关系的欧美企业优势远远大于日本企业。因此,日本企业不应该拘泥于民族主义。和美国合作,即使美国拿走一半,日本还能够得到另一半。我们的做法是以防公共事业集团为首的日本石油集团不中标的保险阀。"

"镰仓之士"抱着胳膊闭目冥思片刻,说:"我是为国家利益挺身而出的,只要对国家好就行。从这点上讲,你的日本合作是保险阀的说法的确对国家利益有益。那我就给你做个和有关人士之间的中间人。岩君好像也有点儿误解你们。"他自告奋勇地充当中间人。

这样一来无论是日本石油集团中标还是近畿商事和奥利安联合中标,他都可以获取中介费。"镰仓之士"的这一算盘显而易见。壹岐虽看清了打着国士旗号的这个人的真面目,但想到公司的处境,他低头行礼,说:"那就拜托您了!"

"请您远道而来,真是过意不去。我们这都是为了国家。"

"镰仓之士"亲自把壹岐送到门口,站在屋门口的地板上郑重其事地鞠了一躬:"失礼了!"这个披着国士外衣的男人的殷勤像一堆污秽之物紧紧粘在壹岐脸上。

回到办公室,秘书体谅刚被"镰仓之士"纠缠过的壹岐,说:"韩国的李锡源先生来电话,说他现在在日本,住在京都的古都饭店。他希望您给他去电话。我知道房间号码,我替您打吧?"

"不用。李先生是我重要的朋友,我自己打。"

壹岐拿起桌子上的电话。

比睿山的红叶比山下红得早。壹岐眺望着满山遍野如燃烧般的红叶,在山顶的本根中堂下了缆车。心里虽踌躇,腿却不由自主地向无动寺谷方向走去。

前天壹岐在电话上和久别的李锡源聊到最后决定到京都一游。离和李锡源约定的时间还有好几个小时,他本来想和千里一起走访京都的名刹,但新干线窗外秋色甚浓的比睿山的景观深深吸引了他。他没有跟千里联系,像冥冥中有人牵着他似的朝千里的哥哥、法名大泉院贤澄的茅庵走去。

壹岐走在铺满红色和黄色红叶的羊肠小道上,就像走在地毯上。他一步一步用力向无动寺谷方向迈着脚步。由于还难以确定他和千里的未来,壹岐心怀内疚,所以他不知道该如何面对千里已经出家的哥哥。但他仍一步步走向茅庵是因为,无论以什么方式他都想为自己的行为道歉。

但是,他来比睿山并不仅仅是为了这个。前天,他被"镰仓之士"叫去,对方打着忧国的旗号逼迫他停止和日本公共事业集团竞争伊朗油田,他感到极大不快,好像被人泼了一身脏水。但作为一个民营企业的管理人员,他又无法采取更加坚决的态度,这又使他感到自己的软弱无力。他觉得就像置身在污泥浊水的旋涡之中,令他窒息。

在这种时候他从新干线的车窗里眺望到了比睿山,突然想到在山上修行十二年的贤澄,很想感受他的清静凛冽。

曾经看到过的明王堂的屋顶出现在壹岐眼前。贤澄的茅庵静静地坐落在明王堂后面的悬崖上。

壹岐站在庵门前,问了声有人吗?

"请进!"

里面传来一个声音。壹岐打开门,看到身穿僧衣,端坐在经桌前写东西的贤澄的背影。

"对不起,突然来打搅你。我是东京的壹岐。"

贤澄停住正在写字的手,转过身来。壹岐看着他,用目光向他问候。

贤澄冷峻的目光中带着沉静安详,他看着壹岐,片刻后才说:"有失远迎,没想到壹岐先生会来。我这里很乱,请进来吧!我去给您沏杯热茶。"

壹岐慌忙说:"不用了,你别客气。我也没问问你方便不方便就来了,很抱歉!"

贤澄把摊在经桌周围的佛经、刚洗过的僧衣、绑腿堆到一边,给壹岐腾出一块地方,让他坐下,自己去小房间,那里放着陶炉和水瓶。他点着陶炉,烧上水,然后静静坐到壹岐对面。壹岐不知道该怎么开口,和贤澄默默地相对而坐。

沉闷的气氛压得壹岐喘不过气来。终于,他进来后第一次正视着贤澄说:"你身体还好吧?我一直挂记着。可后来去了纽约,四年了,也没和你联系。"

三年前,受千里和她叔叔秋津纪次之托,壹岐上山来劝得肺结核的贤澄下山治病。那时候,他是业务本部部长,他的妻子佳子还健在。

"谢谢你!好多了,一年前每天傍晚就不发低烧了。"贤澄说。

壹岐打量着他,他消瘦的脸庞的确丰满起来,脸上也有了光泽。三年前壹岐劝他"因为天台宗的修行非常艰苦,所以就更应该把病治好,健健康康地修行。这不才是真理吗?"但他却说"无论身体,克服病痛修行才是真正的修行",拒不下山治疗。他的心中有一个信念。当年在吕宋岛由于他坚信日本不会战败,致使许多前途无量的部下失去了生命。他必须用种种折磨肉体的修行代替死去的部下达到一个终极目的,他要通过艰苦的修行和部下们的亡灵靠得更近一些。

壹岐喝了几口贤澄给他沏的茶。夕阳照在朝向悬崖的拉窗上,映出光秃秃的树枝。他看着树影,听着流水声不由得吐露了心声:"真安静……有多少年了,没有这么安静过……"

贤澄体察到壹岐现实生活的困顿,问道:"像壹岐这样经过千锤百炼的人,有时候也想寻找清静吗?"

"天台宗的修行如此艰苦,你这么说我觉得无地自容。我生活的那个社会环境,说它严峻听起来好听一点,有时必须抹杀自己的人性,其实是摊污泥浊水。"壹岐说。他突然有种冲动,想把自己和千里的事情告诉贤澄。

"千里有时候也来看看你?"

"今年春天来了一次。听说您在纽约对她很照顾。"贤澄说完,缓缓地给壹岐换了杯热茶。

"哪里的话,我没有招待好她。去纽约前我妻子出交通事故死了,我一个人生活……"对于壹岐来说,这已经是最大限度地向贤澄坦白了自己和千里的关系。山谷的冷风从拉窗的缝隙里吹进来,虽凉飕飕的,但是,壹岐的额头上却渗出了汗水。

"我听千里说了。您一定很难过。"贤澄双手合十,为壹岐的亡妻祈祷。

壹岐垂着头,心想贤澄一定已经知道了他和千里的事情,一时不知该说什么好。

两人相对而坐,彼此默默不语,只有岩石间潺潺的流水声传入两人的耳朵里。

"壹岐先生,有位高僧曾经做过这样一首和歌。'岩石耸立,树根盘结。唯有溪水,潺潺流过。'它的意思是水既没有岩石或者树根那样的烦恼和羁绊,也没有被它们淹没,同时也没有做出超然的姿态,只是在空和无的境界中缓缓流淌。他就像流水一样自自然然地活在这个世界上。"贤澄说完站起来打开拉窗。冰冷的空气扑面而来,像针扎一样。在山谷间或缓缓流过或飞流直下的溪水和根深深扎在岩缝里的树木映入壹岐的眼帘。

贤澄没有再说什么。壹岐觉得他想借现在的景物告诉自己,如果把男女的结合比作这树和水,岩石和树根是世人的目光和结婚条件,水是真正的爱情。即使有阻碍、有烦恼,只要不被其所困,就像水从高处不可阻挡地流下来一样,顺其自然,结为夫妻就是好的。

壹岐凝视着溪水,轻轻念道:"唯有溪水,潺潺流过。"

祇园花见小路的一家艺伎料理店里,韩国光星物产总裁李锡源和壹岐享受京都的夜晚。他们已经很久没有在京都消遣了。

"壹岐君,在京都休假比世界上任何一个地方都能让人心里感到安慰。"李锡源满面笑容地看着身边一个年近五十、徐娘半老的艺伎说,"况且,不管我隔多少年来,金弥也总是和过去一样欢迎我。"

金弥重新抱起三弦,说:"光我一个人唱多没意思。您很久没唱了,来一段清元曲吧。"

"那就唱一段《阵雨》吧!"李锡源看了一眼金弥唱起来。

"傍晚阵雨哗哗下,转眼雨过天晴。河岸边微风清凉,柳树枝叶相依偎……"

李锡源风度优雅,半闭着细长清秀的眼睛,用低沉的声音唱道。金弥是李锡源年轻的时候喜欢的艺伎。战前李锡源从日本陆军士官学校毕业以后被派到京都驻地的师团,一到假日他就用家里寄来的钱去祇园游玩,渐渐成了清元艺伎金弥的常客。现在,他们之间早就超越男女关系,成了故友。壹岐以前就知道他们这层关系。

唱完一曲《阵雨》,李锡源一口喝干金弥给他斟的酒,说:"真香!金弥,你也喝一杯吧!"说完,他给金弥倒了一杯酒。

金弥挽着日本发髻,侧过风韵犹存的脸庞,嗞的一声干了。

李锡源看着金弥说:"我们彼此身体都还不错,不容易啊!要是金弥先死的话,我给你润唇[①]。"

"真的?"金弥双眼湿润了,"你这么说,我都高兴得要流泪了。"

"我们都说到润唇上了,看来都老了。哎,以后爱惜自己,多活几年!"李锡源说着把酒杯递给金弥,又给她倒了一杯酒。金弥高兴地接过酒杯。

看着他们两人,壹岐再次感到自己是多么不解风情。

李锡源和壹岐同年考入陆军士官学校,扶持现任崔总统上台后,曾历任韩国陆军总参谋长、韩国驻美大使等职务,从政坛引退后被韩国首屈一指的某集团公司请去任核心企业光星物产的总裁。在韩国中央谍报部、军事保安部、总统警备队之间一次次的争斗中,虽然崔总统的亲信纷纷落马,但李锡源至今仍拥有牢固的影响力。

金弥说:"壹岐先生,您也来唱一段吧!我记得您以前唱过三弦曲《昌盛》。"

"那是年轻的时候跟着瞎唱两句,现在可不行了。"

---

① 日本人临终前由亲属给逝者嘴里含上最后一口水。

"那您就喝一杯吧!"金弥给壹岐斟了一杯酒。

其他包间都叫了舞伎,娇声四起,热闹非凡。因为壹岐他们的这个包间只有金弥一个人服侍,所以更像是两个男人之间的清谈。

李锡源吃了一口菜,享受着日本的秋季美食。然后关心地问道:"壹岐,这几天我看报纸为了伊朗油田的事情一直在批评你,你没事吧?"

李锡源给壹岐打电话的时候说,汉城地铁建设的事情已经落实,没有什么事情。不过,如果有时间的话他很希望和壹岐见见面。实际上他是为壹岐的近况担忧。壹岐很感激他的这分心意。

"因为这件事是我基于自己的信念做的,所以,不管他们骂我是卖国贼也好什么也好,我都不会放弃的。"

"可是,为什么你一个人背黑锅?石油是个水很深的行业,即使成功了都不能尽情欢呼,何况万一失败了呢?那你就只有辞职了。"李锡源很替朋友担心。

壹岐放下酒杯,平静地说:"我早就做好了这个准备。"

李锡源凝视着壹岐,片刻后用士官生时代的口气说:"你这个家伙还和以前一样。看样子,你是要拿你死去的太太当挡箭牌,不肯再娶了。"

壹岐没有回答,默默地给李锡源斟上酒,心里很想一会儿去见千里。

菜和酒又上来了。金弥看时间差不多了,很有眼色地告辞回避了。

"壹岐,你的想法太死板了!人过了五十就该考虑换个活法,今后应该怎么把余生过得丰富多彩一点,而不是一味做生意。"

"可像我这种人,十四岁的时候立志进陆军幼年学校,之后陆军士官学校、陆军大学一直走来,受的是为国献身的教育,我只有一种活法。更不用说对国家战败我还负有一定的责任,我有义务为国家奉献终生。"

"责任？这比使命还沉重啊！"李锡源沉默片刻后说，"既然我已经了解了你的想法，就必须让你在国际竞标当中取胜。现在是什么情况？"

"我让兵头在德黑兰盯着，正在找路子。"

"噢，兵头君很不错。不恃才自傲，能成大器。他迟早是近畿商事的栋梁。我相信他能干好。"

兵头去韩国出差的时候通过壹岐介绍见过李锡源。

壹岐想起兵头在电传里说至今仍没有找到可以接近国王的人脉关系，叹了一口气，说："可是，中东的国情特殊，就连兵头君到现在都没找到关键人物，正发愁呢。"

"既然我知道了这件事，就得帮你。不过，我在中东那边也没关系。"李锡源想了一会儿，突然想起什么似的说，"对了，我任驻美大使的时候看见过伊朗国王。"

"哦？真的？"壹岐不由得往前探了一下身子。

"那次不知道他是为什么去的，我是在美国空军机场的大厅里看到他的，说明那次访美是非正式的。我记得当时他们正在争论是不是应该让国王住在伊朗大使馆，因为国王下榻的地方需要严密警戒。那时候，有个人紧紧跟在国王身边，形影不离。"

"原来现在被称为'王中王'的国王也有那样的阶段。那个形影不离的人一定是秘密谍报机关的长官吧？"

"你猜错了，不是。"

"那是谁呢？"

"开始我也以为是那个部门的保镖，在一旁冷眼观察。正好当时我去接因为国家军事机密而去美国的某个人物，所以，一直在大厅里。可是，我观察了一阵发现他态度高傲，不像是保镖。秘密前去迎接国王的拉克希德公司和联合电器公司的总裁对他也很殷勤。等国王和那个人坐直升机走了以后,我问拉克希德的总裁那个人是谁,没想到他告诉我那个人是医院的博士,也就是国王的御医。"

"哦?御医?拉克希德公司和联合电器公司的总裁为什么还要给医生献殷勤呢?"壹岐感到大为不解。

"这个我也不清楚。当时我就想那个人如果真的是医生也不是一般的御医。现在想起来更觉得不一般。"

"嗯,医生。在医生面前哪怕是国王不也都得赤身露体吗?"说完壹岐和李锡源交换了一下目光。

自古以来拥有王权的人为了维护自己的权力首先要把金钱和武力掌握在手中。管理金钱的是财政部部长,担任守卫的是近卫队长。此外,还需要一个保命的御医。这三个人当中财政部部长掌握强大的实权以后,可以用手中掌握的金钱雇用私人军队。近卫队长如果有二心可以命令自己的士兵发动叛乱。但是,医生再有力量也无法拥有部下。虽然从古至今从未听说过哪个医生豢养私人军队杀了君王,但是只要他多用一钱药就可以置君王于死地。所以,一旦君王和医生之间建立起信任之后,对君王来说御医一定无异于他的另一半。这么一想,壹岐觉得李锡源跟他说的这个御医就是决定伊朗油田国际竞标成败的关键性人物。

"锡源,你见过那个医生没有?"

"根本没见过。只听说国王出席极其重要而且机密的政治、外交谈判和会议,或者购买武器的时候他一定在场,而一般的派对或者聚会却根本不露面,让人无法接近。"

"那你知不知道他叫什么名字?"

"很遗憾,不知道。因为他是个彻头彻尾的神秘人物。"李锡源答道。

壹岐心想必须马上让在德黑兰的兵头找到神秘的御医,接近他。

把李锡源送回饭店后,壹岐坐出租车来到京都洛北樱木町的秋津千里家。

"这么晚来,会不会给你添麻烦?"虽然离开祇园之前给千里打过电话,但是,晚上到一个单身女子家难免招人闲话。壹岐看着工作室的方向说。

"今天工匠和帮我手绘的助手五六点就都下班回家了。"

千里穿着毛衣和花格长裙,一身居家休闲打扮,她带壹岐进了起居间。起居间的电视开着,壹岐看着电视上的画面,觉得可以通过它看到日常生活中的千里的一面,而不是那个在工作室里浑身沾满泥土的陶艺家。只见画面上映出碧蓝的天空、高耸的宫殿、茶褐色的圆柱和狮子的浮雕。

"这好像是中东的古迹。"

"对,现在放的是古代波斯古迹特集。因为是我的一个朋友解说,所以我一直在看。这是波斯波利斯大流士大帝的宫殿。你去过没有?"

壹岐看着电视上公元前的古迹给人带来的壮美浪漫的情调,脑海里浮现出海外常驻职员们严峻的现实生活,说:"没有。我们商社人到国外出差只顾谈生意,没时间去这种地方。我们德黑兰事务所所长到了设拉子机场,都没去波斯波利斯看看。"

"你很少来京都出差,这次是接待外国客人?"

"嗯,见了一个韩国客人。"

"怪不得你有股酒味呢!"千里抽了一下鼻子,笑了。

"你身上的味儿也很好闻。是香水儿味儿?"

微微有些醉意、飘飘欲仙的壹岐闻到一股甜丝丝的香味儿。

"这是香皂的味儿,我用的香皂里有香料。今天晚上你好像特别高兴。"

"是吗?可能是因为和心灵相通的老朋友聊得好吧。"

壹岐把自己心情好的原因归于和李锡源的相会,其实是因为他上比睿山见到了千里的哥哥贤澄。在和千里的关系上他走进了一个死胡同,贤澄的话仿佛在黑暗的天花板上开了一扇天窗,照亮了他的心。

"最近你成绩不错嘛。美术杂志上登了第一次参加日本陶艺展的作品评论,我看上面说你具备成大器的女陶艺家的潜质。"

"不过,稍微出点儿名就会有人来采访或者邀请你参加活动什么的,这些都和我的工作无关。可是,拒绝的话,又要被人说什么骄傲啦自大啦,让人心寒。"

壹岐觉得一个女人可能更不容易,就鼓励道:"艺术界也是这样?不过,你没有必要妥协。"

"因为我本来就不善于交际,所以,也不打算改变自己。那个,今天晚上……"千里没有说下去。她想问壹岐今晚来是有事儿还是其他不好张口问的理由。

壹岐支支吾吾地说:"噢……上次你在东京给我打电话的时候我以为能见到你。可你说煤气窑出了问题,连夜坐夜车走了,所以没见上。我觉得挺可惜的。正好到这儿来,所以就……"

"对了,那时候你还挺不高兴的,说修煤气窑的事儿交给工匠就行了。我当时还想你挺尊重我的工作的,怎么这样?看来男人就是任性。"

"后来我觉得话说得不对,挺抱歉的。不过,那天我刚从东南亚出差回来,很累。晚上又接待了几个从纽约来的客人。为了见你,我早早让人家回去了,所以忍不住……"

壹岐温柔地搂着千里的肩,向她解释了那天发生的事儿。他吻着千里柔软的耳朵、脖子。千里也大胆地投入到壹岐的怀抱里。

终于,两个人依偎在床上,静静享受着在一起的时光。

千里说:"……今晚你就住下吧。"

壹岐虽有点儿犹豫,但还是说:"你要说行,那我就不走了。"

千里把凌乱的被子拉到胸前,幽幽地说:"你留下来住原来能让我觉得这么安全。"

壹岐心中一热,说:"其实,今天我去比睿山了……"今天上比睿山并不是因为他已经决定和千里怎么样,而去征求贤澄的意见,所以本来没打算把这件事告诉千里。但是,千里幽幽的声音让他忍不住说了出来。

千里的身体一下子僵住了:"是吗? 我哥哥在吗?"

"嗯。我事先也没联系,突然去的。他正在庵里写东西。他的肺病好像比以前好多了。"

"你也这么说,我就放心了。今年春天我上山看他的时候,他说每天做深呼吸,呼吸比睿山凌晨清新的空气。通过这种大气疗法,他的病好了,让我不要再担心了。不过我还是不放心,怕病再犯。"

"你哥哥那是一种精神疗法,不可能根治。不过,他已经恢复到这种程度了,应该没问题。"

"我哥哥看见你是不是很吃惊?"

"这个,好像……他给我沏了茶,和四年前去劝他下山时喝的茶一样香。"壹岐用低沉的声音说,"世俗的人都在为战后以来不断发展的经济忘乎所以的时候,他还能坚定地走自己的路,始终贯彻自己的信念,我真的很佩服他。看见他就像看到一心为国捐躯的年轻时的我自己,受到了鞭策。"

千里没有说话,默默地把脸贴在壹岐胸前。

壹岐感到这阵沉默是如此痛苦和漫长。他怀着歉意说："我没把和你的事情原原本本地告诉你哥哥,只是提了一下。不过,他好像很理解我们。我希望你再等等。"

"我从报纸上知道你现在很不容易。不过,等伊朗的那个工作告一段落了……"千里把后半句话吞进了肚子里。

"谢谢你！"

壹岐知道千里心里很难受,这是他能说的唯一的话。

伊朗国营石油公司首席董事切尔博士的办公室正在开萨尔韦斯坦油田招标听证会。国际竞标指日可待,他们把投标的公司分别请来,询问开采权费、探测费和附带条件的具体计划,实际上是"试探意向"会。

近畿商事的兵头和奥利安石油公司的詹姆斯从上午九点开始,接受切尔博士和阿卜杜勒开发部长的听证。切尔曾在伦敦大学主修应用化学,并取得博士学位。他是伊朗国营石油公司仅次于总裁的实力派人物,油田招标工作由他一手负责。

"你们的基本想法我大致了解了。就是说开采权三千万美元,探测费四千万美元,这是你们的上限。"

詹姆斯回答道："是的。"

切尔博士表示难以接受："六千万平方公里的油田,仅用四千万美元探测,未免有些困难吧？"

技术人员出身的詹姆斯答道："从贵公司提供的油田地图、资料来看,萨尔韦斯坦油田有十到十五个斜面矿区。所幸的是这块油田的地形适于航拍。我们可以先根据航拍照片做最初的调查,从中分析出最重要的地理构造在哪里。因为我们有优秀的航拍技术人员,利用这一技术可以更准确更迅速地进行探测,所以,四千万美元的探测费没有问题。"

阿卜杜勒开发部长说:"有没有再考虑一下的余地?这可是我国陆地上最后一块大油田,其他公司都很重视。"言外之意其他投标者的探测费超出四千万,很可能是太高价格的说辞。

现在了解伊朗更重视哪个方面非常重要。于是,兵头问道:"现阶段如果我们修改价格的话,我想知道开采权和探测费哪个更合贵方的意图。"

切尔博士说道:"这是个很微妙的问题。不过,我们希望的是在开采权和探测费两方面都表现出最大诚意和热情的公司。你们要做的是自己做出判断,修改价格。我们能做的只是从各公司里选择价格最高的公司。"

说完,切尔博士结束了听证。

兵头和詹姆斯走出办公室,来到秘书们等候他们的房间。日本公共事业集团成员之一的五菱商事的上杉和从日本来的国际资源开发本部长也在,他们正在等听证。

看见兵头,国际资源开发本部长怒目而视,仿佛在骂他卖国贼。上杉则点头打了个招呼,问:"他们是不是提出很苛刻的条件,步步逼近?"

"你很清楚嘛!"兵头用讽刺的口气调侃资本雄厚的日本公共事业集团,"你们出那么高的价,我们这些弱小资本招架不住啊!"

"因为我们资金的一半是国民流血流汗纳的税,所以,在这种激战中我倒羡慕你们可以灵活行动。不过,都是日本人,看在这个份上你们好好儿思量思量吧!"上杉的话里迸发出迎战的火花。说完,进了切尔的办公室。

兵头和詹姆斯回到奥利安公司的事务所,开车只需五分钟。

奥利安公司租了一座五层写字楼的一层,按美国方式隔成一个个单间。项目总经理詹姆斯办公室的地图上用红绿两色标出奥利安在世界各地开采或测井的油田，装饰柜上摆着出土文物，一组迷你椅子。

兵头和詹姆斯在沙发上面对面坐下。詹姆斯气愤地说："我在中东参加过不少竞标，还是第一次碰到这么不成体统的价格。切尔博士最大限度地利用 OPEC 的动态牵制各投标公司。"他端起伊朗职员送来的速溶咖啡，咕嘟喝了一大口。

伊朗正在朝军事大国和实现工业化迈进。为此，他们不惜利用投标者的心理哄抬竞标价格。对此，兵头虽也感到很气愤，但是，他不能就此罢休。

"詹姆斯，我跟你说的那个和国王形影不离的御医，找到接近他的办法了没有？"

三天前，兵头接到壹岐的电传，让他"走国王御医这条线"。他马上让詹姆斯在十个御医中查找这个人。虽然现在知道这个人是佛卢基医生，但据说要想接近他就和想接近王宫总管或者 SAVAK 长官一样困难。

詹姆斯掩饰不住焦躁，卷着舌头用英语说："虽然你们的头儿壹岐先生是了不起，给我们提供了情报，但是，佛卢基医生绝对不让人接近他，别人也无法接近他。我不是跟你说别指望这条线了吗？"

"为什么不行？"

"因为金钱收买不了他，他对地位也不感兴趣，所以，国王才那么信任他。我这次也是第一次知道有这个人。听说就连国际石油资本的头头里能见上他的也只有 BP 的总裁。"

"所以，如果能接近他效果不是很大吗？"

詹姆斯生气地说："可佛卢基医生就是一团谜。他没有妻儿，兄弟姐妹这些家属也一概没有，没办法从这方面入手。这明明是件不可能的事情，你为什么还抓着不放呢？"

虽然兵头很想说我和你一样也是疲惫不堪，但他控制住了自己，心里仍放不下神秘御医这条线索。据詹姆斯说，佛卢基医生以无法生育王位继承人为由，促使国王下决心和自己宠爱的前王妃离婚，并极力劝说国王娶了新王妃。结果王妃果然怀孕。但王妃临产时难产，必须做剖宫产手术。剖宫产手术是违背伊斯兰教戒律的。这时，又是佛卢基医生当机立断，决定剖宫产，最终王子诞生。这使伊朗王室的将来更加牢固。

"前王妃是不是很恨佛卢基医生？"

听了兵头的问题，詹姆斯耸耸肩说："真服了你了！佛卢基医生虽然让国王和前王妃离了婚，但劝国王仍然给她保留王妃殿下的称号。给她王室成员待遇的不是别人，也是这个佛卢基医生。他可是个仁至义尽的御医噢！"

兵头脑海里浮现出黄红子的身影，说："这样的话，我倒有关系可能能接近王妃。"

"什么关系？"

"你们公司不是正在印度尼西亚测井吗？印度尼西亚有个华侨富商叫黄乾臣，他的第二夫人是日本人，听说和前王妃交往密切。"

詹姆斯一听噌的一声从沙发上站起来说："我们头儿里根和黄公司关系也很好。他的第二夫人是日本人？你怎么不早说呢？"

"因为我不想在工作上借女人的力量。再说，不问问她本人，也不知道她和前王妃的关系到底有多亲密。"

虽然兵头从心底不愿意求红子，但事到如今别无他法，他只好想办法和红子联系。

五菱商事的上杉结束了伊朗国营石油公司的听证，把国际资源开发部本部长送回酒店后,一个人去了切尔博士家。

去伊朗国营石油公司实权派人物家坐出租汽车有失体统。上杉向事务所长说明情况,借了一辆奔驰前往切尔气势宏大的豪宅。车开到距大门还有二三十米的时候,上杉看到一辆比自己坐的奔驰还要大的大奔缓缓驶到大门口。

上杉心头一惊,马上命令司机:"不要停车,慢慢开进大门。别让那辆车上的人看见我。"

车开过那辆奔驰时,一个身穿西服的十岁左右的男孩儿正好从车上下来。原来是切尔的独生子阿尔盖西尔。上杉咂了一下舌头,从反光镜里看着阿尔盖西尔,嘲笑自己真成了惊弓之鸟了。德黑兰上流社会的子弟上学都由家里的车接送。这固然因为德黑兰交通不便,但他们使每天早晨八点和下午三点的路况变得更糟。

上杉急忙从车上下来,热情地用波斯语打招呼:"你好!阿尔盖西尔。"

阿尔盖西尔在上流社会子弟云集的学校上学,他的肤色比一般伊朗人白。他露出可爱的笑脸,说:"你好!上杉先生。"

赶来迎接阿尔盖西尔的仆人看了一眼上杉怀里打着红色蝴蝶结的大盒子,问:"哦?上杉先生,你今天和夫人有约见吗?"

"我今天不是来见夫人的,是来见小阿尔盖西尔。阿尔盖西尔,生日快乐!这是你一直想要的遥控火车。我特地让人在你生日之前从日本寄来的。"

阿尔盖西尔两眼闪着兴奋的光芒,接过纸盒,说:"哇!真棒!"

"阿尔盖西尔,你在那里嚷嚷什么呢?快进屋!"切尔夫人在门廊上说。她看见上杉惊奇地说:"哎呀!上杉先生,你来了!我一点儿都没注意到。"

"我正好在大门口碰上公子。今天是他的生日,我是专门来给他送礼物的。这就告辞了。说明书是英文的,夫人您看过以后教他怎么玩儿吧!"上杉说完做出马上要回去的样子。

"谢谢你!想得这么周到。我让他们去倒茶,你进来坐会儿吧!"夫人把上杉请到挂着豪华吊灯的大客厅。

在小学接受英语教育的阿尔盖西尔急不可待地用英语说:"上杉先生,我现在就想玩儿!妈妈,行不行啊?"

"你这孩子,真没办法。等爸爸回来还要给他看呢。我们把蝴蝶结放好,先让上杉先生教你怎么玩儿吧!"夫人说着仔细地打开包装,顿时她也露出了惊喜的目光,"哎呀!这火车真漂亮!"

看着这母子俩,上杉不由得颇为得意。能在短短时间内就和切尔的家人建立起这样的关系,不容易。

和其他中东国家相比,伊朗虽然算是现代化的,但上流社会的夫人们除了夫妻一起参加的活动外,不能单独外出。特别是切尔博士工作繁忙,他的夫人就更加寂寞、无聊。孩子也不能像底层平民的孩子那样在外面和小伙伴们一起玩耍,放学后只能在自家院子里玩儿。所以,独生子就更加渴望有一个玩伴。上杉曾经以建造炼油厂为交换条件和切尔博士秘密交涉,希望五菱商事一家拿下萨尔韦斯坦油田。他来切尔家就是在这之后不久。当时日本公共事业集团无法接触到切尔博士,就想出了接近切尔夫人的办法。他们得知切尔喜欢玫瑰后就从荷兰空运来珍奇的玫瑰花苗,不顾夫人的不知所措,径直种到了花坛里。上杉在此之前只在派对上见过夫人两三面,这之后就以栽培玫瑰为由经常造访切尔博士家,和夫人聊会儿天。渐渐的,他们的独生子也和上杉混熟了。

尽管上杉他们做了如此大的努力,但善于经商的伊朗政府最终还是向全世界的石油公司宣布公开招标。于是,上杉愈发努力和切尔博士一家保持良好关系,时刻准备着在需要的时候从这里得到准确、重要的情报。

阿尔盖西尔摇晃着上杉的肩膀,兴奋地大声说:"快点儿!求求你,快让它动起来!"

上杉露出愉快的笑容,坐到波斯地毯上,安装轨道,组装新干线闪光号的模型,左后安上信号灯。

"阿尔盖西尔,你看着啊!我要按开关了。本次列车从德黑兰出发,越过国境前往贝鲁特,出发!"

上杉按下开关,闪光号在轨道上跑起来。阿尔盖西尔欢叫起来,惊喜地盯着第一次看到的电动遥控火车。伊朗的玩具很贵。在日本只要五六百日元就能买到的极普通的布娃娃,在这儿要高出三四倍的价钱。所以,就连切尔夫人也是第一次见这种电动遥控玩具。

夫人看着欢呼跳跃的儿子,突然变得谨慎起来,说:"这么贵的玩具,我们收下不好吧?"

"您千万别想那么多。"上杉略带忧伤地说,"上次看到我太太在信里说我儿子很想我,我就很难受。特别是工作不顺利,心情不好的时候……"

"原来上杉先生也是一个疼爱孩子的好父亲。"切尔夫人好像觉察到上杉的来意,问道,"因为今天是阿尔盖西尔的生日,所以,我丈夫五点就回来。你有什么要我转告他的吗?"

上杉尽量若无其事地说:"这个,其实……夫人,你有事儿要给切尔博士打电话吗?如果打的话,能让我顺便说句话就很感谢您了。"

夫人既感到意外又觉得好笑地说:"原来是这么回事儿。好吧,他说今天很忙,我就打个电话,问他五点能不能回来。"

切尔夫人带上杉走进大客厅旁边的房间,拿起电话,拨打伊朗国营石油公司的电话号码。好像是切尔博士接了电话。夫人说:"是我。

今天五点你能回来吗？我知道你忙,可今天是阿尔盖西尔的生日,我怕你像去年那样突然去伦敦出差,所以就打个电话问一下。还有,上杉先生来了,他给阿尔盖西尔送了一件很漂亮的礼物。噢,不是,是叫什么新干线的电动遥控火车模型。阿尔盖西尔这孩子,别提多高兴。什么？我哪能从孩子手里要过来再还给人家呢？你就跟人家道声谢吧。"说完,也不等丈夫回答,切尔夫人就把话筒递给了上杉。

"喂,我是上杉。因为我想知道今天听证的结果,所以就请夫人顺便让我说句话。请您原谅我的唐突。"上杉先发制人,不等切尔博士发怒,先开口道歉。

话筒里传来极不高兴的声音:"知道唐突的话就马上把电话挂了!你以给孩子送生日礼物为借口打来电话,令人很不愉快!"

"可是,博士,公司里到处都是政府的耳目,我觉得在那儿和您接触反而会给您带来麻烦,所以……博士,今天听证的结果,我们日本公共事业集团的排名是多少？"

"这个我一概不能说。我挂了!"切尔说着就要挂电话。

"博士,请等一下！其实排名已经泄露出去了,我们公司的综合考察是第二名,对吧？"

切尔博士被触动了神经,紧张地问道:"这是哪里弄来的情报,我的部下都不知道这个情况。"

"您认真想想今天都跟谁谈过话,应该知道是谁。因为我已经把泄密的事情告诉您了,所以,希望您也能告诉我近畿·奥利安的排名。是第三名？第四名？或者……"

切尔沉默了一会儿,说:"你问问我太太阿尔盖西尔是什么时候得的麻疹。还有,告诉她我晚回去半个小时。"说完,切尔啪的一声挂了电话。

上杉回到大客厅,问切尔夫人:"夫人,阿尔盖西尔是几岁得的麻疹？"

"三岁。怎么了？"

"噢，没什么。博士让我转告您他五点半回来。那我就告辞了。"上杉行过礼后告别了切尔的豪宅。

排名第一的是德国石油供应公司，第二是日本公共事业集团，这是上杉通过电话从美国大使馆分管石油的商务领事那里得知的。刚才他是想从切尔博士那里得到进一步证实。近畿商事排名第三？虽然他们的附带条件里有一项很不利的液化天然气工程，但是，兵头居然能挤进第三。上杉没想到兵头如此骁勇善战，第一次感到威胁。

"发现花。可问 Kebayoran Baru。"

红子今天刚从雅加达到东京。壹岐在去四谷的公寓找她的路上，心里不断重复着兵头从德黑兰发来的密码文件。

那次在京都李锡源告诉壹岐伊朗国王有一个形影不离的神秘御医，壹岐便命在德黑兰的兵头从国王御医团里找到这个人。"发现花"表示找到了。Kebayoran Baru 是雅加达郊外的地名，黄乾臣的宅第在那里，暗指黄的第二夫人红子。接到兵头的电传，壹岐马上给黄乾臣家打了电话。接电话的第一夫人用正房高傲的口气说红子回日本了。

红子住的公寓楼虽然有些旧，但大厅相当宽敞。壹岐站在电梯门口等电梯。

电梯旁边的指示灯显示出一层，门开的一刹那，壹岐心里一紧，不由得咂了一下舌头。手提公文包从里面出来的不是别人，正是东京商事的鲛岛辰三。鲛岛也没想到会在这里碰到壹岐，惊讶之余倒吸了一口气。但他马上两眼放光，说："哎哟，这不是壹岐先生吗？这可是新鲜事儿，你大白天到我们家公寓来。是来找我的？"

"噢,其实……"壹岐一时不知该如何回答,只好支支吾吾。

鲛岛好像认定壹岐是来找他的,说:"我参加访苏代表团,今天早晨刚从莫斯科回来。睡了一觉,正打算去上班呢。你是怎么知道我的时间安排的?在这儿站着说话不方便,去家里吧。"作为亲家他毫不掩饰自己的优越感,"我家在最上面的第十层。伦敦跟我说过你的公寓,从我家眺望的风景肯定比你那儿好。"

想到女儿直子就因为跟这种男人的独生子结婚,便要看他摆出一副公公的德行,壹岐气不打一处来。加之直子和伦敦早已经有了孩子,可鲛岛两口子仍不承认女儿是他们的儿媳,一直让他心中不悦。他冷冷地说:"你别搞错了,我怎么可能是去府上呢?"

"哦?有意思。到这个公寓来不是去我家,那就是九○三号了。"鲛岛说出了银座的夜总会露波儿老板娘的房间号码。

"这跟你有什么关系?我还有事儿,失陪!"壹岐甩开鲛岛,走进电梯。

"这么说是黄夫人红子女士回来了。我也很长时间没见她了,跟你一起过去问候一下。你放心,我打个招呼就走。"说完鲛岛厚着脸皮挤进电梯。

伊朗油田公布国际招标以后,东京商事利用中根通产大臣的关系,在日本公共事业石油集团里争取到大于近畿商事的出资比例,把近畿商事挤出了集团。而这时鲛岛却恬不知耻地说:"这次在伊朗油田问题上你可真够大胆的。如果我跟壹岐家像一般人家那样有正常的亲家往来,就算你是竞争对手我也会劝你一句,和官府对着干,那可是有百害而无一利呀!欺负民营企业是那些人唯一的快乐,他们全凭这个来证明自己的存在价值。你连这一点都不了解,直接和人家对着干。看来你到什么时候都是大本营的参谋阁下。"

见壹岐不吭声,他又接着说:"不过,我也是,真不该和财阀系列的商事共事。他们高高在上的,动不动就说五菱、五井不做那种下三烂的事情,看不起我们。其实,他们干的那些事比我们也好不到哪儿去。"他越说越生气,发泄着被财阀商社戴上紧箍咒的不满,"而且,集团的头儿神尾专务什么都保密,不详细告诉我们在德黑兰交涉的情况。要是把这件事交给我鲛岛去办,我就利用王室这条线,一举中个头标,震惊世人。"

电梯到了九层。壹岐拦住鲛岛说:"我今天找黄夫人有私事,希望你回避一下。你就住在这个公寓里,要打招呼明天也可以嘛!"

厚着脸皮一路跟来的鲛岛见壹岐这么坚决,顿时感到扫兴。他说:"私事?有意思。那,你慢慢聊。不过,你可得注意,别高兴得过了头,出去像你太太一样遇上车祸。油田开发权可比当年的FX商战阴暗得多!哈哈哈!"鲛岛发出怪笑声,站在电梯里没动。

这个毫无人性、卑鄙无耻的家伙,竟然拿死去的妻子佳子挪揄他。壹岐恨不得冲上去,抓住鲛岛的衣领,跟他算账。但他强压住怒火,按响了九〇三的门铃。

红子迎出来说:"壹岐先生,欢迎你!不好意思,让你到家里来。"她剪着齐耳短发,身穿丝线毛衣,脖子上挂着一个纯金的豹子项坠。

"没关系,这样我也可以避开人的耳目。不过,运气不好,在电梯里碰上了鲛岛。"

"哎?这时候鲛岛还在家?"

"他说刚从国外回来,下午上班。他一直跟着我,说也想来打个招呼。我跟他说找你有私事,把他撵走了。你心里有个数。"说着壹岐走进宽敞的客厅,在沙发上坐下。

经常帮黄乾臣做生意的红子干脆利索地说:"这还用你说?连我妈都被我打发去美容院了。她倒是很想见你,可我怕她在店里说漏了嘴。"

保姆端来红茶,红子把她支出去买东西。然后问道:"壹岐先生,今天早晨在电话上我没太听明白,你为什么问我认不认识伊朗前王妃?"

壹岐喝了一口红茶,说道:"如果你和她关系不错的话,我有事儿求你。"

红子性子急,她闪动着一双像胸前的豹子一样的大眼睛说:"我不是都告诉你了吗?今年六月我去瑞士度假,在赌场有人把她介绍给我。我们两个人都是挺自由的女人,这么说可能对前王妃不礼貌,总之,我们很合得来。后来,她邀请我去她在苏黎世的别墅,我请她给我的旅游公司投资。我们就是这种关系。"

"你觉得那个前王妃能信得过吗?"

"她是个爱心血来潮的人,不过,心地很纯洁。而且现在也有王室庇护,除了来历很清楚的代理人以外,没有什么复杂的社会关系。你想让我求她办什么事儿?"红子充满好奇心地问道。

"这可不是什么好玩儿的事情。上次在你雅加达的家和奥利安的里根总裁谈过以后,我们公司不是决定参加伊朗油田的竞标吗?现在看情况需要借助前王妃的力量,这是兵头提出来的要求。他正在德黑兰搜集各国竞争对手的情报。"

红子放下手里的茶杯,声调提高了一倍,说:"兵头还在德黑兰?上次见到他的时候,我就跟他说过我和王妃的关系。他那个时候怎么不跟我说这件事?现在了才来找我,肯定还是他那老一套,女人和孩子不值得求。看不起人!"

"好了,好了。你别那么想。前王妃这个关系是突然才需要的,再说,兵头就是想从德黑兰给你打电话,伊朗一天只有两个小时可以打国际电话,排队就要一天时间。而且,还有被窃听的危险。兵头从德黑兰专门到通信比较发达的贝鲁特给我发电传,说他要从那儿给你打电话,可是不知道你是在纽约还是在印度尼西亚,让我事先了解一下应该往哪儿打电话。"壹岐简单地向红子解释了一下情况。

"原来是这么回事。那你让兵头把电话打到这儿来吧。"

"那就麻烦你了。"壹岐知道红子在家里待不住,便叮问道,"你真的一直在家?"

"只要能帮上他的忙,无聊点儿我也能忍耐。壹岐先生,你今天多坐会儿再走吧。千里最近怎么样?她还好吧?"红子极感兴趣地问完,起身打算去拿威士忌。

壹岐心里一惊,说:"我只顾办事儿,办完就走,确实不好意思。不过,我得回去告诉兵头往这儿打电话,还有好几个会。今天就不多打扰了。"

"那我也就不留你了。"红子兴奋地闪动着一双明亮的眼睛说,"兵头来电话之前我先找找前王妃,看她现在在哪儿。我觉得应该在伦敦,不过也可能去夏蒙尼滑雪,也可能去巴黎参加纪梵希的活动。"

"这样最好。那就谢谢你了!"

壹岐虽然和红子很熟,但他还是郑重其事地道过谢后告辞,离开红子的公寓。

壹岐刚回到办公室,秘书就告诉他:"刚才里井副社长说有急事,让您马上去他办公室一趟。"

"急事?什么事儿?"壹岐看了一下表问。负责筹备伊朗油田资金的财务本部长武藏和池田该来了。

"我也不知道。里井副社长只说让您快点去,还因为找不到您把我训了一顿。"

"噢。那我给兵头写个电文,你给发出去。"

壹岐给已经在贝鲁特等回音的兵头写好电文,交给秘书后马上去找里井。

里井一见壹岐就劈头盖脸地说:"你去哪儿了?连秘书都不知道,又在搞你那套拿手的秘密活动?"

"没去哪儿,一时疏忽忘记告诉秘书了。让您久等了!您说有急事儿?"

"哦?你不知道?"里井两眼发光,训斥道,"今天早晨分管粮油的常务和畜产部长被大藏省关税局和东京关税局叫去,现在正在四处奔跑。你是负责海外业务统筹的董事,竟然不知道这件事,这不是玩忽职守吗?"

分管粮油的常务和畜产部长在大藏省和关税局四处奔跑,这事非同小可。

"还没有人跟我汇报这件事。是不是出了什么问题?"

"何止是问题!人家说我们从澳大利亚和美国进口的猪肉有违反关税法的嫌疑,正在进行调查。如果来公司内部调查,那就要惊动国税局了!"

壹岐惊讶地反问道:"难道说我们进口猪肉偷税?怎么会这样?"

里井瞪了壹岐一眼,说:"你怎么用这种口气说话?你是说你干的是油田开发这种大事业,不管猪肉的问题?"

"不,我根本没有那种想法。"壹岐再次询问情况,"说实话,我不了解所有进出口项目的细节部分。他们到底说我们进口的猪肉怎么了?"

"去年取消猪肉进口额度的时候公布实行了'差额税制度',这个你知道吧?"

"这个我不太了解。"

当时,壹岐任美国近畿商事社长,虽知道日本国内实行了这一制度,但不了解具体内容。但是,以他的职位来说不知道是说不过去的。

"哦?就算你不擅长买卖、营业,那也是统管海外业务的董事,你可真行。这个制度农林省制定的,目的是为了保护国内生产行业受到进口廉价猪肉的冲击。进口价格比国内便宜的猪肉,差额部分要征收很高的税。这次他们怀疑我们公司反过来利用这个制度,说我们进口的猪肉价格实际上低于免税价格,却在账上做手脚,向大藏省申报的价格每公斤高出实际进口价格的一百到二百日元,用这种办法逃避差额税。"

"怀疑我们偷了多少税?"

"具体不太清楚,畜产部长说一千五百万到二千万。"

壹岐觉得奇怪,不解地说:"我这话可能说得不好听,就为这么点儿事至于让常务去跑大藏省和东京关税局吗?"

里井正等着他的这句话呢。"你也这么认为?而且,不光是我们一家,丸藤商事、东京商事、五菱商事凡是进口猪肉的公司都有这类问题,其实属于公开的秘密。可是,官方突然只抓住我们公司不放,一定有他们的意图。"说完,用满怀恶意的眼神看了一眼壹岐。

"一定有意图?这话怎么讲?"

"这还用问吗?在伊朗油田的竞标问题上,我们公司脱离公共事业集团,成为他们的竞争对手。这是在给我们施加压力。"

"怎么可能?这两件事根本不沾边,大藏省不可能以这种方式给我们施加压力。"

"不光是大藏省。马尼拉肥料厂的工程建设原来进行得很顺利,可通产省突然表示不批准,现在不是触礁了吗?"

"那是因为生产和销售上计划不够周密,厂家……"

壹岐刚指出是因为厂家的计划有疏漏,里井打断他,斩钉截铁地说:"壹岐君,不管是猪肉还是肥料,第一线的营业人员都在夜以继日地流血流汗,你怎么就不知道他们的苦衷呢?综合商社就是通过这些买卖的积累和扩展才能获得几兆的销售额,才能生存下去的!"

说完,他转过身去,拨通畜产部的电话,好像专门说给壹岐听似的说:"部长回来以后让他马上向我汇报,我很担心。"

壹岐回到自己办公室,看着窗外,外面银行、商社、钢铁、重工业各大公司的高楼林立。壹岐看着眼前宛如高楼组成的沙漠般落寞的景色,心想如果官方真的因为伊朗油田竞标的事情故意给公司营业部门施加压力,活跃在第一线的销售人员因此士气低落,整个公司失去活力的话,那问题就重大了。但是,在各综合商社开足马力向世界进发的这个时候,即使因为和公共事业集团竞争伊朗油田受到来自各方面的压力,也必须挺住,否则,公司就不可能进军大的战略性产业。但是,在媒体和"镰仓之士"这些外部人员的非难和威胁面前从未动摇的壹岐,面对公司营业部门承受的压力,他有些退却了。

"对不起!比您指定的时间晚了一点。"

财务本部长武藏和国际金融室主任池田走进壹岐的办公室。

"嗯,我刚才也有点儿事儿。伦敦那天的银团贷款的事儿怎么样了?"

武藏为筹备伊朗油田的资金刚从伦敦大通曼哈顿银行分店出差回来。

"情况不乐观,因为欧洲市场的美元价格还要上涨。年初的利率是百分之十点六,六月份一下子降到百分之六点五,后来又回升到百分之八点八。现在一直保持这个水平。"武藏说。他是公司从世界金融市场筹集低利率资金的指挥官,不知不觉中和名字正相反,他练就出了外交家的气质。

池田也在一旁说道:"欧洲市场的美元利率比小孩儿的脸变得还快,想从那儿筹到钱,我们预测的利率总是跟不上实际变化,总是让人战战兢兢,让我们这些搞财务的伤透脑筋。"

池田在美国的时候曾经大显身手,说出用低利率从各个银行贷到款的豪言壮语。现在,面对无法捉摸的欧洲美元市场,他一筹莫展,唯有叹息。

壹岐叼着烟问道:"那大通曼哈顿银行能不能给我们做牵头银行?"

武藏给壹岐点上烟,自己也点了一支,说:"实际牵头的并不是大通曼哈顿银行的伦敦分店,是他们下属的一个叫大通曼哈顿有限公司的商业银行。我和他们的总裁也见了面,和他们的首脑层进行了交涉。对于未来的石油危机,因为欧洲没有日本这么乐观,所以,金融机构对这次伊朗油田公开招标也很感兴趣。他们说,如果我们是和在印度尼西亚探测到油田的那个运气好的奥利安石油公司合作,他们愿意给我们牵头。态度倒是挺积极的。"说到这儿,武藏没有再说下去。

"怎么,有什么问题让你犹豫?"

"就像我刚才说的,贷开采费我们有不错的背景。可是,遗憾的是关键贷款用户也就是我们近畿商事的信用度还不够。虽然我们在欧洲市场发行过债券,可是,包括我们公司在内的日本企业在国际金融市场上还是新面孔,银行很难以较好的条件贷款给我们。大通曼哈顿有限公司的要求一是让我们公司的主要融资银行出具担保书,二是手续费,包括承诺费、管理费等各种费用在内一共百分之一点五,不能低于这个数。"

壹岐失望地说:"这么说,按百分之八点八的利率算,加上百分之一点五的手续费,光利息就得百分之十点三。我们贷款金额大,光利息就是个很大的负担。"

"而且,国内也有很多障碍。"

"国际金融局的反应不好?"壹岐脑海里掠过里井刚才说过的话,大藏省关税局在进口猪肉这件事故意打压近畿商事。这次虽然是银团外汇贷款,但一旦从国际金融市场贷到款,如果无法履行债务,整个日本的信用都要受损伤。从这点考虑,这次贷款需要向大藏省金融局申请批准。

池田愤愤地说:"今天早晨,本部长让我去国际金融局外资科问一下怎么申请。他们说,利率是没办法的事情,可让外国商业银行拿走百分之一以上的手续费会给日本丢面子,所以很难批准。但是,这只是他们的借口,看样子有人在给大藏省使劲儿。"

"如果不是大藏省的本意,那是通产省?"

"对,差不多。这个资金是用来和公共事业集团竞争的,因此,我感觉是大藏省和通产省通气后,把决定权交给了通产省。所以,我三番两次去通产省、能源厅向他们说明情况,可是连课长助理这关都过不了。还不是因为我们刚做好疏通工作,五菱、五井、东京商事他们肯定紧接着就去给我们搞破坏。"

"嗯……"壹岐说,"我们把通产省、资源厅分管这方面的官员挖到我们公司来怎么样?石油开发今后可是我们公司的支柱。"

池田摆摆手,很干脆地说:"太晚了!从上到下,但凡不错的官员早被财阀系统盯上了,根本没我们的份儿。"

武藏更加坚定了决心,看着壹岐说:"现在内外夹击,真让人感到公共事业集团的好处。百分之五点五的低利率不说,万一失手还可以不还。不过,充分利用和发挥在国际金融市场筹集资金的知识和经验,去做主要融资银行都不敢做的事情,挑战不可能,这才是商社财务人员的气概。而且,中了头标,也算是胜者为王嘛。"

五菱商事神尾专务的车开进永田町的首相官邸。本来应该社长亲自来拜访,但因为社长正在南美出差,所以和首相是高中校友的神尾就代替社长来了。

车开进蔓藤花纹的铁门，神尾刚在停车廊上下车，报社记者就从卫兵身后探出头来。

"神尾专务，很少在这儿看见您啊！"不愧为在首相官邸蹲点儿的记者，虽然态度殷勤，但一双眼睛像是追逐猎物的猎犬。

"今天有点儿事儿。"

"五菱商事特意在大白天造访首相官邸，一定有不同寻常的事情。"记者说得很露骨，暗指五菱商事和首相之间在晚上的宴席间不知做过多少交易。

神尾不动声色，一言不发地绕过记者，踩着红地毯走进官邸大厅。这里除了特殊场合以外，记者是无权踏入一步的。

神尾走到大厅中央，一个年轻秘书走过来，说："神尾专务，请跟我来。"然后，带着神尾穿过由台阶连着上下左右、迷宫般昏暗的走廊上了二楼。二楼也有个传达室，神尾被领到秘书官第二办公室，里面有七八个事务秘书。在那儿等了几分钟后又被领到首相秘书官办公室，这间办公室摆着分别从外务省、大藏省、通产省、警察厅派来的秘书官的办公桌。大藏省和通产省的秘书官看了神尾一眼。

"我是五菱商事的神尾，打扰了。"神尾特别对他们两人郑重其事地鞠了一躬说。

因为神尾知道他和首相十五分钟的会面一结束，这两位马上就会给他们省的有关厅局打电话，汇报这一情况，所以，神尾今天来找首相是有意做给大藏、通产省的官员们看的。

首相办公室的正面挂着国旗，国旗底下是宽大的办公桌。装着防弹玻璃的窗外是一片宽阔的草坪，可以停直升机。

"谢谢您在百忙之中抽出时间见我。"

佐桥首相用他极富个性的大眼睛示意神尾坐在沙发上，问："你说是伊朗油田国际竞标的事儿，具体是什么事儿？"

在晚上的密室里佐桥的眼睛里充满世故的笑意。但是,在官邸首相办公室相对而坐,他身上透着最高权力者的威严。

神尾说道:"德黑兰有消息说,投标前伊朗国营石油公司进行了听证,结果排在第一位的是德国石油供应公司,第二位就是日本公共事业石油集团。现在要想中标,就必须提高开采权费。但是,公共事业集团说只能出两千五百万美元。我想得到首相您的理解。"

首相转动了一下大眼睛,问:"那么贵?这可和当初说的大不一样。"

"但是,如果您认为超过一定金额就应该放弃的话,那另当别论,但您要求无论如何日本都要拿下这块油田。作为集团的领袖,我们希望请您把这个判断交给我们。"

首相不悦地说:"不好办!就算再想拿下,价格抬高的话,国会上在野党一定会找麻烦的。"

神尾强烈请求道:"首相,同样没有石油资源的西德这次是举国参加竞标,听说他们的首相还亲自去德黑兰会见了伊朗国王。所以,能否请首相也考虑这样做?"

首相犹豫了一下,推托道:"不行,我太忙。而且,日本和德国不一样,离伊朗太远了。"

神尾再次请求道:"您说得不错。但是,再这样下去,日本必须赤手空拳地面对很可能到来的石油危机。我认为应该抓住这个机会,把石油开发当作国家的一项大事业,全力以赴地投入我国的经济资源和人力资源。因为这种石油危机感不光是西德有,整个欧洲都有,万不得已的时候,各国首相都准备亲自飞往德黑兰,所以,请首相也一定要有这个打算。"

佐桥把脸拉得很长,说:"那是因为他们手里有武器和飞机这样的礼物,可以随时去。我们什么都没有,空着手怎么去?"

神尾马上说道:"不,日本有经济援助这个最好的礼物。我希望您能马上派代表团去伊朗,向他们表示我们已经做好了开发油田和在相应的工业化方面给予援助的准备,向他们显示我们的热情。再这样下去,日本很可能无法中标,您觉得这行吗?"虽然他语调谦恭,但言外之意很明显。如果没有中标,责任在于没有做任何努力的政府。

首相皱紧着眉头,说:"神尾君,我明白你的意思。可你突然提出这种要求,我实在没有办法。"

"这个您不用担心。其实我们公司和五井物产已经和财经界的重镇打过招呼。如果首相当机立断决定派遣经济代表团去伊朗,他们会把油田开发当作日本的国家工程进行宣传的。请您明断!"事到如今佐桥首相还只把石油当成某种利益,不认为它将成为日本的生命线。神尾感到焦急不安,他再次强烈要求派遣经济代表团。

在伊朗国营石油公司国际竞标进入最后阶段的时候,兵头终于把握住了接近国王的一线希望。他怀揣着前王妃写给国王贴身御医佛卢基的亲笔信,盼望前王妃制定的日期和时间早一点儿到来。到了那天,他趁着夜色,从皇家希尔顿饭店出发,驱车一路北上。

孤身一人的佛卢基医生住在王宫里面。但他有个不为人知的习惯,每星期二去耸立在德黑兰北部的厄尔布尔士山脉山脚下的别墅,在那儿住一晚上。兵头从前王妃那里得知,要想避开王宫工作人员和王室成员和他见面,只有星期二晚上。

翻过厄尔布尔士山脉,通往里海的道路很平坦,一辆辆汽车在夜幕中飞驰而过。到了隧道附近,路偏离主干道,车开进了山路。四周是荒漠,毫无人烟。

兵头把手放在西服的口袋上,按住装在里面的信。这封写给佛卢基医生的亲笔信是黄红子专程赶到巴黎请前王妃写的。三天前,他和红子相约在贝鲁特见面,拿到了这封信。当时,红子用她一向干脆利索的口气说:"作为这件事的回报,近畿商事的海外分店必须支援我在瑞士开办的旅游公司。"红子的话沉甸甸地压在兵头心上。虽然前王妃不得已和国王离婚,但她至今头上仍戴着伊朗王妃殿下的称号,仍然享受王室成员待遇。要求这样一个前王妃写封亲笔信绝不是一件容易的事情。

道路两旁是裸露的岩石,没有一草一木。汽车凭借着星光行驶在荒漠中。德黑兰事务所的司机回过头来,胆怯地问道:"兵头先生,还要往前开吗?"

"一直往前开,直到看到绿洲。十点之前到不了那儿,就会碰上军队移动的卡车。"这些详细情况也是红子从前王妃那里听说以后告诉兵头的。

司机缩起脖子继续往前来。翻过两个光秃秃的山丘,路边出现了一些灌木,说明附近有水源。前面出现了一点孤零零的灯光。

司机有些害怕地指着荒漠中的一座房子,问:"是那儿吗?没错吧?"

来的方向和路都没有错,但是眼前出现的所谓绿洲并没有多少树木。晚上在荒漠行驶稍不留神就会走错方向,很危险。兵头无法断定那点灯光就是佛卢基医生家。万一找错门,不但会被剥得精光,而且还会有生命危险。但兵头义无反顾地使劲点点头,说:"对,就是那儿!"

走近用土墙围起来的宅院,兵头发现比想象的大。房子里只有一处露出灯光,不远处传来狗的叫声。定睛一看,车灯打出的光线里映出好几只高大的牧羊犬,龇牙咧嘴地发出恐吓。

车停在土墙旁边。兵头一个人走进颇似农家院落的宽敞的院子。狗更加狂吠起来,但没有人出现。结实的木头门上装着铁制的拉手,兵头抓起拉手使劲敲了两下。片刻以后,门终于被打开一半,露出一张五十多岁男人的脸。他留着胡子,相貌绝不粗鄙。

男人惊讶地问道:"你是谁?这么晚来有什么事儿?"一口纯正的英语与这里的荒漠极不协调。

兵头介绍说自己是日本商社的,从口袋里掏出印有金色前王妃签名的信封,说:"我是前王妃介绍来的,想拜见佛卢基医生。深夜来访有失礼貌,但前王妃叮嘱要见佛卢基医生,只能在星期二晚上十点左右。我这儿有前王妃写给佛卢基医生的亲笔信,请你一定让我们进去。"

男人这才打开大门,让兵头进去。泥土地的房间里点着煤油灯,地上铺着地毯。房间被厚厚的拉帘隔开,整个房子里鸦雀无声。

男人身材高大,居高临下地看着兵头,说:"我是佛卢基医生的管家。我不知道医生见不见您,我去禀报一声。"他恭恭敬敬地接过兵头递过去的信,消失在拉帘后面。

兵头紧张地等待着。过了一会儿,管家出来面无表情地说:"医生说他看过前王妃的信了,但今晚不能见您。"

兵头非常失望,问道:"那他什么时候见我?"

"不知道。您请回吧!"

兵头恳切地请求道:"请你问一下他我什么时候能见到他。我费了很长时间才找到这儿的。"

"医生不喜欢死缠的人,他已经说过今晚不见您。"管家的言语口气里没有一丝同情。

"那我就在这儿等到明天。我有重要的事情,等不到下个星期二。"

"那请便吧!我要关门了,请您出去!"说完,管家毫不留情地把兵头推出了门外。

虽然兵头早就知道日本式的情理在中东根本行不通,但因为他是满怀希望来的,所以,管家的话听起来就越发冷酷无情。

兵头心情沮丧。外面的温度和白天相差很大,他不由得打了个寒战,上了车。

"今晚在车里过夜,把空调开开!"

"空调坏了,还没修。您如果来这家有事儿,那就明天再来吧!"司机反对道,他极不情愿在这种地方过夜。

"明天回公司以后,我多给你发一个星期的工资。空调真的坏了?"

兵头坐到司机座位上,自己调试了一下。空调确实不能用。虽然才刚十月份,但这里是大陆性气候,加之又在海拔一千五六百米的高原上,气温有可能降到零摄氏度左右。

"你到后面的座位上睡吧!"

兵头担心自己睡着以后,司机偷偷开车跑回德黑兰,就拔下钥匙,趴在方向盘上观察房子里的动静。

小窗里的灯光灭了。佛卢基医生每星期为什么要在这荒漠之中过一个晚上?他无亲无故,对金钱地位毫无兴趣,甘愿彻头彻尾地做国王幕后的御医。兵头越想越不明白佛卢基医生到底是什么样的人。

天气越来越冷,兵头冻得直发抖。他眺望着仿佛举手就可以摘下的满天星星,想到离投标仅仅还有十天时间,他突然感到不安。他怀疑自己被谜团一般的情报所迷惑,正在做一件毫无疑义的事情。但是,如果手里没有其他王牌,也只有把现在这条路走到底。兵头抵抗着寒冷,把身子缩成一团,昏昏沉沉地睡着了。

不知道是第几次睁开眼睛,兵头发现天微微发亮了。司机还缩在后面的座位上睡着。透过挡风玻璃,兵头看见前面有一个牧民赶着七八十头羊。他松了一口气,叫醒司机,让他去讨两杯羊奶来。他是外国人,他去会引起牧民的防范。

司机用几个小钱换回来两杯羊奶,给了兵头一杯。虽然刚挤出来的羊奶很腥,但还带着温暖的羊奶通过冰凉的食道流进胃里,很舒服。

朝阳升起,把荒漠染上一层金色。突然,透过清凉的空气,南面的天空中传来一阵轰鸣声。羊群受到惊吓,发出咩咩的叫声。一架直升机正朝这边飞来。直升机停在了土墙围起的院子中央。那扇一直紧闭的门打开了,一个裹着斗篷的小个子男人出现在管家身后,体形特征和前王妃说的小个子佛卢基医生一致。

兵头跑到正准备上直升机的身穿斗篷的男人旁边,说:"佛卢基医生,我昨天晚上一直在这里等您。"

虽然小个子男人停住脚步,但他并没有回过头来,说:"我绝不允许把前王妃卷入国际竞标当中!"从他瘦小的身体里发出的声音却意外地威严洪亮。

兵头也用不输于他的声音一口气说道:"您的斥责很对。可是,佛卢基医生,我们日本曾经为了石油发动过战争,我也作为陆军军官打过仗。现在我作为一名和平的使者来到贵国,热切希望致力于萨尔韦斯坦油田的开发。"

佛卢基停下脚步听了兵头说的话,但什么也没说就上了直升机。转眼,直升机腾空而起,消失在南方的天空中。

兵头回到饭店,一觉睡到下午,三点钟才到公司。东京总部分管石油的赤泽常务给他发来一封长长的电传。

昨天晚上在车里过了一夜,兵头被冻感冒了,头疼得要命。看了赤泽常务的电传后他的头更疼了。电传说以五菱商事为首的公共事业集团为了挤掉德国石油供应公司,已经正式决定临时组成经济代表团访问伊朗。兵头一边擤鼻涕一边看着代表团名单,上面都是各财阀系各著名大企业以及被称为财经界资源派的鼎鼎有名的人物。

"哎！兵头君！"

兵头闻声抬起头来，大阪总部分管纤维的金子专务正带着温和的笑容走过来。

"您来了！东山事务所长告诉我您去非洲出差回日本的时候顺便来这儿，可昨天晚上我出去了，没来得及问候您。"

"听说是你帮着收回巴弗提纺织公司货款的，谢谢了！今天中午我和他们总经理吃饭，他以为你是我们纺织部门的负责人，说你们公司新来的头儿真够厉害的。"

"对不起！我忍不住管得宽了点儿。"兵头苦笑着说，"我曾经也经常遇到过同样的事儿，用这样的手段欠账不还。"

"你从前就有这种泰然处之、给人威慑力的禀性，很占便宜。怪不得壹岐君那么重用你。"

"你这么说，我真是无地自容。不瞒您说，昨天为了接触这次竞标的关键人物，我在人家门口等了一个晚上，结果人家根本不理睬我。我也这个年龄了，不管不顾地去搞夜袭，结果扑了个空，真丢人。这次我怕是真的扛不住了。"兵头不由得说出一些气馁的话。

金子用温和的目光看着兵头，用淡淡的口气说："人这一辈子有一次这样的经历是好事儿。我年轻的时候，和中京纺织的鬼头先生在棉纱期货市场上一对一地干，结果让公司损失了五亿日元，当时的五亿啊！那时候，我真的想过从公司的楼顶跳下去自杀。好了，我再去转一两个公司，今晚就坐飞机去新德里了。你多注意身体吧！"

"谢谢您！您也多保重！"

兵头把金子专务送上电梯，回到办公室。伊朗职员说："兵头先生，有您的信。"

伊朗职员把伊朗国营石油公司和国营煤气公司的公报、贝鲁特的石油杂志 MEES 放到办公桌上，里面夹着一个白色的信封。信封上有奥利安公司的标志,发信人是理查德·詹姆斯。兵头每天除了和詹姆斯见一次面,还要打好几次电话,他为什么特意寄信来?兵头疑惑不解地打开信封,里面是一张在巴列维大街一家电影院上演的《正午》的电影票。伊朗是个娱乐活动很少的国家,看电影是一大娱乐活动,美国西部片尤其受欢迎。

刚才来公司的路上兵头刚去过奥利安,跟詹姆斯讲了昨晚的事。兵头给詹姆斯打电话。

"你说什么?我给你寄去一张电影票?你看清楚了?真的是我们公司的信封和我的字?"詹姆斯难以置信地反问道。

"没错,确实是你们公司的信封,还有你的签名。"

"那一定是有人有意寄的。哪天的?"

"今天,五点开始。"

"座位号码是多少?我也去,坐在你附近。"

"16-12。我现在就走。"

兵头放下话筒,赶紧出了办公室。他要在电影开演以前坐到座位上。

这家电影院在巴列维大街南边,门口挂着加里·库柏和格蕾丝·凯利的宣传画,上面用英文和波斯文写着电影的名字。兵头掏出电影票,坐到座位上。开演时间虽然已经过了几分钟,可电影还没开演。电影院坐满观众,人们一点儿也不在意时间,咯嘣咯嘣地磕着葵花子,呸的一下把瓜子皮吐得满地都是。

一个卖瓜子的过来,要把用报纸包的瓜子卖给兵头。兵头开始说不要,但卖瓜子的硬是不走,兵头只好买了一包。他紧张地看着左右两个空位置。

二十分钟过去了,广播用波斯语说电影马上开演。兵头到处找詹姆斯,可是没在附近看到他的影子。电影开始了。大概是因为伊朗的文盲占总人口的百分之八十,所以电影是配音的,加里·库柏和格蕾丝·凯利等所有的演员都说着满口波斯语。兵头听着好莱坞演员的波斯语,一边感觉挺奇怪,一边仍不停地打量两边的座位。快一个小时了,还没有人来,两边的座位仍然空着。兵头无计可施,只好坐在那里等。

兵头不知不觉地目不转睛地看着银幕。一个男人坐到左边座位上。电影院里发出一片笑声的时候,那个人用英语问道:"今天早晨的羊奶好喝吗?"

兵头大吃一惊,定睛一看是昨晚在厄尔布尔士山麓见过的佛卢基医生的管家,他的脸对着荧屏。电影院内再次发出笑声的时候,他不易觉察地靠近兵头,说:"佛卢基医生说可以在莫斯科见你。日期写在包瓜子的报纸上。"

莫斯科?包瓜子的报纸?兵头一边惊讶地在心里嘀咕,一边撕开包瓜子的报纸,把瓜子倒掉,打开报纸。十厘米见方的英文报纸正中央,一行字底下用红笔画了一条线。

"伊朗国王访问莫斯科",标题下面是十月二十号伊朗国王将对莫斯科进行为时三天访问的新闻报道。

兵头低声问道:"这是什么报纸?哪天的?"

"《金融时报》,今天刚从伦敦空运过来的。"

"等会儿我再好好儿看。我什么时候能见到佛卢基医生?"

"国王观看莫斯科大剧院芭蕾舞团表演的那天晚上,佛卢基医生的朋友、苏联医学研究院的国际部长佩托里奥请他吃晚饭,他在那儿见你。"

"时间和地点?"

"佛卢基医生到莫斯科后,跟你们公司的莫斯科分店联系。"

"账户号码?"兵头询问支付谢礼的银行账户。

"这个没有必要。不过,佛卢基医生说一定请你们公司的总裁一起来。"

"全权负责石油的是高级副总裁壹岐,他去行不行?"

"壹岐?全名是什么?怎么拼写?"

兵头看着银幕,说出壹岐的全名和英文字母拼写。管家迅速把它记到烟盒里面的包装纸上,准备离开。

"奥利安公司的人呢?"兵头问道。

"佛卢基医生很了解里根总裁。"

兵头仍难以置信地问道:"佛卢基医生为什么又要见我?"

"不知道,我只是来转达佛卢基医生的话。"说完管家悄悄起身,离开了昏暗的电影院。

"专务,我回来了。"

壹岐背后传来兵头的声音,他刚从德黑兰回来。

壹岐从转椅上站起来:"你直接从羽田机场过来的?"他先问候了几句浑身上下仍然散发着德黑兰气息的兵头,然后问道,"你说的不能用暗号发的绝密情报到底是什么?"

兵头在沙发上和壹岐相对而坐,说:"专务掌握情报的能力真是非同一般,连奥利安的中东通项目总经理都感到惊讶。您说的那个国王御医的确是个大人物,比我们想象的还大。"

"那就好。你见到他了?"

"这个,是这样的……"兵头一五一十地给壹岐讲了去见佛卢基医生、和管家在电影院碰头的经过,然后告诉壹岐最终有希望见到他,"这个人很怪。当时他很生气地斥责我不能把前王妃卷入这件事,我没有办法跟他说上话,但最终他说可以在莫斯科见面。"

"为什么在莫斯科?"

"因为国王十月二十号去莫斯科进行三天的访问,那时候见面。因为对方要求公司的代表和我一起去,所以,我就说了您的名字。"

"什么?我的名字?"壹岐的表情一下子严峻起来,"兵头君,我早就说过这辈子不想再踏上苏联的土地,就连去欧洲出差都绝对不坐经过莫斯科的飞机。这个你是清楚的。我没有别的,就这么一件不愿意做的事情。"

"已经过去十几年了,您为什么还是那么憎恶苏联。"

"没有经历过当俘虏的耻辱、没有被判以战犯的罪名、没有受过十一年关押的人,说了也不明白。"壹岐不想再说下去,把脸扭到了一边。

"可是,佛卢基医生说一定要让可以代表近畿商事的人和我一起去。我请求您,跟我一起去吧!"

"公司的代表,那是大门社长。"

"道理上是。可是和政府部门作对,与奥利安联手的不是大门社长,也不是赤泽常务,而是专务您啊!而且,可以见到佛卢基医生的机会只有这一次。"

"嗯……"壹岐无话可说了。

"当然,虽然我理解您不想去莫斯科的心情,但我们去莫斯科不是和苏联谈生意,是为了伊朗油田。请您再想想我们决定参加竞标的初衷,做出决断。"兵头仍然试图说服壹岐。

壹岐仍然一言不发。

兵头难以理解壹岐的固执,问道:"专务,您至今还这么不愿意去莫斯科,是不是有什么特殊原因?"

"特殊原因?没有。可就是在那个西伯利亚,有多少同胞忍受着无止境的寒冷和饥饿,承受着无法承受的苦力,最后被折磨成皮包骨离开人世。西伯利亚铁路的每一根枕木都是战友的尸体。我就是不想,绝对不想从上面飞过去。"壹岐封闭在心底的西伯利亚的悲惨经历再次被狠狠地挖出来。

但是,兵头没有轻易退缩,他说:"那可以绕道欧洲去莫斯科,或者先到德黑兰,然后从德黑兰飞到莫斯科。这样可以不经过西伯利亚。不管您选哪个路线,我都陪您。"

壹岐努力克制着自己,依然一声不吭。

"专务,都到这时候了,您打算抛弃我们石油部和全力支持油田开发的财务部吗?虽然我不知道您有什么不堪回首的往事,但当年被关押到西伯利亚的人里现在不是也有去苏联的吗?如果您是担心人身安全,我们公司在莫斯科有分店,是苏联政府批准的。就算是苏联也不会对您怎么样。"

"不管你说什么,我就是不去!我们想个不去莫斯科也能解决问题的办法,并不是只有国王的御医可以成为关键人物嘛。"

兵头愤然说道:"让我找到国王御医的是专务您本人。都到了现在这个阶段了,还能找到什么可以起到决定作用的人?如果您说什么都不去的话,只好我一个人去了。"

"行,就这么办!"

"我会的。不过,专务平时总是国家利益、为人之道挂在嘴边,这时候却感情用事。原来您是个机会主义者。"

"什么?机会主义者?"兵头话音刚落,壹岐怒吼道,"你呢?这么重要的事情也不打声招呼,自作主张,太没规矩了!"

"你是说事无巨细、不分情况地什么都要请示东京总部吗?抱着这种日本式的想法不放是无法在中东工作的!"

"放肆!"壹岐震怒道。他完全失去了控制,大声吼道:"在西伯利亚的流放地,背着囚徒编号,在几十米深的坑道里手拿镐头被奴役的人的痛苦,你懂吗?"

OH5—32037,这是壹岐的囚徒编号,是他终身无法忘记的号码。为了逃离那个被奴役的人间地狱,一个同胞砍掉了自己的手指,成了残疾人。

兵头直视着怒不可遏的壹岐,体会着他内心深处的情感。秘书推门进来,惊恐失措地说:"专务,楼道里都能听到您的声音……其他董事推开门往这边看呢……"

壹岐好像一下子清醒过来。他的身体虽然仍在发抖,但克制住自己的感情,说:"兵头君,我再考虑考虑。"

壹岐正在去日比谷公园附近的朔风会事务所的路上。他是去交会费和捐款,同时也想和谷川原大佐商量一下去莫斯科的事。他穿过公园,在第三个路口往左拐,顺着一家中华料理店旁边的楼梯上了二楼,一扇破旧的门里面就是朔风会的事务所。他从玻璃上看见谷川身穿旧西服正弯着腰和一个身穿夹克的人说话。

壹岐推开门,听见谷川正求身穿夹克的中年男人说:"每月就一百日元的会费,两千名会员里还有一半人没交。可话又说回来了,想想那么多人都把这份汇报当作心灵的支柱,我们还是想印两千份,给每个人寄去!"

中年男人为难地说:"因为我了解你们的情况,所以,我才一直给你们印一千五百份,只收七万日元。可你也知道,我们就是个街道小工厂,你起码多给一万,不然真没办法。"

谷川弯着腰,说:"我也不好意思再为难你。不过,印刷费涨一万,我们就没钱交邮费了。你能不能等三个月,等我提高会费以后你再涨?"

看着桌子上的算盘和账本,看着求印刷厂的人宽限三个月交款的谷川,壹岐感到心痛。长期的西伯利亚囚禁生活使人们的健康受到损害,至今仍有人卧床不起,有人失去工作。对他们来说,朔风会的会报是唯一的心灵支柱。谷川原大佐把发送会报当作自己的职责和工作,而壹岐却置身在每天的周转资金以亿计算、不断膨胀的商社。两个人的世界无论在物质上还是精神上都有天壤之别。

印刷厂的人让步了,说:"谷川先生不是为了自己赚钱,是为别人服务。你这么求我,我真不好拒绝。那就三个月,三个月以后一定得涨价。"

印刷厂的人站起来,看了一眼站在门口的壹岐,走了。

谷川这才发现壹岐,苦笑着说:"让你见笑了。"

有段时间没见的谷川白头发又多了,本来就消瘦的身体又瘦了一圈。

"这是哪儿的话,您为了我们这个会不计得失,这么辛苦……如果提高不了会费,我就通过我们公司的关系找一家更便宜的印刷厂。"

"那就太好了。"谷川总算放了心,"前段时间你和丸长君去了趟舞鹤,我还没谢谢你呢。"

"哪里!我也是去关西出差,正好有点儿时间。"

"我在会报上登了你上五老岳的消息,反响很大。有更多的人来信谈自己对在哪儿建纪念碑的意见。大部分人觉得应该建在能看到我们回国时用过的码头的地方,但也有人反对,认为那儿现在已经变成日本和苏联的贸易港口,把纪念碑建在那儿对不起死去的战友。还有人说既然要建纪念碑,每年就应该去祭奠一下,在京都找个附近有便宜旅店的寺庙,建在寺庙里也行。"

"不在舞鹤建,这个有点儿……"

"我的想法和你一样。舞鹤市那边因为申请的团体不少,很难一下子批准。不过,慢慢交涉吧。对了,你那么忙,今天大白天跑到这儿来,是不是有什么事?"

"嗯……朔风会里有没有去过苏联的人?"

"去旅游观光的没有,因为工作不得不去的倒有两三个。"

"怎么样?"

"这个嘛,正好今天原来在满洲铁路干过的大场君要来,你问问他吧!他们公司从苏联出口机械设备,这一年他就在苏联,刚回来。他把这件事儿写成稿子,待会儿送来。"

"哦?大场君在苏联工作。我一点儿都没听说。"壹岐回忆起过去说道。

在西伯利亚的第十个年头,哈巴罗夫斯克第一集中营的囚徒们向苏联提出改善待遇、让重症患者和老年人早日回国的要求,他们进行了绝食抗议。这就是"哈巴罗夫斯克"事件。当时,壹岐和曾是满铁职员的大场是并肩战斗的室长。

"大场君也肯定很高兴。从西伯利亚回来以后,他一直住在四日市,没有来过这儿。"谷川一边整理着桌子上的账本、算盘,一边问道,"噢,对了。前段时间我看报纸上骂你们公司还有你本人是卖国贼,我挺担心的,你没事吧?"

壹岐简单地给他讲了一下脱离日本公共事业集团,和美国的奥利安石油公司联手的经过。

曾经是报道参谋的谷川听了以后说:"这就对了,我们这个岛国就是因为过于固守大和民族的意识才战败的。这是一个教训。现在我们应该用国际视角考虑日本的将来,这是我们用流血牺牲换来的宝贵教训。只要你坚信你的做法是为了日本,那么,不管遇到什么责难,碰到什么困难都应该坚持下去。你通过亲身经历体会到石油是国家的生命线,你不这么做,谁做?听了你的话,我总算放心了。"

话音刚落,门被推开了,大场走了进来。看到壹岐他惊讶地说:

"这不是壹岐吗？好久不见了！"

"有七八年了吧！你看上去精神不错，太好了！"壹岐问道，"我听说你去苏联了。去的时候顺利吗？"

虽然大场比壹岐小几岁，但已满头白发，额头上刻着深深的皱纹。他说："第一次去的时候是昭和四十二年（1967年），因为我是原满铁职员，又是朔风会的成员，开始时签证迟迟下不来。还好，我会俄语，就跑到苏联大使馆，跟他们解释朔风会绝不是右翼团体，是在西伯利亚共同度过关押生活、回到日本后又互相鼓励帮助的亲善团体。虽然我曾经是满铁的职员，但只是技术人员，现在是为了向苏联出口机械设备才到苏联的。我腿都快跑断了，最后才终于拿到签证。现在比那时候好多了，没什么特别大的问题的话，他们不会拒签的。"

"在那边情况怎么样？"

"问题就在这儿。虽然签证是给我发了，但是好像把我定成了监视对象，到苏联以后一直被KGB①跟踪监视。去年发生了一件事，去莫斯科参加国际展览会的日本电器公司的一个职员从住的饭店窗户上掉下去，摔死了。人们传说这个人其实是内阁调查室的成员，他是被从窗户上推下去的。"

"这么说，他们对类似于情报活动的举动还和过去一样异常的神经质？"

听了这话，谷川担心地问道："壹岐，你要去苏联？"

"对，因为刚才说的油田的事儿我必须去一趟莫斯科。"

谷川说："噢。苏联这个国家十年、二十年前的事情他们都记得。你现在是商社人，他们可能给你签证，但你一定要小心。你在大本营

---

① 苏联国家安全委员会。

当参谋的时候曾经假扮外务省书记官,以外交信使的身份进入苏联,收集有关苏德战况、苏联在苏满边境周围的兵力部署和苏联参与盟军的动向。哈巴罗夫斯克内务厅曾经审讯过你这件事,你一定要多留心身边的人。"他目光锐利,表情严峻,和刚才那个跟人讨价还价的谷川判若两人。

虽然壹岐觉得作为一个商社人他这次应该去莫斯科,但是,从一个被长期关押在西伯利亚的旧军人的立场出发,他又感到某种危险。

大门一三刚到东京总部,里井就过来找他。

里井把椅子拉到大门的办公桌前,咬着大门的耳朵低声说道:"社长,听说壹岐要去莫斯科啊。"

"嗯。因为壹岐自己本来不想去,所以我劝他让分管石油的赤泽去。结果,他还是下决心自己去。这可倒好,害得我为他提心吊胆。"

大门发自内心地为壹岐担忧,充满感情的话语让里井感到嫉妒。

"可是,"里井说,"为了伊朗油田竞标的事儿去莫斯科,让人难以理解。您不觉得奇怪吗?"

"嗯,正常情况下在伊朗国内不方便交换的情报,一般去贝鲁特或瑞士。可这次兵头从德黑兰回来说,对方提出非在莫斯科见面不可。壹岐君肯定也是犹豫再三才决定去的。你要是对壹岐君做的每一件事都挑剔的话,那可就没完了。"大门噗地吐出一口雪茄,责备道。

里井克制着自己的表情,目光一闪,一张棱角分明的脸对着大门问:"社长,您知道有种被叫作'沉睡者'的人吗?"

"不知道。这跟壹岐君有关系吗?"

"从西伯利亚回来的人当中,有些精通俄语的原来搞情报的军官和满铁调查部的调查员,他们地位高,职务高。这里面有一部分人在苏联被特赦,比如提前回国或者减刑的时候,作为交换条件和苏联签订了协助苏联谍报活动的保证书。因为他们有这个把柄在苏联人手里,所以,至今还受苏联控制。他们就是人们说的'沉睡者',也叫'神秘军团'。"

大门露出厌恶的神情,说:"怎么可能?现在哪还有这种机构?那是十年前的事!"

"不是那么回事。回到日本以后仍然叫嚷马克思列宁主义、搞什么民主化运动的往往都是小喽啰,对苏联没什么用。所以,他们的保证书自然失效了。可是,那些进入政府部门、大企业和媒体机关且现在有一定实权的人,苏联现在仍然盯着他们,巧妙地和他们保持联系。这些人现在都在各行各业的重要岗位上,因为他们很害怕暴露,潜伏得很深,所以被称为沉睡的间谍,也就是'沉睡者'。"

"哦?你这跟说故事似的,一下子我还真不相信。"

"您听我说。因为我们公司和共产主义国家的生意往来越来越多,所以,我定期和公安①方面的人见面,打听一些情况。前几天和公安对苏情报的权威人士吃饭的时候,人家虽然没有指名道姓,可是说从西伯利亚回来的人里,有个人现在是某商社的尖兵,正在积极策划开发苏联的油田和天然气。我听了以后吓了一跳。"里井心惊胆战地说。

大门的身体不知不觉地越来越靠近里井:"这么说,你的意思是壹岐君去莫斯科是早有预谋的?"

"如果不是这样,怎么那么快签证就下来了?如果壹岐君从被关押期间到现在一直以旧帝国军人的精神敌视苏联、拒绝和苏联接触的话,苏联怎么可能放这样的人进去呢?"

---

① 日本公安调查厅,是日本的主要情报机构之一。

"嗯,听你这么一说,也有点儿道理。"大门在烟灰缸上磕了一下烟灰,陷入沉思。

"我们公司莫斯科分店店长跟我说,他无论如何不能相信壹岐君的签证怎么那么容易就下来了。他说壹岐君这样经历的人只要一向日本的苏联国际旅行社申请签证,马上就会被当作重要情况向国内汇报,不仅需要有关部门而且还需要政府级别审批。所以,他以为在那个关键人物指定的日期以前不可能拿到签证,还专门去找了苏联贸易部的高官,说壹岐是去伦敦开紧急会议,只是回日本的时候经过莫斯科,不谈生意,请人家帮忙早点儿拿到签证。没想到,人家很痛快地就答应了,而且签证下来之快简直不合乎常理。莫斯科分店店长在《日苏通商条约》缔结以前就在莫斯科,充当我们公司的冒名公司,对苏联的情况了如指掌。就连他都觉得这种史无前例的签证速度让他感到害怕,问我这到底是怎么回事。"

"莫斯科分店店长真的是这么说的?"

"我怎么会编这种话呢?"里井又添油加醋地说,"伊朗的那个所谓的关键人物说不定也是和苏联有关系的人。兵头汇报说是国王的御医。伊朗虽然是君主立宪制的国家,可是却给苏联输送天然气,定期向罗马尼亚出口石油,和东欧国家的关系搞得挺好。"

大门叼着雪茄从转椅上站起来,在宽敞的办公室里踱了一圈,最后停在显示各董事是否在办公室的显示灯前,紧盯着壹岐两字。蓝色的显示灯显示壹岐在办公室。

"壹岐君去莫斯科,现在我们公司最怕的是什么?"

"那当然是把我们公司的对中政策泄露出去了。为了成为第一个日中友好商社,现在公司从各管理部门和营业部门各抽出一个优秀人才组成团队,正在研究接近中国的方法。这在公司内部目前还是秘密。"

"可这个问题,日中友好商社要运作到商业阶段不是还需要很长时间吗？"

里井不高兴地说:"社长,您要这么说,我也没什么可说的。不过,正在调研阶段的事情泄露出去,那影响是很大的。"

大门紧盯着壹岐办公室的显示器,说:"壹岐君的事情你以前也忠告过我,是我打算提拔壹岐君当业务本部部长和常务的时候。"

当时里井说假如是个无关痛痒的位置倒也无妨,但要把一个在公安当局挂了号的人物放在公司中枢部门业务本部部长这个位置上,成为公司最高管理机构常务董事会的成员,他表示反对。大门现在回想起来,觉得或许当时里井就已经感到壹岐是他稳坐公司二把手位置的威胁。

但是,里井丝毫没表现出他的这种危机感,而是说:"这件事我记得很清楚。因为我现在仍然很担心,所以,才如此坦率地和您谈这件事。"

"可是,你担心的事情不是从来都没有发生吗？"

"发生以后就晚了。特别是这次的油田开发我们背负着巨大的风险,而且,万不得已的时候也无法请求政府帮助,稍有差错就可能导致公司毁灭……"

里井还要说下去,大门打断他说:"提拔壹岐君当常务的时候,我也犹豫了很长时间,最后决定如果是壹岐君的话,就是被他骗了我也认了。现在我仍然自认那时候的决断没有错。壹岐君都说了石油是他作为商社人的最后一个项目,我要让他心情愉快地去莫斯科。"

"你扔下阿太和伦敦君来帮我整理行李,他们行吗？"壹岐看着正往行李箱里给自己装衬衣和内衣的直子说。

"阿太已经睡了。我怕伦敦跟他爸爸讲,就说来帮您整理一下换季的衣服,他答应得挺痛快的。"

"噢。爸爸可是省了好多事。"

直子结婚以后还惦记着他,照顾他,为他着想,壹岐感到很高兴。

"爸爸,你为什么一定要去莫斯科呢?"

"你不用担心,莫斯科有苏联政府批准的近畿商事的分店。"

"妈妈要活着的话,说什么都不会让您去的。就连我想起那时候都……"直子没有再说下去。她想起了那件伤心事。那天,妈妈带着她和弟弟从大阪到东京,她满心期待见到父亲,结果却是失望而归。后来她才知道当时父亲被从西伯利亚带到东京,被迫作为苏联方面的证人出庭。那座房子是父亲被关押的苏联代表宿舍。听到这些她的心都碎了,她一辈子都忘不了那种悲伤。

壹岐安慰直子说:"直子,已经过去二十四年了。现在既然苏联给我发了签证,就不可能做出什么过分的事情。而且,这次除了爸爸,别人去还不行。这是为了工作。"

"爸爸,你老是说为了工作为了工作的,因为这个妈妈吃了多少苦。爸爸作为一个男人为了工作可以牺牲妻子,可以从工作里找到快乐。您有没有想过我们的感受? 这次去莫斯科,您知道我有多担心吗? 爸爸,您别去了!"直子哀求道。她的眼睛里充满苦闷,那眼神不是已为人母的直子而是少女时代的直子的眼神。她哀伤的脸庞和死去的佳子一模一样。

壹岐一时不知该说什么好,过了一会儿才说:"直子,你已经不是小孩子了。你是伦敦君的妻子,阿太的母亲。你是要为丈夫和孩子活着的人啊!"

直子认真地说:"那是普通家庭的妻子和母亲,我不一样。因为我和阿诚小时候的十一年里就跟没有父亲的孩子一样,所以,我想让爸爸活好多好多年,把那十一年也补回来。"她的眼里浮起了泪花。

壹岐再次深切体会到被关押在西伯利亚的十一年给自己的家人造成了多么大的伤痛。

突然,门铃响了。

"肯定是伦敦来接我了。"直子站起来去开门。

"神森!"

来人是和壹岐一起被关押在西伯利亚的神森刚,他们还是陆军士官学校和陆军大学的同学。

"哦?直子也在呢。我带来了我老婆做的菜,要知道你在这儿就不用带了。"

"您太太做的?"直子接过神森手里的纸袋,说,"太谢谢了!我不太会做饭。"

"说这种话,佛龛上的你妈妈会伤心的。"神森回忆起过去,说,"你妈妈做得一手好菜,我以前经常去你们在柿木坂的家吃饭。而且,她还给我介绍了现在这个老婆。壹岐,那时候我是光棍儿,现在你成了光棍了。"说完,坐到客厅的沙发上。

"你可是很少来这儿啊!"

神森戴着软塌塌的领带,新奇地左看看右看看,说:"什么少不少的,我是第一次来这儿。还真漂亮。"

神森和壹岐一起上陆士,一起上陆大,又一起被关押在西伯利亚。从西伯利亚回来以后,他在防卫厅战史室工作,退休后竹村原少将介绍他去大陆问题研究所工作,过着俭朴的生活。看着他,壹岐不觉有些尴尬。

虽说岁月催人老,但神森依然是一副精悍的面孔。他说:"我听谷川说你要去莫斯科。谷川说不去最好,我今天来是为了不让你去。"

直子在一旁说:"您也这么说。我也不让他去,可您知道我爸爸的脾气,根本不听劝。神森先生,您好好劝劝他。"

"直子,你到那个房间给我准备行李吧!"

直子走出客厅后,神森问道:"你平时总是说无论遇到什么事情都绝不再去苏联,现在怎么又要去了?"

"嗯,因为伊朗油田的事儿。"

"噢,就是报纸上骂你是卖国贼的那件事。你就为这个专门去趟莫斯科?"

"你尊重点儿我的工作好不好,我既然去自然有需要我去的原因。"

"不管你有什么理由,为了竞争同一块油田,你不惜从公共事业集团退出来,这个我也不能接受。我理解你想为国家确保资源的心情,可是,你要干不能再找一个地方干吗?"神森说。他过去就以刚直著称,现在还是那样。

"这里面也有很多复杂的原因,我也不是凭自己的兴趣想和公团竞争的。"

"原因,原因,你需要的时候就有原因。你就属于那种作为商社人能成功的人!"神森从精神层面上给壹岐定性。

壹岐不高兴了,说:"你今天是来干什么的?"

神森生气地说:"一开始就说了,我今天是来阻止你去莫斯科的。你倒好,一点儿没不去的意思。算我多管闲事。"说完就要走。

"哎!等等!你都来了,我们就就着你老婆做的菜喝两杯吧!好久没和你喝酒了。"说着壹岐就要叫直子准备酒。

"不了。不过,壹岐,我就跟你说一句。"神森以古代武士般的威严说,"西伯利亚埋葬着那么多战友的尸骨,你连墓都不去扫,怎么能从他们的天空上飞过去?"

"你说什么?我怎么可能干出那样的事?我先从日本到欧洲,然后再从欧洲去莫斯科。"

"好,这还总算有点儿救!"神森说完砰的一声关上门,走了。

壹岐锁上门,一转身看见直子站在身后。直子含着眼泪哀求道:"对不起!爸爸,你还是别去了……"

壹岐拍着女儿的肩膀说:"直子,人有很多种活法。神森有神森的活法,爸爸有爸爸的活法。"

壹岐乘坐的从伦敦飞往莫斯科的飞机降落在谢列梅捷沃机场时,天已经黑了。碎碎的雪花无声地从空中飘落。

当壹岐看到晶莹的雪花时,不觉打了一个冷战。让他感到寒冷的不仅是零下五六摄氏度的天气,机场里到处都是闪着警惕目光的边境警卫队官兵。壹岐和兵头一起走过令人窒息的机场大厅,出了海关。过边检的时候,兵头和其他乘客一样接受了严格的检查。壹岐好像受到特殊待遇,边检对他大开绿灯。但他觉得有无数看不见的眼睛正在紧紧盯着自己,心里很紧张。

"欢迎!我来接您。专务过边检就跟党的干部一样顺利,我再次领教了他们对您有多感兴趣。"

头戴棉帽、身穿大衣的莫斯科分店店长和代理来接壹岐和兵头。他请壹岐先上停在停车场的苏联高级轿车柴卡。等了三十分钟,兵头才从海关出来,上了车。柴卡开上高速公路,向莫斯科市内驶去。

从机场到莫斯科河有十二三公里。一路上都是黑暗的原野,只有星星点点的农家院落和旧房子。车过了莫斯科河,开进大街,路两旁水银路灯闪闪发亮。灯光下映出伊朗和苏联两国国旗,那是为欢迎作为国宾来访的伊朗国王挂的。车开过一条铁路,前面是高尔基大街,再往前开就是红场和克里姆林宫。

虽然还不到六点,但天已经黑透了。身穿工作服的工人、围着围巾穿着俭朴大衣的妇女还有孩子们都缩着脖子匆匆赶路。透过人流可以看到灯火辉映的克里姆林宫城墙般的石头外墙和塔尖。高耸的塔尖上一颗红色五角星像红宝石一样闪闪发光。

壹岐在大本营当参谋的时候,曾经留起头发,以外务省书记官的身份来过苏联。因为当时的莫斯科已是子弹横飞的战场,各国使领馆都迁到了古比雪夫,所以,他是第一次来莫斯科。这里和他被关押了十一年的西伯利亚简直是两个天地,是一座具有欧洲风格的美丽的城市。

柴卡停在国际旅行社指定的新都城酒店门前。被指定住在这里的日本人都是财经界的大人物或亲苏的大企业社长,其他人都被集中在乌克兰酒店。就连住酒店都有人在壹岐不知情的情况下特意为他做了安排。

走进散发着沙俄时代宫廷气息的酒店大堂,壹岐抬头看着高高的天花板,感慨地说:"这个酒店就是希特勒说攻占莫斯科以后要开庆功会的地方啊!"这是他踏上苏联土地后说的第一句话。

从机场到这里的三十四公里的路程里,壹岐始终一言不发。分店店长体谅到壹岐的心情,一路上噤若寒蝉。现在,听到这句话,他终于松了一口气,说:"您就是与众不同,知识真丰富。上次经济团体联合会会长来的时候,我给他介绍这件事,他很惊讶。一般人都不知道。"

说话间代理办好入住手续,说:"对不起!你们二位得把护照交给他们保存。"

兵头想都没想就把护照给了代理,而壹岐就像交出自己性命一样感到不安。他们用护照换回了房门钥匙。

分店店长说:"我们帮你们把行李拿到房间去。你们先冲个澡,然后到我家吃晚饭,都准备好了。今晚就先好好休息休息吧!"

分店店长像保镖一样紧贴着壹岐,在大堂的时候是,到了电梯里还是。进了六楼的房间他马上开始各处检查。正这儿查那儿查的时候电话铃响了。分店店长拿起话筒用俄语"喂"了两声就马上挂了。

"谁打来的?"

"可能是打错了,要不就是那种女人打来的。她们一见西方人就死乞白赖地要美元,她们想到外汇商店买奢侈品。见是日本人就要求用卢布换手表、相机什么的。"分店店长为了不让壹岐担心,笑着掩饰道。

没想到这时兵头从隔壁房间过来,说:"刚才有人打电话,我拿起话筒可没人说话。最后,咔嚓一声挂了。这就是那种电话?"

分店店长想制止兵头,可没来得及。壹岐听了兵头的话脸色大变。

和平大街附近有个人称"外国人租界"的地方,这里住着日本人和欧美贸易公司、通讯社、航空公司的职员,分店店长家在一栋五层分层住宅的一楼。壹岐在分店店长家受到热情招待。吃完晚饭回到酒店,大堂的钟表已经指向十二点。兵头喝得醉醺醺的,壹岐因为身处苏联十分紧张,所以没心情喝酒。

回到房间,壹岐刚要往浴盆里放水,电话铃响了。壹岐拿起话筒用俄语说:"喂!喂!"对方默不作声,听着壹岐的声音,几十秒后咔嚓一声挂了电话。对方显然是在确认壹岐是否从分店店长家直接回了酒店的房间。过了一会儿,有人敲门。壹岐顿时紧张起来。门外传来兵头的声音。

"唉,原来是你呀!"壹岐打开门说。

兵头进来说:"刚才伊朗大使馆的参事来电话,说代佛卢基医生转告我,后天晚上在苏联医学研究院的佩托里奥博士的别墅见面。傍晚有车来酒店接我们。"

佩托里奥的别墅在莫斯科南郊外的阿尔汉格尔斯克。阿尔汉格尔斯克离市区二十五公里,周围是白桦林。佩托里奥的别墅是一栋幸免于战火的沙俄贵族的房子。沙龙的大理石地上铺着波斯地毯，佩托里奥博士和身穿晚礼服、佩戴着宝石的夫人、小姐很有礼貌地接待初次见面的壹岐、兵头、莫斯科分店店长。

佛卢基医生因为参加在克里姆林宫举行的晚宴无法脱身，所以还没有到场。但佩托里奥博士丝毫不介意，他举着酒杯说："法国的白兰地好喝，可在俄罗斯喝的伏特加是最好的美酒。为了各位的健康、幸福和事业，干杯！"

佩托里奥博士手中细长的酒杯里不断斟满美酒，他频频高举酒杯提议大家干杯。壹岐他们也说些为佩托里奥博士一家的健康和幸福干杯之类的话，和他碰杯。虽然冰凉透明的伏特加口感很好，兵头和分店店长都是一口喝干，但壹岐只是象征性地把酒杯举到嘴边。

佩托里奥博士发现壹岐虽然一直微笑着举杯，但并没有真正融入这个场合，便问道："壹岐先生好像不喜欢喝伏特加，您喝点儿别的？"

"哪里，这么名贵的酒哪能不喜欢。不过，我不太能喝酒，就多吃点儿鱼子吧。"

鱼子盛在一个大银盘里，壹岐用勺子往自己盘子里盛了一点儿。佩托里奥夫人晃动着一对亮闪闪的钻石耳环，把柠檬和洋葱放到他的盘子里。为了让壹岐放松下来，夫人用绝不亚于佩托里奥博士的流利的英语说："如果您喜欢，就请带点儿回日本吧！我让人送到酒店去。"

佩托里奥博士也在一旁微笑地点点头。他看着喝了很多但只是脸微微发红、毫不失态的兵头说："兵头先生酒量真大。"

莫斯科分店店长马上接过话来说："昨天晚上和石油工业部、化学机械进出口公司的人在有名的海鲜餐厅吃饭的时候，他们都说兵头喝酒很痛快。我们日本人喝酒没法儿跟苏联人比，可是伏特加的口感太好了,不由得就喝多。经常闹出那儿刚把客人送走、这儿一放松就晕过去的让人笑不出来的笑话。"他用流利的俄语活跃着沙龙的气氛。

沙龙一角传来优美的小提琴声。刚才和壹岐他们在一起的身穿白绸晚礼服的佩托里奥小姐把丰满的脸庞放在琴上,边拉边向这边走过来。

外面又下起了小雪,修剪整齐的庭院里的树梢披上了淡淡的银装。奢华的沙龙里温暖如春,人们欣赏着小提琴的乐曲声。

沙龙的俄式壁炉里白桦木悄无声息地燃烧出红色的火焰。壹岐知道白桦不同于松树和山毛榉,燃烧时没有噼噼啪啪的声音,是俄式壁炉最奢侈的燃料。静静燃烧的白桦木紧紧地吸引了他的目光,他的心渐渐地离优美的小提琴声远去。

二十五年前,他被押上运送囚犯的列车,从哈巴罗夫斯克出发到泰舍特的集中营。途中,在贝加尔湖畔他看到了倒在湖边的白桦树,就像白骨一样让他感到战栗,他不知道什么时候自己也会枯朽在西伯利亚。那种战栗至今还鲜明地留在他的心底。同样的白桦,现在却静静地温暖着和沙俄时代的资产阶级同样奢侈的沙龙。

壹岐想到了命运的难以捉摸。壹岐仿佛难以忍受自己曲折的命运,悄悄地站起来。他走出沙龙,大厅里用人静静地站在那里。

"您要去卫生间吗?"

壹岐点点头。用人带他到楼道另一头的卫生间,恭恭敬敬地给他打开门。壹岐走进卫生间,锁上门。卫生间里飘荡着香水的幽香,大理石的墙上镶嵌着真人大小的金边穿衣镜。他看着镜子里自己苍白的脸,心里产生了强烈的抵触。如果可能的话,来苏联以后除了见伊朗国王的御医以外,他什么都不想听,什么都不想看。但是,现在他却要在这里,完成自己冒险一搏的事业的一个环节。

他的视线离开镜子里的自己,投向高高的小窗,从那里可以看到外面飘落的白雪。西伯利亚荒原的冬天比莫斯科早,战友们的白骨至今还暴露在寒冬的风雪中。壹岐仿佛听到累累白骨发出的喀喀声。他无法抑制自己,泪如泉涌。

片刻后,壹岐走出卫生间,若无其事地回到沙龙。

白桦木火红燃烧的宽敞的沙龙里飘荡着拉赫玛尼诺夫钢琴协奏曲。佩托里奥夫人坐在钢琴前,佩托里奥小姐拉着小提琴,母女二人正在合奏。壹岐悄悄回到沙发上,端起酒杯。正在听音乐的兵头看了他一眼,好像想问他"您怎么了"? 壹岐用眼神制止住他,点上一支烟。

佩托里奥博士坐到他旁边的沙发上,小声问道:"你是不是觉得无聊。"

"哪里的话,尊夫人和小姐都是才华横溢啊!"

"谢谢你的夸奖!其实佛卢基医生也非常喜欢音乐。"

"哦?佛卢基医生年轻的时候在哪儿受的教育?"

"他从十岁开始在柏林长大。他是伊朗伊斯法罕的名门之后,内乱的时候他们一家人准备逃往到欧洲,结果全被杀害了。"

"这么说就十岁的佛卢基医生一个人得救了?"

"是啊!但是,他常说不知道自己活下来是幸还是不幸。你要知道他是在无处躲藏的沙漠里被抓住的,他亲眼看见自己的亲人受尽侮辱,被活活折磨死。"

佩托里奥博士压低声音给壹岐讲了佛卢基医生的经历,壹岐终于朦朦胧胧地看到了没有任何亲人、谜团般的佛卢基医生的一面。

"后来佛卢基认为无论身边形势如何变化,永远立于不败之地、能够生存下去的是医生,就进入柏林大学医学院攻读博士课程。但他终究是名门之后,医生这个职业是不可能让他感到满足的。现在的国王二十二岁的时候,他被招为御医,不仅在健康问题上,在其他各方面他都是国王不可或缺的人物。国王很了解他不同寻常的人生观,知道他绝对不会向外泄露秘密,因此把他当作亲信,很重用他。像他这种终身孤独一人的御医是很宝贵而且很忠实的,这样的人世界上没几个。"

"那博士您和佛卢基医生的关系呢?"壹岐问道。

佩托里奥博士只说:"噢,他是亚美尼亚裔伊朗人,我是亚美尼亚裔苏联人,彼此感到亲切。仅此而已。"

壹岐对佛卢基是亚美尼亚裔感到惊讶。如果是,他的名字最后以"扬"结尾,但是其实不是。佛卢基很可能是假名。壹岐在军队的时候曾经听过这样的谚语,一个亚美尼亚人顶十个犹太人,是说他们很会做生意。苏联的米高扬副主席就是亚美尼亚裔,他做生意的手腕是闻名于世的,被称为"红色商人"。想到佛卢基把他们叫到莫斯科来,不知道会提出什么样的要求,壹岐感到一种莫名的沉重的心理压力向他袭来。

终于有人禀报佛卢基医生来了。出现在沙龙的佛卢基身穿三件套的黑色西装,身材瘦小,只有一米五五左右,目光阴冷。

佛卢基和身材高大的佩托里奥博士拥抱,亲吻身穿晚礼服的夫人的手背,按礼节问候过男女主人之后,扭头看着壹岐和兵头。他的态度顿时变得傲慢起来,和刚才问候男女主人时判若两人。

兵头已经习惯了伊朗人崇拜欧美、歧视亚洲人的观念,毫不畏缩地走上前去,介绍道:"您在访问莫斯科的百忙当中抽出时间来见我们,非常感谢!这位就是统管本公司海外事业的高级副总裁壹岐。"

壹岐恭敬地寒暄道:"见到您很荣幸。如果可能的话我很希望在伊斯法罕见到您。"说完伸出手去。

听了壹岐后面一句话,佛卢基猛地抽回已经伸出来的手,用阴冷的目光盯着壹岐。

佩托里奥急忙出来打圆场:"刚才等你的时候,我正跟壹岐先生说您的故乡伊斯法罕相当于日本的京都呢。来,到壁炉那边来吧!那儿暖和。"

佛卢基却说:"对不起,我想先和他们进行会谈。"

佩托里奥夫人打开沙龙旁边的一扇门,说:"这样也好,我们也可以轻松一些。请用这个房间吧。"

这是一间书房,顶到天花板的书架上摆满皮质书皮的厚厚书籍。墙上挂着沙俄时代的油画。佛卢基、壹岐和兵头走进书房,在书桌前面对面坐定。兵头先开口说道:"本公司是以赌上公司命运的决心参加这次萨尔韦斯坦油田竞标的。我们之所以脱离日本公共事业集团,与在中东的油田开发上具有丰富经验的奥利安石油公司合作,是因为我们诚挚地希望在萨尔韦斯坦矿区发现大油田。目前我们正在筹备开发资金,进行得也很顺利。"

佛卢基面无表情地说:"那你想让我为你们做什么?"

兵头直截了当地说:"我们希望您开一个近畿·奥利安集团可以中标的处方。"

佛卢基一双阴冷的眼睛一眨不眨,他看了壹岐一眼,突然问道:"你在西伯利亚待了几年?"

壹岐直视着佛卢基,回答道:"我不想在这里回忆起这件事。"

"那么,为什么我们第一次见面你就说出了我不想回忆起的伊斯法罕这个地名?"

"虽然我这辈子都不想,不,是决心不再踏上苏联的土地,但是,现在我却不得不以这种形势出现在这里。为此,我很痛苦。等待您的每一分每一秒都格外漫长,痛苦难耐。多有冒犯了。"

"真是这样吗?依我看,你是一个非常善于运筹帷幄的军人。"

"我早已经不是军人,是为了确保油田请求您开出处方的商社人。"壹岐催促佛卢基赶快答复。

"美国的石油资本也在向我讨要同样的处方,他们是我的老患者。"

佛卢基指的是美孚公司。美孚的总裁已经从纽约乘坐私人飞机亲自到德黑兰拜见过伊朗国王。

"可是,您还是来见我们了,说明我们还有希望。"

"说得很对。你们的条件?"佛卢基看着壹岐和兵头,似乎意味深长。

"临时支付金三千万美元,探测费四千万美元,附带条件是液化天然气工程,规模是……"

兵头开始介绍参加竞标的条件,佛卢基大概是感到无聊,闭上眼睛。壹岐示意兵头说完。兵头介绍完之后,壹岐说:"这些您都知道。请告诉我们您想要的条件。"

佛卢基睁开眼睛,突然提起了喷气式战斗机:"美国的格兰特公司花了四年时间研发的F-14今年末即将告成,我国准备以每架两千万美元的价格购买,现在正在交涉。"

自从当年的拉克希德和格兰特的FX商战之后,壹岐没有再接触战斗机。不过,他知道格兰特的F-14是为海军研发的最新锐战斗机,除了2.34马赫的速度以外,机内安装有雷达、电脑等电子设备以及导弹。但是,他难以捉摸为什么佛卢基谈起和石油没有直接关系的战斗机。

佛卢基压低声音说:"我希望你们知道我所说的都是绝密。虽然我国向格兰特和五角大楼提出强烈要求,要求购买和美国海军有同样装备的F-14,但美国对出口战斗机的装备有严格限制,只出口比本国军队装备差的战斗机。由于我国和西邻伊拉克的关系不断恶化,为了保持在军事上的优势,我国需要世界上性能最好的F-14,并且引进和美国海军同样的训练系统。为此,我们不惜代价。"

佛卢基虽然以伊朗和伊拉克恶化为由,但伊朗加强军备的真实意图是为了超过同在美国伞下的中东之雄沙特阿拉伯。他接着问:"听说近畿商事是百事可乐在日本的代理商,壹岐先生认识百事可乐的总裁吗?"

"我在美国近畿商事任社长的时候,曾经帮助百事可乐打入可口可乐全盛期的日本,我见过百事可乐的总裁。"

"是吗?"佛卢基阴冷的两眼突然放光,说,"百事可乐的总裁是尼克松总统最有力的支援者。要想购买和美国海军有同样装备的F-14,最便捷的办法就是通过百事可乐的总裁让总统签署总统命令。我向你们保证,给近畿商事和奥利安开出拿下萨尔韦斯坦油田的处方。作为交换条件,请及早给我引见百事可乐的总裁。"

和不想再次踏上苏联的土地一样,壹岐同样不想第二次染指战斗机。他没有马上回答。于是,佛卢基往前探了探身子,说:"伊朗国营石油公司和经济部的官僚们认为这次竞标是谋求我国经济自立的好机会,对于想中标的公司他们会毫不客气地提出以石油相关产业为中心的经济援助。从这点上讲,近畿·奥利安并不占优势。但是,如果通过百事可乐总裁的关系购买到和美国海军有同样装备的F-14,国王是不会犹豫的。"

佛卢基的话完全无视伊朗国营石油公司的意愿,他活脱脱就是伊朗的米高扬。

日本经济代表团对伊朗进行了为时四天的访问。五菱商事的上杉送走代表团的第二天早晨来到办公室,把伊朗的报纸 *KAYHAN* 打开放到办公桌上,露出得意的笑容。

KAYHAN 用大标题报道了日本大型经济代表团访伊的消息。报

道说代表团在伊朗期间与伊朗政府首相、经济部长、商务部长以及伊朗国营石油公司总裁进行了诚挚的会谈,加强了两国友好关系,于昨晚返回日本。报道还写道,日本方面对这次萨尔韦斯坦油田招标表现出极大的热情,使竞争愈加激烈。

KAYHAN 是伊朗政府的御用工具,他们很可能想利用这一消息抬高投标价格。虽然上杉明白这一点,但还是不禁窃窃自喜。因为这次访问打破了伊朗报纸一直以来认为德国石油供应公司最有可能中标的论调。而且,更让他感到痛快的是报道里没有提到近畿·奥利安集团一个字。近畿商事的那个兵头虽然超尘拔俗,实则老谋深算,诡计多端。伊朗石油公司听证会之后近畿·奥利安居然紧跟德国石油供应、日本公共事业集团上挤到第三名。不过,现在他肯定懊恼得咬牙切齿。想到这儿,笑容再次堆在像伊朗人一样留着长鬓角和胡子的上杉脸上。

事务所长过来说:"上杉君,休息过来了没有?"

上杉眨了几下熬红的眼睛,说:"谢谢你,总算多少休息了休息。"

"十四个财经界代表,二十名随员,这次这个大部队真把我们累得够呛,都是因为这是一个临时拼凑的代表团。像咱们社长、神尾专务这些商社的高层习惯到世界各地到处跑,倒没什么,那些财经界的大亨们可没少让人头疼。他们年纪都大了,怕因为疲劳引起肠胃不适,我还得管理他们的饮食。头两天不敢让他们吃酒店的西餐,动员了所有在德黑兰的常驻职员夫人给他们做日本料理。唉,真累!"

"这次怎么来了这么多人?一共三十四个人,相当于旅游公司组织的一个旅游团。而且,在这儿陪同的其他商社的人都迷迷糊糊的,让人受不了。要不是咱们公司按代表团的时间表和线路事前开车跑了一趟计算好时间,十二三辆的车队,肯定按时到不了,事情也不会这么顺利。"

"没错。多亏你事前开车实地跑了一趟,计算出到首相官邸、经济部、商务部和伊朗石油公司的时间,连从大门口到各部长办公室和总裁办公室需要几分钟都掌握了。"事务所长苦笑着说,"那些大亨们不了解中东的情况,比起经济援助来他们谈的更多的是吃饭、买礼品。更有甚者,帝国制铁的会长开酒店房门的时候噼啪一声静电他就血压升高,从此以后都是让当地商社的人给他开门、关门,真是笑话。"

德黑兰空气干燥,经常发生静电。特别是触摸金属类的东西,常常引起噼噼啪啪的静电。上杉带着疲惫不堪的表情点点头说:"是啊,因为约见一次会谈不容易,所以我特意写好预想问答要点,虽然事前交给他们了,可一点儿用都没有。日本人无论是官还是民对石油问题的认识都还远远不足。会谈途中,我做好事后挨社长和神尾专务骂的心理准备,翻译那些大人物不着调的提问或者回答的时候进行了一些'润色'。"

"这就对了。那里面除了咱们社长和专务精通英语又懂石油以外,其他人都不懂。东京商事的鲛岛常务倒是英语很棒,你翻译的时候他也常常露出不理解的表情。不过,他不懂石油,不是也没说什么吗?"

"和伊朗国营石油公司总裁会谈的时候,总裁提出如果日本公共事业集团中标,他希望建设比计划中的规模更大的炼油厂。经团联会长是怎么说的,你还记得吧。他的回答是最糟糕的那种,说我们用积极的态度研究研究。他可能是考虑到日本的《石油法》,可这种话最让我头疼。那意思不就是说虽然不知道结果怎么样,但我们研究研究,是日本人特有的缺乏自信的回答方式。我就把它翻成了'虽然这件事很困难,但我们会考虑你的要求'。结果,鲛岛常务瞪了我一眼。他说不定会来质问我。代表团里只有他没和其他人一起回国,现在还在德黑兰。"

真是说曹操曹操到,正说着鲛岛跟在一脸困惑的副店长身后出现在办公室。

因为事前没有任何联系,所以事务所长大感意外,但他还是招呼道:"鲛岛常务,会客室请!"

"不,不去会客室了。如果不打搅的话,我想在有这位年轻有为的石油人在的地方聊聊。"鲛岛也不寒暄,毫不客气地走进别人公司的办公室,厚着脸皮坐到上杉的办公桌前,说:"这些天来接待代表团我们公司的人做得不够周到,你辛苦了。唐突地问一句,近畿商事最近有什么动静没有?今天的报纸一个字都没提他们。"

上杉和事务所长交换了一下眼色,说:"作为日本公团的代表,我们密切关注的是竞争对手德国石油供应公司和美国美孚的动态,没有注意近畿商事的细微活动。"

鲛岛说:"这是个漏洞。我们公团集团的代表团来德黑兰的当口近畿商事这么平静,肯定有问题。正常情况公团集团的代表团来了,他们还着急惊慌?我让我们公司的常驻职员去打听了一下,他说前段时间一直盯在德黑兰的近畿商事的石油部长,正好在我们来的时候从德黑兰消失了。"

为接待代表团忙得晕头转向的上杉吃惊地反问道:"哦?兵头不在德黑兰,这是真的?"

"怎么样?是不是很奇怪?我觉得这里面一定有问题。"鲛岛两眼发光,扬扬得意地说。

鲛岛辰三在皇家希尔顿酒店的房间里用完客房送来的早餐,急急忙忙穿好衣服,往枕头上多扔了几个硬币的小费,打开房门。

"早上好!"

打扫客房的服务员热情地问候他,好像早就在楼道里等着他似的。鲛岛跟代表团来的时候就住在同一个房间里,因为给小费出手大方,在服务员那儿很吃得开。他利用这一点通过负责他这一层的服务员收买了负责兵头那层的服务员,经过交涉,服务员答应趁兵头不在的时候给他打开兵头房间的门。

鲛岛坐电梯下到三楼,走过服务台斜对面兵头住的房间前面。一个发胖的中年服务员迅速过来,用万能钥匙打开房门,告诉鲛岛在其他服务员回来以前出来。

鲛岛先环视了一下房间。兵头说住在皇家希尔顿只是为了好听,这是间很便宜的单人客房。房间里有个长期出差用大旅行箱,桌子上整齐地摆放着杂志、报纸。打开衣柜,里面挂着两套西装和衬衫,还有一双鞋。

鲛岛拿起桌子上的杂志,是日内瓦的咨询公司发行的石油信息月刊和贝鲁特的 *MEES* 等,和他石油部长的身份很吻合。报纸有欧洲的《金融时报》、伊朗的英文版报纸和日本的报纸。鲛岛翻看着报纸的日期,发现最新的一份是十月十九号的。他推测兵头可能是第二天离开德黑兰的。但他为什么在前来支援竞争对手的经济代表团来的时候不在德黑兰观察动静,却偏要出差去呢?一定是有极其重要的理由。鲛岛打开抽屉想找到理由,但每个抽屉都被整理得被干干净净的,他没有找到任何线索。鲛岛不由得想这家伙原来也是个青年军官,感到有些无奈。但好不容易收买了服务员,进到房间里来了,他又不甘心空手而归。他坐到床上,重新环视了一下房间,发现服务员没打扫干净,床和床头柜之间掉着一张纸。

鲛岛不经意地捡起那张纸,是酒店备用的便笺,上面没有字。但仔细看,他发现上面有潦草字迹的痕迹。他马上拿到窗口,把便笺举到阳光下,上面模模糊糊地映出"CCCP"的字样。这是苏维埃社会主义共和国联邦的俄文缩写。鲛岛紧紧盯着这几个字母。他从报纸上得知伊朗国王现在正在莫斯科访问,这"CCCP"四个字母到底意味着什么呢?

如果在伊朗国王访苏期间近畿商事的石油部长兵头也去莫斯科出差的话,他的目的是什么?他是一个人去的还是负责这次国际竞标的壹岐也……鲛岛闪过一个念头。他把那张便笺塞进口袋里,对服务员说了声谢谢,走出酒店,开车直奔公司的事务所。

鲛岛一进事务所所长办公室就马上要国际电话。运气很好,一个小时就接通了。他对接电话的业务策划室主任说:"紧急情况!你马上调查一下近畿商事壹岐的行踪,很可能在莫斯科。"

"怎么可能?我听说他绝不去苏联。"

"反正马上找到他的行踪,我就在电话跟前等着你的回音。"鲛岛命令道,随后啪的一声挂了电话。

事务所长惊讶地看着他气势汹汹的样子。但情绪激动的鲛岛根本不在乎所长,焦急地盯着表,坐立不安地等着。

电传室来人说:"东京来联系说打不通电话,想用电传和你联系。"

鲛岛马上走到电传机旁边。一阵咔嚓咔嚓声后电传机打出一行日语罗马字母。

壹岐去国外出差不在 莫斯科分店店长否认其访问莫斯科

鲛岛看过电传后马上回信,命全力以赴再次向莫斯科分店调查,弄清壹岐的行踪。他走出电传室,心想如果壹岐不在莫斯科,有可能在贝鲁特指挥这次竞标。但是,"CCCP"四个字母深深印在他的脑海里,挥之不去。他抱着双臂沉思了片刻,终于想到一个办法。

给壹岐的女儿直子打电话虽然是一个办法,但是,他平时从来没有把她当儿媳妇对待,现在不知道怎么和她开口。但他还是毫不犹豫地要了国际电话。公团的代表虽然是五菱商事,但是,作为商社人他不能输给壹岐。这种竞争意识驱使着他。

大概是他的执着感动了上帝,等了两个小时电话就接通了。话筒里传来一个女人的声音,鲛岛用肉麻的声音说:"喂!是直子吗?我是爸爸呀!"

"啊?爸爸……"听到从国际电话里传来的鲛岛陌生的声音,直子惊讶地反问道。

"对。伦敦的爸爸,你的公公,也是你的爸爸哟!"鲛岛大声连喊道。

"哎呀,原来是爸爸!"

"是的。我有事儿必须直接告诉你……你沉住气听着,好吗?"鲛岛用煽动直子担心的口气说道,"是这样的,直子你的父亲现在情况危险……"

"什么?我父亲?还是发生什么事情了吗?在莫斯科……那我爸爸他……"

话筒里刚传来直子惊恐的叫声,鲛岛就啪的一声把电话挂了。就好似吃人的鲨鱼,把人咬成碎块,鲜血直流,然后一走了之,冷酷无情。在他放下话筒的一瞬间,虽然直子的追问、快要哭出来的声音还留在他的耳边,但是,商场如战场、无情无义是他的信念。刚才他从直子嘴里听到的莫斯科这三个字和留在那张便笺上的"CCCP"的痕迹完全相符。也就是说,壹岐和兵头在某地碰头,然后一起去莫斯科,为了挤掉日本公团中标,在莫斯科和伊朗国王或者他的随行人员接触,进行最后的谈判。壹岐这个赤化分子!原来他还是苏联千锤百炼出来的走狗,在油田开发这场大赌博中终于露出了尾巴。鲛岛恨得咬牙切齿。可是，要想破坏壹岐的谈判，现在从德黑兰飞到莫斯科的时候，国王一行已经回国。仓促组成的经济代表团访问伊朗没有什么成效，鲛岛愈发觉得他只有回日本，利用政治力量打垮近畿商事。

离国际竞标还有两天。星期二晚上，兵头按照佛卢基的指示再次从德黑兰北上，驱车前往厄尔布尔士山脚下佛卢基的别墅。

突然，荒漠中的天空中传来刺耳的轰鸣声。虽然飞机藏在云中看不到身影，但听声音是喷气式战斗机，而且还不止一两架。

伊朗司机吓得浑身发抖，说："兵头先生，我们这辆车是不是他们的攻击目标啊？"

"不是，别害怕。可能是夜间演习，要不就是发现苏联或者伊拉克入侵领空的飞机，空军紧急出动了。"

远处出现了一点灯火，兵头比约定的九点晚了二十分钟。司机把车开到土墙根，兵头抓起门上的铁环敲了两下。前几天出现在电影院的管家出来迎接。

"欢迎！请进！"

一反第一次来时的冰冷的态度，管家热情地欢迎兵头。他打开厚厚的帘子，领着兵头穿过像迷宫一样曲折迂回的走廊，上了二楼的一个房间门口。

管家朝里面用波斯语说了句什么，里面传来开门插的声音。佛卢基的别墅在荒漠地带，没有电，房间里点着昏暗的油灯。兵头看见佛卢基医生躺在兽皮上，一个虎背熊腰的男人正在给他按摩。兵头寒暄了一句，佛卢基用手里长长的烟锅指了一下身边的椅子，示意兵头坐下。这间跟洞窟差不多的房间里摆着和土墙极不相称的戈布兰豪华绒沙发，沙发对面的桌子上堆着古色古香的皮质书皮的书籍，桌子后面是一张带顶子的大床。靠近天花板的地方有个采光的小窗。成为荒漠中唯一路标的灯光就是从这个小窗里散发出去的。

兵头忐忑不安地看着佛卢基。在莫斯科郊外佩托里奥博士的别墅见到他的时候,他虽然身材瘦小,但身穿三套件的黑色西装,颇有被称为国王幕后人物的气派和风度。眼前这个披着丝绸睡袍、享受按摩的佛卢基面部松弛,每吸一口烟脸上就出现恍惚的神情。他抽的是从大麻中提炼出来的烟。

竞标迫在眉睫,兵头身心都格外紧张。抽着大麻、神情恍惚的佛卢基大大超出他的想象。他每星期二离开宫殿来这荒漠之中原来就是为了这个?神秘的国王御医原来也不过如此。兵头一直以来对他抱有的敬畏不觉减弱了。但转念一想,觉得他这样的人是不可能被大麻搞得神魂颠倒的。这时用人轻手轻脚地走过来,把一支烟锅递给兵头。

兵头摆摆手,表示他不抽。

"这是印度最好的大麻,抽了会很舒服的。"佛卢基口齿不清地劝兵头。

兵头明确地说:"佛卢基医生,谢谢您的好意。我是来拿您在莫斯科答应给我们开的处方的。我需要时间和东京总部联系,总部也需要时间裁决。如果可能的话,请您现在就交给我。"

佛卢基问道:"那边怎么样?"

"当然没问题。从莫斯科回日本途中,壹岐经由伦敦去了美国。"兵头告诉他,壹岐为了见百事可乐总裁,从莫斯科出发后立刻去了一趟美国。

"他们怎么说?"佛卢基做了个手势让按摩师退下,用一双眼神空洞的眼睛看着兵头问。

兵头看了看在场的按摩师和用人,问:"在这儿谈合适吗?"

"都是些没出息的家伙,没关系。"佛卢基把用人新拿来的烟锅叼在嘴里,两眼朦胧地笑着说。

不快和厌恶令兵头心神不定。他答道:"百事可乐的总裁个人认为伊朗的要求有损美国的利益,很难转达给总统。他说他难以理解伊朗的真实意图,伊朗为什么不能接受向国外出口的 F-14。"

"什么意图不意图的,我国就连飞机库都要和美国一样大的!"佛卢基大声说。

"佛卢基医生,我们公司只承诺把百事可乐的总裁介绍给您。其他的事情应该是两国的军备和国与国之间的事情吧。"

"百事可乐的总裁是这种想法的话,我就不说什么了!"

兵头眼看着时间一分分过去,心生焦急。他说:"壹岐为了实现对您的承诺,他不仅和百事可乐的总裁交涉,而且还秘密拜访了休姆公司的总裁,其公司生产 F-14 配备的电子设备的中枢零件,还拜托他们想一个总统更容易做出决断的办法。所以,请认可我们公司所做的努力!"

佛卢基让用人搀扶着很费劲地起来,摇摇晃晃地走到桌前,重重地把身体倒在椅子上,闭上了眼睛。等他再睁开眼睛的时候,已经是在莫斯科相对时看破一切的锐利目光,他面色冷峻,找不到一丝刚才恍惚的神情。兵头简直不敢相信自己的眼睛。

"吸食大麻,虽然可以让我飘飘欲仙,但我一族惨遭杀害的情景仍然浮现在我脑海里。短暂的销魂,很快就消失得无踪无影。"佛卢基说着把手放到桌子上的书上。

兵头不知道那些古旧的波斯语书是什么内容,其他的英语、德语书籍都是医学书。

"您每周来这里一次是为了钻研医学吗?"

"九世纪到十一世纪是波斯天文学和医学最发达的时期,代表萨拉森医学最高境界的伊本·西纳的医学书被翻译成拉丁语,直到十七世纪后半叶都在欧洲广泛使用。研究中世纪波斯医学是我的爱好。"佛卢基从一大堆医学书中拿出一本《古兰经》,说,"这个送给你。你带回去,好好儿保存。"

这是一本极普通的《古兰经》,长三十厘米、宽二十五厘米、厚五厘米的蓝色封面四周围着金、红、黄、绿的几何图案,上面写着《古兰经》。兵头知道回教徒送《古兰经》是亲密友情的象征。但是,面临两天后即将到来的竞标,只得到亲密友情毫无用处,兵头想要的是可以中标的价格。

"佛卢基医生,后天中标的价格……"

"就是那本《古兰经》。"

兵头以为《古兰经》里写着数字,急忙翻看。

佛卢基见状说道:"明天中午十二点,我用这本《古兰经》的页数告诉你各国投标公司里价格最高的公司是多少美金。你们以这个数字为准投标就行了。"

"可是,这本《古兰经》的最后一页是六三五页,投标价格是四位数。"

"把《古兰经》里两章中的表示第几页的数字相乘就是我要告诉你的价格。明天我给你打电话,念这两章。这样,就是有人监听也听不懂。"

明天就要投标了,兵头焦急地等待着佛卢基的电话。

另一间办公室一个绰号伊斯兰先生的人也在等待消息。他以前在德黑兰当常驻职员的时候皈依了伊斯兰教,还曾经做过《古兰经》日译本的主编,是个与众不同的商社人。这次兵头是特意把他从贝鲁特叫来的。

兵头面前的电话响了。兵头急忙拿起电话。对方好像是在辨认兵头的声音,沉默了片刻。接着一个低沉地讲着含混不清的英语的声音传入兵头耳中。

"在伟大的赋予我们恩惠的安拉名义下……"

虽然对方没有报姓名,但兵头听得出来,那正是佛卢基医生的声音。他一下子紧张起来,用事先约定好的话回答道:"地上所有的生命敬仰那仁慈的安拉……"

话筒那边传来缓慢、有节奏的声音,显然是为了让兵头做笔记:"第二章二三六节,著名的话,并且拯救……第五章一〇六节,人们啊,证据就在你的胸中……"

现在就是真有人监听也不知道打电话和接电话的都是谁,更不可能推断出这个电话跟投标价格有关。

佛卢基把第二章二三六节和第五章一〇六节的经文开头又念了一遍,兵头全神贯注地对照着记下来的笔记。他记下来的经文没有任何错误,但是不对照佛卢基给他的那本《古兰经》的页数,兵头无法想象任何数字。兵头本来还想说算出价格后再跟佛卢基联系一次,但确认兵头没有记错后,佛卢基顾自挂了电话。

兵头放下电话,撕下刚才记的笔记,去找伊斯兰先生。

闲得无聊的伊斯兰先生靠在转椅上,正在看一本波斯陶器的书。看见兵头进来,说:"部长,你一步也不让我出这门,好像被软禁一样。"因为不知道自己为什么被叫到德黑兰来,他奇怪地问,"油田投标和我们部有什么关系呢?"

兵头转身锁上门,说:"你坐的那个桌子的抽屉里有一本《古兰经》,你把这两章中的两节和那本《古兰经》对照一下。"说着把笔记递过去。

伊斯兰先生越发觉得奇怪,他按兵头说的打开抽屉,取出那本蓝皮的厚厚的《古兰经》，对其显示出一个伊斯兰教徒的兴趣。"这儿还有《古兰经》？这封面挺有趣味的。"他看着兵头交给他的笔记，目光从右向左追逐着波斯文字，"嗯，首先是第二章二三六节，这儿，著名的话，并且拯救……对，没错。"

兵头迅速看了一下波斯语的数字，说："是第三十六页？"

"对。然后是第五章一〇六节开头，人们啊，证据就在你的胸中……这儿也没错。第一〇五页。"

兵头拿起桌子上的计算器，把两个数字相乘得出三七八〇。也就是说，佛卢基掌握的绝密情报最高投标价格是三千七百八十万美元，虽然还不知道是哪个公司。怎么可能？兵头发出呻吟。他们和合作伙伴奥利安石油公司通过佛卢基医生以外的关系得到的情报是日本公共事业集团最高，三千五百万。就连这三千五百万奥利安都说是伊朗石油公司为提高价格放出的烟幕弹，他们坚信三千三百万就可以中标。

兵头手脚发凉，叮问道："我听说《古兰经》各章各节的经文重复出现好几次，不会是经文相同，节不一样吧？"

"您说的这种情况也有。不过，这两节开头的经文就出现过一次。"

国际竞标前，伦敦和贝鲁特的石油企业咨询顾问预测的萨尔韦斯坦油田的投标价格是一千五六百万美元。刚公布国际竞标之后涨到两千万美元。到了各国公司纷纷表示投标的第二个星期，价格猛涨到两千五百万美元。兵头估计到价格上涨的趋势，请专家估算出萨尔韦斯坦油田的可开采埋藏量，加上其他庞大数量的资料，用计算机通过复杂的计算方法算出成本费。他根据这个结果得出结论，投标价格的上限是三千六百万美元，并在公司经营会议上得到认可。但是，佛卢基的情报却是三千七百八十万，其价格已经到了无限上涨的地步。按照近畿商事的社规,超出上限的国际投标必须放弃。这次要想中标,投标价格就必须出高出最高价几百万。如此一来,就等于还未出师就已经败下阵来。

兵头觉得好像一脚踩空掉进了深渊。他不知道该怎么办,是撤退,还是以超出三千七百万的价格坚持赌一把?不管怎样,他都必须和东京总部的壹岐专务联系。

兵头来到电传室,亲自打电文:"波斯波利斯,波斯波利斯。"这是呼叫在东京总部等待消息的壹岐的代号。十几分钟后,眼前的机器发出咔嚓咔嚓的声音,白色的纸带上打出一行罗马字母,告知壹岐守候在东京总部通信室的电传机前。

"拿到 X 医生的处方,下药 F37.80。"

兵头用暗号给壹岐发完电传,然后驱车去奥利安公司。

从洛杉矶本部飞到德黑兰米的里根总裁听了兵头的话以后,惊讶得拍起了桌子:"什么?兵头,那个医生是不是在耍你?谁肯出三千七百万美元的价格?到底是哪个公司?"

一旁的项目总经理詹姆斯也激动地质问道:"我刚才见到美国大使馆分管石油的商务领事,他说目前德国石油供应公司取代日本公团,投标价格最高,是三千五百九十万,价格出现小幅度上涨。因为这是 CIA 的情报,所以,准确度很高。无论如何不可能有公司出三千七百八十万,你和佛卢基医生谈判的时候是不是没把握好?"

被两人这么一说,兵头不由得也起了疑惑。但想到交换条件,他又觉得佛卢基医生不可能耍这种小伎俩。虽说奥利安是合作伙伴,但他也不能把交换条件告诉眼前的这两个人。

"我希望以佛卢基医生的情报绝对准确为前提,好好研究讨论一下。首先,你们觉得哪个公司肯出三千七百八十万这么高的价格?"

里根总裁不满地说:"出这种漫天高价的只有资源等于零的德国石油供应公司和日本的公共事业集团。"

"可是,刚才詹姆斯说的德国石油供应公司是三千五百九十万。能出这个高价的只有美孚吗?"

兵头刚说完,里根总裁紧接着说:"No!美孚在世界各地都有油田,他们不可能出这么不着边际的价格!有可能是意大利国营石油公司,他们在最后时刻去求国王。国王曾经在罗马避难,和意大利关系非同一般。"

詹姆斯说:"很有这个可能。我们现在不要被情报迷惑,冷静考虑一下,是按当初定的上限三千六百万投标,还是根据兵头获得的情报,提高价格,争取中标?"

里根脸色发红,皱着眉头问道:"兵头,你们公司的意见呢?"

兵头拿定主意,说:"当然是提高价格争取中标。不过,提高多少只有请你们判断。因为奥利安公司是专业性很强的石油公司。"

里根总裁点点头,说:"事到如今,我们公司也无心退缩。问题是提高多少就能一举中标。我们马上跟洛杉矶总部联系,让他们重新计算一次成本费,然后再决定价格。明天上午在投标前跟你联系。"

"明白,我等你们的消息。"

兵头走出奥利安公司。目前竞标出现白热化,最后关头哪个公司出多少价都无法估量。这次有可能大败而归吗?这种不安的心情折磨着兵头。

和兵头通过电传联系完之后,壹岐也很犹豫,不知道该如何应对目前这种叫出天价的投标价格变动。大门社长也在等着德黑兰的消息,壹岐匆忙往社长办公室走去。明天就要投标了,为了了解现场的动态,大门社长专程来到东京总部,守候消息。

大门社长坐在沙发上,手握成拳头不停地蹭着沙发扶手。见壹岐推门进来,急不可待地问道:"有消息了?多少钱?"

"超出我们的预想。现在的最高价格是三千七百八十万美元。"

"什么?三千七百八十万……谁出那么高的价?是不是有人了解我们的情况,故意哄抬价格?"

壹岐答道:"不是。因为佛卢基医生不仅是国王的御医,而且还是幕后军师,他了解每一家公司的投标价格,所以,这个数字不是故意哄抬,而是确切的价格。"

大门的脸色眼看着阴沉下来:"你在常务董事会上说有三千多万美元,给你三千六百万美元的上限就可以拿下。你还千里迢迢地去了一趟莫斯科。结果呢?我真没想到你会说出这么高的价格。奥利安公司的里根总裁是什么想法?"

"他说马上和洛杉矶本部联系,让他们计算出用三千七百八十万以上的价格投标的成本费。他决心竞标到底的态度没有变。社长,您的意思呢?"

"这么荒唐的价格,我不能同意!以一知百,投标价格就这么高,以后还不知道有什么更难以接受的要求,比如附带条件啦,增加探测费啦等等。这些都不难想象。而且,既然常务董事会决定上限是三千六百万,就应该按规则行事。破坏这个规则,就等于破坏公司秩序。再说石油这东西和其他的不一样,也不知道那块地底下到底有没有。就是有,也不清楚埋藏量到底有多少。一切的一切都是预测。你必须明白,公司不能像政府那样修改预算,如果随随便便修改预算,有可能导致公司破产。"

"社长的话我铭记在心。可是,从最近石油生产国的动态来看,石油价格今后还会上涨。所以,将来上涨的部分可以补回现在多出的二百万美元。而且,还有爆发第四次中东战争的危险存在。如果爆发战争，石油价格会大幅度上涨。所以，我们必须现在就把油田掌握在自己手里。"

"什么？第四次中东战争？"

"是的。从莫斯科绕道美国的时候，我预感到了这一点。"

"哦？说来听听。"

"有件事我已经跟您汇报过，就是伊朗国王的御医给我们提供竞标价格的交换条件。我去美国和格兰特、休姆公司的高管交涉的时候注意到一个令人惊讶的事实，那就是美国空军给以色列提供幻影A–4，而且安装有ECM①。"说到这儿壹岐加重了语气。

"什么叫ECM？"

"是干扰苏联战斗机萨姆–2、萨姆–6、萨姆–7的最近导弹的装置。"壹岐以军人出身特有的分析力和直觉解释道，"美军秘密向以色列提供这一装置说明苏联对叙利亚、埃及的武器援助超出原来的设想。苏联的这一举动刺激了以色列，美军是应以色列的要求向他们提供幻影A–4和ECM。所以，我预感到有可能爆发第四次中东战争。"

"你让我想起了三年前那场战争时候的事情。那时候，绝大部分人都认为阿拉伯国家和以色列的那场战争会进入长期化。只有你认为会短期结束战争，而且是一周左右。结果，果真被你说中，六天战争就结束了。"

当时，各商社都在竞相购买船舶、粮食和锡等战争物资，近畿商事基于壹岐的判断趁高价大量出售这些商品，获得了巨额利润。

"社长，凡事都有一个气势。借气势一举展开全面进攻可以获得超出预期的成功。相反，错过时机，我们很难再参与如此巨大的项目。

---

① 电波干扰装置。

现在是我们公司迈进石油开发行列,以谋求迅速步入重工业化的绝佳时机。"壹岐请求大门做出决断。

大门沉思了片刻,用浑厚有力的声音说:"既然你这么说,我就把这件事交给你来决定。不过有个条件,你不能给近畿商事和我的脸上抹黑。以前你向我提交过辞职报告,这次,搞不好我要让你提出辞职。"

壹岐立正,回答道:"明白!"

壹岐走出社长办公室,他必须马上发电传通知兵头。此刻,兵头正在焦急不安地等待着东京总部的回音。

离投标截止时间仅剩一个小时。

奥利安公司总裁里根这两天几乎没有合眼,他瞪着一双充血的眼睛,看着兵头最后问道:"投标价格三千九百九十万,你同意吗?"

虽然昨天他们最终也没有搞清楚佛卢基说的最高价是哪家公司出的,但是,奥利安总部以三千七百八十万为基准,运用计算机推算出成本费。里根总裁又是久经考验的国际竞标老手。他们得出的结论是在三千七百八十万的基数上加二百一十万美元。三千九百九十万,仅比壹岐指定的上限四千万低十万美元。兵头下定决心,回答道:"三千九百九十万美元,好!"

投标书上唯有现金一栏还是空白。奥利安项目总经理詹姆斯把投标书推到里根面前。里根以石油工作者的豪迈意气说:"应该由兵头来填,是你获取了昨天为止的最高价,这是你的功劳。"

兵头谢过他的好意,把 US$39,900,000.00 填入现金一栏。那一瞬间,出现了肃穆的沉默。

"好!其他材料都齐全了吧?"

材料包括:一张地图,上面有这次招标的四个油田,近畿·奥利安集团投标的萨鲁贝克斯地区用伊朗国营石油公司指定的绿线圈起来。由近畿商事大门一三和奥利安石油公司总裁麦克尔·里根签署的合同及有关的文件以及法务省、大使馆证明签名为本人所签的公证材料。光这些附加材料加起来就有三厘米厚。

兵头和詹姆斯重新检查了一遍文件和材料，然后把它们装进一个长三十厘米、宽二十厘米的双层信封里，抹上胶水封好。为了符合严禁开封的要求，还在开封处滴上蜡，趁蜡还热的时候盖上近畿商事和奥利安石油公司的徽章。

几分钟后蜡凝固了，凸显出两家公司的徽章。中标！中标！兵头一边在心里呼喊着，一边和詹姆斯前往伊朗国营石油公司。

两人在伊朗国营石油公司前面下了车。都到这时候了，石油公司大门的台阶上还有不少兜售情报的人。他们死死缠着兵头和詹姆斯。两人一路沉默，走进铺着大理石的大厅，接受保安检查后，上了石油开发部长办公室所在的十楼。

石油开发部长阿卜杜勒的办公室周围比往常更加戒备森严，有保安和便衣秘密警察把守。女秘书今天没有出现。进了阿卜杜勒的办公室，正赶上参加海上油田竞标的美国和意大利的公司也在。兵头和詹姆斯在等候室等了十分钟左右，有人过来请他们进去。

兵头把投标的信封递上去。阿卜杜勒在美国留过学，在国际石油资本研修过，是石油精英。他身穿三件套的西装，威严地坐在皮椅上。他检查了一下盖在蜡上的两个公司的徽章，公事公办地问道："有没有要修改的地方？"

这句话听起来也可以理解为如果想加价，这是最后的机会。是让投标者产生动摇的一瞬间。

"Nothing, Sir."詹姆斯严肃地回答道。他只有在这时才称比自己年轻的阿卜杜勒开发部长为 Sir。

阿卜杜勒傲慢地点点头,把信封放到身后的保险柜里,交给兵头一张受理证明书。到了中午十二点,时间一过,保险库里的信封才在以伊朗国营石油公司总裁为委员长的招标委员会成员面前首次被打开。

兵头把受理证明书装进西服里面的口袋里,下了楼。在大厅里他们看见日本公共事业集团的四个人正在接受保安的检查。其中,只有上杉注意到了兵头。他没打招呼,只是用复杂的眼神看了兵头一眼,带着其他三个人上了电梯。离结束时间只有五分钟了,但他们看上去不慌不忙。莫不是他们也通过某种方法知道了所有投标公司的价格,在现金一栏里填上了一个高的价格?想起信封的密封程度和那个坚实的保险柜,兵头打消了这个想法,但他仍感到不安。在这个国家什么事情都可能发生。

出了石油公司的大门,兵头告别了詹姆斯,怀着一颗忐忑的心去了平民区的集市。兵头的耳边响着喧嚣的叫卖声,虽然他对自己说该做的都做了,就算败下阵来也不后悔,但是,如果真的失败的话,还有什么脸面回东京?问心无愧和悲壮的心情交替出现在他心里。

突然清真寺里传来通知祈祷的声音。兵头像被什么东西吸引似的,不由自主地走进位于集市中央的清真寺。这里没有喧闹声,静悄悄的。穷人和富人都聚集在中央的地上,跪下,拜倒在地,一心祈求安拉的庇护。

"慈悲的安拉……我们崇拜你,祈求你解救我们。"

兵头觉得人们的祈祷正是此刻他心中的呼喊,他产生了强烈的冲动,也想跪倒在地。

投标的第二天,伊朗国营石油公司的董事切尔博士把近畿·奥利安集团的人叫到石油公司。近畿·奥利安集团已经掌握了情报,知道从昨天下午开始几家公司已经被叫去过,其中包括日本公共事业集团和美孚。以最高价格中标以后,还会有哪方面的审查?这些审查又和投标排名有什么关系?等石油公司来叫的这段时间,他们简直就像热锅上的蚂蚁,兵头都快得神经衰弱了。

兵头和詹姆斯走进石油公司顶层切尔的办公室。办公室正面墙上挂着身穿元帅服的国王标准照,侧面的墙上贴着这次国际公开招标的四个油田的地图。

切尔把近畿·奥利安集团提交的文件、材料放到桌子上,郑重宣布:"招标委员会进行了公平公正的审议。你们近畿·奥利安集团投标价格第一,并且在勘测和开发上也表现出热情。审议结果,近畿·奥利安集团中标。"

紧张得浑身僵硬的兵头看着詹姆斯。没有听错,詹姆斯激动得脸都变形了,使劲握着兵头的手。中了!没想到会这么顺利,一发即中。

"但是,伊朗国营石油公司对你们附带条件中的 LNG 计划不满意。我们最希望的是建设炼油厂。请你们在一周内提交一个文件上来。第二的德国石油供应公司和第三的日本公团都有建设炼油厂的计划。"

"什么?日本公团是第三?和我们差多少?"

"德国石油供应公司是三千九百五十万,日本公团是三千七百万。"

这个数字让兵头出了一身冷汗。他们和第二之间仅有四十万美元之差。

兵头一回到德黑兰事务所,便一头扎进电传室。

"安拉恩赐我们,安拉赋予我们萨尔韦斯坦。三九九〇。"

打出这行字,这么长时间以来兵头的眼睛第一次明亮起来。

第二天早晨，得知中标的消息后来采访的媒体记者蜂拥而至。公关室负责接待所有记者，大门社长、壹岐、赤泽、角田、宝田等按昨晚上商量好的，分头走访政府各有关部门、银行、电力公司等。

上午十点十五分大门和壹岐来到虎门的日本石油开发公共事业集团，从地下停车场坐董事专用电梯，去拜访吉良总裁。像往常一样等了十几分钟，吉良总裁才板着脸出现在两人面前。

大门和壹岐站起来。大门说："总裁，这次在萨尔韦斯坦油田竞标中我们公司和奥利安石油公司中标了。在竞标期间由于种种原因，出现了让您感到不愉快的事情，但我们所做的一切都是一心一意为了国家，今后还请您给予支持和帮助。"大门和刚才拜访通产大臣时一样，把身段放得很低，态度谦恭。

吉良仍然绷着脸，问："中根通产大臣怎么说？"

壹岐替大门回答道："大臣说之前虽然各自有各自的立场，但石油的前景越来越不乐观，所以希望我们和公团相互合作。"

吉良听了以后没有说话。片刻后从鼻子里哼出一声冷笑，说："人说胜者王侯，说得对啊！"他的口气听上去有种无可奈何，不像是在表达对通产大臣这么快就变脸的愤怒。

为了得到政府为日本公团准备的融资，大门再次请求道："既然我们中标，今后将全力以赴进行勘测和测井。我们公司是第一次尝试油田开发事业，而且这是一个需要巨额集资的项目。我再次请求能够得到您极大的帮助。"

"事到如今，公团不会帮你们的。你们不依靠国家的力量，日美两个孤胆英雄携手中标了，就把这种精神坚持到底不是很好吗？"

大门没有退却，进一步说道："今后为了不受奥利安的控制，取得主动权，把石油运到日本来，我们需要公团的支援。"

吉良冷冷地打断大门，说："你说这些话没用。"

"总裁，我们是在表示今后领会公团的意图，为日本确保石油全力以赴。请您从国家利益出发，接受我们的请求！"

近畿商事的银团贷款虽然有进展，但既然中标，得到政府"公认"，他们无论如何都希望得到公团的资金。

吉良的脸越拉越长，说："让你们白跑一趟了。就在刚才我接到了更迭公团总裁的内部通知。"

大门和壹岐惊讶得瞠目结舌。

吉良愤愤地说："你们不知道？你们……我是被近畿商事炒的鱿鱼！"说完，他愤然离去。

和吉良的谈话仅有几分钟。大门和壹岐在通产省没有听到任何更迭公团总裁的消息，一定是田渊干事长、中根通产大臣、两口次官他们闪电般地决定把吉良拉下台的。吉良说他是被近畿商事炒的鱿鱼，这句话让壹岐感到歉疚。他和大门出了总裁会客室，刚下电梯，一群记者就吵吵闹闹地围了上来。

一个剃着平头、皮肤黝黑的记者劈头就问："听说吉良总裁下台了，您有什么感想？"

壹岐努力使自己的表情不发生任何变化，说："哦？总裁下台？没听说。我们刚见到吉良总裁，向他表示希望忘掉之前的不愉快，并请求得到公团的援助。"

"您真会演戏。"记者接着问道，"近畿商事·奥利安集团中标，你们有什么感想？"

"我们很高兴为国家做了一点儿事情。"

记者又问了一个不怀好意的问题："如果第二是公团的话，你们打算怎么办？"

大门用特别特别老实的口吻答道："如果真是那样，我们可能会退出,把中标的机会让给公团。"

"你们和德国石油供应公司仅差四十万,真是神功奇迹般的投标。壹岐专务,您是否通过什么特别渠道掌握了一些情报?"

"没有。那是因为中东是我们的合作伙伴奥利安石油公司的强项,他们不仅消息灵通,而且还充分发挥了他们以往投标的经验。"壹岐借这个机会强调了他们和奥利安合作的意图。

"和伊朗方面签订合同的具体条件是什么?"

"具体条件要待今后商谈,然后签署合同。今天,我们主要是走访各有关部门和公司。"

记者们围着大门和壹岐,展开提问攻势,镁光灯闪个不停。

五菱商事的上杉隆因为没有中标,心里懊悔至极。在从德黑兰飞往东京的二十二个小时里,他没有合眼。此时,他两眼通红地站在神尾专务面前。

"辛苦了,坐吧!"

上杉刮掉了像伊朗人一样的大胡子,紧咬着嘴唇。他说:"对不起!我只有一句话,悔恨。"

"这不是你的责任。三千七百万美元是公共事业集团协商的结果,是我指示你的。"神尾抑制住自己的感情,说,"不过还好,近畿商事和奥利安公司联手压倒德国石油供应公司中标,起码一半的石油是日本的。这也算是不错的结果。"

"可是,近畿商事以仅高出四十万的价格中标,这也太精彩了。我觉得这里面有问题。虽然是临时拼凑起来的,但我们公团集团派了经济代表团访问伊朗,和伊朗政府首相、财政部长、经济部长、伊朗国营石油公司都进行了会谈,表达了我们的热切希望。伊朗方面也领会了我们的意图。从各方面估计公团都在中标范围内。近畿商事为什么能把握到超过我们的价格？"

上杉想起东京商事的鲛岛常务。经济代表团走了以后他一个人留在德黑兰，发现近畿商事的兵头没有盯在德黑兰，为此他感到奇怪。他四处打探，最后终于搞清楚兵头和东京总部的壹岐专务一起去了莫斯科。当时，伊朗国王的确正在莫斯科访问，报纸上刊登了他在克里姆林宫和克首相握手的大幅照片。虽然很难想象一个日本商社，而且是关西地区经营纤维起家的商社在莫斯科和伊朗国王或随行的亲信接触，但是，从他们险胜的中标情况看，中标绝不是偶然的。他们一定有超出伊朗国营石油公司总裁之上的关系。这个人是谁？上杉至今仍猜不出来，这让他愈发懊悔。

"专务，我们不能就此罢休，我不甘心。刚才我去向公团开发部长汇报情况，他说内部已经决定了新总裁的人选，通产省、能源厅认为今后近畿商事和公团集团应该求同存异。而且，这种声浪很大。所以，我们和他们一起干怎么样？反正虽然中了标，开发这么大的油田，他们没有能力坚持自主，最后只能听任奥利安的摆布。"上杉还放不下萨尔韦斯坦油田。

满头银发、一向温和的神尾严肃地说："不，我们公司考虑去沙特阿拉伯。据我们掌握的情报，最近沙特首都利雅得以南七百公里的油田要国际招标。沙特阿拉伯是世界上最大的产油国，这个舞台比伊朗大好几倍。"

上杉提出疑问："从产油量来看，的确是这样。但是，美国石油资本完全把持着沙特阿拉伯的油田，我们在那儿的机会等于零。还有，那里气候条件恶劣，伊斯兰教戒律严格，不能喝酒，没有女人，排外。日本人能承受得了在那样一个遥远的沙漠国家开发油田的困难吗？"

"充当这个尖兵的正是我们商社。公司已经派石油开发部副店长永野君去利雅得收集情报。"

"什么时候？我一点儿都不知道。"

"派你去德黑兰的时候。"

"这么说，专务……"上杉惊讶得说不出话来。

神尾这边对他说"公司石油开发的命运就全交给你了"，那边却脚踏伊朗和沙特阿拉伯两条船，并且两条船都开足了马力。上杉不知道自己是愤怒还是悲伤。十一个月以来，他绞尽脑汁，呕心沥血，顾不上妻儿，一路奔跑而来。没想到还有一匹马也和他一样。两匹马被鞭挞着向不同的方向飞奔。他虽然告诉自己这就是公司组织，但又觉得自己实在是太可悲了。他站在那里默默不语。

神尾平静地凝视着他，说："你不要觉得自己受了欺骗。你在德黑兰表现出的惊人的收集情报能力，一定能在利雅得发挥得更好。"不容上杉喘息，他便派遣上杉去利雅得赴任。

"对不起！请你原谅，我不去沙特阿拉伯。"

"为什么？"

"打个比方，我就像在高中棒球比赛中初赛失利的选手。输了的人要做的事情只是捧一把甲子园的沙子交给明年参加比赛的选手。伊朗这场初赛比赛我输了，我只能把失败的原因交代给下一任，而不能成为沙特阿拉伯这场决赛的主力。如果可能的话，请把我派到贝鲁特，我想从事一段进口原油的工作。"说着悔恨又涌上心头，上杉咬紧了牙关。

"你的心情我非常理解。不过，沙特的比赛已经迫在眉睫，那边主力的位置还空着，等着你去。你休息一个星期，和家人团聚团聚，然后就去赴任！"神尾命令道。

只要公司有令，就必须奔赴前方，即使身心背负着失败带来的创伤。上杉感到疼痛侵蚀着他的五脏六腑。

里井在东京成人病中心的药房前不耐烦地排着队。

每次来做心电图检查都有妻子胜枝陪着，一做完检查他就直接去公司，留下胜枝帮他拿药。今天不巧胜枝有个亲戚死了，她去那边了。

"哦？近畿商事和美国企业联手开发伊朗的油田。最近，他们搞得挺大的啊！"

突然队列前面传来这样的声音。里井探头往前看了一下，两个五十多岁的男人正在摊着报纸，颇有兴趣地看着头版头条有关近畿商事在萨尔韦斯坦油田国际竞标中中标的报道。标题是"近畿商事·奥利安石油公司一举中标 日本公共事业集团或因缺乏情报居第三"。大幅标题旁边是大门社长和里根总裁的照片，把近畿商事力排欧美各大企业中标的壮举当作激动人心的新闻加以报道。媒体似乎已经忘记当初近畿商事脱离公团的时候，他们一直指责近畿商事是"卖国商社"。

媒体如此无操守令里井很生气。因为里井在公司里始终反对和奥利安公司联合投标，所以，当全公司为中标欢呼的时候，他感到一种被忘却的寂寥。两天前的深夜，虽然其他董事都被召集到大门下榻的酒店，但却没有人通知他，这令他感到屈辱。后来他质问角田，角田竟然厚着脸皮说是因为关心他的身体。里井这才知道他已经明显投靠了壹岐。石油开发只有打出油来才能成为激动人心的一大事业。现在开始勘测、打井，到出油最快也需要两年时间。如果，不出一滴油的话……里井的脑海里浮现出壹岐引咎辞职的场面。

终于拿上药了。里井走出医院，外面不知什么时候下起了蒙蒙秋雨，气温骤然下降。他不由得打了一个寒战，急忙上了等候他的公司派的车。

高速公路因为下雨堵车,从医院到丸之内的公司并不远,可迟迟到不了。里井用手抹了一把车窗上的水蒸气,透过车窗他看到才十一点多就被阴云和秋雨笼罩的丸之内一带的大厦已经灯火点点。让他没想到的是近畿商事大厦离他如此之近,他看到了总部,看到了大厦顶端组成社徽图案的霓虹灯塔。在秋天冰冷的烟雨中霓虹灯塔放射出微弱的光亮,里井像被深深吸引一样凝视着它。猛然间他回过神来。平时,就算从高速公路上看到总部大楼,看到霓虹灯塔,他也没有任何感触。他总是精力充沛地想着回到公司后的工作、和来访客人的谈话或者招待客人时有过短暂嬉闹的某个女人。

从东京成人病中心花了近五十分钟才终于回到公司。刚进办公室,秘书就告诉他大门社长早就在等他回来。

里井看了一下表,说:"大松工厂的常务马上就该来了,是为明天去巴西出差的事儿。我回来之前你先让机械部部长把文件整理好。"说完放下公文包,直接去大门办公室。

大门每次来东京,不管有没有重要事情总是首先叫里井到他办公室去。里井往大门办公室走,心中不免感到有些厌烦。不过,这也说明大门需要他,所以他心情并不坏。他敲门走进大门的办公室。这两天办理伊朗油田中标的各种手续,走访各有关部门,大门应该忙得不可开交。可此时他正看着窗外,好像在考虑什么问题。

里井问道:"社长,您找我有急事?"

大门把转椅转过来,看着里井问:"你去医院了?"

里井用比平时爽朗的声音说:"是的,去做定期检查。下周我要去巴西出差,慎重起见,我去让医生检查了一下。"

"你身体最近还不错?"

"您都看到了,托您的福,我很好。倒是社长您最近东京、大阪来回跑,很辛苦。"

"我没问题。这次去巴西出差必须你亲自去吗?"

"您有其他事情?"里井心想推迟三四天没有问题,可以优先办大门安排的事情。

大门沉默了片刻,犹犹豫豫地说:"是这样的,我想让你负责重建田久保工业会社的计划。"

田久保工业会社是专门生产环境保护机械的公司,主要生产锅炉、垃圾焚烧炉和污水处理设备,是垃圾焚烧炉业界的最大企业,也是近畿商事持有百分之七十股份的相关企业。五年前,在和其他公司的竞争中失利,经营状况急剧恶化,主要融资银行正在考虑他们的重建问题。

里井没有完全领会大门的意思,问道:"您是说尽快制订重建计划?"

"对!"大门从转椅上直起身子,说,"治理环境污染设备的行业很有发展前途,田久保工业只要下功夫就能成为一颗发光的珍珠。怎么样,你接受不接受?"

"接受?您这是什么意思?"

"让你去当社长。"

里井顿时感到浑身发冷。大门社长发疯了吗?竟然让近畿商事的二把手去处理垃圾、污水的相关企业!里井的心脏开始剧烈跳动,他忍受着快要窒息的痛苦,用沙哑的声音艰难地问道:"社长,我有什么过失必须接受这样的内部指示?"

"没有过失。从我任社长以来,你一直是我们公司的东京探题①,为公司在政、官、财界积极活动,营业业绩也很突出。"

"那为什么突然决定这样的人事……"虽然里井很想用双拳敲

---

① 日本镰仓与室町幕府的官职名。

打着大门的办公桌质问他,但他的心脏承受不了这突如其来的打击,一阵剧痛。他只能发出呻吟声。

"你脸色铁青,是不是难受?硝酸甘油呢?"

"您不必担心。是谁在公司里制造了让我去田久保工业的空气?是壹岐?"里井知道此刻自己的脸色一定像鬼一样骇人,但他顾不了那么多了。

大门喝道:"无礼!掌握董事人事权的是我这个社长!有件事儿我从来没跟人说过。这十年来,每年元旦我都要以近畿商事社长的名义写一封遗书,指定我的接班人,以防我有不测。这封遗书过去十年我改写了十次,接班人的名字,里井君,我写的都是你的名字。"大门从转椅上站起来,盯着里井说,"但是,你的健康状况难以承受一个商社社长的繁重工作。不仅如此,我早就隐约感到你的器量不足以胜任社长这个位置。不料,从德黑兰发来萨尔韦斯坦油田中标的电传时,我的担忧成了现实。那天直接分管这个项目的壹岐君、赤泽君、角田君,分管财务的宝田君和分管钢铁的堂本君等人都到我住的酒店房间,一边等不断发来的电传,一边商讨如何解决和通产省、日本石油公团的关系问题,研究中标附带条件里的LNG项目的问题,寻找如何避免建设伊朗方面强烈要求的炼油厂的对策,一夜没合眼。第二天一早六点,我们又分头去走访佐桥首相、田渊干事长、永田大藏大臣甚至那个所谓的'镰仓之士',为的是避免他们因为中标嫉恨我们,也为了今后得到他们的帮助。可是你呢?不知道是不是因为你一开始就反对这次投标,直到第二天早晨都没露面!"

里井满脸怒气地说:"要说那天晚上的事儿,我也有话说!有人故意不让公司跟我联系,肯定是。"

"你又想说是壹岐君,是吧?这跟我的考虑没有任何关系!那天那么多董事都来了,可是公司的第二把手没到,这是个很严重的问题。就算那天晚上到我那儿的董事里有一个人,按你的说法是壹岐君。就假设壹岐君故意不让人跟你联系,也应该有人出来说里井副社长怎么办?我们还应该听听副社长的意见。这是理所当然的,这样才配得上是公司的二把手!"

大门的话让里井无言以对。里井心里明白大门不可能为这么一点儿事就做出这么重大的人事决定。他暗自思忖,很可能从在纽约心脏病发作的时候开始大门就担心自己做不了接班人。这时壹岐乘虚而入,火上浇油,使大门慢慢产生了把自己贬出总部的念头。正好这时发生了中标这件事,一定是壹岐在竞标中获胜促使大门下定了最后的决心。里井无论如何不甘心,他浑身发抖。

里井拼了。他使出最后一点儿力气问:"社长,如果我不接受您的这个指示呢?"

他的气势让大门怔了一下。不过,他马上说:"如果你的身体当田久保工业的社长也有问题的话,那就只有一星期来公司一两次的监察职位了。"他照顾到里井的情绪,说,"你先好好儿考虑考虑,考虑好以后再告诉我你的结论。"

看来大门决意要把自己从副社长的位置上拉下来。里井一下子感到浑身无力,眼看就要瘫倒在地。

这时电话铃响了。大门总算从尴尬的沉默中被解救出来。他立刻拿起话筒:"噢,壹岐君。该去中根大臣那儿了?好,我马上去。什么?公团新总裁定了?是原能源厅厅长山下?嗯,嗯。详细情况车里说。好!"

大门急急忙忙挂了电话,对里井说:"快和伊朗举行签署仪式了,有很多事情得跟政府部门交涉。拜访通产大臣不能迟到。"说完匆匆离开了办公室。

社长办公室剩下里井一个人,办公桌上堆满了等待社长签字的文件。他凝视着办公桌和那张黑色皮转椅。这张桌子,这把椅子,还有年营业额两万三千四百零八亿日元、资本金三百亿、职员七千七百人、第三大综合商社近畿商事社长的绝对权力。为了坐上社长这把交椅,他废寝忘食,不辞辛劳,甚至社长玩女人出了麻烦都由他出面解决。那些事情连对自己的老婆都难以启口。正因为他自信大门社长的接班人非自己莫属,所以才能在长达十四年的时间里默默期盼着大门交出社长这把交椅。一年又一年,大门没有一丝让位的意思,而他等待"禅让"一直等到今天。

壹岐这家伙!里井的胸中燃烧着愤怒和仇恨。选择商社是他的第二人生,而我把整个人生价值和梦想都交给了商社。他却挫败了我的人生,夺走了我的人生!里井的心脏像被用火钳夹住使劲扭一样疼痛万分,他号啕大哭。

为了参加和伊朗国营石油公司的合同签署仪式,壹岐带着分管石油的赤泽常务、业务本部部长角田常务以及与油田开发有关的各营业部门、熟知法律的法务部、核对资金的财务部等一大队人马登上飞往德黑兰的飞机。

安全带指示灯刚一熄灭,角田就迫不及待地坐到壹岐旁边的空座位上,说:"听说专务要接替里井副社长的位置啊!"

因为忙于签署合同一事,这些天来他们还是第一次谈及里井。

壹岐不动声色地说:"你听谁说的?"

"我也是业务本部部长,这些消息还是能传到我耳朵里的。我们公司好不容易中标,他却老是那么感情用事,反对这反对那,我也觉得今后工作不好做。多亏大门社长英明决断,今后壹岐您作为副社长可以全盘考虑公司的经营,在石油开发上大显身手。这太好了!我虽然能力有限,但是我将更加勤奋努力工作。"角田确定壹岐必定是公司二把手无疑,再三向他表示忠诚。

壹岐从内心鄙视角田,他乘着一举中标之势,强烈要求大门撤换里井副社长的职务。但想到里井有病在身,他感到一抹愧疚。

兵库县夙川大门宅第,灯火通明,大门紧闭,客厅里有位客人正在等大门回来。她就是专程从东京赶来的里井副社长的妻子里井胜枝。

"这么晚来打扰二位,非常抱歉。我是想来见见社长的。"

大门的妻子大门藤子用怀疑的目光看着胜枝,说:"我先生还没回来。你找他有什么事儿?"

"噢,这个,有点儿……"

藤子盛气凌人地说:"怎么,是不能让我知道的事情?"

"不,不是这样的……"胜枝支支吾吾地说。想到自己也曾梦想过有朝一日当上社长夫人,她心里就又悔又恨。

"那是里井君的病情不好?"

"托您的福,他的身体已经好了。"

"那你到底有什么事儿?"

胜枝没有回答,沉默不语。

藤子用一副挖苦的口气说道:"看来事情复杂,说了我也搞不明白。"

这时用人进来通报说大门回来了。

"怎么说呢,我先去告诉我先生一声。"

"你回来了。里井夫人来了。"

"什么?里井老婆?"

"你知道她为什么来吗?"

"不知道,先见见再说吧!"大门皱着眉头说完后进了客厅。

"藤子,你回避一下。"

藤子以为又是因为大门在外面玩儿女人,柳眉倒竖:"怕我听见。你是不是又在外面……"

大门训斥道:"别胡说!都这把年纪了,还吃什么醋!"

藤子走出客厅。胜枝双手并齐,放在穿着套裙的膝盖上,说:"这么晚来打搅社长,我心里非常不安。我来是为里井的事儿。听说他要去田久保工业会社当社长,这是真的吗?"

大门面无表情地问:"是。怎么了?"

"那,是不是里井犯了什么错,给公司带来了麻烦?"平日总是把毕业于津田英学塾引以为傲、才气逼人的胜枝今天判若两人,姿态很低。

"没有什么错。就是因为他一直干得很好,我才安排了这次的人事。"

"如果是这样的话,里井从心底想继续留在社长身边,和从前一样工作。"胜枝希望大门理解里井的心情。

大门一脸不高兴地问:"是里井让你来的?"

胜枝慌忙解释道:"不是。今天下午我先生早早就回家了,我问他出了什么事,他一言不发地把自己关进书房。我觉得不对劲,就再三追问,结果他只说了一句我被免职了就哭了。男人是不轻易哭的。特别是里井的性格你也了解,我以前从来没见他哭过。这么长时间里井把身心都交给了社长,他不是放不下副社长的位置,只是想留在社长身边,一辈子为社长工作。这是他最真实的感情,这种感情社长您比谁都了解。可现在突然被免职……"胜枝哽咽着说不下去了,掏出手帕擦眼泪。

"你别这样。我非常感谢里井君有这份心,也很感动。可是,为了他的发展,我不忍心让他当一辈子我的副手。田久保工业会社是我们相关企业里最大的一个公司,把他放到那儿既可以照顾他的身体,又不用担心退休年龄,他可以想怎么干就怎么干。我是为他考虑才安排他去那儿的。我本来以为他能够理解我的一片苦心,看来他没有。那就请夫人你回去好好转告他吧!"

大门如此亲切关怀,让才气横溢的胜枝无言以对。但她护夫心切,紧紧攥着手帕,怀着怨恨说道:"可是,里井说他很懊悔。也许是我的妇人之见,这真是社长的决定吗?我总感觉是因为壹岐在背后捣鬼,所以里井才感到懊悔。"

话音刚落,大门厉声喝道:"里井太太,因为我觉得你一个女人家,不必和你一般见识,所以什么都没说。可你也太过分了!"

胜枝一下子从激动中回过神来:"哎呀!您看我,竟然说出这种卑俗的话。请您原谅!"

"明白就好,以后不要再说这种话!"

"我再次向您道歉。里井走到哪里都会像以前一样,任何时候都为社长着想,也请您想着他。不然的话,真不知道他这三十年是为了什么。如果被大门社长抛弃,里井就等于死了。"胜枝再也忍不住,哭出了声。

胜枝性格要强,以知性优雅自居。现在她不顾体面名声,哀求大门不管里井走到哪里都想着他。大门不由得双目湿润,一时不知该说什么好。

里井夫人走了以后,大门一直闷闷不乐。他独自坐在客厅里看着被夜幕笼罩的院子。在五菱商事东京总部工作的二儿子洋走进客厅、每次来大阪出差他总是住在家里。

洋坐到父亲对面的沙发上,说:"爸,听说你免了里井副社长?"

"你怎么知道的?"

"我刚听我妈说的。"

"你妈这个人又偷听,坏毛病。"大门咂了一下舌头说。

洋毫不客气地说:"爸,你是被那个在伊朗中标的参谋出身的壹岐冲昏头脑才免里井的吧?要免也得免得更漂亮一点儿,现在倒好,让人家夫人找上门来哭哭啼啼。四五年前的话,爸,你不会干这么不漂亮的事儿。你是不是老糊涂了?"

大门大骂道:"老糊涂?老糊涂能压住你们五菱商事为首的日本公团中标吗?你连半瓶子醋都不够,还对别人公司的人事说三道四。出去!"

儿子走出客厅,大门再次把目光投向院子,回想起决心免掉里井的经过。那天,他和壹岐为萨尔韦斯坦油田中标前往政府各有关部门汇报情况,请求支持。走之前壹岐郑重其事地说有件事请求社长。他说,现在公司上下都在全力以赴投入这一关系到公司命运的大事业上,情况不允许有里井副社长这样感情用事、事事作对并有越权行为的人。石油开发是一项长期的项目,有这样一个拖后腿的人在上面不好开展工作。当时,自己点头称是,似乎正等着壹岐的这些话。所以,罢免里井绝不是壹岐的意思,是自己的决定。最近几年每到公司人事变动时期,各类经济杂志就纷纷刊登本年度社长终于勇退、接班人里井副社长升任社长的文章。每次看到这些文章,自己都像是在看自己的讣告。让战后的近畿商事发展到今天的不是别人,是我。我是公司的兴旺之父,干多久都没有人有权干涉。之所以有人不断说在任十四年时间太长,那是因为当初轻率地培养了里井这个接班人。罢免里井,可以废掉接班人,巩固自己的长期政权。我是出于这个目的接受壹岐的建议的。

可是,想到刚才里井太太的话,大门又在心里想,里井给我当了三十几年助手,原来他那么挂念我。大门觉得里井的心肠令他感动。壹岐呢,他会和里井一样连为我扫墓的事都想着吗? 想到这儿,大门心头掠过一抹不安——这次的人事是否有些操之过急?

第三十一章 无油兆

东京青山高楼大厦组成的丛林中静静伫立着一座教堂。壹岐凝视着教堂里的十字架,心情复杂。他儿子壹岐诚的婚礼马上就要在这里举行了。

昭和四十五年(1970年)近畿商事在伊朗萨尔韦斯坦油田国际竞标中一举中标,至今虽然已经三年零八个月了,但是还没见到一滴石油。壹岐呕心沥血,白头发更多了,额头上也刻下了深深的皱纹。加之本该是喜庆的婚事却高兴不起来,就更使壹岐脸上的表情复杂、难看。

面对十字架的右侧是新郎这边的人。最前排坐着壹岐和直子夫妇,已经上小学二年级的太和三年前出生的真理子。后面是自从油田中标以后突然套起亲家近乎的鲛岛夫妇。座位上没有壹岐山形老家的人,也看不到他的亡妻佳子大阪老家的来宾。

左边新娘那边的人就更少了。只有一个印度尼西亚青年和一对华侨夫妇。新娘是爪哇岛日惹人,严格的伊斯兰戒律和大家族制只允许他和父母选择的人结婚。她是被赶出家族,名副其实孑然一身来到诚身边的。

做伴郎和伴娘的是黄乾臣和红子夫妇,他们也是促使诚下决心娶这个印度尼西亚姑娘的人。新郎在黄乾臣的陪伴下站在右排最前面,等待着新娘出现。壹岐看着站在十字架前紧张等待的诚的背影,思绪联翩。四年前,诚从五井物产雅加达分店调回东京总部后,再次主动提出去印度尼西亚工作,在一个偏远地区从事农业开发工程项目。一个星期前,他利用年末一个星期的休假回到日本,事先没有打任何招呼,更没有商量就跟壹岐说他要结婚。对方是和五井物产雅加达分店在同一个写字楼的东都银行雅加达分店的当地职员。他已经通过东京总部一个基督教徒的同事的关系找好了教堂,婚礼就在那儿举行。并且,不办婚宴。婚礼一完马上去波利尼西亚度蜜月,然后直接回印度尼西亚。听到这话时,作为父亲壹岐感到震惊和气愤。当时的心情深深留在他心底,无法抹去。

妻子去世,壹岐作为父亲虽然在诚的婚事上有考虑不周的地方,但是,几年来他不断托山形和大阪的亲戚们、热心的朋友们给诚找对象,至少把三四封装着女孩子的照片用航空信寄给了诚。可每次他都是冷冰冰地一口回绝,根本不顾及父亲为儿子的将来着想、梦想天伦之乐的心情。不仅如此,他还故意违抗父亲的意愿,要迎娶一个印度尼西亚姑娘。要知道,雅加达有近五千名日本人,至今为止没有一个人娶了当地姑娘。这还不算,他还口口声声说为了这个新娘,决心在印度尼西亚扎根,一心一意开发偏远地区的农业。诚的自私任性让壹岐大为震怒,他训斥:"你以为你自己能长这么大?"诚却异常冷静地反驳:"死去的妈妈可以骂我,爸,你没有资格这么大声教训我。"

"壹岐先生,新娘怎么还不来呢?"

鲛岛在后面小声说。诚已经在那儿等了五六分钟了,还不见新娘的影子。这场婚礼是红子一手操办的,不可能出现差错。

"唉,这就是近畿商事副社长壹岐正公子的婚礼,简直和守灵差不多。"

鲛岛这几年虽然发福,头发也掉得差不多了,但说出来的话还是那么招人讨厌。壹岐生气地把脸扭到一边。他虽然没有想大操大办儿子的婚事，但是也想以现在的地位和积蓄为儿子办场像样的婚礼，享受一下娶儿媳妇的欢乐。

见壹岐把脸扭过去不理他，鲛岛又把身子探到前面，拽了拽一身西服领带、一副小大人打扮的孙子的袖口，说："阿太！在那儿待着没意思吧？过来！"

伦敦责备道："爸，今天是婚礼，您就让他懂点儿规矩吧！"

太可不管那一套，他从外公眼前溜过去，跑到后排。鲛岛一直看不起军人出身的壹岐和他的家庭，这几年开始和壹岐走动，一是在工作方面有预谋，另外也是因为疼爱和自己长得像一个模子里刻出来的孙子。太想要星星他绝不摘月亮，上个小学也一定要进名校。为了太上学的事儿他找了学校的董事、赞助人，甚至还跑到跟学校有关的某大银行副总裁那里求情。

新娘终于出现了。众人回头望去，只见新娘挽着红子出现在教堂门口。她身穿洁白的婚纱，花边面纱遮住她脸庞的上半部。由于紧张她脸色虽有些苍白，但是，高高的鼻梁，棱角分明的嘴唇和下巴使她看上去非常美丽、清纯。鲛岛辰三那美貌的外交官女儿的妻子曾经表现出毫不掩饰的轻蔑，说："真不明白诚为什么要和印度尼西亚人结婚。"此时，看到像花朵般美丽纯洁的新娘，她简直不敢相信自己的眼睛。新娘在管风琴奏出的婚礼进行曲的乐曲声中、在红子的引导下从红地毯上一步一步慢慢走来，曼妙的身姿吸引了寥寥几个在场的人。

在圣坛前红子把新娘的手交给了新郎壹岐诚，两人一步步走上神父等待着的圣坛。没有合唱队，管风琴奏出赞美曲。神父用低沉通透的声音宣读《圣经》。

"你当像顺服上帝一样顺服自己的丈夫……你当像爱护自己的

身体一样爱护你的妻子……"

神父用威严、充满慈爱的声音宣读完证婚词,新郎新娘交换结婚誓言,诚把婚戒戴在新娘手上。壹岐注视着圣坛上的一对新人,渐渐地他觉得自己心里的疙瘩解开了。他对自己说,至少阿诚让我看到了他这样简朴、纯洁的婚礼,我应该感谢他。

教堂里再次响起庄严的管风琴声,诚和新娘玉丽双颊绯红,紧紧挽着手臂踏着红地毯向教堂外走去,在场的人也跟在后面。不大的庭院外面就是车水马龙的街道,但庭院里摆满了紫色的绣球花。

红子紧紧握着玉丽的手祝福道:"恭喜你,玉丽。以后诚会好好儿保护你的。"

玉丽虽然坚强到足以背叛家族和诚结婚,但是一个人来到国外,举目无亲地举行婚礼仍让她感到极大的不安。她只用母语说了一声"谢谢"眼泪就扑簌簌地流了下来。

"别担心,诚的父亲也是个好人。"说完红子把玉丽推到壹岐面前。

壹岐还难以相信自己已经有了儿媳妇,还有困惑,但他还是说:"以后要有耐心,慢慢地尽最大努力做你家人的工作,等待他们承认你们的那一天。阿诚就拜托你了。"

"爸爸接受我们了。我真高兴!"玉丽抬起头来,深情地看着一旁的诚。

这时传来鲛岛伦敦的叫声:"再不快点儿回饭店就赶不上飞机了!"他已经把自己的车开到教堂门口,等诚他们上车。

"爸,那我走了。"

"嗯,回去以后安顿好了给家里打个电话。还有,有了什么事儿,不管怎样都要跟爸说。"

"我知道!"诚没有多说话,点点头。然后带着新娘上了伦敦和直子的车,走了。

其他人又回到教堂,等各自的车来。壹岐给黄乾臣深深地鞠了一躬,说:"黄先生,太谢谢你了!我都不知道该说什么好。"

时光仿佛在黄乾臣面前停住了脚步,他还是像从前一样红光满面,精神焕发。他说:"看到壹岐先生刚才的表情,我觉得这趟没白来。诚的婚姻以后肯定会出现种种困难,不过有我在雅加达关照他呢。"接着他问道,"伊朗油田怎么样了?"

鲛岛好像早就在等着这句话,在一旁责怪道:"对啊,就是因为世界顶尖级的地质学家都保证萨尔韦斯坦是个大油田,我们公司才给近畿·奥利安集团投的资。一号井不出油情有可原,可二号、三号都没有一滴油。现在都开始挖四号井了,情况还是不乐观。如果四号井再不出油,资金就要出现问题。这可是大问题!"此刻他的表情已经是在商场上激烈战斗的战士的表情。

壹岐明确地反驳鲛岛的责难:"那么大的油田,六千万平方米,开始勘探才三年时间,现在就这么说,你也太武断了。"

黄乾臣说:"奥利安在爪哇开发的海上油田一号井就出油了,最近在伊拉克也成功勘测出石油,他们是好运不断。即使四号井以失败告终,奥利安大概也不会改变开发计划。"

"现在还没有打到油层,谈不上失败。奥利安的开发计划当然不会改变。"壹岐虽然嘴上否定,但想到目前四号井的挖掘状况并不乐观,心情一下子沉重起来。

拿下萨尔韦斯坦油田后,兵头信一良由石油部长升任统管石油、天然气及其他燃料的能源本部部长,继而又成为常务,可谓一路破格提升。

发生石油危机的四年前,也就是昭和四十七年(1972年)年底,兵头去纽约出差。在酒店房间的电视里他偶然看到 ABC 电视台的节目嘉宾在分析完美国面临的能源问题之后,最后说总体上讲虽然目前原油价格并不高,但现在就有必要开始储备。这句话深深印在兵头的脑海里。回到日本后,他以每桶不到两美元的价格在中东和非洲购买了一千五百万桶石油,储存在国际石油流通中心鹿特丹租用的油库里。翌年十月石油危机袭来,原油价格上涨了三四倍。这时,他在欧洲市场抛出这些原油,短期内就为公司创下了近百亿的巨额利润。而日本许多商社蜂拥至中东、非洲购买石油,使石油价格狂飙到每桶十七八美元,备受指责也是在这一时期。兵头的这一功绩得到公司的肯定,仅用了一年时间就连升两级,从能源本部部长升任为常务。但是,他也付出了代价。因劳累过度患胃溃疡,胃被切除了三分之一,体重一度下降了十公斤。现在他已经完全恢复健康,而且随着年龄的增长愈发显得器量过人。

　　但是,萨尔韦斯坦油田从中标的第二年、昭和四十六年(1971 年)七月份就开始勘探,至今三年多只有些微的出油征兆,但还没有打出可以用于商业的油井。当初合同里规定,近畿·奥利安集团必须履行每三年放弃四分之一油田的"放弃义务"。第一个三年期限迫在眉睫。

　　兵头走出拥有二百名职员的能源本部,来到公司配楼里的伊朗石油开发公司。伊朗石油开发公司虽然名义上是为开发萨尔韦斯坦设立的新公司,除近畿商事外,日本石油公团出资百分之五十,东京商事出资百分之五,但事实上由近畿商事操作,壹岐兼任社长,兵头也在里面兼任董事。根据与伊朗政府的协定,他们还在伊朗设立了伊朗占百分之五十、近畿商事和奥利安石油公司各占百分之二十五股份的当地法人 INOCO[①],每天的开采情况通过 INOCO 在德黑兰的

---

① 伊朗日本奥利安公司。

总公司发往东京和洛杉矶。

兵头走进伊朗石油开发会社,日本石油公团派来的计划课课长把今天的报告递给他。

  一九七四年六月十日 No.71 开采至一四四八米处受阻,井漏,倒塌严重。

今天也毫无进展。兵头虽然内心焦躁不安,但表面上却泰然处之。他接着翻阅了这一星期的报告。

  一九七四年六月三日 No.64 开采至一三九八米,采取防止淤泥溢出措施。
  一九七四年六月八日 No.70 开采至一四〇三米,采取防护措施。为更换钻头起钻,取泥样后十八时继续投入开采,至一四一五米处,出现良好预迹象。一四〇三至一四一〇之间 C165 C27.5 C32.1 C40.85……

兵头看完后一言不发地把报告还给了计划课长。报告表明地下溢出的淤泥使钻头温度下降,杂屑上浮,在井内产生循环的泥因无法回升而流失。

计划课长担心一口二十亿的井这次又要报废,说:"常务,前天虽然有了出油的迹象,可泥流这么严重,还能挖下去吗?"

兵头镇定自若地说:"现在又开始钻井了,等明天的报告吧!"

计划课长一边观察着兵头的表情,一边担忧地说:"可是,石油危机以后各种费用都涨了,公团和通产省现在神经都很紧张。"

副社长壹岐的车缓缓驶进地下停车场,保安立正迎接。

"副社长,早安!"看到壹岐下车,几个保安一起举手敬礼。

"早!"壹岐回答了一句,坐电梯上了十三层董事办公室区。

上午八点四十五分。常务以上的董事还没有几个人来公司。随着地位的升迁,晚上应酬越来越多的董事们体力不支,上班时间越来越晚。只有壹岐,除非有特殊情况,从不迟到。从还是一介航空事业部长到现在,从未改变过。

董事办公区走廊的墙上挂着东山魁夷和欧洲著名画家的画,壹岐的办公室在最里面,对面是同样分管钢铁的堂本副社长的办公室。里井退下去之后,分管纤维的一丸副社长和分管财务的宝田专务也都相继卸任。副社长实行了三人制,除了壹岐和堂本外,还有大阪总部的金子。专务、常务的平均年龄比以前年轻了。

壹岐走进办公室。两个女秘书和兼任秘书课长的塙迎上来。

"副社长,这是今天的安排。"

塙递过今天的日程安排来,时间排得满满的。十点公司内部机构改革委员会,十一点人事部会议,十一点五十五分和来日本访问的摩根银行副总裁在帝国饭店共进午餐。下午一点半日本贸易董事会,三点与经济企划厅长官会谈,四点坐飞机去大阪。到大阪后先去公司,六点半在料亭吉兆和大门社长一起宴请大阪电力总裁。

虽然实行了三副社长制,但壹岐统管人事、总务、业务、海外事业四个部门,权力远远大过当年的里井。而且,大门已经年过古稀,虽然表面上他还是社长,但实际上是壹岐在指挥着整个公司,代行社长的职责。

近畿商事那些不甘寂寞的退休董事四处散布言论,说里井走后大门终于被壹岐祭上神坛,受壹岐控制,近畿商事成了"大门天皇机关"。营业部门现任董事中虽也有人不满,认为公司的权力过于集中在壹岐手里,但是,没有人敢说出来,反倒各个战战兢兢,生怕哪一天也像里井那样,让壹岐鼓动大门把自己发配了。

壹岐看了一下表。十点以后没有一点儿时间,他必须现在批阅文件。当上副社长以后,虽然办公室比以前宽敞了许多,但布置得仍然很简朴,办公桌还是朝着墙。直通电话响了,壹岐没有马上接。他正在看有关积极在南美发展、进行先期投资的申请报告。近畿商事事在这方面已经比其他商社晚了一步。无奈电话铃不停地响,壹岐只好拿起话筒。

"早上好!我是角田。您能不能给我一两分钟时间。"角田像对待里井一样,用忠实诚恳的语调说。

"嗯……"壹岐一边看着申请报告,一边心不在焉地答道。

申请报告上充满热情和自信地写着:"阿根廷革命政权到目前仍不稳定,我们应当借其他商事还未站稳脚跟之际,由总部批准投资一百万美元,掌握国营机械公司的利益权利……"

"喂!副社长,您现在忙的话,我待会儿再打。"

"噢,我看文件呢。你有什么事儿?"

角田先阿谀了一番:"首先祝贺令郎成婚。昨天,遵照您的盼咐我没有去参加婚礼。只有亲属参加的婚礼一定格外清新别致。"

壹岐这才从文件上抬起头来。儿子诚和印度尼西亚姑娘结婚以后也没回家就去度蜜月,然后又直接返回印度尼西亚工作。一想到这些,壹岐心中就感到寂寞。

电话那头,角田见壹岐不吭声,知道不能再谈婚礼的事儿,便压低声音说:"副社长,有件事儿我不知道该不该说。"他自以为汇报得很及时,"大门社长最近在棉花市场上投放了大量资金,您知道吗?"

"噢,我听金子副社长说过。金额很大?"

"这个只有大门社长直接授意的棉花部长知道,但他嘴很严,什么都不说。"

"嗯。今天下午四点我坐飞机去大阪,见到社长,我劝他慎重一些。"

"那就太好了!大门社长年纪大了,越来越固执。除了壹岐副社长,别人的话他一概不听。那就拜托您了!"角田恭恭敬敬地说完,挂了电话。

大门酷爱商品交易市场,虽然近畿商事目前已经规模巨大,实现了国际化,但他仍一如既往,他在交易市场上的嗅觉和手腕并没有衰弱。但是二十世纪七十年代的一大商社社长还亲自上阵,指挥交易市场买卖已经不符合时代的要求。这是大门的一个忌讳,壹岐虽然有想法,可很难开口。因为对大门来说,商品交易无异于他的人生价值。

秘书过来说:"副社长,兵头常务说有急事来找您。"

兵头走进办公室,也没有寒暄,开口用沉重的口气说道:"四号井的情况越来越不好。"

"现在不是还没钻到预想的油层吗?"

当初勘测结果认为萨尔韦斯坦油田构成油层的沉积岩一般在一千五百二十五米到二千二百四十米。

"可四号井在一千三百三十多米的地方碰到泥岩层。直到昨天一直在设法降低泥水比重,谨慎操作。今天德黑兰发来的报告说,钻到一千四百四十八米又出现井漏现象。再次降低泥水比重后发生塌方,钻杆被卡,怎么也提不上来。因为又一次降低泥水比重,现在情况危险,随时都可能出现井喷。"

"如果发生井喷,有可能连井架一起被毁。"

"是的……万不得已的时候四号井只能报废。"

"什么?报废?"壹岐愕然。

当初花费了一年时间,通过航空摄影、地质调查,在物理勘测阶段选定了十一个油层。人们满怀希望打下了一号井,结果只有一丝天然气和石油的迹象,最终还是以失败告终。二号井干脆是个空井,连一点儿石油的气味都闻不到。接着是三号井,幸运的是这次超出一号井,虽然一开始显示出了有石油的征兆,但是量少得可怜,不足以用于商业。各方面再次研究讨论,最后以背水一战的决心开始打四号井。没想到还没有钻到预计的岩层就出现了井漏现象,情况严重。

每打一口井,十五亿乃至二十亿的巨额资金就像泡沫一样消失在伊朗的荒漠里。石油危机以后,开采费、劳务费上涨,当初的资金计划已经跟不上形势。

兵头重重叹了一口气,说:"我和奥利安商量过了,到履行放弃义务的期限只有一个月了。我再看看情况,不行我就去一趟伊朗。"

壹岐心情沉重地点点头,说:"好,就这么办吧!"

大门躺在大阪总部社长办公室的沙发上,撩开衬衣,让男秘书给他换腰上的膏药。

"哎呀,好疼!疼!你能不能轻点儿。你这么贴,从腰到脚都发麻。手轻点儿,别碰到腰椎。"

大门打高尔夫球的时候跟人比输赢,在斜面上用力一挥杆,伤到了腰椎。骨科医生诊断说需要每天去医院接受治疗。大门讨厌医院,只去了五天就不去了,自作主张用膏药疗伤。

"对不起,我手重。贴到这儿行吗?"秘书把膏药贴到大门第四和第五腰椎之间,轻轻抚平。

"对,就那儿!再多贴两三张,让它早点儿好!"

秘书小心翼翼地说:"社长,您在比赛中成绩优异,这当然很好,不过,您是否也该考虑一下自己的身体。下次再有这样的事情发生,我们就不能随随便便给您安排高尔夫了。"

"这你不用担心。我倒要问你,前几天《新经济》上登的我的照片,那是什么?你傻呀,把我弄成一个老头。我的照片只能用那张!"

"那张"照片是大门十五六年前照的,照片上的大门正当壮年,充满活力,公司人称"御照"。一直以来近畿商事以及子公司的宣传册第一页上都能看到这张照片。

"是这么回事儿。因为杂志社的编辑说那张照片一直用,他们想要一张近照,所以就……"

"就是要近照,我也只有那一张,其他的一律不许用!"

"知道了!我告诉公关部,除了那张照片,其余的一律不准用。"

秘书扶大门起来。大门系好衬衣,穿上上衣,问起了棉花部部长伊原:"伊原怎么还不来?到底什么时候来?"

"在棉花会馆参加座谈会,做出席埃及棉花会议的汇报。三点钟左右回公司。"

"好,回来后让他马上来找我!"

大门小心翼翼地用手护着腰,在转椅上坐下。他看着办公桌上一张表格,咧嘴笑了。大门正在棉花交易市场上进行投机买卖,以苏联棉花为主。看着直线上升的价格,他感到心旷神怡,精神亢奋,仿佛又回到年轻时在商品交易市场大显身手的时代。他感到紧张、充实。

他看的是一张一九六〇年以来棉花价格的图表。黑色粗线表示掌握着日本棉花现货市场的大阪交易所的成交价格,黑色细线表示掌握世界棉花价格的纽约棉花交易所的定期价格。红线表示全世界的棉花供应量,蓝线表示需求量。大门正在研究黑色细线的走势。从一九六〇年到一九七二年这条线变动不大,在三十美分左右。七二年以后开始慢慢上升,去年六月份涨到五十五六美分。石油危机以后更是猛涨,现在已经到了八十五美分。不到两年时间棉花价格涨了近三倍。

棉花部部长伊原敲门进来。做棉花生意的职员和做棉纱的不同,大多都在国外工作过,伊原也不例外。他身穿醒目的条纹西装,一双大眼睛灵活有神。

大门用胖胖的手指指着桌子上的表格,得意地说:"怎么样?我没说错吧?涨到八十五美分了。"

"真是佩服您的判断力。不过,我觉得到了该抛出去的时候了。"伊原私下认为直线上升的棉花价格已经到顶了。

"不。因为石油价格上涨造成所有生产成本上涨,而且,棉花的生产量是六千四百万袋,需求量是六千二百万袋,相差无几,所以,它还要涨!"大门又问到和棉花相关的商品价格,"今天的大豆、小麦、玉米是什么价格?"

"大豆五点三一美元,小麦四点五〇美元,玉米三点二五美元。"

"你看,还在涨。一八六一年南北战争的时候棉花价格涨到了一美元。我估计这次也要创一美元的纪录了。"

"可是,在一百年的棉花交易历史上仅有那么一次啊!社长,我认为现在是抛售的最好时机。"

"不!这是个千载难逢的好机会。一定会涨到一美元。大胆买进,后果我来负!"大门命令伊原继续买进。

目前船舶紧张,连购买美国棉花所需要的船舶都很难弄到手。而买进苏联棉花要连带着买船和汽油。

"社长,大阪、神户、名古屋的仓库都已经爆满,再买也没有地方放了。"

棉花容易引起火灾,需要特殊的仓库存放。

大门不耐烦地说:"那就运到清水湾去!"

伊原进公司以来一直在棉花部工作,还曾跑遍美国的棉花产地,在当地直接收购棉花。四十七岁就从达拉斯分店店长升任总部的棉花部长,可谓年轻有为。他在年过七旬的大门身上又看到了从前那个炒现货的投机商的身影,看来已经无法阻止他了。

伊原棉花部长走出社长办公室。不一会儿壹岐出现在大门面前。他是来和大门一起去见大阪电力公司的总裁,商谈有关萨尔韦斯坦油田开发附带条件的 LNG 问题。

"社长,听说你腰伤着了,要紧不要紧?"

"就是扭了一下。他们太大惊小怪了。"大门说,好像刚才他根本没有喊疼,也没有让秘书给他贴膏药。然后劈头责怪道:"第四口井情况怎么样?你不是说这次没问题吗?怎么一点儿好消息都没有?"

"社长,四号井才打了一半,您不要那么性急。"

"不性急?五十亿都扔进泥里去了,能不性急吗?这第四口井肯定能出油吧?"

"现场报告说天然气层和水层量都很大,很有希望。"壹岐说。实际上就像刚才兵头说得那样,情况很不乐观,万不得已时有可能废井。但他知道如果这么说,大门又要发一通脾气。

"现在和当初说的还是大不一样。大阪电力的人一见了我不问你好,问还没出油?每次都让我很难堪。今天晚上谈 LNG 的时候,他们肯定还要问,你能跟人家解释清楚?"大门问道。

"这个由我来跟他们解释,征得他们的理解。最近,我多少也了解了一些有关石油的知识。"壹岐镇定自若地回答完以后问,"社长,我听说您在棉花市场上有大手笔。"

大门一听这句话转忧为喜,说:"对呀!苏联棉花,这次可赚痛快了!"

"什么？苏联棉花？"壹岐感到惊讶的同时也觉得不愉快。

"我知道你不喜欢苏联，可做买卖不能感情用事，感情用事是要吃亏的。苏联棉花和美国棉花比不仅能保证质量，而且还带船带油。石油危机以后其他商品都没有船，就是有也很贵。这是多好的买卖！"

"不过，社长，这笔买卖是不是该放手了？"

"怎么？因为是苏联棉花？"

"不是。石油危机以后商社的企业道德受到社会关注，社长亲自抓现货市场投机，如果被记者们知道了，又是抨击商社的绝好材料……"

大门满脸不高兴地把壹岐顶了回去："你连市场的市都不懂，不要在这儿谈什么现货市场。商社的主要国际经营项目，大豆、小麦、玉米等农产品，还有咖啡、铜、锡、银等等都是交易市场上的商品。商社人如果丢失了在商品交易市场上的直感还能剩下什么？要让我说，没有这种直感的商社人不是合格的商社人！"

虽然大门的话自然有他的道理，但是，壹岐突然觉得最近自己和大门在看待问题和判断事物的方法上渐渐产生了差距。

京都大原寂光院，雨水打湿了满目新绿，滴在通往山门的石头台阶上的雨滴染上了嫩叶的绿色。

"啊！绿色的雨滴！你带我来这儿真是太对了！"黄红子在一棵伸展开树枝、吐出新叶的枫树下停住脚步，回头对秋津千里说道。

今天上午，千里突然接到红子的电话，说她到琵琶湖考察修建国际连锁酒店的地点，因为下雨改变日程，想让千里陪她在京都转转。千里陪她去了洛北的诗仙堂、曼殊院、大原的三千院，然后来到这里。

"如果天气好的话，阳光透过两边的树叶照在台阶上，台阶都是绿的。不过,下雨也好,游客少,安静。"

在这儿她们只碰到三个游人。寂光院是红颜薄命的建礼门院出家并结束一生的地方,这种宁静的气氛正好走访她的庵室。红子身穿南洋印花布旗袍,千里穿着乳白色套裙。两人撑着伞在被雨打湿的新绿辉映下走上石头台阶,那情景就像一幅美丽的画面。

走进山门,正面静静伫立着寂光院正殿。走上左边的小径,古杉枝叶茂盛,空地上有一块石碑,上面写着"庵室遗迹"几个字。建礼门院住过的庵室已经不复存在,仅剩下长满青苔的用小石子垒砌的石垣诉说着昔日的事。

平清盛之女德子曾经极尽荣华,她是高仓天皇的皇后,并且生下了后来的安德天皇。平源坛浦之战后她预感到平家气数已尽,抱着年幼的安德天皇投水自杀。然而,却被源氏的士兵用耙子打捞上来,无奈活了下来,在这里落发为尼。这里充满了一个被命运捉弄的女人深深的悲哀。

红子幽幽地说:"二十九岁就出家为尼,在这大原的山野里一直到死。她肯定寂寞死了。"

"据说建礼门院宁愿住在这寂寞的山野里,也不愿意住在都城耳闻目睹令她痛苦的事情。所以,她在这里建了庵室。一个秋天的晚上,她听到外面有人踩在落叶上的脚步声,就让侍女出去看看是谁来了,结果是一只鹿。昔日的荣耀就像幻影一样消失得无踪无影,没有人来这里走访她。《平家物语》里还有她作的和歌。'思绪浮联翩,山中庵室静。昨日宫中月,今日在他乡。'"

听了千里的话,红子凝视孤零零立在雨中的石碑,问:"千里,你能在这儿度过像建礼门院一样的人生吗?"

千里不知道红子为什么问这个问题,答道:"这……不知道。我没想过。"

"你哥哥出家,一直在比睿山上,对吧?从这儿可以看见比睿山吗?"

"天气好的话看得很清楚。"

千里看着比睿山的方向。晴天的时候似乎近在眼前的比睿山,此刻笼罩在灰蒙蒙的雨雾中,不见了身影。想到在这样的雨天,身患肺病的哥哥还要身穿僧衣,脚蹬草履,巡山修行,千里就心痛难忍。

"哎呀,对不起!我怎么问起你哥哥的事来了。"

"没关系,我们去正殿旁边的书院休息一下吧。"

两人又顺着小径返回,在书院的套廊里坐下。尼僧端来热茶,只说了一句说:"天气这么不好,您二位辛苦了。请慢用!"然后就消失在隔扇门里。

两人眺望着书院前面庭院里的景色。郁郁葱葱的树木倒映在池中,枫树、樱花树、杜鹃花、棣棠、山茶花组成了浓淡相间的绿色绒毯。

两人喝着热茶。红子还是留着娃娃头,比几年前更显年轻。她说:"壹岐先生的儿子结婚了,你知道吗?"

"知道,听说你们夫妇是伴郎和伴娘。"

"新娘是印度尼西亚人,也是因为我被诚的男子汉气概感动了,所以是我主动提出来的。诚不会很快回日本,壹岐先生的女儿一家虽然住在他家里,但毕竟是鲛岛家的人。别看鲛岛平时总把'商场无父子'这句话挂在嘴边,可对那个丑孙子溺爱得不得了,婚礼的时候都一步不离开孙子。还有那个外交官千斤出身、装腔作势的鲛岛夫人,非常喜欢老二真理子,孩子才三岁就要送进白百合幼儿园,到处走门路。我觉得特别奇怪,他们以前那么不喜欢直子,说变就变了。人老了,这也是自然规律吧。你也该和壹岐先生结婚了吧?"

在伊朗油田国际竞标中近畿商事孤军奋战的时候,是千里主动提出来等竞标告一段落后再谈她和壹岐的事,壹岐当时很感激她。可是,至今壹岐都没有一个明确的态度。

见千里默默不语，红子问："是不是你又有了新的男朋友？"

"怎么会。我和壹岐先生之间可能已经过了谈婚论嫁的阶段。"

"怎么悟得这么透彻，像你这样漂亮又有成就的女陶艺家？"

作为陶艺家在和壹岐发生亲密关系以后，千里为爱所苦，为爱烦恼，为爱挣扎。这些都成了她创作的源泉，成就了她的事业。

"哪里是悟得透彻啊！说实话，我有自己的工作。虽然诚和直子都已经成家立业，可是，如果我和壹岐先生结婚，总还得尽到做母亲的心意。一想到我要扮演妻子、母亲、陶艺家三个角色，我就有点儿胆怯，怕做不好。所以，也不能光怪他，我自己也不想因为结婚影响到创作。"千里说出了心里话。

"看不出来，你还挺以自我为中心的。"红子把一双大眼睛转向庭院，说，"我现在还记得第一次见你时的情景。你和壹岐先生到我们夜总会来的时候，我一眼就看出来壹岐先生很喜欢你。你也一样，很喜欢他。这都过去几年了？壹岐先生的太太去世以后，他没跟你说想结婚？"

"嗯……"

"男人都这么自私。不过，从我们女人的角度讲，我真不理解你为什么不逼他跟你结婚。他太太去世以后，你们之间已经没有任何障碍了呀！"

"还是有的。他太太去世本身就是我们之间的障碍。"千里把壹岐的妻子出车祸前他们夫妻之间因为她发生过不愉快的事情告诉了红子。

"是吗？原来发生了这样的事情。这么说，你们两个人的心里都有一个枷锁啊！"

红子没有再说下去。两人在无人造访的尼姑庵里静静地听着雨声。

深夜的名神高速公路,大雨滂沱。壹岐坐在向京都飞驰的出租汽车里。

晚上九点,招待大阪电力公司总裁和技术专务的酒宴终于结束,壹岐请大阪总部总务、人事部部科级干部在夜总会喝了几杯酒,犒劳他们。然后,返回酒店询问有没有留言,之后就直奔千里家。

四号井至今没有出油的迹象,大阪电力公司的人在酒宴上提出了种种疑惑,壹岐都一一做了解答。幸运的是大阪电力的供应商,同时大阪电力在其中也占有股份的加奇萨兰公司,在石油危机之前就和具有液化冷冻技术的法国公司合作,设立了 LNG 工程项目。因为他们已经开始建设冷冻储备库,预订了在零下一百六十二摄氏度的气温下把液化气运到日本的 LNG 专用油轮,所以,现在虽然由于成本费上涨影响到 LNG 的价格,但是,和现在才开始在中东做准备的其他商社相比,他们的价格无疑低得惊人。四年前当近畿商事提议引进 LNG 时,虽然大阪电力采取了消极的态度,但现在他们认为近畿商事预测到了能源危机的到来,是一个具有先见之明的商社,给予了很高的评价。因此,他们没有像大门社长担心的那样,对四号井的情况追问不休。

出租汽车司机在瓢泼大雨中把车开得飞快。壹岐微微带些醉意,靠在车椅背上迷迷糊糊睡着了。突然,吱的一声刹车发出巨响,壹岐的身体被抛到了前面。他一把抓住座椅靠背,往前一看,只见车身浮起,高速公路的防护墙迫在眼前。虽然司机拼命踩着刹车,使劲转着方向盘,但防护墙越来越近。完了!这个念头出现的一瞬间千里的身影出现在壹岐面前。就在这时,车身剧烈摇晃了一下,在防护墙前面停住了。后面的车发出急刹车的声音,从旁边驶过。千钧一发。

壹岐不由得大怒:"你怎么开车呢?!"

司机吓得说不出话来,脸色苍白,满脸冷汗。

壹岐说:"后面有车来,很危险。注意别追尾了。"

司机终于回过神来,擦了把冷汗,调整呼吸,重新启动汽车。

出租车下了高速公路,进入京都市内,开往樱木町。雨小了,沉睡的京都笼罩在黑暗当中。壹岐看着左右摇摆的雨刷,想到刚才。当汽车快撞上防护墙的时候,自己眼前浮现出的不是儿子诚,也不是女儿直子,而是千里。他没有对千里负任何责任,没有给她任何补偿。如果这次发生意外,他就永远无法做到这一切了。

千里家附近的疏水渠因为大雨浊流滚滚。出租车停在千里家门前。壹岐下了车,千里就打着伞迎出来。

"下这么大雨,路上不好走吧?"

"嗯。应酬完以后又请年轻人喝了两杯,就晚了。"

两人进了屋。千里走到壹岐身边,拿起他脱下的上衣,用毛巾擦着上面的雨水,就好像他们已经是多年的夫妻。

"来,喝杯水醒醒酒吧!"

壹岐在起居间坐定,千里又给他端来凉水。壹岐一口气喝干,问:"塙君打电话没有?"

"没有。今天没人来电话。"

"那,我先给他打个电话。"

壹岐伸手拿起话筒。在升任副社长以前,为了慎重起见壹岐一直瞒着他和千里的事儿,连秘书也不知道。但是,当了副社长以后,地位变了,因为要全盘负责公司的业务,公司必须掌握他二十四小时的行踪,所以他需要一个可以保守秘密的心腹秘书。公司并不缺乏年轻有为的副社长秘书,但是事关容易被人抓把柄的男女私情、个人生活问题,壹岐需要一个既能理解他又能保守秘密,必要时替他打掩护的人。思来想去,他选择了在纽约的塙。

当年在围绕防卫厅战斗机的商战中,壹岐去美国出差。那是他第一次去美国。在洛杉矶是堫带他去近畿商事做代理商的拉克希德公司的。堫讲一口一般日本人无法比拟的漂亮的英语,在和各方面交涉中也表现出了超常的能力,但是他却郁郁寡欢,引起了壹岐的注意。谈话间他告诉壹岐,他曾经有个同居的美国女友,都要订婚了,对方突然说不能和一个"黄货"结婚,离开了他。为了这件事,他遭到同事们的嘲笑,开始自暴自弃,最后被发配到墨西哥边境的一个只有他一个人的事务所待了两年。知道了他郁郁寡欢的原因后,壹岐给了他鼓励。从此,他改变了自己。壹岐在纽约任美国近畿商事社长的时候,堫也在纽约工作,是壹岐的部下。当时,千里从日本追到纽约和壹岐见面,也是堫热情地代替壹岐接待她。壹岐觉得堫是可以理解他的处境的。

当上副社长秘书以后,堫一直小心谨慎,不动声色地替壹岐巧妙地处理和公司内外的各种联络关系。如果换了别人,壹岐和千里的关系早已是公开的秘密,但直到现在还没人觉察。

堫家里的电话占线,壹岐打了两次才打通。堫一听是壹岐的声音马上说:"我正要给您打电话呢。角田专务去荷兰大使馆参加活动,听到一个好消息想告诉您。他往大阪您住的饭店打过电话,您不在,他就追问我您在哪儿。我告诉他您正秘密约见一个重要人物。"

"知道了。明天八点钟我回酒店,在房间里。"

"明白!晚安!"堫没有一句多余的话,把电话挂了。

"哎呀,洗个澡吧!水烧好了没有?"

"烧好了,不过有点儿凉了。我去加热一下,马上就好。今天红子来京都了。"

"哦?她来京都有什么事儿?"壹岐吃惊地问。壹岐刚在诚的婚礼上见过黄乾臣和红子,红子没有说她要来京都,更没有说要见千里。

"她去琵琶湖给国际连锁酒店选址,也是突然打来电话的。她不就是这样吗?"

"她也不想想你有没有时间,方便不方便。你都带她去哪儿了?"壹岐知道红子口无遮掩,担心她不知对千里说了些什么。

"我带她去了大原,在寂光院待了挺长时间的。"

"寂光院啊。那地方不太适合她去。"

"不过,和红子聊过以后我觉得她虽然看上去性格奔放,其实是个很正直、善良的人。很久没有和女朋友聊私房话了,我挺高兴的。"

"噢,你也说这种话。行,我去洗澡了。"听到私房话这三个字,壹岐竟有点儿不好意思,急忙往浴室走。

洗完澡,换上和式睡衣,壹岐进里屋躺下。来时的大雨这时已经停了,清凉的风不停地拍打着窗户。

千里关掉台灯,关切地说:"你出差到大阪,不在酒店到这里来,心里一定很不踏实吧?"

千里说得没错,可是壹岐又无法开口让千里到他住的酒店去。每次来关西地区,只要两人见面,无论有多困难,一定是壹岐来找千里。这是他现在唯一能向千里表达诚意的方法。

"这是我的事儿,你不用担心。"壹岐抚摸着千里绸缎般柔软的黑发,说,"今天从大阪过来的时候,出租车差点儿撞到防护墙上。"

"真的?多危险啊!"

"司机说差点儿就上西天了,吓得出了一身冷汗。我也以为这下完了,那时候……"

"不要,我不要你说这种话!"千里很害怕,用手堵住壹岐的嘴,没让他说下去。

"……那个,不是说好了等伊朗油田投标的事情告一段落以后再提我们的事儿吗?后来我工作忙,你也说自己有陶艺这个事业,所以就这么拖下来了。我觉得真的应该具体考虑我们两个人的事情了。你不反对吧？"

"嗯……"千里把头埋在壹岐怀里。

兵头正在前往萨尔韦斯坦油田的途中，和他一起去的还有伊朗石油开发公司的当地 INOCO 的勘探部部长内田。

从设拉子机场到萨尔韦斯坦油田有二百公里的里程，在飞驰的汽车里兵头的心情好似接消息正往危笃的亲人身边赶一样。前天，接到四号井已经无法掘进的电传后他马上从东京飞到德黑兰。在 INOCO 总公司他见到从奥利安派来的勘探部部长，两人经过研究一致认为事态严峻，如果不能成功清理油井，就不得不将四号井也报废。但是，如果能顺利清理，就能继续掘进。兵头心里还抱着一线希望。

汽车穿过座座村庄。突然，褐色的荒漠中出现了一片闪亮的粉红色。那是一个盐湖，在阳光的照耀下反射出粉红色的光。兵头虽然眼睛看着这神秘的美丽景色，但心却没有像以往一样为她陶醉。

车又开了一个多小时，周围平缓的丘陵和耸立的高山，彼此交错在一起。这都是伊朗石油矿区特有的地质构造。

六月下旬的伊朗西南部气温三十七八摄氏度，没有一丝风。远处出现了耸立于碧蓝天空的井架。汽车从荒漠中唯一的一条路上下来，开进满是卡车、货车轮胎印的荒漠中。放眼望去，四周没有一草一木，只有四十三米的井架高耸入云。井架周围是涂了红油漆的仓库，堆积如山的水泥袋和各种规格不同的钢管。

往常二十四小时机器声轰鸣的工地现在鸦雀无声，高出地面六米的作业台上也看不到工人的身影。一种不祥的预感向兵头袭来。

"怎么这么安静？出什么事儿了？"

地质工作者出身的内田说:"可能是清理作业成功,正在进行DST[①]。"但是,异常的宁静让兵头感到更加不安。工地旁边当地工人住的发黑的羊皮帐篷和技术人员的移动宿舍泾渭分明。兵头他们在移动住房前下了车。刚一出车门一股热气从地底下扑面而来,令人窒息。兵头顿时满身大汗。伊朗工人们疲倦地坐在仓库和堆积货物的背阴处,内田四处张望,找现场指挥麦克的身影。麦克总是穿一件大大的红格子衬衫,裤子里别一把尺子,作业一完烟斗就不离开那只毛乎乎的大手。

"找不着,可能在宿舍里。"内田说。

两人走进现场指挥的宿舍,麦克正通过无线电用得克萨斯口音的英语通话。见他们两人进来,说:"你们来得正好,我正在和德黑兰的勘探部部长梅拉通话,他说要和兵头先生说话。"

兵头接过对讲机:"我是兵头,请讲!"

吱吱的杂音里传来梅拉的声音:"三十分钟前工地报告无法进行清理作业,强行作业有危险。请讲!"

"进行 DST 没有?"

"没有,还没有到足以测试的程度。"

"有没有什么办法先把井里清理干净?"

"不可能。只有把钻杆拔出来,废掉这口井。"梅拉请求 INOCO 的代表兵头做出决断。

兵头一时难以决断,对着吱吱作响的无线电大声说:"等等,我必须跟内田和麦克商量一下!"

"兵头,我们必须尊重麦克的意见!麦克已经做了各种努力,再坚持下去有危险。时间越长麻烦越大,最后连钻杆都拔不出来。"

[①] 钻杆测试。

"连钻杆都拔不出来?"兵头沉默了。从德黑兰出发时还抱有的一丝希望瞬间破灭了。他看了一眼旁边的内田,内田用目光表示同意。兵头已经到了不得不下决心的时候,他做出了痛苦的抉择:"废井!"

关掉无线电通信机,兵头感到一下子浑身无力。有着三十年钻井经验的麦克默默地拍了拍兵头的肩膀,算是安慰他。几个人心中充满悲壮,这是一种只有远离妻儿、在极其艰苦的条件下为油田奋战的男人之间才能相互理解的感情。

"现在决定废井,麦克,剩下的就都交给你了。怎么办?"兵头问。

麦克拿来已经挖掘到一千六百米的四号井地图,用粗大的手指指着图纸说:"钻头就不用说了,一千六百米的钻杆,能收回九百米就不错了。"

内田问:"拔出钻杆以后什么时候固井?"

"一拔出钻杆必须马上用水泥固井,否则地形发生变化,天然气随时都有喷出来的危险。OK?"麦克问兵头。

"只能这样了。不过,我希望钻杆能多收一米就多收一米。"

麦克使劲点点头,出去开始紧张地为填井做准备。

不久,作业开始了,机器的轰鸣声震得移动宿舍微微颤动。兵头隔着窗户看着作业的工人们,越来越响的轰鸣声像哀乐一样震动着他的耳膜,令他很痛苦。

内田刚用无线电通信把情况跟梅拉汇报完,麦克的部下就跑进来说:"套管里的钻杆只拔出九百米,切断剩下的部分,现在正在填水泥。"

兵头站起来正要往外走,又犹豫地站住了。因为他知道对于钻井的人来说,连钻杆都不能全部收回来就固井是最不想让人看到的场面。他回头看了一眼内田。同样是技术人员出身的内田考虑到同行的自尊,没有看着窗外。

想到用高利息贷来的勘测费,兵头感到快要窒息了。在近畿商事的董事会上他不知道说过多少次下次一定,他用这句话来说服董事们。还有每天看着从德黑兰发过来的报告,为之一喜一忧的日子又浮现在他的脑海里。石油开发的成功与否在于是资金先见底还是先发现石油。

虽然兵头克制着自己不要靠近井架,但又觉得自己和内田不同,是个外行,工人和技术人员们一定不会在意。他想亲眼看到四号井被埋葬。他悄悄溜出宿舍,走到离井架十米远的地方,停住了脚步。

在九百米处被扭断的钻杆正被用升降机慢慢拔上来。它的末端由于强大的力量被挤扁,变成了一堆废铁。

麦克大声喊着:"好了!趁天还没黑,赶快固井!"

工人们不断运来水泥袋,扑通扑通地扔到井架边,扬起阵阵灰尘。为了安全起见,固井分两处进行。负责填井的工头指挥添加强化剂,开始固井测试。

"第一次固井开始!"

随着麦克的一声令下,昨天还寄托着无数人希望的四号井被注入大量水泥。

几个小时前的酷暑消失了,夕阳照在一望无际的荒漠上,放射出强烈的光芒,正在紧张作业的工人们看上去格外耀眼,他们的身影映在井架上。

四号井同样无情地吞没了庞大的资金和人们的梦想,以失败告终。兵头心中涌起一种强烈痛彻的虚无感和悲伤,连夕阳都让他睁不开眼睛。很快荒漠天空硕大的夕阳消失在山背后,顿时一片黑暗,工人们的人影和四十三米高的井架都消失在黑暗中。

设拉子机场拥挤不堪的旧酒吧里,兵头正在喝闷酒。

"兵头,别再喝了……"内田说道。

"没事儿,这点儿酒不算什么。"

"去德黑兰的飞机虽然晚点了,但随时可能登机。关键是你的胃因为胃溃疡切除了三分之一。"

"人少三分之一的胃,死不了。唉,一号井和二号井是打到最后发现是空井,没办法。可四号井还没打完就报废了,真让人难以接受啊!"兵头把酒杯放到吧台上,闭上了通红的眼睛。太阳落山,黑暗笼罩荒漠的那一瞬间,四十三米的井架就像被活活埋葬的四号井的墓碑般映入兵头的眼帘,始终在他眼前晃来晃去。

候机厅里传来登机的通知。上飞机后刚喝过的威士忌直往上返。飞机不断上升,兵头越来越恶心。安全带指示灯熄灭以后,空姐过来说:"兵头先生吗?头等舱里有位客人要见您。"

兵头忍着恶心,说:"叫什么?"

"没有问,他的座位是A2。"空姐机械地回答后就走了。

内田感到奇怪,说:"谁呀?要不我去看看?"见兵头难受,他站起来想过去看看。

"不用,我自己去吧。"兵头问空姐要了一杯水,一口气喝下,感觉舒服了一点儿。他心想年过五十还猛灌威士忌,真是自不量力。

他撩开隔着头等舱的帘子,走到A2号座位旁边,不由得大吃一惊。把一米五五的瘦小身体深深埋在座位里的竟是国王的御医、幕后军师佛卢基。近畿商事之所以能在竞标中力压劲敌一举中标,仰仗的就是他提供的准确的秘密情报。

佛卢基身穿深色西服,正在翻看《费加罗》。他面无表情地说:"你用不着那么吃惊。我也不是只坐王室专用飞机,偶尔也坐坐伊朗航空。也因为我要坐,这次航班才晚点这么长时间。不用担心,整个头等舱我都包了,他们都是我的警备人员。放心吧,坐!"他指了指旁边的座位。

兵头扭头看了一下,头等舱里只有七八个人,虽然外表和一般乘客没什么两样,但个个机智警惕。

兵头在佛卢基旁边的座位上坐下,说:"那以后一直没有跟您联系上。我专程去您的别墅,想表示感谢,但是没见到您。"

由于佛卢基利用《古兰经》的页数向兵头透露了其他公司的投标价格,使得近畿商事和奥利安以最高价格中标。为了感谢佛卢基,兵头专程在星期二赶到佛卢基在荒漠中的别墅拜访他,但他吃了一个彬彬有礼的闭门羹。管家极有礼貌地告诉他:"医生说今后没有必要再见面了。"所以,他中标以后就没见到过佛卢基。

佛卢基没有看兵头,注视着前方,用勉强能听到的低沉的声音说:"我听说还没有找到油,这是怎么回事儿?是不是技术人员有问题?"

兵头解释道:"我们的合作伙伴奥利安公司和他们承包钻井的子公司奥利安钻井公司都投入了一流的技术人员,这方面可以放心。经过这将近三年的勘探、测井,已经相当准确地把握了油层,很快就会看到成果了。"他嘴上说着,自己也觉得缺乏说服力。

佛卢基没有打断他,听完他的话以后,佛卢基很少转动的眼睛一闪,责问道:"这次四号井打到一千六百米,没有钻到预定深度,连DST都没有做就不得不固井。而且,钻杆都没有完全收回来。不是说这是一次毁灭性的废井吗?"

"医生,你怎么知道得这么详细?"兵头愕然问道。废井的决定是在五六个小时前才做的,连伊朗石油公司都还没有来得及通知。

佛卢基若无其事地说:"因为我监听了你们和德黑兰的无线电通信。"

兵头目瞪口呆。佛卢基接着用强硬的口气说道:"四号井耗费了几乎所有的勘测费,奥利安今后一定会采取消极态度。但是,必须打五号井。五号井失败了就六号井、七号井地打下去。我要求近畿商事无论付出多大代价都要挖出油来。伊朗没有把开采权给了龙头老大美孚,也没有给德国石油供应公司和以五菱商事为首的财团商社集团,而是给了你们。所以,这是你们应该尽的义务。"

一股寒气窜上兵头的脊梁骨。伊朗油田不同于沙特阿拉伯,已经接近枯朽,最近几年新油田的测井都以失败告终。在竞争异常激烈的国际竞标当中,无论是公司的规模、知名度还是附带条件,近畿商事·奥利安集团都算不上是一流的。佛卢基之所以选择他们,看重的是近畿商事·奥利安集团不会中途退出被吹嘘成陆地上最后一个大油田的萨尔韦斯坦油田的开发这一点。换句话就是说,他可以卡着他们的脖子,迫使他们打井,直到打出油来。当初佛卢基不要一分钱的回扣,兵头把这当作是佛卢基不爱慕金钱和地位的崇高品质。但现在他知道自己有多么幼稚。萨尔韦斯坦油田开发关系到伊朗重振国威,所谓回报还不及荒漠中的一粒沙子。

兵头陷入进退两难的境地。而且,不管他愿意不愿意他都把副社长壹岐拉进了这个泥潭。他感到眼前一片黑暗。

虎门日本石油开发公共事业集团的会客室,壹岐、兵头表情凝重,正在向总裁和分管技术的董事汇报四号井报废的经过。

公团第三任总裁、六十三岁的山下曾任能源厅长官,以精明强干著称。听完两人的汇报,思维敏捷的山下马上用似乎不经意但冷冰冰的口气说:"就是说四号井失败的原因在于钻井。一口井还说得过去,可已经打过三口井,又了解地质构造,竟然还没有打下去。这事儿可真不光彩。"

壹岐坦率地说:"您说得很对。所以,我们正在寻找这次失败的原因,反省错误。"

地质学专家多多良董事看过报告和数据后,以行家的严格态度向兵头提出一个问题:"两次井漏,两次被卡,技术人员为什么没有想到井内可能出现坍塌以至于不得不废井?"

兵头解释道:"现场技术人员说,他们一定程度上预计到地层坍塌,认为没有大问题。但是意外地遇到了严重的井漏现象,由于泥水比重降得太低,引发了坍塌。"兵头接着表示,"我们希望接受四号井的教训,在总结经验的基础上,再打一口井。四号井虽然以失败告终,但是,从石油地质学的角度发现了较好的油层,发现石油的可能性比以前更大了。所以,我们认为这时不能撤退。"

壹岐也说:"因为我们认为五号井是最后的堡垒,所以希望能打最后一口井。我们这次来一是向公团汇报四号井的情况,二是请求公团支持我们打五号井。"

山下总裁暗含锋芒地说:"再打一口这样的话我们已经有点儿听腻了。自从接任吉良任公团总裁以后,我自认为在萨尔韦斯坦油田的问题上对你们很有耐心,也很照顾。不过,你们来之前我正在想这么长时间都没有出油,最近各方面都开始关注这件事情,我也应该考虑下一步。为什么萨尔韦斯坦的开采费这么高?陆地油田一般一口井也就是十二三亿,可是萨尔韦斯坦却要十五甚至二十亿。你们是不是被奥利安骗了?"

兵头解释道:"那是因为伊朗的特殊地形。一般情况下打一口井需要三个月,但是萨尔韦斯坦石灰岩多,作业起来很困难,需要六个月的时间。因此,开采成本就高。"

"如果真的单纯是技术问题倒也没什么。最近社民党准备在国会上追究公团的投资问题。当然,我们没有做任何不正当的事情。不过,石油危机以后社会发生了巨大的变化,你们公司没问题吗?"

山下说完看着壹岐,暗示他很担心近畿商事的资金问题。

四号井报废的消息传到公司以后,虽然公司上下都感到不安,但壹岐丝毫不动声色地说:"没有问题。我们在石油开发上赌上了公司的命运,是要公团支持我们,我们咬紧牙关也要干到底。"

"那,奥利安方面呢?"

"当然也是积极的态度。"

"哦?这就奇怪了。我们公团开罗事务所说,奥利安在萨尔韦斯坦的勘测费预算已经快用完,正在考虑撤出。"

"不可能。我计划这几天去见里根总裁,商谈这件事情。一定是他们弄错了。"奥利安中东地区总经理的确表现出了消极的态度,但是,壹岐否认了山下的话。

"如果真是这样的话那就好。不过,虽然公团给你们派去了内田君这样优秀的技术人员,但是美国的一个独立石油资本的公司和近畿商事还要在那么大的一块油田矿区勘测石油,我还是有点担心。从这点上讲,同样是大油田,五菱商事和美孚合作在沙特阿拉伯中部开发的油田,合作方是大的国际石油资本,传回来的也都是好消息,让人放心。"山田说道。言外之意,近畿商事和独立石油资本合作进行油田开发是多么没有把握,甚至令人怀疑。而和国际石油资本合作的五菱商事才值得他信任。

兵头坐不住了,说:"奥利安虽然是独立石油资本公司,但是,和那些打一口井就收场的急功近利的公司不同,现在也算是准国际石油资本了。而且,在中东他们有不亚于美孚的经验和业绩。"

"因为对于你们来说,奥利安是重要的合作伙伴,所以你们认为他们不比国际石油资本逊色,但从客观上讲,这种说法缺乏说服力。如果五号井还不出油,怎么办?你们公司用的是和没有利息差不多的普通的钱,无所谓。可是,我呢,搞不好会被你们公司拖垮。国会议员们和通产省一定会问,为什么把萨尔韦斯坦这么大的一个油田交给近畿商事和一个外国的独立石油资本公司?"

山下的话反过来讲就是,如果财阀派系商社和石油国际资本合作,失败了也情有可原。壹岐和兵头心中再次涌起身为"二流品牌"的悲哀。

壹岐仍然一如既往地请求道:"您有种种担忧可以理解。下月初要在奥利安公司本部召开有关开发计划的会议。会议结束后,我将带着会议决定正式来请求公团支持打五号井。届时,请您多关照。"

"我现在什么都不能答应你。刚才我也说过了,如果在野党追究起来,我没有足够的理由解释为什么继续给你们投资。另外还有和其他正在开发的油田的平衡问题。"山下总裁装腔作势地说,"不管怎么说公团的钱是纳税人的血汗钱,我必须优先国家利益,做出公平公正的决定。这个你们也明白。"

壹岐和兵头走出公团,一上车兵头就说:"听山下总裁最后那句话的意思,好像他们有可能撤回资金。我们应该去找找自由党能源调查委员会的议员,阻止这种事情发生。"

"嗯。是该去找找他们。不过,我们只不过说再打一口井,他为什么突然说出那种话来?"

"我听说五菱商事和美孚开发的沙特阿拉伯的油田地理位置过于偏僻,开采成本超过预计资金。这个项目百分之五十的资金是公团出的,现在五菱要求公团再度投入资金。"

"公团投资占百分之五十以上,这可是从来没有过的事情啊!"

"这就是五菱商事嘛,以为自己可以让天下围着自己转。刚才山下总裁也提到国家利益,五菱说不定也会以这个为借口让公团把出资率提高到百分之六十、百分之七十。所以,如果不能在奥利安召开的会议上说服里根总裁,公团说不定真的会撤资。"

"嗯。我做好会议准备吧!"壹岐看着护城河两边的绿树说。

去洛杉矶前一天晚上,业务本部部长角田来到壹岐的公寓。
"对不起,这么晚来打搅您。如果您还没准备好行李的话,我来帮您准备吧。"
"我哪能让你这个专务帮我整理行李呢?来,喝点儿什么吧?"
"不,我才不能让副社长给我端茶倒水呢。今天下午我在小金井高尔夫球场陪通产省的官员们打球,然后又是老一套,打麻将。我这么晚来是想让您带着这个去洛杉矶。"长相寒酸的角田身穿与其极不相称的花哨的夹克,他从夹克口袋里掏出一个小瓶子,递给壹岐。
"什么,这是?"
"蜂胶。副社长最近身心都很疲劳,又突然要去洛杉矶出差,所以就给您带来点儿。我自己试过,对消除疲劳很有效。"
当年壹岐将要接替里井坐上公司二把手交椅的时候,角田最先看出苗头。他让老婆做好菜,想给还在打光棍的壹岐送来。直到现在他还是一副谄媚巴结的嘴脸。
壹岐看着瓶子上写着"蜂乳精"的金色标签,说:"谢谢你了,我从来不喝这些东西。再说和过去比起来,现在真是算不上什么。"
"那当然。副社长是从人间地狱跨越过来的人,现在这么繁忙对您来说可能真的算不了什么。不过,这种蜂胶是北京秘方配制的贵重补药。您喝一粒试试,我去给您倒水。"角田就像蜂胶的推销员,殷勤地跑到厨房给壹岐端来一杯水,又从小瓶子里取出一粒红色胶囊。
壹岐被他搞得不知该如何是好,说:"你先放那儿吧,我等会儿喝。我去洛杉矶前你来找我,是不是有什么话要说?"
果然,角田顶着越来越稀疏的头发,神经质地说:"既然您都看出来了,我就说了。这次副社长亲自去和奥利安会谈,是不是因为奥利安对今后的开发计划态度不积极?"

"不是。萨尔韦斯坦油田开发已经开始三年了,履行放弃义务的期限马上就到。我这次去是为了和里根总裁商量加强合作,在处理如何对待伊朗的问题上步调一致。"

"是吗?可是,我听说日本石油公团的山下总裁放出口风,不再支援我们,打算撤资。"

"没有。我向他提出进一步援助的要求,结果他表示可以支持我们再打一口井。"

五天前,山下暗示有可能撤资后,兵头马上去找自由党能源调查委员会的主要议员,壹岐拜访通产大臣,请求他继续给予支持。昨天山下终于答复可以再出打一口井的资金,条件是奥利安有继续开采的意向,而且就一口井。但是,奥利安至今没有改变消极的态度。

见壹岐突然不说话了,角田紧张地抽动着脸,说:"替副社长您着想,我觉得我应该告诉您。不光是公团,我们公司内部也有人对三年不见一滴油的这次石油开发有看法。"

"这个我知道。前几天大门社长还告诫我,别忘了投进去的钱都是一码棉纱零点几美分赚来的。"

角田有个毛病,心里一觉得不安腿就开始下意识地抖动。听了壹岐的话,他又开始抖腿了。"现在社会舆论不断指责商社,社长却痴迷于苏联棉花的现货交易。他一手指挥买下的一千亿的土地至今也没有脱手,光利息每年就达八十亿。社长怎么还能这样告诫您。不过,现在坚持打五号井,万一失败了……说实话,我想想都觉得害怕。三四年前,我们在石油危机之后制订的计划完全落空,公司整体利润急剧下降。在这种情况下万一五号井还不出油,那影响就太大了,很可能会追究副社长您的责任。我真为您担心。"

虽然角田看起来似乎是从心底为壹岐担忧,但壹岐一眼就看出来他是急于保全自己,因为平时他是紧跟壹岐的。

"我已经从财务部的武藏君那儿了解到,最近各部门的利润都有所下降。"

"副社长是最有先见之明的。既然您知道这些情况,我请求您不要打五号井。可能还没有人敢跟您说,但是我听到公司有这样的意见,认为有钱扔到沙漠里,不如拨给那些利薄但能赚钱的项目。甚至越来越多的年轻员工公开表示丧失了工作积极性。"

壹岐安抚道:"这个我也知道。但是,四号井虽然报废了,兵头君说出油的迹象反倒比以前明显,发现石油的概率一下子提高很多。是否能掌握好撤资的时机关系到公司的命运,这个我清楚。不过,再试试最后一口井,我觉得还是可以的。"

角田仍不甘心,使出浑身解数说服壹岐:"副社长被兵头君迷惑了。兵头君倒是说再不出油他甘愿受任何惩罚,但是,他再甘愿公司受到的致命打击也是无法弥补的。"

明白,壹岐什么都明白。就此善罢甘休不难,但是,从此兵头就会从总部消失,他自己将在泥潭中结束第二次人生。所以,他决心已定,必须说服奥利安,把一切都赌在五号井上。

七月初的洛杉矶,天高气爽,晴空万里。

壹岐和日本石油公团的多多良董事坐进来接他们的凯迪拉克,兵头和内田坐上另一辆车,前后向奥利安公司总部驶去。汽车在高速公路上跑了二十多分钟,小山丘上的住宅区边上出现了一个个油泵。那里曾经是生产两万五千桶石油的加利福尼亚油井。

车开上长滩的沿海公路。碧绿的椰子树,松软的沙滩,悠闲地享受海滩和阳光的人们,风景这边独好。但是,想到即将进行的谈判,壹岐心里感到压力重重。他再次对多多良说："多多良董事，我是外行，不懂石油专业和技术，这方面就拜托你了。"

多多良痛快地说："知道。不管之前发生过什么，这次我毕竟是代表日本一方来参加会议的，我一定尽最大努力。"

奥利安公司总部靠海，在市政厅附近。一楼看不到人影，承载着奥利安过去三十年的数据和技术情报的机器默默工作着。总裁办公室所在的五楼，前台后面的墙上亮着一盏盏小红灯，显示出奥利安目前在世界各地正在开采的陆地或海上油田的地理位置。目前和近畿商事共同开发的萨尔韦斯坦油田同样亮着灯。马上将要召开的会议关系到这盏灯是亮是灭。

壹岐他们走进会议室。会议室墙上贴着用二十三种颜色绘制的萨尔韦斯坦油田地质图，长方形的会议桌上已经摆满了这三年来勘测所得到的地质构造图、岩相分布图、各地层厚度图、电测井图、石油烃源岩、储油层等各种数据。

"啊！壹岐先生，你好！"留着大鬓角的里根总裁依然彪悍。

壹岐和分管中东的项目总经理詹姆斯、INCOC勘探部部长梅拉也彼此寒暄几句后，各自在自己的座位上坐定。

壹岐代表日方直奔主题："虽然萨尔韦斯坦四号井以失败告终了，但是，我们日方决定继续打五号井。为了征得奥利安的同意，日本石油公团分管技术的多多良董事也特意和我一同前来参加这个会议。"

拥有地质学学位的多多良董事打开岩相分布图和电测井图，说："根据现场提供的数据我们进行了分析，四号井虽然失败了，但是从石油地质学上看有较好的储油层，出油的迹象远远大于三号井。如果按预定计划钻到两千六百米处，经过测试后以失败告终的话，那么另当别论，但是，这次是因为井漏无法作业，实际上四号井等于没有打。所以,我们希望打五号井。"

刚从德黑兰回来的梅拉被晒成古铜色,精悍的脸上露出为难的表情:"虽然四号井的数据的确比三号井理想,但是,从技术方面看却不容乐观。"

内田和梅拉同样是地质学家,同样坚守在德黑兰。他反驳道:"但是,这个地区有优质的储油层,这是显而易见的。"

"萨尔韦斯坦油源锁定不错,地质构造也是一流的,这些我都知道。可是,问题是储油层。对于开采石油来说,最好的是阿斯玛里地层,可露出地表的不能成为开采对象。其次是恰尔巴克地层。虽然我们一直在找,但到现在还没找到,恰尔巴克地层很可能没有阿斯玛里地层那样多孔性石灰岩。"

内田把电测井图推到梅拉面前,说:"不,现在下这样的结论太早。在四号井里有 C4 ~ C5[①] 这是一个新发现。虽然没有开采出石油,但是,这是判断四号井有油的科学根据。"

"但是,没有大规模的储油层。"

"我不同意你的观点。我们现在已经掌握了有储油层这一点,所以,那个地层一定有石油。为了找到它,我们应该再打一口井。"

围绕岩相,奥利安一方主张没有大规模的储油层,而日本一方表示找到了储油层,双方互不相让,争执不下。

情绪激动的梅拉涨红了脸,说:"你以前就这么说,可我们没有发现油。你说的油到底在哪儿?"

兵头再也忍不住了,他一拳砸在会议桌上,说:"所以我们要打五号井!眼看着有希望了,我们不甘心放弃!"

曾经为中标和兵头一起废寝忘食的詹姆斯说:"虽然四号井确

---

① 烃。碳氢化合物。

实比三号井状况好一些，但不能说有希望。"

"那你们这些严谨的技术工作者真可以就此罢休吗？现在我们撤出萨尔韦斯坦，如果将来别的公司在那里发现了石油，难道你们不会觉得可耻吗？如果就此罢休，我死不瞑目！"兵头的脑海里又出现了四号井被灌注水泥、成为废井时的情景。在黑暗中葬身于荒漠的四号井就像埋葬着无数尸体的坟墓，兵头仿佛从井底听到"石油，石油"的呻吟声。那是曾经为了石油战死在东南亚的战友们的呼喊声。

奥利安的技术人员被兵头异乎寻常的气势所压倒，沉默不语。虽然他们内心深处也不甘心，但这时候需要的是经营管理者的决断。

里根总裁往前欠了一下健硕的身体，说："按和日方各一半算，我们公司认为萨尔韦斯坦的投资价值是四千万美元，并决定在这个金额范围内进行试开采。这取决于我们公司的规整制度。四号井失败以后，现有资金是否能够支撑打五号井很难说。"

国际石油资本或独立石油资本公司在世界各地拥有油田，他们的做法是预先计算好各油田的投资价值，在预算范围内试开采，如果超出预算仍不见油就放弃。而日本则不同，为了开发一个油田日本要设立一个新公司，能否开采出石油关系到公司的生死命运，注重的是ROR[①]。因此，虽然同样是油田开发，两者在开发理念上有根本上的不同。

兵头继续逼问道："奥利安难道仅仅因为超出预算就要放弃萨尔韦斯坦吗？希望你们能够综合考虑问题！"

詹姆斯说："虽然你们想打五号井的心情我理解，但是，我们公司的方针里根总裁刚才已经说过了，萨尔韦斯坦的投资价值就是

---

① 利润回报率。

四千万美元,勘测成本超出这个金额就要放弃,再选择下一个油田。对你们来说萨尔韦斯坦是唯一,但是对我们来说它只是其中之一。希望你们能够理解这一点。"

壹岐看着里根总裁,强烈要求道:"在没有进行全面勘测之前就放弃这块油田,如果日后其他公司的专家在那里勘测到了石油,将是你们的遗憾。我请求你们和我们合作再最后试一次。钻井机械和作业承包费一天是三万美元,晚下一天决心就等于扔掉三万美元。里根总裁,请您迅速果断地做出决定。"

里根没有马上回答。他又看了一遍各种数据,当机立断地说:"好!那就再最后试打一口井!我想听听你们关于五号井的方案。"

多多良董事等的就是这句话,他指着地质图,简洁明了地说:"我们看准的是四号井以东一公里。因为,我们在这块油田的正中间附近打了一号井,仅有一丝天然气,最终没发现石油。二号井在一号井以北,是一口空井,连油味儿都没有闻到。介于以上两点,三号井在油田东北部靠南的地方,仅出了一点儿油。但这使我们发现恰尔巴克地层在预想地区的东南边。所以,我们把四号井的位置定在了南边。不幸的是遇到严重的井漏,无法掘进。从石灰岩的走向和四号井的地层倾斜来看,我们提议把五号井的地点定在四号井以东一公里处。"

里根总裁和詹姆斯、梅拉耳语了几句,最后明确表示:"我们同意。这是最后一口井!"

"非常感谢你们的合作。我们马上提供五号井掘进计划,请研究审核。我们计划八月末最晚九月初开工。"

经过一场激烈争论,双方终于达成协议,在萨尔韦斯坦做最后一搏。

大门看着棉花部长放到他办公桌上的图表。

这是显示日本国内和世界棉花交易市场价格变动的图表。前几天每磅价格还在九十五美分左右,突然之间就跌到了七十六美分。

棉花部长伊原虽然仍衣冠楚楚,但掩饰不住脸上的憔悴。他说:"社长,价格一度涨到九十五美分,现在跌破八十美分,今后的走势可想而知,我们收手吧!"虽说是社长钦命,但伊原手上单单苏联棉花已经有购买价约二十九亿日元的现货。作为棉花部长他希望尽早把这批货脱手。

"你看看这张表,去年五六月份是五十五美分,一直直线上涨,涨到九十五美分顶头了。现在跌破八十美分是因为投机商都想拿差价,所以高价抛出,把价格拉了下来。不过,这只是一时的,价格肯定还要上涨,现在要挺住,不能抛。"

"可是,社长,今天早晨收到的电传说,纽约交易所的投机商已经开始卖空。一般这种情况下买空的占百分之三十,但这次增加到了百分之五十。这些人和我们不同,他们大多是外行,觉得现货交易比股票赚钱就把资金投到现货上,里面很可能还包括一部分从石油交易抽过来的资金。这种资金说撤就撤,说没就没了。所以,我们也应该早做打算。"因为伊原觉得自己公司用的也是现货交易和卖空混合的方法,所以应该在有赚头的时候抛出。

但是,大门社长顽固到底:"伊原君,你比我年轻得多,又有国际棉花交易的经验,思想可比我僵化。石油危机以后,所有的生产成本都上涨。另一轮交易刚开始,才跌了十五美分,你就垂头丧气的,没法儿做新一轮买卖!"

"不光是我,其他公司也都在抛,价格的确在跌……"伊原仍心有不甘。

大门训斥道:"人家是人家,我们是我们!你想想,纤维生产原

1479

料一年涨了百分之二十,苏联棉花这么短时间跌百分之十五点六,这本身就不符合以往的现货交易规律。成品虽受季节和流行的影响,有可能达八折五折的,但是,原料用途广泛,保值。只要挺得住不出手,肯定有买家。你害怕什么!"

伊原被大门训斥了一顿,心想或许不出被称为商品交易之神的大门的预料,价格还会回升。就在他心中又重新燃起希望的时候,分管纺织的金子副社长进来了。

一向温和的金子看了一眼桌子上的图表,说:"社长,我也是为这件事情来的。目前行情不好,棉纱、棉布、成品等价格也在不停下跌。我看还是避免存货为好。"虽然他的话说得很客气,但态度明确。

"金子君,我看上苏联棉花是因为苏联棉花可以通过国营公司一次大量购买,质量均衡,而且还捎带船和油。不过,这不是唯一的理由。还有一个理由是我估计到我们大量购买他们的棉花,他们优先购买我们的纤维产品。这是一桩一举两得的生意。"大门对自己的判断充满自信。

金子用更加深重的态度和语气说:"这一点我明白。但是,实际上苏联不会从我们这里进口那么多产品。即使进口了,数量也不可能和社长购买的棉花相比。"

"苏联正在进入消费社会,莫斯科分店的报告说苏联国营纤维进出口公司对我们公司特别有好感。"大门的眼睛因为兴奋闪闪发光。

金子一时不知说什么好。片刻后说出了他内心深处的担忧:"据我推测,这是因为苏联代表部的商务官员早就积极接近壹岐君,想拉他进日苏贸易促进会。这很可能是他们的一个计谋。壹岐君知道社长大量买进苏联棉花,也很担心。"

大门不高兴地说:"壹岐君还跑到你那儿说这件事?不像话!我早就跟他说不要把厌恶苏联的感情带到生意上。买苏联棉花这件事本来应该他提出来才对。"

"不光是因为苏联棉花。我们公司现在是日本第三大综合商社，社长亲自出马做买空卖空的现货交易，如果让敌视商社的媒体知道了，对社长不利。这才是他真正担心的。"

大门不问青红皂白地说："扔进去五十亿还不见一滴油的人还有资格替我担心？我跟他说过，他扔进伊朗沙漠的钱都是一码几美分的纤维部门的利润。其实，我真想告诉是因为有我做现货生意，他才能去搞什么油田开发。"接着他用狠话堵住了金子的嘴，"金子君，你也是在棉纱交易市场上摸爬滚打过来的。现在是不是老了，才跌了这么几分钱你就瞎咋呼。好！你如果怕被人说闲话，以后这件事就由我和伊原君负责，你心里有个数。"

角田在横滨日吉的家里迎来了一个悠闲的星期六。他已经很久没有过这么轻松的周末了。

他穿着睡袍站在露台上。他的房子一年前刚盖好，虽然院子里的树木还很弱小，草坪也不齐整，但却生气勃勃。一阵凉爽的风传来，在东京的公寓住了几十年的角田脸上不由得露出了满足的笑容。

十年前，日吉车站前面除了庆应大学，就是一片丘陵田园地带。随着房地产开发，现在车站附近的丘陵地带已经成了中上流阶层的高雅住宅区。角田还是常务的时候，一心盼望继续高升。为了梦想成真时体面风光，他在这儿买了一块三百多平方米的地。当上专务后他就在这儿盖了这座房子，实现了自己的梦想。

"你站在那儿一个人傻笑什么呢，赶快过来吃饭！"厨房里传来妻子的大叫声。

角田脸上的笑容顿时消失了。他绷着脸坐到餐桌上，责怪道："福子，我跟你说过多少回了，夏天各家各户都开着窗户，你别大叫大嚷的。"

福子长着一张胖脸,眼角下垂。她撇了一下嘴,喋喋不休地挖苦道:"哦?是吗?你现在是越来越虚荣了。上大学的时候,用特别优惠价租我们家的房子,住了那么长时间不说,到了结婚以后那儿就成了新房。那时候比现在困难多了,可整天有人嗲嗲地叫福子、福子的。那个人到底是谁啊?"

又开始了。角田真想堵住自己的两只耳朵。上大学的时候没有钱,容易接近的异性就是房东的女儿。再加上年少不经事,角田头脑一时发热便和她发生了关系。小市民出身的福子唯一的好处就是会操持家。三个孩子小的时候还没觉得什么,现在孩子也大了,自己又当上了专务,角田觉得老婆和自己实在是太不般配。她说一看英文字母就头疼,连最基础的英语会话都学不会。现在很多场合都需要带妻子参加,每次他心里都捏着一把汗,代替不懂交际的老婆四处应酬,恨不得活动早点结束。要早知道有今天,当初就该选一个有家世、有教养的女人。没有家世、没有教养,起码也该漂亮一点儿。可是,年龄越大福子脸上的肉越厚,胖嘟嘟的丑女人倾向也越发严重。

角田喝了一口果汁,面包上涂上黄油,咬了一口。福子看着他问:"壹岐副社长明天从美国回来,你不会又让我做菜给人家送去吧?"

"真是的!他从美国回来我就要给他送日本菜过去呀?"

"那就好!后天我要回我家,你可别求我。"福子夸张地说完以后去打扫房间了。

福子提起壹岐,角田心里一下子不安起来。虽然奥利安同意再打一口井,但他实在无法理解壹岐。因为,五号井是否出油没有任何保障。如果五号井同样失败了,大门社长和主要融资银行一定要追究壹岐的责任。这些年来自己一直追随壹岐,到时候公司怎么处置自己?现在社长大门醉心于苏联棉花市场,副社长壹岐为据说是百发一中的石油开发一路狂奔。石油危机以后,经济景气急速恶化,公司整体效益不断下降。这种情况下,社长和副社长无论哪一个出了差错,公司都将受到致命的打击。但是,角田既没有胆量也没有野心把大门和壹岐整下去,自己当社长。

这时候,如果里井副社长在的话……想到这儿角田再也坐不住了。他顾不得理会吵吵嚷嚷问他去哪儿的福子,坐上叫来的出租车,匆匆忙忙地走了。

生产各种环保器械的田久保工业星期六是隔周休息,虽然总部办公楼的规模不到近畿商事的十分之一,楼里的电梯也不大,但是,在近畿商事关连企业里这儿是最大的公司。里井被派到这儿重振田久保工业以后,仅三年半时间公司就恢复了元气,利润不断上升。凭借着里井商社时代的人脉关系和商业才能,现在他们已经在海外设立了事务所。

角田上了五楼。秘书事先接到他的电话,出来迎接他,把他带到社长办公室。

社长办公室比近畿商事副社长办公室还大,铺着厚厚的地毯,踩上去一脚一个坑。里面的家具摆设都很奢华,体现了里井的嗜好和独揽大权的实力。

里井慢慢转动着皮转椅,说:"你可是稀客啊!"

"您是越来越精神了。"角田这次没有奉承,说的是实话。里井最近看上去很健康,比在近畿商事的时候显得年轻了许多。

"是吗?这儿没有刺激我心脏的人,对健康有好处啊!"

"我真是佩服里井社长的能力。石油危机之后,田久保工业不仅没有受影响,业绩反而一路飙升。真是羡慕啊!"角田说完夸张地叹了一口气。

里井点上一支登喜路香烟,问:"你怎么愁眉苦脸的?你星期六专门跑来找我,有什么事儿?"

"没什么事儿。就是刚才我在电话里说的,今天在东京王子饭店有个聚会,到这附近了,就顺便过来看看。一是很久没见您了,来问候您一声。二是看您有没有时间,我请您去打高尔夫。"万一来找里井的事儿传到壹岐耳朵里,这样说角田到时候也好为自己开脱。

"多谢你这份儿心意,下午已经和进出口银行的专务有约在先了。"里井吐着烟圈,用讥讽的口气说道,"事关公司命运的石油开发,差不多也该闻到油味儿了吧?"

"没有。四号井也报废了,到现在还没有见到一滴油。壹岐副社长亲自去了洛杉矶,和奥利安谈判。"

"这可真是辛苦他了。五号井要是也失败了,壹岐君就是有天大的本事也得考虑进退问题了吧。"

"您说得对啊!"角田抱怨道,"三号井失败的时候,我就苦口婆心地劝他,趁损失还不是很大的时候赶快撤出来。可是他不听,说这点儿事儿都担不起就不搞石油开发。"

"大门社长是什么意见?"

"内心可能也想阻止他。但是,因为社长本身最近只关心棉花市场,而且不小心伤了腰,体力也大不如从前,所以,什么都交给壹岐副社长处理,有点儿听任摆布的倾向……"

"壹岐迷惑人的低声细语那可是世界之最啊!大门社长连这点都看不透,也够可怜的。"里井先拿把自己发配到田久保工业的大门开了一刀,然后说,"当年为了称霸东亚,轻率开战,直到节节败退,甚至到被投下原子弹大本营都不肯承认战败。现在一头扎进毫无成功把握、全靠运气的石油开发,不肯认输的态度归根到底和战时的大本营一样。三年了,用那次战争打比方的话,应该是莱特湾战役。"

"难道……现在不会是莱特湾决战的时刻……"虽然角田嘴上表示难以相信,但参战将士几乎全部"玉碎"的那场残酷的战役像纪录片一样浮现在他的脑里来。他瘦成一根棍儿的身体开始瑟瑟发抖。

"你用不着那么害怕。壹岐君嘴上说得好听,又是为了国家利益又是为了什么的,其实他还没有真正理解商社的本质。他不会因为石油开发让一个公司玉碎吧?虽然我已经和近畿商事没有直接关系,但是,我还是那里的顾问董事。我真是担心啊,都看不下去了。"

里井不仅没有担心,而且显然是在幸灾乐祸。但是,他的每一句话都让角田听得胆战心惊。角田顺口说:"这时候如果里井社长在的话,公司的方针和现在肯定大不一样。我真希望您回到近畿商事,去当社长。"话刚一出口,角田就被自己吓了一跳。

大门已经在日本石油开发公共事业集团总裁会客室等了十几分钟。

他烦躁地看了一起来的角田一眼,说:"把人叫来又让在这等着。好像不让等一会儿就吃亏似的。"

角田紧张地说:"突然找我们来,到底有什么事情呢?今天下午壹岐副社长就回来了,我们是不是应该等他回来再说。"

大门咂了一下舌头,说:"我刚到东京总裁就打来电话,我还就接了。"

正说着山下总裁进来,说:"多多良董事发来电传,说奥利安公司同意打五号井。"他客气的语调中透着冷漠。

虽然大门最不善于和这种人打交道,但他还是说道:"我们公司派去洛杉矶的董事也逐一做了汇报。您打来电话的时候我正准备前来拜访,并且请求公团的援助。"

"我今天找你来就是为这件事。我们和通产省、大藏省和能源厅开了联合会议,决定停止对你们的援助。"

大门吃惊地说:"什么?停止援助?上次我们公司的壹岐和兵头来的时候,你说只要奥利安同意,公团仍以同样的出资率支援我们。"

山下看着天花板说:"是这样的吗?我可是记得我没有明确表态。公团本来就是一个通过审查民营企业报上来的项目计划,然后决定是否援助的机构。你们和奥利安的谈判还没有结果以前,我怎么可能轻易表态。"

大门和角田被说得目瞪口呆。的确,当时他们两个并不在场,无法反驳山下,反而产生疑虑,或许壹岐和兵头为了继续开发萨尔韦斯坦油田故意歪曲了山下总裁的意图。但大门还是说:"这次和奥利安的会谈,奥利安方面里根总裁亲自出马,我们公司是由壹岐副社长代表我去的。按照我们的理解是你在这个基础上同意继续援助的。"

"你们公司随意解释我的谈话内容,这不是让我为难嘛!不过,我们也是在壹岐君去洛杉矶以后才做出的决定,你们误会了也可以理解。但是,壹岐君来请我们支援五号井的时候,我告诉他以我个人看,公团很难再继续援助你们。他没有告诉你吗,大门社长?"山下不愧是在官场上混的人,巧舌如簧,反过来问大门。

"壹岐好像也这样跟我汇报过。现在他已经开完会,正在从洛杉矶回来的飞机上。等他回来以后,我马上找他了解具体情况,了解清楚后再来拜访您。"大门试图拖延时间,同时心里也产生了一个犹犹豫豫的念头,是否趁壹岐不在的时候从萨尔韦斯坦撤出来。

不知山下是否看出了大门的心思,说:"你来没有关系。因为公团决定停止援助,对你们公司来说肯定是件很重要的事情,我觉得应该尽早通知你们,所以,今天才请社长你亲自跑了一趟。因为我知道,晚做一天决定,就要损失三万美元的各种费用。"言外之意,公团停止支援后,无论发生什么事都与公团无关。

大门不由得心中不悦。同时,刚才那个念头更强烈了。他默不作声。

角田在一旁说:"我不是反驳您。但是,奥利安之所以决定打五号井,是因为被多多良董事和内田君说服了。多多良董事是地质学界的权威人士,内田君对当地的地质结构非常了解,他们认为五号井大有希望,可为什么……"

山下打断他说:"我们的确给萨尔韦斯坦派了优秀的技术人员,但是,日本不是光有伊朗。公团投资融资的石油开发公司有三十多个,最近又有三家决定在安第斯山脉、萨哈林大陆架和九州湾开发油田。另外,我们还有一个在阿拉伯的很大的国家项目。因为公团必须在国家预算所决定的范围内,最大限度地有效分配资金,所以,我提醒过你们公司的壹岐君,说花了三年时间,用高出别的油田的成本打了四口井,仍然没有见到一滴油,我不好在国会上向各位议员做交代。"

角田还想说服山下:"我们非常理解公团的性质。从现在的数据看,五号井出油的概率相当高。"

"这个虽然壹岐君事先也跟我说过,但是,多多良董事在报告里说,奥利安的技术人员持反对意见。他们认为阿斯玛里地层没有希望,下一个目标地层也没有大规模的储油层。"

大门和角田无言以对,面面相觑。

"我不知道二位商社人是否能理解这种专业性的问题,你们慎重考虑一下吧!石油开发可是一个需要庞大资金、风险极高的项目。我要说的就是这些。"

山下总裁看了一眼满脸疑惑的大门和角田,没有再说什么,离开了会客室。

大门走出会客室,一上停在门口的车就冲角田吼道:"怎么和壹岐说的完全不一样?!你这个业务本部部长就什么都不知道?"

"不知道,石油开发是壹岐副社长和兵头君一手抓的。而且,刚才山下总裁说的话也有些狡猾。还有几个小时壹岐副社长就回来了,我们只有等他回来再说了。"角田此刻也和大门一样,想阻止壹岐的这场赌博。可是,想到壹岐有可能爆发的愤怒,他的腿又开始抖动了。

壹岐从羽田国际机场直接赶回公司,听大门说完和山下见面的经过后,气愤地说道:"社长,他太过分了!随便做决定的是公团方面,是山下总裁。社长,您为什么不相信我呢?"

"现在不是相信不相信的问题。问题是无论奥利安是否同意打五号井,公团都要停止援助,从萨尔韦斯坦撤出。"

"这就是问题。才一个星期,他们就来了一个一百八十度的大转弯。太不可思议了!这里面肯定有情况。"短短几天在东京和洛杉矶之间跑了一个来回的壹岐掩饰不住内心的烦躁和身体的疲劳。

"什么情况?"

"我刚下飞机,还说不好。不过,公团派多多良董事去参加会议,可山下总裁连他的汇报都不听就急不可耐地通知您停止援助。这本身就非同寻常,一定事出有因。"

"说不定多多良董事给总裁打了秘密报告。地质上的事儿我不懂,可山下总裁说奥利安的技术人员认为萨尔韦斯坦的情况没有预想的好,大幅度修正了三年前的评估结果。"

"会议的详细内容我以后再向您汇报。多多良董事不是那样的人,这背后一定有问题。"

"壹岐君,最后的结论得由董事会下。萨尔韦斯坦就放弃了。"

壹岐惊呆了,问道:"社长,您说的是真的?"

"当然是真的。石油危机以前,我们公司还有一部分剩余资金,可以挑战风险高的项目。谁也没想到会有现在的不景气,再加上公团已撤出,我们公司顶不下来了。"

"的确,光我们公司的资金就已经用去了五十多亿。但是,再打一口井,这五十亿就很可能没有白费。"

"反过来,如果五号井失败了,五十亿加上公团计划出的那部分资金就都打水漂了。山下总裁也说,继续打井是我们的自由,不过,他劝我们慎重考虑,不要因为这口井伤了公司的元气。"

"这是官僚逃避责任的说辞,是威胁。社长,你这就退缩了?"

"你要注意你说的话!你不能光主张自己的正当化,不正视现实。你打着国家利益这面大旗,实际上是被石油搞昏了头!"

壹岐已经是第二次听到大门说这种话,他愕然了。但是,此刻他只想尽快找到对策。

壹岐心情沉重地走访了石油观察家、说客竹中完尔的事务所。

一个目光锐利的男人把壹岐带到会客室。走进会客室,壹岐仿佛置身于欧洲的某个沙龙。

"哎呀!好久不见了!"

会客室的门开了,竹中出现在会客室里。他衣着考究,无懈可击,久经锻炼的身体令人难以相信他已经六十九岁。

"对不起,突然给您打电话求见。"

竹中虽然打扮时髦,但目光冷静机智。他微笑着问:"怎么,这么急着见我,有什么事?"

"唉,真是不好意思开口。我们公司和奥利安合作开发萨尔韦斯坦油田,结果公团突然停止给我们融资,现在进退两难。"壹岐简单地把情况给竹中介绍了一下。

竹中听了以后,开口就说:"公团这种态度,肯定是因为你们没有把石油族议员的工作做到家。"

"做工作?我们是和外资合作,会计监察制度非常严格。当初公团决定出一半资的时候,我们去'拜访'过这些议员,后来就什么工作都没做。"

竹中露出难以置信的表情,说:"就算你们是和外资合作,凭这点儿工作能打到四号井,也真不容易。"他大概是觉得实在好笑,哈哈大笑起来。

壹岐没有马上回答。他知道竹中可以随意出入田渊首相在芝白金的私宅,沉默了片刻后,直截了当地问道:"听说最近有些议员想搞大选,田渊首相是什么态度?"

"你真是消息灵通啊!今天早晨我去见过首相,说十月份解散国会。"竹中意味深长地说,"最近又新设立了一些石油开发公司,处在停业状态的也突然重新开业,这些你都知道吧?"

"嗯。"壹岐点点头,没有明确回答。

在融资这方面,已经发现石油的油田根据从中活动的政治家的地位不同,以每桶一美元到三美元给予回报。在是否有石油还是未知数的勘探阶段,为了得到公团融资请政治家出面的谢礼是开采费的百分之几。长期以来企业和政治家对此彼此心照不宣。当年在战斗机商战中壹岐曾染手此道,弄脏了自己的双手。那时以什么价格购买哪家公司的多少架战斗机,数字是明朗的,但这次却不同。石油开发大都在国外的偏远地区进行,由十几家公司承包,从航空拍摄、勘测、到钻井、电测地层等一系列作业,很难计算出打一口井到底需要多少经费。而且,根据油井的地理位置不同,比如是在陆地还是在海上,是便于交通运输的地方还是交通极为困难的地方,每口井的成本都不尽相同。可能是七八亿,也可能是二十亿。其中不明朗的成分很大。加之日本国民对防卫厅购买新型战斗机非常敏感,但对石油问题却漠不关心。没有人关心巨额的石油开发经费是怎么来的,怎么用的。即使有人关心也难以想象在遥远的中东沙漠、在非洲的原始森林、在东南亚的海上油田打一口油井需要多长时间,需要支付承包公司多少报酬,需要支付多少器材经费。这就更加助长了石油开发中的黑色交易。

竹中看了一眼沉思的壹岐,说:"你这个人什么没经历过,应该把什么都看透了,怎么还像一个情窦初开的小姑娘犹犹豫豫的?石油这块儿只有政党各派系的领袖人物才能起作用,水深得可怕。你如果想得到政府的资金援助,就得做相应的'工作'。如果你不愿意做这样的'工作',那就只好死了这份心了。"

"如果我放弃的话,竹中先生,就不来找你了。"

"那你打算怎么办?公团撤出,你是想找新的出资人,还是用自己公司的资金?"

"如果可能的话我们也不想求人。因为我们公司承担不了这么大的资金风险,所以,我们还是希望得到公团的援助。这样的话,除了利用大选,就没别的办法了?"

"没有。还有,刚才你说山下总裁已经正式通知你们大门社长停止融资。要让他收回这句话,还需要一个仪式。"

"仪式?"壹岐以为自己听错了,反问道。

"要推翻公团的正式决定,必须提供足以说服官员们的新材料。否则,即使田渊首相出面施加压力,事情也不好办。官员们有个共同的习性,这种时候不提供新的材料,他们就摆出一副攻击对方的姿态,死不肯同意。我想说的是,这是一场大战役,既要战斗又需要举行说服官员们的仪式。你们公司现在正在进行 LNG 工程项目,大阪电力会社能帮上这个忙。"

"大阪电力？"

"对，电力是石油的最大需求产业。上到通产省、能源厅，下到日本石油开发公共事业集团，让大阪电力去这些地方游说，表示他们对伊朗油田开发寄予很大的希望，也听说萨尔韦斯坦油田大有前途。然后从他们嘴里说出请求继续援助近畿商事的话。政府既然打出确保百分之三十石油自主的旗号，就不能轻率地拒绝他们。"竹中接着建议，"如果你还想快点儿解决问题，就让大阪电力也出百分之几的资金。电力公司一出动，田渊首相就好发话了。"

"这个……你说的有道理。"

"怎么？你还在犹豫？要导演这场仪式，电力公司是最合适的演员。"

"可是，我们公司在LNG项目上已经得到了大阪电力的很大帮助。我觉得这次由伊朗政府出面施加压力是最有效的办法。"壹岐脑海里浮现出伊朗国王的御医兼军师佛卢基的面孔。

竹中脸色一动，说："哦？你这个人可真不简单！连称霸天下的电老虎在你眼里都不算什么。"他对壹岐他佩服得五体投地。

"所以我想请竹中先生帮个忙。伊朗政府施加压力需要日本方面有部门接受才有效果。我想请田渊首相出面。要说服首相，让他认为伊朗政府的要求是正当的，你最有说服力。因为你是中东通，可以向首相充分说明中东的情况。"壹岐说。他看着墙上挂着的竹中和中东各国国王、石油部长一起照的照片，为自己使用这种手段感到心痛。

大门社长和十七名董事围坐在椭圆形的会议桌旁，正在召开常务例会。

分管纤维的金子副社长一向温和,此刻他面带苦涩地说:"富国纺织和我们公司有三十年的业务关系,关系非同一般。虽然我们已经从纤维部门派了十个人过去帮助他们重建,但结果还是败给韩国公司。作为一个企业,富国纺织已经没有希望和前途。目前已经停止提供十亿日元的资金,正在努力确保债权。"

会议气氛变得凝重起来。虽然这些年来近畿商事走重工业路线,纤维部门在公司的比重缩小到百分之二十,但是,仍不见底的纤维不景气拖了近畿商事整体利润的后腿。

大门也愁眉苦脸,一言不发。他摘下金丝边眼镜擦起来。

分管粮油的樋口专务问道:"社长,最近大豆、玉米的价格都在下跌,棉花市场的行情怎么样?"

大门一时语塞。苏联棉花从每磅九十五美分跌到八十美分,昨天纽约市场跌到了七十五美分。因为大门下令不许跟任何人谈这件事,所以,这个情况除了金子以外,其他董事都不了解。现在被樋口这么一问,大门好像从酣睡中被叫醒的孩子,很生气。他若无其事地说:"价格有点儿下跌,不过,很快就能回升。这件事我有我的考虑,不用你们操心。"

壹岐问道:"您说价格下跌,现在是多少?"

大门板着脸把壹岐的问题顶了回去:"告诉你,你也不懂!"

为了给大门留面子,壹岐一直没有在其他董事面前提过这件事。今天,他第一次谈到这件事:"刚才樋口专务提到农作物价格下跌。不光是农作物,锡、铜等国际商品价格都在下跌。这种情况下很难想象棉花价格有可能回升。"

三个副社长之一、分管钢铁的堂本也想牵制大门,委婉地说:"最近发生了很多我们意想不到的事情,特别是投机家们投在石油上的资金,走向很难预测。很可能有一部分流入棉花市场。"

"这些我都考虑到了。棉花市场这种特殊问题不用在会议上讨论,我负全部责任。门外汉用不着担心!"大门大声呵斥道。

董事们都缄口不语。大门声音越高,壹岐越来越觉得他难以做出冷静的判断。七十多岁的大门,无论是脑力上还是体力上都大不如从前,但他仍一如既往,不听别人的意见。对于别人提出来的反对意见,他不分青红皂白劈头就训,用社长的强权堵住别人的嘴。当年,为了实现公司的重工业化,他听取壹岐的意见,顶着纤维部门的强烈反对,果敢地进行了摆脱纤维、走综合化的公司改革。但是,现在重工业化的目标还没有真正实现,作为一社之长,大门已经燃烧尽自己,只剩下一个空壳。并且,虽然他也完全不具备一个七十年代商社社长的素质,但他自己丝毫没有意识到这一点,在公司里倚老卖老,依然独断专行。

自己一声大喝,会场顿时安静。大门满意地环视了一下会场,说:"在这儿我告诉大家一件事。前几天日本石油公团总裁通知我,他们已经决定撤出伊朗萨尔韦斯坦油田开发项目。因为我们公司现在无力负担公团撤出的那部分资金,所以,很遗憾,我们只好放弃实现确保石油资源的志向,撤出伊朗。"

虽然这次例会没有这个议题,但大门下了断言。

分管业务的角田既吃惊又感到松了一口气。他的头在大门和壹岐之间来回转动着,问:"社长,这是决定吗?"

会场上一阵骚动。

分管能源的常务兵头坐在最末的席位上,他用雄厚的声音说:"社长,这个问题我们还根本没有讨论。另外,东京商事虽然只出了百分之五的资金,但他们也表示支持我们。"

分管机械的岸担心事态不可收拾,问道:"公团决定撤资,这就成问题了。他们的理由是什么?"

兵头回答道："一点儿也不清楚。壹岐副社长和我去洛杉矶就五号井计划和奥利安公司谈判的时候,他们通知了社长。"

大门冷冷地说："理由很简单。就是因为花了三年时间,打了四口井,没见一滴油。"

因为自己一句不经意的话,引起董事们对大门的质疑,进而发展到这个地步,樋口非常惊慌。为了挽回自己在大门心中的印象,他说:"打了四口井都没有出油,就早该做这个决定了。要不是你们说有出油的希望,公司也不会同意一口井又一口井地打下去。"

"对!因为公司内部越来越多的人有这样的意见,所以我才决定撤出。国际石油资本是用几十年来用石油赚的钱开发油田,我们不同。我们商社投入的是银行的贷款,是要付利息的!我不能再看着这场赌博继续下去。"

"社长,我没有顶撞您的意思。五号井的确非常有希望,这不是赌博。既然奥利安已经同意了,我请求允许再打一口井。现在因为公团撤出我们就放弃的话,之前投入的五十亿就白白扔掉了。"

岸问:"如果我们负担公团撤出的那部分资金,需要多少?"

兵头坦率地答道:"因为现在伊朗通货膨胀,包括所有费用在内五号井需要二十亿,所以,大概十亿左右。"

为了支援石油开发项目,各部门的经费都被削减了不少。樋口终于找到了发泄不满的机会:"把十亿扔进沙漠里,不如拿去帮助富国纺织,或者增加我们营业部门的经费。就拿我们部门来说,我们有一个一条龙的项目,在澳大利亚购买农场、养殖种牛、生产冷冻肉然后进口到日本。当初这个项目的预算是五十亿,结果只给了三十亿。如果按原计划投资五十亿的话,收益是现在的两到三倍。"

分管财务的武藏专务说出了自己的担忧:"在萨尔韦斯坦搞石油开发的是伊朗石油开发公司,可以说是另一个公司,虽然它的损失不会直接影响到总部,但是,银行不会给石油开发贷一分钱的款,这个项目的资金都是财务从一般贷款里挤出来的。因为现在我们已经费尽心机削减各营业部门的经费,分配给石油开发,所以,由我们公司负担公团撤走的那部分资金非常困难。如果非打五号井不可的话,应该寻找新的投资人,削减我们公司的出资比例,分散风险。"

平时对兵头就没有好感的角田趁机挖苦道:"兵头君,你是不是能找到新的投资人啊?"

"现在募集投资人需要时间,时间也是一种浪费。五号井的位置就在四号井一公里以东,有一个星期就能搬运完钻井机械设备。武藏专务,请您再筹集一些资金。拜托了!"兵头表情悲壮地给武藏弯腰鞠躬。

"你的心情我理解,但是,需要资金的不是这一个项目。丸藤商事和我们公司规模相当,但是我们的贷款比人家多一千亿日元。按百分之八算,每年的利息就是八十亿。也就是说,虽然两家公司通常利润都是二百亿,但是,八十亿交了利息,我们公司的实际利润只有一百二十亿。为了做出不亚于其他商社的决算报告,从下一个营业季度开始我们必须卖掉手上的一部分股份填补利润。这就等于是拆了东墙补西墙。这种情况下,如果再给五号井投进去五亿,万一又失败了,加上之前的五十亿,就是六十亿日元全部都打水漂。搞不好,用不了四五个营业季度股票就卖光了。这样一来只能减少分红额度,我们公司很可能陷入创始以来最危险的局面。所以,我们无法负担公团撤走的那部分资金。"

"武藏君说得没错,不能再继续下去了。每天光机器的租赁费就要花掉三美万元,所以……"大门不失时机地下达命令,"马上解除合同!"

兵头仍然坚持:"公司的困境我很了解。我再次请求公司允许打最后一口井,如果这次成功了,可以给公司带来一千亿以上的利润。"

"不要再说这种骗人的鬼话了!企业要养活员工和他们的家属,要给股东分红!你懂不懂?!"会议室响彻着大门怒气冲天的声音。

兵头被大门的气势压倒,沉默了。

这时,壹岐心平气和地说:"社长说得对。企业是永恒的,不允许玉碎。正因为如此,我现在正在尽最大的努力让公团继续援助我们,所以,我想请社长暂缓决定。"

大门满脸不悦地说:"你这话说得可真奇怪。公团的总裁已经通知了我这个社长他们的决定,你怎么能推翻?你能做什么努力?"

"我马上动身去德黑兰。您的问题,请允许我回来以后再回答。"

壹岐只字未提昨天和石油观察家竹中的谈话内容。最终常务董事会通过他的提议,暂缓决定。

壹岐回到代官山的公寓,刚打开空调,电话铃就响了。

壹岐拿起话筒,里面传来竹中完尔阴沉的声音:"是壹岐君吗?我是竹中。"

"啊!是竹中先生。多谢你昨天的指点。"

"芝白金的那位人物说,快要举行选举了,如果条件合适,他可以答应你的要求。"

壹岐没想到这么快就得到了明确的答复。他的脑海里浮现出芝白金那座堪称壮观的豪宅。在这座放养着孔雀的豪宅里有两栋房子,一栋用来接见每天早晨坐巴士前来上访的群众和蹲点的记者们,另一栋是为秘密前来拜访的政、官、商界的要人准备的。想到田渊首相身穿西服、脚上拖着木屐在两栋楼之间匆忙奔跑的情景,壹岐的心像灌了铅一样痛苦、沉重。

"怎么了？因为我已经很久没接触到这么大的项目了，所以，才想方设法说服了首相。你不会是想打退堂鼓吧？"竹中的语气更加阴沉可怕，仿佛只用声音就能让人屈服。

"哪儿的话！"壹岐违心地说着感谢的话，"我昨天刚找过你，今天就得到了首相的答复。不愧是竹中先生，佩服！佩服！谢谢！"

竹中的口气马上变了："明白就好！首相表示亲自出面解决这个问题，你那儿的费用肯定少不了。不过，伊朗在中东里面通货膨胀最严重，这半年物价就上涨了百分之三四十，这对你倒是个有利因素。总之，我速战速决给你准备好了。你也应该马上去德黑兰！"说完不容分说地挂了电话。

壹岐觉得自己沾了一身腥。虽然现在还没有动用一分钱，但田渊首相一旦出马，就必须虚报钻井费，把多余的部分送给首相作选举资金。壹岐曾下决心在石油开发上绝不做肮脏的勾当，但现在还是不得不弄脏自己的双手，他不禁感到惭愧。

想当初，中标以后壹岐在德黑兰参加完和伊朗政府的签字仪式之后，第一次走进萨尔韦斯坦油田，看着眼前交错纵横的地层构造，他祈祷早日开始勘测。随后，为了运送器材和通信，他们在萨尔韦斯坦修路架线，租用伊朗石油公司推荐的直升机，一切进行得都很顺利。终于到了试钻的时候。一号井选在最有希望的油田中心地带，却以失败告终。之后的二号、三号井彻底推翻了当初的预想，令人怀疑萨尔韦斯坦是否真的是一个大油田。紧接着四号井在开钻两个月以后遇到严重的井漏现象，沦为填井的悲惨下场。直接分管这个项目的兵头固然痛苦，壹岐的处境更加艰难。今天在常务董事会上是他力排众议，说服大门社长把这个项目坚持下去。所谓副社长，每废弃一口井，他的生命就仿佛缩短了一节。

壹岐解开领带，起身刚把白兰地酒瓶拿到手里，就听见有人开门。他这才想起来,千里今晚从京都来。这种时候,他其实谁都不想见,只想自己一个人借酒消愁。

千里用配的钥匙开门进来。她身穿和服,干净利落。

"对不起!这么晚才来,我没赶上预定的那趟新干线。"

壹岐一边倒酒一边说:"没事儿,我也是刚回来。"

千里说:"我给你弄点儿吃的东西吧?"

"不用,什么都不想吃。"

"怎么了?累了?"

"嗯,有点儿。你也来喝点儿。"

"好,我陪你喝。"

"很久没看见你穿和服了。今天有陶艺活动?"

"没有。不是要……"千里停顿了一下,说,"你今天不光是因为刚从洛杉矶出差回来累,还有其他事儿吧?"

壹岐喝了一口酒,不耐烦地说:"怎么,和平时不一样?"

"你看,你这种口气就不是平时说话的口气。是不是工作上出了问题?"

千里的关心反倒让壹岐感到恼火,更加烦躁。

"我早就跟你说过,工作上的事情你别插嘴。我老婆从来不过问我的工作。"壹岐也没想到自己脱口提起了死去的妻子。

千里的表情一下子僵硬了。她说:"我没想干涉你的工作。你今天好像有心事,想一个人待着。"她把酒杯放到茶几上,说,"我还是回去吧!"

虽然壹岐拼命控制着自己,但今天上午常务董事会上发生的一切、刚才竹中完尔的电话让他心情郁闷。他的忍耐终于达到了极点,一股脑发泄在千里身上:"我不是那个意思!你别没事找事!"

"你才奇怪呢!跟我发什么火?我今天本来有事儿,是你说今天有时间,我才专门从京都赶来的。现在就这样,将来还不知道会怎么样呢!"

听到将来两个字,壹岐从心中"啊"的大叫一声。他想起来了,上个月去京都的时候,他答应千里今年解决两个人的事情。这是他作为一个男人,不,作为一个人能向千里表示诚意的唯一途径。但是,想到这个保证,一种难以名状的沉重向壹岐袭来。妻子去世以后,一方面他没有在生活上感到不便,另一方面可以不受任何人的干扰把全身心投入到了工作当中。他无法放弃这种生活。

见壹岐一句话也不说,千里站起来走到阳台上。天空一片漆黑,连闪烁的星星都躲藏起来。但往下看一片灯火,每家窗口都透出温暖的灯光,那是一家团聚的象征。

千里站在阳台上一动不动。好一会儿才转过身来,伤心地说:"我们,可能不行了。"

"你怎么突然说这种话?我这几天事儿多,不小心说了一些伤人的话,我道歉!明天不是说好了要去见直子,跟她正式谈我们的事儿吗?"说到这儿,壹岐才终于意识到千里今天为什么穿着和服来。

"你刚才说你太太从来没过你工作的事儿。你去世的太太总是默默地跟随你、支持你,这个我做不到。见直子的事以后再说吧!"千里拿起手提包。

壹岐一把拉住他,说:"这么晚了,你去哪儿?可能是因为两个人都累了。今天晚上就先安安静静地好好儿休息再说。"

第二天早晨,一大早壹岐要去上班,千里手脚麻利地给他做早饭。千里用冰箱里的菜做了一个色拉,又煮好鸡蛋。壹岐在卫生间刮胡子的电动剃须刀的声音一停,她马上拧开烤面包器的开关。昨天晚上两个人都不高兴,分床睡了一晚上。今天醒来,昨天的芥蒂消失了。

壹岐已经穿戴整齐,做好了出门的准备。他坐到餐桌前,说:"说好了,今天晚上七点在东横线都立大学车站正门见。"今天晚上他要把千里介绍给住在柿木板家里的直子夫妇。

千里担心地说:"我没问题。七点钟你能赶上吗?"

"我想办法。本来想叫直子和伦敦到银座,咱们一起吃个饭。可阿太和真理子还小,离不开人,就只有我们过去。你别介意啊!"

"这有什么,我不介意。"千里边说边倒茶。

门铃突然响了。才七点二十分,这么早来的不是来拿联络板的邻居就是报社记者。

"我去。如果是记者就让他们在楼下大厅等我。"

壹岐走到门口,警惕地从防盗孔里往外一看,大吃一惊。原来是东京商事的鲛岛辰三。真是位出人意料的不速之客。壹岐想假装不在家,刚一转身就听鲛岛在外面毫无顾忌地大声喊:"家里没人吗?窗帘可开着呢!"接着传来咚咚的敲门声。

壹岐很恼火,可又不得不给他开门。

"哦?准备上班去?正好。"鲛岛说着,硬是从门缝里把高大的身体挤进屋来。

"一大早你这是干什么?我马上就得走,有话在车里说。"壹岐试图阻止他往里走。

"你怎么这么没有情谊?总该请我喝杯咖啡吧?你再有要紧的事儿,接你的车还没来呢!"鲛岛用话堵住壹岐的嘴,没等壹岐反应过来就自顾自地往里走。

他看了看起居间,不客气地说:"嗯,伦敦说得没错,你这儿是什么都没有。厨房在哪儿?一大早起来我就在附近转了一圈,现在特别想喝咖啡。"

鲛岛早晨到政治家的家里登门拜访是出了名的,在这附近转悠一定是去在选举中掌握着决定性一票的中根干事长家。但是,千里正躲在厨房,壹岐顾不上多想,赶紧说:"速溶咖啡行不行?我去给你拿。"

"不用!不用!用不着客气。闻这香味儿,厨房在这儿吧。"鲛岛凭着鲨鱼般灵敏的嗅觉走进厨房,顿时一怔。一向厚脸皮的鲛岛看见千里到底有些惊慌,他夸张地挠着脑袋说:"哎呀!对不起!这个……我这个,消息不灵通,打扰了你们的雅兴。"

千里虽然穿着花哨的夏季居家服,看上去年轻许多。鲛岛用好奇的目光从上到下打量着她。

壹岐豁出去了,说:"正好,我来介绍一下,这是最近……"

他本来要说最近我要娶她,但鲛岛抢先说道:"你我又不是外人,还介绍什么。是谁都没关系,我不会告诉别人的!"

"你别瞎想!"壹岐明明白白地告诉他,"她在这儿是因为今天晚上我们要去见伦敦君和直子。"

千里一时手足无措,但仍大大方方地做了自我介绍:"初次见面,我是秋津千里。"

"秋也好春也好,我不是说了嘛,没关系的!噢,对了,我得赶紧走,我先跟你说几句话。"

"那你赶快倒杯咖啡。"

壹岐吩咐完千里,和鲛岛回到客厅,在沙发上坐下。

"你从来没来过我家,今天一大早来,肯定有什么重要的事情。"

"噢,是这样。日本石油开发公共事业集团不是从萨尔韦斯坦撤资了嘛。我们公司也想借这个机会撤出来。"

"可你们公司分管石油的董事说,公团撤出以后你们公司还是出百分之五的资金,同意打五号井。"壹岐内心并不想挽留东京商事。

虽然东京商事只占百分之五,但现在公团表示撤出,如果东京商事也撤出的话,公司内外视萨尔韦斯坦为危险项目的心理必定加重。所以,他必须说服东京商事留下来。

千里端来咖啡。鲛岛又上上下下地打量着她,好像在鉴定她的"成色"。千里离开以后,他一口气喝干咖啡,说:"我们公司那个分管石油的董事是个蠢货。他觉得我们俩是亲家,不好拒绝你,也没在董事会上讨论就答应你们了。石油开发风险很大,我的主张是石油开发要靠公团的资金,或者投资已经开发出来的油田。对不住了,你也不用劝我了。"

这件事明明是东京商事董事会的决定,鲛岛却毫不脸红地说出弥天大谎。壹岐忍着心里噌噌往上蹿的火,再次劝说道:"能不能等打完五号井再说?就这一口井。你们公司只出百分之五,风险再大也不会有什么影响。你是实力派人物,能不能给说句话?"

没想到鲛岛反过来说服他:"你要真想搞石油开发,用不着跑那么远,萨哈林就可以。和苏联打交道虽然比较麻烦,但原来的日本海军有萨哈林的资料和数据。关键是离日本近,油质也好。"

壹岐也听说苏联已经向日本伸出橄榄枝,提出开发萨哈里大陆架油田的建议。他一下子想到鲛岛去中根干事长家跟这件事情有关,便问道:"你们公司准备牵头搞萨哈林开发?"

"嗯,差不多吧。公团不可能无止境地往萨尔韦斯坦扔钱,你也该从那儿撤了。没有政府的援助,我们公司再一撤出,你们孤立无援,肯定要吃大亏。"鲛岛用嘲笑的口吻说,"我听说你们大门社长害怕了,撑不住想逃了。"

"所以,我才请你支持我打完五号井嘛!"壹岐不得不透露,"公团的山下总裁虽然已经给我们下了通知,可我手上有张牌,努力一下公团很有可能改变决定。"

鲛岛虽是个优秀的商业精英,但壹岐一向鄙视他的人格。而现在他如此地央求鲛岛,令壹岐对自己所处的困境感到万般无奈。

鲛岛想都没想就说:"不可能,不可能。我不知道你手上有什么牌,现在有些停业的石油开发公司突然又开始申请融资,号称是国家项目的五菱商事沙特阿拉伯油田开发就是最大的一家。另外,我们公司的萨哈林项目、九州湾开发这些都需要钱。公团怎么可能重新考虑给伊朗的项目融资?特别是政府分配给石油开发的资金这块儿,那跟黑社会似的,什么都是老大说了算。有哪个胆大包天的敢侵犯这个权力,马上拿下。所以,一般的政治家都没办法插手这件事。这可是惯例。壹岐,你不知道?"

自认政界通的鲛岛只字不提大选的事儿,得意扬扬地喋喋不休。他说的和竹中完尔说的完全吻合。壹岐没有说话。

鲛岛看看时间不早了,着急地说:"我今天来一是为了告诉你我们公司决定从萨尔韦斯坦撤出,二是邀请你们加入萨哈林这个项目。我今天就得把参加项目的公司名单报给公团,要不就拿不到资金了。"

鲛岛说出了真话,原来是因为投资公司不够数。壹岐说:"不好意思,让你白跑一趟。我们公司现在没有这个能力。"

"那好,谈判破裂。打搅了!"

鲛岛站起来就往门口走。壹岐也走到门口,准备关门,鲛岛的小眼睛看着厨房,压低声音说:"这女人真不错,多大?"壹岐没理他,伸手握住门的把手。"你这身体可是在西伯利亚受过摧残的,别太刻苦用功。这是鲛岛发自内心的忠告。哈,哈,哈!"鲛岛留下一串奇怪的笑声走了。

壹岐心里很不痛快。他走到厨房,抱歉地问千里:"你没生气吧?"

千里一边吃早饭,一边说:"没有。我今天才知道商社的副社长有多忙,早晨七点半就开始在家谈生意。虽然我以前也觉得你肯定很忙,但没想到这么忙。"

壹岐不知道千里听到多少他和鲛岛的对话,但不管多少他都不希望让千里听到。他说:"你是不是觉得不可思议,我为什么在这种无聊的工作和生活中追求自己的第二次人生?"

千里没有说话,过了一会儿说:"我看今天晚上七点你肯定来不了。我的工作灵活性大,好调整时间。等你忙完这段儿再说吧!"

"嗯。可是……"

兵头已经去了德黑兰,只要他那边一有消息,壹岐明天就有可能动身飞往伊朗。这种时候,只要千里表示理解,他很希望把两人的事再往后推一推。可是,今天让鲛岛撞上了,不尽快办手续,传出去很可能被当成性丑闻追究。

壹岐左右为难。吃完早饭,公寓管理人员打来电话,说接他的车到了。

"那,今天晚上……"

"不用,你再给我打电话吧!"千里走到壹岐身边,帮他穿好上衣。

"那就……那好。"说完,壹岐匆匆忙忙上班走了。

千里一个人留在公寓。她收拾好房间,脱去居家服,换上和服,准备回京都。公寓里没有穿衣镜,她照着卫生间的梳妆镜整理好衣领,然后熟练地系好腰带。虽然是她自己提出来等壹岐忙完这阵再去见他女儿、女婿,但她还是抹不去心中的失望和哀怨。为了说服自己,她把腰带的细绦子束得紧紧的。穿戴整齐,她又想起刚才壹岐说的那句话。"你是不是觉得不可思议,我为什么在这种无聊的工作和生活中追求自己的第二次人生?"

刚才壹岐和那个一看便知精明强干的鲛岛的谈话传到千里耳朵里,她才知道壹岐生活的世界远比自己想象的残酷和肮脏,她非常震惊。同样是旧军人,父亲自杀,哥哥削发为僧,而壹岐选择了和他们截然不同的人生道路。千里开始怀疑自己是否真的能伴随壹岐生活。

八月十日,壹岐、兵头和近畿商事德黑兰事务所所长前去拜访日本驻德黑兰大使。

大使馆会客室宽大舒适,冷气开得很足,大使跷着俩二郎腿坐在沙发上。因为近畿商事直接求见国王并得到准许,让大使感到颇没面子。他不无讥讽地说:"天气这么热,辛苦了。没想到你们能量真大,没有通过外务省、大使馆就能获准谒见国王。"

壹岐说:"您误会了,我们没有那么大的能量。有位在王宫供职的人对我们公司很关照,答应帮助我们。我们只是运气好而已。"

德黑兰事务所所长尽量抬高大使馆,恭恭敬敬地说:"这也全靠平时大使馆对我们公司的支持和帮助。"

大使仍然绷着脸,一旁的一等秘书说:"你们近畿商事干得很不错嘛!"

大使仍没有释怀,打听道:"听说有位 X 博士在你们公司和国王之间穿针引线,到底是谁啊?"

壹岐不动声色地回答道:"看来 X 博士被传说成一个神秘人物了。其实他就是国王御用医生里面的一个。"

"哦?原来是个医生?我一直猜想是哪个博士,还以为是经常出入王宫的法国摄影家呢。"大使说,他指的是原摄影师莱蒙德。

近畿商事不仅越过大使直接和王室联系,而且还是通过他根本不知道的途径,固然令他不痛快。但他此刻的态度里明显带着对关西地区商社的偏见,而且根深蒂固。

兵头满脸不高兴,不顾事务所长的阻拦,不客气地说:"事关石油,一个摄影师是解决不了问题的。"

"真是了不起的自信啊!"大使讽刺道,"那就请你们好好开发,别让伊朗政府到我这儿来表示不满。在萨尔韦斯坦竞标中,日本自己之间的两个集团公司互相竞争本来就引起外界的批评。你们再打不出油来,我在外交上也没有什么颜面。"

"我们一定努力,不辜负大使的期望。我们现在就去王宫。"

走出大使馆,德黑兰事务所所长回公司,壹岐和兵头前去拜见国王。他们要去的是建在山边的涅瓦兰宫殿西北六公里、被称为夏宫的萨德阿巴德宫殿。虽然是海拔一千四百米的高原,但夏天白天的气温高达四十多摄氏度,太阳灼热逼人。车开进山里,渐渐地路两旁出现了法国梧桐,一道城墙般的高墙绵延不断。高墙下每隔一段距离就有一个手持步枪的卫兵。

兵头说:"这么热的天,国王和阿吉巴鲁总裁还都在德黑兰,真得感谢真主了!"

壹岐说:"这得感谢四号井废井那天你在回德黑兰的飞机上碰到佛卢基。"

当初为了见到随国王访问苏联的佛卢基,壹岐专程赶到莫斯科。在那里他想起了至今还暴露在西伯利亚荒野、任凭风吹雪打的战友们的尸骨,他痛苦万分,甚至听到了尸骨咯咯作响的声音。此刻,提起佛卢基,这个声音仿佛又出现在他的耳边。

汽车驶到萨德阿巴德宫殿前。这里比涅瓦兰宫殿更加宏伟,参天的大树遮住宫殿,送来阵阵凉风。壹岐和兵头跟着卫兵来到二百米外二层白色宫殿的台阶下。王宫侍从迎出来,带着他们上了大理石台阶,把他们请到等候室。

等候室的门从另一边打开了,礼仪官带着壹岐和兵头穿过大厅,来到接见厅。接见厅里铺着豪华的波斯地毯,水晶吊灯就像颗颗钻石般璀璨,国王就站在中央。照片上国王身穿耀眼夺目的军礼服。此时,他虽身着便服,但轮廓分明的脸上充满无愧于"王中王"的威严。国王两侧侍立着身高近两米的阿吉巴鲁总裁和只有一米五五的佛卢基医生。

壹岐和兵头恭恭敬敬地垂下头,等待佛卢基引见,但佛卢基一声不吭。阿吉巴鲁总裁把二人介绍给国王。

"能见到国王陛下我们不胜荣幸,不胜感激!"

国王点点头坐下。阿吉巴鲁总裁、佛卢基医生、壹岐和兵头也依次入座。

在伊朗国营石油公司阿吉巴鲁总裁高高在上,很难有机会见到他。他好像事先已经和佛卢基医生商量好,开口问道:"你们什么时候开始打五号井?"

壹岐答道:"非常遗憾。因为在日本国内筹集资金遇到一些困难,我们希望暂缓一段时间。"

"什么困难?"虽然伊朗外交语言是法语,但国王用纯正的英语问道。

"石油危机以后,日本政府为了确保石油资源,开始积极在沙特阿拉伯等国家进行油田开发。三年过去了,由于至今仍没有出油,日本政府重新做了评估,认为萨尔韦斯坦已经没有希望。"

国王目光如炬,问道:"沙特阿拉伯的开发怎么办?"

"沙特阿拉伯中部地区的开发刚第二年,还将继续下去。"

壹岐话音未落,国王浓密的眉毛紧皱起来。伊朗和沙特阿拉伯虽然都在美国的保护伞下,但在以军事为首的各方面都是交锋的对手。

阿吉巴鲁总裁按捺不住地说:"日本政府做出这样的结论,说明他们根本不懂什么叫石油开发。当初招标的时候,日本派来经济代表团,表示不仅在开发油田上,在其他方面也将援助我国的工业化建设,包括建设炼油厂、炼钢厂、地铁和电话线等等。"

壹岐诚惶诚恐地说:"不胜汗颜。当时的主管大臣和日本石油开发公共事业集团总裁都已经卸任,现任大臣和总裁对这些情况的把握的确有些欠缺。"

国王说:"日本的大臣、特使只做口头许诺,不付诸行动。如果三年就中止萨尔韦斯坦的开发,今后我将不授予近畿商事任何商业权利,对日本政府的看法也会改变。"

"国王陛下言之有理。但是,我们公司既然已经着手开发伊朗最后一块陆上大油田,就要以公司的名誉担保,为伊朗的发展尽一份力。"壹岐谦恭地提出请求,"如果贵国政府向我国首相提出要求,希望继续援助石油开发,国王陛下的愿望一定能够实现。我就是为这个来拜见国王的。"

"当时的首相也下台了?"

"是的,佐桥首相已经下台,现在是田渊首相。因为田渊首相非常重视贵国,所以,如果贵国提出要求,他一定会接受。"

佛卢基医生终于开口了:"田渊首相知道你来拜见国王吗?"

"知道。"

"那你认为表达国王意图的最有效的办法是什么?"

国王不仅是伊朗的统治者,还是一位石油战略家、实业家。佛卢基问壹岐国王应该如何向日本政府施加压力,他一时不知如何回答。

佛卢基见状说:"国王陛下,现在我国经济部长正在华盛顿访问。请他绕道日本,会见田渊首相,如何?"

"嗯。这就下达命令吧!"

国王点点头,谒见就此结束。

从伊朗回国后的第三天晚上,美国近畿商事的海部要以及兵头出现在壹岐的公寓。他是从羽田国际机场直接赶来的。

"要得这么急,真是难为你了。"

"哪儿的话,能帮上您我很高兴。"

海部走进起居室,打开手里的公文包,取出夹在文件里的一千万日元。壹岐任美国近畿商事社长的时候,曾经设立了一个小金库。他让海部负责做些外汇和股票生意,把获得的利润存在纽约的银行。这次,他让海部从小金库中取出三万美元,兑换成日元带回国内。一沓一百万,一共十沓,叠在一起有九点三厘米厚。

兵头气愤地说:"没有这一千万,就拿不到公团的五亿融资。这叫什么事儿!"

海部问道:"放哪儿合适呢?"

壹岐好像生怕弄脏了自己的眼,看都不看地说:"放到酒柜上吧。"这些钱唤起了他当年参与新型战斗机商战中的那场悲剧的回忆。当时,他用股票代替现金给了空军幕僚的芦田二佐,结果导致他的好友川又受到牵连、遭到怀疑,最终失去了生命。

兵头关心地问:"这个、怎么交给他呢?"

壹岐说:"我来处理,你们不用管了。"其实他也没想好该怎么办。从取钱到找借口来日本出差并把钱带回来,这次没少让海部为难。他从酒柜里拿出威士忌说:"辛苦你了!来喝一杯吧!"

兵头拿来酒杯,抱歉地说:"海部君,这次真是让你劳神费心了。"

"没关系。跟政府部门打交道就得这套,你别太在意。现在只有两条路,是弄脏双手挖出石油,还是清清白白放弃石油。没有第三条路可走。"

"你这么说我心里也好受点儿。我也没想到会给你这个美国近畿商事社长添这种麻烦。"

"你放心吧,这个小金库除了我没别人知道。不过,要是五号井还不出油怎么办?"海部担心的是这个。

"我当然已经做好了卷铺盖卷走人的准备。让我难受的是我把副社长也卷进来了。"

"好了,别说这些了!"壹岐满不在乎地说。

但是,想到万一五号井失败,肩负着近畿商事未来的兵头将受到重创,他内心深处感到很沉重。他不能让兵头和海部卷入这场竹中完尔导演的肮脏的交易当中来。他已经想好了,两人走后他马上给竹中打电话,让他安排自己去见首相。

早晨六点半,壹岐来到位于芝白金的田渊首相私宅。

田渊当干事长的时候,壹岐曾经来过这里。和那时比起来,花岗岩门柱旁边的警备室里又多了几名警官。

壹岐坐的车开进自动大门,又在石子路上开了十米左右,到了第二道门前面。门前便有个贴身警卫官把守的岗哨。从岗哨往右的是来上访的群众和田渊派的议员。穿过岗哨直接消失在这道门里的就是所谓"带彩"的来访者。

警卫官锐利的目光盯在独自坐在车里的壹岐脸上。警卫官也知道早晨六点半商社副社长来访,必定有非同寻常的要事。如果是普通的财经界人士,警官往往是视而不见。但公安和警察对曾经是大本营参谋的壹岐的一举一动非常敏感,壹岐从警官的视线里感觉到了这一点。他强迫自己谦恭地行了一个注目礼,后背上渗出一层细汗。因为,他是送一千万日元来的。

壹岐在第二道门里下了车,走进大门旁边的会客室。秘书端来麦茶和田渊家乡的特产,苹果夹心点心。壹岐无心品尝,看着放养在院子里的孔雀。

门突然被打开了。田渊首相用公鸭嗓子"哎！哎！"地打着招呼，急急忙忙走进来。

壹岐站起来说："首相,好久不见！"

田渊精悍的脸庞因打高尔夫晒得黝黑,他说："真是好久没看见你了。德黑兰很热吧？"他已经从竹中那儿了解到全部经过。

"非常热。我在夏宫拜见了国王,伊朗国营石油公司总裁也在场,很快就解决了问题。国王认为仅用三年时间就让伊朗陆地最大的油田开发在失败中结束,有损伊朗国威,斥责我们公司软弱,并希望得到日本政府的援助。"

田渊点点头说："嗯。刚才华盛顿的大使来电话,说伊朗经济部长提出要在回国途中绕道日本来见我。"

"什么时候？"

"八月二十号左右。我让外务省安排。"田渊平时总是滴溜乱转的眼睛紧盯着壹岐,问,"五号井真的没问题？"

壹岐明确回答道："事关石油开发,很难断言,但我认为不会辜负您的期望。不然的话,我也不会求见首相,请求国家援助。"

田渊是务实派,他关心的问题也很明确："竹中君说萨尔韦斯坦的开发费比其他油田贵得多,到现在各项目分别花了多少钱？"

"概算下来,前期的考察费是三亿五千万,包括从伊朗国营石油公司、贝鲁特、波士顿、伦敦等各大石油信息咨询公司购买的资料和咨询费。开采权一百二十亿,各类管理费十八亿,四口井五十二亿,另外还有各种附加费用,一共投进去二百亿左右。"

"二百亿？石油开发最多也就是一百五十亿,你可真能花！"

"首相,萨尔韦斯坦……"

不等壹岐解释,田渊便打断他说："竹中君跟我说了,中东通货膨胀,伊朗是中东之最。知道了,知道了。"好像在说你不必浪费时间解释了。

"首相,那就请您给予关怀和帮助!"

说完壹岐站了起来。田渊一怔,顿时拉下脸来。就在这时,院子里的孔雀展开了美丽的羽毛。壹岐看着开屏的孔雀说:"这孔雀真漂亮。因为我以前见过您亲手给它们喂食,所以,我带来了它们最喜欢的饲料。"壹岐从上衣的两个口袋里掏出两个五厘米厚的孔雀饲料盒,放到茶几上。

田渊露出满意的表情,瞥了一眼饲料盒,说:"饲料?你想得真周到。"说完,他撕开纸盒,抓了一把黄豆大小的绿颜色的饲料,打开玻璃窗,向孔雀撒去。

四五只孔雀跑过来,啄着饲料。饲料盒里没有多少饲料,塞满了一百万日元一沓的钞票,一共五沓。孔雀争抢着饲料,其中一只展开美丽的羽毛,发出"嗷!嗷!"的叫声,威胁其他孔雀。孔雀难听的叫声与它那绚丽的身姿极不相称。

壹岐坐飞机飞到大阪,出现在大门社长面前。

大门背对着可以眺望到大阪城的巨大窗户,问:"怎么?你还特意跑一趟,电话上不能说?"好像他并不欢迎壹岐来大阪总部。

才两个星期没见,大门眼窝塌陷,大概是血压高的缘故,脸色潮红。

"您是不是血压有点儿高?"

"没什么大问题。你有什么事儿?"

"前天我见到田渊首相了。"

"哦?首相怎么说?"

"他说,伊朗经济部长访美回国途中绕道日本,要求首相接见。

这样一来他就好运作了。"

"好运作？什么意思？"

"田渊首相对萨尔韦斯坦油田抱有很大期望，他觉得如果伊朗方面提出要求，他好向通产、大藏、能源等各部门发出指示，让石油开发公共事业集团把停止拨给我们的资金按原计划拨给我们。"

"田渊首相出面，事情就不那么简单了吧？这得花多少钱？"

"因为我们这个不是新项目，首相只是出面说服原有的投资者，所以，我觉得适当数额就可以。这个您不必担心。"

"嗯？适当数额？哼，也不知道是多少。你现在可是胆大包天了。"大门似乎想尽快结束这场谈话，他从金丝边眼镜里看了一眼壹岐，说，"没其他事儿了吧？"

"还有，就是纳萨鲁部长来访的事。他来会见首相，按惯例外务省要给召开宴会。因为这个宴会得由我们公司安排，所以，还得请社长去东京两三天，并且出席宴会。"

大门皱着眉头说："宴会没办法，我去。其他事情就由你这个副社长替我出面就行了，我忙着呢。再说是你飞到德黑兰，直接找国王谈判的嘛。"

"这样不妥。现在是两国政府间的谈判，政府出资，社长在国内却在各种场合缺席，会给我们带来不利。"

"这事情闹大了。我不喜欢和伊朗人打交道。"

"纳萨鲁经济部长是伊朗政府里右翼的实力派人物，利用这个机会和他建立良好关系，今后可以请他在萨尔韦斯坦油田开发上帮助我们。另外，对扩大我们公司的商业权利也有好处。欧洲越来越排斥日本，中东对我们来说是很有吸引力的市场。"

壹岐正在说服大门，棉花部长伊原进来了。他面容消瘦，满脸疲倦。

大门一见伊原进来,慌忙说:"我现在有事儿,待会儿再说。"

伊原手里拿着图表和电传,着急地说:"可是,社长,现在……"

大门大声训斥道:"我说有事,你听不见?给我出去!"

伊原扭曲着憔悴的脸庞,还想说什么。可是看到大门怒气冲冲的样子,吓得退了出去。

壹岐觉察到事情非同寻常,便问:"社长,最近棉花市场行情怎么样?"

"嗯。我推测得没错,开始回升了。"

"那就好。社长,您今年夏天还没有休假,既然价格回升了,您就把这件事交给伊原君,出去度度假吧!"

"度什么假,不去!现在才是我这一辈子最关键的时刻。"大门执拗地说。

他越坚持,壹岐就越觉得事情不像他说的那样。壹岐劝说道:"社长,您也七十多了,身体是最重要的……"

"七十多怎么了?医生都说我这身体的实际年龄是五十多岁。你别把我当老头子看!接待伊朗经济大臣、去外务省,这些都没问题!"不知道大门是怎么想的,刚才还一口回绝,伊原进来一下以后,就痛快地答应了。

"那我就去安排日程,安排好了再向您汇报。"

壹岐出了社长办公室,越想越觉不对劲,便推开金子副社长办公室的门。

金子看见壹岐,温和地说:"哎,壹岐君,你来了!"

"萨尔韦斯坦项目争取到了政府出资,我来向社长汇报。"

"那太好了!社长肯定很高兴。"

"不过,金子副社长,我很担心社长,觉得他有点儿反常。刚才跟他说话的时候,他也是心不在焉,心神不定。棉花部长来找他,他突然大发雷霆。"壹岐直截了当地问,"苏联棉花市场现在到底怎么样?"

金子困惑地说:"真实情况只有社长和伊原君知道。不过,肯定不妙。前几天我也劝社长马上收手,可他说价格肯定要回升,根本不听劝。最近,社长完全成了一个固执的老头,有时候甚至有点儿冥顽不化。唉!"

"我不懂市场交易,说不定真的能像社长说的那样,赚很大一笔钱。可是,万一失手,那损失就大了。我真的很担心……"

"壹岐君,因为我知道你想说什么,所以,我才打破自己不干涉他人市场交易的戒律,苦苦劝他,没想到从此社长对我封锁消息。"

"这就需要靠金子副社长您的力量了嘛。比如控制资金,或者其他办法。"

"这不可能,因为是 L/C 支付。现在只有尽快把手上的棉花卖给纺织企业,不管价格比买进时便宜多少。"

"是吗?连社长身边的金子副社长也这么说。"壹岐觉得这件事不能袖手旁观,便恳请道,"金子副社长,您想想办法,别让社长摔跟头。"

"壹岐君,你呀,还是原来的你!"金子微笑地点点头。

第三十二章 天 声

九月初,永田町临近国会选举的气氛日益浓厚。与此同时,近畿商事的伊朗五号井也开钻了。

这天,工人们把井架搬运到勘探地点,勘探技术人员聚集在一起进行准备工作。壹岐也参加完在伦敦召开的日欧经济会议,在归途中绕道伊朗首都德黑兰。此刻他在德黑兰机场和从东京赶来的兵头一起等待去设拉子的飞机。

石油危机以后伊朗越来越有活力,在德黑兰的机场候机室里也可以看到越来越多的欧美人,从韩国来的集体打工仔也越来越多。

"呦,这不是兵头先生吗?没想到在这里遇见老相识了。"

飞往伊斯法罕、设拉子、阿巴丹、阿巴斯港等的航班顺次晚点,从一大堆等待飞机的旅客中传来一个响亮的声音。兵头回头,只见五菱商事的石油商上杉笑眯眯地站在眼前。在萨尔韦斯坦国际竞标互相竞争的时候,上杉像伊朗人一样留着一把漂亮的山羊胡子。现在他转战到沙特阿拉伯,常驻首都利雅得,从事中央地区的油田开发,脸上的胡子也变成了沙特式的络腮胡,极具沙特人的风貌。这一华丽的转变看得兵头目瞪口呆。

上杉接着说道:"哎呀,从沙特来伊朗,简直就像到了天堂一样。常驻伊朗的时候,因为是第一次常驻中东,所以觉得很痛苦,到了沙特才知道伊朗的好。沙特整天热得人浑身冒烟儿,而且那里《古兰经》戒律森严,本国人又极其排外,不太接受外国人。常驻利雅得快四年了,到现在我都受不了这方面的精神压迫。"

沙特至今不允许各国大使馆入驻首都利雅得,由此可知这个国家的封闭性。而且,沙特秘密警察的眼睛比伊朗的还要雪亮。因为兵头也曾亲身体验过沙特沉闷的氛围,所以他说:"我也知道,那种感觉是说不出来的。今天你去哪儿?"

"陪日本石油开发公共事业集团的高层视察。去吉达、利雅得,还有沙特阿拉伯国家石油公司所在地达曼,围着日本阿拉伯石油的海夫吉油田转了一圈,现在要去参观阿巴丹的最新炼油厂。哦,对了,后来萨尔韦斯坦的出油征兆怎么样了?"

"好多了。今天开始打五号井了。"

"哦,是吗?第五号……你们也够辛苦的。"上杉略带讽刺地说。这时他才注意到壹岐,说:"我是五菱商事常驻利雅得的上杉。我从我们公司的神尾专务那儿久仰您的大名,今天很荣幸能见到您。"他做了自我介绍,恭恭敬敬地行了一个礼。

"我和神尾专务一起参加了伦敦的日欧经济会议。听他说在沙特的中央地区也有很多让人烦恼的事。"

"对呀,毕竟是离海七百公里的内陆,从器材上岸到搬运,不知道要发生多少意想不到的事。幸运的是这次公团给了我们百分之七十的政府资金,可以说是国家性的大计划。也正因为这样,我们才更要努力。"

听到这句话,壹岐和兵头不由得互相对视了一下。近畿商事在萨尔韦斯坦油田这个项目上,只从公团那里得到百分之五十的政府资金。为了这百分之五十,他们不知道受了多少屈辱,咽了多少苦水。

"去阿巴丹的飞机好像开始登机了,那我就先告辞了。恭祝你们成功!"上杉一副绰绰有余的样子,说完转身向正在等候的石油公团要员那里走去。

兵头说:"上杉这家伙,还是和以前一样故作姿态。不说一些打对方脸的话就不甘心,真让人讨厌。"

"看起来他很善于交际,也很善于表现自己。百分之七十的政府资金,这句话挺打击人的。"壹岐苦笑着说。

候机大厅里响起飞往设拉子的航班开始登机的广播。从德黑兰到设拉子,要一个小时十分钟。

壹岐和兵头到达设拉子机场的时候,在萨尔韦斯坦油田进行实地开发的INOCO公司的车已经来接他们了。

兵头见过那个司机,问道:"打井准备进行得顺利吗?"

会英语的司机答道:"为了今天能按时打井,大家都使了一大把劲儿。奥利安石油的詹姆斯先生和梅拉先生已经到了。"

詹姆斯是负责中东地区的总经理,梅拉是矿物勘探部长。壹岐也在洛杉矶奥利安石油的总公司和他们见过面。

汽车顺着被烤得闪闪发亮的公路一路奔向萨尔韦斯坦油田。远处湛蓝的天空中出现了位于四号井以东一公里处的五号井井架。开近一些,可以看到几辆卡车卷起滚滚的尘沙,正在从四号井往五号井搬运尚未搬完的器材。

"这热闹劲儿,简直好像战场一样。"

听到壹岐这么说,兵头说道:"因为五号井勘探的决定下晚了,当时租的井架合同已经解除,所以为了能在今天开钻,费了好大的劲。虽说离四号井只有一公里,十辆卡车二十四小时不停地搬运器材,花了整整一个星期呢。"

"钢筋井架有四十三米高,你们是怎么搬的?"

"先把井架放倒,拆成五大块,然后用大型卡车运到勘探地点,再在勘探地点重新组装。唉,现在回想起四号井废时的情景,那简直就像看到地狱一样。"兵头说到这里,不再往下说了。因为最后的这个五号井在开采过程中也不知道会发生什么情况。

壹岐他们在白色的简易房前下车,看到日本石油开发公团派来的勘探部副部长内田正在等他们,一张脸晒得黝黑:"欢迎!欢迎!听说日本的老总要来,现场的同事们都干劲十足呢。"他说着打开简易房的门。

詹姆斯、梅拉和现场指挥麦克都来迎接他们。

詹姆斯因为考虑到壹岐刚从伦敦出差回来,所以提议:"开钻仪式的准备已经做好了。今天这天气热得异常,跟八月份差不多。要不然我们推后两三个小时再进行?"

壹岐看到梅拉麦克这两名技术人员早已摩拳擦掌,恨不得马上开始,便说:"不用考虑我,咱们这就开始吧!"

听了这句话,麦克马上飞奔出简易房,对在井架周围忙碌得满身大汗的施工人员做了一个手势,然后亲自带着壹岐和兵头来到井架底下。井架的正下方被挖了一个长二点五米、宽两米、深两米的长方体的坑,坑的四周都用混凝土固定住了。五号井的第一个钻头将被放在被称作地窖的隔墙的正中间,从这里开始向下掘进。

詹姆斯、梅拉和内田他们也来到壹岐他们身边。为了一扫从一号井到四号井的失败带来的晦气,祈求这五号井顺利出油,马上要举行祈祷仪式,把羊头献给安拉。

在麦克的指挥下,扛着白色木棉袋子的伊朗人从袋子里拿出羊头,供奉在地窖旁边。鲜血从被一刀切断的颈动脉中一滴滴地流下来,在接近四十摄氏度的高温下蒸发,发出刺鼻的血腥味。被活生生砍下头的羊睁着眼睛,流出的血染红了周围的沙土。羊头上方,仿佛正在燃烧的太阳照耀着一切。这一场面看起来有些怪异,可是在伊斯兰教的国家,供奉活羊头是为了祈求丰饶和祈祷生命安全。井架下的这一仪式是为了祈求安拉,保佑这次一定出油,保佑施工人员的生命安全。

伊朗人口念《古兰经》,壹岐也为五号井的成功在心里祈求神佛保佑。

献祭的仪式举行完以后,活羊头马上被埋在坑里。工人们开始攀登距离地面六米高的钻井工作台。在回转台上,安装着九十一厘米钻头的钻杆已经准备就绪。随着一个井架工对引擎员的一个手势,柴油机的引擎开始在沙土中轰隆作响。

麦克下命令:"开始!"

声音刚落,负了重的引擎加大了轰鸣声,装了钻头的钻杆静静地落向褐色的大地。九十一厘米的钻头对地球来说只能算针尖那么大。在这个火箭可以飞上月球的时代,人们要用这个针尖大钻头找到只有上帝才知道在哪里的石油。钻头插入大地,搅碎石灰岩,发出刺耳的响声。井架的下方腾起一股白烟。

壹岐和兵头靠近井口,顿时头上落满了白色的石灰岩。

人们看着钻头用二十分钟掘进三四十厘米之后,开钻仪式落下了帷幕。剩下的就是在活动房屋内干杯了。

简易房内开着空调,摆放着准备好了的羊肉串、啤酒和可乐。因为施工人员无法离开自己的工作岗位,所以只有壹岐、兵头和詹姆斯、梅拉、麦克和其他几个技术人员,大家为五号井的成功干杯。

壹岐说:"这五号井是近畿商事和奥利安下的最后一把赌注。我们要做好背水一战的准备,无论如何都要出油。"

壹岐的这句话使得大家神情严肃。

麦克不愧是现场指挥,他一边干杯,一边注意听着外边引擎的声音:"终于开始泥水循环了。嗯,开坑顺利。"说着对壹岐微笑了一下。

第二天早晨,壹岐在大流士酒店和兵头一起吃早餐。

大流士酒店离位于设拉子市区东北六十多公里的波斯波利斯遗迹很近。五号井开坑仪式结束以后,壹岐又乘车三小时,穿过设拉子市区,来到了与萨尔韦斯坦相反方向的波斯波利斯。

兵头先到的餐厅,他在伊朗的主食馕上涂上黄油,用熟练的动作在里面卷上类似日本春菊的蔬菜,一边送入嘴里,一边看着壹岐关心地说:"昨天萨尔韦斯坦够热的。从气温二十摄氏度的伦敦专程飞到差不多四十摄氏度的萨尔韦斯坦参加开坑仪式,您身体有些吃不消吧?"

"昨天那个供奉活羊头的献祭仪式的时候,我眼前确实有些发黑。昨天晚上来到这边,可能是因为好好睡了一觉,现在已经没事了。正好是淡季,酒店里没什么客人,很安静。"

服务生用银盘端来咖啡。银盘上放着开水瓶、咖啡杯,用来泡咖啡的雀巢咖啡、咖啡伴侣和砂糖都是小包装的,和飞机上的速溶咖啡一样。

"疲劳的时候,至少能吃一点好吃的东西也行。可是,这种超一流的宾馆也才是这个水平……昨天晚上的羊肉也够油腻的吧?"

"连酒店都是这样。在伊朗工作的日本人都觉得这儿的生活平淡无味,很辛苦。我真的理解他们的心情了。"壹岐说完,也模仿兵头的样子,用手掰了一块看起来像日本大阪烧的馕放进嘴里。比起让人想起西伯利亚集中营生活的稀糊糊的伊朗面包,伊朗的馕还能吃得下去。

"这儿虽然很热,不过今天、明天两天您在这儿,谁也不会打扰您。您就好好地休息休息,参观一下历史遗迹。在德黑兰,除了事务所处长以外,您还得应酬有工作关系的银行、企业等,根本休息不好。"

"嗯,谢谢了。我一直想看看这儿的波斯波利斯遗迹,你去过很多次了吗?"

"这三年里,我来过五六次萨尔韦斯坦。虽然那个遗迹就在眼前,可是我只去过一次。还是去年秋天,来设拉子开工厂的日本电器的常驻人员带我去的。我在这方面虽然没有什么造诣,但是觉得波斯波利斯遗址比罗马呀希腊的遗址规模大得多。那次去那儿参观的时候,我正因为三号井的失败而心灰意冷。看到波斯波利斯,我就想,两千五百年前的波斯人都能成就这样的伟业,石油肯定就在沙漠里,我还不得拼死力把它找出来。这么一想,觉得又充满了勇气。所以我想让您也趁这个机会去看一看。"兵头接着又说,"我去前台要出租车,您在大厅等一下。在出租车来之前,我去向德黑兰的总办事处打听一下勘探现场的情况。"

这里虽然离萨尔韦斯坦矿区只有一百六十公里,可是因为没有电话线,所以要想知道现场的情况,只能向在德黑兰的INOCO的总办事处询问。

壹岐喝完咖啡,来到大厅,走进角落里的礼品商店,想买一本简单的导游指南和一些明信片。当他看到摆放在商店角落里的陶壶时,突然想买一个送给秋津千里。他望着一个上有波斯蓝釉的水壶,觉得千里肯定喜欢。店主凑过来说:"这是从波斯波利斯遗迹出土的公元前四世纪左右的水壶。您看这蓝色的釉已经银化了,这就是证据。这么好的东西,您找遍全伊朗,也只有这儿才有。"他一边说一边夸张地打着手势,指着喷着银粉的地方。

"从遗迹出土的文物不是都由政府严格管理,禁止携带出境的吗?"

"嘘！先生，您声音太大了。您说得对，如果被发现了，会被抓起来。可是，这个水壶很长时间都是收藏家的藏品。您不信，壶底有可以证明年代的证据。"店主人愈加放低了声音，翻过壶底给壹岐看。

壶底略微发黑，带着古色，底座也有两处缺损，缺损的断面也发黑，看起来好像很有年头。可是壹岐听人说过，即便是在德黑兰正经的文物店，店员只要看客人是门外汉，店里摆设的物品马上就变成公元前的出土品，其实销售的也是赝品，所以壹岐没有把礼品店主人的话放在心上。他觉得这是要送给陶艺家千里的礼物，可以在德黑兰挑个差不多的，但绝不能买假货。

出租车到了以后，壹岐和兵头向遗迹出发。

"怎么样？五号井进行得还顺利吗？"

"还比较顺利。不过麦克为了昨天的开钻仪式能按时进行，这么热的天气拼命工作了一个星期，再加上昨天高兴，喝多了一点儿，现在身体不大舒服。我打算明天出发之前去看一看。"

"现场指挥躺倒了的话，我们就没有闲情逸致去看遗迹了吧？"壹岐严肃起来。

"没有那么严重。据说真实情况是，因为麦克又被总经理詹姆斯拿四号井的失败来说事儿，所以他就耍起了小性子。如果我太早出面，现在马上去的话，怕麦克自己下不来台。等他冷静下来以后我再去。因为麦克那个人，在打井这方面，有点儿缺乏专业人员应有的态度，有时候挺蛮横，不顾前后左右，所以不太好对付。"兵头笑着说。

因为修了一条公路，笔直地通往遗迹正面的大台阶，所以，从大流士酒店到波斯波利斯，只有五分钟的车程。

下了出租车，眼前出现了由石块砌成的高大台阶的侧面，威严地耸立在那里。那石块，让人联想到大阪城的巨石。壹岐戴上太阳镜，走上台阶。台阶横向有七米宽，但每一级并不高。

"您知道身材魁梧的波斯人为什么要把台阶修得这么低,还不到十厘米吗?"兵头一步跨过两三个台阶,回过头来问壹岐。

"不知道。有什么意义吗?"

"据说是为了周围被征服的国家来上贡的时候,堆满贡品的牛车马车骆驼车能直接上台阶,才修成这样的。也可以说这是朝贡台阶。"

"原来是这样,被称为'王中王'的人的想法就是和一般人不一样。"

壹岐流着汗,爬上了一百多层台阶。到达宽阔的平台时,他不由得睁大了眼睛。繁盛于两千五百年前的古代波斯阿契美尼德王朝的宫殿遗迹,以被称为"慈心山"的褐色的拉赫马特山为背景,雄伟地展现在他面前。

"太壮观了!对了,你从德黑兰往东京给我发的有关国际投标消息的电传,用的暗号就是波斯波利斯吧。"壹岐说着,仰头看着宫殿遗迹的石柱。

近二十米高的石柱耸立在呈波斯蓝的天空之下。中东夏天的天空好像蓝色的玻璃,尽管戴着太阳镜,但还是那么耀眼。看起来比背后的山陵还高的圆形石柱,也被无情的太阳烘烤着。

穿过波斯波利斯刻着极具动感的人面兽翼像的巨大的"万国之门",兵头建议先观看遗迹的全景:"咱们先爬到'慈心山'的半山腰吧。天这么热,就是累一点儿。不过,从那儿能俯瞰到整个遗迹。"

九月的酷暑天气,来参观遗迹的只有壹岐和兵头。他们穿过空荡荡、连鸟都看不到的遗迹,登上了拉赫马特山。走在前边的兵头说:"这块岩石旁边有块阴凉地,您站在这儿看吧!"

壹岐站在岩石的阴影里往下看去,削平十三万五千平方米的基岩修建的波斯波利斯遗迹一览无余。遗迹的那边是广袤的平原。宫殿以巍峨的拉赫马特山作背后的要塞,面向宽阔的大平原,从军事上来看,立地条件极好。

壹岐受到震撼，小声地说道："据说以大流士为代表的阿契美尼德王朝统治了东到印度、西到小亚细亚、北到中亚、南到北非的二十三个国家。原来这就是王朝最繁盛期的宫殿啊！"

波斯波利斯的宫殿历经大流士、薛西斯、阿尔塔薛西斯三代国王修建，已经接近完成。可是一百五十年之后，马其顿的亚历山大大帝东征，一把火烧毁了它。随着波斯帝国的灭亡，这一雄伟的宫殿也被埋没于尘沙之中，两千几百年之间，从人们的记忆中消失。直到四十年前，才开始对遗迹进行全面发掘。三年前，因为国王要举行伊朗建国两千五百周年纪念，所以以极快的速度对遗迹进行了修复，但是尚未完成。现在仍在进行修复作业。

"两千五百年前，波斯人从这儿出兵，远征希腊、埃及、利比亚。来自各个属国的使者带着贡品来波斯波利斯朝贡，想想好像是梦中之梦。"

"就是，其规模之大是我们想象不到的。据说各国的朝贡者登上大台阶，穿过万国之门，在广场上拍打掉旅途的尘土，然后被召见到阿帕达纳宫。"兵头介绍说。

"阿帕达纳宫？是那个只剩下高大圆柱的宫殿吗？"

壹岐朝刚才走过来的纪念门的方向望去。纪念门在最右边，通过的时候觉得非常巨大，可是现在从山上看去，仿佛一块积木。左手边的接近二十米的圆柱从整个遗迹看来，也不过是增强立体感的一个部分。

兵头点头说道："阿帕达纳宫是大流士王采用多柱室的形式修建的觐见大殿。虽然现在只剩下十三根柱子，可是调查柱基发现，大厅有三十六根，周围三面的柱廊加起来有七十二根，所以宫殿的规模相当大。那时候的朝贡者一定都拜倒在波斯帝国的雄伟的宫殿下了。"

"当时的朝贡者都带来什么样的贡品？"

"这个，咱们到了阿帕达纳您就知道了。因为通往觐见大殿的台阶两边有刻着从二十三个属国来的使者的浮雕。这浮雕可以称为是石头的艺术品，保持状况极好，捧着各国贡品的使者的队列可以看得清清楚楚。我们等一会儿去看。您看那儿，一根柱子也没有，可那里是比阿帕达纳宫规模更大的多柱式宫殿遗迹。"

壹岐朝兵头手指的方向看去，只见约十根柱基纵横交错，排列成棋盘状。

兵头说明道："那是大流士大帝的第二代薛西斯和第三代阿尔塔薛西斯修建的被称为百柱厅的觐见宫殿。它的规模比阿帕达纳宫还大，更加倾向于炫耀王权。据说百柱厅的后边是卫兵室，左边邻接宝库，左边的那一头是王妃的房间，再往那边是后宫。"

壹岐听了兵头的说明，再次眺望波斯波利斯遗迹的全景。石柱、石门和台阶在褐色的地面上落下条纹状的黑影，壹岐觉得权势原来是如此的虚无。

兵头对默默无语的壹岐说："那我们就下山去，从大流士大帝的阿帕达纳宫开始转着看吧。"说完就转身带路。

壹岐也擦了擦汗，正准备走，太阳镜滑落下来，掉在地上。

"什么东西掉了？"

在寂静的遗迹中，连太阳镜掉在地上的声音都格外响亮。

"没什么，太阳镜掉了。"

壹岐正准备伸手捡起来，突然停住了。也许是螺丝松了，太阳镜左边的眼镜腿掉了下来，左右镜片都摔出了裂缝。壹岐心中产生一种难以名状的不祥之感。昨天开钻的五号井会不会又要失败。壹岐想着，趁兵头不注意，把摔破的太阳镜装进了口袋。

"是眼镜腿掉了吗？"

"对。从日本出发的时候就发现螺丝松了,因为太忙,没顾得上修就带来了。回酒店以后再买一副吧。"壹岐故作轻松地说。他一边和兵头下山,一边为了岔开太阳镜的话题,问道,"哪儿也看不到可以作为水源的河流,那时候的人是怎么用水的呢?"

"据说那时候宫殿后面的岩石山上滚滚涌出地下水,好像是把那儿的水引到这边来用的。听发掘遗迹的考古学家们说,这里的地下水道设施完备到惊人的程度,他们甚至设法利用汽化热做出了空调设施。所以那座山被命名为拉赫马特山,意思是'慈心山'或'恩惠山'。"兵头说道。

两人来到大流士大帝的阿帕达纳宫前边。

兵头手指石头台阶的墙面,说:"这就是我刚才说的朝贡者队列的浮雕。"

台阶通往两米多高的觐见宫殿,墙面分三部分,雕刻着朝贡者的长长的队列。队列里的人有的戴着细长的皮革帽子,穿着满是褶裥的长衣,手里捧着装满水果的盆子;有的用头绳绑住卷发,身上只缠着腰布,拿着短剑和布料;也有的戴着类似头巾的帽子,牵着骆驼等等。凝视着浮雕画卷,使人产生一种错觉,仿佛这些朝贡者一齐走出浮雕,静静地登上台阶,去接受大流士大帝的光荣的觐见。

"波斯波利斯最精彩的部分,怎么说也要数这浮雕了。您看这个蓄着漂亮的大胡子的人,是波斯的高官。他拉着跟着他朝贡的人的手,微笑着,似乎正在和对方谈笑,看上去就像是个给客人带路的和蔼的向导。不过,握手这个动作也可以看成是对从属国使者的一种怀柔举动。所以,我觉得这个场面很有政治色彩。还有这个,应该是米提亚人吧,手里拿的是水壶和项链。那边的那个牵着麒麟,说明他是埃塞俄比亚人。"兵头津津有味地解说着。可是壹岐不知道为什么,一直觉得心里骚动不安。

参观完遗迹回到酒店,前台交给兵头两封信。

"'拜托你一定要事先准备补充五号井调配泥浆用的重晶石'。噢,看开钻进行得还算顺利。咦,这封是给您的。"兵头说着,把另一封信递给壹岐。

信是德黑兰事务所所长寄来的,转告壹岐东京总部墙秘书课长来了急电,内容是:

朔风会会长谷川去世。

壹岐觉得全身的血液顿时凝固了。朔风会会长谷川原大佐突然去世了……怎么可能? 怎么会这样……

"副社长,您怎么了?"兵头感觉到情况不一般,赶紧问道。

壹岐没有回答兵头,而是对前台说:"我有急事,要马上给东京打电话。"

前台服务员冷淡地摇摇头:"对不起,这片地区的电话刚才出了故障,连德黑兰也接不通。"

"什么时候能修好!"

"说不准。可能三十分钟以后,也有可能要到明天。"

壹岐呆住了。兵头看了壹岐手里拿的信,说:"朔风会的谷川先生……是您常说的那位原大佐吧? 在这儿干等不是办法,咱们去设拉子的邮局吧。邮局的电话没准儿能和德黑兰联系上。"

"我去邮局。你马上给我订能最快回日本的飞机票!"

"行,我马上去机场跟他们交涉。从设拉子到德黑兰,然后往南飞到东京。或者从设拉子到阿巴丹,再到东京。总之我去给您订现在能订到的最早的航班。不过,怎么也得到后天才能到羽田机场。守夜是肯定赶不上了,就连葬礼也不一定能赶上。"兵头说着,坐进了在门口等客人的出租车。

波斯波利斯接近正午,阳光更加强烈。可是,壹岐觉得眼前一片黑暗。

一个月以前,壹岐还和谷川在位于日比谷公园旁边的中国餐馆二楼的朔风会事务所见过面。那个时候谷川还很精神,没有什么异常。后来也没有听说他因病卧床的消息,会不会是弄错了……壹岐这样祈祷着,伸手从口袋外边摸了摸刚才摔出裂痕的太阳镜。

收到讣告三十八个小时以后,壹岐回到了羽田机场。外边下着瓢泼大雨。

来接壹岐的塙秘书课长一看到壹岐就说:"离谷川先生出殡还有一个小时,得赶快了。给您发到德黑兰的那封信,是朔风会的神森先生托我发的。"说着把参加葬礼用的领带和黑袖章递给壹岐。塙课长能这么说,是因为他对壹岐的人际交往不论公私都了如指掌。

壹岐一上车,看着指向一点半的表,就急切地问:"两点半之前能到吗?"

"虽然下着雨,但是我会用最快的速度开的。"

汽车在高速公路上飞驶,驶到高井户,穿过甲州街道,开到京王线调布车站才终于到了谷川家附近。谷川家在陈旧的都营住宅林立的染地住宅区。谷川家供着葬礼的日本莽草,一直摆到左右两边四五家门前。虽然下着雨,但来参加葬礼的人很多。灵柩车停在门前。

壹岐跳下车,冲进谷川家。

这时告别仪式上的念经声已经停止了。在死者家属的注视下,棺材从祭坛上搬下,正要盖棺钉钉。

"谷川大佐!"

壹岐扑到棺材前,凝视着埋在菊花里、紧闭双眼的谷川大佐。

"壹岐君,你可赶来了。我丈夫一直在等你。"因为守夜和葬礼而憔悴的谷川夫人呜咽道。

"谷川太太,为什么突然会这样?"壹岐强忍,不让自己失声痛哭,喉咙里发出痛苦的声音。

"该出殡了。"

虽然旁边有人催促出殡,但壹岐无法从棺材旁离开。谷川夫人也恋恋不舍地抚摸着丈夫的脸说:"他为了碑的事去了趟舞鹤,回来就病倒了,得了肺炎……"

"……去舞鹤,慰灵碑……"壹岐说不出话了。他很想大声质问谷川为什么不爱惜自己的身体。

谷川身着寿衣,闭着眼睛。他仿佛只是在小憩,只要叫他,他随时都会醒来。对于壹岐来说,谷川的死实在太突然了。"您为什么不能再活哪怕三天啊!"如果没有旁人,壹岐想扑在遗体上大喊。

"壹岐,我知道你舍不得离开,可是出殡的时间到了。"神森把壹岐从棺材旁边拉开,接着说道,"你抬棺材!"

神森和壹岐抬起棺材的前边。水岛、丸长他们也抬起棺材,在雨中静静地行进。丸长顾不得体面,放声大哭。

"不准哭!像什么样子!"

训斥丸长的神森也在哭,壹岐也在哭,前来送别的会员们都在哭。

目送载着棺材的灵柩车出发,壹岐对神森说:"你专门发消息到德黑兰通知我,谢了!可是怎么会这样呢?"壹岐再一次询问。

"谷川去新潟和福井走访会员以后去了舞鹤。可是不巧天气一直不好,再加上疲劳过度,得了热感冒。一回到东京,就变成肺炎住了院。第四五天的时候,痰堵住了喉咙,最后做了气管切开手术,可是……"神森懊恼地说。

水岛说:"谁也没想到会这样,所以只有常常去事务所帮忙的会员去医院探望他。去世的前一天他精神比较好,说是建慰灵碑的地点还是上次和壹岐去看的五老岳最好,还说想麻烦壹岐君这两三天之内来一趟。他从来不说性急的话,最后这么说来着。"

"是吗?他是这样说的啊。"壹岐觉得胸口发紧,连呼吸都困难。

"车已经准备好了,如果愿意的话,请一起去火葬场吧。"谷川家的一个亲戚过来,周到地说。

"那请允许我们也去为谷川拾骨吧。"

壹岐和神森、水岛一起上了车。

到火葬场的时候,遗体已被送入火化炉中。人们集中在空荡荡的煞风景的和式房间里,等待火化完毕。没有人说话。倾盆大雨溅起阵阵飞沫。

壹岐看了一眼谷川夫人。夫人和亲戚们静静地坐在那里,大家都低着头。谷川的两个儿子已经成了家,分别在大阪和名古屋工作。现在,他们正小声地和一起来到火葬场的客人们打招呼。十八年以来,谷川夫人做和服裁缝,两个儿子每个月寄来生活费,默默地支撑着谷川原大佐无偿地为朔风会工作。

壹岐向谷川的两个儿子走去:"你们的父亲在世的时候,非常照顾我。正因为有各位家人的支持和帮助,朔风会才能有今天。"

"哪里,家父很幸福。他在诸位的帮助下,一直到最后都能做自己最想做的事。而且今天,有朔风会的各位前来参加,使得葬礼非常隆重,真是不胜感激。"谷川四十四五岁的长子回答道。他和父亲很像,有股村夫子的气质。牺牲自己,为他人尽心尽力的父亲很幸福——壹岐从他的这句话中,仿佛看到了生前的谷川原大佐。

有人来通知火化结束。壹岐他们跟在死者家属和亲戚的身后,朝火化炉走去。雨已经停了,强风吹响玻璃,使得昏暗的火化场显得异常冷清。

火化炉的门被打开,遗体已经化作白色的骨头和骨灰。谷川夫人首先用长长的筷子捡起形状完好的喉骨放进素烧的骨灰罐里。接着是两个儿子和他们的妻子,然后是亲戚依次拾起遗骨。最后,壹岐他们怀着各自对谷川的思念拾起遗骨。

壹岐拾起还留有余热的骨灰,放进骨灰罐里,脑海里出现了故人的身影。刮风下雨他总是独自一人默默编写朔风会会报,四处求人帮会员找工作甚至借钱,还亲自去探望卧病在床的会员,而自己却一天也没有休息。十八年来,毫无怨言,任劳任怨,无偿地付出。正是因为他,撤回日本十八年过去了,朔风会的一千五百名会员,除了去世的以外,没有一个人退出朔风会。大家各尽所能,终于走到了为长眠在西伯利亚的战友树立慰灵碑的这一步。

这项工作,在谷川原大佐逝世以后还必须进行下去。这是一项看似简单,做起来却非常困难的工作。但是,这也是活着回到祖国的人必须继续坚持下去的工作。

十月下旬,位于凤川高台上的大门家,庭院里的树已经染上美丽的红色。园丁的剪刀发出轻快的声音,大门一三觉得后背好像被粘在褥子上,怎么也起不来。

和式房间的门被拉开了,妻子藤子走了进来:"你呀,今天星期六,没有约人去打高尔夫,不用早起。可这都八点多了,修剪树木的园丁都来了,你就起来吧!"说着打开窗户。

秋天澄净的阳光照进走廊,院子里裁剪罗汉松叶的剪刀声听起来更加轻快。可是大门还是起不来。

"你怎么了?哪儿不舒服?"藤子鬓角多了些白发,她觉得丈夫今天和平常不太一样,有些担心。

"没什么大不了的。半年前打高尔夫的时候弄伤的腰有点儿疼。

好了,起来了。"大门为了不让妻子追问下去,随便找了个理由,强打起精神坐了起来。可是身体里好像灌了铅,直往下沉。

藤子帮他穿上睡袍,问道:"最近血压怎么样?一男说,爸爸已经七十多了,商社社长的工作身体肯定吃不消,最好去做个综合体检。"

一男是和他们住在一起大儿子,在制药公司工作。

"体检?我哪儿有那个闲工夫。"大门一边沉着脸说,一边走到面朝院子的套廊。

大门一向早起,起来以后即使是大冬天,只要天气好,他都会光着脚下到院子里,有时候甚至做做体操。可是今天,虽然秋高气爽,可大门连一次深呼吸都不想做。让医生看也好,去体检也罢,我的血压都不会降下来,除非棉花行情好起来……大门在心中呻吟道。

最近的棉花行情直线下跌,连身经百战的大门都害怕知道。昨天纽约交易市场的收盘价是四十九点八美分,终于跌破了五十美分。因为他亲自下达的指令,现在近畿商事光苏联棉就有七万五千捆。大门本来信心十足地预测棉花价格将上涨到一美元,然而实际上不仅没有上涨,反而由于牵扯到投资石油的美元,棉花价格以难以置信的速度下跌,以至于错过了卖出的机会。现在,只要一举手,少说也是四十五亿日元的损失。但是,假如现在不卖,万一价格继续下跌,跌落到一年半以前的三十多美分,那情况将会令人绝望。大门想到这儿,一阵眩晕,眼前的院子开始打转。他急忙抓住玻璃门。

"你又头晕了?叫医生来吧!"

"没有,就是差点儿滑倒。吃早饭吧!"大门故意大声说。说完就去了洗手间。

大门按照老习惯,先用水漱漱嗓子,然后进了厕所。他站在小便器前,觉得下腹部涨得难受。虽然有尿意,可是小便没有马上出来。他看着插在小花瓶里的龙胆花,小肚子一用力,小便出来了。他看了一眼溅在白色小便器上的尿,吓了一跳。是黑红色的血尿。大门觉得后背一阵凉。

　　上完厕所,大门突然感到一阵寒意,几乎站不住了。他用尽全身力气,仔细地观察尿的颜色,然后用水冲掉。可是红褐色的飞沫溅到小便器的边缘,变成红色的斑点。大门一边瑟瑟发抖,一边用纸把斑点擦得干干净净。生意人用尿血形容自己疲于奔命……自己被苏联棉花市场逼到快走投无路的地步,真的尿血了。如果让不知情的妻子看到血尿,不知道会吃惊成什么样子。虽然妻子藤子一如年轻时傲慢,而且喜欢吃醋,不能算是个好妻子,但是毕竟已经上了年纪,大门不想让她担心。

　　擦完小便器周围的污垢,大门终于从厕所出来,好不容易回到卧室。被褥已经被收起来,为了晒太阳,堆在面向院子的回廊上。大门拉过被子,躺在榻榻米上。大门以前也尿过一次血。当年做棉纱交意,他和强硬对手中京纺织的鬼头勘助之间进行的为期十个月的苦战。那个时候大门是棉纱部长,年龄才四十五六岁,正值壮年。那场被世人戏称为龙虎相争的苦战最后以大门的胜利收场。但是,这次的商品是棉花,是国际性商品,综合商社做市场投机这一行为本身现在已经变成违反企业道德的行为,而大门的年龄也已经七十出头了。

　　大门一方面觉得浑身发冷,一方面受到尿血的打击,浑身打战,但是他告诉自己要镇定。以壹岐为首的董事会目前还被自己用社长的权限牵制着,如果现在轻举妄动,董事会就会爆发对苏联棉花交易的不满和批评,逼迫自己卖掉棉花。这样一来就要造成四十五亿的亏损,对于综合商社的社长来说,这无疑是致命一击。现在想起来,棉花价格跌破五十美分以前,伊原曾几次来哭诉。其实不用他哭大门也知道有很多次出手的机会。但是,大门执意相信价格一定会回升,结果现在身陷泥沼,无法脱身。为什么会导致现在这个局面?大概一方面是因为害怕失败,有些焦躁,另一方面是因为自己不想放弃社长这把交椅……大门这样自问自答。但转念一想,既然已经到了这个地步,只能等棉价跌到谷底。不管风险多大的市场,只要有山就有谷,到了谷底总有一天会有高山。年过七十,为了商品交易竟然尿血,真是件可怕的事情。但是,事到如今只能挺住。挺住不论对自己还是对公司都应该是件好事。

"你怎么了?出了一头虚汗!"在餐厅没有找到丈夫,藤子过来一看,惊叫道。

"嗯,今天早上血压有点儿高。你跟医生说,早上出诊完了以后,过来下一盘象棋,顺便帮我看看。"

"你都抖成这个样子,出了一头虚汗,还逞什么强!我马上叫医生来。"藤子说着,叫来儿媳和用人,让她们重新铺好被褥,去叫他们的家庭医生。

"不用那么慌张。医生来以前我小睡一会儿,你们到那边去吧。"

大门让女人们退出房间,闭上了眼睛。眼前最先浮现的是伊原憔悴的脸。那家伙是不是也一个人对着一天天下跌的行情束手无策,着急得尿血呢?对不起了,伊原。大门小声地说。他眨了一下眼,眼前突然浮现出里井的脸。当年里井隐瞒心脏病发作的实情,坚持为福克和千代田汽车的合作而奔走。现在大门理解他当时的心情了,心头涌起一股对里井的怜悯和怀念。那个时候虽然是大门自己无情地抛弃里井,把他赶到集团旗下的公司去当社长,但是将来必须让出社长职位的时候,他宁愿让给里井,而不是壹岐。

兵头和伊朗国营石油公司新任开发部长莫哈杰鲁从设拉子机场出发,乘坐伊朗国营石油公司专用直升机,飞往萨尔韦斯坦油田。

在荒漠的远方,可以看到火焰冒着黑烟熊熊燃烧,仿佛要把天空燃烧一般。那被称为火炬现象,是已经进入生产期的油田燃烧从石油中分离出来的废气而形成的。

"从地质构造学的角度来看,我认为萨尔韦斯坦地区非常有前途,对你们 INOCO 的开发抱有很大期望。"莫哈杰鲁说道。

莫哈杰鲁毕业于美国斯坦福大学地质学专业,是一名技术人员。他刚一就任,就说想视察近畿·奥利安的油田开发情况,兵头就陪他一起来了。此时,在德黑兰的油商之间,前任开发部长阿布道尔突然下台是大家关心的焦点。

兵头问道:"阿布道尔先生新的职务是什么?"

"不知道。"

"有人说他病了,也有人说是他要离开石油公司,到底是怎么回事啊?"

"他的事情,我一点儿也不知道。"莫哈杰鲁生硬地答道,把目光移到了别处,表示他不想再继续这个话题。

有传言说,阿布道尔通过亲戚把内部消息透露给住在科威特的代理人。最近这件事被告发,现在被秘密警察扣留起来了。看来这种说法可信度比较高。

进入萨尔韦斯坦油田上空,直升机驾驶员一边与地面进行无线电通信,一边在距离井架一百米左右的降落点着陆。五号井的现场工作人员为了表示对新任开发部长的敬意,特意挂起了伊朗国营石油公司的旗帜,伊朗的工人们也列队欢迎。

"衷心感谢莫哈杰鲁开发部长前来视察!"德黑兰总办事处勘探部副部长内田说道。

他提前一天来到现场,迎接新任开发部长。以现场指挥麦克为首的技术人员也向莫哈杰鲁点头致敬。莫哈杰鲁对众人的迎接满意地点点头,看着井架问:"挖掘情况怎么样?"

"很顺利。打四号井的时候好不容易发现天然气,可是因为井漏,挖掘困难,导致不得不废井。这次我们吸取经验教训,在套管(遮水管)方面下了很大功夫。"

"我看了四号井废井的报告书,四号井是可惜了。这次你们是怎么在套管方面下功夫的?"莫哈杰鲁为了显示自己是技术人员出身,问了一个比较专业的问题。

"这一地区的套管,一般插入的深度是到六七百米。可是四号井的时候,在一千二百米左右遇到三处极易崩塌的地层,所以一天钻进不到十五米,这种情况持续了好几天。这次我们采取安全措施,干脆把三十三厘米的套管插到一千三百七十米深处,把能预想到的崩塌层全部防水。"

莫哈杰鲁转向现场指挥麦克,问道:"很不错。现在的深度是多少?"

"正好把套管安装到一千三百七十米了。下边只要能顺利地穿过地质层,不要发生井漏,就能到达目的深度,和石油见面了!"麦克信心十足地回答。

他把安全帽递给莫哈杰鲁和兵头,领他们去井架。正好是白班夜班交接的时间,结束了白班的工人们对夜班的人说:"哎,后边的夜班可轻松了!"

登上离地面有六米左右高的井架挖掘工作台,引擎的声音震耳欲聋。这声音让人想到带着钻头的钻杆,它正以巨大的力量在地下一千三百七十多米深处掘进。负责带路的麦克说:"这五号井可是举行了用活羊的祭祀仪式的,是有安拉保佑的井。虽然比当初预定的挖掘计划慢了一些,但是一定会有好结果的。"

正说着,一个工作人员从工作台一端的测定井内各项数值的小屋里冲出来,用很难懂的得克萨斯英语向麦克说些了什么。麦克听后脸色大变,匆忙走进测定小屋,接着马上又跑出来,冲向把井内的泥水抽上地面的排水槽。莫哈杰鲁也大步地朝那个方向走去,兵头也急忙凑近一看,只见里面咕嘟咕嘟地冒着气泡。

"喷油气啦!快关闭防喷装置!"麦克的喊声响彻作业现场。

操作控制板开关的工人立刻按下连接防喷装置的按钮。

"指挥!开关不起作用!"

"别慌!再按一次!"麦克吼道。

流过排水槽的泥水的气泡越来越大,水量也眼看着越来越多,快要从排水槽溢出来了。

"出故障了!开关不管用!"工人喊道。

麦克大声地命令道:"关掉所有电源!停止引擎!"

就在这一瞬间,一声震耳欲聋的巨响,油气和泥水从井里喷了出来。褐色的水柱比高达四十三米的井架还高。在上边进行作业的工人被水柱击中,发出惨叫。

"井喷了!快跑!"

工作人员仿佛受惊的鸟群呼啦啦从井架边跑开。麦克对被水柱溅起的泥水拍打着、不知所措的兵头他们吼道:"你们也赶快跑!"

兵头拉起面色苍白的莫哈杰鲁开发部长的手,奔下旋转台阶,趴在地面上。麦克也跳下,在狂喷不止的油气和泥水中钻到井架下,握住防喷装置的手动式把手,使尽全身力气,试图转动直径大约一米的巨大把手,但是把手纹丝不动。兵头屏住了呼吸。万一井架周围有一丝火星,引着从井里喷出的天然气,一瞬间这里就会变成火海,吹飞整个井架。兵头趴在地上,看着麦克。井喷还没有停止,发出低沉的吼声向空中喷射着天然气和泥水。麦克不顾浑身已经湿透,一点点地转动着把手。随着他的动作,喷涌而出的泥水的高度从三十米降到二十米,渐渐降低,五分钟以后终于停了下来。

内田从测定小屋中冲出来,说道:"我去测定正确比重,你们马上准备配制泥水!"

麦克也对避难的工作人员下达命令:"喂!已经没事了。重晶石还有没有库存?赶快做调泥准备!"

"刚才的井喷到底是怎么回事?"兵头跑到井架下边,质问麦克和内田。

"我们把套管插入一千三百七十米的深度,为了进行下一步的掘进,刚把比重从一点八五下调到一点四五,钻头变轻,被天然气顶了上来,导致了井喷。"

"防喷装置的开关竟然能出故障,不起作用,这怎么行!"

"我们每星期测试两次。可能是因为油压装置漏油,开关不管用了。幸亏用手动式开关装置控制住了。"

"可是,麦克啊,刚才真是太危险了!只要有个闪失,你不就没命了吗?"

"这算什么。我从小就开始打油井了,习惯了。能和油井死在一起,我可是太幸福了。"

麦克说,不愧是得克萨斯的男子汉。

"现在油井没问题了吗?"

麦克说:"现在我们必须争分夺秒,把握正确比重,调配水泥,打开防喷装置,回到正常循环状态。不抓紧时间,油井就会泡汤,又不得不废井了。"

内田说:"这五号井可是我们最后的堡垒。这下估计得两天两夜连轴转了。不过,我们一定不会让五号井重蹈四号井的覆辙的。兵头先生的工作是想办法给莫哈杰鲁开发部长留个好印象,还有就是火速跟去洛杉矶奥利安总部出来的梅拉部长取得联系。"

被泥水淋成落汤鸡的莫哈杰鲁一改刚才装腔作势的模样,一脸愤怒,骂道:"这像什么样子?看来没有大公司参与还是不行。小公司的技术水平太低。你们这些人,是不是打算把这口井也弄报废了?"

兵头勉强辩解道:"天然气到了井喷的程度,这说明一定会有石油。"

莫哈杰鲁脸涨得通红:"你们这些人,没有根据的话也敢当真说。我可是专家!你们掌握正确比重了吗?"

内田回答道:"现在正在测定。"

莫哈杰鲁暴跳如雷:"到现在都没有掌握正确比重?!凭这样的技术,你们怎么能挖出油?"

麦克从旁边插进来安抚说:"都说麻烦多的井最后一定会出油。"

莫哈杰鲁愈加生气:"就算现在糊弄过去了,离目的地层还有一千二百多米。在以后的地层中如果遇到崩塌层,再井漏,无法控制泥水的话,又会井喷。你们能保证再不会发生这样的情况了吗?"

兵头的心快要跳出来了。谁能保证不会再次井喷?石油真的是一边挖一边看情况,一边看情况一边挖。能不能挖到石油那都要看天意。想到这里,兵头心里又多了一分新的不安。

近畿商事公司内部,五号井井喷的消息除了壹岐和他下令通知的洛杉矶奥利安总部及德黑兰事务所的石油部副店长之外,没有别的人知道。四号井废井,接着又是五号井井喷……萨尔韦斯坦的石油开发仿佛有扫帚星跟着,不幸一个接一个。

可是,自从井喷以后,兵头突然断了联系,连负责收集情报的石油部副店长也没有得到一点儿消息,不知道现场情况如何。壹岐坐在办公桌前,长长出了一口气。他所尊敬的谷川原大佐的讣告也是在五号井开钻仪式刚结束不久接到的。这么想来,愈发觉得难产的五号井前途多舛。

办公桌上的对讲机响了起来。秘书课长塙用极快的速度传达道："副社长，德黑兰的伊朗国营石油公司来电话。现在是接线员的声音，对方还没有讲话。"

"什么？伊朗国营石油公司？"

兵头就在当地，为什么伊朗国营石油公司会直接给自己打电话。会不会是兵头……想到这里，壹岐有种不祥的预感。他拿起了话筒。

"喂，是副社长吗？让您担心了。"话筒里传来清楚的日语，正是壹岐正在担心的兵头浑厚的声音。

壹岐绷紧的神经一下子放松了，忍不住吼道："为什么不早点儿联系？！"

"真对不起！井喷的时候，不巧偏偏赶上伊朗国营石油公司的新任开发部长来视察。幸好井喷五分钟左右就被控制住了，没有发生火灾，也没有人受伤。接下来的整整两天，停止掘进，处理井里的泥水。现在已经恢复正常作业，钻头也开始顺利地运作了。"

"那就好。刚才，公团的多多良董事对我说，出了这样的事也没有任何联系，事态一定很严重。这句话弄得我坐立不安。你应该再联系得勤一点儿，无线又没有坏。"

"其实是我擅自做主封锁了消息。如果每进行一步都向东京和洛杉矶汇报，肯定会有各种指示。不但麻烦，而且得用无线先跟德黑兰联系，万一一个不小心串到别的公司的无线上，或者被什么人监听到，消息肯定会传开的。"

这么说来，兵头采取的措施是正确的。

"我知道了。伊朗国营石油公司对我们的印象没有问题吧？"

"唉，新任开发部长一向以毕业于斯坦福大学地质学专业为傲。井喷的时候被浇成了落汤鸡，大发雷霆，说什么小公司还有日本的技术工作人员不成体统。但是,因为阿克巴鲁总裁发话说天然气喷出是地下有油的有力证据,所以从那以后,董事切尔博士和开发部长都转变了态度。因此,我才能像现在这样,用马上能接通国际电话的专用电话线路跟您联系。"

"这么说地下有油的概率很高了?"

"副社长,您就不要急着下结论了。只能说可能性越来越大。详细情况回国以后再向您汇报。"

壹岐放下电话,从转椅上站起来。丸之内商业街再次映入眼帘,刚才还觉得那里一片灰暗,现在突然变得鲜亮起来。他走到窗户前边时,外线电话响了。

"喂,我是第三银行的玉井。"

壹岐一边寻思是什么事,一边郑重地回答道:"总裁,您亲自来电话,我可是诚惶诚恐。"

玉井劈头盖脸严厉地问道:"我听说伊朗的五号井失败了,是真的吗?"

"不是真的。您是从哪里得到这样的消息?刚才我还接到从伊朗国营石油公司打来的电话。"虽然壹岐怀疑是从石油公团那里走漏的消息,但他沉着地反问道。

玉井说:"我只能回答是从相关大臣那儿听说的。说是因为发生井喷,五号井又失败了,所以给你打电话确认一下儿。这么说,这都是谣传了?"玉井出于银行家的谨慎,慎重地追问道。

看来主要融资银行也被高风险的伊朗石油开发搞得神经紧张。这时候兵头提前一步打来的那个电话,效果就尤为显著。

玉井总裁有一点儿尴尬地说:"政治家们就是喜欢传播一些不着四六的消息。还好马上跟你核实了一下真假。对了,这个周末,在新喜乐和你们有宴会,宴会以后能不能腾出点儿时间给我?有一个小时就行。"玉井马上转换了话题。

壹岐说:"知道了。不知道谈话的内容是什么?"

"听说大门社长正在棉花市场上苦战。现在这个时代,综合商社的社长做市场投机这种事,真是让人头疼。"

壹岐否定说:"不是我反驳您,那件事和大门社长没有关系。正如您所说的,如今综合商社的社长做投机买卖这种事,首先我们公司董事会就不会允许。"

"壹岐副社长,你想包庇大门社长的心情我不是不能理解,但是他在不动产方面也有问题,是该考虑考虑的时候了。"玉井总裁意味深长地说完,挂了电话。

五号井的问题虽然解决了,但是主要融资银行总裁竟然突然提到大门,这是壹岐没有想到的。壹岐早就考虑应该尽快为棉花交易的问题想出对策,这也是为大门好。而且他已经拜托分管纤维的金子副社长多注意点儿大门,别让他败得太惨。可是,金子本人直到十几年前一直置身于棉纱交易市场的残酷商战中,他非常理解大门的苦衷。正因为理解,所以有些话说不出口。看来,老虎头上拍苍蝇的工作只有自己做了。壹岐想到这里,拿起电话,给大阪的伊原棉花部长打电话。

格子窗里挂着两面都用禅僧的僧衣布料做成的暖帘,一直拖到地面,充满古典的高雅气氛。在这里,大阪新町的日本料亭"锦户"的榻榻米包间里,大门邀请田久保工业的里井社长,享受多日来未曾有过的轻松。

在幽深的榻榻米房间里,拖着长长衣摆的艺伎在一旁伺候着,一边用妩媚的动作给大门斟酒,一边说:"社长,您好久没来了,今天晚上您慢慢玩儿。"

"好,好,今天晚上咱们好好儿玩儿。"

"是吗,我好高兴。您可要说话算数,来,咱们拉钩。"

艺伎说着,伸出连指尖都用粉涂成白色的手。大门也伸出开始出现老人斑的手,和年轻的艺伎的手纠缠在一起,拉了拉钩。

里井说:"社长,您身边总是美女成群,您可真年轻啊!"

"哪儿呀。好久没和你坐坐了,今天想和你好好儿聊聊。"大门轻松地说着,和年轻艳丽的艺伎嬉闹。一点儿也看不出他正在被一直暴跌的苏联棉花市场搞得身心疲惫,以至于尿血。

里井也随着大门,把旁边艺伎给斟满的酒连着干了好几杯。他看起来很健康,一点儿也看不出曾苦于剧烈的心脏病发作。

"你看起来精神很不错嘛!身体情况怎么样?"

"托您的福,现在健康得有点儿精力没处使。"

"公司的业绩也很不错吧?为了重建田久保工业,让你去做社长,仅三年就能改善到现在这个程度,真是了不起啊。"

"您能这么说,我真是万分荣幸。我跟您说,现在我正计划把工业地带清出的污泥经过化学处理凝固,用来代替填海造地的混凝土。如果能成功的话,因为是废物利用,所以成本低,利润高,而且还可以消除污泥的公害,可是一举三得。"

"你真厉害,不愧是在商社经过严峻考验的人。"

通过这些话,大门确信里井的能力不比以前差。

"社长您那里怎么样啊?"他装作一副毫不知情的样子问道。其实几个月以前,里井曾听角田叹息着说伊朗油田不出一滴油,社长又被套在棉花市场上。

大门让艺伎们退席,一边用筷子夹喜欢吃的鲷鱼头,一边说:"我这边不太好。因为公司里找不到商量这件事的人,所以正好趁你来大阪出差和你见一面。"

"您说的是什么事？"

"现在的实际情况是不动产也不行，棉花市场也不好，再加上石油一滴也没有出，公司整个业绩都不好。银行也来说三道四。而且，现在经济又不景气。这种时候，要是有像你这样会做生意的董事在就好了。"大门边说边窥探里井的反应。

"这么说起来，现在只会嘴上说什么企业道德，谈论几年计划的鼠辈们越来越多了。以后经济环境越来越严峻，估计那些家伙根本应付不了。在您面前说这样的话有些不礼貌，不过，现在那些只会纸上谈兵的管理部门在公司里飞扬跋扈，往日的近畿商事荡然无存，我都觉得惭愧。"

大门听到里井这么说，正中下怀，恨恨地说："对，原因就在这儿，所以生意进行得不顺利。"

"可您不是曾经很重用那些只讲理论的人吗？"

"哎呀，你可别这么说。那个时候是考虑到你的健康问题才那么做的。而且，不是我一个人下的决定，壹岐君、堂本君，连你的心腹角田都担心你的病。壹岐甚至说，让一个随时都会心脏病发作的人工作太残忍，简直就是在毁有作为的人的前途。"

"是吗……那个时候，内人慌了神，还跑到您府上去打扰您，真是不好意思。不过，内人说，不管当初是什么情况，她都不能原谅您改变了对我的态度。"里井借夫人的口吐露了当时自己的心声。

大门说："你太太真是不错，那个时候她那么为你着想，我真感动。你太太回去以后，连我都伤心了半天。"

"可是社长，您有没有想到，跟我太太相比，我受了多大的打击。这话也是到了现在才能说，都是因为有那个时候的悔恨和受的屈辱，所以我才能全心全意地投入到田久保工业。"

里井好像想起了当时懊悔的心情，狠狠地咬了一下嘴唇。

那个时候是大门无情地将里井抛弃,可现在他却好像什么也没发生过一样,说:"是吗?看来你不光是会做生意,能那么想那才叫男子汉。对了,那时候是为了重建田久保工业把你派到那儿的,现在那边已经起死回生,这次你想不想试试重振一下这边的业绩?虽说你是去了旗下的相关企业,但你还是近畿商事的特聘董事,回来应该不难。"

里井脸上露出了一瞬间的喜色。下一个瞬间,他的无框眼镜闪了一下光,装出一副平静的表情说:"社长,您突然这么说,我也有我的情况。田久保工业都是我一个人在经营,要辞掉社长职务没有那么容易。而且我也对那个公司有了感情,刚才我也说了,我正考虑进一步扩大市场。"

"我知道,你只要回这边来,我从总部给你派一个相当的人才,去接你的班。"

里井虽然很有自信,但还是谨慎地说:"但是都已经这个时候了,轮不到我出场吧?"

大门看透了里井的心理,说:"不,现在我想让你再大显一番身手。"

里井说:"如果我回去的话,希望能按照我的经营方针办事。"

"那是当然的。既然把你叫回来,你就按你的做法做,没问题。"

"那么,我希望您让壹岐君出去。"

"什么?让壹岐出去……这可有点儿……"大门一时语塞。他没有想到里井竟然会要求把壹岐赶出公司。

"如果办不到这一点的话,您的好意我就心领了。要想让我回去,只有把只讲理论的管理部门缩小到最小程度,别的都投入营业部门,恢复商社应该有的态势。要不然我不会回去。因为对我来说,这是最后的机会。"里井最后这句话,意味着现在是他大显身手的最后机会,也是把壹岐这个对手踢出去,一定要把"大门后任"这个地位捞到手的最后机会。

大门沉默了。他让里井回公司本来是想靠里井的手腕挽回因土地和棉花投机而造成的业绩恶化,以维持自己的政权。

里井看到大门突然沉默不语地望着庭院中灯笼的灯光,便说道:"社长,在考虑公司将来的同时,也好好考虑一下您自己的将来,然后再做决定吧。"言外之意,如果是我的话,一定会照顾到您退休以后,甚至会给您扫墓。

大门的心一下子向里井这边倾斜了。

第二天,棉花部长伊原打着每个月到东京出差一两次的幌子来到东京总部。两点,他来到了副社长办公室。

在大阪总部,虽然他常常被大门社长和负责纤维的金子副社长叫到办公室,但是他还是第一次踏进东京总部的董事办公区。因为从进入公司到现在五十岁,伊原一直在棉花部工作,除了常驻美国休斯敦、达拉斯等棉花产地那段时间,没有离开过大阪总部,所以,管理部门和非纤维部门的董事办公区对他来说好像别的公司一样陌生,他感到有些紧张。

在最里边的壹岐副社长办公室门口,伊原向秘书说明来意后,女秘书说:"会议没能按时结束,请您稍等。"说着把伊原领进副社长办公室。

办公室里放着一张会议桌,伊原在末座坐下,环视四周。副社长办公室与其说简朴不如说是煞风景。布置也和一般的董事办公室不同,办公桌紧紧贴在墙壁上,资料也整整齐齐地分类摆好,就和传说中的一模一样。伊原突然有些胆怯了。壹岐副社长是大门社长以三顾茅庐之礼请来的,是他让做纤维生意的近畿商事飞跃发展到进行开发石油的业界第三大综合商社。对伊原来说,他是比大门社长更高不可及的人物。

壹岐推门进来。一进来就指着客人用的沙发说:"啊,不好意思让你久等了。来这边坐。"伊原按指示走到沙发边儿。他已经大致猜测到壹岐叫他来的意图,想到接下来的谈话内容,他更加紧张,悄悄地润了润因紧张而干燥的嘴唇。

壹岐静静地说:"这次让你来东京不是为了别的,就是为了以苏联棉为主的棉花交易。这件事不是我负责,我本来不该插嘴。但是因为我听到越来越多的传言,说情况相当不好,所以我不能坐视不管。我想听你说说真实情况。"

"昨天接到副社长您亲自打来的电话,我就大概知道您要问什么了。但是关于这次的棉花生意,因为社长让我坚决不能透露给任何人,就是对分管纤维的金子副社长也不能说,所以,还请您理解我的难处,不要为难我。"伊原双膝并拢,低下了头。

"你明知道我要问你什么,可是你还是来东京了。这就说明你还是有想说的意思吧?"

伊原重复道:"不管您怎么批评我,我也绝对不能告诉您我在大门社长的命令下做了什么事。今天您叫我来的这件事,我没有告诉社长。还希望您能通过我来东京的这一行动体谅我的心情。"

"你如果这么为社长着想的话,是不是也应该考虑一下社长的健康问题。最近社长的脸色差得厉害,你也一样,而且你瘦了好多,衣服都显得大了一圈。"

虽然伊原有些意外,但依旧保持沉默。中等身材的伊原在这大概六个月的时间体重急剧下降,脸上瘦得干巴巴的,一双大眼睛显得更加大了。他妻子甚至担心他得了癌症。

壹岐看伊原一直不说话,就说:"你每天承受的痛苦可能是他人无法想象的。我这么说可能对你不公平,可是年过七十的大门社长承受的痛苦是五十岁的你根本无法相比的。这一点你就没有考虑过吗？"这话是很严厉的批评，让伊原心里不由得打了一个寒战。

"我也觉得很过意不去。但是，大门社长在短期之内不会把棉花脱手的。"

"至今为止，你多次建议脱手，可是每次都被社长骂回来。这个情况，我从金子副社长那里不经意间听说过。而且，那次我在大阪总部和大门社长谈话，看见你拿着价格浮动表慌慌张张进来的时候，我也明白了你的处境。但是，现在连我们的主要融资银行都开始表示不满，说他们听说大门社长亲自上阵炒苏联棉交易。这么一来，我们就不得不尽快找到解决问题的办法。这最终也是为了大门社长好。"

"是吗？连银行都这么说……"伊原喃喃地说，他觉得奋力支撑着自己的力气消失了，感到了事情的重大性。如果说作为部下，直到最后都严格遵守大门社长的命令是男人该做的事，那么为了大门社长本人而背叛他也是男人该走的路。伊原下了决心。

"实际情况是这样的，我们早已错过把手上的棉花脱手的机会。当时以每磅平均七十五点三美分买进的十一万五千捆棉花，今天早上纽约交易市场的价格已经下跌到四十八点八美分。按照这个价格计算，大概损失四十六亿日元。"

"什么？四十六亿……"壹岐惊愕了，他问道，"在常务董事会上，社长夸口说一定会涨到一美元的棉花，现在成了四十八点八美分……以后的趋势呢？"

"除了棉花以外，其他国际商品，像玉米、大豆、小麦什么的，价格已经跌到了谷底，虽然有的现在开始上涨了，但是关系到棉花，今年全世界的棉花大丰收，有供大于求的趋势，很有可能跌落到一年半以前的价格，差不多是固定价的三十美分。尽管这样，大门社长还打算坚持到跌到谷底……"

"如果真的跌落到三十美分,之后要等多长时间,价格才会回升?"

"我让纽约的中介商和我们在达拉斯的分店预测过,大部分人认为,从目前丰收这个材料来判断,价格回升大概要在十个月或者一年以后。而且即使回升,涨到高于平均买进价的七十五点三美分的可能性大概……再加上最头疼的是,每个月高于平均买价失策买进的玉石今后还会继续大量进来,先不说很难找到仓库,光 L/C 的支付就很困难。"伊原把这么长时间以来一直无法对人诉说的苦衷一股脑儿地倒了出来。

"那我们只有下决心尽早把货出手了。为什么像大门社长这样的投机高手会犯这样的错误……"壹岐不可思议地问道。

"我也觉得非常不可思议。就算石油危机以后市场被不知底细的石油美元带动,让人无法预料,可是社长的判断错到这种程度,让人不得不怀疑他是不是着了魔。"

"着魔?什么意思?"

伊原不经意的一句话,引来了壹岐的反问。

伊原连忙否定:"不,不,刚才的这句话就当我没说。我可能是有点儿累了,才说出这么失礼的话。"

"那我就当没听到好了。既然造成了四十六亿这么大的损失,你作为现场操作的主管,不得不负责任。"壹岐严厉地说道。

伊原虽然已经有思想准备,但是没有想到会被叫到东京总部,并接受非纤维部门董事的壹岐副社长的宣判。他觉得后背上冒出了凉飕飕的东西。

"你有什么要说的吗?"

"没有。作为棉花部长,事到如今,没有打算再说是社长命令这种借口。"伊原吞下满肚子委屈,干脆地答道。

"是吗?虽然这种结果可能从很多意义上对你来说都是不甘心

的,但是,如果你能负该负的责任,就可以防止大门社长受到牵累。更进一步说,也是为了整个公司。如果你能接受的话,明天你就把辞呈交给大门社长吧!"

"啊?明天……"伊原听到这句话,脸禁不住歪曲了。壹岐的话无疑是把四十六亿日元亏损的全部责任都推到自己身上,而且把自己逼上了绝路。无论如何,明天交辞呈这一命令太无情了。

"没有问题吧?明天一上班就交!"壹岐看出了伊原的动摇,再次命令道。

伊原走出副社长办公室,强撑着快要倒下的身体,推开了电梯旁边通往台阶的门。楼梯上一个人影都没有,只有青白色的荧光灯光。这里对现在的伊原来说,是唯一能够避开人耳目的地方。

他朝纤维部所在的四楼一级一级地往下走,每走一步,脚步声都在水泥墙壁中回响。伊原受不了了,停下脚步,抓住楼梯扶手。壹岐副社长只说"这种结果可能从很多意义上对你来说都是不甘心的",而没有追究作为棉花部长没有挺身而出阻止大门社长,导致四十六亿损失的责任。那么副社长的那句话是不是表示他能理解自己的心情呢?伊原虽然从突然被命令辞职的打击中振作起来,但心中却茫然若失。他感到空虚,因为始终在棉花交易上摸爬滚打的自己,做了这么一大笔交易,但作为操盘主管却从来没有发挥过自主性。直到最后也没能得到大门社长的信任,没能让他把这笔交易交给自己就败阵而去。

壹岐虽然狠下心来命令伊原棉花部长辞职,但是他很同情在公司组织机构中被逼到这种地步的人。那天晚上,他抱着这种心情,拜访了京王线调布的已故谷川原大佐的家。

"啊,是壹岐君,谢谢你来。"谷川夫人面容憔悴,欢迎壹岐。

都营住宅的一套小单元,六叠的和式房间里供奉着小小的佛龛,上面摆着故人的遗照和牌位。陈旧的书柜和桌子,也都是故人生前使用时的样子。

壹岐把谷川生前喜欢的柳叶鱼供奉在佛龛上,点香合掌。遗照上的谷川剃着光头,村夫子一样的脸上挂着似有似无的微笑。凝视着遗照,壹岐感到温暖,仿佛谷川原大佐就在自己面前。

"来,喝点儿热茶吧。到了晚上,突然冷起来了。"谷川夫人给壹岐倒上香气十足的焙茶。

"七七也完了,您也可以松口气了。"

"托大家的福,七七也做得很好。在大阪和名古屋的两个儿子也从心里感谢大家。"

家父很幸福。他在诸位的帮助下,一直到最后都能做自己最想做的事——壹岐想起葬礼那天谷川的长子对他说的这些话。他说:"您儿子真的是很了不起。以后,您要去您儿子那里吗?"

谷川夫人看着遗照和故人生前用过的桌子,说:"儿子说让我过去一起住,可是我打算留在和谷川两个人生活过的地方,和他在世的时候一样生活下去,一直到腰腿不能动弹为止。"

"您能这么说,我们也很高兴。只要您在这儿,我们就能随时来看看大佐。"

"真的,大家是常常来这里的。你这么忙还来看他,谷川一定很高兴。他那个人从来不说为难人的话,可是去世前一天,说想把你叫来,非常想见你,可惜……"夫人说不下去了。

谷川原大佐到底想对自己说什么呢?壹岐问道:"是不是慰灵碑的事情?"

"我不太清楚,但是自从他卧病不起,嘴里念叨的就是朔风会和慰灵碑的事,所以壹岐君,请你一定要继承谷川的遗志啊!"夫人郑重其事地说道。

"您不说我也会的。上次七七法事完了以后,大家聚在一起,商量今后朔风会怎么运营,还有会报怎么办。当前问题是,因为会报是全国会员的心灵寄托,为了不让会报停下来,由神森、水岛和大场君他们几个在东京的会员,有空的人轮流负责出。至于会长,到明年春天开全国大会的时候,看能不能找到人。"

"大家这么把谷川的遗志当作一回事,真是太感谢了。"夫人眼里噙着泪说道。

这时玻璃门被拉开,神森和水岛两个人一起来了。

"哦,壹岐,你也来了。正好,这个月的会报好不容易做出来了,虽然时间已经很晚了,但是我们还是要拿来给谷川看看。"神森说着,和水岛一起把刚印刷出来带着油墨香的朔风会会报供在佛龛前面。

壹岐说:"待会儿给我也看看。"

水岛比神森和壹岐年轻,他惭愧地说:"因为上一期的会报用的都是谷川收集的稿件和来自全国的追悼谷川的文章,所以这一期的会报才是真正出自我们之手的第一期会报。排字错误很多,而且排版也不太令人满意,真是不好意思拿出手。"

"你们辛苦了。谷川一定会很高兴的……我去给你们煮点儿热荞麦面吧!"夫人含着泪水,起身去了厨房。

房间里只剩下三个人,神森说:"其实我和大场、涩野也帮忙了。但是因为是第一次做会报的编辑,一点儿都不懂,所以就全部推给了在学习出版社工作的水岛。他为了这期会报的编辑和排版,三天都没有去上班,差一点被开除了。"

水岛谦虚诚恳地说道:"没什么,我本来就喜欢做会报的工作,只要我有时间就让我做吧。万一公司那边不同意,反正我老婆是药剂师,在医院工作,我就让老婆养家,我办会报。就像谷川的太太为了谷川去给人家打工、儿子给他寄生活费一样。"

壹岐听了说："你别。你二十八岁还单身的时候被扣留了十一年,是回来以后才结的婚。我没记错的话,你最大的孩子还是高中生呢。你千万不要勉强自己。"

神森也拍着水岛的肩膀说："对。会报的编辑还是用轮班制吧,除了这个没有别的办法了。水岛,你不要再勉强了。好好工作到退休,拿到退休金以后再说吧。"说完又面带难色地说,"还有会长,得快点儿决定,要不有很多不方便的地方。"

壹岐问道："竹村少将不愿意接受吗?"

竹村少将作为原关东军副参谋长被众人所知,从西伯利亚撤退的时候坐最后一条船和士兵们一起归国,和去世的谷川关系也很亲近。

"竹村少将说自己已经快八十了,做会长反而会给大家添麻烦,推辞了。"

"是吗?遗憾是遗憾,不过不能非让他当,万一像谷川一样的话,那我们可是后悔也来不及了。那问问坂井大佐吧,他和谷川是俳句之友。"

神森叹口气说："前一段时间,我和水岛一起去拜访他的时候,他因为肾病正在住院。他答话说要和家人商量一下儿,让我们等一等。"

水岛懊悔地垂下肩膀说："谷川对我们来说,真的是谁也无法取代的。是因为我们太依赖他了,所以才缩短了他的寿命。真是太惭愧了。"

这时候夫人端着冒着热气的荞麦面进来:"让大家久等了。来,趁热吃。"

"没想到能吃到这么好吃的东西。哦,是赏月荞麦。"神森迫不及待地拿起筷子。

壹岐也拿起碗:"说到赏月,谷川做的秋天的俳句里有一句是'明月呀,旁边也是迟归人'。"说完就吃起来。

想到做这俳句的人已经不在人世,四个人都沉默了。

大门做完上午的工作,吃完午饭,回到社长办公室。棉花部长伊原走了进来。

伊原忐忑不安地问道:"我听说现在您有空,所以来拜访,没关系吧?"

大门为了让伊原平静下来,答道:"怎么了,这么郑重其事的?是不是有什么新材料出来了?"

伊原站到大门的办公桌前,最后下决心说:"社长,今天纽约交易所的价格是四十六点七美分,很有可能跌破四十五美分。我们不能再拱着手等它继续跌下去了。虽然我们早已错过了脱手的时机,但是至少在跌破四十五美分之前抛出去吧!"

"你是为这件事来的呀!接近四十五美分,那就离谷底不远了。我们都已经努力坚持到现在了,你开始慌了手脚了。没想到你也是个没胆量的。"大门开玩笑说道,仿佛从来没有为了这件事尿过血一样。

伊原双颊下陷,只有眼睛烁烁放光:"不管您怎么说,我反对继续保持存货。社长,您再好好看看这个价格浮动表吧!"说着把手里的价格浮动表铺开在办公桌上。

大门看都不看一眼,说道:"唉,你不用着急。我之所以坚信棉花已经跌近谷底,是因为世界三大农作物的玉米、小麦和大豆都已经开始回升了。比如说大豆,前一段时间每蒲式耳是五美元左右,现在又超过六美元了。不光是农作物,银也一样。以前跌落到每盎司四美元,后来挣扎回到四美元五十、五美元十美分。所以,国际市场的商品环境已经开始好转了。再加上据美国纽约中介店的情报说,中国的纺织公司最近会购进大量棉花,所以棉花价格一定会回升的。"大门信心十足地说了中国想买进低价棉花,计划在国内加工成纺织品出口,以获得外币的消息。

可是伊原依然表情僵硬,站着不动。

大门有点儿不耐烦了:"还吊着脸?中国要购买棉花,你怎么看这条消息?"

伊原说:"棉花价格下跌,可以肯定地说,虽然大家都会期待中国买进,但我们无法确认消息是真是假。社长,现在您就下决心,发抛出的指令吧!同行业里,现在都纷纷传言说,每年有五十万捆苏联棉花进入日本,近畿商事就买下百分之十五,现在背着七万五千捆棉花的包袱,正发愁着呢。我倒是无所谓,但是我无法忍受这种有辱社长您威信的流言。"伊原说完,垂下了头。

"老在意苍蝇嗡嗡叫,怎么能做投机生意?都说'曲径通幽',要想在投资市场上大获全胜,必须能忍得住孤独,战胜自己。"大门掩饰着自己内心的动摇,试图说服伊原。

伊原连眼睛也不眨一下,直勾勾地看着大门,说:"我都说了这么多了,您还是不能信任我吗?……现在如果您收手的话,我会承担一切责任。"伊原仿佛从牙缝中挤出了这一字一句。

可是,大门听了这话,却觉得好像被烙铁烙了最怕疼的地方。他恼羞成怒,扯着喉咙痛骂道:"如果我现在收手,你承担全部责任?不要自以为是!"

伊原面部抽搐,肩膀颤抖。他挺直身体,摆正姿势,把手伸到因消瘦而显宽大的上衣内口袋中,拿出一个信封递给大门。用和纸做成的白色信封上用黑毛笔写着"辞呈"两个字。

"请允许我提交辞呈。不管您怎么看今后的市场行情,这次的棉花投资已经是走投无路,注定会惨败。所以我已经无法做好棉花部长了。"

伊原说完鞠了一躬正要转身,大门满脸怒气地说:"伊原!这种东西,我不会接受!"

"这是我再三考虑的结果。请您……"

"偏偏在这个时候,你打算逃跑?这种东西,是谁教你写的?"

大门从转椅上站起来,叉着腰站在伊原面前。

"辞呈不是别人让我写我就写的,我实在是没有别的办法了。"

"不行,绝对不行!这种没出息的东西,我不接受!"大门说着,把伊原的辞呈撕碎,扔在伊原的脚下。

伊原声音颤抖着说:"社长,您不能这样。"

"过分的是你!是我看中你让你做的棉花部长,不管你多痛苦,还是得跟原来一样听我的指挥。回你自己的座位去!"大门不容辩解地命令道。

伊原捡起脚下被撕成碎片的辞呈,恍惚地走出社长办公室。

办公室里只剩下大门一个人,他呼地出了一口长气,瘫坐在沙发上。虽然刚才勉强阻止了伊原,但是万一伊原辞职,一直隐藏着的亏损就会浮出水面。很有可能发展成危及自己社长职位的重大事件。

但是,伊原真的是凭自己一个人的意志做出辞职决定的吗?那些轻视纤维的东京总部的中坚管理层就不说了,在纤维的大本营大阪总部,棉花部长竟然赌上自己的职业生命反对他,这是大门万万没有想到的。这对他造成了重大打击。

大门血压上升,眼前发黑。他让秘书叫来金子副社长。

十几分钟后,分管纤维的金子副社长一进来,大门就不高兴地质问道:"是不是你给伊原出的馊主意?"

金子对大门的性格了如指掌,而且生性温和,冷静地问道:"您突然说什么呢,今天我们还没碰面呢。"

"我问是不是你为了让我从棉花市场收手,教唆伊原,让他辞职的?"

"这件事我一点儿也不知道。伊原君已经下了这么大的决心了?棉花的事,我也向您进言很多次了,每次都被您顶回来。因为我能理解您的心情,也没有像伊原君那样的勇气,所以一直拖到今天。真是惭愧。"

"连你都这么说,不是要我好看吗?我把他的辞呈撕成八瓣,扔回给他了。"

"无论如何,您也不应该做这样残忍的事啊!"

"可是现在,只要我一抬手,就是四十六亿的损失。这件事让别人知道试试,我的面子往哪儿放?我的处境怎么办?"大门仿佛想一吐为快,把自己受到的打击和不安说出来。

"如果真的是亏损四十六亿,光一个棉花部长辞职根本收不了场。这样的话,我来背这个责任,想办法不连累您。伊原还有五年就退休了,可他却提笔写下了辞呈,还望您能考虑一下他的心情,从棉花交易上收手吧!"金子这么说,主动要承担亏损四十六亿的责任。

可是大门还是不接受。就算伊原和金子替自己背黑锅,可是不光是董事,就连整个纺织界都知道这件事是自己直接指示伊原干的。

"关于棉花,因为我是以我正确的市场观在操作,所以你就不用插嘴了。还说棉花交易,伊朗的石油开发怎么样了?你问过壹岐吗?老说棉花市场棉花市场的,这个石油开发最后连东京商事都退出了。五号井再失败的话,银行一定不会坐视不管。最好不要因为石油开发殃及我这个当社长的。"大门慌慌张张地想转换话题。

一向温和的金子的表情变得严厉了:"社长,您打算逃避现实,欺骗自己到什么时候?都已经亏失了四十六亿,您还不收手。到了关键的时候,连我这个分管纤维的副社长也包庇不了您啊!其实壹岐君也在这方面很担心您,为了不让您在投资上跌大跟头,从很早以前就让我看着点儿您。"

听了金子的劝说,大门有点儿动心,可是还嘴硬:"壹岐君要是真的担心我的话,就让他闭上嘴,等着市场价格回升。他把一滴油也没出的石油开发放在一边,老盯着我的棉花市场说三道四,真是不像话!"

"社长,把石油开发和棉花市场相提并论,从道理上是根本说不通的啊!"

"因为你人好,所以才束手被壹岐君欺负。正好趁这个机会告诉你。今后要想在严峻的经济环境下生存下去,就必须有真正懂生意、有才干的人镇守关键部门。可是,我在现在的董事里找不到这样的人才。所以,我打算让去重建田久保工业的里井君回来。你心里有个数。"

金子说了一句重话:"什么?让里井回来?当初是您亲自决定的这个人事调动,现在要叫他回来,首先董事会就通不过。"

"所谓董事,不过是变成一期两年制的高级工薪阶层。比当一般职员的时候更考虑怎么保全自己,会敏感地嗅到自己应该走的方向。就好像发大洪水以前,大群的老鼠争先恐后地逃命一样,现在就有一只老鼠正在往里井君那边跑。"

大门用眼角瞟着愕然无语的金子,斩钉截铁地说道。好像是在炫耀社长至高无上的权力。

棉花部长伊原已经一个星期没去公司上班了。大白天在家关着百叶窗,在黑暗房间里紧紧裹着被子。

虽然他整天躺在被窝里,但无法入睡,好像得了严重的失眠症。脸上胡子拉碴,脑子里只有一件事在打转。他被逼进了死胡同。他递交的辞呈虽然被社长撕碎扔在地上,但是他已经没有精力和体力再按照社长的指示行动了。现在的伊原,因在工作中丧失自信,陷入恐慌,看什么都是灰色的,不想见任何人。待在家里,把自己的关在房间里,这是他唯一的避难所。

伊原听见妻子上楼梯的脚步声,把头也缩进被子里。现在连和妻子说话都让他觉得麻烦、郁闷。

"你呀,到底是怎么了? 就知道喝酒,饭也不好好吃,这样身体会垮的!"

伊原从被窝中伸出脑袋:"烦死了!别管我,给我酒,我要喝酒!"

"不行,不能再给你酒了。这一个星期,你不是一直都在喝吗?"

"不行! 只要你给我酒,今天我一定去公司。求你了,给我酒。"伊原恳求道。现在只有酒精能把他从一切烦恼中解放出来。

伊原的妻子直勾勾地看着丈夫,突然用围裙掩着脸,说:"我第一次见你这个样子。跟我和孩子也不好好说话,晚上痛苦得睡不着,喝了酒,好不容易睡着了,又在梦里说什么暴跌呀社长呀这些莫名其妙的梦话。这可不正常。你去神经科让医生给你看一看吧。"

"什么,你打算把我当疯子对待?"

"我怎么会把你当疯子对待?你早点儿去看医生,拿一点儿能让神经放松的药,不是能舒服一点儿吗?这样,你不是就能早一点儿去公司上班了吗?"妻子哭着说,她想鼓励伊原。

可伊原一听见"公司"两个字,就感到有块大石头压在胸口,让他喘不上气来。他觉得妻子越担心他,就越把他逼上绝路。

"连你也来逼我!别说了!"由于恐惧,伊原揪着自己的头发。

就在这时,电话铃响了。伊原的脸色顿时大变了,好像害怕电话铃声一样用两手捂住自己的耳朵。

妻子连忙下楼去接电话,过了一会上来,带着哭腔说:"又是副店长本田君打来的。我跟人家撒谎说你感冒,看来已经瞒不过去了。他说纤维出口部也在不停地催促,他想来看看你。"

"那还不如我去公司呢。"

伊原不情愿地从床上爬起来,刮了胡子,朝阪急电车的丰中车站走去。

伊原之所以不让妻子叫出租车,选择坐电车去,是因为他想拖延到公司的时间,哪怕一分钟也好。

棉花部找自己肯定是为了支付L/C,那是只有社长和自己知道的购买苏联棉的款项。当初说购买苏联棉花,作为回报,苏联答应从近畿商事购买纤维制品。其他部门来电话,是要问为什么购买量没有事先说好的那么多。一想到这些心烦的事,伊原停下了向车站走的沉重脚步,身不由己,就是去不了公司。

三天后,棉花部长伊原终于拖着沉重的脚步来上班了。

副店长和棉花部的部下好像一直在等着他上班,跟他打招呼。可是伊原没有反应,坐到部长办公桌前。一坐下,直线下跌的价格浮动表迎面扑来,他开始头疼。

副店长对这一切一无所知,还把价格浮动表拿到伊原面前,说:"您休息期间,市场价格有大的变动,中国开始买进,带动市场价格多少有所回升。但因为投机商趁机蜂拥抛出,所以价格又下来了……"

虽然副店长还没有说完,伊原就觉得头盖骨好像被锤子砸碎了一样,头痛欲裂。他说:"行了!不要再说了!"说着还堵上了耳朵。

副店长有点儿生气,但是马上又像看怪物一样盯着伊原,然后退下去了。

又有两三个部下来请示,要部长盖章,伊原都没有力气理他们。他把视线转向窗外,仿佛正在忍受着严刑拷打。棉花部的五排办公桌上的电话响个不停,电传也开始发出咔咔的声音。伊原把女职员端来的茶倒进烟灰缸里,趁人不注意把从家里带来的小瓶威士忌倒进茶杯里,喝了起来。如果不这样,他觉得连坐在部长席上都让他感到恐惧。

副店长看见他喝威士忌,有些看不下去了。他一边观察周围职员的反应,一边劝告说:"部长,您这样对身体不好。"

"烦死了!你做好你自己的工作就行了。怎么,是有人让你监视我?"伊原瞪着副店长吼道,好像在故意找碴。

怒吼声引起部下们的注意,大家看到伊原神情突变,都开始交头接耳。这时,罕见的事情发生了,大门社长出现在棉花部办公室。

他本来只是路过,已经走过棉花部了,又返回来跟伊原打招呼:"哦?伊原君,你来上班了。"说着走近伊原的办公桌。

伊原条件反射地感到惊恐,站起来,把威士忌的小瓶藏在了抽屉里。

"听说你这几天不舒服,已经不要紧了?"

虽然大门的话里充满关心,可是一想到提交的辞呈随着大门一声呵斥被撕碎,还被宣告不可能从苏联棉花上收手,当时那种无处可逃的恐惧和不安又出现了。

"怎么了?病还没有好,就好好休息吧,不要勉强。"大门说。接着他皱着眉头,责问道:"怎么,你大中午就开始喝酒?"

伊原说:"对不起!不喝酒,就害怕得不行。苏联棉花市场……"

话未说完,大门连忙说:"知道了知道了。你来一下我的办公室,我有东西可以让你放心。"

伊原痛苦地自责说:"不,我已经没有资格了。如果棉花部长不是我的话,一定不会变成现在这个样子,也不会给社长添这么多麻烦。想到这些,我真是<u>坐立不安</u>。"

大门怕其他职员听到什么,干笑着说:"你说什么呢?你没给我添什么麻烦啊?"

"不,竟然造成四十六亿亏损,我真的不知道该怎么道歉。真是对不起,我已经……"

伊原好不容易挤出这句话,低下了头。

棉花部门的人听到亏损高达四十六个亿,都顾不得手头的工作,竖着耳朵听大门和伊原的对话。

"你突然说什么呢,你这不是让大家担心吗?我看你脸色也不好,一定是病还没有好。今天你就叫车回去休息吧!"

"不,我一定要负这个责任。如果继续下去的话,公司会因为我而倒闭,如果真的倒闭了,全公司的人就要在街头徘徊!"伊原仿佛被什么附了体,拼命地向大门倾诉。

副店长抓住伊原的胳膊说:"部长,冷静点儿!我送您回家。"

伊原粗暴地甩开副店长的手说:"我没有病!你们不要把我当病人看待。"

狼狈至极的大门,赶紧顺副店长的水推舟:"病人才会说自己不是病人。你快去看医生,需要住院就住院,趁这个机会,好好休息休息。"大门不高兴地说完转身就走。

在公司组织机构中,被下令好好休养就等于被宣判了死刑。伊原冲着大门的背影,再一次确认道:"那么,您从市场交易上收手了,我从今天开始也可以离开棉花市场。"

可是大门头也没回,径直走出了棉花部办公室。

伊原没有得到答复,呆呆地盯着办公室的一角。过了一会儿,他突然发出难以形容的痛苦的声音,趴在墙上放声痛哭。这是一个可怜的身影,他在公司组织机构中像棋子一样被任意摆布,最后落得个被抛弃的下场。

分管业务的角田专务在董事办公区一遇见参加完外部会议回到公司的壹岐，就悄悄走到他身边，小声地说："您听说了吗？大阪的乱子？"

"大阪的乱子？到底是怎么回事？"

"听说棉花部长伊原君得了严重的神经衰弱，在公司里说了不该说的话。"

壹岐吃了一惊，不禁反问道："伊原君得了神经衰弱……是真的吗？"

"真的。好像是典型的焦躁型忧郁症。听说他直到休息的十天前都还很正常。都说那个人本性认真，责任感强。肯定是受到什么大的打击了。"角田说完，又接着说，"说到十天以前，我看见伊原君来这边出差，进了您的办公室。是您叫他来的吗？"

"我让他来汇报了一下棉花市场的实际情况。"

"那个时候没有什么不对劲的吗？"

"没有，我一点儿也没有感觉到。"

"那苏联棉市场的亏损，到底有多大？"

"还不太清楚。你去问一问金子副社长吧。"壹岐说完，快步离开。

角田目送壹岐的背影走远，回到自己的办公室。他对壹岐的态度无法释然。当壹岐听说伊原得了神经衰弱的时候，露出了吃惊的表情。角田凭直觉断定伊原得神经衰弱的原因，有一部分在壹岐身上。他犹豫了一会儿，拨通了大阪总部大门社长办公室的电话。

过了一会儿，电话里传来大门不高兴的声音。

"喂，我是角田。"

"啊，是你。筹划让里井君回来的事，你没偷懒吧？"

"怎么会。那件事，因为动作太大反而对事情不利，所以现在还在水面下活动,但是该做的事正在一步一步地进行。让人吃惊的是,吃冷饭的那些人对壹岐副社长重视管理部门、轻视营业部门的方针很不满,甚至超出了我们的想象。不过,我今天打电话是想跟您说棉花部长伊原君的事……"

话还没说完,大门就劈头盖脸地训斥道:"你只要做好我让你做的事就行了!就是让里井回公司那件事!"

"社长,这件事事关重大。您知道大概十天以前,壹岐副社长把伊原君叫到东京来的这件事吗?"

"什么?壹岐叫伊原去?"大门的声音里立刻带上了怒气。

角田确信,正如自己的直觉判断,伊原得神经衰弱这件事和壹岐不无关系。

"是的。刚才我跟壹岐副社长说,伊原这两天有点儿不对劲。他那个人一向不感情外露,可是听了这话马上变了脸色。看样子,他一定把伊原欺负得够呛。"

"是吗?所以伊原才突然要提交辞呈的啊。把伊原逼疯的不是我,是壹岐!那个家伙,不经过我的允许,擅作主张!"大门说完,扔下电话。

电话挂断时的咔嚓声大得能震破耳膜。角田放下话筒,幸灾乐祸地笑了。真是得来全不费工夫,现在有了一个可以打倒壹岐的求之不得的材料。角田马上拨通了田久保工业里井社长的直通电话:"喂,是我。不好意思,昨天晚上打搅您到那么晚。给您夫人也添麻烦了。"

昨天晚上,他在位于田园调布的里井家一直待到十二点多。连以前都不正眼瞧他的里井夫人也大大改变了态度,甚至给他们做了夜宵。

"哪里,哪里。我老婆非常感谢你为我的事费心。你给我打电话,是有什么新闻吗?"

角田说："告诉您,这边突然发生了一件事,大门社长肯定会对壹岐副社长大发雷霆。"然后他把事情的经过给里井讲了一遍。

里井说："你亲眼看见伊原君进了壹岐的办公室,这是最强有力的武器。今天晚上你要和第三银行的竹内专务见面吧。就拜托你好好做做工作了。"里井满怀期待地说。

因为近畿商事不像财阀系统的商社那样有指手画脚的长老会,也不像企业集团那样有社长会,而商社又是有多少钱都不够用的无底洞,所以主要融资银行的意向对近畿商事这样的公司就起很大的主导作用。

角田说："这件事虽然没有把握,可是要想让董事会闭嘴,就必须让主要融资银行在背后操作。我一定会尽全力的。"

"等我回去,在不远的将来,一定会实现大门会长、里井社长、角田副社长这个构想的。完了以后你再来我这儿一趟吧。"

"知道了。再见。"角田得到里井给他副社长这把交椅的承诺,兴奋地回答道。

银座某俱乐部,角田正在请出席完同一个宴会的第三银行贷款负责人竹内专务喝酒。

"哦?要让田久保工业的里井再回近畿商事当副社长?这可是够意外的。"穿着深灰色的西装,左胸口袋里露出稍浅一点儿的同色系的丝手绢,穿着考究的竹内专务把酒杯放到桌子上说道。

"是啊。说真的,我从大门社长那儿听说的时候,也怀疑自己是不是听错了。大门社长一定是考虑到今后经济环境越来越严峻,考虑到商社的前途,深深感到公司需要一个兼具先见性和营业能力的董事了。"角田煞有介事地说。

"把赶到外边的董事接回来,安排到原来的职位上,这样的事除了个体小企业以外,大企业很少有这样的例子。是不是这件事是关系到大门社长退休,和退休以后谁任下一届社长的事?"竹内触到了问题的核心。

"据我推测,可能不是马上,但是应该有这个意思在里边吧。"

"如果这样的话,号称二把手的壹岐副社长的待遇怎么办呢?"

"对,问题就在这儿。大门社长最近的想法好像有些改变……这种有关最高人事的事,以我的身份不好说什么,所以如果可以,我想在近期找机会设个宴,让贵行的玉井总裁和大门社长、里井等坐下来谈一谈。不知道您能不能给牵个线?"

"这样的话,就让大门社长直接跟总裁说吧。听你的话的意思,是不是大门社长和壹岐副社长之间发生了什么?"

"是啊……这件事您不要告诉别人。伊朗的石油开发,现在看来连五号井出油的希望也不大了。商社应该为确保石油资源出力,虽然这种为国家利益着想的意识是很好的,可是有点儿太强人所难,我们公司其他营业部门对此都有意见。"

"是吗?是这样啊。"竹内点了点头,说了这一句话。

角田屏住气等下一句,可是竹内再没有别的反应。角田有点儿担心,问道:"嗯……是不是壹岐副社长和贵行商量过这件事?"

"噢,我什么也没有听说。不过,壹岐副社长大概没有考虑过大门社长退位的事情吧。听我们总裁说,在苏联棉市场那件事上,壹岐也是努力包庇大门的。"不知是不是有意的,竹内话里似乎站在壹岐一边。

"但是,为了这件事,一个棉花部长发疯了。具体情况我不能说,但是这种'一将功成万骨枯'的做法我不能赞同。有花有果又有泪,我认为这才是企业领导应具备的资质。"虽然角田知道批判壹岐会起到副作用,可他还是没能管住自己的嘴。

竹内有些扫兴,说:"哎呀,都这么晚了。明天一大早还要去大藏省开会,我先走了。"

"那我马上给您叫车。"

竹内起身:"不用了。我家就在青山,有等车的工夫,叫辆出租车就回去了。走了!"

角田送走竹内,一个人回到店里,突然觉得自己好像演了一出滑稽的闹剧。自己曾经被称为是里井的股肱之臣,可壹岐一坐上二把手的交椅,自己就立刻把老婆做的家常菜送到壹岐的单身公寓里,开始跟随壹岐。可是,壹岐从不真正接纳自己,和分管财务的武藏、负责石油开发的兵头比起来,自己总是个杂牌军,非嫡系。就是这种感到被排斥的情绪让自己在里井回归这件事上充当了摇旗呐喊的角色。可是,看起来自己对主要融资银行态度的推测还太乐观了。不为自己,为了三个女儿的婚礼,自己也必须保住近畿商事董事这个位置。想到这里,他虚弱地叹了口气,决定今晚不去里井家了。为了以防万一,他要想一个能再次反水投靠壹岐的办法。

"到柿木坂我女儿家。"壹岐对司机说。他要把儿子壹岐诚寄来的照片拿给直子看,这些照片已经在他的文件箱里放了好几天。壹岐诚现在在印度尼西亚苏门答腊的农场里生活,刚刚结婚。

车很快就开到柿木坂的家里。直子穿着开襟羊毛衫,出来迎接:"原来是爸爸,真难得您过来。"直子说话的声音和壹岐去世的妻子很像。她又朝见过很多次面的司机微微鞠了一躬。

"诚第一次寄照片过来了,想拿给你看看。"

"诚竟然会先给爸爸寄照片,看来诚结婚以后也变了不少。这么晚了,爸爸吃点夜宵再走吧!"

"好吧,谢谢啊!"

壹岐让司机先回去,然后走进了家门。

"阿太和真理子呢?"

"刚哄他们睡着。伦敦还是老样子,还没有回来。"

两个人走到被改装成伦敦喜欢的美国式餐厅,直子催道:"快让我看看诚和玉丽结婚以后的样子。"

壹岐从文件箱里拿出一个厚厚的信封,直子接过彩色照片,说:"看看诚,穿套鞋的样子还和原来一样,不过猎装穿得越来越像那么回事了。那个喜欢害羞的诚还挽着玉丽的手,看起来好幸福。"

虽然诚和印度尼西亚人结婚这件事曾经让壹岐和直子都很吃惊,但是在农场宽广的玉米地拍的这张照片,让人感受到他们现在真的很幸福。

"你再看看他写的信吧。玉丽的家人也终于改变了态度,承认他们两个人的婚事了。这里面有黄家夫妇的功劳,但更重要的是玉丽怀孕了。因为这个她的家族才认同了这桩婚事。这下子阿诚的小家庭才算是真正稳定下来了。"听壹岐的口气,他好像卸下心里一个沉重的包袱。

直子把信读完,也松了一口气,去给壹岐准备夜宵的茶泡饭。

"我更想知道爸爸您结婚的事,到现在秋津小姐也没有来过。"直子很利索地把鲑鱼块烤好,一边往米饭上放一边说。

今年夏天虽然壹岐说好要把秋津千里引见给直子夫妇,但却一直没能实现。千里最近也不来代官山了。

"是不是出了什么意外?"

"没有没有,因为她正在准备秋天要开的展览会,一直很忙,所以来不了。"壹岐一边大口大口地往嘴里扒拉茶泡饭,一边若无其事地说。

"把陶艺当成工作的人真不容易。秋津小姐要是和爸爸在一起了,她是想继续搞陶艺呢,还是……"

"这么具体的事我们还没有好好商量过。"

"可是,把这些事说清楚是很重要的啊!要是结了婚她还继续搞陶艺的话,装窑、出窑的时候怎么办?是不是应该考虑把窑移到这边来?这样的话不要说住公寓了,独门独户的房子都不行,这得去郊外吧?"

"你这么一说,还真是。"

"爸爸您怎么这样啊?你们见面的时候都说些什么呀?您真的有结婚的打算吗?"

"反正,我们两个人都很忙啦。"壹岐突然发现自己和千里都在无意识地回避这样的话题,他不吱声了。

"您今天晚上就住在这里吧,洗澡水也都烧好了。"

"好吧,就听你的。"

正说着,伦敦回来了。

"还真是爸爸,好久不见!"伦敦微笑着说。他高高吊起的眼角和东京商事的鲛岛辰三一模一样。

"哦,你回来了。听说你最近自己拿钥匙开门回家了?还是得让直子开门迎接你。"壹岐正想说这样不成体统。

伦敦满不在乎地说:"这是四谷那边我老爸的遗传,您就不用太在意了。我爸一直就靠晚上偷袭、早上突击做成不少大生意,我妈失眠,老因为这个大发脾气,所以,我爸习惯蹑手蹑脚地进出家门。搞得现在我也……"

壹岐觉得他说的一点儿也不好笑,直子却笑着说:"好吧,明天一大早你去打高尔夫,你就安安静静地给我出门吧!爸爸今天晚上不走了。"

直子说完就到二楼去给伦敦准备打高尔夫球要穿的衣服。伦敦见听不到直子的脚步声了,就坐到壹岐旁边的椅子上,说:"爸爸,有点事想跟您说,希望您别不高兴。我爸说,早上在您的公寓里看到一个年轻漂亮的女人,不停地问我。究竟是谁呀?我爸说的那个年轻美女?"伦敦把和他爸一样的大块头凑到壹岐跟前,问道。

"这还用问吗?当然是秋津小姐……"

"啊?秋津小姐原来那么年轻啊!"伦敦有些怀疑地说。

"秋津的年龄我应该说过了,大概是令堂把她看年轻了吧。"

"那就好。您是大家公认的近畿商事下任社长,在您和秋津小姐的事还没有被闹成丑闻之前,应该早做安排。商社是个男人的世界,一不小心就会有人下绊子。"

说完,伦敦就走到电话前,一拨通电话就说:"喂?爸?上次您问我的事,那个女的,正正经经是我岳父的未婚妻。什么?是不是我搞错了?不是同一个人?现在我岳父就在我旁边,他亲口说的。喂?您为什么这么失望呀?"

壹岐一边在心里抱怨伦敦不该打这个电话,一边想起了在代官山的公寓里和千里不期而遇的鲛岛使劲盘算千里年龄时那下流的眼神。

"爸,您真啰唆!为什么非得是什么别的女人呢?你就别在那儿胡思乱想,然后再去没事找事地造谣了!丢人!"伦敦说完就把电话挂掉了。

壹岐觉得和他再没什么好说的,就洗澡去了。

从浴室出来,壹岐走进直子整理好的靠里的房间。

"爸爸,您很久没有在这儿睡觉了。这里是您和妈妈的房间,您好好休息吧!"直子这么说完,就把灯关上出去了。

壹岐怎么也睡不着,只好借着从小窗里透进来的光亮数着勉强能看到的天花板上的接缝。数着数着,过去岁月的一幕幕浮现在他的脑海里。当年从近畿商事大阪总部的纤维部调到东京的航空事业部,住进的就是这座房子。十五年过去了,自己已经是副社长,但是历数过去自己为商社所做的每一件事,几乎没有哪一件是不抱遗憾的。在一切为公司这个冠冕堂皇的名义下,自己既干过不光彩的事,也牺牲过他人。想到这些,壹岐不禁感到心中一阵阵地发冷。

五天以后,壹岐在大阪总部社长办公室和大门面对面地坐在一起。

作为伊朗石油开发的附带条件,日方要购买LNG。这天,壹岐和大阪电力的董事们一起出席了在堺市举行的冷冻LNG储存罐基地的开工典礼。结束以后他回到了公司。

大门一边吐着烟圈,一边用话套问道:"LNG的事算是大致完成了。问题是什么时候出石油?什么时候才能知道五号井的最终结果?"

"这件事很难说。"

"应该已经挖到能判断有没有石油的地层了吧?"

壹岐觉得大门的语气和平常不一样,回答道:"还没有呢。现在掘进到一千八百六十多米的深度,没有两三个星期,还不能下结论。"

"两三个星期?好,我得记住。"大门说着,拉过办公桌上的日程表,用红圆珠笔做了一个大记号。

"棉花部长伊原君因为严重的神经衰弱住进医院神经科了,这事儿你知不知道?"

"我听金子副社长说了。很让人遗憾。"

"你怎么说得跟没事儿人一样。在这件事儿上,你没有什么要反省的地方吗?"

"您这话是什么意思?"

"听说你瞒着我把伊原君叫到东京总部,逼他交辞呈。就是因为这个原因伊原君才得的神经衰弱。"大门闭口不谈自己的事,坚决把责任都推卸到壹岐身上,"本来你这个门外汉就没有对棉花部长下命令的权力。如果你对棉花市场有意见,你为什么不直接跟我说?"

壹岐直视着大门说道:"我对您说了很多次了。您不会说您没听到吧?"

大门狠狠地眨眨眼,说:"你对谁说话呢?你还死赖账啊?"大门面露怒色,粗声粗气地说。

壹岐毫不理会,接着说:"您紧紧抓住棉花市场不肯松手,结果出现了这么大一个漏洞。这件事已经传到主要融资银行的耳朵里了,他们来问我。我为了保护您的立场,维护我们公司的企业形象,声明这件事和社长没有一点儿关系。因此,我不得不想办法尽快让您收手。伊原君一直受您的指示买进,除了让他卸任之外,我认为没有别的办法。这些我都告诉伊原君了。虽然这样做很对不起他,但是为了公司,这也是没办法的办法。"

"你太可怕了。银行稍微抱怨一下,你就把处于相对弱势的伊原叫去,逼他写辞呈。你真没有人情味。这是你在西伯利亚学的吗?"大门为了使自己处于优势,这样说道。

"对于伊原君,今后我会尽可能补偿他的。"

"补偿?用什么?用钱?用地位?医生说,他很长一段时间连和公司的人见面都不行。一个病到这个程度的人,你今后怎么补偿他?"

壹岐答道:"伊原君是一个责任感很强的人。我考虑等他这次的伤口愈合了以后,让他换换环境,给他在国外的分店找一个合适的位置。问题是棉花。听说副店长接替伊原君以后还在继续做,我希望您尽快收手。"壹岐虽然说得礼貌,可是语气中透出强硬。

"你打算把责任推到我身上?"

"我说的不是伊原君的事儿。如果您固执己见,到时候……"壹岐没有说下去。

"到时候?你想怎么样?"

一股冷冰冰的空气弥漫在两个人之间。壹岐犹豫了一瞬间,说:"到时候就不得不在常务董事会上决定这件事。但是,因为这样一来,就等于公司上下都知道亏损四十六亿的事实,所以,在殃及您之前,请您下决心收手吧!"

"你是在威胁我?"大门怒火中烧,口齿都不利索了。

"您为什么不能理解我的心情?今天我就先告辞了,请您跟金子副社长商量一下,尽快下结论。"

壹岐觉得跟大门再说下去,只能让他更激动,便静静地离开了社长办公室。

秋津千里卷起毛衣的袖子,在自己工作室的地板上揉着陶土。已经深夜十二点多,千里还在像摇橹一样,用腰和腿部的力量,满身大汗地揉着在白色瓷土中掺入红土的八公斤陶土。男人一次可以揉十公斤,但女人最多只能揉八公斤。

千里一边揉着以八比二的比例混合在一起的瓷土和红土,一边根据土的质感来确定对作品的构思。她准备制作直径为四十五厘米的青瓷大盘,这比她原来设想的大。但如果不这样,就无法完美地表现清冽的水纹在美感十足的青瓷流动的沉静之美。

日本陶艺展将为今年的展览画上句号,千里将代表师父的门徒和师父叶赖山一同出展。作品的主题是比睿山里哥哥的小屋下面流到溪谷中的数注清水。溪谷的斜面上,有一年到头都见不到阳光、布满苔藓的岩石,也有盘踞着松树的断崖。在岩石和松树的树根之间曲折流过的几注清水,在谷底汇成一股小溪,再慢慢变成更宽广的水流流向远方。如果能把这一注又一注的水流的清澈表现得淋漓尽致,作品一定能获得成功。

门铃突然响了。千里停下揉土的手,看了一眼挂钟,快十二点半了。傍晚,壹岐打来过一个久违的电话,伤感地说:"我现在在大阪出差,时间排得满满的,去不了你那儿了。"难道他还是来了? 千里从工坊出来穿过堂屋侧面的院子,轻轻打开院门上开的小窗,看到壹岐正在孤零零地仰望着看不到一颗星星的天空。

千里赶快打开门。

"真对不起,这么晚过来……"

"这倒没什么。不过,大门已经锁上了,你得从后面的工作室进来。到处都是陶器的碎片,你小心点儿。"千里说完,就到后面把工坊的门打开。

"你还在干活儿啊?"壹岐看着亮着灯的工作室和满身是泥的千里,吃惊地说。

"因为你说不来了,所以一干就……十一月就要交展品,我差不多每天都是这个样子。不好意思,你就从这儿去客厅吧,我洗了手马上就过来。"

"没关系。要是活儿急,你就接着忙你的,不用管我。你不介意的话,我倒挺想在旁边看看的。"

壹岐回想起前几天在柿木坂的家里住的时候,女儿直子还问他如果两个人结了婚,千里的工作室怎么办。他又端详了一下千里:休闲裤和露在外面的手臂上都沾满了泥,长发束到脑后,脸庞被汗水打湿,充满生气。

"你看,到处都是泥,你快去客厅吧!"千里绕到壹岐前边,把手搭在通往堂屋的拉门上。一股只有壹岐熟悉的味道飘过来。

"嗯,连这儿都是泥……"

壹岐伸出手拿掉千里耳朵后边一小块白色泥巴，顺势把千里的脸捧到自己面前。为伊原住院而痛心、为看不到结果的石油开发计划而焦虑、为听不进任何意见的大门而失望，身心疲惫的壹岐终于感到了一丝安详。

"看来你每天还是那么辛苦。"

"嗯。你不也是熬到深夜吗？你吃得消吗？"

"我的工作只不过是把自己喜欢的事做到底，但是你就……"千里这么说着，从壹岐身旁走开了。

"你说的是上次在公寓里听到的事？"

"嗯。我从红子那里听说，鲛岛是天生的命中注定要成为商社精英的人。你和那样的人竞争，在政界跑关系，有时候还不得不和他联手……那时候我才第一次对你的工作有了一点了解，说实话我很吃惊。"

"你可是说到我的痛处了。你是不是觉得我生活的那个世界竟然那么黑暗？"

"倒也没那么想，就是觉得能生活在那样一个世界里的壹岐先生很顽强，或者说和我自杀的父亲、出家的哥哥很不一样。可是，现在看见你脸上的忧郁，我觉得很心痛。"

"你这是什么意思？"

"我的意思是，你选择在商社开始自己的第二次人生。虽然你走到了副社长这个高位上，但商社终究不是适合你的地方。"

"噢，你也这么觉得……"

壹岐凝视着千里。他们之间的隔阂消失了，两个人的心又深深地交融在一起。

终章　北极光

十一月下旬，纽约已经很冷了。

壹岐前天就出差来到纽约，但是直到昨天才第一次在美国近畿商事位于公园大道的办公室露面。因为还不到八点，所以公司里还没什么人，只有警卫偶尔来回走动。

"副社长真行！昨天晚上和八束君商量联合汽车公司的事，弄到很晚吧？"海部要边推社长会客室的门边说。

"有上次和福克公司打交道的经验，也多少知道了一点做交涉的方法，倒也没有什么大不了的。不过这次是背水一战，如果失手，千代田汽车就……"壹岐把后半截话吞进肚里，走到窗边。

新泛美大厦靠近地铁中央车站，从位于四十五层的这个房间里可以看到曼哈顿的摩天大楼仿佛一幅全景画在眼前铺开，楼群在初冬钝重的朝阳照耀下反射出银色的光芒。壹岐作为美国近畿商事的社长，曾经无数次地凝视过曼哈顿的这一景象。现在，他再次把充满斗志的目光投向窗外。

和福克公司的合作计划落空后，为了让千代田汽车挂靠上外资，重获新生，八束功在备受世间瞩目的伊朗石油开发的掩护下，在公司高层都没有察觉到的情况下，花费大量的时间和联合汽车公司进行了接触，在水面下做了大量的工作。但是，对于联合汽车公司这样世界最大规模的企业来说,千代田汽车作为它的合作伙伴规模的确太小了。四年过去,他们还没有得到任何理想答复。现在联合汽车突然表示希望进行最高级别的会谈。于是,壹岐火速飞到了纽约。如果合作计划在年内不能取得进展,千代田汽车就将被日新汽车吞并。

壹岐叼上一支香烟,海部在一旁替他点上,自己也点上一支,边抽边说:"油井每落空一次,副社长就不知道要对政界赔多少笑脸,汽车方面的工作也是偷偷摸摸的。我们如此费神,大门社长却照旧高高在上。是不是谁过了七十岁都还想赖在权力的宝座上呢?"

"这样不也很好吗?石油方面有兵头君,汽车方面有你,有你们俩的辅佐,我才能把长达三四年的持久战打下来。对了,我去联合汽车公司的时候,你得跟上。"

"我?这么大的事,您也不提前说一声,让我怎么办好?首先我这衣服就……"海部显出一副很困惑的样子。

"这么规规矩矩的深色西装,已经很像样子了。我想让你作为东京总部下一任业务本部见习部长,一起出席这次会谈。"纵贯曼哈顿的公园大道上,车辆开始显得拥挤。从地铁里鱼贯而出的白领们像老鼠一样穿梭在高楼大厦之间,走向各自工作的地方。壹岐一边俯视着这一切一边说。

"这么说,副社长离社长的位置也……"

海部正兴奋地说着,八束上气不接下气地跑进来:"我到酒店接您,前台的留言却说您来公司了。吓坏我了,出了什么事吗?"

因为这次壹岐出差,除了美国近畿商事的社长,对所有的人都是保密的,所以八束的语气显得格外担心。

"没事没事,到了纽约以后,一直闷在酒店房间里,正好海部君一大早过来,就一起散了会儿步,结果就走到公司来了。"

"散步?散步散到公司来的?"八束好像一下子没听明白壹岐

的话,又追问了一句。随即恍然大悟:"我知道了!副社长这是去联合汽车之前的热身吧。对手是超大型企业,不带任何夸张地自诩'联合汽车公司的利益就是美国的利益'。要一举拿下这样的对手,从这四十五层一眼望去的风景,确实能激发斗志。"八束这么说着,脸上露出了酒窝。

八束的笑容被美国同事评价为"价值百万美元的微笑",让美国人倍感亲近。虽然他是一个彻头彻尾的乐天派,但是和福克公司的合作计划失败,同样使他尝到了遭受挫折的滋味,也使他更加成熟了。壹岐从年轻人才的茁壮成长中感受到了一股势不可当的力量。他再次把视线投向联合汽车公司大厦的方向。

曼哈顿的市中心从下城到中城、再从中城到东区逐渐向北延伸,而联合汽车公司大厦在五年前先行一步,把总部大楼移到了中央公园北端的一百一十号大街。

壹岐和海部、八束一起,比约定的时间提前五分钟,在刚过九点二十五分的时候到达了联合汽车公司。他们从挂着星条旗和公司旗的正门坐上电梯,上到顶楼的二十三层。福克公司一直坚守在它的发祥地底特律,从没离开过半步,所有的生产、行政指示都来自总裁哈利·福克的办公室。而联合汽车公司虽然总部大楼仍在底特律,但却很早就来到纽约。公司的最高决策都是由联合汽车公司精心培养选拔出的二十几个精英组成的经营执行委员会和财务委员会做出,总裁按照规定必须在六十五岁退休。而半数以上的历代总裁都住在离公司不远的五号大街上的公寓里。这些都体现了权力集中于总裁一身的福克公司和组织运作的联合汽车公司的不同,再加上排名第三的克莱斯勒的衰落,"三巨头"这一提法正在逐渐成为历史的遗物。

壹岐一行在二十三层下了电梯,经过保安的安全检查,很快就被带到了总裁办公室。联合汽车是年营业额达三百一十五亿美元、公司员工七十五万人、年产汽车八百万台以上的世界最大规模的企业,它的总裁办公室虽然不乏庄重,但却格外质朴。

六十三岁的罗宾逊从办公桌后站起来,和壹岐一行说了几句简单的客套话。

"各位请坐!"罗宾逊指了一下办公桌远处的会议桌,他自己则在这张U形会议桌的正面缓缓地坐下。他的头发中夹杂着银发,看起来更像是一个沉稳的英国人。负责国际业务的副总裁和总经理拿着资料来到办公室,各自做了自我介绍。两个人都和八束、海部很熟,互相微笑着握手问候。他们中规中矩的深色西服,殷勤的态度,看上去倒更像是严谨能干的政府官员,而不是生意场上的人。这点也体现了联合汽车公司以组织运作见长的企业文化。

"你们近畿商事的提案对我们公司的日本战略很有意义,我们之所以一直到今天都没有正式表态,是因为对方执意要求我们公司的出资比例不能超过三分之一。但财务委员会认为这样的投资对公司没有益处,所以没有批准。对方的这一方针直到现在也没有变化吗?关于这一点,不知千代田汽车方面的意向如何?"罗宾逊开门见山、单刀直入地提出了出资比率这个敏感的问题。

"虽然千代田汽车的想法仍然没有变化,但如果联合汽车公司能够以某种方式明确保证,无论是合作开始时还是开始后,都绝不会对千代田汽车进行收购,我们就有信心说服千代田汽车。"

听到壹岐的回答,罗宾逊接着说:"美国联邦贸易委员会应该会替我们做出这一保证。每当我们想拓展新业务时,最让我们头疼的就是,我们的公司实在太庞大了,我们总得考虑怎样做才能不抵触我们国家的《反垄断法》。"罗宾逊不动声色地说。

他的话连壹岐都一时不知道该如何回应。片刻后,他说:"也就是说,我们可以明确地告诉千代田汽车,联合汽车公司不会对千代田进行收购。是这样吗?"壹岐急切地想套出罗宾逊的承诺。

"因为我们的公司在世界各国留下了种种案例,我们深知要怎样做才有利于对方国家的利益,怎样做才有利于公司自身的利益,所以我们可以明确地承诺,在日本我们也不会成为不速之客。但是我们希望获得三分之一的出资比例。从世界规模的资本自由化的大趋势来看,这一出资比例是理所当然可以被接受的比例,同时也是为了让合作获得具体成效的最低限度的手段。"

"坚持三分之一这个数字,您所期待的收效到底是什么呢?"壹岐追问道。

联合汽车总经理打开一份资料回答说:"在过去三年里,我们根据自己的独家调查和你们提供的报告书,对千代田汽车进行了研究。研究的结果显示,厚木工厂一个月至少要生产四万辆汽车才能达到盈亏平衡点。但是现实情况是,千代田汽车靠生产自有品牌丽贝卡以及来自日新汽车的委托生产,才不过勉强达到月产五千辆。如果因为和我们公司的合作,日新汽车停止委托生产,厚木工厂将会遭受毁灭性的打击。为了避免这一事态的发生,我们计划让厚木工厂生产在国外享有良好声誉的小型柴油卡车,再通过联合汽车公司的全球销售网进行销售,以此获取利润。这样可以使千代田汽车获得重建的资金,然后我们再共同开发、生产销售小型小轿车。我们公司计划把厚木工厂作为生产符合美国政府节约能源法的轻型车辆的基地,同时希望能够引进千代田汽车在小型汽车方面的技术。"

八束听完这番话后,说:"我们得到的信息表明,福克公司也在八十年代的世界战略中制订计划,打算以东和汽车为基地生产小型车辆,这让日本汽车业一直战战兢兢。福克公司在四年前就已经进入日本,落后一步的联合汽车公司和千代田汽车联手推出小型车辆,有与之抗衡的胜算吗？"

"我们在五年前就已经得到了有关政府方面限制排气量的情报，在全世界的分公司对零部件的统一规格、兼容性做了周密的准备。如果在千代田汽车的协助下成功开发出小型车辆，基于同一设计的'世界标准车辆'的大批量生产体系也将随之完善。为了让这一构想顺利地实现，我们必须保证三分之一的出资率以及由我们派遣与出资额相匹配的高管。"

联合汽车公司之所以突然对千代田汽车表示出兴趣，原来是在对二十世纪八十年代的世界战略进行明晰的分析后做出的判断。壹岐被以十年为单位筹划、拓展业务的联合汽车公司的经营战略震慑住了。

"回国后我们将把您所说的传达给千代田汽车，如果能得到对方的同意，我希望尽早召开包括我们公司在内的三方会谈。假如贵公司和千代田汽车之间达成了合作协议，我希望罗宾逊总裁能够亲自去日本，作为日美经济交流的一环，向政界、经济界坦言联合汽车公司对这次合作所报的期待。"

"这难道不是你们作为中介应该做的事吗？"

"当然我们也会尽力。但是如果贵公司希望尽快打入日本市场，就应该靠自己的言行来向日本人表明，联合汽车公司并不是他们想象中的'吞并魔王'，而是友善的邻居。而且，如果日本和美国之间在八十年代真的会爆发一场小型车的全面商战，这么做就显得更为重要。"

"好的，我知道了。"罗宾逊总裁回答道。

虽然由于和里井的冲突而走了很长的弯路，但是在历经四年之后，联合汽车公司和千代田汽车终于达成了初步协议，开始就资金合作进行磋商。

在大仓酒店举行的纪念第一重工成立五十周年的宴会上,里井一手拿着玻璃杯,一边用目光追寻着近畿商事兵头信一良的身影。

兵头一如往常,虽然他既没有主动去和别人搭话,也没有显出赔着笑脸和人谈笑的样子,但却总有人聚集在他周围,显示出身为第三大综合商社常务的气派。

里井把这一切看在眼里。兵头一向受到老一辈高管和业务骨干的广泛信任,而且年富力强。他一直想在自己回近畿商事之前,无论如何要把这个常务拉拢好。因为特意叫他出去吃饭或者喝酒又显得不够自然,所以,角田就帮他出了一个主意,趁着今天的宴会若无其事地和他搭话。

里井看到兵头周围的人渐渐散开,走过去打招呼说:"这不是兵头君吗?好久不见了。"

"久违久违,您越来越精神了。"兵头很客气地回了招呼。

"有点事想拜托你,能不能到那边椅子上坐下慢慢聊?"里井很自然地邀请道。

两个人并排坐下。

"听说伊朗的石油开发费了不少周折,后来怎么样了?"

"还是老样子。掌管石油的神仙弥彦神社还有安拉我都拜过了,一点都没见灵验。唉,到了这份上,只能听天由命了。"

虽然已经把五六十亿扔到了荒野上,可是兵头看起来却并没怎么动摇。

"投了那么多钱在里面,你也真够沉得住气的。"

"倒也没什么。不管出不出油,就这最后一口井了。我是已经准备好了,到了万不得已的时候,卷铺盖卷儿走人。"兵头的口气让人摸不透他说的话到底有几分是认真的。

"已经准备好被炒鱿鱼了？不过,大门社长可是非常赏识你,我的看法也和他一样,就算这次没搞出结果,炒谁的鱿鱼也不会炒到你头上来。别的不说,公司里除了你,也没有别的董事懂石油了。"里井的口气就像是在奉承兵头。

兵头喝光手里的兑水威士忌,问:"话说回来,您不是有事要找我吗？"

"对对对,也没别的事,就是我们公司在雅加达有一桩污水处理的生意,想请你帮忙,给介绍一下在那边的政府有门路的黄公司的黄社长。"

"这没问题,随时可以帮您介绍。"

"不愧是兵头君,连知名华侨黄乾臣都能说介绍就介绍。说实话,这可真是帮了我们大忙了,我们公司正准备扩展海外业务呢。"

"田久保工业在里井您上任之后的业绩可是最近的热门话题。"

"是吗。像你这样不喜欢说恭维话的人能这么夸奖我,可真太让我高兴了。过两天一起喝几杯怎么样？"里井巧妙地把话头引到了这里。

"谢谢您的邀请,到时候还劳烦您好好招待。黄先生的事我会尽早跟雅加达方面联系,一联系上就马上给您打电话。好了,我还有点事,就此告辞了。"

兵头微微鞠了一躬,离开了宴会会场。

兵头坐上早已等候在那里的汽车,回想起今天里井的热乎劲儿和好像安抚下属一样的傲慢口吻,他觉得有点不对劲。里井为什么会突然过来套近乎？难道是为了打探伊朗石油开发的情况？但现在身为田久保工业社长的里井和这件事没有任何关系。虽然兵头隐隐约约察觉到里井身边发生了变化,但却猜不透究竟发生了什么。

回到公司,兵头径直回到自己常务董事办公室。刚进门,石油部长好像一直在等他,也跟着进了办公室。

"常务,萨尔韦斯坦发来电传,刚才伊朗石油开发的项目经理也来了。"石油部长一边说一边把标着绝密的电传递给了兵头。

电文是用英文字母的暗号写的,需要每次跳过四个字母才能看出是什么意思。

"深度八千一百七十英尺,发生钻进突变,泥浆气体C170、C29.0、C32.5、C41.2,钻屑有强烈的荧光反应,石油的可能性较大,检测的结果将随后报告。"

钻进突变是指一直在坚硬的岩层中钻探的钻杆,在柔软的地层中开始轻松掘进的现象。也就是说钻头正在一点一点地逼近油层。

"常务,就差一点点了。"

"还不能掉以轻心。和那边密切保持联系,继续关注后续的机密电报。"

"好。常务和我马上都要去开会,我已经拜托伊朗石油开发的项目经理和工地继续保持联系了。"石油部长说完就离开了办公室。

兵头拿起桌子上的电话,拨通了副社长办公室的电话。话筒里传来秘书的声音:"副社长现在正在国外出差。"

"我是兵头,他去什么地方出差了?"

"美国。"

四天前,和壹岐谈话的时候,壹岐根本没提去美国出差的事。兵头不解地挂掉电话,站起身来准备去参加能源部门的部门会议。但此刻他心里惦记的是五号井:不知道什么时候停止钻探转而进行DST?因为五号井发生过井喷,危险性较高,所以也可能不做DST,钻探到最终深度后进行电测,然后插入套管进行生产测试?不过,这些只能交给现场的工程技术人员来定夺了。

兵头正要离开办公室,伊朗石油开发的项目经理急急忙忙地走进来:"关于最终方案的请示来了。"项目经理把电传交给了兵头。

"经过研究,我们希望不做 DST,在电测之后进行套管测试。"

兵头看着日本石油开发公共事业集团派来的工程师出身的项目经理,无言地征求他的意见。项目经理用力点了一下头。

"好!给他们发电传,批准他们的请示。从这些测试到出油需要多少天?"

"停止钻探然后进行电测,再插入套管,需要四五天吧。"

"哦,四五天……"

对于兵头来说,这几天成了他人生中最为漫长、最为难熬的时间。

兵头第一次在萨尔韦斯坦油田五号井的简易房里度过了一个晚上。

外面还很黑。今天清晨七点开始生产测试。在探照灯的灯光下,工人们正在进行准备工作。搬运器材、调试各种仪器的声音和人们说话的声音混杂在一起,一片嘈杂,仿佛拂晓就要打响一场战斗的战场。

兵头按捺住迫不及待的心情,仰天八叉躺在破旧的弹簧床上。

简陋的室内只有办公桌、成摞的文件、简易卫生间和两张床。勘探部副店长内田的床上早就没人了。但是兵头不是技术人员,跑到工地上也无事可做。他在这里既不是指挥官,也不是参谋,但是这里发生的一切将决定他作为商社人的命运。

深达两千五百米的地下究竟有没有石油?生产试验究竟能不能成功?兵头在床上翻了个身。虽然简易房的墙上贴着性感女郎的海报,但是对于身处紧要关头的兵头来说,那和褪了色的明信片没什么两样。

昏暗的灯光中,有人开门进来拿办公桌上的资料。

"嘿!还没开始?"

"快了,分离器已经设置好了。"

来人用得克萨斯口音的英语说完,就匆匆走出了屋子。兵头再也待不住了,套上运动衫,一口气喝掉咖啡壶里的咖啡,也从屋子里走了出来。天空已经开始放亮,荒漠远处的地平线正被逐渐染成红色。兵头满怀对成功的企盼,看了一眼朝阳,迈步走向井架。

"对不起,先生。"

一个伊朗工人把一个装着打火机、火柴和香烟的纸箱伸到兵头面前。兵头昨天刚从东京到德黑兰,口袋里还装着一盒日本寿司店的火柴。为了安全起见,他从口袋里掏出这盒火柴,放进了纸箱里。这里每个简易住房前边都贴着用英语、日语、波斯语写的注意事项:生产测试期间严禁烟火,请上缴所有吸烟用品。平时,有人在离井架比较远的地方吸烟,大家也就睁只眼闭只眼了,但是,因为今天这个日子特别,很可能出油,稍有不慎就会有引发火灾的危险,所以除了张贴注意事项,还特意安排了人站岗,让所有人把引火的东西都交出来。

兵头来到井架前,看到奥利安石油派来的勘探部长梅拉正拿着电测图在和内田说着什么。麦克在钻台上和专门负责生产测试的法国公司的测试班班长开完现场会议,顺着楼梯走下来。

"怎么样,麦克,有戏吗?"兵头在下面问。

"不管有戏还是没戏,都到这份上了,怎么都得钻出油来让你看看!"麦克高高挽起衣袖,露出毛茸茸的手臂,笑着说。

"常务已经起来了?测试好像还没开始呢!"五月女过来说。他戴着安全帽,挺像一个工程师。五月女在德黑兰负责和伊朗天然气公社合作的 LNG 计划,昨天晚上陪兵头从德黑兰到的工地。

"天有不测风云，要是有什么意外发生，你就是抱住无线电台，也得给我派点什么用场哦！"

"这个包在我身上好了。话说回来，现在挖石油也全都科学化、机械化了，我们这样的外行以为挖对了地方石油就会一下喷出来，可实际上完全不是那么一回事呀！"五月女一边说一边指了指生产测试用的设备。

在井口的下风头五六十米的地方，设置着引爆钻井内炸药用的起爆器和内置油压测量仪的分离器。为了避免在石油喷出的时候地面发生火灾，同样是在下风头方大约三米的地方，铺设了二百多米长的输油管道。输油管道的出口处安装着燃烧器，喷出来的石油会被马上烧掉。

井架周围嘈杂的声音突然安静下来，工人们开始疏散。生产测试马上就要开始了！钻台上只剩下麦克手下的钻井工人，其他技术人员和工人们远远地站在井架四周。初升的太阳越爬越高，在充满紧张的静谧中，四十三米高的井架显得更加高大，直入云霄。

紧盯着分离器、负责生产测试的测试人员向班长报告一切准备就绪。五号井被清理得干干净净，用来汲取石油的油管被放入铺设好套管的油井内。油井里还铺设着细细的爆破用的穿孔管曝气器。

"装填炸药。生产测试，开始！"测试班班长大声喊道。

麦克和内田、梅拉互相看了一眼。

"OK！"麦克用力点了点头。起爆器随即被按了下去。地面上的人无法知道设置在地下两千五百米的炸药是否被成功引爆。在令人窒息的紧张中，兵头感觉到自己仅存的三分之一的胃在一阵阵地抽搐。

两三秒后，分离器上的指针好像受到爆炸的震动，微微地摆动了几下。

"成功了!"法国人班长大喊一声。

如果爆炸是在油层附近发生,就会贯穿套管和周围的水泥,在岩层上开出破口,天然气和石油便会顺着油管喷涌而出,再通过地面上的输油管道,变成火焰喷射出来。

"出来了!"伊朗工人们发出了欢呼声。

但是,以麦克为首的技术人员却都一言不发。最初喷出来的火焰,是为了让油井内的石油更容易喷射出来,预先灌在里面的柴油燃烧产生的。

鲜艳的橘红色火焰很快变成了原油燃烧时特有的暗红色。又过了一会儿,被天然气推送而出的泥浆开始剧烈地喷射出来。"第一次喷射,到此为止!"两三分钟之后,测试班班长下达了这样的指令。五号井的井口被封闭了起来,测试班同时开始测量封闭后的压力。

接着,第二次喷射开始了。第二次喷射完,生产测试才算正式开始。兵头咽了咽唾沫,死死地盯着输油管道的出口。先喷出来的是泥浆,被粉碎的岩石四射飞溅,五六米长的暗红色火舌刚一出现便又消失了,只剩下泥浆时断时续地喷涌而出。

三十分钟,六十分钟,九十分钟——三个多小时过去了。原油燃烧形成的暗红色的火焰终究没有再出现。钻探过程中预示着油气的迹象相当良好,在两千五百米深度停止钻探后电测的结果也不错。难道五号井下边也没有足以让石油喷出的油层吗?

"还是不行吗?……"兵头吃力地挤出这几个字,问麦克。

"压力上升的势头很弱,喷出的原油也几乎为零。看样子不是干井,就是有石油但是存在阻碍石油喷出的油井障碍。试一下酸化吧,要是还不行的话……兵头,你就死心吧!"

麦克用近似呻吟的声音说完,就和测试班的工作人员、地质学专家梅拉、内田商量起来。

工人们又开始在井架周围忙碌。所谓酸化,就是为了去除油井里的障碍物,向油井中注入盐酸类的化学物质。

"常务,我实在不敢再看下去了……"五月女攥着拳头说道。

兵头一个人转身向荒漠走去。裸露在地表的阿斯玛里地层是石油矿区所特有的地质特征。具有这一特征的萨尔韦斯坦油田使兵头像着了魔一样,一次又一次地推翻"这是最后一口井"的誓言,一直挖到了这第五口井。到头来这里真的只是空无一物的荒漠吗?在兵头的眼里,那一望无垠的荒野显得如此无情。

三小时后,做完了酸化的工地再次迎来了一片寂静。太阳高高地挂在天空上,云在天空缓缓地飘过。

"生产测试,开始!"麦克的声音带着几分悲壮。

兵头的心脏在剧烈地跳动,血液仿佛要从血管里迸射出来。

一秒……两秒……三秒……柴油燃烧形成的火舌喷了出来,刚才曾为此高声欢呼的工人们,这次也只是不安地默默注视着。

不一会儿,耀眼的橙色火焰变成了黑色的泥浆,喷出十几米远,润湿了荒漠的地面。

"这次看起来不错!"测试班的班长说。

在泥浆偶尔间断的瞬间,暗红色的火焰仿佛蛇的信子一样闪现着。

"看样子快了,兵头,你听这声音。"麦克把耳朵贴在输油管道上招呼道。

兵头照他的样子也把耳朵凑到钢管上。咕噜咕噜咕噜,嘘,那声音就好像大地正在做深吸气,要把泥浆和岩石之类的障碍物清除干净,然后再把石油从地下两千五百米的深处喷出来一样。听着这越来越大、仿佛大地正在经历阵痛般的声音,兵头的心脏在剧烈跳动的同时闪过了一个念头——这里有石油!就在这一瞬间,一直延伸到远处的输油管道的出口,突然发出轰的一声巨响,紧接着喷射出二三十米长的巨大火焰,黑烟也随之滚滚直上。

"出来了!出石油了!"所有的人都一起发出了欢呼,巨大的声浪回荡在荒漠之中。

"压力计要爆表了!快减压!"测试员喊道。

虽然压力随即降了下来,但是火势丝毫没有减弱;虽然距离上百米,但身体仍被烤得生疼。"这个油田可了不得!兵头,我们挖到了石油了!"麦克发狂般地喊叫着,跑去把从输油管道分流出来的原油装在空罐里提了过来。

黏稠的黑色液体在太阳光的映照下发出绿光。兵头不由自主地把双手插了进去。原油原来是如此温暖、如此黏稠。在这一瞬间,兵头虽然紧闭着双眼,却似乎看到沉睡于地下两千五百米的石油喷涌而出,直刺波斯蔚蓝的天空。

五号井喷出石油的消息最早传到东京,是在经营会议开到一半的时候。

壹岐一反常态,在会议中途几次离开会议室。不知道是第几次回到会场的时候,他在大门的耳边说了些什么,又把电传递给了大门。

"什么?挖到了?在伊朗挖到石油了?!"

虽然大门最近一直为购买苏联棉花的决策失误不厌其烦地做出辩解,但是越解释董事们的态度越冷淡。董事们的这种前所未有的态度使大门感到异常狼狈。电传的消息让大门好像捞到了一棵救命稻草。

"出油情况呢?具体是个什么情况?"

"大约一个小时前原油开始喷出,为了测定油层的规模,现在正在不间断地燃烧喷出的石油,进行生产测试。原油喷出的势头到现在丝毫没有减弱,据此推测日产量不会低于两到三万桶。"壹岐按捺住激动汇报说。

围着大会议桌就座的以堂本、金子副社长为首的董事们都发出了充满惊叹和兴奋的声音。

"恭喜壹岐副社长！"在众人的窃窃私语之中，响起了一个尖细的声音。第一个向壹岐祝贺的是业务本部部长角田专务。

"这背水一战的一口井终于冒出石油来了。兵头君匆匆忙忙飞到伊朗去，原来是为了这件事啊！"堂本副社长一开口，金子也跟着点了点头说："坚持了这么久，这下终于干出成果了。以他的为人，现在肯定在不停地往身上抹着石油狂欢呢。"金子说，仿佛他和赌上自己的前程去搞石油的兵头产生了内心共鸣。

"中东就是不一样。这几年陆地上日产两三万桶的油井可是难有耳闻了。这口井什么时候才能确保开始商业化运营？"分管财务的武藏专务虽然同样兴奋，但却不乏搞财务出身的冷静。

壹岐点点头，说："诸位，正如武藏君所说的，虽然五号井挖到了石油，但是，还不能忘乎所以。萨尔韦斯坦是否是个有商业价值的油田，还需要挖至少三口以上的评估井，把储藏量调查清楚后才能知道。"

"还要挖三口井？也就是说至少还要花一到两年的时间？"大门显得有点失望。

这时秘书课课长慌慌张张地跑进来，说："副社长，首相官邸的副官房长官刚刚打来电话，希望您尽早去汇报一下伊朗油田的事。"

"知道了。你就回话说我和社长马上就到。"壹岐没有忘记维护大门的面子。

可是董事们的态度早已如豹突变，发亮的眼睛已经没有了大门，而是露骨地盯着壹岐。

向田渊首相、石油开发公共事业集团、通产省、能源厅逐个汇报完之后,等待着壹岐他们的是新闻发布会。近畿商事公关部的会见场地里,挤满了来自各新闻媒体的记者,摄像机照明的热气令人喘不过气来。

大门脸上渗着汗珠,满脸通红地回答着记者们的问题。前排的负责石油方面报道的记者问道:"公团的山下总裁、分管技术工作的多多良董事说,从后续的数据推测,油田比当初预想的规模更大,不知道到底有多大的规模?"

记者的问题一问完,电视台的摄像机镜头马上转向大门,定格在他的侧脸上。

"刚才也说过了,我们只是在五号井刚刚发现石油而已,还什么都不好说。是否构成油田,构成油田的话油田的结构如何,这些都要再打几口评估井,搞清楚油层的面积和厚度之后才能知道。"大门注意到凑过来给自己拍特写的摄像机镜头,因而在回答问题时尽量避免用平时那一口的关西腔。

另一个记者问道:"据说最初预测的五号井的油层在地下两千米到两千五百米,但是根据试油的结果,油层比预测还要深大约六十米,达到两千五百六十多米的深度。有消息说为了确定整个油田的规模,近畿商事已经开始和公团就评估井的钻探计划进行了协商,请问会在什么位置进行钻探呢?"

"这个嘛……壹岐君,具体是个什么情况?"大门很自然地就把问题推给了一同出席新闻发布会的壹岐。

壹岐开始有些犹豫,最后仿佛是下了决心似的说:"因为是在打到第五口井的时候才终于出油,所以为了搞清楚油田构造,我们会尽快推进评估井的钻探计划。但是,因为我们的合作伙伴奥利安石油、公团的技术队伍还有和伊朗国营石油公司进行协调的董事还没有回国,所以这件事还要过一段时间才能正式决定。根据奥利安石油的计算机现在给出的数据,六号井、七号井、八号井将分别在五号井东南方向九公里处、东北方向一点九公里处以及北面四点八公里处进行钻探。"

"哦？也就是说目前推测,萨尔韦斯坦油田的结构是向东北和东南方向延伸的,而最初挖到石油的五号井正好是在油田的顶部。假设这三口评估井都和五号井一样分出大量石油的话,这个油田的储藏量会是多少呢？"

"虽然还只不过是计算机的推算,但根据对油田构造的推测和五号井试油得到的数据,这将是一个储藏量为十亿桶以上的油田。"

"十亿桶！国际石油资本巨头如今也不太能找到这样的巨型油田了！不愧是中东,不能和东南亚和日本海一带的油田相提并论！"负责石油相关报道的记者兴奋得有点不能自已。

负责社会热点新闻的记者也禁不住感慨道："当初开始招标的时候,专家曾经打保票说萨尔韦斯坦是伊朗陆地上仅存的、本世纪最大规模的油田,看来他们说得一点都没错。这无疑是继阿拉伯石油公司在沙特阿拉伯近海发现哈夫吉油田之后,又一国家规模的壮举！"

记者们兴奋地在记事本上走笔如飞。大门把记者们缓缓扫视了一遍,说："那可真是一段漫长而艰辛的岁月啊,公团为我们提供所需资金的一半,而东京商事中途退出这次开发,使得我们公司作为运营方,每天都忧心忡忡,担心还没有发现石油资金先告罄。"大门说话的神态仿佛戏剧的名角在尽情地施展演技。

"原来是这样。资金枯竭在先还是发现石油在先。这种心情,不是当事人是体会不到的。那让大门社长能一直坚持到今天的精神支柱是什么呢？"

"嗯……这还真的没法用语言来表达。"因为大门在这件事上并没有什么不成功则成仁的决心,所以关键时刻自然说不出什么发自肺腑的话,只能随便搪塞两句。

记者转而问道:"那么壹岐副社长呢?作为这一计划的直接负责人,您努力说服奥利安、伊朗政府、日本各政府部门首脑这些利害并不一致的各方,并且让他们一直支持你们,直到五号井成功发现石油的这一天。这一次的大发现,您一定有不同于别人的感慨。"

"不是感慨,是一种心情豁然开朗的感觉,因为我终于即将完成一项义不容辞的使命。但是,作为民营企业,要把全力倾注到风险这么高的项目上,如果没有最高决策者的勇气,是绝对无法坚持下来的。"

"这么说,大门社长从来没有表示过要放弃开发计划?"石油记者似乎知道一些内情,用讽刺的口吻这样问道。

"当然。社长一次也没有说过要放弃退出开发的话。他那种坚定的态度可以说是最终发现萨尔韦斯坦油田的最大动力。"壹岐这样斩钉截铁地回答道。新闻发布会也随即结束。

记者们匆匆忙忙地离席而去,电视摄像机用的照明一盏又一盏地熄灭掉,摄像人员也都带着器材离开了会场。

公关部的会见场地里只剩下三十多张杂乱摆放的折叠椅。大门从匆忙准备好的会场正面的桌子后站起身来,以一副心满意足的神态对壹岐说:"这新闻发布会开得可真是圆满呐!真把我累得够呛。"

"没想到有那么多关于石油钻探的技术性问题,不过您回答得真是滴水不漏,帮了我的大忙了。"

"哪里哪里。倒是你刚才把我恭维得可以呢。听说商业电视台会在六点半播出这条新闻,NHK 会七点播出。不一起看看?"

"好的。不过在此之前,我有些话想跟社长……"

"你看你说得,现在这样的情况下,我绝对是对你言听计从的。"大门以无比轻松的表情点了点头说。

"那我们到社长的办公室慢慢谈。"

来到公关部楼上的社长办公室,大门在沙发上坐下,点上一支雪茄,深深地吸了一口。

"真香啊!这是我有生以来抽过的最香的雪茄!"大门眯着眼睛说。他见壹岐不说话,又催问道:"你想说的是什么啊?不要客气嘛。"

壹岐一副很难开口的样子,还是没有开腔。

"你这是怎么了?看样子是什么很了不得的话?"

壹岐直视了一会儿毫无戒备的大门,欲言又止。但是,他马上露出决心已定的神情,站直了身体,说:"社长,没有大门社长,也就没有今天的近畿商事。而我能有今天,更是仰仗大门社长的栽培。"壹岐发自内心地感谢道。

"这么煞有介事的,我还以为是什么事呢,原来是想感谢我,壹岐君还真是彬彬有礼呀!"

"社长的功绩,公司内外早就已经无人不知无人不晓,而有了这次伊朗大型油田的成功,您的功绩就更加不可动摇了。为了让这样的丰功伟绩永载史册,我希望您能把这次发现油田作为自己急流勇退的机会。"

"什么?你说什么?壹岐君,你再说一遍!"

"我希望您能把这次找到大油田作为一个机会,辞去社长的职务。"

"你说什么?你知道对着我说这样的话意味着什么吗?"大门的脸因为惊愕和屈辱而扭曲了。

"为了能让近畿商事以这次的成功为契机获得更大的发展,公司需要进行新老交替。而对于社长您来说,经历了苦难之后终于获得成功的伊朗石油开发计划,是您光荣引退的最好时机,您的引退是为了让我们的企业获得长远发展的必经之路。这一点还希望您能明白。"

壹岐用不带任何感情色彩、极其平静的口吻说完，垂下眼睛。

"刚才你在新闻发布会上那样使劲说我的好话，还把说好了先不对外公布的储藏量都给说出来，让新闻发布会开得那么出彩，原来都是为这个做的准备，你这个家伙……"大门一副咬牙切齿地说，口齿也开始有些不利索。

壹岐仿佛不愿意看到大门的这副样子，只是低垂着视线，一句话也不说。

"你在刚开始搞石油开发的时候就已经盘算好了！投标的时候退出公团搞单干，四号井报废的时候，公团和奥利安都想要放弃了，你却想方设法地说服了他们。说到底原来都是为了你自己呀！说什么为国为民，说什么使命感！都是骗人的把戏！"

"社长，不是这样的……"

"住口！我现在算是知道你的本性了，到现在你身上还是一副日本陆军参谋的心肠，大本营一声令下，你就能脸不红心不跳地让那些一张明信片征召来的士兵成千上万地去送死！你把竞争对手里井赶出公司，又要伊原写请示去留的辞呈，你觉得把我架空了，是吧？我不会让你得逞的！"大门浑身颤抖，劈头盖脸地骂个不停。虽然壹岐避开他的视线任由他叫骂，可是大门渐渐地丧失了理智："你说什么不愿意回想起西伯利亚十一年的羁押生活，看你这德行，你大概就是用这副嘴脸出卖了当年为日军做事的流亡俄国人间谍，收买了苏联人的心，过了十一年滋滋润润的日子吧？像你这样的家伙，明天不用来公司上班了！"大门的脸涨得通红。

"不管您怎么说，我都会静待社长做出引退的决断。我希望您能理解我是以怎样的心情跟您说这些话的，也希望您做出冷静的判断。"壹岐说完就离开了社长办公室。

回到自己的办公室,祝贺壹岐找到石油的电话不停地打过来,壹岐把它们全推给塙,他想一个人安静安静。他之所以下决心劝大门退休,是因为他在棉花交易上表现出的僵化和固执。但是,让现任社长退位是件超乎常理的,绝不是一件容易的事情。从这层意义上来说,在伊朗找到石油是一件很幸运的事。当壹岐接到兵头发来的五号井试油成功的第一份电传时,他就下定决心要依靠发现大油田这份荣誉、这份力量来不失时机地对公司进行改革,同时也要让它成为请大门走下社长宝座的台阶。

虽然早已下定决心,但是,很明显,这一做法对大门的伤害太大了,可以说把他逼到了绝境。还沉浸在新闻发布会后的喜气洋洋中的大门,突然从壹岐嘴里听到让他引退的话时,万分的惊愕出现在他那喜悦还没有褪尽的脸上,他甚至都不能理解对方在说什么。还有随后那充满愤怒和屈辱的表情,让壹岐觉得一生都会对此感到深深的内疚。毕竟,当年三顾茅庐把壹岐请到公司的正是大门。

但是,同时让壹岐不能原谅的是,大门竟然无情地揭开了他在西伯利亚十一年的这块伤疤。虽然当时大门是怒火攻心,但西伯利亚的十一年是真正的人间地狱,它让人目睹了不忍目睹的惨状,让人做出了难以下手的事情。同时它也是壹岐心灵中的一个神圣的领域。

既然大门已经对壹岐喊出了不要再来公司上班的话,他就很有可能利用现任社长的巨大权限,把壹岐赶出近畿商事。对于这一点,决心把大门拉下马的壹岐早就有了心理准备。

虽然大门感到好似身陷万丈深渊,但是,为了克制心中的震惊和混乱,他还坚持待在社长办公室里。

"社长,到时间了……"秘书边看大门的脸色边说。为招待能源厅副厅长和石油部长而设的酒宴还在等着大门出席。

"壹岐君已经先去了,你就客客气气地跟人家说我有点急事晚一点到。里井君还没有来吗?"

"还没有。一直在给他打电话,对方说他还在客户那边。我已经说了,等和他联系上了,就请他直接过来。"

正说着,里井进来了。

"社长,听说您有急事找我,不知道是什么事?我在车里听到收音机广播里正在谈论发现石油的新闻,这可是件大事啊!刚才一进公司我就感到一股和平时不一样的气氛,在电梯里钢铁部的人在嚷嚷说要卖钢管,一副兴奋得不得了的样子,连女孩子们都在满口石油石油的。倒是社长都这个时间了,还一个人孤孤单单地待在办公室里,这是怎么了?明明还有那么多事等着您去忙呢。"里井很不解地问。

"什么忙不忙的,叫里井君过来,然后在这里等你,都是因为一件十万火急的事。在石油喷出的新闻发布会开完以后,壹岐突然劝我在这次任期到了以后退位。"

"让社长您退位?!"

"对!说什么让我借这次石油大喷光光彩彩地引退,还说是为了企业今后的发展。"

里井仍然难以置信地追问道:"这真的是壹岐一个人明确说出来的吗?"

"嗯,就在这里,当着我的面,说得清清楚楚。"

"亏他说得出这种话!这叫什么事?这不是政变吗?"里井脸色大变。

"对!根本就是造反!"

"他肯定是摩拳擦掌地等这天等了很久了。要是挖到了石油,就趁机以迅雷不及掩耳之势逼社长下台,自己取而代之,要是挖不出来还照旧当他的副社长,这个阴险的小人。"

"你也这么觉得了吧,壹岐真是个可怕的家伙,我算是中了他的圈套了。不过,我是不会败给这个从军队半路出家的外行的,我已经命令他不用再来公司了。"

"他怎么回答的?"

"一句话都没说,只是反反复复地说都是为了我好,才让我趁着这个时机光荣引退,一连说了好几遍。"

"别的董事有什么动静?"

"不知道。发现石油的电传是在经营会议开到一半的时候到的,当时大家看壹岐都是一股子谄媚的目光,那个角田更是忙不迭地站起来说什么恭喜副社长,起劲儿地拍马屁。"

"统管整个公司内部业务的角田竟然会第一个出来站队……"里井仿佛在揣摩公司内部的形势。

"谁说不是呢!那可是你当年的心腹,真让人受不了。把你调回公司那件事,怎么会让那样的家伙来牵头,看来我也是老糊涂了。"大门气呼呼地说完,又接着说,"我着急把你里井君叫过来,只有一个目的,就是希望你马上去公司的各大股东、为公司出资的大银行这些方面跑一趟,让他们一如既往地支持我大门。"

"苏联棉花交易亏损的那四十六亿在这种时候就显得很要命了……"里井自言自语地说完,就把手交叉在胸前不说话了。

"你还犹豫什么?这么做既是为了我,也是为了当下任社长的你自己呀!"

听到大门这么说,里井猛然抬起头说:"非常感谢社长您的好意,但是那个让我回公司的计划,就当没有过好了。"

"你说什么?就当没有过好了?你这么轻易地就让壹岐代替你

去当下任社长？现在认输还太早,只要我自己不说辞职,还有谁能让我辞职？只要我还是社长,小小一个董事的生杀予夺对我来说还不是小事一桩？就像原来和你商量好的一样,把壹岐赶走以后,我一定会把你重新招回公司的。我可是社长,公司内外公认的给近畿商事带来中兴的社长！"本来就有高血压的大门脸涨得通红,舌头也开始转不过弯了。

"社长,请您冷静一点,我只不过是不想再当一次小丑罢了。四年前,同样是在这里,您选择了壹岐君,把我从副社长的位置上赶了下去。上次您说希望我回公司的时候,说实话我的心情很复杂。但是,人真的是很浅薄的动物,我本来以为近畿商事社长的位置对我来说已经遥不可及,可一旦又有机会重新靠近他,我又开始醉心于它了。不过,现在的我和您坐着的第三大综合商社近畿商事社长这把交椅还是没有缘分。我还是保持现状,在田久保工业当我的社长好了。我在那儿一言九鼎,也不用看别人的脸色。"里井用平静得异乎寻常的语气说。

"也就是说你要和这件事撇清关系,让我好自为之啦？"

"不,不,只要是能帮得上社长忙的事,我都会尽力去做,只是希望您能慎重行事。"

里井虽然嘴上这么说,但是善于趋利避害的里井似乎并不会马上采取什么积极的行动,因为他已经看出形势于大门不利。大门第一次尝到了孤身一人站在万丈悬崖上的感觉。

第三银行总裁专用会客厅的天花板很高,深色墙布装饰的壁面上挂着黑色色调的静物画,窗户上精致的蕾丝窗帘一直垂到地面。因窗户朝着阳光照射不到的中庭,玻璃为夹丝安全玻璃,所以房间里昏暗阴沉。

想到马上要与玉井总裁进行的谈话内容,虽然深知已经箭在弦上不得不发,但壹岐仍然感到胸中异常苦闷。

上学的时候就一直在练柔道的玉井总裁推门走了进来:"你好!你好!真要恭喜你呀,现在走到哪儿听到的全都是关于伊朗石油的事儿,人们对商社的看法也改变了不少。真是要恭喜你了!"

"谢谢!我想您已经知道了,今天晚上千代田汽车的小牧副社长出发去纽约,参加和联合汽车关于资金合作的第一次会谈。我们公司已经在那边做了周密的准备工作,相信进展会非常顺利。"

"小牧君下午会过来和我见面。千代田汽车的去向一直是一个让我们头疼的问题,现在也总算有希望了,这下我也放心了。我们推举你为近畿商事社长的事也算是万事俱备了。"

"其实,今天我来就是想就这件事征求一下您的意见。"

"出了什么事?搞得这么严肃。"

"前段时间在新喜乐吃完饭以后,总裁和我谈起的有关大门的事有了新的进展。昨天开完新闻发布会以后,我已经向他提出,希望他能趁着这次石油开发成功的机会从公司引退。"

"那大门的意思呢?"玉井不动声色地问。

"他似乎一点儿都没有要引退的意思。"

"这就有点麻烦了。你们公司今后的项目,比如需要以十年为单位进行决策的石油开发、正在筹备的大型LNG计划都需要和中央财经界保持更紧密的联系。大门摆脱不了投机商人习气,如果还让他继续当社长,这个恐怕是很难有指望了。而且,如果以大门为首的公司体制就这么继续下去的话,我们作为近畿商事的主要融资银行也不无担忧,况且这件事还牵扯到将要在萨尔韦斯坦打的那三口评价井的融资问题。实在不行的话,让我去和他谈好了。"玉井听似柔和的语气中透着冷酷。

"不，大门是去是留，还是让他自己决定吧！我会再花时间劝说他，一直到他心甘情愿为止。"壹岐这么说完全是为大门着想。

玉井总裁默默地点了一下头，说："大门从社长的位置上退下来以后，你准备怎么安置他呢？"

"不管怎么说他也是为我们公司带来繁荣的功勋社长。作为回报，我本来的想法是让他留任公司的最高名誉顾问，但想来想去还是觉得聘为顾问更合适一些……"

"顾问……"玉井总裁一时瞠目结舌，"这是不是有点过了？作为卸任之后的过渡，不是还有会长这个职位吗？一下子把他贬为顾问，这也太……如果你真的觉得有这个必要的话，可以冠冕堂皇地把他封为没有决策权的名誉会长嘛！"玉井建议壹岐采取这种比较稳健的做法。

"我很理解总裁的建议。但是，不管有没有决策权，只要大门还作为会长留在公司，短时间内大张旗鼓地进行改革的势头就会被大大削弱。因为大门作为经营决策者的能力已经远不如从前，所以让他负自己该负的责任，才是让他留下一个好名声的最好办法。"

"社会上有这么一些会长族，虽然他们早就没有了决定经营决策的能力，但仅仅因为没有人出来反对就大搞垂帘听政。这些人听了你的这番话一定会如坐针毡，但年轻一代的公司首脑定会拍手称快。壹岐君，虽然谁都想把这样人的赶下台，但实际上谁也不去赶，这就是现在日本的企业文化。如果不充分认识到这一点，对方的反扑是很可怕的。再说一句不怕冒犯你的话，当年如果没有大门请你进公司，你也就没有在近畿商事再就业的机会了。"

"这一点我早就考虑过了。但是，如果错过了这个机会，近畿商事的百年大计也就无从谈起了。"

"看来你是决心已定。虽然我知道你是个没有私心的人，但是，一般人大概不会理解你的苦衷。其他董事的动向如何？"

"我这么做其实反映的就是大家的意向。就是为了今后接手公司的人，我也必须让大门明白，作为最高决策者应该如何急流勇退，让他彻底退到顾问的位置上。"

"嗯……"玉井总裁点了点头，从沙发上站起来，走到窗边，把视线投向窗外的中庭。壹岐不知道他在想什么，他的脸映在不透明的夹丝安全玻璃上，那是一张冷峻的侧脸。

玉井总裁把脸再次转向壹岐，说："听说大门社长派去直接经手棉花交易的棉花部长因为重度的神经衰弱，现在正在住院，是吧？"

"总裁怎么对这件事这么……"

"这个嘛，倒也没什么。不过话又说回来，先不要急着说什么让大门社长当顾问之类的话了。这件事还是让我通过别的大股东或者什么更特殊的途径，去和大门社长好好地把利害关系讲清楚吧。不管是好事还是坏事，日本的社会毕竟讲究'以和为贵'嘛。"

"但是……"

"说老实话，我很佩服你能直接要求大门社长退位。刚才我也说过了，一般人即使这么想，也会因为害怕反受其害而只好袖手旁观。虽说大门社长还没有下死命令让你从公司消失，但是，真要到了鱼死网破的紧要关头，你再有更多的动作就很危险了。"

"谢谢您的关心！但是，大门社长自尊心极强，他无法忍受公司外部的人来劝他辞职的。只有出现万不得已的情况，比如因为这件事和大股东以及客户的关系发生什么问题的时候，我再请您出面。"

"我知道了。我支持你！但是希望你不要给别人造成一种印象，不要让人家以为我们银行是你这种形同谋权篡位的行为的同谋。"玉井出于银行家特有的谨慎，这样告诫壹岐说。

在同一天,大门一三来到名古屋,在中京纺织的前社长鬼头勘助宅邸里的茶室中,和鬼头面对面地坐到了一起。

原本身无分文的鬼头勘助靠自己的奋斗把中京纺织建设成了名古屋数一数二的大会社,过去在投机生意方面是和大门齐名的人物。占地三千三百平方米的豪宅房顶铺满了模仿名古屋城的尾州产金色鱼虎瓦,成为一道异样的景观。五年前,他把社长的位置让给儿子,从公司的业务和投机生意上彻底退出,过上了优哉游哉的生活。他把这座建在宅邸中的茶室命名为"蓑虫庵"。

穿着铁青色木棉和服的鬼头勘助为了款待久违的大门,拿出了珍藏的茶道器具,开始准备为大门沏茶。鬼头师从松尾流茶道,在朴素的风格中,可以看到其他流派难得一见的粗犷做派。

鬼头用茶勺从架在茶炉上的茶釜中舀出一勺热水,倒在稍大的黑织部陶器的茶碗中,用很漂亮的动作打好泡,递到大门面前。茶香弥漫,绿色的抹茶发散出温暖的光泽。又瘦又小、一副穷酸相的鬼头为什么能够沏出这么让人叹为观止的好茶?大门在把茶碗端到手上的瞬间,不由得在心中这样赞叹道。

大门按照规矩分三口半把茶喝完,说:"手艺真不错,你沏的茶就是不一样啊!"

说完便把茶碗还给了鬼头。鬼头也不作声,接过茶碗,再次倒上热水,一边用茶筅搅拌一边小声问道:"看样子今天有什么重要的事?"

话问得出其不意,大门只好点头说:"嗯……你的眼睛够尖。"

虽然大门的借口是借去近畿商事名古屋分社的机会顺便来喝鬼头沏的好茶,但是鬼头其实早就看穿了他的来意。

"就是关于我在公司的去留问题……"大门没再往下说。

虽然两个人同混迹于投机圈子,一起经历过大风大浪,互相知根知底,但是在已经归隐的鬼头勘助面前说出"去留问题"这几个字,大门心里还是很不好受。

鬼头不知道是有意还是无意,不动声色地把涮完茶碗的热水倒掉,用茶巾把茶碗擦干净,又用纱巾擦拭茶勺,准备泡下一杯茶。

"鬼头,我已经喝得够多了。"大门已经没有闲情逸致喝第二杯茶了。

"这杯不给你,是给我自己泡的。然后呢?你准备怎么办?"

"我当社长当了也快十八年了,总有一天是要把位置让给别人的。但是关于自己的去留,我自己做主,不和任何人商量,接我班的人也要由我来决定。因为我和那些一块砖头能砸倒三个的社长不一样,是我让近畿商事发展壮大到今天的,所以,刚才我说的那些,对于我来说是当然的权利。你说是不是?鬼头。"大门这样发问道。

"那个让你辞职的人是谁?真有这样的人吗?"

"就是壹岐,把这次在伊朗找到石油当资本,当着我的面说的。"

听大门这么一说,鬼头一连串流畅的泡茶动作突然停顿了下来,眯缝着的眼睛打了一个转,说:"哦?是他跟你说的……"

"然后我就吼了他一句,不要得意忘形!"大门越说越起劲。

"这次的较量,形势对你不利。"鬼头冷不丁地这样插了一句。

"为什么这么说?他的确在伊朗找到了油田,而且还是近年来少有的大油田。虽然发现油田之前想方设法筹措资金、拉来政府援助的的确也是他壹岐,但是,他办得成这些事都是因为别人信得过我们近畿商事。而现在的近畿商事都是我一手打造出来的,他壹岐把这些都当成他一个人的功劳,还凭这个要逼我下台,简直就是无法无天!"

"我说的不是功劳在谁不在谁的问题,只是想说那个本来是被你请进公司、提拔起来的人,不借助任何人的力量,当了那只敢在猫脖子上挂铃铛的老鼠。单凭这勇气,就可以说胜负已定了。都到了这份上,你就抛掉那点可怜的功利心,干干脆脆地走人好了。"鬼头一边用极平淡的口吻说着,一边用和他那瘦小的身体极不相称的大手端起黑织部茶碗,一饮而尽。

"鬼头,你怎么能说出这么绝情的话呢?……虽然你已经从中京纺织卸任了,可因为现在的社长是你儿子,公司又是你的家族企业,所以你才说得出这么轻飘飘的话!"大门反驳道。

鬼头把茶碗放在膝盖前,说:"虽说公司是我们家族的公司,但是,你知道当我要辞去公司所有职务的时候,我有多犹豫吗?虽然我很想要面子地说我只犹豫了一个星期,但是事实上我犹豫了整整三个月!公司是我白手起家搞起来的,可以说我的三魂七魄都已经成为公司的一部分了。前一天晚上下定的决心,到了第二天早上却又舍不得了。我自己都觉得自己很可鄙。要是那时候是我人生的高峰期还好一点,可那偏偏就是在我和丸藤商事拼生丝期货,输得一塌糊涂的时候。"

鬼头把直到现在还历历在目的五年前的那件事缓缓地述说了一遍。大门想到眼下的苏联棉花交易,浑身直冒冷汗。

"期货生意讲究'脱手值千金',把亏本的货早点抛出去,这样的决断本身就价值千金。"

"也就是说我应该把小赔当成是大赚了?"

"嗯,差不多就是这么回事吧。"

"但是,中京纺织的所有权在你,你辞掉社长和我辞掉社长的意义完全不一样。你就算引退了,不管过怎样花天酒地的生活,一直到死都是尾张城里的太上皇,但是我要是辞掉近畿商事的社长,从明天起我就是个普通人了。"

"都七十岁了,当一个普通人有什么不好?像我这样连小学都没有读完的人,从社长的位置上退下来,一样可以玩玩茶道,顺便在宅子的一角开开期货讲座,向年轻人传授一下我关于期货的心得体会,这才是老有所乐。像你这样走遍整个世界,亲眼见识过一流企业的员工、一流的生意、一流东西的人,不能干那种让人觉得你老不中用,最后直接从职场到墓场的蠢事。"

从职场到墓场这句话深深刺痛了大门,在这一瞬间,大门对鬼头的话产生了强烈的抵触心理。正因为鬼头是公司的所有者,所以才有安度晚年的资本。而在从职场到墓场之间的这段余生里,能让自己感到幸福的又是什么呢?虽然大门和鬼头的交情可以做到无话不说,但是,说到底两个人是生活在两个不同的世界。想到这里,大门心中充满了苦涩,他有些后悔来找鬼头了。

"不知不觉又待了这么长时间,晚上还有个宴会要参加,我这就告辞了。"

大门从茶室的小门钻出了茶室,顺着用石块铺成的小径走到宽广的庭院中。鬼头的宅邸位于郁郁葱葱的八事高地,从这里可以把名古屋的商业区尽收眼底。

"打扰了,那我们后会有期。"

大门回头向出来送他的鬼头告别,视线偶然瞥到了老樱花树上垂下的一只蓑蛾。蓑蛾在瑟瑟的秋风中轻轻地左右摇曳,让人觉得随时就会掉下来。我绝不当什么蓑蛾!鬼头勘助充其量不过是名古屋的土财主,他不可能理解我第三大综合商社近畿商事社长的心境。虽然壹岐手中有石油计划成功这张王牌,但是,这次无论如何也要反过来把他扫地出门。不快点儿想办法的话……大门感到一阵阵的心慌。

傍晚的高峰期,壹岐和千代田汽车的小牧副社长乘坐的汽车,正奔驰在通往羽田机场的高速公路上。

"弄得好像是壹岐您在给我送行一样,真让我担待不起。"小牧显得很过意不去。为了参加和世界最大的企业美国联合汽车公司就资金合作进行的第一次会谈,小牧正准备出发去纽约。

"哪里哪里,失礼的是我们。小牧您找了我那么多次,因为石油那档子事,各种会议和酒宴接二连三,搞得最后只能借这个时间和你坐下来慢慢说话了。"

除了要和政府有关部门、生产石油机械的厂商碰头等明里的工作之外,壹岐还去拜会了竹中完尔和"镰仓之士",整日精疲力竭。

技术人员出身的小牧根本无法想象在发现石油的好消息背后,还有这么多阴暗的事情发生,他的眼神一如既往那么单纯。他毫不保留地说道:"伊朗石油的事,真的要恭喜你了,各家报纸都在抢着报道这件事。多亏这件事,和联合汽车公司合作的事没让那些报社知道。毕竟我们公司现在处境危险,随时都有被日新汽车吞并的可能。要是和联合汽车的事被媒体捅出去,那后果真是不堪设想。刚才我去拜会第三银行总裁的时候,他好像也终于放心了。"

"和联合汽车合作生产世界标准车型这件事,贵公司内部达成共识了吗?"

"不瞒你说,公司内部有意见认为,所谓世界标准车型,也就是让欧美和日本各地分公司之间的零部件具有兼容性,按照统一的设计以上百万辆的规模生产小型汽车。在联合汽车的这个构想中,虽然千代田汽车只是为联合汽车的世界战略提供生产小型车辆的先进技术和高素质劳动力的道具而已,但是,我们最后拿出的结论是同意和联合汽车进行合作。因为和联合汽车合作,至少可以保证千代田汽车这一品牌的延续。如果就这么被国内厂商日新汽车吞并的话,千代田的名字也就永远消失了。当然,村山社长已经把交涉的全权托付给我,还有给罗宾逊总裁的亲笔信。"在交通拥挤的高速公路上行驶着的汽车里,小牧向壹岐表明了千代田汽车坚定不移的决心。

"那我就放心了。我们准备把美国近畿商事的海部提升为东京本部业务本部部长,以他为首组建负责合作项目的班子。你知道因为我非常信任海部,所以,你完全可以把他说的话就当成是我说的。"

"那壹岐你呢?"

"这件事我已经没有办法再管太多了,等有了一定进展,我就把权限都下放给直接负责这件事的人。因为联合汽车和什么都是总裁一个人说了算的福克汽车不同,是完全靠组织运作的公司,所以和他们打交道,我们也应该以完善的组织机构来应对。还有,过段时间我们会派秘书课长塙参加这项工作,他原来参加过和福克汽车的交涉。"

"什么?连塙君也……他不是你的心腹吗?这么重要的人才你是不是应该把他留在身边?"小牧吃惊地说。

"但是,他肯定不安于只做一个秘书课长,而是更想尝试一下和联合汽车的这个本世纪屈指可数的大合作项目吧。"

"话虽是这么说,但是壹岐,听你突然这么一说,我总觉得哪儿有点儿不对劲……"

"没事没事……"壹岐眼望着窗外,若无其事地回答说。

大门凝视着社长办公室外的大阪城。天晴时,有着挺拔的石砌基座、深深的护城河、高耸的五层天守阁的大阪城显得雄伟壮观,让人一看便知这是天下霸主的居所。但是冬天阴云密布时,它的身影却是异常落寞。棉花生意的事被今天早上的《每朝新闻》曝了光,这让大门的心里和眼前的大阪城一样阴冷落寞。

"近畿商事因棉花交易受重创 始料未及的四十六亿三千万"。醒目的大标题占据了经济版的左半边。靠在伊朗找到石油这条新闻好不容易让社会对公司的印象有了一些改善,这篇报道无疑是媒体当头浇的一盆凉水。

通话器里传来秘书的声音,告诉大门第三银行的玉井总裁打来了电话。虽然大门感觉不妙,但还是拿起了话筒。

"大门社长,今天早上的《每朝新闻》上的那篇报道,是怎么一回事?"玉井的口气虽然客气,但却是银行家特有的那种旁敲侧击的腔调。

"你说的是那件事啊,我们确实是在做棉花交易,因为现在价格跌到谷底,所以赔钱不少。真让人受不了啊!"大门故作轻松,想要蒙混过关。

"不过我听说贵公司的棉花部长因为神经衰弱已经到神经科病房住院去了,公司内部也因为这件事人心惶惶,这是不是很成问题呢?另外,因为还牵扯到在伊朗打评估井的融资问题,所以想跟您当面谈一谈,希望您能尽早过来一趟。"

"棉花交易和石油又有什么关系呢?"

"这还要等到您来过本行之后再说!"玉井虽然言辞客气,但却是不容商量的口吻。说完他就挂了电话。

从玉井总裁居高临下的态度推测,大门的直觉告诉他壹岐可能已经和玉井串通好了。上次去名古屋造访鬼头勘助时,鬼头说的那句"这次的较量形势对你不利"再次在大门的耳边响起。而且,里井自从上次见面以后就再也没了音讯。在这样一种孤立无援的境况下,大门终于领悟到在去留问题上做出决断的时刻,正在一点点逼近。他把视线转向铺满整面墙壁、标注着近畿商事所有海外分店的分布图。

在用铜板做成的世界地图上,位于世界各地的分店、事务所被分别用红和蓝两色的灯标示出来。经度的两边显示着各地的时间。就任社长时,大门为了显示占领整个世界市场的雄心壮志,制作了这张铜板地图,镶嵌在办公室的墙上。现在,除了南极和北极,红灯和蓝灯几乎已经遍布了世界的每一个角落。这些全都是大门的功绩,他为近畿商事带来了崛起。

到达大阪本部后,壹岐在秘书课问清楚大门社长的所在,便径直来到社长办公室。虽然他的所作一切都是为了公司未来的发展,但是,当年是大门社长把他请进公司,重用十六年,让他有了今天。再次逼迫大门退位,不能不说是忘恩负义。上次在犹豫了很久以后终于说出了要说的话,是因为有伊朗石油的好消息推动了他。现在,从那时的亢奋中冷静下来,需要再次面对大门时,壹岐有些想退缩了。玉井总裁的那句"形同谋权篡位"的话让壹岐心情异常沉重。但是,不管别人怎么说,除了自己,再没有人能够让大门社长退位了。壹岐这样鞭策着自己,推开了社长办公室的门。

大门正站在铜板世界地图前。看着站在直延伸到天花板附近的巨大铜板地图前的大门,壹岐感到大门的身影比以往矮小了很多,心中不由得一阵酸楚。

"你突然跑来做什么?我应该已经跟你说过,你不用再来公司了!"大门恶狠狠地瞪了壹岐一眼,在转椅上坐了下来。

壹岐毕恭毕敬地站在办公桌前:"社长,上次向您提出的请求,不知道您是否已经做出决定?年度末的股东大会就快到了。"壹岐狠下心这样说道。

大门布满老人斑的脸微微地抽动了一下。"噢,是那件事啊。用不着你多费口舌了,我已经想好了,退到会长的位置上。当然,是有决策权的会长,办公室还在这儿,待遇什么的也全都和现在一样。"大门来了一个先下手为强。

壹岐迟疑了一下,说:"社长,我希望您能趁着这次石油喷出的良好时机,一步到位,退到顾问的职位上。"

"顾问?你疯了吧?顾问可是对公司业务没有任何发言权的!"

"这个我当然清楚,正因为我明白这一点才向您提出这个请求的。如果您真的是一位卓越的社长,就应该抛弃别人不愿撒手的权力宝座。为了让公司的决策层更新换代,为了企业八十年代的发展,请您直接退到顾问的职位上。我相信除了大门社长没有第二个人能做出这样英明的决断。"壹岐努力促使大门下决心。

大门肥厚的嘴唇扭曲了起来:"呵!呵!呵!不愧是惯于搞阴谋诡计的参谋出身,漂亮话说得一套一套的。觉得和我一对一地斗,斗不过我,就利用媒体来给我施压,让他们把棉花交易的事捅出去。这还不算,还到第三银行玉井总裁那里活动。刚才他刚刚打电话过来!"

"玉井总裁打电话过来了?他说什么……"

"还要装糊涂!亏得你能让公司的主要融资银行给你当打手,你这个彻头彻尾的阴谋家!"大门的骂声像决了口的洪水,铺天盖地向壹岐袭来。

壹岐虽然感到自己的人格尊严被骂得体无完肤,但还是默默地忍耐着。现在只能等大门的情绪平静下来。但是,壹岐的举动反而让大门更加傲慢。

"我把从西伯利亚回国的你请进公司,你就这样报答我?你原来就是一个参谋,不过是自己躲在安全的地方,满脑子思谋如何把敌人成千上万的士兵干掉,眼睛都不眨一下。你这样的人怎么可能当得了商社的社长?只有像我这样累得都尿血了还拼命跑生意、多少大风大浪都挺过来的人,才能在国际商战中取胜!你就算当得了参谋,干得了出谋划策的角色,也当不了军队的指挥官,当不了社长!"大门越说越激动,怒气冲天,声音也越来越粗哑。

突然,骂声停止了。大门打开办公桌旁边的文件柜,使劲地翻找着什么。终于,他找出一个信封。"你看看这个吧!"他把信封狠狠地摔在桌子上。发黄的信封正面写着"恳请之仪"四个字,这是十六年前壹岐进公司时亲笔写的。

"来!你把它念出声来!"大门居高临下地说。

"不用念我也知道它的内容。"

大门从信封里抽出一张纸来,递到壹岐眼前。壹岐紧紧咬着嘴唇不作声。

"你不愿意念,那我念给你听好了。"大门说完,展开信纸,念了起来:

　　其一,恳请对鄙人进行面试、考核之后,免于不被录用之屈辱。

　　其二,鄙人被羁押于西伯利亚十一年,其间被剥夺自由。因此,恳请勿限制本人的言行自由。

　　其三,算盘、簿记一概不会,商业知识皆无,且性格不适合做商业工作,恳请谅解。

大门故意一字一顿地念着。这几行字表明了壹岐绝不让自己的第二次人生再误入歧途的信念。

壹岐的脑海中浮现出了那一天的情景。他从大阪住之江的市营住宅出发,坐上南海电车,在难波站下车,再换乘公共汽车来到近畿商事。等了一会儿以后,他终于被带到社长办公室……

"社长……"壹岐忍不住呼唤道。

"你说什么不要让你蒙受验明正身而不予录用的耻辱,还加上这样那样的条件。可是,你倒是把我的身家性命、我的耻辱看得很轻呀!当时你是以什么样的心情写下这份东西的,你扪心自问一下!"

"社长!那时的社长有着和自己的职位相称的才干和魄力,我眼中看到的社长就像指挥千军万马的将军,英姿勃勃。但是,随着岁月的流逝,社长当然要上年纪,当然也要衰老。剩下的问题就是该以什么时机光荣引退了。您是关西经济界大名鼎鼎的人物,也正因为如此您引退的形式才显得更为重要。这一次在伊朗发现油田,不管从公司内部还是外部来看,都是您引退的最佳时机。希望您能体谅到我对您说这些话时的心情。"壹岐痛切地说。

"既然如此,那不就更应该让我当会长吗?把我逼到顾问的位置上,这不单单是看不起我的问题,这简直就是弑君篡位!"

"不!这么做正是因为考虑到社长的将来。正因为您有着为近畿商事带来崛起的种种丰功伟绩,所以我才希望您能做出任何别人都做不到的事情。"

大门虽愣了一下,但是马上又说:"不是你自己的事,你当然什么好听的话都说得出来。不管主要融资银行说什么,我自己辛辛苦苦经营了这么多年的公司,我才不会那么轻易地就滚蛋!"大门的语气虽有些耍赖,但很明显他产生了动摇。

"社长,无论如何还请您能做出英明的决断。"壹岐从上衣内侧的口袋里掏出了一个白色信封,放在桌子上。信封上写着"辞呈"两个字。

大门的脸色大变:"壹岐,你竟然……你不是在开玩笑吧?……"直到这一瞬间,大门都一直以为壹岐是要取代自己坐上社长的交椅,他呆住了。

"社长,请您接受我的辞呈。社长引退之后的公司,我是不可能再待下去的。请让我陪着您一起离开公司。"

"壹岐,你宁愿赔上自己的前途,也要让我离开是吗?"大门苦涩地说。

大门的内心还在做着最后的痛苦挣扎,漫长而令人窒息的沉默笼罩着两个人。大门的身躯突然晃动了一下,问:"公司今后会变成什么样子?"

"组织机构。从今往后将是靠组织运作的时代。幸运的是,我们的公司已经有了这样的组织机构。"

壹岐进公司的时候,大门就曾要求壹岐在公司发挥他作为大本营参谋所擅长的策划能力和组织能力。

"是这样……今后是组织机构的时代……"大门的语气仿佛是下了决心,他要让这件事到此为止。他喃喃自语着,慢慢地踱到窗边。

"社长……"壹岐咬紧嘴唇。

三天后,近畿商事东京本部召开了紧急常务会议。

常务以上十七名董事中的十二名在没有被告知议题的情况下,被召集到会议室。壹岐、分管钢铁部门的堂本、分管纤维部门的金子这三名副社长,分管财务的武藏、分管公司业务的角田、分管粮油的樋口这三名专务都到齐了。会议上似乎要宣布一项重大决策会,与会者都感到很紧张。

"三点半了,开会吧!"角田向大门社长请示道。

就在这时,门被推开了,兵头急急忙忙走了进来:"真对不起!公团那边有一个奥利安也参加的会,没能中途偷跑出来。"

兵头行了个礼坐下。自从五号井喷出石油后,他和合作伙伴奥利安石油以及日本、伊朗的政府部门进行协调的工作也更加繁忙。兵头身上愈发体现出靠着自己的执着找到大油田的那股魄力。

大门不禁有点羡慕当下的兵头。

"公团的资金供给现在怎么样？"

为了让钻探时间减少到通常的一半,兵头已经向公团提出希望再增加一座石油钻塔,同时启动两座钻塔来加快调查储藏量的进度。为了筹措计划所需的资金,兵头已经向公团申请把公团的出资比例提高到百分之七十。

"把出资比例提高到百分之七十的申请已经获得批准,我们在萨尔韦斯坦租用了两座钻塔,开始钻探六号井、七号井这两座评估井。顺利的话明年春天就能看到出油征兆。"兵头回答道。

分管财务的武藏接着说："如果评估井也挖到石油,摸清储藏量以后,不用我们说,进出口银行也会主动为我们贷款,来解决实用化油井的开凿费用问题的。如果还不够,我们还可以发行面向欧洲金融市场的企业债券。油田的规模很大,不愁没有买家。"因为他一直和兵头分别在公司内外为筹集资金而奔波,所以这件事同样也让他喜不自禁。

"不知道这次召开紧急会议是为了什么事？"兵头直截了当地这么问道。

一直东猜西想的所有在座的人齐刷刷地把视线投向大门。

"这次开会就是想跟大家说,到本年度结束的时候,我将辞去社长的职务。"大门宣布。大家一副半信半疑的样子,大气不敢出地等着大门的下文。

"到了七十岁的时候,我就一直在考虑应该什么时候把这个位置让给后来人,从公司退隐。但是,赌上公司命运的石油开发计划、LNG项目一直没有结果,在这种情况下我把这个个人愿望压了下来。现在,这些重要工作都成功地告了一个段落,资金方面也有了着落,我也就可以从社长的位置上退下来了。"

董事们终于确信大门所说的话是真的。这天终于来到了！所有人的心里不禁油然而生一种肃穆之情,同时也接受了社长将要辞职的事实。但是,大门没有看到大家震惊的表情,没有听到惊叹的声音,这是他不曾想到的,不禁有些失望。听到统治了公司十七年的功勋社长宣布辞职,总该有一两个董事做出难以置信的表情,站出来痛哭流涕吧?但事实却是大家都显得异常的冷静。这些两面三刀的东西!大门不禁在心里这样骂道。和这些人相比,拿着辞呈这把撒手锏,单枪匹马过来逼自己辞职的壹岐,反倒显得有些人情味儿了。

大门怒目圆睁,盯着曾经一同谋划让里井回到公司的角田。角田哭丧着脸说:"身为决策层的中心人物,在这样一个公司正处于鼎盛的时候宣布引退,您的所作所为真是超乎我们这些凡夫俗子的想象……但是,社长应该会退居到会长的职位,一如既往的鞭策鼓励我们才对吧?"角田战战兢兢、吞吞吐吐地说道。

"不不不,我已经当了十七年社长了,既然已经决定引退,就应该走得干净利落。我只挂一个顾问的名就好了。"大门重新打起精神,强装镇定地说道。

"顾问?!"董事们这才第一次发出惊叹。

"突然一下退到顾问这个位置上,也太有悖常理了!"堂本副社长用困惑的眼神观察着大门的表情。

"我不喜欢像别的那些社长一样,从社长的位置上退下来还恋恋不舍,不愿撒手公司业务。我既然已经决定把位置让给后来人,就不会再对公司说三道四了。今后我只想再为关西经济界和纤维纺织行业做点力所能及的事,有空再去打打我喜欢的高尔夫球。"说这些话时的大门,和在壹岐面前歇斯底里、丑态百出的那个大门完全判若两人。

分管纤维纺织业务的金子双眼湿润了:"您能做出这样的决定,真的不是别人所能够效仿的。真不愧是我们的大门社长。也就是说棉花交易我们也可以收手了？"

虽然早已是公司内部尽人皆知的事情，但是刚刚被《每朝新闻》曝光过的四十六亿三千万巨额的损失被金子这么一提，大门的脸又一下沉了下去："是收手还是继续，就交给你办好了。"

大门在这样的情况下还要装糊涂、逃避责任，让在场的董事们不禁哑然。虽然大家嘴上不说，但是私底下都认为大门辞职是为了承担一意孤行、致使棉花交易失手的责任。

金子还是体谅到大门的心情，二话不说，把这件事接了下来："好的，这件事就交给我吧！"

直到现在，棉花市场行情还在平均买入价的百分之四十七、四十八左右徘徊，公司早就没有资金继续支撑下去了。金子恨不得明天就结束棉花交易，然后去低声下气地恳求纺织行业，哪怕对方再怎么杀价，也要把囤积在各处港口仓库里的以苏联棉花为主的现货卖出去。

"那么社长的后任呢……"角田一心想讨好壹岐，这样问道。

"今天开这个会只是想把我要在本年度末辞职的决定告诉大家，指定下任社长的事，留到下次所有董事都到齐的经营会议上商谈。"

金子表情温和地追问道："除了壹岐副社长，也没有别的人选了吧？"他似乎想让大门就在这儿指定后任。

"不，我会和大门社长一起辞职。"

席间一阵骚动。兵头再也按捺不住，在末座大声发问："社长让棉花交易的责任问题不了了之，壹岐副社长又在任期中途辞职，到底发生了什么事？希望能给我们一个说法！"

壹岐像一座雕像一样面无表情地说："没有什么特别的原因。虽然我知道在任期中途辞职很对不起大家，但是我确实是出于一些我个人的原因才决定辞职的。"

"我们公司刚刚找到石油,正是一帆风顺的时候,为什么非得进行如此剧烈的人事变动?"武藏也用很坚定的语气诘问道。

"正因为我们公司现在取得了成功,所以才有些事不得不去做。很幸运的是我们公司董事的平均年龄比别的公司年轻三到四岁,权力的过渡也正在进行。今后的近畿商事,将不是依靠某一个人的杰出才能,而是靠组织运作的力量来获得新的飞跃。"壹岐一边说,一边扫视着每一个董事的脸。

从他的话中,董事们领悟到壹岐为了让大门引退,不但没有把石油开发的功劳据为己有,反而为公司的改革放弃了自己的前途。整个会议室沉浸在难以名状的感动当中……

壹岐和千里在漫天飞舞的小雪中,造访了位于京都大原的三千院。

从正殿的走廊放眼望去,长满桧叶金发藓的庭院中,堆积着白色天鹅绒般的积雪。高大的枫树和暗绿色的杉树也被积雪镶上了银边。静静坐落在对面的往生极乐院的房顶也被白色覆盖着。

悄无声息地飘落着的小雪,偶尔被强风席卷,树枝上的积雪也会随之哗啦啦地掉落到地上。比睿山的群峰一直连绵至眼前,寒冷刺骨的强风便是从那里吹拂而至的。

千里裹紧了披在和式大衣上的马海毛披肩,壹岐也把大衣的领子竖了起来。壹岐十二月末离开近畿商事,时间已经过去了一个月。

"越来越冷了,我们进书院去吧!"

"但是想想哥哥正在山上……"千里抬头望着比睿山。比睿山的群峰看起来就像是不让人轻易接近的冰山。

"好不容易来拜访你哥哥,贤澄却在供奉护摩,只看到了他的背影,最后连一句话都没能说上。你哥哥的身影不仅仅是令人震撼,简直就犹如神灵附体。"壹岐这么说着,脑海里又浮现出了几个小时前在比睿山看到千里的哥哥、法号大泉院贤澄的秋津清辉时的情景。

供奉护摩是遮那修行中的一种,是最为密教式的修行。这种修行需要提前七天断五谷和盐,修行期间戒饮食,从早到晚不间断地焚烧护摩木,是一种需要超人的毅力的修行。壹岐事先并不知道这些事,在辞掉近畿商事的工作,处理完身边的各种杂事之后,来到比睿山拜访贤澄。但是,无动寺谷的小屋中已经没有了贤澄的身影。贤澄那时正在总本堂附近的护摩堂中,在六七十个包括男女老幼的信徒的簇拥下,供奉着护摩。

细长的护摩木上用毛笔写着信徒们供奉祖先、祈祷全家平安、消灾祛病等的愿望,贤澄把八千多根护摩木上的祈愿一句句高声念出,再投入到直径达一米的火炉中焚烧,周而复始。因为戒断了饮食,他的身体虚弱到了极点。侍奉在身边的僧侣不时把湿手巾伸过来,湿润一下他的嘴唇。这是他支撑体力的唯一的能量。但他仍然坚持在熊熊燃烧的火焰前继续着供奉护摩的修行,那身影宛如不动明王的化身。

"以前我所知道的贤澄是为了祭慰那些阵亡部下的在天之灵,也是为了让自己更接近那些灵魂而进入山中修行的。他先是完成了长达七年的千日回峰的修行,然后又进行了十二年的山中修行。但是,我今天看到贤澄大师,觉得他身上有了一种气概。他已经不仅限于自身的修行,而是在救济普天之下的芸芸众生。"

几个小时之前,信徒们簇拥在贤澄的周围,唱和不动明王真言的声音,从护摩堂传出来,响彻比睿群山,又传到这三千院的庭院中,回响在壹岐的耳边。

千里一直一动不动地仰望着比睿山的山峰,这时转过脸来:"谢谢你告诉我连我都不知道的哥哥的这一面。这么冷的天,真亏你过来找他。"千里垂下长着又黑又浓睫毛的眼睑,又向壹岐道了一声谢。

啪——，又响起雪团掉落的声音。

"辞掉近畿商事的工作以后，壹岐你准备做什么？"

"我也正想跟你说这件事。既然已经和大门社长一起辞职了，我以后也不准备再到公司工作了。"

"那你以后……"

"我准备接任去世的谷川，担任朔风会会长，也可以说是干事的职务。我要和两千多会员一起，在舞鹤修建慰灵碑，寻找长眠在西伯利亚荒原上的将士们的遗骨。虽然不知道要办完这些事要花多少年的时间，但是我已经决意把我的第三次人生用在这件事上了。"

"是这样……几个月前你深夜来我工坊的时候，我看到你的样子就猜想也许会有这么一天，只是没想到会来得这么快……"千里显得有些吃惊，没有再说下去。

"在修建慰灵碑和寻找遗骨之外的时间，我会像谷川生前一样，忙着发行会刊、看望生病的会员、给会员子弟发奖学金和帮忙找工作。虽然以往的积蓄并不是很多，但我一个人生活应该还是没有问题的。不过对于你来说就……"壹岐没有再说下去，眼睛直直地看着让树枝结出一朵朵冰雪之花的积雪。他接着说："自从和你在纽约见面以后，在这七年的时间里，虽然的确有工作忙的原因，但很多事情拖了一天又一天，结果成了今天这个样子，我真的很对不起你。现在，我已经过了人生巅峰期，在经济上和社会地位上都一无所有，我已经没资格实现以前对你的承诺了。"

缓缓飘落的雪花，不知什么时候已经变成了簌簌洒落的大雪。

"为什么这么说？……"千里用很惊讶的目光看着壹岐。

"事到如今我才觉得，当初至少应该带你去一个你想去的国家，买一件你喜欢的东西……但是，那时候我就知道工作。我这么自以为是又不懂得体贴别人，你却一直在等着我。虽然你已经失去了人生中最宝贵的时间,但是无论是作为女人还是作为陶艺家,你都还有光明的未来,希望你能够像你哥哥一样,把自己的路一直走下去。"壹岐说的每一句话似乎也是在说给自己听的。

"和哥哥一样走自己的路?不用你说我也会这么做的,因为对我来说这是我唯一的选择呀。"千里说完,从正殿的台阶走下去,穿上放在走廊边上的木屐,走进了庭院的雪地。

"来,你也下来呀!"千里伸出白皙的手。一个提着暖炉、似乎刚刚剃成光头的小和尚正好顺着走廊匆匆忙忙地跑过来。他看到站在雪地里的千里和呆呆地站在走廊上的壹岐,好奇地看着他们。

壹岐好像被他那纯真的眼神打动了,也走下了庭院的雪地。

"好不容易来一趟三千院,让我们去拜一拜往生极乐院的阿弥陀佛吧!"

"嗯。但是……"

"你又何必这么在意离开近畿商事,还有和我之间的事呢?我第一次见到壹岐是你来给我父亲上香。上完香我们和竹村先生、西阵的叔父一起来这三千院,那时候我就对你有了好感。我喜欢上的是那个刚刚从西伯利亚回国、因为十一年的羁押生活脸色凝重的壹岐。去年年底在报纸上看到大门社长退居顾问的职位,你也追随社长辞职的消息,虽然感到太突然了,但是我觉得你做得很对,这才像你的为人。"千里发自肺腑地说。

"就算我做得对,不能让你做我的妻子,又有什么意义呢?"

"不,要说只顾自己,我也是一样。因为我无论如何也放不下陶艺,所以你和我都像原来一样,还各做自己的事就好了,然后再和你……"千里说到这儿,便停下脚步,抬头看着壹岐。壹岐却一言不发。

"你不希望我继续搞陶艺吗?"

"不,我不是这个意思。其实,有件事我本来不想告诉你的,我要去一趟西伯利亚。"

"西伯利亚?"

"既然已经接下了朔风会会长的工作,我还是想去哈巴罗夫斯克、赤塔、伊尔库茨克这些地方,去那里的日本人墓地扫扫墓,然后再和苏联当局交涉一下搜集遗骨的事情。因为我只能办旅游签证去,所以只能去苏联方面指定的很小一部分墓地扫墓。"壹岐把自己一直决意要做的事情说了出来。

"可你应该早就被苏联方面盯上了呀!办旅游签证去,要是万一出了什么事……"千里的表情紧张起来。

"我现在手无寸铁,他们对我应该早就没有兴趣了。再说怕这怕那的,留给我的第三次人生也没法开始了。"壹岐平静地说。

"我知道了。那你什么时候走?"

"后天。"

"这么快……"千里再也说不出话来,泪水一下子涌了出来。

"没事的。战争已经结束三十年了,没什么好担心的。"

"因为你是怀着使命感去的,所以觉得没什么。但是,我要等你回来,总会害怕你是不是再也不会回来了。连我都这样,你被关押在西伯利亚的时候,你的夫人和直子他们,是在以什么样的心境等着你回来的呀……因为和我的关系,你考虑到直子的心情,决定把去世的夫人当成你这一生唯一的妻子。你的心情,我终于可以理解了。"雪花一点一点地飘落在千里漆黑的头发上。

"走,我们快进书院去吧!"

"好的,但是你一定要平平安安地回来。"

"放心!什么事都不会发生的。"

"我不去送你。但是,你要告诉我回来的航班……我去接你。"

"是吗?我真应该感谢你这么自作主张。"

两个人之间已经不需要更多的语言了。他们相互依偎着,走过三千院白雪飘飘的庭院……

羽田机场的候机大厅里,机场广播正在通知,飞往哈巴罗夫斯克的苏联国营航空公司、苏联民用航空总局的航班因为天气恶劣,将推迟起飞。

壹岐拿着旅行包和花束,一个人坐在候机大厅里。旅行包被朔风会的会员和遗属们托付的香火、蜡烛、家人的照片塞得满满的。在商社工作的时候,部下总会把一切手续办妥,壹岐只需要带上护照、让车把自己送到机场,往头等舱一坐就可以了。现在他必须自己一个人把行李拉到航空公司的柜台,不管飞机怎么晚点,都只能一个人默默地等待,连一个陪着说话的人都没有。虽然神森、水岛和丸长几个人要来送他,但是因为这天是工作日,所以被壹岐婉言拒绝了。

"咦,这不是壹岐吗?"

从五六个公司职员模样的人中走过来一个皮肤浅黑的高个儿男人。他就是东京商事的鲛岛辰三。他让别人帮他拿着大衣和文件箱,深色西装胸前的口袋里插着泛美航空公司的登机牌。

"听伦敦说你要去西伯利亚扫墓,就你一个人去吗?"

"嗯,就一个人。"

"噢。你在商社上班的时候那么不愿意去苏联,怎么改变想法了?是辞掉工作以后,突然开始对死去的战友有了慈悲之心了?"鲛岛用他那双像鲛鱼一样的小眼睛审视着壹岐,想知道个究竟。

"我和你已经不是同一个世界的人了。你还是回到等着你的大家那边去吧。"壹岐冷冰冰地说。

鲛岛好像没听见一样,又说:"话又说回来了,大门社长是老了,不过真不愧是当年的投机高手,在棉花交易上吃了大亏,眼看再也没有办法服众了,就趁着在伊朗挖到石油,光光彩彩地退到了顾问的位置上。到头来他的声誉反而更高了。他算是赌赢了这最后一把,了不起!"并不知道真相的鲛岛不无钦佩地说,"现在多少公司对内部'养老院'唯唯诺诺,大门社长的这次'极具冲击性的引退',应该会让这种现象有所改变。我们公司的生意明明越来越不好做,可脑软化症的会长、饭桶顾问们还是满脑子的'五子登科',让人气不打一处来。"

"什么'五子登科'?"

"哎哟!壹岐,这你都不知道?就是章子、票子、屋子、妹子、车子。有了章子,多少吃喝的钱也全能报销;票子就是趁着婚丧嫁娶能捞到手的小钱;屋子就是公司里自己专用的房间;妹子也就是秘书;车子就是公司给派的车啦。社长们不愿退到会长或者顾问的位置上,并不是因为什么'对权力的执着'这种抽象的东西,其实就是想要'五子登科'呀。"鲛岛数落着,一副怨气无处发泄的样子。

什么"五子登科"已经和壹岐毫无关系,这些话让听起来厌烦无比。但是听到大门因为干净利落地退到顾问的位置上而受到世人的高度评价,他内心稍微得到了一丝安慰。

"啊!"鲛岛冷不丁地大喊一声,从椅子上跳起来,死死地盯住旁边电视机的屏幕。壹岐觉得好奇,也看了一眼。正在播放的家庭幽默剧下边的字幕,显示出这样的内容:近畿商事促成世界最大的汽车生产厂家联合汽车公司与千代田汽车的资金合作,成为继伊朗大型油田开发之后该公司的又一壮举……

"好啊你……"鲛岛脸上的肌肉抽搐着,说不出话来。

联合汽车公司和千代田汽车就资金合作达成协议的事,壹岐早就从海部要那里得到了详细的汇报,只差对外正式公布了。海部要已经接替角田就任业务本部部长,并且晋升为常务。角田在十二月离开了近畿商事，被调到近畿商事集团的下属公司。

看着不动声色、稳稳坐在椅子上的壹岐，鲛岛涨红了脸，对他喊道："这也是你的搞的鬼吧？既然这样，你为什么要离开公司？……"

鲛岛还没有把话说完，候机厅里响起了苏联民用航空总局通知登机的广播。壹岐拿起旅行包和花束，从椅子上站了起来。

"那么我告辞了。"

"虽然我一直期待有一天能够把你壹岐正的心脏给咬个稀烂，可是，FX战斗机也好、石油也好、汽车也好，我鲛岛始终没能打败你。听说苏联民用航空总局的飞机上不知道为什么偶尔会发生有来头有背景的人因为心脏停搏而猝死的事情。你可要当心了，哈！哈！哈！"

鲛岛虽不甘心得只想哭，但却硬挺着发出放肆的笑声，一边拨开人群，一边朝公用电话跑了过去，大概是急着收集关于联合汽车和千代田汽车合作项目的信息。这是一个奔忙的身影，他命中注定，从娘胎里出来一直到死都是一名商社人。

壹岐穿过登机口，坐上了飞机。在严寒的冬季，仿佛日本和西伯利亚的商贸往来也断绝了。乘客除了美国人，只有屈指可数的几个人，其中只有壹岐一个人是日本人。

壹岐在后排靠窗户的座位上坐下，系好安全带。不一会儿飞机就从跑道上起飞，在东京上空转了一个大圈，向日本海的方向飞去。

这条航线是当年和秋津中将、竹村少将一起飞过的航线。那是被关押在苏联的第一年，他们作为远东国际军事法庭苏联一方的证人被带回日本。国破山河在——当飞机到达日本海上空的时候，仿佛蓝色绸缎般静谧的大海、郁郁葱葱的佐渡岛、缓缓起伏的群山和河流柔和的曲线——那景象至今还深深地刻在壹岐的脑海里。

秋津中将在作为苏方证人出庭前自杀身亡,壹岐和竹村少将忍辱负重地活了下来,又被带回苏联。那时,想到这也许是和祖国的永别,壹岐向能登近海的渔火做了告别。

当壹岐被再次带回西伯利亚的时候,等待着他的是西伯利亚民主运动像野火一样席卷的凄惨的日子。为了能够活着回到祖国,同胞互相出卖、互相攻击。虽然战俘营的生活充满了饥饿、寒冷和苛酷的劳动,无时无刻都是在和死亡做伴,但是西伯利亚民主运动仍然是西伯利亚滞留者最不堪回首的往事。

不知过了多久,苏联沿海州的海岸线隐约出现在远方的薄暮中。

在夜幕中飞行的飞机下方,可以看到银白色的大地在一点点地扩展。再过一个小时,就是哈巴罗夫斯克了。

壹岐从旅行包中拿出西伯利亚地图,上面标记着根据生还者提供的线索和传闻推测出的日本人墓地的位置。墓地分散在哈巴罗夫斯克、伊尔库茨克、泰舍特,白桦木做成的墓标上连名字都不允许写,只能写上含义不明的数字。

我终于来了,你们再等等……壹岐拿起放在旁边座位上的白色菊花花束,凑到舷窗上。

战俘营高耸的瞭望塔,突然从冰封的白色大地上探出头来。在寒风肆虐之中,被排成五列纵队的日军战俘,为了上工而从战俘营出发的情景,闪现在壹岐的脑海中。

"警告囚犯,如果打乱队形,将被视为企图逃跑,我们会不经警告开枪打死你们。明白了吗?"

"明白了。"

于是在宛如死亡之灰的粉末状的大雪中,战俘们把所有能找到的破碎的布条都缠裹在身体上,队伍开始缓缓地前进。

壹岐的泪水顺着面颊滚滚而下。

北面昏暗的天空中，一道光线突然像彩虹一样浮现出来。光线越来越近，一直延伸至天顶。浅绿色的光回旋着，慢慢化作七彩幕布，在天空中无比壮丽地摇曳着。那就是北极光。那七彩的光芒，让西伯利亚无情的天空有了一种深不可测的美。"活下去做历史的证人"——无论命运多么残酷，也必须顽强地活下去。谷川大佐曾经这样告诫自己。在北极光中，壹岐又一次清晰地听到了他的声音。

后 记

《不毛之地》最先连载于《每日星期天》,从昭和四十八年(1973年)六月到昭和五十三年(1978年)八月,连载时间长达五年之久,是迄今为止我作品当中最长的一部,也是在创作上最为艰难的一部作品。作品的构思是这样的:第一卷和第二卷从西伯利亚白色的不毛之地开始,第三卷和第四卷描写以石油开发告终的红色不毛之地[①]。

搜集石油开发方面的素材,其困难程度与搜集西伯利亚羁押人员的素材相比有过之而无不及。我的采访涉及中东产油国的人脉、招标制度以及钻井的技术层面上的问题。而我为将这些素材写成小说所花费的心血也是前所未有的。

昭和四十八年(1973年)四月初,从西伯利亚搜集素材返回日本途中,我从莫斯科飞往德黑兰,走访了伊朗的油田。回国后,虽然得到石油专业人士亲切耐心的指教,但要想把它们创作成小说,赋予生命,这些素材过于庞大了。此时,恰逢石油危机爆发,围绕着石油形势突变。于是,我重新构思,于昭和五十年(1975年)走访了沙特阿拉伯、科威特和伊朗。昭和五十二年(1977年)又三度前往伊朗

---

① 这部作品最初是以一套四卷出版的。

的油田搜集素材。然而,这些国家均为女人不能单独旅行的国家,我只得仰仗商社和石油公司各位先生们的鼎力相助。我也因此得到了这些从日本来到遥远炎热的产油国,在那里工作的石油人艰苦生活的第一手资料,这对我来说至关重要。我还在除了羊和骆驼只能看到飞驰的大卡车的沙漠中,颠簸了七个小时,紧张地寻找目的地的油田。现在,这些艰辛都已成为值得怀念的记忆。

为了写这篇后记,我翻开了所有的采访笔记和采访名单,里面记录了三百七十七名各界人士的采访内容。他们来自商社、石油公司、汽车制造公司、银行,也有航空事业从业者。本应在此列出各位的姓名,但他们中间许多人不希望公开姓名。借此机会,对他们表示感谢。衷心感谢《每日星期天》编辑部,他们在长达五年的时间里,全面启动每日新闻社的各项机能,给予我大力支持。衷心感谢新潮社出版部,他们对长达五千页的连载书稿进行了校对,付出了极大的努力,这套单行本因而得以付梓。同时也感谢我的秘书野上孝子,有她与我同心同德,有她的帮助,我才得以完成这部小说的创作。

山崎丰子

昭和五十三年(1978年)八月

译后记

山崎丰子在《不毛之地》后记中提到，这部作品是她"迄今为止最长的一部，也是创作上最为艰难的一部作品"。对于译者来说，这部作品的翻译同样也是迄今为止最艰难的一项工作，为此我花费了近两年的时间。

当初本套丛书的主编魏大海先生找到我时，我曾犹豫过，担心工作之余没有精力完成这样一部巨著的翻译工作。但思量之后，我还是接受了这项工作。一是为了感谢魏大海先生的信任，二也是源于山崎丰子先生是我任职的京都女子大学校友，能够有幸翻译她的鸿篇巨制也是一种缘分。

但是，一旦进入实际操作可谓是困难重重。首先作品翻译本身难度很大。首先，并不是遣词造句难理解，而是因为作品内容涉及广泛，其中很多地名、专业术语不能随意翻译，而需要认真查找资料、核对汉日词汇，费时费力。其次，是时间和精力的问题。身为京都女子大学文学部教授，除了教学和研究工作，译者还不得不担任一些事务性工作。因此，只能在上课、指导学生、开会之余进行翻译，这就大大影响了翻译进度。再加上译者的惰性，一拖再拖，进而没能在规定时间内交上译稿。直到2013年9月29日传来山崎丰子先生离世的消息，在编辑的催促下，译者才终于警醒，觉得必须尽快让这部巨著在中国问世。于是,译者想到了请朋友帮忙。我找到了老友宋荣芬女士。尽管任大阪某私立大学副教授的宋女士工作也很忙,但她还是很爽快地接受了我的请求。第四卷是经宋女士翻译,译者校对、修改后完成的。另外还有一对日语功底非常好的年轻夫妇,同志社女子大学助教李婷女士和京都女子大学非常勤讲师张凌志先生。第五卷的最后两章,第三十二章天声、终章北极光是分别在二位翻译的基础上完成的。因此,这部译作不仅是译者本人的成果,其中也包含了这些朋友的心血。在此深表感谢!

最后,还要特别感谢本书策划、青岛出版社的杨成舜先生。感谢他的耐心等待,也感谢他为本书付出的辛勤劳动。这是一部超过百万字的鸿篇巨制,在翻译过程中难免出现一些错误。是杨先生一一认真改正过来的,这是一位幕后英雄。

现在,这部译著即将问世。希望被誉为山崎丰子最优秀作品之一的这部长篇小说能够在我国广大读者中产生共鸣,受到欢迎和喜爱。

刘小俊

2014年2月于京都银杏馆